Post-doctorial Papers,
Institute of Law, Chinese Academy of Social Sciences
Vol.4

中国社会科学院
法学博士后论丛

第四卷

中国社会科学院
法学博士后流动站主编

中国社会科学出版社

图书在版编目（CIP）数据

中国社会科学院［法学博士后论丛］·第四卷/中国社会科学院法学博士后流动站主编 . —北京：中国社会科学出版社，2008.10

ISBN 978 - 7 - 5004 - 7258 - 2

Ⅰ. 中… Ⅱ. 中… Ⅲ. 法学 - 文集 Ⅳ. D90 - 53

中国版本图书馆 CIP 数据核字（2008）第 151250 号

出版策划 任 明
特邀编辑 张成哲
责任校对 周 昊
技术编辑 李 建

出版发行 中国社会科学出版社
社 址 北京鼓楼西大街甲 158 号 邮 编 100720
电 话 010 - 84029450（邮购）
网 址 http：//www.csspw.cn
经 销 新华书店
印 刷 北京奥隆印刷厂 装 订 广增装订厂
版 次 2008 年 10 月第 1 版 印 次 2008 年 10 月第 1 次印刷
开 本 710×980 1/16
印 张 43 插 页 2
字 数 795 千字
定 价 75.00 元

编辑和出版说明

为了集中反映中国社会科学院法学研究所博士后研究人员的工作成果，展现博士后研究人员的学术风采和水平，优化学术资源，我们决定编辑出版《中国社会科学院法学博士后论丛》，并成立中国社会科学院法学博士后论丛编辑委员会。

作为一套系列性丛书，本论丛计划从 2003 年起，在已出站博士后的研究报告中，精选出符合论丛出版质量要求的研究报告，编辑出版一至若干卷。本论丛的编辑规范，执行的是由北京图书馆学位学术论文收藏中心和全国博士后管理委员会办公室 1994 年 9 月联合下发的《博士后研究报告编写规则》。此规则为目前中国博士后研究报告编写规则的国家标准。

本论丛所发表的博士后研究报告，是每位博士后研究人员在其博士后研究报告的基础上，重新编写的一篇约 5 万字篇幅的能够反映博士后研究报告概貌、理论预设、主题思想、创新点、理论贡献等精华内容的报告。因此，它不是简单地对原研究报告的浓缩，而是在原研究报告基础上的再创造成果。

博士后论丛是每位博士后研究人员在中国社会科学院法学研究

所从事博士后研究工作期间学术生活经历的一段值得记忆的历史记载，是每位博士后研究人员学术水平和实力的展示，也是中国社会科学院法学研究所博士后学术水平整体实力的展示。

我们出版本论丛，也是希望得到社会各界对中国社会科学院法学研究所博士后研究工作的检验。我们热切地希望来自各方面的批评、评论和建议。

中国社会科学院法学博士后流动站

2003 年 12 月

/目录/

/CONTENT/

· 中国社会科学院法学博士后论丛 ·

多元与一体：文化背景下的中国法律

Plurality and Integration：The Chinese Law in the Context of Culture

博士后姓名　张冠梓

流　动　站　中国社会科学院法学研究所

研 究 方 向　法理学、法律文化

博士毕业学校、导师　北京大学　饶鑫员教授

博 士 后 合 作 导 师　夏　勇

研 究 工 作 起 始 时 间　2001 年 10 月

研 究 工 作 期 满 时 间　2007 年 8 月

作 者 简 介

张冠梓，男，1966 年 8 月生，山东省苍山县人，汉族，法学博士，研究员。现任中国社会科学院直属机关党委副书记，中国社会科学院青年人文社会科学研究中心副理事长兼秘书长。现从事专业为：中国近代法律文化、少数民族传统法律文化、法律人类学。主要社会职务有：中华全国青年联合会委员兼哲学社会科学届别委员会副主任、中国青年科技工作者协会常务理事兼秘书长、中国法律史学会理事、中央民族大学法学院研究生导师。参加或主持过国家、院级课题多项。主要科研成果有《论法的成长——来自中国南方山地法律民族志的诠释》、《作为法的文化与作为文化的法——南方山地民族传统法的演进》、《中国珍稀法律典籍续编》（第九、十册）等。先后获得北京大学"五四"青年科学论文一等奖、中国法律史学会优秀论文一等奖、中国社会科学院第三届优秀青年提名奖、中国社会科学院优秀科研成果二等奖、第一届中国青年法律学术奖（法鼎奖）金奖等荣誉。

多元与一体：文化背景
下的中国法律

张冠梓

内容摘要：本文主要是运用法律多元主义观点研究中华民族的传统法律文化。和中华民族多元一体格局的特点相适应，中国传统法律文化的内涵丰富、复杂而深刻，具有极其鲜明的多元特征。用法律多元主义的视角和模式，可以深入了解中华民族及所属各个民族、同一民族的各个分支的法律文化的复杂多样的特征，对深刻理解我国近代以来法制化的历史背景和文化背景具有重要的意义。

关键词：中国　法律　文化　多元　一体

中国传统文化的多样性是时下学术界讨论的一个热点问题，作为文化的一部分、并与之相适应的是，中国传统法律文化同样具有多元特征，而且其内涵更加丰富、复杂而深刻。用已有的法律多元主义的视角和模式来研究中国法系及其包括的各民族传统的法律文化，既可以深入了解中国各个民族、同一民族的各个分支的法律文化的复杂性、多样性，又可以从总体上深入了解中华法系的基本特征，这对研究中国传统法律文化的现代化无疑具有重要的意义。

一、关于法律多元主义的解释

任何社会都包含着多元性的法律秩序，这一由法律人类学家最先倡导的主张正越来越多地被法学家所接受。但究竟什么是法律多元则众说纷纭。一般认为，多种法律同一时期并存于同一社会体中的法律现象，便是法律多元。法律多元的思路许多法学家早有论述，"只要对社会生活简单地观察一下就可以使我们相信，除了由政权强加的法律规则外，还存在着某些法律规定或至少是具有法律效力的规定。过去存在，现在仍然存在着一些并非从总体社会的组织权限中产生的法律"①。近年来法律人类学家和法律社会学家从不同的角度讨论法律多元主义的问题，美国学者波斯皮士尔（Leopold Pospisil）认为，任何社会都不是只有一个单独的、一致的法律制度，社会中有多少次群体，就有多少法律制度。每个次群体都通过它自己的法律制度调整其成员的关系，这些法律制度在某些方面必然地不同于其他次群体的法律制度。那种一个社会仅有一个控制其所有成员行为的法律制度的观点，过多地关注了个体之间的关系，忽视甚至否认了社会次群体的关系。其实，每个社会都存在组成该社会所必要的次群体，如家庭、世系、社区、政治联盟等，都有相应的法律制度，它们形成了一个体现所有相应的次群体地位的等级体系，法律层次就是指同一类型的次群体的法律制度的总和。不同层次的法律之间必然有差别。无论是发达社会还是原始社会，一个社会成员同时也是几个不同的次群体的一员，必须服从所在的不同次群体的法律制度。

至于法律多元的具体内容，不同的学者有着不同的视角和理解。从比较法的角度看，法律多元不但是一种普遍的法律现象，而且它本身也是"多元"的。换言之，法律上的多元现象并非只有一种模式。具体说来，法律多元有以下几种提法：一是统治法—从属法。胡克（M. B. Hooker）将法律多元主义看作是一种与文化差异相联系的现象，他认为，当代世界中的法律多元主义是由于整个法律制度跨文化界域而产生的。在民族国家中，法被视为一批一致的原则，它源于单一的渊源，对所有人都有约束力，成文的、合乎理性的国家法才是唯一合适的法。对此，胡克指出，这种观念只有在文化和经济上同质的社会里才是适当的，但是这样的社会是例外而不是通例。在许多国家，过分强调上述法的观念往往造成对现实的曲解。事实上，官方的或国家的法律制度可能由于种种原因而没有效果，毕竟法律现实与法典的规定可能完全不同，因为在一个国家的范围内存在着多重的法律体系。胡克强调，在法律多元主义的情况下，不同法律制度之间的地位和作用是不平等的。首先，全国性的法律制度在政治上占优势，它能够废除当地的法律制度。其次，如果法律制度之间的义务发生抵触，全国性的法律制度的规则将取胜。任何对当地法律制度的允许都将建立在全国性法律制度所要求的前提之上，并以全国性法律制度所要求的形式进行。因此，尽管在民族国家中有种种法律制度在起作用，但是，只有一种法律制度是占优势的。他将多元的法律制度分为两类，即统治法与从属法。统治

---

①　［法］亨利·莱维·布律尔著，许钧译：《法律社会学》，上海人民出版社 1987 年版，第 22 页。

法构成民族国家的主干，从属法附属于统治法，并通过统治法的形式而存在。二是国家法—民众法。巴克斯在分析非西方社会的法律制度多元性时认为，法律一词包括民众的法与国家的法。在他看来，如果法律完全等同于国家法，仅具有立宪政体的政治和政府，就不可能有民众自力更生、自主参与的发展，民众的法本身是社区真正的政治资源。他认为，那些执行国家法的人是民众，他们有着不受国家法支配的信条和做法，并在国家法的构架内产生自己的法。巴克斯强调，承认民众的法并不意味着否定国家法，而是承认法律制度的多元性。大量事实说明，民众的法可以加强国家法的积极方面，反对它的消极方面。例如，民众法除了解决冲突之外，还具有调查官员腐败、反对政府不公正、帮助民众行使权利、抵制多种统治集团等作用。三是国家法—民俗法。有的学者认为，民俗法是一个分析性的范畴，而不是分类范畴，它存在于国家法之外，但在某些情况下能进入或影响国家法的运作。[①]　四是本地法（或称固有法）和外来法（继受法）。格兰特是用"本地法"（indigenous law）一词来表示官方法之外的另一种法律形式，[②]　本地法是西方法律人类学的一个重要概念，是指产生于一个民族的本土文化的法律，与之相对应的是继受法或移植法。[③]　不过，无论继受法还是本地法，都难以在纯粹的形式中被发现。大多数调整都涉及继受法和本地法的结合，也就是说，本地法与官方法可能并不相互排斥，而是相互作用。五是官方法—非官方法—法律原理。千叶正士将法律多元主义的结构分为上述三个层次，它们构成一个国家全部法律运作的结构。官方法是由一个国家的合法权威认可的法律制度，国家法是标准的官方法。其他类型的法律，如宗教法、家庭法、地方法、少数民族法等，如果由国家正式认可并在与国家法一致的情况下运用，也可以归入官方法。非官方法不是由官方的权威正式认可的，但对官方法的效果有某些特别影响，如补充、反对、修改、削弱官方法。所有与国家法不同的法律，在没有被国家法直接或间接认可时，都归于非官方法和非官方法有关的价值和观念体系。法律原理是由既定的法律观念、宗教箴言和技术，与基本的社会结构有关的社会和文化原理或者经

---

①　不过有很多学者认为，民俗法并不是一个合适的概念，尽管"民俗法"一词经常被用来与国家法相对，如克卢兹指出，民俗法或民众法、习惯法等概念，依然是从国家法的观点来看问题，如果换一个视角，例如去加纳的农村，就会发现村民们并不认为他们实施的是民俗法，法院适用的是国家法。斯奈德认为，民俗法与国家法之间的二元化区分是误导，因为，在任何特定的社会情景中，民俗法与国家法都是同一制度的基本组成部分，其自身并不一定是体系或成体系的，而且，民俗法与国家法通常交织在同一个微观过程中，相互作用，相互影响。

②　刚刚过去的 20 世纪之末，特别是在第三世界，国家法（包含继承西欧法）和在内部生成的固有法（indigenous law）的冲突和纠葛的状况，已经成为人们广泛研究的焦点话题。

③　有人把本地法与国家法相比照，这显然是不确切的。

常与经济政策相关的政治意识形态组成，是官方法与非官方法的基础。它包括法律之间的一致和中立，有时也包括法律之间的不一致、对抗或冲突。一个国家的法律结构内，上述三者应维持最低限度的一体性，以维护官方法尤其是国家法的合法性。三个层次的结合随社会与文化而变化，在现代社会官方法胜过非官方法，而在原始社会则相反。

以上说法不外乎分为两类，一类是国家法、统治法、官方法，另一类则是民俗法、民众法、从属法、非官方法与本地法。① 可见法律多元着重突出的是可以被一般地理解为由特定国家机关制定、颁布、实行和自上而下予以实施的法律——国家法，② 并非由国家制定的、"人们在社会中根据事实和经验，根据某种社会权威和组织确定的具有一定社会强制性的人们共信共行的行为规范"——民间法的法律二元结构。③ 由于法律多元针对的是国家法律中心主义的一元论法律，它尤其强调，民间法在二元结构中的重要作用，以及民间法与国家法之间的互动关系，从而要求国家法尊重和理解地对待民间法与民间法资源。换言之，国家法在任何社会里都不是唯一的和全部的法律，无论其作用多么重要，也只能是整个法律秩序的一个部分，在国家法之外、之下，还有各种各样其他类型的法律，它们不但填补国家法遗留的空隙，甚至构成国家法的基础。④ 这里"各种各样其他类型的法律"，主要就是指民间法。

法律多元主义关于在同一社会领域中可能共存两种或更多种法律制度的主张，给法学研究提供了新的可贵的视角和研究手段，其意义在于：一是对法律多元主义的研究使人们得以挣脱国家法律中心主义，特别是以正式法典和制度为中心的法律研究传统。承认法律多元和民间法的重要性，有助于国家法和民间法的良性互动，理解和利用民间法的合理性。⑤ 二是法律多元主义要求摆脱"本质主义"的法律定义，而强调对法律的历史的具体理解，因为每一种法律多元的情形都是经过长期历史发展并通过各种法律制度的相互影响而形成的，每一法律制度都在某些方面对其他法律制度或规范性秩序起到构成和重构作用。三是法律多元对法和各种规范性秩序的文化和意识形态的考察，注意点不

---

① 现在学术界很多学者使用"习惯法"的概念。民间法固然与习惯法在内涵和外延上都不完全一致，但差别多是从发生学意义上而言的，民间法是指生发于乡土民间，相对国家专门机关制定的法律而言的，尤其是作为国家法的对称，无国家法则无民间法之可言；而习惯法则是指由习惯、惯例而渐成有约束力的规范，其大多也是发生于民间，即使并非必然，其与制定法对称，但早在制定法形成之前已有习惯法存在。

② 梁治平：《清代习惯法：社会与国家》，中国政法大学出版社1996年版，第35页。

③ 田成有：《法律社会学的学理与运用》，中国检察出版社2002年版，第99页。

④ 梁治平：《清代习惯法：社会与国家》，中国政法大学出版社1996年版，第35页。

⑤ 苏力：《法治及其本土资源》，中国政法大学出版社1998年版，第51页。

在于解决纠纷的个别规则，而是各种社会组织对秩序、社会关系和确定真理以及公正的方法的表达方式。四是法律多元主义不仅有助于分析纠纷和解决问题，也有助于分析无纠纷情况下秩序的形成和维持，同时不断促进由前者向后者转变。五是对规范性秩序间的关系的辩证分析研究，为理解法的变革和抵制变革的动态，为考察占统治地位的和被统治地位的阶级或组织之间的互动关系提供了一个框架。

以法律多元视角看待中国传统法律文化，其意义亦不可小觑。千叶正士认为："在中国，广阔的地域内存在着多种多样的法主体，实际上远远超出了通常仅意味着中央政权的法的中国法的实体，能够将这种多元的法的整体视为一个中国法的观念，即将其称为中华法而自豪的原理，即为其法的同一性原理。"① 苏力也曾提出将其运用于中国古代法研究的设想，"从法律多元的角度，我们发现和看到中华法系在历史上并不是一个统一的传统，而是存在着许多冲突、断裂、变异；在法律规范秩序的主流旁总是有支流。我们也许因此可以发现许多由于我们的注意力过分集中在国家制定法而忽视的一些东西，被压抑的一些声音"②。梁治平认为，在中国古代社会中，由于"国家没有、不能也无意提供一套民间日常生活所需的规则、机构和组织……在国家法所不及和不足的地方，生长出另一种秩序，另一种法律，这里可以先概括地称之为民间法"。"即使是在当代最发达的国家，国家法也不是唯一的法律，在所谓正式的法律之外，还存在大量的非正式法律"③。法律多元在不同社会有不同的表现形式和"模式"，中国古代的法律多元格局就呈现为一种多元复合的统一结构：它既是杂多的，又是统一的；既是自生自发的，又是受到控制的；既有横向的展开，也有纵向的联系；既是各个分别地发展的，又是互相关联和互相影响的。这些彼此对立的方面，一方面包含了造成动荡的因素，另一方面也蕴涵了解决社会问题的创造性力量。正是因为同时存在着这些不同的方面，也正是通过这些不同方面持续不断的相互作用，帝国秩序才可能在长时期的变化当中保持结构的平衡。谈到中华民族及所属各民族的法律文化的多元特征，容易使人想起人类学家费孝通先生关于中华民族的多元一体格局的著名概括："由于中国地域广大，民族众多，历史上形成了许多有地方特点、民族特点的规范性秩序。这一切都使中国的法律多元问题普遍而深刻。"④ 中华民族传统法律文

---

① ［日］千叶正士著，强世功译：《法律多元——从日本法律文化迈向一般理论》，中国政法大学出版社1997年版，第250页。

② 苏力：《法治及其本土资源》，中国政法大学出版社1998年版，第56页。

③ 梁治平：《清代习惯法：社会与国家》，中国政法大学出版社1996年版，第28—32页。

④ 赵震江：《法律社会学》，北京大学出版社1998年版，第372页。

化的多元性本身具有多重意义。相对人们确定不疑的、作为社会唯一真正的法——国家法，还存在着非国家法，譬如在各种意义上使用的各种民间法、非官方法、前国家法、习惯法等，存在着固定法和移植法、本土法和继受法、统治法和从属法的事实上的并存。同时，由于不同法律文化的存在，因交流而发生的冲突、矛盾和融合，必然蕴涵着产生新的法律体系及其多元特征的契机。如果再对中国传统法律文化作瓜分豆剖的话，从法律的地位来看，可有国家法与民间法之分；从法律的历史发展来看，可有国家法与前国家法之分；从法律效力来看，可有统治法与从属法之分；从法的文化渊源来看，可有固有法与外来法之分；从法律的结构来看，可有观念、规范、行为等之分。这些不同的角度在不同的民族、不同历史时期，往往有各自不同的显现，而且往往是错综复杂地纠缠在一起的。①

二、从法律的地位来看：国家法与民间法

如果按照法律多元主义的观点，将法律理解为一种根植于社会与人们具体的生活方式紧密相连的一种规范性秩序，那么中国民族地区的法律首先或者说至少有两种基本形式，一是国家制定法（简称国家法），即由国家的专门机构依一定的程序制定并由国家强制力保证实施的强制性规范，二是民间法，即在人们长期的民间生活与劳作中逐渐形成的为社会所接受的一套地方性规范，国内一些学者常常称之为习惯法。

广而言之，就是民间社会规范；简而言之，就是民间习惯、风俗、道德、章制、礼仪。它是由国家法的存在而存在，是以国家法为参照而提出的。民间法可以有很多形式，不少学者认为，中国古代社会的特点是家国同构——家是国的缩影，国是家的放大，家与国分别代表了中国传统社会组织的"两极"和两种最重要的形式，所以家法、族规基本反映了民间法的特点，抑或说，家

---

① 需要说明的是，民族地区的法律文化现象并不能都被视为法律的多元问题，因为很多民族的法律现象缺乏规范性和程序上的确定性，与其他的制度体系相比，也未见得有自己的特色，有的也许只是并不一定是完整意义上的"法"，如宗教的戒律、家训和家箴、禁忌以及各式各样的神意裁判等。因此，这里说的法律多元，有时所指的，也许只是其多元倾向，这也是为什么有的学者认为，中国历史上从来没有"民族法"，有的只是各个民族的法律。当我们由民间法中辨识出所谓"民族的"方面时，所针对的是在历史地形成的中华帝国版图之内生活着的诸多民族，各有其历史、文化、风俗习惯、社会制度，而且，尽管有统一的国家背景以及民族之间的长期交往和相互影响，这种社会生活的多样性始终存在着，它们构成了民间法乃至一般法律史上多元景观的一个重要背景。梁治平："中国法律史上的民间法——兼论中国古代法律的多元格局"，载《在边缘处思考》，法律出版社2003年版。但也有学者认为，在中华法系尚未形成之前，甚至于中国奴隶社会形成之初，"民族法"就已经萌芽。吴宗金、张晓辉：《中国民族法学》，法律出版社2004年版，第39页。

法、族规可以说是民间法的一种重要的表现形式。以订立者来说，国家法是由国家的立法机构所订立，而家法通常由家长订立，族规则由族中的尊长，或者由族众直至宗族的"议会"之类的机构来订立。以适用范围来说，国法的适用范围为整个国家，而家法只在本家庭内部生效，族规只在本宗族内部生效，最多只能扩大到少数有关的人士。以形式来说，国家法是全国统一的法条式的成文法，而家法、族规则是千姿百态，在数以万计的此种规范中很难找到完全相同的两份。以效力来说，国家法有极高的权威，而家法、族规的权威低于国家法，特别在一些尊长无钱又无势的宗族里，家法、族规就没什么权威，有些甚至从订立时起就一直是一纸空文而已。① 二者的区别，还可以再延展开来，作更具体的比较。

一是家法、族规和国家法调整的范围有所异同。国家法中极其重要的部分是维护专制帝王的天下，有大量镇压谋逆的条款②，以及关于国家行政、司法等方面的条文，③ 这些法律条款规范的都是国事。家法、族规调整的主要是家事和族事。其中有些内容，诸如涉及纳税、孝悌、财产、婚姻、继承、偷盗等方面的事务，直接关系到国家的治理、社会的秩序、地方的治安，也是国家法始终予以规范的，是家法、族规与国家法的重合部分。不过，家庭和宗族中有着一些特殊的家事、族事，其中不少对国家来说实在是不足挂齿的琐事，如在祠堂、祭祀、进主、谱牒、学塾等方面的规定。④ 作为国家法，调整的范围当然无须涵盖这些琐碎的家事、族事。而家法、族规千差万别，不少家庭和宗族出自不同的背景和原因，使其规范涉及了十分独特的范围，而作为国家法，自然也不可能将它们一一包容。

二是家法族规所体现的原则与国家法的法律原则有一定差异。根据儒家"父为子隐、子为父隐"的学说，历代国家法都有允许亲属"容隐"的条款，

① 费成康：《中国的家法族规》，上海社会科学院出版社1998年版，第173—174页。（文中的以下相关内容，较多地参考了该书，特此说明，并向作者致谢。）

② 如《唐律》、《明律》等都将"谋危社稷"的"谋反"，"谋毁宗庙、山陵及宫阙"的"谋大逆"，"谋背国从伪"的"谋叛"，列为最不可饶恕的"十恶"大罪的前三款。凡是涉及帝王的，如盗窃帝王"大祀神御之物、乘舆服御物"，盗窃及伪造御玺，配制御药略有差错，烹制御膳"误犯食禁"，建造御幸的舟船"误不牢固"，以及有背情理地指斥帝王等，都被称为"大不敬"。

③ 如《明律》中《吏律》部分的"上书奏事犯讳"、"事应奏不奏"、"出使不复命"、"漏泄军情大事"、"擅自调兵印信"，等等，《断狱》部分中的"因应禁而不禁"、"故禁故勘平人"、"与囚金刃解脱"、"主守教囚反异"，等等。

④ 有些祠规详细地规定了祠祭时供品的数量、陈放的位置，祭祀的程序、礼节等；有些家族、条规分门别类地规定了男子、妇女死后牌位放入祠堂所需的费用，以及符合哪些条件才能放入享堂中央的中龛。有些墓祭章程具体地规定了祭墓时应给某一祖先供上哪几碗羹饭，给另一祖先供上另几种羹饭。

甚至认为检举父母、祖父母及丈夫等人是以卑犯尊，反而要予以重罚。由于族人之间，更不必说家人，多有或近或疏的亲属关系，如果在宗族内部同样实行"亲属容隐"，大量的违反家法族规的行为就无人举告，家法族规就会形同虚设，家庭、宗族内部的秩序就无法维持。因此，大多数宗族都不允许"亲属容隐"，而是对知情不报的直系亲属，特别是包庇子孙的祖父、父亲，一并予以惩罚。"罪人不孥"，是中国很早就形成的法律原则，但事实上，家中直至族中触犯国家法后，合家甚至全族仍要受到株连。而在家法族规中，合族之人不可能因出了不肖子孙而自我惩创，更不会集体自杀。在很多宗族中，即便父兄有过，受到削谱之罚，甚至被处死，其家人并不会受到任何牵连。即便少数宗族订有一些株连家人的条规，但这种株连到直系家属为止，并不累及其他近亲。

三是国家法的实施一般要比家法族规严密得多。古代各级地方行政官员兼作审判该地各种案件的法官，他们几乎都是通过科举考试而踏上仕途的举人、进士。专事司法的刑部官员——清代还在各省中设立了负责审判的提刑按察使——更多是熟知法律和审判的内行。① 在众多的家庭和宗族中，裁断家内和族内各种民事纠纷直至刑事案件的家长、族长以及其他的尊长，更缺乏法律知识和司法经验。在一些文化落后的僻远地区，他们甚至没有起码的文化知识。他们所作的判断容易出现偏差，裁断容易轻重失当。另一方面，司法机关的权力都是受到限制的。明、清两代，府、州、县官府只能判处笞、杖罪，封疆大吏也只能判处徒刑。对于不属于审判权限内的案件，他们就需逐级审转复核，直到有权作出判决的那一级予以批准。特别是对死刑的判处，更是十分慎重，需呈报刑部核准，在有些朝代还需都察院、大理寺等处会谳，最后呈请皇帝勾决。但是，家长特别是一些宗族尊长的裁断权却是没有限制的。可以决定罚跪、记过等较轻的惩罚，也可以决定拆屋、驱逐等很重的惩罚，甚至掌握着家人、族人的生死。他们作出的任何裁断，无须他人审核，即可予以实施。在有些宗族中，一些较轻的处罚可由本房、本支的尊长来裁定，这些裁断即无须报请族长等人的批准。而家长或族长等人作出的裁断，即便其中决定要对有过犯者施加拆屋、驱逐这样的重罚，初审便是终审，更无复核和核查的程序。

四是国家法中的刑罚与家法族规中的惩罚方式有差异。国家的刑罚都是确定的，种类也是有限的。如在唐代，刑罚制度虽稍有变化，但基本上只有笞、杖、徒、流、死五种刑罚。在家法、族规盛行的明、清时代，国家法中增加了

---

① 即便如此，在每个朝代中冤假错案仍层出不穷。

充军这一刑罚，并有刺字、枷号等附加刑；而死刑则分为绞、斩、凌迟数等。家法、族规中的惩罚办法则是种类繁多，且没有定式。其中警戒类、羞辱类的很多惩罚，如罚跪、押游、共攻等，从未作为国家的刑罚。财产类的多数惩罚，如罚修宗祠，罚买祭祖、祭墓的香烛、供品，罚刻祖墓的墓碑，罚在宗祠中烧锡箔或放焰口，罚请戏班唱戏，等等，也不可能作为国家的刑罚。而国家法中一直保留的族刑，即灭族，包括灭三族、灭九族等，当然也不可能为家庭或宗族所采用。国家法中的死刑，除绞刑外，斩首、腰斩、车裂等，都是极为血腥的。特别是始自辽代的凌迟，用千刀万剐来处死罪犯，使受刑者要承受难以想象的剧痛。家法族规中的处死方式，即勒死、活埋、沉潭、丢开之类，都有个共同之处，即尽管剥夺了受罚者的生命，却又不伤及他们的发肤，使他们仍保留全尸。① 此外，国家法和家法族规处罚的强度不一致。总的来说，对大多数既违反国家法又违反家法族规的行为，都是国家法惩罚更重。很多家庭和宗族都把居丧嫁娶视为违反了丧礼，但几乎都不加以惩处，而是采取更加实际的态度。当然，也有国家法罚得较轻而家法族规罚得更重的情况。例如，对妇女的所谓"淫乱"，家法、族规的惩罚要比国家法严重得多。同时，还有些比较特殊的行为，国家法是不加惩罚的，而家法族规则予以惩罚。例如，在社会上总是需要有人去从事某些"贱业"，统治者们从不认为充当戏子、衙役、妓女等为犯法，对于有道的高僧等官场中人往往礼遇有加，对于负责一处地方安全的人物，他们是地方官府不可缺少的爪牙，自然不会予以惩治。然而，对于家庭和宗族来说，后裔中有人操上衙役之类的"贱业"，就有辱祖宗、有辱门楣；和尚、尼姑虽说不上是什么"贱业"，但他们忘先绝后，因而家法、族规对这批国家法并不惩罚的"卑贱者"都要予以惩罚。

家法、族规与国家法的种种差异，可能导致两者的冲突。这主要发生于家长和族中尊长擅自处死家人、族人方面。如果家长有生杀家人之权，特别是允许族长等人生杀族人，宗族势力便会过分膨胀，国家的权威就会大大下降，社会秩序就难以稳定。因此，早在春秋时，不少人士就强调"父杀其子当诛"，认为孝子事亲，可遵循"小棒受、大棒走"的原则。此后，历朝历代从未将杀人权授予家长或宗族，家长或族内尊长不论以何种借口处死家人或族人，都违反了国家法。不过，在元代中期以前，家法族规尚不发达，也未发现那时的

---

① 家法、族规中为什么会采用这样的处死方式，当时的各种著述都未作过说明。据初步推测，这可能与儒家的这一观点有关："身体发肤，受之父母，不敢毁伤，孝之始也。"因为家法、族规处死的是同一个祖宗的后裔，因而尽管要结束他们的生命，仍要尽可能地避免毁伤他们的发肤，否则，处死他们的人们也就有不孝之嫌。

家法、族规中有擅自处死家人、族人的条款。大约从明代初期开始，家法族规中开始出现逼迫所谓的"淫乱"妇女自尽的条款。但因将淫妇沉江、沉潭在不少地方早已成了习俗，这一血腥的规定因而得到了统治阶级的默认。清代初期，经清政府的支持，宗族势力日益强大。雍正年间，定例入律，规定对于以家法处死族人的族中尊长可从轻处罚。此后，族长等人擅自处死族人的情况大大增加，家法族规与国家法的冲突也渐趋尖锐。于是，到乾隆年间，刑部官员在给乾隆帝的上奏中就指出："同族之中，果有凶悍不法之徒，族人自应鸣官治罪。"雍正年间的定例有"事起一时，合族公愤，处以家法致死，审明罪人应死不应死，将为首者分别拟杖与减等免抵等语，虽属惩创凶悍、体顺人情之意，但族大人众，贤愚难辨"，往往有"架词串害"的情况。如果地方官员未能深察，"难保无冤抑之情"。这一奏疏又特别指出，"况生杀乃朝廷之大权，如有不法，自应明正刑章，不宜假手族人，以开其隙"。① 此后，清政府便不再宽纵擅杀族人的族中尊长，将他们依法进行惩治。然而，在事实上不少家长和族中尊长仍在暗中与国家法对抗，并在一些新订立的家法族规中继续订入自行处死族人的条款。② 直到民国年间，在湖南等省族中首领擅自处死族人的情况仍时有发生。

　　家法族规与国家法的差异是客观存在的，其中部分的差异还会导致较为激烈的冲突。但这种冲突，却不一定引起彼此的对抗。如果调整范围有所不同，反而能使家法、族规发挥补充国家法的作用。而另一些差异，诸如对同一行为惩罚强度的不同，对某些行为国家法不予惩罚而家法予以惩罚，以及恰恰相反的情况，都可能触发两者的冲突。但是，家法、族规系在家庭、宗族内部生效的，其实施情形官府未必能一一获悉；在一些穷乡僻壤之中，天高皇帝远，家长和族中尊长的所作所为早已越出了地方官府监控的范围。同时，自唐宋以降，官府一直利用宗族势力来治理地方；特别在官府鞭长莫及的偏僻地区，历代的统治者们更是要利用家法、族规来弥补国家法的不足。而家法、族规与国家法的差异，大多是枝节性质的，并不会动摇专制帝王统治的基础，因此，地方官府直至中央的朝廷，对于家法、族规中不符合国家法的规定通常取容忍的态度。另一方面，因家法、族规的制订者们订立这些规范的根本目的是为了借以维持家内、族内的秩序，并使得本家庭、本宗族得以繁荣、兴盛，因而大多

---

　　① 《钦定大清会典事例》光绪二十五年本，卷811，《刑部·刑律斗殴》，第2页。
　　② 例如，大学士李瀚章、李鸿章所在的合肥李氏在清代末年新订立的族规中规定，"族间子弟倘有违犯父兄教令，不孝不悌，或任性妄为，唆讼搭台，讹诈强夺，以及窝引匪类，偷窃行凶，谋害家庭等事"，并又屡教不改、情罪严重者，"免其送官，有伤颜面"，"应即从严共同处死"（《合肥李氏宗谱》卷2，载《家范》1925年本）。

以尽可能地避免与国家法冲突为制定这些规范的基本方针。而在成文的家法、族规问世以来，特别是在清代，从中央政府到地方官府都要利用家法族规来作为国家法的补充，对家法族规中与国家法不符的内容多取宽容态度。从历史上看，相符与互补是家法、族规与国家法之间关系的主要方面，而差异与冲突则是两者关系的次要方面。

三、从法律的权威性来看：统治法与从属法

统治法与从属法的关系，在很多情况下是同国家法与民间法的关系相类似的，但实际上并不完全一致。诚然，一般而言，国家法处于主导、统治地位，而民间法处于服从、被制约的地位。二者是一种等级式的格局，其核心是上与下、治与被治的关系。由于历史、文化的极端复杂性，特别是中国传统社会组织的多层次性，既有中央政府、又有地方政府，既有中央政权、又有地方政权甚至独立性相对较强的异民族政权，还有存在于基层民众之中的习惯法，因此在国家法—民间法之外，还可以从统治法—从属法的角度考察全国以及各民族地区的法律文化的多元特征。

中华一体，落实在制度上，就是要求举国一体，承认皇权的至上权威和自己的藩属地位，遵从中央政府的调遣和指令。古代理想的政治图景正如司马光所描绘的，"合万国而君之，立法度，班号令，而天下莫敢违者，乃谓之王"。而"莫能相一"的分裂时期，他则视为"王德既衰，强大之国能率诸侯以尊天资者，则谓之霸"①。从夏、商的五服制，周代的"同服不同制"，秦朝的书同文、车同轨、行同伦等，到唐代的华戎同轨、明清的改土归流等，反映了华戎同轨这一中国古代民族法制的基本原则不断地变化和发展的趋势。唐太宗"四海宾服"的"贞观之治"被誉为中国历代实施"异族"统治的样板和缩影，也是历代政府国家统一、政治统一、法律精神统一的集中体现。华戎同轨，是指各少数民族与中央政府之间，如同汉族与中央政府之间一样，共处于一个大的民族共同体之中，汉族和少数民族相对于国家间有着相同或相似的权利与义务关系，如接受中央政府的设官建置、册封、婚姻、赏赐、优抚，向中央政府纳贡、助国讨伐、赋役、兵役之种种权利与义务等，形成一个统一的政治法律实体。无论是汉族建立的全国政权，还是少数民族入主中原后建立的全国性政权，都恪守天下一统、君权至上、各族一家等最高，也是最根本的准则。把处理好民族关系，联合各民族力量放在国家统一的重大战略地位上。历史上对民族地区的种种经略之策，无一不体现了历代中央政府在对汉族地区和

---

① 《资治通鉴》卷69。

少数民族地区统治政策和法制方面的相同或相似性。

在中国历史上，以朝廷律令为主干的"官府之法"凌驾于地方性法规之上，体现并且保证了帝国法律秩序的统一性。但官方的法律也有所不同。就民族立法而言，在清王朝以前并没有出现完整的成文法典，其他形式的成文法中关于民族法的内容亦是零星的、不系统的，民族立法的形式主要是皇帝发布的诏、令、谕。这些都是当时最具权威的法律形式。另外，中央王朝的法律，清朝在统治新疆之后就明确指出："迩今各部归一，自应遵我朝之律。"乾隆十五年（1792）又下令："新疆回子归化有年，应请悉内地法纪……回子等均属臣仆，何分彼此……嗣后，遇有此紧要案件，均照内地成例办理，并饬新疆大臣等，一体遵办。"①《回疆则例》编纂颁行后在很大程度上规范了回疆地区的法规与制度，成为清廷以及回疆各城驻扎官员处理回疆事务的主要依据，但是清朝的其他律例尤其是最重要的《大清律》依然是通行于回疆事务的主要依据，是处理刑事案件的主要准则。清朝的律例还有被译成维吾尔文的。② 1862年，由于当时的叶尔羌参赞大臣英蕴擅自"查照回子经典议罪"，就曾经遭到清廷的谕斥。③ 至于刑事案件的审理权限，仍然主要掌握在清朝驻回疆各城的大臣手中。《回疆则例》卷六"阿奇木伯克不得私理刑讯重案"云："各城阿奇木伯克等凡遇枷责轻罪人犯，准自行办理，仍令禀明驻扎大臣存案备查。如遇有刑讯重案，阿奇木伯克不得滥设夹棍、杠子，擅自受理，随时秉明本管大臣，听候委员会审办。"尽管清朝是以因俗而治的思想统治回疆的，但是在刑律方面仍然坚持了全国一体的原则，并在一定程度上革除回疆旧有的具有"同态复仇"色彩的习惯法，如"窃物者必断手"等。"修其教不移其俗，齐其政不易其宜"④ 的前提是中央政府享有宗主权，地方社会保持其固有制度、宗教、习俗。这种羁縻政策，只求归附，不责贡赋，主要是限于客观条件，中央政府无力也无意进行更深入具体的管理。然而，当清朝平定回疆叛乱，以胜利者的姿态在回疆地区驻军、设官、征税后，这项原则发生了较大变化。法律的制定与实施是国家统治职能的一个重要部分，作为统治权力的体现，大清法律法规被引入到回疆地区，成为维护其统治、镇压反叛的工具。⑤ 这样，大清法律与回疆原有的法律文化发生了密切关系，问题也就由此产生。

---

① 《清高宗实录》乾隆五十七年九月辛丑条，中华书局影印本，1986 年版。

② ［日］佐口透著，凌纯声译：《十八—十九世纪新疆社会史研究》（下），新疆人民出版社 1983 年版，第 671 页。

③ 《清穆宗实录》同治元年四月辛未条，中华书局影印本，1986 年版。

④ 《礼记·王制》。

⑤ 《列宁全集》（十三），人民出版社 1984 年版，第 304 页。

另外，应当看到，在中国古代民族法执行"化外异制"的时候，不论是哪个民族建立的政权，都对别的民族存在着或多或少的民族不平等或强制同化。辽圣宗尽管命法令为契丹人与汉人犯罪"一等科之"，① 然亦有法律规范"契丹人及汉人相殴致死，其法轻重不一"。② 最显著的，是元朝公开宣布各民族在法律上不平等，分为蒙古人、色目人、汉人、南人，具有不同的权利和义务。这无疑是由于当代的局限性，以及阶级社会国家政权的本质所决定的。

在诉求华戎同轨的同时，中央王朝对民族地区一直奉行的是汉夷两制、分而治之。汉朝明确建立的"羁縻统治"，本质上是一种间接统治方式。它作为一种原则和制度，贯穿在古代中国民族法制发展的全过程。考虑到"中国戎夷五方之民，皆有性也，不可推移"，"五方之民，言语不同，嗜欲不同"等方面的民族差异③，"因俗而治"、"以夷治夷"一直是历代统治者指定和推行民族法制、政策的基本指导原则之一。特别对于那些难以控驭或鞭长难及的少数民族，历代王朝实行汉夷分制、分而制之的政策。《唐律·名例第一》中有"诸化外人同类自相犯者，各依本俗法，异类相犯者以法律论"之条文。《唐律疏义》释之，"'化外人'，谓蕃夷之国，别立君长者，各有风俗，制法不同。其有同类自相犯者，须向本国之制，依其俗法断之。异类相犯者，若高丽之与百济相犯之类，皆以国家法律论定刑名"。追根溯源，化外异制的这种传统可以上溯到上古时代。周朝对要服、荒服的蛮夷戎狄，往往结合具体情况，采用武力征伐和"文教"安抚两种手法。在云梦秦简中有"臣邦君长"、"臣邦君公"的称号，秦律对其统治权力作了专门规范，如《法律答问》规定，臣邦人是不允许离开"主长"而逃之到秦地去的。又如，秦曾与"巴郡阆中夷人"订盟，规定了"秦犯夷，输黄龙一双，夷犯秦，输清酒一盅。夷人安之"④。可见秦王朝并不打乱属郡"夷人"的内部结构，并不干预其内部事物。汉代对民族地区的治理"不用天子法度"⑤、"正朔不及其俗"⑥。对设置了郡县的少数民族地区仍以其俗治。如《汉书·食货志下》载："汉连出兵三岁，诛羌，灭南粤，番禺以西至蜀南者置初郡十七，且以其故俗治。"又，马援平峤南后，"条奏越律与汉律跤者十余事，与越人申请旧制以约庚之"⑦。就是

---

① 《辽史·刑法志》。
② 同上。
③ 《礼记·王制》。
④ 《后汉书·南蛮列传》。
⑤ 《汉书·严助传》。
⑥ 《汉书·终军传》。
⑦ 《后汉书·马援列传》。

说，在当地仍按"故俗"、"旧制"从事。北魏在统一战争过程中，许多少数民族的部落酋长，往往率领所部人口和牲畜，自动内属。北魏对鲜卑本族虽然屡次下令"离教诸部，分土安居"，① 不同于编户，但是以"五方之民各有其性"、故实行"修其教不改其俗，齐其政不易其宜，纳其方贡以充包廪，以其货物以实库藏"② 等"抚之在德"的政策，保持其原有部落的宗教信仰、语言和风俗习惯，酋长的权力地位仍受到尊重，继续"统领部落"。

面对"方隅之大，南尽百越，未制万全，择将置守，常安难之"③ 的社会现实，隋、唐王朝采取了"分置酋首，统其部落"，"因其俗而抚驭之"的民族政策。唐朝适应了当时的政治形势和民族关系的特点，在边地设置了羁縻州，更远者建立了藩属关系，对少数民族实行"以本俗法"的政策，即各族内部的犯法事件，按各族的习惯法处理；只有各族间的纠纷，才按国家法律处理。这就等于给少数民族一定的行政管理权力和立法自治权。宋王朝在法治上对少数民族是采取区别对待的法制政策，即如范成大所说的"不可尽以中国者法绳治"。契丹族首领耶律阿保机制创建契丹国家之初，任用汉人韩延徽等进行改革，"定诸契丹及诸夷之法，汉人则断以律令"，④ 促进了契丹习惯法向成文法的转化。耶律德光继父位后，更国号为大辽，继续"因俗而治"。规定"以国制治契丹，以汉制待汉人"，⑤ 即对"渔猎以食，车马为家"的本族人实行契丹法统治，对"耕地以食，城郭以居"的汉族人则适用唐律。有趣的是，以汉族为主体建立的中原诸朝的羁縻政策是针对周边少数民族，而少数民族政权的羁縻对象则是辖区内的汉族及其他民族。如辽代契丹王朝的"头下军州"制度，就是专门管理汉族臣民的行政管理制度。辽代的南北面官制度、西夏金代的藩汉官制，都是体现了"因俗而制"、分而制之的原则。元朝为了加强对少数民族酋领的驾驭与控制，创立了"蒙夷参治"之法，官有"流"、"土"之分，开始了"土司制度"。明清时期，除土司制度外，还制定、完善了盟旗制度，伯克制度，达赖、班禅和噶厦制度等。明朝在推行土司制度的同时，改"历朝征发"为"抚绥得人"，不像过去只是剥削役使，而是安抚得人心；政策施行"即用原官授之"的政策，给予"爵禄"和"名号"；"分别司、郡（府）、州、县"管理，采取"恩威兼济"两手；目的"额以赋役"、

---

① 《魏书·贺讷传》。
② 《魏书·食货志》。
③ 《粤西文载·制敕》。
④ 《辽史·刑法志》。
⑤ 《辽史·百官志》。

"易为统摄"，既能得到赋税和人力，又便于王朝的统治。① 清初 "因明制"，只稍加损益，但自雍正后，这一制度逐渐在大部分地区衰落、消亡。譬如，清代主要有西南地区的土司制度、新疆维吾尔族地区的伯克制度、蒙古地区的盟旗制度（札萨克制）和西藏地区的政教合一制度以及满蒙联姻制度。这些制度各不相同，都是 "因俗而治" 的结果。即使在某一制度内部，在具体的规定上亦有进一步的区分。清政府在实施盟旗制度时，不是一概而论，而是根据蒙古与清朝政府的亲疏、功绩大小及忠顺程度，区别对待，将蒙古分为 "内属蒙古" 和 "外藩蒙古"。内蒙古实行八旗制，为直辖旗，不设盟。盟旗制度主要施行于外藩蒙古，统治相对松散一些。外藩蒙古包括漠南蒙古、漠北喀尔喀蒙古、新疆厄鲁特蒙古、阿拉善和额济纳厄鲁特蒙古、青海各部蒙古等。外蒙古实行札萨克制度，但又不尽相同。其中漠南蒙古六盟四十九旗称 "内札萨克"，故称内蒙古。其他各盟旗统谓 "外札萨克"。"外札萨克" 各旗多地处边疆或民族杂居区。内扎萨克和外扎萨克之间的区别，就在于前者有兵权，后者无兵权，其 "兵各以将军、大臣统之"。外藩蒙古相对内属蒙古有较大的自治权。"旗各建其长曰札萨克而治其事。" 由清政府从蒙古王公、台吉中决定人选，任命旗长，给以土地、牧丁、爵位、俸禄，仍然安置在原来的牧区。各旗长统率部属，政治权力世袭。与 "官不得世袭，事不得自专" 的内属蒙古有很大区别。札萨克实际上是封建领地的首领，旗内的土地和属民由其支配。和土司制度、盟旗制度（札萨克制度）相比，伯克制度的羁縻色彩相对淡得多。这固然反映了以世袭土官统治本民族为特点的传统羁縻制度的衰落，但也反映了清政府对南疆维吾尔族地区直接统治力度加大。

　　处于统治法地位的国家法对处于从属法地位的各民族地方政权往往表现为渗透与涵化②。我们可以注意到，通过对土司的承袭之制、职权规定的逐步严格化，直到实行改土归流，为国家法不断影响各民族的固有法、习惯法提供了条件，同时这一过程本身也是该地区各级政治机构的组织法的变迁历史。单就

---

　　① 《明史》卷310载："踵元故事，大为恢拓，分别司郡州县，额以赋役，听我驱调，而法史备矣，然其道在于羁縻彼大姓相擅，世积威约，而比假我爵禄，宠之名号，乃易为统摄，故奔走惟命然调遣日繁，急而生变，恃功怙过，侵扰益甚，故历朝征发，利害各半其要在于抚绥得人，恩威兼济，则得其死力而不足为患。"

　　② 涵化（Acculturation）亦即文化涵化（Cultural Acculturation），是指两种或两种以上的文化相互接触、影响、发生变迁的过程，是一种横向的文化变迁过程。通常在文化接触后，通过一段时间的相互影响，可使文化接触的双方都发生一定的变化，其结果一般有：或接受，包括自愿接受的顺涵化和被迫接受的逆涵化及对抗涵化，也包括单方的与双方的互动；或适应，包括单方适应（文化同化）和双方适应（文化融合）；或文化抗拒，包括单方的文化抗拒和双方的文化抗拒，这意味着文化涵化的失败。

土司的资格而言，可以清晰地感受到这种变化。土司的世袭规则不再是铁定的，可以废置或另择；承袭人的条件要求越来越严格，而且必须受过系统的礼义教育和具备拥君谨政的操守；土司们的行为规范不断增多；遭到废置的可能性越来越大等。同时，国家性法律随着土司制度的变迁与改土归流的实行也在不断影响、异化着南方山地民族的习惯法，进行着通过武力达到征服兼并的胜利者"把自己的立法、私法及政体强加给战败者"① 的法律移植过程。本来是汉代的"不用天子法度"② 和"正朔不及其俗"，③ 本来是唐代的"化外人同类自相犯者，各依本俗法；异类相犯者，以法律论"④，至元明时，则开始用各种手段迫使"从化"。如据《万历野获编》卷三十载，土司彭元锦"禁部中夷人不许读书识字，犯者罪至族，此其蓄谋不小。因思各宣慰司亦有设学者，何不妨以偏行，使袭冠带称儒生，或少革其犷戾，免至他日为播州之续也"。清代则时有直接以官律干预山地民族的事例。如乾隆二十七年七月，凤凰厅属苗人龙尚保，因妻子被永绥厅属苗人龙老瓦奸淫，不久，其妻与子先后病故，龙尚保因此挟恨纠众二十一人，欲抢夺龙老瓦妻与子抵数，于黑夜发生争斗，结果造成仇杀三命的惨案。该尸亲属龙老潭要求照"苗例"追赔，而该省督抚却要"拘出首从要犯，解省审究"⑤，不得依"苗例"完结。其后，该案以康熙年间所定条例，"凡黔楚两省相接红苗彼此仇忿，聚众抢夺者，照抢夺律治罪，人犯不及五十名者斩监候，下手者枷号三个月，为从者四十日，聚至五十以上者斩决，下手之人绞监候，为从者各枷号两个月"⑥ 的规定，将龙尚保刺字后处以斩决，下手杀人之龙求、吴老成等均处绞监候。其余随从同行之十八人具照例分别枷责。清朝政府对这一案件的处理，十分清楚地说明了案情轻重的标准在于是否属于"聚众"。苗民个人之间的仇杀属于轻案，可依"苗例"完结。但如纠众仇杀，可能危及清朝在苗疆的统治秩序，则必须以"官法"惩治。正如湖广总督班第所说，"抚驭之法，惟当宽其小过，惩治其大恶……方为得体。虽有小过，如自相仇杀等类，不妨稍予宽容，仍准排解完结"。⑦ 为此案，湖南巡抚乔光烈于乾隆二十八年九月二十八日上奏，称："查湖南乾、凤、永三厅所属苗人，性情愚悍，虽与别处苗人稍异，今向化已久，

---

① ［法］亨利·莱维·布律尔：《法律社会学》，人民出版社1987年版，第82—83页。

② 《汉书·严助传》。

③ 《汉书·终军传》。

④ 《唐律疏议·刑名》。

⑤ 中国第一历史档案馆：《军机处录付·民族》，胶片编号6。

⑥ 《大清律集解附例》卷18。《贼盗·白昼抢夺》条例。

⑦ 中国第一历史档案馆：《朱批奏折·民族》，胶片编号71。

未便任其恣肆。其寻常岚牙雀角、斗殴人命等事，情节本轻者，仍照乾隆二年奏准之例赔偿完结外，至挟仇穴斗，抢杀多命，若一概拘泥旧例，刑威不及，恐桀骜之风日渐滋长。臣愚昧之见，应请嗣后三厅苗人如有纠众仇杀，均应照黔楚接壤红苗之例分别定拟。"①

四、从法律渊源的视角：固有法与外来法

法律多元主义的另一个视角是本地法与外来法的划分，这一视角对于分析中华民族及其包括的各民族具有特殊的意义。中国传统的法律文化发展史实际上是一部诸多法律文化的融合史，这种融合就地域和性质而言有两种情况：一种是中华民族内部的融合，如中原汉族地区法律文化同周边少数民族法律文化的融合；另一种是中华本土法律文化同外部法律文化的融合，如清末以来引进西方法律文化的过程。当然，中华法系的一体化是就其历史发展进程中表现出来的态势而言的，而不是中华法文化的完全统一。历史上，汉族与各少数民族在长期的交往过程中，相互模仿学习生产、生活方式，包括吸收、借鉴其他国家的法律文化，形成一些共同认可的风俗习惯、礼仪、活动规则、制度，各种法文化在各民族间的冲突与融合中得到持续性整合，由散到聚，逐步走向法文化的复合体。

固有法产生于一个民族本土文化。笔者曾经依据南方山地民族不同的经济文化类型对固有法的作用，将其固有法区分为刀耕火种民族的俗成习惯法（以独龙、布朗、佤等族为例）、山地耕牧民族的约定习惯法（以凉山彝族为例）、山地耕猎民族的准成文习惯法（以大瑶山瑶族为例）、丘陵稻作民族的初阶成文法（以西双版纳傣族为例）等四种基本法律样式。② 但这样划分，带有很强的相对意义。固有法的"固有"，实际上是一个历史的概念，有些外来的或移植的法律，经过长时期与本地法融合，也逐渐变成了"固有法"。各个民族在长期的交往过程中，相互模仿学习生产、生活方式，形成一些共同认可的风俗习惯、礼仪、活动规则、制度，各种法文化在各民族间的冲突与融合中得到持续性整合，在构成了本民族的法律多元特征的同时，共同铸就了中华法系的法律多元特征。中华法文化，循着历史，有聚有散，但总趋势是由散走向聚，不同层面的法文化逐步走向法文化的复合体。

在中国古代，曾数次出现国家政权形式，如汉代的南越国和夜郎、唐代的

---

① 中国第一历史档案馆：《军机处录付·民族》，胶片编号6。

② 可参阅拙作《论法的成长——来自中国南方山地法律民族志的诠释》（第二章），社会科学文献出版社2000年版。

南诏和大长和国、宋代的大理等。这些地方政权受到中央王朝从政治结构到法律制度的明显影响，达到了该地区法律发展的较高水平。其中，南诏政权可以作为这一类法律文化的代表性形态。南诏国的最高统治者是南诏王，自称为元，犹如中原王朝的皇帝自称朕一样。十三位南诏王中的十位受过唐朝的委任和册封，并赐予南诏金印。南诏官司制虽是自成一体，有自己的特色，但亦不难见其所受唐朝六部和内州府六司之影响。南诏王下面有"清平官六人，每日与南诏参议境内大事。其中推选一人为清算官，凡有文书，便代南诏判押处置，有副两员同勾当"①清平官中被推为内算官者职权最重，犹如唐制中的中书令，掌机密文书。"又外算官两人，或清平官或大将军兼领之。六曹公事文书成，合行下者一切是外算官，与本曹出文牒行下，亦无商量裁制。"② 外算官概如唐制之尚书仆射，尚书省统主部，并下设同伦判官二人。内、外算官之下设六曹，即兵、户、士、仓、法、客曹。③ 从名称上看，它与唐内州府六曹（兵、户、士、仓、法、功）五同一异，以客曹替换功曹是南诏对唐制的改革。南诏六曹职掌，"一如内州府六曹所掌之事"④。南诏后期的制度发生了重大变化，却更能体现唐制之影响。贞观十年（公元794），唐置云南安抚使司，以西川节度使兼任大使，并册封蒙氏统治者异牟寻为南诏王，此后南诏政制更加完善，中央和地方政制均仿唐制而立。南诏土地、军事、刑事、民事、诉讼方面的法律制度也多少有唐制影响的印痕。例如，南诏实行"授田"，仿自内地的均田制，不过这种"授田"只限于大、小奴隶主之间。又如，其刑罚种类有死刑、肉刑、徙边、徒刑、杖刑等，与唐律之刑罚分类较为相似。再如，南诏将"敢逆大邦"列为必须出兵征伐的罪名。该罪是南诏与唐王朝关系密切时，奉唐王朝为大邦，承担维护唐朝政权统治的义务，将反对唐王朝的行为视为犯罪。唐王朝对包括南诏在内的一些民族地区实行羁縻政策，诏封土官为地方官吏，管理地方事务，并保留各部族、部落原有的政治、经济制度。但这种羁縻政策并不排斥唐王朝政治、经济制度对这些地区的渗透，事实上也确有一些地方土官曾利用唐律解决纠纷。早在唐初武德七年（624），唐将韦仁寿"将兵五百人至西洱河，承制建置八州十七县，授予其豪率为牧宰，法

---

① 向达：《蛮书校注》，中华书局 1962 年版，第 221 页。
② 同上。
③ 《蛮书》中，士曹为工曹，法曹为刑曹，而《南诏德化碑》的碑阴题名中，有士曹，凡三例，而无工曹；有法曹，凡事二例，而无刑曹。今以《南诏德化碑》为据。转引自张晓辉《南诏国法律制度研究》，载《比较法研究》1992 年第 2—3 期。
④ 向达：《蛮书校注》，中华书局 1962 年版，第 221 页。

令肃清，人怀欢悦"①。这种局面无疑使唐律在这些地区得到宣传和普及。南诏还利用唐律解决部族之间的纷争，在南诏统一六诏时发生的"张寻求案"就是一个颇有意义的案例。越析诏豪族张寻求与诏王波冲之妻私通，继而阴谋杀害波冲。南诏王皮罗阁得悉此事，曰："此弑逆大敌，朝廷自当计之，毋庸吾力。"随后即告剑南节度使王昱，请王昱将张寻求召至姚州，数其罪而杀之。② 这个案例不但说明唐律在西洱河地区的适用，还说明南诏王对唐律比较熟悉。不难看到，在南诏法律体系中，尽管蒙舍诏和其他部族、部落的法律内容居于主导地位，但它带有大量的唐制的影响痕迹。唐律中礼法合一的精神亦成为南诏国统治者崇尚的境界，唐律中的很多内容逐渐演变为符合本国社会条件的南诏法律，以致异牟寻在"答韦皋书"中说："先祖有宠先帝，后嗣率蒙袭王，人知礼乐，本唐风化。"

就法律文化而论，从广泛意义上讲，中华法系与包括汉族在内的各民族法律文化同属中华法律文化的组成部分，但两者又表现出一定的差异性。同任何一种文化一样，法律文化间的关系也具有双重性，一方面相互吸收，以丰富自身的文化体系；另一方面也因文化的区域性、民族性以及表现为政治性特征的阶级性而相互排斥。这样，从一个民族的传统法律中往往能折射出不同文化的"影子"。高句丽法律中明显吸收了中原王朝的某些内容，如谋反、谋叛、强盗、盗窃和诛杀，没为奴，均与内地相同或类似。同时在东北的某些部族和民族地方政权中，"其语言法俗大抵与高句丽同"，也就是说，它们与高句丽在法律上有相同的条款。高句丽母国夫余国的法律与高句丽的法律也有一致之处。夫余"用刑严急，杀人者死，没其家人为奴婢。窃盗一责十二。男女淫，妇女妒，皆杀之"③。当然，高句丽的法律也保留了不少某些原始性，如"婿屋"、"责祸"制度，都体现了这一民族古代氏族社会的习俗特征。

另一方面，应充分评估少数民族建立的王朝对中华法系的贡献。如北魏拓跋氏创立的《北魏律》，宗承汉律，并糅合了南朝各律而成，其结构体系和基本内容都为隋、唐律奠定了基础，故唐律实际上是各民族法文化的综合体。又如，《大明律》的分目不少与元代的条格相同，说明明初修律时曾吸收了元代的立法经验。满族入关前一些行之有效的习惯法和法律规范，也融进了大清律、例。所以，对于少数民族贵族集团建立的王朝的法律制度及在中华法系中的地位，应该予以恰如其分的评价。清朝在统治新疆时，以大清法律为代表的

---

① 《旧唐书·韦仁寿传》。
② 《滇史略》。
③ 《三国志·魏书·东夷传》。

中国封建法律由于自身缺乏一些社会关系的调整范畴，如大清律中对商品流通、民间公有财产的所有权、社会救济等项内容缺少规定，这也使得受伊斯兰法影响而民事法律关系较为发达的回疆法律文化填补国家法律空白或补充其薄弱环节成为必然。①

　　自古以来，中国土地上生活着许多民族。汉族和少数民族虽有相对固定的生活区域，但也经常迁徙。尽管汉族与各少数民族的法律文化都是中华法文化固有的一部分。但是，各个民族的法律文化又都具有相对独立的法律传统，他们之间相互接触，相互交流，形成了在法律上的互相交流和互相采借关系。就某一具体的民族地区而言，可以看出固有法与外来法不断"博弈"的这种复杂而有趣的变化。生活在西北的回疆民族，法律文化如同宗教及社会历史文化一样，迥异于中原地区，表现为多种法律文化成分的共存，伊斯兰教法、蒙古法、中原法以及伊斯兰化前当地旧有习惯法等，都可以在回疆旧制中找到例证。其中，伊斯兰教法占据突出的地位。伊斯兰教法是一种宗教型法律体系，它与伊斯兰教教义紧密相连，宗教经典同时也是信徒遵循的法典。它与中央政府的法律形成了有趣的对比。从法律文化所体现的性质来说，以大清律为代表的中国传统法律文化的主体部分是一种公法文化，即一种刑事性（刑法化、国家化）的法律体系。其特征之一便是以刑为本，刑法成为一切法律现象之本原性规范，而"对于民事行为的处理，要么不作任何规定（如契约行为），要么以刑法加以调整（如对财产权、继承、婚姻）"。② 伊斯兰教法则轻视公法，重视私法，是一种民事性（民法化或私人化）的法律体系，它在教徒信仰、婚姻、家庭、继承、商业契约等方面体系庞大、较为发达，而在刑事法、行政法方面显得简陋。由于这种差异性，两种法律文化必然冲突，有时是尖锐对立。在刑法领域里，两者最大的分歧莫过于对伤害、杀人案件性质的理解及处理。若按清律当属严重的刑事犯罪，行为人要处以死刑；而在回疆旧有法律体系中则是依循伊斯兰教法观念，杀人和伤害被视为一般民事纠纷，可以采用同态复仇或赔偿血金的方式解决。在经济法领域，两者法律观念差距较大的是丁税问题，按中央政府法律，对臣民征收人头税是封建国家的权力，天经地义；但按伊斯兰教法，只有对被征服的异教徒才征收人头税，由于这一法律观念上的冲突，尽管清朝对回疆征收的赋税低于以往，仍旧引起了当地穆斯林的不满。③ 在婚姻制度方面，回疆依循同乳不婚原则：一个母亲在哺乳自己孩子

---

① 王东平：《清代回疆法律文化刍论》，载《民族研究》1999 年第 3 期。

② ［英］D. 布迪、C. 莫里斯著，朱勇译：《中华帝国的法律》，人民出版社 1995 年版，第 2 页。

③ ［日］岛田襄平：《清代回疆的人头税》，载《史学杂志》61 卷 11 号，1952 年。

的同时，若给他人的孩子喂过奶，那么这两个孩子便处在禁婚之列，若从大清法律角度来看，此纯属无稽之谈。婚姻中血缘关系的限定，伊斯兰教法明显不同于中华法的是同姓为婚问题。"同姓为婚"在内地为历代法律所禁止，兄弟姊妹更在禁婚之列。但是如果按伊斯兰教法，同姓在婚姻中不予排斥，兄弟之子女则互相婚配。

虽则，大清法律和回疆原有法律文化整合过程中仍有值得注意的较多的互补性。例如，回疆依照的伊斯兰教法，由于重私法而轻公法，自身存在先天不足，在国家政权之下不能独立使用，必须补充以地方习惯法、行政法、经济法和王权；而中国古代社会中，吏制发达，形成了一整套严密的官制法，刑事法典缜密严整，构织起庞大严密的法律体系，使得二者的结合成为可能。然而进一步历史地看，清代回疆地区法律制度实际上是大清法律与回疆原有法律文化的多元同构，这种构建的积极意义显而易见，然而它同时也存在着隐患。首先，不同法律规定间的界限很难截然划定，因而在司法活动中，法律的适用问题困扰司法者。其次，这种体制的正常运行要求中央政府必须是强有力的。如果君主圣明、洞察秋毫，国势强盛，政治清明，这种体制就发挥其积极作用；而一旦中央政府势力衰落，政治晦暗，这种体制就日益显露其隐藏的弊端。清朝中后期，这种体制的矛盾突出地表现出来，各级官衙不理民事，伯克包揽词讼、鱼肉乡里，百姓苦不堪言，而下情不能上达，成为回疆社会弊端的症结所在。

从族际互动的角度而言，以中央国家政权形式出现的政治法律制度的传播显然是统治民族如汉、蒙古、满等各族在实施国家管理时所表现出来的"民族精神"的扩散。在独立或自治的民族看来，这种对其他地区法律文化的吸收多半是积极主动、自觉自愿的。如同上述的南诏一样，建立在古代许多民族地区、以国家形式出现的地方政权，其政治法律体系莫不受中央王朝法律制度的辐射与影响。其影响即使在这些地方政权均已覆灭之后，仍然作为文化遗产而被当地民族吸收、消化，变成这些民族传统文化的组成部分。与宋、辽等政权同时存在、却互不统属的西夏就是"得中国土地、役中国人力，称中国位号，仿中国官属，任中国贤才，读中国书籍，用中国车属，行中国法令"①。西夏政权在制定其法律制度时潜意识、自觉不自觉地接受了汉族文化。《天盛改旧新定律令》在形式和内容上都借鉴了《唐律疏议》和《宋刑统》，采用了《宋刑统》中"门"的体例。连西夏法律典籍使用本民族创制的文字——西夏

---

① 李焘：《续资治通鉴长编》卷150，庆历四年六月条。

文，都是模仿汉字而创制的。① 傣族地区与内地政治、经济、文化诸方面的交往密切，特别是从元代在傣族地区实行土司制后，中央政权对傣族地区的统治大为加强，虽然是通过傣族酋长对当地进行统治，但傣族地区各方面受汉族的影响是显而易见的，在法律方面也不例外。明、清时期傣族的法律由习惯法向成文法转变，除了是傣族自身经济，文化的发展的必然外，受内地封建法律的影响也是一个十分重要的因素。《西南夷风土记》说明代傣族地区"治理多如腹里土司"，可见政治上深受内地的影响。傣族封建法规中不准下告上的规定：学生告老师，徒弟告师傅，俗人告僧侣，随从告主子，儿女告父母，百姓告召勐，即便有理也不能让他们告赢，显然和封建法律中的"非公室告"有异曲同工之处。傣族法规在审理杀人案中要区分故意和过失，而且在审理过程中也强调重在事实，不能轻信口供，这和内地封建法律的司法原则也是一致的。傣族的法律从元代简单的习惯法过渡到明清时期内容较为全面、系统的成文法，无论是立法或司法方面都深受汉族的影响。

看一下近代各民族的习惯法就更清楚一些。如较多地体现了中国传统"礼"治思想，尤其是饮食、居住、婚嫁、丧葬、节庆等习俗，时常演绎封建纲常等道德情感和信条。如民和三川地区每年一度的"纳顿节"期间，从表演的"三将"、"五将"、"庄稼其"等舞蹈中不难看出，深受汉族儒家文化中注重忠孝节义、重农抑商的影响；日常节庆中如上坟祭祖、拜仙供神、婚嫁丧葬亦充分反映出与中原文化的诸多渊源关系。同时，吐蕃《法律二十条》中的"孝顺父母"、"尊敬高德"、"帮助邻里"、"与众和睦"等属于道德规范的内容，也被土族社会所吸收。

其实，倘若稍微仔细地加以辨认某个民族法律传统中的一些因子，便不难发现它还有来自除汉族（蒙古、满）外的其他异族群的影响，而这种影响是双向的。

从历史渊源上来看，侗、苗、水、布依等族并不是同一祖先的后裔，但由于各族长期以来共同居住在湖南、贵州、广西一带，在生产、生活和相互交往中相互影响，逐渐形成了具有相同或相似的农村公社性质的社会组织和一系列传统文化。如史料记载，其社会组织和固有法大致相似，称谓合款、议款、议榔、合榔等，因而可概称这些民族为款型民族。在这些款型民族中间，款有大、小之分，大者由一二十个毗邻邦村寨组成，小款由三五个村寨组成。凡参加款的村寨，彼此间有相互支援的义务和监督执行"款约"的权利。款

---

① 党项族立国之前并没有文字，元昊建国后，特命野利仁容模仿汉字，参照党项族语言的特点创制了西夏文，西夏文的创制对西夏法律典籍的形成产生了重大影响。

有款首，称为蒙，即头人，下面还有宁老或荆老，一般都是一家族或一村寨之长，由公认的有威望、办事公正、熟悉款词的老人充当，不能世袭。款首的主要职责是负责调解纠纷、召集款众议事、主持制定款规、执行惩罚、处理对外交往事宜。款首平时参加生产劳动。款有不成文的习惯性款约，由参加联款的村寨共同制订。通常三年或九年"集款"一次。具体而言，其特点是：就其社会群体的结构特征而言，侗、水、苗、布依、毛南、仫佬等族都是以家庭为细胞、以宗族为基本社会单元、以村落为整体、以村落联盟为共同体的结构模式；就习惯法的渊源而言，大致与其组织层次的多重性相适应，"款"型各民族基本形成了多元法律的表征。"款"型民族中普遍存在着族规，或称家法、家规、家风、家训、门风等。显然，这一层次的法律从习惯法的效力上高于单个家庭所规定、或约定、俗定的权利义务规范，而且它在很多内容上与后者重合。这种家族内部的风习，往往世代传承，具有极大稳定性，是全家族代代相传、习以为常的共同生活准则。存在于一村或数村中的村规，是适用范围最广、约束力最强的法律，毛南族称隆款，水、苗等族叫议榔，仫佬族叫会款，侗族叫款约。款型民族对村规的创制和确立程序是大致相似的。就其内容而言，大致是围绕生产和生活的各种秩序性需要而设立的，罚则也基本雷同。就习惯法在现实社会生活中的应用而言，款型民族中广泛存在着大体相似的神判制度、刑罚种类、头人调解和判案制度等。款型民族中对神明裁判的运用虽各不完全相同，但总的来说只有砍鸡砍狗、捞油锅、减天等相似的几种，与凉山彝族、西双版纳傣族等民族纷繁复杂的审判方式大不相同。在刑罚问题上，款型民族都有如下共同特征：对小偷小摸主要靠社会舆论来制止；刑罚种类有罚款、赔物、罚物、孤立偷窃者、游寨、处死等；对偷窃、抢劫、杀人等不同种类的犯罪行为又有区分，等等。另外，头人调解和判案制度也是款型民族的共同特征，侗族的款首、水族的寨老、仫佬族的头人等，其担职资格和判案方式亦大体相似。总的来说，处于平等关系中的款型民族在群体结构的特征、习惯法渊源的层次内涵和多元特征、审判制度等方面显然具有一致性。应当认为出现这种现象的原因不是偶然与单一的，一方面它与各民族相似的人文环境、地理位置、社会形态有关，另一方面也不应排斥各族群之间的互相影响，即这些民族的法律文化的相似性来源于它们之间的相互涵化。诚然，平等关系对于若干民族支系、部落、村落共存在于一个不得不相互接触的空间里而展开的相互影响关系，其描述显然是相对的。如《黔记》就记载，在古州、都江和永从一带，大寨统领小寨，大寨称为斧头苗，小寨称为洞崽苗；小寨必须为大寨服劳役、无条件听从使唤、相互间不能通婚；如小寨男的与大寨女的通婚，大寨的人就聚众把男的杀死。在诸如此类的关系格局中其法律文化传播的单向性是不言而喻的。但总的来说，款型民族间的法律文化传播是平等、混向的，特别是与以傣族为主导的云南有关民族地区相比而言，更是如此。

在傣族及其与周围布朗、基诺、哈尼、景颇等族所形成的民族混居区域，各民族的法律文化明显地受傣族土司制度及其法规的影响。我们看一下基诺族。基诺族历史上长期生活在西双版纳景洪县勐旺、橄榄坝、大渡岗一带的基诺山上。根据该族的创世纪神话，他们与傣族同时出世，并与傣族祖先和车里土司的交往由来已久。清雍正十三年（1735）攸乐同知撤离后，委任车里宣慰使刀绍文推荐的攸乐土司叭龙横作为统治基诺族的代理人，实际上就开始了傣族土司对这一民族的统辖。傣族土司按照傣区村社的政权形式在基诺族任命了各级统治者，并对其赋予了具体的权力和职能。如，传达执行召片领的旨意，分配各种劳役和苛捐杂派；催收门户钱，提供劳役和贡纳等。居住在云南三台山的德昂族（旧称崩龙族），在未受到傣族土司制的影响之前，有本民族的村公议事会一类的原始社会组织形式，也有自己的头人。傣族土司为了便于统治，也依靠德昂族的一些头人，封他们为达岗（土司所属政区的一级头人，或称总伙头）、达吉岗（村社头人，或称伙头）之类。这些人原来是德昂族村内为群众办理公共事务的人，但经土司任命之后，从政治上隶属于土司，他们就要为土司服务，为土司征收粮食及其他杂派，门户款等；同时土司也给他们一定权力，允许向他们管辖的群众征收一定数量的赋税。由于德昂族与景颇族山官的辖区接近，山官凭借其统治势力以种种借口向德昂族勒索财物，每年每户向山官缴纳保头税，多者三箩谷子，少者一箩或半箩，极穷者也得拿点烟草、茶叶或其他土产向山官乞求减免。因此，景颇族的山官制及其习惯法（通德拉）自然也影响到该地区。总的说，从静态上看，历史上处于傣族土司统治下的基诺、德昂等族在统治层面和习惯法律上构成了多个层次，呈现多元性特征。从动态上看，这些"依附"民族在长期的社会生活实践中形成了自己的一套习惯法，作为约束本民族、本村寨成员的思想及行为的"本土"规范。但随着傣族封建领主文化的进入，原有的原始民族习惯法逐渐融进了傣族封建法规的成分，并进而为之所取代，从而形成傣族对这些民族的法律文化的代偿关系。

近代以来，不管是国家法还是各地区和民族的传统法，受国外特别是西方法律文化的影响是非常普遍而深刻的。在这一过程中，中国传统法律不断受到外国法律文化观念、思想、法律制度的影响。当时法律研究者中不乏像沈家本那样既有深厚传统法学功底又比较了解大陆、英美法系，在操作中既注重引入又注重消化的人物，但出于当时救亡图存的时代危机感，多半是"启超式"

输入。像董康先生起初那样，"许多改革者都一方面鄙薄我国旧制，弃之唯恐不及；一方面崇慕西洋新法，仿之唯恐不肖，对于中西法制的利弊难以冷静地检讨、比较，对于产生这两个法制的社会、政治、经济、思想诸体系更无暇深入研究，仓促地想将我国传统法制连根拔出，将西方法制移植过来"。在民族地区，不仅接受中央政府法律的控制，接受汉族传统法律的影响，也有来自中国以外法律文化的影响。傣族与东南亚国家同信仰南传上座部佛教，而且地域相连，人民跨境而居，因此法律也受东南亚国家法律的影响。如明初德宏地区傣族法律中死刑的一种"用象打"，国内不见却可以从东南亚国家的刑罚中看到。① 在法律中对佛教的特别尊崇也与东南亚国家相同。

五、从法律的发展来看：国家法与前国家法

从历史的发展来看，法律可以分为前国家法和后国家法，这主要是从法律的规范化程度而言的。有的法律社会学者从观察社会法律生活出发，归纳出前国家法、国家法、后国家法三种类型，并关注三种法律类型在现实中的冲突。由于中国各民族历史发展的不同步，各民族的法律文化是不同的，有一些以国家形式出现的民族政权，在他们建立国家之前，存在着具有特色的法律形式，这种以前国家法为特点的法律形式与以国家法为特点的中央政府，共存于中华法系之中。前国家法存在于国家政权形成之前，其表现形式与中央政府的国家法形成了有趣的对比。一方面，它被国家法所许可——不管是主动的，还是被迫的，也不管是命令许可的，还是默许的。另一方面，它常常"逍遥"于国家法的作用之外，自主性地发展，最后成为国家法的蓝本和"先驱"。在历史上，辽、西夏、金等许多民族政权都曾经存在过前国家法的形式，但比较典型的是元朝建立以前的蒙古族的"约孙"和"大札撒"和清朝入关以前的各种法律规范。

辽、金之际，广大的草原地区存在着若干个蒙古游牧政权，它们居无定所，随水草而迁徙，之间又各自为政、互不统属。蒙古族虽然起步较晚，但后来居上，迅速发展成为一个强大的汗权政治实体，最终完成了统一高原各部的历史使命，并实现了继唐朝以后的中国又一次大一统格局——元朝的建立。在蒙古族建国之前，先后生活在契丹建立的辽、女真建立的金等国家政权的管辖之下，内部有一种被称之为"约孙（yusun）的调整社会关系的行为准则"。约孙在蒙古人中间世代相传，作为蒙古社会古老的习惯，有"理"、"道理"

①《宋史·外国·占城》。

的含义①，在元代汉语里，约孙又译为"体例"②，是蒙古人古来据以评判是非的标准、调整社会关系的准则和遵守社会秩序的行为规范。其中，有些内容随着社会经济的发展以及立国规模的出现，便成为蒙古大汗立法的参照依据从而制定出具体的法律条文，成为国家依靠强制手段维护统治秩序的行为规范。蒙古人的这些古来的"约孙"也作为"习惯法"成为蒙古法——"札撒"的最主要的法律渊源。另一些"约孙"则随时代延续下来，虽然没有演变成为蒙古汗国的具体的法律条文，但它们已与国家颁布的法令具有同样的社会调节功能，在社会意识形态领域里已经占据了与法律（札撒条文）具有同等重要的地位，是蒙古社会真正的"习惯法"。约孙的由来，主要是来自蒙古先民的自然禁忌及其传统观念。在成吉思汗最初被推举为蒙古部大汗时，曾发誓道："我决不让祖居沦丧，决不允许破坏他们的规矩、习惯！"③成吉思汗在颁布了《大札撒》后，约孙仍然与之平行使用，共同作为调节蒙古社会的行为规范。约孙作为蒙古社会普遍适用的行为规范，兼具道德规范与法律规范的双重性。为建立并保障家族制社会的秩序，仅靠成吉思汗的"法令"即"札撒"并不够，还应同样重视古来的习惯即"约孙"。这不仅约略地折射出蒙古时期法律文化的原始性，而且主要表明的是蒙古汗国从大汗到一般普通民众，已经将"约孙"认可为普遍的"社会意志"，也就是说，在它的背后存在着一种"强制性力量"，实际上已经变成了一个社会的习惯法，被蒙古国家确立为成文法的法条。此外，原始的宗教信仰常常导致迷信禁忌，进而形成若干带有约束、限制功能的行为规范。如在蒙古人的观念中，"火"已经被神格化，他们对"火"的崇敬与期望有一套严格的宗教仪式。当家族有人死掉的时候，与他有关的所有的人或物都被认为沾染了不洁或不祥之物，一定要全部经过"火神"的净化和消弭。"火"不仅具有净化消弭具体不洁之物的功能，它还能消除人们由于违背"约孙"而带来的罪恶，这表明它在某种程度上可以部分充当执行裁判的手段。蒙古人狩猎、战争的规矩、纪律也成为"约孙"的来源。狩猎过程中，他们有一套严格的行动计划和组织纪律。这些在原始狩猎活动中形成的一整套近似于作战的原则，如果没有"强制执行"为其作保障，则无论狩猎的成功还是战争的胜利都是难以想象的。成吉思汗时期，国家对外战争已成为最重要的活动。每逢遇有重要的战事，军队出征前照例要举行军前誓师。

①　（明）火源洁：《华夷译语》（上），载《涵芬楼秘籍》第四集，洪武二十二年，明经厂刻本。

②　《元朝秘史》卷9，216节。《元朝秘史》原名《忙豁仑·纽察·脱卜察安》（Monggol-un Ni'uca Tobca'an. 蒙古秘史）。

③　《史集》卷1—2，第178页。

仪式进行过程中，在强调"札撒"的同时，则必定要重申古老的"约孙"。这些与战争相关的"约孙"，最重要的特征就是其背后一定表现为"强制性的力量"，是绝对不得违反的。"约孙"与"札撒"具有共同的以强制力来保障其实施的特点。这样的例证我们还可以看到很多，如，"捶马之面目者，诛其身"①。"马"作为蒙古人在草原上重要的交通工具、战争的武器，自当受到特殊的保护。赵珙云："牧而庖者，以羊为常，牛次之，非大宴会不刑马。"非但马受到特殊的法律保护，爱屋及乌，甚至连"倚靠在鞭打马的马鞭上，用马鞭去接触箭，捕捉或弄死小鸟，用马笼头打马"，等等，都是罪恶，若故意触犯之则会被处死。这些作为草原游牧民族在他们长期的生产、生活以及战争实践中形成的习惯性行为规范，终于发展成为古代军事游牧民族特殊的刑事立法。当蒙古高原统一的序幕还远未拉开的时候，高原的各个部均相对独立地狩猎、游牧于有限的区域内，由于他们之间存在着包括生产方式在内的文明进程、宗教信仰等诸多差异，在他们的社会内部都有着自己长期通行、遵守的习惯，这些习惯即相当于蒙古社会古来的"约孙"。成吉思汗制定这些"理性的法规"，实际是一次正式的立法活动，其内容应该不仅仅是"札撒"，还应包括对古来的习惯（指统一前蒙古各部各行其是的习惯）的整理、取舍。② 需要说明的是，"约孙"并非人为制定而来，而是由蒙古人自古就一直沿用的习惯发展来的，是人们生活在那个时代据以行事的"理"或"道理"。在蒙古各部统一之后，又经成吉思汗按国家的需要重新归纳、作出取舍并公布于众，业经国家认可并赋予了法律效力，作为"习惯法"，与"札撒"共同使用。在成吉思汗统治初期，国家每逢大事，则一定二者同时强调。这显然是以成吉思汗为代表的汗室为巩固统治政策、维护统治秩序，利用那些本来对社会就有约束力的经年久远的古来"约孙"，再附加上国家的强制力，便形成了符合蒙古社会实际情况的习惯法。

几乎同样是在这一地区，数百年后，在明朝中央王朝的管辖之下，又崛起了一个女真族，也就是后来的满族。从努尔哈赤建立政权起，到皇太极天聪五年七月设立六部，为满族政权的领主贵族政治体制时期，也是其国家法开始形成的时期。具体表现为该政权完全以八旗领主分封形成统治体制，八旗旗主也即领主，全部是努尔哈赤及其子侄，按照家族宗法分封，汗类似西周大分封时期的天子，自领两黄旗，封授子侄统领其他六旗，这六旗旗主又如同受封之同姓诸侯，各领本旗旗人，与本旗下人有君臣之分，只不过不令各旗主在地方建

---

① 《黑鞑事略》，第83、101页。

② 对此，学界历来未予以重视，只注意到札撒的颁行而忽略了约孙的统一整理问题。

立藩国，而是聚居于中央都城。而且由于努尔哈赤既是汗，又是其他旗主的大家长，因而凭借这种双重身份实行中央集权式的汗权专制统治。皇太极继位为汗，不具备汗父努尔哈赤大家长的身份，对其他旗的中央集权性控制力有所削弱，但其体制未变。先是设立六部，将各旗下诸种事务的处理权，集中到中央，以六部分类处理，而六部长官（管部贝勒及承政）又分别对汗皇太极负责，从而以分割旗主、旗下权的方式，加强了汗权、中央集权。而后，又设立监察机构都察院、管理蒙古等事务的理藩院，以及内三院，皇太极又进一步提高其汗的至尊地位而称帝，皇权专制的中央集权进一步强化，旗主及旗下相对独立的旗权进一步削弱。但八旗的宗室领主分封制仍继续实行，八旗蒙古、八旗汉军先后编设之时，皇太极沿袭旧的分封制度，将这两部分旗人也分封予宗王旗主，并使这两种旗与旗主原领之满洲旗为同一旗色，成同一统辖体系，这两部分旗人，也与满洲旗旗人一样，成为宗王旗主、管主的属人——诸申。清政权还把其分封统辖体制扩大到归附的汉官、漠南蒙古贵族乃至朝鲜。对于带领部队归降后金政权的明朝官将孔有德、耿仲明、尚可喜等人，则不纳入八旗体系，而使他们仍统旧属，对旧部军队有一定私统性，行政上听命于中央，又具有某些自主权，且驻辖专城，与宗室一样封王。对漠南蒙古中归附的绝大部分部落，则以分封、划牧地为领地的形式，使其成为臣属清政权的受封“藩部”，既有一定自主权，又接受清朝中央之政令。朝鲜之国王、王妃、世子等，也须接受清廷的册封，奉清之正朔，无论其国王、世子、使节，对清帝均须行三跪九叩的君臣之礼，以表示对清国的臣属。

探索法律的起源与发展之所以复杂，是因为它不能必然与我们所熟知的理论所揭示的国家形态的形成与发展具有历史的一致性。在历史上，前国家法广泛存在于少数民族政权所确立的各种法律形式之中，而这些政权有的仍然接受中央政府的控驭，不能被视为国家法，有的尽管没有受到中央王朝及其律令的钳制，仍共存于中华法系之中。这些前国家法具有走向国家法的趋势，或事实上成为国家法律的“蓝本”。如果我们从法的自身逻辑发展来看，前国家法事实上也广泛存在于各民族的民间法之中。

六、结语

通过以上的分析，从理论上说，国家并不是法律存在的必要条件，即使在存在国家的社会中，除了国家法之外，还有各种形式的非国家法。不仅任何社会都有法，而且每一个社会中的所有重要的社会制度都有自己的法。任何社会的法律制度都是多元而不是一元的。从历史的发展来看，法律可以划分为前国家法和后国家法。但站在现实性的立场上，不管是何种视角，国家法都是一种巨大的存在，成为多元中的一个恒定而强势的"一元"。其他的所谓民间法、从属法、前国家法都是作为一种分析的元素，相对于国家法而存在，可以统称为非国家法。和国家法相对照、广泛存在于汉族和少数民族社会的民间法，和西方法相对照、根植于中国历史与文化的中国传统法律，和中央政府的中国法相对照，广泛存在于各民族地方政权的准官方法，和汉族传统法律以及和西方法相对照，广泛存在于少数民族地区的传统法律，构成了多个维度的法律多元的现象。民间法之与国家法、统治法之于从属法、本地法之于外来法之间，是互相渗透、配合，又彼此抵触、冲突的，其间有正向作用、逆向作用，也有直接作用和变相间接的作用。①

国家法来源于社会，相当一部分国家法都是确认或认可民间习惯，在习惯法的基础上确立的。"国家法律有国家强制力的支持，似乎容易得以有效贯彻；其实，真正能够得到有效贯彻执行的法律，恰恰是那些与通行的习惯惯例相一致或相近的规定。"② 在此意义上，我们似乎可以说习惯法是国家法的渊源，是其立法的材料和基础。而在执法过程中，非国家法对于制定法的实施也起着或抑或扬的作用。无论在何种政治和社会制度下，法律都不可能要么是政府的，要么完全是社会性的。"法律产生于社会与其统治者间的紧张及协调关系之中；法律制度反映了命令性因素与社会性因素间微妙的互动关系。"③ 这两种因素在不同历史阶段交替占优，人们必须在政府与人民之间找到某种妥协方法以保护法律制度的完整性和效力。当立法者制定的规范代表整个社会的价值判断及真正利益并同民间法完全一致的时候，就达到了一种理想的境况。国家法可以顺利地得以实施和实现其预期，且投入的成本降到最低，实现了收益的最大化。此时由于两者的一致性，国家法也得到双重的加强。然而，在国家颁布的法律与人们在现实生活中遵循的活法之间有冲突时，大众就很有可能拒绝接受强加的部分国家法并尽可能地规避这些法律，选择一些有利于自己的规则以解决纷争，这时国家法或多或少被规避了，它的效力在某种程度上被削弱。更有甚者，由于国家法与长期存在的民间法不相一致，导致国家法长期存在，但又在实际的实现过程中处于"无效"状态，在某些农村地区，纠纷总是找族长（德高望重者）解决，而不是诉诸法院。由此观之，非国家法的存在是有其深厚的经济社会文化基础，不能无视固有法文化的强大生命力而片面追求法律的先进或法制的统一。时下的中外论者，多从国家制定法体系来讨论

---

① 梁治平：《清代习惯法：社会与国家》，中国政法大学出版社 1996 年版，第 1 页。

② 苏力："变法．法治建设及其本土资源"，载《中外法学》1995 年第 3 期。

③ ［美］克利福德·格尔兹：《地方性知识》，中央编译出版社 2000 年版。

固有法律传统，一般认为，中国法统，自"魏李悝著《法经》六篇，流行至汉初，萧何加为九章，历代颇有增损分合。至唐《永徽律》出，始集其成。虽沿宋迄元明，而面目一变。然科条所布，于扶翼世教之意，未尝不兢焉"①。却很少甚至没有考虑在民间社会秩序中其他知识系统（包括习惯法）的意义和作用，即使有人意识到地方习惯法对法律实践的影响，却又不愿将之作为"法"的另一种类来对待，认为中国法律传统中并不包含习惯法。各种称为"土俗、土例、俗例、土风"的地方习惯并不具有确定性，属于"情、理"一类用心感受的范畴，不能称之为习惯法；各种不能称为习惯法的习惯，在官方"听讼"的审判实践中，从来没有引用过。

　　国家法依靠其强大的国家强制力在社会中得以确立，并强化、制约、削弱或消解着非国家法，但在这一过程中非国家法却不总是被动接受。相反，非国家法对国家法的立法和执法的全过程都有着不可忽略的作用和影响。"任何时代的法律，只要其运作，其实际内容就几乎完全取决于是否符合当时人们理解的便利；但是其形式和布局，以及它能在多大程度上获得所欲求的结果，则在很大程度上取决于其传统。"② 非国家法对国家法有多方面的作用，当两者在价值取向一致且适用成本相当时，国家法实施顺利，得以加强。反之，当二者不一致且适用成本高时，非国家法会造成国家法实施的困难并增大推行成本，在执行时被规避、被削弱。然后这种规避产生的效果对于当地的社会关系的稳定有着某种积极性的作用。类似这样的民间法支持下的民众对国家法的规避并不鲜见。除了上述两种关系，民间法与国家法最为常见的相互影响的形式是，民间法使国家法的作用发生了变形，预期的目标未曾达至，反而出现了立法者从来没想过的结果——与立法者原意有天壤之别的结果。时下的学者往往较多地关注于国家法对民间法的指导、改变或两者之间的冲突矛盾，③ 甚至仍旧站在国家法中心主义的立场上进行论述。于是"国家强制实施的法律影响这些进程的方式往往被夸大，而它们（从社会生活中自然演进而来的法规）对法律影响的方式则常常被低估。"④ 事实上，民间法对于国家法所产生的作用是显著、而且是多方面的。首先，它可以加强国家法的积极方面，抵消其消极方面。例如，民间法除了解决冲突之外还具有调查政府官员的腐败，反对政府

① 邱汉平：《历代刑法志》（下册），第615页。
② ［美］霍姆斯：《普通法》，转引自苏力《送法下乡——中国基层司法制度研究》，中国政法大学出版社2000年版。
③ 高其才：《中国习惯法论》，人民出版社1995年版，第461页及以下。
④ S. F. Moore, *Law as Process*, p. 80.

官员的不公正，帮助民众行使权利，抵制多种统治集团，等等。① 这不仅有利于国家法的执行，提高国家法的实效性，还有利于民众对国家法的认可和信任，更为重要的是在没有破坏乡土秩序的基础上实现了国家法与民间法的整合。例如，明清律中对"典"的规定，正是从当时民间极尽发达的典当业，甚至溯其源至唐、宋乃至更早的六朝就出现的关于典的习惯法中演化而来的。② 至于消极方面，国家法常常因民间法的运用失效或者被规避。强烈的利益会驱动人们违反法律规范，而不顾强制机制可能带来的惩罚。当这种情形变得习以为常之时，保障性的强制力就会名存实亡。这就是法学家所谓"通过习惯法的堕落"。③ 有时甚至不必是强烈的利益驱使，人们仅仅出于便利，甚至是不愿改变生活习惯的原因，使他们在国家法鞭长莫及的地方，我行我素地适用民间法。例如，清代严禁以异姓子承宗，然而民间以外宗为继者比比皆是，在这种习惯强而有力时，远近族人（包括昭穆相当之人）或任其自便，不加干涉，或实际上已不能够过问了。④

国家法和非国家法的互动，不管是国家法对非国家法的强化和消解，还是非国家法对国家法的渗透和弱化，它们之间始终处于一种互动补充、不断发展的过程。国家法和非国家法相互补充才能维护社会的秩序，只依赖于任何一方都不可取。法律的多样性与统一性，看上去是一对难解的矛盾，尤其是掺杂了各种政治、社会、文化上的因素，就会使这一矛盾更加充满变数，但实际上，二者并不必然存在矛盾，并不必然导致统治的无序和社会的混乱，只要这些法律制度、规范之间形成互相补充、互相支援的层次结构，非国家法照样可以在国家法律的宽容下获得二者的统一。

参 考 文 献

1. ［法］孟德斯鸠著，张雁深译：《论法的精神》，商务印书馆1982年版。

2. ［法］勒内·达维德著，漆竹生译：《当代主要法律体系》，上海译文出版社1984年版。

3. ［美］博登海默著，邓正来译：《法理学：法律哲学与法律方法》，中国政法大学出版社1999年版。

4. ［美］哈罗德·J. 伯尔曼著，贺卫方等译：《法律与革命》，中国大百科全书出版社

---

① 田成有：《法律社会学的学理与运用》，中国检察出版社2002年版，第62页。
② 梁治平：《清代习惯法：社会与国家》，中国政法大学出版社1996年版，第92页。
③ 韦伯著，张乃根译：《论经济和社会中的法律》，中国大百科全书出版社1998年版，第32页。
④ 梁治平：《清代习惯法：社会与国家》，中国政法大学出版社1996年版，第78—79页。

1993 年版。

5. ［美］弗里德曼著，李琼英、林欣译：《法律制度——从社会科学角度观察》，中国政法大学出版社 1994 年版。

6. ［德］韦伯著，张乃根译：《论经济和社会中的法律》，中国大百科全书出版社 1998 年版。

7. ［日］千叶正士著，强世功译：《法律多元——从日本法律文化迈向一般理论》，中国政法大学出版社 1997 年版。

8. ［英］科特威尔著，潘大松等译：《法律社会学导论》，华夏出版社 1989 年版。

9. ［法］亨利·莱维·布律尔：《法律社会学》，上海人民出版社 1987 年版。

10. ［美］昂格尔著，吴玉章、周汉华译：《现代社会中的法律》，译林出版社 2001 年版。

11. ［美］克利福德·吉尔兹：《地方性知识》，中央编译出版社 2000 年版。

12. ［法］埃尔著，康新文、晓文译：《文化概念》，上海人民出版社 1988 年版。

13. ［美］费正清：《美国与中国》，商务印书馆 1987 年版。

14. ［日］滋贺秀三：《中国家族法原理》，法律出版社 2003 年版。

15. 费成康：《中国的家法族规》，上海社会科学出版社 1998 年版。

16. 费孝通：《中华民族多元一体格局》（修订本），中央民族大学出版社 1999 年版。

17. 费孝通：《江村经济——中国农民的生活》，商务印书馆 2001 年版。

18. 费孝通：《乡土中国，生育制度》，北京大学出版社 1998 年版。

19. 沈宗灵：《现代西方法理学》，北京大学出版社 1992 年版。

20. 赵震江：《法律社会学》，北京大学出版社 1998 年版。

21. 苏力：《法治及其本土资源》，中国政法大学出版社 1996 年版。

22. 苏力：《送法下乡——中国基层司法制度研究》，中国政法大学出版社 2000 年版。

23. 梁治平：《清代习惯法：社会与国家》，中国政法大学出版社 1996 年版。

24. 梁治平：《在边缘处思考》，法律出版社 2003 年版。

25. 王铭铭：《乡土社会的秩序、公正与权威》，中国政法大学出版社 1997 年版。

26. 刘作翔：《法律文化理论》，商务印书馆 1999 年版。

27. 田成有：《法律社会学的学理与运用》，中国检察出版社 2002 年版。

28. 朱景文：《比较法社会学的框架与方法——法制化、本土化和全球化》，中国人民大学出版社 2001 年版。

29. 林端：《儒家伦理与法律文化：社会学观点的探索》，中国政法大学出版社 2002 年版。

30. 黄宗智：《清代的法律、社会与文化：民法的表达与实践》，上海书店出版社 2001 年版。

31. 吕世伦：《西方法律思潮源流论》，中国人民公安大学出版社 1993 年版。

32. 俞荣根：《羌族习惯法》，重庆出版社 2000 年版。

33. 田涛：《黄岩诉讼档案及调查报告》，法律出版社 2005 年版。

34. 高其才：《中国习惯法论》，湖南人民出版社 1995 年版。

35. 龙大轩：《乡土秩序与民间法律——羌族习惯法探析》，（香港）华夏文化艺术出版社 2001 年版。

36. 龙大轩："十九世纪末地方法律实践状况考——一块碑文透出的历史信息"，载《现代法学》2002 年 3 期。

37. 徐晓光：《藏族法制史研究》，法律出版社 2000 年版。

38. 徐晓光："中国多元法文化的历史与现实"，载《贵州民族学院学报》2002 年 1 期。

39. 苏亦工：《中法西用：中国传统法律及习惯在香港》，社会科学文献出版社 2002 年版。

40. 苏亦工：《明清律典与条例》，中国政法大学出版社 2000 年版。

41. 杨一凡、田涛主编，张冠梓点校：《中国珍稀法律典籍续编》（九），黑龙江人民出版社 2002 年版。

42. 易建平：《部落联盟与酋邦—民主·专制·国家：起源问题比较研究》，社会科学文献出版社 2004 年版。

43. 李学勤：《东周与秦代文明》，文物出版社 1984 年版。

44. 何锡蓉：《佛学与中国哲学的双向构建》，上海社会科学出版社 2004 年版。

45. 王志强：《法律多元下的清代国家法》，北京大学出版社 2003 年版。

46. 张晓辉：《少数民族习惯法研究》，云南大学出版社 1998 年版。

47. 王学辉：《从禁忌习惯到法起源运动》，法律出版社 1998 年版。

48. 张冠梓：《论法的成长——来自中国南方山地法律民族志的诠释》，社会科学文献出版社 2000 年版。

49. Benjamin van Rooij 著，姚艳译：《法律的维度——从空间上解读法律失败》。

50. 苏力："当代中国法律中的习惯——一个制定法的透视"，载《法学评论》2001 年第 3 期。

· 中国社会科学院法学博士后论丛 ·

党的地方组织与地方人大相互关系研究

A Study on the Interrelationship Between the District Committees of CCP and the Local Legislatures

博士后姓名　游劝荣

流　动　站　中国社会科学院法学研究所

研 究 方 向　宪法

博士毕业学校、导师　福建师范大学　李剑平

博 士 后 合 作 导 师　李林

研 究 工 作 起 始 时 间　2005 年 8 月 1 日

研 究 工 作 期 满 时 间　2007 年 8 月 28 日

作 者 简 介

游劝荣，男，1963 年 8 月生于福建上杭，汉族，中共党员。现任福建省人大常委会委员、法制工作委员会副主任。

1983 年毕业于西南政法学院法律专业并获法学学士学位，1998 年厦门大学经济学院应用经济学专业研究生课程班结业，2005 年毕业于福建师范大学经济学院并获经济学博士学位。

曾任中共福建省委党校讲师，福建省司法厅研究室副主任，福建省法学会秘书长兼《福建法学》、《法制瞭望》主编，福建省人民政府法制局副局长，中共福建省南平市人民政府党组成员、市长助理兼福建省南平市高速公路工程建设总指挥部常务副总指挥、福建省南平市高速公路有限公司董事长。

出版过《法治成本分析》等各类著作十余册，发表各类学术论文数十篇，曾分别获得中国法学会、福建省人民政府优秀论文和社会科学优秀成果奖。

兼任中国法学会宪法学研究会理事，福建省青年法律工作者协会会长，福建省法学会副会长，浙江大学亚洲法律研究中心教授，福建师范大学法学院教授、硕士生导师，福州大学法学院教授、硕士生导师，福建省慈善总会法律顾问。

曾获福建省十大杰出青年称号。

党的地方组织与地方
人大相互关系研究

游劝荣

内容摘要：本文以"依法治国，建设社会主义法治国家"的治国方略和"中国共产党依法执政"的基本原则为背景，通过分析执政党的地方组织和地方国家权力机关相互关系的现状、存在问题及原因，对执政党的地方组织与地方国家权力机关之间相互关系的基本原则及运行机制进行探讨，试图从微观意义和操作层面对执政党的地方组织和地方国家权力机关之间的相互关系的运行机制的制度设计提出一些建议。

关键词：执政党的地方组织　地方国家权力机关　相互关系运行机制

一、引言

党的十六大报告指出，改革和完善党的领导方式和执政方式，对于推进社会主义民主政治建设，具有全局性的作用。党的十六届四中全会通过的《中共中央关于加强党的执政能力建设的决定》更进一步指出，加强党的执政能力建设，必须以改革和完善党的领导体制和工作机制为重点，使党始终成为科学执政、民主执政、依法执政的执政党。此后，依法执政，成为我们党追求和不断实践的执政理念、执政原则和执政方式。

党的十五大提出"依法治国，建设社会主义法治国家"的战略方针，并在随后的宪法修正中把这一战略方针写进宪法，成为我们的治国方略。从某种意义上说，提出依法执政的原则是依法治国战略方针的要求，是执政的中国共产党响应依法治国战略方针的一个重大步骤，是依法治国战略方针在执政党内及执政党的执政活动中的体现，也是执政党率先带头落实依法治国战略方针的重大举措。

胡锦涛总书记在首都各界纪念全国人民代表大会成立 50 周年大会上讲话时指出："依法治国不仅从制度上、法律上保证人民当家做主，而且也从制度上、法律上保证党的执政地位。""要适应新形势新任务的要求，不断改革和完善党的领导方式和执政方式，坚持依法治国的基本方略，把依法执政作为党治国理政的一个基本方式，支持在宪法和法律范围内活动，严格依法办事，善于运用国家政权处理国家事务。"①

本课题研究作为执政党的中国共产党的地方组织与地方国家权力机关之间相互关系的运行机制，正是在这样一个大背景条件下进行的。

二、执政党的地方组织与地方国家权力机关相互关系现状分析

执政的中国共产党的地方组织，是地方政治核心；地方国家权力机关，则是地方政权机关的核心。一个属于政党制度的范围，一个属于国家制度的范畴。它们一个是政党组织、一个是国家机器，性质和特征不同，组织形式、职责功能、活动和工作方式迥异，属于不同范畴具有明显差异性的政治实体，这就决定了这两者不能互相取代、相互削弱、相互抑制，相反应当相辅相成、相互作用、缺一不可。因此，我们既不能因为强调发挥地方国家权力机关的作用，而忽视、削弱执政党的地方组织的领导作用；也不能因为强调和坚持加强执政党的地方组织的领导，就取代或忽视地方国家权力机关的建设。可以说，地方国家权力机关和执政党的地方组织之间始终处于互相依存、相互作用和互相影响的关系之中。一方面，地方国家权力机关的组织和活动，离不开执政党的地方组织领导、支持、保证和监督；另一方面，执政党的地方组织只有通过地方国家权力机关才能实现其对一个地方的领导，完成执政党在这个地方的执政使命，切实保证人民当家作主，实现其基本宗旨。这是我们研究两者之间相互关系的基本前提。与此同时，应当强调，地方国家权力机关是人民当家作主、行使国家权力的机关，作为执政党的共产党则"是人民群众在特定的历史时期为完成特定的历史任务的一种工具"②，其地方组织也不例外。从根本上说，无产阶级夺取政权之后，作为执政党的共产党对国家生活的领导，最本质的内容，就是组织和支持人民当家作主。由此可见，地方国家权力机关和执政党的地方组织之间相互关系的实质其实就是：执政党的地方组织领导、支持

---

① 《纪念全国人民代表大会成立 50 周年文集》，中国民主法制出版社 2004 年版，第 9、11 页。

② 邓小平：《关于修改党章的报告》，载《邓小平文选》第一卷，第 218 页。

和组织人民群众利用当地的地方国家权力机关实现当家作主、管理国家。①

执政党的地方组织与地方国家权力机关之间的相互关系，不仅是执政党的地方组织在执政中必须正确处理的极为重要的关系，也是对地方国家权力机关建设和运行具有决定性影响的关系。构建和谐的执政党的地方组织与地方国家权力机关之间的相互关系，有利于加强和改善党对国家机关的领导，也有利于国家权力机关充分发挥其职能作用，对改善和加强党的领导，完善人民代表大会制度，发展社会主义民主政治，都具有十分关键的意义。构建和谐的执政党的地方组织与地方国家权力机关之间的相互关系，离不开对这种相互关系的现状进行准确的描述、科学的分析，只有对现状进行科学分析，才能找到这种相互关系中存在的问题，进而找到存在问题的原因以及解决问题的途径和办法。

（一）执政党的地方组织与地方国家权力机关之间相互关系的政治学与宪政基础

1. 执政党及其地方组织的执政使命

中华人民共和国的成立标志着中国共产党已经从领导人民为夺取党的政权而奋斗的革命党，转变为领导人民掌握全国政权、当家作主的执政党，党在国家中的地位，党和政权的关系发生了根本性变化。党的领导的内涵、要求和方式，也要随之变化。执政之后，执政的中国共产党及其地方组织的主要任务就是领导、支持和保证人民实现其当家作主、管理国家的权力，做国家的主人。党的性质、宗旨及其使命决定了共产党领导和执政的本质内容是组织和支持人民当家作主，建设社会主义新生活。为此，执政后的中国共产党及其地方组织的主要任务就是千方百计为人民实现其当家作主管理国家的主人翁地位创造条件，建立人民行使当家作主权力的机构人民代表大会，包括地方各级人民代表大会，支持并保证其有效运行，以保证人民实现其当家作主、管理国家，成为执政的中国共产党及其地方组织的当务之急。

2. 执政党及其地方组织的宪法地位

《中华人民共和国宪法》序言规定："本宪法以法律的形式确认了中国各族人民奋斗的成果，规定了国家的根本制度和根本任务，是国家的根本大法，具有最高的法律效力。"这其中当然包括"确认了"已领导人民取得政权，成为领导党和执政党的中国共产党及其地方组织的执政地位和领导地位。

宪法关于我国政党制度的安排主要体现在宪法序言、宪法第 5 条以及修正案第 4 条、第 12 条中。宪法序言规定："中国各族人民将继续在中国共产党的领

---

① 鲁士恭：《中国地方国家权力机关》，中国广播电视出版社 1991 年版，第 461 页。

导下，在马克思列宁主义、毛泽东思想、邓小平理论和'三个代表'重要思想的指引下，坚持人民民主专政，不断完善社会主义的各项制度，发展社会主义市场经济，发展社会主义民主，健全社会主义法制，自力更生、艰苦奋斗，逐步实现工业、农业、国防和科学技术现代化，把我国建设成为富强、民主、文明的社会主义国家。"这一规定确认了中国共产党（当然包括其地方组织）的领导权和执政地位。宪法序言规定："全国各族人民、一切国家机关和武装力量、各政党和各社会团体、各企业事业组织，都必须以宪法为根本活动准则，并且负有维护宪法尊严、保证宪法实施的职责。"同时宪法第 5 条规定："一切国家机关和武装力量、各政党和各社会团体、各企业事业组织都必须遵守宪法和法律。一切违反宪法和法律的行为，必须予以追究。"这一规定确认了作为执政党的中国共产党（当然包括其地方组织）在中国法制总框架中的位置及其责任。宪法序言规定："社会主义的建设事业必须依靠工人、农民和知识分子，团结一切可以团结的力量。在长期的革命和建设过程中，已经结成由中国共产党领导的，有各民主党派和各人民团体参加的，包括全体社会主义劳动者、社会主义事业的建设者、拥护社会主义的爱国者和拥护祖国统一的爱国者的广泛的爱国统一战线，这个统一战线将继续巩固和发展。中国人民政治协商会议是有广泛代表性的统一战线组织，过去发挥了重要的历史作用，今后在国家政治生活、社会生活和对外友好活动中，在进行社会主义现代化建设、维护国家的统一和团结的斗争中，将进一步发挥它的重要作用。"宪法修正案第 4 条规定："中国共产党领导的多党合作和政治协商制度将长期存在和发展。"这一规定确认了我国"一党领导，多党合作"的政党制度的基本架构，也明确了中国人民政治协商会议是我国政党制度中"多党合作"的重要载体。

上述宪法有关中国政党制度的法律安排，基本确立了中国政党制度的基本框架，明确了政党活动的基本原则和制度，也明确了执政的中国共产党（当然包括其地方组织）的领导地位、执政地位以及在法制框架中的位置与责任，为我国政党活动的有序化、法制化奠定了基本法律基础，也为执政的中国共产党及其地方组织的组织和活动提供了基本的法律基础。① 这些法律安排，也成为执政党的地方组织与地方国家权力机关之间相互关系的基本法律保证。

3. 执政党及其地方组织的宪法义务

如前所述，随着改革开放的不断发展，我们党总结新中国成立以来执政经验，尤其是"文化大革命"的教训，在党的十二大报告中明确提出加强和改善党的领导，正确处理党和国家政权机关之间的关系、党和法律之间关系的基

---

① 秦前红：《新宪法学》，武汉大学出版社 1991 年版，第 416 页—425 页。

本原则，即著名的"党必须在宪法和法律范围内活动"的原则，并将这一原则写进党章，成为党的组织和活动的基本原则。其精神随后又写进现行宪法，成为一个宪法原则。

党的政治报告、党章和宪法中关于"党必须在宪法和法律范围内活动"的原则，尤其是宪法序言关于"全国各族人民、一切国家机关和武装力量、各政党和各社会团体、各企业事业组织，都必须以宪法为根本的活动准则，并且负有维护宪法尊严、保证宪法实施的职责"的规定，以及宪法第 5 条关于"一切国家机关和武装力量、各政党和各社会团体、各企业事业组织都必须遵守宪法和法律。一切违反宪法和法律的行为，必须予以追究"的规定，把"党必须在宪法和法律范围内活动"的原则变成一项有宪法保障的法律制度，一方面令执政党及其地方组织明确自己作为执政党及其地方组织在国家法治格局中的地位，明确自己在国家和社会生活中受监督（当然包括来自地方国家权力机关的监督）的地位；另一方面，也明确了国家权力机关包括地方国家权力机关借由宪法赋予的法律监督的职能，行使对各政党（当然包括执政的中国共产党及其地方组织）的监督，以维护宪法和法律的尊严，保证法律的实施。这也构成了执政党的地方组织与地方国家权力机关之间相互关系的重要法律基础。

4. 执政党管理国家事务的间接性

根据政治学的一般原理和宪政的原则，国家事务是由国家政权机关来管理的，政党组织的性质和功能特点，决定了它不可能也不应当直接处理国家事务，执政党也不例外。

对于执政党来说，要有效地将本党的执政意图和主张加以贯彻，就应当通过国家各职能机构去行使法定权力，执政党也可以只能通过由本党派出的执政代表所掌控的各个国家机关去贯彻本党的执政主张和意图。执政党不应当直接通过自己的政党组织（包括其地方组织）本身去贯彻自己业已上升或转化为法律的执政意图和主张，也不应当在贯彻本党的执政意图和主张时撇开国家各职能机构或将这些职能机构的职能虚置。因为只有国家职能机构享有宪法和法律明确规定和赋予的权力，而政党组织（包括执政党及其地方组织）却不享有这些权力。在处于执政地位并且由本党派出的执政代表掌控着国家各职能权力机构的情况下，直接由执政党的组织贯彻自己的执政意图和主张，容易使政党组织和国家机构混淆不清，使政党职能和国家机关职能混淆不清，易于导致"党不管党"、"政不理政"的混乱和无序，易于导致党政权力的矛盾和冲突，既削弱了执政党的领导和执政地位，也影响了国家管理职能的实现。

执政党对国家事务管理的间接性，决定了国家政权机关包括地方国家权力机关在执政党包括其地方组织实现执政党的执政意图和主张中不可替代的作用，是执政党及其地方组织与国家权力机关（包括地方国家权力机关）之间相互关系的另一个关键环节。

5. 执政党的执政意图和主张实现的法定方式

邓小平同志说"一个字都不要动"的党的十三大报告明确指出，"党的领导是政治领导"，也就是"政治原则、政治方向、重大决策的领导和向国家政权机关推荐重要干部"。十三大报告还进一步具体规定："党中央应就内政、外交、经济、国防等各个方面的重大问题提出决策，推荐人员出任最高国家权力机关领导职务，对各方面工作实行政治领导。省、市、县地方党委，应在执行中央路线和保证全国政令统一的前提下，对本地区的工作实行政治领导。它们的主要职责是：贯彻执行中央和上级党组织的指示；保证国务院和上级政府指示在本地区的实施；对地方性重大问题提出决策；向地方政权机关推荐重要干部；协调本地区各种组织的活动。"提出："党对国家事务实行政治领导的主要方式是：使党的主张经过法定程序变成国家意志"，"通过党组织的活动和党员的模范带头作用带动广大人民群众，实现党的路线、方针、政策。"①

无论是把党的主张通过法定程序变成国家意志，还是就内政、外交、经济、国防等重大问题提出决策，或者向国家机关推荐重要领导干部等，大凡执政党对国家事务进行政治领导的各个方面，其实现都离不开国家政权机关包括地方国家权力机关的依法运行。从这个意义上说，国家政权机关包括地方国家权力机关的依法运行，是执政的中国共产党包括其地方组织实现其执政意图和主张的法定途径，而这恰恰就是执政党及其地方组织与国家政权机关包括地方国家权力机关相互关系的重要连接点。

（二）执政党的地方组织与地方国家权力机关之间相互关系的现状

1. 背景

讨论执政党的地方组织与地方国家权力机关之间的相互关系的现状，离不开对相关的大背景的分析。这个大背景表现为三个方面：

其一，中华人民共和国成立，标志着中国共产党从局部执政的革命党，变成了在全国范围内执政的执政党。此后，中国共产党在执政过程中，一边执政，一边努力地实践和探索适应全国执政要求的领导体制和执政方式，对自己领导国家的体制和执政方式的改革从来就没有停止过，尽管其间遭遇像"文化大革命"一样的挫折。总的来说，是在不断地反思领导体制和执政方式中

① 《中国共产党十三次代表大会文件汇编》，人民出版社1987年版，第43—44页。

不适应全面执政和建设社会主义事业要求的方面，不断地改革党政不分、以党代政、权力过分集中的现象，不断地加强以人民代表大会制度为核心的人民政权机关建设，包括加强地方国家权力机关建设，以实现人民当家作主、管理国家的国家性质的要求。

其二，世纪之交，随着社会主义市场经济体制不断建立和发展，随着对外开放的不断扩大特别是加入 WTO 之后带来一系列全球化过程中的新情况、新问题，在面临苏联东欧社会主义国家的工人阶级政党逐渐失掉政权、丧失执政地位的严峻形势及其挑战时，中国共产党审时度势，作出了彻底改革党的领导体制和执政方式的重大决策，提出了依法治国，建设社会主义法治国家的战略方针，进而提出了依法执政的要求，作出了加强党的执政能力建设包括依法执政能力建设的决定。这就为依法规范和处理党组织与国家政权机关之间包括执政党的地方组织和地方国家权力机关之间关系创造了基本前提。

其三，由于我们国家有数千年的封建历史，缺乏民主与法制的传统，封建统治中的集权思想根深蒂固，无法和旧制度一起被"埋葬"，一时难以清除；长期以来我们实行赶超式的集中发展重工业的战略，客观上强化了本来就高度集权的集中统一的计划体制；在尚未探索和寻找到一条共产党领导下、社会主义条件下领导和管理国家的有效方法以及执政方式时，长期通过群众运动的方式管理经济、管理社会，使"运动体制"长期存在，在这种"运动体制"下，执政党的执政活动更多地习惯于传统的适应于战争年代的"动员式"，难以实行依法办事；加之党内民主生活不健全、监督制约机制不完善、个人崇拜乃至迷信盛行，助长了个人权力，甚至形成个人专权。因此我们这个体制"遗传基因"就有一种回归"过去"的冲动，一有环境和条件，就情不自禁、不可遏制地转向集权。这就使得无论是党的领导体制和执政方式改革的进程，还是依法治国战略方针的贯彻，或者依法执政原则的实现以及相应的执政能力的提高都处于不稳定的状态，并且经常出现反复、曲折，执政党组织与国家政权机关之间包括执政党的地方组织与地方国家权力机关之间的关系也因此呈现不确定性。

2. 渐进的变化

在上述背景分析中，我们考察了执政党的领导体制和执政方式改革中的制约因素，论证了改革的艰巨性。尽管如此，在改革和发展的主旋律和大方向下，无论是执政党的领导体制、执政方式的改革，还是与此密切相关的执政党的地方组织与地方国家权力机关之间的相互关系的调适，都达到了一个新水平，呈现出与旧体制相比的巨大变化，包括：

其一，思想认识上，虽然远没有达到统一或者完全共识的水平，但应当说共识逐渐增加，思想渐趋统一。特别是经历了"文化大革命"十年浩劫，面对市场经济体制建立和发展过程中的新情况、新问题，面临加入 WTO 之后经济全球化过程中的机遇和挑战，经历了苏联东欧社会主义国家的工人阶级政党的历史性覆灭，我们党和广大人民群众，首先是我们党包括党的高级领导干部，逐渐认识到改革的极端重要性和历史必然性，并对这种改革的大致方向和范围也都基本形成共识，其标志就是党的十五大报告提出的依法治国，建设社会主义法治国家的战略方针，党的十六大报告提出依法执政。这是我们调适执政党的组织与国家政权机关之间关系，包括执政党的地方组织与地方国家权力机关之间相互关系的重要思想基础和条件。

其二，以规范党的组织和政权机关相互关系，加强政权机关建设、发挥政权机关职能作用的法律规范体系正在形成并在不断完善之中。这个法律完善的过程，大致可以追溯到党的十一届三中全会提出的发扬社会主义民主，加强社会主义法制的要求。党的十二大胡耀邦同志代表党中央在政治报告中首先明确提出"党必须在宪法和法律规范内活动"的原则，旋即写入 1982 年制定的现行宪法中，根据这一原则形成了宪法序言和宪法第五条的规定，以根本大法的形式，对党与国家、党与法律之间的关系的基本原则作出了明确的规范。到党的十五大提出依法治国，建设社会主义法治国家的治国方略之后，1999 年的宪法修正案将这一治国方略写进根本大法，使之成为宪法原则，再一次为执政党与国家政权机关之间关系，包括执政党的地方组织和地方国家权力机关之间关系法制化奠定了宪法基础。在此过程中，相应的旨在落实这些宪法原则的法律陆续出台，逐渐形成了一个相对完备的法律规范体系。包括历经多次修改的组织法、选举法、立法法、监督法，以及全国人大及其常委会制定的有关选举和人大及其常委会组织、活动的决定、决议等。在地方则陆续出台了一些诸如人大及其常委会议事规则、选举法实施办法、立法条例、监督法实施办法、规章备案条例等旨在规范地方国家权力机关的活动的地方性法规和规范。这些规定，形成了一个基本的法律规范体系，尽管还没有形成完备的法律体系，也缺乏像"政党法"那样的重要的基本法，但在主要的方面，还算基本上"有法可依"了。所有这些，都为我们改革执政党的领导体制和执政方式，调整执政党组织与国家机关关系包括执政党的地方组织和地方国家权力机关之间关系，提供了宪法原则和具体的法律规范。尤其是各地根据宪法和法律规定，结合当地的实际情况制定的地方性法规，为调整执政党的地方组织和地方国家权力机关之间关系提供了具体而可操作的规范。

其三，制度建设取得了长足的进步。邓小平同志高度重视制度建设的极端重要性，认为制度问题关系到党和国家是否改变颜色，必须引起全党的高度重视。早在上 20 世纪 80 年代初期，邓小平同志就曾指出："我们过去发生的各种错误，固然与某些领导人的思想、作风有关，但是组织制度、工作制度方面的问题更为重要。这些方面的制度好可以使坏人无法任意横行，制度不好使好人无法充分做好事，甚至会走向反面。"① 党的十三大报告也指出"党和国家政权机关的性质不同、职能不同、组织形式和工作方式不同"，提出"应当改革党的领导制度，划清党组织和国家政权的职能，理顺党组织与人民代表大会、政府、司法机关……之间的关系，做到各司其职，并且走向制度化"。以党的十三大为例，为了落实这次代表大会提出的执政方式改革的目标，特别强调党内制度建设，提出从制度建设着手，规范执政党的领导体制、执政方式和自身建设，包括：一是从中央做起，健全党的集体领导制度，包括中央政治局定期向中央全会报告工作的制度，建立中央政治局、政治局常委会、中央书记处工作规则和生活会制度，各级地方党组织也相应建立和完善有关议事规则、表决制度、生活会制度；二是规定了党内选举的提名程序和差额选举办法，以保障党员权利；三是提出要加强党内监督机制建设等。尽管此后由于种种原因，一些制度并未建立，一些制度虽然建立却并未到位，一些制度在实际运作中也出现偏差等，但毕竟这些制度建设，规范了执政党的执政行为，对于调整执政党的地方组织和地方国家权力机关之间关系具有十分重要的意义。与此同时，中国共产党还加强了人民代表大会制度建设。特别是 1982 年宪法和在此前后制定的选举法、组织法，对健全人大制度作出了一系列重要规定。主要包括：一是改进和完善选举制度，把等额选举改为差额选举，把直接选举人大代表的范围扩大到县一级；二是扩大全国人大常委会的职权，加强它的组织；三是规定县级以上地方各级人大设立常委会；四是赋予省级人大及其常委会制定地方性法规的权力；五是改变农村人民公社政社合一的体制；等等。上述规定进一步健全和完善了国家政治体制，为人大及其常委会行使职权，开展工作提供了宪法依据和保障，对新时期坚持和完善人大制度、发挥国家权力机关作用具有重大的现实意义。

其四，党的领导制度和执政方式的实际运行状况日渐符合依法执政的要求或者朝向符合依法执政的要求方向发展。以党组织与国家政权机关关系为例，县级以上人民代表大会设立常委会之后，人大常委会的组织建设发展迅速，越来越承担起宪法赋予的国家权力机关的职能；党组织也越来越重视通过人大及其常委会这一法定机构，把党组织的意志和主张转变为国家意志；立法活动日益活跃，就本行政区域内重大事项作出的决定也越来越多；党组织和国家权力

---

① 《邓小平文选》第 2 卷，第 333 页。

机关之间的互动越来越协调。比如，党组织设立的与政府部门重叠的分管经济工作的部门越来越少，党组织和政府职能的界限越来越分明，党的组织直接调配财物资源、就项目等问题直接作出决定的情况逐渐减少，政府经济和社会管理职能逐渐到位；又如，党组织对司法工作的领导也逐渐摆脱过去"党委批案"的做法，注重保证司法机关独立行使审判权和检察权；再如，在基层企业，党组织充分保障现代企业制度的实现，保证企业法人治理结构的运行，不再与企业行政"争权"转而注重发挥其保证监督作用，等等。我们列举这一系列的变化，只是转变中的一部分，实际生活中的变化更多，转变的趋势也日益强化。在一系列变化中，得益于党政关系日益法制化、执政党的地方组织与地方国家权力机关之间的关系也日渐协调，其发展趋势是，一方面，地方国家权力机关的组织建设不断加强，其职能不断到位，运行日渐规范；另一方面，执政党的地方组织也逐渐学会并习惯于通过运行地方国家权力机关的职能，把自己的执政主张、政策转变为全体人民的共同意志，赋予其法律效力，成为全社会的共同行动。

　　3. 发展中的不平衡

　　如前所述，党的十一届三中全会以来，我们党对党的领导体制和执政方式进行了不断的卓有成效的改革，无论思想观念、法律规范、制度建设还是实际运行方面，都有了长足的进步，取得了很大的成绩，但是我们也应当清醒地看到，这种改革的成绩是初步的，发展中仍然存在许多困难，"显性"和"隐性"的问题仍然很多，其中"发展不平衡"是一个普遍而重要的问题，表现为：

　　其一，因领域不同而有差距。在执政党的地方组织与地方国家权力机关相互关系中，一些领域比较协调，比如立法领域；另一些领域则可能存在一些困难和问题，比如监督领域。协调得比较好的领域，大都有几个特点：一是这些领域内法律制度比较完善、相应的规范比较健全，地方国家权力机关职权行使有章可循，比如地方立法领域，国家有宪法和立法法的规定，地方通常也有立法条例，关于地方国家权力机关行使地方立法权有较为明确、具体的规定，无论是授权还是限权的规范都比较明确、清晰。一方面，执政党的地方组织提出立法建议，把党组织的主张和政策通过畅通的渠道和规范的程序贯彻到立法过程中，把党组织的主张和政策变成国家意志，取得法律效力；另一方面，地方国家权力机关依靠这种基于法律规定而形成的畅通渠道和程序，在立法中紧紧围绕党的中心工作，服务改革发展和稳定的大局，把党组织的主张和政策法律化，赋予其法律效力。双方在围绕中心、服务大局和遵循法定程序这两个关键点上容易达成共识，关系也容易协调。二是这些领域大都有比较长时间的实践，各方磨合得比较好，在实践中了形成了相应的制度、规范、惯例或者共识，易于操作，比如在中央层面，宪法修正案大都由中共中央向全国人大常委会提出建议，几乎成为我国宪法的一个"惯例"。地方上也一样，地方性法规中涉及一些重要的立法项目或事关重大的制度设计，地方国家权力机关通常都事先向当地党组织请示汇报，做到畅通协调，以取得当地党组织的支持，既有利于法律的制定，也有利于法律制定之后的执行。

其二，因地方不同而不同。实践证明，一些地方执政党的地方组织和地方国家权力机关之间相互关系比较协调，而另一些地方则在协调上存在一些困难和问题。在多数地方比较协调的同时，也确有一些地方协调不够，有的地方甚至协调上存在严重困难。分析表明，造成这种差距的原因主要有：一是取决于执政党的地方组织及其领导人的执政能力和水平，以及地方国家权力机关及其组成人员的整体素质。如果执政党的地方组织及其领导人的执政能力和水平比较高，具备总揽全局、协调各方的能力和水平，具备较强的宪法、法律和人民代表大会制度的意识，有较强的依法执政的观念，具备依照法律规定的途径和程序来运行国家政权机关的能力，尊重地方国家权力机关及其法定职权，重视发挥地方国家权力机关的职能作用，更多地支持、更少地干预，那么执政党的地方组织和地方国家权力机关之间的相互关系就容易处理得好，执政党的地方组织对地方国家权力机关的领导才能有效地进行，也才会收到实效。相应的，地方国家权力机关及其组成人员的整体素质，也同样具有决定性意义。如果地方国家权力机关及其组成人员整体素质高，能够坚持党的领导、人民民主和依法办事的统一，人民代表大会制度的观念强，宪法和法律的意识强，业务能力和水平高，能够围绕党的中心工作服务改革、发展和稳定的大局，把执政党的地方组织的执政主张、政策要求转化为国家意志，变成法律，并以国家强制力保障其付诸实施那么地方国家权力机关与执政党的地方组织就容易做到目标一致、步调一致、关系协调，良性互动就容易实现。二是一个地方的经济、文化和社会发展水平，对执政党的地方组织和地方国家权力机关相互关系的协调也有一定的影响作用。经济发展快，为民主提供更好的基础；文化和社会发展快，为民主创造更好的条件，对执政党的地方组织和地方国家权力机关建设的要求就提高了，执政党的地方组织和地方国家权力机关之间相互关系和调适就比较有共识和基础。三是民众的素质特别是其民主意识、当家作主的热情，对执政党的地方组织和地方国家权力机关之间关系的协调的也有重要意义。一个地方民众的民主意识增强，当家作主的热情高涨，就会形成对执政党的地方组织和地方国家权力机关有形无形的压力，要求双方更加开放、民主地处理相互关系，实现互动，更有效地运行国家政权机关，更好地保证人民民主权利的实现，更好地实现当家作主。

其三，因时间不同而不同。如前所述，现行体制初创于革命战争年代，形成于计划体制条件下，比较适合于搞群众运动。现行体制的这种"运动式"，就造就了我们体制中许多方面会表现出"因时间不同而不同"的特征。执政党的领导体制和执政方式以及与此密切相关的执政党的地方组织与地方国家权力机关之间相互关系的问题也不例外。当我们强调问题的一个方面时，我们往往就会忽略另一个方面，就像"八九风波"之后，我们强调加强党的领导（这无疑是十分必要的），在很多的问题上，我们就忽略了发挥政权机关的作用，以至于造成了"党政不分、以党代政、权力过分集中"现象的回潮。同样的，当我们强调问题的另一个方面时，我们往往又会把原来的那个方面忽略了，比如当我们强调党政职能分工时，有的地方就出现了摆脱党的领导的错误倾向。正因为如此，执政党的领导体制和执政党的地方组织与地方国家机关相互关系的调整都一样，往往随"运动"起舞，时好时坏，反复多、波折多。不抛弃这种"运动"体制，执政党的领导体制和执政方式的改革，包括执政党的地方组织和地方国家权力机关之间相互关系的协调，都不可能稳定地进行、有序地开展。

4. 结论

根据上述分析，我们清醒地看到，执政党的地方组织与地方国家权力机关之间的相互关系的现状，可以概括为：基本协调中有一些不和谐因素，发展中面临一些困难和问题。同时，分析让我们认识到，目前存在的不和谐，以及发展中面临的困难和问题，是由各种各样的原因造成的，其中最重要的问题在于法制不健全、制度不完善。有鉴于此，清除不和谐因素，解决面临的困难和问题的出路也只能是加快法制建设的步伐，健全各方面的制度建设。这是我们调整执政党的地方组织和地方国家权力机关之间相互关系的当务之急！

（三）执政党的地方组织与地方国家权力机关之间相互关系存在的问题及原因分析

1. 一般意义上的分析

在执政党的地方组织与地方国家权力机关之间相互关系问题上，不言而喻，实际上存在着相互关系的双方，即执政党的地方组织和地方国家权力机关，它们之间实际上是一种互相促进、相辅相成的关系，两者之间互动情况，直接决定它们之间相互关系的水平。因而，一般意义上分析双方相互关系中存在的问题，主要是从双方互动的情况以及解决互动中的问题的角度来研究：

其一，地方国家权力机关建设滞后、法定职权行使未到位。这是执政党的地方组织与地方国家权力机关之间相互关系中的重要问题，也是制约执政党的地方组织与地方国家权力机关之间关系"正常化"的重要因素。长期以来，我们这个体制"高度集权"的特点，衍生出"行政权高于一切"的弊病，它必然以立法权的萎缩为前提（或代价），相当长一段时间以来，地方国家权力机关的建设没有提上议事日程，在1979年之前地方国家权力机关连常设机关都没有（1979年地方各级人大才设立常委会）。即使有了常设机构，地方国家权力机关建设也仍然存在大量问题，制约着权力机关依法行使职权并在此基础上与执政党的地方组织有效互动。比如人民代表的素质结构难以适应要求，人大常委会的委员兼职过多、年龄老化、法律和经济专业人才缺乏，人大各专门委员会大都未建立（大多数的地方人大仅设有法制委员会），许多应由专门委员会行使的职权无法行使，或者勉强由人大常委会的工作机构代为行使，预算审查就是典型例子。另一方面，由于体制的原因，客观环境条件的制约，也由于地方国家政权机关自身的因素，地方国家政权机关既定职能行使未到位，也是一个普遍现象，以至于在地方政治格局中无法发挥作为政权核心的作用并在此基础上与执政党的地方组织互动。表现为该行使的职能没有行使，或者没有行使到位，这是一种不作为；在有的情况下虽然作为，但由于素质的制约或者制度不救济，即使行使了也达不到法定职能的要求。以监督为例，基于传统文化的影响，我们这个体制对于这种与"和"的传统稍有冲突的监督特别是比较剧烈的监督方式总是很排斥，比如宪法第71条规定的特定问题调查委员会和第73条规定的质询，都属于看起来"对抗性"比较强的监督方式，在实践中鲜见地方国家权力机关行使，以至于被一些宪法学家称为"沉睡的制度"。

其二，执政党的地方组织职能定位的偏差。中国共产党是一切事业的领导核心，党与国家政权机关之间是领导和被领导的关系，执政党的地方组织对地方国家权力机关实行领导是宪法规定的重要宪政制度。长期以来，高度集中的计划体制运行的结果，形成了高度集权的政治体制，包括党的领导体制和执政方式，表现在党和国家政权机关之间相互关系上，通常的表现是党政不分、以党代政、权力高度集中。执政党的地方组织与地方国家权力机关相互关系这个层面，也存在同样的问题，一些地方的党组织，不重视或者还没有学会在依法执政条件下充分发挥人民代表大会制度的优越性，充分调动地方国家政权机关的积极性、发挥地方国家政权机关的作用，而是直接以党组织的名义，行使地方国家权力机关的法定职权，其结果一方面使地方国家权力机关不能发挥其应有的职能作用，另一方面也使执政党的地方组织的执政行为违反宪法和法律，出现"宪政危机"。个别地方曾经出现地方党委不经人大及其常委会直接任命检察长的例子，就是这种典型。也有一些执政党的地方组织相反，在处理自己与地方国家权力机关相互关系问题上，对地方国家权力机关的性质、地位及其职能认识不足，不重视地方国家权力机关职能作用的发挥，甚至放弃领导、听之任之，既不利于地方国家权力机关发挥其本地区政权机关的核心作用、也不利于加强党的领导。但在这个问题上，应当看到，目前的主要矛盾和矛盾的主要方面仍然是作为旧体制残余的党政不分、以党代政、权力过分集中于党委的情况，需要我们在改革党的领导体制和执政方式过程中努力加以克服。

其三，执政党的地方组织和地方国家权力机关之间相互关系协调方面存在障碍，出现不协调时，解决问题的渠道不畅通。两个相互关联的组织在运行中出现相互关系上的不协调乃至矛盾是必然的，也是正常的。在执政党的地方组织依据宪法原则对地方国家权力机关实行领导时，囿于对一些问题的认知不同，或者由于观察和思考问题的角度不同，同时也由于一些复杂的主客观因素，在处理两者相互关系时，可能会出现不协调，乃至矛盾。事实上，实际生活中这种矛盾和不协调也大量出现。总体上说，凭借两个组织根本目标的一致性及其领导人的智慧，遵循着宪法和法律原则，这些矛盾和问题大都在实际中得到有效的解决，执政党的地方组织与地方国家权力机关相互关系也在这种不断解决矛盾和不协调中得到发展、达到新的和谐。但总还有一些矛盾和问题，由于积累时间太长，或者由于涉及的利益情况比较复杂，或者各方在处置过程中协调不够，或者由于相关的规范和制度不健全，这种矛盾和问题解决起来有障碍，甚至难以协调解决，一旦出现此类矛盾乃至冲突的时候，由于缺乏一整套制度化的、执政党的地方组织和地方国家权力机关都共同认可并遵循的宪法范围内解决冲突的可操作的制度设计，这种矛盾和冲突要么长期存在，久拖不决，或者影响执政党的地方组织对地方国家权力机关领导的有效实现，或者影响地方国家权力机关职能的充分发挥。更多的时候则是为了解决矛盾和冲突，做无原则的让步，而让步的一方往往又是作为被领导一方的地方国家权力机关，这种放弃原则的让步的结果，不仅不利于地方国家权力机关发挥其职能作用，从根本上说，也不利于执政党的地方组织加强对地方国家权力机关的领导。

2. 从地方国家权力机关职能的角度分析

根据宪法和相关法律的规定，地方国家权力机关法定职权主要包括四个方面，即立法权、决定权、任免权和监督权，从这四项职权的运行过程看执政党的地方组织与地方国家权力机关之间相互关系，应当是考察这个问题的另一个角度。

其一，关于地方立法权的行使。地方立法是执政党的地方组织与地方国家权力机关之间相互关系比较协调的领域。通过地方立法的形式，把执政党的地方组织的政策和主张变成国家意志、变成全体人民的共识和共同行动，有利于执政党的地方组织实现其执政主张和政策，也是执政党的地方组织对地方国家权力机关以及当地的国家事务实行领导的重要方式，这一点已成为执政党的地方组织的共识，也受到执政党的地方组织的普遍重视。与此同时，在地方立法中围绕党的中心工作，服务改革发展和稳定的大局，根据本地区的实际情况和改革发展稳定的需要，通过行使地方立法权，致力于把执政党的地方组织的执政主张和重要政策法律化，赋予其地方性法规的效力，使之成为国家意志和本地区全体人民的共同意志和共同行动。这是地方国家权力机关接受地方党组织领导的重要方式。在这一点上地方国家权力机关亦有共识，地方立法的实际运行过程也大致如此，与执政党的地方组织互动较协调。据统计，在各级党委的重视支持下，我国有立法权的各级地方人大及其常委会根据国家政权建设和经济社会发展的需要，尤其是适应改革开放和现代化建设的需要，依据宪法法律，不断制定本行政区域经济、政治、文化和社会生活所需的各项法规。从1979 年到2004 年，有立法权的地方人大及其常委会制定了7500 多件地方性法规、民族自治地方制定了600 多件自治条例和单行条例，为中国特色社会主义法律体系的基本形成作出了积极贡献。① 在地方立法领域里，执政党的地方组织与地方国家权力机关之间相互关系的某些不协调主要体现为：一方面，一些执政党的地方组织，不重视地方立法工作，不重视通过地方立法的形式，通过法律途径和方法来贯彻自己的执政主张和政策，像传统体制下一样，采取直接将政策适用于社会生活的做法，这既影响了执政党地方组织的执政主张和政策的有效实施，也损害了国家权力机关的权威；也有一些执政党的地方组织其领导人对地方国家权力机关的性质、地位、作用认识不足，把地方国家权力机关视作自己的一个部门，要求把一些并不成熟的甚至违法的主张和政策制定为地方立法，个别的还强令地方国家权力机关"违章作业"，比如要求就加强地方保护主义问题进行法律规范，让当地采取地方保护主义政策合法化等。这样制定出来的地方性法规的质量难以保证，甚至与宪法、法律和行政法规相抵触，损害了地方国家权力机关的权威，不利于加强党对地方国家权力机关及其立法工作的领导，也不利于执政党地方组织的执政主张和政策的实现。另一方面，也有一些地方国家权力机关在行使地方立法权时，在遵循"围绕中心、服务大局"的指导思想，自觉地把执政党的地方组织的执政主张和政策转化为国家意志，变成本地区全体人民的共同意志和共同行动方面，"靠不上、走

---

① 胡康生："50 年立法工作回顾"，载《人大研究文萃》第一卷，中国法制出版社2004 年版，第522 页。

不近、跟不紧"，游离于本地区党的中心工作之外，就一些无关紧要的工作制定地方性法规，其结果是既浪费了宝贵的立法资源，没有充分发挥地方立法的职能作用，也降低了地方性法规对当地政治、经济和社会生活的规范作用，使地方国家权力机关与执政党的地方组织的相互关系协调出现困难。

其二，关于重大事项决定权的行使。地方国家权力机关重大事项决定权是人民当家作主、管理国家事务的重要表现，反映了国家一切权力属于人民的政权性质。20 多年来，地方各级人大及其常委会围绕党的中心任务，认真负责地行使重大事项决定权，审议、决定当地经济、政治、文化、社会等各方面的重大事项，作出了数以十万计的决议、决定。据有关统计，福建省共作出决议、决定 234 项。① 在现行党的领导体制和执政方式条件下，在地方国家权力机关行使重大事项决定权问题上，重要的是要协调好执政党的地方组织就本地区重大事务作出的决策与地方国家权力机关行使重大事项决定权的关系。实际上，地方国家权力机关行使重大事项决定权，就是要把执政党的地方组织就本地区重大事务作出的决策，通过法定程序，赋予它法律效力，变成具有法律意义的国家决策，用法律的形式保证其实施，以实现执政党的地方组织的执政主张和政策。地方国家权力机关这一职权的行使，需要有一个互动，那就是执政党的地方组织要重视地方国家权力机关重大事项决定权，支持并通过地方国家权力机关行使决策权，善于利用地方国家权力机关这一职权，致力于把自己的执政主张、政策，就本地区事务作出的重大决策，转化为具有法律意义的国家决策；另一方面，地方国家权力机关在行使重大事项决定权时，也必须紧紧围绕党的中心工作，服务改革发展稳定的大局，及时了解、掌握执政党的地方组织为了实现其执政主张和政策就本地区重大事务作出的决策，及时地通过地方国家权力机关重大事项决定权的行使，将它转化为国家决策，赋予其法律效力，保证其实现。在这个方面存在的问题主要是两个方面：一是一些执政党的地方组织对于党的决策的法律化的意义认识不足、重视不够，习惯于按传统体制的方法，把党的决策直接用政策方式推动，用于规范社会经济活动和其他事务，因而不及时将自己的执政主张和政策，以及据此形成的执政党组织的决策提交给地方国家权力机关，通过行使重大事项决定权赋予党组织的决策以法律效力，以保证其实施。另一方面，则是地方国家权力机关在行使重大事项决定权尤其是在决定项目选择时，围绕党的中心工作、服务改革发展稳定大局的意识不强，跟不上地方党组织的思路，运行地方国家权力机关决定权，把执政党

---

① 引自尹中卿"地方人大二十年来行使重大事项决定权的实践"，载《人大研究文萃》一卷，中国法制出版社 2004 年版，第 647 页。

的地方组织就本地区重大事务作出的决策转化为国家意志的步伐太慢，既不利于执政党的地方组织的执政主张及政策的实现，降低了地方国家权力机关重大事项决定权的层次和水平，也不利于地方国家权力机关在本地区国家政治生活中核心地位的巩固。

其三，关于任免权的行使。地方国家权力机关任免权的行使，是通过行使任免权组建其他地方国家政权机关，是人民当家作主、管理国家的直接体现，是一切权力属于人民的国家性质的重要体现，也是地方国家权力机关的重要职能。20多年来，地方国家权力机关把对党负责和对人民负责统一起来，依法行使好人事任免权，为党委"再把一道关"，努力促成地方执政党的组织意图的实现，为社会主义建设事业提供了有力的组织保证，也维护了宪法法律的尊严。地方国家权力机关任免权的行使中主要的问题是怎样正确处理"党管干部"和国家权力机关决定任免国家机关主要领导人之间的关系。"党管干部"是我国现行干部制度的基本原则，也是党对国家机关进行领导的重要手段，是共产党执政的重要体现，也是地方国家权力机关行使任免权必须遵循的基本原则，这是中国特色社会主义政治制度的重要特点之一。在地方国家权力机关行使任免权的问题上，关键问题是，一方面执政党的地方组织要科学把握"党管干部"的原则，充分认知地方国家权力机关行使任免权是落实"党管干部"原则的一个重要环节，高度重视和尊重地方国家权力机关行使任免权过程中的知情权、选择权；另一方面，地方国家权力机关在行使任免权时，要坚定不移地坚持"党管干部"原则，把任免权的行使作为"党管干部"的一个环节，自觉地把行使任免权的所有职能活动都作为实现执政党的地方组织的干部路线的活动，保证执政党的执政意图在任免权行使过程中得以贯彻和实现。在这个问题上同样存在两个环节上的问题：一是一些执政党的地方组织片面理解和认识"党管干部"原则，对地方国家权力机关"行使任免权"这一法定职权的意义和重要性认识不足，把地方国家权力机关行使任免权的法定程序视为简单的"走形式"、"办手续"、"过程序"，对地方国家权力机关及其组成人员在任免权行使过程中的知情权、选择权保障不足，使地方国家权力机关难以真正行使任免权，也就无法在地方国家权力机关行使任免权的环节上为落实"党管干部"原则进行把关和监督。二是由于制度设计不健全，特别是地方国家权力机关任免权行使过程中的知情权和选择权难以保证，一些地方国家权力机关及其组成人员在行使任免权过程中，也有"走过场"的思想，怠于进行"把关"，或者虽然也想为执政党的地方组织全面实现其"党管干部"原则"把好关"，却缺乏应有的、必需的途径和方法，难以如愿，因而"过程序"的情况在一定程度上存在。这就使得一方面"党管干部"原则在地方国家权力机关任免权过程中难以得到有效的、有保证的贯彻，也使地方国家权力机关任免权的行使流于形式，不利于充分发挥地方国家权力机关的职能作用。

其四，关于监督权的行使。加强人大监督是发展社会主义民主政治，实现人民当家作主、管理国家的重要途径。地方国家权力机关行使监督权，对"一府两院"进行工作监督和法律监督，对保证宪法和法律在本行政区域的正确实施，对保证依法行政、公正司法、维护正常的市场经济秩序、维护公民的合法权益，对充分发挥地方国家权力机关的职能作用，推进党的领导体制和执政方式的改革都具有十分重要的意义。在地方国家权力机关行使监督权问题上，有三个环节是十分重要的，一是坚持和改善党的领导。实践一再证明，执政党的地方组织如果重视和支持人大监督，人大监督就能顺利实施，反之则困难重重；二是作为监督对象的"一府两院"要找到自己作为被监督者的方位感，自觉地接受监督并根据人大监督的要求改进自己的工作，更好地依法办事；三是作为监督者的地方国家权力机关在履行监督职能，行使监督权时，要有高的起点、正确的定位和科学的途径与方法，要提高素质，敢于和善于监督。三者相辅相成，缺一不可。在这个问题上，存在的主要困难有以下几方面：一是执政党的地方组织对地方国家权力机关行使监督权的重要性认识不足，对地方国家权力机关监督权行使的支持力度不够，特别是当受监督的"一府两院"的行政行为和司法行为背后涉及执政党的地方组织的决策或其领导行为时，监督往往无法继续，甚至夭折，既损害地方国家权力机关的形象和权威，也破坏了党的正确领导、损害了执政党的地方组织的威信，严重的还导致一个地方党和国家事业的重大损失。二是一些地方国家权力机关在行使监督权时，围绕党的中心工作和服务改革发展稳定大局的意识不强，使监督工作游离于执政党的地方组织的中心工作之外，在选择监督重点、监督事项、监督对象和监督方式方面与执政党的地方组织沟通不够，甚至自行其是，一方面导致监督工作得不到执政党的地方组织的支持而难以为继，另一方面可能给各方面的工作造成混乱，影响地方国家权力机关职能的正确行使，损害地方国家权力机关的形象。

3. 原因分析

其一，思想认识方面。一些同志对依法执政条件下执政党的地方组织和地方国家权力机关相互关系调整的重要性认识不足，对这个相互关系的调整对于改革我们党的领导体制和执政方式的重要意义认识不足；一些同志对于依法执政条件下，党的领导体制和执政方式转变的必然性认识不足，自觉性不够，对旧体制和旧方法的危害性认识不足，决裂不彻底，对于发展中的新体制、新方法认识不足，接受程度不高，不能迅速适应这种转变的要求，对传统体制过去那一种习惯的做法，特别是权力过分集中的体制有一种不自觉的"依恋"和"回归"的冲动。所有这些都制约着我们改革传统领导体制和执政方式的脚步，也影响我们科学地调整执政党的地方组织和地方国家权力机关之间的相互关系。因而，观念转变，实现执政观念现代化，为改革创造良好思想文化条件，是我们的当务之急。

其二，制度层面方面。由于缺乏诸如政党法和政党与国家机关关系法这样一些基本的法律规范，现有的宪法和法律中有关调整执政党和国家政权机关之间相互关系的规定大都着眼于中央这个层面，涉及地方的规定较少，很多的时候只能"参照执行"。这种制度上的缺失，让执政党的地方组织在领导地方国家权力机关，运行地方国家权力机关以及协调与地方国家权力机关关系时经常陷于"无法可依"或者无法操作的困难境地。其结果，往往要么领导不到位、支持不到位；要么就干预过多，甚至以党代政、党政不分。同样的，地方国家权力机关在接受执政党的地方组织的领导，自觉与执政党的地方组织在政治上保持一致，在履行职责过程中贯彻执政党的地方组织的执政主张、政策时，也缺乏应有的、可操作的法律规范，往往是原则有余、制度不足，难以遵循。这就使得一方面地方国家权力机关的作用难以充分发挥，另一方面执政党的地方组织的执政主张和政策要求也难以通过地方国家权力机关履行职责的活动得以贯彻和实现。

其三，操作层面方面。在实际运行过程中，由于执政党的地方组织及其领导人和地方国家权力机关及其组成人员的认知程度不同，依法执政的领导能力、协调能力、管理水平不一，同样的法律、规范和制度在不同的地方，由不同的人操作和运行，往往会有不同的结果，有时甚至出现截然相反的情况。操作层面上各种人的因素、人与制度和规范衔接的环节，都影响着基本原则、法律规范的贯彻落实，也影响着执政党的地方组织和地方国家权力机关之间相互关系的调适，这也是我们不能忽视的重要因素。

其四，大环境。党的领导体制和执政方式的改革，包括执政党的地方组织和地方国家权力机关之间的关系，是上层建筑的重要内容，有很强的政治性，其改革和调整，是我国政治体制改革的重要组成部分，离不开国家和一个地方的经济发展、文化进步和社会发展，离不开影响这种改革和调整的各种大气候，如政治形势、国内外的环境，也跟执政党对改革节奏的把握有关，还与国家政权机关的建设水平和人民群众的民主法治观念和意识水平提高密切相关。所有这些，都是我们在研究执政党的地方组织和地方国家权力机关之间相互关系的调整时，需要认真加以考虑的。

三、依法执政视野下执政党的地方组织与地方国家权力机关相互关系的基本原则

(一) 坚持党的领导原则

1. 党的领导地位

张恒山教授认为，党的领导并不是简单地是一种既定的"地位"。党的领导首先是一种活动，其次是一种关系，最后才是体现在这种关系中的地位状态。这是非常正确而精到的。回顾我们党的历史可以发现，我们党对人民群众的领导，是在长期的革命斗争和长期的社会生活实践中自发形成的。党的领导作为党和人民群众的一种关系状态，不是党强迫的，而是人民群众自愿地与党形成的。政党的领导主要靠人民群众的依赖和认可，靠政党的榜样示范以及宣传、维护人民群众利益的奋斗实践。只有当人民群众心悦诚服地认可党的路线，服从党的政策，追随党的决定和做法，这个党才能获得领导地位。宪法和法律关于执政党的领导地位和执政地位的确认，只有也只能基于这个基本事实状态和前提，是对于这样一个事实状态的一种记载而已。

2. 党的领导在执政党的地方组织与地方国家权力之间相互关系问题上的体现

历史告诉我们，我国地方国家权力机关是在中国共产党的直接领导、组织和支持下逐步建立和发展起来的。大革命时期在南方各省一些农村兴起的作为地方人民政权萌芽的农民代表大会，十年国内革命战争时期在以江西为中心的各红色革命根据地内诞生的各级苏维埃代表大会，抗日战争时期在各抗日根据内成立的以"三三制"为组织原则的参议会，解放战争时期在各解放区创建的区、乡两级人民代表会议，新中国建立之初在各地成立的各县人民代表会议以及其后在全国范围内建立的各级人民代表大会，都是中国共产党各级组织直接领导和发动人民群众组织起来的。"可以说，没有中国共产党，没有共产党各级组织的领导、组织、支持和帮助，就没有各级权力机关的建立和发展。"①

具体地说，党的领导在执政党的地方组织与地方国家权力机关相互关系上的体现，主要表现为：

其一，如前所述，各级国家政权机关，包括地方国家政权机关，其组建过程，无论是在战争年代还是在建国以后，都是在中国共产党及其各级组织的领导下组建并运行起来的。在这个组建过程中，必然把中国共产党对地方国家权力机关的期待、要求以及相关的政策主张都体现在地方国家权力机关的组织原

---

① 鲁士恭：《中国地方国家权力机关》，中国广播电视出版社 1991 年版，第 462 页。

则、职能确定、运行规范等方面，对地方国家权力机关组建后的运行及职能作用的发挥产生重大的影响。

其二，中国共产党作为执政党，在执政过程中，要以一定的方式宣示其执政理想和目标，以及实现这些理想和目标要奉行的路线、方针和政策，这些路线、方针和政策是地方国家权力机关行使其职能过程中必须遵循的。地方国家权力机关通过其职能活动特别是地方立法的方式，通过运行地方立法的职能，把党的执政主张及其路线、方针和政策变成国家意志，变成全体人民的共同意志和共同行动，赋予其法律效力，以保证其贯彻、实施。通过路线、方针和政策的指导，是党对地方国家权力机关进行领导的重要方式。

其三，中国共产党的地方组织，在地方执政过程中，要就与本地区发展有关的重大事务作出作为执政党的决策，这是党对国家和社会进行领导的重要方式之一。囿于政党组织的性质和特点，即使是执政党就本地区事务作出的重大决策，也不具备法律效力，也不能直接作用于具体社会生活，因此它必须也只能通过地方国家机关运用其重大事项决定权这一法定职权，把执政党的地方组织对事关本地区发展的重大事务所作出的决策，变成国家决策，变成全体人民的共同意志，赋予其法律效力，并通过运行权力机关及其派生的行政机关、司法机关运用国家强制力予以实施。就本地区发展中的重大事务作出决策，交给国家权力机关予以法律化，并付诸实施，是党对地方国家政权机关进行领导的重要途径。

其四，根据"党管干部"的原则，执政党的地方组织要向地方国家权力机关推荐担任地方国家机关包括地方国家权力机关重要职务的领导干部，这是党的领导的重要体现，也是执政党的地方组织对地方事务和地方国家机关进行领导的重要方法。地方国家权力机关要通过行使任免权，把执政党的地方组织推荐的人选安排到地方国家权力机关、行政机关、审判机关和检察机关的重要岗位上，以实现党的组织路线，实现执政党的地方组织对地方国家机关的组织领导。

其五，执政党的地方组织可以对地方国家权力机关进行监督，这是执政党的地方组织对国家权力机关进行领导的又一种重要而独特的方式。监督是领导的重要方式，执政党的地方组织对地方国家权力机关的监督通常通过两种方式来实现：一是通过党内监督来实现，即通过党委及其纪检组织、地方国家权力机关的党组织对地方国家权力机关组成人员中的共产党员以及地方国家权力机关工作人员中的共产党员是否贯彻执行党的路线、方针、政策，是否尽职尽责地履行职责，是否全心全意为人民服务等方面进行监督；二是执政党的地方组织可以通过党组织的途径发动和带领广大人民群众对地方国家权力机关及其工作人员进行监督，督促其依法充分履行其法定职责，切实保护广大人民群众通过它实现自己当家作主、管理国家和社会事务的权利。

3. 改善党对地方国家权力机关的领导

根据党的领导体制和执政方式改革的精神，按照宪法和党章的规定，结合执政党的地方组织与地方国家权力机关相互关系的实际情况，改善党对地方国家权力机关的领导，应当把握以下几个要点：

其一，观念上，执政党的地方组织要充分认识地方国家权力机关是党领导下的一个国家政权机关，其依法履行职责的活动，对贯彻执政党及其地方组织的执政主张和政策，具有不可替代的作用，其依法履行职责，忠实地执行法律规定的行为就是最好地坚持了党的领导。在此基础上增强人大意识，大力加强地方国家权力机关的组织建设，支持地方国家权力机关依法履行职责。

其二，加强地方国家权力机关的组织建设，按照"政治领导"的要求来运行自己对地方国家权力机关的领导。按照党的十三大报告的提法，"党的领导是政治领导，即政治原则、政治方向、重大决策的领导和向国家机关推荐重要干部"。据此，执政党的地方组织对地方国家权力机关进行领导，要把着眼点放在以下两个方面：一是通过提出立法建议和对本地区的重大事务作出决策，把执政党地方组织就改革发展稳定中的重大问题的主张和政策通过地方国家权力机关运用立法权和决定权，经过法定程序，变成全体人民的共同意志，上升为国家意志，形成地方立法或地方国家权力机关就重大事项作出的具有法律意义的决定，赋予其法律效力，并以法律的形式付诸实施，加以贯彻。二是通过向国家机关包括地方国家权力机关推荐重要干部，通过地方国家权力机关依法行使任免权，使这些执政党的地方组织派出的"执政代表"顺利掌控立法权、行政权和司法权，通过其依法履职的活动，实现党的执政理想和目标，以及执政党的地方组织的政策和主张。

其三，执政党的地方组织要针对在与地方国家权力机关相互关系运行过程中存在的各种矛盾和问题，抓紧进行相关的制度建设，通过制度建设，建立协调运行的机制，保证党对地方国家权力机关的领导从原则到具体内容都有畅通的渠道，有确切的制度保障；同时，也保证地方国家权力机关在接受执政党的地方组织的领导过程中，能够获取准确的信息，有及时、畅通、有效的运行机制作保证。

（二）党必须在宪法和法律范围内活动的原则

1. 党必须在宪法和法律范围内活动原则的确立

1982 年，中共十二大报告进一步明确提出，"党必须在宪法和法律范围内活动"的基本原则，并将这一原则写进党章。同年通过的中华人民共和国现行宪法，在其序言中明确要求："全国各族人民、一切国家机关和武装力量、各政党和各社会团体、各企业事业组织，都必须以宪法为根本的活动准则，并且负有维护宪法尊严、保证宪法实施的职责。"在其第五条明确规定："一切国家机关和武装力量、各政党和各社会团体、各企业事业组织都必须遵守宪法和法律。一切违反宪法和法律的行为，必须予以追究。"至此，从党的根本大法（党章）和国家根本大法两个层面上正式确立了"党必须在宪法和法律范围内活动"的基本原则。

2. 党必须在宪法和法律范围内活动原则的要求

其一，党领导人民制定宪法和法律，宪法和法律是党领导人民通过立法机关制定的。党除了人民的利益，没有自己的特殊利益，宪法和法律是人民意志的体现，也是党的意志的集中体现。宪法和法律是统治阶级意志的体现，在我国归根到底就是党领导下广大人民群众意志和利益的体现，是被实践证明为正确的党的路线、方针、政策的规范化、条文化和法律化，是表现为法律的党的路线、方针、政策。这就充分说明了党的领导和宪法、法律的高度一致性。

其二，党领导人民制定了宪法和法律之后，要带领人民遵守宪法和法律。这里包含了几层意思：一是宪法和法律是党领导人民制定的，是人民意志的体现，也是党的意志的体现，遵守宪法和法律，就是按党自己的意志办事，这是天然合理的，无可争议的。二是执政党不仅自己要遵守宪法和法律，还要利用自己的组织和活动，动员、影响和带领社会大众一起遵守宪法和法律。党把自己主要的执政主张和政策，都转化到宪法和法律中去了，遵守宪法和法律就是实现其领导的最好形式，只要宪法和法律得到了贯彻实施，执政党的领导就实现了。三是执政党为了实现其体现在宪法和法律中的执政主张和政策，还要通过其派出到国家政权机关的执政代表运行国家政权，去实施宪法和法律，推动全社会遵守宪法和法律。四是执政党除了自己遵守宪法和法律之外，还必须运用其党内监督和带领、动员人民群众监督的方式，监督包括自己在内的"一切国家机关和武装力量、各政党和各社会团体、各企业事业组织"遵守宪法和法律，保证宪法和法律的实施。

其三，党必须在宪法和法律范围内活动。这是这个原则最终的落脚点和最重要的要求。这也包括几个方面的意义：一是党的自身组织必须符合宪法和法律的规定，比如宪法和法律关于政党的规范或专门的政党立法对执政组织的要求，按照自身章程的规定进行组织建设，取得其自身存在的实定法意义上、具体规范意义上的合法性；二是执政党作为一个政党组织自身的活动，必须符合宪法和法律规定，符合自身章程的规范，遵循宪法和法律的相应规定，不超出宪法和法律规定的范围，不超出自身章程规定的活动形式和范围；三是执政党及其组织对国家机关的领导活动要有法律依据，遵循法定程序，其派出的执政代表在运行国家政权实现执政党的主张和政策时要依法进行，遵循法定程序；四是执政党的每一个成员上至总书记、下至一般党员都必须遵守宪法和法律规定的公民义务，都不得违反宪法和法律规定。违反宪法和法律规定一无例外地要受到追究，不允许因为自己是执政党的一分子而享有特权。

3. 党必须在宪法和法律范围内活动原则在执政党的地方组织与地方国家权力机关之间相互关系中的体现

执政党的地方组织在处理自己与地方国家权力机关相互关系时，贯彻"党必须在宪法和法律范围内活动"的原则，要注意几个方面的问题：

其一，执政党的地方组织在对地方国家权力机关进行领导时，尤其是要运行地方国家权力机关的法定职权，实现自己的执政主张和政策时，必须严格依法办事，包括：一是执政党的地方组织提出的需要地方国家权力机关通过行使法定职权赋予法律效力的执政主张和政策本身必须合法，提出的立法项目和所作出的重大事务的决策内容本身要合法，不与宪法和法律规定相抵触，不包含地方保护主义内容、不乱设定行政许可、不乱设置行政处罚等。二是要求地方国家权力机关运行其法定职权解决的事项（立法或重大事项决策）要符合法定程序，不能超越地方国家权力机关的法定职权范围，不能强令地方国家权力机关"违章作业"，比如不能要求地方国家权力机关越权制定不属于地方立法权限的立法项目。

其二，执政党的地方组织派出自己的执政代表掌控地方国家政权机关，是执政党对国家和社会进行领导的重要途径，也是党的组织路线和"党管干部"原则的重要体现。但从宪法和法律角度看，派出自己的执政代表，在法律上的定位是一种"推荐"，即党的十三大报告上说的向国家机关"推荐"重要领导干部。由于执政党作为政党的性质、特点和其行为性质，执政党的地方组织不能直接向国家机关派干部，换言之，它"派出"的执政代表，只是一种"候选人"身份，这些执政代表最终进入国家机关，掌握国家机关，行使国家权力，有赖于国家权力机关行使法定的任免权才能得以实现。"党必须在宪法和法律范围内活动"的原则要求执政党的地方组织在派出自己的执政代表时必须经过地方国家权力机关，而不能绕过地方国家权力机关，直接任命其执政代表担任国家机关职务。

其三，党必须在宪法和法律范围内活动的原则，意味着执政党的地方组织及其每一个党员，都必须接受地方国家权力机关的监督。监督权是宪法和法律赋予国家权力机关的法定职权。根据宪法、组织法和监督法及相关法律的规定，监督包括工作监督和法律监督，工作监督主要指地方国家权力机关对它产生并对它负责和报告工作的其他国家政权机关进行的监督。法律监督的范围要广泛得多，它是地方国家权力机关依照宪法和法律的规定，对宪法和法律在本行政区域内的贯彻实施所进行的监督。在本行政区域内的"一切国家机关和武装力量、各政党和各社会团体、各企业事业组织"遵守宪法和法律的情况，都在地方国家权力机关的监督之列。这里的"各政党"当然包括执政的中国共产党在内。"党在宪法和法律范围内活动"，就意味着执政党的各级组织和每一个党员，包括执政党的地方组织自觉地遵守宪法和法律，尽宪法和法律规定的义务，并且保证宪法和法律的实施，违反宪法和法律规定就要承担相应的责任，在这个问题上，法律面前，人人平等，没有"特权党"、没有"特权组织"，也没有"特权党员"，执政党包括其地方组织，不能因为执政而不受监督。

（三）党政职能互补原则

在我国，地方国家权力机关处于国家政权机关的核心地位，属于国家制度系列；执政党的地方组织则是执政党在地方的组织，是地方政治生活的中心，属于政党制度的系列。两者既有根本上的一致性，亦有其差异性。两者之间根本上的一致性，说明了职能互补为可能，同样地两者之间的差异性，说明了职能互补为必要。

1. 执政党的地方组织及其职能特点

执政党的地方组织是执政党整个组织系统一个重要组成部分，也是执政党实现其执政的重要组织，不同于执政党的全国组织或中央组织，它代表执政党或受执政党的委托在某一个地方（局部）执政，也只能在这个地方（局部）执政。其执政不能超越这个范围（共产党执政以后，其范围由行政区域来决定）。二是它是政党组织，具备政党组织的一切特征，比如有其成员、有其组织体系、有其严格的组织纪律、有其活动的特征等，也只具备政党组织的特征，不同于国家机关、企业事业组织、社会团体等。三是它是执政党组织，而不是参政党组织，或者在野党（非执政党组织），是否掌握国家政权，是执政党与非执政党的最大差别。根据上述对执政党的地方组织的三个方面的界定，我们可以归纳出执政党地方组织的职能特点，包括：

其一，执政党的地方组织的职能来源于两个方面：一是宪法和法律（包括政党法和相关的法律规定）、执政党的章程，二是执政党的上级机关的授权或委托。

其二，执政党的职能不具备国家强制力。不像国家政权机关的职能的实现有国家强制力保障，执政党的职能的实现没有军队、警察、法庭、监狱等暴力机器作后盾。

其三，执政党职能得以实现的重要因素在于其自身目的的正当性、宗旨正确、行使后果有利于人民群众的利益，因而具有对社会和人民群众的号召力，并因此取得人民群众的认同、拥护、支持，在此基础上其职能得以实现。

其四，执政党的职能靠执政党组织开动其政党"机器"，通过有效地组织和各种活动，宣传、发动、号召人民群众积极参与，才能得以实现。

其五，执政党因为其执政地位，其职能可以通过自己派出掌控国家政权机关的执政代表履行国家职能的活动（如地方国家权力机关的立法、重大事项决定活动）转化为国家职能，在此基础上通过国家政权机关履行国家职能的活动，来加以实施。

总之，执政党职能因其不具备国家强制力，不能直接通过国家强制力来保证其实施，而只能基于这种职能自身的正当性，通过执政党自身的活动，通过运行国家机关、行使国家职能来实现。实现执政党及其地方组织的执政主张和理想，既是地方国家权力机关职能行使的法定义务，也是一种政治义务。

2. 地方国家权力机关职能及其特点

地方国家权力机关是整个国家机关体系中的重要组成部分，也是在地方国家政治生活中处于中心地位的国家机关，这里也有三个基本点：一是它是地方的国家机关，不是中央国家机关或全国性的国家机关；二是它是国家机关，而非政党、企事业单位、社会团体或其他组织；三是它是权力机关，而不是其他国家机关如行政机关、审判机关、检察机关等。基于上述对地方国家权力机关的三个界定，我们不难归纳出地方国家权力机关职能的几个特点：

其一，地方国家权力机关的职能是一种国家职能，其法源依据就是宪法和法律，是基于宪法和法律而产生的一种权能，有其国家属性。

其二，地方国家权力机关的职能因其国家属性，其实现以军队、警察、法庭、监狱等国家强制力作保障。

其三，地方国家权力机关的职能由于来源于宪法和法律，行使中有国家强制力保障，对社会生活直接发生法律效力（比如可以给民众设定法律义务等）。为此，法律在赋予国家权力机关法定职能时，就给这些法定职能的行使设定了一系列条件，规定了许多行使规则和规范，以保证这些职能的行使符合设定这些职能的宗旨，保证地方国家权力机关规范化地行使这些职能。

其四，地方国家权力机关的职能来自于宪法和法律，其行使会产生一定的法律后果，因此为了保证其行使有"度"不至于被"滥用"，宪法和法律在设定这些职能的同时，也设置了对这些职能及其行使的监督和制约。比如监督法规定的人大常委会的监督工作受人民代表大会和人民代表监督等。因此，地方国家权力机关的职能是一种受监督的职能。

其五，在共产党依法执政条件下，地方国家权力机关的职能行使有一个重要的使命，就是使宪法法律有效地付诸实施，使执政党的地方组织的执政意图的实现有可靠的法律保障。

3. 执政党的地方组织职能和地方国家权力机关职能的互补性

如前所述，执政党的地方组织和地方国家权力机关分属政党制度系列的组织和国家制度系列的组织，它们有着各自的性质、特征，不同的组织形式、职能和活动方式。这说明执政党的地方组织和地方国家权力机关是属于不同范畴、具有明显区别的不同政治组织、政治实体；也决定了它们之间相辅相成、缺一不可、不可互相取代、相互削弱和相互抑制。我们既不能因为强调健全人民代表大会制度，发挥地方国家权力机关的作用而忽视甚至削弱执政党的地方组织的建设和领导作用；同样地，也不能因为强调坚持和加强共产党的领导，发挥执政党的地方组织的领导作用，就取代或者削弱地方国家权力机关的建设和作用的发挥。两者都不可偏废。

从根本上说，在无产阶级夺取政权之后，执政的共产党对国家生活的领导，最本质的内容，就是支持和组织人民当家作主、管理国家，建设社会主义新生活。这就是执政的中国共产党的党的根本宗旨的体现，也是执政党包括其地方组织履行其政党职能的重要目标。与此同时，地方国家权力机关正是人民实现其当家作主、管理国家权力的机关，其职能就是为了实现人民当家作主。从这个意义上说，执政党的地方组织与地方国家权力机关及其职能从宗旨到目标都是完全一致的，这就是执政党的地方组织与地方国家权力机关职能互补的政治基础和法律基础，也是这两种职能互补的合法性和合理性之所在。

在实际政治运作中，基于根本宗旨、目标和利益一致的基础，执政党的地方组织和地方国家权力机关在履行各自的职能时，可以也完全应当实现其职能互补。一方面，执政党的地方组织履行其作为执政党的职能，可以为地方国家权力机关行使其法定职权积累经验、打好基础、创造条件。以监督为例，执政党的地方组织通过运行其政党职能，加强党内监督并通过发动人民群众开展群众监督，可以从党内和社会环境两个方面，为地方国家权力机关对"一府两院"进行监督创造良好的条件，实行有效地互动，实现职能互补。另一方面，地方国家权力机关履行其法定职能的活动，能够赋予执政党的地方组织试图通过履行政党职能的事项以法律效力，并以国家强制力保证实现，客观上使执政党的地方组织的职能获得了"延伸"和"刚性"，有利于执政党的职能的实现。比如执政党的地方组织作出决策要在本行政区域内推行一项政策，可以通过地方国家权力机关制定地方性法规或行使重大事项决定权的活动，使执政党的地方组织的决策和政策变成地方性法规或法律意义上的权力机关的重大事项决定，取得法律效力，并靠国家强制力保证而得以实现。而恰恰是这一点，说明了政党职能与国家权力职能之间的互补性。

（四）规范化原则

1. 规范化的意义

在中国共产党为取得政权而斗争的过程中，我们党长期处于"不合法"状态，当时中国社会也不存在有民主选举内容的现代政党政治，无法通过"选举"去获取政权，取得执政地位，只能通过武装斗争的形式去夺取政权。在这个漫长的夺取政权的斗争中，中国共产党经常采用并且行之有效的办法就是"发动群众、组织群众，搞群众运动"。革命战争年代如此，和平建设时期也是如此，在建国后相当长的一段时间，已经在全国范围内执政的中国共产党在组织和平建设过程中，仍然不习惯，也没有学会规范化地依法管理经济和社会，还是更多地采取群众运动的方式来组织经济建设和社会管理，形成一种体制意义上的"运动模式"，没有形成规范化的传统和习惯，更没有形成规范化、法制化的管理模式。另一方面，我们党实行所谓"一元化领导"。正如邓小平同志所指出的"权力过分集中的现象，就是在加强党的一元化领导的口号下，不适当地、不加分析地把权力集中于党委，党委的权力又往往集中于几个书记，特别是第一书记，什么事都要第一书记指示、拍板。党的一元化领导，往往因此变成了个人领导"①。党的"一元化领导"实质就是导致权力过分集中，甚至个人专权、专制，"文化大革命"和毛泽东同志晚年就是深刻的教训。在个人集权的体制条件下，领导人个人往往随心所欲，很多事情因领导人不同而不同，因领导人的看法和注意力不同而不同，完全谈不上有既定的"规范"和"规范"的执行。这是我们体制的特点和体制的现实。

如前所述，现行体制中非规范性的特点和现实，必然反映到执政党的地方组织和地方国家权力机关中，也必然影响到执政党的地方组织和地方国家权力机关之间相互关系，致使执政党的地方组织和地方国家权力机关之间关系也出现非规范化的特点，表现为：一是观念上，一些同志对于规范化运行执政党的地方组织和地方国家权力机关及其相互关系的重要性认识不足，对规范重视不足，遵守不认真，因此，出现因人而异、因地而异、因事而异的情形。规范观念比较强的人，协调起来就规范些，规范观念比较弱的人，则协调起来就不那

---

① 《邓小平文选》第 2 卷，人民出版社 1994 年版，第 328—329 页。

么规范；同样地，一些地方规范化的观念强，做事包括处理相互关系就比较规范，相反一些地方就差一些；还有就是，一些事情处理得比较规范，另一些事情则处理得比较不规范，形成比较大的落差和发展不平衡。二是表现为在制度上，除宪法和法律的原则规定外，没有形成一整套调整执政党的地方组织和地方国家权力机关之间相互关系的法律规范（甚至连政党法这样的基本规范都没有），无法形成一整套的制度，使执政党的地方组织和地方国家权力机关在处理两者相互关系时，许多方面无所遵循。三是在实践中，由于制度层面的规范尚未形成或规范不完善，使得处理执政党的地方组织和地方国家权力机关相互关系时无所遵循，表现在工作中就出现因规范缺失而协调困难，甚至无法进行协调，或者虽然进行协调却难以保证有较好的协调效果，这种因为技术层面、"程序意义上"的规范不足导致实体性的权利义务处理失当的情况在一些地方相当严重地存在着。这种状况的存在，轻则影响执政党的地方组织和地方国家权力机关职能的有效发挥，重则影响两者的相互关系，甚至造成政治体制意义上的党政关系不和谐。

2. 规范化的任务

鉴于执政党的地方组织和地方国家权力机关在地方国家政治生活中极为重要的地位，它们不同的职能活动对一个地方发展的意义，以及它们之间相互关系的协调对于一个地方经济发展、政治文明的重大价值，我们应当重视规范化地调整执政党的地方组织和地方国家权力机关之间的关系，使执政党的地方组织与地方国家权力机关之间的关系逐渐走上规范化、法制化的轨道，以保证两者职能的充分发挥和两者职能的互补，实现"双赢"。为此，应当着力解决几个关键问题：

其一，完善立法，建立调整执政党的地方组织和地方国家权力机关相互关系的法律规范。通过修改宪法及现有的法律规范，通过制定政党法的方式，从执政党的角度来加以规范，是一个不错的选择。此外，制定诸如"执政党与国家权力机关关系法"之类的思路，也是一个可以考虑的选择。张晓燕教授就主张："为了保证国家权力机关依法行使职能，并体现执政党对国家机关的领导，通过制定《执政党与国家权力机关关系法》，比较详细、明确地规定执政党与国家权力机关各自的权限及其运作程序，就显得十分必要和迫切。"[①]让规范化地协调执政党的地方组织与地方国家权力机关之间的相互关系有法可依、有章可循。

---

① 张晓燕：《依法治国条件下中国共产党执政方式研究》，中共中央党校出版社2006年版，第153页。

其二，在操作层面，根据法律的规定，形成一整套以法律规定为依据，针对实际情况，根据实际需要，致力于解决实际问题的规范，用它来解决执政党的地方组织和地方国家权力机关之间相互关系中的一些技术层面的问题，以实现法律的规定，把两者关系规范化的要求落实到具体工作中、日常事务上。

其三，强调对规范化的重视，充分认识规范化对调整执政党的地方组织和地方国家权力机关之间相互关系的意义，培养各方面尤其是领导干部的规范意识，养成规范化管理和协调各方关系的习惯，避免因人而异、因地而异、因事而异。

（五）普遍监督原则

任何一个相互关系，都包括互相联系、互相制约两个方面。相互联系，是两者"走在一起"的基础；同样地，相互制约，也是两者"走在一起"的基础，但不仅是"走在一起"，而且是"永远走在一起"的基础。没有相互之间的制约，相互联系就缺乏可靠的保证。执政党的地方组织与地方国家权力机关之间相互关系也是一样，两者的相互联系，是它们合作的基础；同样地，两者相互制约，也是它们合作的基础，只有互相制约，合作才会长久，制约是让合作更健康、更理性的重要条件。有鉴于此，在执政党的地方组织和地方国家权力机关相互关系问题上，相互之间的监督是重要内容之一，是贯彻于相互关系自始至终的一个重要方面，其意义不亚于相互之间的合作。

这种普遍监督原则在执政党的地方组织和地方国家权力机关相互关系问题上的体现是立体的、多元的、复合的。所谓的"普遍监督"，包含着多方面的含义：无时不在，无处不有；既可以你监督我，也可以我监督你；你在行使监督权的同时，也在接受监督；等等。具体地说，在执政党的地方组织与地方国家权力机关相互关系问题上的普遍监督原则体现为以下几个方面：

1. 党组织的自我监督

根据党的章程，党内纪律和规章制度，执政党内部有一个至少在制度设计上相对比较完善的自我监督的体系，包括自上而下的上级对下级的监督，自下而上的下级对上级的监督，党员对组织的监督，一般党员对党员领导干部的监督，全党对中央的监督，以及来自党的纪律检查机关的专门监督等。

2. 国家权力机关的自身监督

根据宪法、组织法和监督法的规定，上下级人民代表大会及其常委会之间，人民代表、人民代表大会及其常委会之间，人民代表大会与其常设机关常务委员会之间，形成法律上的监督关系。

3. 执政党的地方组织对地方国家权力机关的监督

根据宪法和相关法律规定，以及执政党的党章规定，执政党的地方组织对地方国家权力机关的监督通过两种方式来实现：一是通过运行党内监督来实现，即通过监督执政党派出到国家权力机关担任领导职务或在国家权力机关工作的共产党员的监督来实现；二是通过发动人民群众行使宪法赋予的公民基本权利如批评建议权等方式来实现。

4. 地方国家权力机关对执政党的地方组织的监督

根据宪法、监督法的规定，根据执政的中国共产党的章程中关于"党必须在宪法和法律范围内活动"的原则，地方国家权力机关行使法律监督权，对宪法和法律在本地区的实施情况，对"一切国家机关和武装力量、各政党和各社会团体、各企业事业组织"和每一个公民遵守宪法和法律的情况实施监督，这个"各政党"当然包括作为执政党的中国共产党，也当然包括它的地方组织。

5. 执政党的地方组织和地方国家权力机关接受全社会的监督

执政党包括其地方组织，因其代表人民群众的根本利益，在其代表人民群众根本利益的过程中一切组织和活动包括其执政活动，都必须接受人民群众的监督，这是不言而喻的。

地方国家权力机关是一个地方人民当家作主、管理国家的组织，人民群众通过这个组织实现其当家作主、管理国家的权力。地方国家权力机关在运行其职能，实现人民当家作主的过程中，离不开人民群众的监督。

在上述普遍监督意义上实行的所有监督，有的宪法和法律有明文规定，如权力机关的自身监督；有的有制度和纪律的明文规范，如执政党内部监督。但也有一些监督，虽然宪法和法律有原则规定，但往往缺乏具体的可操作的制度，因而实行起来困难重重，或者效果无法落到实处，如全社会对执政党的地方组织和地方国家权力机关的监督；还有一些监督，特别是两个异体政治实体之间的监督，如执政党的地方组织和地方国家权力机关相互之间的监督，既缺乏充分的理论准备，也缺乏应有的法律的规范，还缺乏制度化、规范化的具体操作层面的操作规程，因而更容易流于形式，难以落到实处。为此，要实现执政党的地方组织和地方国家权力机关之间相互关系的普遍监督原则，既要寄希望于党政关系政治体制层面上的宏观环境，也要着力于法律规范层面上的中观制度设计，还得致力于微观操作层面的操作规程的形成，只有这样宏观、中观、微观三个层面一齐规范，执政党的地方组织和地方国家权力机关之间的相互关系才能真正建立在普遍监督原则之上。

四、执政党的地方组织与地方国家权力机关相互关系的运行机制

（一）执政党的地方组织与地方国家权力机关之间相互关系的运行机制

1. 执政党的地方组织与地方国家权力机关关系的重要意义

在我国，执政党的地方组织与地方国家权力机关之间始终处于相互依存、相互作用与相互影响的状态中。一方面，地方国家权力机关的组织、健全、发展和作用的充分发挥，离不开共产党及其地方组织的正确领导、坚强支持、切实保证和认真监督；另一方面，执政党及其地方组织，只有通过地方国家权力机关及其履行职责的活动，才能更好地实现其对国家、社会和人民的领导，成为名副其实的执政党，切实保证人民当家作主。两者在根本上的一致性体现为：按邓小平同志在党的八大上关于修改党章的报告中指出的，共产党是"人民群众在特定历史时期为完成特定历史任务的一种工具"；各级人民代表大会及其常务委员会是人民当家作主、行使国家权力、管理国家的机关。从这个意义上说，无论是各级国家权力机关，还是共产党的组织，都是人民群众在一定历史时期完成其特定任务的工具，只是所处的地位、所起的作用和实现的方式不同而已。各级国家权力机关是人民群众实现当家作主的主要形式、手段和途径，共产党的组织则是人民群众实现其当家作主的领导核心。两者完全统一在人民群众当家作主这一关键点上。无产阶级夺取政权后，执政党对国家生活的领导，最本质的内容，就是支持和组织人民当家作主、管理国家。据此，我们可以把执政党的地方组织和地方国家权力机关之间关系的实质表述为：共产党的地方组织领导、组织和支持人民群众利用地方国家权力机关实现当家作主、管理国家。[①] 把握住这一点，就把握了这两者关系的实质，也就把握了正确处理这两者关系的重要意义。

其一，正确处理执政党的地方组织与地方国家权力机关之间的关系，有利于实现党的宗旨。中国共产党早就宣称，共产党除了人民的利益，没有自己的特殊利益。领导、组织、支持本地区人民当家作主、管理国家是执政党的地方组织的执政宗旨，执政党的地方组织能否与地方国家权力机关协调互动，直接关系到人民当家作主，管理国家的权力能否实现。理顺了执政党的地方组织与地方国家权力机关的关系，就能保证人民群众顺利通过地方国家权力机关，实现其当家作主、管理国家的权力，也就实现了执政党及其地方

---

① 鲁士恭：《中国地方国家权力机关》，中国广播电视出版社 1991 年版，第 461 页。

组织的执政宗旨。

其二，正确处理执政党的地方组织与地方国家权力机关之间的关系，有利于加强党对国家和社会的领导，并在此过程中，加快自身改革和建设的进程。执政党的地方组织对国家和社会的领导主要是政治领导，其主要方式一是提出立法建议和政策主张，就本地区发展改革和稳定问题作出决策；二是向国家机关推荐重要干部。上述执政党的地方组织对国家和社会进行领导的两种方式，都要通过地方国家权力机关行使地方立法权、重大事项决定权和任免权来加以实现。处理好了与地方国家权力机关的关系，其立法建议和政策主张，就能不折不扣地转化为国家意志、获得法律强制力，就易于在实际上执行，其所推荐的国家机关重要干部就可以顺利地进入国家机关、掌握国家权力，通过国家政权机关的活动，去实现执政党的主张。在处理与地方国家权力机关相互关系，运行国家权力机关的职能，实现其执政主张的过程中，执政党的地方组织可以发现自己在组织、活动和各个方面存在的问题和不足，并切实加以改进。这有利于执政党的地方组织加快自身建设和改革。

其三，正确处理执政党的地方组织与地方国家权力机关之间的关系，有利于充分发挥地方国家权力机关的职能作用，强化地方国家权力机关的地位，实现人民代表大会制度的优越性。执政党的执政主张和政策，包括其推荐的国家机关重要干部，都必须通过运行地方国家权力机关的职能来实现，这个职能运行过程，就是地方国家权力机关充分发挥其作用，强化其在地方政治生活中的地位。地方国家权力机关地位增强了，职能充分发挥了，对实现人民代表大会制度优越性，也是重要的推动。

其四，正确处理执政党的地方组织与地方国家权力机关之间的关系，有利于形成和谐的地方政治格局，有利于政治文明建设。根据人民代表大会制度的要求，一个地方的其他国家政权机关（包括行政机关、审判机关和检察机关，即"一府两院"）都由人民代表大会产生，向人民代表大会负责和报告工作。地方国家权力机关在地方国家机关体系中处于中心地位，在整个地方国家政治格局中，处于重要地位。执政党的地方组织与地方国家权力机关关系处理好了，执政党的地方组织可以通过地方国家权力机关实现其对其他地方国家机关的领导，有利于加强党对其他国家机关的领导。有了执政党的地方组织的支持，地方国家权力机关对其他地方国家机关的监督也能落到实处。这就易于形成在执政党的地方组织领导下，以地方国家权力机关为中心的地方国家机关协调运行的体系，有利于形成和谐的地方政治格局。

其五，在地方层面上处理好了执政党的地方组织与地方国家权力机关之间的关系，可以积累经验，为国家层面的执政党和最高国家权力机关关系的协调提供借鉴，有利于推进我国的政治体制改革和民主法制建设，有利于政治文明建设。

2. 执政党的地方组织与地方国家权力机关相互关系的运行机制

在执政党与国家机关（包括权力机关）之间关系问题上仍然有一些方面缺乏应有的规范，这是不争的事实。因此，有论者建议要制定诸如政党法、执政党与国家权力机关关系法等法律，这无疑都是很有价值的建议。但总的来说，在执政党（包括其地方组织）与国家权力机关（包括地方国家权力机关）相互关系问题上，大的、基础的规范还是有的：有宪法、组织法、选举法、监督法，有与之相配套的议事规则等，以及与此相关的一些有法律意义的决定、决议。此外，地方上还有大量相应的地方性法规和其他有法律意义的规范。应当说在总的方面、基本的方面是"有法可依"的（当然还须要进一步完善和健全，这是不言而喻的），因而在执政党的地方组织与地方国家权力机关相互关系的处理上，总的来说是协调的，这也是事实。

从实践情况看，在处理执政党的地方组织与地方国家权力机关相互关系的问题上存在的主要问题是在协调相互关系过程中相关的运行机制没有建立起来，运行不够顺畅。一些基于明确法律规范可预期的法律后果无法实现；一些法律规范或制度上的缺陷，没能得到及时的弥补；一些本来不难解决的问题纠缠在枝节问题上难以解决甚至影响大局，等等。所有这些问题的出现，都源于我们在处理执政党的地方组织和地方国家权力机关相互关系过程中，缺乏一个有法律和制度依据的、运行顺畅的，致力于从具体的问题上、技术意义上、操作层面上更程序化地解决问题的运行机制。法律规范和制度固然重要，但很多的时候，从某种程度上说，这种运行机制才是有决定意义的。因而形成这种"微观"的运行机制，对正确处理执政党的地方组织和地方国家权力机关之间相互关系，具有十分重要的意义，具有不可替代的作用。很多的时候，机制运行顺当，关系就处理得好；有的时候，机制运行出现障碍，关系就难以处理。

这种被称作"运行机制"的规范，具有四个方面的特征，正是这些特征决定了这种"运行机制"的质的规定性以及它在处理执政党的地方组织与地方国家权力机关相互关系过程中的作用。

其一，具体性。这种"运行机制"，不解决大的原则问题、制度问题，只解决一些具体问题、枝节性问题，是在大的原则问题解决了之后的具体落实。

其二，技术性。这种"运行机制"尽管在政治领域里运行，但它不大涉及政治层面的问题，而是政治运行过程中更"微观"一些的技术性问题，与政治问题有联系，但本身不是政治问题，也不直接用来解决政治问题，最多是用来解决有利于政治问题解决的问题。

其三，操作性。这种"运行机制"的存在就是要解决大的原则、制度和规范无法解决的问题，为问题的解决找到一个可以操作的具体途径、办法，更倾向于是一种具体的措施。

其四，程序性。这种"运行机制"在运行过程中，当然也会涉及实体问题，其最终目的也是为了解决执政党的地方组织和地方国家权力机关之间相互关系中的实体问题，但其本身更具程序性，更多的是致力于解决程序问题，为实体问题的解决创造条件。

本文正是从这样一个意义上来研究"运行机制"的建立和运行的。

（二）地方立法过程中执政党的地方组织的意志表达及其实现

法律是统治阶级意志的体现，是被实践证明为正确的党的政策的具体化、条文化、规范化、法律化和国家意志化。"依法治国，建设社会主义法治国家"的基本方略和"依法执政"的原则要求执政党尽快实现从"政策之治"向依法办事转变，要通过立法把执政党的政策转化为全社会共同遵循的法律规范。向地方国家权力机关提出立法建议，是执政党的地方组织实现其对国家和社会领导的重要途径，也是执政党的地方组织与地方国家权力机关相互关系的重要方面。地方国家权力机关有责任把执政党的政策主张及时通过立法程序转化为地方性法规，使之成为国家意志，成为全体人民的共同意志并以国家强制力保证其实施，这是地方国家权力机关的法定职责，也是地方国家权力机关接受执政党的地方组织领导的重要方面。

1. 执政党的地方组织的意志及其表达

执政党的地方组织在一个地方执政，理论上说，它对本地区的经济社会发展的一切问题，都有其"主张"，都有自己的"意志"。它的表达和实现方式也是多种多样的，应该说更多的时候，它通过自己组织的各项活动，通过它的党员的宣传、鼓动、动员和带领人民群众去实现。在执政党的地方组织和地方国家权力机关相互关系这个语境条件下研究执政党的地方组织的执政"主张"和"意志"及其"表达"，有几个要点：

其一，从执政党的地方组织与地方国家权力机关相互关系的角度说的"表达"，指的是传递给地方国家权力机关的意思，而不是指的执政党的地方组织内部会议或其他形式的"表达"。

其二，执政党的地方组织的执政"主张"和"意志"，实现的渠道和方法很多，并不一定都要"表达"出来，只有那些需要地方国家权力机关运用地方立法权进行立法的那一部分（应当是一小部分，但是应当是最重要的一部分），才需要以地方国家权力机关为接受对象"表达"出来，让地方国家权力机关知晓执政党的地方组织的执政"主张"、"意志"和政策，以便地方国家权力机关衔接和配合。

其三，"表达"需要有一定的途径、方法、载体，才能让表达的接受者地方国家权力机关对"表达"本身及"表达"的内容有一个明确的认知，才有利于其运用地方立法的职能将这种"主张"和"意志"法律化。

在这个执政党的地方组织的"意志"及其"表达"的环节，有几个问题必须加以处理，包括：

其一，执政党的地方组织在什么层面、通过什么程序来明确，哪些"意志"和"主张"需要通过地方立法途径法律化，因而需要"表达"给地方国家权力机关。比如通过党的代表大会？还是党委全委会？或者党委常委会？

其二，这些"表达"和"主张"的规范载体或表现形式是什么，比如是会议决议？还是会议纪要？或者专门由执政党的地方组织行文给地方国家权力机关？需要作一个明确的规定。

其三，执政党的地方组织通过或委托什么机构来做这种"意志"和"主张"的"包装"、运载、传递工作，比如提出立法建议，具体由执政党的地方组织的哪一个职能机构来进行？地方国家权力机关有诸如法制工作委员会这样的机构来具体运行立法项目的审定、法律草案的起草等具体工作，执政党的地方组织也应当有相应的法制工作机构来承担这一职能并且与地方国家权力机关相应的职能部门进行沟通、协调，以保证"意志"的顺利"表达"。

此外，执政党的"意志"的"表达"也有被动进行的时候。通常为了加强党对立法工作的领导，提高地方立法质量，让地方立法更好地围绕执政党的地方组织的中心工作，服务本地区改革发展和稳定的大局，地方国家权力机关往往会将一个时期（通常五年一届）的立法规划，以及年度立法计划，整体报送给执政党的地方组织，主动征求执政党的地方组织对立法规划、立法计划以及具体项目的意见。有的在立法进行过程中，某一个立法项目或其中某一制度设计，被认为涉及本地区的重大问题（如涉及大面积的机构编制问题，涉及较大的体制调整问题等），地方国家权力机关往往会将这一个案中涉及的内容向执政党的地方组织请示。这就产生了执政党的地方组织"被动"地要就立法规划、立法计划、立法项目，甚至某一法规中的具体内容"表达"自己的"意志"的问题。在这个问题上，包括其中沟通环节，尚无相应的制度设计和程序安排。

2. 执政党的地方组织的立法建议的处理

执政党的地方组织提出立法建议之后，地方国家权力机关对于执政党的地方组织提出的立法建议，通常要进行分析处理，这是地方国家权力机关的重要职责。这种分析处理，一般来说，有三种情况：

其一，地方国家权力机关，根据其工作规范，经过分析、论证，认为执政党的地方组织提出的立法建议符合宪法和法律的规定，切合本地区实际情况，为本地区经济和社会发展所必需，也具备或基本具备了立法条件的，就把这个立法建议列入立法计划，并按立法法和立法条例规定的程序进入立法过程运行。

其二，地方国家权力机关，根据其工作规范，经过分析、论证，认为执政党的地方组织提出的立法建议虽然符合宪法和法律的规定，也切合本地区实际情况，为本地区经济和社会发展所必需，但目前并不具备马上立法的条件或不完全具备马上立法的条件，需要一定时间的积累或者需要经过努力创造一定的条件，就不把这一立法建议列入立法计划，或者列入立法计划的调研项目，等待条件的进一步"成就"。

其三，地方国家权力机关，根据其工作规范，经过分析、论证，认为执政党的地方组织提出的立法建议，或者超出立法法规定的地方立法的权限范围，或者内容不符合宪法和法律的规定，或者不符合本地区实际情况，或者不是本地区经济和社会发展必需的，或者上述各种情况兼而有之的，就不把这个立法建议列入立法计划。

执政党的地方组织正式表达"意志"，提出立法建议之后，地方国家权力机关对立法建议分别情况进行上述三种方法处理（或许实践中还有更多情形）。其中第一种情形，确定为立法项目、列入立法计划，开始进入立法程序的，需要有一定的方式反馈给执政党的地方组织，在此后的法律案的起草以及审议过程中就立法项目的内容，也势必有许多的问题需要和执政党的地方组织做沟通，目前均没有相关的制度设计和程序安排，执政党的地方组织也没有专门的职能部门。第二种情形，不确定为立法项目，一方面需要以一定方式向执政党的地方组织作反馈，并说明理由，另一方面在促进立法条件"成就"或者创造立法条件的过程中，地方国家权力机关与执政党的地方组织在许多问题上还需要"协调动作"，相互沟通，目前也没有相关的制度设计和程序安排，执政党的地方组织也没有专门的职能部门。第三种情形，不确定为立法项目，需要向执政党的地方组织作说明，并取得执政党的地方组织的谅解和支持，其间亦有大量的协调和沟通工作，目前也没有相关的制度设计和程序安排，执政党的地方组织也没有相应的职能部门。

综上所述，在地方国家权力机关对执政党的地方组织提出的立法建议进行处理过程中，许多涉及执政党的地方组织和地方国家权力机关之间相互沟通、协调方面，尤其是在具体工作层面，缺乏应有的制度设计和程序安排，影响了执政党的地方组织和地方国家权力机关之间在这个环节的有效"互动"。

3. 立法过程中的具体协商

执政党的地方组织提出的立法建议列入立法计划，成为立法项目进入地方立法程序，最终成为地方性法规，其间要经历法规案的起草、法规案的提出、法规案的审议、法规案的通过、法规的颁布等，这每一个环节都有立法法和立法条例以及地方国家权力机关的议事规则的相应规范，清楚明确。

在这个立法过程中，为了保证执政党的地方组织的立法意图得以贯彻，一方面，地方国家权力机关要通过运行其法定职权，通过立法机制的有序运转，一是保证立法程序顺利进行，二是保证法律的内容体现执政党的地方组织的主张，不与执政党的地方组织的政策相冲突。另一方面，执政党的地方组织要开动其党的机器，以党的纪律作保证，组织、动员党派到地方国家权力机关的"执政代表"，通过其履行国家职能的活动，保证执政党的地方组织的"意志"得以贯彻。在实际的立法过程中，有两种情况可能影响执政党的地方组织关于立法的"意志"的实现。

其一，在立法过程中，参与立法过程的有关部门对法规项目本身及其内容提出了新的建议，既可能是对立法的必要性和可行性提出质疑，也可能就法规内容提出不同于执政党的地方组织的主张的建议。

其二，在立法过程中，地方国家权力机关的组成人员对法规内容中的某些问题包括重大问题提出与执政党的地方组织的"意图"不一致的建议，即立法过程出现重大分歧。

出现上述两种情形时，地方国家权力机关一方面基于我国政治体制的要求，必须贯彻执政党的地方组织的立法"意图"；另一方面基于宪法和法律的规定，必须保证立法程序民主运行，各种意见得以充分表达，各种利益充分博弈。一般来说，地方国家权力机关可以采取三种方式来实现执政党的地方组织的立法意图的贯彻和立法程序中充分发扬民主这两个方面的统一。

其一，通过更大范围、更多参与、更彻底地辩论的方式，让各种意见得到更充分的表达，在辩论中寻求更多的共识。根据立法法和立法条例以及议事规则的规定，比如可以召开常委会委员联组会议形式进行讨论，也可以中断审议程序举行有社会各界参加的听证会，或者干脆将法规草案公布于众，征求社会各界的意见和建议。①

其二，由地方国家权力机关组织、召集与地方性法规的制定和实施有重大关系的部门对法规及其有争议的内容进行协调，寻找差距，达成共识，解决争议。其间，执政党的地方组织的参与和协调是一个重要环节。

其三，由地方国家权力机关的党组织，要求地方国家权力机关组成人员中的共产党员协调行动，与执政党的地方组织的立法意图保持一致，在履职过程中宣传、贯彻执政党的地方组织的意图，甚至不惜诉诸党的纪律作保证，类似西方国家的议会党团活动。在这个过程中，执政党的地方组织应负责向地方国家权力机关中的共产党员说明执政党地方组织的立法意图，并解释和说明原因，以协调地方国家权力机关中的共产党员行动，保证执政党的地方组织的立法意图得以贯彻。

采取上述三种措施时，都存在执政党的地方组织和地方国家权力机关依据什么样的程序和规范来具体操作的问题，目前的实际情况是除常委会的联组会议、立法听证会有一些零星的规范之外，其他方面基本上既没有制度设计，也没有程序安排，实践中就出现"五花八门"的情况，甚至执政党的地方组织如果参与这其中的协调，它往往连负责这项工作的职能部门都没有。因此，组织机制的健全和制度设计、程序安排各个方面都有赖于在总结实践中的经验和教训的基础上加以完善。

4. 立法反馈程序

一个地方立法项目，究竟是否符合经济和社会发展需要，是否符合当时当地的实际情况，是否符合人民群众的愿望和要求，只有当这部地方性法规通过并付诸实施一段时间之后才能作出比较充分和客观的判断。同样的，体现在一部地方性法规中的执政党的意图和政策是否正确，也要通过地方性法规实施的情况来加以检验。因此，地方性法规实施之后的评估，以及根据评估情况对地方性法规进行必要的修改，以增强地方性法规的适应性，是地方立法中的重要问题。其间，地方国家权力机关与执政党的地方组织之间，也有协调的必要。

通过立法后的评估，反思的主要是两个问题，一是这一立法项目的确定是否科学？是否必需？立法和实施的条件是否具备？二是这个地方性法规在内容设置上是否科学，包括是否与上位法相抵触？是否有利于促进本地区的改革、发展和稳定？是否反映客观规律的要求？是否符合当时当地的实际情况？以及

---

① 如《福建省燃气管理条例》（修订）（草案），就因为常委会组成人员在审议中有较大的意见与分歧，福建省人大常委会主任会议研究决定将草案全文向社会公布，公开征求意见。《福建日报》2007年8月9日7版。

具体条款、规范的设定是否科学、合理、可操作等。这两个方面反思的结果，涉及执政党的地方组织的立法建议和体现在立法建议中的政策要求，只有把其中的经验教训反馈给执政党的地方组织，才能促进执政党的地方组织总结经验教训，以便更好地、更科学地指导立法工作，改善党对国家权力机关特别是立法工作的领导。

在这个立法后评估和评估结果的反馈过程中，同样存在地方国家权力机关实际操作中无法可依、无章可循的问题，也没有具体的制度设计和程序安排。在这个过程中，执政党的地方组织的参与，对于总结经验和改进工作都有着至关重要的意义，但在实际生活中也缺乏畅通的介入渠道、可操作的制度设计和程序安排。因而完善相关立法，特别是具体的制度设计和程序安排，变得十分重要。

（三）执政党的地方组织的决策与地方国家权力机关重大事项决定权的行使

1. 执政党的地方组织的决策

就本地区政治、经济和社会发展中的重大国家事务，以及关系本地区改革发展和稳定的重大问题作出决策，是党对地方国家和社会事务实行管理的重要途径的方法。这种由执政党的地方组织对本地区国家事务作出的决策有几个特点：

其一，这种决策针对的是本地区国家事务中的重大问题。有两层意思：一是针对的是国家事务，而不是执政党的党内事务，执政党的地方组织就党内事务所作的重大决策，不在本文讨论之列。二是针对的是重大事务，一般性的事务不在决策之列。

其二，这种决策通常是原则性的决策，只解决基本框架、基本问题，一般不涉及具体内容，比如就一个重大建设项目所作的决策，不像国家机关决策会涉及诸如预算等具体问题。

其三，这种决策，对国家政权机关而言，只有指导性，其实施靠国家政权机关运行国家职能。

其四，这种决策的主体是执政党的地方组织，作为一个政党组织（尽管执政），其所作出的决策不具备法律意义上的效力，无国家强制力，不能用来约束公民（除非人民群众认识到这种决策正确因而自觉付诸行动）。

2. 执政党地方组织的决策与地方国家权力机关行使重大事项决定权的关系

执政党的地方组织是一个地方的领导核心，而地方国家权力机关则是一个地方国家政权体系的核心。执政党的地方组织就本地区重大事务作出的决策与地方国家权力机关行使重大事项决定权作出的重大事项的决定有着十分密切的关系，表现为：

其一，执政党的地方组织就本地区国家事务中的重大问题作出决策，是一种政治决策，也是执政党的地方组织行使其对国家和社会领导的重要方式，对地方国家权力机关就本地区国家事务中的重大事项行使决定权有着十分重要的影响。执政党的地方组织所作出的决策往往是引起地方国家权力机关行使重大事项决定权的原因。

其二，执政党的地方组织的决策通常成为地方国家权力机关重大事项决定的主要内容，尽管执政党的地方组织就重大事务所作的决策比较宏观和原则。地方国家权力机关就重大事项所作的决定往往就是为了落实执政党的地方组织的决策，因此理所当然就把执政党地方组织的决策作为其决定的重要内容加以规定。

其三，地方国家权力机关就本地区国家事务作出的重大事项的决定，往往是执政党的地方组织就本地区国家事务的重大问题所作的决策的一种延伸，是为了贯彻落实执政党地方组织的决定而进行的。

其四，地方国家权力机关就本地区国家事务作出的重大事项的决定，往往是执政党的地方组织就本地区国家事务的重大问题作出的决策的具体化、规范化、条文化，通过法定形式赋予其法律效力，是执政党的地方组织的决策的法律化。

其五，地方国家权力机关就本地区国家事务作出的重大事项决定，把执政党的地方组织就本地区的国家事务的重大问题所作的决策法律化、具体化、规范化，赋予它法律效力，有助于执政党的地方组织所作出的决策的实现，有利于执政党的地方组织通过决策对国家和社会事务进行领导。

3. 执政党的地方组织与地方国家权力机关就决策法律化的沟通与协调

执政党的地方组织在对一个地区的国家和社会事务进行领导的方法和途径是多种多样的，就本地区国家事务的重大问题作出的决策也是多方面的，体现了执政党的地方组织对这些国家事务的基本观点、看法、政策和主张，这些决策有的要通过地方国家权力机关转化为国家决策，并以国家强制力保证实施；有的决策则无须转化为国家决策，而由执政党的地方组织通过党组织及其活动的渠道加以贯彻。哪些决策需要转化为国家决策？哪些决策无须转化为国家决策？需要转化的决策在转化的过程中执政党的地方组织和地方国家权力机关之间又如何沟通和协调？有一系列问题需要研究。

其一，在这个问题上，地方国家权力机关要主动接受执政党的地方组织的领导，主动围绕执政党的地方组织的中心工作，服务本地区改革发展稳定的大局，做到"跟得紧、靠得上、走得近"，及时地、主动地运用重大事项的决定权，赋予执政党的地方组织的决策以法律效力，使之法律化，并以国家强制力保证其实现。① 与此同时，作为执政党的地方组织，在就本地区国家事务的重大问题作出作为党组织的决策之后，也要有一个组织（或机构）将这些决策中需要转化为国家决策的部分以一定的方式"表达"出来，"运送"到地方国家权力机关，以便地方国家权力机关"接手"这个决策，并使之法律化。在这个环节，应当建立执政党的地方组织应有的工作机构或职能部门，进行相关的制度设计和程序安排，否则，执政党的地方组织的决策就难以"传达"到地方国家权力机关。

其二，对于执政党的地方组织"传达"来的执政党的地方组织就本地区国家事务作出的决策，地方国家权力机关依其法定职权，在决定将其法律化过程中，应当对这一决策进行审查和判断，并分别情况作不同的处理。一是具备作出重大事项决定的条件，有必要通过地方国家权力机关作出重大事项的决定，客观上也有可能做出重大事项决定的，即进入法定程序，提出重大事项决定议案，交付审议。二是有必要通过地方国家权力机关作出重大事项的决定，也具备了作出重大事项决定的条件和可能，但由于各方无法达成共识或仍存在较大分歧尚待协调的，暂不提出重大事项决定案、进入法定程序，让执政党的地方组织作出的决定继续以党的政策的形式运行，去争取更多的民众支持，取得更多的共识，为尽快转化为国家决策积累条件。三是执政党的地方组织作出的决策或者不具备通过地方国家权力机关作出重大事项决定的条件；或者虽然具备条件，却没有必要由地方国家权力机关作出重大事项的决定；或者各方面无法取得共识或一时尚未达成共识，或者上述三者兼而有之，不适合进入法定程序，提出重大事项决定案。上述三种情形下，如果进入法定程序提出重大事项决定案，在整个作出重大事项决定过程中，就重大事项决定的主要内容，地方国家权力机关要与执政党的地方组织进行沟通和协商，以保证既体现执政党的地方组织的决策意图、又符合法定程序；如果不进入法定程序，提出重大事项决定案，也有一个反馈情况、沟通看法、说明理由的问题。无论是进入法定程序，就作出重大事项决定过程中的沟通协调，还是不进入法定程序，就相关

---

① 比如，福建省人民代表大会，就曾分别于 2005 年 1 月的省十届人大三次会议上和 2007 年 1 月省十届人大五次会议上通过《关于促进海峡两岸经济区建设的决定》和《关于〈福建省建设海峡两岸经济区纲要〉的决议》把中共福建省委关于建设海峡两岸经济区的决策转化成福建省人民代表大会的重大事项的决定。

问题作说明的沟通协调，都需要有具体的制度设计和程序安排，否则无所遵循的结果会导致或者沟通无法顺利进行，或者共识难以通过制度化的渠道形成，甚至干脆因此引起双方关系不协调。因此，建立地方国家权力机关和执政党的地方组织之间就执政党的地方组织的决策是否和如何进入法定程序成为国家决策问题的沟通协调机制，是我们处理执政党的地方组织与地方国家权力机关之间相互关系的重要内容之一。

其三，地方国家权力机关行使重大事项决定权，在将执政党的地方组织作出的决策法律化过程中，有三个方面的问题需要注意：一是重大事项决定与执政党的地方组织决策不同，它需要有一个符合法定条件的提案人，关于这一点法律已有明文规定（比如常委会、一定数量的权力机关组成人员联名、人大常委会主任会议、人民代表大会有关专门委员会等），但是在提案前由什么组织来向法定的提案人提出议案建议，依逻辑判断应当是执政党的地方组织，但这个地方组织由哪个机构、依什么样的程序提出，目前缺乏起码的制度设计和程序安排，给实际运行带来困难。二是地方国家权力机关作出的关于重大事项的决定应当体现执政党的地方组织的决策的基本精神和主要内容，但毕竟党的决策和政权机关的决定无论内容及其存在形式，还是表达规范都有相当的差异性，这两者之间如何切换，又由谁来操作这种"包装"，类似的问题，也缺乏起码的制度设计和程序安排，亟须完善。

4. 重大事项决定实施的反馈机制

由地方国家权力机关作出的重大事项的决定作为有法律效力的决定，由国家政权机关负责付诸实施，并以国家强制力作保证，其实施的结果必将对社会生活产生影响。从实际情况看，应该说绝大多数重大事项的决定实施的情况是好的或比较好的，但也确实有一些重大事项的决定因为各种原因，实施的效果并不如意。对于这种决定实施的效果，执政党的地方组织也可以运用其执政党的手段进行收集、整理和分析，并加以利用，更多的则由地方国家权力机关来进行收集、整理、分析和利用，因为地方国家权力机关是重大事项决定的决定机关，也是重大事项决定实施的监督机关，由地方国家权力机关来对重大事项决定实施情况进行收集、整理、分析，有许多体制上和实际操作上的优势和便利。地方国家权力机关收集、整理、分析之后，通常分成两种情况进行反馈处理：

其一，地方国家权力机关对所作出的重大事项决定实施情况及效果较好的，分析其原因，并上溯至作为决定的基础的执政党的地方组织的决策，总结经验，反馈给执政党的地方组织，有利于执政党更加有效地利用决策手段对国家和社会事务进行领导。

其二，地方国家权力机关对所作出的重大事项决定实施情况及效果不尽如人意甚至较差的，也要分析其情况，找出存在的问题和导致后果的原因，并上溯至作为决定的基础的执政党的地方组织的决策，总结教训，并反馈给执政党的地方组织，以利于执政党改革其决策程序和制度，使决策更加科学化、民主化，以更好地实现其对国家和社会的有效领导。

无论是对决定以及作出决定基础的决策实施情况的跟踪调查、分析，以及经验教训的总结，还是其间的反馈、协商和沟通，执政党的地方组织与地方国家权力机关之间都需要有畅通的沟通渠道，有效的可操作的能够高效运行的制度设计和程序安排做支持，这是我们在研究执政党决策和国家决策两者相互关系时应当着力解决的重要问题。

（四）地方国家权力机关决定任免国家工作人员过程中执政党的地方组织的组织意图的传递及其落实

1．"党管干部"的含义

"党管干部"具有多方面的含义。本文讨论的"党管干部"，指的是"党组织向国家机关推荐重要领导干部"，是从党对国家和社会进行"政治领导"这个意义上说的。"党管干部"是党对国家和社会实行领导的重要手段和方法，也是党实现其对国家政权机关领导和控制的重要手段，是共产党执政的重要组织保障，是共产党的地方组织与地方国家权力机关相互关系的一个重要内容，也是共产党的地方组织和地方国家权力机关之间处理组织和干部问题的一个基本原则。

2．"组织意图"解读

在执政党的地方组织与地方国家权力机关相互关系的语境下，所谓的"组织意图"实际上就是执政党的地方组织关于"派出"什么样的执政代表出任地方国家政权机关的领导职务、担任地方国家政权机关重要领导人掌控国家政权机关的想法、计划、意见、建议等。放在执政党的地方组织与地方国家权力机关相互关系的问题中来表述，那就是"向国家机关推荐重要领导干部"，简而言之，实际上关键就是"推荐谁"担任国家机关的重要领导职务。这种所谓的"组织意图"包括这样几个方面的要点：

其一，考核。考核是推荐的前提和基础，担任重要领导职务，是共产党的地方组织在本地区执掌政权的表现，代表共产党担任"国家机关重要领导职务"的执政代表，任务是要运行国家权力，实现执政党的执政理想和执政主张，肩负着重要的使命，因而必须经过严格的考核程序产生。

其二，推荐。在实践中，执政党的地方组织的"组织意图"的实现，除了通过地方国家权力机关履行法定职责予以确认（即任命）之外，执政党的地方组织还可以也应当利用其执政党的资源，通过党组织的活动和在地方国家权力机关中的共产党员履行职权的活动加以保证，执政党的地方组织并不仅仅"推荐"，也不是一推荐了之，而是要通过运行党的机器动员一切力量、调动各种社会资源，最大可能保证自己推荐的人选当选。

其三，监督。推荐的权利与监督的义务是一致的、统一的。执政党的地方组织向地方国家权力机关推荐了人选，就必须同时承担对这些人选进行监督的义务，监督他们恪守职责、严格依法办事，忠实于推荐自己的组织、忠实于法律。

在研究"组织意图"时，有两个问题关系到对"组织意图"本身的认识和理解，也关系到对"推荐重要干部"本身的认识和理解，应当引起足够的重视：

其一，在执政党的地方组织与地方国家权力机关相互关系中，作为落实"党管干部"原则的执政党的地方组织，"推荐重要干部"中"推荐"一词，意味着一种"建议"，决定权（是否接受推荐）和选择权（任命谁）在地方国家权力机关。在这个过程中，选择权的行使要有两个基本前提：一是候选人多于实际任命的人数，即选择必须在两个或多个中择其一，即差额中选举，否则选择就不成其为选择；二是人们行使选择权的前提是对候选人（或选择对象）的情况了解，即知情权问题，没有知情权做基础，选择就是盲目的，也是不负责任的。[1]

其二，在执政党的地方组织与地方国家权力机关相互关系中，作为落实"党管干部"原则的执政党的地方组织"推荐重要领导干部"中的"推荐"的又一层含义就是它的间接性。这种"推荐"不是直接的任命，并不导致人选的到任，这是不言而喻的，被推荐人选只有经过地方国家权力机关的任命才能"到任"。执政党的地方组织"推荐"重要领导干部就说明它不能直接任命干部，这里包括不直接免除地方国家机关任命的干部的职务。实践中一些执政党的地方组织先行任命拟"推荐"人选担任政权机关党组织的主要领导的职务（如党组书记）再将其推荐给地方国家权力机关的做法（根据惯例，担任政权机关中党组织主要领导职务者，往往都兼任行政首长职务），值得研究；同样地，实践中一些执政党的地方组织将地方国家权力机关任命的干部调往他处任职，然后再由地方国家权力机关办理免职"手续"的做法，也是值得研

---

① 福建省人民代表大会常务委员会在审议任免国家机关工作人员的议案时，中共福建省委组织部在省人大常委会的全体会议上对候选人所作的介绍与在省委常委会讨论同一人事任免事项时向省委常委会的报告内容相同，让人大常委会组成人员享有知情权，受到普遍的认同。

究的。

3. "组织意图"传递的法定方式

根据宪法、组织法、选举法及有关法律的规定，在地方国家权力机关任免国家政权机关（仅以行政机关、审判机关、检察机关即"一府两院"为例）重要领导干部时，提案人分别是"一府两院"的主要负责人，如任命政府部门主要负责人由省长提名，任命人民法院的审判员由法院院长提名等。

在上述提案程序运行过程中，执政党的地方组织的"组织意图"没有途径表达，也没有途径传达给地方国家权力机关，"一府两院"在极为简单的提案和提案说明中，没有也不可能承担表述和传递执政党的地方组织的"组织意图"的使命。这就在制度上形成了一个"组织意图"制造者和"组织意图"接受及贯彻落实者之间的脱节和断层，中间既没有主体、也没有程序安排去作这种"组织意图"的表达和传递。这是"党管干部"原则通过人民代表大会制度实现过程中程序上的重大缺陷。实际生活中，往往采取两种方式来加以弥补：一是"一府两院"在任命的议案说明中，加上诸如"经过执政党的地方组织的组织部门考核"之类的描述，权充表述和向地方国家权力机关传递了执政党的地方组织的"组织意图"。但这种做法显然既缺乏规范意义上依据，也缺乏制度意义上的逻辑支持。二是由执政党的地方组织的组织部门在人大常委会的会议上就人选提名的问题作说明，算是表达了执政党的地方组织的"组织意图"，也将它直接传递给了地方国家权力机关。但是，这种衔接模式却存在一个重大的疏漏难以弥合：那就是执政党的地方组织的组织部门在人大常委会会议上作的说明（即表达和传递）与"一府两院"的议案及议案说明之间还是无法建立一种符合宪政原则和法律规定的联系。这就必然陷入一种逻辑上的矛盾：根据宪法和法律规定的人民代表大会制度，执政党的地方组织只有通过地方国家权力机关才能与由地方国家权力机关产生并对它负责和报告工作的"一府两院"发生关系，而不能绕过地方国家权力机关直接与"一府两院"发生关系，据此，执政党的地方组织直接将"组织意图"传递给"一府两院"并通过"一府两院"的提名议案及其说明传递给地方国家权力机关，有违宪法的规范，也不符合人民代表大会制度的精神；如果执政党的地方组织并未直接将"组织意图"与"一府两院"作沟通，"一府两院"又怎么能够在其提名议案及其说明中声明执政党的地方组织的意图？执政党的地方组织的组织部门又怎么可以在人大常委会的会议上作旨在支持"一府两院"议案及议案说明的"说明"？以上分析，只能说明一个问题，那就是宪法、组织法和选举法及相关法律关于"一府两院"等国家工作人员任免提名的程序和制度设计与我国现行政治体制中"党管干部"的原则发生了冲突，必须加以调整。

以上分析同样说明，新的协调机制必须是在执政党的地方组织和地方国家权力机关之间直接建立"组织意图"的"表达——传递——接受"机制，并据此来重构"一府两院"国家工作人员任免的提名机制，以解套这一"制度危机"。

4. "组织意图"贯彻过程中地方国家权力机关内执政党组织及其成员的作用实现机制

执政党的地方组织对地方国家权力机关的领导，很重要的一条途径就是通过在地方国家权力机关中的党组织和党员发挥其作用来实现。"党管干部"原则的贯彻过程中，在执政党的地方组织的"组织意图"的表达、传递和落实问题上，地方国家权力机关中的党组织和党员的活动，有着非常重要、不可替代的作用。

在实际生活中，地方国家政权机关的党组织在贯彻"党管干部"原则过程中，起作用的方式大致有两种：一是召开党员大会或党员负责人大会，在大会上通报"组织意图"，要求党员予以贯彻；二是"组织意图"实现遇到困难时，出面做地方国家权力机关组成人员中共产党员的工作，要求"与党组织保持一致"，确保"组织意图"的实现，采取的通常只有个别谈话的方式。至于党员个人，基本上是被动地根据地方国家权力机关党组织的要求，与"组织"保持一致，贯彻"组织意图"，也有一些党员通过自己的活动，有限地"影响"个别地方国家权力机关组成人员中的党外人士。实事求是地说，一般情况下，贯彻"组织意图"，地方国家权力机关的党组织和党员只要做到上述几点，就可以"高枕无忧"了。但是碰到复杂情况出现时，地方国家权力机关的党组织和党员如此单一地"发挥作用"，恐怕未必能够真正起到贯彻"组织意图"的关键作用，一些地方国家权力机关任命干部的个案已经说明了这一点。

有鉴于此，为了充分发挥党组织和党员在地方国家权力机关中的作用，保证"党管干部"的"组织意图"得以顺利实现，有必要在地方国家权力机关的框架内，建立政党组织活动的制度，借鉴西方国家议会制度中"议会党团"活动制度中的积极因素，拓展地方国家权力机关中党组织及其党员的活动空间，丰富活动的形式，形成有中国特色的，符合中国国情和实际情况，有助于加强和改善党的领导、提高党的执政能力，有利于建设社会政治文明的制度安排。

5. "组织意图"落实过程中的反馈

执政党的地方组织为了落实"党管干部"原则而形成"组织意图"并将这一"意图"付诸实施的目的是为国家政权机关"选好干部"，这与地方国家权力机关行使任免权过程中的各种程序和制度设计的宗旨是根本一致的。

过去的实践中，为了达到"选好干部"的目标，无论是执政党的地方组织，还是地方国家权力机关在干部问题上如履薄冰、慎之又慎，并因此设计了许多的旨在防止"选了不好的干部"的制度、措施和办法。但事实是，"死人的事总是要发生的"，无论是设计再"精美"的制度，在其运行中总有变形或走样的时候，谁也无法保证，任何制度也无法保证凭着某一制度选出来的人就没有"次品"。实践证明，只重视保证"选好人"的制度建设，只注重把好"入口"关的传统思维，难以解决干部选拔任用中的突出问题。问题的关键是要疏通出口，形成畅通的淘汰机制，只要出口畅通了，选错人的危害就小了。"选优"的方法注重任命之前，其主要手段是"考核"；而"汰劣"的方法则实施在任命之后，其主要手段在于监督，在于任命之后的跟踪监督。

地方国家权力机关对于地方国家权力机关任命的干部的监督，有多种途径，按照监督法的规定，主要是通过工作监督来实现，通过对工作的监督，发现"一府两院"领导干部思想品质、宗旨意识、工作作风、工作能力、廉政勤政等方面的问题，反馈给执政党的地方组织管理这些干部的部门，一方面由这些部门按照"党管干部"的原则和制度进行处理；另一方面有助于执政党的地方组织反思"党管干部"原则贯彻过程中在用人标准、考核机制、选拔办法、任用程序等方面存在的问题，借以总结经验，改革和完善"党管干部"的制度。

（五）执政党的地方组织与地方国家权力机关在监督体系中的角色定位与互动

1. 党和国家监督体系

要有效地保证正确行使权力、防止滥用权力，两种机制是不可缺少的：一是制约，用整体权力格局的设置与运作，制约特定权力的行使；二是监督，任何一种权力的行使，都要受到其外部的另一种权力的监督。为了有效地保证国家机关及其工作人员把人民通过法定程序赋予的权力用来为人民谋利益，必须把对权力运行的制约和监督纳入制度化、法律化的轨道。

经过多年的努力，我们已经建立并在逐步完善内部监督制度，以解决违反党纪行为的处理问题；已经建立并在逐步完善行政监督制度，以解决违反政纪的处理问题；已经建立并在逐步完善司法监督制度，以解决违犯法纪的处理问题。此外，还有政协的民主监督、民主党派监督、群众监督、舆论监督等。这些监督制度，同人事监督制度一起，共同构成了党和国家监督体系。

2. 执政党的监督

执政党的监督，是一种多元的监督。既有内部监督，也有外部监督；既有同体监督，也有异体监督；执政党既作监督主体，也为监督对象。

以监督主体为标准进行划分，执政党的监督或者准确地说与执政党有关的监督主要包括：一是党内监督，包括党组织之间的监督、党组织对党员的监督、党员之间的监督、党员对党组织的监督等；二是党对国家机关的监督，包括党对国家权力机关的监督、党对国家行政机关的监督、党对国家审判机关的监督和党对国家法律监督机关的监督等；三是党对全社会的监督；四是国家机关对党的监督；五是全社会对党的监督。

从执政党的地方组织与地方国家权力机关之间相互关系的语境出发，我们所说的党的监督主要是指党对国家机关的监督，这种监督具有不同于其他监督的鲜明特征：

其一，来自执政党，在我国执政的中国共产党，不仅执掌国家政权，还是中国一切事业的领导核心，这一政治现实使得这种来自执政党的监督具有特殊的权威性。

其二，广泛性。监督针对的对象是广泛的，包括国家权力机关以及由国家权力机关派生的行政机关、审判机关、检察机关，还包括国家机关中的党组织和党员。

其三，非法律强制性。执政党虽然执掌政权，但执政党作为政党组织的性质和特点，使得其监督不是源于法律，因而不具备法律意义上的强制力。但因其监督有党的纪律做后盾，因而有纪律意义上的强制性，尤其是对其在国家机关中任职的党员，这种强制性有相当的强度。[①]

其四，党的监督因其可以通过发动群众的方式进行，因而运行起来往往有特殊的力量。

其五，党的监督可以通过监督其在国家机关中的党组织和党员来实现。

3. 国家权力机关的监督

根据宪法和监督法以及相关法律的规定，国家权力机关的监督包括工作监督和法律监督两种。工作监督，主要是通过听取和审议政府和法院、检察院的专项工作报告、执法检查等形式，促进依法行政、公正司法。法律监督，广义上说是保证宪法、法律和法规在本行政区域内实施，狭义上说主要是指人大常委会对下一级人大及其常委会和同级政府进行的监督，对它们在法定权限范围

---

① 中国共产党针对其成员的监督，以党纪作保证，党纪中有类似"双规"这样严厉的强制方法。

内制定的法规、规章和作出的决议、决定或者发布的决定、命令等规范性文件是否合法和适当进行审查，对其中违法或不适当的规范性文件有权予以撤销，以维护国家法制的统一和尊严。

根据宪法、监督法和其他相关法律的规定，国家权力机关的监督具有以下几个方面的特征：

其一，国家权力机关的监督是依照宪法、监督法及相关法律实行的，是具有法律效力的监督，不同于诸如新闻舆论之类的监督。

其二，相对于其他有法律效力的监督如行政复议、行政诉讼而言，权力机关的监督是直接根据宪法法律的，由国家权力机关实施，这种监督具有最高的法律效力。

其三，由于权力机关的监督包括了工作监督和法律监督两个方面，其覆盖面广，涉及社会生活的各个方面，涉及各个社会主体，涉及每个社会成员。

其四，权力机关的监督作为具有最高法律效力的监督，以法律做后盾，以国家强制力保证其实现。

4. 监督机制运行过程中执政党的地方组织和地方国家权力机关的角色定位和互动

监督过程中，同为监督者又互为监督对象的执政党的地方组织和地方国家权力机关的角色定位要从两个方面来思考：

其一，相互监督的角度。在相互监督过程中，执政党的地方组织和地方国家权力机关互为监督主体，也互为监督对象。这就要求双方在作为监督主体时，充分履行自己的监督职责，恪尽监督责任；同时，在作为监督对象时，找到自己被监督者的身份，自觉接受监督。

其二，共同监督国家机关的角色。执政党的地方组织和地方国家权力机关的监督虽然实施主体不同、性质不同、特点不同、手段不同、效力亦不同，但都有一个共同的使命，就是对国家机关进行监督。不同的是地方国家权力机关只对除自己之外的国家机关即"一府两院"进行监督，而执政党的地方组织则可以对本地区的所有国家机关包括地方国家权力机关进行监督。国家权力机关对其他机关（"一府两院"）进行监督的方式主要包括工作监督和法律监督。执政党的地方组织对地方国家机关的以下情况进行监督：立法中是否体现党的地方组织的执政主张和政策以及制定出来的法律的实施情况；地方国家权力机关行使重大事项决定权时对执政党的决策的落实情况以及决定作出之后国家行政机关、审判机关、法律监督机关执行情况；地方国家权力机关行使任免权时贯彻"党管干部"原则和实现执政党的地方组织的"组织意图"的情况等。

无论是相互监督，还是共同或分别对国家机关实行监督，执政党的地方组织和地方国家权力机关在监督实行过程中，都应当注意做好党、政两种监督的"互动"，沟通信息、协调行动。只有这样，才能充分发挥两种监督的优势，实现互补，达到监督的最佳效果。

结束语

中国共产党是执政党，是我国一切事业的领导核心。人民代表大会制度，是我国的基本政治制度，人民代表大会及其常委会是国家的权力机关，是人民实现当家作主、管理国家的机关。

执政党的地方组织与地方国家权力机关之间的关系是否协调，决定着一个地方的经济发展、政治文明、社会和谐的水平。

关于执政党的地方组织与地方国家权力机关之间的关系，宪法和法律以及中国共产党的章程已有明确的规范，实际运行上也是比较明确的。

但在执政党的地方组织与地方国家权力机关相互关系的具体制度上，法律规定并不完善，有效的相互关系运行机制亦未完全建立。这一方面影响了执政党依法执政原则的贯彻，也影响了执政党领导作用的实现；另一方面，损害了国家权力机关的威信，妨碍了人民代表大会制度的发挥。

政治体制改革要有宏观的研究和制度安排，也需要进行微观的研究和探索，通过具体的制度改革和完善，通过运行机制的调整，推动大的制度改革、完善和创新，与进行政治体制改革的宏观研究同样重要。

本文正是基于这样的出发点，对执政党的地方组织与地方国家权力机关之间相互关系的运行机制作了一些粗浅的分析和研究，希望能通过完善这些运行机制，推动两者关系更加和谐。

即使是在这一点上，本文也只是提出了一个思路，作了一点点探索。

参 考 文 献

1. 《马克思恩格斯选集》（1—4卷），人民出版社1995年版。

2. 《列宁选集》（1—4卷），人民出版社1995年版。

3. 《斯大林选集》（上、下卷），人民出版社1972年版。

4. 《毛泽东选集》（1—4卷），人民出版社1991年版。

5. 《毛泽东文集》（1—8卷），人民出版社1999年版。

6. 《邓小平文选》（1—2卷），人民出版社1994年版。

7. 《邓小平文选》（第3卷），人民出版社1993年版。

8. 《邓小平年谱》（上、下卷），中央文献出版社2004年版。

9. 《彭真文选》，人民出版社1991年版。

10.《江泽民文选》（1—3卷），人民出版社 2005 年版

11.《毛泽东邓小平江泽民论党的建设》，中央文献出版社 2002 年版。

12.《江泽民论有中国特色社会主义》，中央文献出版社 2002 年版。

13.《江泽民论加强和改进执政党建设》（专题摘编），中央文献出版社、研究出版社 2004 年 12 月版。

14.《中国共产党执政五十年》，中共中央党史出版社 1999 年版。

15.《建国以来重要文献选编》（1—20 册），中央文献出版社 1992—1998 年版。

16.《十六大报告辅导读本》，人民出版社 2002 年 11 月版。

17. 薄一波：《若干重大决策与事件的回顾》（上、下卷），中共中央党校出版社 1993 年版。

18. 胡绳主编：《中国共产党七十年》，中共中央党史出版社 1991 年版。

19. 中共中央党史研究室：《中国改革开放史》，辽宁人民出版社 2002 年版。

20. 张乐岭等：《当代中国的科学社会主义——从毛泽东到邓小平》，山东大学出版社 1996 年版。

21. 高放、李景治、蒲国良主编：《科学社会主义的理论与实践》，中国人民大学出版社 2003 年第三版。

22. 田子渝、曾成贵：《八十年来中共党史研究》，湖北人民出版社 2001 年版。

23. 卢光福等：《中国共产党建设八十年》，上海人民出版社 2001 年版。

24. 张定河、白雪峰：《西方政治制度史》，山东人民出版社 2003 年版。

25. 王长江：《世界政党比较研究》，中共中央党校出版社 1996 年版。

26. 梁琴、钟德涛：《中外政党制度比较》，商务印书馆 2000 年版。

27. 何力平：《政党法律制度研究》，黑龙江人民出版社 2003 年版。

28. 萧超然等：《当代中国政党制度论纲》，黑龙江人民出版社 2000 年版。

29. 林尚立：《政党政治与现代化》，上海人民出版社 1998 年版。

30. 郭定平：《政党与政府》，浙江人民出版社 1998 年版。

31. 程全生：《政党与政党政治》，台湾华欣文化事业中心 1984 年版。

32. 赵明义：《社会主义传统模式及其改革》，黄河出版社 1993 年版。

33. 王贵修、石泰峰、侯少文：《政治体制改革和民主法制建设》，浙江人民出版社 2003 年版。

34. 李君如：《中国共产党执政规律新认识》，浙江人民出版社 2003 年版。

35. 李智勇：《陕甘宁边区政权形态与社会发展》（1937—1945），中国社会科学出版社 2001 年版。

36. 田穗生等：《中外代议制度比较》，商务印书馆 2000 年版。

37. 胡盛仪等：《中外选举制度比较》，商务印书馆 2000 年版。

38. 朱国斌：《中国宪法与政治制度》，法律出版社 1997 年版。

39. 蔡定剑、王晨光编：《人民代表大会二十年发展与改革》，中国检察出版社 2001 年版。

40. 解琦：《坚持依法执政，实现党的执政方式的历史性转变》，天津人民出版社 2003 年版。

41. 俞可平主编：《治理与善治》，社会科学文献出版社 2000 年版。

42. 俞可平主编：《增量民主与善治》，社会科学文献出版社 2005 年版。

43. 刘海年主编：《依法治国，建设社会主义法治国家》，中国法制出版社 1996 年版。

44. 李林：《立法理论与制度》，中国法制出版社 2005 年版。

45. 李林：《法治与宪政的变迁》，中国社会科学出版社 2005 年版。

46. 李林：《走向宪政的立法》，法律出版社 2003 年版。

47. 李林：《立法机关比较研究》，人民日报出版社 1991 年版。

48. 张恒山、李林、刘永艳等：《法治与党的执政方式研究》，法律出版社 2004 年版。

49. 莫纪宏：《现代宪法的逻辑基础》，法律出版社 2001 年版。

50. 莫纪宏：《实践中的宪法学原理》，中国人民大学出版社 2007 年版。

51. 莫纪宏：《为立法辩护》，武汉大学出版社 2007 年版。

52. 张庆福主编：《宪政论丛》（1—5 卷），法律出版社 1998—2006 年版。

53. 张庆福：《宪法与宪政》，中国检察出版社 1994 年版。

54. 张庆福：《宪法学基本理论》，社会科学文献出版社 1999 年版。

55. 陈云生：《和谐宪政：美好社会的宪法理念与制度》，中国法制出版社 2006 年版。

56. 陈云生：《宪法监督司法化》，北京大学出版社 2004 年版。

57. 陈云生著：《民主宪政新潮——宪法监督的理论与实践》，人民出版社 1988 年版。

58. 王叔文、吴新平：《我国的人民代表大会制度》，群众出版社 1988 版。

59. 张晓燕：《依法治国条件下中国共产党执政方式研究》，中共中央党校出版社 2006 年版。

60. 刘作翔主编：《立党为公、执政为民的法理学研究》，中国政法大学出版社 2005 年版。

61. 高新民：《中国共产党活动方式研究》，浙江人民出版社 2006 年版。

62. 陈浙闽、叶梧西主编：《马克思主义执政理论研究》，中共中央党校出版社 2006 年版。

63. 王邦佐等编：《中国政党制度的社会生态分析》，上海人民出版社 2000 年版。

64. 许耀桐、胡叔宝、胡仙芝等：《政治文明——理论与实践发展分析》，中央编译出版社 2006 年版。

65. 中国延安干部学院 2006 年编印：《党在延安时期局部执政的历史经验》（试用本）。

66. 周叶中：《代议制度比较研究》，武汉大学出版社 2005 年版。

67. 孙哲：《全国人大制度研究（1979—2000）》，法律出版社 2004 年版。

68. 卓泽渊：《法治国家论》，法律出版社 2004 年第 2 版。

69. 蔡定剑：《中国人民代表大会制度》，法律出版社 2003 年第 4 版。

70. 杜力夫：《权力监督与制约研究》，吉林人民出版社 2006 年版。

71. 鲁士恭主编：《中国地方国家权力机关》，中国广播电视出版社 1991 年版。

72. 黄苇町：《苏共亡党十年祭》，江西高校出版社 2002 年版。

73. 甘藏春主编：《中华人民共和国地方制度》，山西人民出版社 1995 年版。

74. 冯秋婷等主编：《中国共产党执政方式探析》，中共中央党校出版社 2001 年版。

75. 李良栋等：《中国政治文明建设》，中国水利水电出版社 2005 年版。

76. 陈永鸿：《论宪政与政治文明》，人民出版社 2006 年版。

77. 孙秀民：《中国共产党执政机制的构筑与完善》，中共中央党校出版社 2006 年版。

78. 何增科等：《中国政治体制改革研究》，中央编译出版社 2004 年版。

79. 李龙：《依法治国方略实施问题研究》，武汉大学出版社 2002 年版。

80. 赵晓呼：《政党论》，天津人民出版社 2002 年 12 月版。

81. ［古希腊］亚里士多德著，吴寿彭译：《政治学》，商务印书馆 1965 年版。

82. ［美］亨廷顿著，王冠华等译：《变化社会中的政治秩序》，生活·读书·新知三联书店 1989 年版。

83. ［英］哈耶克著，邓正来译：《自由秩序原理》，生活·读书·新知三联书店 1997 年版。

84. ［美］斯科特·戈登著，应奇等译：《控制国家——西方宪政的历史》，人民出版社 2001 年版。

85. ［法］卢梭著，何兆武译：《社会契约论》，商务印书馆 2002 年版。

86. ［美］约翰·罗尔斯著，何怀宏等译：《正义论》，中国社会科学出版社 1988 年版。

87. ［美］达尔著，王沪宁等译：《现在政治分析》，上海译文出版社 1987 年版。

88. ［意］G. 萨托利著，王明进译：《政党与政党政治》，商务印书馆 2006 年版。

89. 石泰峰、张恒山："论中国共产党依法执政"，载《中国社会科学》2003 年第 1 期。

90. 李林："与构建和谐社会相关的若干法学（法治）理论问题"，载《社会科学管理与评论》2006 年第 3 期。

91. 李林："社会主义政治文明建设与依法治国"，载《北京联合大学学报》（人文社会科学版）2006 年第 6 卷第 3 期。

92. 莫纪宏："宪法程序的类型以及功能"，载《政法论坛》2003 年第 4 期。

93. 刘嗣元："关于人民代表大会制度的程序正义问题初探"，载《人大研究》2000 年第 10 期。

94. 王奎珍、李少莉、高相辉等："地方党委'三个执政'建设问题研究"，载《中共青岛市委党校 青岛行政学院学报》2006 年第 1 期。

95. 胡倩燕、俞小和："关于改革和完善党的领导方式的思考"，载《北京工业大学学报》（社会科学版）2006 年第 1 期。

96. 李静："党的执政方式的重大转变"，载《中共云南省委党校学报》2005 年第 9 期。

97. 黄明哲："延安时期中国共产党的局部执政经验"，载《中共云南省委党校学报》2006 年第 1 期。

98. 肖芳林、张雄："略论党在陕甘宁边区政权中执政能力建设的历史经验"，载《社会科学家》2006 年第 2 期。

99. 胡忠明、王学超、郝欣富："地方党委依法执政能力建设研究"，载《理论视野》2006 年第 3 期。

100. 刘红凛："法治视角下党的领导体制探析"，载《理论探讨》2006 年第 3 期。

101. 林振坤："科学、民主、依法执政与坚持人民代表大会制度"，载《中共福建省委党校学报》2006 年第 2 期。

102. 张君良："构建'分合有度'的新型党政关系"，载《科学社会主义》2006 年第 4 期。

103. 黄生成、黄明哲："中共三代领导人对科学执政、民主执政、依法执政的不懈探索"，载《江西社会科学》2006 年第 5 期。

104. 吴克辉、邓小丹："中共八大对执政理念的探索"，载《中共珠海市委党校 珠海市行政学院学报》2006 年第 4 期。

105. 杨垚："党政关系规范化略论"，载《甘肃理论学刊》2006 年第 1 期。

106. 程松杰："中国共产党执政能力建设的历史探析"，载《学术论坛 理论学刊》2006 年第 2 期。

107. 方雷、王娟："构建党政关系的应然状态：一种党政功能的分析视角"，载《中共济南市委党校学报》2006 年第 2 期。

108. 林尚立："党政关系建设的制度安排"，载《学习时报》2002 年 5 月 27 日第 3 版。

109. 万丽华："建国后党的执政方式的演变及其对坚持和完善依法执政的启示"，载《中共郑州市委党校学报》2005 年第 1 期。

110. 朱联平："党政关系问题研究述评"，载《岭南学刊》2006 年第 1 期。

111. 付建龙："论党政关系与加强党的执政能力建设"，载《中国南昌市委党校学报》2006 年第 4 卷第 1 期。

112. 郑曙村："中国共产党执政合法性的转型及其路径选择"，载《文史哲》2005 年第 1 期。

113. 孙秀民："20 世纪 80 年代以来我国政党立法研究综述"，载《学习与探索》2004 年第 3 期。

114. 潘泽林："'三个代表'：中国共产党依法执政的法理基础"，载《南昌大学学报》2004 年第 35 卷第 6 期。

115. 朱兆华："西方政党制度的基本特征及启示"，载《中共贵州省委党校学报》2005 年第 1 期。

116. 何士青："论依法执政与政治文明"，载《中国法学》2003 年第 6 期。

117. 虞崇胜："浅析政治文明"，载《武汉大学学报》2000 年第 3 期。

118. 郭春生："借鉴世界政党发展经验 加强中国政党制度建设——'世界政党发展与当代中国政党制度建设'学术研讨会综述"，载《当代世界与社会主义》2004 年第 4 期。

119. 陈丹雄、李小鲁、黄建榕："绿党崛起视角中政权合法性构建的分析和启示"，载

《学术论坛》2006 年第 2 期。

120. 邓毅："人民代表大会制度与社会主义宪政建设学术研讨会综述"，载《政法论坛》中国政法大学学报，2004 年第 22 卷第 6 期。

121. 周叶中、邓联繁："论中国共产党依法执政之价值"，载《武汉大学学报》2003 年第 56 卷第 2 期。

122. 周叶中、邓联繁："论中国共产党依法执政的现实必然性"，载《社会主义研究》2003 年第 1 期。

123. 甘肃省人大常委会研究室："政府组成人员对人民代表大会制度认知情况问卷调查分析报告"，载《人大研究》2002 年第 10 期。

124. 程湘清："政治文明和人民代表大会制度"，载《北京大学学报》（哲学社会科学版）2004 年第 41 卷第 6 期。

125. 杨亚佳："中国共产党依法执政若干问题探讨"，载《河北法学》2005 年第 23 卷第 1 期。

126. 杨绍华："中国共产党执政方式的历史考察"，载《中共党史研究》2005 年第 6 期。

127. 殷荣："人民代表大会制度中的政治代理人问题"；载《人大研究》2005 年第 9 期。

128. 于建荣："论党的执政体制"，载《太原理工大学学报》（社会科学版）2005 年第 3 期。

129. 刘燕玲："论人大对党的监督"，载《理论学刊》2002 年第 2 期。

130. 林怀艺："我国的政党立法问题探析"，载《华侨大学学报》（哲学社会科学版）2004 年第 2 期。

131. 郭道晖："权威、权力还是权利——对党与人大关系的法理思考"，载《法学研究》1994 年第 1 期。

·中国社会科学院法学博士后论丛·

媒体监督司法论纲

On Mass Media Supervision over Judicature

博士后姓名　卢恩光

流　动　站　中国社会科学院法学研究所

研　究　方　向　诉讼法学

博士毕业学校、导师　同济大学　　沈荣芳

博 士 后 合 作 导 师　王敏远

研究工作起始时间　2005 年 8 月

研究工作期满时间　2007 年 8 月

作 者 简 介

卢恩光，男，1965 年 11 月生，中共党员，山东省阳谷县人，工程技术应用研究员职称。现任资源和社会保障部办公厅巡视员兼副主任。2004 年 12 月毕业于同济大学，获管理学博士学位。2005 年 8 月进入中国社会科学院法学研究所从事博士后研究。2000 年 6 月，被山东大学聘为兼职教授；2002 年 6 月被中国社科院法学研究所聘为《法学研究》编审；2003 年 12 月，被中国人民大学刑事法律科研中心聘为兼职研究员。主持、参与多项国家级科研项目，获多项国家发明专利。在《同济大学学报》、《新闻大学》、《当代传播》等核心期刊上发表学术论文数十篇，代表性著作有《中国报业集团治理探析》等。

自 1994 年至今，分别获山东省优秀共产党员（1994 年 6 月）、山东省十大杰出青年（1994 年 7 月）、全国科技星火带头人（1995 年 8 月）、全国星火先进工作者（1996 年 9 月）、全国优秀科技工作者（1997 年 12 月）、山东省科技拔尖人才（1999 年 9 月）、全国劳动模范（2000 年 4 月）等荣誉。自 1997 至今，历任方舟集团党委书记、董事长兼总经理，阳谷县政协副主席、党组成员，山东省政协办公厅科技中心主任，中残联华夏文化出版集团执行组长，华夏时报社社长、党委书记，四川遂宁市市委副书记，中国残疾人福利基金会副理事长兼秘书长，资源和社会保障部办公厅巡视员兼副主任等职务。

媒体监督司法论纲

卢恩光

内容摘要： 在现代民主法治社会里，基于对司法公正价值目标的追求，媒体监督司法常常成为二者间关系令人关注的焦点。崇尚新闻自由，充当民意表达的急先锋，以及实现和保障公民的知情权，通常被认为是媒体监督司法的三大基础。从传统上看，媒体报道和媒体评论是实现媒体监督司法的基本形式。随着科技的发展，庭审直播逐渐成为媒体监督司法的另一种特别的方式。相对于传统媒体而言，网络媒体是一种新媒体，为了规范和完善网络媒体对司法的监督，有必要认识网络媒体监督司法的作用机制及其利弊。鉴于媒体与司法间不可避免的矛盾冲突，一方面，媒体需要司法给予其一定的监督空间；另一方面，司法也要求媒体应当遵循必要的规则对其进行监督。

关键词： 媒体　监督　司法

一、引言

（一）媒体与司法的关联性

"媒体"一词来源于英文的 media，该英文单词最早出现在 1943 年美国图书馆协会的《战后公共图书馆的准则》一书中。在《现代英汉词典》中它被译作"大众传播媒介"；在《简明英汉词典》中，它被译作"媒体"。广义的"媒体"是指在信息传播过程中，从传播者到接受者之间携带和传递信息的任何物质工具，即各种传播工具的总称。狭义的"媒体"，即专指大众传播媒体。本文讨论的媒体，正是此种狭义的"媒体"。①

近代传媒自它诞生之日起，就承担起传播信息，监督社会的职能，成了社会转型的守望者和观察者。它通过新闻报道、报刊评论等方式反映民众的呼声与要求，在某种程度上成为民意的浓缩机构和代言人。传媒监督已成为国际社会公认的言论自由的重要内容和直接体现，是衡量一国人权和民主的重要标准。传媒不只是一种抽象的与公权相对应的社会力量，它还是民意的传声筒，是社会舆论的载体，是公民行使宪法赋予的监督权的重要渠道，是公民表达自由的体现。②

新闻自由与司法公正分别是民主与法治的基本要求，均为宪政国家予以首肯的基本价值，二者共同构成宪政国家的支柱，而传媒和法院是实现这两个价值的最主要的机构。具体而言，新闻自由作为一项基本的宪法权利，是现代民主理念的产物，对于民主社会的良性运转发挥着极为重要的作用，必须得到有效的保障；同时，公正的司法制度对于社会秩序的维持同样不可缺少。如果一个社会中的司法机构没有独立性，不能做到公平审判，那么公民的权利（包括新闻自由）将得不到保护，法治将无法实现。所以，从宪政的角度来看，传媒与司法的关系在本质上是民主和法治价值与人权价值之间的关系。这些价值之间具有一致性——保障人权。

媒体与司法两者有许多共同之处，如追求真实、准确、时效等等。具体而言，媒体与司法在根本目的上的一致性、相通性体现在三个方面：

第一，具有相同的目的，即关注民众的权利。司法的职能在于解决公民间以及公民与政府间的纠纷，依据法律来保护公民权利，而传媒则一旦发现公民的权利受到侵犯，便通过报道与批评的方式，来迫使侵犯方自动停止侵权行为，或引发正常的体制性解决程序的开始。同时，根据新闻自由的责任理论，传媒自身也承当着实现公民多项民主权利的责任。

第二，具有相同的信念，即追求社会公正。司法通过依靠公众同意的公共准则——法律来解决纠纷，追求的是法律上的公正，传媒则通过激发公众内心的价值标准——道德来评判是非，批评侵犯者的侵犯行为，是一种道德性的情感和评价，追求的是道德上的公正。

第三，共同的使命，在一些西方国家，由于立法权与行政权日益凸显，需

---

① 如果未作特别说明，本文出现的"传媒"、"媒介"、"大众传媒"、"新闻媒体"、"新闻媒介"等词的含义均与此处狭义上的"媒体"相同。

② 王好立、何海波："'司法与传媒'学术研讨会讨论摘要"，载《中国社会科学》1999 年第5 期。

要某些制衡，抑制其膨胀的手段，传媒与司法可以承担其制约与监督立法权与行政权的使命。①

（二）媒体监督司法的价值

在现代法治国家，司法权是国家权力的重要部分，媒体对司法活动进行报道并监督司法权的行使，已是一种司空见惯的社会现象。在我国，传统上媒体对司法的监督作用非常有限。近年来，随着进行司法改革、促进司法公正的呼声日益强烈，加强对司法的监督成为一项紧迫的任务。党的十五大报告特别指出，要"推进司法改革，从制度上保证司法机关依法独立公正地行使审判权和检察权"，要"把党内监督、法律监督和群众监督结合起来，发挥舆论监督的作用"。由于媒体报道是舆论的主导，舆论监督主要通过新闻媒体的监督来实现，因此媒体监督已成为我国加强司法监督、促进司法公正的一支重要力量。

媒体监督，由于其自身所特有的开放性与广泛性，为我国的监督体系注入了新的活力，在促进司法公正、遏制司法腐败方面发挥了积极作用。然而，媒体监督是一把"双刃剑"，缺乏制约或运用不当便可能对司法公正造成负面的影响，从另一侧面妨碍或破坏司法公正。② 出于对司法活动的监督和满足广大公众知情权的需要，也由于司法题材本身的新闻价值，近几年来，司法题材成为越来越受媒体关注的热点。1998 年 7 月 11 日，中国中央电视台第一套节目用长达五个小时的时间，直播了"1998 中国电影第一大案"。此后，中国最高审判机关也公开表示允许、欢迎新闻媒体对司法审判活动以对法律自负其责的态度进行如实报道、监督。2003 年 8 月 15 日，辽宁省高级人民法院对沈阳市刘涌等黑社会性质犯罪一案的终审判决，更是引起了各种媒体的广泛关注，并且进行了国内前所未有的大讨论，真可谓是众说纷纭。这一方面反映了我国政治文明的发展和大众媒体的力量，另一方面，也反映出公众对我国司法现状及司法公正的关切之心。同时还反映出我国对媒体与司法关系认识的模糊性。

在现代社会，新闻媒体作为反映社会各利益群体公共诉求的渠道，反映着一定的民意和呼声，某种程度上起到了社会关系调节阀的作用。从司法实践看，尽管法院进行了公开审判，但是，绝大部分公众是通过不同层次、不同形式的大众媒体快捷、普及的信息传递，了解法院对案件的审判情况和判决的结果的，公众也是通过传媒反映自己对判决的评价的。此时，大众媒体自然就成

---

① 卞建林等：《传媒与司法》，中国人民公安大学出版社 2006 年版，第 91—92 页。

② 卞建林："媒体监督与司法公正"，载《政法论坛》2000 年第 6 期。

了公众监督国家司法活动的途径和方式。①

虽然中国司法体制改革的整体方略尚未形成，在此方面较多的工作仍然局限于民间层面上对各种方案与建议的讨论，处于实施中的一些措施带有明显的边缘性和浅近性，但司法体制改革的基本目标及改革的基本取向是较为明确、并得到广泛认同的。这就是：加强和保证司法的公正性、民主性，更为广泛、有效地保障社会成员的权利。传媒监督司法问题正是基于这一目标和取向而提出的。

传媒监督司法这一目标及价值取向的基点在于：其一，传媒监督司法有助于增加司法过程的公开性和透明度，在一定程度上可以起到防止和矫正司法偏差的作用；其二，传媒监督司法为社会公众评说司法行为，并间接参与司法过程提供了条件，从而降低了司法专横和司法武断的可能性；其三，社会各方面对司法现状的批评蕴涵了对司法体制内部监督不足的抱怨，特别是司法体制内部的监督由于其客观上的内在性和实践上的偏误并未能取得广泛的信任，因而司法体系外部监督便成为司法体制改革中制度创新的重要关注点。而传媒监督被普遍认为是司法体系外部监督的常规的、基本的形式。

强化传媒监督的要求，得到了其他一些因素的支持，从而使这一要求富有更强的现实性。首先是传媒与司法之间的实际距离拉大。较长时期以来，中国社会中传媒与司法保持着高度的统一和一致。传媒所担负的重要使命是直接地传播司法所确定的基调，认同并宣扬司法所作出的一切结论。然而，随着文化多元化趋势的加强，特别是随着传媒话语空间的拓展以及由此形成的独立特征的增加，传媒与司法之间的距离也在一定限度中扩大。这种距离既体现于传媒与司法之间在个案以及局部问题认识上的分歧，也表现为由传媒所反映的公众意识与司法机构自身的职业立场之间的差异。这种距离的存在，不仅使传媒能够以自己特有的视角与方式论说和评价司法权力所属辖的事实与事件，而且还以这种视觉与方式论说和评价司法机构的权力行使过程，表达对这一过程的社会见解。

传媒与司法之间这种距离所派生出来的传媒对司法论说和评价的特性，被法学界及传媒机构技术化、理念化地表述为传媒对司法的监督功能。尽管传媒自身在实际运作过程中通常并未真切、自觉地感受这种社会使命，但法学界从传媒论说与评价司法的客观能力出发，为传媒的这种特性赋予了更为积极的社会意义；同时，传媒也在"监督"意义上为自己对司法过程的影响建立了正

---

① 王建林："媒体对司法的监督"，载《河北法学》2004 年第 6 期。

当性。

强化传媒监督的要求和主张得到了司法机构内部的积极回应。① 这首先应当被理解为司法机构（特别是司法机构的最高层）对司法现状中消极现象的正视与反省，但同时也应看到的是，这种回应体现了司法机构的一种政治姿态。以这一姿态为基础，司法机构可以拉近同社会各个层面的距离，有效地缓释以至消弭日益强烈的批评司法现状的社会情绪。对司法机构的这一姿态还可以作另一种解释：司法机构对司法体制改革也有着强烈的内在要求。但是，如同企业改革并不决定于企业自身一样，司法机构自身对司法体制改革所能够作出的努力也是极为有限的。司法机构改革司法体制的愿望需要得到广泛的社会支持。对媒体监督的认同以至倡导，不仅可以使司法机构的改革愿望得到更大范围的理解和认同，形成更为广泛的社会基础，而且也可以从传媒监督制度中派生和推演出司法机构自身所希求的某些要求；特别是司法机构能够把传媒监督用作抵制行政或其他干预的一种实用手段。②

二、媒体监督司法的基础

（一）媒体监督司法的理论基础——新闻自由

1. 新闻自由的内涵

新闻自由按照历史沿革分为两个阶段：传统的（或曰古典的）近代新闻自由和现代新闻自由。古典的新闻自由，主要是指报纸发行者个人的自由，是从言论自由属于个人权利的角度认识新闻自由的。20 世纪初产生现代新闻自由，其意义已具时代特征。这时的报纸不仅应该公正地传播多样化的社会情报和意见，还应该负起监督政府行为以保护国民权益的社会责任。这就是说，新闻自由不再纯属报人的个人自由，还必须履行现代社会赋予报纸的一定责任。即古典的新闻自由纯粹是个人权利，而现代新闻自由则是一种与社会责任相结合的个人权利。

新闻自由的含义甚为广阔，根据一般学者的解释，从形式上新闻自由应该包括以下四个方面的自由：采访自由、传递自由、发表自由和阅读及收听自由。③ 总之，新闻自由是整体的，要保障新闻自由，就是要保障上述四项

---

① 最高人民法院院长肖扬多次呼吁加强新闻对法院工作的监督。为此，全国各级人民法院还建立了新闻发言人制度。最高人民检察院提出的"检务公开"的要求，也有明确倡导新闻监督的意蕴。

② 顾培东："论对司法的传媒监督"，载《法学研究》1999 年第 6 期。

③ 徐佳士：《新闻法律问题》，台湾学生书局 1975 年版，第 3 页。

自由。

2. 新闻自由的本质——言论自由

从根本上说，新闻仅仅是言论表达的一种特殊方式，所不同的仅仅是由一批专门的从业者（新闻记者），采用一种更大规模、更为迅捷的传播方式（报纸、广播、电视、网络）表达言论而已。从广义而言，新闻自由仅仅是言论自由的一个方面，或者说是一种表现形式。因此，新闻自由的本质，是言论自由这一基本人权的具体体现。

言论自由（freedom of speech）或"表达自由"（freedom of expression），从内涵来看，意即把所见所闻所思以某种方式或形式表现于外的自由，它主要是由三部分构成的一份自由清单：（1）搜集、获取、了解各种信息和意见的自由。（2）以某种方式或形式将所见所闻所思形之于外的自由。（3）传播某种信息和意见的自由。① 我国立法机构并没有对言论自由的内涵作出解释，但与其他很多国家宪法的规定相似，我国《宪法》第35条同时规定了言论自由与出版（新闻）自由（Freedom of the press）。

新闻自由是公民创立和运营新闻媒体，并通过其报道事实、发表评论的自由。这种自由的存在仍是为促进言论自由的方便快捷，同时也保证言论自由的规范自然、纯洁多样。众所周知，现代社会新闻媒体，已经成为公众获取和发布信息的最主要途径。如果公民没有创立新闻媒体的权利，即失去了表达和传播的重要、有效手段。在这种意义上，新闻自由可以被视为一种工具性的权利。宪法的新闻自由条款也可以被解释为是对言论自由条款的一种补充和强调，旨在通过保障新闻自由而保障言论自由。

由此可见，言论自由是宪法规定的公民自由权利中的重要内容，是指公民在法律规定或认可的情况下，使用各种媒介或方式表明、显示或公开传递思想、意见、观点、主张、情感、信息、知识等内容而不受他人干涉、约束或惩罚的自主性状态。②

3. 新闻自由的作用

作为一项宪法规定的基本权利，新闻自由在促进和保障公民言论自由和知情权实现的过程中，起到如下重要作用：③

（1）形成意见自由市场，实现公民言论自由。在一个少数传媒占主导的

---

① 侯健：《舆论监督与名誉权问题研究》，北京大学出版社2002年版，第12页。
② 甄树青：《论表达自由》，社会科学文献出版社2000年版，第19页。
③ 卞建林：《传媒与司法》，中国人民公安大学出版社2006年版，第63—70页。

市场中，自由竞争的程度相当有限，多元的意见市场也很少出现。在追求利润最大化的原则下，传媒以收视率和发行量为追逐对象，用夸大渲染、捕风捉影的手法来制造新闻，以情绪化的字眼来炒作公共议题。与此对应，公众对积极主动收集信息没有兴趣也无能为力，普通公众的意见没有多少机会表达，言论自由的实现受到了极大的限制。言论自由是人类与生俱来的权利，是一切自由中最重要的自由，新闻自由是实现公民言论自由的物质载体，因此传媒有责任为受众提供一个交换评论与批评的场所，一方面促进和保障公民言论自由的实现，另一方面可以成为排解对社会不满情绪的"出气口"，维系社会稳定。可见，新闻自由以言论自由为根据，是言论和出版自由在新闻传播领域的延伸，又反过来促进公民言论自由的扩张和实现。

（2）提供信息，实现公民知情权。新闻传媒最为重要和基本的功能就是传递新闻信息。在信息化的社会中，信息已经成为比物质资源更为重要的资源，人们会由于接触信息的广度、频度以及理解能力、应用能力的差异，发生新的阶级分化，从而进一步导致政治上的不平等。信息流量的庞大和信息技术的发达，给信息传播与交流提供了更加方便、快捷的条件，这既为公民有效实现自己的知情权创造了客观物质条件，也对有关政府部门满足公民知情权、最大限度地做到信息公开提出了更高的要求。所谓公民知情权，简而言之，就是公民对于国家的重要决策、政府的重要事务以及社会上当前发生的与普通公民权利和利益密切相关的重大事件，有了解和知悉的权利。在人类社会走向信息全球化的今天，舆论监督政府的信息化趋势十分明显，目前大众传媒的显赫和民意测验的流行即是明证。

（3）舆论监督。传媒的舆论监督功能是新闻自由作为一种制度性权利在实际运作中产生的客观社会效果，而产生这种客观效果的新闻活动必须从微观和宏观两个层面来考察。从微观的角度看，新闻活动是一个具体的新闻报道行为，该行为是一个事实行为，由这一行为形成了传媒和报道对象之间的直接的报道与被报道关系，这一关系是在自由、平等的基础上依双方的意愿自由决定的，不存在任何法律上的强制性。由于报道关系的平等性，传媒和报道对象之间不存在任何监督与被监督关系。从宏观的层面看，新闻传媒对政府的舆论监督，出现了传媒和政府之外的第三类主体——公众，它们标志着对政府的制约力量。以第三类主体为桥梁，新闻界在整体上产生了对政府的监督作用，这一作用的过程包括两个环节：一是传媒向公众和有关机构传播信息和舆论；二是公众和有关机构对一定的政府机构或公职人员的行为进行规约。这两个环节环环相扣，第一个环节是舆论监督所以能成为传媒的"制度性的功能"的原因，第二个环节是传媒的报道和批评能够产生"监督"作用的原因，也是舆论监督成立的原因。[①]

（二）媒体监督司法的道德基础——民意

1. 媒体监督司法的道德前提

道德是否可以对司法进行批判？为什么可以进行批判？法律的伦理批判的必要性在于司法正义是一种有局限的正义。司法的局限性首先表现在：由事物的矛盾普遍性和特殊性的冲突决定的普遍正义与个别正义的冲突；其次，规范所要求的追求秩序的本性和相对稳定性与客观世界不断发展变化之间的不协调，以及使法具有相对的滞后性和保守性；再次，由于法律概念本身的特点决定了其客观精确的难以把握，正如日本学者加藤一郎所说："法律规范的事项，如在框之中心，最为明确，愈趋四周，愈为模糊，几至分不出框内框外。"第四，在司法操作过程中，法官自身的价值观，认识能力以及道德水平等原因，导致法律适用上对法律文本精神的背离。在我国，除了上述原因以外，众所周知的法治文化传统的匮乏，司法阶层的非精英化以及社会转型期不良的司法运行环境使得司法正义的局限性更为明显。因此，在保障司法独立的同时，加强传媒的外部监督尤为必要。

传媒更多的是从社会公众的道德情感出发，以社会正义和道德捍卫者的姿态论说和评价司法行为及司法过程。这种形式上的道德立场既可与社会公众的情绪倾向相吻合，同时也能取悦于主导政治力量，反映政治权力者的社会统治主张。不仅如此，由于道德立场较之法律立场具有更为广泛的认同基础，因而无论传媒对具体问题的认识是否与现行法律相一致，都能够在道德立场基础上为自己建立正当性，并以此隐蔽暗含于道德化陈述中的媒体自身的特殊利益。传媒监督的这种立场在实践效果上往往会表现它的两面性。一方面，它可能延展和强化司法行为的社会效果，通过传媒形成道德与法律的接续，为司法建立更为扎实的社会基础；另一方面，由于道德立场往往使传媒囿于情感性判断，因而较少顾及司法过程中技术化、理性化、程序化的运作方式。一旦道德意义上的结论形成，传媒便尽情地利用道德优势表达自己不容置疑的要求和倾向，甚而以道德标准去责难司法机关依据法律所作出的理性行为，从而把道德与法律的内在矛盾具体展示为公众与司法机构之间的现实冲突。[②]

媒体既然能够以公众道德的化身去监督司法，那么，它又是以何种方式来

[①]　李咏：《舆论监督的法理问题．中国社会转型的守望者——新世纪新闻舆论监督的语境与实践》，中国海关出版社 2002 年版，第 132 页。

[②]　顾培东："论对司法的传媒监督"，载《法学研究》1999 年第 6 期。

获得公众道德的判断能力呢？笔者认为，支撑媒体监督司法的道德基础主要有两种：一是公众民意；二是民愤。下文将对此逐一论述。

2. 媒体获取民意的主要方式

公众通过媒体表达民意的主要方式有四种：①

（1）传统方式：读者来信（媒体的信访工作）。传统上，我国公众通过媒介表达自己意见的最重要形式是读者来信。在我国，《人民日报》以及各级党委机关报一般都开设有读者来信专栏，这种传统是由延安时期所确立的"全党办报、群众办报"的党报工作路线所确立的。党的领袖、党委和新闻管理部门也经常以个人指示或新闻政策的形式来要求大众传媒重视这一点。20 世纪 90 年代以来，随着报纸品种和数量的增多以及电视频道的增加，人民来信不仅能够在媒介上刊登，同时，媒介或者记者个人对于某些他们认为有报道价值的人民来信，往往会进行比较深入的调查，然后视情况刊发。

（2）互动式媒介表达：以话题为中心的讨论。公民媒介意见表达的另一种方式是通过各种形式参与大众传媒所组织的以话题为中心的讨论。对于报纸来说，公众讨论一般是通过写信、打电话或电子邮件等参与的方式进行的。广播和电视从技术特性上来说，应该能更好地满足公众的参与需求。比如广播的音乐点播、心灵热线，电视的文艺性谈话、名人访谈等。

（3）媒介对公众政治参与行为的报道。公众通过大众传媒传播自己的意见的另一种方式是他们某些较为"特定的政治参与行为"得到媒介的报道。这里的"特别的政治参与行为"指的是那些因为"典型性"或"创新性"或"重要性"而在媒介看来具有较高的新闻价值的行为，同时，它也必须在党和政府的容忍范围之内。20 世纪 90 年代以来的一个新的变化是，随着政府改革的发展，出现了一些新的政治参与方式和政治参与行为，如听证制度、公民个人自发参加选举等。

（4）探索中的民意表达：公开发布民意调查。民意调查（也称民意测验），本身就是民主社会的产物，这种方式首先假设言论市场的每个个人都对任何社会议题有意见，同时每个意见都是平等的，而这些个人的意见可以由数量化的收集、整理或重组的方式再现出来。

3. 民愤在媒体监督司法中的影响②

民愤就是民众的愤慨、义愤等情感。但凡恶行均可能引发民愤，如犯罪人的罪行、司法机关的枉法行为、政府的渎职行为等。刑法所研究的民愤则需关

①　汪凯：《转型中国：媒体、民意与公共政策》，复旦大学出版社 2005 年版，第 61—76 页。

②　邓斌："民愤、传媒与刑事司法"，载《云南大学学报》2002 年第 1 期。

乎刑事责任，因而范围较窄，仅指一定数量的民众以公开的方式要求司法机关严惩或宽容某行为（人）所表达的义愤（下文所称民愤若无特别说明，均在此意义上使用）。

"不杀不足以平民愤"，这是目前判处被告人死刑惯常的合法理由。现代传媒的深刻介入，更使得民愤在刑事司法中扮演着日益危险的角色。我国刑事司法的现实图景是：民愤对量刑甚至定罪都有一定影响；法官通常将民愤视为酌定情节。某些司法解释也为此图景提供了形式上的合法性，如最高人民法院、最高人民检察院《关于办理流氓案件中具体应用法律的若干问题的解答》（1984 年 11 月 2 日）就规定，"进行流氓犯罪活动危害特别严重的"：一般是指……民愤很大的；……引起群众强烈义愤……上述行为可以在法定刑以上判处，直到死刑。

民愤对刑事诉讼的价值之一就是监督司法，促进司法公正。当前司法工作虽取得一定成绩，但腐败现象仍未得到根本遏制，群众的意见也不小。民愤作为一种意见表达方式，一定程度上有助于司法机关改进工作。现实中侦查机关有案不立、被害人告状无门、官官相护，激起民愤后才得以正确处理者，已不是奇闻。

"民可使知之，不可使愚之"，传媒在使民知之方面作出了巨大贡献。现代传媒几乎无孔不入，覆盖了世界的每个角落，话题也极为广泛，包括明星的韵事、平民的生活、惨绝人寰的恶行。在丰富人们日常生活的同时，传媒还极为关注社会正义，揭露恶行，扮演卫道士的角色。随着我国司法公开程度的提高，传媒对刑事司法的关注日益广泛而深入。一批法制栏目相继开办，披露了不少大案、要案、疑案，同时也促进了司法公开、公正、民主。应该说，这是中国新闻史及司法史都值得大书特书的一页。

传媒对刑事司法的影响主要通过两个途径：一是激起民愤，间接影响司法；二是直接向司法机关提出案件处理要求。

（三）媒体监督司法的法律基础——知情权

1. 知情权的渊源①和内涵

在古汉语中，"知"最初词义为"词也"，段玉裁以为应该有"识"的意思，也就是人的感知力。《论语》："知之为知之，不知为不知，是知也。""权"原为一种木的名称，后来为度量的秤锤。《孟子》："权，然后知轻重。"也就是一个人立足平衡之基础。"知情"一词其实在《后汉书》中已经使用：

---

① 苏雪成：《传媒与公民知情权》，新华出版社 2005 年版，第 64—84 页。

"汉律与罪人交关三日已上，皆应知情。"

"知情权"思想的萌芽，最早出现在关于国家行为应当公开的论述中。从世界范围而言，"知情权"作为一项具有确定含义的人权概念却并非与大众传播媒介同时产生，其产生有一个历史的过程。媒体的知情权在第二次世界大战以前，并不是一个专有的法律概念，它只是在媒体进行新闻采访报道时，被新闻从业人员作为一种口号提出。

知情权（The Right to Know）作为一项权利是由美国的一位新闻编辑肯特·库珀（Kent Cooper），在1945年1月的一次演讲中首次提出来的，其基本含义是指，民众享有通过新闻媒介了解其政府工作情况的法定权利。他呼吁政府尊重公民的知情权，让公民知道其应该知道的信息，政府应保证公民在最大范围内享有获取信息的权利，并且建议将其推升为一种宪法权利。①

知情权有广义和狭义之分。广义的知情权是指公民、法人或其他组织，要求义务人公开一定的信息的权利和在法律允许的范围内获取各类信息的自由，它既属于公法意义上的权利，又属于私法意义上的权利；既包括抽象的权利又包括具体的权利；既包括民主权利、政治权利又包括人身权利、财产权利等。狭义的知情权即知政权，是指公民、法人或其他组织对国家机关掌握的信息享有知道的权利。

我国学者认为知情权的概念有两种理解。广义的知情权泛指公民知悉、获取信息的自由和权利，狭义的知情权仅指公民知悉、获取官方信息的自由与权利。在一般情况下，知情权是指广义的知情权，包括三个方面的内容。第一，是知政权，是对国家、政府的行为的知情权，公民有了解国家、政府决策的权利。第二，是公众知情权，就是社会民众对正在发生的情况的知情权。第三，是民事的知情权。② 所以，从公众的角度说，知情权主要属于公法上的权利。

2. 知情权对媒体的影响

知情权是公民对外部信息进行了解的权利，是新闻自由的重要支撑点，给新闻媒体及时报道新闻事件提供了法律和事实依据。新闻自由则是实现媒体知情权的重要途径，两者密不可分。对于大多数公民来说，最直接、最迅速、最多的情况要依靠新闻媒体传达，新闻媒体是公民实现知情权的主渠道。新闻媒体又通过记者的采访肩负起这一使命。具体而言，知情权在新闻领域有以下三个方面的具体表现：

首先，知情权保障公民可以从新闻媒介上自由地选择、获知自己所需要的

---

① 宋小卫："略论我国公民的知情权"，载《法律科学》1994年第5期。

② 杨立新："从抗击非典看公众的知情权"，载《检察日报》2003年4月30日。

信息。公民通过新闻媒介自由获取信息，不仅是一种人身自由，而且也是公民同新闻媒体之间的民事法律关系所决定的。新闻媒体和公民之间的关系是处于平等的法律地位和经济利益主体之间的关系。公民从新闻媒体上获取信息，可以看作是一种商品交换行为，它同其他物质产品或服务的商品交换关系并没有什么不同。公民对不同的新闻媒体，对新闻媒体所提供的各种信息，完全拥有自主选择的权利，传媒和他人应当承认并尊重公民的这种选择自由，不能对这种自由加以干涉和限制。这种自由正是新闻自由在知情权问题上的具体体现。

其次，知情权规定有关部门、组织有向人民群众公开有关信息的职责，这种信息发布，一般是通过新闻媒介传播的。例如，众所周知的公开审判制度就是为便于舆论监督，它体现了对媒体知情权的承认和保护。

再次，知情权对新闻媒体规定一定的质量要求和标准，以保障受众的正当利益。新闻报道质量最重要的是新闻的真实性。不言而喻，如果受众从传媒上获知的新闻是虚假的，那么他们的知情权就无疑受到了践踏和嘲弄。在维护新闻真实性、反对虚假新闻的种种努力中，当然蕴涵着对受众知情权的尊重。

3. 与知情权相关的权利：采访权和接近权

（1）采访权。在现代社会中，新闻媒体成为公众获得信息的主渠道。采访权也就成为实现媒体知情权的必然程序。采访权是记者自主地通过一切合法手段采集新闻材料而不受干预的权利。[①] 新闻采访权是社会个体权利汇集而成的监督国家的一种社会权利，作为一种自治权利，是对国家机关的行政权力、政治权力进行有效的监督、平衡的极其重要的集体权利。公正完整地向广大公众传达来自实践第一线的真实情况，是记者作为公众代表的权利，也是他们作为社会正义化身的义务。当记者的采访遭到拒绝无法向公众交代事实真相时，媒体知情权则无法实现。

（2）接近权。媒体知情权所体现出的是获知自由，特别是获知有关政府情报的个人自由，但是又引起了与之密切相关的接近权的提出。这是因为只有能够及时公开地进行大众传播的新闻信息才是新闻，具体而言，新闻媒体必须维护这一自由表达的公民权利。接近权（Right of Access to Mass Media）主要指作为信息接受者、利用者的公民有权接近和利用大众传媒表达自己的主张、意见，有权要求大众媒介刊登或播放其意见、广告、声明、反驳等，有权要求大众媒介传播自己想要传播的有关信息。所以，接近权概念的提出，对于不拥有表达手段的普通民众来说，有助于保障一般公民的自由表达权利，并有助于

---

① 魏永征："记者同被采访个人的平等关系二说记者的采访权"，载《新闻三昧》2000 年第 3 期。

提高民众有效利用媒介手段和信息来表达自身意见的公民权利意识。① 接近权的提出，实际上为社会舆论怎样通过新闻媒体来传播，提供了一条如何保障表达自由这一公民基本权利的理论思路。在新闻自由得到真正保障的新闻传播活动中，新闻媒体应该有责任也有能力，如同维护公民的"知的权利"一样，来维护与公民的告知权相对应的公民的接近权，从而促使公民的告知权和接近权趋于统一，在维护新闻自由的同时也维护公民个人自由权利的完整性。

公民的知情权是通过媒体的知情权来实现的。公民通过媒体了解、知道公共事务，特别是国家政务信息，以及与自己利益和兴趣有关的各类社会信息。在当代社会，社会法制日益健全，媒体技术日益发达，新闻媒体在社会信息的传播过程中，居于十分重要的环节，媒体是公民实现"知情权"的"桥梁"，公民获知的社会各方面的信息都来自媒体。因此，在谈到公民的知情权时，不能忽略中介——媒体的知情权。保障公民的知情权，首先应保障记者获知相应信息，从而帮助受众享有知情权。

三、传统媒体监督司法的基本形式——媒体报道与评论

（一）传统媒体监督司法的形式

传统媒体主要指报纸、期刊、广播、电视四种。但是，随着科学技术发展，新兴的新闻传播媒介不断涌现，比如，已经展现出其巨大威力的网络媒体、手机短信和蓄势待发的彩信。但是，就目前而言，报刊、广播、电视仍然是覆盖面最广、受传者最多、影响力最大、最重要的新闻传播工具。② 十一届三中全会以来，尤其是党的十五大提出"依法治国、建设社会主义法治国家"的治国方略以来，法制新闻报道在社会新闻报道中的比重越来越大。媒体通过法制新闻栏目的设置和运作，介入司法领域，某种程度上发挥了监督司法的作用。当前媒体设置的法制栏目可谓名目繁多，但其形式和手法不外乎就是媒体新闻报道、专题述评以及庭审（电视）直播或转播等形式。③

1. 媒体新闻报道

对于在当地影响较大的案件，如刑事案件中的故意杀人、抢劫、黑社会犯罪等案件，民众一般都十分关注，传媒一方面为了提高收视率和阅读率，一方面为了满足民众的好奇心和知情权，一般都采用跟踪报道的形式报道案件的侦

---

① 徐耀魁："西方新闻理论评析"，新华出版社 1998 年版，第 276 页。
② 李雪慧：《检察新闻传播导论》，中国检察出版社 2006 年版，第 193—196 页。
③ 许艺杰："传媒与司法关系的现状与重构"，厦门大学研究生学位论文，2002 年 5 月。

破、起诉、审理、判决等过程，以"短、平、快"的形式报道新闻及其进展情况。这实际上是通过将司法机关办案过程公之于众达到监督司法的目的，从这一点上看其出发点是好的，也是受到司法机关欢迎的。但传媒往往出于商业利益、普法宣传或主持正义等动机站在一定的立场和角度上报道案件，以致可能影响法院公正审判，引起司法机关的反感。

2. 媒体专题评论

在电视或报纸开辟法制专栏，评说案件的审判情况，这就兼具监督与干预成分在内，我们经常可以从中央电视台《社会经纬》、《焦点访谈》、《新闻调查》、《今日说法》等栏目中看到它们评说的一些案例。一般有四种情况：一是对正在审理案件的报道和评论。二是对司法机关或人员的非职务行为的批评。① 三是对司法活动的批评，如对法院违法办案、枉法裁判的批评。四是对其他因素干预司法导致判决不公现象的揭露。

3. 庭审直播或转播

如果说上述两种形式是传媒主动监督司法，那么近年来法院推行的庭审直播或转播则是法院主动接受传媒及公众监督的载体。法院采取这种方式的目的无非有三：一是通过对个案的审理、公诉人的法理剖析和嘉宾的现场点评，开展普法宣传；二是通过将庭审的过程暴露在电视机镜头下，公开法庭的审理细节，体现法庭的公正审判，让普通民众看到正义实现的过程；三是通过将法庭的严肃性和法官的精彩表演展现在电视机前，改善法院和法官在民众中的形象，进一步树立司法权威。

（二）媒体报道

传媒对司法活动的宣传报道，往往会引发二者间微妙的相互作用或矛盾冲突，乃至媒体身份的暂时性变异。这种变异使得媒体在报道司法过程中呈现出如下几种情形：② 其一，传媒报道司法活动，包括一般报道和批评报道。批评性报道至少有三种情况：一是对司法机关或人员的非职务行为的批评，如对张金柱酒后开车致人死亡的批评即属此类；二是对司法活动的批评，如对法院枉法判决的批评即属此类；三是对其他因素干预司法导致判决不公现象的揭露。这三种批评所涉范围一个比一个广，引起纠纷的可能性都比较大。其二，传媒参与司法调查，包括协同调查和独立调查。其三，传媒获得"司法身份"，包

---

① 如某报刊对杜某酒后开枪致人死亡的批评。

② 王好立、何海波："'司法与传媒'学术研讨会讨论摘要"，载《中国社会科学》1999 年第 5期。

括被告身份和"法官"身份。

1. 媒体报道功能

媒体报道的功能归纳为如下几个方面：①

（1）法律信息传播功能。媒体报道对于信息的传播功能，主要表现在两个方面：一方面，它犹如社会感应灵敏的耳目，密切地注视和监督着法院的审判工作，包括立案工作和执行工作，并将这些信息及时地传递给受众，使受众能及时知晓案件的进展情况；另一方面，它犹如受众的知心朋友，及时地将受众对法院工作的感受、反应、意见和建议，及时作出反馈，使法院对工作中存在的问题，能够及时发现，适时地作出合乎人情法意的调整和修正，从而进一步提高审判工作的质量。

（2）法制宣传教育功能。媒体报道在法制宣传教育方面有着其他媒介不可替代的功能，对我国普法宣传教育发挥了巨大的作用。

（3）法制舆论监督功能。舆论监督，就是借助舆论的力量，对社会上的某种事物（行为或现象）进行监察和督促。媒体报道的舆论监督功能，就是通过对法庭内外有关审判活动的事件的报道，从而引起公众的广泛特别关注和议论，并由此形成街谈巷议的公众舆论，以达到对审判活动进行监察和督促的目的。这一功能本文将在下面章节作重点阐释。

（4）法律咨询服务功能。所谓法律咨询服务，就是根据受众的需要提供法律上的解答和帮助。

2. 媒体报道司法的法制空间

我国规范媒体与司法关系的规定体现在《宪法》、《刑事诉讼法》、《民事诉讼法》、《行政诉讼法》、《未成年人保护法》、《预防未成年人犯罪法》等法律中，《人民法院法庭规则》、《关于严格执行公开审判制度的若干规定》中也有相关规定，主要有以下几个方面：②

其一，公开审判制度。公开审判是世界司法制度的通例。我国《宪法》125 条、《人民法院组织法》第 7 条、《民事诉讼法》第 120 条、《刑事诉讼法》第 11 条以及《行政诉讼法》第 45 条对公开审判均作出规定，可见公开审判的重要性。1999 年 3 月，最高人民法院发布《关于严格执行公开审判制度的若干规定》，使公开审判制度得到进一步落实。

其二，进入法庭规则。我国《民事诉讼法》、《刑事诉讼法》都有遵守法

① 叶一："媒体报道审判新闻的基本矛盾及其法律对策研究"，南京师范大学研究生学位论文，2006 年 5 月。

② 周甲禄："传媒与司法关系的制度构建"，载《新闻记者》2005 年第 7 期。

庭规则，维护法庭秩序，并对违反法庭规则、扰乱法庭秩序行为进行处罚的规定。根据《人民法院组织法》和其他有关法律的规定，最高人民法院曾于1979年制订了《人民法院法庭试行规则》；至1993年，又修订为《人民法院法庭规则》，1994年起施行。

其三，对媒体报道案件审判的规定。我国法律界至今没有专门调整司法与媒体关系的法律规范，这可能与我国司法和新闻独立性都不很强有关。除《未成年人保护法》和《预防未成年人犯罪法》中有限制报道未成年犯罪案件有关内容的规定外，法律没有禁止媒体对审理中的案件进行报道和评论，只有一些间接的法律规定。

从立法层面看，我国给新闻传媒报道和监督审判活动留下了足够的空间和自由，但是实际上媒体并没有享受到这种自由，各地有许多"土政策"限制传媒对审理中的案件的报道。而媒体的采访报道权又没有明确的法律保护，媒体不能依法获得救济，导致媒体对司法监督的困难。

3. 媒体报道价值

从实践的角度来看，媒体与司法都认同加强和保证司法的公正性、民主性，以及更为广泛、有效地保障社会成员的权利，两界的行为目标、价值取向有一定的契合点而使双方呈现一定的积极关系。这种积极的关系，在现阶段主要表现为以下三个方面：[①] 第一，正确的媒体报道有助于实现司法公正。一方面，媒体的适当介入有助于司法抵制行政或其他干预达到公正司法的初衷。另一方面，媒体的介入有助于增加司法过程的公开性和透明度，为社会公众评说司法行为并间接参与司法过程提供条件从而降低司法专横和司法武断的可能性，在一定程度上可以起到防止和矫正司法偏差的作用。第二，媒体的报道有助于推动法院改革，促进生成科学合理的司法体制。近些年来，司法机关对司法体制进行了一定程度的制度创新，媒体作了大量的报道，使得司法改革的愿望得到了广泛的社会认同，形成了广泛的社会基础，而且传达了社会公众对司法改革的某些要求。第三，媒体的介入有助于宣传法院业绩，树立法院形象，弘扬法治精神。司法裁判造就了实在的法律，实在的法律通过媒体渠道及于民众，影响到了民众的法律意识，使公众相信正义由司法而得以实现，从而对司法产生更多的认同感。

4. 媒体报道制度的完善

正确处理舆论监督与公正审判的关系，要注意以下几个方面：[②]

---

① 康为民：《传媒与司法》，人民法院出版社2004年版，第78—80页。
② 周甲禄："传媒与司法关系的制度构建"，载《新闻记者》2005年第7期。

（1）对公开审理的案件可以进行全程报道和评论，法院不得事先限制。具体说：第一，在立案、侦查、起诉、审判和判决的任何阶段，新闻传媒都可对案件进行报道，法律规定不公开审理的除外。第二，对正在审理的案件媒体可以发表评论，但评论的内容和范围要受到限制。第三，对法院已经生效的判决，可以从事实和法律的角度发表任何意见和评论。

（2）媒体对在审案件报道必须遵循客观、真实、公正、平衡的原则。客观，就是要求准确描述事件客观存在的状态，不作主观的推测，不能为了追求轰动效应，任意夸大事实。真实，要求所报道的事实都有可靠的消息来源，并经过了核实，不能是道听途说的事实。公正，要求对案件的报道要出于公心，不能有倾向性，或者任意定性、定罪。平衡，要求报道不偏不倚，尤其是民事案件，不能偏袒一方，要平衡照顾到双方权利。

（3）司法机关建立一套免受报道干扰的防范机制，借鉴国外的成功的经验，可以采取以下方法。第一，延期审理。第二，变更管辖。第三，审判人员回避制。第四，对诉讼参与人的庭外言论作必要限制。

（三）媒体评论

1. 媒体评论的特征

媒体评论是媒体从业人员以及媒体参与者在媒体上所发表的评论。评论的形式可以是政论文、杂文等形式的文章，也可以是一句评论性的语言文字或图画。评论的内容可以是对政府、组织、个人的行为、言论或者思想进行评论，也可以是对一种社会现象进行评论。评论的内容可以是肯定性的，也可以是否定性的，还可以是建设性的。评论自古以来有之，只是不同的时代有不同的媒体形式和介质。

在我国，评论来自个人或媒体对事实的评判，其经过主流媒体传播或经过大众评述、传播，会形成强有力的舆论。评论与舆论的内含有很大的不同。评论早于舆论诞生。有表达的时候就有评论，有赞美的时候、有批评的时候就有评论。而舆论则非如此，它需要较多的评论通过一定的形式集结在一起才能产生。应当指出的是，媒体评论与媒体批评是不一样的。媒体评论包含了媒体批评，它既包括媒体肯定性的评论，也包括媒体的中性评论，还包括媒体的批评和建议。应当说，媒体评论的范畴是很广泛的，其特征表现为：（1）媒体评论的主体是撰写评论的作者以及发表评论的媒体。（2）媒体评论的受众是社会公众。（3）媒体评论的对象是一切社会生活中的个人、单位或不特定的人和事，或特定、不特定的社会现象。（4）媒体必须对客观存在的真实事件进行评论，不得以虚假或虚构的事实作为评判的依据。

2. 媒体评论对司法的影响

媒体评论司法在追求新闻自由的过程中，对司法公平审判造成了一定的损害。这种损害具有迅速性、深刻性、广泛性的特点，具体表现在三个方面：①

其一，媒体对司法案件的不当报道和评论冲击了司法独立。

在现实生活中，媒体常常可能成为法庭外的力量，其报道内容可能营造出某种对裁判者产生重大压力的舆论氛围，可能扰乱法庭的肃穆平静，结果使得法官难以做到程序公正和冷静审视。在我国，新闻媒体绝大部分都是隶属于某一部门或某一党政机关，媒体的政治色彩、部门色彩、地方色彩极为浓厚，常常作为某一种力量的代言人而存在，新闻报道极不规范；在市场经济条件下，媒体本身作为一个独立的经济实体，也具有其自身的利益，有偿新闻仍然在一定程度上存在。

其二，媒体对司法裁判的抨击影响司法权威。

损害司法权威的也并不是媒体的冷静评论，而是借新闻监督之名行媒体审判之实的媒体炒作行为。"从我国目前的情况来看，媒体对司法机关的监督主要的不是通过舆论的压力来完成的，而是通过触动对司法机关有影响力的上级党政领导，引起上级领导的关注并进而批示，指示有关司法机关严肃查处、及时处理等等来完成的。"② 对于这种形式的监督，司法机关别无选择，只能严格照办。这种现象给人一种新闻记者手眼通天，可以左右法院审判的感觉，由此造成的后果是司法判决既判力、公信力下降，司法权威树立不起来。

其三，媒体对个别司法人员的行为进行否定的评价，进而影响法院的整体形象。

媒体"监督"司法的任务，在于揭露社会腐败，启动司法机构的惩治程序；同时揭露司法机构及其成员在职务过程中的违法违纪行为，体现社会力量对这类行为的矫正能力，提高司法的公正性，从而从总体上树立起司法的正面形象。从客观情况看，媒体正面宣传法院、法官形象的固然有，但媒体侵害法院、法官权利的也不乏其例。媒体充斥着如此大量贬损法官形象的内容，加上极具煽情性的词语，将司法形象描绘得面目可憎。难怪乎法官的负面形象比正面形象给社会留下了更深的印象。③

媒体评价司法的负面性主要产生于两个基本原因：④ 第一是媒体自身的利

① 康为民：《传媒与司法》，人民法院出版社 2004 年版，第 80—83 页。
② 李修源："关于舆论监督与司法独立的两个话题"，载《人民司法》2000 年第 8 期。
③ 徐迅："中国媒体与司法关系形状评析"，载《法学研究》2001 年第 6 期。
④ 王好立、何海波摘编："'司法与传媒'学术研讨会讨论摘要"，载《中国社会科学》1999 年第 5 期。

益基点。媒体本质上亦是公共选择理论意义上的"经济人"。在任何社会、任何情况下，媒体都有自己的特定利益（无论是经济或是政治利益），并依据这种利益基点表达自己的社会见解。纯客观、完全超脱或中立的媒体仅仅是一种道德虚构。这意味着在允许媒体对司法进行言说和评价的同时，也给予了媒体为追求自身利益而干预正当司法行为的机会。第二是媒体的技术素质。一方面，如前所述，媒体的话语立场是道德化的，因而很难理解司法机构依据法律、特别是依据法律程序对某些社会事实所作出的与道德情感或公众情绪不尽一致的判定或处置；另一方面，媒体无法恰当地筛选或过滤公众所宣泄的、与法治要求并不一致的社会情绪。此外，相对司法而言，媒体在表述某种认识和见解时，更缺少事实基础，更缺少程序性制约，更缺少技术性证实或证伪手段。

3. 司法对媒体评论的制约

媒体评论受司法的制约主要表现在实体方面和程序方面。媒体评论受司法的制约，在实体方面表现为媒体评论不得损害司法独立、司法公正，也不得损害司法权威。[①]

（1）媒体评论不得损害司法独立。司法独立是现代民主法治国家的基本要件，是现代民主法治国家依法治国的基石。媒体的严重越位和制造社会舆论进行干扰，从根本上动摇司法独立这一基石，是不可取的。正如一些学者严峻地指出，由于媒体超越了监督的合理界线，侵犯了司法的独立，造成了是媒体而不是法院对案件进行审判的情况。这种情况的突出表现是一些媒体热衷于报道法院尚未审结的案件，披露案件中当事人的隐私和商业秘密，并且在报道和评论时完全不顾其所使用的言词和表达的情感是否会严重干扰司法的独立。

（2）媒体评论不得损害司法公正。在我国目前的体制下，由于我国的主流媒体是党政机关主办主管，是"党和人民的喉舌"，地位和作用都十分特殊，而且能引起党和国家领导人的密切关注。在这种情况下，在法院尚未给犯罪嫌疑人、被告人定罪时，媒体的评论、媒体所造的舆论已经给犯罪嫌疑人和被告人定了相当严重的罪行；一些报道和评论甚至影响高层领导，使领导信以为真，于是层层批示下来要求"严肃处理"，迫使法官违心甚至违法办案，这都严重影响了司法公正。

（3）媒体评论不得损害司法权威。司法权威的树立，需要司法机关的司法公正，更需要社会各种力量的守法和接受司法的正确、公正裁判。但是，在我国当前的媒体活动中，对司法裁判随意评论、肆意抨击的现象却大行其道。

---

① 康为民：《传媒与司法》，人民法院出版社 2004 年版，第 191—195 页。

还有的媒体，甚至在法院未接受媒体采访的情况下，就根据当事人一方提供的所谓事实和观点进行大肆评论，攻击法院的裁判，从而严重损害司法权威。正如有些学者所言，"对司法决定的随意抨击，其行为实质是损害司法机关的独立性，而且是在言论不对等的情况下，对'沉默的司法'所作的攻击，其效果是破坏这一社会公正的'盾牌'"。

四、传统媒体监督司法的特别形式——庭审直播

（一）庭审直播的兴起

随看传媒技术的发展，媒体对司法的监督形式也越来越多，除了传统的媒体报道和媒体评论两种基本形式外，庭审直播或转播逐渐成为媒体监督司法的一种特殊形式。按照对电视报道庭审的时间不同以及对案件的报道是否经过剪辑的不同，电视报道庭审可分为两种：一种是将正在进行的庭审通过转播技术同时在电视上播出，即为庭审直播；另一种则是将庭审中有关情形通过摄像技术拍摄下来，并经过剪辑加工，配以文字、解说、评论或其他背景材料后播出，即庭审转播。鉴于庭审直播比转播的要求更严格，比转播具有更强的直观性、时效性和真实性，下文仅以庭审直播为例进行论述。

历史上第一次庭审直播发生在 1935 年，Hauptmann 被控绑架 Lindbergh 孩子的案件审判过程首次以影音形式向法庭以外播放，美国成千上万的观众观看了这一过程。至 90 年代，Simpson 杀人案的直播更是达到了登峰造极的地步，全世界的人们在同一时刻观看了这个案件的审理过程，被称为"世纪审判"，由此引发了对庭审直播的广泛争议。①

在我国，法律规定了涉及国家秘密、个人隐私、未成年人犯罪以及当事人申请不公开审理的离婚案件和涉及商业秘密的案件不公开审理，因此，对这五类案件禁止庭审直播。除此之外，对公开审理的案件，是否允许庭审直播，法律没有作出明确的规定。依照《中华人民共和国人民法院法庭规则》和最高人民法院《关于严格执行公开审判制度的若干规定》的规定，是否允许庭审直播，应经审判长或独任审判员的许可。这种立法体例，给庭审直播留下了较大的空间。1994 年 4 月 1 日起，南京电视台与当地法院合作开办了"法庭传真"专栏节目，用现场直播或直播与录播结合的方式每周报道一个案件的庭审活动。1998 年 7 月 10 日，最高人民法院与中央电视台合作，在覆盖面最广的第一套节目中直播了一起十家电影制片厂诉三家版权代理、音像出版机构的著作

---

① 康为民：《传媒与司法》，人民法院出版社 2004 年版，第 140 页。

权纠纷案件。

在庭审过程中，能否允许采用摄像机、摄影机进行采访，在各个国家一直存在着较为激烈的争议。各个国家的立法、司法实践以及有关的国际性法律文件对电视转播法庭审判有不同的规定。总的来看，可以分为三类：一类是原则上允许转播，特殊情形下禁止；第二种是原则上禁止转播，特殊情形下允许；第三种是绝对禁止转播，没有例外。①

（二）庭审直播的功能及其监督效果

1. 庭审直播的功能

庭审电视直播是司法公开制度实施的结果，是电视直播和庭审相结合的产物。大众媒介对司法审理现场的同步介入，无疑给痛恨司法腐败的老百姓带来新的希望。也许正是由于此点，庭审电视直播这种新的即时报道形式一出现，就被人欢呼为"新闻舆论监督的一大里程碑"②。其实，深入分析庭审电视直播的各个环节，我们会发现，庭审直播的出发点是要以新闻舆论监督来加强司法审理的透明度，着力突出司法民主化进程中新闻媒介舆论监督功能。

庭审电视直播的功能是庭审特性与电视媒介传播规律相结合的产物。因此，它涵盖电视直播的主要功能，又突出庭审的特性，应包括以下三个方面：③

其一，新闻信息传递，满足大众知情权的需要。庭审直播的案件选择所遵循的首要原则就是案件本身要有新闻价值，是社会公众关注的热点、焦点问题。可以说，正是其中具有新闻价值的信息的存在，才吸引公众观看，对庭审采取直播而非转播，也正是新闻信息传递中时效性的规定。传统的审判公开形式只能满足部分大众的知情权。限于法庭的空间，在有些受关注的案件或者由于涉案人数较多，旁听的人数较多的情况下，法院不可能让所有想参加旁听的人员都可以进入法庭；另外，有时法庭还会出于审判秩序的考虑，也会适当限制旁听的人数。但是，电视直播就可以打破这些物质条件的限制。随着电视的普及，如果对庭审进行直播，在一定区域内甚至全国范围内的观众都可以有条件看到庭审的实况。

其二，社会教育功能。电视直播作为一个立体化的报道过程，包括"事

---

① 卞建林等：《传媒与司法》，中国人民公安大学出版社 2006 年版，第 216—217 页。
② 昝爱宗等：《第四种权力》，民族出版社 1999 年版，第 30 页。
③ 朱春阳："庭审电视直播功能前再审视"，载《新闻采编》2000 年第 3 期；卞建林等：《传媒与司法》，中国人民公安大学出版社 2006 年版，第 225—230 页。

件轴"、"背景轴"、"主持人轴"等多种元素，各元素间相辅相成，构成电视新闻现场直播的整体布局，而正是这样的一个整体布局使庭审直播的社会教育功能得以深化。审判公开是法制宣传和教育的有效途径，电视直播庭审在最大限度上实现了审判公开的此项职能。

其三，舆论监督功能。新闻媒介被称为"第四种权力"，这种权力就是代表公众对社会各个层面实施舆论监督的权力。庭审电视直播作为新闻媒介介入法院审理过程的一种形式，无疑也具有舆论监督功能。并且与其他新闻报道方式不同，庭审直播可以最大限度地克服时空局限，在更大范围吸引公共关注并参与，为法庭审理在众目睽睽的监督之下实现司法公正创造了必要条件。在现有司法自身监督机制尚不健全的情况下，这无疑是一个尚能令公众满意的措施。

审判公开是司法机关接受司法监督的重要途径，电视直播庭审也有此功能，只不过相对于其他的公开形式，电视直播更能够发挥司法监督的作用。审判公开就是将审判过程置于阳光之下，增加诉讼的透明度，便于社会公众发现违法或不公的情形，使司法机关接受监督。具体而言，这种司法监督作用，是通过以下几个方面实现的：第一，裁判者有可能慑于旁听群众以及新闻记者了解案情，不敢公然违法裁判；第二，通过参加旁听群众的舆论以及新闻记者报道，有监督权的机关或审判机关本身有可能发现审判不公的情形；第三，旁听群众或者新闻记者发现审判违法或其他不公的情形，有可能向有关机关举报、控告等，从而实现对司法的监督。同样，电视直播也有此功能，只不过将这几项功能"扩大"化了。电视直播将观看法庭审判的人数增加到成千上万倍，在"众目睽睽"之下，审判人员至少在法庭之上不会有公然剥夺被告人或其他诉讼参与人诉讼权利的违法之举；而且在如此大的舆论强势下，审判人员也很少敢冒"天下"之大不韪，从实体上枉法裁判。显然，电视直播法庭审判相对于传统的公开方式，更能够起到司法的监督作用。

2. 庭审直播的监督效果

如果说庭审直播具有舆论监督功能的话应该是一种潜在的监督，即通过更广范围、更多公众的关注来预防暗箱操作，这其实也是任何新闻报道所应具有的功能之一。也正是由于此点，庭审直播的出现被人评价为"中国司法史和新闻史上的一个创举"①。由于我国正处于向法治化国家转化的过程，法律意识比较淡薄的特点要求作为新闻型栏目的庭审直播又兼有较为重要的社会教育

---

① 昝爱宗等：《第四种权力》，民族出版社1999年版，第25页。

功能。通过对庭审的直播，一方面有利于在实现公民的知情权和监督权的基础上培养法治意识，增进对司法审判的全面认识；另一方面，也是对司法人员的榜样示范，有利于培养出一批高素质的法官，使他们在审判过程中抵制各种干扰，加强全面意义上的司法裁决过程的独立性；同时，以客观公正的庭审过程树立司法权的尊严，对社会上恶势力起到司法威慑作用，有利于维护社会稳定，促进法治时代的到来。

新闻信息传递与社会教育功能使公众首先获得知情权，并且在对法律的认识进一步加深之后，获得了判断司法是否公正的标准与尺度，也就是说，在实现了以上功能的基础上，庭审直播的潜在舆论监督力量才会得到强化，公众甚至对庭审过程本身也由于熟悉司法而能即时监督。

在我国，司法独立处于优先地位。从舆论监督功能来看，二者之间是对立的，但绝对的权力导致绝对的腐败，[1] 考虑到现阶段司法本身监督机制的不健全，而"司法腐败已是各种腐败中最严重的"[2]，只要司法专横现象尚且存在，新闻媒体对司法的监督功能就必然存在。相对而言，庭审直播另两项功能与司法权的独立又是统一的。通过新闻信息传递和社会教育功能，树立司法权威促进法治观念的确是使更多公众关注司法制度的发展，从而为司法独立与公正创造良好的条件。

庭审直播推动了司法程序的公开化。庭审直播这种形式客观上反映了人们要求司法公正，反对"暗箱操作"，加强传媒对司法监督的强烈愿望。然而，庭审直播作为公开审判的一种特殊形式，只是审判庭的自然延伸，其最大的意义在于潜移默化地培养公民的法制意识，以推动中国民主法治化的进程。因此，庭审直播对监督司法公正所发挥的作用也必然是有限的。企图靠庭审直播完全解决司法公正的愿望虽然良好，其目的则难以达到。但也不能说庭审直播对抑制司法腐败毫无意义。

（三）庭审直播规则

电视庭审直播增强了司法审判的透明度，加强了司法审判的社会监督，充分发挥了舆论监督的作用。为最大限度实现媒体对司法的监督，贯彻审判公开，满足社会公众对案件审理知情权的需要，保护案件当事人和诉讼参与人的合法权益，维护法庭秩序，保障审判活动进行，在允许庭审直播的情况下，应

---

① 参见 ［法］孟德斯鸠著，张雁深译：《论法的精神》（上册），商务印书馆 1987 年版，第 154 页。

② 咎爱宗等：《第四种权力》，民族出版社 1999 年版，第 32 页。

建立一整套规则规范和约束庭审直播。①

规则一：庭审直播案件选择规则

庭审直播的案件应当属于法律规定允许公开审理的。庭审直播的案件应当具有重大社会影响或涉及重大公共利益的，但是，必须防止案件直播造成不良的社会影响。庭审直播的案件应考虑观众的兴趣和理解能力。庭审直播的案件选择应当遵循以下三原则：一是有利于对司法审判的社会监督；二是有利于普及、传播法律知识；三是有利于审判案件的顺利进行。

规则二：庭审直播程序启动规则

新闻媒体申请庭审直播，应遵循以下规则：（1）在开庭前三日内提出申请；（2）提出书面申请。庭审直播不仅应征得法庭的同意，也应尊重当事人的权利。

规则三：庭审直播操作规则

（1）遵循庭审规律，提高收视率。（2）媒体在进行庭审直播时，应遵循以下技术规范要求：①进行直播的媒体，应按法院指定的位置安放摄像设备，操作人员不能在庭审过程中走动，并不能挡住旁听人员的视线，并尽量减少直播摄像机的数量等。②电视直播中应尽量采用低照度摄像机，减轻对灯光的依赖，媒体不得使用辅助光源进行摄像。③在摄像过程中，不得拍摄能认出被害人、证人面容的特写镜头，也不得录入被害人、证人的基本情况；镜头切换、机位调度、景别大小应对法庭主体的各个成员一视同仁，避免画面语言的倾向性。④应尽可能减少直播对法官、律师以及当事人造成的心理压力，最好不要在庭外设专家评论，以免给法庭造成压力，使观众先入为主而影响观众自己的评判，但可以介绍有关背景。⑤电视直播工作人员不应在庭审前接触双方当事人、律师、主审法官，不能对参加庭审的人透露对方的消息或施加任何压力和影响；在庭审直播前，禁止对本案被害人、证人进行访谈，禁止邀请参与诉讼程序的人员介绍案情。⑥在案件作出裁判结果前，禁止对案件定性，禁止对处理结果作出具体的预测性评论；在案件作出裁判结果前，禁止引导社会公众形成情感性舆论。⑦进入法庭的媒体，应允许其他媒体利用其拍摄的信息，并不得谋取成本之外的利益。⑧在"庭审"节目的编排上，演播室的设立不能喧宾夺主，应该始终把重点放在法庭上。主持人和法律专家的解说应侧重于串联节目、介绍背景，讲解相关的法律知识和解答观众的提问，而不能发表带有倾向性的意见，不应对控辩双方以及

---

① 王军："庭审直播的新闻监督与司法公正"，载《电视研究》1999年第7期；康为民：《传媒与司法》，人民法院出版社2004年版，第141—144页。

法庭的审判品头论足。⑨法庭与电视台的角色应泾渭分明，既不能模糊两者的界限，角色错位，又要合作默契，客观公正。法庭的主体是法官和当事人，电视直播不应成为庭审主体中的一员。（3）保障庭审直播内容的客观、真实。

（四）庭审直播的存在的必要性①

应该说，任何事物都是利弊兼备的矛盾统一体，庭审直播同样如此。以庭审直播之利为理由支持庭审直播的主张是正确的，以庭审直播之弊为理由反对庭审直播的主张也是成立的，两者只是分析的立足点和视角不同而已。从总体来说，庭审直播有存在的必要，理由是：首先，庭审直播是审判公开的一种形式，而公开是审判的原则。其次，庭审直播能最大限度满足公众对审判知情权的需要。再次，庭审直播的弊端完全可以通过建立一定规则予以克服。

其实，庭审直播带来的负面作用是很有限的，也是完全可以妥善化解的，而且，有些所谓的负面作用并不是庭审直播之过，只是庭审直播将多年沉积在司法体制和司法运作过程中的缺陷暴露出来，给人们造成是庭审直播之过的错觉。

1. 庭审直播会使法官产生心理压力或产生刻意表演的成分，进而妨碍案件公正审理的问题

这一问题其实质并不是庭审直播的弊端，而是法官素质问题。如果法官面对摄像镜头，就会产生心理压力或产生刻意表演的成分，只能说法官的心理承受能力不强，或法官对自身驾驭庭审的能力缺乏自信，而不是庭审直播妨碍案件的公正审理。

2. 庭审直播沉闷乏味，对观众没有多大吸引力的问题

对什么样的案件进行庭审直播，观众喜不喜欢看，是新闻媒体要考虑的问题。如果案件对公众没有吸引力，对没"卖点"的案件，按照新闻规律的特点和新闻运作的实践，新闻媒体也不会投入大量人力、物力去直播。

3. 对当事人权利造成损害的问题

由于庭审直播传送信息直观和广泛的特点，有可能使涉案当事人的权利受到一定程度的损害，但是，这种损害同样可以通过庭审规则的约束，将该损害减少到最低限度。

4. 庭审直播对司法监督的作用有限的问题

其实，庭审直播介入司法程序的立足点是审判公开和满足公众知情权需

---

① 康为民：《传媒与司法》，人民法院出版社 2004 年版，第 151—154 页。

要，监督司法的作用只是审判公开的副产品，庭审直播本身不能起到监督司法公正的作用，但是，通过庭审直播的形式为公众对审判的监督架起了桥梁。

5. 庭审直播存在先定后审的问题

这个问题也不是庭审直播本身所具有的弊端，而是我国司法体制和司法运作的缺陷所致。司法独立并未在实践中得以全面落实，体制和环境并没有为法官独立提供充分的条件，在审理具有重大社会影响的案件中法官只审不判是目前我国司法的普遍现象。为了取得庭审直播的效果，案件往往需要当庭宣判，而这类案件按规定是要提交审判委员会讨论决定的。在这种情况下，先定后审是体制决定的，并不能将板子打在庭审直播上。①

五、网络媒体监督司法

（一）网络媒体和网络媒体监督司法

1. 网络媒体

网络媒体是指以多媒体、网络化、数字化为核心的国际互联网。但也有人指出，网络中传递的信息很多，网络能够实现的功能也很多，不能简单地把网络与媒体等同起来。因此，有学者把网络媒体定义为：以计算机网络为基础传播信息的文化载体，它包括网络新闻媒体，网络图书、网络论坛等。根据该定义，网络媒体通常是指网络中进行信息收集、整理和发布的网站，从狭义上说，就是指那些进行新闻传播和进行新闻信息采集的网络站点。②

作为一种新型的新闻传播媒介，网络媒体具有与传统媒体不同的鲜明的特点。网络媒体的特点主要表现在几个方面：③（1）网络媒体将新闻的人际传播、群体传播和大众传播同时实现，因此它既是大众媒体，又是小众媒体，还是个人媒体。（2）网络媒体实现了新闻的双向传播，打破了从媒体到受众的单向传播模式的垄断。（3）网络媒体集合了传统媒体所有的表现形式，成为真正的多媒体传播手段。（4）信息的数字化使网络媒体的信息量大大增加。（5）新闻传播的速度真正实现了即时性。（6）信息的超文本

---

① 李远方：“舆论监督和司法公正的冲突与协调”，中国社会科学院研究生学位论文，2002 年 5 月。
② 李永健、展江：《新闻与大众传播通论》，中国人民大学出版社 2004 年版，第 270 页。
③ 唐胜宏："试论网络媒体对传统报纸发展的影响"，中国社会科学院研究生院硕士论文，2000 年 5 月；李雪慧：《检察新闻传播导论》，中国检察出版社 2006 年版，第 196—197 页。

形式方便读者阅读和查找。（7）传播效果的多变性。（8）超地域性。（9）可检索性。

2. 网络媒体监督司法

根据网络媒体监督司法的功能不同，网络媒体监督司法具体划分为网络新闻监督司法和网络舆论监督司法。所谓网络新闻监督司法，是指传播者以在互联网上公开传播案件新闻事实的方式对诉讼案件进行监督，其本质是事实监督。就该定义中的传播者而言，不仅包括网络媒体，即传统媒体网站、各类新闻网站、门户网站等，也包括传播个体，如在论坛中发帖子的网友、博客站点及个人网站的创办者等等。本文所讨论的网络新闻监督司法中的传播者主要是指网络媒体及在网络媒体的论坛（BBS）、新闻评论板块等互动社区传播新闻信息的个体传播者。正是因为后者的存在，网络媒体不同于传统媒体的自由、平等、开放特征才充分彰显出来。广义上的网络舆论监督司法是指网民就其关心的诉讼案件通过在互联网上表达倾向一致的意见来对国家司法活动进行监督，其本质是意见监督，即通过网民的集体意见对现实中的国家司法活动产生影响，但由于本文的讨论范围是网络媒体监督司法功能，因此，这里的网络舆论监督司法也主要是指网民通过在网络媒体的论坛及新闻留言板块上表达倾向一致的意见来对司法进行监督。当然，在网络媒体上传播的各种意见也少不了媒体的言论，如媒体本身发表的各种评论、意见公告等，但从舆论监督司法的本意所指的监督主体来看，网络舆论监督司法的主体应该是网络公众，即网民。更何况，媒体的言论也应该代表公众的意见才具有存在的合法性。

具有新闻信息传播功能的各种网站，包括传统媒体网站、各类新闻网站及部分商业门户网站等在内的网络媒体与传统媒体同样是进行发布新闻工作的专业机构，同样在传播新闻的过程中充当了"把关人"的角色，但值得注意的是，由于网络媒体的运作平台互联网所具备的新的技术特性，网络媒体监督司法功能出现了一些不同于传统传媒监督司法功能的新特点，而随着中国网民人数的迅速增加，网络媒体监督司法功能也开始真正发挥出来，网络舆论的巨大影响力越来越清晰地展现在世人面前，网络媒体监督司法逐渐成为各种监督司法媒体力量中不可忽视的重要一支力量。

与传统媒体的舆论监督司法相似，网络舆论监督司法同样是一种软监督，与行政监督、法律监督等权力监督相比，它不具有迫使当事人作为或不作为的强制力，而是借助网络舆论造成的精神压力或形成的社会氛围，使得司法机构和案件当事人采取符合民意的行动或促使有关部门介入，以权力手段解决问题。与传统媒体舆论监督司法相比，网络媒体由于具有论坛（BBS）、新闻留言板块等带有公共领域色彩的互动平台，从而使得网络舆论监督司法具有了一些新特点。①

（二）网络媒体监督司法的机制

1. 网络媒体监督司法的"把关人"和"意见领袖"

"把关人"（gatekeeper）是指由传媒组织决定着什么样的新闻信息能够进入大众传播渠道。在一定程度上，网络传播削弱了把关人的特权，但这不等于"把关人"社会职能的终结。传统媒体的把关人是以"堵"为主；网络媒体则以"导"为主，即在充分尊重人们言论自由、允许各种不同观点和意见发表的同时进行积极的疏导。传播学中有一种"二级"传播的理论，认为大众传播中的信息和舆论的传播要经过"意见领袖"这个中间环节，即"大众传播===> 意见领袖===> 一般受众"的过程。网络媒体监督司法的过程中也有大批这样的"意见领袖"。如目前国内几乎所有的新闻网站都设有讨论区，讨论区下面还设有分类版区，主持论坛的"版主"（又称"斑主"）便扮演着意见领袖的角色。活跃在网络论坛上的"版主"们已成为网络媒体监督司法中不可或缺的中坚。

2. 网络媒体监督司法的"议程设置"

媒体的议程设置（agenda setting）功能是指媒体的这样一种能力：通过反复播出某类新闻报道，强化该话题在公众心目中的重要程度。在网络媒体监督司法中，网络管理者和网民都实践着议程设置功能。网络管理者可以通过"议题设置"把社会的注意力和社会关心引导到特定的方向，帮助网民提高对环境的认知，从而达到引导舆论的目的。网民利用网络陈述事实或发表意见，以各种不同的传播形式，引起广泛的社会舆论关注，这是网民的自我议程设置。

3. 网络媒体监督司法过程中"沉默的螺旋"

根据德国学者诺依曼的"沉默的螺旋"理论，舆论的形成与大众传播媒介营造的意见气候有直接关系。大众传媒为公众营造一种意见气候，而人们由于惧怕社会孤立，会对优势意见采取趋同行为。其结果造成一方越来越大声疾呼，而另一方越来越沉默下去的螺旋式过程。这一理论在一定程度上反映了大众传媒对舆论形成所起的作用。在"沉默的螺旋"中起重要作用的"从众心理"也会因网络时代的到来而有所改变。当人们的交往能力随网络技术得到扩展时，人们的交往空间也得到极大的扩展。因此消除孤独的方式也变得多种

---

① 王茜："网络媒体的监督功能初探"，载《新闻记者》2005 年第 5 期；谢靓："我国网络媒体舆论监督现状初探"，武汉大学硕士论文，2005 年 4 月。

多样，如果一个人在网上监督司法的某一个社区里得不到承认，他可以转向其他社区，这时他采取的往往不是消极地从众而是积极在网络中寻找共同监督司法的盟军。号称"个人抬头"的网络，个人主义流行泛滥，它更承认个人意见的表达与个性的发展，所以从众心理相对会表现得弱些。因此，网络社会将是一个舆论监督司法更分散的社会。

4. 公民话语权与民意

首先，网络使普通百姓真正拥有了自己监督司法的话语权，从而真正实现了公民的舆论监督司法的权利。网络媒体论坛、新闻反馈板块及聊天室的出现为普通百姓提供了一个话语平台，网民们对于某些司法案件各抒己见、畅言无阻，各种意见在网络这个平台上碰撞、融合、吸收、汇总，最后形成倾向大体一致的公众意见，也就是我们所说的网络监督司法舆论，从而以舆论的强大精神力量对国家权力和案件本身进行监督。

其次，网络方便快捷，大大降低了普通百姓表达和传播个人监督司法意见的"门槛"。普通百姓监督司法的言论要想通过传统媒体表达出来，一要经过严格的"把关"筛选，二要等待发表时机，传播时效大打折扣。而对于网络监督司法舆论而言，任何一个会打字的人只要拥有一台连通网络的电脑，就可以顺利地发表自己对司法案件的意见、看法并把这些意见、看法传播到他愿意传播的任何地方。

再次，网络的匿名功能使得网民在表达个人监督司法的意见时能畅所欲言、直抒胸臆，而不必有所顾忌、有所担忧。网络监督司法言论由于匿名的保护作用，往往代表了发言人最直接的个人感情，网上监督司法的意见常常是发自网民内心的声音。

最后，我国网民人数众多，分布广泛，网络监督司法舆论往往在很大程度上代表了民意。网络媒体凝聚了天南海北的网民的智慧和力量，对司法案件的评论往往会产生集聚效应，在短时间内迅速碰撞磨合，形成广泛代表民意的网络监督司法舆论。

5. 网络媒体监督司法的过程

目前，网络媒体在监督司法方面充当的依然是传统媒体"放大器"的角色，在一些焦点话题中，网络媒体监督司法的形成大致经历了这样的过程：平面媒体对案件的采访与报道===>网络媒体转载案件===>网友留言===>形成民意案件体验===>概念化的网络监督司法舆论===>网络媒体与平面媒体监督司法互动作用===> 具体化的网络监督司法舆论（提升观点化的民意）===>影响司法决策。

（三）　网络媒体监督司法的利弊分析①

与传统媒体相比，网络媒体监督司法的效果和影响具有独特优势；网络媒体监督司法的角色有了明显的变化。总的看来，网络媒体监督司法对于社会发展起着积极作用。它在促进媒介行业发展、推进民主政治进程、整合传媒等方面都起到了重要作用。网络新闻主要来自于传统媒体，网上新闻的真实权威性是受传统媒体影响的，在吸引眼球方面，网络媒体监督司法扮演着和传统媒体相同的角色。但是，由于网络媒体在政治管制上更开放和自由，个体话语权获得空前膨胀，网络媒体监督司法要在维护公共利益和创造个体效益之间很难平衡，这又必然影响网络媒体监督司法的公信力。②

1. 网络媒体监督司法的优势

（1）实现了自下而上的网络媒体监督司法模式。网络作为一种公共传播资源，可以为任何上网的人利用。网络媒体的传播除了一对多的传播模式外，还有一对一、多对一、多对多的传播模式，这是一种去中心化的传播。这种"去中心化"的传播提供了民主传播的可能，传播的交互性改变了传受双方的地位，使得舆论监督真正为一部分公众——网民所掌握，实现了自下而上的网络媒体监督司法模式。

（2）网络媒体监督司法的信息来源广泛。网络的开放性与信息的无限性为舆论监督构筑了广泛的信息来源。网络的开放性是指网络传播覆盖全球，不受空间限制。信息的无限性是指网络借链接之助可以涵盖无限的信息。

（3）网络媒体监督司法的基础广泛。网络媒体的传播是交互流动的，传播者与受众完全处于平等的地位。任何一个受众作为用户，都可以建立自己的专页，自行开启信息来源，成为信息的发布者，掌握传播和选择的主动权，并且拥有足够的信息空间。

（4）网络媒体监督司法的时间快捷。网络运用最新的信息传送和接受设备，传输速度迅速及时；网络不再将报道作为记者的专利，而是依仗受众的主动参与，可以实时对新闻事件做同步报道，形成快速反应能力。在事件发生时，受众或目击者可以通过网络传输，借助文字、录像、录音、摄影等形式，直接进行现场报道，并对事件的过程及走向作出分析和判断；网站可以汇集各方资料，保持高频率更新，基本不限受众对这一事件的认知。网络新闻的发稿时间不是传统意义上的以"日"为单位，而是以，"时"、"分"为单位。

---

① 田大宪：《新闻舆论监督研究》，中国社会科学出版社 2002 年版，第 257—266 页。
② 谢靓："我国网络媒体舆论监督现状初探"，武汉大学研究生学位论文，2005 年 4 月。

（5）网络媒体监督司法的形式多样。网络的超文本结构使舆论监督形式更为多样化。所谓超文本结构，是指网络媒体在文本构成上，不仅有文字文本，而且有声音文本、图画文本、动画文本。网络媒体融合了文字、声音、图像、动画、视频等多种方式，集报纸、广播、电视新闻的优点于一身。表现形式的多样化，使舆论监督报道更为形象、直观、立体化，增强了感染力和影响力。

2. 网络媒体监督司法的弊端

网络媒体打破了传统新闻媒体对舆论的控制和对信息的垄断，成为一个全开放的、多元而分散的空间，而这一特性在为网络媒体监督司法提供更多自由的同时，也带来了如下诸多的负面效应。①

（1）网络媒体监督司法的非理性。当前网络媒体监督司法的舆论中一个突出问题是偏激和缺乏理性，表现出很强的群体盲从性。网络舆论中的情绪性言论较为突出，网上存在不少发泄情绪的偏激言论，甚至还有进行谩骂和人身攻击的帖子。

（2）网络媒体监督司法的虚假性。网络新闻的真实性、准确性和权威性常常遭人诟病，尤其是各种论坛中谣言和小道消息不绝于耳。第十五次 CNN-IC 调查结果显示，对互联网的信任程度，网民中选择信任互联网的比例为52.2%，非网民中选择信任互联网的比例为 53.2%，这说明依然有将近一半的人对互联网持怀疑态度。

（3）网络媒体监督司法中的"媒体审判"与"民意。""媒体审判"一语出自美国，指新闻报道形成某种舆论压力，妨害和影响司法独立与公正的行为。"媒体审判"，应当属于媒体侵权行为，它侵犯的是犯罪嫌疑人的合法权益。但是，在网络媒体监督司法时，侵权的成本很低，诉讼取证的成本却很高。匿名的技术优势使得很多网民可以不负责任地侵权，因此，侵权现象在网络媒体监督司法中更为普遍。此外，网络舆论代表民意的程度也是有限的。如果一定要说网络舆论代表民意的话，至多也只是代表了网民的想法。

（四）网络媒体监督司法引起的问题及完善措施②

1. 网络媒体监督司法引起的问题
（1）网络媒体监督司法的舆论导向。由于传统新闻媒介的运作手段和审

---

① 王茜："网络媒体的监督功能初探"，载《新闻记者》2005 年第 5 期；谢靓："我国网络媒体舆论监督现状初探"，武汉大学研究生学位论文，2005 年第 4 期。

② 田大宪：《新闻舆论监督研究》，中国社会科学出版社 2002 年版，第 267—270 页。

核把关程序在网络环境中被弱化，网络媒体在发挥司法监督作用、坚持正确的舆论导向方面的任务显得更为艰巨。由于信息来源的多元化以及受众（作者）素质的良莠不齐，网络新闻的发布者可以是任何能上网的人，因而很难杜绝虚假信息的流入，这对于实施网络新闻监督司法极为不利。不真实的信息，会干扰司法监督的可信度，影响受众对案件的关注与参与；某些错误的、虚假的信息也会干扰受众的价值判断，形成负面的舆论效应。这种不规范的传播环境，直接影响网络媒体实施司法监督的公信力。在这种情况下，网络媒体如何将分散的舆论相对集中，引导和把握一定时期舆论监督的方向与重点，发挥应有的舆论监督功能，显得极为迫切。

（2）网络媒体监督司法的意识形态构建。面对西方的"文化霸权"，构筑意识形态"防火墙"，是网络媒体监督司法必须关注的方面。西方社会利用网络传播的不对称性和网络语言的垄断性，推行"文化霸权"，媒体监督司法必须警惕西方的文化支配。西方发达国家利用其在经济和技术上的优势，在网络社会推进和扩张其政治主张、思想观念和价值观念。一些受众在潜移默化中受其影响，从而导致舆论导向与传统价值取向的严重偏离。这样，我国网络媒体在进行司法监督时，可能要面对多种视角、多种观点的激烈碰撞，面对受到西方价值观浸染的负面观点的强烈激荡。在西方的人权观、自由观影响下，受众群可能分化，在某些方面出现司法监督视角的严重对立和极大反差，从而加大了网络媒体监督司法的难度。网络媒体如何基于国家和社会的整体利益，坚持正确的价值观，保持舆论监督司法的正确立场，应对各种复杂局面，是新闻工作者务必要注意的问题。

（3）网络媒体监督司法中的网络道德与网络违法。由于网络信息收集的便利性，案件人物的个人信息可能被获取，一旦披露，会对案件当事人的名誉造成损害，而目前在网络新闻中随意披露他人隐私的现象并不少见，如何在报道中规避个人隐私，并且纠正以满足受众信息需求为由，侵犯他人名誉权的行为，是对网络新闻从业人员在舆论监督司法中的道德考验。一些网络媒体不经授权，随意盗用、下载、删改其他媒介的网上案件新闻报道，将传统媒体或媒体网站的案件新闻信息作为自己的新闻源，违背了网络案件新闻自主自律的原则，侵犯了他人的知识产权。还有某些人假冒公众人物言论，或发表不负责任的案件新闻和消息，或对公众人物进行诽谤，这种做法不仅对案件当事人的声誉造成恶劣影响，构成名誉侵权，也影响了网络媒体监督司法的社会形象。

2. 完善网络媒体监督司法的措施

（1）正确引导网络媒体监督司法的舆论。应当根据网络案件新闻的特点，坚持正确的舆论导向。例如，可以根据公众关注的热点诉讼案件问题，及时设置议题，引导讨论，把握网络媒体监督司法的方向与重点；可以根据公众的需求、兴趣、利益，通过思想的交流和相互理解，达到舆论引导的目的。在司法监督中，坚持网络传播的真实性原则，摒弃不真实的报道，是坚持正确舆论导向的重要方面。在网络传播中实施媒体监督司法，应当根据网络的特点，从具体情况出发，区分不同的网众及网众不同的文化背景，进行具体的、有说服力的引导。

对网络媒体监督司法的"把关"问题，也是坚持正确舆论导向的重要方面。由于传统媒体仍是受众接受信息的主要方式和最可靠的新闻源，在受众的心目中，传统媒体所具有的权威性并未动摇，而这一认识是受众在长期的案件新闻传播实践中形成的。因此，传统媒体应该成为网络媒体监督司法的主渠道，应充分利用自己的优势，加强对网络案件新闻发布的选择，发挥网络司法监督的导向功能。

（2）以道德和法制约束网络媒体监督司法。大力宣传网络道德规范和网络法规，普及法律知识，提高网众遵纪守法的意识以及对网络信息的识别能力，自觉抵制和纠正错误信息，这是网络媒体监督司法教育的基本要求。教育的主体既包括网络媒体，也包括网民在舆论监督司法中的自我约束和相互教育。教育的方式既包括媒体的报道与评论案件，也包括网民在网络论坛上的讨论和评论案件。媒体参与网民对案件的讨论，结合典型案例进行警示教育，是网络教育的较好形式。此外，进行网上调查、定向访问，也是了解社情民意，进行网络教育的有效形式。

（3）网络媒体监督中的合力。新闻媒体只有将柔性监督与刚性监督紧密结合起来，才能充分发挥舆论监督司法的作用。这种合力既包括传统媒体与网络媒体的舆论合力，也包括新闻媒体司法监督与各种专门司法监督构成的监督合力。为了增强监督合力，首先必须提高媒体的综合实力。优良的物质技术装备，是适应现代传播的需要，是增强媒体的舆论竞争力，提高舆论监督司法能力的物质保证。

为了增强监督司法的合力，必须建立健全网络新闻法制，创造相对宽松的舆论环境。此外，网上司法监督作用的发挥，还有赖于网上传媒环境的优化和社会监督机制的完善。如果司法机关缺乏审判公开的意识，缺少对司法公正的正确理解，缺少自觉接受网上监督的制约机制，不仅网上监督司法的效果会打折扣，甚至可能引发舆论震荡。

五、媒体监督司法的界限

（一）媒体与司法的冲突

1. 传媒与司法关系的演变

司法改革前"喉舌"与"工具"的政治一致性，使两者之间在一段时间内形成较为默契的关系。直至 20 世纪中后期以来，传媒与司法的内在张力日益突显。但是，此时的中国传媒与司法并未形成冲突，因为，以当时的流行话语来说，政法部门是"刀把子"，法制报（当时的主要形式）是党的喉舌，两者自然不能"自己的刀削自己的把"。两者作为贯彻执行党的方针、政策的工具，传媒对司法的监督在逻辑上处于两难的困境。①

司法改革的目标提出以后，在传媒监督与司法独立理念的推动下，传媒与司法的冲突日益凸显。一方面，有些法院为了维护法庭秩序，动辄以起诉对抗传媒监督。另一方面，我国传统的犯罪案件报道，忽视司法独立。实行舆论审判的积习甚厚，在市场经济时代又多了一层对经济利益的追求，出现了越来越多的干扰司法独立审判的报道。

以新闻界与法学界对传媒与司法关系的研究成果为理论先导，两者关系渐趋理性。在司法界，越来越多的法院在贯彻和落实宪法与法律规定的公开审判制度，逐步实行电视和广播对审判活动的现场直播，对媒体的监督采取越来越宽容的接纳态度。在新闻界，媒体对司法报道也日趋专业化。过激性的言辞虽然并未绝迹，但媒体不再只从道德的角度报道和评述，具有法律思维品格的报道开始出现。

传媒与司法的内在规律和发展惯性，使两者的紧张与冲突依然存在。由于传媒与司法各自内在的规律及发展惯性，两者之间仍明显表现出以下不尽如人意之处：第一，传媒监督功能没有得到充分释放，监督范围较窄。第二，传媒监督在司法界并没有得到广泛的认同。第三，传媒监督处于一种无序状态，既存在传媒监督权利受到侵犯和损害的情况，也存在传媒监督权利受到滥用以致侵犯和损害司法独立的情况，"媒体审判"仍难避免。

2. 媒体监督与司法的冲突

（1）公开报道与公平审判的矛盾与冲突。② 首先，传媒与法院追求社会公

---

① 李立景："必要的张力：中国语境下传媒与司法冲突的价值分析"，载《新闻知识》2006 年第 2 期。

② 袁志群："传媒道德观念与现代司法理念的沟通与融合"，载《新闻战线》2005 年第 1 期。

正的基准不同，导致公开报道和公平审判之间的矛盾与冲突。传媒以道德为基准，追求的是自身或受众观念上的道德意义的公正；而法院以法律为基准，追求的是法律公正。二者之间的冲突大多数可以归结为道德与法律的冲突。传媒的公开报道和舆论监督所依据的是社会公众普遍认同的道德，同时也夹杂着一些最基本的法律常识。其次，传媒报道的自由性原则与法院审判独立性原则的矛盾导致公开报道与公平审判之间的矛盾和冲突。基于宪法赋予公民的言论自由权利和知情权，可以说传媒是汇集社会公众言论的平台，是社会公众的代言人。因此，传媒有新闻采访与报道的自由，有发表意见和进行批评的自由。然而，当传媒公开用于报道和监督法院审判活动时，由于审判活动的独立性、程序性、严肃性要求和判决在社会上的重要影响，二者之间很难避免产生矛盾和冲突。再次，新闻的特性要求传媒从社会公众心理考虑，抓住新颖、奇特、典型、重大、疑难、复杂案件进行报道，引起公众关注与参与，形成舆论热点；而司法对待纠纷的态度则是严格按照法律规定的管辖权限和程序去消弭纠纷。[①] 传媒新闻报道的及时性原则要求尽可能在第一时间内以最快的速度完成报道，新闻报道不仅要及时，而且最好在现场报道，才能反映新闻的应有价值；而审判活动的过程和程序具有很强的特殊性，对时效性的要求要宽松得多，以经得起时间的考验。不合时宜的新闻报道和评论可能会对审判的公正性造成消极影响，如审判前对案件事实的大量披露，审判过程中对控、辩双方举证和辩论的轻率表态，都可能对诉讼当事人的合法权益造成伤害，可能对法官依法独立行使审判权裁判案件造成负面影响和形成心理压力。

（2）新闻自由与司法公正的价值冲突。新闻自由与司法公正分别是民主与法治的基本要求，而媒体和法院则分别是实现这两个价值的最主要的机构。两者间的冲突在两者反映的价值关系中凸显非常明显。[②] 新闻自由与司法公正都不是终极价值，分别由民主与法治原则演绎而来，也正如同民主与法治原则，都具有相对性。正因为两种价值的相对性，当不同主体依据不同价值，就同一事件或在同一利益上产生相对立的立场或要求时，保护哪一种价值、限制哪一种价值，在进行权衡与选择时，就形成了所谓的价值冲突。比如，媒体对司法行为进行批评，其理由是新闻自由，媒体有权自由报道、自由评论；而法院反对媒体对其进行批评，其理由是司法公正，不应当以言论影响法官的公正裁判。由此可见，由于两造各处于不同的地位，各有不同的特性，在价值选择

---

①　马闻理："舆论监督与司法公正——对《人民日报》'社会观察'专栏的观察"，载《新闻与传播评论》，武汉大学出版社 2002 年版，第 238 页。

②　康为民：《传媒与司法》，人民法院出版社 2004 年版，第 93—95 页。

和追求上就不免产生冲突。媒体与司法冲突的客观存在是民主与法治之敌。它们都是实现民主与法治的重要力量，它们的冲突只会削弱彼此的力量和价值，整个社会也会为此付出代价，民主与法治的进程将受到巨大影响，无辜而脆弱的人们得不到司法的有效保护。因此，公平正义的实现呼唤媒体与司法的良性互动关系。

（3）媒体监督与司法独立的冲突。从理论的角度分析，媒体监督与司法独立在运行机理上存在对立性。[①]一方面，司法独立对媒体监督具有天然的排斥性。司法审判工作需要一个相对封闭的环境，要求与社会保持适度的隔离，相对隔绝各种公共权力、社会势力、社会情绪对法官的指令、干扰和影响，使法官无须掌声、不惧骂名地真正依法律、依事实审判。而媒体的任何不适当的介入，任何有倾向性的报道评论都可能给法官、给受众造成先入为主的成见，最终使法官基于传媒对自身情感的影响或迫于公众舆论的压力，作出有失法律公正的判决。另一方面，媒体监督对司法独立有天然的侵犯性。媒体有自己特定的经济利益和政治利益，并依据其利益基点发表自己的社会见解，包括对司法活动的见解。这就在受众之间形成了"传媒审判"的事实，而这种传媒审判与法庭审判具有明显的差异性：其一，事实认定不同。传媒审判中所谓的事实，是记者通过采访了解到的事件，它缺乏技术性的证实或证伪，并不是司法所言的那种依法律规定，能够以确凿证据来证实的事实。其二，事实表述不同。新闻从业者语言表达一般带有浓厚的感情色彩，容易对受众造成先入为主的误导。其三，评判标准不同。传媒主要是通过唤起公众内心的道德准则进行评判，而不是严格依照法律程序来审判，因此无法恰当地筛选公众所宣泄的与法制要求并不完全一致的社会情绪，理性地得出法律意义上的公正判决。

（二）司法对媒体监督的限制

任何一个法治国家的新闻媒体都要受法律制约。法律一方面保护新闻自由不受侵害，另一方面又给新闻媒体设定义务以防止媒体滥用新闻、评论自由以侵害国家的、社会的和个人的合法权益。媒体对司法的监督不仅十分必要，而且在现实情况下也显得非常紧迫，但媒体监督不应是无限度的，超过了一定的限度，就会侵犯司法的独立性，进而影响司法公正。为了协调二者间的关系，充分发挥各自的优势，当今各国普遍对媒体进行一定的限制。

---

① 罗坤瑾："媒体监督与司法独立——浅析当前我国法制新闻报道中的问题"，载《贵州民族学院学报》2004 年第 1 期。

1. 国外司法对媒体监督的限制——以英、美国家为例

（1）英国。在大多数情况下，英国的媒体可以自由参与和报道审判过程中的任何一件事情。但媒体在进行报道时，也要受一些限制，比如不得侵犯个人的名誉、不得披露家庭的隐私等。此外，一些现代化的采访工具，如录音、录像、摄影设备一般不允许带入法院。为了调整媒体和法院之间的关系，英国制定了一系列法律，形成了比较完整的法律体系，其中包括法院报道制度、藐视法院法、诽谤法、国家保密法等。①

英国法律限制媒体报道的规定散见于各项法律中。以下几类案件的报道通常是受限制的：第一类是涉及儿童的案件；第二类涉及青少年的案件；第三类是涉及性犯罪的案件；第四类是涉及严重欺诈的案件；第五类是涉及家庭的案件。近来，对媒体禁止报道的法律规定有越来越多的趋势，法官也频繁地行使自己的自由裁量权来限制媒体对某些法律程序进行报道。根据英国的法院准入制度，对于秘密审理的案件，记者和公众都不得进入法院旁听。在普通法上，记者和公众不得参与审判的情况包括：可能扰乱法庭秩序；证人拒绝公开作证，如敲诈案；公众的参与不利于公正审判，如妇女、儿童不会在陌生人面前对个人的性行为进行举证；案件涉及国家保密法；精神病案件；涉及儿童的案件，如监护和监护权。在20世纪初，当电视这一新型传播媒体兴起时，英国议会禁止公众或记者将照相机或者摄像机带入法庭。在美国等国家允许电视台对法院审判进行实况转播后，英国的议会和法院都面临着反对派的更大压力。按照英国1981年《藐视法院法》规定，只要媒体实施了藐视行为，符合该法第2条的条件，无须证明媒体是否存在偏见的动机，就构成严格责任上的藐视行为。该条件是：（a）面向公众或部分公众发表的出版物对司法过程，特别是法律程序产生了重大危险，这一危险将妨碍司法或导致严重偏见；（b）有关司法程序正在进行中。关于出版物，藐视法将其界定为书面的、口头的、广播的或任何其他面向公众的交流形式。英国的诽谤法历史悠久，它也是规范媒体与法院关系的一个重要工具。按英国传统诽谤法，诽谤就是发表毁损他人名誉的言论。对于新闻诽谤，原告人只需证明新闻已经发表针对自己、有损害自己声誉的内容，法院即应受理起诉。

（2）美国。美国是世界上司法对传媒限制、监督措施最多的国家，也是新闻媒体对此反对程度最高的国家。美国司法限制媒体主要情形如下：② 其一，排除传媒"干扰"的程序性措施：延期审理案件直到有偏见的危险消除；

---

① 卞建林等：《传媒与司法》，中国人民公安大学出版社2006年版，第152—173页。

② 罗斌："美国司法与传媒关系走向"，载《人民司法》2004年第11期。

更换审判地点；筛选陪审员；警戒或隔离陪审员；隔绝证人或至少警告他们在作证前不能听从传媒对诉讼的报道；命令重新审理；发布限制性命令，禁止案件所有当事人向传媒作出带有倾向性的陈述。其二，对新闻媒体事后惩罚及事前禁令制度近乎废止，藐视法庭罪对新闻媒体几乎不再适用。其三，对新闻媒体的限制性命令制度已不再发挥作用。其四，对新闻媒体的间接限制——对律师等诉讼参与人的限制。其五，谢帕德诉麦克斯威尔案为限制律师和检察官的言论自由奠定了合宪性基础。其六，《职业责任标准典范》中的纪律准则专门规定诉讼言论发表规则，禁止向新闻媒体发表有合理理由认为可能妨害公平审判的言论；《职业行为标准规则》将抽象危害可能性原则改为较明确的措施，同时，制订安全港条款，即律师步出法庭可以对记者发表言论的七种情形。其七，詹泰诉州律师协会案中，最高法院以 5∶4 的投票结果判决：如果律师在法庭外的言论有很大可能性误导审判，各州可以加以禁止；但同样的 5∶4 表决结果判决：内华达州禁止律师庭外发表评论的规则侵犯了詹泰的宪法权利。其八，戴维斯诉东伯顿鲁格校区学校委员会案——对律师——言论自由放宽的苗头。其九，审判走向开放。其十，记者有权出席法庭、进行采访。其十一，记者原则上有权接近有关案件的证据和文件，但法官经常有理有据地予以拒绝。其十二，法庭对电子采访设备的开放度越来越高。其十三，法官、律师、新闻媒体走向合作。

　2. 我国司法对媒体监督的限制

　（1）限制的原则。① 我国司法对媒体进行限制应当遵行以下原则：一是合法性原则。即，司法对媒体监督限制是建立在宪法和法律的依据之上的，没有宪法和法律的依据，司法限制就没有相应的合法性。当前，我国司法对媒体监督限制的法律依据主要有《宪法》第 51 条和《民法通则》第 6 条、第 7 条。二是合理性原则。即，司法对媒体监督的限制还应控制在一个合理的范围之内。三是法律真实原则。即，新闻媒体在进行新闻报道与评论中，必须对其传播内容的真实性负责，如果违反了真实性原则，损害了公民、法人或其他组织的合法权益被告上法庭，那么法庭将根据其失实情况判决媒体败诉。四是无罪推定原则。即，在法院依法确定受追究者有罪前，包括司法机关、媒体在内的任何机关和个人应推定犯罪嫌疑人和被告人无罪。据此，被告人有沉默和不接受媒体采访的权利；媒体认为公民、法人、其他组织以及国家机关应受到社会舆论的谴责，应当承担举证责任。五是最小限度原则。即，司法限制媒体监督的手段和程度应当尽可能地控制在最小的范围之内，也就是说，司法在对媒体

---

① 康为民：《传媒与司法》，人民法院出版社 2004 年版，第 108—116 页。

进行限制时，应选择达到禁止目的所要求的最小、最低手段和程度。一方面，司法必须对媒体进行必要的、适当的限制，另一方面，必须尽可能地减少对媒体的不必要的限制。只要媒体不损害国家利益、社会公共利益和公民、法人、其他组织的合法权益，也不损害司法的尊严、司法的公正审判和司法的正常秩序，就不应当用更多的方式、更多的手段和更大的程度限制媒体。

（2）限制的方式。司法对媒体监督限制的方式目前主要包括在时间上和程序、方式上的限制两个方面：① 一是时间上的限制。司法对媒体监督的限制，表现在时间上主要有以下三个阶段：第一，在审前，媒体不得进行倾向性的报道和评论。第二，在审理过程中，媒体不得泄露国家机密、当事人的商业秘密和当事人的隐私。第三，在审理后，媒体不得发表有损司法权威的报道和评论。二是在程序和方式上的限制。当前我国司法对媒体监督在方式上、程序上的限制主要体现在：媒体必须遵守法庭纪律；不得擅自录音、录像、摄影、记录；不得擅自进行电视实况转播；不得当场提问；不得当场批评。

（三）司法容忍媒体监督与媒体自律

1. 司法容忍媒体监督

英、美法的藐视法庭罪前紧后松的适用，显然表明了司法应当以容忍的态度对待媒体监督。② 在我国，传媒活动对司法审判过程的监督介入，是宪法规定的公民政治权利自由在社会生活中的体现。

（1）司法容忍媒体监督的理由。其一，媒体监督司法有利于审判公开。审判公开是舆论监督的前提和条件，而审判公开的目的之一便是借助舆论来促进审判公正，制约监督司法权的正当行使。审判公开在方式上有直接公开和间接公开之分。直接公开是指允许公民旁听法庭审理和宣告判决，间接公开是指允许新闻记者采访和报道。③ 媒体报道是实现审判公开的重要手段，甚至其实际功用要大于公民旁听。审判公开原则是现代民主政治对审判的要求，其出发点是实现社会公众对司法的监督，满足公众的知情权。因此，媒体的参与和报道，不仅符合审判公开的宗旨，而且可以使这项重要的诉讼原则落到实处，成为实现审判公开目的的重要手段。以媒体报道间接实现审判公开具有以下特点：一方面，现代社会人们工作繁忙，时间紧张，居住分散，不太可能经常以

---

① 康为民：《传媒与司法》，人民法院出版社 2004 年版，第 116—120 页。

② 同上书，第 277 页。

③ 程味秋、周士敏：《论审判公开．刑事诉讼法专论》北京：中国方正出版社 1998 年版，第 57 页。

旁听的方式去了解司法、监督司法，因此使直接审判公开出现一定的局限，而公民对于法院审判的案件应当享有知情权，这样就为间接审判公开留下了合理的空间。媒体报道和监督恰恰充当了扩大审判公开范围、最大限度实现公民知情权与监督权的角色。另一方面，直接审判公开需要必要的物质条件，许多地区法院由于受审判场所、设施的限制，往往不能满足群众旁听的需要，有时甚至发生影响法庭秩序的情况。通过媒体报道实现间接公开，可以弥补审判场所、设施的不足，成为公民了解司法、监督司法的主要途径。其二，媒体监督司法有利于司法公正。西方有句古老的法律格言："正义不仅应当得到实现，而且应当以人们能够看得见的方式得到实现。"这不仅是审判公开的法理根源，也是媒体监督司法的理论基础。从某种意义上讲，公开是司法民主本身的要求之一，同时也是实现司法公正的有力保障，而媒体的报道则大大增加了司法活动的公开性和透明度。

（2）司法容忍媒体监督的方式。① 其一，司法机关应与新闻媒体充分协调，为审判中的媒介活动创造条件。法院应该与新闻界保持经常、密切的联系，建立法院与传媒对话的常规渠道和机制，主动让传媒了解审判工作，在了解中提高传媒的法律意识和依法报道水平。对于具体案件信息的发布，法院可以建立"新闻发言人制度"或"记者招待会制度"的方式，对案件的审理作必要的说明和解释。依法可以公开的裁判文书应允许传媒查阅，配合传媒更准确、全面、适时地报道案件进展情况，充分保障媒介对司法工作的监督。其二，在全面合法公正报道的基础上，媒介监督批评免责。媒介本来就是一种主观的产物，在任何社会，任何情况下，它都具有自己的特定利益，并代表着一部分社会公众的价值观，并基于这种利益和价值观表达自己的社会见解。媒介的代表性和社会舆论的主观性使得纯粹客观、完全超脱或中立的传媒不可能存在，这本身就与司法的客观、公正的要求不完全相符。因此，媒介报道很难完全过滤社会公众所宣泄的与法治要求不相一致的社会情绪。虽然说传媒是否客观公正有一个与审判结果相比较的检验标准，但新闻媒体对案件的报道不可能都等到审理终结，即使是报道已经审理终结的案件，媒介报道基于新闻监督的职责，其内容也未必完全符合司法的公正标准和生效判决。因此在法律允许的范围内，在充分调查、全面客观报道的基础上，传媒应该有它独立的监督批评权利，应当允许传媒对问题有自己的意见和看法，而且传媒的这种看法和观点也不能因与终审裁判不一致而招致法律责任。

---

① 吴炜、汪学诗："规范司法审判中的传媒活动"，载《法制与社会》2006 年第 11 期。

2. 媒体自律的必要性①

（1）传媒监督在西方之所以被称为"第四种权力"，是因为它的影响之广，"势力"之大，已经达到了除立法、司法、行政权之外其他任何权力所无法比拟的程度。从辩证的角度看问题，媒体的自律并不是对传媒监督的限制，而是为传媒监督提供了更广阔的自由空间和发展余地。② 正如一位学者所言："传媒的行业自律是传媒谋求自身政治空间、争取社会广泛认同的必要措施，同时也是传媒自身独立品性的保证。在对司法监督问题上，传媒不仅需要从一般性的职业标准出发约束自己的行为，而且基于司法在政治框架和社会生活中的特殊地位，传媒更需要审慎地处理同司法之间的关系，特别是需要在公众社会要求与司法立场之间寻求恰当的平衡点。"③ 实际上缺乏自律的监督，往往会走向混乱无序，走向极端，甚至最终走向反面。总结中外传媒监督的经验和教训，可以得出一个结论，"自律的媒介最自由"④。

（2）目前，中国法律中没有任何制裁新闻舆论干预司法公正的法律规范，媒体与司法界对此更无共同的认识基础。在认识上，媒体应清醒地了解自身的本质和固有特性。媒体的本质，不是维护正义的组织而是传播信息的组织。换言之，正义不是媒体的目的。因此，它不是一个裁判正义的机构，它也根本不具备裁判正义的能力。非但如此，舆论也有可能是非正义的，它很容易被金钱所收买，被强权所控制，在程序上，没有任何一个实质的规范能够保证媒体的正义性。我国目前媒体在处理司法的关系时，常常以监督者自居，而且不把其行为作为社会言论的一部分，往往有意无意地呈现权力化或权利化的倾向，现在常常见诸文字的"媒体是'第四权'"的说法即是媒体报道权力化的典型表现。然而当舆论监督超越了社会性而跃升为法定的权力或者权利，用以追求社会的正义时，就会与法治的某些理念背道而驰。而最终造成的后果，就是媒体与法院间的张力遭到彻底的破坏，媒体与法院两败俱伤。

（3）媒体在与司法的冲突中，往往处于一种主动的状态，这种现象根源于忽视了其固有特性而产生的局限，因此媒体也有必要对其在案件报道中所普遍存在的局限有进一步的认识：第一，报道者往往缺乏必要的法律训练。第二，新闻报道的价值在于其及时性，它追求的是"在第一时间、以最快的速度发表"，但是，案件的处理需要时间，具有新闻价值的案卷材料也可能卷帙

---

① 康为民：《传媒与司法》，人民法院出版社 2004 年版，第 263—273 页。

② 景汉朝："传媒监督与司法独立的冲突与契合"，载《现代法学》2002 年第 1 期。

③ 顾培东："论对司法的传媒监督"，载《法学研究》，1999 年第 6 期。

④ 徐迅："以自律换取自由"，载《国际新闻界》1999 年第 5 期。

浩繁，一味求快，就难免顾此失彼、忙中出错。第三，新闻表达倾向于追求标新立异、与众不同；新闻报道倾向于案件作为一个整体事件，更注重其概然层面，而非具体细致的事实层面；新闻报道即使关注具体事实，也更近似于常识意义上的自然事实或客观事实，而非经法庭确认、证据意义上的法律事实。因此，面向大众的新闻报道在追求明快风格的同时，很容易忽视报道案件在事实和法律上的复杂性。① 以上这些方面的局限是相互交错、互为助长的，它们都可能成为媒体在报道案件时所面临的严峻挑战或批评。媒体工作者应该有自知之明，并主动寻求司法方面的合理帮助。如果说新闻自由意味着某种程度的自治，那么这种自治必须以自律为基础。

3. 国外的媒体自律——以英、美为例②

（1）英国。英国的报业投诉委员会（The Press Complaints Commission）成立于 20 世纪 80 年代初，专门接待和处理公众对任何一家英国报纸和杂志的报道内容的投诉。为了保持该组织的独立性，英国的报业投诉委员会在经济上是由报业自己负担的，但在管理运作上却保持了很大的独立性。报业投诉委员会负责制定和修改的《报业行为准则》有三大功能，第一是充当各家报纸、杂志内部的管理规章制度；第二是成为公众投诉的依据；第三是作为报业投诉委员会判断公众投诉是否合理的客观标准。这一举措表明，英国报业投诉委员会的设立从根本上是一种英国媒体的自律行为，其《报业行为准则》类似于中国记协所制定的《中国新闻工作者职业道德准则》（当然没有其中的政治色彩）。所不同的是，我国新闻界的《道德准则》往往停留在纸上，而英国报业的《行为准则》在一个独立机构的监督下得到了切实执行。

英国报业投诉委员会工作的有效性表现在五个具体方面：其一，提供及时而免费的服务。其二，向所有人敞开大门。其三，依靠报业的高度自觉。其四，保护弱者。最后，维护一个自由而负责任的报业。从投诉委员会过去 20 年取得的显著成就来看，英国报业通过自律来提升行业道德水准的努力是相当成功的。对于中国新闻界，我们缺少的不是《准则》，而是对准则的行之有效的执行机制。为了提升中国新闻媒体在国内受众和国际新闻界的信誉和影响，中华全国新闻工作者协会有必要提升自己在中国新闻界的权威性。一项有效的举措或许就是成立一个由学界、政界和新闻界知名人士组成的独立的投诉委员会，负责接待和处理公民对媒体的投诉，并逐步建立有效机制使其裁决在国内

---

① 张志铭："媒体与司法的关系——从制度原理分析"，载《中外法学》2000 年第 1 期。

② 孙有中："媒体自律与社会监督——英、美新闻界的经验"，载《新闻大学》2004 年。

各新闻媒体具有强大的舆论压力和准法律效力。同时，各新闻机构也可以向英国报业学习，把《中国新闻工作者职业道德准则》写进员工的劳动合同。

（2）美国。与英国不同，美国没有一个全国统一的媒体自律机制：其媒体自律是由一系列相互独立、各具特色的媒体专业组织实现的。所有这些协会都制定了自己的《道德准则》，拥有自己的会员，并通过开展评奖或培训活动来维护本行业的行为规范。此外，美国大约有 40 家报刊还聘用了专职的"督察员"（Ombudsman）其职责是审读报纸的各个版面，接受读者的投诉，并在此基础上通过专栏文章的形式发表自己的独立批评意见。

与英国不同的另一点是，美国新闻界拥有活跃的社会监督机制。美国高校以新闻传播研究为职业的研究者，创办了一系列相关的研究刊物对媒体进行全方位的监督。其典型代表是全国媒体观察组织 FAIR（Fairness and Accuracy in Reporting）。FAIR 媒体观察组织出版一份专事媒介批评的双月刊，刊名为《多余》（Extra）。它开设了一个每周一播的新闻广播节目《反调》（Counter Spin），专门揭露"新闻背后的新闻"。它还组织对热门问题的专题研究，包括"女性主义专题"、"种族主义观察"。此外，它还组织针对媒体的社会行动，定期向近 3 万名会员（其中包括社会活动家、学者、新闻工作者和一般公民）传递舆论信息，形成对媒体的更广泛的社会监督乃至社会压力。从根本上说，FAIR 媒体观察组织所从事的是一种针对美国主流媒体的媒介批评，专注于揭露其偏见与新闻审查，构成了美国社会对美国新闻媒体的有力监督。

美国的经验表明，对媒体的有效社会监督有赖于首先形成独立的、有影响的社会舆论。这样的社会舆论往往来自于民间的有识之士或独立社会批评家，他们在很大程度上代表大众监视着媒体的行为，并通过大众化的媒介形式发表自己的见解，从而在大众和传媒之间形成一种良性互动的机制。当前网络媒体的发展为形成这样一种建立在公众广泛参与基础上的社会监督机制，开辟了广阔的空间。事实上，这样一种社会监督机制在中国已经呼之欲出；一些以媒介批评为己任的国内电子期刊已经发出了不容忽视的声音。随着中国政治文明建设的不断推进，可以预期，有中国特色的对媒体行为的全方位的社会监督机制将逐步形成。

4. 我国媒体监督司法的自律规范

我国媒体目前比较明确的全行业的自律文本有《中国新闻工作者职业道德准则》、《中华全国新闻工作者协会关于建立新闻工作者接受社会监督制度的公告》、《中国报业自律公约》、《广播电视系统关于职业道德规范和禁止"有偿新闻"的规定》等，另外，还有一个道德准则《四川省新闻工作者自律公约》。中央人民广播电台专职法律顾问、律师、高级编辑徐迅女士痛切地指出了《中国新闻工作者职业道德准则》的三个缺陷：① 其一，内容简单。准则全文 2600 字，涉及相关内容只有 58 个字。具体内容是："维护司法尊严。对于司法部门审理的案件不得在法庭判决之前作定性、定罪和案情的报道；公开审理案件的报道，应符合司法程序。"其二，表述含混。如果说案件在判决之前不作定罪、定性式报道是恰当的，那么在判决之前"不得作案情的报道"是什么意思？根据目前的实践，案件一经发生，媒体便开始报道，这样的现象十分普遍。再比如，"公开审理案件的报道，应符合司法程序"。按照这句话推理，有一层隐含的意思是"不公开审理的案件不报道"。在现实中，不公开审理的案件其开庭不公开，具体审理情况不报道，但判决结果却是公开的，是可以并应当报道的。其三，操作性差。行为准则是用于实践的，是要被使用的，它必须区别于政治概念和术语，重视实际应用的价值，讲究表达技巧，从而让每一个从业者一目了然，以便遵循。如，我国的准则中"维护司法尊严"是一个原则性表述，它当然是正确的。但是在实践中，何为维护，何为不维护，其界限却大有争执。

5. 我国媒体监督司法的自律原则

在诸多的探讨中，我们可以抽象出被新闻界和司法界共同认可的媒体报道司法的基本原则：② 原则一，维护法律权威。记者应充分尊重审判活动，避免干扰审判，确保司法独立。在庭审采访时要服从法庭指挥，维护法律的严肃性和权威性。对审判过程的报道要慎重、严谨，可以客观报道审理的进程及一些背景资料，但对正在审理中的案件不作评述性报道，应不偏不倚，避免倾向性，不得充当诉讼一方当事人的代言人。原则二，客观真实性。舆论监督必须建立在新闻来源和新闻采写的客观真实的基础之上。作为新闻媒介的权利和责任，记者要遵循新闻职业道德，坚持客观、真实的原则，向社会公众报道真实的审判过程，在报道中绝不能有意炒作，不追求耸人听闻的情节。原则三，无罪推定。一个人是否有罪的判决权在法院，新闻自由不能侵犯司法独立，不能违背无罪推定原则。严禁新闻媒体在法院判决前作出有罪无罪的表述。原则四，与诉讼程序共进。1985 年中宣部、中央政法委曾发出《关于当前在法制宣传方面应注意的几个问题的通知》规定："不超越司法程序予以报道，更不能利用新闻媒介制造对司法机关施加压力的舆论。"《中华新闻工作者职业道德》第 3 条第 4 款也规定："维护司法尊严。对于司法部门审理案件的报道，

---

① 徐迅："媒体报道的自律规则"，载《新闻记者》2004 年第 1 期。

② 康为民：《传媒与司法》人民法院出版社 2004 年版，第 268、269 页；苏雪成：《传媒与公民知情权》，新华出版社 2005 年版，第 97—98 页。

应与司法程序一致。"原则五，平等。对于任何人、任何案件中的腐败，一经发现就要予以揭露，而不是厚此薄彼；在同一案件中，对当事人有利不利的事实，应同等注意、公平对待，批评性报道必须要采访矛盾或冲突双方的当事人。原则六，保密。对涉及国家安全和国家秘密、商业秘密、当事人隐私以及未成年人等案件均不得报道或披露。原则七，善意。评论法官应该善意，通过对法官庸俗的人身攻击，降低法官的权威而干扰司法责任的履行，是错误的。[①]

6. 我国媒体监督司法的自律规则

从现行的法规、政策中，可以归纳出如下关于媒体在司法报道过程中的规则：

（1）媒体庭审采访要经人民法院许可，服从法庭安排。最高人民法院1999年3月8日发布的《关于严格执行公开审判制度的若干规定》第11条规定："依法公开审理的案件，经人民法院许可，新闻记者可以记录、录音、录像、摄影、转播庭审实况"。《中华人民共和国人民法院法庭规则》第10条规定："新闻记者旁听应遵守本规则。未经审判长或者独任审判员许可，不得在庭审过程中录音、录像、摄影。"对违反这些规定的人，审判长和独任审判员可以口头警告、训诫，也可以没收录音、录像和摄影器材，责令退出法庭或者经院长批准予以罚款、拘留，对严重扰乱法庭秩序的人要追究刑事责任。此外，法院还有权决定是否接受有关审判活动的采访及采访、报道的方式等。

（2）审判程序开始后，新闻调查应当终止。中共中央宣传部、中央政法委1985年发布的《关于当前在法制宣传方面应注意的几个问题的通知》中强调指出："不超越司法程序抢先报道，更不得利用新闻媒介制造对司法机关施加压力的舆论。"此外，《中华新闻工作者职业道德》第3条第4款也规定："维护司法尊严，对司法部门审理案件的报道，应与司法程序一致。"新闻记者不是法律工作者，不可能也无权按照司法程序去调查搜集证据，全面了解案情，因而很容易形成先入为主的见解，不自觉地就成为了一方当事人的代言人。新闻机构仅凭记者的几次采访就对案件作出全面、正确的判断几乎是不可能的。媒体如果不能自觉地规范自己的行为，就有可能给法庭带来不应有的舆论压力，影响公正审判。

（3）媒体报道审判活动必须客观公正，不能轻下结论或边叙边议。媒体报道审判活动和案件情况要确保客观、真实、公正，要做到有法可依、有据可查、字斟句酌、严密无隙，不能凭主观臆想进行推理、判断或随意夸大。对重

---

① 卞建林等：《传媒与司法》，中国人民公安大学出版社2006年版，第99—100页。

大案件的进展情况和案件基本情况的报道，要和司法程序保持一致，报道前应征询有关部门意见，避免干扰司法活动。对正在审判尚未作出判决的案件的报道，应避免对案件的是非曲直作出结论性的报道，应站在客观公正的立场上避免倾向性。媒体报道正在审理的案件应当保持中立立场，对通过行使知情权而获得的诉讼文书（如起诉书、一审判决书、裁定书等）只应作如实的报道，而尽量避免加入个人主观的意见。媒体要摒弃边叙边议的报道方式。将观点与事实（评论与报道）明确区别开来，这在许多国家的新闻工作中已成为惯例。新闻是客观的事实，记者的主观见解不可随意加入。这种严谨负责的做法，既是对独立司法权的尊重，也是对公众知情权的尊重。①

（4）媒体监督司法要坚持正确的导向。媒体要对法院工作中存在的弊端和不足进行曝光和披露，对工作缺陷提出批评，对司法腐败问题予以揭露，但是这些"亮丑"和"揭短"不是对人民法院进行攻击式批评，监督的目的应该是维护社会正义，促进司法公正，而不是对司法机关工作的全面的否定；应该是通过批判法庭及法官个人在审判活动中存在问题，促使法庭改正缺点，对有关违法违纪人员进行查处。媒体监督和批评应当是善意的和建设性的，而不是恶意的或攻击性的。媒体对司法机关的过度贬损对当前在我国社会培育法治意识会起到副作用。在我国公民法律意识普遍不够强，法律的权威没有真正树立起来的时候，如果媒体监督不注意维护法院的权威，不注意正确的导向，将会破坏公众对司法机关的信任，导致国家司法权威的下降。

（5）媒体监督司法要恪守职业道德，防止感情用事。面对纷繁复杂的诉讼案件，力求真实、准确、客观，公正，应是新闻工作者的从业要求，也是媒体赖以立足的根基。惟其如此、才能稳得住"铁肩"，担得起"道义"。在实施舆论监督时、要防止感情用事。"兼听则明，偏听则暗"，在事实面前、是非面前不能感情用事。有的人往往把持不住自己，因为一方是朋友、熟人、关系单位，甚至拿了人家的好处，而只听一方当事人陈述和意见，不听另一方当事人陈述和意见，就妄下结论，实际上媒体已变成一方当事人的代言人。这样的舆论监督难免失准。

此外，媒体在进行舆论监督时，要特别注意防止形成情绪化倾向，不要片面地追求新闻的轰动效应，而更要注重监督的实效。媒体也不要以"包青天"自居，把自己看作是正义的化身，无论其出发点如何，都是有违法治精神的。

---

① 徐迅："议：自负其责——新闻机构报道司法活动的法律责任"，载《公法》2000 年第 2 期，第 325—326 页。

参 考 文 献

1. 卞建林等：《传媒与司法》，中国人民公安大学出版社 2006 年版。

2. 徐佳士：《新闻法律问题》，台湾学生书局 1975 年版。

3. 侯健：《舆论监督与名誉权问题研究》，北京大学出版社 2002 年版。

4. 甄树青：《论表达自由》，社会科学文献出版社 2000 年版。

5. 汪凯：《转型中国：媒体、民意与公共政策》，复旦大学出版社 2005 年版。

6. 徐耀魁：《西方新闻理论评析》，新华出版社 1998 年版。

7. 李雪慧：《检察新闻传播导论》，中国检察出版社 2006 年版。

8. 康为民：《传媒与司法》，人民法院出版社 2004 年版。

9. 昝爱宗等：《第四种权力》，民族出版社 1999 年版。

10. ［法］孟德斯鸠著，张雁深译：《论法的精神》（上册），商务印书馆 1987 年版。

11. 田大宪：《新闻舆论监督研究》，中国社会科学出版社 2002 年版。

12. 程味秋、周士敏：《论审判公开. 刑事诉讼法专论》，中国方正出版社 1998 年版。

13. 王好立、何海波："'司法与传媒'学术研讨会讨论摘要"，载《中国社会科学》1999 年第 5 期。

14. 卞建林："媒体监督与司法公正"，载《政法论坛》2000 年第 6 期。

15. 王建林："媒体对司法的监督"，载《河北法学》2004 年第 6 期。

16. 顾培东："论对司法的传媒监督"，载《法学研究》1999 年第 6 期。

17. 邓斌："民愤传媒与刑事司法"，载《云南大学学报》2002 年第 1 期。

18. 苏雪成：《传媒与公民知情权》，新华出版社 2005 年版。

19. 宋小卫："略论我国公民的知情权"，载《法律科学》1994 年第 5 期。

20. 杨立新："从抗击非典看公众的知情权"，载《检察日报》2003 年 4 月 30 日。

21. 魏永征："记者同被采访个人的平等关系二说记者的采访权"，载《新闻三昧》2000 年第 3 期。

22. 李咏：《舆论监督的法理问题. 中国社会转型的守望者——新世纪新闻舆论监督的语境与实践》，中国海关出版社 2002 年版。

23. 周甲禄："传媒与司法关系的制度构建"，载《新闻记者》2005 年第 7 期。

24. 李修源："关于舆论监督与司法独立的两个话题"，载《人民司法》2000 年第 8 期。

25. 徐迅："中国媒体与司法关系形状评析"，载《法学研究》2001 年第 6 期。

26. 朱春阳："庭审电视直播功能前再审视"，载《新闻采编》2000 年第 3 期。

27. 王军："庭审直播的新闻监督与司法公正"，载《电视研究》1999 年第 7 期。

28. 王茜："网络媒体的监督功能初探"，载《新闻记者》2005 年第 5 期。

29. 李立景："必要的张力：中国语境下传媒与司法冲突的价值分析"，载《新闻知识》2006 年第 2 期。

30. 袁志群："传媒道德观念与现代司法理念的沟通与融合"，载《新闻战线》2005 年第 1 期。

31. 马闻理："舆论监督与司法公正——对《人民日报》'社会观察'专栏的观察"，载《新闻与传播评论》，武汉大学出版社 2002 年版。

32. 罗坤瑾："媒体监督与司法独立——浅析当前我国法制新闻报道中的问题"，载《贵州民族学院学报》2004 年第 1 期。

33. 罗斌："美国司法与传媒关系走向"，载《人民司法》2004 年第 11 期。

34. 吴炜、汪学诗： "规范司法审判中的传媒活动"，载《法制与社会》2006 年第 11 期。

35. 景汉朝："传媒监督与司法独立的冲突与契合"，载《现代法学》2002 年第 1 期。

36. 徐迅："以自律换取自由"，载《国际新闻界》1999 年第 5 期。

37. 张志铭："媒体与司法的关系——从制度原理分析"，载《中外法学》2000 年第 1 期。

38. 徐迅："议：自负其责——新闻机构报道司法活动的法律责任"，载《公法》2000 年第 2 期。

39. 许艺杰："传媒与司法关系的现状与重构"，厦门大学研究生学位论文，2002 年 5 月。

40. 叶一："媒体报道审判新闻的基本矛盾及其法律对策研究"，南京师范大学研究生学位论文，2006 年 5 月。

41. 李远方："舆论监督和司法公正的冲突与协调"，中国社会科学院研究生学位论文，2002 年 5 月。

42. 唐胜宏："试论网络媒体对传统报纸发展的影响"，中国社会科学院研究生院硕士论文，2000 年 5 月。

43. 谢靓："我国网络媒体舆论监督现状初探"，武汉大学研究生学位论文，2005 年 4 月。

·中国社会科学院法学博士后论丛·

当代中国公立高校自制规章合法性研究

The Legality of the Self-made Regulations in China by Contemporary Public Universities

博士后姓名　陈福胜

流　动　站　中国社会科学院法学研究所

研 究 方 向　法学理论

博士毕业学校、导师　黑龙江大学　张奎良

博 士 后 合 作 导 师　刘作翔

研 究 工 作 起 始 时 间　2005 年 8 月

研 究 工 作 期 满 时 间　2007 年 8 月

作 者 简 介

    陈福胜，男，1970 年生，山东省寿光市人。1994 年、1998 年、2004 年先后毕业于黑龙江大学，获哲学学士、法学硕士、哲学博士学位，2005 年进入中国社会科学院法学研究所博士后流动站。曾任黑龙江省黑河市孙吴县委副书记、哈尔滨工程大学人文社会科学学院副院长。现任哈尔滨工程大学人文社会科学学院副教授，经济法学专业硕士生导师；黑龙江省政法管理干部学院经济法教研部主任；中国法学会法理学研究会理事、黑龙江省 WTO 研究促进会专家委员会专家。主要从事法学理论、法社会学、现代企业法律制度等方面的研究，发表学术论文数十篇。主要学术成果有：专著《法治：自由与秩序的动态平衡》；论文《法治人性基础的三个视阈》、《法权人格的确立与中国法治社会的生成》、《当代中国自制规章论纲》等。多次获得黑龙江省政法管理干部学院优秀教学奖、优秀先进工作者、优秀共产党员、科研先进个人奖等荣誉称号。编著《知识产权法原理与实务》获黑龙江省第十二届哲学社会科学优秀成果三等奖。

当代中国公立高校自制
规章合法性研究

陈福胜

内容摘要：在当代中国社会主义法治国家与和谐社会建设中，社会组织的作用越发明显。社会组织基于自主权制定的国家法律体系以外的自制规章，在社会实践中起着规范社会主体行为的类似于法律的作用，有必要纳入法制化的轨道，进行合法性审视。由于不同类型的社会组织成立的目的、属性、自主权限有很大差别，暂时难以对自制规章进行一般性研究。于是采用哲理分析方法、法社会学方法、法文化学方法、案例分析法及调查法等研究方法，选取近年来凸显出来的公立高校自制规章的合法性问题进行研究。高校自制规章合法性问题包括自制规章外在合法性和内在合法性两个视角，包含合法律性、合理性和合实效性三个维度，内在合法性又包括实体合法性与程序合法性两个方面。高校自制规章能够保障高校良性发展和自主权的落实。高校自制规章外在合法性依存于高校的合法设立，受高校与多元主体法律关系和法律地位的制约；高校自制规章内在合法性无论是实体还是程序方面都存在很大的困境；高校自制规章合法性缺失的根源是中国传统文化中缺乏法治文化模式，合法化的关键是培育相应的法文化和注重法人格体的生成；在法治国家中对高校自制规章的合法性争议应建立司法审查机制。

关键词：公立高校　自制规章　合法性

一、绪论

进行研究要有问题意识，明确研究对象，本报告即以当代中国公立高校①自制规章的合法性问题作为研究对象。在绪论中明确了该问题研究的意义和价值，并确定了研究的思路和方法，表明了这一研究的新意所在。

（一）高校自制规章合法性问题的提出

人是社会性存在物，人的社会性决定了人只有在社会中才能生存和发展，在社会分工的基础上，按一定的社会规则组织起来的追求特定目标的社会组织②不断涌现。特别是当今时代，随着社会的发展，全球经济一体化趋势的加强，人类个体意识的普遍觉醒，人与人之间的关联趋于多元化，全能国家的一体构建越发难以实现。基于人类生活的多样性，需求的多样化，偏好的差异，政府组织、准政府组织、民间组织、企业组织和村社组织等社会组织应运而生，愈趋发达，成为个人生存和发展的组织载体；社会组织作为个人与国家、个人与社会的纽带，形态各异，性质与功能复杂多样，越发明显地成为人们日常生活的组成部分。现实社会中的个人一般都具有自然人、社会人和组织人的属性。虽然从人的自由本性上说，管理与制约作为外在的强制是人所要扬弃的对象，但正所谓"国有国法，家有家规"，为了保障一个社会、一个国家、一个团体，乃至一个家庭良好运行、和谐有序，都应当具有其成员共同遵守的基本规则。因此，具备一定的规章制度成为社会组织的构成性要素之一。高校自制规章合法性问题正是在这一意义上成为理论研究的对象。

1. 研究对象的定位

我们用"自制规章"来指称社会组织自己制定的规章制度，绝不是玩文字游戏，而是认为在我国社会主义法治国家建设中，这类在社会组织中实际起作用的规则不能游离于法治的关注之外，因自制规章发生的争议应当纳入法治轨道之中进行合法性审查。由于不同类型的社会组织成立的目的、属性、自主权限等都有差别，暂时难以归纳概括出自制规章的一般性问题，因此，本报告选取近年来凸显出来的高校自制规章的合法性问题作为具体的研究对象。

（1）自制规章：一个绝非语用概念性的问题

在当代中国，随着社会组织的涌现，存在于社会组织内部为保障其良性运

---

① 在本报告其他行文中用到"当代中国公立高校"时，简称为"高校"。

② 本报告的社会组织与通常所说的社会团体不同，指的是不包括国家组织在内的具备一定条件的社会群体。

行的非法定的各种自制性的规章制度大量产生。我国学者在探讨社会组织的规章制度时，多用"自治规章"一词。例如，黎军的《行业组织与其成员间关系的研究——从行政法的视角》①、鲁篱的《行业协会经济自治权研究》② 等著作在谈到行业组织的规章制度时，都用"自治规章"来指称。胡肖华和徐靖在《高校校规的违宪审查问题》③、殷啸虎等在《"高校处分权"及其法律监督——对大学生怀孕被退学案的个案研究》④ 等论文中谈及高校校规时，也用"自治规章"指称。据笔者所见，只有刘作翔先生在《法理学视野中的司法问题》⑤ 和赵一红的博士后报告《村民自治制度实施中的自制规章及其与国家法的关系研究》⑥ 中使用了"自制规章"一词。

笔者也曾试图用"自治规章"指代这类规章制度，但"自治"针对他治而言，价值色彩较浓，有多重内涵，借鉴村社⑦基层自治对自治的界定，自治的内涵包括自我管理、自我教育、自我服务等内容，采取民主选举、民主决策、民主管理和民主监督等方式。当然，从广义上理解"自治"，将社会组织自我制定的规章制度称为"自治规章"也无可厚非，因为"自制规章"的制定权从根本上说大多源于社会组织一定的"自治权"。但严格来说，只有享有自治权的社会组织制定的规章制度称为"自治规章"才合适，而当代中国社会组织在一定程度上欠发达，受外在制约比较多，大多没有形成真正意义上的自治，只是依法拥有一定的自主权。即使是拥有自治权的基层村社自治组织制定的规章制度也"借鉴"较多，没能体现自治主体的真实意志，有的甚至形同虚设。因此，当代中国社会组织制定的类似规章制度难以体现出"自治性"特点，用"自治规章"有些名不符实。而且，这里的自制规章包括政府部门内部制定的规章制度，各级国家机关制定的规章制度也难以用"自治规章"指称。而"自制"无价值色彩，是一种描述性的中性概念，所以，将社会组织制定的规章制度统称为"自制规章"较为合适，能够涵盖所指称的社会组

---

① 黎军在《行业组织与其成员间关系的研究——从行政法的视角》一文中将"行业自治规章"作为一个专门的问题进行了阐述。（载沈岿《谁还在行使权力》，清华大学出版社 2003 年版，第 272—281 页。）

② 鲁篱：《行业协会经济自治权研究》，法律出版社 2003 年版，第 147 页。

③ 胡肖华、徐靖："高校校规的违宪审查问题"，载《法律科学》2005 年第 2 期，第 20—26 页。

④ 殷啸虎："'高校处分权'及其法律监督——对大学生怀孕被退学案的个案研究"，载《华东政法学院学报》2003 年第 3 期，第 3—10 页。

⑤ 刘作翔：《法理学视野中的司法问题》，上海人民出版社 2003 年版，第 40 页。

⑥ 赵一红："村民自治制度实施中的自制规章及其与国家法的关系研究"，国家图书馆学位学术论文收藏中心，2003 年。

⑦ 这里的村社是我国具有基层自治组织功能的乡镇的村与城市社区的合称。

织的规章制度，并且更加符合当代中国社会组织所制定的规章制度的实际状况。

以上表明我们用"自制规章"指称社会组织自行制定的规章制度绝非只是一个概念性用语的问题，它是一个在中国特定的法治国家建设与和谐社会构建的时代背景下非常现实的研究对象。对当代中国自制规章内涵的理解是建立在与当代中国现有法律体系相比较之上的。在一般意义上，当代中国法律体系由宪法、法律、行政法规和国务院部门规章、军事法规和军事规章、地方性法规和地方政府规章、民族自治地方的自治条例和单行条例、特别行政区基本法及特别行政区法律、经济特区法规和规章、国际条约和国际惯例构成。① 在这些法律规范之外，社会组织中还存在着大量的自行制定的规章制度，这些规章制度就是我们所说的"自制规章"。

对当代中国社会运行实践中存在的大量自制规章作出纯粹理论并近乎全面的界定是相当困难的，因此，我们只能尝试着对自制规章进行描述性界定。笔者认为，当代中国自制规章是指我国社会组织源于一定的自主权制定的国家法律体系以外的用于保障组织良性运行和管理的明文规定。从当代中国自制规章的内涵中可以看出，自制规章至少有以下特征：①自主性。社会组织制定自制规章是依据该组织的目标，为完成该组织的各项任务而制定的。是否需要自制规章以及需要什么样的自制规章，取决于社会组织的意志，属于社会组织依法享有的自主权的范畴。②非国家法律性。社会组织制定的自制规章处于国家法律体系以外，宽泛地说国家也是一种社会组织，国家制定的法律也可算作广义的自制规章。但我们这里探讨的自制规章不包括国家法律。社会组织制定自制规章的自主权在一定意义上来源于国家法律的授权，特别是我们国家衡量社会团体是否合法成立往往以是否依法登记为标准，但作为自主权运用结果之一的自制规章却是非国家法律性的。③运用范围受限性。社会组织制定的自制规章主要运用于该组织内部，使该组织在运行中有章可循，能够有效地管理组织各类事务，实现组织的特定目标。同时，有些社会组织的自制规章也运用于与其发生关联的其他社会主体，如进入宾馆、饭店、图书馆、公园、高校等社会组织住所地的社会主体要受这些社会组织相关自制规章的约束。④明文性。社会组织制定的自制规章以一定的文字为载体，采用条文式的形式颁布和下发，运行于该组织中的潜规则或某一临时性的规定不包括其中。⑤规范性。社会组织制定的自制规章有异于法律，但在运用范围内却起到类似于法律的规范性和预期性作用，能够引导该组织成员或其他关联社会主体的行为，对于违背组织意

---

① 刘作翔：《法理学》，社会科学文献出版社 2005 年版，第 95—100 页。

志、违反自制规章的行为产生惩罚与制裁的效果。正如美籍英国政治学家、社会学家麦基弗所言：“任何一个团体，为了进行正常的活动以达到各自的目的，都要有一定的规章制度，约束其成员，这就是团体的法律。”①

（2）自制规章合法性：值得法学理论研究的问题

从社会组织的发展趋势来看，随着社会交往的频繁和交互影响，它们的治理类型一般都趋向于“法理型”权威，突出以规章制度为核心的规范化管理。在规范意义上，自制规章与法律具有许多共通之处：一是必须在一国统一的宪法框架内；二是应当遵循自由、秩序、公平等基本价值原则；三是自制规章与法律的目标具有一致性，都是为了各自组织体良性运行；四是自制规章类似于法律那样对组织成员或相关主体产生约束作用。基于自制规章与法律的诸多共性及在现实社会中所发挥的作用，它完全可以作为一个新的法学理论研究的问题域，成为法社会学研究的问题之一。在保持法学专业自身特性的同时，又与社会学、管理学、政治学等学科形成开放的互动与交流。

自制规章所及范围极其广泛。从制定主体上看，可以包括政府组织、准政府组织、民间组织、企业组织和村社组织等社会组织基于一定的自主权制定的明示规范②；从规范的内容上看，可以包括宣告性的、职责性的、程序性的、自律性的、激励性的、惩戒性的等等；从所及的社会关系的种类上看，包括管理类的、服务类的、契约类的等等。自制规章规范着组织成员的行为，显示了组织自身运行的特有模式，而对于这些自制规章的性质、分类、效力、功用、合法性及发生纠纷的解决机制等问题却缺乏一般性研究。作为法学工作者更多关注的是通过规则方式来界定各方主体之间的权利与义务，现实社会中的像自制规章这样的“活法”自然应成为法学理论者关注的对象。随着我国社会主义法治国家建设的深入，有必要将与公民权利义务密切相关的自制规章纳入法制化的轨道，自制规章的合法性问题是将自制规章纳入法制化轨道最为重要的问题之一。因此，当代中国自制规章的合法性问题便成为一个值得法学理论研究的视阈。

合法性是一个内涵非常丰富而又富有弹性的概念，被广泛应用于多个学科领域。合法性不只具有狭义的实证法意义上的合法律性含义，同时也是一个价值判断的标准，是对事物和行为合理性的一种论证与评判。自制规章合法性研究应当立足于实证考察的基础上，从生动鲜活的社会组织的实践运行中探究自

① 转引自邹永贤等：《现代西方国家学说》，福建人民出版社 1993 年版，第 322 页。
② 社会组织中潜在的规则对于调整社会组织的运行也具有极为重要的作用，但并不在我们研究的自制规章范围之内。

制规章的合法性现状如何、正在发生怎样的变化、未来发展趋势如何，而非囿于纯粹性与规范性的论述。虽然我们用自制规章来统一指称社会组织制定的规章制度，笔者也曾尝试着对自制规章及其合法性进行一般性研究，但是由于不同类型的社会组织所制定的自制规章的程序、属性、自定权来源及与法律的关系等都有所不同，加之缺乏这方面资料和素材，于是选取了笔者较为熟悉的并已在现实生活中引起人们关注的高校自制规章合法性问题作为本报告的研究对象。

（3）高校自制规章合法性问题的显现

在当代中国大众意识和相应的法律文本中，高校曾一度作为"官方"代表来履行其教育培养职能，在一定程度上行使与国家行政机关相类似的职权。但事实上，从高校的职能及其发展过程来判定，它与国家行政机关是两类不同的社会组织。在计划经济时代，高校在一定意义上成为一种承担培育社会主义高级建设者职能的特殊组织，在法律地位上一直用"事业单位"来表述。这种事业单位是利用国有资产举办的，一般都有相应的主管行政部门居于其上，自主权很弱。随着市场经济的发展，高校自主权以法律形式逐步加以确定，其独立法人地位日益提升，高校制定的自制规章有了广阔的存在空间，但高校的法律地位、与各方主体的法律关系、自主权范围等问题在法律规定上不是很清晰。从 20 世纪 90 年代末起，作为高校重要主体的学生面对模糊不清的法律关系向高校提出各种司法挑战，几乎遍及了高校的招生、考试、收费、纪律处罚等各个环节。

例如，1998 年，齐凯利因在校训练时受伤致残，诉北京科技大学民事赔偿案，开创大学生诉高校民事诉讼的先例。1999 年，田永因违反考场纪律被退学，起诉北京科技大学拒绝颁发毕业证、学位证的行政诉讼案，此案被认为开创了以高校为被告的行政诉讼先例。1999 年，刘燕文诉北京大学博士学位案，此案被认为开创了以"正当程序"要求司法干预大学内部行为的裁判的先例。2000 年，湖南外贸外语学院六名学生因留宿异性被开除，状告学校侵犯隐私权案。2001 年，黄渊虎诉武汉大学案，认为学校没有按照择优录取原则录取其为博士生。2002 年，北京某大学经管学院会计系 98 级女学生严某由于考试作弊被学校勒令退学，该女生向法院提起行政诉讼。2002 年，西南某学院二年级学生张静因怀孕被开除，张静和男友以侵犯隐私权、名誉权为由提出诉讼。2004 年，浙江大学远程教育学院的学生王某和杨某《公共经济学》课程不及格，重修后通过，但未获学士学位。他们提起行政诉讼认为学校内部规章不符合国家学位条例。此外，近年一些未提出诉讼的高校权利冲突事件也大量涌现：如 2004 年，笔试第一但未被录取的甘怀德，指责北京大学法学院博士招考程序不公正，成为知识界广泛关注的焦点事件。中国政法大学 2003 年硕士班学生指责学校违背招生简章的说明，把他们安置在远离研究生院的昌平校区。四川大学新校区禁止学生外出，引发学生抗议。①

这些涉及高校的纠纷引起了法学理论界和实务界对高校相关问题的重视。例如，殷啸虎的《"高校处分权"及其法律监督——对大学生怀孕被退学案的个案研究》②、程燕雷的《高校退学权若干问题的法理探讨》③、沈岿的《公立高等学校如何走出法治真空》④、曾献义的《高校处分权：在合法与侵权之间》⑤ 等文章对高校的权力进行了研究，其中涉及了高校行使权力的依据——高校的自制规章问题；丁慧和安佳的《高校内部规则合法性探究》⑥、朱永国的《高校校规的合法性探析》⑦、胡肖华的《高校校规的违宪审查问题》⑧ 则直接探讨了高校自制规章的合法性问题。这使得高校自制规章的合法性问题由一个隐含的内部问题逐步显现出来。

（4）高校自制规章合法性的评判标准

从法学视角看，高校自制规章合法性问题主要包括实体和程序两个方面。无论是实体内容还是程序规定，都可以从不同维度来探讨。对高校自制规章的合法性评判标准有三个维度：一是合法律性，即不与现行的法律规范相违背，这是实证法学的视角；二是合理性，即以人为本，符合正义、公平、自由等价值标准，这是自然法学的视角；三是合实效性，即在实践中取得人们的同意或认可，并得到实际的遵循，这是法社会学的视角。实际上，实证法学、自然法学与社会法学只是从不同角度来分析高校自制规章，三者并非截然分开，互不相融。我们借用综合法理学的观点，从实证法学、自然法学与社会法学来审视高校自制规章，形成判定高校自制规章合法性的三个标准——合法律性、合理性与合实效性。

---

① 王怡："法治与自治：大学理想及其内部裁判权"，http：//www.51zy.cn/。

② 殷啸虎："'高校处分权'及其法律监督——对大学生怀孕被退学案的个案研究"，载《华东政法学院学报》2003 年第 3 期，第 3—10 页。

③ 程燕雷："高校退学权若干问题的法理探讨"，载《法学》2000 年第 4 期，第 57—62 页。

④ 沈岿："公立高等学校如何走出法治真空"，载《行政法论丛》（第 5 卷），法律出版社 2002 年版，第 54—104 页。

⑤ 曾献义："高校处分权：在合法与侵权之间"，载《检察日报》2003 年 3 月 3 日。

⑥ 丁慧、安佳："高校内部规则合法性探究"，载《航海教育研究》2005 年第 1 期，第 18—20 页。

⑦ 朱永国："高校校规的合法性探析"，载《国家教育行政学院学报》2005 年第 1 期，第 52—54 页。

⑧ 胡肖华、徐靖："高校校规的违宪审查问题"，载《法律科学》2005 年第 2 期，第 20—26 页。

这样对高校自制规章的"合法性"评判在逻辑上可能出现七种情况：既具有合法律性、合理性，又具有合实效性；有合法律性、合理性，而缺乏合实效性；有合法律性、合实效性，而缺乏合理性；有合法律性，而缺乏合理性及合实效性；有合理性，而缺乏合法律性及合实效性；有合实效性，而缺乏合法律性及合理性；同时缺乏合法律性、合理性和合实效性。第一种情况属于合法性的圆满状态，最后一种情况反映出丧失合法性的状况，其余情形处于这两极之间，表明都面临着合法性困境。合法律性、合理性、合实效性三个标准，从不同维度审视了高校自制规章的合法性问题，这三个标准有相互交融的情况，也有冲突的情况。当三个标准有冲突时，究竟以哪个标准为最终的评判依据，我们认为在我国社会主义法治国家建设中，为了保持法制的统一和尊严，应当以合法律性为最终的评判标准，高校自制规章应纳入到法治轨道。

2. 研究意义与价值

我国社会发展的现阶段，在由传统农业社会向现代工业社会的转型过程中，长期处于传统管理模式下的社会组织，正在逐渐发生着变化。在与国家及政府的关系上，其自主性不断增强，由原来的很大程度上被政府作为治理社会之手的延伸向自主的管理模式转变。在与组织成员的关系上，组织成员由作为管理对象而成为被遗忘的权利群体，随着其主体地位不断自觉地获得提升，变得权利意识凸显。国家制定法本身所具有的一般性特点，决定了其不可能面面俱到地针对不同社会组织制定出系统的、具体的操作性规范，在这种情况下，社会组织自制规章的作用呈现出来。在这一背景下，社会组织自制规章被赋予了双重使命，一方面成为抵御公权力侵入的社会组织自身的制度性屏障，坚守着自主性的堡垒；同时，自制规章也成为社会组织与成员相互关系展开的直接依据。在后一使命中，自制规章又可能演化成组织对成员权利侵袭的工具。

随着我国改革的深入，社会自治领域的权能扩展成为一个发展趋势，社会组织的自我管理及其方式成为需要关注的热点问题。社会组织的自我管理在很大程度上依赖于自制规章的规范和约束，这些自制规章中往往有一些涉及公民权利和义务的条款。这样一些数量庞大的自制规章在原有的法治研究视阈中没有被充分地关注和纳入，而实际生活中和司法诉讼中有大量的案例是由此所引发的，这些纠纷一旦提交诉讼，就必然会带来一个合法性审查问题。自制规章作为当代中国社会组织中实际存在的规则，既有积极作用，又有消极作用。自制规章保障社会组织的自主运行和管理，提高了管理效率，但也会造成侵犯公民权利等情况的发生。如何充分发挥自制规章的积极作用，克服其消极作用，便是研究自制规章的宗旨和意义所在。

本报告选取高校自制规章合法性问题为研究对象，研究的目的在于在我国法治化的大背景下如何使高校自制规章既能保持它的灵活多样性和对高校自我管理的特点，同时也使它能够在合法性的前提下生成、运行和发展。并且，为研究其他社会组织的自制规章提供思路，为研究自制规章的一般性问题提供素材，为社会组织制定和完善自制规章提供建议。

（二）研究的思路、方法及新意

研究的思路取决于研究的对象和视角，高校自制规章的内在属性以及研究高校自制规章合法性问题的基本观点决定了一定研究方法的选择，在研究的具体内容中又体现出本报告的些许新意。

1. 主要思路

本报告围绕当代中国高校自制规章合法性问题进行研究，共分为四部分。第一部分绪论，表明了本报告研究的对象、研究的意义和价值及研究的思路、方法和新意等问题，明确了高校自制规章合法性问题的研究理路；第二部分高校自制规章外在合法性，表明了高校的成立是高校自制规章外在合法性的前提，高校与多元主体存在着不同的法律关系，具有多重的法律地位，高校自制规章存在外在合法性困境；第三部分高校自制规章内在合法性，阐明了高校自制规章内在合法性存在的困境及其合法性缺失的原因和根源；第四部分高校自制规章合法化路径，探讨了高校自制规章合法化的主要措施，需遵循的具体原则及高校自制规章合法化机制等问题。

2. 采用的研究方法

本课题遵循的研究方法主要有如下几种：一是哲理分析方法，以人性为基础，从法哲学的高度来研究；二是法社会学的方法，将高校自制规章作为一种广义的法；三是法文化学方法，从整体的角度、社会文化历史演进过程中、中外法律文化的冲突和融合的大背景下来阐释；四是系统分析方法，将高校自制规章看作是社会文化体系和法文化系统中的一个重要子系统，自身各要素之间、与其他社会子系统之间及社会整体大背景都有着错综复杂的关系；五是理论联系实际的方法，社会科学只有结合社会实际，解决具体问题才更具有生命力。其他具体的研究方法还有：文献法、调查法、案例分析法及比较法等。

3. 报告的新意

本报告的研究内容在一定意义上弥补了国内外对高校自制规章合法性问题缺乏一般性研究的空白。其新意大体上有三点：一是将当代中国社会组织制定的规章制度统称为自制规章，推出"自制规章"这一新概念；二是从外在和内在两个视角，合法律性、合理性和合实效性三个维度，实体和程序两个方面来探讨高校自制规章的合法性问题；三是尝试着对高校自制规章的合法化路径进行探讨，指出关键问题是通过培育高校法文化和大学生的尚法理念，使大学生成为法人格体，从而推动社会主体普遍法人格体和法治文化模式的生成。

二、高校自制规章外在合法性

在我国，高校是一种准政府组织，高校依法设立，与多元主体发生法律关系，法律地位具有多重性。高校在不同的法律关系中自主权不同，制定自制规章的权限也有差异。高校自制规章的外在合法性以高校存在为前提，没有高校的存在，高校自制规章就没有存在的母体。高校自制规章作为社会规则的一类，其外在合法性的人性根源是人类的秩序本性。正如哈耶克所说，"人不仅是一种追求目的（purpose-seeking）的动物，而且在很大程度上也是一种遵循规则（rule-following）的动物。"① 概括而言，人类的秩序本性源于五个方面：一自然界中有序模式的普遍性；二是生物学基础；三是心理根源；四是人的社会本性；五是人类的理性能力。② 秩序是人类得以生存和发展的前提，"历史表明，凡是在人类建立了政治或社会组织单位的地方，他们都曾力图防止不可控制的混乱现象，也曾试图确立某种适于生存的秩序形式。"③ 因此，社会规则的首要价值意义在于消除混乱、维护安全、提供预期，从而避免由于社会失序而导致社会无序。正是人类秩序本性的需求，使得高校成立后，需要高校自制规章这类社会规则来保障自身的运行和发展。本部分主要从大学的产生、我国高校与多元主体间的法律关系和法律地位的多重性以及高校自制规章的外在合法性困境四方面来阐述高校自制规章的外在合法性问题。

（一）高校成立：高校自制规章外在合法性的前提

高校的产生和发展，其职能与法律地位的变迁过程是分析高校自制规章外在合法性的前提。现代高校源于大学制度的产生，对现代高校的认识要从追溯大学制度的诞生说起。

1. 大学在西方的演变

大学最早出现于中世纪的欧洲，在 12 世纪市镇兴起后，受商业新兴势力组织的"基尔特"公社功能的影响，产生了一种学者的集团。在大学形成初

---

① ［英］哈耶克著，邓正来等译：《法律、立法与自由》（第 1 卷），中国大百科全书出版社 2000 年版，第 7 页。

② 详见拙著：《法治：自由与秩序的动态平衡》，法律出版社 2006 年版，第 122—126 页。

③ ［美］博登海默著，邓正来译：《法理学——法律哲学与法律方法》，中国政法大学出版社 1999 年版，第 207 页。

期，学者们也认识到"团结就是力量"，有组织才能保障自己的权益。因此，"中世纪欧洲的大学在性质上是一种结社，或者说是一种学术性的生活社区，并以基尔特形态存在，希望受到当地政治势力或教会体制的保护"①。大学一词的拉丁文"universitas"，原是从罗马法中借用的，意思是"法人组织（corporation）"。大学的法人身份开始时主要依据教皇的敕令，后来随着教会约束力日渐松弛，权力逐渐转移到当地政治势力的手中，王室所颁布的起到庇护功能的恩许状成为大学自治性及其法人性的基础。传统大学发展到 18 世纪已经初具现代大学的形态，而现代大学的基础奠定于 19 世纪，因为"从 19 世纪初以后，国家开始介入大学的创设，政府并提供公立大学部分的预算，主导大学体制的调整"②。

在西方大学发展的传统中，学术自由是大学的核心精神，大学作为享有学术自由这一基本权利的主体，需要一种制度性的保障，这不仅包括大学里从事学术研究与教学活动的成员享有的自由权，同时也包括大学本身在学术研究与教学活动的配合运作方面的自我规范与自行处理的裁量权，这便是大学自治。这种大学自治的权利，渊源于中世纪大学的"基尔特"组织模式延续下来的传统。学术自由的真谛原在保障大学教授"无阻碍地追求真理"，而现代学术自由则是宪法所保障的言论自由的延伸，是为赋予从事学术事业的学者一种特定范围的免责权。

对大学自治的内涵界定，1965 年国际大学协会曾认定大学自治应当包括这样五个方面的内容：一是人事的自治；二是学生选择的自治；三是决定教学课程的自治；四是决定研究计划的自治；五是分配财源的自治。相关学者在理论上对大学自治进行了权力性的划分，认为大学自治包括：教师人事的自主决定权；研究、教育内容、方法与对象之自主决定权；财政自主权；设施管理权与校内秩序维持权；管理学生有关的自治权。③ 可以看出大学自治的范围是相当广泛的，包括内部的组织结构、人员设置、学生的选录与管理、教学研究及其资产的处理等。

现代大学自治的主要方式就是通过制定自制规章来实现自治权，不过就是在当代西方大学制度较为发达的国家，大学自治也并非不受约束的。一般而言，现代大学自治是由法律来规范的，因此"现代大学无论是公私立，皆受到高等教育法规或大学法的保障，同时也受到约束与节制，所以大学自治并非

---

① 郭为藩：《转变中的大学：传统、议题与前景》，北京大学出版社 2006 年版，第 3 页。
② 同上书，第 14 页。
③ 同上书，第 60—61 页。

绝对的——大学并未享有类似'治外法权'的地位"①。

2. 现代大学在中国的发展

中国现代新式大学从同治元年（1860）开始兴起。第二次鸦片战争后，清王朝为了振兴国家，增强国力，向西方学习，创办了一些实用性的学堂。到光绪二十一年（1895）设北洋公学，这是我国教育史上第一所新式大学，也是近代第一所国立大学。辛亥革命后，中华民国教育部于1912年颁布了《壬子学制》，标志着我国近代教育制度从学习日本、德国转向学习美国，该学制规定，国立、私立学校均归教育部管辖。1929年，国民政府公布了《大学组织法》，以法律的形式规定了大学的"校——院——系"管理体系，表明"中国近代大学建制在形式上已基本与西方现代大学模式接轨，基本上完成了对西方现代大学建制模式的移植"②。1937年，随着日军的入侵，国内大学受到严重的破坏，抗战结束后，大学进入复原期，大学教学秩序逐步恢复正常。③

建国初期，在仿效苏联的办学模式对大学进行调整的过程中，也同时将全国私立大学一律改为或并入公立大学，将外国教会所办的或接受外国津贴的大学收归国有。政府领导高校的状况一直持续到80年代中期，1985年《中共中央关于教育体制改革的决定》中强调，要"改变政府对高等学校统得过多的管理体制"、"扩大高等学校的办学自主权，加强高等学校同生产、科研和社会其他各方面的联系，使高等学校具有主动适应经济和社会发展需要的积极性和能力"。以此为契机，中国高校在发展上获得了一定的自主权。直到1998年《中华人民共和国高等教育法》（以下简称《高等教育法》）的颁布，高校的自主权问题才以法律正式加以确认。

《高等教育法》第3章专门规定了高等学校的设立问题，规定了设立高校的目的、高校的基本条件、申请设立高校需提交的材料、高校章程的内容及审批机构等内容。这表明在我国设立高校需具备法律规定的基本条件，履行严格的法定审批程序。高校需依法设立，依法成立的高校才享有受法律保护的自主权，才能成为高校自制规章外在合法性的基础。

无论我国高校自主权的实现程度如何，自主权始终是高校自制规章产生的直接合法性基础。如何扩大高校自主权，更好地实现高校创造知识、传授知识并服务社会的目标，是目前我国高校改革的核心内容，改革的实质是体制创

---

① 郭为藩：《转变中的大学：传统、议题与前景》，北京大学出版社2006年版，第59页。

② 周川："中国近代大学建制发展分析"，载《北京大学教育评论》2004年第3期，第87—92页。

③ 方明、谷成久：《现代大学制度论》，安徽大学出版社2007年版，第78—81页。

新，是在理顺高校与各方法律关系的基础上，进行以高校自制规章为表现方式的制度创新。

（二）高校与多元主体法律关系剖析

社会主义市场经济体制的确立，把高校推向社会与市场，使高校的内外部关系发生新的变化，形成高校与政府、教师、学生及社会其他主体之间法律关系多元化格局。研究高校的法律地位，必须把它放在具体的法律关系中。对高校与多元主体法律关系分析的目的在于明确高校在各种不同性质的法律关系中居于不同的地位，不同的高校地位决定了其不同的高校自制规章的性质、作用及管理权限。

1. 高校与政府的法律关系

高校与政府的法律关系，主要体现在国家对高校的设立及其监督管理的过程中。在这一过程中，政府居于主导地位，而高校作为教育事业性组织，虽履行教育教学这种公益性职责，拥有相应的自主权，但在政府与高校关系上处于被管理的从属地位。近几年来，政府对高校的管理由主要通过行政命令方式向多种管理方式发展，但从本质上讲，高等教育作为国家一项重要的行政事务，无论采取怎样的管理方式，都没有改变政府与高校之间存在的行政法律关系。

高校的设立标志着高校与政府法律关系的形成。依据《高等教育法》的有关规定，国家在设置高校时遵守两个原则：一是要符合国家利益和社会公共利益，即教育的公共性原则；二是不得以营利为目的原则。设置高校的条件包括：第一，有组织机构和章程；第二，有合格的教师；第三，有符合特定标准的教学场所及设施、设备等；第四，有必备的办学资金和稳定的经费来源（一般来讲，国家举办的各级各类高校办学经费主要靠国家财政拨款）。此外，大学或者独立设置的学院还应当具有较强的教学、科研力量，较高的教学、科研水平和相应规模，能够实施本科及本科以上教育。大学还必须设有两个以上国家规定的学科门类为主要学科。在设立程序上，申请设立高校的，应向审批机关提交申办报告、可行性论证材料、章程和审批机关依法要求提供的其他材料。对不符合规定条件审批设立的高校，国务院教育行政部门有权予以撤销。高校经批准设立并取得法人资格，高校与政府法律关系正式形成。

从高校设立行为可以看出，高校的设立是一种行政许可行为，高校与政府是行政性质的法律关系。高校设立后，教育行政部门作为行政主体与高校之间的权利义务关系已经形成。在管理体制上，国家对高校实行中央和地方两级行政管理。随着高教改革的发展，高校自主权的增多，国家对高校管理已越来越趋于宏观管理，不再是主要靠以往的行政命令手段，更多的是通过指导方式、合同方式和服务方式进行管理。高校承担着公共性的教育教学职责，为使其能更好地履行这种职责，国家赋予高校相应的自主权，如一定的招生自主权、设置和调整学科、专业自主权、教学自主权、财产管理和使用自主权、内部人事管理权等很多项权利。高校在自主权范围内可以制定自制规章，进行自主管理。为确保高校在行使自主权时不偏离正确方向，同时保证办学水平和教育质量，国家采取了相应的监督制约手段，如教育评估、财务监督、审计监督等。

2. 高校与教师的法律关系

根据我国现有法律的规定，高校教师属一种从事教育教学活动的专业技术人员，但从管理实务看，其地位仍然处于一种较含混的状态。教师职业在法律性质上属专业技术人员，在管理制度上既有行政管理的特点，也有因其从事的工作具有公益性等特征而与一般行政管理不同的地方。根据《教育法》、《高等教育法》的规定，在我国，与高校教师职业性质密切相关的，有教师资格制度、教师职务制度和教师聘任制度三大基本法律制度，此外还有教师的奖惩制度、教师申诉制度等各项制度。

（1）教师资格制度

教师资格制度是国家对教师实行的一种特殊职业许可制度。教师资格认定和取得，所形成的法律关系，是教育行政部门与教师之间的行政法律关系。一部分具备条件的高校在受教育行政部门委托的情况下，有权对教师资格进行认定，这种情况下高校与教师之间发生的是委托性质的行政管理关系，其法律名义的主体仍是教育行政部门。因此，从实质上讲，教师资格制度是国家实行的一项教师基本法律制度，资格认定权在国家教育行政部门，但因高校对教师的情况更为熟悉，对其能力、水平确认得较为准确，所以，委托是一条便捷之路。就发展而言，笔者认为由委托变为授权更为合适，这样能够更好地发挥高校的自主权，国家可以通过立法设定教师资格认定的最低标准。无论是委托还是授权，具备条件的高校都有权制定教师资格认定方面的具体实施细则，规范教师资格的认定行为，高校的教师资格认定行为是一种具体的行政行为，因之发生的争议，可以进行行政复议或提起行政诉讼。

（2）教师职务制度

根据《高等学校教师职务试行条例》的规定，教师职务任职资格的评审，由国务院教育行政部门指导全国高校教师职务任职资格评审工作，省、自治区、直辖市成立高校教师评审委员会，会同人事部门负责本地区的高校教师职务任职资格的评审工作。各高校的教师职务任职资格评审活动可区分为三种情况：有学士学位授予权的学校成立教师职务评审委员会；没有学士学位授予权的学校成立教师职务评审组；没有学士学位授予权的但具备相应条件的，经省、自治区、直辖市批准，国务院教育行政部门备案也可以成立教师职务评审委员会。具体的审定工作，助教任职资格由学校教师职务评审委员会或评审组审定。讲师任职资格由学校教师职务评审委员会审定，报省、自治区、直辖市教师职务评审委员会备案；没有成立教师职务评审委员会的学校由教师职务评审组评议，报省、自治区、直辖市教师职务评审委员会审定。教授、副教授任职资格由学校报省、自治区、直辖市教师职务评审委员会审定，审定的教授报国家教委备案。近年来，随着教育体制改革的发展，高校的自主权不断扩大，部分高校经授权其教师职务评审委员会有权审定副教授、教授的任职资格，这给高校自制规章提供了用武之地。对于高校根据各自学校自身的情况和特点在教师职务任职条件方面所作的不同规定，属于高校自主权的范围。应根据高校在教师职务评定活动中所起的实际作用确定高校与教师的法律关系：如果教师职务资格的审定依据授权由高校决定，那么高校便与教师形成行政法律关系；如果高校起辅助作用，教育行政部门起决定作用，那么教师与教育行政部门形成行政法律关系。

(3) 教师聘任制度

教师资格审定制度和教师职务制度是教师聘任制度的基础和前提，与这两种教师基本法律制度相比，聘任制所体现的高校与教师的关系更为直接。依据《教育法》、《教师法》、《高等教育法》的规定，较为明确的内容只有两个方面，即聘用原则和聘用方式，其他方面内容法律没有相应的明确规定。聘用遵循平等自愿的原则，这一原则对现行的在高校内部定编定岗的岗位聘任制是一种冲击，因为如果本着平等自愿原则，教师聘任制的最终目标将是在高校与教师之间建立起一种劳动合同性质的聘任制，这种制度的建立将一改长期以来所形成的高校与教师之间那种类似于行政机关与其工作人员之间的内部行政管理性质的关系，双方的管理与被管理的关系将被平等关系所取代，双方在法律地位上是平等的。聘任方式是由校长与受聘教师签订聘任合同，这种方式的法律基础在于高校法人地位的确立。但从我国目前的实际情况看，高校法人作为一个法律上的概念，到真正的法人地位的实现尚有距离。一项制度的实施还需要其他配套制度来保障，由于我国人才流动机制尚不健全，社会保障制度还不完善，高校对教师的聘任往往是聘任容易、解聘难，很多聘任合同流于形式。

通过对高校与教师法律关系的分析，我们认识到高校与教师之间既有行政性质的法律关系，也有准行政性质的法律关系，还有基于教师聘任制的劳动合同性质的法律关系。在国家实行的教师基本法律制度中，高校行使部分国家行政职权，并有扩大趋势。对教师资格的认定，对职务的评定，高校不同程度地拥有自主权。高校自主权范围的扩大，意味着高校制定自制规章的范围将扩大。

3. 高校与学生的法律关系

在高校与各方主体关系中，高校与学生关系是基本的关系。高校与学生的法律关系通过招生、学籍管理、学籍中止和学籍终止等行为而成立、延续、中止和终止。

（1）招生：高校与学生法律关系的成立

按照我国法律规定，高校与学生法律关系的成立需具备三个条件：一是高校按招生计划录取新生；二是学生报考高校必须符合法定条件；三是考生须参加全国普通高等学校招生统一考试，成绩合格者取得被录取的资格。高校与学生法关系的成立需经过三个程序：一是通知程序；二是报到程序；三是复查程序。

在促成学校与学生法律关系成立的行为实施和程序运行中，有两个组织起着重要作用。一是国家教育行政部门，二是省级招生委员会，二者各自的行为都是依法行使行政职权。在录取新生的过程中，高校是通过各自的校招生办公室进行个体操作的。校招生办的职责是执行国家教育行政部门招生规章的规定，根据国家核准的年度招生计划及来源计划录取新生，对已录取的新生进行复查，支持地方招生委员会的工作。学生的录取通知书虽由学校填写，但录取名单要经教育行政部门的备案。这样看来，高校在录取学生工作中的行为性质已逐渐摆脱过去的从属性，由委托的行政行为转变为授权的行政行为。

招生录取的直接法律后果是高校与学生之间法律关系的形成。在这种法律关系形成过程中，高校逐渐起着决定性的作用。仅就学校与学生之间法律关系的形成而言，高校行使的是一种授权性的行政行为，因招生录取活动而产生争议的性质是行政争议，其救济途径为行政复议或行政诉讼。

（2）学籍管理：高校与学生法律关系的存续

高校录取的新生入学报到，经高校复查后，对合格者予以确认，进行入学注册，这是学籍取得的必经程序。学籍是高校与学生法律关系存续的标志，也是高校对学生管理的前提条件和重要内容。高校对受教育者所实施的学籍管理是一种具有教育行政管理属性的行为。在学籍管理过程中会因学籍的中止和延长而引起高校与学生法关系的变更，主要有学生的休学、停学，留级、降级和受纪律处分等几种情形。毕业及学籍废止，直接导致高校与学生之间学籍管理关系的结束。毕业是学籍管理关系的正常结束，包括提前毕业和推迟毕业两种。学籍废止是学籍管理关系的中途废除，主要有退学、开除学籍两种方式。

通过对高校与学生法关系成立、存续、变更及消灭的分析，我们看到，高校与学生之间既有颁发毕业证、学位证等行政性法律关系，也有学籍管理中的具有特别权力因素的关系。当然，还有后勤服务、助学贷款等具有民事法律特征的关系。高校与学生之间的法律关系性质的多元化在一定意义上反映了高校法律地位的多重性，在不同的法关系中，高校自制规章的制定权限不同。

4. 高校与社会中其他平等主体的法律关系

在计划经济体制下，高校与外界的关系是单线条的，较为简单，它的一切行为均听命于政府，实际上是政府主管部门的附属物，缺少独立性和活力。随着高等教育体制改革的发展，高校自主权增加，高校与社会开始多方面地交往。《教育法》、《高等教育法》对高校法人身份的确定，为高校与社会其他平等主体的交往活动提供了法律上的依据和保证，因为在民事活动中高校能独立地享有权利，承担责任，具有独立的人格和地位。

高校除与社会其他平等主体进行一般的经济交往活动外，还从事一些由高校本身属性所决定的特殊的民事活动。首先，在技术合作与交流方面，国家鼓励高校同企业事业组织、社会团体及其他社会组织在科学研究、技术开发和推广等方面进行多种形式的合作。高校按照国家有关规定，自主开展与境外高校之间的科学技术文化交流与合作。其次，在教育培养活动中，高校可以与相关主体签订自费培养合同、委托培养合同及培训合同等教育合同。教育合同虽然以其目的公益性和标的智能性等与一般民事合同相区别，但仍属民法合同的一种，具有一般民事合同的性质。

通过对高校与多元主体法律关系的分析，可以看出高校在与政府、教师、学生、其他平等主体的关系中处于不同的法律地位，扮演不同的角色，展现出不同的高校自主权。

（三）高校法律地位多重性的具体表现

高校与多元主体之间的关系，是以法律关系性质的多元化为特点的，而在不同性质的法律关系中，高校又享有不同的权利，承担不同的义务，具有不同的身份，因此其法律地位具有多重性。

1. 行政相对人

在高校与政府法律关系中，政府依法对高校的审批设立、管理和监督等方面享有教育行政管理的职权并负有相应职责。政府在这一关系中起主导作用，居于行政主体地位，而高校对政府的管理行为则有服从的义务，居于被管理的行政相对人的地位。行政主体的职权和职责是法定的，行政相对人的权利和义务也是法定的，主体双方不能自由约定权利，也不能随意设定义务。高校作为行政管理法律关系中的行政相对人，有义务接受政府的管理和监督，同时高校也应独立行使自主权，并在政府的具体行政管理行为侵害了自己的合法权益时，有权寻求法律救济。高校作为行政相对人主要有行政参与权、行政保护权、行政受益权、行政监督权、提起行政复议和行政诉讼权、行政赔偿和补偿权等权利；有遵守教育行政法律规范、维护教育行政机关各种行政职权正常行使、协助教育行政机关行使有关职权、服从教育行政机关的管理、承担相应法律结果等义务。

2. 授权性行政主体

高校作为履行具有公共性事务——教育教学职责的社会组织，在符合法定条件下可以成为授权性行政主体。根据《教育法》、《高等教育法》、《教师法》及其配套的法律、法规的规定，在我国建立的学业证书和学位证书制度、教师资格制度、教师职务制度等都属于教育行政事务，应由国家教育行政部门行使管理职权进行管理，但为现代行政管理上的需要，经法律、法规的授权，一部分高校可以行使相应的职权。例如，《中华人民共和国教育法》第21条第2款规定："经国家批准设立或认可的学校及其他教育机构按照国家有关规定，颁发学历证书或者其他学业证书。"《高等教育管理职责暂行规定》第4条第5项规定："经过批准的高等学校，可以按照国家有关规定，评定副教授的任职资格，其中少数具备条件的高等学校，可以评定教授的任职资格。"依据这些法律法规的授权，高校在法定授权范围内成为授权性行政主体。高校作为授权性行政主体主要有行政职权、行政优益权、以自己名义实施行政行为、以自己名义参加行政复议或诉讼活动等权利；有依法履行行政职责、以自己的名义承担法律责任等义务。

3. 特别权力人

这一概念来源于特别权力关系理论。我国有学者把在特别权力关系中居于主导地位，享有支配权力的一方称为"特别权力人"。[①] 特别权力关系理论虽受到"依法治国"的冲击日益衰落而向一般权力关系靠近，但特别权力人为达到自身存在的目的，在一定范围内有条件地拥有一部分权力是必要的。

在高校与学生之间依学籍管理而展开的法律关系中，高校依法享有自主权，为达到教育教学目的，培养出合格人才，维持正常教学秩序，可以在法律允许的范围内制定自制规章，对学生进行必要的自主性管理，如课程设置、对有碍高校正常秩序的学生进行处分等。对此学生有服从的义务，由于这类义务不是法律为学生设定的，而是由高校的自制规章规定的，所以对学生而言具有不确定性。这与传统意义上的特别权力关系的内容是一致的。高校作为有特定目的的组织，拥有自主管理权是必需的，并在相应的范围内排斥司法审查，高

---

① 马怀德："公务法人及行政诉讼——兼论特别权力关系的救济途径"，1999年行政法年会论文。

校在这种意义上成为特别权力人。当高校处于特别权力人身份时，应注意区别高校拥有的权力与权利的关系。特别权力人的权力是相对学生而言的权力，它不是直接来源于法律，而是由高校的权利派生出来的，是"二级性权力"。高校拥有自主权，是国家赋予的权利而不是权力，高校为实现自身目的拥有优于处于被管理地位的学生的权力是必要的，但应注意处于特别权力支配下的相对人的权利保护。国家承认高校以特别权力人身份管理学生，但这种权力应受国家法律的监督，包括立法性和司法性监督，更主要的是要加强特别权力运用过程中的实体依据是否合法、程序是否正当、合法的监督。高校作为特别权力人主要有自主管理权、制定颁布自制规章权、惩戒权、有限地接受司法审查权等权力；有遵守国家法律、接受国家监督等义务。

4. 民事主体

高校法人地位的确定，使其民事主体地位明晰起来。高教体制改革使高校的自主权逐步增加，高校可以以独立的法人身份参加社会中的各种民事活动，成为独立的民事主体，享有民事权利，承担民事义务。虽然高校的民事活动根据其本身的特殊性——社会公益性和特殊职能——科学研究、培养人才、社会服务而有与其他民事主体不同之处，但从根本上讲，高校的这些活动仍具有民事活动的基本特征，受相应的民事法律规范的调整，处于民事主体地位。高校作为民事主体主要有财产权、债权、知识产权、人身权等权利；有遵守民事法律规范的义务。

以上通过对高校的沿革、中国高校的多元法律关系、多重法律地位的分析，表明高校产生后，便处于特定的时空背景中，与其他各方主体发生法律关系，高校自主权绝非抽象的空中楼阁，而应在社会现实中努力去实现，制定颁布高校自制规章是落实高校自主权的主要方式之一。高校自制规章外在合法性审视表明了高校自制规章的合法性依存于高校的合法性存在，高校自制规章的规制范围取决于高校的法律地位。目前，我国高校在向现代大学制度转轨的过程中，由于法规体系的不健全，高校自制规章还存在一些外在合法性困境。

（四）高校自制规章外在合法性困境

高校自制规章外在合法性取决于高校的合法设置和法律地位，高校作为一种准政府组织，由国家教育行政机关审批设置。在什么地方设立高校、设立什么类型的高校都由国家教育行政机关进行宏观上的规划和布局。对已存在的高校是否需要调整、整顿、停止招生或停办，也由国家教育行政机关检查处理。在高校设置和检查处理过程中存在着是否具有合法性问题，可以从合法律性、合理性、合实效性三个维度对其进行合法性评判。对于高校设置的合理性与合实效性问题，主要根据国家经济建设和社会发展需要、人才需求的科学预测和办学条件的实际可能，① 以及根据学校的人才培养目标、招生及分配面向地区、现有普通高校的分布状况等因素进行评判。② 这种评判与高校自制规章外在合法性关系不大。与高校自制规章外在合法性关系紧密的是高校设置的合法律性问题，实际上，如果高校的设置经过合理性与合实效性评判并依法设立，那么这种合理性与合实效性评判也就融入了合法律性评判之中。因此，本节主要从高校依法设立后所具有的法律地位和职权等方面来探讨高校自制规章外在合法性困境。

1. 高校法律地位不明晰

我国立法对高校法律地位问题规定得不是很明确。我国《教育法》第31条第1款规定，"学校及其他教育机构具备法人条件的，自批准设立或者登记注册之日起取得法人资格"。《高等教育法》第30条第1款又规定，"高等学校自批准设立之日起取得法人资格"。仅此一般规定而已，高校法人的特殊性并无明确的界定。而在此以前，我国一直按《民法通则》的分类方法，把高校归为事业法人的一种。这种对法人的一般规定，不仅难以全面涵盖高校法律地位，而且抹杀了高校法律地位的多重性，难以清晰地界分高校在与多元主体法律关系中所享有的权利和应承担的义务。

2. 高校自主权界分不清

高校的自主权包括两方面：一是对内的自主管理权；二是对外的抵御干扰权。由于高校法律地位不明，造成高校的自主权界定不明确。从外部权力结构而言，矛盾主要集中在学校与中央或地方政府之间、学校与教育行政管理部门之间。具体表现为：中央与地方教育管理权限划分不明，学校与政府之间的关系界定不清，教育行政管理部门与学校的关系缺乏明确法律依据导致学校自主权得不到落实，等等。从内部权力结构而言，矛盾主要集中在学校的决策机制、管理制度不健全，学校内部的权力分配和制衡作用不明显，学术权力与行政权力界限不分明等。

在我国，高校与政府的关系可用"统一领导，分级管理"来概括，国家基于教育主权统一领导全国各级各类高校，具体由教育部负责管理权的行使，地方各级政府及其教育行政部门负责管理相应级别的高校。这种模式是特定历史条件和意识形态综合作用下的产物，已难以适应我国现阶段教育改革和发展的需要，其自身日益暴露出的主要弊端有：第一，教育管理体制僵化，不能灵

---

① 《普通高等学校设置暂行条例》，第4条。
② 《普通高等学校设置暂行条例》，第5条。

敏反映社会对教育发展的需求。第二，高校与管理机关之间隶属关系不明确，高校与教育行政机关是否具有上下级关系不清楚。第三，管理权内容有太强的不确定性，有悖于法治精神。教育行政机关要么什么都管，大包大揽，要么撒手不管，不闻不问。第四，中央与地方权力分配不清，造成教育资源的浪费。① 在这种管理体制下，高校的自主权难以充分地行使，高校自制规章的制定和运用范围不确定。

中国高校的发展与建设在全球化背景下势必要走向世界，融入到世界性的现代大学发展趋势中，成为现代大学的一部分，在制度上与现代大学制度接轨。现代大学的运行以一整套的法律制度和自制规章作为规范保障。现代大学的法律制度和自制规章体现的根本精神是保证学术自由、思想自由；根本目的是保证和调动大学人的积极性和挖掘其潜能，优化资源配置，取得最佳的社会效益和必要的经济效益。在总体上，现代大学制度包括两层含义：一是建立适应时代发展需要的现代大学办学体制，在大学外部明确各级政府、社会各方面与大学的关系；二是形成符合提高办学水平与效益要求的现代大学内部管理机制，在大学内部规范其运行方式和管理制度，明确教师、学生、管理人员之间的相互关系。② 大学制度是大学生存与发展所必须遵循的规范体系，在构成上包括宏观与微观两个层面，宏观的大学制度是指一个国家或地区的高等教育系统，包括大学的管理体系，投资体系和办学体制等，这一般通过国家法律来确立；微观的大学制度是指一所大学内部的组织结构和运行机制，包括组织结构的分层、内部权力体系的构成等，这一般通过高校自制规章来确立。高校自制规章实然存在后，对其本身的合法性考量则属于内在合法性审视。

三、高校自制规章内在合法性

高校自制规章的大量存在，表明高校运行过程中对高校自制规章需求的客观性，以及高校自制规章对高校存在与发展的重要作用。高校自制规章内在合法性审视是将高校自制规章的独立存在作为一个前提和基础，从内在视角审视其合法性问题，包括实体和程序两个方面。高校自制规章实体合法性审视是从高校自制规章所规定的实体内容方面来评判是否存在合法性问题；高校自制规章程序合法性审视既指高校自制规章所规定的程序内容方面是否具备合法性，又指高校自制规章在实际操作过程中的合法性问题。无论是实体还是程序方面，对高校自制规章内在合法性评判都可分为合法律性、合理性和合实效性三

---

① 张驰、韩强：《学校法律治理研究》，上海交通大学出版社 2005 年版，第 11 页。
② 方明、谷成久：《现代大学制度论》，安徽大学出版社 2007 年版，第 140 页。

个维度。

（一）高校自制规章实体合法性困境

高校自制规章实体合法性困境涉及高校自制规章实体方面的具体内容存在合法性缺失问题，对此，可从合法律性、合理性、合实效性三个维度来分别探讨。

1. 实体合法律性缺失

高校自制规章实体合法律性缺失是指高校自制规章规定的实体内容不符合现行法律或国家政策规定的内容，主要指违反法律或政策的强制性规定，与其相抵触、相冲突。《宪法》第 5 条规定："任何组织和个人都不得有超越宪法和法律的特权。"高校作为一类准政府组织，行使管理权时，应不违背现行法律和政策的规定。但许多高校自制规章的规定存在合法律性缺失问题，不同程度地与法律、法规相矛盾、相抵触。

（1）实体合法律性缺失的表现

有的高校自制规章与法律规定相违背，不按法律规定发放学位证。例如，2003 年底武某诉暨南大学一案，武某上学时因在考试中作弊，曾被学校记过处分，第二学年他重考该课程并取得合格成绩，但 2001 年毕业时却只拿到了毕业证而没有学位证，原因是根据该校规定，学生考试作弊就要被取消学位。这与原国家教委制定的《普通高等学校学生管理规定》（1990 年）第 35 条的规定相抵触。即"具有学籍的学生，德、体合格，学完或提前学完教学计划规定的全部课程，考核及格或修满规定的学分，准予毕业，发给毕业证书。本科生按照《中华人民共和国学位条例》规定的条件授予学士学位"，该校自制规章的效力存在疑问。

有的高校自制规章侵犯相对人的财产权。例如，《××大学学生违纪处罚条例附则》中规定："践踏草坪、损坏花木者处以 10 元至 50 元罚款；在学校建筑物的墙壁和桌椅等设施上乱写乱画者，处以 10 元罚款。"这些高校自制规章规定的处罚不同于《中华人民共和国行政处罚法》中的行政处罚。其性质上只能属于一种平等主体之间的契约性关系中的处于优势地位一方为另一方设定的义务。这类单方创设财产性权利和设定财产性义务的高校自制规章的合法律性问题存在争议。

有的高校自制规章侵犯大学生的平等受教育权。如浙江医科大学 1995 年12 月在其管理规则中规定："从 1996 年起该校不招收吸烟学生。"该规定尽管理由充分、愿望良好，但并不合乎法律，因为其实质性内容——不招收吸烟大学生——与我国宪法确定的平等原则相冲突，侵犯了吸烟大学生的平等受教育权。

（2）实体合法律性缺失的效力分析

高校自制规章是否必须与国家制定的法律规范相一致？在国家法律规范未作规定或未作明确规定的情况下，高校自制规章是否可以作补充性规定？对此，有四种基本主张：一是认为高校虽有教育自主权，但其规则不得设定比国家法律规范更严格或更不利于学生的规定或条件；二是认为高校规则若涉及处分，当不得作出比国家法律规范更重的规定，但若是关涉学业方面的要求，当视国家法律规范究系提供全国范围内最高标准还是最低标准而定，如系最高标准，学校不得更增要求，如系最低标准，学校为维护本校的地位和声誉可作出特殊的规定；① 三是借鉴德国特别权力关系修正理论，将在学关系区分为基础关系与管理关系，或重要性关系与非重要性关系，对基础关系或重要性关系要求适用法律保留原则，学校不得自行决定，而对管理关系或非重要性关系，可由学校自主规范；② 四是“学校惩戒规则应否得到司法尊重，可采纳‘两步审查法’：首先，应视其是否属于为了执行国家法律规范中的惩戒规则而制定的并未超出前者所定惩戒对象、情形、种类、幅度的规则；其次，若不是执行性规则，应视其是否在国家法律规范明确或暗示地授权自行制定惩戒规则的范围之内。”③

对于第一种主张，我国宪法中虽然没有明确规定大学自治，但改革开放以来在转变政府职能、扩大高校办学自主权方面逐步推进。由于低位阶的国家法律规范有可能作出过分干预大学自主权的规定，基于高校自主权制定的高校自制规章不必完全服从基本法律以外的国家法律规范。因此，上述第一种主张对于国家的法律规范过于绝对化，没有区分情况看待，对高校自主权重视不足。第二种主张将学业和处分区分对待，也有失偏颇，高校基于学术原因惩戒学生的规定和行为可能会得到司法毫无保留的尊重，有违法治原则。第四种主张是第一种主张的延伸，过分强调国家法律对高校的授权，没有充分看到高校作为一类社会组织本身所固有的权力。笔者赞同第三种主张，虽然有学者曾经从“法律保留原则”在我国大陆实定法上的有限体现、民主代议制的薄弱、教育

---

① 天津市高级人民法院行政审判庭：“关于审理教育行政案件的调查报告”，载中华人民共和国最高人民法院行政审判庭编《行政执法与行政审判》（总第12集），法律出版社2005年版，第136—137页。

② 马怀德：“学校、公务法人与行政诉讼”，载罗豪才《行政法论丛》第3卷，法律出版社2000年版，第430—431页。

③ 沈岿：“析论高校惩戒学生行为的司法审查”，载《华东政法学院学报》2005年第6期，第24—34页。

行政部门于创制规则方面的主导地位等维度，提出该原则至少在目前尚难适用于我国大陆的学校规则，[①] 但高校自制规章与国家法律规范之间的关系，实际上是组织权力与国家权力之间的关系。组织的管理权力实质上来自于组织自身，只不过涉及重要性关系时，不能违背法律，需遵循法律保留原则。因此，高校有按照大学章程制定高校自制规章自主管理的权力，至于目前我国高校自主权没有很好地发挥，法律保留的事项还没有清晰的界分，国家法律对高校自主权干涉过多，这正是我国有关高校立法和改革需要解决的问题，不能因此而否定该主张。

2. 实体合理性缺失

高校自制规章应给学生一个宽松的有助于学生发展自己潜能的规范环境。现代教育理论认为，教育不仅要培养符合社会需要的人才，更要塑造全面发展的具有个性的自由人，培育全面自由发展的人成为高校自制规章的最终价值。秩序是高校自制规章的基础性价值，高校制定自制规章直接目的是为了维护高校教育教学工作持续、快速、健康、稳定地发展，即追求规则的秩序价值。当然，要求绝对的一成不变的秩序会窒息高校的发展，高校追求的秩序价值只有体现自由与秩序的统一，尊重学生的应有权益，才是科学的价值目标。这需要高校自制规章应允许学生行为方式的多样化而不强求整齐划一；应侧重高校内部的磨合、协调，尊重高校成员自身的意愿与选择权利而不是一味地注重外在强制力的作用，从而达到自由与秩序的动态平衡。

目前，高校自制规章在实体合理性方面也有缺失，有的高校自制规章规定的实体内容没有适应高校自身的发展规律，不是以人为本，不符合自由、秩序等价值观念。在当今高等教育资源仍然相对紧缺的情况下，高校自制规章的内容存在着很多权利与义务不对等的现象，可称之为高校中的"霸王条款"。在许多高校的实际行动中，学生依旧被视为教育和管理的对象，是被塑造和被加工的客体，学生的个性自由发展问题还没有提到重要地位。

高校自制规章缺乏合理性比较集中的表现是对大学生婚前性行为以及结婚的种种规定。高校是以青年男女学生为核心组成的，他们的生理、心理等各种内在的因素，以及社会大环境，注定他们与性、爱情、婚姻是不可分离的。而我国各高校大都"谈性色变"，不考虑学生的年龄、心理发展和生理需求等因素，采取鲧治水的方式，制定相应的高校自制规章，禁止异性学生

---

① 沈岿："法治与公立高等学校"，载沈岿《谁还在行使权力》，清华大学出版社 2003 年版，第 105—111 页。

过密交往，用堵的办法来扼制学生一定年龄阶段后"异性相吸、两情相悦"的人类本性。这样的高校自制规章因违背人类本性而不具有合理性。高校应该加强对大学生的性教育，对其性行为进行正确的引导。一味地禁止，犯规就开除学籍，不仅不能从根本上解决问题，处理不好还容易侵犯学生的受教育权、人格尊严权、隐私权等基本权利。加之，大学作为一种教育资源，现已取消年龄限制。高校的规章制度也应与时俱进，充分考虑现实的客观变化，适时地做相应修改。

总之，很多高校自制规章在制定或实施上并没有从学生的角度出发，从人性化的角度出发，往往过分重视秩序和效率，忽视学生的合法权益，忽视人的本性，剥夺学生的自由，造成侵害学生权利的情况发生，进而导致高校自制规章并没有达到其预定的目的，反而适得其反，造成很多矛盾和冲突，使得学生不断因维权而屡屡向母校提出司法挑战。

3. 实体合实效性缺失

虽然高校一般都制定了较详尽完备的教学、科研、学生管理、各机构的职责和运行程序等方面的自制规章，但有些高校实际上的运行并不"按既定方针办"，制定的自制规章，有很大一部分，或是未能有效实行，或是未能较好实行，或是全然未能实行。高校自制规章实体合实效性缺失就是指规章制定后，并没有在高校实际运行中取得相应的效果，没有实现调整高校运行、规范教职工和学生行为的预期目标，主要的表现是缺乏实用性和可操作性，没有取得相应的效益。

比较典型的问题是有的高校自制规章本身不完整、不健全、不严密。一是高校的整个教育过程应该是一个完整的体系，有严密的高校自制规章做支撑，但有很多高校在管理过程中存在着空白点，有些行为无章可循。如对学生退学的时效时间的规定不严密、休学学生的复学时间的规定不具体等。二是一些临时性、应急性的"通知、办法"与高校自制规章并存，朝令夕改难以避免，制度的严肃性、连续性和持久性不能得到有效保证。三是虽然有高校自制规章，但制度本身不够严密，条款之间相互矛盾或在执行过程中掺杂了人为因素的干扰，使得高校自制规章缺乏应有的可操作性和权威性。再就是有些高校自制规章设定标准模糊不清，内容不明确、不具体，高度概括和抽象、过于模糊或过于宽泛。

（二）高校自制规章程序合法性困境

高校自制规章程序合法性困境表现为高校自制规章的程序性规范及操作过程存在的合法性缺失。它包括两个方面：一是高校自制规章条文中规定的程序性内容缺乏合法性；二是高校自制规章的实际操作程序缺乏合法性，也就是在具体制定、运用、修改、废止高校自制规章时表现出来的程序合法性缺失问题。

长期以来，高校在自制规章的"立、改、废"工作中没有建立相应的规范性依据。结果是，高校自制规章的制定没有前期规划，对拟制定的高校自制规章缺少必要性和可行性论证；哪些事项需要由高校制定自制规章，也没有明确的界定，难免会出现超越高校行政管理权限的自制规章；高校自制规章草案的审查机制不健全，草案内容的合法性问题常常被忽视；高校自制规章的公开制度尚未完全建立，"透明度"不够，很多还没有为高校成员了解，仍然处于"内部掌握"状态，等等。高校自制规章程序失范现象的存在，使得高校成员的权利在受到侵犯后无法获得正当的救济，为高校管理在运行中的偶然性、随意性提供了机会，致使高校成员合法的请求权、正当的选择权、合理的知情权等都将难以得到保障和维护，存在程序瑕疵。高校自制规章程序合法性困境也可从合法律性、合理性、合实效性三个维度来分析。

1. 程序合法律性缺失

高校自制规章程序合法律性缺失是指高校自制规章规定的有关程序内容或实际操作程序不符合现行法律或国家政策的规定，与现行法律或国家政策的强制性规定相抵触、相冲突。

从高校现有的自制规章来看，"重实体，轻程序"的倾向非常严重。"程序瑕疵"是高校自制规章反映出来的一个较普遍存在的问题。例如，目前大多数有关学生纪律处分的规章制度中，都没有规定具有符合法治精神的严格程序，诸如被处分人的申诉和举报程序、学生管理部门的调查程序、专门委员会听证并作出处罚建议的程序、处分者的辩解和申诉程序、校长裁决及作出行政决定的程序、具体实施处罚的程序等等。高校不仅在制定自制规章时程序应符合法律的规定，而且行使正当权利也要符合法定程序。但是高校的行政职权长期疏于程序制约。如"田永案"中，学校的退学决定和学籍变更通知没有直接向田永宣布、送达，没有履行必要的、正当的程序。

2. 程序合理性缺失

高校自制规章程序合理性缺失是指高校自制规章规定的有关程序内容或实际操作程序不符合自由、公平、效益等价值目标。

在讲求法治的社会规则运行体系中，"保障'正当程序'（或西方制度中的其他类似制度）的义务不仅要由政府及其官吏来承担。非政府组织，如慈善团体、社团、工会以及公司等，也都制定和执行一些人们生活的规则（它们的规则常被很有特点也很正确地称为'细则'）。它们也需要遵守最低限度的程序规则，尽管这类标准的实施尚须有赖于在特定社会中民间组织所得到的权力与权威"①。这个要求也适用于我国高校，而受重实体、轻程序的中国传统法文化的影响，高校自制规章大量存在程序合理性缺失的问题。

很多高校的自制规章没有正当程序，可能并没有违反法律和国家政策的强制性规定，但却不符合自由公平等原则。如学生在学校中的"机会平等"难以实现，其合法的"请求权"、正当的"选择权"、合理的"知情权"难以得到保障和维护。没有正当程序，不仅难以在管理工作过程中实现公平，而且"事后救济权"也得不到保障，从而也就谈不上对高校成员的公平。

3. 程序合实效性缺失

高校自制规章程序合实效性缺失是指高校自制规章规定的有关程序内容或实际操作程序缺乏实用性，不能取得预期效果。高校自制规章的内容丰富、范围广泛、项目繁多。只有各种类型的高校自制规章之间相互一致、相互协调，才能够充分发挥这些自制规章的应有作用和整体功能，提高高校管理的效率。但是，就目前高校自制规章的现状而言，不少高校的各类自制规章之间往往缺乏必要的统一性。

高校自制规章程序合实效性缺失更多体现在高校各项工作的管理中，表面上看很多高校都对各项管理工作规定了较为严格的程序。例如，有的高校在《课程教学的若干规定》中规定："试题要经教研室主任及院（系、部）主管领导审核后，方可付印。"这一规定可为对教师出题工作很重视，层层把关。但"严格"的层层把关规定中，却渗透着人治的因素，好像级别越高的"领导"越能把好关，往往事无巨细很多工作都须要"领导"来签字审批。结果是"领导"不堪所累，很多签字流于形式，没有任何实效性。本来需要任课教师负责的试题，却要求经过教研室主任及学院主管领导审核签字，程序上过于烦琐，而且由于多层管理，责任不清，如果试题出现了问题，例如泄题，到底是哪一层的责任就难以查清和追究。在制定管理性高校自制规章时，应当尽量采取扁平化方式，减少中间环节。

（三）高校自制规章合法性缺失原因

在当代中国时空背景下，高校自制规章合法性缺失的原因有许多，有传统文化中规则意识缺乏的因素，有高校所处时空背景的因素，有高校领导者和成员的因素，也有高校自制规章本身的因素。

1. 高校自制规章本身缺乏合法性

受制定者的水平、时空背景所限，导致实践中高校制定的自制规章不系

---

① ［美］埃尔曼著，贺卫方、高鸿钧译：《比较法律文化》，清华大学出版社2002年版，第77页。

统、不全面，缺乏配套的实施机制，影响了高校自制规章的实施。

高校自制规章本身合法性缺失的表现大体分为如下种类：①制定的内容不符合高校自身发展规律，不能实行或难以实行；②规定不明确、不具体，缺少针对性和可行性；③规定不严谨、有漏洞、不合法理，经常性地朝令夕改，让高校成员无所适从；④缺乏配套的制约、监督等实施机制，难以保证高校自制规章的有效运行；⑤规范不完整，只有行为模式，没有后果模式，无法兑现这些规范的授权性、鼓励性规定，也无法处罚触犯这些规范的命令性、禁止性规定的行为；⑥有的高校自制规章虽然本身并无毛病，但起草时没有充分考虑实施它们所需具备的人力和物力保障，高校自制规章生效后这种人力、物力保障又未能及时跟上，因而也难以实行；⑦有的高校自制规章执行的过程过于烦琐、不合理，如处理一个文件只需要几分钟，但耽搁在中间环节的时间却能多达几天。

2. 关系网络对高校自制规章合法性的影响

由于高校中的职位和角色是由活生生的人来担任的，因此，尽管高校自制规章明确表达了特定职位和角色的行动规范和准则，却无法规定实践中的特定的关系网络的种类和质量，而不同种类和质量的关系网络会对高校自制规章实际运行产生不同质的影响。在中国关系网络大致有两类，一类是基于出生而获得先赋角色以及由此结成的先赋性关系，如血亲、姻亲等；还有一种是基于求学、当兵、就业而获得的获致角色以及由此结成的获致性关系。高校里的关系网络往往既包括前者、又包括后者。有时高校外部关系网络也影响着高校内部成员的相互关系。高校成员在学校里是同事关系，在学校外边很可能就是一种亲戚（转折亲）关系，就算不是亲戚，经过几十年的经营，也成了相熟的人。这样，高校外的先赋性关系自然就渗透到高校内的获致性关系中了，使后者成了拟先赋性关系，进而影响高校成员的行为。不同的关系网络，决定着高校成员间的亲疏远近，影响着高校自制规章的实效性，使高校自制规章的合法性缺失。

例如，某高校《研究生学籍管理规定》第 10 条第 2 款规定："研究生参加各门课程的学习，应服从教师管理，自觉遵守课堂纪律，不旷课。对于影响授课秩序或长期旷课的学生，授课教师可以依据学校有关规定给予批评教育，直至提出不许参加考核的建议，报研究生院批准。每门课程开课前由授课教师向学生公开说明考核标准、方式及成绩构成情况。"同时，《关于研究生课程教学的若干规定（试行）》第 5 项（一）规定："任课教师应对课程的教学内容和教学过程负责，对研究生要严格要求、严格管理。对旷课达本课程总学时数三分之一以上或缺交本课程作业总量的三分之一以上或未完成规定试验的学生不准参加课程考核，必须重修。任课教师于本门课程考核前一周，将不准参加考核的学生名单通知学生所在院（系、部）教务办公室及研究生院。"这些规定应该说比较详细，具有很强的操作性，但往往缺勤较多的学生都是学校的教职工或职工的子女，常常以工作忙为由不能按要求来上课，很多教师对此也习以为常，有这种关系的学生不来上课也自认为理所应当。在这种情况下，授课教师如果严格按照高校自制规章的规定来做，受到各方面的压力就比较大，常常以变通的方式或者根本不引用这些高校自制规章来规范学生。于是，这类高校自制规章就难以取得实效，合法性受到影响。

3. 社会变迁对高校自制规章合法性的影响

高校作为社会系统中的一个子系统，不可能不受社会大系统变迁的影响，考查影响高校自制规章合法性的因素，还应当将其放在中国社会变迁的大背景下。

中国传统社会是熟人社会，自然经济封闭，个体意识没有充分觉醒、社会组织不发达，一般靠伦理纲常的自然等级来维持乡土秩序，缺乏自制规章生根的沃土。由近代至当代，国际交往日趋频繁，世界经济一体化逐渐加剧，闭关锁国已成为不可能，中国的发展必须融入世界发展的大潮中。因此，市场经济模式成为中国必然的选择，中国开始由自然经济和计划经济向市场经济转型。市场经济的发展，使社会组织不断发展起来，需要明确的自制规章来保障社会秩序和组织秩序。

在中国改革开放进程加速运转的当今时代，社会变迁加剧，伴随建设社会主义法治国家的进程，依法治国、依法治省、依法治乡、依法治校、依法治企等口号不绝于耳，经常可听、可见。治理效果的最突出表现就是社会组织都重视了自制规章的制定，有大量的自制规章出台。

高校也融于依法治理的"浪潮"中，且有上级教育行政部门的要求。教育部于2003年发布的《关于加强依法治校工作的若干意见》指出："实行依法治校，就是要在依法理顺政府与学校的关系、落实学校办学自主权的基础上，完善学校各项民主管理制度，实现学校管理与运行的制度化、规范化、程序化，依法保障学校、举办者、教师、学生的合法权益。"于是高校制定了大量的自制规章，但如同法律一样，高校自制规章并非高校自身演化的结果，缺乏高校成员自觉认同的土壤，如同水中的浮萍，在实际运行中难以发挥预期的保障高校良好运行的作用。由于高校自制规章的合法性时期缩短，对人们的传统生活方式和心理定势必然会造成冲击，高校成员一时难以适应；由于高校自制规章权威性在执行中得不到实现，致使高校成员逐渐不重视遵守高校自制规章。国家法律在中国转型期所发生的"有法不依、执法不严、违法不究"等现象，在高校自制规章身上也有所体现。究其根源，是转型期社会中缺乏法治的文化模式。

（四）法文化模式：高校自制规章合法性的根源

文化是人类为了生存、发展而逐渐形成的一套生活方式。自从有了人类，就有了文化，人类的起源，便是文化的起源。"如果没有人的实现，文化便不会存在，但没有文化，人就一无所有。这两者之间都有互相不能分离的作用。任何从这个整体中分离两个交织部分的企图，都必然是人为的。"① 文化联系着社会生活和社会运行的各个方面。人类社会是一种有机的统一体，广义的文化渗透到人类活动的各领域，人类的行为可以分离，但行为中所蕴涵的深层文化因素却具有脱离行为的一致性，制约着人的具体行为，也就是说人的各种行为受文化模式所支配。

1. 文化模式：社会遗传密码

伴随着近世以来文化哲学研究的兴起，从文化视角来研究人文与社会科学渐盛。在不同学者针对不同学科进行研究的过程中，文化成为了一个多义性的概念。笔者认为，文化是指一个群体或社会所共同具有的价值观和行为模式，包括这些价值观和行为模式在物质实体上的具体化。

正是文化将人与其他物种区别开来，德国哲学人类学家蓝德曼对人与动物在是否专门化（特定化）这一本质差别方面做了精辟的概括，他指出，"不仅猿猴，甚至一般的动物，在一般构造方面也比人更加专门化。动物的器官适应于特殊的生存环境、各种物种的需要，仿佛一把钥匙适用于一把锁，其感觉器官也是如此。这种专门化的结果和范围也是动物的本能，它规定了它在各种环境中的行为。然而人的器官并不指向某一单一活动，而是原始的非专门化（人类的营养特征正是如此，人的牙齿既非食草的，也非食肉的）。因此，人在本能方面是贫乏的，自然并没有规定人该做什么或不该做什么"②。然而，正是由于人先天自然本能方面的缺憾使他能够从自然生存链条中突现出来，用后天的创造来弥补先天的不足。这种补偿人的生物性之不足的活动，就构成了人的文化。因此，文化既超越自然，又补充着人的自然。文化作为人的"第二自然"或"第二本性"所包含的人本规定性使人与动物区别开来，使人不再像动物那样完全凭借本能而自在地生存，而是获得了一个自由和创造性的空间。蓝德曼指出："文化创造比我们迄今所相信的有更加广阔和更加深刻的内

---

① ［德］蓝德曼著，彭富春译：《哲学人类学》，工人出版社 1988 年版，第 210 页。
② 同上书，第 210 页。

涵。人类生活的基础不是自然的安排，而是文化形成的形式和习惯。正如我们历史地探究的，没有自然的人，甚至最早的人也是生存于文化之中。"① 卡西尔在《人论》中，主张从文化，即人自身的活动，而不是某种外在的实体来理解人的本质规定性。他指出："人的突出特征，人与众不同的标志，既不是他的形而上学本性也不是他的物理本性，而是人的劳作（work）。正是这种劳作，正是这种人类活动的体系，规定和划定了'人性'的圆周。语言、神话、宗教、艺术、科学、历史，都是这个圆的组成部分和各个扇面。"②

　　文化与人的存在息息相关，它是历史地凝结成的，在特定时代、特定地域、特定民族或特定人群中占主导地位的生存方式。从揭示人类社会和人类历史的文化内蕴角度来看，文化是以文化模式的方式存在的。"文化模式是特定民族或特定时代人们普遍认同的，由内在的民族精神或时代精神、价值取向、习俗、伦理规范等构成的相对稳定的行为方式，或者说是基本的生存方式或样法。"③ 人创造了文化，文化也塑造了人，人是社会的动物，文化的动物，从生到死，他都处在连续不断的被文化的过程中，文化是人的第二自然。"人和人差异之处并不止体形一方面，一个纯黑种血统的婴孩被带到法国，在那里长大起来，和他在本地长大的同胞双生的兄弟，一定判若两人。他们所得的'社会嗣业'不同，各人学着不同的言语，养成了不同的习惯、思想和信仰，又被组合在不同的社会组织中。"④ 因此，从本质特征上讲，文化是历史地凝结成的稳定的生存方式，其核心是人自觉不自觉地建构起来的人之形象。文化所具有的普遍性和深层次性决定了它对人的各种活动乃至社会运动的深层次的制约作用，文化是人类的"社会遗传密码"，有维持社会历史连续性和发展的作用，对于个体的存在往往具有先在的给定性或强制性。文化像血脉一样，熔铸在总体性文明的各个层面以及人的内在规定性之中，自发地左右着人的各种生存活动。⑤ 文化模式作为一种整体性的文化概括，并非指打上人类烙印的所有物质文化、制度文化和精神文化的总和，也非指其中的某一方面，而是指隐含于整体人类文化中的起主导作用的集体意向。这种集体意向形成一种文化迫力，无形中左右着生活于其中的人们的行为方式，塑造着每个人。"当文化被看做是控制行为的一套符号装置，看做是超越肉体的信息资源时，在人的天生的变化能力和人的实际上的逐步变化之间，文化提供了连接。变成人类就是变

---

① ［德］蓝德曼著，彭富春译：《哲学人类学》，工人出版社 1988 年版，第 260—261 页。

② ［德］卡西尔著，甘阳译：《人论》，上海译文出版社 1985 年版，第 87 页。

③ 衣俊卿：《文化哲学》，云南人民出版社 2001 年版，第 91 页。

④ ［英］马凌诺斯基著，费孝通译：《文化论》，华夏出版社 2002 年版，第 2 页。

⑤ 衣俊卿：《文化哲学》，云南人民出版社 2001 年版，第 10 页。

成个体的人，而我们是在文化模式指导下变成个体的人的；文化模式是历史地创立的有意义的系统，据此我们将形式、秩序、意义、方向赋予我们的生活。"① 正是文化模式所具有的超生理性、超个人性、稳定性和传递性等特性，使得它成为社会发展的隐性决定力量，即使在社会变迁比较快的当今时代，文化模式仍然是新旧时代更替的纽带。当然，文化模式也具有变迁性，只不过移风易俗式地改变文化模式是一个非常困难、缓慢的过程。

2. 高校法文化：高校自制规章的支撑

中外学者探讨法律文化的比较多，刘作翔先生在《法律文化理论》中按国别对美国学者、苏联学者、日本学者、中国学者之于法律文化概念的理解进行了很好的评述，主张从作为方法论意义和作为对象化两个互相联系的角度来认识法律文化。② 基于法律文化像文化一样具有丰富的内涵，难以给"法律文化"确定一个"一维"和"一唯"的界定，因此，刘作翔先生给出了"法律文化"概念本身所包含的多层面的含义："（1）法律文化是人类文化系统中独特的不可缺少的一个组成部分，是社会精神文化的重要构成。（2）法律文化是人类在漫长的文明进步过程中从事法律实践活动所创造的智慧结晶和精神财富，是社会法律现象存在与发展的文化基础。（3）法律文化是由社会的物质生活条件所决定的法律上层建筑的总称，即法律文化是法律意识形态以及与法律意识形态相适应的法律规范、法律制度及法律组织机构和法律设施等的总和。（4）一国的法律文化，表明了法律作为社会调整器发展的程度和状态，表明了社会上人们对法律、法律机构以及行使法律权威的法律职业者等法律现象和法律活动的认识、价值观念、态度、信仰、知识等水平。"③

笔者赞同这种通过揭示内涵的方式从多维视角来界定法律文化概念，同时，将这种方法引申到"法文化"的研究中。法文化是比法律文化范围要广泛得多的概念，将以上对法律文化界定的几方面内涵扩展到包括法律、习俗、自制规章等约束人们行为的外在规则之上，便可理解法文化的内涵。简单地说，法文化是文化的组成部分，是指一个民族在长期的共同生活过程中所认同的、相对稳定的、与外在规则现象有关、蕴涵于整体性文化中的观念、思想和传统学说的总体，并相应地表现为一种普遍、持续和较为稳定的支撑社会规则实际运行的规则思维与规则行为的方式。法文化具有强大的生命力和影响力。制度离不开法文化，最早的制度形式是人类的文化习俗和传统习惯，某种制度

---

① ［美］格尔茨著，韩莉译：《文化的解释》，译林出版社 1999 年版，第 65 页。
② 刘作翔：《法律文化理论》，商务印书馆 1999 年版，第 34—67 页。
③ 同上书，第 81 页。

本质上是某种法文化模式化的结果，制度变迁常常从法文化的变化开始。法文化模式是行为模式的潜在形式，它决定了行为模式的基本走向。高校的亚法文化必然受法文化的制约，法文化既可以促进也可能阻碍高校自制规章的实效，既可以降低也可以增加高校自制规章创新的成本，影响着高校自制规章的合法性。

为什么生活在不同地域的人们，产生了不同的文化和法文化？这与人们起初的文化选择有关。"人类面临许多基本的和共同的问题，但是在不同时期不同地方，人们理解这些问题的立场、对待这些问题的态度和解决这些问题的方式并不相同。这就是所谓文化选择，围绕这一过程，产生了不同的意义世界。"① 而决定人们选择的是人类不同的存在方式所展现的不同实践方式。在实践中，共生了我们所说的文化。"文化是灌注和隐藏于人的现实活动和结果中的普遍而恒定的集体意向。但这集体意向不是某种超绝的先验结构，其基础是人类历史实践，其主体是人，其灵魂是人的自由，其存在形式是符号。"② 不同的实践方式产生了不同的文化模式，人类不同的文化模式塑造了人本身。在中国传统农业文化模式中，各类共同体的血缘性和地缘性决定了人与人之间的关系只能是一种靠血缘亲情和地域等"黏合剂"维系起来的封闭式的小群体，群体内部有着较好的靠伦理、习俗和惯例等法的表现形式维护的乡土秩序，而群体之间联系较少，甚至是"鸡犬相闻，老死不相往来"的情形。由彼此封闭的群体共同组成的"国家"，也只是一种"机械团结"，缺乏有效的整体行动机制，属于马克思所说"亚细亚社会"模式；而现代工业文化模式中的市民社会是由物质利益原则将各个人联系起来的，这种联系，出自个人的内在需要而非是外在的强制，虽然从表面看来好像是"物的"、"机械"的，实则是一种"有机团结"。这实际上就是人们反复引证的马克思所说的"人对人依赖关系"和"以物的依赖性为基础的人的独立性"。与"人对人的依赖关系"相对应的社会治理模式是"人治"，而与"以物的依赖性为基础的人的独立性"相对应的社会治理模式是"法治"。不同的文化模式塑造了不同行为模式的人，强化了其不同的人性本质，而延续着不同文化模式的人，又决定着社会治理模式的差异。

自制规章取得合法性如法律一样，同样需要重视法文化的作用，高校自制规章也不例外。高校自制规章在法文化层面上遭遇到许多挑战。中国几千年传统农业文明中占主导地位的是以"天人合一"和伦理中心主义为本质特征的

---

① 梁治平：《法律的文化解释》（修订本），生活·读书·新知三联书店 1998 年版，第 37 页。
② 刘进田：《文化哲学导论》，法律出版社 1999 年版，第 135 页。

经验主义和自然主义文化，显现出来的生活方式不是法治而是人治占主导地位，其中包含的中国传统法文化不能成为现代法治的根基和支撑，也就难以支撑社会组织中自制规章的良好运行。传统上中国人并不一般地否认规则，只不过，规则在人们的心目中没有至高无上的地位，只是达到某一目的的手段，缺乏崇尚规则的理念，规则如果妨碍了目的的实现，就可能被违反甚至遭到抛弃。这种法文化观很容易导致高校自制规章的滥用和漠视。很多高校自制规章"移植"失败就是移植的高校自制规章与高校原有的法文化相冲突，新高校自制规章难以获得合法性。高校自制规章的创新可以在短时间内完成，但支撑高校自制规章运行的法文化的形成却是一个长期的过程。

四、高校自制规章合法化路径

在当代中国，高校自制规章合法性缺失是一种实然存在，合法性缺失的原因有多方面，法文化模式的缺失是根源。高校自制规章的合法化路径可以包括外在合法化路径和内在合法化路径。根据目前的实际情况看，社会组织在我国和谐社会与法治国家的构建中所起的作用毋庸置疑，社会组织良性运转的前提是自制规章的存在，因此，自制规章外在合法性存在似乎已不是问题，再者，在自制规章合法化过程中，外在与内在、实体与程序，往往交融在一起，难以区分开来。高校自制规章作为社会组织自制规章的组成部分，也属于这种情况。因此，我们将高校自制规章的合法化路径统一起来进行阐述，主要包括高校自制规章合法化措施、高校自制规章合法化应遵循的原则及高校自制规章合法化机制等方面。

（一）高校自制规章合法化的主要措施

高校自制规章怎样才能取得合法性，可以从多方面考虑，归纳起来，主要包括以下六个方面：一是高校主体要素是人，高校自制规章的制定和运行应以人为本，符合人性；二是高校有其自身的发展规律，高校自制规章的制定和运行应契合自身的发展规律；三是摆正高校自制规章与国家法律的关系；四是高校自制规章具体内容的合法化；五是高校自制规章的实现受特定时空背景下所蕴含的法文化制约，应培育相应的法文化；六是注重法人格体的生成，法人格体与法文化在实践中共生。

1. 高校确立以人为本的管理理念

高校制定自制规章源于高校内部管理的需求，管理离不开人，人是管理的核心。西方管理理论的产生和发展源于人们对于自己本性的认识。从"经济人"假设出发，人们总结了古典管理理论，展示了对人的物质欲望的尊重；

从社会人假设出发，人们总结出了行为科学管理理论，人的社会属性得以展现；从复杂理性人假设出发，人们总结出了理性管理理论，人的精神属性得以凸显；从全面发展的人假设出发，我们可以总结出人本管理理论，此时人作为目的是终极价值，人成为有个性的人，人的发展能为个人所驾驭。从"经济人"、"社会人"、"复杂人"到"全面发展的人"，表明人们对人的认识不断深化。①

当今社会全球化的趋势、伦理底线基础上的多元化，以及其他方面的高速和高度发展决定了个人自主性、能动性和创造性的发展，加速了社会对综合素质全面发展的个人的迫切需求，因而产生了"全面发展的人"的假设。

人是有自己独特价值的社会存在，有自己的生命、价值和尊严。在高校自制规章的制定中，不能将制定高校自制规章单纯理解为一个制定制度、完善高校组织结构和提高运转效率的过程，将高校目标赋予至高无上的地位，高校成员则完全处在一种从属的和被支配的地位上。在这种情况下，很容易在高校自制规章制定和运用过程中忽视高校成员的体验与感受，造成管理与改革过程中的官僚作风，使高校成员产生对管理的漠视感、对管理者的不满意感和对自身的失落感，使高校自制规章的实效性降低，合法性缺失。

要改变这种状况，必须转变管理理念。根据高校的现实情况，将对人的关怀整合到高校自制规章的制定和运用中，把制度化管理与人本管理有机结合起来，不再是单纯地"管理人"、"使用人"，而是更多地"引导人"、"发展人"。教育不仅仅是课堂上书本知识的讲授，更主要的是通过高校自身践行营造的文化氛围来耳濡目染高校成员，特别是高校自制规章的制定和运行过程，是培养高校成员规则意识最佳的载体，是孕育法文化模式的最佳方式。因此，高校制定自制规章时，必须要进行充分的调研论证，了解高校成员的需求，尽可能地调动高校成员参与的积极性，有的放矢地选择激励约束手段，制定出符合自身情况的自制规章；另一方面，要在高校自制规章设计中整合各种激励手段，充分发挥物质激励手段和精神激励手段的不同作用，实现对人的全面激励。在高校自制规章的制定和运用中应突显人的主体地位，尊重人的主体价值，将人作为管理的目的而非工具来看待，要谋求高校与个人的协调发展，将个人的充分自由发展作为高校发展的前提和基础，协调好高校目标与个人目标的关系，使高校成员能够自觉地向全面自由发展的人趋近。

---

① 高小玲："从人性假设视角透析管理思想回归的内在历史逻辑"，载《南开管理评论》2005 年第 1 期，第 83—90 页。

2. 契合高校自组织发展规律

高校作为拟制的人，从成立起就与特定的时空背景和高校成员相联系，有其自身的自组织发展规律。"自组织"（Self-organization）指的是无须外界特定指令而能自行组织、自行创生、自行演化，能够自主地从无序走向有序，形成有结构的系统。如一些大学生在一起成立一个社团，自动进行了角色分工，制定了社团章程及其他自制规章，形成一个整体，这个过程就是自组织过程。而同样一群大学生，如果是按学校的要求成立"形式化"的社团，就是一个他组织。每个社会组织在自组织发展过程中，都有其自身的运行规律，高校也不例外。高校自制规章的制定应当契合高校的运行规律。高校自制规章的契合程度直接影响到执行的效果、影响到高校管理的效率。制定高校自制规章时，要遵循事物规律和高校实际，提高高校自制规章的合理性。

为提高高校自制规章的可操作性，往往在高校自制规章中将一些指标量化，量化指标要合理，符合高校的特点和规律。以高校人事分配制度改革为例，在目前高校人事分配制度改革过程中，各个高校都建立了相应的岗位聘任考核制度，尽管各个高校在考核指标的选择上各有侧重，但以公开发表的论文数、课时数、专著数及科研经费等可量化指标作为对教师考核的依据，却是各个高校在制订改革方案时的一个共同点。如果片面地强调这种量化手段甚至将其绝对化，则有违高校管理和教师工作的规律，带来一系列的负面效应。就教学和科研工作而言，高水平的成果往往需要长时间的积累，但现阶段许多高校在人事分配制度改革的方案中都明确规定，要求教师或科研人员在考核期限内必须完成多少教学量、必须在何种级别的刊物上发表多少论文或申请到多少科研经费，等等。这就在某种程度上使得教师和科研人员为积累一定的成果而疲于奔命，从而缺乏必要的思考、积淀及创新的时间，很难创作出高水平的具有影响力的成果。

现代高校的运行已经是一个复杂的自组织系统，如何建立起科学的、规范的、可操作的、行之有效的管理体系，是一个需要不断探讨和摸索的重大课题。

3. 法律底线上的多样化

高校自制规章的内容一般应合乎法律，不违反法律禁止性规定。在此前提下，基于自身的特点可制定不同的高校自制规章，走多样化的竞争式的发展道路，没有必要走趋同的格式化道路。法律底线上的多样化在现实中的表现是非常具体的，例如根据高校的不同法律地位对其高校自制规章进行规范。"在法国、德国，公立高等学校在法律和理论上归属为'公务法人'，其内部组织机构以及学校与学生之间的关系都属于公法性质，在整体上受公法调整。过去，德国把学校与学生之间的关系视为特别权力关系，不受法治原则之约束，学生不能在行政法院那里就学校管理行为提出诉讼，但是，特别权力关系理论目前已经衰微，取而代之的是在法治原则统制之下的一般权利义务关系。"① 法德公立高校的公法地位得以确立，主要依据公法规则行事，只是在某些方面可以依据私法展开活动。美国公立高校由各州政府所设，代表政府为社会提供教育，当然要受到规范政府行为的宪法、行政法上一些规则的特殊约束。我国高校的法律地位问题一直是有争议的，因其职能的多样性有时被认为是授权性行政主体，有时拥有类似于公务法人的地位，有时是民事主体，这种法律地位的多样性对其以不同主体身份制定的高校自制规章的合法性有很大影响。并且，法律的限定是否正当合理，这本身就是一个存在争议的问题。因此，法律底线上的多样化需要各高校在实践中不断探索和展现。

4. 高校自制规章具体内容的合法化

高校自制规章具体内容的合法化主要表现为三方面：

（1）自身力求完善

高校自制规章自身的完善包括形式上的完善和内容上的完善。高校自制规章的制定属于大学自主管理、大学内部行政的一个主要部分，为保障高校自我管理的顺利运行，高校有权在其自主事项范围内制定自制规章。这一点在大陆法系的法国、德国体现得较为明显，大学自制规章在一定程度上独立于议会立法和教育行政机关的法规命令，甚至在某些事项上享有"绝对规范自主权"。② 具体而言，高校自制规章自身的完善包括：设定的权利义务职责条款服务于高校的目的；条文的逻辑结构必须清楚，语言必须明确、具体、规范，尽量避免使用含混不清、模棱两可，容易使人产生歧义的语言文字；不同类型、不同层次的高校自制规章内部应相互配套、相互协调，避免内容矛盾、前后不一、内容规定与程序保障相互脱节等现象的发生；对难以穷尽事项用技术性术语概括规定；明确高校自制规章的效力范围，等等。

（2）注重效益，避免与法律重复

高校自制规章并非多多益善，制定和修改高校自制规章的成本应小于获益。高校自制规章的制定和修改属于制度创新问题，制度创新成本主要包括规划设计的费用、组织实施的费用、清除旧制度的费用、消除变革阻力的费用、制度变革带来的损失以及变革的机会成本等方面。科斯认为制度创新只有在这样两种情况下发生：一种情况是创新改变了潜在利益；另一种情况是

① 沈岿：《谁还在行使权力》，清华大学出版社 2003 年版，第 96 页。
② 董保城：《教育法与学术自由》，台湾月旦出版股份有限公司 1997 年版，第 25—37 页。

创新成本的降低使制度的变迁变得合算。① 高校自制规章的内容没有必要与相关法律重复。有关法律已作明确规定的，该内容没有必要在高校自制规章中再作记载。这主要是为了使高校自制规章和相关法律相互协调，以免高校自制规章记载内容挂一漏万，引起不必要的纠纷，且降低高校自制规章的成本。

（3）内容合法，增强适应性

有些高校制定自制规章时由于不了解或漠视现行的法律法规、政策而致使所制定的某些内容违反法律规定而不具有法律效力。如果高校依据这些自制规章管理教职工和学生而发生争议，高校的行为将很难得到法律支持。高校自制规章的制定和修改应符合其自身发展规律，同时，现实生活复杂多变、现行法律和国家政策不断推陈出新，制订当时合法的内容可能现在已不合法或已经与实际情况不符。因此，高校应当对已有的自制规章进行定期或不定期检查，及时修改、补充相关内容。

5. 培育相应的高校法文化

"徒法不足以自行"，高校自制规章作为一种外在规则，也遵守这一原理。只制定了高校自制规章，而没有相应的法文化土壤，高校自制规章就难以生根发芽，成活于高校的实际运行中，遵守高校自制规章需要有高校法文化，特别是遵守高校自制规章的规则意识相支撑。这种规则意识具有弥散性，同时又是在大文化背景中生成的，因此，高校法文化受中国整体法文化特性的影响，受中国传统文化的制约。

有比较才能更好地鉴别，中国传统法文化的特点只有在与西方法文化传统的比较中才显示得更明显。中西文化传统的不同，决定了中西法文化传统的差异。中国的传统社会主要依"礼"和依"习惯"而治，国家制定的法律与民众的生活经验脱离，法律只是人治的辅助工具。西方有着悠久的法治文化传统，法治思想已经成为西方政治法律文化的核心思想，并与西方社会发展休戚相关。分别支撑人治与法治传统的中西法文化有诸多的差异，主要表现为："权力至上"传统与"规则至上"原则、人治的特殊性等级性精神与法治的普遍性平等性原则、法的工具性取向与人权及自由原则、依附合一与分权制约的司法体制及程序等方面。② 可见，中国传统的法文化难以支撑高校自制规章的

---

① ［美］科斯等著，刘守英等译：《财产权利与制度变迁》，上海三联书店 1991 年版，第 296 页。

② 详见拙文："中西法律文化差异探源"，载《黑龙江省政法管理干部学院学报》2004 年第 3 期，第 97—100 页。

良好运行，需要大力培育相应的高校法文化。

6. 注重高校法人格体的生成

法人格体指的是具有规则至上意识的社会主体，它是以法关系为客观基础，通过规则意识这一中间环节，在社会实践中逐渐生成，并获得相对独立的社会主体，包括自然人和法人。"法人格体"与"法权人格"不同，"法权人格"强调的是一种权利意识，而"法人格体"强调的是具有规则意识的社会主体，这类主体所具有的规则意识不单包括权利意识，也包括义务意识；"法人格体"与"法律人格"也不同，法的范围比法律宽泛得多，指称所有的外在规则。"法人格体"包含了"法权人格"和"法律人格"。

法人格体遇事首先想到的是有什么规则可以处理此事，这里的规则不仅限于法律，可能是遇事双方或多方通过沟通和协调共同确定一些处理此事的规则。法国人托克维尔在描述美国的政治社团时说："美国的居民从小就知道必须依靠自己去克服生活的苦难。他们对社会的主管当局投以不信任和怀疑的眼光，只在迫不得已的时候才向它求援。他们从上小学就开始培养这种习惯。孩子们在学校里游戏时要服从自己制定的规则，处罚由自己制定的犯规行为。这种精神也重现于社会生活的一切行为。假如公路上发生故障，车马行人阻塞不通，附近的人就会自动组织起来研究解决办法。这些临时聚集在一起的人，可以选出一个执行机构，在没有人去向有关主管当局报告事故之前，这个机构就开始排除故障了。假如是事关庆祝活动，则自动组织活动小组，以使节日增辉和活动有条不紊。"① 具有类似于这样一种自主意识、规则意识的社会主体就是我们所说的法人格体。

在人类实践中，社会主体不断地自我觉醒，在平等自由主体的相互交往中，逐渐形成一定的规则意识。具有一定规则意识的社会主体，在现实生活中努力完善自身，加之受法文化的熏陶，不断内化规则意识，使规则意识在社会主体的众多意识中获得至上性，便是法人格体的确立。可见，法人格体不是一个静态的社会主体，而是一个规则意识逐步深化的动态的社会主体，完全拥有规则至上理念的法人格体可能是一种理想化的社会主体，但其可以作为我们法治社会中培育社会主体规则意识的方向和目标。

法人格体作为法治社会必不可缺的社会主体，注重个体与群体的和谐发展，其确立以人的主体性充分觉醒为基础，以维护和促进人的理性自由为意旨，直接体现为人的权利意识、法治观念和社会义务。法人格体的确立与法治社会的生成具有密切的内在关联，从法关系的客观存在到规则意识的不断获得

---

① [法] 托克维尔著，董果良译：《论美国的民主》（上卷），商务印书馆 2004 年版，第 213 页。

再到法人格体的确立，是人类社会演进过程中主体发展所遵循的一个内在逻辑，在本质上这也是人类理性自知的过程。人类实践经验证明法人格体的确立是法治社会生成的重要社会资本，是法治社会生成的关键性基础。中国传统人治文化模式下塑造的社会主体缺乏法人格体，而不属于法人格体的社会主体又难以孕育法治的文化模式，高校法人格体的培育是打破这种二律悖反困境的关键，可以从培育大学生尚法理念中寻求突破口。

我国改革开放以来，法律体系建设取得了显著成效，以宪法为基础和轴心的社会主义法律体系已经初步形成，社会主体的法律意识普遍增强，作为时代骄子的大学生当然已具有了一定的法治观念。但是尚法理念还没有在大学生中普遍地形成。特别是近年来在校大学生触犯规则的事件频发，在一定程度上反映出当代大学生规则意识存在问题，尊法、守法的尚法理念有待进一步地提升。大学生尚法理念的缺失不是单纯的教育体制问题，更主要的是具有中国传统特征的各种文化因素综合作用的结果。中国社会是伦理社会，"权大于法"、"情大于法"的现象较为普遍，在一个重主观轻客观，重特殊轻普遍，重体验轻原则的社会中，现代法治的原则难以在现实社会中得到有效的运行。当代大学生所处的学习生活环境发生了很大的变化，市场经济的冲击，信息时代的巨大影响，来自社会的各种诱惑无处不在，价值多元化，使大学生不可能身居封闭的象牙塔中，而是深受家庭、学校、社会各方面的影响，中国转型期普遍缺失的尚法理念文化背景使大学生缺乏尚法理念成为必然现象。

大学生是文化素质比较高的群体，具有理性、自由、开放、勇于创新、使命感强、善于接受新事物的主体特征，应结合大学生特定的家庭、学校、社会三位一体的文化背景，以对大学生进行尚法理念培育为突破点，充分发掘并发挥其理性认知能力，力争走出"缺乏法文化模式难以塑造具有尚法理念的法人格体，不具有尚法理念的法人格体难以生成法文化模式"的二律悖反的困境。

高校自制规章，特别是有关学生管理的高校自制规章的制定、运用和修订完善是培育大学生法人格体的最佳载体。大学生通过对与自身有关的高校自制规章的制定、遵守和修订完善等实践环节的参与，加之在对中国不实行法治难以和谐发展有充分理性认识的基础上逐渐生成规则意识，并自觉将其内化提升为一种尚法理念，充分发挥大学生的理性自治能力，使尚法理念的培育奠定在日常规则意识的内化之上，培育出法人格体，形成星火燎原之势。

（二）高校自制规章须遵循的具体原则

高校自制规章的合法性除通过以上措施从宏观方面获得以外，在具体制定的过程中，还须要遵循诸多原则，如民主参与原则、正当程序原则、法律保留原则、比例原则，等等。这些原则都是行政法规制定时应遵循的原则，高校作为一类准政府组织，与高校成员形式的关系大多是内部行政关系，高校源于组织属性所具有的管理权也具有类似于行政管理关系的特点。因此，从长期实践中归纳出的行政法的基本原则，对高校自制规章也适用，是高校自制规章须遵循的具体原则。

1. 民主参与原则

高校成员的广泛参与是高校自制规章合法化的重要路径。高校成员不应满足于仅仅作为高校自制规章的规范对象而存在，被动地接受高校自制规章方案，而应习惯于向高校自制规章决策系统表达自己的意愿，具体参与高校自制规章的制定、执行和反馈的全过程，使高校自制规章能够充分反映他们的意愿。要保证高校成员能够广泛参与，首先，必须使高校自制规章的运行过程具有高度的透明性，保证每一位高校成员都有权获得与自己的利益相关的信息。为此，应该通过各种传播媒介将上述信息广为传播，以便高校成员能有效地参与高校自制规章决策过程，并对高校管理过程实施全程监督。其次，要拓宽民意"上传"的渠道。高校已成功地开辟了许多民意渠道，如校长信箱和邮箱、利用现代调查技术、设立校长接待日、引进听证制度等。通过这些面向高校成员的制度设计，既能使高校广泛地了解高校成员的需要，也适当地满足了高校成员的需求，从而化解了一些潜在的冲突。

高校实现民主参与要遵循"权力制衡原则"。因为一旦决策权与制定权集中在一个人或同一个机关之手，自由便不复存在。同时，一个健全的高校自制规章，需要各权力主体之间形成一种相互制衡的治理结构，体现出权力的多中心化理念，不允许不受制约的权力主体存在。高校自制规章的制定，应当平衡各权力主体的利益，尤其应当有高校成员利益代表者的参与，因为高校自制规章基本上是指向高校成员的，代表高校成员利益的自制规章才能得到更好地遵循，取得实效。

为更好地调动高校成员参与自制规章制定、修改运用的积极性，可采取自下而上的高校自制规章创新模式。其基本思路是：高校成员根据自己的生存和发展的客观需要，在已有的高校基本制度架构内，不断创造出一些有用的制度安排。由于这些安排都是高校成员个体根据自己的特殊需要作出的，而高校成员个体在权力与利益上具有多元化特征，甚至是相互冲突的。因此，各种新创制度安排之间必然会发生冲突，这就需要利用高校的力量确立和创造一些中观层次的具体制度和一般规则，来协调这些可能相互冲突的制度安排和博弈规则，使之体系化、形式化和一般化，进而推动高校自制规章的制定和完善。

2. 正当程序原则

正当程序原则源于英国古老的自然正义原则，原意是指行政主体在做出影响相对人权益的行政行为时，必须遵循正当法律程序，包括事先告知相对人，向相对人说明行为的根据和理由，听取相对人的陈述、申辩，事后为相对人提供相应的救济途径，以保证所做出的行为公开、公正、公平。正当程序分为事前程序、事中程序、事后程序。事前程序包括事前通知（公布规则）和告知（对特定高校成员作不利决定之前应书面通知）。事中程序包括说明理由、听取相对人陈述申辩、听证、做出决定。其中听证制度尤为重要。事后程序包括送达、告知相对人救济途径及时效、报主管部门备案等。本报告援引正当程序原则，除上述含义外，还包括高校自制规章的制定、修订和废止程序符合正当程序原则。正当程序原则的运用，不仅有利于高校依自制规章管理，提高管理的效率，而且有利于保障高校成员的权利，也是减少高校诉讼案的一个有效途径；同时，贯彻"正当程序原则"，也是避免"程序失范"的合法性保障。

正当程序已经成为目前学生和高校的教育管理活动中主张权利的一项重要内容。例如，依照我国现行法律的规定，高校在处分学生时，实际上是在行使一项行政性权力，其行使必须遵循正当程序，在作出影响学生权益的处理或处分决定时，应当事先告知当事学生，向当事学生说明理由和依据，听取当事学生的陈述、申辩，或举行听证会，让当事学生参与到处理程序当中来，通过充分的、平等的发言机会，疏导不满与矛盾，避免采取激烈的手段来压制对抗倾向，且参与学生的角色分担具有归责机制，可以强化参与学生服从决定的义务感，提高参与学生对处理或处分决定的接受程度。在法院已受理的高校诉讼案中，"程序瑕疵"是普遍存在的问题。为了避免管理运行的无序性和随意性，在高校管理工作中建立科学、合理、严格、公正的程序机制是极其重要的。没有正当程序，受教育者在学校中合法的"请求权"、"选择权"和"知情权"都难以得到维护，而且"事后救济权"也得不到保障，更谈不上对人的公正。遵循正当程序，对于高校的处分行为而言，高校应建立一个超然于具体管理行为实施者的中立机构，在其主持下，学生或聘请的律师对高校管理实施者所出示的证据进行对质、核实，查清事实，准确适用法律法规或高校自制规章，而且这一过程必须记录在案。在这个过程中，学生和高校的地位平等，高校没有任何优越地位，而且须承担举证责任。

3. 法律保留原则

法律保留原则起源于德国，原指宪法关于公民基本权利的限制等专属立法事项，应保留由立法机关通过法律规定，行政机关不得代为规定，行政机关实施行政行为必须有法律授权。否则，其合法性将受到置疑。① 现代国家在强调议会主权和法律保留原则的同时，也强调社会自治，认为国家权力包括国家立法权不能没有边界，必须保留社会自治组织的自治空间。为此，就出现法律保留原则的适用范围问题，如哪些事项的立法权应保留给国家，哪些事项的立法权限可以交给行政机关和社会组织等。我国对法律保留原则尚没有明确规定。但法律保留制度对完善高校自制规章至关重要，本报告援引"法律保留原则"，主要指对宪法关于公民基本权利的限制等专属立法事项，必须由立法机关通过法律规定，不能采取空白授权的方式，由高校代为规定，否则，其合法性将受到置疑。同时，须要打破全能国家的神话，国家不能直接参与高校自制规章的订立，只能依据法律确立高校制定自制规章的基准，根据公民的基本权利，划定一些专属范围和禁止性区域。高校可以根据法律的规定，制定相应的、更具针对性和操作性的自制规章，以适应高校管理发展的需要。

遗憾的是，我国的《教育法》、《高等教育法》对高校处分规则设定的主体、权限、内容及形式未作明确规定。以学生管理为例，处分规则的设定主体是国务院教育行政部门，设定权限和内容见于原国家教委于 1990 年制定，教育部于 2005 年重新修订的《普通高等学校学生管理规定》，设定形式是部门规章。对此，我们可以借鉴其他国家的做法。德国法学界提出的"重要事项说"认为，就教育领域而言，立法机关应自行作出有关教育领域的重要决定，而不能放任给教育行政机关。对涉及学生基本权利及其父母基本权利问题，立法机关应自己通过立法进行调整。这些"重要问题"包括教育内容、学习目标、专业目录、学校的基本组织结构（学校类型、教育层次、专业设置、父母和学生的参与等）、学生的法律地位（入学、毕业、考试、升级）以及纪律措施等。与学生有关的规范包括四个层次：议会法律、教育行政机关根据议会具体授权制定的法规命令、教育行政机关制定的行政规则、高校自行制定的自治规章（即高校自制规章）。前两个层次规范的是法律保留事项，只是分为绝对保留（议会不得授权）和相对保留（议会可以授权）；后两个层次规范的是无法律保留事项，某些事项不在议会、教育行政机关所规范的范围之内，而属于高校自治（主）权。

目前，我国各高校对学生所作的各种处分，包括剥夺、限制受教育权等基本权利的开除、不予颁发毕业证和学位证的处分权只是由教育部的规章《普通高等学校学生管理规定》设定的，甚至有的惩戒措施是高校自行创设的。

---

① 申素平："法制与学生利益：学校规章制度必须尊重的两维"，载《中国教育报》2003 年 11 月 1 日。

这种状况显然有悖于"法律保留原则"。究其原因,这与传统体制下,我国高校管理工作在价值导向上表现出对于稳定和群体秩序的偏好,而对个体权利和自由重视不够,加之立法工作滞后有关,但深层次的原因则在于传统的"特别权力关系理论"的影响。在其他国家早已开始反思并修正"特别权力关系理论"的今天,我们的法律制度对相关领域的调整仍停留在传统的特别权力关系理论阶段,显然有悖于法治和人权潮流。对高校处分权的设定,鉴于其所涉事项范围甚为广泛,不能一概无视其秩序追求,否认"特别权力关系"的作用,而应借鉴"重要性理论",重视秩序维护和权利保障这两极价值的互补性和统一性。那么,与学生有关的哪些事项当属法律保留范围,哪些又是高校可自行规定的?这关涉秩序与权利范畴的权衡。一般而言,对于退学、开除学籍这种使受教育者丧失受教育机会的事项,对于不予颁发毕业证、不授予学位等严重影响学生权益事项,其基本原则应当由立法机关通过法律来规定,以法律明确规定其事由、范围与效力,高校不得擅自以自制规章为依据实施处分,这是法律保留原则之基本要求。高校若制定比法律规定更严格的标准必须在法律设定的"度"的范围内,超出这个"度",高校自制规章即无效。至于一般纪律处分行为,如警告、记过、留校察看等处分并未改变学生身份,并未剥夺受处分学生经过国家统一考试取得的接受高等教育的资格,属于高校对学生进行正常教育的自主管理行为,则完全应放手各高校根据自身的定位,通过高校自制规章来制定适用情况,形成各高校的特色。

4. 比例原则

所谓比例原则,是指行政机关实施行政行为应兼顾行政目标的实现与保护相对人的权益,如为实现行政目标可能对相对人权益造成不利影响时,应尽可能限制这种不利影响,使两者保持适度的比例。比例原则又包括妥当性原则、必要性原则和相称性原则三个子原则。

比例原则主要适用于行政裁量领域。高校因主要承担教学、研究任务,必然要求营造出一个较为宽松的学术环境,拥有比行政机关更大的自主权,行政裁量权较为宽泛。为了维持管理秩序,应该允许校方对学生的某些权利加以必要的约束和限制,但这种限制必须是维持正常的教学、研究秩序"所必要的,而且是限制程度最小的",即在管理秩序的维持与学生权利的保护两种价值间求取最佳的"平衡点",以达到法律的对称与均衡,即"合比例"。

高校在行使学生管理权对学生作出不利处理或处分时,应当充分考量育人目的与管理手段之间的适度比例,注重保护学生的合法权益,不是为了惩罚而惩罚,而是为了教育人,高校要从帮助和关心学生的角度出发,体现一种人文精神和对学生的人文关怀。如对一名学生的处分,不能仅仅只根据此次所犯的错误，还应考虑到该学生平时在校的表现，以及同学、老师对其的评价。高校实施处分权是管理需要，但管理的目的是为了培养具有创新精神和实践能力的高级专门人才。因此，高校在行使处分权时，应当充分考虑育人目的与管理手段之间的适度比例，不能因小过而重罚，罚过不相当，责过失衡；应当注重保护受教育者的合法权益。

高校在制定自制规章时，除遵守以上具体原则外，还应遵守其他一些原则，如透明原则和无溯及力原则等。透明原则要求高校自制规章要尽可能地使一切高校日常行为都能在公开、公正、透明、监督的环境下进行，具有可预见性。有些高校自制规章不为高校成员所知，这就使高校成员无所遵从。因此，高校自制规章必须要向全体高校成员公示，否则不对高校成员产生效力。高校自制规章无溯及既往效力的原则要求高校无权依照后来制定的高校自制规章，对高校成员在高校自制规章施行以前的行为进行处罚，这样可以避免高校临时设立自制规章，随意处罚高校成员，以保护高校成员的合法权益。

（三）高校自制规章合法化机制

高校自制规章存在合法性缺失的困境。如何摆脱困境，更充分地获得合法性，是需要从宏观到微观、从理论到实践来充分考虑的问题。在对高校自制规章合法化的主要措施中，从宏观上表明了关键的合法化路径是法文化模式和法人格体在实践中共生。同时，从微观上探讨了高校自制规章获得合法性需遵循的具体原则。现在的问题是，面对高校自制规章合法性缺失的状况，应当建立怎样的启动机制？下面主要从外在合法化机制、内在合法化机制和完善相关立法三个方面来探讨。

1. 外在合法化机制

由于我国现行法律对高校的法律地位规定得不明确，高校自主权难以界分，造成了高校自制规章外在合法性的缺失。这个问题应当通过国家立法来解决，通过修订现行法律和颁布制定《大学法》来明确高校的法律地位，分清高校与教育行政部门的职权，界分清楚高校自主（治）权的范围。

（1）国外高校法律地位的立法例

在国外，特别是属大陆法系的一些国家和地区，关于大学的法律地位无论是法律规定，还是理论构建都比较健全，并在不断探索中走向完善。以德国和法国为例。德国的大学具有双重法律地位。《德国大学纲领法》第58条规定："大学为公法社团亦同时为国家设施。"将大学定位为公法社团及国家设施，此种定位也正符合大学的任务性质。大学一方面要完成与学术、研究及教育有关的自治行政，另一方面大学亦受国家之委托而执行国家任务。① 这种法律上对大学地位的明确规定，便于区分大学各种行为性质，对选择适用法律和提供救济划出了明晰的界限，这是值得我们借鉴的。法国把大学定位为"公共机构"，是行政组织的一部分，我国学者把"公共机构"译为"公务法人"。② 法国的高等学校原属于行政公务法人，1968 年 11 月 12 日法律和 1984 年 1 月 26 日法律创设科学文化和职业公务法人，适用于管理高等教育公务的机关，包括大学、高级工科学校、高级师范学校及上述机构的附属机构。③ 我国学者对公务法人的概念及特征作了具体的概括：国家和地方团体认为某种公务的管理需要一定程度的独立性和灵活性，由行政机关直接管理不妥当时，可以把管理公务的机构创设成为一个法人，增加管理机构的自主能力，这种法人称为公务法人。公务法人是近代行政管理的一种法律技术，是公法上的机构，它的设立不受公司法的支配，也不适用民法的规定，而由议会专项立法规定，即由公法性法律规定，公务法人享有较多的公共特权，如享有公用征收、强迫收费、独占等特权，具有独立的法律人格，能够享有权利，承担义务。④

　　（2）我国高等学校法律地位的立法完善

　　我国高等学校虽然在法律上取得了独立的法人资格，但到底从怎样的意义和范围来理解高校法人尚存在一定的问题。我们有必要重新审视《高等教育法》第 30 条的两款规定，多视角界定高校的法律地位。第 1 款："高等学校自批准设立之日起取得法人资格。高等学校的校长为高等学校的法定代表人。"第 2 款："高等学校在民事活动中依法享有民事权利，承担民事责任。"如果仅看第 1 款的规定，似乎可以对其法人资格作广义理解，并在一定意义上与德国的"公法社团"和法国的"公务法人"相类同，把高校理解为具有特殊内涵的法人，但若从第 2 款来理解，只能得出高校法律地位单一性的结论，即只能是具有法人地位的民事主体，只有在民事活动中才享有权利和承担责任。而无论在理论上还是事实上，高校的法律地位都是多重性的，其活动不仅限于民事活动，它的权利义务也不仅限于民事性质的权利义务。高校在以独立法人的身份，自主地管理学校的事务的过程中，不仅对学生进行以学籍为基础的"特殊的行政管理"，而且对教职员工进行类似于内部行政管理的"准内部行政管理"。同时要依据法律、法规授权行使公共性的职权，实施行政行为。

---

　　① 董保城：《教育法与学术自由》，台湾月旦出版股份有限公司 1997 年版，第 148 页。
　　② 我国行政法学家王名扬先生在介绍法国的"公共机构"时，为更形象地阐述其含义及性质而采用"公务法人"一词。
　　③ 王名扬：《法国行政法》，中国政法大学出版社 1988 年版，第 500 页。
　　④ 同上书，第 498 页。

从我国目前的立法看，高等学校多重性法律地位尚未得到确认，与其在社会实际生活中地位存在一定的距离，立法明显滞后于实践。但我国的司法实践已经迈出可喜的一步。如在《田永诉北京科技大学拒绝颁发毕业证、学位证行政诉讼案》的审理中，已明确从行政诉讼角度认定高校与学生之间"不存在平等民事关系，而是特殊的行政管理关系"，"学籍管理也是学校依法对受教育者实施一项特殊的行政管理"。①

高校在实践活动中具有行政相对人、行政主体、特别权力人和民事主体多重身份，在理论上能否归于一个法学范畴，用一个概念界定高校的地位，使它的各种身份都包含在这个概念之中，这是值得研究的。我国有学者已进行有益的探索，建议把我国的学校、科研机构等事业单位定位为"公务法人"。② 鉴于我国立法与大陆法系接近，我国高校属事业法人的一种，具有三个主要特征：一是不得营利，即不能从事经营活动，经费来源于国家或社会，有确定用途；二是设立的依据是组织法和具有公法性质的特别法；三是承担公共职责，这些特征与公务法人的特征具有一致性。因此，有必要将"公务法人"作为一种立法技术手段，将高校法律地位重新定位，把它明确为是公务法人。笔者建议将《高等教育法》第30条作如下修改：第1款，"高等学校是承担教育公共职能追求公共事业的公务法人，自批准设立之日起取得公务法人资格。高等学校的校长为高等学校的法定代表人"。第2款，"高等学校依法享有自主管理权，在法律法规授权范围内管理国家教育行政事务，依法独立享有权利，承担责任"。

（3）制定专门的《大学法》

通过制定《大学法》理顺高校与政府（包括各级政府教育行政部门）的关系，明确各自的职责和权限，清晰高校的办学自主权。在我国，政府兼具举办者和管理者双重身份的矛盾始终未合理解决。问题的症结在于，举办者与高校究竟是何种关系没有理顺，管理者对高校管理权的广度和深度没有界定。这须要在立法中加以解决。在承认高校具有独立法人资格的前提下，举办者——政府和被举办者——高校是两个独立的法人主体，政府投入办学的资产其所有权已经由高校享有。若单纯从财产所有权角度而言，高校与政府之间已无直接牵连。唯有高校终止，经清算程序在清偿所有债务之后，剩余财产才能由其出

---

① "田永诉北京科技大学拒绝颁发毕业证、学位证行政诉讼案"，载《最高人民法院公报》1999年第4期第141—142页。

② 马怀德："公务法人及行政诉讼——兼论特别权力关系的救济途径"，1999年行政法年会论文。

资者（政府）收回。高校与教育行政机关之间只是外部行政管理关系，而不是内部行政管理关系，大学办学行为违反法律或行政法规只能受到行政处罚，而不能受到行政处分。在立法中应明确教育行政机关的管理权范围，主要包括三个方面：一是对高校进行宏观管理与指导；二是为高校提供财政支持；三是对高校的教学质量进行评估和监督。在教育中介组织发达后，可主要由教育中介组织行使第三项职能。明确高校自主权来源于两方面：一是法律授权，例如，《教育法》第 28 条规定了学校及其他教育机构行使的权利；二是高校基于组织特性而生的固有权。

2. 内在合法化机制

我国现行高校行政权力和学术权力的分配不明确，各权力间的制衡作用不突出，政治色彩较浓厚，体制本身还带有明显的计划经济时代的痕迹。高校自制规章的出台缺乏民主程序和科学机制。改变这种状况，需要重构高校内部权力结构。高校维持正常运转不能脱离行政和学术两种基本权力，可采取"校长治校、教授治学"的权力分配机制，具体通过高校自制规章来落实。而制定高校自制规章时，要采取较严格的程序，应先由校长或由具体职能机构向决策机构就制定某高校自制规章作出提议，当然决策机构也可视需要自行提出议案。接着应进入审议程序，在审议过程中应引入听证程序，由决策机构主持，邀请学校各界代表对提议进行论证，充分听取各方意见。听证后由决策机构召开会议对提议进行讨论，甚至辩论。最后由符合章程规定的人数的决策机构成员对高校自制规章提议进行表决。表决结果应经校长签署才能具有效力。在高校自制规章的制定、运用和完善过程中，要建立畅通的渠道，充分调动广大职工参与的积极性，并注意吸收高校管理实践中有效的做法。

当前高校各方面的高校自制规章制定了很多，但总体感觉至少因缺乏实效性而合法性不足。导致这种合法性缺失困境的原因是多方面的，前文已有所阐述，解决的首要和直接机制是高校应重视对大学章程的制定。大学章程如同高校里的"宪法"，是高校自制规章的总纲。现代大学章程主要就是为搞好内部管理，保证完成现代大学所承担的任务而制定的，也是现代大学的举办者和办学者以及管理者必须遵守的规章制度。或者说，现代大学章程，就是学校以条文的形式，对学校的重大问题做出全面规定所形成的规范性文件。

目前，我国大学章程的制定和实施都比较差，还有许多大学没有制定章程。在《高等教育法》颁布以前，大学章程在我国的教育法律体系中的地位不明晰，实际执行起来力度不大，也不被重视。大学章程实质上是大学内部的"小宪法"，具有很强的效力。高校及其成员一定要加强对制定与实施大学章程重要意义的认识，提高制定和实施大学章程的自觉性。

3. 合法性争议解决机制

高校自制规章外在合法性争议实际上是对该高校本身存在合法性问题的争议，包括拟成立的高校是否应当成立和实际存在的高校是否合法等方面的争议，这些争议往往不直接涉及高校自制规章本身的合法性问题。这里所探讨的高校自制规章的合法性争议，主要是指高校自制规章的内在合法性争议，也就是说，将高校依法成立作为一个前提，因高校自制规章规定的内容或运用程序存在合法性问题而引发的争议。由于高校自制规章的内在合法性审视可以有合法律性、合理性、合实效性三个维度，基于不同维度引发的争议解决机制也有所不同。因高校自制规章的合理性、合实效性引发的合法性争议，更多的是高校通过自身评判纠正机制来解决。目前，广为发生的高校自制规章合法性争议主要是高校学生对高校依自制规章进行的惩戒不服而引发的。

解决高校自制规章合法性争议的救济途径可以有多种，最基本的有三个途径：一是高校内调解；二是向教育行政机关申诉；三是寻求司法救济。高校成员与高校因自制规章合法性问题发生争议，在和解不成的情况下，最节约成本的解决方式是由校内的调解委员会进行调解。因此，高校有必要完善内部调解制度。高校的主管机关是教育行政部门。对于高校惩戒不服的，高校成员可以向上级主管部门提出申诉，如《教育法》第 42 条规定了受教育者享有的权利，其中第 4 项规定"对学校给予的处分不服向有关部门提出申诉，对学校、教师侵犯其人身权、财产权等合法权益，提出申诉或者依法提起诉讼"。根据此条规定，高校学生对高校的惩戒不服，可以向上级教育行政主管部门申诉。但司法能否介入及介入的范围却是当代中国法学理论和实务界争议的焦点，下面就以此为例进行说明。

（1）司法介入高校对学生惩戒纠纷的必要性分析

法律的可诉性是现代法治国家中法律的重要特征，对于高校颁布施行的类似于法律的自制规章，可诉性是否仍然适用呢？出于法制统一的目的考虑，我们应当将它们与国家法律一道纳入统一的诉讼机制。因为，在现代法治社会，司法程序是维护社会公平正义的最后一道防线，也是在解决社会冲突中具有终局效力的权威机制。高校自制规章的可司法性也有助于从实际操作层面实现国家法与高校自制规章的互通和统一，有助于社会主义法治国家的建设和完善。有学者归纳了对司法介入高等教育纠纷合理性置疑的理由：一是司法介入高等教育肯定会在一定程度上影响甚至损害高校的办学自主权；二是司法介入高等教育纠纷缺乏法律依据；三是司法介入高等教育纠纷的成本过高；四是高校法律性质不确定，高校与学生、教师之间关系的不确定成为司法审查教育纠纷制度上的障碍；五是司法介入高等教育纠纷解决的度难以把握。①

这些理由都不能成为司法不能介入高校对学生惩戒纠纷的充足理由。高校自主权也是有限度的，不能侵害学生作为公民所享有的基本权利；司法介入该类纠纷缺乏法律依据可以通过修正法律规定来解决；司法介入该类纠纷成本过高更不是什么理由，司法作为最终的审查机制无论解决什么纠纷成本都是最高的，允许司法介入并不等于鼓励司法介入，作为有理性的当事人完全可以通过成本市场计算来决定是否通过诉讼；高校法律性质不确定也是可以通过修改或完善立法来解决的；至于司法介入的度难以把握可以通过法律来规定司法介入的范围和程度。因此，对司法介入持否定态度的理由并不充分，实际上受德国的"特别权力关系"影响所致。高校基于行政主体资格行使的行政权力，须突破特别权力关系的壁垒，遵循"接受司法审查"原则。将依据高校自制规章惩戒学生所引发的争议纳入司法审查范围，要解决好司法介入的程度问题。

（2）司法介入高校对学生惩戒纠纷的程度

并非所有的高校与学生纠纷司法都能介入，这里有一个国家司法干预与高校自主权平衡的问题。原来基于"特别权力关系"理论，司法不能介入该类纠纷。随着时代的发展，形势的变化，大陆法系国家对特别权力关系理论进行了修正，将特别权力关系分为基础关系与管理关系或重要性关系与非重要性关系。无论是基础关系与管理关系还是重要性理论，一个最突出的特点就是引入了"司法审查原则"，高校依照内部规则而对学生的纪律处分，如果涉及人权的重要事项，必须接受司法审查。

为了防止司法可能过分侵入高校自主，充分尊重高校社会行政权的独立性和专业性，司法权力必须首先在平面上区分高校惩戒行为的特点，确定司法审查的范围，然后在立体上把握司法审查的程度。以惩戒对学生权益影响程度为标准，高校惩戒行为分为有重大影响惩戒和一般惩戒。前者主要涉及公民的基本权利或对学生权益有其他重大影响，如退学、开除学籍处分影响学生的受教育权，不予核发毕业证、拒绝授予学位等行为则与学生的就业、社会评价及发展密切相关；后者对学生既受利益的削减或剥夺程度较轻，如重修、留级、警告、记过、记大过、留校察看等处分并未改变学生身份，并未剥夺受处分学生经过国家统一考试取得的接受高等教育的资格。从惩戒所非难或苛责的行为性质以及惩戒标准着眼，高校惩戒行为分为学术惩戒和非学术惩戒。前者主要针对学生未达到学术评判要求的行为，如对课程考试不合格的要求重修、对在规

---

① 详见刘剑文：《高等教育体制改革中的法律问题研究》，北京大学出版社 2005 年版，第 209—210 页。

定学年度未达到学分要求的令其留级、对剽窃他人学术成果的进行纪律处分或不予授予学位决定等；后者主要针对学生损害他人正当权益或违反高校学业纪律或破坏高校和社会公共管理秩序的行为，如对旷课、考试作弊等所作的纪律处分。

就司法审查的广度而言，我们有必要借鉴"特别权力关系"的重要性理论，将高校对学生有重大影响的惩戒行为纳入行政诉讼受案范围，至于一般惩戒行为，属于高校自主管理事项，司法不宜介入。就司法审查强度而言，应根据学术惩戒和非学术惩戒各自的特点区别对待。前者涉及的技术专业知识远比后者更高、更深，对其评判者当为曾在该领域进行过深入研究的专家、学者，作为法律专家的法官实属外行，如果司法对相关事实问题加以干预、判定，不仅不能保障学生的受教育权，反而危害教学、学术的发展，阻碍教育的繁荣。所以一般来说，对学术惩戒，司法审查只能是法律审查，对实质的教学、学术问题应该保持中立。对于此问题，可借鉴美国的做法。传统上，美国司法对高校基于学术原因对学生惩戒持消极不介入的态度，并因"代替父母理论"的盛行而一度强化。但自 20 世纪 60 年代以后，随着对高校基于纪律原因惩戒学生行为司法审查的加强，个别上诉法院也试图改变传统的立场。但是，这一努力最终被联邦最高法院所制止。对学术原因的惩戒，司法仍坚持高度尊重的立场，仅要求高校履行最低程度的正当程序义务，通常只有在其武断、恣意地行使惩戒权时才介入。①

相较而言，非学术惩戒专业化程度远比学术惩戒要低，例如，高校对考试作弊、打架斗殴的学生作出开除、退学的决定，虽然这些事实也涉及教育管理科学的问题，但都是建立在普通人能够理解、分辨的基础上。作为法官，当然有能力对这种涉及专业知识程度不高的事实进行判断。所以，对这类惩戒行为，司法权应适度介入事实问题。

（3）对高校抽象行为的司法审查

司法介入高校对学生的惩戒纠纷，在具体案件的审理中，能够对个案违法行为进行纠正，但对高校作出惩戒的依据——高校自制规章的合法性问题能否进行司法审查，则涉及我国司法能否审查抽象行为的理论问题。

按照我国现行的行政诉讼法的规定，相对人对抽象行为不得提起诉讼，只能通过其他监督途径解决违法实施抽象行为的问题。目前，对抽象行为的监督主要通过以下三种途径解决：一是人大和上级行政机关的监督；二是备案审

---

① 韩兵："高校基于学术原因惩戒学生行为的司法审查——以美国判例为中心的分析"，载《环球法律评论》2007 年第 3 期，第 106—113 页。

查、法规清理监督；三是行政复议中对抽象行为的审查。但是，从实际情况来看，目前这些监督机制很难有效地发挥作用。随着抽象行为的数量逐渐增多，违法实施抽象行为的问题日趋严重。为了有效地监督抽象行为，及时解决抽象行为引发的各类争议，有必要将抽象行为尽快纳入行政诉讼的范围。这既是抽象行为本身性质决定的，也是改变抽象行为违法现状，坚持法治原则，建设社会主义法治国家的需要。司法机关是裁决所有法律争议的国家机关，由于抽象行为同样可能导致争议，所以，法院裁决抽象行为引发的争议是实施司法职能的必然结果，也是解决此类争议的必要途径。

我国高校虽然不具有行政机关的资格，但法律赋予它行使一定的行政管理权，具有行政主体资格。最高人民法院在田永诉北京科技大学拒绝颁发毕业证书、学位证书一案的判决中印证了这一点。"在我国目前的情况下，某些事业单位、社会团体虽然不具有行政机关的资格，但是法律赋予它行使一定的行政管理职权。这些单位、团体与管理相对人之间不存在平等民事关系，而是特殊的行政法律关系。他们之间因管理行为发生争议，不是民事诉讼而是行政诉讼。"①

高校自制规章因其具有针对对象的不特定性、效力的后及性与可反复适用性等典型特征，根据行政法学中关于行政行为分类的一般理论，当然应被归属于抽象行为之列。根据《中华人民共和国行政诉讼法》第 12 条及《最高人民法院关于执行〈中华人民共和国行政诉讼法〉若干问题的解释》第 1 条之规定，高校自制规章作为抽象行为被排除在司法审查范围之外。实践中，即便大学生的基本法律权利受到高校自制规章条款侵犯，亦不能直接以法律为根据向人民法院起诉并请求判决高校自制规章条款违法无效；而只能对以该高校自制规章条款为依据的具体管理行为提起行政诉讼，请求法院判决撤销该行为。但行政诉讼与民事诉讼一样，其判决亦只能应对侵权的表层问题，只具有个案效力，而法院面对违法的高校自制规章条款则无能为力。相应的，部分法治意识不强的高校在日后的管理活动中仍然有可能依据违法的高校自制规章作出侵犯学生权利的行为，这实际上既是司法资源的浪费，又极大地损害了法律的权威与尊严。

因此，在法治社会进程中，对任何一种社会规范形态都应有合法性要求，包括高校自制规章，一旦违背合法性要求，与现行法律相抵触、相冲撞，就要进行司法审查，除了对具体行为作出裁决以外，对于容易再次引发具体行为的

---

① "田永诉北京科技大学拒绝颁发毕业证、学位证行政诉讼案"，载《最高人民法院公报》1999 年第 4 期，第 141—142 页。

抽象行为也应作出一个明确的合法性答复。虽然，这与我国现行的行政诉讼法有关规定不相符，但法律应适合社会发展的实际需要，而不是反之，可以通过修改行政诉讼法及其他相关法律规定来解决这一问题。其实，现在对抽象行为进行司法审查也并非没有法律根据，《中华人民共和国宪法》第5条规定："中华人民共和国实行依法治国，建设社会主义法治国家。国家维护社会主义法制的统一和尊严。一切法律、行政法规和地方性法规都不得同宪法相抵触。一切国家机关和武装力量、各政党和各社会团体、各企业事业组织都必须遵守宪法和法律。一切违反宪法和法律的行为，必须予以追究。任何组织或者个人都不得有超越宪法和法律的特权。"而《中华人民共和国村民委员会组织法》第20条又明确规定："村民自治章程、村规民约以及村民会议或者村民代表讨论决定的事项不得与宪法、法律、法规和国家的政策相抵触，不得有侵犯村民的人身权利、民主权利和合法财产权利的内容。"这里的"自治章程"、"村规民约"就是我们所说的自制规章。在法治国家中，裁判和追究违法的抽象行为和具体行为的最佳和最后的方式就是司法审查，现实社会中高校惩戒学生纠纷的解决困境亦表明需要对高校自制规章进行司法审查。

结论

社会组织的自制规章在社会实践中大量存在，近年来引发的合法性争议时有发生，但并没有引起法学理论界和实务界的足够重视。本报告起初以《当代中国自制规章研究》为题，欲对当代中国语境下社会组织的自制规章作一般性研究，稍后又以《当代中国自制规章合法性研究》为题，欲对自制规章的合法性问题进行一般性研究，但无奈不同社会组织的成立目的、属性、法律地位、自主权限等诸多因素都有很大差异，素材和资料又匮乏，加之个人精力、能力所限，实在难以从整体上对自制规章及其合法性进行系统研究。经过多次研究问题域的转换，最终选取笔者较为熟悉并且近年来纠纷凸显的高校自制规章的合法性问题作为研究对象。

高校自制规章合法性问题包括高校自制规章外在合法性审视和内在合法性审视两个视角，内含合法律性、合理性和合实效性三个评判维度，内在合法性又包括实体合法性与程序合法性两个方面。高校自制规章能够保障高校良性发展和自主权的落实。高校自制规章外在合法性依存于高校的合法设立，受高校与多元主体法律关系和法律地位的制约，存在着高校法律地位不明晰、高校自主权界限不清等困境；高校自制规章内在合法性无论是实体还是程序方面都存在很大的困境；高校自制规章合法性缺失的根源是中国传统文化中缺乏法治文化模式，合法化的关键是培育相应的法文化和注重法人格体的生成；在法治国家中对高校自制规章的合法性争议应建立司法审查机制，包括对高校自制规章这一抽象行为也应进行司法审查，从而纳入国家发展的法治轨道。

由于研究问题域的一再转换，最后对高校自制规章合法性研究在一定程度上也不够全面和深入，这些都是本报告之遗憾，而且对自制规章的系统研究极有价值，本报告却无力为之，只得寄希望于今后的继续研究。

参 考 文 献

一、中文部分

1. 刘作翔：《法律文化理论》，商务印书馆 1999 年版。

2. 刘作翔：《法理学视野中的司法问题》，上海人民出版社 2003 年版。

3. 刘作翔：《法理学》，社会科学文献出版社 2005 年版。

4. 吴玉章：《社会团体的法律问题》，社会科学文献出版社 2004 年版。

5. 衣俊卿：《文化哲学》，云南人民出版社 2001 年版。

6. 鲁篱：《行业协会经济自治权研究》，法律出版社 2003 年版。

7. 赵一红：“村民自治制度实施中的自制规章及其与国家法的关系研究”，国家图书馆学位学术论文收藏中心，2003 年。

8. 刘剑文：《高等教育体制改革中的法律问题研究》，北京大学出版社 2005 年版。

9. 方明、谷成久：《现代大学制度论》，安徽大学出版社 2007 年版。

10. 沈岿：《谁还在行使权力》，清华大学出版社 2003 年版。

11. 陈福胜：《法治：自由与秩序的动态平衡》，法律出版社 2006 年版。

12. 张文显：《二十世纪西方法哲学思潮研究》，法律出版社 1996 年版。

13. 郭为藩：《转变中的大学：传统、议题与前景》，北京大学出版社 2006 年版。

14. 张驰、韩强：《学校法律治理研究》，上海交通大学出版社 2005 年版。

15. 梁治平：《法律的文化解释》（修订本），生活·读书·新知三联书店 1998 年版。

16. 刘进田：《文化哲学导论》，法律出版社 1999 年版。

17. 张维迎：《大学的逻辑》（增订版），北京大学出版社 2005 年版。

18. 汪太贤、艾明：《法治的理念与方略》，中国检察出版社 2001 年版。

19. 董保城：《教育法与学术自由》，台湾月旦出版股份有限公司出版 1997 年版。

20. 王名扬：《法国行政法》，中国政法大学出版社 1988 年版。

21. ［美］亚伯拉罕·费莱克斯著，徐辉等译：《现代大学论》，浙江教育出版社 2001 年版。

22. ［美］詹姆斯·杜德斯达著，刘彤等译：《21 世纪的大学》，北京大学出版社 2005 年版。

23. ［美］霍贝尔著，严存生等译：《原始人的法》，贵州人民出版社 1992 年版。

24. ［美］伯尔曼著、贺卫方等译：《法律与革命——西方法律传统的形成》，中国大百科全书出版社 1993 年版。

25. ［美］昂格尔著，吴玉章、周汉华译：《现代社会中的法律》，中国政法大学出版社 1994 年版。

26. ［美］诺齐克著，何怀宏译：《无政府、国家与乌托邦》，中国社会科学出版社 1991 年版。

27. ［美］博登海默著，邓正来译：《法理学——法律哲学与法律方法》，中国政法大学出版社 1999 年版。

28. ［美］福山著，刘榜离等译：《大分裂——人类本性与社会秩序的重建》，中国社会科学出版社 2002 年版。

29. ［美］埃尔曼著，贺卫方、高鸿钧译：《比较法律文化》，清华大学出版社 2002 年版。

30. ［美］格尔茨著，韩莉译：《文化的解释》，译林出版社 1999 年版。

31. ［美］科斯等著，刘守英等译：《财产权利与制度变迁》，上海三联书店 1991 年版。

32. ［美］庞德著，沈宗灵译：《通过法律的社会控制、法律的任务》，商务印书馆 1984 年版。

33. ［英］米尔恩著，夏勇等译：《人的权利与人的多样性》，中国大百科全书出版社 1995 年版。

34. ［英］马凌诺斯基著，费孝通译：《文化论》，华夏出版社 2002 年版。

35. ［英］哈耶克著，邓正来等译：《法律、立法与自由》，中国大百科全书出版社 2000 年版。

36. ［英］赫尔德著，燕继荣等译：《民主的模式》，中央编译出版社 1998 年版。

37. ［法］卢梭著，何兆武译：《社会契约论》，商务印书馆 1982 年版。

38. ［法］夸克著，佟心平等译：《合法性与政治》，中央编译出版社 2002 年版。

39. ［法］托克维尔著，董果良译：《论美国的民主》，商务印书馆 2004 年版。

40. ［德］黑格尔著，范扬、张企泰译：《法哲学原理》，商务印书馆 1961 年版。

41. ［德］韦伯著，张乃根译：《论经济与社会中的法律》，中国大百科全书出版社 1998 年版。

42. ［德］哈贝马斯著，张博树译：《交往与社会进化》，重庆出版社 1989 年版。

43. ［德］蓝德曼著，彭富春译：《哲学人类学》，工人出版社 1988 年版。

44. ［德］卡西尔著，甘阳译：《人论》，上海译文出版社 1985 年版。

45. ［西班牙］奥尔特·加塞特著，徐小洲、陈军译：《大学的使命》，浙江教育出版社 2001 年版。

46. 梁治平："乡土社会的法律与秩序"，载王铭铭《乡土社会的秩序、公正与权威》，中国政法大学出版社 1997 年版，第 415—487 页。

47. 黎军："行业组织与其成员间关系的研究——从行政法的视角"，载沈岿《谁还在行使权力》，清华大学出版社 2003 年版，第 243—290 页。

48. 胡肖华、徐靖："高校校规的违宪审查问题"，载《法律科学》2005 年第 2 期。

49. 殷啸虎："'高校处分权'及其法律监督——对大学生怀孕被退学案的个案研究"，载《华东政法学院学报》2003 年第 3 期。

50. 王怡："法治与自治：大学理想及其内部裁判权"，http：//www.51zy.cn/.

51. 程燕雷："高校退学权若干问题的法理探讨"，载《法学》2000 年第 4 期，第57—62 页。

52. 沈岿："公立高等学校如何走出法治真空"，载《行政法论丛》（第 5 卷），法律出版社 2002 年版，第 54—104 页。

53. 沈岿："析论高校惩戒学生行为的司法审查"，载《华东政法学院学报》2005 年第 6 期。

54. 沈岿："法治与公立高等学校"，载沈岿《谁还在行使权力》，清华大学出版社 2003 年版，第 71—134 页。

55. 曾献义："高校处分权：在合法与侵权之间"，载《检察日报》2003 年 3 月 3 日。

56. 丁慧、安佳："高校内部规则合法性探究"，载《航海教育研究》2005 年第 1 期，第 18—20 页。

57. 朱永国："高校校规的合法性探析"，载《国家教育行政学院学报》2005 年第 1 期，第 52—54 页。

58. 张学亮："关于高校校规的合法性思考"，载《高教探索》2004 年第 1 期，第 29—31 页。

59. 谢海定："中国民间组织的合法性困境"，载《法学研究》2004 年第 2 期，第17—34 页。

60. 漆多俊："论权力"，载《法学研究》2001 年第 1 期，第 18—32 页。

61. 苏西刚："社团自治权的性质及问题研究"，www.chinalawedu.com.

62. 周川："中国近代大学建制发展分析"，载《北京大学教育评论》2004 年第 3 期，第 87—92 页。

63. "田永诉北京科技大学拒绝颁发毕业证、学位证行政诉讼案"，载《最高人民法院公报》1999 年第 4 期，第 141—142 页。

64. 马怀德："公务法人及行政诉讼——兼论特别权力关系的救济途径"，1999 年行政法年会论文。

65. 马怀德："学校、公务法人与行政诉讼"，载罗豪才《行政法论丛》（第 3 卷），法律出版社 2000 年版，第 422—436 页。

66. 高小玲："从人性假设视角透析管理思想回归的内在历史逻辑"，载《南开管理评论》2005 年第 1 期，第 83—90 页。

67. 吴彤："自组织方法论论纲"，载《系统辩证学学报》2001 年第 2 期，第 4—10 页。

68. 陈福胜："法治的实质：自由与秩序的动态平衡"，载《求是学刊》2004 年第 5

期，第 75—80 页。

69. 申素平："法制与学生利益：学校规章制度必须尊重的两维"，载《中国教育报》2003 年 11 月 1 日。

70. 韩兵："高校基于学术原因惩戒学生行为的司法审查——以美国判例为中心的分析"，载《环球法律评论》2007 年第 3 期，第 106—113 页。

二、外文部分

1. Melvin Richter, *"Toward a Concept of Political Illegitimacy: Bonapartist Dictatorship and Democratic Legitimacy"*, in *Political Theory*, Vol. 10, No. 2. May 1982.

2. M. Weber, *Economy and Society: An Outline Interpretive Sociology*, transl. by E. Fischoffetal. Berkeley: University of California Press, 1978.

· 中国社会科学院法学博士后论丛 ·

民事诉讼证明对象研究

A Study On the Testimony Target in Civil Action

博士后姓名　程春华

流　动　站　中国社会科学院法学研究所

研　究　方　向　民事诉讼法

博士毕业学校、导师　西南政法大学　常怡

博士后合作导师　梁慧星

研究工作起始时间　2005 年 9 月

研究工作期满时间　2007 年 9 月

作 者 简 介

　　程春华，男，1971 年 7 月出生，江西省樟树市人。现任广东省东莞市中级法院审委会委员、研究室主任，副研究员，法学博士（西南政法大学经济法专业），博士后（中国社会科学院法学研究所民商法专业）。东莞市专业技术拔尖人才，兼任西南政法大学硕士生导师、南昌大学立法研究中心研究员、《民事程序法研究》执行主编等职。主要著作有：《破产救济研究》（专著）、《民事证据法专论》（主编）等五部，发表、获奖学术论文 70 余篇，参加国家社科基金重点课题一个、最高法院重点课题一个、司法部课题二个。1994 年南昌大学法律系毕业至今，先后担任东莞市中级法院经济庭书记员、法官、民二庭副庭长、研究室主任、审委会委员。曾连续十年被评为"办案能手"、三次被评为"办案标兵"、记"三等功"两次，并获"全国第一届青年民事诉讼法学优秀科研成果奖"著作类一等奖、全国大学生挑战杯重庆赛区二等奖、东莞市第一届哲学社会科学优秀成果奖（政府奖）著作类一等奖等。

民事诉讼证明对象研究

程春华

内容摘要：鉴于司法实践中，以"证明对象的确定与证明"为裁判中心成为当前民事裁判追求公正与效率的努力方向，而证明对象问题的专门理论研究又非常薄弱，证明对象问题的立法也未被重视，因而选择民事诉讼证明对象作为研究对象有重要的意义。

民事案件的裁判方法除三段论法外，还有证明责任法，应根据案情的复杂和适用法律难易程度来考量运用何种方法裁判案件。简易案件，事实一目了然，法律适用简单，自然运用三段论法，直接作出裁判结果；相反，则宜采用证明责任法裁判案件。另外，涉及请求权竞合或者当事人变更诉讼请求的案件，两者还可能交错运用，而事实真伪不明时，法官裁判案件只能采用证明责任法。

证明对象确定是证明责任法的关键。证明对象确定的具体程序首先是怎样从审判对象中推导出当事人之间假设存在的某种法律关系；之后，从假设存在的某种权利义务法律关系找出调整这种民事法律关系的有关法律、法规；最后，通过法律解释确定法律事实构成要件，排除免予证明的事项即为证明对象。免予证明的事实包括当事人承认的事实、众所周知的事实或显著的事实和自然规律及定理，而生效裁判所预决的事实、推定的事实、公证的事项不属于免证事项。证明对象的范围包括实体法律事实、程序法事实和证据事实等事项，程序法事实、证据事实、实体法事实、法律争点和经验法则五方面为证明对象的内容。

关键词：民事裁判　证明对象　确定

一、导论

（一）实例①

上诉人（原审原告）浙江某造漆厂。

被上诉人（原审被告）黄某。

浙江某造漆厂曾于 2004 年 2 月至 11 月期间向东莞市万江某玩具厂处送货，总值 72452.50 元，退货 3575 元。浙江某造漆厂称实际交易的对方是黄某，黄某租用了东莞市万江某玩具厂一层厂房，黄某已支付其中货款 9649 元，尚欠款 59227.50 元。黄某确认双方在 2003 年之前确有业务往来，并确认送货单上的签收人刘某琳、刘某保于 2003 年 1 月以前是其员工；对浙江某造漆厂提供的录音确认为黄某的声音，但认为内容经过剪接。对是否租用了东莞市万江某玩具厂一层厂房没有否认。另查，黄某开办的东莞市麻涌某塑胶制品购销部曾于 2003 年 11 月向浙江某造漆厂支付货款，黄某又曾以东莞市麻涌某塑胶制品厂名义于 2005 年 1 月 9 日向浙江某造漆厂退货。法院要求黄某本人、刘某琳及刘某保到庭接受调查，黄某本人无正当理由未到庭接受法庭调查，也未通知刘某琳和刘某保到庭。

一审判决要旨：浙江某造漆厂提供的送货单上收货方为某玩具厂，收货人为"刘某琳"、"刘某保"，但浙江某造漆厂没有举证证明黄某是某玩具厂的经营者，也没有举证证明"刘某琳"、"刘某保"是黄某的员工，黄某对此也不予确认。浙江某造漆厂提供的录音资料音质模糊，录音内容难以辨清，法院无法确认其真实性。浙江某造漆厂的证据不足以证明其事实主张，应当由其承担不利后果。对浙江某造漆厂的诉讼请求，法院不予支持。

二审判决要旨：本案上诉人浙江某造漆厂与被上诉人黄某发生了案涉的交易，并交付了货物，黄某应向上诉人浙江某造漆厂支付货款 59227.50 元。理由是：第一，被上诉人黄某确认双方曾存在业务往来，尽管被上诉人黄某否认 2003 年 1 月之后双方继续存在业务往来，但上诉人提供证据证明黄某开办的东莞市麻涌某塑胶制品购销部曾于 2003 年 11 月向浙江某造漆厂支付货款，该证据足以认为被上诉人黄某作虚假陈述。第二，尽管上诉人浙江某造漆厂提供的案涉送货单上注明收货单位是某玩具厂，但签收人为黄某的员工，黄某称刘某琳、刘某保的雇用时间在案涉交易发生之前，但未能提供证据证明刘某琳、刘某保已经解雇，法院对被上诉人该主张不予采信。另外，被上诉人对是否租

---

① 参见广东省东莞市中级人民法院（2006）东中法民二终字第 223 号案的民事判决书。

用了东莞市万江某玩具厂一层厂房没有否认。因此，法院推定上诉人主张黄某租用了东莞市万江某玩具厂一层厂房为事实，实际收货人为被上诉人黄某。第三，被上诉人黄某经营的东莞市麻涌某塑胶制品购销部曾以东莞市麻涌某塑胶制品厂名义于 2005 年 1 月 9 日向浙江某造漆厂退货，时间上紧接案涉送货单的签收日期之后，对此，黄某未能向法院作出合理的解释。第四，被上诉人黄某对浙江某造漆厂提供的录音是确认为黄某的声音，但代理人认为内容经过剪接。法院要求黄某本人、刘某琳及刘某保到庭接受调查，黄某本人无正当理由未到庭，也未通知刘某琳和刘某保到庭。综上所述，法院综合考虑浙江某造漆厂提交的各项证据与黄某的抗辩理由，认为浙江某造漆厂与黄某确存有涉案的合同关系。尽管黄某是以某玩具厂名义收货，但浙江某造漆厂选择向其实际经营者追偿，是对其权利的处分，法院予以支持。黄某曾于 2003 年 11 月向浙江某造漆厂支付货款 64520 元，时间在案涉交易发生之前，且黄某并未以此为抗辩付款的理由，法院对该笔款项不作处理。双方的交易额以送货单（72452.50 元）及退货单（3575 元）总值为准，另外，浙江某造漆厂确认黄某已支付其中的货款 9649 元，根据权利处分原则，法院认定黄某尚欠浙江某造漆厂货款为 59227.50 元。至于逾期利息的计算问题，由于双方均未举证约定付款日期，法院认定双方对付款的履行期限约定不明确，应以浙江某造漆厂主张其权利之日为黄某应付款之日。又由于浙江某造漆厂未有效举证其曾于起诉前向黄某追偿，法院认定浙江某造漆厂向东莞市人民法院提起诉讼之日即 2005 年 10 月 18 日为其主张权利之日。原审判决认定事实有误，适用法律不当，依法予以改判为：限被上诉人黄某于本判决生效之日起五日内向上诉人浙江某造漆厂支付货款 59227.50 元及逾期付款利息（按中国人民银行同期同类贷款利息计算，从 2005 年 10 月 18 日计至付清本息日止）。

（二）一个裁判，两种方法

上述案例是一个很普通的二审民事案件，案情比较复杂。该案的诉讼请求或诉讼标的即被上诉人黄某向上诉人浙江某造漆厂支付货款 59227.50 元及逾期付款利息，根据这个诉讼标的（即诉讼请求）的性质和内容，可以确定上诉人请求的是一个给付之诉，从主张权利的性质来分析，也可以确定原告主张的是合同之债。从裁判结果来看，二审支持了上诉人的诉讼请求，改判了一审的判决，而且一、二审裁判的说理有明显的不同。为什么会有不同的说理并出现不同的裁判结果？笔者认为，二审运用了证明责任裁判思维，确定了案件要件事实的证明责任，并运用了举证责任转移理论，对部分事实的举证责任转移到了被上诉人。而一审尽管在判决书上也出现了证据不足应承担不利后果等字样，但实际运用的是三段论法，即认为上诉人主张小前提的事实不成立，因此，不能适用大前提作出判决。一审裁判的说理法官采取的裁判或论证的思维方法是运用"以法律法规为大前提，具体确定的事实为小前提，来推论法律法规效果的有无为结论的法则，作为法律判断的程式"的三段论法来裁判案件，即从发现事实——寻找法律——形成裁判结果。而二审裁判的说理部分法官采取的裁判或论证的思维方法，实际上隐藏着与三段论法明显不同的裁判方法，法官采取了以证明责任法的思维裁判该案，即从识别诉讼标的——寻找法律——确定具体的事实要件——确定证明对象——证实证明对象——形成裁判结果。详言之，第一，该案二审裁判的说理法官实际上只归纳了两个争议焦点（即双方是否发生合同法律关系和被上诉人是否履行合同交货义务），接着确认这两个争议焦点能够得到证实，之后就直接改判一审裁判结果即支持一审原告的诉讼请求。这实际是一个裁判或论证思维方法的省略形式，把它展开一下，体现出来的裁判思维方法的思维过程是：首先，法官首先要搞清审什么、判什么，即确定判决对象，也就是诉讼标的或诉讼请求的固定，[①] 接着根据上诉人主张的诉讼标的（即诉讼请求）的性质和内容，确定上诉人请求的是一个给付之诉，[②] 并从主张权利的性质来分析，可以确定上诉人主张的是合同之债。接下来，法官思考的是上诉人的诉讼请求即其主张的合同之债应否支持。法官认为首先要假定上诉人主张成立，成立要有理由即上诉人主张要是成立就必须满足一定的条件，否则，自然也就不成立。那么这些条件是什么呢？我们也就要想到找法，看看法律是怎么规定的。法律这么多，同一部法律的条文也是非常多，怎么找？本案根据上诉人主张的权利类别即合同之债，就可以确定本案这种以权利、义务为内容的法律关系就是合同关系，而且是买卖合同关系，这样马上就可以知道涉案需要的法律就是合同法中关于买卖合同的规定，即《合同法》第 107 条规定："当事人一方不履行合同义务或者履行合同义务不符合约定的，应当承担继续履行、采取补救措施或者赔偿损失等违约责任。"第 130 条规定："买卖合同是出卖人转移标的物的所有权于买受人，买受人支付价款的合同。"第 44 条第一款规定："依法成立的合同，自成立时生效。"从这三个条款中我们就可以确定上诉人主张要是成立就必须满足的条件即法律要件具体内容包括：（1）根据第 107 条规定，确定的被告不履行合同义务或者履行合同义务不符合约定的；（2）根据第 130 条的规定，确定买卖合同为同时履行义务的双务合同，出卖人（上诉人）应转移标的物的所有权

---

①　判决对象、诉讼标的与诉讼请求实际为同一内容。

②　根据诉讼标的（即诉讼请求）的性质和内容，可以将诉分为确认之诉、给付之诉和变更之诉。

于买受人（被上诉人）；（3）根据第 44 条第一款规定确定合同是依法成立的。因为第一个条件成立被上诉人没有异议；那么上诉人的主张成立只要满足其他两个条件就可以，即两个证明对象（争议事项或争议焦点）要被证明为事实，同时根据举证责任分配原则，上诉人应对该两项证明对象负证明责任，双方只需要围绕着这两个争议点成立与否举证、质证、辩论，给予证明或反驳。由于能够得到证实，法院支持了一审上诉人的诉讼请求。同时，该案在证明过程中还运用了证明责任法中举证责任转移的理论，确定了四个方面的事实的举证责任转移给被上诉人，即由被上诉人承担举证证明刘某琳、刘某保已经解雇，被上诉人没有租用东莞市万江某玩具厂一层厂房，被上诉人黄某经营的东莞市麻涌某塑胶制品购销部向浙江某造漆厂退货的与涉案没有关系的事实，浙江某造漆厂提供的录音真实性。第三，该案事实实际为真伪不明，案件事实真伪不明时，运用三段论法法官实际无法裁判，因为三段论的小前提要么为真，适用大前提规范，要么为伪，不适用大前提规范。而证明责任法，可以确定证明负担一方当事人承担不利后果，该案证明责任本来为上诉人，后来基于案情关系，举证责任部分转移给被上诉人，被上诉人不能完成证明的任务，因此，最后承担了不利后果。

不难看出，上述实例裁判过程体现的不仅仅是不同的裁判思维方法，所产生的效果也有很大不同。依笔者经验，运用证明责任法至少思维推理更加严谨，论证过程让当事人更加信服，同时，审理具体对象明确、集中，法官与当事人诉讼行动的目标明确，效率更高，这是其一。其二，事实真伪不明时怎么办？即假如本案的事实查不清，法官不得拒绝作出裁判，但用三段论法裁判方法是不能直接作出裁判的。这时，则宜采用证明责任法的思维来裁判案件。第三，当事人主张的事实与法律、法规发生该法律效果的构成要件事实不相符时怎么办？即假如原被告主张、反驳的事实均与上述两方面的事实无关，用三段论法裁判方法是无法避免这个问题的出现，导致事实真伪不明，也是不能直接作出裁判的。这时，也宜采用证明责任法的思维来裁判案件。当然孰是孰非，需要根据案情的复杂程度、适用法律难易程度，以及是否出现事实真伪不明来考量。非常简易案件，事实一目了然，法律适用极其平常简单，自然运用三段论法直接作出裁判结果；相反，则宜采用证明责任法的思维来裁判案件。同样不难看出，采用证明责任法的思维来裁判案件至关重要的是证明对象的确定与证明，即上述实例的争议焦点的确定与证实。简言之，证明责任法裁判思维方法为两大裁判方法中非常重要的一个，证明对象的确定与证明是证明责任法裁判思维方法的中枢灵魂。

二、民事诉讼证明对象之确定

民事裁判过程，不外事实的认定与法律的适用，在法律体系已相当完备、民智大开的今日，[①] 法律知识之具备，原为任用法官之基础条件，而公平适当地适用法律，亦为法官当然的义务。因此，民事诉讼之胜败，取决于法官对事实的认定。换言之，今日国民对法院裁判最大的期待，似集中于正确的事实的认定，但法院所认定的事实，都属于过去的历史事实。既然是过去的历史事实，不但在本质上已具有复制的不可能性，而且在有限的时间及证据资料的条件下，所能发现之事实，仅能达到接近真实的程度。大陆法系国家或地区认定事实有关之证据的取舍及证据的评价，则委由法官的自由心证。就裁决过程中，事实的认定与法律适用的关系而言，法官就当事人所主张之诸多事实，依据法规范予以选择适用，认识当事人的法律关系，同时，亦因当事人的主张，选择适用法规范。就事实与证据间的关系而言，法官依据事实而选择证据，同时，亦因证据而选择事实认识当事人间的事实关系。在如此繁杂的过程中，法官当须列出证明的对象，就各该证明对象于本案诉讼关系，予以评价，次就各个证据方法、证据资料予以评价。[②]

通过上述，我们不难看出，民事裁判过程，除法律适用外，更重要的是事实的认定，而事实认定至关重要的又是以证据来证明事实。正如《最高人民法院关于民事诉讼证据的若干规定》第 2 条第一款规定"当事人对自己提出的诉讼请求所依据的事实或者反驳对方诉讼请求所依据的事实有责任提供证据加以证明"。通过上述，我们同时可以知道，证明的对象事关大局，法官当须列出，并就各证明对象于本案诉讼关系，予以评价。因此，"在一个系统的诉讼体制中，一个具体案件的审理过程大致可分为查清案件事实与适用法律作出裁判两个阶段。在查清案件事实阶段，最重要的诉讼活动是运用证据进行证明，而完成证明任务的前提条件就是确定证明对象"。[③] 另外，"立于法院裁判大前提地位之法规，原属法院应知之事项，但有关特殊之法规，地方之自治法规、习惯，以及外国之法规等，仍有待当事人主张及证明。不论法的解释乃至于事实之认定，常须藉经验法则之辅助始克竟其功。一般日常生活上的经验法则，因为法院所具备，但若属特殊之经验法则，则亦有待当事人主张及证

---

① 当然，我国大陆法律体系还不能称已经完备，至少民法典的制定还没有完成。

② 雷万来：《民事证据法论》，台湾瑞兴图书股份有限公司 1997 年版，第 41—42 页。

③ 程春华：《民事证据法专论》，厦门大学出版社 2001 年版，第 27 页。

明"。①

（一）民事诉讼证明、证明对象与法官释明权

1. 民事诉讼证明

诉讼证明，即发生在诉讼领域的一种特殊活动和思维过程，它的一端是待证事实，另一端是证据事实。② "系指当事人所提出之证据方法，使法院可以完全确信其主张之事实为真实之行为。兹所谓完全确信，乃相对的而非绝对的。"③ 在民事诉讼中，证明是一个重要的理论问题，它具体包括证明的主体、证明对象的确定、证明责任、证据提出与质证、证明标准以及证明过程与方法等证据法学问题。

（1）证明是权利还是义务

证明是权利还是义务？本文认为，证明既是义务也是权利。《民事诉讼法》第 64 条第一、二款规定："当事人对自己提出的主张，有责任提供证据。当事人及其诉讼代理人因客观原因不能自行收集的证据，或者人民法院认为审理案件需要的证据，人民法院应当调查收集"。不难看出，证明主体当事人或法院均有证明的义务，学术界也无多大争议。同时，本文赞同证明也是权利。"以宪法为基础的、对司法保障的请求权在内容上也包含了当事人所享有的下面这种请求权：即要求在法院程序中确定实际的、作为被主张的权利基础的生活事实情况。但是事实的确认需要证据。如果认为当事人对事实确认享有权利，那么同时也必须保障当事人证明这些事实的权利。因此，证明权也属于司法请求权的内容。"④

（2）证明主体的界定

证明主体是指依法承担证明义务，享受证明权利的主体。证明主体是影响证明对象的关键因素，它在一定程度上决定了证明对象的范围，不同的证明主体有着不同的证明对象、证明方法和证明程序。因此，明确证明主体问题是界定证明对象的前提。理论界对于证明主体的范畴有以下几种不同观点：一种认为证明主体仅指当事人，如"证明对象应当由当事人提供证据加以证明"⑤。另一种观点认为证明主体仅指司法人员，"证明对象是指司法机关在办案过程

---

① 雷万来：《民事证据法论》，台湾瑞兴图书股份有限公司 1997 年版，第 29 页。

② 江伟：《证据法学》，法律出版社 1999 年版，第 47 页。

③ 陈计男：《民事诉讼法论》，台湾三民书局 2007 年版，第 460 页。

④ ［德］瓦尔特·哈布沙伊德，维尔茨堡/日内瓦．证明权．米夏埃尔·施蒂尔纳编，赵秀举译：《德国民事诉讼法学文萃》，中国政法大学出版社 2005 年版，第 314—315 页。

⑤ 李浩：《民事举证责任研究》，中国政法大学出版社 1996 年版，第 58 页。

中需要用证据加以证实的一切案件事实"①。还有一种观点认为证明主体包括司法人员和诉讼当事人，如"证明主体……具体包括执法人员，律师和当事人"②。

本文主张，民事诉讼中的证明主体包括了当事人和司法机关。从民事诉讼的性质分析，作为争端的矛盾双方，原被告当事人都必须运用证据武器证明对自己有利的事实以进行攻击和防御。如果不能提出充分有效的证据，就会承担败诉的风险。我国民事审判方式改革就是以强化当事人的举证责任为开端，逐步深化到司法制度的改革。显然，当事人是民事诉讼证明活动中当然的证明主体。其次，司法机关在民事诉讼中主要体现为法院，相对于刑事诉讼中的检察院，法院原则上不主动搜集调查证据，也无须对未经当事人主张的事实进行证明，只是居中裁判。但是，在案件审理过程中，对于当事人主张的事实，法官必须根据双方提供的证据予以审查判断，鉴别真伪，只有在查明案件事实的基础上才能作出裁判。实际上，法官的证明活动，包括庭审中对证据的调查和对事实的判断，判决书中对判决理由的阐释，贯穿了诉讼活动的大部分过程。

2. 民事诉讼证明对象

（1）民事诉讼证明对象的含义

"在我国的诉讼法学界，人们一般都把证明客体与证明对象作为相同的概念来使用。"③ 证明对象，又称待证事实或要证事实，也有的称证明标的，或者证明客体，是指在诉讼中专门机关和当事人等（或称证明主体）必须用证据予以证明或者确认的案件事实及有关的事实。④ 也有称证据标的，⑤ 即"证据标的又称证据之对象，即证据之客体也，某事项须以证据证明其为事实，而使法院得有心证者，该事项即为证据标的。得为证据之标的者，有以下几项：事实；法院应依职权调查之事项；习惯、地方法规、外国法为法院所不知者；

---

　　① 胡锡庆：《诉讼证据学通论》，华东理工大学出版社 1995 年版，第 239 页。

　　② 何家弘：《新编证据法学》，法律出版社 2000 年版，第 278 页。

　　③ 何家弘：《证据法学研究》，中国人民大学出版社 2007 年版，第 111 页；并参见江伟：《证据法学》，法律出版社 1999 年版，第 57 页；卞建林：《刑事证明理论》，中国人民公安大学出版社 2004 年版，第 129 页。

　　④ 刘金友：《证据法学》，中国政法大学出版社 2001 年版，第 244 页。

　　⑤ 还有称"证明责任的对象"和"立证的对象"等诉讼术语。不过陈刚教授所指的"证明责任的对象"包括于"证明对象"之内，是指能够引起证明责任法适用的真伪不明的事实，不包括证据事实和外国法律或地方法规等。（参见陈刚：《证明责任法研究》，中国人民大学出版社 2000 年版，第 65 页；参见［日］中村英郎著，陈刚，林剑锋，郭美松译：《新民事诉讼法讲义》，法律出版社 2001 年版，第 200 页。）

经验法则"①。一般而言，"事实"项成为证明对象须具备三个条件：①该证据对正确处理诉讼具有法律意义；②双方当事人对该事实有争议；③该事实不属于诉讼上免于证明的事实。②证明对象是诉讼证明活动中的首要环节，只有先解决了证明对象的问题，诉讼证明进程才发展到证明责任、证明方法、证明程序、证明标准等问题。证明对象既是证明活动开始的起点，它决定了收集调查证据的范围和方向，也是证明活动的最终目的，即查清案件事实，同时为下一阶段适用法律裁判案件奠定基础。③

（2）民事诉讼证明对象与审理对象、判决对象之区别

一般而言，民事诉讼的审理对象当然是当事人之间发生的纠纷本身。但严格地说来，审理对象是有关纠纷的一定事实关系，即当事人对民事诉讼审理对象的决定可以分为三个层次：第一个层次是对请求的决定，实行的是当事人处分原则；第二个层次是对案件争执焦点的决定，能够作为审理判断对象的只是当事人之间存在实质性对立争议并在法律上具有重要意义的事项，实行的是辩论主义原则；第三个层次是作为审理判断实体对象之一部分的证据，原则上也只能由当事人收集并提出，裁判所一般情况下不应依职权主动进行调查收集。④很显然，这里的第二、三个层次内容与证明对象的部分内容重叠，除此之外，证明对象内容还可以包括习惯、地方法规、外国法为法院所不知者和经验法则。

诉讼标的就是判决对象，是法官按照当事人的意志来确定的。⑤"诉讼对象与判决对象又是对同一问题的两个方面的理解。即诉讼对象是从诉讼制度与诉讼法律关系的角度来谈的，亦即原告主张的，请求法院对其争议的权利或权益进行判决。而判决对象是从审判制度的角度来谈的，即法院或法官针对当事人提出的请求作出判决。"⑥本文认为，仅就审理对象第一个层次来说，可以有限地说审理对象与诉讼对象或判决对象有相同之处，因为第一

①　陈计男：《民事诉讼法论》（上），台湾三民书局 2007 年版，第 463 页。

②　江伟：《民事诉讼法学原理》，中国人民大学出版社 1999 年版，第 484 页。有学者认为，"民事诉讼证明对象，是指民事诉讼过程中对解决纠纷具有法律意义，但当事人对其真实性存在争议，因而需要证实的事项"。这里仅强调了前两个条件，笔者认为不妥。（参见张卫平：《民事证据制度研究》，清华大学出版社 2004 年版，第 113 页。）

③　程春华：《民事证据法专论》，厦门大学出版社 2001 年版，第 27 页。

④　王亚新：《对抗与判定——日本民事诉讼的基本结构》，清华大学出版社 2002 年版，第 40—41 页。

⑤　罗筱琦："民事判决对象的比较分析"，载江伟主编《比较民事诉讼法国际研讨会论文集》，中国政法大学出版社 2004 年版，第 512—513 页。

⑥　同上书，第 513 页。

个层次是对请求的决定即具体诉讼请求确定。但判决对象不能包含审理对象的上述第二、三个层次的内容。当然，诉讼还含有审理和判决两个方面内容，因此，诉讼对象也可以说等同于审判对象，① 从文义上理解，包括审理对象和判决对象，而不能等同于审理对象。但习惯上更多地认为诉讼对象等同于判决对象。

三者的关系的确难以区分，甚至还包括诉讼标的、诉讼请求等在内的相关用语，不同学者的说法也各有不同，要比较清楚地谈清这个问题，也因它们都与证明对象关系密切，本文将在后面章节中从探讨诉讼标的有关理论入手，分别详细析之。

（二）民事案件裁判方法——三段论法与证明责任法

1. 三段论法在民事诉讼中的地位

在法律领域，尽管人们长期以来对三段论推理一直是充满着各种各样的误解，甚至是意见截然相反的误解，但是，"作为一种一般的逻辑形式，三段论推理是唯一在亚里士多德逻辑、② 传统逻辑和现代逻辑中都有的内容。"③ 三段论推理本身的合理价值依然应当予以承认，在法律论证中，形式方法仍然具有无可替代的作用。④

（1）三段论法基本原理

三段论属于演绎推理中性质判断推理的一种，是由三个直言判断组成的演

---

① 有学者解释"审判对象"，即审判行为的目标指向与作用范围。刑事诉讼中的审判对象为控辩双方攻防对抗的标的。（参见谢进杰"审判对象的运行规律"，载《法学研究》2007 年第 4 期，第 96 页。）

② 最重要的亚里士多德式三段论为：如果 A 表述所有的 B 并且 B 表述所有的 C，那么 A 表述所有的 C。（参见［波兰］卢卡西维茨著，李真、李先焜译：《亚里士多德的三段论》，商务印书馆 2004 年版，第 10—11 页。）

③ 王路：《逻辑的观念》，商务印书馆 2000 年版，第 94 页，转引自焦宝乾："三段论推理在法律论证中的作用探讨"，载《法制与社会发展》2007 年第 1 期，第 64 页。

④ 考夫曼认为广义的三段论法就是所有的逻辑推论。逻辑推论包括狭义的三段论法、定言推论、模态推论、假言推论、选言推论和连言推论。定言推论是只由范畴的判断所组成，最简单也是最重要的三段论法；模态推论，是有关主词和谓词关联之种类与方式的推论，它是根据：无疑判断（如德国刑法：X 因为谋杀，必须被判处无期徒刑）、肯定判断（如：X 是一个谋杀者）和存疑判断（如：X 应该是一个谋杀者）；假言推理是一种前提至少包含一个假设判断之推论；选言推理在该推论中，大前提是一种选言语句，区分为：排他性的选言、非排他性的选言；连言推理是指大前提由一个连接的判断所构成的推论。（参见［德］考夫曼著，刘幸义等译：《法律哲学》，法律出版社 2004 年版，第 96—103 页。）

绎推理，① 具体地说，它是借助一个共同的概念把两个直言判断中另外两个概念联结起来，从而推出一个直言判断的推理。三段论所依据的公理是：凡对一类事物有所肯定，则对该事物中的每一个对象也有所肯定；凡对一类事物有所否定，则对该事物中的每一个对象也有所否定。例如：所有 M 都是 P，所有 S 都是 M，所以所有 S 都是 P；所有 M 都不是 P，所有 S 都是 M，所以所有 S 都不是 P。这里的 P 是大项、M 是中项、S 是小项；② 所有 M 都是 P 和所有 M 都不是 P 为大前提，所有 S 都是 M 和所有 S 都是 M 为小前提，而所有 S 都是 P 和所有 S 都不是 P 为结论。三段论三个性质判断均有主项和谓项概念，都是前面的一个概念是主项概念，后面是谓项概念。三段论共有四个格（三段论的格，就是指中项在前提中所处的位置不同而形成的三段论的结构形式），分别为：

第一格为中项在大前提中是主项，在小前提中是谓项，其结构式为：

$$M\text{—}P$$
$$\searrow$$
$$\frac{S\text{—}M}{S\text{—}P}$$

而逻辑要求是：小前提必须是肯定判断，大前提必须是全称判断。

第二格为中项在大、小前提中均是谓项，其结构式为：

$$P\text{—}M$$
$$\searrow$$
$$\frac{S\text{—}M}{S\text{—}P}$$

而逻辑要求是：前提中必须一个是否定判断，大前提必须是全称判断。

第三格为中项在大、小前提中都是主项，其结构式为：

$$M\text{—}P$$
$$\searrow$$
$$\frac{M\text{—}S}{S\text{—}P}$$

---

① 推理既是一种思维活动过程，也表现为一定的判断联结方式，即推理形式，是由一个或几个已知判断，推导出另一个判断的思维形式。而判断是对事物情况有所断定的思维形式，它的表现形式相当于语言中的句子。推理结论是否真实取决于推理的前提真实即判断本身符合客观事物情况和推理的形式正确即具有逻辑性（前提与结论之间联系的必然性）。推理分为演绎推理、归纳推理（包括完全归纳与不完全归纳）、类比推理；演绎推理又分为性质判断推理（包括直接推理与三段论）、复合判断推理（包括联言、选言、假言、二难推理）。

② 也有的称"项"为"词"，即大词、中词、小词。（参见 ［美］鲁格罗·亚狄瑟著，唐欣伟译：《法律的逻辑——法官写给法律人的逻辑指引》，法律出版社 2007 年版，第 64 页。）

而逻辑要求是：小前提必须是肯定判断，结论必须是特称判断。

第四格为中项在大前提中是谓项，在小前提中是主项，其结构式为：

$$P—M$$
$$M—S$$
$$\overline{S—P}$$

而逻辑要求是：如果前提中有一个否定判断，那么大前提必须是全称判断；如果大前提是肯定判断，那么小前提必须是特称判断；如果小前提是肯定判断，那么结论必须是特称判断。

另外由不同类型的性质判断（包括全称肯定判断 A 即所有 S 都是 P，全称否定判断 E 即没有 S 是 P，特称肯定判断 I 即有些 S 是 P，特称否定判断 O 即有些 S 不是 P）组成的不同的三段论的形式即称三段论的式，[①] 共有 19 个有效式。[②]

（2）三段论法在民事诉讼中的运用

下面我们再来分析"以法律法规为大前提，具体确定的事实为小前提，来推论法律法规效果的有无为结论的法则，作为法律判断的程式"这句话。以合同法为例，大前提是法律、法规（逻辑上必须遵循：如果即假定部分—则即处理部分—否则即制裁部分），如果即假定部分是合同成立、生效要件—则即处理部分是指合同成立、生效后双方的权利义务安排—否则即制裁部分是指合同成立、生效要件不具备或合同生效后一方或双方违约应承担的责任；小前提是具体确定的事实即合同成立、生效要件和一方或双方违约，结论是应承担的责任。不难看出这个三段论的结构形式：大前提为所有合同成立、生效要件不具备或合同生效后一方或双方违约均应承担的责任即所有 M 都是 P；小前提为所有具体确定的事实是合同成立、生效要件和一方或双方违约即所有 S 都是 M；结论是应承担的责任即所有 S 都是 P。这个三段论的结构形式只是第一格中的一个式即 AAA 式。这就是运用三段论来推导裁判结果，即以查明的事实，适用法律、法规，推导裁判结果。此外，在确定案件事实运用事实推定中有时同样涉及三段论的推理。如事实的推定，该推定通常也要运用三段论的推

---

① 上述四个结构形式仅仅是定言三段论法的标准形式，组成四种关系即包含关系、没有关系、部分包含、部分不包含。另外，一般习惯语言是简略三段论法，即省略某个前提或结论的正式论证。

② 本来每个格有 64（4X4X4）个式，四个格共可以有 256 个式，但这 256 个式的大多数违反三段论规则，是无效的，还有 5 个弱式，只剩下 19 个有效式。即第一格有：AAA、AII、EAE、EIO；第二格有：AEE、EAE、EIO、AOO；第三格有：AAI、AII、EAO、EIO、IAI、OAO；第四格有：AAI、AEE、EAO、EIO、IAI。

理，即法官在确定事实时，应该斟酌全辩论意旨及调查证据之结果，依自由心证①以判定事实之真伪。这也是我们应该首先肯定司法三段论推理在裁判中的重要性，因此，人们曾经一度将其作为法律适用的最普遍的基石。

（3）三段论法的批判与正名

对三段论法的批判无论是国外还是国内学界，均有很高的浪潮。美国著名法学家霍姆斯提出"法律的生命不在于逻辑，而在于经验"。波斯纳也提及，过分使用三段论恰恰是受到霍姆斯抨击的那种法律形式主义的最根本特点。②荷兰法学家普拉肯称三段论法为"天真的法律推理演绎论"。国内法学界流行对司法三段论的批判的理由也是表现不一。如有学者认为，"那种思维方式似乎不具有多大的亲和力"。③ 又有学者从司法三段论的限度的角度提出以下批评意见：第一，司法三段论不是连接应然与实然的唯一桥梁。"当法律被证明有漏洞处，吾人所当何为？"④ 实际上，法官只服从法律这一假定，其结果与法官判决的虚假的理由毫无二致。⑤ 因此，法官适用法律的步骤，即正义感的产生、等置与涵摄、⑥ 法的续造和得出结论。⑦ 在这种情况下，即从实然中不可能推出应然。第二，司法三段论不是沟通规范与事实或语言与现实的唯一桥梁。司法三段论揭示了从规范到案件事实的司法裁决结构。在这个司法结构中遮蔽了如下问题：规范与其不属于同一范畴的事实或事件能否直接在司法三段论的推理过程中发生联系，同时，作为司法三段论小前提的案件事实究竟是如何被语言陈述的。卡尔·拉伦茨把案件事实区分为"作为事件的案件事实"和"作为陈述的案件事实"，在判决的事实部分出现的"案件事实"是作为陈述的案件事实。⑧ 那么生活事实又如何被陈述出来的？事实必须被纳入语言范

---

① 卞建林主编：《证据法学》，中国政法大学出版社 2000 年版，第 32 页。自由心证制度，是指一切证据证明力的大小以及证据的取舍和运用，法律不预先作出规定，而是由法官根据自己的良心、理性自由判断，并根据其形成的内心确信认定案件事实的一种证据制度。

② ［美］波斯纳著，苏力译：《法理学问题》，中国政法大学出版社 2001 年版，第 50 页。

③ 焦宝乾："三段论推理在法律论证中的作用探讨"，载《法制与社会发展》2007 年版，第 64—65 页。

④ ［德］萨维尼著，许章润译：《论立法与法学的当代使命》，中国法制出版社 2001 年版，第 82、100 页。

⑤ ［德］考夫曼、哈斯墨尔著，郑永流译：《当代法哲学和法律理论导论》，法律出版社 2002 年版，第 184 页。

⑥ 考夫曼把法律规范与事实互相接近的过程叫做"等置"。考夫曼、哈斯墨尔著，郑永流译：《当代法哲学和法律理论导论》，法律出版社 2002 年版，第 169 页。

⑦ 赵仁洋："法官如何思维——建评（2002）湖民初字 432 号判决"，载郑永流主编《法哲学与法社会学论丛》（七），中国政法大学 2005 年版，第 154 页。

⑧ ［德］卡尔·拉伦茨著，陈爱娥译：《法学方法论》，商务印书馆 2003 年版，第 160—163 页。

畴才能步入三段论的推理轨道。事实是无限丰富的，而作为信息载体的语言相对而言却是抽象的和有限的。语言不过是一个描摹无限之现实的有限之符号体系，人们在语言中是按照类比的方法来行事的，① 而不是通过抽象——具体的演绎或归纳的概念方法来连接事实与语言的关系的。从事实到语言的过程中，归纳三段论是不可能完全起到作用的。第三，司法三段论中的规范与裁决之间的关系不仅仅是三段论中的前提与结论之间存在的逻辑推理关系。规范与裁决之间的关系的本质是不同主体和立法与司法之间、客观精神和法律文本与诉讼主体和法官与诉讼参与人之间相互独立的精神沟通关系，而不惟是在终级命题的统摄下形成的逻辑包办关系。从规范到裁决的过程不仅仅属于推理——思维范畴，也属于技术——实践范畴。另外，对司法三段论中的逻辑学批判也有很多声音。②

即使三段论推理经历了诸多的批判，但其存在的合理价值依然被当今不少法学家所承认。"实际上，在有关法律议论的新近文献中，人们所看到的却是三段论的复兴，当然那是按照法律议论的要求改头换面了的三段论。"他还认为："法律家的思考方式以三段论推理为基础，力图通过缜密的思维把规范与事实、特殊与普遍、过去与未来织补得天衣无缝。它要求对决定进行诸如判决理由那样的正当化处理以保证言之有理、持之以据、富于说服力。"③ 尽管三段论的逻辑存在缺陷，但是在法律适用过程中仍然有重大价值和功能，因此在不坚持三段论就是法律适用之全部的前提下，逻辑三段论仍然是法律思维的重要工具。三段论的逻辑形式与私法自治并不存在天然的冲突。④ 只是大多学者提出了司法三段论的重构。⑤

2. 三段论法的补充——证明责任法

笔者并非要站在批判立场的一边，但是，尽管与上述批判的内容不同，笔者仍要质疑的是，用三段论法的上述 AAA 式，正如前文提到的起码有两个问

---

① ［德］考夫曼、哈斯墨尔著，郑永流译：《当代法哲学和法律理论导论》，法律出版社 2002 年版，第 298 页。

② 冯文生：《推理与诠释——民事司法技术范式研究》，法律出版社 2005 年版，第 60—74 页。

③ 季卫东：《法治秩序的构建》，中国政法大学出版社 1999 年版，第 105—106、200 页。

④ 姜强："三段论、私法自治与哲学诠释学——对朱庆育博士的一个反驳"，载《法制与社会发展》2007 年第 3 期，第 78 页。

⑤ 如张其山提出在结构上，司法三段可以重构为：支持规则→附加规则（…）→裁决规则（法律事实）→←案件

题解决不了，一是事实真伪不明时怎么办？① 二是当事人主张的事实与法律、法规发生该法律效果的构成要件事实不相符时怎么办？② 笔者认为，为了解决上述两个问题，法官审判案件的程序应该是：法官应该首先分析原告（包括反诉原告）提出的诉讼标的（诉讼请求），原告的诉讼请求能否得到支持或部分支持，则首先要看原被告之间是否存在某种民事法律关系，之后要找出调整这种民事法律关系的有关法律、法规，再进行法律解释，确定若制裁部分成立就需要满足违反假定部分、处理部分内容或与其不符，即要支持或部分支持原告提出的诉讼请求应确定被告的行为或出现的事件违反假定部分、处理部分内容或与其不符，这里的满足违反假定部分、处理部分内容或与其不符就是所谓的制裁部分或承担民事责任的一般构成要件。接着，排除当事人主张的与案件无关的事实和免于证明的事实、确定证明对象、分配证明责任、举证证明该证明对象能否得到确定。即案件事实是否具备由被告承担民事责任的一般构成要件，如果具备则被告承担责任，不具备则不用承担责任。

从这个程序来看，很显然大前提是制裁部分成立就需要满足违反假定部分、处理部分内容或与其不符，或者说如果违反假定部分、处理部分内容或与其不符就都要受到制裁，即是否支持或部分支持原告提出的诉讼标的应确定被告的行为或出现的事件是否违反假定部分、处理部分内容或与其不符，即 P—M 或 M—P 均可以；小前提是案件事实具备或不具备由被告承担民事责任的一般构成要件，即 S—M；结论是如果具备则被告承担责任，不具备则不用承担责任，即 S—P。这就包括了三段论中的第一、二格。同时也解决了上述两个问题，一是事实真伪不明时，根据分配的证明责任，谁不能完成证明责任谁败诉；二是当事人主张的事实与法律、法规发生该法律效果的构成要件事实不相符时，确定该当事人主张的事实与案件无关，予以排除。

也许有人会认为，上述这个司法推理程式正是三段论在法律论证中发挥作用的场域——事实与规范的互动。"三段论的大前提和小前提往往不表现为既定的因素，而是需要人们去认真探索、发现的。在探索的过程中，法学家们从

---

① "从诉讼证明活动而言，法官对争议事实的认识可能陷入真伪不明的状态，但从审判角度来看，法官仍然需要对争议事实作出最终的判定，这既是审判权运作的本质要求，也是适用实体法律规范明确权利义务关系的前提和基础；证明责任分配规则应该是克服真伪不明的方法。"（参见张永泉："论诉讼上之真伪不明及其克服"，载《人大复印报刊资料——诉讼法、诉讼制度》2005 年第 6 期，第 26 页；原载《法学评论》2005 年第 2 期，第 26—35 页。）

② 当事人主张的事实完全可能与法律、法规发生该法律效果的构成要件事实不相符，但是并不等于法律、法规发生该法律效果的构成要件事实不存在，只是当事人不清楚支持其裁判需要哪些事实，毕竟绝大多数当事人不是法律专家。

事实出发来寻找恰当的规则，然后又回到案件的具体情况中来检验是否一致，在这有时费时颇久的往返运动中，法学家逐步深化着对大前提和小前提的分析，但不能迷失他最终应证明的一致性。"① 因为经典的司法推理（即涵摄②）就是在法律规范所确定的事实要件的大前提下，寻找具体的事实要件这个小前提，最后依三段论得出判决结论的过程。考夫曼将这一思维方式概括为"反面推论"。③

从推理过程看，许多法律规范的大前提的确不能直接适用于具体的生活事实，因此应当将法律要件具体化。同样，如果具体的法律适用过程不从大量事实链条中选出重要事实与法律要件相联系，那么这样的法律适用过程就无太大意义。只有这两点都做到了，才能进行三段论推理，即用生活事实这个小前提去比较法律要件这个大前提，然后得出逻辑结论。因此，本文认为，上述的推理模式不能称为三段论推理，因为在法律规范找到所确定的事实要件之后，寻找具体的事实要件这个小前提，按照证明责任法则（或证明责任分配法则），根据负有对要件事实证明责任的当事人一方是否完成了证明的任务，法官可以直接作出诉讼请求是否支持的裁决。这种寻找具体的事实要件类似于"设证"。④ 经典的司法推理即涵摄也仅仅解决事实与规范之间的互动问题，并没有解决裁判的全部问题或整体问题。因此，本文将上述裁判思维方法称为证明

---

① ［法］雅克·盖斯旦等著，陈鹏、张丽娟、石佳友、杨燕妮、谢汉琪译：《法国民法总论》，法律出版社 2004 年版，第 39 页。

② "涵摄（Subsumtion）是一项谨严、精致、艰难的法学思维过程，一方面须从法律规范去认定事实，一方面亦须从案例事实去探求法律规范，剖析要件，来回穿梭于二者之间，须至完全确信，案例事实完全该当于所有的法律规范要件时，Subsumtion 的工作始告完成，可进而适用法律，以确定当事人间的权利义务关系。"（王泽鉴：《法律思维与民法实例》，中国政法大学出版社 2001 年版，第 207 页。）台湾学者黄茂荣也认为，小前提之确定即法律事实之涵摄于构成要件。其逻辑过程是：（1）被涵摄之构成要件或其延伸，即其构成要件要素，所内含的特征，必须被完全地列举；（2）拟被涵摄之法律事实必须具备系争构成要件及其要素之一切特征；（3）当（1）与（2）皆成立时，始能通过涵摄认定该法律事实为该构成要件所指称的法律事实。（黄茂荣：《法学方法与现代民法》，中国政法大学出版社 2001 年版，第 184 页。）

③ ［德］考夫曼著，刘幸义等译：《法律哲学》，法律出版社 2004 年版，第 106—107 页。

④ 即原因或小前提的获取方法称之为设证，它的操作理念和程序是，"从法律应用的实际经验看，应用这往往是先有初步结论，然后经由大前提去寻找小前提，以获得引起结论的条件，这就是由皮卡尔创立的设证。设证是超越规则的亚推论，它是从结论经由规则亚推论到案件事实，从特殊经由一般到特殊，其过程为结论——大前提——小前提。由于这种亚推论路径是从判决性结论经由大前提到引起判决性结论的原因（小前提），因此也称回溯、溯因"。（郑永流："法律判断大小前提的构建及其方法"，载《法学研究》2006 年第 4 期，第 11 页。）有学者认为，设证（导引）是一个从结论出发的推论。它带有从结论发现法律的味道，因此是有疑问的。（参见［德］考夫曼著，刘幸义等译：《法律哲学》，法律出版社 2004 年版，第 115 页。）

责任法，是三段论法的补充。

法国学者雅克·盖斯旦等已经认识到司法三段论表面上的严谨往往只是一种假象，因为对前提的选择在很大程度上取决于法学家的直觉，这会使结论变得不确定；但又认为除非推理的倒置把三段论压缩为对预定解决方法的定性。① 足见他们将上述裁判思维方法或推理模式称之为推理的倒置，即"上升式"或"逆退式"的三段论。雅克·盖斯旦等指出，为某一观点辩论的律师自然是从期望达到的目标出发；法官自己也是以各方的诉讼请求为出发点，他只需裁决，即在各方的观点之间作出选择。前提从来不能提供绝对的确信性，法官需要从前提出发运用自己的权力来确认某一主张的真实性。在两种可能是合理的解决方案中，法官不会说哪一种在严格意义上讲是正确的，但他会决定哪一种应被视为正确。在实践中，一旦事实得到确证，法律规则的适用通常差不多是自动的，司法三段论也就决定着解决方案。当事实和法律因素不够确定时，法官就常常会从他直觉地认为公平的解决方案出发，只是到了司法决定的形式起草阶段才使用三段论推理，称之为倒置的三段论，"上升式"或"逆退式"的三段论。对上述也存在着一个传统的争议：法官是事先已作出了解决方法，随后才在判决起草阶段用三段论的逻辑形式外衣来证明它呢？还是他作出的决定确实是三段论推理的结果。② 可见该提法存在很大的争议性。

（三）民事诉讼证明对象的确定程序

前文提及人们曾经一度将三段论法作为法律适用的基石，但是，适用三段论法起码有两个问题解决不了，即事实真伪不明时与当事人主张的事实与法律、法规发生该法律效果的构成要件事实不相符时怎么办。而运用证明责任法的关键点就是确定诉讼证明对象。因此，诉讼证明对象将是民事裁判的关键，也是本文最重要的核心内容之一。

1. 诉讼标的理论与诉讼请求

在民事诉讼中，法官面对的首要问题就是审什么、判什么，接着是如何审、如何判的问题，最后才是裁判的结果问题。审什么即审理对象，判什么即判决对象，两者也可以统一称审判对象。如何审、如何判就是裁判程序、方法

---

① ［法］雅克·盖斯旦等著，陈鹏、张丽娟、石佳友、杨燕妮、谢汉琪译：《法国民法总论》，法律出版社2004年版，第38页。

② "在探求的过程中，法学家也经常会从答案出发。这就是推理的倒置。"（同上书，第41页。）

问题，即前文提及的三段论法及其补充与涵摄的运用，关键点又是确定诉讼证明对象及其证明。下面本文就先来讨论审什么、判什么的问题。而探讨这个问题必须从诉讼标的有关理论入手。

"诉讼标的者，原告为确定其私权之请求，或所主张或不认之法律关系是否存在，欲法院对之加以裁判者谓。故诉讼标的之确定，就法院及当事人对诉讼审理判断之对象言，自属必要。"[①] "在给付诉讼，其诉讼标的为得请求被告为特定给付之法律上地位存在之权利主张。在确认之诉，其诉讼标的为原告于应受判决事项之声明所表示一定权利或法律关系存在（或不存在）之权利主张。在形成之诉，其诉讼标的乃原告得依裁判求为形成法律上地位存在之权利主张。"[②] 我国大陆学者张卫平教授则认为，这种在民事诉讼中予以审理和判断的对象就是诉讼标的即诉讼的对象，它是一种针对实体法上的权利主张，是针对对方当事人的权利主张，与诉讼请求不同，诉讼请求只是针对法院的请求，是要求法院裁判的请求。因此，诉讼请求具有两种不同的含义：狭义上的诉讼请求是审判的对象，仅仅指原告向被告主张的法律上的利益，也就是诉讼标的，是针对对方当事人的权利主张；广义上的诉讼请求是向法院提出的，要求法院予以判决的请求。[③] 两者区别是权利主张说与诉之声明说。

在民事诉讼法学发展的一个相当长的历史阶段，诉讼标的被理解为纯粹实体法上的东西，与实体法上的请求权是同一个概念，并没有将实体法上的请求权与诉讼上的请求权加以区别。民法上的请求权是指存在于民事实体法上的请求权，而诉讼上的请求权则属于纯粹的民事诉讼法上的概念，它是指原告向法院提出的诉的声明中请求法院裁判的要求或者原告向被告提出的权利主张。也就是说，诉讼标的是原告个人主观上向被告所主张的权利或者法律关系，在客观上未必已经确实存在。[④] 后来，德国民事诉讼法学者麦耶（Mayer）、尼克旭（Nikisch）、罗森贝克（Rosenberg）等创立诉讼标的新理论，从另一形态将诉讼标的与实体法分离，并成为德国通说，为实务上采用。[⑤]

罗森贝克关于诉讼标的新理论的突出贡献在于给付诉讼上，其主张识别诉

---

① 陈计男："民事诉讼法论"（上），台湾三民书局有限公司 2007 年版，第 463 页。

② 王甲乙、杨建华、郑健才：《民事诉讼法新论》，台湾三民书局有限公司 2006 年版，第 262 页。

③ 张卫平：《程序公正实现中的冲突与衡平——外国民事诉讼研究引论》，成都出版社 1993 年版，第 85 页；张卫平：《诉讼构架与程式——民事诉讼的法理分析》，清华大学出版社 2000 年版，第 208—209 页。

④ 李龙：《民事诉讼标的理论研究》，法律出版社 2003 年版，第 5—6 页。

⑤ 王甲乙、杨建华、郑健才：《民事诉讼法新论》，台湾三民书局有限公司 2006 年版，第 262 页。

讼标的方法或者标准与传统诉讼标的理论不同。① 传统的诉讼标的理论以实体法上请求权为根据；而罗森贝克的诉讼标的理论中，识别标准有两个，即事实和诉的声明。按照罗森贝克的诉讼标的理论提供的识别方法和标准，在实体请求权发生竞合时，② 如果诉的事实和诉的声明合并构成一个诉讼标的的，不管实体法上存在多少个请求权，都不发生多个诉讼标的的问题。但是，如果数个请求权的发生是基于数个不同的事实理由时，是否仍然构成数个诉讼标的呢？特别是在同一给付目的，而有着不同事实理由时，诉讼标的仍以诉的事实加以识别的话，必将重蹈传统诉讼标的理论的覆辙。例如，在原告以买卖原因关系和以票款关系同时向被告主张给付价金时，按罗森贝克的诉讼标的理论，必然构成两个诉讼标的，因为买卖关系和签发票据的事实各自成为不同的事实理由；然而，此诉却完全是同一给付。③ 因此，其学生施瓦布教授与伯特赫尔倡导的声明说，就是对罗氏的诉讼标的理论的修正和完善。以离婚的事实原因不能成为诉讼标的的要素为例，应该将事实理由从识别标准中剔除，只保留诉的声明说。该说认为，诉讼标的与诉的声明或原告起诉的目的密切相关，在以同一给付为目的的请求时，即使存在着若干不同的事实理由，仍只有一个诉讼标的，这个诉讼标的就是诉的声明中向法院提出的要求法院加以裁判的请求。该说后来也得到罗森贝克的赞同。④

① 也有学者认为是由尼克旭与罗森贝克共同首创的。罗森贝克，德国著名民事诉讼法学家，也可以说是德国历史上最杰出的民事诉讼法学家。主要著作有《证明责任论》、与其学生施瓦布教授的合著《民事诉讼法教程》。

② 请求权竞合又称为请求权并存，是指造成一项侵害后果的一项民事违法行为同时符合不同民事责任的构成要件，受害人依法享有两种或两种以上的诉讼请求权的情况；相竞合的请求权之一实现后，其他请求权也就归于消灭。如我国《合同法》第122条规定：因当事人一方的违约行为，侵害对方人身、财产权益的，受损害方有权选择依照本法要求其承担违约责任或者依照其他法律要求其承担侵权责任。还有如返还物的诉讼中（包括钱和其他物），对可能基于所有权关系和借贷关系两个不同法律性质的法律关系，只能确认为同一诉讼标的。

③ 针对这个问题，也有学者持不同看法，认为原告以买卖原因关系和以票款关系同时向被告主张给付价金时不构成重复诉讼，只是只能支持一个请求，在一各诉讼中同时主张也只能支持一个请求，但与一般意义上的请求权竞合是不同的，并不构成诉的合并。因为两个请求均应视为原告攻击防御的手段，买卖关系和签发票据的事实均可以独立地支持原告的诉的声明。（段厚省：《请求权竞合与诉讼标的研究》，吉林人民出版社2004年版，第284—285页。）

④ 张卫平：《诉讼构架与程式——民事诉讼的法理分析》，清华大学出版社2000年版，第206—219页。另外，还存在新实体学说，为尼克旭首创，主要主张是同一法律事实关系只存在一个请求权，即使有数个请求，也不等于存在数个请求权，因为这不是实体法请求权竞合，而是请求权基础的竞合。如因为买卖关系和签发票据的事实各自成为不同的事实理由，但基于同一给付目的，一个请求权的行使，便意味着另一请求权的消灭。（参见张卫平《诉讼构架与程式——民事诉讼的法理分析》，清华大学出版社2000年版，第230页。）

　　我国民事诉讼法学者接受诉讼标的新理论即认为诉讼标的与实体法分离，但对诉讼标的与诉讼请求之间的关系争议很大。诉讼请求，法国称诉讼的目标，日本称诉讼旨意，我国台湾地区称诉的声明。除上述学者观点外，有学者认为，"诉讼请求是当事人通过法院向对方当事人主张的具体权利；诉讼标的是双方当事人之间争议的法律关系，是就争议总体而言的。法律关系（诉讼标的）决定诉讼请求，当事人是基于民事实体法律关系提出诉讼请求。原告只有在法律关系中享有权利，其提出的请求才能实现。在民事诉讼中，诉讼标的是不能变更的，但诉讼请求可以变更"①。还有学者认为，"要理解这一对概念，首先要弄清这一对概念的使用环境。诉讼请求在我国《民事诉讼法》中出现在第108条"，② 即起诉的条件（起诉的要件）中。综观世界各国（地区）的民事诉讼立法情况，诉讼请求、诉讼目标、诉讼旨意、诉的声明都是在起诉的构成条件中使用的；而诉讼标的（诉的标的）通常是作为一个理论上的概念在民事诉讼中使用的。从法院审理裁判的对象来看，从当事人寻求的诉讼目的来看，二者的确有十分紧密的联系和相互重合的内容，但由于二者使用的环境不同，因而这两个概念的内涵和外延有明显的差异，不能混淆。诉讼请求是指当事人在诉讼过程中根据诉讼标的向法院提出的具体的权益请求，诉讼标的是指当事人之间争议的、原告请求法院裁判的实体权利或者法律关系的主张或者要求（声明）。具体来说，有以下区别：一是诉讼请求是当事人向法院提出的具体的权益请求；而诉讼标的则是当事人根据实体法的规定直接提出的较诉讼请求更为抽象的实体权利（法律关系）主张或声明。离开了诉讼标的，当事人便不能凭空向法院提出任何具体的权益请求（诉讼请求），当然法院也通过诉讼请求去把握隐藏在其背后的诉讼标的。二是当事人提出的诉讼请求可能是实体权利方面的权益请求，也可能是程序上的权益请求，诉讼标的是当事人向法院提出的实体法上的权利主张或声明，这种主张或声明与实体法律关系的产生、发展和变更有密切的关系，但不会直接涉及程序法上的权益要求。三是诉讼请求必须由当事人在其向法院提交诉状中明确声明，当事人在诉讼过程中没有声明的诉讼请求，法院不予裁判确认，诉讼标的虽然也是由当事人提出的，但当事人

---

　　① 　常怡：《民事诉讼法学》，中国政法大学出版社1999年版，第164—165页。
　　② 　《民事诉讼法》第108条规定起诉必须符合下列条件：（一）原告是与本案有直接利害关系的公民、法人和其他组织；（二）有明确的被告；（三）有具体的诉讼请求和事实、理由；（四）属于人民法院受理民事诉讼的范围和受诉人民法院管辖。

无须在诉状中明确具体地列明。四是诉讼请求可以由当事人在诉讼过程中进行随意处分、变更，而诉讼标的不得随意处分、变更①。

本文赞同声明说，即给付之诉的诉讼标的应当是当事人关于对方履行给付义务的诉讼请求。至于是基于何种法律关系仅仅是请求的法律依据，即诉讼请求的理由。② 识别标准应当是发生给付请求的具体事件或行为。如关于返还物的诉讼中（包括钱和其他物），对可能基于所有权关系和借贷关系两个不同法律性质的法律关系，是请求的不同依据，但只能确认为同一诉讼标的。对于确认之诉和变更之诉的诉讼标的统一界定为：当事人要求法院关于确认和变更实体法律关系的诉讼请求。识别标准是有争议的实体法律关系。③ 实践中，还出现过诉讼标的价额或金额的说法，本文认为即为诉讼请求的事项。④

2. 证明对象确定的具体程序

前文讨论了判什么，即判决对象确定，也就是诉讼标的或诉讼请求的固定。接下来就是如何审、如何判，即裁判程序、方法问题，而如何审、如何判的关键点又是确定诉讼证明对象及其证明。那么证明对象将如何确定呢？以当事人提起的给付之诉为例，按照法官审判案件的程序，诉讼标的（诉讼请求）确定后，则首先要看当事人之间是否存在某种权利义务法律关系，并找出调整这种民事法律关系的有关法律法规，再通过法律解释，确定法律事实构成要件，之后，排除免于证明的事实，即确定证明对象。⑤

以上不难看出要确定证明对象，需要解决以下若干问题：第一，如何从诉讼标的（诉讼请求）中推导出当事人之间假设存在的某种法律关系；第二，如何从假设存在的某种权利义务法律关系找出调整这种民事法律关系的有关法律法规；第三，怎样通过法律解释，确定法律事实构成要件；第四，怎样确定

---

① 李龙：《民事诉讼标的理论研究》，法律出版社 2003 年版，第 12—15 页。

② 如我国台湾地区民事诉讼法第二百五十五条规定，原告起诉后，为免增加被告应诉之负担，非经被告同意不得就提起之诉为追加或变更。唯不变更诉讼标的，仅补充或更正事实上或法律上之陈述，或减缩扩张诉之声明者，则不在此限。

③ 张卫平：《诉讼构架与程式——民事诉讼的法理分析》，清华大学出版社 2000 年版，第 241—242 页。

④ "诉讼标的价额，指原告应受判决保护之直接利益，故被告与诉讼标的价额不生关系。又即谓'价额'，自仅与财产权诉讼有关。"（王甲乙、杨建华、郑健才：《民事诉讼法新论》，台湾三民书局有限公司 2006 年版，第 91 页。）

⑤ 当然这里仅仅涉及证明对象的实体法事实部分，证明对象还涉及程序法事实问题和证据事实问题，还有证明对象内容中的法律与经验法则，本文将在后文中有专门的论述。

免于证明的事实；第五，证明对象的范围除了法律事实外，是否还有其他事项；第六，证明对象之事实部分的内容有哪些。后三个问题本文将在之后的章节中分别讨论，本章节先讨论前三个问题。而前三个问题实际又是法律问题，按照和谐主义诉讼模式的要求，需要建立法律观点开示制度，① 保障法院和当事人就法律适用问题展开对话与交流。② 另外，无论是寻找规范，还是理解规范或创造判断的依据，均将离不开诠释的运用。③

（1）法律关系探知

法律关系的准确认定将引领法官正确地从诉讼标的（诉讼请求）中寻找对应的法律。"但实践中许多案件出现差错的一个重要原因就是法律关系认定不清，特别是当案件中的法律关系较为复杂时，法官不能抓住主要矛盾并提炼出案件的核心法律关系。对核心法律关系与关联法律关系之间联系认识不清，就容易导致审非所诉、判非所诉。从西安市中级法院审判监督庭 2002—2005 年 9 月改判发还的 338 件民事再审案件来看，其中因法律关系认定不清导致事实不清、法律适用错误的占 17.1%。"④

一般来说，从诉讼标的或诉讼请求可以直接发现一方当事人所主张的双方存在的某种法律关系或直接主张这种法律关系的权利。但由于这种法律关系更为抽象，当事人很难直接主张或声明，法院只能通过诉讼请求去把握隐藏在其背后的法律关系以及当事人主张或声明的法律关系保护的权利。

根据诉讼标的（即诉讼请求）的性质和内容，可以将诉分为确认之诉、

---

① 和谐主义诉讼模式中的法律观点开示制度，具体包括以下内容：（1）法律观点开示的范围：对所有影响裁判结论的法律问题向当事人及其代理人释明。（2）法律观点开示的效力：对诉讼资料的法律评价不受当事人的支配，法院的判断具有优先地位。（3）法律观点开示的方式：书面或口头，但是，对于直接影响裁判结论的重要法律观点，法院应当将释明的内容让对方当事人知悉，以保障双方当事人拥有同样的辩论机会。（4）不当开示的后果：对于审理中实施过度开示的法官，当事人可以申请其回避；应当开示而未尽开示义务导致当事人败诉的，二审法院可以撤销原判，发回重审。（参见黄松有 "和谐主义诉讼模式：理论基础与制度构建——我国民事诉讼模式转型的基本思路"，载《法学研究》2007 年第 4 期，第 23 页。）

② 黄松有："和谐主义诉讼模式：理论基础与制度构建——我国民事诉讼模式转型的基本思路"，载《法学研究》2007 年第 4 期，第 22—23 页。

③ 诠释指判断是一个在事实和规范之间循环往复、相互照应不断向上的过程。沿着先见指出的方向去寻找规范，在判断者与立法者的对话中理解规范，在对话中内在地创造判断的依据，使事实与规范相适应，得出最终的结论。（参见郑永流《法律判断大小前提的构建及其方法》，载《法学研究》2006 年第 4 期，第 16 页。）

④ 孙海龙、高伟："裁判方法——联结事实、法律与裁判的桥梁"，载《人民司法》2007 年第 1 期，第 81 页。

给付之诉和变更之诉。① 有学者认为应该还包括申请禁令之诉，即若被告的非法行为构成立刻的威胁时，原告可以申请禁令之诉，以迅速获得预防性判决，从而使原告的法律权利得以保全。② 确认之诉是指原告要求法院确认其主张的法律关系存在或不存在的请求。③ 给付之诉是指原告向被告主张给付请求权，并要求法院对此作出给付判决的请求，这里的给付包括要求被告履行义务（作为或不作为）。但其请求的前提同样是双方存在一定的法律关系，并确认被告是否具有给付义务。这就是为什么实际上给付之诉的审理往往都要求法院首先对给付的权利义务关系存在与否予以确认，即确认之诉是给付之诉的前提，也可以说任何其他类型的诉都包含着确认的因素和前提。④ 变更之诉也称为形成之诉，是指原告要求法院变动或消灭一定法律状态（权利义务关系）的请求。变更之诉的前提是事先存在一定的权利义务关系即法律关系，而确认之诉和给付之诉则不一定事先存在，但同样必须假定存在。这就要求我们面对诉讼标的这一判决对象时，一定要寻找双方当事人之间存在或假定存在的法律关系。那么法律关系是什么，如何确定何种法律关系呢？法律关系系指法所规范、以权利与义务为内容的关系。每一个法律关系至少须以一个权利为其要素，或为债权，或为物权，或为身份权等。⑤ 从诉讼请求可能不能直接发现原告主张的双方存在何种法律关系，但是肯定可以知道当事人主张的权利类别即法律关系的客体或民事权利客体。⑥ 依据不同标准，权利有以下类型：①依权利包含实现利益的性质不同，分为财产权、人身权、知识产权和社员权。财产权包括：物权、债权、准物权（矿业权或采矿权、渔业权，学理上也有将继承权归入准物权）；人身权包括：人格权和身份权；知识产权主要包括著作

---

① 另外民事诉讼也称为民事司法救济，还可以根据不同标准分为：对人诉讼之救济（根据债权性质要求对方履行义务或满足其需要）和对物诉讼之救济（根据财产权利向其他人主张权利）、替代性救济（以给付金钱的方式补偿违约或侵害造成对方损失）与具体救济（按照法律关系要求，命令被告履行特定行为）、中间救济与终局救济等类型。（参见肖建国《民事诉讼程序价值论》，中国人民大学出版社 2000 年版，第 439—443 页。）

② 肖建国：《民事诉讼程序价值论》，中国人民大学出版社 2000 年版，第 443—444 页。

③ 也有包括其他事项的确认的诉讼。如我国台湾地区民事诉讼法第二百四十七条第一项规定：确认之诉为请求法院确认私法上之法律关系、证书真伪、或为法律关系基础事实存否之判决诉讼。

④ ［日］兼子一、竹下守夫著，白绿铉译：《民事诉讼法》，法律出版社 1995 年中文版，第 47 页。转引自张卫平《民事诉讼法》，法律出版社 2004 年版，第 37 页。

⑤ 王泽鉴：《民法总则》（增订版），中国政法大学出版社 2001 年版，第 80—81 页。

⑥ "民事权利客体又称为民事法律关系的客体，通指民事法律关系主体享有的民事权利和承担的民事义务所共同指向的对象。如物、行为、智力成果、有价证券、权利本身及非物质利益（精神利益、人格利益、身份利益、自由价值）。"（魏振瀛：《民法》，北京大学出版社、高等教育出版社 2000 年版，第 117—118 页。）

权、商标权和专利权；社员权是指社团中的成员依其在社团中地位而产生对社团享有参与管理和取得财产利益的权利，包括表决权、业务执行权、监督权和盈利分配权、剩余财产分配权。① ②依其效力所及的范围为标准，分为绝对权和相对权。② ③依权利的作用形式或功能可分为支配权、形成权、请求权、抗辩权、排除权和保留权。③ ④依权利与其主体关系分为专属权（专属权如人格权、身份权和委任、雇佣合同所生债权）和非专属权。⑤依成立要件是否具备分为既得权和期待权（包括附条件的权利、法定继承人的期待权、利息期待权与租金期待权）。⑥数权利存在特殊关系时，依其相互关联的地位可分为主权利和从权利，如抵押担保的债权，债权为主权利，抵押权为从权利。⑦依权利效力目的分为基础权和救济权，这里的救济权区别于权利的救济，其范围更广，还包括抗辩权。⑧根据权利产生的原因分为原权和取得权利。我们根据当事人主张的权利类别，就可以确定这种以权利、义务为内容的法律关系。

（2）从民事法律关系到具体法律、法规

法官在法律适用上的首要任务是必须了解和认识客观的法律，以便知道，由他作出的裁判是否能在法律制度的规范中找到根据，以及在何等条件下法律制度给予他命令，而该命令是他应当在判决中对具体案件所运用的大命令。这些法律规范如何寻找？本文主张，首先，应将从诉讼标的（诉讼请求）中推导出来的当事人之间假设存在的某种法律关系并结合诉讼标的来寻找有关法律规范作为一般规则。④ 此外，有时还会用到利益衡量的法律适用方法，由于是在利益衡量的基础上灵活采用民法解释学的各种方法，因此又称之为利益衡量

---

① 龙卫球：《民法总论》，中国法制出版社 2002 年版，第 124 页。

② 绝对权指的是对于一般人请求不作为的权利，如人格权、身份权、物权、知识产权等，有此权利者，得请求一般人不得侵害其权利，又称对世权。相对权指的是对于特定人请求其为一定行为的权利，如债权，有此权利者，仅得请求特定人不得侵害其权利，并得请求其为该权利内容的行为，又称为对人权。（参见王泽鉴：《民法概要》，中国政法大学出版社 2003 年版，第 39 页。）

③ 支配权如知识产权、物权、人格权和人身权，在于直接支配某种客体。形成权是指权利人依自己的行为，使自己或与他人共同的法律关系发生变动（包括发生、变更或消灭）的权利，如追认权、变更权、撤销权、解除权、抵消权、终止权、回赎权、先买权、判决形成、代理权、代位权、业务执行权、代表权。请求权，权利首要权能要求他人为给付的权利；债权为典型的请求权。物上请求权、知识产权上之请求权等只是作为支配权的基本权的次要权能的表述，不是这里的请求权之意义。请求权可以是基础权利（如合同履行请求权）、派生权利或救济权利（如损害赔偿请求权）。抗辩权，其首要功能是对抗请求权，阻止请求权行使或发生效力；这里应区别于民事诉讼上的抗辩，后者包括实体和程序法上的全部抗辩。排除权如法律上的占有。保留权如先占权和狩猎权利人和捕鱼权利人对于捕获的物的权利。（参见 ［德］梅迪库斯著，邵建东译：《德国民法总论》，法律出版社 2000 年版，第 61 页。）

④ ［德］罗森贝克著，庄敬华译：《证明责任论——以德国民法典和民事诉讼法典为基础撰写》（第四版），中国法制出版社 2002 年版，第 5 页。

论。其操作规则为：实质判断加上法律根据。即法官审理案件不急于寻找应适用的法律规则，而是综合把握本案实质，结合社会环境、经济状况、价值观念等，对双方当事人的利害关系作比较衡量，作出本案当事人哪一方应当受保护的判断，此项判断为实质判断。在此基础上，再寻找法律根据。① 但是，本文特别强调的是，这仅仅是例外，本文不赞成有学者将从事实分析来寻找法律规范作为一般的法律适用方法或寻找法律规范的一般规则。② 当然，我们不能排除现有的事实可以在一定限度的范围内帮助寻找法律规范。③

法官应从立法者创设的法律渊源的地方来发现具体的法律规范。④ "法哲学家施塔姆勒引证了一句话'一旦有人适用一部法典的一个条文，他就是在适用整个法典'。"⑤ 因此，"寻找规范看起来是寻找某个规范，实则涉及整个法律体系。"⑥ 另外，的确也应该借助其他制定法来构建大前提。⑦

那么法官又将如何通过法典把分散的条文整合成一个有意义的整体，确定案件所需要的大前提？⑧ 如何找法或发现法律，找法结果又将如何？或有或无或不确定概念，又将如何适用？⑨ 首先，根据确定的调整双方权利义务法律关系找到相关法律规定，但在多数的情况下，它不只有一个法律规定，而是有多个法律规定。那么以哪个条文为准呢？这时法官应该按照一些原则来处理。这些原则包括：特别法优先于普通法的适用原则（只有同类性质的法律规定之间发生）；强行性规定优先于任意性规定的适用原则；例外规

---

① 梁慧星：《裁判的方法》，法律出版社 2003 年版，第 186—187 页。

② 有学者认为："无论从生活事实到法律事实，都要依据这些生活事实的特点在法律制度上寻找有关规范文本。"（参见郑永流："法律判断大小前提的构建及其方法"，载《法学研究》2006 年第 4 期，第 5 页。）

③ 若以三段论法裁判案件自然完全不同，则是以从事实分析来寻找法律规范作为一般的法律适用方法或寻找法律规范的一般规则。

④ 有学者将法律发现仅仅限于应用法律方法，实为法律解释。（参见陈金钊：《法治与法律方法》，山东人民出版社 2003 年版，第 206—207 页。）

⑤ 施塔姆勒：《法学理论》，1911 年版，第 24—25 及下页，转引自［德］卡尔·恩吉施著，郑永流译：《法律思维导论》，法律出版社 2004 年版，第 73 页。

⑥ 郑永流："法律判断大小前提的构建及其方法"，载《法学研究》2006 年第 4 期，第 5 页。

⑦ ［德］卡尔·恩吉施著，郑永流译：《法律思维导论》，法律出版社 2004 年版，第 74 页。

⑧ 法律渊源又何止仅仅是法典，以我国《民法通则》为例，就肯定了两种形式，即第六条规定"民事活动必须遵守法律，法律没有规定的，应当遵守国家政策"。因此，我国法律的形式渊源一般来说至少包括以下几个方面：成文立法（法律规则、法律原则）、习惯法和习惯、国家政策、判例、WTO 法律适用等。（参见郭卫华主编《"找法"与"造法"——法官适用法律方法》，法律出版社 2005 年版，第 59—67 页。）

⑨ 通过法律解释等方法确定法律事实构成要件，是法律适用的另外一个问题。这里仅仅涉及如何确定要适用的法律。

定排除一般规定的原则；具体规定优先于原则性规定，只有无具体规定时，适用原则性条文如诚实信用原则。德国著名法学家拉德布鲁赫对这一问题有精辟的论述，"我们举例而言。一方面是对一匹马的所有权，另一方面则是对一匹出售了的马的转让权。……我对出卖之马的转让权在于使这种对马的所有权归于消灭"。"帝国法优先于邦法"，① "劳资协议优于企业协议，劳资协议法的效力大于企业法。"② 其次，找法的第二种可能即不确定概念。法官找法的结果，关于本案并不是没有法律规定，法律规定还是有的，但是哪个法律规定属于不确定的概念。如类似"显失公平"、"正当理由"、"合理期限"等等。

最后，找法的结果，关于本案没有法律规定。法官不得以没有法律规定为由拒绝裁判案件，这是一个原则；因此，法官必须寻求法律漏洞补充方法，包括创设一个规则。③ 法官创设这些规则必须遵循一定的法律原则，也即颇具争议的基于法律原则的裁判。关于原则适用与拾遗补缺，当两个规则适用于同一案件所导致的判决结果不一致时，规则之间的冲突便凸显出来了；尤其是在疑难案件中，规则之间的冲突更是经常发生。这时，只有作为"规则之衡平器"的原则才能告诉法官应当采行哪条规则、又抛弃哪条规则。在此，原则发挥了其协调、消解规则冲突的功能。"法律无漏洞"或说任何案件只需求助既有法典只是一种梦想。德沃金认为"法律原则"的存在，就同时解决了法"安定性"及"正确性"的问题。因为"原则"并不像"规则"只适用于明确而有限的事态上，而是更具抽象性，即适用范围更广的价值性尺度，故"漏洞"应不存在了。而且，"原则"依照他的理解，他深信在英、美普通法的实践传统中已体现了一切正确的道德价值。长期以来，出于对自身安全感的渴望，人们一直把法的确定性，即规则的稳定性及其运行的规律性视为法的基本属性，甚至有人认为"法律秩序的存在要比法律的正义和功利更为重要。正义和功利构成法律的第二位主要任务，而所有人同意的第一位任务则是法律的确定性，即秩序与和平"④。随着社会科学的发展及现实生活的变革，形式主义的

---

① ［德］拉德布鲁赫著，米健、朱林译：《法学导论》，中国大百科全书出版社 1997 年版，第63—65 页。

② 同上书，第 84 页。

③ 在法学方法论上叫漏洞补充，除法官创设规则外，漏洞补充的方法有：依习惯补充、类推适用、目的性扩张、目的性限缩、反对解释、比较法方法以及直接适用诚实信用原则。（参见梁慧星《裁判的方法》，2003 年版，第 153—178 页。）类推适用，也称类比，"发生于待决案件没有明确的大前提，要借用应然或实然的他案的大前提，其功效作用于大前提问题。"（郑永流："法律判断大小前提的构建及其方法"，载《法学研究》2006 年第 4 期，第 12 页。）

④ 沈宗灵：《现代西方法理学》，北京大学出版社 1992 年版，第 48 页。

法律观逐渐受到冲击。人们认识到法律并非尽善尽美，并不是所有的案件都可以整齐划一地落入这个或那个众口称是的规则之内，否则法律就可能成为普洛克路忒斯之床，德沃金的"法律问题唯一正确的答案"只是一个神话而已，① "在判例法的体系中，在适用法律过程中，同样的案件要遵从相同的判决，是一个人人耳熟能详的规则，但是，在天下没有相同的两件事的情形下，所谓相同的案件也只不过是在某些法律欲评价的观点上有相同的事态或甚至只是具有相同的道理而已。"② 由于个体的语言能力、知识结构、社会经验或利益驱动的不同，很可能使本就缺乏精确性的成文法在认知和理解上产生更大的误差和歧义。但另一方面，若为求得适应性而使法律变化无常（如频繁修改、补充法律），则即使法律再公正，条文再周详，机构再健全，人员素质再高，仍将导致社会的无序，因为人们在这种法的变迁中会无所适从并对自身的行为缺乏可预测性，因而在法律的确定性和非确定性、逻辑和经验之间不可避免地存在张力，这是法律这一范畴本身所具有的。如何在法的稳定性及灵活性的冲突之间寻找一个平衡器便成为亟须解决的现实问题。稳定性是法律的主要特征，要求法律不可朝令夕改，但人的行为不断变化，新的关系不断产生，因而抽象的法条欲在纷繁复杂的社会现象中保持正当性，只能在司法领域寻求依据，即由司法人员尤其是法官发挥合理的自由裁量权来弥补法本身所具有的缺陷。社会学法学的代表人物庞德曾对此作出过论述，他认为法官在审理程序中既可以根据法司法（justice with law），也可以不根据法司法。前者指根据权威性律令、规范（模式）或指南而进行的司法，也就是法律形式主义下三段论式的法律运行模式。后者则是根据某个在审判时拥有广泛自由裁量权而且不受任何既定的一般性规则约束的个人的意志或直觉进行的。③ 在案件的裁决过程中，法官通过三段论即可合乎逻辑地导出结论，对此，逻辑的力量已足够使人信服。④ 但有时援引规则的含义不甚明确，就要求法官加以补充使之具体化，诸如恶意、过失、合理等抽象性用词仅为法官指明了一个方向，至于在证明的过程中法官究竟要走多远，应由他根据案件具体情况作出妥当的判断。有时存在竞合问题，法官就有责任排除这种不一致，但逻辑并不能告诉他应选择哪条规则，所以他必须考虑其他因素以求得正确答案。有时规则的疏忽或滞后而导致具体

① 毕玉谦：《民事证据法及其程序功能》，法律出版社 1997 年版，第 226—228 页。
② 林立："'原则立论法'与'唯一正解'的幻象"，载葛洪义主编《法律方法与法律思维》（第 1 辑），中国政法大学出版社 2002 年版，第 163 页。
③ 庞德的详细论述可参见［美］博登海默著，邓正来译：《法理学——法律哲学与法律方法》，中国政法大学出版社 1996 年版，第 148—149 页。
④ 转引自王利明《司法改革研究》，法律出版社 2000 年版，第 228 页。

问题无法可依，法官仍然必须就具体问题作出结论，此时案件裁量的正当性领域就不囿于法律实证主义者情有独钟的规则本身，规则及案件的特点决定法官在裁量时不可避免地要动用自己的主观能动性，但需注意的是承认主观能动性并不等于可以率性而为。

（3）法律事实构成要件之确定

前文论及，无论是按照证明责任法则还是经典的司法推理（即涵摄）都须要在法律规范所确定的事实要件的大前提下，寻找具体的事实要件这个小前提。从推理过程看，许多法律规范的大前提的确不能直接适用于具体的生活事实，因此应当将法律要件具体化。通过法律解释等方法确定法律事实构成要件，也就是从法律寻找假定需要的事实，即从法律到事实。

第一，法律事实构成要件确定的现实困境。

困境一，罗森贝克法律要件分类说是以完备的实体法规范为基础的，而我国的民事立法状况与德国大相径庭。我国目前还没有制订民法典，就是已有的属于民法范畴的《民法通则》、《合同法》、《物权法》、《担保法》，其法律条款也具有原则性过强的传统特色，显得十分粗略和笼统，甚至还有许多民事案件的处理难以找到可以适用的法律条文，[①] 往往是适用民法的基本原则。在这样的立法背景下试图从实体法规范中去发现法律事实构成要件往往十分困难。[②]

困境二，我国民事诉讼中的证明对象不仅仅是案件的要件事实，还包括诸如间接事实、辅助事实等在内的其他争议事实。[③]

困境三，也是最大的困境，我国（甚至包括我国的台湾地区）的民事案件裁判思维或方法无论是理论界还是实务界采取的都是从事实到法律。实践中三段论推理在裁判中的运用就是这样。[④] 理论界也不例外，如梁慧星教授指出，我们民事审判庭的法官裁判案件的过程是如何呢？法官裁判案件用的就是一个严格的形式逻辑三段论公式，即先查明事实，接着引出法律的规定，最后判决。法官的第一类工作是处理事实问题，在查清事实之后，就要

---

① 立法总是滞后于迅速发展的社会生活。

② 张永泉："论诉讼上之真伪不明及其克服"，载《人大复印报刊资料——诉讼法、诉讼制度》2005 年第 6 期，第 26 页；原载《法学评论》2005 年第 2 期，第 26—35 页。

③ 如诉讼时效的问题。

④ 本文尽管主张非常简易案件，事实一目了然，法律适用极其平常简单，自然运用三段论法，直接作出裁判结果，相反，则宜采证明责任法则的思维来裁判案件。另外，涉及请求权竞合或者当事人变更诉讼请求的案件，两者还可能交错运用。但是，实践中见到的基本上都是运用三段论法。

进入第二个问题，即法律问题。① 王利明教授在谈到民法案例的分析方法时，主张的也是法律关系分析方法和请求权基础分析方法。② "王利明教授所提出的两种案例分析的方法，依循的是从事实到法律的模式，并且也限于在事实既定的前提下对法律的寻找和适用。"③ 我国台湾著名民法学者王泽鉴主张，"处理实例题的主要方法有：一为历史方法；一为请求权方法；或两者并用。历史方法，指就案例事实发生的过程，依序检讨其法律关系。请求权方法，是指处理实例时以请求权基础，或称为请求权规范基础为出发点。"④ 但是，此种思维模式仍然是决定法律效果的三段论法，即将特定的案例事实置于法律规范的要件之下，以获得一定的结论。上述也许是因为民法学者考虑的仅仅是民事实体法律或法律规范及其构成要件，即发生某种法律效果，需要哪些法律及其规定内容。至于在民事诉讼中如何裁判的程序，那是民事诉讼法须要解决的问题。民事诉讼法学界尽管已经开始关注证明责任法，但由于就如何解释民事实体法律或法律规范并确定其构成要件，被认为是民法学的问题，因此，未能就证明责任法实践运用详解，为实践提供足够的理论支持，更不要说实践中自觉运用。

困境尽管存在，问题仍需解决。通过法律解释等方法确定法律事实构成要件，当然是民法学者的职责，但是，法官同样责无旁贷。仅就确定法律事实构成要件这个问题（不涉及整个裁判程序问题）而言，也就是法律的解释和请求权基础的探寻两个方法。大多数情况下，两个方法应该是共同进行。

第二，法律事实构成要价确定方法。

第一个方法，即法律的解释。⑤ 之所以需要运用法律解释的方法，还因

① 梁慧星：《裁判的方法》，法律出版社2003年版，第3—36页。

② 法律关系分析方法，即通过理顺不同的法律关系，确定其要素及变动情况，从而全面地把握案件的性质和当事人的权利义务关系，并在此基础上通过逻辑三段论的适用以准确适用法律，作出正确的判决的一种案例分析方法；请求权基础分析方法，又称归入法、涵摄法，是指通过寻求请求基础，将小前提纳入大前提，从而确定请求权是否能够得到支持的一种案例分析方法。（参见王利明："民法案例分析的基本方法探讨"，载《人大复印报刊资料——民商法学》2004年第5期，第66、70页；原载《政法论坛》2004年第2期，第118—128页。）

③ 段厚省："论民事案件裁判方法——在事实和法律之间探寻"，载《法律适用》2006年第5期，第26页。

④ 王泽鉴：《法律思维与民法实例——请求权基础理论体系》，中国政法大学出版社2001年版，第40—46页。

⑤ 法解释是一种广义、上位的用语，可泛指一切法律适用活动。法律诠释仅是法学方法里，法律适用系统中，最为常用的一套操作模式。（参见黄建辉：《法律阐释论》，新学林出版社股份有限公司2000年版，第16、20页。）

为，法律经常利用的日常用语与数理逻辑及科学性语言不同，它并不是外延明确的概念，毋宁是多少具有弹性的表达方式，后者的可能意义在一定的波段宽度之间摇摆不定，端视该当的情况、指涉的事物、言说的脉络，在句中的位置以及用语的强调，而可能有不同意涵。① 前文提及找法的结果有三种可能：一是有；二是无；三是不确定概念。

首先，关于不确定概念。如果法官找到了法律规则，属于这类不确定概念，法官就非得结合本案事实表态不可，这类表态就是对不确定概念结合本案事实加以具体化。这样的工作，就是不确定概念的价值补充。有学者称法律不确定概念为法律标准。② 举例来说，就"车辆通过无人看管的铁路道口"而言，规范设定存在两种选择，一是霍姆斯的规则论，制定一条明确的规则，即"司机在经过无人看管的铁路道口时必须停车并张望"；二是卡多佐的标准论，设定一条标准，即"司机在经过无人看管的铁路道口时，必须尽合理注意义务并谨慎驾驶"。在霍姆斯眼中，无人看管的铁路道口就是一盏"红灯"，司机必须停车，因此在具体个案中裁判司机是否违反法律，只需认定其是否实施了规则构成中的事实要件——停车（并张望）——即可探明；而卡多佐则视之为"黄灯"，司机只需谨慎驾驶。至于司机是否尽到了注意义务，则必须考察一系列事实因素，诸如当时的车速、能见度、路况，并结合评价进行判断。③

其次，有法律规定。前文提及在多数的情况下，它不只有一个法律规定，而是有多个法律规定。法官应该按照一些原则确定要适用的法律规定，再确定该条文适用范围、法律意义、构成要件与法律后果，后文将详细讨论。

最后，找法的结果为关于本案没有法律规定的。法官根据寻求的法律漏洞补充方法来分析事实构成要件与法律效果，而这是最主要又是涉及法律原则的识别问题。"法律原则是用来证立、整合及说明众多具体规则和法律适用活动的普遍性规范，是更高层次法律推论的权威性出发点。"④ 此处，"'普遍性规范'意味着原则本身不预设任何具体、确定的事实状态，也未指定任何具体、

---

① ［德］卡尔·拉伦茨著，陈爱娥译：《法学方法论》，商务印书馆 2003 年版，第 193 页。

② "法律条款往往包含了许多不确定的法律概念，例如'合理的（注意义务）'、'谨慎的（驾驶）'、'重大过失'、'显失公平'、'诚实信用'等，这些条款有时就构成了一条与原则相类似的标准，在裁判之际，裁判者同样须经由一系列评价才能予以适用。"（参见陈林林："基于法律原则的裁判"，载《法学研究》2006 年第 3 期，第 7 页。）

③ 同上。

④ See David M. Walker, *The Oxford Comlanion to Law*, Oxfoed：Clarendon Press, 1980, p. 739. 转引自陈林林："基于法律原则的裁判"，载《法学研究》2006 年第 3 期，第 3 页。

确定的法律效果。""也就是说，原则并不具有具体规则所具有的事实要件和效果要件上的对称性，它所拥有的只是一些对不特定事实所作的评价或指示，或者说，法律原则就是一些法律体系内以资裁判者参照的'主导性评价标准'。"① 如俄克霍夫（Eckhoff）就认为，"法律原则实质上是一些体系内的主导性标准，他们是当事人对席论辩、法官进行判决论证／推理的参照标准，只不过它们是人们应当如何行为的标准。"② 又如斯通（J. Stone）所说，"原则所包含的一些特有标准，并不指明须验证的具体事实，而是指向对事实的评价，指向一种'事实／价值的综合体'。"③ 例如，"人人皆不得从自己的'错误行为'中获利"这一原则。然而单凭经验观察，裁判者显然无法查证或厘清原则指示的标准内涵，因此，在裁判之际，他不仅要考量个案事实和不特定的规范事实，更紧要的是，他还必须根据原则所宣示的评价标准对个案作出评判。④ 至于法律原则的识别方法，以借以原则的存在形态，先将其划分为"实定的法律原则"和"非实定的法律原则"。"实定的法律原则"是立法者与裁判者业已在制定法和判例中予以明示的原则，并具有裁判意义上的规范向度，即具有指导功能、评价功能和裁判功能。而"非实定的法律原则"唯有从社会历史和伦理道德背景入手进行考察。德沃金就原则的识别提出了一条"基于政治道德并能融通既有法制"的准则，即裁判者以判决的法律原则，必须立论于一种客观的政治道德，而非裁判者个人的道德观，并能与既有法制保持一致，亦即能够与法律体系融会贯通，并解释得通以往有关此类案子的一切判例（整个法制实践的传统）。并且在识别之际，理念上要求裁判者必须贯彻规范体系、道德观与判例三项判准，但在操作之际，应允许其稍作伸缩。⑤

也有学者总结出填补法律漏洞的方式包括：类比、法律补充和反向推论，这些方法具有造法的性质，它们适用于事实缺乏规范标准情形。①类比，即有类似规范参照，被广泛运用于民法中。有四种具体形式：一是制定法的类比，从某一条文出发，并从这个规范中抽取出一个可适用到相似案件上的基本思想；二是法的类比，从一系列具体法律规定出发，通过归纳推理建立一般原则，并

---

① "由于原则通常仅由一些评价标准——例如公平、合理和诚实信用——构成，因而如果说原则存在什么逻辑构造的话，那么在此'构造'中，与法律效果相联系的经常是某些标准，而非纯粹的事实。"（参见陈林林："基于法律原则的裁判"，载《法学研究》2006年第3期，第3页。）

② Eckhoff, *Guiding Standards in Legal Reasoning*, 29 *Current Legal problems*, 1976, p. 207.

③ See Julius Stone, *From Principles*, 97 *The Law Ouarterly Review*, 1981, pp. 228—232.

④ 陈林林："基于法律原则的裁判"载《法学研究》2006年第3期，第3页。

⑤ 同上书，第5—7页。

将之适用到制定法未规定的案件上，因而又称整体类比；① 另两种是，在寻找相似性的意义上，举重明轻和举轻明重也属类比，而不是当然解释。② 无类似规范参照，则采用法律补充。可资补充法律的有习惯法、法官法、学理和惯例，其中学理主要指法律原则等。③ 反向推理。② 反向推理也称为反对解释。可作反向推理的条件是，规则中事实构成的事项是列举穷尽的，不可能包括未列举的事项。反向推论以若非 M 则非 P 方式填补了法律未列举的漏洞。③

综上，有法律条文，则需要确定其适用范围，明确其内容意义，区分其构成要件与法律效果，这一套工作叫狭义的法律解释；没有法律规定，法官得创设一个规则，进行漏洞补充；法律规定属于不确定的概念，法官得对不确定概念结合本案事实加以具体化，即不确定概念的价值补充。三种情况的工作加在一起叫广义的法律解释。④

狭义的法律解释方法可以分为四个类型，即文义解释、论理解释、比较法解释和社会学解释。其中论理解释又包括七种方法，即体系解释、法意解释、扩张解释、限缩解释、当然解释、目的解释和合宪解释。⑤

文义解释又称语义解释，指按照法律条文用语之文义及通常使用方式，以阐释法律之意义内容。法律解释必先由文义解释入手，且所作解释不能超过可能的文义，否则，即超越法律解释之范围。体系解释，以法律条文在法律体系上的地位，即依其编、章、节、条、款、项之前后关联位置，或相关法条之法意，阐明其规范意旨之解释方法。⑥ 寻找规范看起来是寻找某个规范，实则涉及整个法律体系。这就首先涉及法源的问题，通常包括制定法、判例法、习惯法、学理、道德。制定法又有许多形式，绝大多数国家对法源的顺序问题没有明确规则可寻，只有瑞士民法典第一条作出了民法典—习惯法—法官法—学理和惯例的顺序规定和奥地利民法典第七条的类似表述。⑦ 法意解释，又称立法解释，或沿革解释，或历史解释，是指探求立法者或准立法者于制定法律时所作的价

---

① ［德］卡尔·恩吉施著，郑永流译：《法律思维导论》，法律出版社 2004 年版，第 183 页。

② 也有学者称为"反面推论"，例如：只有内容上正当或者非绝对不正当的法律，才具有法律的性格。纳粹种族法是制定法的不法，所以纳粹种族法不是法律。（参见［德］考夫曼著，刘幸义等译：《法律哲学》，法律出版社 2004 年版，第 106—107 页。）

③ 郑永流："法律判断大小前提的构建及其方法"，载《法学研究》2006 年第 4 期，第 8—9 页。

④ 梁慧星：《裁判的方法》，法律出版社 2003 年版，第 36—49 页。

⑤ 梁慧星：《民法解释学》，中国政法大学出版社 1995 年版，第 214 页。

⑥ 因为体系解释有其局限性，其仅仅为解释方法之一，不可过分强调，应在采体系解释方法的同时采用其他解释方法如法意解释、目的解释，最后得出解释结论。（参见梁慧星《民法总论》，法律出版社 2004 年版，第 285 页。）

⑦ 郑永流："法律判断大小前提的构建及其方法"，载《法学研究》2006 年第 4 期，第 5 页。

值判断及其所欲实现的目的，以推知立法者的意思。扩张解释，指法律条文之文义过于狭窄，不足以表示立法真意，因此扩张法律条文之文义，以求正确阐释法律意义内容之一种的解释方法。限缩解释是指法律条文之文义过于广泛，不符合立法真意，是限缩法律条文之文义，使局限于其核心，以正确阐释法律意义内容的解释方法。当然解释是指法律虽无明文规定，但依规范目的的衡量，其事实较之法律所规定者更有适用理由，而径行适用该法律规定之一种法律解释方法。① 目的解释是指以法律规范目的为依据，阐释法律疑义的一种解释方法。合宪解释是指依宪法及阶位较高的法律规范，解释阶位较低的法律规范的一种法律解释方法。比较法解释是指引用外国立法例及判例学说作为一项解释因素，用以阐释本国某个法律规范意义内容的一种法律解释方法。社会学解释是指将社会学方法运用于法律解释，着重于社会效果预测和目的衡量，在法律条文可能文义范围内阐释法律规范意义内容的一种法律解释方法。②

第二个方法，即探寻请求权基础。请求权基础的寻找是确定法律事实即构成要件的又一方法。"典型的实例的构造为'谁得向谁，依据何种法律规范，主张何种权利'。解题的主要工作，在于探寻得支持一方当事人，向他方当事人有所主张的法律规范，此种可供支持一方当事人得向他方当事人有所主张的法律规范，即为请求权规范基础，简称请求权基础。"③ 前文提及，此乃王泽鉴教授主张处理实例方法之一即请求权方法的出发点。请求权基础的寻找，是处理实例题的核心工作，在某种意义上，甚至可以说，实例解答就在于寻找请求权基础。

以探寻请求权基础之方法确定法律事实即构成要件，首先要搞清楚法条的以下几类结构形态。一是完全性法条。即一个法条兼具有构成要件及法律效果的规定。④ 二是不完全性法条。一为定义性法条，即此类法条的功能在于对其他法条（尤其是完全性法条）构成要件上所使用的概念，加以界限或阐释。⑤

---

① 当然解释之法理依据，即所谓"举重以明轻，举轻以明重"。

② 社会学解释，须以文义解释为基础，在文义解释得出复数解释结果的情形，才能进行社会学解释。即预测不同解释结果将产生的社会效果，选择其中产生有利于社会、经济、道德秩序和公序良俗的社会效果的解释结论，摈弃其中将产生不利于社会、经济、道德秩序和和公序良俗的解释结论。（参见梁慧星《民法总论》，法律出版社 2004 年版，第284—288 页。）

③ 王泽鉴：《法律思维与民法实例——请求权基础理论体系》，中国政法大学出版社 2001 年版，第50 页。

④ 如《合同法》第 64 条规定："当事人约定由债务人向第三人履行债务的，债务人未向第三人履行债务或者履行债务不符合约定，应当向债权人承担违约责任。"构成要件是"当事人约定由债务人向第三人履行债务，债务人未向第三人履行债务或者履行债务不符合约定"，法律效果是"应当向债权人承担违约责任"。

⑤ 如《民法通则》第 84 条第一款规定："债是按照合同的约定或者依照法律的规定，在当事人之间产生的特定的权利和义务关系，享有权利的人是债权人，负有义务的人是债务人。"

二为补充性法条，即此类法条的功能在对于一个不确定法律概念，尤其是其他法条（完全性法条）所定的法律效果，予以明确化，加以补充。① 三是准用（引用）、拟制性规定。准用性（引用性）法条的主要功能在于简化条文，避免重复。② 法律上的拟制，③ 系将关于某构成要件所设定规定，适用于其他构成要件，其功能同于准用性规定，亦在简化条文。④ 四是推定性规定，即法律推定，如《合同法》第 78 条的规定，⑤ 非常普遍。

　　其次，要搞清楚实体法特别是民法的体系结构。一是民法体制。要搞清法条规定有抽象与具体之分、一般与特殊之分。二是权利体系。前文已经有详细论述，在此不再复述。三是法律行为。法律行为，系以欲发生私法上效果（主要为权利变动）之意思表示为要素的一种法律事实。⑥ 法律行为与权利是贯穿民法其间而作为核心的概念。因为法律行为乃权利得丧变更的法律事实。⑦ 关于当事人之间的法律关系，应先予认定的是当事人间法律行为的效力。反之，要假定当事人之间存在某法律关系，则须要证明当事人间法律行为的效力。⑧

　　最后，要搞清楚请求权基础的类型，从不同的类型分析确定构成要件。⑨ 前文论及当事人提起的民事诉讼不外乎给付之诉、变更之诉、确认之诉，而其

---

　　① 如《合同法》第 113 条规定："当事人一方不履行合同义务或者履行合同义务不符合约定，给对方造成损失的，损失赔偿额应当相当于因违约所造成的损失，包括合同履行后可以获得的利益，但不得超过违反合同一方订立合同时预见到或者应当预见到的因违反合同可能造成的损失。经营者对消费者提供商品或者服务有欺诈行为的，依照《中华人民共和国消费者权益保护法》的规定承担损害赔偿责任。"

　　② 如《合同法》第 287 条规定："本章没有规定的，适用承揽合同的有关规定。"

　　③ 如《合同法》第 15 条规定："要约邀请是希望他人向自己发出要约的意思表示。寄送的价目表、拍卖公告、招标公告、招股说明书、商业广告等为要约邀请。商业广告的内容符合要约规定的，视为要约。"第 45 条第二款规定："当事人为自己的利益不正当地阻止条件成就的，视为条件已成就；不正当地促成条件成就的，视为条件不成就。"

　　④ 王泽鉴：《法律思维与民法实例——请求权基础理论体系》，中国政法大学出版社 2001 年版，第 56—60 页。

　　⑤ 该条规定当事人对合同变更的内容约定不明确的，推定为未变更。

　　⑥ 王泽鉴：《法律思维与民法实例——请求权基础理论体系》，中国政法大学出版社 2001 年版，第 65 页。

　　⑦ 王泽鉴：《民法总则》（增订版），中国政法大学出版社 2001 年版，第 25 页。

　　⑧ 法律行为包括：债权行为、处分行为、身份行为、继承行为。债权行为又可分为单独行为（如捐助行为）、债权契约（如买卖、保证）；处分行为又分为物权行为（单独行为如抛弃和物权契约）、准物权行为（如债权让与）。

　　⑨ 当然，我们不能希望法律对构成要件规范得非常完备，就是大家认为最为成熟的一部民事立法——《合同法》，从要件事实的角度，还存在一定的缺陷，包括要件事实之缺失、要件事实相互矛盾、推定规范不科学等。（参见许可："论我国合同法要件事实规范之完善"，载张卫平主编《民事程序法研究》（第三辑），厦门大学出版社 2007 年版，第 107—111 页。）

诉讼标的或诉讼请求即当事人主张的请求权，可归为六类：一是契约上给付请求权；二是返还请求权即物之返还请求权，包括物权上请求权、债权请求权（如借用物、租赁物、给付物和占有之不当得利返还）、用益的返还；三是损害赔偿请求权；四是补偿及求偿请求权；五是支出费用偿还请求权；六是不作为请求权。另外，与权利相对应的是义务，法律责任又为第二义务，[1] 因此，当事人主张的请求权大多也是要求对方承担民事责任。[2] 以违法行为或违约行为的要素为例，法律责任这一法律效果的构成要件应该包括：责任主体、违法行为或违约行为、损害结果或损害事实、因果关系、主观过错五方面。[3] 当事人要求对方承担的民事责任包括违反合同的民事责任或称违约责任、侵权的民事责任（包括对方的侵权和第三人的侵权，第三人的侵权如《合同法》第302条规定的旅客的伤亡责任）[4]、返还不当得利和无因管理之债、《合同法》第42条、第43条等规定的缔约过失责任、[5] 责任竞合[6]。经过对诉讼标的或诉讼请求的识别，无论当事人要求对方承担哪一类责任，[7] 根据有关民法、商法、

---

① 张文显：《法理学》，高等教育出版社、北京大学出版社1999年版，第122页。

② 就是确认之诉也只有少数是为了防止纠纷出现，仅要求确认法律关系或权利的存在、义务或法律关系不存在，给当事人指出依法行动的标准，而大多是以确认成为具体请求权即要求对方承担民事责任的基础；变更之诉同样是这样。

③ 程春华：《破产救济研究》，法律出版社2006年版，第101页。

④ 《合同法》第302条规定：承运人应当对运输过程中旅客的伤亡承担损害赔偿责任，但伤亡是旅客自身健康原因造成的或者承运人证明伤亡是旅客故意、重大过失造成的除外。前款规定适用于按照规定免票、持优待票或者经承运人许可搭乘的无票旅客。

⑤ 《合同法》第42条规定："当事人在订立合同过程中有下列情形之一，给对方造成损失的，应当承担损害赔偿责任：（一）假借订立合同，恶意进行磋商；（二）故意隐瞒与订立合同有关的重要事实或者提供虚假情况；（三）有其他违背诚实信用原则的行为。"第43条规定："当事人在订立合同过程中知悉的商业秘密，无论合同是否成立，不得泄露或者不正当地使用。泄露或者不正当地使用该商业秘密给对方造成损失的，应当承担损害赔偿责任。"

⑥ 《合同法》第122条规定："因当事人一方的违约行为，侵害对方人身、财产权益的，受损害方有权选择依照本法要求其承担违约责任或者依照其他法律要求其承担侵权责任。"很明确仅可以选择，同时《合同法解释》（一）第30条规定："债权人依照合同法第122条的规定向人民法院起诉时作出选择后，在一审开庭以前又变更诉讼请求的，人民法院应当准许。对方当事人提出管辖权异议，经审查异议成立的，人民法院应当驳回起诉。"又明确了对选择的请求庭前可以变更；事实上责任竞合时也允许请求同时竞合。例如，违约责任与返还不当得利、《民法通则》第115条规定的解除合同与赔偿损失（如租赁合同纠纷要求对方返还财产和非法使用的收益）。

⑦ 民事法律责任主要是一种救济责任，救济当事人的权利，赔偿或补偿当事人的损失；也是一种财产责任，当然，除财产责任外，还包括其他责任方式，如停止侵害、排除妨碍、消除危险、恢复原状、修理、重作、更换等，及精神责任如训诫、具结悔过，人身责任如拘留。有时也具有惩罚内容，如违约金本身就含有惩罚的意思。在债法上，债务人应以其财产，就其债务负其责任的形态，可分为两类：一为无限责任，二为有限责任。（参见程春华《破产救济研究》，法律出版社2006年版，第104页。）

经济法规定都应有法律构成要件即实体法事实的存在。如侵权的民事责任的实体法事实为：①违法行为的存在；②造成损失，包括财产损失（实际损失和可得利益损失）和精神损失；③违法行为与造成损失有因果关系；[①] ④主观上符合归责原则规定。[②] 返还不当得利的民事责任，实体法事实为：①取得了利益；②致人受损；③无法律上的原因。违反合同的民事责任或称违约责任，实体法事实为：①违约行为的存在；②主观上符合归责原则规定。[③] 这些法律要件事实推导出来之后，即确定待证事实，这些待证事实排除那些免于证明的事

---

① ［因果关系是客观事物之间的前因后果的关联性，一现象出现是另一现象存在所必然引起，因果关系是必要条件，而非唯一条件。例如：某公司诉某信用社损失赔偿纠纷一案，案情是：甲公司职员受委托收取乙公司支付货款的汇票，汇票注明收款人甲公司，但甲公司职员在该汇票的解付银行某工商银行在没有甲公司有效签章背书的情况下予以解付，并将该款转账到甲公司职员预先在某信用社开的假账户（该账户名称是甲公司，但公章是私刻，某信用社开户的程序也严重违规），后某信用社又严重违规将该款让甲公司职员提现现金外逃，造成甲公司直接经济损失50多万。这里可以说某信用社严重违规有违法行为，也造成甲公司损失，而且违法行为与造成损失有因果关系，因此判决某信用社承担了部分责任。但是只能说某信用社严重违规是造成损失的必要条件，而非唯一条件，因为某工商银行若不违规，也不可能造成损失。］当然，也有例外，"除了不当行为之外，如果造成损害所要求的因素中包括有人的自愿行为或者异常事件时，这种因果关系就要遭到否定。"（［美］哈特、托尼·奥诺尔著，张绍谦、孙战国译：《法律中的因果关系》（第二版），中国政法大学出版社2005年版，第120页。）

② 归责原则分过错（故意或过失，包括过错推定）归责、严格责任（也称无过错责任）、公平责任原则、共同责任原则。如《民法通则》第109条、第128条、第129条、第132条、第133条以及《最高院贯彻执行〈民法通则〉若干问题意见》（试行）第142条、第155条、第156条、第157条等规定公平责任原则；《民法通则》第130条以及《最高院贯彻执行〈民法通则〉若干问题意见》（试行）第148条规定共同责任原则；《民法通则》第106条第2款以及《最高院贯彻执行〈民法通则〉若干问题意见》（试行）第150条规定侵权过错归责原则、《民法通则》第126条、第127条规定侵权过错推定原则、《民法通则》第106条第3款、第121条、第122条、第123条、《最高院贯彻执行〈民法通则〉若干问题意见》（试行）第149条、第152条、第153条以及《环保法》第41条等规定严格责任。

③ 归责原则分过错（故意或过失，包括过错推定）归责、严格责任（也称无过错责任）、公平责任原则、共同责任原则。绝大部分为《合同法》第107条规定的严格责任；而《合同法》分则中大量的有名合同（第189条赠与合同、第222条租赁合同、第265条承揽合同、第303条的客运合同财产损失、374条保管合同、第406条委托合同等）规定采取过错归责原则，而第302条规定承运人应对旅客的伤亡承担第三人过错致害责任。另外，一方当事人提出的抗辩意见认为另一方提出的诉讼请求已过诉讼时效，根据举证责任分配原则，另一方当事人有责任证实自己主张的权利在法律保护期限之内；根据《中华人民共和国民法通则》第135条、第137条之规定民事责任法律保护期限即一般诉讼时效期间为二年，从权利人知道或应该知道权利被侵害时起计算，且不能超过20年，法律另有规定除外。例如，人寿保险损失赔偿诉讼时效为五年，独资企业和合伙企业债权人的债权主张诉讼时效为五年，环保损失赔偿诉讼时效为三年，因国际货物买卖合同和技术进出口合同争议诉讼时效为四年，合同的撤销权诉讼时效为一年、身体伤害赔偿、延付或拒付租金和寄存财物被丢失或损坏的诉讼时效为一年，出售不合格的商品的诉讼时效由一年修改为二年，还有侵犯知识产权的从权利人知道或应该知

实，剩余的就是实体部分的证明对象。

上述这些都需要法官在审前与当事人之间进行互动，法官正确行使释明权引导当事人。首先要确定判决对象，也就是对诉讼标的或诉讼请求的固定；根据诉讼标的确定当事人请求的权利，推导出当事人之间假设存在的某种法律关系，并从假设存在的某种权利义务法律关系找出调整这种民事法律关系的有关法律法规，再通过对有关法律规定的解释等方法确定要件事实，排除免于证明事实，最后确定证明对象。这个过程是裁判思维的至关重要的一环，而且其难度远胜于"将法律规则适用于具体案件事实，从中得出法律结论的过程"[①]。

三、民事诉讼证明对象之范围与内容

（一）民事诉讼证明对象之范围

证明对象的范围在学理上有较大分歧。[②]本文认为，根据作为证明对象的事实所反映的不同内容，可以把事实分为实体法上的事实、程序法上的事实和证据事实。证明对象包括实体法上的事实，即案件事实，学术界在这一点上已有共识。争议主要集中在两个问题上：一是程序法事实是否属于证明对象；二是证据事实本身是否为证明对象。下面本文针对这两个争议问题进行讨论，对于已有共识的实体法上的事实本文将在民事诉讼证明对象之内容一节中一并讨论。

1. 程序法律事实的证明

相对于实体法所规定的行为要件事实和权利要件事实，程序法上的事实是指"引起诉讼法律关系发生、变更和消灭的事实，也称诉讼法律事实。它包括诉讼行为和诉讼事件两类，前者是诉讼主体和其他诉讼参与人实施的具有相

道侵权行为发生之日起至权利人向人民法院提起诉讼之日止已超过二年的人民法院不能简单地以超过诉讼时效为由判决驳回权利人的请求。在该项权利受法律保护期间，人民法院应当判决被告停止侵权行为，侵权损害赔偿额应自权利人向人民法院提起诉讼之日起向前推算二年计算，超过二年的侵权损害不予保护，等等。

① "在许多案件中，事实并不能轻易地为公认规则所归摄，而且规则本身尚需要进一步解释，合理的规则还需要法官花心思寻找，更确切地说，从事实到裁决之间的思维有所跨越，裁判的思维通道可能是曲径通幽。"（参见李安："裁判形成的思维过程"，载《法制与社会发展》2007 年第 4 期，第 17 页。）

② 有"广义说"，即实体法上的事实、程序法上的事实和证据事实均作为证明对象的范围；"狭义说"，即仅将实体法上的事实作为证明对象的范围。（参见李浩《民事举证责任研究》，中国政法大学出版社 1996 年版，第 58 页。）还有"折衷说"，即将实体法上的事实、程序法上的事实作为证明对象的范围。（参见陈一云：《证据学》，中国人民大学出版社 1991 年版，第 138 页。）

应诉讼法律后果的行为，如法官的诉讼指挥行为、裁判行为等；后者是不以人们意志为转移的、能够发生一定诉讼法律后果的客观情况，如不可抗力、当事人死亡或者丧失诉讼行为能力等"①。

针对程序法事实是否属于证明对象的问题，否定者认为有以下几个方面的理由：第一，认为证明对象是一种特殊的诉讼制度，正确地确定诉讼中的证明对象，就是要使整个收集、调查证据的活动过程具有明确的方向，以利于案件事实的切实查明。因此，证明对象只应包括具有实体法意义的事实，这样有利于司法机关，特别是人民法院在诉讼过程中分清主次，将注意力集中于如不查明就不能对案件正确进行实体处理的事实。第二，程序法上的事实有许多是属于不查自明，或者司法机关即可认知的事实。同时，程序法上的事实并不是每个案件都会遇到，如果没有发生某些程序问题，就不需要对有关的事实加以证明。第三，从程序法的目的和任务看，立法设立程序法的目的是为了保证实体法准确、及时地实施，程序法在案件处理过程中始终处于从属地位。程序法事实对确定当事人的责任有一定影响，但不起决定作用。② 从否定程序法上的事实是证明对象的观点所依据的理由来看，这些理由的背后仍然蕴涵着"重实体、轻程序"的观念。认为程序法只是实施实体法的工具，这是传统的司法理念的反映，不符合现代法治秩序建设的要求。

"作为一种形成法律决定的过程，程序可以包括一系列环节，如程序的开启，程序主体的行为，法律决定的制作、审查和生效，程序的终结等。国家对这种法律实施过程加以规范化和制度化，即形成与实体法相对应的程序法。"③
因此，本文认为：

第一，程序法与实体法相比具有其独立的地位和价值。审理案件的过程就是程序参与者相互作用的过程，完善合理的程序规则不仅能保证审判活动的顺利进行，确认和实现实体法规定的权利义务内容，更重要的是体现了程序法的独立价值——程序正义。将程序法上的事实作为证明对象，这有助于诉讼活动依循正当的法律程序进行。例如对申请回避的事实、法院违反公开审判制度的事实和审判组织不合法等事实进行的证明，限制了法官的恣意和专断。对当事人的法定诉讼权利受到限制事实的证明，保障了当事人充分有效地参与程序的运作。通过程序参与者（包括当事人与法官）对程序法上的事实的证明活动，

---

① 卞建林：《证据法学》，中国政法大学出版社 2000 年版，第 279 页。

② 陈一云：《证据学》，中国人民大学出版社 1991 年版，第 137 页；肖胜喜：《刑事诉讼证明论》，中国政法大学出版社 1994 年版，第 126 页。

③ 陈瑞华："程序正义论纲"，载陈光中、江伟《诉讼法论丛》（第 1 卷），法律出版社 1998 年版，第 19 页。

整个民事诉讼活动能够顺利展开并达到公正裁判的理想结果。对内，程序约束法官和当事人依据法律规定进行诉讼，当事人向法庭表述自己的主张，提出有利于自己的证据并对不利于自己的证据进行反驳和辩论，法院在充分听取当事人意见的基础上作出判决，"从而使诉讼成为一种体现公正、民主与法治的活动"①。另外，程序上的事实的证明直观地反映出诉讼程序的公正性与合理性，从而正义不仅得到实现，而且以人们看得见的方式得到实现。公正的程序保证了审判结果得到广泛的接受。

第二，从我国法律和司法实践的角度看，程序法上的事实也应作为证明对象。首先，"以事实为根据，以法律为准绳"是我国民事诉讼法的基本原则。"以事实为根据"中的"事实"不仅包括当事人之间纠纷的实体法上的事实，还包括程序法事实。法院审判民事案件必须同时根据实体事实和程序事实。我国《民事诉讼法》第153条第四款明确规定了原判决违反法定程序构成撤销原判，发回重审的理由。《最高人民法院关于适用〈中华人民共和国民事诉讼法〉若干问题的意见》第181条进一步规定了四种违反法定程序的情形作为撤销一审判决的理由。② 这些程序法上违反法定程序的事实就是二审法院必须加以查证的对象。显然，我国法律已经把程序法上的事实纳入了证明对象的范围。"民事诉讼虽然主要以解决民事纷争为直接目的，但以民事诉讼方式解决民事纷争外化为一种动态的过程，在其运作过程中，可能由于这样或那样的原因导致法院对案件作出程序上的处理并使诉讼得以终结，而不是以对当事人之间的纷争作出了断的判决作为诉讼的终结。如法院对于原告的起诉，经审查认为不符合起诉条件而裁定不予受理，已经受理的裁定驳回起诉；诉讼过程中根据原告申请或法定原因法院裁定准许撤诉或按撤诉处理，对于离婚案件一方当事人死亡的，法院裁定终结诉讼等，均是法院以程序事实为根据对案件行使审判权作出相应处理的例证，显示出程序事实对于法院审判民事案件的意义。"③ 其次，司法实践的现实要求加强对程序规则的重视。"从我国目前审判方式改革的现实和发展来

---

① 陈光中、王万华："论诉讼法与实体法的关系——兼论诉讼法的价值"，载陈光中、江伟《诉讼法论丛》（第1卷），法律出版社1998年版，第10页。

② 《最高人民法院关于适用〈中华人民共和国民事诉讼法〉若干问题的意见》第181条规定第二审人民法院发现第一审人民法院有下列违反法定程序的情形之一，可能影响案件正确判决的，应依照《民事诉讼法》第153条第一款第（四）项的规定，裁定撤销原判，发回原审人民法院重审：（1）审理本案的审判人员、书记员应当回避未回避的；（2）未经开庭审理而作出判决的；（3）适用普通程序审理的案件当事人未经传票传唤而缺席判决的；（4）其他严重违反法定程序的。

③ 蔡彦敏："对'以事实为根据，以法律为准绳原则'的重新释读"，载《第三届全国民事诉讼法学年会论文集》。

看，程序正义应当作为民事司法改革的观念基础，比实体正义受到更多的关注。"① 长期以来，"重实体、轻程序"的现象在司法实践中广泛存在。体现在民事证据制度中，例如，为了追求实体裁判的正确无误，没有规定举证时效制度，当事人可以随时提出新证据，即使在申诉中提供证据也能再审改判。尽管《最高院关于适用〈民事诉讼法〉若干问题的意见》第 76 条规定："人民法院对当事人一时不能提交证据的，应根据具体情况，指定其在合理期限内提交"，但由于没规定"合理期限"的具体时间以及未在合理期限内提交的法律后果，在实践中难以操作。在证据能力方面，没有建立完善的证据排除规则，虽然最高院司法解释确定了未经对方当事人同意私自录制其谈话而取得的录音资料不能作为证据使用的规则，② 但对以其他方式取得证据的效力的规定明显缺失。在证据的收集调查方面，《民事诉讼法》第 64 条第二款规定："当事人及其诉讼代理人因客观原因不能自行收集的证据，……人民法院应当调查收集。"该条规定赋予了当事人申请法院调查取证的实体权利，但却没有规定法院依据当事人申请调查取证的程序，程序规定的缺失严重影响了当事人实体权利的实现。

本文认为，基于目前司法实践的现状，将程序法上的事实作为证明对象具有理论与现实的意义。第一，它有助于监督司法人员严格遵循法律程序。"就客观的效果而言，证明对象就是查明或者阐明的对象，而查明或者阐明具有监督的含义。"③ 在审判活动中，法官处于居中裁判的地位，证据的认定、事实的判断和法律规范的适用都只在法官内心完成，在目前证据规则还很不完善，社会道德约束力较弱的情况下，更容易导致法官的恣意。在法官拥有的如此大的自由裁量权面前，当事人能够制约法官的唯一途径就是严格的程序规则。因为遵循法定程序表现为外在行为活动，能够被当事人和社会公众直观感知。当事人可以对法官指挥诉讼程序的进程直接进行评价，并以上诉等手段对违反程序的行为进行救济，由此形成制约法官的力量。此外，强调对程序法事实的证明也有利于法院独立行使审判权。诉讼程序是法定的，它排斥外界对法官的干预。通过加强程序参与人对程序事实的证明责任，强化程序公正，能够使法官有效抵制外来干扰，防止腐败现象的发生。第二，通过将程序法上的事实纳入证明对象的范畴，能够增强对程序法与程序正义的独立价值的认识。长期以来，由于中国的特殊国情，程序正义的观念在中国几乎从没有存在过。相反，

---

① 齐树洁：《民事司法改革研究》，厦门大学出版社 2000 年版，第 74 页。

② 1995 年 3 月 6 日最高人民法院《关于未经对方当事人同意私自录制其谈话取得的资料不能作为证据使用的批复》。

③ 何家弘：《新编证据法学》，法律出版社 2000 年版，第 284 页。

重视实体正义或者实质正义，追求官方决定的正义性，相信为此可以不考虑手段的选择，这却似乎是中国人所强调的价值。① 在这种主流的价值观影响下，我国的法制建设侧重于"令行禁止、正名定分"的实体法方面，而对在现代政治和法律系统中理应占据枢纽地位的审判程序问题则缺乏深入的探讨。法制建设中轻视程序的思想对我国的民事诉讼制度产生了不可低估的负面影响，是导致司法效率低下，当事人的合法权利得不到充分保护，裁判结果不被尊重，裁决的严肃性无法保证等诸多问题的一个重要的思想根源。把程序法上的事实作为证明对象，也就意味着把程序的依法进行作为诉讼活动的重要内容，为程序的参与者标示出了行为指向。证明活动的内容涵盖程序法领域，使程序法的正确实施成为诉讼活动的重要目标，从而强调和突出程序法的独立地位和程序正义的独立价值，推动司法理念由"重实体、轻程序"向"实体与程序并重"的转变，有助于司法公正的实现。

在肯定证明对象包含程序法事实的基础上，有的学者提出应对其范围作出一定限制。如"折中说"认为举证责任仅仅是以实体法上的事实为对象，而不涉及程序法上的事实。② "有限肯定说"认为对作为证明对象的程序法事实应作一定限制：①能够成为证明对象的程序法事实必须是案件系争的主要事实；②必须是当事人能够以诉的方式加以主张的事实；③必须是法院非依职权调查的事实。③ 其主要理由包括：第一，程序法上的事实尽管存在举证责任问题，但应当由谁负担举证责任的问题相当简单，根据"谁主张，谁证明"这一分担举证责任的一般原则即可轻易解决。第二，实体法方面的事实是由当事人作为诉讼请求根据的事实提出，直接关系到当事人之间民事法律关系的产生、变更和消灭。查明这些事实是整个民事诉讼活动的中心环节。第三，诉讼过程中有相当多的程序法事实是无须证明的。有些程序法事实仅须达到释明（也即自由证明）的程度而不必达到证明的程度。

本文认为，这些观点所持有的理由并不充分。首先，证明对象与举证责任总是联系密切，在探讨举证责任分配的同时，可以明了证明对象的内容。大陆法学者主张的"待证事实分类说"就是根据证明对象本身的性质、内容来确定举证责任的分配。认为证明对象包括程序法事实，但程序法事实不涉及举证责任，这存在矛盾，举证责任分担原则逻辑上当然适用于程序法上的事实。如

---

① 陈瑞华："程序正义论纲"，载陈光中、江伟《诉讼法论丛》（第1卷），法律出版社1998年版，第59页。

② 李浩：《民事举证责任研究》，中国政法大学出版社1993年版，第136页。

③ 卞建林：《证据法学》，中国政法大学出版社2000年版，第283页。

果仅仅因为程序法事实的举证责任问题简单，可以轻易解决，就把程序法事实排除于举证责任问题以外，这种理由更不充分。其次，认为实体法事实的查明是整个民事诉讼活动的中心环节，换言之，程序法事实在民事诉讼中不重要，所以举证责任不涉及程序法事实，这种理由仍然是"重实体、轻程序"观念的体现，不符合目前"实体与程序并重"的司法改革要求。最后，将程序法事实归入释明对象而不是证明对象，只不过是依据证明与释明的区别而作的机械的人为推断。证明与释明的区别仅在于"二者在法律上所需求之心证程度并不相同"①。虽然具有不同的证明标准，但两者都有一定的证明要求，都要使法官达到某种程度的内心确信，在证明的本质上并无多大区别，法律上承认释明的目的是为了提高诉讼效率，因为释明只需当事人提出足以使法官能从中推定的证据即可。但在确定证据对象方面证明与释明的划分并无多大意义，即使将证明与释明进行划分的学者也承认有的程序法事实属于证明对象，"应依证据证明之事实，并不限于实体法上事实，即诉讼上事实亦属之"②。

"有限肯定说"对作为证明对象的程序法事实所作的限制并不科学。首先，限制能够成为证明对象的程序法事实必须是案件系争的主要事实，这在司法实践上并无必要。在具体案件中，作为证明对象的事实一般都是案件系争的主要事实，既然对实体法事实没有作此限制，程序法事实也不应该进行这样的限制。其次，限制程序法事实必须是当事人能够以诉的方式加以主张的事实和必须是法院非依职权调查的事实，这实际上是否定了法院作为证明主体对程序法事实有主动调查的权力。《最高院关于适用〈民事诉讼法〉若干问题的意见》第 73 条规定了法院依职权调查证据的几种情形，并没有把程序法事实排除于外，其中第（4）款"人民法院认为应当由自己收集的其他证据"的规定完全可能涉及程序法上的事实。③ 例如，二审法院认为一审法院可能有违反法定程序的情形但不能确定时，就必须依职权对程序事实进行调查，而这些违反法定程序的事实就是法院调查工作所指向的证明对象。应该看到，二审法院审理案件受当事人上诉范围的限制不是绝对的。"第二审人民法院依照民事诉讼法第 151 条的规定，对上诉人上诉请求的有关事实和适用法律进行审查时，如

---

①　陈朴生：《刑事证据法》，台湾三民书局 1979 年版，第 156 页。

②　同上。

③　《最高法院关于适用〈民事诉讼法〉若干问题的意见》第 73 条规定：依照《民事诉讼法》第 64 条第二款规定，由人民法院负责调查收集的证据包括：（1）当事人及其诉讼代理人因客观原因不能自行收集的；（2）人民法院认为需要鉴定、勘验的；（3）当事人提供的证据互相有矛盾、无法认定的；（4）人民法院认为应当由自己收集的其他证据。

果发现在上诉请求以外原判确有错误的，也应予以纠正。"① 该条规定赋予了二审法院审查当事人诉讼主张以外的有关事实，包括程序法事实的权利。这是因为："上诉部分的内容与非上诉部分的内容往往具有密切的联系，有时对非上诉部分的审查是审理上诉部分的基础，如果二审范围仅限于上诉部分，就不利于发现一审的错误，使本来在二审中可以纠正的错误还要通过再审程序加以纠正。"②

2. 证据事实的证明

证据事实是指证据本身记载和反映的一定的事实，它一旦被确证，即可以为推断其他的事实提供（非结构性的）逻辑根据。后一种事实可能是构成性事实，③ 也可能是间接的证据性事实。在所有需要法院确定的事实中，构成性事实当然是最重要的，证据性事实起着辅助作用。④

然而，证据事实是否应当成为证明对象，理论上颇具争议。一种观点认为证据事实只能是证明手段，不能列为证明对象。⑤ 这是因为：①证据事实是阐明或查明案件的手段，是已知事实，而证明对象是由证据事实来探知的案件事实，是未知事实。证据事实与证明对象是手段与目的的关系，两者界限清楚不能等同。②证据需要查证属实，但查证属实只是证据作为证明手段的资格要件，而不是其作为证明对象的充分要件。③证据材料虽然本身存在着审查核实的问题，但证据不应等同于证据材料。④将证据事实排除在证明对象外，有助于揭示证据和证明对象各自的特殊规则。⑥

就上述否定证据事实是证明对象的观点而言，它存在片面性，只是看到证据作为证明手段的作用，而忽视了证据在整个证明活动中的中心位置。对诉讼来说，搜集证据、研究证据并判断证据是一切诉讼活动的重要内容。"审判的艺术实际上只不过是利用证据的艺术罢了"，边沁的话从一个侧面反映了证据在审判过程中的重要地位。"可以说，对特定法律交易至为重要的事实，要么

---

① 《最高人民法院关于适用〈中华人民共和国民事诉讼法〉若干问题的意见》，第 180 条。

② 陈桂明：《诉讼公正与程序保障》，中国法制出版社 1996 年版，第 117 页。

③ 构成性、建构性、因成性或者"处分性"事实，是指按照可适用的一般法律规则，足以改变法律关系，即要么创设新的关系，要么消灭旧的关系，要么同时起到这两种作用的事实。（参见［美］W. N. 赫菲尔德著，陈端洪译："司法推理中应用的基本法律概念"（上），载《环球法律评论》2007年第 3 期，第 118 页。）

④ 同上书，第 119 页。

⑤ "我们认为，证据事实与证明对象是诉讼中手段与目的的关系，证据事实不应成为证明对象。"（叶青：《诉讼证据法学》，北京大学出版社 2006 年版，第 229 页。）

⑥ 樊崇义：《证据法学》，法律出版社 2001 年版，第 188—189 页；何家弘：《新编证据法学》，法律出版社 2000 年版，第 285—286 页；江伟：《民事诉讼法》，高等教育出版社 2000 年版，第 153 页。

是构成性事实，要么是证据性事实。"① 因此，证据性事实应该得到证实，即属于证明对象的范围。

证据必须限制在有关争议问题的范围内。诉讼一方可以证实所有与争议事实有关的情况，而不能去证实别的东西。这种相关的情况不仅包括主要争议事实本身的各个部分，而且也包括所有为辩明或解释主要争议事实所需要的辅助事实。主要争议事实的证明依赖于证据，主要证据本身须以证据证明，而证据能否被采用，证据本身的信用性与合法性有无的事实，必须另以其他证据证明，这些证据事实就是作为证明对象的辅助事实。英美法系学者把作为证明对象的辅助事实划分为三个方面：①影响证人能力的事实。如一个潜在的证人因有精神上的残疾而使他不能作证的事实。②影响证人证词可信度的事实。例如，一个证人对发生在 50 码以外的事件进行陈述，而实际上他的眼睛有疾病而无法看到超出 20 码以外的任何东西的事实，以及证人对一方当事人有偏见或有偏向的事实。③先决事实，即作为那些证明主要事实的证据的可采性的先决条件而必须证明的事实。例如，原始书证已经灭失或经过法律程序搜集仍无法找到的事实，经证明后，书证的复印件可以作为证据被法庭采信。当诉讼中一方当事人主张辅助事实的存在，而对方当事人否认时，辅助事实就成为系争的主要事实。辅助事实的存在与否，由法官而不是陪审团作出裁决判断。②

证据事实作为证明对象在司法实践中有着重要意义。首先，它强调了法官对证据的使用和认定问题。长期以来，我国法官一直沿袭"查清事实"的观念，孜孜以求于纠纷事实的真相大白，却往往忽视了对证据的使用和考察。"从某种意义上讲，司法人员与历史学家的工作性质有很大的相似性，因为，他们的认识活动都具有逆向思维的特点，即从现在去认识过去、从结果去认识原因。这当然是一件非常困难的工作。"③ 审判工作的特点决定了一味追求查清事实，只会造成审判效率降低，司法资源浪费的后果。将证据作为证明对象，树立"查明证据"的观点，能使法官专注于对证据的审查和使用。只要对当事人提交的证据依法全面、客观地予以审查、核实、认定，就可基于最终认定的证据确定案件事实，从而能节省审判资源，提高诉讼效率，也符合民事审判方式改革的要求。其次，以证据事实为证明对象，能加强法官对证据采信

---

① ［美］W. N. 赫菲尔德著，陈端洪译："司法推理中应用的基本法律概念"（上），载《环球法律评论》2007 年第 3 期，第 118 页。

② Adrian Keane, *The Modern Law of Evidence*, Butterworth Co（Publishers）Ltd, 1994, p. 6—7.

③ 何家弘："让证据走下人造的神坛"，载《法学研究》1999 年第 5 期，第 106 页。

和事实认定的透明度。在我国民事审判实务中，法官对证据的分析和判断很少公之于众。如在裁判文书中，既不列明双方当事人提供的证据，也不说明对证据的分析与判断，实际上使得法官的认证过程处于秘密状态，这严重影响了公开审判原则的实施，削弱了裁判的说服力，也不利于对法院的民事审判实施监督。① 强调对证据事实的证明，促使法官承担说明证据审查判断过程的责任，能够提高审判工作的透明度，使公正成为看得见的公正。

（二）民事诉讼证明对象之内容

本文认为，根据诉讼理论和诉讼实践，证明对象的内容可以分为：程序法事实、证据事实、实体法事实、法律争点和经验法则。

1. 程序法事实

根据不同的证明主体，可以将作为证明对象的程序法事实分为以下几种。

（1）主要由当事人主张的程序法事实

这类事实包括：①关于回避的事实。《民事诉讼法》第45条规定了审判人员、书记员、翻译人员、鉴定人、勘验人必须回避的三种情形。如果当事人及其诉讼代理人申请上述人员回避，就应对是否存在法定应行回避的事实加以证明。此外，新修改后的《法官法》第17条规定了法官的配偶子女以及离任法官作为诉讼代理人和辩护人时的回避情形，当事人或法官要求有关人员回避，应证明这些事实。②申请证据保全的事实。根据《民事诉讼法》第74条，当事人向法院申请保全证据，应对"证据可能灭失或者以后难以取得的情况"的事实加以证明。法院如果主动采取保全措施，也应证明上述事实。③申请顺延诉讼期限的事实。根据《民事诉讼法》第76条，当事人申请顺延诉讼期限，应证明耽误期限的不可抗拒的事由或其他正当理由。④申请财产保全和诉前财产保全的事实（《民事诉讼法》第92条，第93条）。当事人申请财产保全，应证明可能因当事人一方的行为或其他原因，使法院判决不能执行或者难以执行的事实。申请诉前财产保全，应证明如不立即采取保全措施将使其合法权益受到难以弥补的损害的事实。⑤申请先予执行的事实。（《民事诉讼法》第98条）当事人申请先予执行，应证明下列事实：当事人之间权利义务关系明确，不先予执行将严重影响申请人的生活或者生产经营；被申请人有履行能力。⑥违反法定程序的事实。（《民事诉讼法》第153条，第179条）当事人以法院违反法定诉讼程序为由提起上诉

---

① 李浩："我国民事证据制度的问题与原因"，载王利明、江伟、黄松有《中国民事证据的立法研究与应用》，人民法院出版社2000年版，第152—155页。

或申请再审，应证明有关程序违法的事实。⑦诉讼主体是否合格，涉外、我国香港、澳门、台湾地区的主体（公民个人到庭的除外）还需要公证。《民事诉讼法》第108条第一、二款规定："有明确的被告，原告是与本案有直接利害关系。"当然，对于被告是否要与本案有利害关系，是否只要明确即可，在理论界存在一定争议。另外下落不明不等于被告不明确。

（2）法院应依职权调查的程序法事实

台湾学者陈计男认为，"法院应依职权调查之事项（例如当事人能力、诉讼能力等），不问当事人有无争执，为使诉讼事件进行顺利，该事项亦成为证据对象"①。本文认为，关于证据保全、财产保全以及违反法定程序等事实当事人可以主张，法院也可依职权调查。除此以外，主要应由法院依职权调查的事实有：①关于起诉要件的事实（《民事诉讼法》第108条）。法院在受理民事诉讼前，应对原告起诉是否符合法定要件的事实进行证明，如是否为法院主管、管辖。②自行回避原因的事实（《民事诉讼法》第45条）。审判人员或其他人员自行提出回避时，应证明存在法定回避原因的事实。③采取司法强制措施根据的事实（《民事诉讼》第102条，第103条）。法院采取罚款、拘留措施时，应证明诉讼参与人或其他人有妨碍民事诉讼行为的事实。④中止、终结诉讼根据的事实（《民事诉讼法》第136条，第137条）。法院中止或终结诉讼时应证明存在中止终结诉讼原因的事实。⑤中止、终结执行根据的事实（《民事诉讼法》第234条，第235条）。法院中止或终结执行程序应证明造成执行中止、终结的事实。

2. 证据事实

证据事实类似日本学者和我国台湾学者主张的辅助事实。②

（1）有关证据真实性的事实

证据作为一种客观存在，本身并不内含有真假的价值判断，但当证据进入诉讼活动中，作为判断事实的根据时，就必须经过过滤提取，去芜存菁，保留

---

① 陈计男：《民事诉讼法论》（上），台湾三民书局有限公司2007年版，第464页。

② 辅助事实是指，能够对证据的证据能力与证明力产生影响的事实，辅助事实在诉讼中只有在当事人双方对证明证据的证据能力及证明力存在争议时，才成为证明的对象。（参见张卫平《外国民事证据制度研究》，清华大学出版社2003年版，第322页。）；"辅助事实：指有关证据方法之证据资料的适格性，以及自证据方法中所得有关证据资料之证明力等事实。简而言之，即与要证事实无关之有关证据能力或证据价值之事实。如证人之诚实性、认识能力、记忆能力、表达能力，以及与当事人间利害关系之有无等，有关证人之信赖性等事实。"（参见雷万来：《民事证据法论》，台湾瑞兴图书股份有限公司1997年版，第30页。）

具有客观真实性的证据而排除虚假主观的内容。这是因为，诉讼是发现真实的活动，而真实隐藏于已发生过的事实中，只有真实客观的证据才能作为推断过去纠纷事实的材料。证据只有查证属实，才能作为认定事实的根据。"查证属实"的"实"指的就是客观真实。

诉讼活动中，虚假证据的产生原因有很多。首先从认识论的维度来看，在一定历史条件下，人对证据的正确认识是有限度的，"一方面，人的思维的性质必然被看作是绝对的，另一方面，人的思维又是在完全有限地思维着的个人中实现的，是不至上的和有限的"①。有限的认识能力使得人们在发现和收集证据的过程中难免混入虚假的、与事实无关的内容。从现实生活的维度分析，产生伪证的社会根源一时还难以杜绝。现代社会日益复杂，导致了产生伪证的多种诱因的出现。说谎的社会风气，拜金主义的思潮，"重刑轻民"的错误认识以及缺乏严密的证据规则都使民事审判中的伪证问题变得十分严重。② 虚假证据的难以避免，要求我们对证据严密分析，认真查证。查证的过程，就是综合运用多种思维方法对证据真实性进行分析考量的证明过程。

（2）关于证据合法性的事实

证据的合法性，是证据能力的核心，它是证据能够进入证明领域的前提。首先，证据的合法性是"正当程序"的基础，也是正当程序在证据制度上的体现和要求。其次，通过法律设置一定的程式来约束规范取得证据的方式，严格禁止侵害隐私权、人格尊严等基本人权的取证方式，这样才能保障公民的合法权益不受侵犯，保障人权，保障对人格的基本尊重。对证据合法性事实的证明，包括证明当事人及其代理人获取证据的手段是否合法，法院依职权调查收集证据的程序是否合法以及证据本身的形式是否合法。

（3）证据本身内容是否合法的事实

证据除了在作成或取得过程中会有非法获取的情形，本身并无不法可言，但证据直接表现的内容可能存在违法的情形。例如订立的买卖人口的合同文本。"当事人所提出之证据内容（如文书之记载）系证明某一不法行为者，则不问其法律行为之本质是否违法，其证据应无任何之效力。"③ 证据内容的合法性事实直接影响到证据效力，因此也应作为证明对象。

3. 实体法事实

在大陆法系民事诉讼中，当事人必须对要件事实承担主张责任，并在该

---

① 《马克思恩格斯选集》（第 3 卷），人民出版社 1972 年版，第 126 页。
② 叶自强：《民事证据研究》，法律出版社 1999 年版，第 197—203 页。
③ 陈朴生：《比较刑事证据法各论》，汉林出版社 1984 年版，第 45 页。

要件事实处于真伪不明时承担证明责任，因此，要件事实是证明责任对象。① 在英美法系中，当事人必须对争点事实承担诉答责任（主张责任）和证明责任（说服责任），争点事实，包括诉讼原因的构成事实和抗辩的构成事实。有学者又主张，这里的"诉讼原因"相当于大陆法系的法律构成要件即法律事实，抗辩的构成事实也相当于大陆法系的要件事实，因此，争点事实理解为英美法系证明责任的对象。② 但是，这里所指的证明责任的对象并不是本文所指的证明对象中的实体法事实内容。本文主张，实体法事实，即一方当事人所主张的作为诉讼请求根据或反驳请求根据的民法、商法、经济法所规定的法律事实，在为对方所争执时就发生证明的对象。该定义的内容类似于日本对证明对象有关主要事实的规定，③ 我国台湾学者也持该主张。④ 关于反驳请求是否引起证明对象问题，可能会有一定争议。本文认为，反驳同样涉及需要证明的问题，举例来说，一方当事人提出诉讼时效届满，另一方则反驳没有超过，则反驳者负担证明责任，此时，涉及没有超过诉讼时效的事实即为证明对象。

根据上述定义内容，本文认为，前文论及当事人提起的民事诉讼不外乎给付之诉、变更之诉、确认之诉，而其诉讼标的或诉讼请求即当事人主张的请求

---

① 证明责任对象也即陈刚教授所称的证明对象之实体法事实。（参见陈刚：《证明责任法研究》，中国人民大学出版社 2000 年版，第 65 页。）何家弘教授也持该主张，"证明责任的适用对象属于证明对象，并且是严格证明的对象和'证明'的对象，即争诉案件的要件事实，而且通常是'要件事实'。成为证明对象的事实必须：（1）具有法律意义，即能够引起某种法律权利义务或法律效果发生、妨碍、阻却或消灭的事实。（2）有必要利用证据加以证明，即真实性尚未确定或存在争议的事实。"（参见何家弘：《证据法学研究》，中国人民大学出版社 2007 年版，第 145 页。）

② 陈刚：《证明责任法研究》，中国人民大学出版社 2000 年版，第 68—71 页。

③ 日本一般对于诉讼中的事实，按照本身的重要程度，分为主要事实、间接事实以及辅助事实三类。主要事实是指直接作为发生、变更及消灭权利之法律效果基础的事实，或者说是符合法律规定的法律效果发生之要件的事实，因此也称为要件事实或直接事实。主要事实可以说是民事诉讼证明对象的主体部分；间接事实是指当诉讼中，通过主要事实之证据对事实进行直接认定较为困难或不可能时，通过适用经验法则推认出主要事实的事实上，简而言之，就是能够推认主要事实存在与否的事实，是证明对象的重要组成部分；辅助事实是指能够对证据的证据能力与证明力产生影响的事实，辅助事实在诉讼中只有在当事人双方对证明证据的证据能力及证明力存在争议时，才成为证明的对象。（参见张卫平《外国民事证据制度研究》，清华大学出版社 2003 年版，第 321—322 页。）

④ 主要事实：发生法律效果所必要的直接事实，谓之主要事实。即合于法律规定，产生一定法律效果之构成要件之事实。于诉讼上所适用之合于法规构成要件之事实，大约得分为以下数类型。产生发生或取得一定权利之法律效果，所需之法律要件事实。例如，依民法第 474 条规定消费借贷之成立，须有金钱或其他代替物之移转，以及以同种类品质之物之返还之约定。发生法律效果之一般要件，例如，行为能力等。妨碍法律效果发生之法律要件事实，例如通谋为虚伪意思表示，错误之意思表示，意思能力欠缺，契约之自始不能等。使已发生之权利归于消灭规定之法律要件事实。例如，已清偿、抵消、消灭时效，债之免除等。（参见雷万来：《民事证据法论》，台湾瑞兴图书股份有限公司 1997 年版，第 29 页。）

权大多是要求对方承担民事责任。以当事人要求对方承担的民事责任为例，包括违反合同的民事责任或称违约责任、侵权的民事责任①、返还不当得利、无因管理之债、缔约过失责任、② 责任竞合。③ 无论当事人要求对方承担哪一类责任，根据有关民法、商法、经济法规定都应有法律事实即实体法事实的存在。

（1）侵权的民事责任的实体法事实

此类事实包括：①违法行为的存在。②造成损失。包括财产损失（实际损失和可得利益损失）和精神损失。③违法行为与造成损失有因果关系。因果关系是客观事物之间的前因后果的关联性，一现象出现是另一现象存在所必然引起，因果关系是必要条件，而非唯一条件。例如，某公司诉某信用社损失赔偿纠纷一案，案情是：甲公司职员受委托收取乙公司支付货款的汇票，汇票注明收款人甲公司，但该汇票的解付银行某工商银行在没有甲公司有效签章背书的情况下予以解付，并将该款转账到甲公司职员预先在某信用社开的假账户④，后某信用社又严重违规将该款让甲公司职员提取现金外逃，造成甲公司直接经济损失 50 多万。这里可以说某信用社严重违规有违法行为，也造成甲公司损失，而且违法行为与造成损失有因果关系，因此判决某信用社承担了部分责任。但是只能说某信用社严重违规是造成损失的必要条件，而非唯一条件，因为某工商银行若不违规，也不可能造成损失。④主观上符合归责原则规定。归责原则分过错（故意或过失，包括过错推定）归责、严格责任（也称无过错责任）、公平责任原则、共同责任原则。如《民法通则》第 109 条、第 128 条、第 129 条、第 132 条、第 133 条⑤以及《最高院贯彻执行〈民法通则〉若干问题意见》（试行）

---

① 包括对方的侵权和第三人的侵权，第三人的侵权如《合同法》第三百零二条规定的旅客的伤亡责任。

② 《合同法》第 42 条、第 43 条规定。

③ 《合同法》第 122 条规定仅可以选择，同时《合同法解释》（一）第 30 条规定对选择的请求庭前可以变更；事实上责任竞合时也允许同时竞合，例如违约责任与返还不当得利、《民法通则》第 115 条规定的解除合同与赔偿损失（租赁合同纠纷要求对方返还财产和非法使用的收益）。

④ 该账户名称是甲公司，但公章为私刻，某信用社开户的程序也严重违规。

⑤ 《民法通则》第 109 条规定："因防止、制止国家的、集体的财产或者他人的财产、人身遭受侵害而使自己受到损害的，由侵害人承担赔偿责任，受益人也可以给予适当的补偿。"第 128 条规定："因正当防卫造成损害的，不承担民事责任。正当防卫超过必要的限度，造成不应有的损害的，应当承担适当的民事责任。"第 129 条规定："因紧急避险造成损害的，由引起险情发生的人承担民事责任。如果危险是由自然原因引起的，紧急避险人不承担民事责任或者承担适当的民事责任。因紧急避险采取措施不当或者超过必要的限度，造成不应有的损害的，紧急避险人应当承担适当的民事责任。"第 132 条规定："当事人对造成损害都没有过错的，可以根据实际情况，由当事人分担民事责任。"第 133 条规定："无民事行为能力人、限制民事行为能力人造成他人损害的，由监护人承担民事责任。监护人尽了监护责任的，可以适当减轻他的民事责任。"

第 142 条、第 155 条、第 156 条、第 157 等规定公平责任原则；《民法通则》第 130 条①以及《最高院贯彻执行〈民法通则〉若干问题意见》（试行）第 148 条规定共同责任原则；《民法通则》第 106 条第 2 款②以及《最高院贯彻执行〈民法通则〉若干问题意见》（试行）第 150 条规定侵权过错归责原则；《民法通则》第 126 条、③ 第 127 条④规定侵权过错推定原则；《民法通则》第 106 条第 3 款、第 121 条、⑤ 第 122 条、⑥ 第 123 条、⑦ 《最高院贯彻执行〈民法通则〉若干问题意见》（试行）第 149 条、第 152 条、第 153 条以及《环保法》第 41 条等规定严格责任。

（2）返还不当得利民事责任的实体法事实

根据我国《民法通则》第 92 条规定，⑧ 返还不当得利民事责任的实体法事实应该包括：取得了利益；致人受损；无法律上的原因。⑨

（3）违反合同的民事责任或称违约责任的实体法事实

违反合同的民事责任或称违约责任的实体法事实包括：①违约行为的存在。②主观上符合归责原则规定。归责原则分过错（故意或过失，包括过错推定）归责、严格责任（也称无过错责任）、公平责任原则、共同责任原则。绝大部分为《合同法》规定的严格责任；而《合同法》分则中大量的有名合同（第 189 条规定的赠与合同、第 222 条规定的租赁合同、

---

① 《民法通则》第 130 条规定："二人以上共同侵权造成他人损害的，应当承担连带责任。"

② 《民法通则》第 106 条规定："公民、法人违反合同或者不履行其他义务的，应当承担民事责任。公民、法人由于过错侵害国家的、集体的财产，侵害他人财产、人身的，应当承担民事责任。没有过错，但法律规定应当承担民事责任的，应当承担民事责任。"

③ 《民法通则》第 126 条规定："建筑物或者其他设施以及建筑物上的搁置物、悬挂物发生倒塌、脱落、坠落造成他人损害的，它的所有人或者管理人应当承担民事责任，但能够证明自己没有过错的除外。"

④ 《民法通则》第 127 条规定："饲养的动物造成他人损害的，动物饲养人或者管理人应当承担民事责任；由于受害人的过错造成损害的，动物饲养人或者管理人不承担民事责任；由于第三人的过错造成损害的，第三人应当承担民事责任。"

⑤ 《民法通则》第 121 条规定："国家机关或者国家机关工作人员在执行职务中，侵犯公民、法人的合法权益造成损害的，应当承担民事责任。"

⑥ 《民法通则》第 122 条规定："因产品质量不合格造成他人财产、人身损害的，产品制造者、销售者应当依法承担民事责任。运输者、仓储者对此负有责任的，产品制造者、销售者有权要求赔偿损失。"

⑦ 《民法通则》第 123 条规定："从事高空、高压、易燃、易爆、剧毒、放射性、高速运输工具等对周围环境有高度危险的作业造成他人损害的，应当承担民事责任；如果能够证明损害是由受害人故意造成的，不承担民事责任。"

⑧ 《民法通则》第 92 条规定："没有合法根据，取得不当利益，造成他人损失的，应当将取得的不当利益返还受损失的人。"

⑨ 李双元、温世扬：《比较民法学》，武汉大学出版社 1998 年版，第 596—599 页。

第 265 条规定的承揽合同、第 303 条规定的客运合同财产损失、374 条规定保管合同、第 406 条规定委托合同等）规定采取过错归责原则，而第 302 条规定承运人应对旅客的伤亡承担第三人过错致害责任。

另外，一方当事人提出的抗辩意见认为另一方提出的诉讼请求已过诉讼时效，根据举证责任分配原则，另一方当事人有责任证实自己主张的权利在法律保护期限之内。

4. 法律争点

根据逻辑推理的三段论法来分析民事审判，法律、法规是大前提，民事案件发生的具体事实是小前提，得出的结论就是裁判结果；根据证明责任法分析民事审判，主张诉讼请求需要的法律规范也同样必须适用。因此，法院要作出正确的裁判，必须了解作为大前提的法律、法规。对于适用法律，原则上应由法院依职权进行。因为法院的职责就是适用法律作出裁判，法律上如何规定，如何解释，法官有清楚了解的义务。如果法官不知道法律规定就作出裁判，就是违反法律，违背职责。所以一般来说，法律不是证明对象，当事人对之也不负举证责任，但当事人为了提请法官注意，在陈述中也可表达自己对适用法律的意见，以供法官参考。如美国的律师在法庭辩论时就常援用成文法进行宣读，以帮助法官进行调查。[①] 然而，法院依职责所应知悉的法律，仅限于本国现行法律法规，在我国包括：我国参加或缔结的并已对我国生效的国际条约，全国人大及其常委会制定的法律，国务院制定的行政法规，国务院各部委制定的部门规章。如果是地方法院还应知悉本省人大及其常委会制定的地方性法规，本自治区的自治条例和单行条例等。对于其他的地方性法规，习惯以及外国现行法，由于其种类和内容繁多，任何法官都不可能通晓，因此不属于法官依职责应知悉的范围。如果在裁判中必须适用或参考这些地方性法规或外国现行法，则必须对此加以证明。如果法院无法知道内容，当事人对之就负有举证责任。"法律争点包括对既有法律规范的冲突、模糊词语意义的确定及法律空白的补充等争执点。法官在确认争点时必须十分清楚当事人及其代理律师所争执的法律问题是确实存在的'真问题'，而不是因法律知识缺乏而形成的'假问题'。"[②]

对需要援用的外国法，其性质属于事实还是法律，存在不同的见解。一种

---

① 叶自强：《民事证据研究》，法律出版社 1999 年版，第 28 页。

② 冯文生："争点整理程序研究"，载《法律适用》2005 年第 2 期，第 45 页。

主张认为依本国冲突规范而适用的外国法相对于内国而言，只是单纯的事实。英美法系国家多奉行此说。第二种主张认为须查明的外国法是法律，由于内外国法律是完全平等的，因此本国法官适用外国法同适用内国法一样，没有区别。这是意大利、法国等国家的学者所主张的理论。第三种主张是折中说，认为外国法既非单纯的事实，亦非绝对的法律，而是一种特殊的法律事实。所以，证明外国法也必须采取有别于确定事实的程序，但又不同于确定法律的程序。德国、日本和东欧国家采取这种做法。① 我国立法没有明文规定外国法查明的方法，但《最高人民法院关于适用〈涉外经济合同法〉若干问题的解答》第 2 条第 11 款规定："在应适用的法律为外国法时，人民法院如不能确定其内容的，可以通过下列途径查明：①由当事人提供；②由我国驻该国的使、领馆提供；③由该国驻华使、领馆提供；④由中外法律专家提供。" 以后，《最高人民法院关于贯彻执行〈中华人民共和国民法通则〉若干问题的意见（试行）》第 193 条又增加了一个途径，即由与中国订立司法协助协定的缔约对方的中央机关提供。

5. 经验法则

所谓经验法则，"是人们在长期生产、生活以及科学试验中通过对客观外界普遍现象与通常规律的一种理性认识，在观念上它属于不证自明的公认范畴。司法审判上的经验法则是社会日常经验法则的一个必要而特殊的组成部分，其特殊性表现在法官常常根据自身的学识、亲身生活体验或被公众所普遍认识与接受的那些公理经验作为法律逻辑的一种推理定式"② 。我国台湾学者雷万来认为，"经验法则之适用，最典型者莫过于事实之推定。所谓事实之推定，即以某事实，依经验法则之适用，推定其他事实（间接事实或主要事实）之存在。易言之，认定要证事实不以直接证据，而以间接事实经过经验法则之适用，推定该要证事实之存否。就认定要证事实之过程而言，应属间接证明之一种。但就其完全依赖经验法则以推定事实而言，在概念上似乎又较之间接证明为狭隘。间接事实推定力之大小，完全视经验法则之盖然率而定。因此，因经验法则盖然率之高低，推定事实之方法得分为三大类型，①虽然各个经验法则之盖然率不高，但因综合的适用各个经验法则之结果，提高推定之可能性。②若有强度之盖然性之经验法则时，往往仅以单一的经验法则，即足以推定要证事实之存否。③若有特别高度之盖然性存在时，即可依表现证明之法理，以

---

① 韩德培：《国际私法新论》，武汉大学出版社 1997 年版，第 200—201 页。
② 毕玉谦："举证责任分配体系之构建"，载《法学研究》1999 年第 2 期，第 59 页。

认定事实"①。

在诉讼证明的论证中，经验法则是与诉讼证据和证明方法并列的三大要素之一。经验法则是证明的基础，决定我们对证据的利用程度。经验法则因其性质不同，可分为一般经验法则与特别经验法则两种，或普通经验法则和特殊经验法则。普通经验法则，即人们对实践经验的一般性归纳总结；特殊经验法则，即人们对实践经验的真理性归纳总结，如 DNA 同一性认定中"主干"经

---

① 此乃经验法则三大作用之一，另外两个作用为：一是法概念之解释。抽象法规范不外以"合于一定之要件者，赋予一定之法律效果"，为其命题之形态。当法院将使此抽象法规具体化，作为法规适用三段论法之大前提时，首先必须确定该抽象法规之内容。若该抽象法规之法律要件，以特定的、较具体的概念为其内容时，由于该法律要件所表示之概念，仅以语言上之经验法则，已足可明确的表达其含义，尚不致发生重大疑义。然而抽象之法规，却常以抽象的概念，如过失、公序良俗、诚实信用等，有待填充其价值之概念为其内容。由十此等规定之概念，并未明白地表示出具体的内容，在具体的诉讼中，为确保其与具体的主要事实之关联性，势必先确定其内容（填充其价值）。易言之，若以法规原来规定之形态，以抽象法规概念为前提，具体事实为小前提之三段论法，判断具体的事实，在本质上根本就无从推论。即法院为法的判断时，必须使抽象的法规具体化。固然上述之抽象概念，并非无一定之一般定义（法之解释）。例如过失，一般皆指就一定结果之发生应能认识，因欠缺注意而未认识。然而在判断抽象的过失之有无，尚须考量是否欠缺该一定社会地位、职业等一般要求之注意，即善良管理人之注意。若以医师之注意义务而言，则以诊疗当时，实际临床上之医疗水准为判断过失有无之基准。事实上所谓医学上的医疗水准，在经验法则上尚可区分为若干之阶段，例如实验的阶段、学术理论上的阶段、研究水准的阶段乃至于医疗水准的阶段。上项以医疗水准定过失之基准，不外乎上述经验法则再予法的评价（价值判断）。然于具体的判断医师之行为或不行为是否违背上项之基准时，仅就上项之基准尚无法作具体的判断（因尚未明确的标示），最后仍须依经验法则予以具体的判断（例如依平均一般的医师，于病患注射之际，必定充分消毒注射器具。于腹腔开刀手术后，绝不致将纱布仍留置于病患之腹腔内）。依此经验法则所作之判断，仍是一种法的评价。即使注意义务常依交易上技术上之经验法则以决定其内容，但只不过予以法评价之资料而已。因此经验法则之实际上之作用，仅予法评价以助力，而非法评价之本身。某行为或不行为，即使依经验法则认为有过失。但仍有待以法的评价。在如此之法的适用过程下，经验法则与法的判断，其作用之结果虽然常重叠，但仍不失为各自发挥功能。经验法则之作用，与法的三段论法之大前提颇相类似。因此有主张"适用法律之际，若仅确定事实仍嫌不足，必须就所确定之事实关系之有无，是否合于过失、因果关系？等事宜予以价值判断。而经验法则，则具有法律判断之大前提的部分作用。即使依经验法则解释意思表示时，更能显现其法律问题之性质。……在此情形下，通常将经验法则视同法律解释之问题。"然而法律之判断，法令之解释于决定之际，有关注意义务之基准，是否合于该基准，固然依经验法则予以决定，但不能据此谓之为经验法则之具体的个别的适用。就以前例而言，注意义务究竟以何种程度为基准（例如究依平均医师之水准？专科医师之水准？离岛医师之水准？或综合医院之水准？个人医院之水准？）乃法的判断之对象，经验法则之适用本身，应非法律问题。二是法律行为之解释。于具体诉讼中，当事人间常以法律行为之内容作为主要的争执对象。遇有当事人就法律行为发生争执时，（A）首先在形式上先确定当事人意思表示之态样如何？（B）其次依该表示之态样，所相表达者为何种意思？（解释）（C）最后以法的评价判断，以该内容之法律行为，究竟有效或无效。此经验法则虽作为探求当事人本意之基准，但最后之评价仍属法院。决定法律行为之裁判，事实上常将客观的法律内容之决定作用，与法的价值判断同时进行。因此在名称上虽是以经验法则，但实际上却为法的价值的判断。（参见雷万来：《民事证据法论》，台湾瑞兴图书股份有限公司 1997 年版，第 33—40 页。）

验法则，是有关某一符合点谱带在个体群中的分布频率，它经过了一定数量规模的抽样调查统计，因而接近于特殊经验法则。两者的主要区别是有无经过严格的逻辑证明和严格的观察与实验的验证。① "若属于通常人所知之一般经验法则，法官无待证明得直接予以适用。因此，非证明之对象。若属于非通常人所得知之专门知识之经验法则，即有待当事人之主张及举证。此时，即为证明之对象。法官即使对此专门的经验法则，具有相当之造诣，为确保予当事人有平等的陈述意见之机会，仍应依循证明之程序。"②

针对经验法则是否属于证明对象的内容，我国大陆学者有很大争议。主张经验法则属于证明对象内容的学者认为，"一般经验法则是人们从日常社会生活或者法律生活中所体验、感知的一类事实，由于这类事实构成要素之间的因果关系经过长期的反复验证，代表着一种类型事物发展的通常趋势或规律，它是以事实的盖然性作为其内容，由此而形成的规则，其本身自无证明的必要。因此，一般经验法则可不作为利用其他证据加以证明的对象。但是，就特别经验法则而论，因其规则的形成是基于特别知识或经验所取得的事实，对这种事实本身在诉讼上仍可作为证明的对象。"③ 反对者认为，"经验法则是不以法律的存在而存在的。同时，在诉讼中，经验法则也独立于案件证据的，不需要案件证据的证明"④。

台湾地区学者对此问题的争议集中在经验法则的性质，属于事实还是法律？"在于如系前者，法院得以其私人知识而利用，故法院不知时，只须经自由的证明即可，且不受当事人自认之拘束，违反时，属判决违背法令，得为上诉第三审之理由；如系后者，则不得利用其私人知识，一般人不明了时，须经严格的证明，但因适用辩论主义，故得为自认，违反时，仅事实认定错误，非属违背法令。"⑤

（三）免予证明的事实与非免证事项

民事诉讼中作为裁判根据的事实，虽然经常要通过证据加以证明，但并非

---

① 刘昊阳：《诉讼证明科学》，中国人民公安大学出版社 2007 年版，第 228—233 页。

② 雷万来：《民事证据法论》，台湾瑞兴图书股份有限公司 1997 年版，第 33 页。

③ 毕玉谦："试论民事诉讼中的经验法则"，载《中国法学》2000 年第 6 期，第 111 页。类似主张的，如："对于这些专门知识的经验法则，有时可以成为证明对象，而对一般人们皆能知道或了解的经验法则，则不成为证明对象。"（参见罗筱琦、陈界融：《证据方法及证据能力研究》（上），人民法院出版社 2006 年版，第 26 页。）

④ 刘昊阳：《诉讼证明科学》，中国人民公安大学出版社 2007 年版，第 229 页。

⑤ 杨建华：《海峡两岸民事程序法论》，台湾月旦出版社股份有限公司 1997 年版，第 326 页。

所有事实均须以证据证明。诉讼中有的事实的真实性十分明显，有的事实被法律推定为真实，还有的事实因当事人承认而被视为真实。法院在裁判中对这些事实可以直接确认而无须再证实其真实性。法律将这些事实排除于证明对象的范围以外，是因为这些事实或者是双方当事人均无争议，或者是法院依经验法则显然可认定，不再对这些事实进行证明，可以节省宝贵的司法资源，避免诉讼拖延，降低诉讼成本。

根据我国《民事诉讼法》第 67 条规定，经过法定程序公证证明的法律行为、法律事实和文书，人民法院应当作为认定事实的根据。但有相反证据足以推翻公证证明的除外。除此以外，法律上并没有明文规定免予证明的事项。但《最高人民法院关于适用〈中华人民共和国民事诉讼法〉若干问题的意见》第 75 条规定了当事人无须举证的事项包括：当事人承认的事实；众所周知的事实和自然规律及定理；推定的事实；预决的事实；公证的事实。① 《最高人民法院关于民事诉讼证据的若干规定》第 8 条规定自认和拟制自认的事实无须举证证明，② 第 9 条规定当事人无须举证证明事实包括：众所周知的事实；自然规律及定理；推定的事实；预决的事实；仲裁裁决所确认的事实；公证的事实。但对众所周知的事实、推定的事实、预决的事实、仲裁裁决所确认的事实和公证的事实，当事人有相反证据足以推翻的除外。③ 因此，由于上述法律与司法解释对免于证明对象所规定内容的不同，学理上关于免予证明的事实范围的观点有重大分歧。有相当多的学者还是主张免证对象范围包括自认的事实、众所周知的事实、自然规律及定理、推定的事实、预决的事实、仲裁裁决所确

---

① 《最高人民法院关于适用〈中华人民共和国民事诉讼法〉若干问题的意见》第 75 条规定：下列事实，当事人无须举证：（1）一方当事人对另一方当事人陈述的案件事实和提出的诉讼请求，明确表示承认的；（2）众所周知的事实和自然规律及定理；（3）根据法律规定或已知事实，能推定出的另一事实；（4）已为人民法院发生法律效力的裁判所确定的事实；（5）已为有效公证书所证明的事实。

② 《最高人民法院关于民事诉讼证据的若干规定》第 8 条规定诉讼过程中，一方当事人对另一方当事人陈述的案件事实明确表示承认的，另一方当事人无须举证。但涉及身份关系的案件除外。对一方当事人陈述的事实，另一方当事人既未表示承认也未否认，经审判人员充分说明并询问后，其仍不明确表示肯定或者否定的，视为对该项事实的承认。当事人委托代理人参加诉讼的，代理人的承认视为当事人的承认。但未经特别授权的代理人对事实的承认直接导致承认对方诉讼请求的除外；当事人在场但对其代理人的承认不作否认表示的，视为当事人的承认。当事人在辩论终结前撤回承认并经对方当事人同意，或者有充分证据证明其承认行为是在受胁迫或者重大误解情况下作出且与事实不符的，不能免除对方当事人的举证责任。

③ 《最高人民法院关于民事诉讼证据的若干规定》第 9 条规定下列事实，当事人无须举证证明：（一）众所周知的事实；（二）自然规律及定理；（三）根据法律规定或者已知事实和日常生活经验法则，能推定出的另一事实；（四）已为人民法院发生法律效力的裁判所确认的事实；（五）已为仲裁机构的生效裁决所确认的事实；（六）已为有效公证文书所证明的事实。前款（一）、（三）、（四）、（五）、（六）项，当事人有相反证据足以推翻的除外。

认的事实和公证的事实。① 有的主张免证对象范围仅包括自认的事实、众所周知的事实、推定的事实。② 有学者认为，预决的事实、仲裁裁决所确认的事实和公证的事实不是真正的、彻底的免证事实，而且也是为其他大多数国家不认可的。③ 还有学者主张毋庸证明的对象分为一般的毋庸证明的对象和特殊的毋庸证明的对象。④ 一般的毋庸证明的对象包括司法认知的事实、推定的事实和有效公正文书记载的事实；特殊的毋庸证明的对象仅仅适用于民事诉讼活动中，包括自认的事实、拟制自认的事实和先前判决确认的事实。针对上述司法解释规定的内容，笔者认为：

1. 属于免予证明的事实

笔者认为，免予证明的事实仅仅包括当事人承认的事实、众所周知事实或显著的事实和自然规律及定理。

（1）当事人承认的事实

当事人承认可分为对事实的承认和对诉讼请求的承认。对事实的承认是指一方当事人对于另一方当事人在诉讼上所主张的对己不利的事实，承认其为真实。当事人对事实的承认又称为自认，事实经一方自认后，另一方即免除对此事实的举证责任，但自认并不导致自认当事人败诉的结果。对诉讼请求的承认又称为认诺，是指一方当事人对于另一方提出的诉讼请求表示承认，它会导致法院作出使认诺的当事人败诉的判决。对事实的承认与举证责任免除的关系更为密切，也更具理论探讨的意义，因此，证据范畴上的承认仅指对事实的承认，不包括权利主张。⑤ 因为，权利主张涉及法律适用问题，法院不能彻底不管。"法律法规、经验法则、法律解释和法律问题都不是自认的对象。不能因为对方承认当事人主张的经验法则，该经验法则就视为真实存在并约束法院。就具体事实而言，自认对象又仅限于主要事实，对于间接事实和辅助事实不发

---

① 张卫平：《民事诉讼法》，法律出版社 2004 年版，第 198—200 页；江伟：《证据法学》，法律出版社 1999 年版，第 57 页；叶青：《诉讼证据法学》，北京大学出版社 2006 年版，第 235—238 页。

② 最高人民法院民事诉讼法调研小组：《民事诉讼程序改革报告》，法律出版社 2003 年版，第 199—124 页。

③ 肖建华：《民事证据法理念与实践》，法律出版社 2005 年版，第 138 页。

④ 毋庸证明的对象又被称为免证事实。毋庸证明的事实仅仅是一种初步的事实认定，该项事实认定仍然可能遭受来自对方当事人的反驳性证明。（参见吴宏耀、魏晓娜：《诉讼证明原理》，法律出版社 2002 年版，第 89—90 页。）

⑤ 一般而言，自认的对象仅限于当事人提出的事实主张，而不包括权利主张。因为证明的对象是事实，而不是权利。当然在许多场合，对事实的承认，其后果就是对权利的承认。但在逻辑上，自认仍然不是直接针对权利主张的，尽管有时权利主张与事实主张的区别并不是那么明显。（参见张卫平：《民事诉讼法》，法律出版社 2004 年版，第 199 页。）

生自认效力。"① 另外，根据《最高人民法院关于民事诉讼证据的若干规定》第8条第2、3款还规定了拟制自认的事实无须举证证明，② 即对一方当事人陈述的事实，另一方当事人既未表示承认也未否认，经审判人员充分说明并询问后，其仍不明确表示肯定或者否定的，视为对该项事实的承认。当事人委托代理人参加诉讼的，代理人的承认视为当事人的承认，但未经特别授权的代理人对事实的承认直接导致承认对方诉讼请求的除外；当事人在场但对其代理人的承认不作否认表示的，视为当事人的承认。另外，拟制自认的事实无须举证证明不能绝对化，法官同样应该酌情处理，如我国台湾地区民事诉讼法规定："当事人对于他所主张之事实，为不知或不记忆之陈述者，应否视同自认，由法院审酌情形断定之。"③ 另外，有学者提出，我国拟制自认制度需要当事人辩论主义诉讼模式环境以及自由心证的证据评价制度的践行、法官释明制度的完善、诚实信用原则与当事人真实义务的确定和证据开示制度的设置。④

依承认时间的不同，承认可分为诉讼上的承认和诉讼外的承认，或裁判上的自认和裁判外的自认。诉讼上承认是指当事人在诉讼过程中向法官承认对方所主张的不利于自己的事实。⑤ 根据《民事诉讼法》第13条之规定，自认制度符合当事人处分原则的规定。⑥ 对诉讼上承认的效力，目前世界各国主要有两种情况，多数国家的法律不要求法院对诉讼上的承认进行审查，而直接赋予

---

① 张卫平：《民事诉讼法》，法律出版社2004年版，第199页。

② "拟制自认，又称准自认，是非曲直指在审前准备程序或言词辩论中，当事人一方对于他方主张的于己不利的事实，保持'沉默'（不明白表示其意思），或者'不知道'或'不记得'陈述，或者在言词辩论期日缺席的情形下，对其行为推定为'不予争执'的意思从而成立自认。拟制自认在性质上属于推定自认。"（参见奚玮："民事诉讼中的拟制自认：比较、借鉴与重构"，载陈光中、汪建成、张卫平：《诉讼法理论与实践——司法理念与三大诉讼法修改》，北京大学出版社2006年版，第812页。）

③ 我国台湾地区民事诉讼法第279条规定："当事人主张之事实，经他造于准备书状内或言辞辩论时或在受命法官、受托法官前自认者，毋庸举证。当事人于自认有所附加或限制者，应否视有自认，由法院审酌情形断定之。自认之撤销，除另有规定外，以自认人能证明与事实不符或经他造同意者，始得为之。"第280条规定："当事人对于他造主张之事实，于言词辩论时不争执者，视同自认。但因他项陈述可认为争执者，不在此限。当事人对于他造主张之事实，为不知或不记忆之陈述者，应否视同自认，由法院审酌情形断定之。当事人对于他造主张之事实，已于相当时期受合法之通知，而于言词辩论期日不到场，亦未提出准备书状争执者，准用第一项之规定。但不到场之当事人系依公示送达通知者，不在此限。"

④ 奚玮："民事诉讼中的拟制自认：比较、借鉴与重构"，载陈光中、汪建成、张卫平《诉讼法理论与实践——司法理念与三大诉讼法修改》，北京大学出版社2006年版，第817—818页。

⑤ 这里所指的"裁判上或诉讼上"并不是一个时间概念，即不是指诉讼或审判开始以后至诉讼结束或审判结束前这一段期间，而是指在法律规定的一定程序中，即是一个空间概念。例如，在准备程序中、言词辩论程序中。（参见张卫平：《民事证据制度研究》，清华大学出版社2004年版，第129—130页。）

⑥ 第十三条规定："当事人有权在法律规定的范围内处分自己的民事权利和诉讼权利。"

承认具有免除举证的效力，但也有少数国家的法律规定法院必须对承认的真实性进行认真的审查，然后才能确立是否可以把它作为认定事实的依据。大陆法系、英美法系国家的法律基本上属于前一种情况，前苏联和东欧各国的法律大体上属于后一种情况。① 诉讼外的承认是当事人在诉讼过程外承认对方当事人主张的事实。各国诉讼理论和实践都否定诉讼外承认具有免除举证责任的效力。但当事人可以把它作为证据来证明所主张的事实，法官可以将它作为判断事实的资料。

在适用自认制度方面，实践中存在争议的问题是一审中当事人的自认能否在二审中以提出证据推翻。主张不能推翻的理由是：当事人对自己的权利有处分的自由，根据诚实信用原则，当事人不能随意否定自己的诉讼行为，导致整个审理程序的无效。诉讼程序必须具有稳定性和严肃性，同时还具有规则的游戏性。② 笔者认为，根据《最高人民法院关于民事诉讼证据的若干规定》第 8 条第四款和第 74 条规定，③ 推翻自认仅仅是指：一是在辩论终结前撤回承认并经对方当事人同意；二是当事人反悔并有相反证据足以推翻的除外。而对于有充分证据证明其承认行为是在受胁迫或者重大误解情况下作出且与事实不符的，没有限定当事人在何时提出否则自认。另外，根据当事人的民事行为的合法性要求，以合法的形式掩盖了非法的目的，或者自认系双方恶意串通损害国家利益、社会公共利益或第三人的利益，应该视为客观上的不真实。

（2）众所周知事实或显著的事实和自然规律及定理

《最高法院关于〈民事诉讼法〉若干问题的适用意见》第 75 条第 2 款和《最高人民法院关于民事诉讼证据的若干规定》第 9 条第（一）、（二）项的规定，众所周知的事实和自然规律及定理，当事人无须举证证明。但对众所周知的事实，当事人有相反证据足以推翻的除外。

自然规律和定理，即具有科学性，其真实性已经过科学的验证。区别于司法认知，司法认知是指审判上的认知或知悉，具体说指法院对应适用的法律和事实，不待当事人主张予以考虑，不待举证，就认为事实。即予以认知，把它认为真实，作为判决的根据。司法认知范围包括法律和事实，如众所周知的事实、行政事项、司法事项（法制、条令、政府权力组织和措施等）、其他事实（定理、自然规律等）。司法认知应包含众所周知事实和自然规律及定理。自

---

① 李浩：《民事举证责任研究》，中国政法大学出版社 1993 年版，第 199 页。

② 张卫平：《民事诉讼法》，法律出版社 2004 年版，第 200 页。

③ 《最高人民法院关于民事诉讼证据的若干规定》第 74 条规定："诉讼过程中，当事人在起诉状、答辩状、陈述及其委托代理人的代理词中承认的对己方不利的事实和认可的证据，人民法院应当予以确认，但当事人反悔并有相反证据足以推翻的除外。"

然规律及定理因其真实性已经经过了实践的多次检验，因此也不用重新证明，如万有定律等。一般认为，自然规律和定理不允许当事人提出相反证据，对此，也有学者提出对其妥当性应予商榷的质疑。①

显著的事实即一般人众所周知的事实，是指一定区域内具有一般知识的大多数人都知道的事实。因为该事实既然一般人知道，法官作为一般人的一部分，必然也知道；从诉讼经济的要求出发，不应当将人力、物力和时间用在大家都知晓的事实证明上。所谓"众所周知"，也是相对而言，有的事实为全国甚至全世界的大多数人知晓，有的事实只在本省或本市内被多数人知晓，所以确定众所周知的事实的范围不能过宽。此外，事实的众所周知，要受时间流逝的影响。原来属于众所周知的事实随着时间推移会变得不为多数人知晓。因此，法官在确定众所周知的事实时应因地因时制宜，不能绝对化。对于随着时间推移变得不为众所周知的事实，当事人仍要负举证责任。

对于确定某一事实是否为众所周知的事实的标准，诉讼理论上有不同见解。英美法系国家大都以一般人知晓为标准，认为凡是为一般人所了解的事实，法官作为一般人的一部分，也必然知晓。大陆法系国家则以法官认知为标准，认为法官是一般人的一部分，若法院认为某一事实是一般人都知道的，即可免予证明。② 台湾地区学者认为，众所周知的事实不须各个人尽行知悉，仅以社会上一般人能知悉为已足。构成法院之推事，同时为社会之构成员，自亦应知悉。③ 的确"众所周知"的事实，不是人人皆知的事实，而应该具有相对性和限定性。具体来说，是指一定区域内具有通常知识经验的一般人都知道的事实。其基本条件或特征有：众所周知的事实具有时间和空间的相对性；众所周知的事实必须为特定时空范围内的一般社会成员都知道；众所周知的事实应为审理案件的法官知晓。④

众所周知的事实是否必须经当事人主张，法院才能把它作为裁判的基础，学术界对此有不同的主张。民事诉讼法采用辩论主义，因此，原则上一切诉讼资料，都必须由当事人自行提出，法院才加以考虑，作为裁判的依据。但由于众所周知的事实是人们所共知的常性事实，具有相当大的真实性和证明力，可以依据其作出正确可靠的判断。如果因为当事人未主张就完全不考虑其作为裁判依据的可能，这未免过于机械，也会使法官失去一项可以资以利用以进行正

---

① 肖建华：《民事证据法理念与实践》，法律出版社 2005 年版，第 141 页。
② 陈一云：《证据学》，中国人民大学出版社 1991 年版，第 143 页。
③ 王甲乙、杨建华、郑健才：《民事诉讼法新论》，台湾三民书局有限公司 1992 年版，第 351 页。
④ 肖建华：《民事证据法理念与实践》，法律出版社 2005 年版，第 138—139 页。

确裁判的有效手段。而且，利用头脑中常识性的知识进行分析判断是正常人逻辑思维中必不可少的过程，法官也是按照正常人的思维习惯推理和思考。如果让法官在当事人未主张的情况下，对最普遍的常识性知识也要装作视而不见，这就显得过分僵化和呆板，也不利于实体裁判的公正。为了求得裁判所依据事实的真实性，应该赋予法官主动认定众所周知的事实并将其作为判决依据的职权。台湾地区民事诉讼法第 278 条规定："事实于法院已显著或为其职务上所已知者，毋庸举证。前项事实，虽非当事人提出者，亦得斟酌之。但裁判前应令当事人就其事实有辩论之机会。"同时，法院判例确认，如在裁判前未晓谕当事人辩论，而采为裁判之基础者，其裁判为有法律上之瑕疵，得为上诉第三审之理由。① 台湾地区的这种规定既赋予法院认定显著事实的职权，保证了法院判决所依据事实的真实性，又给予当事人对法院认定的事实陈述意见，进行辩论和提供反证的机会。通过规定利害关系相对一方当事人的质疑机制，能够防止法官的擅断以及滥用权力认定事实。规定当事人可以以未获辩论机会为理由提起上诉，则为当事人提供了有效的救济途径。

2. 非免予证明的事项

笔者认为，生效裁判所预决的事实、推定的事实、公证的事项不属于免予证明的事项。

（1）预决的事实

预决的事实（有学者称"已决事实"），② 是指已发生法律效力的法院裁判所确定的事实。③ 在以后审理的案件中，预决的事实不须要再行证明，除非出现新的证据或理由，否则法院应当予以确认。主张预决的事实具有被预先确认的效力即预决效力者认为，④ 一方面是因为该事实在其他诉讼中已为法院查明，另一方面是为了保持本案裁判与他案裁判的协调，防止法院对同一事实的认定相互冲突。

我国民事诉讼法对预决事实的证据效力并无明确规定，但最高人民法院《适用民事诉讼法意见》第 75 条规定："已为人民法院发生法律效力的裁判所确定的事实，当事人无须举证。"据此，理论界一般认为，法院生效裁判所确定的事实属于免予证明的事实，在与该事实有关的其他案件中，法院可以直接确认

---

① 王甲乙、杨建华、郑建才：《民事诉讼法新论》，台湾三民书局有限公司 1992 年版，第 351 页。

② "已为生效前诉判决所认定的事实，通常称为'已决事实'。"（翁晓斌："论已决事实的预决效力"，载《中国法学》2006 年第 4 期，第 180 页。）

③ 参见《民事诉讼法适用意见》第 75 条第 4 款。

④ "前诉已决事实对后诉判决的事实认定所具有的决定性效力，通常称为'预决效力'。"翁晓斌："论已决事实的预决效力"，载《中国法学》2006 年第 4 期，第 180—181 页。

该事实，免除当事人的举证责任。但是，对于生效裁判所确定的事实的证据效力，学者间有着不同的理解。一种意见认为，根据法律规定，所有人民法院作出的已生效的判决或裁定，都同样具有法律效力，除认定错误，必须依法定程序再审外，人民法院均无权再次进行审判。如果人民法院在审理其他案件时须要运用这些事实，可以直接加以采用，不必再作为证明对象加以证明。① 第二种意见认为，最高人民法院《适用民事诉讼法意见》第75条的规定仅是免除当事人举证责任的一般规则，人民法院在审理具体案件时，认为需要当事人举证的，不受上述规则限制，仍有权要求当事人举证。② 第三种意见认为，对生效裁判确定的事实，既承认它源自法律效力的证据效力，也基于情势对它进行必要的审查。即法官一般只须对生效裁判所确定的事实作形式审查，即审查该裁判文书本身的真实性和是否已发生法律效力，这是其法定义务；法官基于情形上的义务对某一生效裁判作出审查，如发现可能有错，应通过法定程序确认，才有权在当前的审判中否定其证据效力。③ 第四种意见认为，最高人民法院《适用民事诉讼法意见》第75条的规定仅是规定对已决事实无须举证，并不等于已决事实具有预决效力，该规定没有在后诉中否认已决事实的当事人是否可以提出反证，可见该规定并未就已决事实是否具有预决效力提供答案。该学者批评最高法院于2002年颁布的《关于规范人民法院再审立案的若干意见（试行）》第8条的规定，④ 认为是间接的承认了已决事实具有预决效力。但该学者同时又主张通过"再审前置"解决已决事实的预决效力问题，乃是最为合理的一种方案。⑤

笔者认为，从既判力的角度对生效裁判所认定事实的预决效力进行考察，可以发现对预决事实的证据效力的承认来源于国家审判权作用的结果。基于国家的审判权威，必须维持法院作出的确定判决，除非出现法定事由，否则既不允许当事人对生效裁判提出异议，也不允许法院作出与生效裁判确定事实相抵触的判断。从社会公共利益考虑，这是为了限制当事人对诉讼制度的滥用，实现判决解决诉讼的机能，维护司法裁判的尊严和权威。但是，直接赋予生效裁判中认定的事实具有与裁判本身一样的既判力，这在司法实践中也会带来一系列消极影响。首先，法官在诉讼过程中根据其他生效裁判直接认定事实，这将

---

① 柴发邦：《民事诉讼法学》，北京大学出版社1998年版，第119页。

② 王怀安：《中国民事诉讼法学教程》，人民法院出版社1992年版，第145页。

③ 吴绍祥："民事裁判的证据效力"，载《人民法院报》1999年11月17日。

④ 《关于规范人民法院再审立案的若干意见（试行）》第8条的规定："对终审民事裁判、调解的再审申请，具备下列情形之一的，人民法院应当裁定再审：……（四）就同一法律事实或同一法律关系，存在两个相互矛盾的生效文书，再审申请人对后一生效法律文书提出再审申请的：……。"

⑤ 翁晓斌："论已决事实的预决效力"，载《中国法学》2006年第4期，第183—184页。

使具有利害关系的一方当事人失去对该事实提出异议，进行辩论的机会。当事人可能有充足的理由支持相反的事实，但受到既判力的约束而无法主张，这不仅在程序上造成双方当事人地位的不平等，同时也难以达到实体裁判的公正。我国目前法官队伍的整体素质还不够理想，某些地区的法院地方保护主义倾向严重，在这种现实情况下，承认生效判决所认定的事实的预决效力，还会造成对事实错误认定危害的扩大。其次，直接肯定判决理由中的判断有既判力，在诉讼理论上会造成难以克服的缺陷。因为若承认其既判力，就应当承认在当事人提出数个攻击或防御方法时，法院无自由选择权，当事人可以指定审判的顺序，法院应受其制约，若承认其既判力，还不得不承认当事人仅对判决理由不服时，也应当有提起上诉的权利，这终将导致诉讼拖延，与迅速解决纠纷的要求背道而驰。① 因此，本文主张，不能确认预决事实具有预决效力，也不赞同通过"再审前置"解决已决事实的预决效力问题。本文认为，从完善诉讼证据制度角度来看，应该肯定生效裁判确定的事实的证明作用，承认当事人可提供生效裁判确定的事实的文书作为证据使用，并具有证明效力即证明力；但是，是证据自然就有反证，因此，同时有必要赋予当事人就有关事实提出质疑和反证的权利。这与《最高人民法院关于民事诉讼证据的若干规定》第 9 条的规定有所不同，② 第 9 条的规定是把它作为一个免于证明的事实即当事人无须举证证明，尽管也规定当事人有相反证据足以推翻的除外；而本文主张的是把它作为一个具有证明力的证据看待。这是因为：如果确认预决事实具有预决效力，就意味着在任何情况下，后诉当事人不得对前诉已决事实再行争议，审理后诉的法院必须将前诉已决事实作为判决的前提，不得重新审理，更不得予以推翻。③ 根据既判力理论，④ 既判力的客观范围原则上以判决主文中的判断事项为限，判决理由没有既判力，但有关债的抵消抗辩的判断除外。⑤ 因为既

---

① 江伟：《中国民事诉讼法专论》，法律出版社 1999 年版，第 208 页。

② 《最高人民法院关于民事诉讼证据的若干规定》第 9 条规定："下列事实，当事人无须举证证明：……（四）已为人民法院发生法律效力的裁判所确认的事实；前款（一）、（三）、（四）、（五）、（六）项，当事人有相反证据足以推翻的除外。"

③ 翁晓斌："论已决事实的预决效力"，载《中国法学》2006 年第 4 期，第 184 页。

④ 判决实质上的确定力即既判力，是指法院作出的终局判决一旦生效，当事人和法院都应当受该判决内容的拘束，当事人不得在以后的诉讼中主张与该判决相反的内容，法院也不得在以后的诉讼中作出与该判决冲突的判断。简言之，不允许对终局判决再起争执的效力就是既判力。（参见张卫平：《民事诉讼法》，法律出版社 2004 年版，第 119 页。）

⑤ 我国台湾地区《民事诉讼法》第 400 条规定："诉讼标的于确定之终局判决中经裁判者，除法律另有规定外，当事人不得就该法律关系更行起诉。主张抵消之对待请求，其成立与否经裁判者，以主张抵消之额为限，不得更行主张。"（陶百川、王泽鑑、刘宗荣、葛克昌：《最新综合六法全书》，台湾三民书局 2003 年版，第 371 页。）

判力的客观范围是对应诉讼标的的范围，按照前文讨论的诉讼标的理论，要求"一诉不再理"。在具体制度的完善方面，应解决以下几个方面的问题。第一，区别不同性质的生效裁判确定事实的证明力。刑事诉讼、民事诉讼和行政诉讼三者有着不同的证明标准，由于证明标准的差异，同一项事实在三种不同性质的诉讼中可能会产生不同的、甚至是相反的认定结果，而这会对当事人的利益产生巨大影响。以刑事诉讼和民事诉讼为例，由于刑事案件关系利益的重大性，在证明标准上要高于民事诉讼，要求达到"排除一切合理怀疑"或"高度盖然性"，而民事诉讼只要求达到盖然性占优势。如果对此不加区分，一概认定刑事裁判确定的事实在民事诉讼中也具有证明力，则会对民事诉讼当事人产生不利后果。例如，在我国司法实践中，实行"先刑后民"、"先行政后民事"，以及刑事附带民事诉讼、行政附带民事诉讼的制度，因此，当某一案件刑事诉讼中被告人被宣告无罪或行政诉讼中原告败诉，都直接导致受害人或行政相对人的民事权益必然无法受到保护的后果。根据《刑事诉讼法》第 162 条规定，法院作出无罪判决的原因，既可以是依据法律认定无罪，也可是因证据不足而不能认定有罪。这两种情形均不能排除被告人承担民事责任的可能性，而被害人却无法得到有效的民事司法救济，这显然不公平。① 所以，应该建立生效裁判确定的事实只能在同性质的审判中发生证明力的原则。民事诉讼中的预决事实必须是法院依据民事程序作出的判决中认定的事实。第二，应确定判决主文的既判力具有相对性。所谓既判力的相对性，是指只有当事人、原因和标的都相同时，才产生既判力。因此，生效判决确定的判断原则上也只在相对人之间并且只对一定范围内的权利义务发生效力。② 第三，在民事诉讼案件中，法院可以对生效裁判确定的事实予以审查，直接认定其真实性。但同时必须赋予当事人就有关事实提出反证的权利。如果当事人提出了足以推翻预决事实的证据时，法院就必须对预决事实重新审查以确定其是否真实。若法院未给予当事人对事实提出质疑反证的机会，当事人可以此为理由提起上诉或申请再审。

仲裁裁决中预决的事实认定与法院裁判预决的事实认定基本相同，在此不多复述。

---

① 张西安："人民法院生效裁判确定的事实的证据效力初探"，第三届全国民事诉讼法学研讨会提交论文。

② 根据划定既判力主观范围的原则，既判力只对提出请求及相对的当事人有拘束力。（张卫平：《民事诉讼法》，法律出版社 2004 年版，第 127 页。）当然也有例外，例如，我国台湾地区《民事诉讼法》第 401 条规定："确定判决，除当事人外，对于诉讼系属后为当事人之继受人者，及为当事人或其继受人占有请求之标的物者，亦有效力。对于为他人而为原告或被告者之确定判决，对于该他人亦有效力。前两项之规定，于假执行之宣告准用之。"

（2）推定的事实

根据牛津法律大辞典的解释，所谓推定，根据证据法，指从其他业已确定的事实中必然或可以推断出的事实推论或结论。推定通常分为三种：第一种是结论性的或不可反驳性的法律推定，即不容反证的法律推定。这种推定并非真正的证据问题，而是法律原则，如推定十岁以下的儿童无罪。第二种是反驳性的法律推定（法律上的推定），即在法律没有相反证据的情况下推出的结论。第三种是事实推定。指从事实判断或陪审团从其他已证实的事实中推出的结论。特定的事实推定的强或弱依情节以及有无可选择的解释标准而定。另外，在解释法律的过程中，也存在所谓的推定，这种推定根本不真正涉及证据，仅仅只是解释的规则。① 美国学者摩根认为，"使用推定，即在描写某一事实或若干事实与另一事实或若干事实间之关系。某一事实，即基础事实（甲），另一事实，则为推定事实（乙）"②。该主张并没有区分几种情况。

在我国，由于《最高人民法院关于适用〈中华人民共和国民事诉讼法〉若干问题的意见》第75条规定了当事人无须举证的事项包括推定的事实，将"根据法律规定或已知事实，能推定出的另一事实"规定为当事人无须举证的法定情形之一；《最高人民法院关于民事诉讼证据的若干规定》第九条则规定了当事人无须举证证明事实包括推定的事实，但又补充规定了当事人有相反证据足以推翻的除外。因此，大多数学者都认为从司法解释的规定和学理上分析，推定可以分为法律推定和事实推定，或者三分法、四分法。③ 法律推定是立法者根据两个事实之间的常态联系，在法律上明文规定的推定，如明文规定当已知事实（A）存在，就推定事实（B）存在，其依据是立法者在法律上作出的规定。事实推定是指在具体诉讼中，法官根据某一已知事实，依据经验法则进行逻辑推理来推定系争事实的存在。法律上的推定，其效力是：在没有相反的证据之前，法院可以依法推定，或假定其推定事实存在。事实上的推定，其效力在于减轻或免除主张者的举证责任，直到对方提不出相反的证据事实为

---

① ［英］戴维·M. 沃克著，李双元等译：《牛津法律大辞典》，法律出版社2003年版，第895页。

② ［美］摩根著，李学灯译：《证据法之基本问题》，台湾世界书局1960年版，第57页。转引自裴苍龄"再论推定"，载《法学研究》2006年第3期，第119页。

③ 如张卫平教授认为"推定可分为两类：事实上的推定和法律上的推定。法律的又分为两类：法律上的事实推定和法律上的全路推定"。（参见张卫平：《民事诉讼法》，法律出版社2004年版，第198页。）"反观《关于民事诉讼证据若干规定》第9条，不区分事实推定和法律推定，凡推定事实皆属免证事实，一律规定有免除当事人举证责任的效果，这种做法是欠考虑的。"（肖建华：《民事证据法理念与实践》，法律出版社2005年版，第143页。）三分法，如牛津法律大辞典的解释。四分法，如英国学者克劳斯将推定分结论性即不可反驳的法律推定；说服性推定即可反驳的法律推定；证据性推定；临时性推定即可反驳事实推定。（参见沈达明编著《英美证据法》，中信出版社1996年版，第68页以下。）

止。如对方当事人提出可受容许的反证，则推定停止生效，而由审理事实者根据双方的证据作出判断。①

笔者赞同推定是认定事实的特殊方法，也就是司法证明的特殊方法。"这个特殊性就表现在，它是对事实之间常态联系的肯定。常态联系是事实之间相互联系的基本的和主导的方面，但不是全部，因为，有时还会出现变态联系。可见，肯定常态联系只是一种选择。一般证明方法都是证明事实，推定则是选择事实。这就是推定的特殊性。"② 同时，推定的上述分类不科学，也无实际意义。这是因为，第一，如上文指出，结论性的或不可反驳性的法律推定，即不容反证的法律推定。这种推定并非真正的证据问题，而是法律原则。实质上表达的也是法律拟制。第二，推定都是对事实的推定，就是法律规定的推定问题之对象也是事实问题。③

那么，推定的事实是否属于免予证明对象？本文认为，推定的事实不属于免予证明对象，理由是：推定的成立必须有真实的基础事实，而基础事实就是一项证据，④ 推定的基础事实必须是一项具有盖然效力的证据。⑤ 因此，在适用推定时，当事人首先必须对基础事实加以证明，确认其真实性，日本学者与我国台湾地区学者等主张的间接事实就类似推定的基础事实，是属于须要被证明的证明对象范畴；⑥ 再利用人为设置的基础事实与推定事实之间的充分条件联系

---

① 叶自强："论推定法则"，载陈光中、江伟《诉讼法论丛》（第2卷），法律出版社1998年版，第462—463页。

② 裴苍龄："再论推定"，载《法学研究》2006年第3期，第121页。

③ 同上书，第124页。

④ 它同时又是一项证据规则，为法律或法官依已知的事实推论未知的事实所得的结果。基础事实→推定事实（必须是假定的事实），例如《民法通则》第126条规定"建筑物或者其他设施以及建筑物上的搁置物、悬挂物发生倒塌、脱落、坠落造成他人损害的，它的所有人或者管理人应当承担民事责任，但能够证明自己没有过错的除外。"这就是一个过错推定，即加害人举不出无过错则推定有过错。还有无过错推定，如《民法通则》第123条规定"从事高空、高压、易燃、易爆、剧毒、放射性、高速运输工具等对周围环境有高度危险的作业造成他人损害的，应当承担民事责任；如果能够证明损害是由受害人故意造成的，不承担民事责任。"即加害人举不出对方过错则视为对方无过错。

⑤ "证据的盖然效力蕴涵的两种可能性应为常态联系和变态联系的关系，也即应构成'一般和个别'、'常规和例外'的关系。"（裴苍龄："再论推定"，载《法学研究》2006年第3期，第122页。）

⑥ "间接事实：非主要事实，仅作为依经验法则推定主要事实之用。例如不在场（虽非主要事实，但可推定主要事实——侵害之不存在）。又如裁判外之自认，虽不得视为自认，但非不得以之为间接事实，推定该事实之存否。"（雷万来：《民事证据法论》，台湾瑞兴图书股份有限公司1997年版，第30页。）"间接事实，是指当诉讼中，通过主要事实之证据对事实进行直接认定较为困难或不可能时，通过适用经验法则推认出主要事实的事实上，简而言之，就是能够推认主要事实存在与否的事实，是证明对象的重要组成部分。"（参见张卫平《外国民事证据制度研究》，清华大学出版社2003年版，第321—322页。）

推导出推定事实的存在。特别是非法律明文规定的推定，具有不稳定性、不可靠性的特点，世界上大多数国家都不承认事实推定具有免除举证责任的效力。①

在适用推定时必须遵守的首要原则是，允许对方当事人对推定事实加以反驳，也即允许对方当事人对推定事实进行证伪。推定作为一种根据事物间的联系作出的逻辑推断，它具有一定局限性。通过推定确认的事实，其真实程度具有一定的盖然性，即推定不可能百分之百符合客观真实。尤其是非法律明文规定的推定，并没有严格的适用指导规则，主要依靠法官内心的判断，"在实务方面从事推论而违背经验法则，及伦理法则，所在多有，民刑皆然。借口自由心证、多凭情况证据或所谓间接证据，为偏而不全之推论，甚至仅凭主观之推测。由此建立一种理论，无异创造一种结论，危险殊甚，无可讳言"。② 因此，为了克服推定存在的局限，无论法律推定还是事实推定，都应允许当事人提出反证，以保证推定正确的运用。

上述内容也同时反映了只要基础事实被证明，推定的效力将引发举证责任的转移。③ 这是因为，若基础事实被证明成立，推定的事实应认定为事实，那么，自然不利对方，不利一方当事人只有提出反证来推翻被推定的事实或使被推定的事实处于真伪不明的状态，才能阻止法官认定被推定的事实，否则，只能接受由推定带来的不利后果。④

（3）公证证明的事实

所谓公证，是指应当事人的申请，具有公信权限的公证机构对法律行为、法律事实和文书的真实性、合法性进行证明的活动。与仲裁制度和诉讼制度相比，公证制度属于纠纷预防机制，而仲裁制度和诉讼制度属于事后的纠纷解决、救济机制。⑤ 根据《中华人民共和国民事诉讼法》第 67 条及《民事诉讼法适用意见》第 75 条第 5 款规定公证证明的事实为无须举证证明的事实，同时，又规定有相反证据足以推翻的除外，因此，仅从该规定来分析无须举证证明也是有条件的。本文主张公证证明的事项应确定为一个证明力非常强大的证明，该公证书依然属于证据的一类，是一个难以反驳的直接证明，而非间接证明；⑥ 并且凡是主张为已有效公证文书所记载的事实的人，负有向法院提交该

---

① 肖建华：《民事证据法理念与实践》，法律出版社 2005 年版，第 142—143 页。

② 李学灯：《证据法比较研究》，台湾五南图书出版公司 1995 年版，第 301 页。

③ 《最高人民法院关于民事诉讼证据的若干规定》第九条则规定推定的事实无须举证，但当事人有相反证据足以推翻的除外。该规定也体现了推定事实确定后将引发举证责任的转移。

④ 裴苍龄："再论推定"，载《法学研究》2006 年第 3 期，第 124 页。

⑤ 肖建华：《民事证据法理念与实践》，法律出版社 2005 年版，第 147 页。

⑥ 张卫平：《民事证据制度研究》，清华大学出版社 2004 年版，第 124—125 页。

公证文书的举证义务。如我国台湾地区民事诉讼法第 355 条规定，文书，依其程序及意旨得认作公文书者，推定为真正。公文书之真伪有可疑者，法院得请作成名义之机关或公务员陈述其真伪。第 358 条第 1 款规定，私文书经本人或其代理人签名、盖章或按指印或有法院或公证人之认证者，推定为真正。很显然该规定只是将公证文书确定的事项推定为真实，而不能确定为由法院主动司法认知。

另外，经过公证的债权文书则与一般公证书不同，它不仅属于免予证明的事实，并可由当事人直接作为具有法律效力的债权凭证向申请强制执行，因为有法律明文规定。

参 考 文 献

一、著作类

1. 梁慧星：《裁判的方法》，法律出版社 2003 年版。

2. 梁慧星：《民法解释学》，中国政法大学出版社 1995 年版。

3. 梁慧星：《民法总论》，法律出版社 2004 年版。

4. 江伟：《证据法学》，法律出版社 1999 年版。

5. 陈计男：《民事诉讼法论》，台湾三民书局 2007 年版。

6. ［日内瓦］瓦尔特·哈布沙伊德、维尔茨堡：《证明权》，载米夏埃尔·施蒂尔纳编、赵秀举译《德国民事诉讼法学文萃》，中国政法大学出版社 2005 年版。

7. 李浩：《民事举证责任研究》，中国政法大学出版社 1996 年版。

8. 张卫平：《民事证据制度研究》，清华大学出版社 2004 年 7 月版。

9. 何家弘：《证据法学研究》，中国人民大学出版社 2007 年版。

10. 卞建林：《刑事证明理论》，中国人民公安大学出版社 2004 年版。

11. ［德］考夫曼著，刘幸义等译：《法律哲学》，法律出版社 2004 年版。

12. ［美］鲁格罗·亚狄瑟著，唐欣伟译：《法律的逻辑——法官写给法律人的逻辑指引》，法律出版社 2007 年版。

13. 刘金友：《证据法学》，中国政法大学出版社 2001 年版。

14. 陈刚：《证明责任法研究》，中国人民大学出版社 2000 年版。

15. ［日］中村英郎，陈刚、林剑锋、郭美松译：《新民事诉讼法讲义》，法律出版社 2001 年版。

16. 江伟：《民事诉讼法学原理》，中国人民大学出版社 1999 年版。

17. 常怡：《民事诉讼法学》，中国政法大学出版社 1999 年版。

18. 王亚新：《对抗与判定——日本民事诉讼的基本结构》，清华大学出版社 2002 年版。

19. 雷万来：《民事证据法论》，台湾瑞兴图书股份有限公司 1997 年版。

20. 程春华：《民事证据法专论》，厦门大学出版社 2001 年版。

21. ［波兰］卢卡西维茨著，李真、李先焜译：《亚里士多德的三段论》，商务印书馆 2004 年版。

22. 王路：《逻辑的观念》，商务印书馆 2000 年版。

23. ［德］拉德布鲁赫著，米健、朱林译：《法学导论》，中国大百科全书出版社 1997 年版。

24. 卞建林主编：《证据法学》，中国政法大学出版社 2000 年版。

25. ［美］波斯纳著，苏力译：《法理学问题》，中国政法大学出版社 2001 年版。

26. ［德］萨维尼著，许章润译：《论立法与法学的当代使命》，中国法制出版社 2001 年版。

27. ［德］考夫曼·哈斯墨尔著，郑永流译：《当代法哲学和法律理论导论》，法律出版社 2002 年版。

28. 李学灯：《证据法比较研究》，台湾五南图书出版公司 1995 年版。

29. 卡尔·拉伦茨著，陈爱娥译：《法学方法论》，商务印书馆 2003 年版。

30. 冯文生：《推理与诠释——民事司法技术范式研究》，法律出版社 2005 年版。

31. 季卫东：《法治秩序的构建》，中国政法大学出版社 1999 年版。

32. ［法］雅克·盖斯旦等著，陈鹏、张丽娟、石佳友、杨燕妮、谢汉琪译：《法国民法总论》，法律出版社 2004 年版。

33. 王泽鉴：《法律思维与民法实例》，中国政法大学出版社 2001 年版。

34. 黄茂荣：《法学方法与现代民法》，中国政法大学出版社 2001 年版。

35. 王甲乙、杨建华、郑健才：《民事诉讼法新论》，台湾三民书局有限公司 2006 年版。

36. 张卫平：《程序公正实现中的冲突与衡平——外国民事诉讼研究引论》，成都出版社 1993 年版。

37. 张卫平：《诉讼构架与程式——民事诉讼的法理分析》，清华大学出版社 2000 年版。

38. 李龙：《民事诉讼标的理论研究》，法律出版社 2003 年版。

39. 段厚省：《请求权竞合与诉讼标的研究》，吉林人民出版社 2004 年版。

40. 程春华：《破产救济研究》，法律出版社 2006 年版。

41. 肖建国：《民事诉讼程序价值论》，中国人民大学出版社 2000 年版。

42. 齐树洁：《民事司法改革研究》，厦门大学出版社 2000 年版。

43. 王泽鉴：《民法总则》（增订版），中国政法大学出版社 2001 年版。

44. 魏振瀛：《民法》，北京大学出版社、高等教育出版社 2000 年版。

45. 龙卫球：《民法总论》，中国法制出版社 2002 年版。

46. 王泽鉴：《民法概要》，中国政法大学出版社 2003 年版。

47. ［德］梅迪库斯著，邵建东译：《德国民法总论》，法律出版社 2000 年版。

48. ［德］罗森贝克著，庄敬华译：《证明责任论——以德国民法典和民事诉讼法典为基础撰写》（第四版），中国法制出版社 2002 年版。

49. 陈金钊：《法治与法律方法》，山东人民出版社 2003 年版。

50. ［德］施塔姆勒：《法学理论》，1911 年版，第 24—25 页，转引自［德］卡尔·恩吉施著，郑永流译：《法律思维导论》，法律出版社 2004 年版。

51. 郭卫华主编：《"找法"与"造法"——法官适用法律方法》，法律出版社 2005 年版。

52. 陶百川、王泽鑑、刘宗荣、葛克昌：《最新综合六法全书》，台湾三民书局 2003 年版。

53. 沈宗灵：《现代西方法理学》，北京大学出版社 1992 年版。

54. 毕玉谦：《民事证据法及其程序功能》，法律出版社 1997 年版。

55. 林立："'原则立论法'与'唯一正解'的幻象"，载葛洪义主编《法律方法与法律思维》（第 1 辑），中国政法大学出版社 2002 年版。

56. ［美］博登海默著，邓正来译：《法理学——法律哲学与法律方法》，中国政法大学出版社 1996 年版。

57. 王利明：《司法改革研究》，法律出版社 2000 年版。

58. 王泽鉴：《法律思维与民法实例——请求权基础理论体系》，中国政法大学出版社 2001 年版。

59. 黄建辉：《法律阐释论》，新学林出版社股份有限公司 2000 年版。

60. ［德］卡尔·拉伦茨著，陈爱娥译：《法学方法论》，商务印书馆 2003 年版。

61. 张卫平主编：《民事程序法研究》（第三辑），厦门大学出版社 2007 年版。

62. 张文显：《法理学》，高等教育出版社、北京大学出版社 1999 年版。

63. 王怀安：《中国民事诉讼法学教程》，人民法院出版社 1992 年版。

64. 江伟：《中国民事诉讼法专论》，法律出版社 1999 年版。

65. ［英］戴维·M·沃克著，李双元等译：《牛津法律大辞典》，法律出版社 2003 年版。

66. ［美］摩根著，李学灯译：《证据法之基本问题》，台湾世界书局 1960 年版。

67. ［美］哈特·托尼·奥诺尔著，张绍谦、孙战国译：《法律中的因果关系》（第二版），中国政法大学出版社 2005 年版。

68. 陈一云：《证据学》，中国人民大学出版社 1991 年版。

69. 肖胜喜：《刑事诉讼证明论》，中国政法大学出版社 1994 年版。

70. 陈瑞华："程序正义论纲"，载陈光中、江伟《诉讼法论丛》（第 1 卷），法律出版社 1998 年版。

71. 沈达明编：《英美证据法》，中信出版社 1996 年版。

72. 陈瑞华："程序正义论纲"，载陈光中、江伟《诉讼法论丛》（第 1 卷），法律出版社 1998 年版。

73. 陈朴生：《刑事证据法》，台湾三民书局 1979 年版。

74. 陈桂明：《诉讼公正与程序保障》，中国法制出版社 1996 年版。

75. 叶青：《诉讼证据法学》，北京大学出版社 2006 年版。

76. 樊崇义：《证据法学》，法律出版社 2001 年版。

77. 江伟：《民事诉讼法》，高等教育出版社 2000 年版。

78. 张卫平：《外国民事证据制度研究》，清华大学出版社 2003 年版。

79. 《马克思恩格斯选集》（第 3 卷），人民出版社 1972 年版。

80. 叶自强：《民事证据研究》，法律出版社 1999 年版。

81. 胡锡庆：《诉讼证据学通论》，华东理工大学出版社 1995 年版。

82. 何家弘：《新编证据法学》，法律出版社 2000 年版。

83. 陈朴生：《比较刑事证据法各论》，汉林出版社 1984 年 4 月版。

84. 陈刚：《证明责任法研究》，中国人民大学出版社 2000 年版。

85. 李双元、温世扬：《比较民法学》，武汉大学出版社 1998 年版。

86. 韩德培：《国际私法新论》，武汉大学出版社 1997 年版。

87. 刘昊阳：《诉讼证明科学》，中国人民公安大学出版社 2007 年版。

88. 罗筱琦、陈界融：《证据方法及证据能力研究》（上），人民法院出版社 2006 年版。

89. 杨建华：《海峡两岸民事程序法论》，台湾月旦出版社股份有限公司 1997 年版。

90. 江伟：《证据法学》，法律出版社 1999 年版。

91. 叶青：《诉讼证据法学》，北京大学出版社 2006 年版。

92. 最高人民法院民事诉讼法调研小组：《民事诉讼程序改革报告》，法律出版社 2003 年版。

93. 肖建华：《民事证据法理念与实践》，法律出版社 2005 年版。

94. 吴宏耀、魏晓娜：《诉讼证明原理》，法律出版社 2002 年版。

95. 柴发邦：《民事诉讼法学》，北京大学出版社 1998 年版。

二、论文类

1. 黄松有：“和谐主义诉讼模式：理论基础与制度构建——我国民事诉讼模式转型的基本思路”，载《法学研究》2007 年第 4 期。

2. 谢进杰：“审判对象的运行规律”，载《法学研究》2007 年第 4 期。

3. 焦宝乾：“三段论推理在法律论证中的作用探讨”，载《法制与社会发展》2007 年第 1 期。

4. 姜强：“三段论：私法自治与哲学诠释学——对朱庆育博士的一个反驳”，载《法制与社会发展》2007 年第 3 期。

5. 张永泉：“论诉讼上之真伪不明及其克服”，载《人大复印报刊资料——诉讼法．诉讼制度》2005 年第 6 期，第 26 页；原载《法学评论》2005 年第 2 期。

6. 王利明：“民法案例分析的基本方法探讨”，载《人大复印报刊资料——民商法学》2004 年第 5 期，第 66、70 页；原载《政法论坛》2004 年第 2 期。

7. 段厚省：“论民事案件裁判方法——在事实和法律之间探寻”，载《法律适用》2006

年第 5 期。

8. 郑永流："法律判断大小前提的构建及其方法"，载《法学研究》2006 年第 4 期。

9. 何家弘："让证据走下人造的神坛"，载《法学研究》1999 年第 5 期。

10. 孙海龙、高伟："裁判方法——联结事实．法律与裁判的桥梁"，载《人民司法》2007 年第 1 期。

11. 陈林林："基于法律原则的裁判"，载《法学研究》2006 年第 3 期。

12. 李安："裁判形成的思维过程"，载《法制与社会发展》2007 年第 4 期。

13. 蔡彦敏："对'以事实为根据，以法律为准绳原则'的重新释读"，第三届全国民事诉讼法学年会论文集。

14. ［美］W. N. 赫菲尔德著，陈端洪译：《司法推理中应用的基本法律概念》（上），载《环球法律评论》2007 年第 3 期。

15. 冯文生："争点整理程序研究"，载《法律适用》2005 年第 2 期。

16. 毕玉谦："举证责任分配体系之构建"，载《法学研究》1999 年第 2 期。

17. 毕玉谦："试论民事诉讼中的经验法则"，载《中国法学》2000 年第 6 期。

18. 翁晓斌："论已决事实的预决效力"，载《中国法学》2006 年第 4 期。

19. 张西安："人民法院生效裁判确定的事实的证据效力初探"，第三届全国民事诉讼法学研讨会提交论文。

20. 裴苍龄："再论推定"，载《法学研究》2006 年第 3 期。

21. 罗筱琦："民事判决对象的比较分析"，载江伟主编《比较民事诉讼法国际研讨会论文集》，中国政法大学出版社 2004 年版。

22. 陈光中、王万华："论诉讼法与实体法的关系——兼论诉讼法的价值"，载陈光中、江伟《诉讼法论丛》（第 1 卷），法律出版社 1998 年版。

23. 李浩："我国民事证据制度的问题与原因"，载王利明、江伟、黄松有《中国民事证据的立法研究与应用》，人民法院出版社 2000 年版。

24. 奚玮："民事诉讼中的拟制自认：比较、借鉴与重构"，载陈光中、汪建成、张卫平《诉讼法理论与实践——司法理念与三大诉讼法修改》，北京大学出版社 2006 年版。

25. 叶自强："论推定法则"，载陈光中、江伟《诉讼法论丛》（第 2 卷），法律出版社 1998 年版。

26. 赵仁洋："法官如何思维——建评（2002）湖民初字 432 号判决"，载郑永流主编《法哲学与法社会学论丛》（七），中国政法大学 2005 年版。

27. 吴绍祥："民事裁判的证据效力"，载《人民法院报》1999 年 11 月 17 日。

28. See David M. Walker, *The Oxford Comlanion to Law*. Oxfoed：Clarendon Press, 1980.

29. Eckhoff, *Guiding Standards in Legal Reasoning*. 29 Current Legal problems, 1976.

30. See Julius Stone, *From Principles*. 97 The Law Ouarterly Review, 1981.

31. Adrian Keane, *The Modern Law of Evidence*. Butterworth Co （Publishers）Ltd, 1994.

· 中国社会科学院法学博士后论丛 ·

农村集体土地权利状况调查及纠纷的司法解决

——基于调研提出的涉农典型纠纷的解决途径

Investigations on the Rights of the Collective-Owned Rural Land and the Judicial Resolutions to the Related Disputes

——Proposed resolutions to the typical rural land-related disputes on the basis of investigations and researches

博士后姓名　韩延斌

流 动 站　中国社会科学院法学研究所

研 究 方 向　民商法学

博士毕业学校、导师　中国人民大学　杨大文

博 士 后 合 作 导 师　孙宪忠

研 究 工 作 起 始 时 间　2004 年 9 月

研 究 工 作 期 满 时 间　2007 年 9 月

作 者 简 介

韩延斌，男，1966 年 1 月生，汉族，籍贯河北武安，出生地山西大同。1983 年 9 月至 1987 年 7 月就读于山西大学法学院法学专业，获法学学士学位。1987 年 7 月至 1995 年 9 月在山西省雁北地区中级人民法院、大同市中级人民法院工作。1991 年 3 月至 1992 年 3 月在中国人民大学外语系日语专业学习。1992 年 9 月至 1995 年 7 月就读于中国人民大学法学院民商法专业，获法学硕士学位。1995 年 9 月至 1998 年 7 月就读于中国人民大学法学院民商法专业，获法学博士学位。1998 年 7 月至今，最高人民法院审判员，现任民事审判第一庭第五合议庭审判长。2004 年 8 月至 2007 年 9 月在中国社会科学院法学研究所博士后流动站从事博士后研究工作。主要学术著作有：《最高人民法院关于审理商品房买卖合同纠纷案件司法解释的理解与适用》、《最高人民法院关于审理涉及国有土地使用权合同纠纷案件司法解释的理解与适用》、《最高人民法院关于审理农村土地承包合同纠纷案件司法解释的理解与适用》、《最高人民法院关于适用〈中华人民共和国婚姻法〉若干问题的解释（一）》、《最高人民法院关于适用〈中华人民共和国婚姻法〉若干问题的解释（二）》、《最高人民法院劳动争议司法解释的理解与适用》、《〈中华人民共和国物权法〉条文理解与适用》、《基层人民法院法官培训教材》等。在《民事审判指导与参考》、《人民司法》、《中国民事审判前沿》等刊物上发表了数篇有一定学术价值和影响的专业论文。

农村集体土地权利状况
调查及纠纷的司法解决

——基于调研提出的涉农典型纠纷的解决途径

韩延斌

内容摘要： 在对农村土地制度现状所进行的司法实践调研形成的报告基础上，根据现行法律、行政法规、司法解释的规定，结合相关理论研究成果和司法审判实践，分析农村集体土地承包经营过程中几类典型纠纷案件的成因，并提出相应的司法解决途径和对策。

农民集体所有权是集体组织内部全体农民成员共有的共同所有权，其权利主体是集体组织内部的全体农民，农村集体经济组织、村民委员会和村民小组是农村集体土地所有权的行使主体。土地承包经营权以对土地进行直接占有和支配并享有利益和排除他人干涉为内容，是通过集体土地所有权和国有土地所有权的权能分离而派生的一种用益物权。

对因承包土地的使用、收益、流转、调整、收回及土地补偿费分配而发生的纠纷，为平等民事主体之间的纠纷，人民法院应当受理。集体经济组织、村民委员会、村民小组代表村农民集体行使所有权，对集体资产享有占有、使用和处分的权能，并以此对外承担责任，是涉农纠纷的诉讼主体。对农村集体组织成员资格的判断，应以是否形成较为固定的生产、生活基本条件，并结合是否具有依法登记的集体组织所在地常住户口为一般原则，由审判机关确认。

关键词： 农村集体土地　土地承包经营权　典型纠纷　司法解决

一、农村集体土地所有权现状简况

现行的农村土地集体所有制度是在新中国成立后经历了土地改革、互助合作与人民公社、改革开放三个阶段后逐步形成的。土地改革时期彻底废除封建地主土地私有制，建立农民土地所有制，使农民个人无偿平均地获得土地，确立了农民私人的土地所有权，实现了农民几代人"耕者有其田"的夙愿。互助合作和人民公社时期通过农业生产资料的社会主义改造和人民公社运动，把个体农民私有的土地改造成为人民公社、生产大队、生产队三级所有，以生产队为基础的集体所有制。这种土地所有权制度从1962年延续到现在。1983年之后，生产队被命名为"村民小组"，是农村土地所有权的主要享有人，生产大队被命名为"村民委员会"，也是农村土地所有权的享有人，人民公社则演变成为乡镇一级政府，其土地所有权的状态现在还存在于一些大城市的郊区，谁是其所有权人，到现在基本上没有统一的法律解释。改革开放时期主要通过三个阶段对土地使用制度进行改革，使土地的所有权与使用权发生分离，全面推广实行集体土地家庭承包经营。1978—1984年是第一个阶段。这一阶段的改革主题和目标就是以农村土地使用制度改革为核心，恢复和拓展农业生产责任制，建立起家庭联产承包经营的制度，形成了统一经营和家庭经营的双层经营体制。1984—1993年是第二阶段。在该阶段的主要任务就是延长土地承包期限、拓展农民土地使用权内涵，把家庭联产承包为主的责任制和统分结合的双层经营体制作为乡村集体经济组织的一项基本制度长期稳定下来，给予制度确认和保障。通常把该阶段提出的15年不变称作第一轮土地承包。1993年至今是第三阶段。该阶段是在第二阶段确定的15年土地承包期基础上，针对第一轮土地承包过程中出现的因承包期限短和人口变动等引发的频繁调地、土地经营短期化、经营规模小等一些问题，又提出了在原定的耕地承包期到期后再延长30年不变；为避免承包耕地的频繁变动，防止耕地经营规模不断被细分，提倡在承包期内实行"增人不增地，减人不减地"的办法；在坚持土地集体所有和不改变土地用途的前提下，经发包方同意，允许土地使用权依法有偿转让；少数二、三产业比较发达，大部分劳动力转向非农产业并有稳定收入的地方，可以从实际出发，尊重农民的意愿，对承包土地作必要的调整，实行适度的规模经营。

通过第二轮土地延包工作，从政策和法律层面上赋予了农民长期而有保障的土地使用权，使原有的集体土地所有权存在形式发生了根本变化，但这些变化并不标志着农村土地产权制度改革的完结，从我国目前农村土地存在的实际状况和多方位调研情况看，农村集体土地所有权主体不清、权利虚化等问题已为社会各界所认同。虽然对政社分设后新体制下的农村土地权属问题我国法律作出规定，从立法上确立了农民集体是农村集体土地的所有权主体，并明确了集体土地所有权主体为乡（镇）农民集体、村农民集体、村民小组农民集体，但事实上，农村集体土地所有权主体的民事法律地位和内涵到底如何确定，集体内部成员的民事权利内容如何界定等问题，立法没有进一步明确规定。由此决定了重塑农村集体土地使用权主体，真正实现集体土地所有者的权益，是当前乃至今后相当长时期内我国农村土地产权制度改革的终极目标。

二、现行农村集体土地制度的法律分析

（一）农村土地集体所有权的性质和权利主体

1. 农村土地集体所有权的性质

本文认为，农民集体所有权是一种带有"总有"特征的特殊共同所有权。第一，农民集体所有权不是一般意义上的共同所有权。共同所有权是指两个或两个以上的权利主体就同一财产共同享有的所有权，包括按份共有和共同共有。按份共有是指数人按其应有份额对一物之全部享有所有权，即数个所有权人对一个物共同享有一个所有权。共同共有是指依法律规定或依合同成立共同关系的数人，基于共同关系，而共享一物的所有权。我国目前的农民集体所有权不具备按份共有和共同共有的特征。第二，农民集体所有权也不是一种由特殊民事主体——农民集体享有的单独所有权。农民集体既非自然人，也非法人或其他组织，不是民事法律关系中的独立民事主体，不能作为人格者享有集体土地所有权。① 因此，农民集体作为一个法律用语，本身并不代表某一种权利主体形态，但"'农民集体'不是一个抽象的名词，而是一种能按章程或规则行使权利的组织形式"②。它只是描述了我国现阶段的客观存在的一种农村社会组织形式，其典型形态是"村农民集体"，即某一自然村地域范围内的全体在籍农民之总和。综上所述，农民集体所有就是特定集体组织的全体农民共同所有，不是农民集体组织享有的单独所有权。第三，农民集体所有权是一种特殊形式的农民共同所有权。现行《民法通则》、《土地管理法》所确定的村农民集体所有、农村集体经济组织的农民集体所有、乡镇农民集体所有的三级所有最初是从农村土地的农民私有权嬗变而来的。由此可证明，现行的农民集体三级所有的土地是由各个农村集体组织范围内的农民私有土地集合而成的。从此角度讲，在农民集体所有的土地中应有每个农民的潜在份额。立法虽然规定了由农民私有土地集合而成的土地由农民集体所有，但已如前述，农民集体不具有民法上的民事权利主体资格，因此，不能成为农村土地的所有权主体。它

---

① 王利明：《国家所有权研究》，中国政法大学出版社 1991 年版，第 269 页。
② 肖方扬："集体土地所有权的缺陷及完善对策"，载《中外法学》1999 年第 4 期。

只是农村某一特定范围内的全体在籍农民的总和，是农村的组织形式。至于立法所规定的村集体经济组织、村民委员会、村民小组、乡镇农村集体经济组织也只是农村集体所有土地的经营者和管理者，立法并未赋予其农民集体所有土地所有权主体的地位。因此，农民集体所有应该是该集体组织内部的全体农民成员共有。但这种共有又不是传统典型意义上的共有形态，而是带有"总有"性质却又有别于传统总有的特殊共有形态。也有的学者称其为"新型总有"，即指一定的农民集体范围的成员，藉以其组成之团体对集体财产，依法按照"平等自愿、议决一致"原则占有、使用、收益和处分的权利，以及集体成员对集体财产收益的权利。[①]

对此观点，本文表示赞同。之所以说带有"总有"的性质，主要表现为：①通说认为，所谓"总有"，"乃多数人所结合，但尚未形成法律人格之共同体，以团体组成员之资格而所有之状态"。总有成员对总有财产的应有份并不具体划分，永远属于潜在份，不得分割、继承、转让。而农民集体正是由特定范围内的一定数量的农民组织结合而成的但尚未成为法律人格的农民组织共同体，该共同体对其组织范围内的生产资料总有一个所有权。由农村集体经济组织或村民自治组织经营、管理，每个农民凭借其所具有的集体成员资格，作为土地所有权的共有人对其共有的土地享有占有、使用、处分、收益的所有者权益，如承包经营土地、分配征地补偿款和其他集体财产带来的各项收益。但各个农民集体成员对总有的土地所有权所享有的共有权利应有份额是潜在的，不得要求分割、继承或转让，并随其集体成员资格的丧失（如死亡、户口迁移等）而消灭。这正适合由一定范围全体农民集体直接享有所有权，有利于维护集体公有制的巩固和发展。②"总有以团体利益为先"，"唯于全体利益与个人利益一致之范围，而许团员个别权之行使"。即农民集体土地所有权的行使受团体意志的制约，以团体利益为先，团体成员只能在全体利益与个人利益一致的范围内行使个体权利。而从农村土地的权利实现运作方式看，正是反映的总有的团体利益为先的特征，个人服从集体，土地承包经营权的转让需经发包方同意，土地调整需经村民会议三分之二以上成员或者三分之二以上村民代表的同意等等。这特征也适合维持农民集体的统一意志和整体利益，便于农民集体所有权将集体利益与其成员利益有机统一。之所以说有别于传统的总有，主要表现为：①农民集体成员和其集体组织对总有财产具有抽象的统一支配权，不再是集体组织的管理处分权和成员的使用、收益权的简单相加，而首先是农民集体组织成员通过其集体组织对总有物实现抽象的统一支配，即集体组

---

①　韩松："我国农民集体所有权的实质"，载《法律科学》1992 年第 1 期。

织成员通过其集体组织、集体组织依赖其成员对总有财产按照"平等自愿、决议一致"的原则行使占有、使用、处分和收益的权利。②农民集体成员对集体总有的财产享有收益权，即从所有权总体上享受利益，如承包经营、使用总有财产的资格，有权利用公共设施、享受公共福利等。因此，农民集体所有权是一种带有"总有"性质而又有别于传统"总有"的特殊的共有所有权形态。①

2. 农村集体土地所用权权利主体

根据《土地管理法》第 2 条的规定，全民所有即国家所有的土地的所有权由国务院代表行使，但对劳动群众集体所有制的所有权主体，本条没有明确规定。虽然立法只是确认了土地的劳动群众集体所有是农民集体所有，但"集体"的法律含义是什么？农民对于集体土地可以行使什么权利呢？现行立法并没有予以明确，使集体土地所有权权属不清，权利主体不明。由此造成长期以来在理论界的争论不休，司法实务界更无法正确适用法律解决纠纷。有的认为农村集体土地所有权主体为村农民集体、农村集体经济组织的农民集体、乡（镇）农民集体；②有的认为集体土地归属于集体经济组织③；有的认为集体土地归属于集体经济组织或村民委员会、村民小组④。我们的实地调研也证实了我国现行的集体土地所有权存在权属混乱、主体界定不明的情况。

对农村集体土地所有权的主体问题，我们认为，农村集体土地所有权的主体既不是农民集体，也不是农村集体经济组织，更不是村集体经济、村委员会、村民小组，而是各个农民集体内部的全体农民。第一，农村集体土地所有权的主体不是农民集体。虽然立法明确了村农民集体所有、农村集体经济组织的农民集体所有、乡（镇）农民集体所有的三级所有，但我们认为，所谓的农民集体并不具有确切的法律内涵。特别是"集体"一词的法律含义欠缺民法基础。根据《民法通则》、《合同法》、《民事诉讼法》、《行政诉讼法》等法律规定及民事理论，我国的民事主体主要包括自然人、法人和其他非法人组织。在我国民事立法上，并未将农民集体作为民事权利主体加以规定。由此可见，"'农民集体'既非自然人（公民个人），也非法人或其他组织（非法人组织），更不同于国家，而是指一定社区（乡镇、村、村以下组）范围内的全

---

① 余能斌主编：《现代物权法专论》，法律出版社 2002 年版，第 189 页；韩松："我国农民集体所有权的享有形式"，载《法律科学》1993 年第 3 期。

② 肖方扬："集体土地所有权的缺陷及完善对策"，载《中外法学》1999 年第 4 期；丁关良著：《中国农村法治基本问题研究》，中国农业出版社 2001 年版，第 147—158 页。

③ 皮纯协主编：《新土地管理法理论与适用》，中国法制出版社 1999 年版，第 43 页。

④ 史敏主编：《中华人民共和国土地管理法释义》，中国法制出版社 1998 年版，第 34 页。

体农民，即乡镇农民集体是指乡镇人民政府行政管辖范围内的全体农民；村农民集体是指行政村范围内的全体农民；组农民集体是指村民小组管辖范围内的全体农民"①。农民集体不是一种独立的民事主体，不具有参加民事法律关系和享有民事权利承担民事义务的法律资格，也就当然不能作为人格者享有集体土地所有权。1998 年 11 月 4 日公布实施的《中华人民共和国村民委员会组织法》所赋予村民会议的各项权利，已体现出农民作为集体成员对集体财产具有了相应的决定权。

第二，农村集体土地所有权的主体也不是农村集体经济组织。由于在《民法通则》第 74 条第二款和 1986 年的《土地管理法》第 8 条的规定中，出现了"乡（镇）农民集体经济组织所有"，"村内两个以上农业集体经济组织所有"的用语，因此，有观点即认为，农民集体所有就是农民集体经济组织所有。但《民法通则》第 74 条第二款在"乡（镇）农民集体经济组织所有"之后的规定是"可以属于乡（镇）农民集体所有"。1986 年的《土地管理法》第 8 条也是同样在"乡（镇）农民集体经济组织所有"和"村内两个以上农业集体经济组织所有"的规定之后，明确了"可以属于乡（镇）农民集体所有"、"可以属于各该农业集体经济组织的农民集体所有"。从这些规定看，对农村土地的权属最后均归结到农民集体所有，并且明确规定，村农民集体所有的土地，由村农业生产合作社等农业集体经济组织或者村民委员会经营、管理。由此可见，立法者无意于将"农民集体所有"等同于"农业集体经济组织所有"。而且在 1998 年 12 月 29 日修订并公布的《土地管理法》第 10 条将原《土地管理法》第 8 条中的两款合并为一款，取消了"农民集体经济组织所有"和"农业集体经济组织所有"的规定，统一表述为集体土地归农民集体所有。将原"已经属于乡（镇）农民集体经济组织所有的，可以属于乡（镇）农民集体所有"和"村农民集体所有的土地已经分别属于村内两个以上农业集体经济组织所有的，可以属于各该农业集体经济组织的农民集体所有"的规定，分别修改为"已经属于乡（镇）农民集体所有的，由乡（镇）农村集体经济组织经营、管理"和"已经分别属于村内两个以上农村集体经济组织的农民集体所有的，由村内各该农村集体经济组织或者村民小组经营、管理"。使得乡（镇）农民集体所有的和已经分别属于村内两个以上农村集体经济组织的农民集体所有的土地落到由乡镇农村集体经济组织和村内各该农村集体经济组织或者村民小组"经营、管理"方面。这种立法变化表明，在集体所有权的主体定位问题上，现行立法对"集体经济组织所有"是持否定态度

---

① 丁关良：《中国农村法治基本问题研究》，中国农业出版社 2001 年版，第 158 页。

的。"集体经济组织"只是农村集体土地的经营、管理者，不是农民集体所有权的主体。

第三，农村集体土地所有权的主体更不是村集体经济组织、村委员会、村民小组，而是各个农民集体内部的全体农民。根据现行法律规定，村集体经济组织、村委员会、村民小组只是农村集体土地的经营、管理者，只能行使经营管理权，不是所有权的主体。将农村集体土地所有权的主体认为是村集体经济组织、村委员会、村民小组的观点，显然是将集体土地的经营管理权主体同所有权主体相混淆了。集体经济组织、村民委员会、村民小组只是有一定范围内的农民组成的农村社会组织形式，不能成为农村集体土地所有权的主体，只有该组织内部的全体农民才是农村集体土地所有权的主体。这样也才能避免农村集体土地成为乡村干部的土地所有权。从法律规定和理论分析看，农村集体所有制仅仅是一定集体组织内全体农民共同所有生产资料的公有制形式，而农村集体所有权的实质就是该集体范围内的全体农民对包括土地在内的所有生产资料的共同所有。农民集体所有制相对于全民所有制来讲，由于农民集体一般是基于地域、血缘等自然因素由特定范围的农民组织而成，集体成员的数量、所占有的生产资料均有一定的限量，因此，在客观上形成了对生产资料直接享有所有权的可能，在主观上也具有强烈的愿望。土地改革的历史经验和现实生活中的诸多现象足以证实，只有将农民集体的土地归属与全体农民，才能避免农民集体土地所有权主体虚位和权利无主的现象，提高农民的主观能动性，高效发挥土地的利用。而不是由所谓的乡（镇）农民集体、村农民集体、组农民集体作为权利主体，更不能是乡镇集体经济组织、村民委员会或村集体经济组织、村民小组。《物权法》规定，农民集体所有的不动产和动产，属于本集体成员集体所有。这也表明，集体组织的成员按照法律的规定，对依法属于集体所有的财产共同享有占有、使用、收益和处分的权利。

（二）农村集体土地所有权的行使主体

《土地管理法》第2条规定，国家所有土地的所有权由国务院代表国家行使，而谁为劳动群众集体所有的土地的行使主体，没有明确规定。从民法所有权理论的一般原则出发，所有权主体可作为主体直接行使其所享有的所有权，也可由其他主体代为行使，而作为集体土地所有权主体的全体农民能否直接行使集体土地所有权，或由谁代表全体农民行使集体土地所有权，存有不同观点，但绝大多数将农村集体土地所有权的权利行使主体集中于农村集体经济组织、村民委员会、村民小组三类组织之间。农村集体经济组织、村民委员会、村民小组三者之中，谁能够充当农村集体土地所有权的行使主体？

本文认为，根据现行《土地管理法》和《农村土地承包法》的规定，当前农村集体土地所有权的行使主体应为农村集体经济组织、村民委员会、村民小组三类，其中以农村集体经济组织为主，村民委员会、村民小组为辅。理由：（1）《土地管理法》第10条规定："农民集体所有的土地依法属于村农民集体所有的，由村集体经济组织或者村民委员会经营、管理；已经分别属于村内两个以上农村集体经济组织的农民集体所有的，由村内各该农村集体经济组织或者村民小组经营、管理；已经属于乡（镇）农民集体所有的，由乡（镇）农村集体经济组织经营、管理。"从该规定可以看出，在对该法所确立的三级所有的农村集体土地所有权的经营、管理方面，农村集体经济组织均首当其冲，为首要的经营管理者。《农村土地承包法》第12条规定："农民集体所有的土地依法属于村农民集体所有的，由村集体经济组织或者村民委员会发包；已经分别属于村内两个以上农村集体经济组织的农民集体所有的，由村内各该农村集体经济组织或者村民小组发包。……国有所有依法由农民集体使用的农村土地，由使用该土地的农村集体经济组织、村民委员会或者村民小组发包。"这又赋予了农村集体经济组织对农村集体所有的土地有行使发包的权利。《乡村集体所有制企业条例》第18条规定："企业财产属于举办该企业的乡或者村范围内的全体农民集体所有，由乡或者村的农民大会（农民代表会议）或者代表全体农民的集体经济组织行使企业财产的所有权。"此外，在国发［1995］35号《国务院关于加强农村集体资产管理工作的通知》中也明确规定："集体经济组织是集体资产管理的主体。"2007年3月16日公布的《物权法》第60条更进一步明确规定："对于集体所有的土地和森林、山岭、草原、荒地、滩涂等，属于村农民集体所有的，由村集体经济组织或者村民委员会代表集体行使所有权；分别属于村内两个以上农民集体所有的，由村内各该集体经济组织或者村民小组代表集体行使所有权；属于乡镇农民集体所有的，由乡镇集体经济组织代表集体行使所有权。"这就在立法和政策的层面都确立农村集体经济组织为农村集体土地所有权的行使主体地位。

（2）某类组织能够代表集体土地所有权主体行使土地所有权的基本条件是，该组织能够代表所有者——农民集体的利益和要求，运用所有者的财产为所有者服务，真正达到所有权人的终极目的。农村集体经济组织是农民发展农业经济的一种重要组织形式，是以集体所有的土地、农业设施和其他公有财产为基础，以村落或居住区为单位，实行统一经营和分散经营相结合的双层经营体制为主，进行农工商综合经营，为集体成员的生产和生活提供综合服务而兴办的劳动群众集体所有制的经济实体。这就决定了农村集体经济组织具有生产服务、协调管理、资源开发、兴办企业和资产积累等职能，完全具备了行使农村集体土地所有权的基本条件，而且在现实生活中，农村集体经济组织业已充当了农村集体资产的行使主体。如农村集体土地所有权关系中所有权和经营权的分离主要是通过乡（镇）、村、组农村集体经济组织行使农村集体土地所有权作为发包方和承包方签订土地承包合同来实现；国家建设征用土地也主要是国家与农村集体经济组织签订征地协议；《土地管理法》、《乡镇企业法》等法律也规定农村集体经济组织可以依法以集体土地使用权作为联营条件，与其他单位或个人联营举办企业，也可自行设立企业。此外，由于农村集体经济组织是由一定范围的全体农民自愿组成，其与农民、农民集体有着天然、密切的血缘关系，由农村集体经济组织充当农村集体土地所有权的行使主体来行使集体土地所有权，能更好地发挥土地的四项权能的功效和提高其综合利用的经济效益。①

（3）《土地管理法》、《农村土地承包法》、《物权法》在确立农村集体经济组织代表农村集体土地所有权主体行使所有权的基础上，同时也明确村民委员会、村民小组也可代表农村集体行使土地所有权，享有经营、管理、发包等权利，即农村集体经济组织、村民委员会、村民小组三者之中，农村集体经济组织是农村集体土地所有权的首要行使主体，只有在没有集体经济组织或集体经济组织不健全的情况下，才由村民委员会和村民小组代为行使。之所以如此规定，就是考虑到我国农村在推行经济体制改革过程中，由于各地的实际情况存在很大差异，特别是在政社分设后，某些地方还没有全部恢复和建立农村集体经济组织，集体经济组织不完善、既没有健全的组织机构，也没有法人资格，因而不具备作为农村集体土地所有权主体代表的条件。在此情况下，就应由村民委员会、村民小组作为代表行使农村集体土地所有权，对集体土地进行管理、经营、发包等。1992 年 1 月 31 日全国人大法制工作委员会给福建省人大常委会农经委关于村委会与村合作社关系问题的答复中明确"集体所有的土地依照法律规定属于村农民集体所有的，应当由村农业生产合作社等农业集体经济组织经营、管理，没有村农业集体经济组织的，由村民委员会经营、管理"。据此，农村集体所有土地的行使主体应当是农村集体经济组织，集体经济组织不健全的，由村民委员会代表行使。可见，村民委员会对集体所有土地行使管理、经营权实际上是代替农村集体经济组织的职能，只是在农村集体经济组织不健全完善的情况下，暂时由村民委员会充当农村集体土地所有权的代行使主体。1995 年 11 月 28 日《关于公司登记管理中几个具体问题的答复意见》就投资主体的资格问题规定"农村中由集体经济组织行使集体经济管理

---

① 丁关良：《中国农村法治基本问题研究》，中国农业出版社 2001 年版，第 169—170 页。

职能的，由农村集体经济组织作为投资主体；没有集体经济组织，由村民委员会代行集体经济管理职能的，村民委员会可以作为投资主体投资设立公司"。至于村民小组行使集体土地所有权的问题，最高人民法院1995年《关于土地被征用所得的补偿费和安置补助费应归被征地单位所有的复函》中指出，"农村和城市郊区的土地，原以生产队为核算单位的，归村民小组集体所有，由村民小组农业集体经济组织或村民小组经营、管理。"

由此分析得知，在未建立村民小组农村集体经济组织之前，村民小组（原生产队）农民集体所有的土地，由村民小组暂时充当村民小组（原生产队）农民集体土地所有权的代行使主体。另外，在某些地方，还有一些村民小组没有法人资格，缺乏实际能力代表集体土地所有者行使权利和履行职责，村民委员会即可替代村民小组行使相应的权利。《村民委员会组织法》第5条第三款"村民委员会依照法律规定，管理本村属于村农民集体所有的土地和其他财产"也为村民委员会代行农村集体土地所有权提供了法律依据。但在这些地方一旦成立了农村集体经济组织，当然就应由农村集体经济组织行使农村集体土地所有权，而且随着农村集体经济组织在我国的全面建立和逐步完善健全，村民委员会和村民小组的代行使主体的现象将逐步消失，农村集体经济组织作为农村集体土地所有权行使主体的地位确立巩固。

三、对涉农纠纷中几类典型问题的解决

改革开放以来，我国通过政策和法律赋予了农民享有长期稳定的土地使用权，特别是2002年8月29日通过的《农村土地承包法》更是将改革开放以来形成的一系列有关农村土地承包工作的方针、政策上升为法律，对保护广大农民的土地承包经营权、维护农村土地的承包关系的长期稳定，具有重要意义。但由于法律制度的不完善和我国农村实际情况，引发了不少纠纷。根据调查分析和司法统计情况，在当前农村集体土地纠纷的司法审判中，困扰人民法院审判工作的难点问题主要表现为涉农诉讼的主体界定、土地承包经营权的流转以及集体经济利益的分配等诸问题。

（一）涉农纠纷诉讼主体的界定

涉农纠纷诉讼主体的界定问题具体表现在诉讼程序和实体判决两方面：首先，在诉讼程序上，当事人的诉讼主体地位难以确定，造成涉农纠纷案件的受理标准不统一。特别是在村民委员会、村民小组成为诉讼当事人[①]的时候，其

---

① 村民委员会、村民小组作为适格的发包人，在相关诉讼中，其势必成为当事人。

法律地位问题存有很大争议。按照我国现行法律规定，民事主体分为自然人、法人以及其他组织，而村民委员会及村民小组自不属于自然人和法人，但其是否属于其他组织存有不同看法和做法，主要是在农民（农户）与村民委员会或者村民小组之间发生纠纷时，两者是否属于平等的民事主体存在争论。一种观点认为，村民委员会、村民小组不仅是集体经济组织的实际经营者，行使生产经营职能，它还行使了基层政权的社会管理职能，因此在村民委员会与农民之间，其地位是不平等的，故两者之间的纠纷不能作为民事案件受理。基于此，有的法院是将此类案件作为行政诉讼案件。① 如最高人民法院立案庭2002年8月19日作出的（2002）民立他字第4号批复认为，土地补偿费归集体经济组织所有，不能挪用和私分，村民因此与村民委员会发生争议的，不属于民事案件的受理范围。第二种观点则认为，村民委员会和村民小组虽然具有社会管理和生产经营的双重职能，但针对某一事项其职能一般都是单一的，要么行使生产经营职能，要么行使社会管理职能。村民委员会和村民小组在集体经济收益分配上体现出的仅仅是生产经营职能，它反映的是收益分配关系，与社会管理职能无关。尽管村民委员会和村民小组在行使生产经营职能的同时，自觉不自觉地行使了社会管理职能，但此类纠纷毕竟还是属于平等主体之间的财产关系和人身关系，应当作为民事案件受理。如最高人民法院研究室作出的法研（2001）116号《关于村民因土地征用费、安置费问题与村民委员会发生纠纷人民法院应否受理的答复》以及（2001）51号《关于人民法院对农村集体经济所得收益分配纠纷是否受理的答复》认为，此类纠纷只要符合《民事诉讼法》第108条规定的，人民法院应当受理。尽管以上两个文件都不属于司法解释，但反映出司法实务界对此问题认识的不统一。

其次，诉讼主体的不明确又必将造成人民法院实体上难以判决和判决难以执行。村民委员会及村民小组能否作为民事诉讼适格主体更为关键的还在于其能否在民事诉讼中独立承担民事责任。在那些判决村民委员会、村民小组败诉并承担相应民事责任以及判决的执行问题上，由于村民委员会或者村民小组主体地位不明确，也没有相应的责任财产，造成难以判决或者生效判决无法执行的情况。解决此类问题的关键就是要对农村集体土地所有权的权利主体和行使主体予以界定。权利主体的明确可以明晰农民作为集体成员所享有的权利和承担的义务的范围，而权利行使主体的确定则可以解决村集体经济组织、村民委

---

① 如广州市番禺区、长沙市雨花区等地，通过出台地方行政规章或者援引《土地管理法》第16条规定，采取先由行政机关对当事人争议作出行政决定的办法。当事人借此可以以不服行政决定或者行政机关不作为为由，提起行政诉讼。

员会、村民小组的法律地位问题，使案件的受理、判决的执行等难题得到解决。根据前述分析，农民集体所有权应是一种带有"总有"特征的农民集体共同所有权，是指农民集体成员享有的对集体土地占有、使用、收益和处分的权利。在该所有制形式下，每一个农民个体对集体土地并不享有相应份额的应有部分，农民集体所有权也不是单个所有权的叠加，而是其农民作为集体成员共同享有的单一所有权，权利主体是农民集体内部的全体农民，村集体经济组织、村委会、村民小组只是农村集体土地的经营、管理者，只能行使经营管理权，不是所有权的主体。土地收益全部归属于集体内部的全体农民，不属于村集体经济组织、村委会、村民小组，更不是乡（镇）行政部门。《物权法》第59条规定，农民集体所有的不动产和动产，属于本集体成员集体所有。本集体成员有权决定土地承包方案以及将土地发包给本集体以外的单位或者个人承包，个别土地承包经营权人之间承包地的调整，土地补偿费等费用的使用、分配办法，集体出资的企业的所有权变动等事项以及法律规定的其他事项。《土地管理法》第10条、第14条，《农村土地承包法》第5条、第6条、第15条、第16条也明确规定农民集体的成员享有对集体所有土地的支配和利用的权利以及对农民集体所有土地承包经营关系变更的决定权。根据现行《土地管理法》、《农村土地承包法》、《物权法》的规定，当前农村集体土地所有权的权利行使主体应为农村（或乡镇）集体经济组织、村民委员会、村民小组三类，其中以农村（或乡镇）集体经济组织为主，村民委员会、村民小组为辅。集体经济组织或者村民委员会、村民小组应当依照法律、行政法规以及章程、村规民约向本集体成员公布集体财产的状况。集体经济组织、村民委员会或者其负责人作出的决定侵害集体成员合法权益的，受侵害的集体成员可以请求人民法院予以撤销。《农村土地承包法》第12条、第13条、第14条还赋予了村集体经济组织、村民委员会、村民小组对农民集体所有的土地进行发包的权利以及应承担的义务。

集体土地所有权权利主体、行使主体的明确，有利于将集体经济组织、村民委员会、村民小组的生产经营职能与集体内部的社会管理职能完全分离。但我国立法在明确集体经济组织、村民委员会、村民小组为农民集体土地所有权的行使主体时，只是原则性地规定代表农民集体行使所有权，而没有进一步对如何行使的问题具体细化，各地在实践该法律规定时，没有统一模式，较为混乱，仍未从根本上解决诉讼主体不明确的问题。从调研了解的情况看，某些地方在新一轮农村股份制改革中，成立了村级资产管理公司，行使集体资产管理和运营职能。资产管理公司按照《公司法》进行组建，独立核算，自负盈亏，具有独立的法人格。在清产核资的基础上，将集体资产量化为一定量的股份，然后按照一定条件分配给具有集体经济组织成员资格的组织成员，分配后的股份"生不增、死不减、可继承、可转让"。在配股的过程中，取消男女差别，主要根据户籍、年龄、贡献等条件确定。① 转变村委会和村民小组的管理职能，实行"政企分开"、"政事分离"。村委会和村民小组的主要职责是履行村民自治范围内的事项和协助乡（镇）政府从事行政管理职能，办理本村公共事务和公益事业，不直接参与任何经营活动。按照上述做法，村、乡（镇）集体经济组织、村民委员会、村民小组在分别代表村农民集体、乡镇农民集体行使所有权时，按照《公司法》和《企业法人登记条例》成立相应的具有法人资格的各种形式的经济组织，行使集体资产管理和运营职能，享有占有、使用和处分的权能，并以其享有的集体资产对外承担债务责任。该经济组织与农民成为平等的民事主体，相互之间发生的纠纷当然作为民事案件予以受理，而这就将目前村民委员会、村民小组所从事的生产经营职能与其同时兼负的集体内部的社会管理职能完全分离。这种作为有利于解决当前村民委员会、村民小组诉讼主体确定难、判决执行难等问题，值得借鉴和推广。当然在目前许多尚未成立具有法人主体资格集体经济组织的地区，村民委员会、村民小组代行所有权的，只能以村民委员会、村民小组作为诉讼主体。如在农村土地承包纠纷中，根据《农村土地承包法》第12条规定，村集体经济组织、村民委员会、村民小组分别代表本集体行使土地发包权，作为发包方自应成为诉讼主体。最高人民法院《关于审理涉及农村土地承包纠纷案件适用法律问题的解释》第3条明确规定，承包合同纠纷，以发包方和承包方为当事人。这就表明，司法审判机关对村民委员会、村民小组的诉讼主体地位是认可的，虽然这是权宜之计，但目前的司法实践只能如此。

（二）农村集体土地承包纠纷的处理

从当前农村集体土地承包纠纷的类型看，主要有土地承包合同纠纷、土地承包经营权侵权纠纷、土地承包经营权流转纠纷、土地征收补偿费用分配纠纷等几种。各地人民法院在处理上述纠纷时，执法标准极不统一，导致同案不同判，损害了司法审判的权威。究其原因，则主要是因立法不明确导致在法学理论上和司法实践中对土地承包经营权的性质、权利主体、承包主体、设定方式、流转等问题所产生的不同认识和理解。要公平、公正、及时、妥善地解决

---

① 即所谓的"股份固化"，它是农村股份合作制发展到一定阶段的产物。据了解，最早进行此类探索的是深圳市龙岗区，随后南海市、顺德市及其他珠三角地区也开始了股份固化的尝试，取得了较好的社会效果。

涉农纠纷，其前提条件就应对上述问题给以明确。

1. 对土地承包经营权相关问题的分析

（1）土地承包经营权的权利性质

对土地承包经营权性质的认识分歧主要有物权说和债权说两种观点。笔者认为土地承包经营权应当归属于物权中的一种用益物权。主要理由是，《农村土地承包法》为土地承包经营权提供了等同于物权的保护方式。在该法有关土地承包经营权的立法体制下看，土地承包经营权具有物权的性质和效力。《物权法》第三编明确将土地承包经营权划归为用益物权的种类范围，终结了对土地承包经营权性质的争论。对此不再赘述

（2）农村土地承包经营权的权利主体和承包主体

根据《农村土地承包法》第5条"农村集体经济组织成员有权依法承包由本集体经济组织发包的农村土地。任何组织和个人不得剥夺和非法限制农村集体经济组织成员承包土地的权利"的规定，农村集体经济组织成员是农村土地承包经营权的权利主体，这是法律赋予农民作为本集体经济组织的成员所享有的一项不可剥夺的权利。在农村土地承包经营权面前，所有本集体经济组织成员一律平等，有权依法承包由本集体经济组织发包的农村土地。但是否可以认为，每个集体经济组织成员作为农村土地承包经营权的权利主体都可以承包土地？对此我们认为，不能作出此种理解。理由是：首先，农村土地承包经营权主体与农村土地承包主体不同。法律虽赋予每个集体经济组织成员享有土地承包经营的权利，但该权利的实现方式并不是由每个集体经济组织成员作为承包方承包经营土地，而是以家庭承包的方式，由集体经济组织成员组成的农户代表行使土地承包经营权。《农村土地承包》第3条规定，国家实行农村土地承包经营制度。农村土地承包采取农村集体经济组织内部的家庭承包方式。第十五条进一步明确规定，家庭承包的承包方是本集体经济组织的农户。其次，"集体经济组织成员"时刻处于变化状态，其资格的取得与丧失随时可能发生，如果每个集体经济组织成员个人均分别承包土地，势必造成总量相对固定甚至减少的集体农地必须面对无休止的调整，在这种无休止的调整过程中，土地承包份额只能是越来越少，最终造成土地的严重细化。为此，《农村土地承包法》在规定农村集体经济组织成员有权依法承包由本集体经济组织发包的农村土地的基础上，进一步明确土地承包经营权的实现方式是家庭承包，而承包方是本集体经济组织的农户，即《民法通则》所规定的农村承包经营户，其主体构成是农户的全体家庭成员。农户构成的成员范围虽也不是一个固定的范围，其内部成员数额同样存在变化的可能（实际上必然会发生变化），但农户相比流动较为频繁的农户组成成员还是在客观上相对固定的。在当前我国法

律所确立的农村土地家庭承包经营制度下，土地承包经营权的权利主体是本集体经济组织成员，承包主体是本集体经济组织的农户，所有本集体经济组织成员均享有平等的土地承包经营权，但集体经济组织在发包土地时，以集体经济组织成员组成的家庭——农户为单位承包经营，每个家庭成员人人平等有份，按照每个农户家庭的人口、劳动力数量等计算其承包的土地面积。对不宜采取家庭承包方式的荒山、荒沟、荒丘、荒滩等农村土地，可通过招标、拍卖、公开协商等方式由本集体经济组织以外的单位和个人承包，但在同等条件下，本集体经济组织成员享有优先承包权。上述规定，是在充分考虑我国实际情况的基础上，通过立法确立的以家庭承包经营为基础的农村土地承包经营制度。

根据《农村土地承包法》第15条规定，家庭承包的承包方是本集体经济组织的农户。但随之出现的问题是如何确定农户的范围。既然法律将农户规定为农村土地承包的主体，就有必要对农户家庭成员的范围予以明晰。合理界定农户的范围不仅在相关纠纷的诉讼法上具有意义，① 而且在处理农户内部成员之间的相关纠纷中亦如是。我们认为，根据《农村土地承包法》的规定，结合我国农村实际情况，可以将农户家庭成员范围作如下界定：享有承包经营权的农户的家庭成员是因血缘、婚姻、收养等原因形成共同家庭生活关系的具有本集体经济组织成员资格的全部人员。此范围之所以须以"本集体经济组织成员"身份为前提和必要，就是基于集体经济组织成员所享有的法律赋予的土地承包经营权权利，只有享有土地承包经营权主体资格的集体经济组织成员所构成的团体才是土地承包经营权的承包权利主体。

由于农户本身是由一个一个具体的家庭成员组成的，因此，在确定农户范围之后，对各家庭成员在土地承包经营权方面享有的什么样的权利，亦需明确。我们认为，各家庭成员之间属于一种共有关系。在如何确定此类共有关系的内涵和处理引发的问题时，当前理论界和实务界有两种思路：一是，此共有是基于共同的家庭生活产生，一旦某个成员因婚嫁、外出等其他原因与其他家庭成员脱离了共同的家庭生活关系，其即丧失基于共有关系享受利益的基础。二是，在确定该农户土地承包经营权之客体范围时将每个成员作为一计算分子，因其脱离原农户的家庭生活，共有关系结束，其应得到其他家庭成员对其原份额的金钱补偿。思路一的缺陷是可能会引起外嫁女、服刑人员等其他特殊群体更强烈的反对，引发大量的社会矛盾。思路二是可能引发不计其数的家庭内部矛盾和其他纠纷，而这一类纠纷已经开始显现。我们认为，解决此类问题，应立足我国当前实际情况和现行法律规定，思路一不符合当前法律规定，

---

① 比如承包农户的诉讼当事人地位如何列明，判决既判力约束的主体范围如何确定等。

不能采取。思路二尽管也会造成一些纠纷，但相比而言，是符合现行法律规定，目前是唯一可行的。理由是：虽然《农村土地承包法》将土地承包经营权权利主体与承包主体加以区别，但这并不意味着以家庭农户为单位承包经营土地的方式，就排斥了作为家庭农户组成人员的集体经济组织个体成员依法所享有的土地承包经营权。集体经济组织成员享有的土地承包经营权是法律赋予的权利，家庭农户承包土地只是集体经济组织成员行使权利和实现权利的一种法定形式，在家庭农户承包经营过程中，集体经济组织发包土地时，以家庭为单位的本集体经济组织各个成员没有差别，人人有份，一律平等。任何组织和个人都不能以任何方式和任何理由，非法剥夺本集体经济组织成员承包土地的权利，也不能以任何方式和任何理由非法阻挠、干扰、限制本集体经济组织成员承包土地的权利。

（3）土地承包经营权的设定方式

《农村土地承包法》第22条规定："承包合同自成立之日起生效。承包方自承包合同生效时取得土地承包经营权"，第23条规定："县级以上地方人民政府应当向承包方颁发土地承包经营权证或者林权证等证书，并登记造册，确认土地承包经营权。"从该规定看，农户取得土地承包经营权必须与发包方签订土地承包合同，承包合同成立生效的同时，作为承包方的农户即取得土地承包经营权。这实际上就是以立法的形式规定土地承包经营权的设定必须以合同的方式，并确认以承包合同形式设定的土地承包经营权具有物权的效力，属于法定的物权而非意定物权。因为，承包合同的订立及其主要内容均源于法律的直接规定。理论界和司法实务界主张土地承包经营权为债权的观点其主要理由之一就是土地承包经营权是发包方和承包方依据合同方式约定而非法律的直接规定。

我们认为，虽然通过法律直接规定物权是物权法定原则的重要表现形式，但这不是唯一的。根据《土地承包法》关于土地承包经营权设定的方式看，土地承包经营权确实是由发包方与承包方通过签订合同约定取得，而且双方的某些权利义务内容也是双方协商的结果，但该法在规定土地承包经营权以合同形式设定的同时，对承包合同的订立、承包方取得的土地承包经营权的权利内容和行使以及发包方承担的义务作出了明确规定，此外在对土地承包经营权的法律保护方面赋予了物权的保护方式。我们认为，土地承包经营权是基于《农村土地承包法》特别法所创设的一种用益物权，土地承包合同只是承包方取得土地承包经营权的法定的一种特别方式，并不因土地承包经营权设定方式的外在表现形式而否定其所具有的物权权利属性，更何况《物权法》也已明确规定了土地承包经营权为用益物权的一种类型。至于土地承包经营权的确认应否必须经过登记，是否属于登记物权的问题，从《农村土地承包法》的规定看，答案是否定的。但从长远考虑，农村社会不会永远处于熟人社会状态，土地承包经营权的流转是农业实现规模化经营走向大农业的必经之路。流转就意味着交易，交易就需要交易安全，仅以承包合同方式设定土地承包经营权的取得，不考虑其公示性，是不妥当的。这与物权的本质要求还有距离。我们的思路是：目前，在坚持以承包合同即可设定产生土地承包经营权原则的前提下，通过以行政方式强力落实承包合同的签订率和土地承包经营权证或者林权证等证书的发放率都达到100%。这不仅有利于产生纠纷后的处理，更为重要的是保障《物权法》对土地承包经营权作出的规定得以圆满实现。

2. 对农村土地承包纠纷的处理

农村土地承包纠纷，是指当事人之间因承包土地的使用、收益、流转、调整、收回以及承包合同的履行等事项发生的争议。司法审判实践中较为典型的纠纷主要有：土地承包合同纠纷、土地承包经营权流转纠纷、土地承包经营权继承纠纷、土地征收补偿费用分配纠纷等。

（1）土地承包合同纠纷的处理

此类纠纷主要是因发包方对承包土地进行调整、收回引发的合同变更、解除的问题。《农村土地承包法》第 20 条规定，耕地的承包期为 30 年，草地的承包期为 30—50 年，林地的承包期为 30—70 年。但在这么长的时间内，很多情形都会发生必然或者或然的变化，加之农村社会中对"平等"观念的朴素追求，① 两者共同构成土地频繁调整的现实和思想基础。对于土地调整，《农村土地承包法》首先强调的是承包合同双方如何遵守土地承包合同，而发包方调整承包地的权利该怎么实现，其与承包方个人的权利存在矛盾，在法律操作上也有问题。《农村土地承包法》第 27 条一方面规定承包期内，发包方不得调整承包地；另一方面又规定了承包期内因自然灾害严重毁损承包地等特殊情形的可对个别农户之间承包的耕地和草地适当调整，但必须经本集体经济组织成员的村民会议三分之二以上成员或者三分之二以上村民代表的同意，并报乡（镇）人民政府和县级人民政府农业等行政主管部门批准。一个"特殊情形"及"民主议定程序"的添加，是否意味着"30 年不变"对农村社会现实的妥协？从调研情况看，各地普遍存在着土地调整的情况，有的地方甚至平均二年、三年或五年、六年就进行调整，而频繁调整承包地往往是以立法所规定的"等特殊情形"为法律依据的。产生纠纷后，一个说应当"30 年不变"，一个说调地是有"特殊原因"，立法的不精准为频繁调整承包地埋下了隐患。

---

① 调研中有些农民认为"增人不增地，减人不减地"的政策不合理。

虽然"增人不增地，减人不减地"是一项基本原则，但对资源的占有和利用由集体内的成员平均分配的平均主义价值观使得在集体内人口出现变动的情况下要维持土地承包权的绝对稳定几乎不可能。由于土地属于全体村民所有，而平等主义和平均主义是村民的价值取向，当村社内部对土地的占有出现不平等或不平均时，便通过土地调整维持集体内部的平等。因此，土地的集体所有是土地调整的一个法律基础，在土地调整问题上集体所有权和农民个人权利之间存在着冲突。保障土地承包经营权的长期和稳定是政策和立法所追求的目标，但以土地的集体所有为基础的土地调整却成为影响土地承包经营权稳定性的一个因素，因为土地调整使得土地承包经营权的界定或划分处于变动之中，农户原享有的土地承包经营权因土地调整而使其长期性和稳定性无法实现。另一方面，如要保证土地承包经营权的长期性和稳定性，则意味着集体对农户的土地承包经营权不能调整，从而使集体所有权落空。

我们认为，尽管当前存在着上述客观情况，但在处理此类纠纷时，仍应当首先坚持维护土地承包关系长期稳定的基本原则，这是《农村土地承包法》的立法宗旨和核心内容，关系到农村经济的发展和农村社会的稳定。而维护承包合同的严肃性和稳定性，是稳定土地承包关系的最有效的措施。现实生活中，发包方随意收回和调整土地、变更和解除合同的情况时有发生，更有甚者，某些国家机关及其工作人员利用职权干涉农村土地承包合同或者变更、解除承包合同，造成土地承包关系不稳定，同时也为个别基层干部在承包地调整过程中借机谋取私利提供机会，引发新的矛盾。根据《农村土地承包法》第26条规定，承包期内，发包方不得收回承包地。第27条规定，承包期内，发包方不得调整承包地。这是农村土地承包立法的核心内容和重要原则，必须坚持。此外，针对农村中普遍存在的因妇女出嫁、离婚、丧偶而收回其承包地的情况，为保护农村妇女依法享有的土地承包经营权，《农村土地承包法》第30条特别明确规定：承包期内，妇女结婚，在新居住地未取得承包地的，发包方不得收回其原承包地；妇女离婚或者丧偶，仍在原居住地生活或者不在原居住地生活但在新居住地未取得承包地的，发包方不得收回其承包地。上述法律规定不仅体现了农村土地承包法的立法宗旨，而且对发包方收回、调整土地的行为均明确使用了"不得"的禁止性用语，属于法律的强制性规定。依据《合同法》第52条的规定，对发包方违反上述法律强制性规定收回、调整承包地的行为应认定为无效。但在承包期内，承包方自行交回土地或者因承包方全家转为非农业户口后发包方依法收回承包地；承包期内，因自然灾害严重毁损承包地等特殊情形，发包方依法经法定程序对承包地进行调整的，应认定为有效。收回和调整的条件必须严格依法解释，按照法律规定的条件进行，发包方不得随意自行解释，扩大范围。除此特殊情形之外，发包方不得以其他任何理由收回、调整承包地。即使承包合同约定了收回和调整的内容，在《农村土地承包法》实施后，该约定也应认定为无效。《农村土地承包法》第 55 条明确规定："承包合同中违背承包方意愿或者违反法律、行政法规有关不得收回、调整承包地等强制性规定的约定无效。"最高人民法院《关于审理涉及农村土地承包纠纷案件适用法律问题的解释》第 5 条规定：承包合同中有关收回、调整承包地的约定违反农村土地承包法第 26 条、第 27 条、第 30 条规定的，应当认定该约定无效。对发包方违法收回、调整承包地的行为和合同约定认定无效，只是对发包方违法行为和承载该内容的部分合同条款无效，并不影响承包关系和承包合同其他条款的效力，承包方依然可以依据与发包方建立的承包关系和签订的承包合同取得土地承包经营权。同时，司法解释对承包合同违反法律规定被确认无效后的进一步处理问题也作出了明确规定。

实际生活中，发包方单方随意解除、变更承包合同也是影响和破坏土地承包关系稳定，引发大量承包合同纠纷的重要因素。按照法律规定，承包合同一经签订成立，即具有法律效力，受到法律保护，双方当事人均应严格履行，任何一方不得随意解除、变更。但在某些地方，还普遍存在着发包方单方随意解除、变更承包合同的现象。如因换届选举，产生新的村民委员会，以"新官不认旧账"，不承认原承包合同，从而提出"干部换、合同变"，由新的村民委员会重新发包。有的地方因集体经济组织或村民委员会产生新的负责人或具体承办承包合同工作的人员发生变动，新任负责人便借机以原承包合同不合理、承包户人口发生变化等种种理由变更或者解除承包合同。有的假借少数服从多数的办法或以划分"口粮田"和"责任田"等为由，单方解除承包合同收回承包地，或者强迫承包方放弃、变更土地承包经营权，这不仅会给个别农村干部谋取私利提供了可乘之机，更重要的是侵害了农民的承包经营权，影响了农村土地承包关系的稳定。此外，还有一些地方的国家机关及其工作人员为追求政绩，搞万亩示范田等形象工程，而干涉甚至强制要求变更、解除承包合同，有的借推行"农业产业化"规模经营之名，强行解除承包合同，收回农民的承包地。

《农村土地承包法》第 24 条规定，承包合同生效后，发包方不得因承办人或者负责人的变动而变更或者解除，也不得因集体经济组织的分立或者合并而变更或者解除。第 25 条规定，国家机关及其工作人员不得利用职权干涉农村土地承包或者变更、解除承包合同。第 35 条规定，承包期内，发包方不得单方解除承包合同，不得假借少数服从多数强迫承包方放弃或者变更土地承包经营权，不得以划分"口粮田"和"责任田"等为由收回承包地搞招标承包，不得将承包地收回抵顶欠款。与上同理，对发包方和国家机关及其工作人员的上述行为，《农村土地承包法》均作出了"不得"的禁止性规定，属于法律的强制性规定，对因发包方和国家机关及其工作人员上述行为导致承包合同变更、解除后果的，应认定为无效。最高人民法院《关于审理涉及农村土地承包纠纷案件适用法律问题的解释》第5条规定，其中有关于违反农村土地承包法第35条规定的，应当认定该约定无效的内容，但没有对违反《农村土地承包法》第24条、第25条规定的行为效力如何认定作出规定，这可以说是该司法解释所存在的不尽完善之处。笔者认为，目前处理此类纠纷，可根据《农村土地承包法》第24条、第25条规定确认行为无效，在具体处理上，类推适用《关于审理涉及农村土地承包纠纷案件适用法律问题的解释》第6条的处理原则。

（2）土地承包经营权流转纠纷的处理

《农村土地承包法》对承包土地经营权的流转问题作出了明确具体的规定，但由于户籍制度和社会保障制度等因素的约束，使得法律对土地承包经营权的流转又加以限制。如对土地承包经营权流转缺少完整的以土地承包经营权为抵押的规定，而只是规定了"通过招标、拍卖、公开协商等方式承包农村土地，经依法登记取得土地承包经营权证或者林权证等证书的，其土地承包经营权可以依法采取转让、出租、入股、抵押或者其他方式流转"。立法在某种程度上对土地承包经营权人对权利处分的限制，与土地承包经营权的物权性发生冲突，导致在承包经营权流转过程中产生大量纠纷。实践中，引发纠纷的原因既有承包方违反法定程序和承包合同约定等行为，也有因发包方违反法律规定强迫、阻碍承包方经营权流转或扣缴、截留承包经营权流转收益等因素，但多数纠纷是由发包方单方原因造成的。

因发包方和其他组织、个人侵权引发的纠纷：司法实践中，土地承包经营权流转纠纷多数是因发包方和乡（镇）人民政府等国家机关及其工作人员无视承包方所享有的土地承包经营权和法定的流转主体资格，把自己当成土地承包经营权流转的主体和决策者，以扩大土地经营规模、增加乡村经济收入为理由或借土地流转之名，通过行政手段强迫承包方将土地承包经营权流转给第三人经营，或者阻碍承包方依法流转土地承包经营权。根据《农村土地承包法》第33条、第34条规定：土地承包经营权流转的主体是承包方，其有权依法自主决定土地承包经营权是否流转和流转的方式，任何组织和个人不得强迫或者阻碍承包方进行土地承包经营权流转。承包方依法、自愿、有偿地进行土地承包经营权流转，是其处分土地承包经营权的行为，该权利是土地承包经营权的基本内容之一，发包方强迫承包方将土地承包经营权流转给第三人，违背了承包方的意愿，侵害了承包方的土地承包经营权，违反了《农村土地承包法》的有关规定，不符合《民法通则》有关民事行为应当具备"意思表示真实"的条件，符合《合同法》第 52 条关于合同无效情形的法律规定，应认定为无效。据此，最高人民法院《关于审理涉及农村土地承包纠纷案件适用法律问题的解释》第 12 条第一款规定："发包方强迫承包方将土地承包经营权流转给第三人，承包方请求确认其与第三人签订的流转合同无效的，应予支持。"应当指出的是，司法解释虽只规定了发包方强迫承包方将土地承包经营权流转给第三人的无效，对于发包方之外的其他组织和个人强迫承包方流转土地承包经营权的行为效力没有规定，但根据《农村土地承包法》第 57 条："任何组织和个人强迫承包方进行土地承包经营权流转的，该流转无效"的规定，发包方之外的任何组织和个人强迫承包方流转土地承包经营权的行为也应无效。当然，如果审判实践中出现了发包方之外的其他组织和个人强迫流转的情况，人民法院也可以直接依据《农村土地承包法》第 57 条规定，认定该流转合同无效。确认强迫流转土地承包经营权的行为无效后，根据《民法通则》、《合同法》、《农村土地承包法》关于无效行为的规定处理。而司法解释只对强迫流转行为的效力作出了认定处理，没有就无效后如何处理的问题作出后续性规定，对纠纷的处理没有达到完整彻底的解决，解决纠纷的方式缺乏连续性。

对承包方流转土地承包经营权的侵害，除发包方和其他组织、个人以强迫方式流转之外，比较多的就是阻碍承包方依法流转土地承包经营权。如发包方为阻止承包方流转土地承包经营权，在承包方的土地周围或必经路径上设置障碍，阻碍第三人接手，限制承包方土地的引水、排水等，其目的不是阻碍承包方对土地的利用，而是不让承包方流转土地承包经营权。根据《农村土地承包法》第 34 条规定，任何组织和个人不得阻碍承包方进行土地承包经营权流转。第 54 条规定，发包方阻碍承包方进行土地承包经营权流转的，应当承担停止侵害、恢复原状、排除妨害、消除危险、赔偿损失等民事责任。针对发包方阻碍承包方流转土地承包经营权的问题，最高人民法院《关于审理涉及农村土地承包纠纷案件适用法律问题的解释》第 12 条第二款规定，发包方阻碍承包方依法流转土地承包经营权，承包方请求排除妨碍、赔偿损失的，应予支持。我国立法、司法解释虽只对普遍的典型的发包方阻碍承包方流转土地承包经营权的行为规定了应承担的法律责任，没有对发包方以外的其他组织和个人阻碍承包方流转土地承包经营权的行为加以规定，但从行为的性质看，都属于对承包方土地承包经营权流转的侵害。因此，本文认为，对发包方以外的其他组织和个人阻碍承包方流转土地承包经营权的，也应承担发包方应承担的法律责任，只有这样，才能全面完整地保障承包方的土地承包经营权流转的权利。

因承包方违反法定程序流转引发的纠纷:《农村土地承包法》虽赋予承包方享有自主流转土地承包经营权的权利,但鉴于我国农村土地所有权制度的现状和承包土地所承载的社会保障和福利功能,立法对土地承包经营权流转的方式和程序作出了限制性规定。《农村土地承包法》第37条规定,土地承包经营权采取转包、出租、互换、转让或者其他方式流转,当事人双方应当签订书面合同。采取转让方式流转的,应当经发包方同意;采取转包、出租、互换或者其他方式流转的,应当报发包方备案。对土地承包经营权能否抵押的问题,这一直是为社会各界所关注和争论的焦点。我国立法机关考虑到承包方将土地承包经营权抵押后,如不能按期偿还贷款,抵押权人依法行使抵押权,对农户的承包经营权进行处置,承包方将失去土地承包经营权,从而失去生活保障,将影响农户家庭的生活,造成社会问题。因此,我国《担保法》明确规定耕地的土地承包经营权不能抵押,在《农村土地承包法》对家庭承包的土地经营权流转方式上也没有规定抵押的方式,但通过招标、拍卖、公开协商等方式承包农村土地,依法登记取得土地承包经营权证或者林权证等证书的,即享有了物权性质的土地承包经营权或使用权,其土地承包经营权就可以依法采取转让、出租、入股、抵押或者其他方式流转。这主要是由于以其他方式承包的主要"四荒"等土地,对大多数农民来说,这些土地不像耕地、林地和草地那样具有很强的社会保障功能,不必担心抵押后承办方不能按期偿还贷款就会失去生活保障。而且这些土地是按照效率优先、兼顾公平的原则,采取招标、拍卖和公开协商等市场化的方式承包的,承包方支付的价格基本上是按照市场原则确定的,承包方依法取得的土地承包经营权应当允许按照市场原则和物权原理流转。

基于上述法律规定,针对以家庭承包方式取得的土地承包经营权设定抵押的行为,最高人民法院《关于审理涉及农村土地承包纠纷案件适用法律问题的解释》第15条规定:"承包方以其土地承包经营权进行抵押或者抵偿债务的,应当认定无效。对因此造成的损失,当事人有过错的,应当承担相应的民事责任。"《担保法》第37条和最高人民法院《关于适用担保法若干问题的解释》第52条也明确规定,耕地、宅基地等集体所有的土地使用权不得抵押,抵押的无效。家庭承包的土地经营权的抵押或抵债可能使农民失去生活保障,引发新的社会问题。承包方将土地承包经营权抵押后,如不能按期偿还贷款,抵押权人将要依法行使变价处分权,依法拍卖、变卖该土地使用权。因此,债权人只要对承包方的土地承包经营权行使变价处分权,承包方就要失去土地承包经营权,从而失去生活保障,引发严重的社会问题。当前禁止土地承包经营权抵押或抵债有利于社会稳定和切实保护农民的利益。承包方以其土地承包经营权进行抵押或者抵偿债务的，因违反《担保法》和《土地管理法》的强制性规定，其订立的抵押合同或者抵偿债务合同应当认定为无效。对因此造成的损失，当事人有过错的，应当承担相应的民事责任。

对承包方违反法定程序引发的纠纷，主要是承包方以转让方式流转土地承包经营权时，未经发包方同意，或者承包方以转包、出租、互换或者其他方式流转土地承包经营权，未向发包方备案。允许土地承包经营权的流转，就是赋予土地承包经营权人对土地承包经营权的独立处分权，但独立处分权不是绝对处分权。土地承包经营权的具体客体是一种特殊的客体——农业生产用地。基于我国独特的国情，不允许土地承包经营权人任意流转农业生产土地，必须关注土地承包经营权人如何流转土地。土地承包经营权的流转除受《农村土地承包法》第 33 条关于土地承包经营权应当遵循的原则限制外，还须受到土地所有权人同意的限制。[①]

《农村土地承包法》第 37 条规定，土地承包经营权采取转包、出租、互换、转让或者其他方式流转，当事人双方应当签订书面合同。采取转让方式流转的，应当经发包方同意；采取转包、出租、互换或者其他方式流转的，应当报发包方备案。土地承包经营权采取转让方式流转的，应当经发包方同意。这是因为：第一，发包方作为农村集体所有土地的行使主体，依法享有发包土地的权利，任何其他组织和个人都不享有发包权或代替其发包。因此，土地承包经营权转让，应当征得发包方的同意。第二，发包方拥有对土地承包的监督权，监督承包方依照承包合同约定的用途合理利用和保护土地，如果承包方转让土地承包经营权不经发包方同意，发包方对土地的监督权就形同虚设。第三，发包方享有制止承包方损害承包地和农业资源的权利。如果土地承包经营权的转让不经发包方同意，发包方的此项权利就无法正常行使。第四，土地承包经营权的转让必须经发包方同意，可以对承包方是否有稳定的非农职业或者稳定的收入进行核实，防止承包方因一时的经济困难或者债务所迫而轻而易举转让土地承包经营权后，自己失去生活保障，从而成为新的社会问题。转让不同于转包、出租和互换，转让将导致原农户丧失土地承包经营权的后果。如果允许自由转让，有可能使部分农民失去生活资料和生活保障，造成农村土地过分集中的局面，增加农村不稳定因素并引发一系列严重的后果。对承包方未经发包方同意，采取转让方式流转土地承包经营权的，应当认定该流转行为无效，这是完全符合我国当前实际情况和法律规定及立法精神的。

最高人民法院《关于审理农村承包合同纠纷案件若干问题的意见》和

---

① 胡昌银：《土地承包经营权的物权法分析》，复旦大学出版社 2004 年版，第 161 页。

《关于审理涉及农村土地承包纠纷案件适用法律问题的解释》也都作出了应当无效的明确规定。当然这种无效认定也不是一成不变的。对在土地承包经营权流转实践中，发包方以必须经其同意的法律规定为借口无理阻碍和刁难、拖延承包方依法转让土地承包经营权的，就不能做无效的认定处理。理由是：第一，土地承包经营权依法转让是承包方享有的一项基本权利。根据法律规定，国家保护承包方依法、自愿、有偿地进行土地承包经营权流转。土地承包方有权依法自主决定土地承包经营权是否流转和流转的方式。因此，如果将发包方同意设定为土地承包经营权转让的绝对条件，承包方依法享有的土地承包经营权的转让权利就被置于或然状态。第二，维护和尊重承包方依法转让土地承包经营权是发包方的一项法定义务，要求发包方对承包方依法转让土地承包经营权应当给予必要的配合和积极的支持。第三，发包方不同意必须具备法定理由，否则即应认定转让合同有效。根据《农村土地承包法》第33条、第41条之规定，下列原因可以视为法定理由：①是否符合平等、自愿和有偿原则。如果土地承包经营权的转让是一方受强迫或者胁迫的，如抵偿赌债、以地换亲等，或者乡镇政府和国家工作人员强迫承包方进行流转的，均违反了自愿原则，依法应当认定发包方不同意具备法定理由。②是否改变土地所有权性质和土地的农业用途。土地承包经营权转让的对象是承包方依法享有的土地承包经营权，不是土地的所有权。因此，土地承包经营权转让既不能改变承包地的权属关系，不能损害土地所有权人的利益，也不能擅自改变土地的农业用途，将土地用于非农业建设。③转让的期限是否在承包合同的承包期内。土地承包经营权转让合同约定的转让期限，不得超过承包合同尚未履行的剩余时间。④承包方必须有稳定的非农职业或者稳定的收入来源。⑤受让方应当具有农业经营能力。家庭承包取得的土地承包经营权的转让，主要应当在从事农业生产经营的农户之间。我国地少人多，土地是农民的基本生活来源，企业和城镇居民到农村租赁和经营农户的承包地，隐患很多，甚至可能造成土地兼并，使农民成为新的雇农或者无业者，危害社会稳定。⑥同等条件下本集体经济组织成员享有优先权。本集体经济组织成员作为土地所有者的一员，对土地享有特殊的权益。土地承包经营权转让在按照市场原则进行的同时，也要注意照顾本集体经济组织成员的利益。如果有两个以上的受让方同时希望获得土地承包经营权，只要各受让方在转让费、转让时间和内容等方面的条件相同，其中属于本集体经济组织成员的受让方应当享有优先权，其目的就在于保护本集体经济组织成员的土地权利。上述六个方面的内容，都是发包方是否同意土地承包经营权转让的法定理由。除此之外的一切理由均可视为无法定理由。第四，发包方无法定理由不同意但拖延表态的，也不影响转让合同的效力。由于农业生产具有明显的季节性，错过农耕时节就会造成无法挽回的损失。因此，如果将发包方同意视为转让合同生效的必要前提条件，一旦发包方拖延表态，承包方与受让方的权利将均得不到有效保护。为避免发包方无故拖延表态而损害承包方利益，我们认为应当将发包方拖延表态作为必须经发包方同意的除外条件。这在《关于审理涉及农村土地承包纠纷案件适用法律问题的解释》第 13 条明确规定："承包方未经发包方同意，采取转让方式转让其土地承包经营权的，转让合同无效。但发包方无法定理由不同意或者拖延表态的除外。"

审判实践中，对因承包方通过转包、出租、互换或者其他方式流转土地承包经营权，未报发包方备案引发的纠纷，主要是对流转行为的效力如何认定，而如何认定流转行为的效力，关键在于流转备案行为是否是认定流转行为效力的必要条件。根据《农村土地承包法》第 37 条规定：承包方采取转包、出租、互换或者其他方式流转土地承包经营权的，应当报发包方备案。之所以作如此规定，主要考虑到：第一，土地承包经营权流转备案制度是发包方行使监督权的前提和条件。承包方所享有的土地承包经营权不能等同于所有权，承包方在将土地转包、出租或者互换后，土地的用途，流转的期限，流转土地的名称、坐落、面积、质量等级问题均可能发生变化，发包方有权及时了解土地承包经营权的变动情况，督促和检查承包方积极履行合同义务。如果不采取备案制度，发包方无法行使对土地承包经营权的监督。第二，土地承包经营权流转备案制度有助于保护承包方的合法利益。承包方订立土地承包流转合同是我国现行法律对土地承包经营权流转制定的基本原则，土地承包经营权的流转涉及双方当事人的权利，有的还可能涉及第三方当事人的利益。有的流转期限较长，其间情况可能发生较大变化，为了保证有关当事人特别是受让方的权利，土地承包经营权流转应当签订书面合同。第三，土地承包经营权流转备案制度有助于及时解决流转双方之间因土地承包经营权流转而发生的争议和纠纷。在我国农村，由于大多数农民缺少法律常识和合同知识，也没有收集和保存证据的意识。一旦发生纠纷，可能发生"有理打不赢官司"的现象。而土地承包经营权流转合同载明了双方的权利义务，一般能够满足纠纷和争议发生后当事人主张自己权利的证明要求。

因此，将土地承包经营权流转合同报送发包方备案，有利于纠纷的正确及时处理。但合同备案制度的必要性和重要性并不就可以认为其为流转合同生效的必要条件。这是因为：第一，当前农村土地承包经营权流转合同的备案制度尚不完备。备案制度以书面合同的存在为前提，而在我国许多地区，以口头或者证人证明等熟人社会特有方式流转土地承包经营权的大量存在，传统的土地互换方式在民间也为数不少。如果将合同备案制度设定为合同生效的必要条件，不利于保护广大农民的利益，也不利于维护农村土地承包经营权流转秩序，更不符合当前我国农村的客观实际情况。从我们实地调研情况看，流转是否签订书面合同主要受流转规模、流转对象、流转是否有偿等因素的影响和制约，集体组织内部的小规模流转或者集体外亲戚朋友之间的小规模流转一般都没有书面合同。即使一些小规模土地流转签订了书面协议，但也只是对流转所涉及的土地进行简单说明，没有关于违约责任、转让期限、双方的权利义务等方面的约定。第二，根据《农村土地承包法》第 38 条的规定，农村土地承包经营权的流转实际采取的是登记对抗主义，即土地权利的变动依当事人的意思表示而产生法律效力，交易完成，土地权利即发生转移，当事人可以登记，也可以不登记，不登记的，其权利不得对抗善意第三人。当前我国农村土地承包经营权登记制度尚不健全而农户家庭承包的土地不仅数量大，而且地块分散，土地承包经营权的登记将是一项非常细致而艰巨的工作，需要投入大量人力、物力和财力，如果要求土地承包经营权流转必须登记，既不现实，也不可能。从物权公示的必要性来讲，由于流转的范围都是当地附近的农民，互相熟悉，故登记的必要性也不大。此外，如果采取登记生效主义，大量的登记费用无疑会加重农村的负担。而备案制度从公示、公信的角度看，具有与登记相类似的功能，既然登记都不是流转合同生效的条件，备案制度更不能成为合同是否有效的必要条件，这只是一种便于发包方对土地承包经营权流转监督管理的一种监管措施。承包方依法取得承包地的土地承包经营权，但土地的所有权仍然归本集体经济组织的农民集体所有，发包方依照法律规定行使经营、管理集体所有土地的权利，有权发包土地并随时了解承包方的生产经营情况，督促承包方履行合同义务，同时有责任掌握承包地的土地承包经营权的变动情况。因此，土地承包经营权流转，承包方应当让发包方了解情况。具体说，采取转包、出租、互换等方式流转的，承包方在依法流转后应当报发包方备案，即通知承包方，但不需要承包方批准，报发包方备案宜采取书面形式。①

　　综上所述，对承包方依法采取转包、出租、互换或者其他方式流转土地承包经营权的，发包方仅以承包方违反《农村土地承包法》第 37 条规定，未向其备案为由，请求确认流转行为无效的，不应予以支持。《关于审理涉及农村土地承包纠纷案件适用法律问题的解释》第 13 条规定承包方依法采取转包、出租、互换或者其他方式流转土地承包经营权，发包方仅以该土地经营权流转合同未报其备案为由，请求确认合同无效的，不予支持。该司法解释只对流转合同的效力问题作出规定，而未考虑我国存在着大量的未签订流转合同流转土

---

① 王宗非主编：《农村土地承包法释义与适用》，人民法院出版社 2002 年版，第 98—99 页。

地的实际情况给予全面规定，存有缺陷。因此，在处理此类纠纷时，不仅要对流转合同的效力给予认定，还应当对流转行为的效力作出认定处理。应当说明的是，虽然土地承包经营权流转备案与否不能成为流转行为是否有效的必要条件，但这并不是否定流转备案制度的重要性。在司法实践中，应当责令承包方在流转土地承包经营权时，要签订书面流转合同并向发包方备案，共同维护土地承包经营权流转的基本秩序。

（3）农村土地承包经营权继承纠纷的处理

审判实践中，农村土地承包经营权继承纠纷主要是在林地家庭承包和以其他方式承包经营过程中，因承包人死亡或者承包单位消亡，承包人的继承人或者承包单位权利义务的承受者是否可以继续履行承包合同引发的纠纷。《农村土地承包法》第31条第二款规定："林地承包的承包人死亡，其继承人可以在承包期内继续承包。"第50条规定："土地承包经营权通过招标、拍卖、公开协商等方式取得的，该承包人死亡，其应得的承包收益，依照继承法的规定继承；在承包期内，其继承人可以继续承包。"《农村土地承包法》虽明确规定了林地承包经营权和其他方式承包的经营权在承包期内可以继承，但在我国农村，现实存在的绝大部分土地承包合同签订于《农村土地承包法》施行之前，人民法院受理的基本是签订于该法施行前的承包合同纠纷案件。对这类案件是否适用《农村土地承包法》的规定，确认林地承包经营权和其他方式承包经营权的继承权，是审判实践中的难点问题。对此问题，各地人民法院的做法并不一致，理论界也有不同观点。

在《农村土地承包法》颁布之前，较为通行的理论认为，公民承包的小型企业、土地、山林、牧场、草原、鱼塘、果园等是国家的财产，不能继承。承包合同和承包权也不得当作遗产继承，理由是：第一，公民承包的小型企业、土地山林、牧场、草原、鱼塘、果园等所有权属于国家或者集体组织，承包的公民只有经营权、使用权、收益权，而没有所有权，不是承包人本人拥有的私有财产。承包人无权对它作出变卖、转让、继承等处分。第二，承包关系是不得继承的。因承包合同所产生的收益的继承是合同关系所产生的债权的继承，不是合同关系的继承。合同是双方当事人自愿协商达成的协议，如果有一方或双方当事人是公民的话，合同关系可以因当事人中的双方或者一方的死亡而终止。第三，承包权不能继承。承包权是基于承包合同关系所产生的经营管理权，而非财产权。此种权利不能继承，不属于财产继承的范围。尤其是公民个人以自己的技术专长进行的承包更是如此。当具有某种技术专长的承包人去世后，若允许他的继承人继承承包权，很可能让那些不通晓此种技术的继承人继续进行承包，这显然是荒谬的，且可能产生国家机关工作人员甚至侨居在国外的继承人均可继承承包权的情况，这必然导致对生产的破坏。①

　　另一种观点则认为，按照《继承法》的规定，我国遗产范围可归纳为四个方面，一是公民的财产所有权；二是与财产所有权有关的财产权；三是债权；四是知识产权中的财产权。《民法通则》正式确定了土地承包经营权并将该权利置于财产所有权和与财产所有权有关的财产权中，表明《民法通则》是将该权利作为物权来规定的。该权利属于遗产的范围，可以继承。从权利本身的性质上看，土地承包经营权是对物的占有、使用、收益为内容的权利，在性质上是对物的支配权。这一观点是将承包经营权不区分类型，全部设定为物权，从而确定承包经营权属于遗产范围，可以继承。

　　实践当中有观点认为，《农村土地承包法》已经明确将承包经营权作为物权进行保护，但不是赋予所有的承包经营权都可以作为遗产继承，而是从承包经营合同的特点出发，明确规定林地承包经营权及其他方式承包的承包经营权可以继承。我们认为，此种观点符合当前立法精神。对林地家庭承包和以其他方式承包经营过程中产生的土地承包经营权继承纠纷，应区分承包方式的不同而予以区别处理。《农村土地承包法》将土地承包确定为家庭承包和其他方式的承包两种承包方式。

　　首先，家庭承包是以本集体经济组织内部的农户家庭为单位、人人有份的家庭土地承包经营，承包过程强调公平，承包地具有福利性及生活保障性，承包经营权是农村集体经济组织成员的一项权利。理论上讲，原承包人死亡的，只有具有承包资格的继承人才能继承土地承包经营权，如果继承人不是集体经济组织的成员，也就不应当享有土地承包经营权的继承权，否则就会损害集体经济组织其他成员的权益，而且一般的家庭承包合同对土地的投入及农作物的种植、收益有季节性及阶段性，不存在收益期限过长、终止合同损害承包人利益的问题。因此，家庭承包取得的土地承包经营权一般不发生继承问题，只有承包人应当取得的收益，才能依法继承。②

　　《农村土地承包法》第31条第一款规定：承包人应当的承包收益，依照继承法的规定继承。而没有规定土地承包经营权可以依法继承。《继承法》第4条规定：个人承包应当的个人收益，依照《继承法》规定继承。个人承包，依照法律规定允许由继承人继续承包的，按照承包合同办理。全国人

---

①　刘春茂主编：《中国民法学——财产继承》，中国人民公安大学出版社1990年版，第98—100页。

②　王宗非主编：《农村土地承包法释义与适用》，人民法院出版社2002年版，第84页。

大常委会对此条文作出的说明是，农村实行家庭承包责任制以后，个人承包应当的收益，如承包后种的树、养的鱼、种的庄稼、承包企业取得的个人收入等，属于承包人所有，应当允许继承。关于承包权能否继承的问题，考虑到承包是合同关系，家庭承包的，户主死亡，并不发生承包权转移问题。个人承包有两种情况，有的如对小企业的承包，纯属本人承包企业的经营权利，子女不能继续承包，有的如承包荒山种植，收益周期长，承包周期长，承包人死亡后应允许子女继续承包。最高人民法院《关于贯彻执行〈继承法〉若干问题的意见》进一步明确，承包人死亡时尚未取得承包收益的，可把死者生前对承包所投入的资金和所付出的劳动及其增值和孳息，由发包单位或者接续承包合同的人合理折价、补偿，其价额作为遗产。根据上述法律及司法解释规定确定的原则，对家庭承包方式的土地承包经营权继承问题应作如下处理：承包人在承包期内获得的承包收益，构成公民私有财产的组成部分，承包人死亡的，其依法获得的承包收益，按照《继承法》的规定继承。除法律规定继承人可以继续承包外，承包经营权不能继承。在承包期内，家庭成员之一死亡的（如户主去世），承包户的土地承包经营权不发生继承问题，承包地由家庭其他成员继续耕种，也即继续履行承包合同直至承包合同期满，但该成员依法应当的承包收益属于死者的遗产，应当按照继承法的规定继承。承包期内，承包户的家庭成员全部死亡的，该土地上承包关系的承包方消亡，由发包方收回承包地，但承包户的最后一个成员死亡后，其应当获得的承包收益，也可以依法继承。对林地家庭承包的继承问题，应考虑其所具有的与一般家庭承包不同的特殊性作区别处理。

根据《农村土地承包法》第 31 条第二款规定：林地承包的承包人死亡，其继承人可以在承包期内继续承包。这主要是考虑到林地家庭承包投资周期长，见效慢，收益期间长，与耕地、草地等不同的实际情况，立法作出的特别规定。根据此条规定，承包林地的承包户的某个家庭成员死亡的，并不导致农户的消亡，其他家庭成员可以继续承包，不发生继承问题，在家庭成员全部死亡的，最后一个死亡的家庭成员的继承人，可以是本集体经济组织成员，也可以是集体经济组织以外的继承人，在承包期内均可以继续承包，直到承包期满。如果不允许承包方的继承人享有继续承包权，会损害承包方基于合同履行取得的收益。如林地的承包期通常为 30 年，在承包合同履行 10 年时，承包方死亡，而此时林木已经成林，进入收获期，如由发包方收回承包地，即使由继续承包者对前一承包方对承包地的投入及地上物进行补偿，也很难达到前一承包方继续履行合同获得的收益，因此会导致承包方及继续承包人之间的矛盾，不利于社会稳定，同时不利于鼓励林地承包经营形式。确定林地承包继承人继续承包权，一方面可以维护林地承包合同的长期稳定性，鼓励林地承包，同时可以保护林地承包人的利益，减少矛盾，维护农村的社会稳定。最高人民法院《关于审理涉及农村土地承包纠纷案件适用法律问题的解释》第 25 条第一款规定：林地家庭承包中，承包方的继承人请求在承包期内继续承包的，应予支持。在处理此类纠纷，确定林地承包继承人的继续承包经营权时，应注意下面三个问题：

第一，继续履行承包权必须以承包合同在履行期限内为前提。如果承包合同履行期限届满，承包方与发包方基于合同产生的权利义务关系已经终结，涉及的只是履行期限届满后对承包方在林地上尚存财产的处理问题，不涉及继续履行合同的问题，继承人无权主张继续承包权。

第二，继承人不限于本集体经济组织成员。有意见认为，应将继承人的身份限定在本集体经济组织范围内，本集体经济组织范围外的继承人不应享有继续承包的权利，否则会损害集体经济组织其他人的利益。但根据《农村土地承包法》规定，并未对林地承包权的继承人范围加以限定，只要符合继承人的条件，都可以依法享有继续承包的权利。

第三，从有利于林地承包的角度处理继续承包纠纷。对于一份家庭林地承包合同，由于承包方的继承人可能不止一人，承包方死亡，可能会出现多个继承人争夺继续承包权的问题。承包权由哪位继承人享有，直接涉及承包合同的履行和农村林业的发展问题。因此，在确定林地承包合同继续履行主体时，要从有利于合同履行的角度出发，确定有履行能力的人为继续履行承包合同的主体。如果承包方在遗嘱中明确继承人或者继续承包人的，依照遗嘱的内容确定。承包方没有确定继承人或者继续承包人的，可以由法定继承人协商或者由人民法院确定继续承包人。对于放弃承包经营权的继承人，从平等保护继承人利益并避免对林地承包合同的继续履行造成障碍的角度考虑，由继续履行人给予适当的补偿。

其次，对以其他方式承包的继承纠纷的处理。按照《农村土地承包法》确定的原则，其他方式承包合同主要针对"四荒"地，基于"四荒"地的性质，对"四荒"土地进行经营利用，要投入大量的人力、物力、财力。一般的农户很难拥有足够的资金及力量进行"四荒"地的承包经营，为了尽可能扩大承包人的范围，调动社会范围内的一切可调动的力量进行荒地的治理工作，《农村土地承包法》从效率优先的角度考虑，确定对"四荒"地等用地，以招标、拍卖、公开协商等方式承包。承包方可以是个人或者单位，承包人为个人的，不论是否为本集体经济组织成员，在承包期内承包人死亡的，承包人应得的收益属于死者的遗产，应当依照《继承法》的规定继承。承包人为单位的，在承包期内，单位主体消亡，承包人应得的收益属于单位的财产，由消亡单位权利义务的承继者接收。在继续承包权利的确定上，要从鼓励"四荒"土地的开发利用角度考虑，依法确定。根据《农村土地承包法》第50条规定，土地承包经营权通过招标、拍卖、公开协商等方式取得的，该承包人死亡，其应得的承包收益，依照继承法的规定继承，在承包期内，其继承人可以继续承包。在具体适用法律处理纠纷，确定继续承包权利的主体时，对承包人为个人的，继承人的继续承包权的确定可以参照林地家庭承包中继承人继续承包权的确定标准处理，即从有利于合同履行，同时有利于成片开垦，充分利用土地经济效益的角度考虑确定继续承包人。对于承包人为单位的，确定消亡单位的权利义务承受者为继续承包人。但无论是个人还是单位，其继续承包的权利只能限制在承包期内，而不能是承包期届满。

四、农村集体经济收益分配纠纷案件的处理

农村集体经济收益分配纠纷是近年来司法实践中具有突出特征的涉农案件类型，其涉案当事人的不断增多，案件数量的迅猛大幅上升，已成为当前社会各界共同关注的热点、难点问题。但是长期以来，此类问题因不属于人民法院受理案件范围，而由政府处理又职责不明，农民权益一直处于悬浮状态，上访哄闹事件频频发生。农村集体经济收益分配纠纷案件是指村、乡（镇）集体经济组织、村民委员会、村民小组与其成员之间基于收益分配而发生的争议。而农村集体经济收益的主要来源是农民集体所有的土地因征收而获取的土地补偿费、安置补助费、地上附着物和青苗的补偿费等费用。《土地管理法实施条例》第26条规定："地上附着物及青苗补偿费归地上附着物及青苗的所有者所有。"地上附着物补偿费是对被征收土地上的建筑物、构筑物，如房屋、水井、道路、管线等的拆迁和恢复费，以及被征收土地上林木的补偿或者砍伐费等。青苗补偿费是对被征收土地上生长的农作物，如水稻、小麦、玉米等造成的损失所给予的一次性经济补偿费用。因法律对地上附着物及青苗补偿费的归属已有明确规定，司法实践中此类纠纷并不突出。安置补助费是国家征收集体土地后，安置被征地单位由于征地造成的多余劳动力的补助费用。征地安置补助费按照需要安置的农业人口数计算发放，其作用就是保障以土地为主要生产资料和生活资料的失地农户的基本生活，因而具有很强的人身性。对安置补助费的归属问题，《土地管理法实施条例》第26条第二款规定："征用土地的安置补助费必须专款专用，不得挪作他用。需要安置的人员由农村集体经济组织安置的，安置补助费支付给农村集体经济组织，由农村集体经济组织管理和使用；由其他单位安置的，安置补助费支付给安置单位；不需要统一安置的，安

置补助费发放给被安置人员个人或者征得被安置人同意后用于执法被安置人员的保险费用。"从上述规定可以看出，安置补助费具有极强的人身属性，安置补助费设立的目的直接指向被征地的农户。从调研了解的情况看，对安置补助费及青苗和地上附着物补偿费一般很少引起纠纷，产生纠纷最多的是土地补偿费。

在征收土地的各项补偿费当中，土地补偿费占有的比例最高，是农村集体经济组织收益的主要组成部分。对土地补偿费用的归属问题，《土地管理法实施条例》第 26 条规定："土地补偿费归农村集体经济组织所有。"从此规定看，土地补偿费实质上是对农村集体土地所有权的补偿。在农村集体所有的土地被征收后，土地补偿费统一支付给作为被征地单位的农村集体经济组织。在农村集体经济组织收到土地补偿费后，是否能够在本集体经济组织成员之间进行分配，立法没有明确规定，各地做法也不尽相同。有的地区通过地方性法规等方式明确禁止土地补偿费在农村集体经济组织成员之间进行分配，但也有一些地区则以文件或者地方性法规的方式准许土地补偿费在农村集体经济组织成员之间进行分配。还有的地区对此问题则没有明确规定。由于立法和司法解释对此问题都没有明确规定，造成认识上的混乱。因此，在各地，因农村集体经济组织收到土地补偿费后，其成员与集体经济组织之间就土地补偿费的分配问题发生的纠纷大量而普遍存在。与其他涉农纠纷相比，土地补偿费分配纠纷往往涉及农民的根本利益，其背后交揉渗透着各种利益的冲突、具有矛盾激烈、难于化解的特点。目前，由此引发的涉农信访已经在整个涉农信访中占有相当大的比重。该类纠纷在人民法院受理的涉农纠纷案件中占有非常重要的地位，反映出来的情况也很突出和集中，也更难以处理。

（一）　土地补偿费分配纠纷的解决

随着我国城镇化建设进程的快速发展，处于城乡结合部的农村集体土地被国家征收的数量逐年增多，随之而产生的大量征地补偿费分配纠纷案件也诉至人民法院。此类纠纷的诱因主要是村民对村集体经济组织制定的征地补偿费分配方案不服，进而诉讼要求与其他村民享有同等分配利益的权利。由于征地补偿费分配政策性强，而相关立法滞后，对此类案件能否作为民事案件予以受理、受理后诉讼主体的确定以及案件的实体如何处理等问题，审判实务界分歧较大，裁判结果也不尽一致。从调研情况看，审判实践中征地补偿费分配纠纷的案件类型主要有：一是基于土地承包经营关系而产生的征地补偿费分配纠纷；二是以村民身份要求分配村集体已统一发放的 1998 年《土地管理法》修正案实施后的征地补偿费纠纷；三是以村民身份要求分配村集体已统一发放的

1998 年《土地管理法》修正案实施前的征地补偿费纠纷。在征地补偿费的分配问题上，现行法律、法规只侧重分配标准的计算、征地后造成多余劳动力的安置等，而对于补偿费的分配对象、分配范围等问题未作出明确的规定。另外，村规民约不合法、不合理也是引发诉讼的原因。当前，农村各村委会、村民小组在分配征地补偿费过程中，依据的主要是村民代表大会集体讨论的结果或长期以来所沿袭的村规民约，这些村规民约对于征地补偿费的分配对象作出了具体的规定。如外来人员、出嫁女等特定人群被明确规定为不予分配补偿费的对象。虽然这些村规民约与当前法律、法规存在相悖之处，但却为大多数村民所认可。因此，认为自身权益被侵害的村民遂以村规民约违反法律规定提起诉讼。人民法院在审理这些案件过程中，必然要对村规民约的程序性与实体性合法问题进行审查。从征地补偿费分配纠纷的类型、特点和成因分析，当前该类纠纷存在诸多法律问题亟待解决。从审判实务操作的角度主要分为两类：一类是程序问题即案件的受理、诉讼主体的确定；二类是实体问题，就是对基于村民身份要求分配征地补偿费纠纷的解决。

1. 土地补偿费纠纷案件的程序问题

（1）土地补偿费案件的受理

土地补偿费分配纠纷是农村集体所有土地被征收后，农村集体经济组织、村民委员会、村民小组与其成员因分配土地补偿费发生的纠纷。纠纷是否能够得以解决，首先要确定案件是否被人民法院受理。1999 年 1 月 1 日新《土地管理法》实施以前，原《土地管理法》明确规定：土地补偿费不得私分。同年出台的《土地管理法实施条例》第 26 条又明确规定：土地补偿费归农村集体经济组织所有。现在仍在实施的《民法通则》第 74 条第 3 款规定：集体所有的财产受法律保护，禁止……私分……而《农村土地承包法》第 16 条只是笼统地规定：承包方之承包地被依法征用占用的，有权依法获得相应的补偿。农业部与财政部制发的农村集体经济组织收益统计表也是把征土地补偿费列为集体经济收益。基于此，在 1999 年 1 月 1 日以前，普遍认为，村民并不享有分配土地补偿费收益的实体权利。因此，对土地补偿费分配发生的纠纷，人民法院不予受理。如最高人民法院 1994 年 12 月 20 日对江西省高级人民法院所作的《关于王翠兰等六人与庐山区十里乡黄土岭村六组土地征用费分配纠纷一案的复函》（［94］民他字第 28 号）认为："土地管理法（注：指 1988 年《土地管理法》）明确规定，征用土地的补偿、安置补助费，除被征用土地上属于个人的附着物和青苗的补偿费支付给个人外，其余由被征地单位用于发展生产和安排就业等事业。现双方当事人为土地征用费的处理发生争议，不属于法院受理的范围，应向有关机关申请解决。"

新《土地管理法》修改删除了原《土地管理法》中关于"土地补偿费不得私分"的规定，而且《土地管理法实施条例》第 26 条明确规定了土地补偿费的归属、管理及用途，村民依法享有了对土地补偿费等收益分配的实体权利。最高人民法院研究室于 2001 年 7 月 9 日对广东省高级人民法院所作的《关于人民法院对农村集体经济组织所得收益分配纠纷是否受理问题的答复》（法研 ［2001］ 51 号） 指出：农村集体经济组织与其成员之间因收益分配产生的纠纷，属平等民事主体之间的纠纷。当事人就该纠纷起诉到人民法院，只要符合《中华人民共和国民事诉讼法》第 108 条的规定，人民法院应当受理。对陕西省高级人民法院上报请示的《关于村民因土地补偿费、安置补助费问题与村民委员会发生纠纷人民法院应否受理问题的答复》，最高人民法院研究室于 2001 年 12 月 31 日作出的法研 ［2001］ 116 号答复指出：对村民因土地补偿费、安置补助费问题与村民委员会发生纠纷，人民法院应否受理的问题可以参照法研 ［2001］ 51 号办理。此后，各地人民法院开始陆续逐步受理土地补偿费分配纠纷案件。但由于上述规定不是最高人民法院的正式的司法解释，审判实践中对于土地补偿费分配纠纷是否受理仍存有不同看法。一种观点认为，国家建设用地的征地补偿费属于农民集体所有，村集体经济组织、村委会、村民小组对征地补偿费的安排和使用属于行政管理权的行为，应视为对内部行政事务的管理，村民与村集体经济组织、村委会、村民小组之间不是平等主体，因征地补偿费分配问题产生的纠纷，不属于人民法院受理的民事案件范围。反对观点认为，土地承包经营期间，农村集体经济组织、村委会、村民小组作为发包方与承包方农户之间属于土地承包合同关系，承包土地被征收后，其与发包方之间因土地补偿费分配的纠纷属于承包方与发包方平等主体之间的民事纠纷，人民法院应得受理。即使未建立土地承包合同关系的村民，其作为集体经济组织的成员，也有权享有土地补偿的利益，有权提出民事诉讼。由于认识不统一，各地做法也不同。

目前，仍有许多地区对于土地补偿费分配纠纷案件不予受理。例如，江苏省高级人民法院在其 2001 年全省民事审判工作座谈会纪要中明确指出：涉及大面积土地的重新调整或群体性利益的重新分配的农业承包合同纠纷、追索土地征用补偿费等案件，不属于民事诉讼的受案范围，如已立案，应裁定驳回起诉，告知原告通过其他程序申请解决。广西壮族自治区高级人民法院 2003 年初下文各下级法院，提出十类暂不受理的案件情形，其中就包括土地补偿费分配纠纷案件。导致不受理的另外一个主要原因就是，以往曾受理并已下判的案件，几乎无一例外地遇到无法执行的尴尬境地，反过来使有的法院对受理的效果产生怀疑，进而关上了受理的大门。

我们认为，根据《土地管理法》、《农村土地承包法》、《物权法》等现行法律规定，农村集体所有的土地归属于本集体成员集体所有，本集体成员有权决定土地补偿费的使用、分配，村、乡（镇）集体经济组织、村民委员会、村民小组代表集体行使所有权，对集体土地经营管理，特别是在发包、土地补偿费分配等关系中，只是农民集体的代理人，与本集体成员之间是平等的民事主体关系，全体农民才是土地利益的享有者。最高人民法院研究室作出的法研［2001］116 号答复和法研［2001］51 号函复，尽管不是正式的司法解释，但也是最高人民法院对此类案件审判工作的一种具有指导性作用的司法文件，各级人民法院应得遵守执行。因此，此类纠纷应得作为民事案件予以受理，当然，对于 1999 年 1 月 1 日新的《土地管理法》实施以前的土地补偿费纠纷，从法不溯及既往的司法原则出发，人民法院不应予以受理。

（2）土地补偿费案件诉讼主体的确定

农村集体所有的土地归属于本集体成员集体所有，本集体成员是土地利益的享有者，因此，此类纠纷的原告通常是依法取得该集体组织所在地户籍的自然人。这是确认此类案件原告主体资格的主要标准。同时，对户籍虽不在该农村集体组织所在地，但与该农村集体组织在事实上或法律上存在权利义务关系的自然人，也应确认其原告主体资格。如义务兵及户籍迁出该农村集体组织的大中专学生等。司法实践中，该类纠纷的原告也往往就是这类群体。依法作为农村集体土地所有权行使主体的村、乡（镇）集体经济组织、村民委员会、村民小组，在土地征用过程中，代表本集体作为被征地单位与征地单位签订合同，领取征地补偿费并分配、使用。因此，村、乡（镇）集体经济组织、村民委员会、村民小组均可成为土地补偿费纠纷的被告，但应根据个案情况具体确定。例如，土地补偿费由村民委员会持有并由村民委员会制定分配方案的，以村民委员会为被告；土地补偿费由村民委员会持有，分配方案由村民小组制定，或土地补偿费由村民小组持有、分配方案由村民委员会制定的，以村民委员会和村民小组为共同被告；土地补偿费由村民小组持有并由村民小组制定分配方案的，以村民小组为被告。

2. 土地补偿费分配纠纷案件的处理

土地补偿费是对农村集体土地所有权的补偿，由此决定了土地补偿费只能在本集体组织成员内部进行分配，不具有集体组织成员资格的人，不能参与土地补偿费的分配，这是土地补偿费分配的基本原则。农村集体组织成员资格的确定标准问题是我国现行法律的空白点，也是理论界和实务界长期争论而未果的问题。审判实践中产生的大量涉农纠纷，几乎均由此引起，涉农纠纷之所以难以处理，根源也就在于此。因此，农村集体组织成员资格的确定，是解决土地补偿费分配纠纷的先决条件和关键所在。

（1）农村集体组织成员资格的确定

农村集体组织成员资格的确定标准问题，在司法实践中主要有三种做法。一是采取单一标准的方法，即以是否具有本集体组织所在地常住户籍作为判断是否具有农村集体组织成员资格的依据。二是采取复合标准的方法，即以户口标准为基础，辅之以是否在本集体组织所在地长期生产、生活来判断。三是根据权利义务关系是否形成的事实作为判断标准，即必须与本集体组织形成事实上的权利义务关系及管理关系的人，才具有农村集体组织成员资格。但无论采取以上标准中的任何一种，都难以从根本上解决问题。如采取是否具有本集体组织所在地常住户口的单一标准，很可能会在多种利益驱动下造成某些集体组织人口的畸形膨胀。我们实地调研了解的情况是，在许多城乡结合部的农村，某些人为谋取征地带来的利益，或逃避计划生育政策等，通过不正当手段将子女及其他亲属的户口挂在该农村集体组织内部，造成农村现实生活中存在着大量"空挂户"、"悬空户"现象。这将会严重损害真正应当享有集体组织成员利益的人的合法权益。而以户口为基础，辅之以是否在本集体组织所在地长期生产、生活的复合标准，其真正具有实际意义的是后一条件，而这种标准过分强调长期固定，不仅会降低农业人口向第二、三产业转移分流的积极性，阻滞城乡差别的缩小直至最终消除，而且由于对如何判断是否构成"长期"也存在不同认识，最终仍然难以解决问题。至于以是否形成权利义务关系及管理关系的标准，不仅在排除"空挂户"、"悬空户"方面存在缺点，而且其判断标准往往是极为模糊，有时甚至还有可能会带来不合理的结果。

合理解决农村集体组织成员资格的判断标准问题，我们认为，应当遵循以下原则：第一，应得对农村集体组织的性质作出科学分析。从历史的角度考察，目前我国农村集体组织的形成和存在形式是由我国传统农耕社会经过漫长的历史发展过程而形成的自然共同体生活格局。这种自然共同体是由较为固定的成员所组成的具有延续性的共同体，其内部具有熟人社会的乡土特色，集体财产（主要是土地）是全体成员赖以维持生计的最基本的保障。这种保障功能正是维系特定范围自然共同体的物质基础。第二，应当对农村集体组织成员与集体之间的关系进行细致分析。集体土地所有权虽为我国土地公有制的一种形式，但作为集体土地所有权客体的财产却体现着集体成员的共同的私利益。集体组织和集体利益与集体成员个人的联系是以成员权形式体现出来的。只要是集体成员，具备集体成员的资格，就可以享有集体利益。成员权是基于成员身份产生的财产性权利，包括自益权和公益权。自益权是指成员从集体组织中获取自身利益的权利，如集体经济组织收益分配权。公益权是指成员参与组织管理的权利。对成员个体而言，它既具有身份性质，也体现财产性特征。解决农村集体组织成员权利主体的确定标准问题本身，与理清农村集体组织与其成员个体之间的关系有着直接的联系，属于成员权理论所涵盖的范畴。因此，成员权理论可以作为农村集体组织成员资格标准确定的理论基石。第三，应当对目前我国农村社会的实际情况有清醒的认识和准确的把握，并根据社会发展趋势对农村社会的发展进行必要和合理的预测，也即从作为基本生活保障的集体组织农村土地的承包经营出发，判断特定的人是否具有本集体组织成员的资格。

从前述的原则出发，我们认为，农村集体组织成员资格的判断，应当从我国农村集体组织所具有的自然共同体特征出发，以成员权理论为基础，以是否形成较为固定的生产、生活为基本条件，并结合是否具有依法登记的集体组织所在地常住户口，作为判断是否具有集体组织成员资格的一般原则。同时，考虑到农村富裕劳动力向城市流动的趋势，以及农村土地承包对未丧失集体组织成员资格的人所具有的基本生活保障功能，对一些特殊情形，可以作出特别处理，如明确成员资格的保有期间，确立资格取得的唯一性原则以避免"两头占"、"两头空"等现象，以期能够有效、灵活地解决问题。总而言之，在确定集体组织成员资格的判断标准上，将成员资格的取得、丧失以及特殊情形的处理作为整体来系统把握，考虑各种因素后进行综合分析判断。具体可以从以下几个方面来把握：

第一，农村集体组织成员资格的取得，应得以该成员是否在该农村集体组织所在地生产、生活并依法登记常住户籍为基本判断依据。在农村集体组织所在地生产、生活并依法登记常住户籍的人，应得认定其具有该集体组织成员的资格。这一标准与我国目前的社会现实和法律制度相适应，也符合农村集体组织自然共同体特征的必然要求。有一种观点认为，农村集体组织成员资格的认定应得与人的户籍登记相脱离，因户籍登记是行政管理层面的问题，而集体组织成员资格的确定总体上讲是民法要解决的问题，过分强调户籍的意义不符合户籍制度改革的趋势，也不利于合理界定集体组织成员资格。我们不赞同这种观点。户籍是证明一个公民自然情况最直接、最基本的依据，以户籍作为集体组织成员资格认定的基础不仅是非常必要的，而且是首先应当考虑的因素。就户籍制度改革而言，其目的在于通过户籍制度改革，来消除城乡之间的户籍管理和就业、社会保障等方面的不平等现象。户籍制度改革不会也无法否定户籍登记在确定公民自然情况方面的重要作用。农村集体组织成员资格的取得主要有两种方式，一是原始取得；二是加入取得。原始取得是指通过人口的自然繁衍，祖祖辈辈生活在特定农村集体组织所在地，而自然取得集体组织成员资格，主要表现形式就是出生。对于出生取得成员资格的，在该成员出生时，其父母双方或者一方必须具有本集体组织成员资格。父母双方具有本集体组织成员资格的情形，一般不会产生争议。对于父母一方具有成员资格的情形，如果不具有本集体组织成员资格的父或母为非农业人口或者其他集体组织的成员，应结合出生人员实际落户情况而定。只要出生人员依法登记了本集体组织所在地常住户籍，该出生人员即取得了本集体组织成员资格。因此，父母双方均具有本集体组织成员资格的出生人员，父母一方具有本集体组织成员资格且依法登记本集体组织所在地常住户籍的出生人员，自其出生时起具有本集体组织成员资格。有观点认为，对超生人口不应确认其集体组织成员资格。因为计划生育是我国的基本国策，人口问题是影响我国经济发展、社会进步的重要问题，如果认可超生子女具有集体组织成员资格，将影响计划生育工作的开展。即便可以认定超生人员可以具有本集体组织成员资格，亦应以行政机关处罚、审批上户之时为准。对此，我们认为，根据《民法通则》第9条规定，自然人的民事权利能力自出生时起到死亡时止。自然人的民事权利能力是其作为民事主体的基本资格，不因父母是否违反计划生育政策而受到影响。因违反计划生育政策而剥夺超生人口的集体组织成员资格，是对人的价值和基本权利的蔑视。而且违反计划生育政策的法律后果是行政处罚，其本身对自然人基本民事权利不产生影响。所以，对于违反计划生育政策出生人员的资格认定，仍应本着前述原则处理。加入取得是指原非本集体组织成员的自然人，基于一定事由取得本集体组织成员资格的取得方式。主要包括婚姻、收养，以及国防建设或者其他政策性迁入。基于婚姻或者收养，在本集体组织所在地生产、生活并将户籍迁入本集体组织所在地的人，应当具有该集体组织成员资格。此外，因国防建设或者其他政策性原因，通过移民进入本集体组织所在地生产、生活并依法登记本集体组织所在地常住户籍的人，也应当认定为取得了该集体组织成员资格。

第二，集体组织成员资格的丧失。集体组织成员资格的丧失应当遵循以人为本的原则，在农村集体组织成员未取得其他社会保障之前，一般不宜认定集体组织成员资格的丧失。在这一原则基础上，对于因以下原因被注销或者迁出本集体组织所在地常住户籍的人，应当认定丧失集体组织成员资格。一是死亡，自然人民事权利能力于死亡时终止，因此，从死亡时起，集体组织成员资格即丧失。二是已经取得了其他集体组织的成员资格，集体组织成员只能拥有在一个集体组织的成员资格，不能同时在两个以上的集体组织拥有成员资格。自取得其他集体组织成员资格时起，其原拥有集体组织成员资格随即丧失。三是取得设区市非农业户籍。《农村土地承包法》第26条第三款规定："承包期内，承包方全家迁入设区的市，转为非农业户口的，应当将承包的耕地和草地交回发包方。承包方不交回的，发包方可以收回承包的耕地和草地。"城市居民基本生活保障与家庭承包具有相同的基本生活保障功能。在取得设区市非农业户口之后，原集体组织成员已经被纳入城市居民生活保障体系之内，所以在其取得了设区市非农业人口之时，即应丧失其原拥有的集体组织成员资格。四是取得非设区市城镇非农业户口，且纳入国家公务员序列或者城镇企业职工社会保障体系。《农村土地承包法》第 26 条第二款规定："承包期内，承包方全家迁入小城镇落户的，应当按照承包方的意愿，保留其土地承包经营权或者允许其依法进行土地承包经营权流转。"由于城市居民基本生活保障在非设区市以及城镇尚未普遍建立，取得其非农业户口并不必然享有城市居民的基本生活保障。因此，农村居民取得非农业户口的，往往仍需以集体组织农村土地保障其基本生活。但如果已经纳入国家公务员序列或者城镇企业职工社会保障体系，因脱离了对原集体组织农村土地的基本生活保障需求，应当认定其丧失了原集体组织成员资格。

第三，特殊情形的处理。随着我国社会经济的发展，农村人口在农村和城市之间、在不同的农村集体组织之间流动的机会和数量很大，由此产生一些特定人群农村集体组织成员资格认定上的特殊性。对于这些特殊情形，在处理时应当作具体分析。一是对于外出经商、务工等农村集体组织成员资格的认定。随着我国市场经济的发展，农村人口外出经商、务工的比例逐年增加，这种人口的流动对于促进我国国民经济的发展，解决农村剩余劳动力的就业问题，发挥着重要作用。已经取得农村集体组织成员资格的人可能会由于外出经商、务工等原因，长期脱离本集体组织所在地的生产、生活。这些人员在丧失集体组织成员资格之前，一般仍然以本集体组织的农村土地为其基本生活保障。对此类人员集体组织成员资格是否存续的判断，应当结合集体组织成员资格丧失的标准。在符合成员资格丧失的条件之前，不能否定其集体组织成员资格。通过保护这类人群集体组织成员资格，确保其不至丧失基本生活保障，对鼓励农业人口向二、三产业的合理流动具有十分重要的意义。二是外出学习、服兵役等人员的成员资格的认定。外出学习、服兵役等人员，一般要将其户口迁出原户籍所在地，此类人员虽丧失了原集体组织所在地常住户口，但并不必然丧失原集体组织的成员资格。这些人往往还是以原集体组织农村土地为基本生活保障。如果仅以常住户口作为认定集体组织成员资格的标准，无疑将使农业人员继续升学和服兵役的积极性受挫。而且保留学习人员在学习期间的集体组织成员资格，对农村人口素质的提高也具有积极意义。根据国务院《退伍义务兵安置条例》和国务院、中央军委《士官退出现役安置暂行办法》的规定，农村入伍的义务兵和初级士官，复员后应回农村安置，政府不负责安排工作和解决城市户口。所以这些人仍然需要承包土地作为基本生活保障。而中高级士官和干部退役时，根据有关政策法规应作转业安置，由国家统一安排工作，解决城市户口。保留义务兵或者初级士官服兵役期间的成员资格对维护国家安全、巩固国防事业意义重大。对于两劳服刑人员，其虽因违法犯罪行为丧失人身自由，但其集体组织成员资格并不因此丧失。虽然其常住户口已经迁出集体组织所在地，但迁入户口所在地并不负担其回归社会后的基本生活保障。保留其集体组织成员资格，对于他们积极接受改造、避免回归社会后因生活所迫再次陷入犯罪，真正实现改造的目的具有不可替代的作用。三是基于婚姻关系等在农村集体组织之间流动的人员集体组织成员资格的确定。农村人口可以基于婚姻关系在农村不同的集体组织之间流动。这类情况也被称为"农嫁农"问题。整个农村集体组织成员资格确定问题中，此类问题最复杂。受经济利益驱动，相对富裕的集体组织的成员在嫁入相对贫困的集体组织时，虽已实际在该集体组织所在地生产、生活，却往往不迁入户口。对于这种情况，我们认为，既然其已经脱离原集体组织所在地的生产、生活，就表明其与原集体组织已不存在较为固定的集体生产、生活状态，不宜认定其仍然具有原集体组织成员资格。否则，将导致富裕农村集体组织人口的畸形膨胀，加大该区域内人口与资源的"负压差"问题。此外，从集体组织自然共同体属性角度出发，因迎娶进入本集体组织农户生产、生活所增加的人口自古就被视为自然共同体人口数量增长的重要途径之一。以实际生产、生活所在地集体组织认定其成员资格，也符合历史传统和自然习惯。所以，因婚姻、收养等原因，已进入本集体组织的农户实际生产、生活，但常住户口尚保留在原集体组织所在地的人，应当认定其具有本集体组织成员资格。从进入本集体组织的农户实际生产、生活时起，其原集体组织成员资格丧失。在认定基于婚姻等在农村集体组织之间流动的人员集体组织成员资格的问题上，需要处理好集体组织成员资格的认定与《农村土地承包法》第30条的关系。该条规定："承包期内，妇女结婚，在新居住地未取得承包地的，发包方不得收回其原承包地。"其本意在保护出嫁妇女的利益，但结合《农村土地承包法》第15条"家庭承包的承包方是本集体经济组织的农户"规定看，其立法本意应当理解为禁止发包方因承包方家庭成员出嫁等情形收回相应份额承包地而损害承包农户依法享有的土地承包经营权。《农村土地承包法》的立法目的在于保护农户土地承包经营权，而不是维持嫁农人员原集体组织成员资格。《农村土地承包法》第30条的规定不能成为确定"农嫁农"人员集体组织成员资格的认定标准。四是对"空挂户"集体组织成员资格的认定。所谓"空挂户"是指有关人员将户口迁入本集体组织的目的并不是要在本集体组织生产、生活，而是处于利益驱动和其他各种原因，需要将户口挂在本集体组织的一种现象。由于"空挂户"仅迁入户口，并未与其他集体组织成员形成较为固定并具有延续性的联系，在确定集体组织成员资格时，应当明确对此类人员的集体组织成员资格予以排除。此外，实践中也存在着另外一种情况，就是指回乡退养人员，虽然将常住户口迁入集体组织所在地并生产、生活，但并不以承包经营本集体组织农村土地为基本生活保障。回乡退养人员虽然将户口迁回农村也在该地生产、生活，但其享有退休人员的工资及各项福利待遇作为其基本生活保障。这些人仍被涵盖在城镇居民的社会保障体系之内，与农业人口有着本质区别。因此，对于这类人员也应当认定其不具有集体组织成员资格。

第四，关于农村集体组织成员资格确定的基准时问题。对此问题存在以"土地补偿费分配方案确定时"为标准和"征地补偿安置方案确定时"为标准的争论。采"土地补偿费分配方案确定时"的观点认为，根据《土地管理法》和《土地管理法实施条例》，征地补偿安置方案是人民政府就土地征收后的补偿、安置等问题确定的方案。征地补偿安置方案与作为发包方的农村集体组织没有关系，农村集体组织对征地补偿安置方案没有决定权。如果确定以征地补偿安置方案确定时作为认定农村集体组织成员资格的基准时，由于征地补偿安置方案的确定时间早于土地补偿费分配方案，可能导致在土地补偿费分配方案确定之前、征地补偿安置方案之后出生的人被剥夺集体组织成员资格。我们认为，应以"征地补偿安置方案确定时"作为确定农村集体组织成员资格的基准时。理由：一是土地补偿费是对农村集体土地所有权的补偿，因此，确定集体组织成员资格最合理的基准时应当是集体土地所有权丧失时，但由于我国立法不完善，以集体土地所有权丧失为基准时，在实践中不易操作。相比较而言，由人民政府作出的征地补偿安置方案是以政府文件的形式发布的，其时间点明确清晰，便于操作。二是与村民自治组织的土地补偿费分配方案相比较，政府的征地补偿安置方案并不涉及土地补偿费如何在集体组织成员之间进行分配的问题，因此，对于解决针对土地补偿费分配的集体组织成员资格问题，人民政府的征地补偿安置方案更为中立，也具有更高的公信力。以征地补偿安置方案确定时为基准时，可以较好地防止集体组织的负责人或者宗族势力较大的群体，利用其对于民主议定程序的影响力牟取私利、侵害弱势群体的合法权益。

根据前述，农村集体组织的成员权是广大农民最基本的身份权利，成员资格的确定直接关系到农村家庭承包工作的顺利进行，关系到农村村民自治机制的运转，关系到土地补偿费分配等大量涉农纠纷的根本解决，对我国农村法律体系的完整具有十分重要的基础性意义。但由于我国立法对农村集体组织成员资格的确定标准缺乏统一明确的规定，导致涉农纠纷无法得到彻底和妥善的解决。因此，司法审判实践亟须对农村集体组织成员资格的确定作出统一的认定标准，社会各界也强烈要求最高人民法院尽快对此作出司法解释予以明确。对农村集体组织成员资格的确定能否由最高人民法院通过司法解释的形式予以明确的问题，我们认为，由于农村集体组织成员资格的确定问题涉及广大农民的基本民事权利，依法应当属于《立法法》第40条第（一）项规定的情形，其法律解释权在立法机关——全国人大，最高人民法院不宜通过司法解释的形式对此问题予以规定，按照《立法法》第43条的规定，建议全国人大常委会就此问题作出立法解释或者相关规定。当然在此之前，对农村集体组织成员资格的确定应当以是否形成较为固定的生产、生活和是否具有依法登记的集体组织所在地常住户口为基本判断标准，充分考虑农村土地承包所具有的基本生活保障功能，综合考虑相应标准在整个农村社会层面所具有的合理价值，而不能以某个极端的特例来否定具有普遍合理性的处理思路。同时，农村集体组织成员资格的取得丧失不宜也不能交由村民自治决定。村民自治是我国法律认可的农村社会的基本治理方式。但由于我国民主制度和民主观念特别在广大农村地区不发达，在村民自治的实践中存在所谓多数人的暴政问题，即多数村民利用形式上的民主程序剥夺少数人的合法权益。在农村社会，作为"民间规范"的重要载体的村规民约，是村民自治的主要途径，我们承认村规民约积极作用的同时，也应看到其与法律直接可能存在矛盾和冲突。如果将农村集体组织成员资格的认定交给村民自治决定，那么对外嫁女等特定人群很可能出现依据民主议定程序后，否定其集体组织成员资格的后果。因此，集体组织成员资格的认定，在法律作出明确规定之前，是作为裁判者的审判机关的权力。

（2）土地补偿费分配纠纷的处理原则

《村民委员会组织法》规定，农村村民实行自治，第19条规定：涉及村民重大利益的事项应当由村民委员会提请村民会议讨论决定。而土地被征收后的土地补偿费分配事宜涉及每一个村民的切身利益，分配方案如何确定，分配数额如何计算等问题与全体村民利益直接相关，因而应当提请村民会议讨论决定。农村集体组织制订收益分配方案，也是其行使法律赋予的自治权的一种形式。《村民委员会组织法》第17条对村民会议的召开和议事规则作出了明确规定，即民主议定程序。由于目前农村集体土地所有权由村集体经济组织、村民委员会、村民小组行使，享有法定的农村土地承包经营的发包权，因此，村集体经济组织、村民小组的民主议定程序可以在不违反法律的前提下，由村民自治章程或者村规民约进行规定，实践中一般是比照村民委员会召开村民会议的程序确定。土地补偿费分配纠纷一般起因于村民对农村集体组织作出的收益分配方案持有异议。因此，受理此类案件后的一项重要工作就是审查土地补偿费收益分配方案中涉及诉讼主体收益分配权的内容是否公平合理，是否合法有效。对农村集体组织土地补偿费收益分配方案应按照以下原则进行审查：

第一，符合民主议定程序的原则。村民会议或村民代表会议是村民实行自治决定重大事项的机构。其讨论土地补偿费分配和各项村务事项的决定、决议必须遵循《村民委员会组织法》第19条所规定的民主议定原则，做到程序合法。因此，在审查土地补偿费收益分配方案时，应首先审查该收益分配方案的形成是否符合民主议定程序，是否经过村民会议或村民代表会议民主议定产生。对于违反村民会议或村民代表会议民主议定程序形成的分配方案，应确认其无效。

第二，符合法律规定的原则。农民集体所有权的主体是通过一定组织形式整合的全体农民集体成员，一定范围内的全体农民集体成员通过村民会议或村民代表会议的方式对集体所有财产的使用、分配作出决策，形成集体意志，这就是法律赋予的村民自治权。土地补偿费收益分配方案是村民行使自治权的体现，在充分尊重村民自治权的前提下，村民成员收益分配的确定应当平等合法。村民会议、村民代表会议所作出的收益分配方案等决定、决议不仅应符合民主议定程序，其在内容上必须合法。《村民委员会组织法》第20条第2款规定："村民自治章程，村规民约以及村民会议或者村民代表会议决定的事项不得与宪法、法律、法规和国家的政策相抵触，不得有侵犯村民的人身权利、民主权利和合法财产权利的内容。"否则，应认定收益分配方案无效。

第三，村民待遇平等的原则。农村集体土地所有权属于村民集体成员共同所有。所以，来源于农村集体组织所有的土地等自然资源的收益，属于全体村民。土地补偿费的分配，如果没有法律的特别规定，就应由享有村民待遇的全体村民共同平等参与分配，即基于集体组织成员资格而分配的土地补偿费就应当均等，不能以权利义务相一致为由对不同的人差别对待。农村集体土地是对集体组织全体成员的基本生活保障，作为一种集体所有的自然资源，集体土地的形成与集体组织成员的个人劳动或者贡献没有关系，既然土地补偿费的受益主体是该集体组织内部的全体成员，则相应的土地补偿费的分配当然就没有体现所谓"权利义务对等"的合理性。土地补偿费分配是基于集体组织成员的身份而产生的，这是成员权项下自益权平等性的必然要求，而对这种平等性的保障，也是对基本人权的维护。

第四，人地合理比例分配原则。针对因农村人口频繁变动与相对稳定的土地承包权之间的矛盾等原因所引起的人、地比例失衡的问题，采取人地合理分配原则，在分配土地补偿费时，一方面给具有该村、组户籍的村民分配土地补偿费总额中的一定比例，另一方面给予村、组形成土地承包关系的村民按拥有的土地面积，分配土地补偿费总额中剩余的部分。在确认人地分配比例时，既不能一律按人口均分，也不能按地亩均分，宜以人为主，以地为辅，使各方的利益均能得到合理保护，也容易被大多数村民所接受。采取人地合理分配原则制订的收益分配方案，如其程序符合民主议定要求，内容符合法律、法规和国家政策，亦体现了权利义务相一致的原则，不仅合理合法、兼顾衡平了各方利益，也符合农村现实情况，有利于维护农村稳定。对此类分配方案依法应予以保护。

按照上述农村集体组织制订土地补偿费收益分配方案的原则，结合对集体组织成员资格的确定方法，最高人民法院《关于审理涉及农村土地承包纠纷案件适用法律问题的解释》第 24 条规定："发包方可以依照法律规定的民主议定程序决定在本集体经济组织内部分配已经收到的土地补偿费。征地补偿安置方案确定时已经具有本集体经济组织成员资格的人，请求发包方支付相应份额的，应予支持。但已报全国人大常委会、国务院备案的地方性法规、自治条例和单行条例、地方政府规章对土地补偿费在农村集体经济组织内部分配办法另有规定的除外。"之所以作出除外规定，主要考虑到有关农村土地被征收后的土地补偿费能否在农村集体经济组织内部进行分配，具有很强的政策性，全国各地的做法也不一致。很多地方根据各地的实际具体情况，制定了相应的地方性法规、条例或者规章。根据《立法法》第 89 条的规定，省、自治区、直辖市的人民代表大会及其常委会制定的地方性法规，报全国人大常委会和国务院备案；自治州、自治县制定的自治条例和单行条例，由省、自治区、直辖市的人民代表大会常委会报全国人大常委会备案；地方政府规章报国务院备案。只有符合该法律规定的有关法规、条例和规章，才能排除本条司法解释对土地补偿费分配争议的适用。

（二）对"出嫁女"等几类特定人群收益分配权的认定

随着经济发展和工业化进程的加快，发生了大规模的农村人口向城市流动和迁徙的现象。而现行的"农业人口"和"非农业人口"的二元化户籍管理制度限制了流动农村人口无法取得城镇非农业人口的户籍。与此同时，农村新增人口不断、多生超生人口屡禁不止，不可再生甚至日益萎缩的农村土地正负荷着不断增长的人口向它的无度索取。在人口不断增长而土地和补偿费有限的情况下，"僧多粥少"的局面必将导致排除他人参与分配的心态。于是，从自身利益出发，借助村民自治的权利，各种限制、排除他人分配利益的分配方案引发了村民之间利益冲突。在利益冲突中，"出嫁女"、入赘婿及其他服役军人、大中专学生、服刑人员等特定人群在封建习俗、村规民约的强势压制下，首当其冲被排除在村民同等待遇之外。在人民法院受理的大量农村集体经济收益分配纠纷案件中，"出嫁女"等特定人群与村集体经济组织或者村民委员会、村民小组就土地补偿费的分配产生的纠纷案件数量占有较重的比例，具有代表性。此类纠纷主要集中在"出嫁女"等特定人群要求享受村民同等待遇的问题上。

狭义的"出嫁女"是指与村外人结婚，由于种种原因未将或者不愿将户口迁出，以及户口迁出后又回迁到本村组的妇女。广义上的"出嫁女"还包括嫁入本村户口也迁入的"内嫁女"、离婚或者丧偶的"出嫁女"、入赘婿，以及上述人员的子女①。与此相关，还有参军、招干、考学及两劳人员等人群，实践中俗称的"半边户"、"悬空户"虽含义略有差异但问题基本相同。以上人群认为其权益受到侵害的具体类型为：①土地承包经营权。在二轮土地承包（延包）中，部分地区未取得土地承包经营权的"出嫁女"分不到新的土地，而且在第一轮承包中已经分配到的土地也被调整或者收回。②土地补偿费的分配权。很多地区都"规定""出嫁女"不能参加分配，或者分配数额比其他村民少。③宅基地分配权。在城乡结合部，宅基地是一项重要的福利，包含很大的经济利益，很多地区在宅基地分配问题上采取了男女不平等的分配方案。④股份分红权。"出嫁女"大多数权益受到侵害都是通过股份分红的形式表现出来。⑤村集体福利。很多地区限制"出嫁女"在农村集体合作医疗，养老保险，子女入托，入学等方面的权利。

从调研的情况看，各地农村对"出嫁女"等人群的处理主要分为以下几种情形：①一概不分。此种情形占主要地位。如山东济宁任城区、潍坊青州市、广西南宁城北区、桂林七星区、湖南长沙雨花区、广东广州番禺区等。②区分"出嫁女"的不同形式或者分配标的物决定分配与否。此种情形亦占有一定比重。如湖南常德地区及南宁城北区的农村大部分是区分"农嫁农"与"农嫁非"，前者一概不给，后者可以享受同等村民待遇，其子女按照50%参与分配，全女户的只解决一个入赘婿，超生的有户口的就给，还有的是对农

---

①　具体包括：（1）嫁外村或者城市居民但户口不迁出的妇女；（2）嫁入本村户口也迁入本村的妇女；（3）嫁出后为分红又迁回原籍的妇女；（4）出嫁后没有生活来源又迁回原籍的妇女；（5）嫁出后没有迁出户口就离婚或者丧偶的妇女；（6）迁回原籍的离婚、丧偶妇女；（7）再婚入嫁女；（8）与村民委员会签订协议明确不享受分红的寄养户；（9）入赘婿；（10）回城知青的妻子；（11）与外嫁女相关的其他人员：嫁入本村妇女所带与前夫所生子女，外嫁女的计划内、计划外生育的子女，入赘婿的子女等。

嫁女进行一次性补偿。广州市白云区部分村规定"农嫁非"妇女不能分配土地，只能解决分红。③一概都给。此种情形极为罕见。从调研情况了解，仅有南宁市城北区万秀村。

结合实地调研和相关材料看，"出嫁女"等特殊人群的权益保护问题在全国是一个普遍存在的现象，在某些地方已经成为社会不稳定因素。此类问题具有难于解决、涉及面广①的特征，因此易形成群体性上访。而且，"出嫁女"问题往往涉及其子女的利益，因而其影响还具有存续期长的特点。"出嫁女"问题的成因主要存在于以下几个方面：①经济利益的驱动。随着经济的发展，集体经济积累不断增加，村民享受的集体福利待遇也逐渐好转，而农村集体分配主要按传统习惯以户口是否在本村组为依据，因此很多"出嫁女"无论是"嫁非"还是"嫁农"，也不论是在新居地生活还是在原居地生活，都不愿意将户口迁出，其目的是享受集体经济利益分配。而集体经济利益的总量是固定的，在总量不变的情况下，要增加每一个体的量，就势必要降低"分母"。此外，对具体的村组而言，"出嫁女"权益得到保护的后果就是富裕村人口膨胀，由此就会引发计划生育、公共设施、农村医疗福利及子女入学的压力。两种利益驱动的碰撞结果就是"出嫁女"利益的被褫夺。②传统观念的影响。几千年固有的"男尊女卑"、"从夫居"及"嫁出去的女、泼出去的水"的传统观念在农村仍然具有极强的惯性。③户籍管理的原因。一些"农嫁非"的"出嫁女"囿于户籍管理的限制，无法将户口迁入城市，而其子女又只能随母亲落户。户籍是"根"的观念根深蒂固，加之无法取得城市户籍在事实上也无法在城市生存（或者生存成本过巨），因此大量的"出嫁女"及其子女只能固定在原居地。④立法及法律宣传导向的缺陷。在相关法律的普法宣传工作中，过分强调"村民自治"。而"出嫁女"在特定群体中无疑处于弱势地位。

各地对"出嫁女"等特定人群能否享有与其他村民同等待遇的确定标准问题摸索并形成了多种判断标准。综合调研的情况看，主要表现为以下几方面的排列组合：①户籍。即必须具有依法登记的本集体组织所在地的常住户口。②长期居住的事实。即必须存在于本集体组织内长期居住的事实。③权利义务关系形成的事实。即必须与本集体组织形成事实上的权利义务关系及管理关系。④出生。即基于出生且其父母均为或者父母一方属于本集体经济组织成员。我们认为，此问题实际上已经触及了"集体经济组织成员资格"或者"村民资格"的确定问题，其实质是农村集体成员权的权利主体问题。之所以

---

① 如南宁市共有外嫁女 5793 人，其子女 6381 人；广州市番禺区有外嫁女 8000 多名，加上子女总数达 1.9 万余人。未能享受村民待遇的占到 70% 左右。

此问题会成为困扰我们的难点，其根本原因就在于对"集体组织成员资格"缺乏具有法律效力的规定和明确。①

如前所述，我们认为，在确定集体组织成员资格的问题上，单以上述哪一个标准衡量，都会存在这样那样的问题，对农村集体组织成员资格的确定应当以是否在集体组织所在地生产、生活和依法登记的集体组织所在地常住户口为基本判断标准，结合考虑农村集体土地对其所具有的基本生活保障功能。具体讲，集体组织成员资格取得的情形包括：①出生；②因国防建设或者政策性移民等需要迁入；③因婚姻或者收养等原因迁入。资格丧失的情形包括：①死亡；②因嫁出、倒插门等原因在新居地基于"资格取得"之情形取得相应集体经济组织成员资格；③取得城市居民身份并确定地享受城市居民社会保障。以上标准的确定，实际上是以户籍为必要并综合其他因素而形成。因为在对集体组织成员资格并无法定标准的时候，这种方法无疑是较为稳妥的。按照上述确定集体组织成员资格的判断标准，我们可以对"出嫁女"等几类特殊群体的收益分配权分别作出如下认定。

1. 嫁农女性村民（农嫁农）的收益分配权

按照我国农村传统习俗，嫁农女性村民婚后一般都随男方生活、生产。由于目前普遍存在的地少人多现象，结婚后女性村民原居住地一般对其承包地不予保留，而男方所在集体实行"增人不增地，减人不减地"原则，其收益分配权往往因原居住地与新居住地相互推诿，造成其因出嫁而丧失原居住地收益分配权，因户口尚未迁入或土地承包工作已进行完毕而在新居住地未取得收益分配权，导致两头落空。根据《农村土地承包法》第6条、第30条和《妇女权益保障法》之规定及中共中央办公厅、国务院办公厅《关于切实维护农村妇女土地承包权益的通知》精神，凡嫁农女性村民户口尚未迁入男方所在地，且未享受男方所在地集体组织收益分配权，其要求户籍所在地集体组织给予村民同等待遇的收益分配权的，人民法院应予支持；户口已迁入男方户籍所在地，且未享有原居住地收益分配权的，其要求男方户口所在地集体组织给予村民同等待遇的收益分配权的，人民法院应予支持。违反上述内容，剥夺、限制嫁农女性村民收益分配权的方案，应确认无效。

2. 离婚、丧偶的女性村民及其子女的收益分配权

按我国传统习俗，多数妇女婚后成为男方家庭成员，随男方生活、生产，但由于封建思想的影响，离婚、丧偶的女性村民及其子女的收益分配权往往得

---

① 《农村土地承包法》及其他法律中只是在条文表述中提到了"集体经济组织成员"，但没有如何界定的规定。

不到应有的保护。根据《农村土地承包法》第 6 条、第 30 条的规定和《妇女权益保障法》及中共中央办公厅、国务院办公厅《关于切实维护农村妇女土地承包权益的通知》精神，离婚、丧偶女性村民及其子女，仍在原户籍所在地生活或虽不在原户籍所在地生活，但其新居住地未给予其收益分配权的，其要求在原户籍所在地享有村民同等待遇的收益分配权，人民法院应予支持。其所在地集体组织制订的收益分配方案，对离婚、丧偶妇女及其子女收益分配权进行剥夺、限制的，应确认无效。

3. 嫁城女性村民（农嫁非）及其子女的收益分配权

嫁城女性村民是指与城镇职工、居民结婚，但因目前的户籍政策其户口不能迁入城镇，仍在原集体组织所在地的农村妇女。我国《婚姻法》第 9 条规定，登记结婚后，根据男女双方约定，女方可以成为男方家庭的成员。但因我国现有的户籍制度实行的城乡分割的二元化结构，农村妇女与城镇职工、居民结婚后，虽可以成为男方家庭成员，但其户籍不能因结婚而转入城镇，其就业、医疗等问题难以解决。与此同时，由于封建思想的影响，有些地方的集体组织不同程度地剥夺、限制了嫁城女性村民的土地承包权及收益分配权，严重损害其财产利益。根据《农村土地承包法》第 6 条、第 30 条和《妇女权益保障法》之规定及中共中央办公厅、国务院办公厅《关于切实维护农村妇女土地承包权益的通知》精神，切实保障嫁城女性村民的合法权益。凡嫁城女性村民户口尚未迁入男方户籍所在地，非因嫁城女性村民自身原因而不能履行农村集体组织相关义务，其收益分配权不得被剥夺、限制。集体组织以自治为由，制订的剥夺、限制嫁城女性村民收益分配权的方案，应确认无效。其要求户籍所在地集体组织给予村民同等待遇的收益分配权的，人民法院应予支持。嫁城女性村民户口已迁入男方户籍所在地，取得城市居民身份并确定地享受城市居民社会保障的，其集体组织成员资格丧失，要求原户口所在地集体组织给予村民同等待遇的收益分配权的，不予支持。根据《婚姻法》规定，父母对子女均有抚养、教育的义务。嫁城女性村民所生子女的抚养、教育义务亦应由其父母双方共同承担。嫁城女性村民所生子女基于出生而与其母所在集体组织形成权利义务关系，该子女只要户口登记在该集体组织所在地的，就应享有本集体组织成员资格，享有同等的村民待遇。

4. 农村入赘婿的收益分配权

由于我国历史传统形成的男婚女嫁的传统习俗，造成在现实生活中大量歧视入赘婿，侵害其权利的情况。甚至有的地方性法规、政策文件对入赘婿的问题作出特别规定，限制入赘婿的合法权益。《婚姻法》早已明确规定，根据男女平等原则，登记结婚后，按照男女双方约定，男方可以成为女方家庭成员。

既然女性村民通过婚姻关系可以取得男方所在集体组织的成员资格，男性同样可以享有同等权利。根据中共中央办公厅、国务院办公厅《关于切实维护农村妇女土地承包权益的通知》精神，对有女无儿，或儿子没有赡养能力，其女儿尽了主要赡养义务的入赘婿及其入赘后所生子女，要求享有与村民同等待遇的收益分配权的，应予支持。

5. 在校就读的农村大中专学生及其毕业后的收益分配权

农业户口的在校就读大中专学生因为上学将户口迁至学校，其在校期间及就业之前，没有独立的经济来源，其完成学业所必需的费用实际上仍然依赖于其原户口所在地的土地。从国家发展教育事业、鼓励培养高层次人才的角度考虑，应保护在校大中专学生的收益分配权，不能以学生户口已迁出为由，限制或剥夺学生应当享有的同等村民待遇。其毕业后是否享有收益分配权尊重村民自治权，由村民会议或村民代表会议讨论决定。

6. 养子女及遗赠扶养协议的扶养人的收益分配权

公民有依法收养子女的权利，收养关系一经成立，养子女与其养父母形成父母子女关系。村民依法收养的子女办理了户籍登记的，与村民所生子女享有同等的收益分配权；对于解除收养关系的养子女，其是否享有收益分配权，由村民会议或村民代表会议讨论决定。遗赠扶养协议是指由遗赠人与作为扶养人的公民或集体组织签订的，关于扶养人承担对遗赠人生养死葬的义务，享有受遗赠的权利的协议。这一制度有利于保持和发扬中华民族的优良传统，有利于减轻国家和社会的负担。因此对于签有遗赠扶养协议并履行了该协议，或遗赠人无正当理由，解除遗赠扶养协议的，如果扶养人符合前述村民资格条件，其要求享有村民同等收养分配权的，应予支持。如果扶养人无正当理由不履行其扶养义务，导致遗赠扶养协议解除的，该扶养人是否享有遗赠人所在集体组织的收养分配权，由村民会议或村民代表会议讨论决定。

7. 服现役的义务兵等军人的收益分配权

依法服兵役是公民维护祖国安全、荣誉和尊严的神圣职责。保护服兵役军人的收益分配权对于巩固国防事业，保卫国家安全具有重要作用。根据《兵役法》第56条规定，义务兵退役后，按照从哪里来、回哪里去的原则安置。所以对于服现役的义务兵要求享有村民同等待遇的收益分配权的，应予支持。根据《兵役法》第58条规定，志愿兵退出现役后，服现役不满十年的，按照义务兵退役安置。所以，对不满十年的志愿兵户籍迁回原籍落户，要求享有村民同等待遇的收益分配权的，应予支持。对于其他情形的军人，因国家对其待遇及安置另有规定，故其在原居住地集体组织的收益分配权，由村民会议或村民代表会议讨论决定。

8. 死亡人员的收益分配权

依法获得承包土地的村民，在承包期内死亡，且其承包土地被征用的，其收益分配权的确定，应按照《土地管理法实施条例》第 26 条规定，地上附着物及青苗补偿费归该承包土地的村民所有。土地补偿费归农村集体组织，安置补助费必须专款专用，由农村集体组织安置需要安置的人员。承包土地的村民享有土地补偿费、安置补助费的收益分配权，其收益分配的份额由村民会议或村民代表会议讨论决定。该承包土地的村民死亡的，其收益分配权，由其继承人依法继承。承包土地未被征用，且在分配收益前已经死亡的村民，因其民事权利能力已于死亡时终止，故其不再享有收益分配权，也就不发生继承问题。

9. 离退休、退养人员的收益分配权

离退休、退养人员无论因政策或历史原因返回原籍落户，鉴于这类人员身份的特殊性与收入来源的固定性，并考虑土地补偿费补偿安置对象的专属性与救济性，其是否享有农村集体组织收益分配权的，应充分尊重村民自治权，由村民会议或村民代表会议讨论决定。

10. 服刑人员的收益分配权

服刑人员虽然其户口已被迁往服刑地，但是服刑完后除去少数人留在服刑地就业外，绝大多数都要返回原籍，其生活仍然依赖于原籍地的土地。

11. 违反计划生育政策超生子女的收益分配权

根据《民法通则》第 9 条规定，自然人的民事权利能力自出生时起到死亡时止。自然人的民事权利能力是其作为民事主体的基本资格，不因父母是否违反计划生育政策而受到影响。因违反计划生育政策而剥夺超生人口的集体组织成员资格，是对人的价值和基本权利的蔑视。而且违反计划生育政策的法律后果是行政处罚，其本身对自然人基本民事权利不产生影响。所以，违反计划生育政策出生的子女应当具有出生地所在集体组织的成员资格，享有收益分配权。实践中，有的村民大会通过决议对于超生子女享有的村民待遇给予限制，规定超生子女享有部分份额的收益。这也是符合我国实际情况的。

参 考 文 献

1. 《马克思恩格斯全集》，人民出版社 1956 年版。

2. 《孙中山全集》，中华书局 1981 年版。

3. 《毛泽东选集》（第 1—4 卷），人民出版社 1991 年版。

4. 《毛泽东选集》（第 5 卷），人民出版社 1977 年版。

5. 《毛泽东文集》，人民出版社 1996 年版。

6. 《邓小平文选》，人民出版社 1993 年版。

7. 薄一波：《若干重大决策与事件的回顾》，人民出版社 1991 年版。

8. 费孝通：《乡土中国生育制度》，北京大学出版社 1998 年版。

9. 黄宗智：《华北的小农经济与社会变迁》，中华书局 2000 年版。

10. 孙宪忠：《中国物权法总论》，法律出版社 2003 年版。

11. 梁慧星：《民法总论》，法律出版社 1997 年版。

12. 梁慧星：《社会主义市场经济管理法律制度研究》，中国政法大学出版社 1993 年版。

13. 孙宪忠：《国有土地使用权财产法论》，中国社会科学出版社 1993 年版。

14. 孙宪忠：《论物权法》，法律出版社 2001 年版。

15. 王利明：《物权法论》，中国政法大学出版社 1998 年版。

16. 王利明：《物权法研究》，中国人民大学出版社 2002 年版。

17. 王利明：《合同法研究》，中国人民大学出版社 2002 年版。

18. 崔建远：《物权：生长与成型》，中国人民大学出版社 2004 年版。

19. 崔建远：《土地上的权利群研究》，法律出版社 2004 年版。

20. 梁慧星、陈华彬：《物权法》，法律出版社 1997 年版。

21. 王卫国：《中国土地权利研究》，中国政法大学出版社 1997 年版。

22. 高富平：《土地使用权和用益物权》，法律出版社 2001 年版。

23. 孟勤国：《物权二元结构论》，人民法院出版社 2002 年版。

24. 郭洁：《土地资源保护与民事立法研究》，法律出版社 2002 年版。

25. 陈晓君等：《农村土地法律制度研究》，中国政法大学出版社 2004 年版。

26. 余能斌：《现代物权法专论》，法律出版社 2002 年版。

27. 迟福林：《中国农民的期盼》，外文出版社 1999 年版。

28. 夏勇：《中国民权哲学》，三联书店 2004 年版。

29. 唐忠：《农村土地制度比较研究》，中国农业科技出版社 1999 年版。

30. 林增生、严星：《土地管理与方法》，中国人民大学出版社 1986 年版。

31. 王涿、许兵：《中国农村土地产权制度论》，经济管理出版社 1996 年版。

32. 迟福林主编：《把土地使用权真正交给农民》，中国经济出版社 2002 年版。

33. 岳琛主编：《中国土地制度史》，中国国际广播出版社 1990 年版。

34. 吕来明：《走向市场的土地》，贵州人民出版社 1995 年版。

35. 武力、郑有贵主编：《解决"三农"问题之路》，中国经济出版社 2004 年版。

36. 丁关良：《中国农村法治基本问题研究》，中国农业出版社 2001 年版。

37. 王存学、骆友生：《中国农村经济法律基本问题》，法律出版社 1998 年版。

38. 姜爱林：《土地政策基本理论研究》，中国大地出版社 2001 年版。

39. 王景新：《中国农村土地制度的世纪变革》，中国经济出版社 2001 年版。

40. 杜润生：《中国农村制度变迁》，四川人民出版社 2003 年版。

41. 关谷俊作、金洪云译：《日本的农地制度》，生活·读书·新知三联书店 2004

年版。

42. 党国英：《农村改革攻坚》，中国水利水电出版社 2005 年版。

43. 温铁军："半个世纪的农村制度变迁"，载《战略与管理》1999 年第 6 期。

44. 姚洋：《土地、制度和农业发展》，北京大学出版社 2004 年版。

45. 姚洋：《自由、公正和制度变迁》，河南人民出版社 2002 年版。

46. 郑永流：《当代中国农村法律发展道路探索》，中国政法大学出版社 2004 年版。

47. 叶剑平等：《中国农村土地产权制度研究》，中国农业出版社 2000 年版。

48. 张红宇："中国农地调整与使用权流转几点评论"，载《管理世界》2002 年第 5 期。

49. 史尚宽：《物权法论》，中国政法大学出版社 2000 年版。

50. 谢在全：《民法物权》，中国政法大学出版社 1999 年版。

51. ［加］朱爱岚、胡玉坤译：《中国北方村落的社会性别与权力》，江苏人民出版社 2004 年版。

52. 朱冬亮：《社会变迁中的村级土地制度——闽西北将乐县安仁乡个案研究》，厦门大学出版社 2003 年版。

53. 陈东琪：《新土地所有制》，重庆出版社 1989 年版。

54. 邓瑾："2004，土地风暴——中国政府铁腕整治全国违规用地纪实"，载《南方周末》2004 年 12 月 30 日。

55. 刘斌、张兆刚等：《中国三农问题报告》，中国发展出版社 2005 年版。

56. 康宝奇：《征地款分配纠纷审判实务与研究》，人民法院出版社 2004 年版。

57. 王宗非：《农村土地承包法释义与适用》，人民法院出版社 2002 年版。

58. 江伟：《民事诉讼法学原理》，中国人民大学出版社 1999 年版。

59. 王利明：《中国物权法草案建议稿及说明》，中国法制出版社 2001 年版。

60. 课题组负责人梁慧星：《中国民法典草案建议稿附理由·物权编》，法律出版社 2004 年版。

61. 陈甦："土地承包经营权物权化与农地使用权制度的建立"，载《中国法学》1996 年第 3 期。

62. 孙宪忠："物权法基本范畴和主要制度的反思"，载《中国法学》1999 年第 6 期。

63. 梁慧星："制定中国物权法的若干问题"，载《中国法学》2000 年第 4 期。

64. 韩松："论土地法律制度体系"，载《政法论坛》1999 年第 5 期。

65. 崔建远："四荒拍卖与土地使用权"，载《法学研究》1995 年第 6 期。

66. 金俭："关于农村集体土地使用制度改革的法律思考"，载《政治与法律》1995 年第 4 期。

67. 张永和："法治化进程中的村民自治问题初探"，载《现代法学》2000 年第 2 期。

68. 米健："用益权的实质及现实思考"，载《政法论坛》1999 年第 4 期。

· 中国社会科学院法学博士后论丛 ·

危险责任立法研究

——从动态系统的视角出发

A Study on the Legislation of the Liability for Dangerous Activities

——By a View of the Dynamic System

博士后姓名　李　昊

流　动　站　中国社会科学院法学研究所

研　究　方　向　民商法学

博士毕业学校、导师　清华大学　崔建远

博 士 后 合 作 导 师　孙宪忠

研 究 工 作 起 始 时 间　2005 年 10 月

研 究 工 作 期 满 时 间　2007 年 10 月

作 者 简 介

　　李昊，男，1977 年 8 月出生，山西晋城人，汉族。1995 年 9 月至 1999 年 7 月就读于北京大学法学院法学专业，获法学学士学位。1999 年 9 月至 2002 年 7 月就读于北京大学法学院，获民商法学硕士学位。2002 年 9 月至 2005 年 7 月就读于清华大学法学院，获民商法学博士学位。2004 年 6 月至 11 月获德意志学术交流中心（DAAD）奖学金在慕尼黑大学法学院担任访问学者。2005 年 9 月起，在中国社会科学院法学研究所博士后流动站从事博士后研究工作。在《法学研究》、《比较法研究》、《法律科学》、《中德私法研究》、《民商法论丛》、《中国房地产法研究》、《华中法律评论》、《私法》、《清华法学评论》和《中国社会科学院学报》等刊物上发表了具有一定学术地位和影响的学术论文多篇。专著《纯经济上损失赔偿制度研究》，已由北京大学出版社于 2004 年出版。此外尚有合著：《物权立法疑难问题研究》、《公司法律制度研究》、《不动产登记程序的制度建构》等。还与他人合译了《美国统一商法典》。

危险责任立法研究

——从动态系统的视角出发

李 昊

内容摘要： 本文首先界定了危险责任概念并明确了其在民事归责体系中的地位，在此基础上，通过比较法的考察，揭示出危险责任在现代社会的发展趋势，并运用动态系统论的观点，阐明了危险责任与过错责任的互动关系。就我国未来侵权法在归责体系上的设计，本文也提出了自己的看法。

本文的主要结论是：

1. 危险责任以特定危险的实现为归责理由，它是指持有或经营某特定具有危险的物品、设施或活动之人，于该物品、设施或活动所具危险的实现，致侵害他人权益时，应就所发生损害负赔偿责任，赔偿义务人对该事故的发生是否具有故意或过失，有所不同。

2. 在民事归责体系上，危险责任应定位于侵权责任中的无过错责任，它属客观归责的范畴，与其他归责形态：危害归责、过错责任、衡平责任、担保和信赖责任、强制牺牲责任一起形成一种动态的、开放的归责体系。

3. 从比较法的考察看，各国的危险责任立法有三种基本模式：列举模式、法官造法模式和一般条款模式。从欧洲侵权行为立法的趋势看，它们倾向于采用一般条款的模式，但主张用动态系统的观点，根据多项因素的互动建构危险责任。我国未来的侵权法在危险责任的设计上也应采用一般条款模式，并根据动态系统论的观点来设计其构成要素。

4. 危险责任和过错责任并不是截然区分的，借助过失的客观化、过错推定、注意义务本身蕴涵的危险控制的要求，以及危险责任中体现的过错要素和免责事由，过错责任和危险责任之间形成了一种流动性，而这种流动性可以通过动态系统论而得到很好的阐释。我国的侵权行为立法应当引入这一观念，设计一种动态的侵权归责体系。

关键词： 危险责任　严格责任　过错责任　动态系统论

一、危险责任的概念界定

（一）危险责任的概念界定

在德国侵权法中，与过错责任相对的责任形态被称为危险责任（Gefaehrdungshaftung）。这一名称是 Max Ruemelin 于 1896 年在 *Die Gruende der Schadenszurechnung und die Stellung des Deutschen BGB zur Schadensersatzpflicht* 一书中提出的。[①]

Larenz 教授称，所谓危险责任是指特定企业、特定装置、特定物品之所有人或持有人，在一定条件下，不问其有无过失，对于因企业、装置、物品本身所具危害而生之损害，应负赔偿责任。它是某特定企业、物品或装置所有人或持有人对于此特定企业物品或装置本身所具危险性所负之责任。损害之发生如与此危险性有关，所有人或持有人即应负责，不问其对于损害之发生是否具有过失。[②] 这一界定更多地强调了对危险物或设施的持有，而未体现出对危险活动的规制。

《德国民商法导论》一书则谓，当一个人承担损害赔偿责任，仅仅是因为导致损害发生的某种特定的危险活动处于其控制之下时，即称之为危险责任。在这种情况下，不需要被告或其受雇人对事故的发生负有责任，即使被告能够证明自己在选任或监督其工作人员方面没有任何过失也不能免责。[③] 这一界定强调了对危险活动的调控，未强调对危险物或设施的持有。

Deutsch-Deutsches Rechtswoerterbuch 谓，危险责任是一种单方负有义务的法定债务关系，在其框架内，若损害经由抽象的危险活动或设施而发生（这些活动或设施未被禁止而属合法），则应予赔偿。通常与之相对的是过错责任。[④] Creisfelds Rechtswoerterbuch 则将危险责任定义为：在一系列案件中，设施的营运

---

①　Deutsche/Ahren, *Deliktsrecht*, 4. Aufl., Carl Heymanns, 2004, S. 162；杨佳元："危险责任"，载《台北大学法学论丛》（57）第 90 页注 1。

②　［德］拉伦茨："德国法上损害赔偿之归责原则"，载王泽鉴《民法学说与判例研究》（5），中国政法大学出版社 1998 年版，第 262 页。

③　［德］罗伯特·霍恩、海因·克茨、汉斯·G. 莱塞著，楚建译、谢怀栻校：《德国民商法导论》，中国大百科全书出版社 1996 年版，第 177 页。

④　Gerhald Koebler and Heidrun Pohl, *Deutsch – Deutsches Rechtswoerterbuch*, Verlag C. H. Beck, Muenchen, 1991, S. 189.

造成第三人损害，法律将该设施（或动物）的持有人的责任密切关联于纯粹源自运营该设施而发生的危险（营运危险，Betriebsgefahr）。法律的出发点是，在这些案件中，无法期待受害人在个案中证明持有人的过错；责任的基础已存在于将设施进行营运或将有安全威胁的产品带入流通中，这些设施或产品具有使第三人遭受损害的性质。① 这两种定义同时包容了危险活动和设施。

Koetz/Wagner 教授则从危险控制的角度出发界定了危险责任：所谓的危险责任指称的是，责任人的责任仅取决于，在待决的事故中由责任人控制的危险实现了。其归责基础在于某人开启了特别的损害风险这一情形，特别是通过在其控制和引导下某种技术设备进入运营而开启：因所谈论的设施的典型危害风险实现而造成事故时，开启和控制风险的人应对损害后果负责。② 在德国现行法中，危险责任适用于法律明确规定的某些带来危险的设施、物或活动。③

在德国法上，对危险责任而言，占有、使用上述企业、物品或装置并非非法，而是法律允许之行为，纵其本身具有不可避免损害他人之危险性。④ 也即危险责任不以违法性存在为前提，赔偿义务人是否是因违反义务的行为而引起事故在危险责任中是没有意义的，从而和过错责任相区分。⑤ 其根据在于：危险责任不是对不法行为所负的责任，危险责任的根本思想在于不幸损害之合理分配⑥。依我们法律意识及法律价值判断，应令企业、物品或装置之所有人或持有人负责赔偿因此产生之损害，而不应让无辜受害人蒙受不利。首先因为企业、物品或装置之所有人或持有人制造了危险来源（危险来源说）；其次是企业者在某种程度能控制这些危险（危险控制说）；最重要的理由，则是他们从其企业、装置或物品获得利益（利益说）。⑦

通过上述界定，可从如下方面对德国法中的危险责任作出剖析：它的责任基础在于特别危险的实现；这一特定危险可以来自于危险设备或物品，也可以来自危险活动；危险责任不以过错为要件，也不以违法性为要件。危险责任实

---

① *Creifelds Rechtswoerterbuch*, 12. Aufl., C. H. Beck'sche Verlagsbuchhandlung, Muenchen, 1994, S. 457.

② Hein Koetz/Gerhard Wagner, *Deliktsrecht*, 10. Aufl., Luchterhand, 2006, S. 190.

③ A. a. O., S. 191.

④ ［德］卡尔·拉伦茨：《德国法上损害赔偿之归责原则》，载王泽鉴《民法学说与判例研究》中国政法大学出版社 1998 年版，第 262 页；Gefehrdungshaftung, in Dr. Horst Tilch and Prof. Dr. Frank Arloth (Hrsg.), *Deutsches Rechtslexikon*, Band 2 G – P, 3. Aufl., Verlag C. H. Beck München, 2001, S. 1780.

⑤ Hein Koetz/Gerhard Wagner, *Deliktsrecht*, 10. Aufl., Luchterhand, 2006, S. 190.

⑥ Esser, Grundlage und Entwicklung der Gefaehrdungshaftung, 1941, S. 5, 69ff.

⑦ ［德］卡尔·拉伦茨：《德国法上损害赔偿之归责原则》，载王泽鉴《民法学说与判例研究》中国政法大学出版社 1998 年版，第 262 页。

际上是在寻求"对从事危险行为的一种合理的平衡"①。

　　本文所研究的危险责任以德国侵权法所界定的危险责任为基础，它以特别危险作为归责基础，危险物的保有人或危险活动的运营人对该危险的实现所肇致的他人的人身和财产损害应当承担赔偿责任，而不论他是否具有过错。较之无过错责任，危险责任凸显了责任的归责原因，同时也排除了作为无过错责任形态的替代责任类型。

　　(二) 危险责任的其他称谓

　　1. 非基于行为的责任

　　在 van Gerven 等编撰的《侵权法》(欧洲普通法案例书) 中将危险责任称为非基于行为的责任 (liability not based on conduct)，与对自己行为的责任 (liability for one's own conduct)、对他人行为的责任 (liability for the conduct of others) 相并列。在这一责任类型下，为了平衡受害人和法律欲追究的责任人之间的利益，责任的标准变动于基于因果 (更有利于原告) 和基于不法行为的责任 (更有利于被告) 之间，不过，被告制造风险或危险是施加责任时所援引的最为广泛的标准，因而，这一责任也可被描述为：被告因为应向导致损害的危险源负责而应承担责任。在这一责任中，被告的行为与责任的确立并非密切相关：被告是因其创设了危险源而要负责，而不是对其导致损害的行为负责，无论该行为是否违法。②

　　不过，该书也承认，基于不法行为的责任和非基于行为的责任之间的界限有时很难划定，非基于行为的责任领域中的一些要素，如监管者 (keeper, gardien, Halter) 的概念就受到和被告行为相关的考虑的启示或影响。③

　　2. 对危险物的责任

　　在 von Bar 教授所著的《欧洲比较侵权行为法》一书中则区分了对自己不当行为的责任和自己无不当行为的责任，后者又可进一步细分为对第三方不当行为的责任和对危险物的责任。④ 对第三方不当行为的责任即相当于替代责任 (包括监护责任和雇主责任)，对危险物的责任即为本文所探讨的危险责任。

　　在欧洲各国，自己无不当行为责任的表述各不相同，基于特定的法律秩序

---

　　① [德] 马克西米利安·福克斯，齐晓锟译：《侵权行为法》，法律出版社 2006 年版，第 256 页。

　　② Gerven, Walter van, Jeremy Lever and Pierre Larouche, *Tort Law*, Oxford and Portland, Oregon: Hart Publishing, 2000, p. 538.

　　③ Ibid.

　　④ [德] 冯·巴尔著，张新宝、焦美华译：《欧洲比较侵权法》(上)，法律出版社 2004 年版，10 页。

所要强调的内容，存在 strict liability（严格责任）、Gefaehrdungshaftung（危险责任）、responsabilidade pelo risco（危险责任）、responsabilité du gardien（监管人责任）、responsabiloité objective（客观责任）、objektivt ansvar（客观责任）和 risico-annsprakelijkheid（危险责任）等表述。①

3. 准侵权行为

在中国社会科学院法学研究所起草的民法典侵权行为编中，采用了准侵权行为（无过错责任）这一概念，与之并列的概念是自己的侵权行为、对他人侵权的责任。② 这和前述两种分类基本上是一致的。

准侵权行为（quasi-delicts）这一概念来自罗马法。在罗马法中，准侵权行为被称为 "quasi delictum"（通常译作准私犯）。根据优士丁尼法，准私犯是指主观过错程度较低的或者具有其他特殊意义的非法行为，直接导致准私犯之债。③ 准私犯具体包括四种情形：放置物或悬挂物致害、落下物或投掷物致害、审判员误判致害、产生于自己属员的盗窃或侵害行为的责任。④ 从这四种类型看，它既涉及过错责任，也涉及危险责任（主要是对物的责任），还涉及替代责任。在法国、比利时和卢森堡的民法典中仍可以见到这一表述，不过从一开始，它就是过失的同义词。⑤

中国社会科学院的草案中使用的准侵权行为实际上限缩了其原有的含义，即它仅包括危险责任。

二、列举模式下的危险责任——以德国法系为代表

（一）德国民法中的危险责任（Gefehrdungshaftung, Haftung ohne Verschulden）

1. 德国民法中的危险责任的兴起

在德国，19 世纪是过错责任原则统治的世纪。有学者分析其原因在于：首先，当时的技术仍旧落后，各种事故在日常生活中仅具有微小的意义；其

---

① ［德］冯·巴尔著，张新宝、焦美华译：《欧洲比较侵权法》（上），法律出版社 2004 年版，第 10 页。

② 梁慧星：《中国民法典草案建议稿附理由》（侵权行为·继承编），法律出版社 2004 年版，目录。

③ 黄风：《罗马法词典》，法律出版社 2002 年版，第 212 页。

④ ［意］彼德罗·彭梵得、黄风译：《罗马法教科书》，中国政法大学出版社 1992 年版，第 405—406 页；Black's Law Dictionary, 7th. ed., West Group, 1999, p. 439.

⑤ ［德］冯·巴尔著，张新宝、焦美华译：《欧洲比较侵权法》（上），法律出版社 2004 年版，第 9 页。

次，理性法和自由主义的思潮占统治地位，该思潮建立在自由判断和过错责任的基础上，从而使危险责任很难得到发展。① 但基于对工业革命所带来的高度危险的反应，危险责任的特别立法逐渐兴起。第一部危险责任的立法见于1838 年 11 月 3 日的《普鲁士铁路法》（Die Preussische Eisenbahngesetz, 1938）。② 依其规定（第 25 条），铁路交通营运时引起之损害，不问其对象为旅客或第三人，亦不问其系人之损害或物之毁损，营运人除证明该损害系出于不可抗力或被害人本身之过失外，应就所生损害，负赔偿责任。③ 进入 19 世纪后半叶，德国议会开始制定大量的特别法，引入危险责任。④ 1869 年，德国制定了《营业法》（Gewerbeordnung für das Deutsche Reich, 1869.6.21），规定了营业中的不可量物侵入责任（Immission），成为一般公害事故责任的先导。依其规定，营业设备之营运，发生空气污染、噪声、振动或其他相类妨害，如其技术或经济能力不能设立除害措施（Vorkehrung）者，营业设备之所有人，对其所生损害，应负"补偿责任"（Schadloshaftung）。⑤ 1871 年德意志帝国制定了《帝国责任法》（Reichshaftpflichtgesetz, 1871），规定了铁路事故的危险责任和雇用人的替代责任。⑥ 依其规定（第 1 条），铁路营运之际，致人死亡或伤害者，铁路营业者，除证明损害系出于不可抗力或被害人本身之"过失"以外，应就其所生损害，负赔偿责任。⑦

2.《德国民法典》中的危险责任立法

由上述法律所体现出的危险归责的思想在德国民法典的制定中曾出现浮沉的现象。第一委员会在起草第一草案时，对危险责任几乎并未加以考虑，而接替第一委员会的司法部预备委员会所起草的草案中，曾建议纳入了危险责任的相关条款，即第 734c 条。第 734c 条的内容大体为：易燃物或爆炸物的持有人，因该物的燃烧或爆炸，致生损害于他人的生命、身体、健康、自由或物时，就所生损害应负损害赔偿责任（但燃烧或爆炸是由于不可抗力而引起的除外）。同时，第 735c 条就蒸汽机或压缩机爆炸引起的损害规定了过错推定责任，其内容大体为：蒸汽机或压缩机的营运者，因机器构造的瑕疵、管理的欠

---

① 王利明：《侵权行为法研究》（上），第 329 页。

② 黄上峰："从德国危险责任法制论我国民法第一九一条之三之解释适用"，载《法学丛刊》（195），第 98 页。

③ 邱聪智：《从侵权行为归责原理论危险责任之构成》，中国人民大学出版社 2006 年版，第 133 页；吴兆祥认为该法不及于物的损害。（参见吴氏著《侵权法上的严格责任研究》，第 2 章第 11 页。）

④ See Markesinis and Unberath, *The German Law of Torts*, p. 714.

⑤ 邱聪智："从侵权行为归责原理危险责任之构成"，第 143 页。

⑥ 吴兆祥：《侵权法上的严格责任研究》. 第 11 页。

⑦ 邱聪智：《从侵权行为归责原理论危险责任之构成》，第 143 页。

缺或操作的错误，引起爆炸，致生损害于他人之生命、身体、健康、自由或物者，就其所生损害，应负赔偿责任，但营运人对于爆炸之避免，已尽营运所要求之注意程度者，不在此限。① 但这些建议最终被拒绝了，一则这些规定对企业所造成的后果难以预计，二则将它们纳入特别法的规定更为合适。② 在最后的德国民法典草案中，法律传统仍然占了上风。除了第833条这一例外，《德国民法典》拒绝改变过错责任原则在责任法领域内的统治地位。③

就第833条立法，德国也存在着限缩其适用范围的趋势。在1900年施行的《德国民法典》中，第833条并没有区分动物的种类，均课占有人以无过失之损害赔偿责任，其规定为：动物致人死亡或伤害他人身体、健康或毁损他人之物者，其占有人对被害人所受损害，应负赔偿责任。但1908年修订民法典时，将动物占有人的无过失责任的适用范围限缩于非因职业、营利活动或生计所用之动物，即玩赏性动物（宠物，Luxustier）所致之损害，对因职业、营利活动或生计所用之动物，其占有人负过失推定责任。1934年，《德国联邦狩猎法》（Bundeshagdgesetz）进一步将野生动物损害责任（Haftung fuer Wildschaden）——即狩猎权人因猎取野兽而致损害时应负担的赔偿责任——从第833条剔除出去。④

现在，《德国民法典》第833条第1条规定的动物致害的危险责任成为《德国民法典》中唯一的危险责任立法。⑤ 依该规定，宠物（奢侈性动物，Luxustier）的占有人（Halter）对该宠物给他人的身体、健康或物造成的损害应承担赔偿责任，无论他主观上是否有过错。这是一种从罗马法沿留下来的古老的危险责任的形式。⑥ 与特别法中规定的危险责任相比，《德国民法典》对动物致害的危险责任并未规定免责事由，并且无赔偿限额，还可请求非财产损害赔偿（慰抚金，原第847条）。⑦

---

① Sihe Lukas Lenz, *Haftung ohne Verschulden in deutscher Gesetzgebung und Rechtswissenschaft des 19. Hahrhunderts*, Lit Verlag, 1995, S. 245. 另可参见邱聪智：《从侵权行为归责原理论危险责任之构成》，第129页。

② Sihe Lenz, *Haftung ohne Verschulden in deutscher Gesetzgebung und Rechtswissenschaft des 19. Hahrhunderts*, S. 246.

③ Markesinis and Unberath, *The German Law of Torts*, p. 714.

④ 邱聪智：《从侵权行为归责原理论危险责任之构成》，中国人民大学出版社1990年版，第132页。

⑤ ［德］马克西米利安·福克斯，齐晓锟译：《侵权行为法》，法律出版社2006年版，第262页。

⑥ 黄立：《民法债编总论》，第307页。

⑦ 黄上峰："从德国危险责任法制论我国民法第一九一条之三之解释适用"，第99页；经过2002年第二次损害赔偿的修订后，原第847条提升至现第253条的位置，从而慰抚金制度广泛适用于过错责任和危险责任，包括特别法中的危险责任。

3. 德国特别法中的危险责任

由于《德国民法典》的保守态度，德国民法中的危险责任只能通过制定大量的特别法来实现。由此形成了过错责任由民法典规制，危险责任由特别法规制的双轨制局面，危险责任也因此采用了列举模式（Enumerationsprinzip）。①

进入 20 世纪，面对工业发展所带来的新型事故损害，德国又制定了大量的特别立法对这些事故责任进行规范，如 1922 年的《航空交通法》、1909 年的《汽车交通法》（Gesetz ueber den Verkehr mit Kraftfahrzeugen）、1939 年的《汽车占有人保险责任法》（Gesetz ueber die Einfuehrung der Pflichtversicherung fuer Kraftfahrzeughaelter）、1940 年的《火车及电车对物品损害赔偿法》和 1952 年的《道路交通法》等。

目前，德国采用危险责任的特别成文法主要有如下几项：1978 年的《责任法》第 1、2 条（Haftpflichtgesetz 1978，HaftPflG，最新修订为 2002 年 7 月 19 日）、1952 年的《道路交通法》第 33 条（Straβenverkehrsrecht［StVG］，最新修订为 2007 年 3 月 17 日）、1952 年的《联邦狩猎法》第 29、33 条（Bundesjagdgesetz［BjagdG］，最新修订为 2006 年 10 月 31 日）、1959 年的《原子能法》第 25 条（Atomgesetz［AtomG］，最新修订为 2006 年 10 月 31 日）、1922 年的《航空交通法》第 33 条（Luftverkehrsgesetz［LuftVG］，最新修订为 2006 年 12 月 9 日）、1976 年的《药品法》第 84 条（Arzneimittelgesetz［AMG］，最新修订为 2007 年 3 月 26 日）、1980 年的《联邦矿业法》第 114 条（Bundesbergsgesetz［BbergG］，最新修订为 2006 年 12 月 9 日）、环境责任法（包括 1991 年的《环境责任法》第 1、2 条［Umwelthaftungsrecht（UmweltHG）］，最新修订为 2006 年 4 月 19 日）、1957 年的《水利法》第 22 条（Wasserhaushaltsgesetz［WHG］，最新修订为 2005 年 6 月 25 日）、1989 年的《产品责任法》第 1 条（Produkthaftungsgesetz 1989［ProdHG］，最新修订为 2002 年 7 月 19 日）、② 1990 年的《基因技术法》第 32 条（Gentechnikgesetz［GenTG］，最新修订为 2006 年 3 月 17 日）及工作事故和社会保障立法等。③

---

① Walter van Gerven, Jeremy Lever and Pierre Larouche, *Tort Law*, Oxford and Portland, Oregon：Hart Publishing, 2000, p. 540.

② 不过，对产品责任是否应纳入危险责任的范畴，德国存在争议。（参见福克斯：《侵权行为法》，第 302 页以下。）

③ 福克斯：《侵权行为法》，第 257 页；van Gerven, *Tort Law*, p. 546ff；Markesinis and Unberath, *The German Law of Torts*, p. 724ff。

4. 德国危险责任立法的特点

德国的危险责任立法具有如下的一般特征：①

（1）德国无危险责任之一般条款，通常认为危险责任应由立法者以个别立法定之；

（2）这些责任仅涉及特定经营中的危险（betriebsspezifische Gefahren），即要求法益损害必须是由来于危险根源的显著的风险所造成的，危险之实现即可导致责任，例如《责任法》第1条（§1 HaftpflG）、《道路交通法》第7条（§7 StVG）和《航空运输法》第33条（§33 LuflVG），因而德国法采用了危险责任这一表述来统摄这些责任类型；

（3）承担危险责任的行为不具备违法性，并且不以过失为要件，同时它是一种客观责任，不适用责任能力之规定。但在存在不可抗力的情况下，一般会排除责任（参见 § §1II HaftpflG，7IIStVG，4 UmweltHG）；

（4）它们所保护的法益通常受到限制（比较 §1I HaftpflG），特别是纯粹财产损害一般得不到赔偿，《水利法》第22条属于例外；

（5）这些立法中通常存在着类似或相同的条款：主要体现在最高赔偿额、与有过失及不排除《德国民法典》中一般侵权行为规定的适用等几个方面。特别是就赔偿范围及限额而言，Larenz 教授认为，损害赔偿之最高金额限制的立法意旨在于使负担危险责任者，可预见并预算其所负担之危险责任，而依其经济能力，从事保险。② 还有学者认为，这是将危险责任保持在民法典之外的一种后果，它允许立法者采取一种政策，即在受害人的利益和加害人的利益之间寻求一种妥协。由于危险责任对受害人的回复给予了更高的确定性，作为交换，被告所给予的赔偿较之过错责任下要少。早期，原告不允许请求赔偿非财产损害（慰抚金），2002年修订损害赔偿法后，原告允许请求赔偿这种损害，但他们仍无法回复全部的损害，只是最高赔偿限额得到了显著的提高。③

（6）法院在界定成文法的精确范围中发挥重要作用，具体表现为法规目的说的采用（特别是在因果关系的认定上）、偶尔倾向于对一定的规定做狭窄

---

① Markesinis and Unberath, *The German Law of Torts*, pp. 717—719；福克斯：《侵权行为法》，第159—262页；黄上峰："从德国危险责任法制论我国民法第一九一条之三之解释适用"，第98、110页；［德］罗伯特·霍恩、海因·克茨、汉斯·G. 莱塞著，楚建译：《德国民商法导论》，中国大百科全书出版社1996年版，第180—181页。

② 拉伦茨："德国法上损害赔偿之归责原则"，载王泽鉴《民法学说与判例研究》（5）1998年版，第263页。

③ Franz Werro and Vernon Valentine Palmer, *The Boundaries of Strict Liability in European Tort Law*, Carolina Academic Press, 2004, p. 27.

的解释以及倾向于对特定的成文法条款做宽泛的定义并因而扩大该成文法的适用范围。

可以说德国法中的危险责任有着共通之处，特别是都建立在特别危险实现的理念基础上，但在严格程度上并不相同，而是根据具体情形（危险程度的高低）呈现不同程度的动态性。

（二）对德国危险责任立法的批评

危险责任的兴起虽然是德国侵权法变迁的一个重要主题，但《德国民法典》的立法策略决定了未来的德国法中危险责任的发展模式，即只能通过大量的特别法来发展，因而形成了现在德国法中双轨制的危险责任模式，并导致了严重的划分（demarcation）问题。一方面德国的立法者在特别法中展示了其"社会性"（social）的视角，另一方面在《德国民法典》中又强烈地保留了"个人主义的"（individualistic）一面，从而表现出"双面神"的形象（Junuslike）。① 对这一在方法上存在的不一致及其危险后果，德国法学家 Otto von Gierke 做了非常严厉的批评：②

> 这是一个致命的错误——一个由《德国民法典》的起草者所犯的错误，它认为社会工作可以留给特殊的立法，以便一般私法能够在不必考虑已经转变的任务的情况下以纯粹个人主义的方式来形塑。这样就存在着两套由完全不同的精神来支配的体制：一套是一般私法的体制，它包括了'纯粹的'的私法，一套是大量的特别法，在这里私法虽然处于支配地位，但公法已经使得其失去光泽并且混杂进去。一方面是生动的（living）、大众的、具有社会色彩并充满了内在动力的法律，另一方面则是抽象的模型，它是浪漫主义的、个人主义的并且因为死去的教条而变得冷酷无情。真正而又真实的私法现在以它自身逻辑的光彩在发展，而无视作为异端的特别法。……但是一般法是自然的土壤，特别法也是从其中生长出来的。通过和一般法接触，我们的青年学会了法律思想，法官从中获得了营养。在我们面前展现的是怎样一个致命的深渊！这是怎样一种在通常的司法运作的精神和扩展得越来越远的行政管辖之间的分裂（What a schism

---

① Markesinis and Unberath, *The German Law of Torts*, p. 715.

② Otto von Gierke, *Die soziale Aufgabe des Privatrechts*, 1889, S. 16—18, translated by Arthur Tayor von Mehren and James Russell Gordley, *The Civil Law System*, 2nd. ed., Boston and Toronto: Little, Brown and Company, 1977, p. 693. Cf. Markesinis and Unberath, *The German Law of Torts*, p. 715.

between the spirit of the normal administrative of justice and the administrative jurisdiction that is being extenden further and further)！ 这是怎样一种使得法学停止和退化的……危险！……

以限制态度起草的《德国民法典》的条文和危险责任的特别法化这样一种双轨制体制有着重要的后果：德国法官很难从中发展出一条一般的包罗万象的规则来。这和法国形成鲜明对比：在法国由于其法典中的宽泛的（如果不是无组织的话）侵权规定，就不难做到这一点（法国就是根据其民法典第1384 条第 1 款关于物之侵害责任的规定发展出了一般的危险责任）。因而在德国法中尽管存在大量的过错推定的情形，却不存在一项一般的对人控制之下的物（无论是否具有危险）所引起的损害责任的推定，就像《法国民法典》第1384 条的第 1 句所确立的物的监管人责任或者像英国法通过 Rylands v. Fletscher（［1868］L. R. 3 H. L. 330）以更为有限的方式确立的规则或者任何处理"异常危险"（extra-hazardous）活动的一般规则那样。① 王泽鉴教授也认为，德国的危险责任立法有两个缺点：①危险责任体系庞大，内容零乱；②不能涵盖所有的危险活动，难免遗漏。② Koch 教授则将德国的危险责任的特别立法称为"大杂烩"（the German hodgepodge of singular statutes），并评论说，在英国严格责任中体现出来的获益者承担风险这一原则在德国法中并没有得到贯彻，德国法忽略了可比较的风险（诸如摩托艇、大坝）而导致不可接受的脱节现象。③

德国的司法实务也拒绝以类推适用方式扩张危险责任之范围，更多的是通过提高注意义务使个案在结果上近于危险责任，并认为此种做法有助于行动自由的保障和法律之安定性。④ 对此，冯·巴尔教授评论说："严格责任是封闭的和不能类推适用的，这句话所产生的效果，在其他任何国家都不像在希腊和德国那样极端。至少在德国法院的原则是，'通过特别条款规定的对特定危险状态和设备的危险责任适用于其他法律未明确规定的危险设备……是不允许的。'"在 BGHZ 55，229 这一判例中，德国联邦最高法院认为"自己没有权力

---

① Markesinis and Unberath, *The German Law of Torts*, pp. 715—716.

② 王泽鉴：《侵权行为法》（第一册），中国政法大学出版社 2001 年版，第 46 页。

③ Bernhard A. Koch, *The Work of the European Group on Tort Law – The Case of "Strict Liability"* (Working Paper No: 129 Barcelona, April 2003, www. indret. com), p. 9.

④ 黄上峰："从德国危险责任法制论我国民法第一九一条之三之解释适用"，第 110 页；罗伯特·霍恩等著，楚建译：《德国民商法导论》，中国大百科全书出版社 1996 年版，第 181 页。

侵入立法领域而在没有特别法规定的情形下对责任构成进行延伸适用"。它甚至从未对特别法进行过哪怕是扩张性的解释。①

在面对现代社会大量产生的危险后果及立法滞后的现象，德国法院的保守态度迫使它不得不大量借助于过错责任的严格化来应对社会的需求，实现实质上的社会公平。

（三）交易安全义务的创设——过错责任向无过错责任的过渡

为了突破《德国民法典》在危险责任上的限制态度，德国法院借助于交易安全义务（Verkehrspflichten）将危险责任的因素引入到了过失责任中，从而通过对过失责任的强化部分回应了现代风险社会的需求。

所谓 Verkehrs（sicherungs）pflicht（交易安全义务）是德国法上特有的概念，其基本意思就是，在自己与有责任的领域内，开创或持续某一危险源之人，负有依情形采取必要且具期待可能性的防范措施保护第三人免于遭受此种危险的义务，如果其一旦违反此种义务就被认为是具有了过失且具备了客观的违法性。②

在德国法上，交易安全义务可分为法定的交易安全义务和法官法上交易安全义务两类。

1. 法定的交易安全义务

《德国民法典》第 831 条、第 832 条、第 833 条第 2 句、第 834 条、第 836—838 条被认为是法定交易安全义务的类型，③ 它们都适用过错推定责任，在过错或因果关系的问题上采取了推定的方式，因而通过举证责任规则（举证责任倒置规则）而在其适用领域内强化了责任。④ 其中第 832 条规定的监护责任和第 831 条规定的对事务辅助人的责任属于替代责任的范畴，其他规定则和危险责任相关，具体包括如下两类：

（1）动物致害责任（第 833 条第 2 句、第 834 条）。

（2）危险物责任（Haftung für die von Gebäuden ausgehenden Schäden，第 836—838 条）。

危险物的责任在德国民法中扮演着重要的角色，它扩展了非法的不作为责

---

① 冯·巴尔：《欧洲比较侵权行为法》（下），第 457 页。

② 林美惠："侵权行为法上交易安全义务之研究"，台湾大学法律学研究所博士论文，2000 年，第 37 页。

③ BGB – RGRK/Steffen，§ 823，Rn. 2；Brüggemeier, *Deliktsrecht*, S. 47, 71, 514.

④ Siehe BGB – RGRK/Steffen，§ 823，Rn. 2.

任。① 同时，它也表述了一项一般的法律思想，② 并构成了交易安全义务的理论基础。③

2. 法官法上的交易安全义务

法官法上的交易安全义务是在德国帝国法院 20 世纪初叶所作出的三则判例（枯树案［RGZ 52，373］、撒盐案［RGZ 54，53］和兽医［炭疽病］案［RGZ 102，372]）的基础上发展形成的。

交易安全义务在产生之初主要适用于道路交通的情形，但其后不断地扩展着新的适用领域。Brüggemeier 教授将其大体上分为主体关联的交易安全义务（subjektivbezogene Verkehrspflichten）和客体关联的交易安全义务（objektivgezogene Verkehrspflicht）。前者是一定的职业对由此而受到社会典型危险威胁的人的保护义务，也即工业产品制造商、商铺、修理企业等对消费者负有的职业义务、职业医师和医疗辅助人员对病人负有的职业义务、银行、招股说明书的发行人对资本的购买者（Kapitalanlagern）负有的职业义务、媒体在报道时对相关的个人和工商业者、传播损害环境的有害物质的工业企业负有的职业义务；后者是保护私人利益的特定的行为义务（spezifierte Verhaltenspflichten），它不仅保护第 823 条第 1 款中的传统法益，而且保护法官法上新引入的法律地位，如人格和财产。④

根据多数德国学者的意见，交易安全义务的功能主要有三项：扩大了不作为责任、将危险责任的因素导入过错责任领域、作为国家责任的先驱。⑤ 交易安全义务之所以能够作为过错责任向危险责任过渡的工具，主要在于它和危险责任有着共同的产生基础。von Bar 教授认为交易安全义务的产生基础有危险升高的方式和范围、对危险的可控制性和评估以及信赖保护等，除了信赖保护外，它们在整体上就是经典的危险责任的原则。这些基础中的每一个在过失责任中也能够以交易安全义务的形式支配性地导致损害赔偿并压制损害赔偿法的其他因素。⑥

Canaris 教授也认为，交易安全义务所描述的正是一种危险避免和危险防

---

① Markesinis and Unberath, *The German Law of Torts*, p. 711.

② Larenz/Canaris, *Lehrbuch des Schuldrechts*, Bd. II/2, S. 412; Koetz, *Deliktsrecht*, 8. Aufl., 1998, S. 100.

③ 黄立：《民法债编总论》，中国政法大学出版社 2002 年版，第 310 页；vgl. Christian von Bar, *Entwicklung und rechtstaatliche Bedeutung der Verkehrs（sicherungs）pflichten*, JZ 1979, 332, 333.

④ Brüggemeier, *Deliktsrecht*, S. 91.

⑤ Christian von Bar, *Entwicklung und rechtstaatliche Bedeutung der Verkehrs（sicherungs）pflichten*, JZ 1979, 332.

⑥ von Bar, *Verkehrspflichten*, S. 112f.

范义务（Gefahrvermeidungs- und Gefahrabwendungspflichten），也即危险调控命令（Gefahrsteuerungsgeboten）。也因此，从实践和教义的角度看，交易安全义务学说的中心标准就存在于对危险的避免中，这给予交易安全义务以内在的统一性和理论上的基础。① 而危险的程度、损害的严重度和方式及避免损害发生的费用也成为了判断交易安全义务能否产生的重要标准：危险越大，可能出现的损害越严重，避险费用越少，越容易产生交易安全义务。②

三、法官造法的模式③——以英美法系为代表

（一）英国侵权法中的严格责任

1. 英国法中的严格责任类型

在法律思想和侵权法中，英国法（包括苏格兰法）中的严格责任都占据了较小的地盘。由判例法发展出的严格责任类型主要有：④

——对土地的侵入（trespass）；

——一定情形下的侵扰（nuisance）；

——Rylands v. Flechter 规则；

——侵占（conversion）；

——毁谤（defamation）；

制定法规定的严格责任则适用于：动物（Animals［England］Act 1971，苏格兰有自己的动物法（Animals［Scotland］Act of 1987））、瑕疵房屋（Defective Premises Act 1971）、占有者责任（Occupier's Liability Act 1957）、产品责任（Consumer Protection Act 1987）、民用航空（Civil Aviation Act 1987）、核设施（Nuclear Installations Act 1965）、水污染（Reservoirs Act 1975；Merchant Shipping［Oil Pollution］Act 1971［1995］、Water Industry Act, 1991）、非法的废物堆积（Environmental Protection Act 1990）、管线（Submarine Pipeline Act 1998，仅针对人身损害）、工作安全（Health and Safety at Work etc Act 1974 及

---

① Larenz/Canaris, a. a. O. , S. 402.

② Larenz/Canaris, a. a. O. , S. 413f.

③ 从《法国民法典》第 1384 条第 1 款中发展出的监管者责任实际上也是法官造法的产物而非立法者的功劳，只是从今天的角度看，它似乎是直接源于法典规定的。（参见冯·巴尔《欧洲比较侵权行为法》（下卷），第 455 页。）王泽鉴教授在谈及无过失责任主义之创设时，认为基本上兼采特别立法及法官造法两种方式，英、美、法诸国偏重于法官造法，德国则强调特别立法。（参见王泽鉴"侵权行为法之危机及其发展趋势"，载《民法学说与判例研究》第 2 期，第 161 页。）

④ Van Gerven, *Tort Law*, p. 571.

相关的规章，如 Workplace Regulations 1992，SI 1992/3004，Provision and Use of Work Equipment Regulations 1992，SI 1992/2932 等）和违反制定法义务（breach of statutory duty）等。① 不过，违反制定法义务的责任可基于过错或不要求过错，这取决于该制定法的表述，属于严格责任的重要的制定法规定涉及对工作场所健康安全的规制。② 在核设施法（Nuclear Installations Act 1965）、商船运输法（Merchant Shipping Act）和危险野生动物法（Dangerous Wild Amnimals Act 1976）中，都规定了强制责任保险。③

在英国法中，过错责任与"严格责任"之间的区分并非非常明显。将某个特定责任归入过错责任还是严格责任是很困难的，因为该责任的一个方面可能是严格的而另一个方面可能是基于过错的，典型的如诽谤。④ 可以说，在英国法中，过错责任与非基于过错的"严格责任"之间存在连续体（continuum）。⑤ 因而，Markesinis 和 Deakin 所撰写的侵权法教科书就没有采用"严格责任"这一名称，而是采用了"更严格的责任形式"（Stricter Forms of Liability）这一表述。⑥

2. Rylands v. Fletcher 案

在英国判例法近代发展出的严格责任类型中，以 Rylands v. Fletcher 案⑦为主要代表。该案确立了一项原则，即土地所有人非依自然方法使用其土地，即为自己之目的而在其土地上带入、收集或堆放非自然存在的危险物者，对因该危险物逃逸所造成的他人损害，无论是否具有过失，均应负赔偿责任。可以说，迄今为止，在英国法院，严格责任的发展程度和范围，取决于对该案的解释。有学者认为，英国的 Rylands v. Fletcher 案中的责任规则，和德国法中危险责任一样，只是风险特定责任（risk-specific liability）的另一个例子。⑧ 该案的事实为：被告雇用了一批独立的承包人（independent contractors）在自己的土地上建造了一座水库，该土地与原告受到侵害的煤矿之间由其他的土地相

① Van Gerven，*Tort Law*，p. 571；Koch/Koziol，*Unification of Tort Law：Strict Liability*，pp. 106—107；Franz Werro and Vernon Valentine Palmer，*The Boundaries of Strict Liability in European Tort Law*，pp. 30—31.

② Cees van Dam，*European Tort Law*，Oxford University Press，2006，p. 105；Van Gerven，*Tort Law*，p. 574.

③ Koch/Koziol，*Unification of Tort Law：Strict Liability*，p. 122.

④ Ibid.，pp. 101—102.

⑤ Van Gerven，*Tort Law*，p. 568；Koch/Koziol，*Unification of Tort Law：Strict Liability*，p. 101.

⑥ Markesinis and Deakin，*The Law of Tort*，Ch. 6.

⑦ (1866) L. R. 1 Ex. 265，affd (1868) L. R. 3 H. L. 330.

⑧ Franz Werro，*The Boundaries of Strict Liability in European Tort Law*，p. 402.

隔。但被告不知道，在水库之下的土地上，存在一些废弃的矿井，这些矿井与原告的矿井是相通的。因为独立承包人的过失，没有发现这一情况。在水库建成灌满水之后，水通过这些旧矿井冲进和淹没了原告的煤矿。原告请求被告赔偿其损失。①

该案的责任无法建立在既有的侵权形态的基础上，因为该淹没并非是直接的（direct）和立即的（immediate），因此不存在侵入（trespass）；因为该活动并非是持续的（continuous）或重复的（recurring），依当时的法律，也不构成可诉的侵扰（an actionable nuisance）。当时独立的承包人的责任也未被接受。因此只能通过类推的方式将既有的法律进行扩展以适用于该案中的情况。②

在财政署内室法庭（the Court of Exchequer Chamber）③ 于 1866 年二审做出的裁决中，Blackburn 法官认为："我们认为法律的真正规则是，一个人为其自己的目的将一些如果一旦逃逸就会造成损害（do mischief）的物质放置、保留其土地之上的，必须自行承担风险并保管这些物质，并且如果其没有这样做，他在表面上（*prima facie*）就应承担其这些物质逃逸所造成的自然后果。（他可以通过证明逃逸可归因于原告的过错；或者逃逸可能是不可抗力（vis major or the act of God）的后果而免责。）……前面所说的一般原则，看起来就是正义之上的原则。一个人的草地或者谷物被其邻居的逃逸的牲畜吃掉，或者一个人的矿受其邻居之蓄水池里的水淹没，或者地下室受到其邻居之私人污物的侵入，或者受到其邻居之化学物制造的气烟和噪音影响而损害其居住健康的，他自身没有过错而受到损害；邻居将一些非自然在那里的物质放置于其自己财产上，只要这些物质被限定于该财产上就不会对他人造成损害，但他知道，如果这些物质一旦侵入其邻居，则会造成损害，在他没有成功地将这些物质限定于他自己的财产之上而造成损害时，他就有义务赔偿该损害，这看起来是公平合理的。"④

由此，被告被判决向原告承担严格责任。在该判决中，Blackburn 法官的原意并非意在创造与原有的责任原则不同的原则，而不过是基于法律正义的要求，对侵权责任原有规则进行解释，不过这种解释已经远远超过了旧有规则可以容忍的界限，后人将之作为新的独立规则而受重视，而逐步实践于司法判例

---

① See Markesinis and Deakin, *Tort Law*, p. 494；王军：侵权法上严格责任的原理和实践，第 43 页。

② Ibid., p. 494.

③ 这里采用了《元照英美法词典》的译法，详见该词典第 342 页。

④ (1865—1866) L. R. 1 Ex. 265, 279. 吴兆祥：《侵权法上的严格责任研究》第 1 章第 4 页；冯·巴尔：《欧洲比较侵权行为法》（上卷），第 346 页。

并成为与过错责任同等重要的"规则"。① 由于 Blackburn 法官的观点侧重于造成损害的物质及其具有的危险性质，因此这一进路也被称为"危险论断法"（ultrahazardous approach）。②

被告败诉之后将案件上诉至上议院。上议院于 1868 年作出终审判决。在上议院的判决中，Cairns 法官接受了 Blackburn 的观点，但他强调了其中"非自然使用"（non-natural use）的要素。Cairns 法官的观点将该案依附于侵扰（nuisance）这一传统的严格责任，并不具有创新原理，由此而发展出的思路被称为妨害进路（nuisance approach）。③

在 Rylands 一案后，英国法院对该案所创设的法则经常因法官的见解不同而依违于 Blackburn 和 Cairns 法官提出的两种思路之间，④ 但更主要地遵循了 Cairns 法官的思路。⑤

在 1946 年的 Read v. Lyons Co., Ltd.⑥ 一案做出之前，Rylands 案创立的规则一度得到了英国法院的广义解释。首先，这是一个储存起来的具有危险性的物质"逃逸"引起损害的案件，但英国法院一度放弃了对"逸"这一要件的要求。其次，这是一个不动产遭受损害的案件，但英国法院也将其适用于人身伤害和对动产的损害。⑦

但以 Read 案为标志，Rylands 法则的适用范围不断地被缩小，该案被视为阻碍了英国法中严格责任的发展。⑧ 根据活动进行的时间和地点，即使是危险活动也可能被定性为是"自然的"，因而不属于 Rylands 法则的适用范围。因而，屋内的电线，以及燃气和供水服务被排除出 Rylands 法则的适用范围（Collingwood V. Home & Colonial Stores Ltd. ［1936］3 All ER 200，208；Dunne

---

① 吴兆祥：《侵权法上的严格责任研究》，第 1 章第 4 页。

② 邱聪智：《从侵权行为归责原理论危险责任之构成》，第 109—110 页。

③ 同上书，第 110 页；王利明：《侵权行为法研究》（上卷），第 327 页；Dobbs, The Law of Torts, p. 951.

④ 邱聪智：《从侵权行为归责原理论危险责任之构成》，第 110 页。

⑤ Victor E. Schwartz, Kathryn Kelly and David F. Partlett, *Prosser, Wade and Schwartz's Torts*, 10th. ed., Foundation Press, 2000, p. 692.

⑥ ［1946］2 ALL ER 471. 该案的事实为，原告是军需部（the Ministry of Supply）雇用的一个监察员。他在被告经营的军火工厂履行职务时，为制造过程中高度易爆的炮弹所发生的爆炸炸伤。（参见邱聪智，《从侵权行为归责原理论危险责任之构成》，第 113 页；王军：《侵权法上严格责任的原理和实践》，第 47 页。

⑦ 王军：《侵权法上严格责任的原理和实践》，法律出版社 2006 年版，第 45 页；相关判例可参见邱聪智《从侵权行为归责原理论危险责任之构成》，第 111—112 页。

⑧ Victor E. Schwartz, Kathryn Kelly and David F. Partlett, *Prosser, Wade and Schwartz's Torts*, 10th. ed., Foundation Press, 2000, p. 693; Fleming, *The Law of Torts*, p. 341.

V. North Western Gas Board〔1964〕2 QB 806，832）。Read V. Lyons Co.，Ltd. 一案甚至建议，在战争时期，爆炸物的制造也可能构成对土地的自然使用。

在 Read V. Lyons Co.，Ltd. 一案中，Viscount Simon 法官还认为，逃逸应当是逃逸到被告占有或控制的土地之外。单纯的失去对损害源的控制被认为是不充分的。因而，在军工厂工作的雇员因爆炸而受到损害时，不能根据 Rylands 法则向工厂的所有者请求赔偿，因为该案中不存在逃逸。①

在上议院 1994 年做出的 Cambridge Water Co. V. Eastern Counties Leather plc② 一案中，上议院决定，Rylands 法则下的责任和侵扰责任一样，都要求对损害的可预见性（foreseeability），从而使 Rylands 法则的重要性进一步降低。③ 在这一判决中，Goff 法官甚至认为，"作为一般性的规则，高风险作业方面的严格责任由议会通过立法加以规定比法官确认要合适得多"④。不过，在该判决中，Lord Goff 在附论中认为，在工业用地及建筑中保存和使用化学物品构成非自然使用的几乎是经典的情形，从而扭转了 Read 案以来在该问题上的趋势。⑤

自 Cambridge Water 这一判决以来，Rylands V. Fletcher 诉案中的规则一直被限制于涉及侵扰（nuisance）的案件。在 Rylands V. Fletcher 诉案中，侵扰中的"不合理的使用者"被解释为"非自然"的使用者（这二者基本上是相似的），因此 Rylands V. Fletcher 案的主要贡献就是"对一个孤立的逸出仍然应当承担责任"⑥。英国法院对 Rylands 法则的不断的狭隘解释最终使得 Cairns 法官的思路占了上风，Rylands 法则被认为实际上只不过是对侵扰的单纯扩展，这

---

①　Franz Werro, The Boundaries of Strict Liability in European Tort Law, p. 403 and Fn. 946.

②　〔1994〕2 AC 264. 该案的事实为：原告是一家通过抽取地下水向公众供应水的公司，被告在制革的过程中将一种叫做全氯乙烯的化学物质排入了地下水源，致使为原告利用的地下水源遭到了污染。结果，原告不得不寻找新的可抽取地下水的水源，从而蒙受了经济损失。在本案中，原告要求法院判决停止排污，并要求被告赔偿 90 万英镑的损失。参见王军：侵权法上严格责任的原理和实践，第 47 页。

③　Franz Werro, The Boundaries of Strict Liability in European Tort Law, p. 30.

④　冯·巴尔：《欧洲比较侵权行为法》（下卷），第 466 页。

⑤　Koch/Koziol, Unification of Tort Law: Strict Liability, p. 114；Mark Lunney and Ken Oliphant, Tort Law, Text and Materials, Oxford University Press, 2000, p. 575.

⑥　〔1994〕2 AC 26, 306. 参见冯·巴尔：《欧洲比较侵权行为法》（上卷），第 348 页；不过，将私人侵扰和 Rylands 法则完全合并并不可能，它需要解决一系列的棘手问题。如原告是否需对土地享有利益或完全占有土地？这是私人侵扰的构成要件，而就 Rylands 法则下的非自然使用者、积累（accumulation）和逃逸等要件也会存在同样的难题。它们如何与私人侵扰中合理使用者相协调？就不同责任标题下的可赔偿的损害、可使用的抗辩以及在独立承包人的严格责任的规则，也存在进一步的难题。由于两种责任的不同历史起源，这些不同是不可避免，因此需要不止一项的上议院的附论（dictum）来合并私人侵扰这一侵权形态下的规则。（Paula Giliker & Silas Beckwith, Tort, Sweet & Maxwell, 2000, p. 246.）

使得它和过错侵权也更加接近。①

目前，就 Rylands V. Flechter 规则的适用，一般认为有四项要件：②
（1）被告在其土地上堆集或者放置了一些可能造成损害（likely to do mischief）
的物质。这种物质本身具有造成他人损害的危险性，而其在逃逸于土地之前于
被告有效管理下不会造成实际损害。被告的堆集行为也应当是自愿的。③ 在判
例中出现的危险物质包括火、燃气、爆炸、电、石油、有毒气体、来自废弃的
栅栏的生锈的金属丝、采矿挖出的泥土或岩石（colliery spoil）、振动、有毒的
植物、旗杆、露天市场上的旋转木马（chair-o-plane）等。④ （2）土地因而构
成非自然使用。在被告的土地上堆集或者放置物的行为为土地自然使用之外的
行为，即存在致害之危险性。但在英国的判例中，"非自然使用"逐渐被解释
为"非通常的使用"（non-ordinary use）⑤。Rickards v. Lothian 一案可以说是一
个代表，它进一步对非自然使用做出了限定，即"它（非自然使用）必须是
某种增加了对他人危险的特殊使用方式，而非对土地的正常使用或诸如有利于
地方一般利益的使用方式"⑥。在实践中，就非自然使用，英国法院认为，必
须具体情况具体分析。它不仅注意物或活动的特征，而且要考察保有该物或进
行该活动的场所和方式。在机动车辆的情形，由于机动车辆自身非具有危险性
的物，而且在道路上驾驶车辆是以自然的方式使用的，因此排除了对它的严格
责任。⑦ 在自然和非自然使用之间的区分还具有一项功能，即赋予了 Rylands 法

---

① Franz Werro, *The Boundaries of Strict Liability in European Tort Law*, pp. 402—403.

② Fleming, *The Law of Torts*, pp. 336ff.；Mark Lunney and Ken Oliphant, *Tort Law, Text and Materials*, Oxford University Press, 2000, pp. 570—576；Mullis and Oliphant, *Tort Law*, 2nd. ed.，Law Press, 2003, pp. 243—246；Paula Giliker & Silas Beckwith, *Tort*, Sweet & Maxwell, 2000, pp. 247—249；Markesinis and Deakin, Tort Law, pp. 496—500；吴兆祥：《侵权法上的严格责任研究》，第 1 章第 5 页；冯·巴尔教授在所著的《欧洲比较侵权行为法》（下卷）一书中将 Rylands 规则的适用要件分为了五项：首先，必须有一旦失控产生危险的可能性很高的物；其次，该物必须已经基于不动产所有权人的利益被带到了其不动产上或被贮放在其不动产上；第三，该物的出现必须构成对特定类型的不动产的"非自然使用"；第四，该物必须脱离了其所被贮放的被告的不动产而到了他人的不动产上；最后，物所导致的损害是可赔偿的损害。（参见冯·巴尔《欧洲比较侵权行为法》（下卷），第 463 页。）

③ Markesinis and Deakin, *Tort Law*, p. 496.

④ Mark Lunney and Ken Oliphant, *Tort Law, Text and Materials*, Oxford University Press, 2000, p. 574.

⑤ Paula Giliker & Silas Beckwith, *Tort*, Sweet & Maxwell, 2000, p. 248.

⑥ Rickards v. Lothian, [1913] A. C. 263, 280. （参见冯·巴尔《欧洲比较侵权行为法》（下卷），第 464 页）；这一阐述实际上将非自然使用等同于了非通常使用。（See Mark Lunney and Ken Oliphant, *Tort Law, Text and Materials*, Oxford University Press, 2000, p. 575.）

⑦ Victor E. Schwartz, Kathryn Kelly and David F. Partlett, *Prosser, Wade and Schwartz's Torts*, 10th. ed., Foundation Press, 2000, p. 692. See also Fleming, *The Law of Torts*, p. 337.

则以一种可取的灵活性，它使得法院可以融合既定时间和地点流行的社会和经济需求。① 现在英国法院更倾向于在强化"非自然使用"的原始含义（按字面的）的基础上来使用，同时通过损害的可预见性来弥补观念转变带来的漏洞。② 在 Cambridge Water 案中，Lord Goff 就对前述 Rickards 案中提出的有利于地方一般利益的使用方式不属于非自然使用的观念，表达了不同的意见：这可能会不适当地限制 Rylands 责任的范围。③ 他认为，虽然工厂通过增加就业可能给公众带来的收益，而且在工业用地上存储化学药品可能被视为是对该用地的"通常使用"，但"在工业用地上保存大量的化学物品仍应被视为是非自然使用的几乎是经典的情形"。他相信，通过第四项可预见性要件足以限制责任的范围，因此无需再扩展"普遍性"（ordinariness）来将责任限于合理的范围内。④ （3）物质逃逸（escape），即非自然之土地上的物逃逸于该土地范围之外。前面已经述及，在 Read V. Lyons Co., Ltd. 一案中，Viscount Simon 法官认为，逃逸应当是从被告占有或控制的土地逃逸到被告占有或控制的土地之外的地点。单纯的失去对损害源的控制被认为是不充分的。所谓的逃逸包括了物的发散，如飞卷起的石子或因爆炸而飞卷出来的其他物体。倘若马头伸出栅栏食用了相邻不动产上的有毒紫杉，或客人站在主人不动产上后因该不动产上的爆炸而受伤时，相关的赔偿责任都不属于 Rylands 法则的适用情形。⑤ 对于此逃逸不问被告有无过错。（4）造成可预见的相关损害。根据 Cambridge Water 案，仅在损害可为被告预见时才发生 Rylands 法则下的责任，但根据主流观点，这里并不要求预见逃逸（的方式）。⑥ 在损害的类型上，物的损害无疑可以得到赔偿；⑦ 对纯粹经济上损失，因其"遥远性"而不具有可赔偿性；⑧ 对人身损害是否可以得到赔偿，则存在不确定性，虽然英国法院多次对此做出了

---

① Fleming, *The Law of Torts*, p. 338; Paula Giliker & Silas Beckwith, *Tort*, Sweet & Maxwell, 2000, p. 248.

② 冯·巴尔《欧洲比较侵权行为法》（下卷），第 464—465 页。

③ Mullis and Oliphant, *Tort Law*, 2nd. ed., Law Press, 2003, p. 244.

④ Paula Giliker & Silas Beckwith, *Tort*, Sweet & Maxwell, 2000, pp. 248—249.

⑤ 冯·巴尔：《欧洲比较侵权行为法》（下卷），第 465 页。

⑥ Mark Lunney and Ken Oliphant, *Tort Law*, *Text and Materials*, Oxford University Press, 2000, p. 573; Mullis and Oliphant, *Tort Law*, 2ⁿᵈ. ed., Law Press, 2003, pp. 244—244; Paula Giliker & Silas Beckwith, *Tort*, Sweet & Maxwell, 2000, p. 249.

⑦ 冯·巴尔：《欧洲比较侵权行为法》（下卷），第 465 页。

⑧ 同上书，第 465 页；Mark Lunney and Ken Oliphant, *Tort Law*, *Text and Materials*, Oxford University Press, 2000, p. 573. （虽然根据 Ryeford Homes v. Sevenoaks District Council, [1989] Con. L. R. 75, 只要纯粹经济损失是逃逸的完全的直接结果，就可以得到赔偿，但结合 Hunter v. Canary Wharf [1997] A. C. 655 一案来看，经济损失作为财产性利益的损害的结果可以得到赔偿，但纯粹经济损害不能得到赔偿。）

肯定的回答，但在前述 Read V. Lyon 案中，对人身伤害的赔偿则受到了质疑，① Lord Macmillan 在附论中认为，他不准备将 Rylands 法则下的责任扩展至人身损害，因为，"正如现有的法律，主张过失对赔偿人身损害之诉通常是必要的"②。而在 Cambridge Water 案中，Lord Goff 引用了 Newark 的观点并论述了 Rylands 法则和私人侵扰（private nuisance）的紧密关系，由此表明身体伤害仅在过失条件下才能得到补偿。③ 在 Transco V. Stockport MBC④ 一案中，法官更是通过附论表达了 Rylands 法则不及于人身损害的观点。Lord Bingham 认为，"……该请求不能包括对死亡或人身伤害的请求，……"Lord Hoffmann 也认为，"……人身伤害在该规则下不能得到赔偿。"⑤

在 Rylands 法则下，承担责任的是逃逸物的所有人或控制者，物被带入其上（物从其上逃逸）的土地之所有者或占有者也可能承担责任。原告是受侵害的土地的所有者或占有者，但是否要求他们必须对受侵入的土地享有财产利益，存在不同的观点。⑥ 若从 Cambridge Water 案所持的观点来看，由于 Rylands 法则和私人侵扰存在类似性，对此应持肯定看法。⑦

就 Rylands 法则的适用存在五项主要的抗辩事由：（1）受害人同意；（2）原告之过失，若被告也存在过失，则有与有过失规则的适用，可以减轻被告的责任；（3）不可抗力（act of God）；（4）陌生人不正当的故意行为；（5）制定法的授权。⑧

可以说，基于"危害"（mischief）和"非自然使用"的观念，在英国，Rylands 法则本可以发展为一项全面的对异常危险活动的严格责任原则，⑨ 但从英国目前的判例看，由法院对严格责任进行扩展已经不太可能了。⑩ 因此，

① 冯·巴尔：《欧洲比较侵权行为法》（下卷），第 465 页。

② Mark Lunney and Ken Oliphant, *Tort Law*, *Text and Materials*, Oxford University Press, 2000, p. 573.

③ 冯·巴尔《欧洲比较侵权行为法》（下卷），第 465—466 页。

④ ［2003］UKL 61，［2004］A. C. 1.

⑤ *Clerk & Lindsell on Torts*, 19th. ed., Sweet & Maxwell, 2006, p. 1245, footnote 96.

⑥ Mullis and Oliphant, *Tort Law*, 2nd. ed., Law Press, 2003, pp. 245—246, 248.

⑦ Paula Giliker & Silas Beckwith, *Tort*, Sweet & Maxwell, 2000, pp. 249—250.

⑧ Fleming, *The Law of Torts*, pp. 343ff.; Paula Giliker & Silas Beckwith, *Tort*, Sweet & Maxwell, 2000, pp. 250—252; 吴兆祥："侵权法上的严格责任研究"，第 1 章第 6 页；Mullis 和 Oliphant 所著的 Tort Law 一书中还列举了紧急避险（necessity）这一抗辩事由。see Mullis and Oliphant, *Tort Law*, 2nd. ed., Law Press, 2003, p. 246.

⑨ Franz Werro, *The Boundaries of Strict Liability in European Tort Law*, p. 402. 另参见冯·巴尔《欧洲比较侵权行为法》（上卷），第 347 页。

⑩ Franz Werro, *The Boundaries of Strict Liability in European Tort Law*, p. 30.

可以发现，英国法现在的处境和德国法是类似的。①

（二）美国侵权法中的严格责任

美国的严格责任系继受英国法而来，多由判例法进行发展。在过去以及在现在，它都是美国侵权法的一个重要特色。② 在美国侵权法中，除了替代责任（vicarious liability）外，严格责任的主要类型还包括：动物责任、异常危险活动责任和产品责任。③ 此外，美国还存在制定法上的严格责任，主要有劳工事故中雇主对雇员的严格责任（劳工补偿责任）、核设施责任（Price-Anderson Act，存在总计责任限额）、狗主人对所养的狗咬人所承担的责任等。④ 不过，在美国法中，某些诉因虽然今天被置于严格责任的类型下，但它们分享着过错责任重要的特征，如产品责任经常被描述为施加的是严格责任，但它施加责任的标准看起来经常包容了过错的观念；而某些侵权责任形式虽然传统上未被放入严格责任的形态中，但它们无须证明存在过错、疏忽或故意即可起诉，如侵入和侵占。⑤

这里主要介绍美国法院对 Rylands 法则的继受及美国侵权法重述中异常危险活动责任的创设。

在 19 世纪中后期，过错责任在美国法院和学者中逐渐居于主导地位。在 Brown v. Kendall 案中，法院明确采纳了过错，而拒绝了基于直接或暴力之损害的严格责任。过错或故意侵入因此成为了侵权责任的通常基础。⑥ 但对于危险活动给人类生命或财产所带来的危害，美国法院并未漠视。Rylands 案的判决一做出，美国的法院就做出了反应。Massachusetts 州于 1868 年做出的 Ball v. Nye⑦ 一案（案情涉及的是脏水的渗透）最早接受了 Rylands 法则。现在，美国大多数州都接受了这一责任形式。Rylands 法则在美国并且得到了进一步

---

① Van Gerven, *Tort Law*, p. 574.

② John C. P. Goldberg, Anthony J. Sebok and Benjamin C. Zipursky, *Tort Law*, *Responsibilitis and Remedies*, Aspen Publishers, 2004, p. 739.

③ 参见［美］文森特·R. 约翰逊著、赵秀文等译：《美国侵权法》，中国人民大学出版社 2004 年版，第 190 页；Dominick Vetri, Lucinda M. Finley, Lawrence C. Levine and Joan E. Vogel, *Tort Law and Practice*, LexisNexis, 2002, p. 943.

④ Koch/Koziol, Unification of Tort Law: Strict Liability, p. 353.

⑤ John C. P. Goldberg, Anthony J. Sebok and Benjamin C. Zipursky, *Tort Law*, *Responsibilitis and Remedies*, Aspen Publishers, 2004, p. 740. 鉴于严格责任概念所引起的混淆，该书采用了无过错责任（liability without fault）的概念来代替严格责任，并划分了三类无过错责任。妨碍对土地或个人财产（personal possessions）的占有、使用或享用；极度危险活动，如适用爆炸物或保有野生动物；产品责任。

⑥ Dobbs, *The Law of Torts*, p. 941.

⑦ 99 Mass. 582, 97 Am. Dec. 56 (1868).

的一般化，发展成为了异常危险活动责任。不过，Rylands 法则将严格责任落足于侵扰法或相竞争的土地使用，它关注的是土地的适用可能对邻人造成的影响，而美国侵权法重述中的异常危险活动责任是一项自由浮动的原则，无论异常危险的携带者走到哪里，它都会在其上空盘旋，并在该携带者造成他人伤害时让其承担责任。① 也即，异常危险活动责任着眼于活动的危险性，因此在和土地的使用无关或关联很少的情况下也可以主张严格责任，它并不限于涉及土地使用的活动。②

20 世纪 30 年代编纂的美国第一次侵权法重述在绝对责任（Absolute Liability）的概念下，纳入了极度危险活动的责任（Ultrahazardous Activities other than the Keeping of Wild Animals or Abnormally Dangerous Domestic Animals）。该责任直接来源于 Rylands 案中 Cairns 法官阐述的"非自然使用"的观念。③ 重述第 519 条规定：从事"极度危险活动"（ultrahazardous activities）的人，在其认识到该活动无法预防的失败（the unpreventable miscarriage of the activity）可能导致他人的人身、土地或动产受到损害时，即使尽到了最大的注意，仍须对受害人承担责任。他所赔偿的损害应是使活动极度危险的情形所导致的。该重述第 520 条对"极度危险活动"进行了界定："如果（1）某种活动必然包含对他人的人身、土地或动产造成严重损害的风险，而这种风险通过付诸最大限度的谨慎也不能消除；同时,（2）这种风险不属于通常的使用（common usage）④ 的范围，那么，这种活动就属于极度危险的活动。"⑤ 这一界定仅采用了两项标准。第二项标准"通常的使用"系继受 Rylands 法则中 Cairns 法官提出的"非自然使用"的观念而来，它并排除了诸如机动车辆驾驶这种活动因可能被认为属极度危险而被施加严格责任的可能。⑥ 这一标准也为第二次重述所继受。

---

① Dobbs, *The Law of Torts*, p. 954.

② Prosser & Keeton, *Torts* 83, 5th. ed. , 1988 Pocket Part. Cf. George C. Christie, James E. Meeks, Ellen S. Pryor & Joseph Sanders, *Cases and Materials on the Law of Torts*, 3rd. ed. , St Paul: West Publishing Co. , 1997, p. 592.

③ John C. P. Goldberg, Anthony J. Sebok and Benjamin C. Zipursky, *Tort Law*, *Responsibilitis and Remedies*, Aspen Publishers, 2004, p. 811; Prosser, *The Handbook of Tort*, 4th. ed. , 1971, p. 512.

④ 对 common usage 有译为"通常之使用方法"或"通常使用"的，参见邱聪智《从侵权行为归责原理论危险责任之构成》，第 123 页；陈聪富："危险责任与过失推定"，载《月旦法学》第 5 期，第 21 页；也有译为"通常习惯"的，如王军《侵权法上严格责任的原理和实践》，第 54 页。

⑤ 王军：《侵权法上严格责任的原理和实践》，第 112 页。

⑥ George C. Christie, James E. Meeks, Ellen S. Pryor & Joseph Sanders, *Cases and Materials on the Law of Torts*, 3ʳᵈ. ed. , St Paul: West Publishing Co. , 1997, p. 581.

在 1977 年进行的第二次侵权法重述中，绝对责任被改称为严格责任。该重述第 21 章以"异常危险活动（Abnormally Dangerous Activities）"责任代替了第一次重述中的极度危险活动责任。之所以将"极度危险"替换为"高度危险"，是因为，在第一次重述的第一卷中使用的是"extra hazardous activity"，而在第三卷中不知何种原因被更换为"ultrahazardous activity"，很明显两个概念都是意指同一事物。但"ultra"并非意味着额外的（extra），甚至过度的（excessive），它意味着超越（surpassing），完全超过（going entirely beyond）。"ultrahazardous"的字典含义即指超越危险、超过所有风险。但这是个错误的词汇，因为我们仍处于风险的领地，被告仅应在所创设的风险的范围内承担责任。而且第二次重述对"ultrahazardous"的定义，也是误导性的。在该定义范围内，可能不存在任何类型的活动，除非是使用核能，在这种情况下即使尽到最大的注意也不是完全安全的，这里最大的注意当然包括选择绝对安全的地点来使用核能。从判例来看，关于该种活动最重要的并不是该活动本身是极度（extremely）危险的，而是根据它所处的环境，表现出异常的（abnormally）危险性。以前法院拒绝 Rylands 这一判例所基于的观念，即认为若对某活动适用严格责任，则在任何地点、任何情况下，对该活动都适用严格责任，[①] 肯定是不正确的。因此，第二次重述从第一次重述第 509 条对家畜的规定中借用了"极度危险"的表述，规定了"异常危险活动"责任。[②]

第 519 条规定了对异常危险活动责任的一般原则：

　　（1）任何从事异常活动之人，对于他人因该活动而受人身、土地或动产上之损害，纵使已善尽其注意义务以预防损害发生，仍应对损害负责。

　　（2）严格责任仅适用于使该活动具有异常危险性所生之损害。

第 520 条则对异常危险活动进行了界定，它列举了 6 种考量因素：

---

　　① Alaska 州在 Yukon Equipment, Inc. v. Fireman's Fund Ins. Co.（585 P. 2d 1206）一案中即认为极度危险活动责任是绝对的。在该案中，一家公司储存有一些炸药，但它们被其他被告偷走并造成了爆炸事件，损伤了邻近的建筑。法院判定该公司仍要承担严格责任。（See Victor E. Schwartz, Kathryn Kelly and David F. Partlett, *Prosser, Wade and Schwartz's Torts*, 10th. ed., Foundation Press, 2000, p. 695.）

　　② *Restatement（Second）of Torts*, Tentative Darft No. 10（1964）, § 520 note. Cf. George C. Christie, James E. Meeks, Ellen S. Pryor & Joseph Sanders, *Cases and Materials on the Law of Torts*, 3ʳᵈ. ed., St Paul：West Publishing Co., 1997, pp. 582—584. 第二次侵权法重述是由已去世的 Prosser 教授准备和报告的。

在决定何种活动系属异常危险时，应考虑以下因素：

（a）对于他人之人身或财产具有高度发生损害之危险；

（b）具有发生重大损害之可能性；

（c）无法以合理之注意除去该危险；

（d）该活动非属通常之使用；

（e）该活动对于活动发生地点并非适当；

（f）该活动对社区的危险高于对社区的价值。

第520条所说的危险活动并不以行为人之活动具有财产上的利益为必要，对行为人无金钱上利益之活动，仍可适用本条的规定。所谓异常危险，应就危险之程度与其他环境因素综合观察，该危险是否十分不平等，以至于以合理之注意从事该活动，仍有课予严格责任之必要。第520条所列举的六项因素应综合考察，单独一项并不必然足以构成异常危险，通常数项因素应同时存在，被告始负严格责任，但严格责任之课予并不以所有上述因素全部具备为必要，特别是在其中的某些因素的分量很重时。因为这些因素之间的相互作用，不可能以定义的形式对种种异常危险活动做出归纳。关键的问题是有关的活动产生的风险是否（或者是由于其本身的程度、范围，或者是由于其周边的情形）异常到如此地步，以至于对它所带来的损害必须施行严格责任，即使该活动的操作完全满足合理关注的要求。① 由此可以看出，第520条的规定实际上体现出了第二部分将要谈及的动态系统论的要求。

这六项因素中的前三项注重行为的危险性，通常要求它们对于他人之人身或财产具有高度发生损害之危险、具有发生重大损害之可能性并且无法以合理之注意除去该危险。具备这些因素的活动，无论它们的社会效益如何，都是与特别危险的活动，尽管尽到了合理的注意仍无法变得完全安全。② 美国法院认为构成异常危险的活动包括爆裂物爆炸、大型废弃物贮存槽、空中农药喷洒、大量汽油之贮存、飞机飞行试验及放射性物质之贮存或溢漏等。这些活动均具有造成重大损害的可能，其危险程度过于重大，而有课予严格责任的必要。③在美国法院的判例中，常见的异常危险活动包括：爆破、熏蒸（fumigation）、

---

① 肯尼斯·S. 亚拉伯罕、阿尔伯特·C. 泰特著，许传玺、石宏等译：《侵权法重述——纲要》，法律出版社2006年版，第144—145页；陈聪富：《危险责任与过失推定》，北京大学出版社2005年版，第21页。

② Joseph W. Glannon, *The Law of Torts*, Examples and Explanations, 2nd. ed., Aspen Law and Business, 2000, p. 246.

③ 陈聪富："危险责任与过失推定"，第21页。

（用飞机）喷洒农药、存储可燃气体和爆炸物以及蓄水等。①

　　第四项要素"通常的使用"（common usage）则源自 Rylands 案中 Cairns 法官提出的"非自然使用"的标准。② 所谓的通常的使用是指该活动为社会上大多数人习惯上使用的活动，它不因进行该活动的目的是行为人个人的一项独特目的便不再是普遍做法。例如，驾驶汽车虽然具有危险，但一般人惯常使用，未被认为系异常危险活动。至于爆炸活动，虽为一般建筑工程或森林开发常用之手段，但非大多数人使用之活动，因而仍非"通常的使用"。③ 而枪炮虽然自身具有危险性，但仍被美国法院认为属于通常的使用，从而排除了严格责任的适用。④ 这一标准也表明，一项活动在其常见的地区可能不会导致严格责任，而在它罕见的另一个地区则不同。例如在 Oklahoma 的乡村开采油井，法院就不会对之施加严格责任（Sinclair Prairie Oil Co，V. Stell，124 P. 2d 255（Okla. 1942））；而在 Los Angeles 的市区开采油井，则会导致严格责任（Green V. General Petroleum Corp.，270 p. 952［Cal. 1928］）。⑤ 对这一标准，瑞士学者 Pierre Widmer 提出了尖锐的批评。他认为："令人难以理解的是，对于与机动车有关的严格责任这样一种实际上最为重要的严格责任类型，将其置于一种属于纯粹过失的体制之下，仅仅因为驾驶汽车是一种很普遍的活动。"他指出，"通常使用"标准会使一般原则（从属高度危险活动的人应负严格责任）的适用范围受到极大的限制。⑥

　　第五项要素活动发生地点之不适当性。这项因素也和 Cairns 法官提出的"非自然使用"的标准相关。例如使用爆裂物，一般情形构成异常危险之活动，但若于沙漠之中或荒野之郊使用，远离任何有价值之财物，则非异常危险

---

　　① Dominick Vetri, Lucinda M. Finley, Lawrence C. Levine and Joan E. Vogel, *Tort Law and Practice*, LexisNexis，2002，p. 942.

　　② 大多数法院将"非自然"使用理解为是指非常见的或不适当的使用。但是 Cairns 法官可能只是指被告在他的财产上引入了一项力量（在 Rylands 案中是指水的积聚），而在自然运作下这不会发生。（Joseph W. Glannon, *The Law of Torts*, *Examples and Explanations*, p. 247 and footnote 3.）

　　③ 肯尼斯·S. 亚拉伯罕、阿尔伯特·C. 泰特：《侵权法重述——纲要》，第 147—148 页；陈聪富：《危险责任与过失推定》，第 21—22 页。

　　④ Dominick Vetri, Lucinda M. Finley, Lawrence C. Levine and Joan E. Vogel, *Tort Law and Practice*, LexisNexis，2002，p. 942.

　　⑤ Glannon, *The Law of Torts*, p. 247. 提出这一因素的理由可能在于，常见的活动会创设相互的风险（reciprocal risks），因此过错责任足以解决问题，而非常见的活动创设的风险是非相互的，因此有必要适用严格责任。该理论是由 George Fletcher 教授 1972 年提出的，see George Fletcher, *Fairness and Utility in Tort Theory*, 85 Harv. L. Rev. 537, 548（1972）.

　　⑥ Koch and Koziol, *Unification of Tort Law*: *Strict Liability*, p. 347.

活动。不过，美国法院对此存在不同见解。① 法院通常不会仅仅因为被告为其高度危险的活动选择了一个合适的地点就拒绝适用严格责任。例如，在道路通行的地点爆破来开辟一条新路是完全适当的，但多数法院对爆破行为会施加严格责任。因此，活动本可以在其他地方进行并给社区带来较小的风险时，会强化对严格责任的施加，而选择一个适当的点本身可能不会排除施加严格责任。但选择合适的地点和其他因素一起会使天平偏离严格责任。②

第六项要素要求该活动对于社区之危险高于对于社区之价值，实际上旨在保护工业发展，避免中小企业因负担过重，无法生存。但在工商业发达的现代社会，是否必须基于保护特种工业，而排除行为人的责任，不无疑问。③ 而且这一因素将"汉德公式"下的过失又引入到严格责任中，因此也受到很多学者的批评。因而，尽管有这项因素存在，但对于那些经济上创收的甚至是关键性的工业，如铁路，法院仍施加了严格责任。而对那些对社区价值不大的活动而言，这项因素可能更为重要。④

就异常危险活动责任的成立是否要求被告对于活动的危险性有认识，美国法院不存在一致的见解。在 Laterra V. Treaster 案⑤中，法院否认了异常危险活动责任以行为人知悉危险存在为必要；而在 Perez V. Southern Pac. Transp. Co. 案⑥中，法院则认为：无过失责任之成立，必须被告经营合法企业行为时，有意从事某项行为，并知悉该行为有可能对他人造成损害，且他人之损害确实为被告行为之直接与最近原因始可。⑦

异常危险活动责任的成立还需要证明事实上的因果关系、近因和损害的存在。⑧ 从第 519 条第 1 款的规定看，该责任适用于人身损害和财产损害。根据第 2 款，损害仅在其发生的可能性构成活动的异常危险性时才能根据该责任获得赔偿，也即异常危险活动责任仅适用于该活动被合理期待造成的损害。对此，常举的一个经典判例是 Foster V. Preston Mill。在该案中，被告的爆破产生的噪声使得附近一个养貂农场的母貂因惊吓而吞吃了自己的小貂。法院认为，

---

① ［美］肯尼斯·S. 亚拉伯罕、阿尔伯特·C. 泰特：《侵权法重述——纲要》，第 149 页；陈聪富：《危险责任与过失推定》，第 22—23 页。

② Glannon, *The Law of Torts*, pp. 248—249.

③ 陈聪富：《危险责任与过失推定》，第 23 页。

④ Glannon, *The Law of Torts*, p. 249.

⑤ 17 Kan. App. 2d 714，844 p. 2d 724（1992）.

⑥ 823 F. 2d 1366（9th Cir. 1987）.

⑦ 陈聪富：《危险责任与过失推定》，第 23—24 页。

⑧ Dominick Vetri, Lucinda M. Finley, Lawrence C. Levine and Joan E. Vogel, *Tort Law and Practice*, LexisNexis, 2002, p. 941.

爆破的可预见风险不包括母貂吃掉自己的幼崽，从而判决被告不承担严格责任。① 与之相关，根据第二次重述第 524A 条，原告不能通过证明自己进行一项敏感性的活动迫使被告承担额外的责任，即使被告明知这一点。②

　　根据第二次重述，异常危险活动责任的免责事由包括：原告自甘冒险，若原告自愿从事异常危险之行为，不得请求损害赔偿（第 523 条）；被告从事异常危险活动行为时，不因原告与有过失而免责，但原告知悉并不合常理地使自己遭受异常危险之与有过失，被告可主张免除严格责任（第 524 条）。

　　现在，美国的多数州都接受了第二次重述对异常危险活动责任的表述，对于那些并非普遍从事而包含有特别危险的活动，法院会判决让被告承担无过错责任。但第二次重述中的多因素方法（multi-factor approach）几乎不可避免地宣布了不确定性。除了少数比较清楚的情形，如涉及使用或存储爆炸物的情形外，各州的裁判看起来并不一致。法院经常会拒绝特定情形下的严格责任，因为证据没有表明所涉活动是否是高度危险的，或者该活动能否通过尽到注意而变得安全。一些法院会因为所涉活动是某社区普遍从事的活动而拒绝适用严格责任。③

　　对第二次重述中的异常危险活动责任，Dobbs 教授提出了批评。他认为，在第一次重述中，责任的成立仅须两项要素，而第二次重述提出了六项要素，每项要素都并非是必需的。活动的高度危险以及它在社区的异常性虽然仍是重要的，但即使活动并非是特别危险的或者并非是非常见的，根据第二次重述中的要素进路，仍可能施加严格责任。而且在衡量被告活动对社区的价值这些因素时，看起来类似于伪装拙劣的过错侵权。如果决定严格责任的要素和决定过错侵权的要素相同，这种形式的严格责任最好是不必要的，而且它可能受制于奥卡姆剃刀定律（Occam's Razor）。④ 换句话说，如果要保留严格责任，这些因素代表了一种拙劣的方法来勾勒其轮廓。⑤ Alaska 州最高法院在存储爆炸物的案件（Yukon Equipment, Inc. V. Fireman's Funds Ins. Co., 585 P. 2d 1206,

---

　　①　268 P. 2d 645（Wash. 1954）. See Dominick Vetri, Lucinda M. Finley, Lawrence C. Levine and Joan E. Vogel, *Tort Law and Practice*, p. 941. 另参见肯尼斯·S. 亚拉伯罕、阿尔伯特·C. 泰特：《侵权法重述——纲要》，第 143 页。

　　②　肯尼斯·S. 亚拉伯罕、阿尔伯特·C. 泰特：《侵权法重述——纲要》，第 157 页。

　　③　Dan B. Dobbs, *The Law of Torts*, pp. 954—955.

　　④　奥卡姆剃刀定律（Occam's Razor, Ockham's Razor）是由 14 世纪逻辑学家、圣方济各会修士奥卡姆的威廉（William of Occam）提出的一个原理。奥卡姆（Ockham）在英格兰的萨里郡，那是他出生的地方。这个原理的内容为："如无必要，勿增实体（Entities should not be multiplied unnecessarily）。"这里可以理解为，两个类似的解决方案，选择最简单的。

　　⑤　Dan B. Dobbs, *The Law of Torts*, West Group, 2000, p. 953. 其他的批评意见参见该页注 10.

1211［Alaska 1978］.）中就拒绝了第二次重述中的衡量方法，它认为："第二次重述的方法要求在可能施加绝对责任前分析风险和损害的程度、消除风险的困难、地点的适当性。这些因素表明了一种过错的标准。"相反，法院决定，诸如爆破和存储爆炸物这样的活动自身就是异常危险的，无论该活动是否有价值或者是否存在替代的存储方法。① Josef H. King, Jr. 教授还认为，这一责任无法妥善地得到适用，因为重述没有对这一严格责任的形式提供一种清晰的原理，严格责任的裁决应当直接考虑该责任的目标来做出。②

此外，Dobbs 教授还认为，从两次重述对异常危险活动责任的设计来看，它们与 Rylands 法则有所不同。后者通过其背景和表述，落脚于侵扰或竞争的土地使用场合，它关涉的是土地使用可能给邻人带来的影响；而重述权衡了该落脚点，根据其规定的抗辩，重述中的严格责任是一项自由浮动的原则，它盘旋于异常危险的携带者，无论他走到哪里，只要他给其他人造成伤害，就让他承担责任。③

整体上，比较第一次重述和第二次重述，可以看出，后者界定的异常危险活动纳入了较不极端的风险，而前者则要求更高程度的风险。因为第二次重述的第 520 条仅要求活动无法通过"合理的注意"而变得安全，而第一次重述的第 520 条则要求在尽到"最大的注意"时活动仍造成了引起损害的风险。第二次重述对第 520 条的评注（h）中也表明，在适用第 520 条中的（c）要素时，一项风险没有必要是任何可以想象的预防措施或管制都无法消除的风险。同时，第一次重述仅列举了两项因素，给予了法官较少的灵活性，而第二次重述列举了六项因素，赋予了法官更多的考量余地。④

第三次侵权法重述体现出严格责任一般化的趋势，在对有体伤害的责任（基本原则）部分，仍然规定了两类严格责任，一类是异常危险活动责任，一类是动物责任。产品责任则被单独作为一部分进行了重述，并于 1997 年公布出版。

该重述重整并简化了异常危险活动责任的判断要素。根据其第 20 条的规

---

① 该案的事实为：某公司在其仓库中储存了大量的炸药，一些窃贼在进入该仓库行窃之后，为了销毁罪证而点燃了该仓库。结果，其中的炸药发生了爆炸，该爆炸造成的气浪使停放在附近的另一人的飞机被损坏。法院判定该公司承担了严格责任。（Cf. Dominick Vetri, Lucinda M. Finley, Lawrence C. Levine and Joan E. Vogel, *Tort Law and Practice*, LexisNexis, 2002, pp. 939—940.）

② Joseph H. King, Jr., *A Goals - Oriented Approach to Strict Tort Liability for Abnormally Dangerous Activities*, 48 Baylor L. Rev. 341（1996）. Cf. Dan B. Dobbs, *The Law of Torts*, West Group, 2000, pp. 953—954.

③ Dan B. Dobbs, *The Law of Torts*, p. 954.

④ Glannon, *The Law of Torts*, pp. 249—250.

定："（a）从事异常危险活动的人对源自该活动的有体损害应承担责任。（b）如果（1）即使所有行为人都采取了合理的注意，一项活动仍创造了可预见的、非常显著的有体损害的风险，以及（2）该活动并非普通用法时，该活动就是异常危险的。"从该规定的内容上看，似乎又回到了第一次重述的轨道，仅采用了两项判断标准。

如前所述，第三次重述第 24 条规定了两项抗辩事由：一是被告自甘冒险；一是制定法许可。第 25 条则规定了"与有责任"（contributory responsibility）规则："如果原告没有采取合理的预防措施而与有过失时，其根据第 20—23 条提出的严格责任请求下的回复应根据分配给他的比较责任的份额相应地减少。"

四、一般危险责任条款——以法国法系和欧洲侵权行为立法为代表

（一）法国侵权行为法中的危险责任

1. 法国传统的侵权行为

《法国民法典》以简洁著称，其侵权行为法领域为第 1382—1386 条这五个条文所囊括，其中四条很短且自 1804 年以来一直未变，① 至今仍是法国侵权责任的"普通法"（droit commun），也是实质规范法国侵权损害赔偿问题的主要依据。②

传统上，法国侵权行为法以过错责任为原则，集中规定体现为《法国民法典》第 1382—1383 条。其第 1382 条规定："任何行为致他人受到损害时，因其过错致行为发生之人，应对该他人负赔偿之责任。"第 1383 条规定："任何人不仅对因其行为造成的损害负赔偿责任，而且还对因其懈怠或疏忽大意造成的损害负赔偿责任。"

不过，这一原则并没有排除危险责任的存在，在法国，类似于德国危险责任的概念为无过错责任（liability without fault, responsabilité sans faute）或法定责任（liability by virtue of law, responsabilité de plein droit）。③

在《法国民法典》中，这一责任形态首先体现为第 1385 条规定的动物所

---

① 勒内·达维，潘华仿、高鸿钧、贺卫方译：《英国法与法国法——一种实质性比较》，清华大学出版社 2002 年版，第 181 页。

② 陈忠五："新世纪法国侵权责任法的挑战——以交通事故损害赔偿责任的发展为例"，载《台大法学论丛》（35 卷）第 2 期，第 115 页。

③ van Gerven, *Tort Law*, p. 539.

有人或使用人责任："动物的所有人或者牲畜的使用人，在使用的时间内，对该动物或牲畜造成的损害，不论该动物或牲畜在其管束之下，还是走失或逃逸，均应负赔偿之责任。"第 1386 条则规定了建筑物所有人责任："建筑物的所有人，对建筑物因维修不善或者因建筑缺陷、塌损造成的损害，负赔偿责任。"二者可以说是古典的危险责任类型，也有法国学者认为二者是不可推翻的过错推定责任。① 但仅此二者并不足以应付现代工业社会所带来的危险。因此，寻求更妥适的法律基础就成为法国法院所面临的任务。

《法国民法典》第 1384 条第 1 款的规定正好提供了这样一个责任转变的实定法依据，② 这一规定实际上包括三种责任类型："自己行为责任"、"对他人行为的责任"、"物的管领人责任"，③ 其内容为："任何人不仅对自己的行为造成的损害负赔偿，而且对应由其负责之人的行为或其照管之物造成的损害负赔偿责任。"

这一规定具有两大特色：其一是造成损害的原因事实，不是自己行为，就是他人行为或是牵涉某特定物，因此，此种责任类型划分方式，相当完整，几乎已经可以全部涵盖不同时代中各种可能的侵权行为态样，而没有创造新的责任类型的必要；其二是它仅是一种抽象的原则宣示或政策指引，在文字上极尽抽象概况，而且欠缺明确的构成要件，此一特色，使得法国学说或实务在面对各种新兴的侵权责任问题时，拥有相当大的解释适用空间，可以随着时代不同、社会变迁与发展需要，注入新的内容，赋予新面貌，以弹性解决各种疑难问题。④ 在历史上，第 1384 条第 1 款曾被认为没有独立的规范功能，只是提醒人们过错不仅能来自自己的行为，而且可以来自没有防止他人或物引起损害。⑤ 特别是对其后半段，法院简直把它视为处理未成年人、雇员、动物或建筑物倒塌所致损害责任的专门规定，⑥ 该段的第二项选择被认为只是在确认、开启其后第 1385 条（动物所有人或使用人责任）及第 1386 条（建筑物所有

---

① Azarnia, Richard, *Tort Law in France: A Cultural and Comparative Overview*, 13 Wis. Int'l L. J. 471 (1994—1995), p. 484；邱聪智：《从侵权行为归责原理论危险责任之构成》，第 149 页；张民安：《现代法国侵权责任制度研究》，法律出版社 2003 年版，第 191、194 页。

② See van Gerven, Tort Law, p. 554.

③ 陈忠五："新世纪法国侵权责任法的挑战——以交通事故损害赔偿责任的发展为例"，第 115 页。

④ 同上书，第 116 页。

⑤ See van Gerven, Tort Law, p. 554. 另参见冯·巴尔《欧洲比较侵权行为法》（上卷），第 149—150 页。

⑥ [法] 勒内·达维著，潘华仿、高鸿钧译：《英国法与法国法——一种实质性比较》，清华大学出版社 2002 年版，第 189 页。

人之责任）规定的内容而已。① 但后来，流行的观点认为，第 1384 条第 1 款明确承认责任可以基于过错之外的基础而得以正当化。② 法国法院正是通过对这一规定后半段的近乎曲解的最大胆解释，确立了一项新的原则：如甲照管或控制的物致乙损失，则无过错亦须负责任，③ 即所谓的物的监管人责任（Guardienhaftung）或无生命物责任（responsibilité du fait des chose inanimées）。④ 这一责任成为了法国法院发展危险责任的基础规范，也因此成为了法国侵权法最显著的一个特征。

2. 物之管领人责任的确立

物之监管人责任的兴起有着特定的历史背景和历程，它是对工业革命所引致的严重工业事故的一种司法回应。19 世纪末，"由于机器的操作和作用，工厂中的事故日有发生，随着铁路和后来机动车的发展所带来的事故亦成倍增加。"在这种情况下，原有的过错责任原则"已完全不适应社会条件的需要"⑤。日益增多的工业伤害、机动车辆事故和火车碰撞迫使法院将"过错"（Faute）扩展至了难以承认的程度（point of non-recognition）。⑥

对法定责任的扩展最初是通过扩大解释第 1386 条规定的建筑物所有人责任来实现的。1877 年 7 月 20 日，巴黎上诉法院作出了关于 Harty 案的判决（Harty v. Ville de Châlous-sur-Marne）。在该案中，一棵维护不善的树倾倒了引起损害，法院依据《法国民法典》第 1386 条判决树的主人负有赔偿责任。这是第一则将民事责任扩展到《法国民法典》规定之外的案例。⑦ 1887 年 4 月 10 日法国最高法院⑧作出的 Lejon v. Société des usines de la providence 一案又将扩大建筑物的范围扩及至机器设备。该案的简要事实为：被告工厂的机器破损倾毁，其碎片伤及在现场工作的原告的丈夫，致其死亡。法国最高法院认为，接连于建筑物之"机器"，既已连接于厂房，即为厂房的一部分，因此，机械瑕疵发生之损害，应视为建筑物本身之瑕疵发生的损害，被害人毋庸证明所有

---

① 陈忠五："新世纪法国侵权责任法的挑战——以交通事故损害赔偿责任的发展为例"，第 120 页；邱聪智：《从侵权行为归责原理危险责任之构成》，第 150 页；van Gerven, *Tort Law*, p. 554.

② See van Gerven, *Tort Law*, p. 554.

③ 达维：《英国法与法国法——一种实质性比较》，第 180 页。

④ 邱聪智所著一书多采无生物责任这一概念，参见该书第 150 页以下。

⑤ 达维：《英国法与法国法——一种实质性比较》，第 118 页。

⑥ Azarnia, *Tort Law in France: A Cultural and Comparative Overview*, p. 479.

⑦ 王军：《侵权法上严格责任的原理和实践》，第 65 页。

⑧ 陈忠五的文章中将之称为废弃法院。

人有过失，亦得主张赔偿。①

但扩大解释第 1386 条规定的建筑物所有人责任的做法显得非常牵强，1896 年 6 月 16 日法国最高法院民事庭对 The Teffaine 一案作出的判决对此做出了突破。在该案中，受害人是一名水手，他在被告 Guissez 及 Cousin 所有的一艘蒸汽拖轮上工作，因该船上存有缺陷的锅炉爆炸而受伤死亡。受害人的妻子以锅炉导管的熔接有瑕疵而向被告诉请赔偿。引擎制造商 Oriolle 在诉讼中以被告关系人的身份参加诉讼。②

一审法院以被告无过失驳回了原告的起诉；二审的巴黎高等法院以事故原因为机械瑕疵而类推适用第 1386 条规定，判决被告承担无过错的赔偿责任。在第三审中，法国最高法院直接适用民法典第 1384 条第 1 款后半句，驳回了被告的上诉，其理由为：事故之原因，既为机械构造之瑕疵，则锅炉所有人及制造人，依第 1384 条规定的意旨来看，仅于损害系出于偶然事故或不可抗力时，才可免责。被告纵证明其损害系出于制造者之过失或其瑕疵隐秘难见，亦应负损害赔偿责任。③ 在这一判决中，法国最高法院放弃了类推适用其民法典第 1386 条的想法，它意味着法国法承认"并不要求物件有包含于其内部的易于造成损害的缺陷"，因为这一条文与物之监管者的责任相联系，而不是与物件本身相联系。④ 邱聪智教授认为，该判决在法国侵权行为法史上，至少具有三项意义：一是确立了第 1384 条在侵权行为法体系上的独立地位；二是制止了对建筑物概念的滥用，使法律的解释更见妥当；三是确立了危险事故在侵权行为法体系上的地位，使无生命物责任类型得以依无过失责任原理，在民法典上奠定基础，且该责任为"责任推定"（Présomption de responsibilité）之见解，也得以由本判决首开其端并告确立。⑤ 达维教授也认为，这一判决迈出了引人注目的一步，《法国民法典》第 1384 条第 1 款后半段被赋予了独立的含义，借助这段话，法院在法国法中确立了一项新的适用范围广泛的严格责任原

---

① 邱聪智：《从侵权行为归责原理论危险责任之构成》，第 152 页；吴兆祥：《侵权法上的严格责任研究》，第 2 章第 9 页。

② 邱聪智：《从侵权行为归责原理论危险责任之构成》，第 154 页；王军：《侵权法上严格责任的原理和实践》，第 65 页；冯·巴尔：《欧洲比较侵权行为法》（上卷），第 151 页。

③ 邱聪智：《从侵权行为归责原理论危险责任之构成》，第 155 页；另参见冯·巴尔：《欧洲比较侵权行为法》（上卷），第 152 页；王军教授认为，法院判决所依据的理论是所谓的"风险中获益"的思想，即通过从事风险活动而获益的人，必须承担由该活动所引发的风险。（参见王军：《侵权法上严格责任的原理和实践》，第 65 页。）

④ 冯·巴尔：《欧洲比较侵权行为法》（上卷），第 152 页。

⑤ 邱聪智：《从侵权行为归责原理论危险责任之构成》，第 155 页。

则。① 但 von Bar 教授认为，这一判决可能被认为仅适用于工业事故这一狭窄领域，因而监管责任在当时仍未被确认。②

上述判决涉及的都是劳工灾害，延续这些判决对劳工灾害的合理救济的思路，1898 年 4 月 9 日，法国议会在工会的压力下通过了劳工保险法（Loi Concernant les responsibilités des Accidents dont les Ouvriers sont Victimes dans leur Travail），该法建立在事故风险与既定职业相关的前提上，它规定对于雇员蒙受的与工作有关的损害，应由雇主和雇员共同承担。该法有两个重要意义：一是它结束了运用合同责任理论来解决工业事故责任的思路；二是，从历史和社会的角度看，它奠定了法国社会保障体系的基石。③ 但遗憾的是，这一法律对劳动事故之外的情形没有涉及，监管人责任仍只好由法院在采纳诸如巴黎和里昂的 Saleilles 和 Josserand 两位教授的法学著作中的建议基础上继续进行发展。④

值得注意的是，针对法国最高法院不断扩展无生命物责任的做法，特别是针对法国最高法院 1920 年 11 月 16 日针对波尔多火车站的火灾事件作出的判决，法国议会通过在第 1384 条中增加第 2 款（关于火灾责任的规定，采过错推定）、第 3 款表达了"对最高法院的指责"。⑤

最终物之监管人责任只是在与其有关的不断增长的道路交通事故方面取得了突破。⑥ 正式确立物之监管人责任的是法国最高法院 1930 年对 The Jand'heur V. Les Galeries Belfortaises 案所作出的判决。⑦ 该案的事实为：被告公司所有的火车，由其职员驾驶，在执行职务过程中，将一个横穿马路的小女孩撞伤，原告作为小女孩的法定代理人向被告公司诉请赔偿。一审法院适用了《法国民法典》第 1384 条的规定，判决原告胜诉；二审的里昂高等法院则认为本案涉及的是人的行为而非物之行为，应适用 1382 条的一般过错责任，从

---

① 达维：《英国法与法国法——一种实质性比较》，第 189 页。

② 冯·巴尔：《欧洲比较侵权行为法》（上卷），第 152 页。

③ Arzania, *Tort Law in France: A Cultural and Comparative Overview*, p. 480, Fn. 54；王军：《侵权法上严格责任的原理和实践》，第 65 页；另参见邱聪智《从侵权行为归责原理危险责任之构成》，第 155—156 页。

④ 达维：《英国法与法国法——一种实质性比较》，第 188 页。

⑤ 冯·巴尔：《欧洲共同侵权行为法》（上卷），第 153—154 页；王军：《侵权法上严格责任的原理和实践》，第 68 页。

⑥ 冯·巴尔：《欧洲共同侵权行为法》（上卷），第 153 页。

⑦ Van Gerven, *Tort Law*, p. 558；Azarnia 认为 Harty V. Ville de Châlous – sur – Marne 案和 The Teffaine 案是点燃通向 Jand'heur 案的两座里程碑，它们成为了适用于引起损害的所有无生命物的责任推定的跳板。（See Azarnia, *Tort Law in France: A Cultural and Comparative Overview*, p. 480, Fn. 48.）

而改判被告胜诉；法国最高法院在其第三审中认为：第 1384 条第 1 款就无生命之动产致生损害于他人时，对于保管人系课以"过失推定"之责任，仅于损害系出于不可归责于被告之不可抗力或外在原因（causes etrangerés）时，始得推翻。……再者，发生损害之"无生命物"，是否因"人之行为"的介入而运转，于决定是否适用时并非重要。若该"物"具有损害第三人之危险，而有保管之必要者，即为已足，从而废弃了二审判决，发回重审；但里昂高等法院仍坚持原见，驳回了原告的起诉；法国最高法院又根据原告的上诉组成了大联合法庭（Chambres reunie）进行第二次三审，再一次废弃里昂高等法院的判决，并移送 Dijon 高等法院。大联合法庭在 1930 年 2 月 13 日作出的判决中认为，"第 1384 条第 1 款规定，无生命物致生损害于他人者，其保管人应负'责任推定'之责任，故被告仅于证明该损害系出于不可归责于其的偶然事故、不可抗力或外在原因时，始得推翻该推定。……原审判决虽认为如不能证明该汽车具有固有的瑕疵，即与第 1384 条所谓的'人监管下之物之行为'并不相当，而排除该条之适用。不过，依法律之规定，决定是否适用上述推定时，对于发生损害之物，是否因人之行为而运动，并未设任何差别。再者，第 1384 条责任之构成，以物之'监管'为决定标准，而非物之本身。是以决定是否适用时，物之本身在性质上是否有内在足以发生损害之瑕疵实无必要。"这一见解对 Dijon 高等法院有着约束力。①

从这一判决看，它实际上将"物之监管"作为了责任成立的标准，并扩及至了所有的无生命物。基于此一规定，法国废弃法院"发现"另一项一般性的侵权责任原则：因"物的行为"（le fait des choses）所造成的损害，包括动力车辆在内，不问有无人为过错，物的管领人即须负责。在归责原则上，此种责任是一种"当然责任"、"客观责任"或"无过错责任"。②达维教授对这一原则的表述则是：如果某种损害是由一个人控制或监管之下的物所造成的，则该人即便无过错，仍须负侵权责任；在这种情况下，监管人不能通过举证自己无过错而免责，除非它能够证明损害系由不可抗力（不可预见和非由人力所能控制的事故）或完全由于受害人自己的过错所致，而这种证明极其困难。③

---

① 邱聪智：《从侵权行为归责原理论危险责任之构成》，第 158—159 页；冯·巴尔：《欧洲比较侵权行为法》（上卷），第 153—154 页；王军：《侵权法上严格责任的原理和实践》，第 67 页。

② 陈忠五：《新世纪法国侵权责任法的挑战——以交通事故损害赔偿责任的发展为例》，第 120 页。

③ 达维：《英国法与法国法——一种实质性比较》，第 189 页。

经由这一判决，汽车交通事故正式被纳入到物之监管者责任领域，自此，法国交通事故损害赔偿责任，确定朝向"责任严格化"的方向发展。① 同时，在法国最高法院做出 Jand'heur 案的判决后，议会并没有采取类似的对抗行动。因此，法国法院在发展物之监管人责任上便没有受到太多的羁绊。② 法院"不仅以此为基础处理交通事故，而且在那些由某人监管下的物致人损害的无数案件中，监管人也负有责任。例如，煤气罐爆炸，高尔夫球击伤人，水库中储存的水决堤，一棵树倒下妨碍了交通，手术后将手术工具遗留在患者体内，以及工厂的烟气或酸性物质对邻近居民造成损害，等等。"③ 学者 Azarnia 因而认为，从这一判决之后，"严格责任在法国不再是一种有争议的问题，而变成了一种在不同情况下均为法院承认的责任。现在，确立这样的责任已变为原则，而不再是例外"④。

3. 物之监管人责任的构成及其发展

《法国民法典》第 1384 条第 1 款确立的物之监管人责任构成要件包括如下三项：被害人受有一定损害；该损害因一定的责任原因事实所造成；损害与责任原因事实二者间具有因果关系。其中的责任原因事实为肇致损害发生的物，如车辆，它指的是各种交通工具。⑤ 这里的物并不限于危险物，而被扩展至了一切物，包括动产和不动产，也包括那些在通常情况下毫无危险性的物，如塑料袋、椅子和平底雪橇，不适用的仅动物和建筑物，以及其他由特别法调整的物。⑥

物之监管人责任的责任主体为物的管领人，他是指在损害发生时，对于物事实上独立行使"使用、指挥及控制权限"之人。原则上是物的所有人，但不以此为限。直至在证据法上，推定物的所有人为对于物事实上独立行使使用、指挥及控制权限之人而已。其他物的现实占有人或利用人，无论其为法律上的占有人或利用人，如地上权人、借用人、承租人、承揽人等，或为事实上

----

① 陈忠五：《新世纪法国侵权责任法的挑战——以交通事故损害赔偿责任的发展为例》，第 121—122 页。

② 冯·巴尔：《欧洲比较侵权行为法》（上卷），第 154 页。

③ 达维：《英国法与法国法——一种实质性比较》，第 190 页。

④ Azarina, Richard, *Tort Law in France: A Cultural and Comparative Overview*, p. 481. 转引自王军《侵权法上严格责任的原理和实践》，第 67 页。

⑤ 陈忠五：《新世纪法国侵权责任法的挑战——以交通事故损害赔偿责任的发展为例》，第 122 页；另参见冯·巴尔：《欧洲比较侵权行为法》（上卷），第 154 页。"监管者"也是"受制于习惯以及使其具有监管者特征的监督和控制权的"。

⑥ 冯·巴尔：《欧洲比较侵权行为法》（下卷），第 414—415 页及脚注 [70]。

的占有人或利用人，如偷窃者、强盗者或侵占人等，均得为物的管领人。①

就物之监管人责任，存在三项免责事由：不可抗力（cas fortuit force majeure）、第三人行为（fait d'un tiers）和被害人过错（faute de la victime）。承认此等免责事由，主要是基于"因果关系"的观点，重新界定责任范围。因为损害的发生如果是不可抗力、第三人行为或被害人过错所致，这些因素往往在损害实现过程中扮演一定积极角色，而使得责任原因事实与损害间，不是完全欠缺因果关系，就是欠缺一部分因果关系。从"公平分配损害风险"的角度而言，至少应由被害人承担其全部或一部分责任。② 监管者自身能力的缺失不构成免责的事由。如在法国最高法院 1982 年 2 月 10 日做出的一则判决（Lindini 案）中，一个男孩将瓶子当作足球踢，法院仍然认定他是该瓶子的监管者。③

可以说法国法院对物之监管人责任做了非常宽泛的扩展，但这样一种过于宽泛的危险责任也存在自身的不足，对它的过滥使用会不当地侵入本应由过错责任调整的领域，给企业造成不当的经济压力。法国比较法学家勒内·达维即认为，对第1384条第1款的这一扩展产生了一个意想不到的结果："有违于法典起草人的初衷，民法典中关于动物或建筑物致人损害赔偿责任的规定，现在似乎成为确定物的监管者承担侵权责任的障碍。因为根据该法典，监管人可以通过证明他无过错，从而主张应免除责任。"④⑤

在当代法国法院关于物之监管者责任的判决中，越来越多地引入了过错责任的成分，特别体现对物之积极作用和消极作用之间的区别上。物必须对损害的发生发挥了积极的作用，消极的作用尚不足够，监管者无须对无任何"举动"的物承担责任。而在判断物是否发挥了积极作用这个问题上，法国法也越来越受到过失认定的影响。如在法国最高法院民事审判庭 1997 年 4 月 2 日

---

① 陈忠五：《新世纪法国侵权责任法的挑战——以交通事故损害赔偿责任的发展为例》，第 122 页。

② 陈忠五：《新世纪法国侵权责任法的挑战——以交通事故损害赔偿责任的发展为例》，台大法学论丛 35 卷第 2 期，第 122—123 页；另参见冯·巴尔《欧洲比较侵权行为法》（上卷），第 154 页；"物的保有者只有在证明不可抗力、真正的意外事件或者类似的因果关系被阻断的情形，方能免于责任。"

③ 冯·巴尔：《欧洲比较侵权行为法》（上卷），第 156 页。

④ 达维：《英国法与法国法——一种实质性比较》，第 190 页。

⑤ 王军教授在此引用了冯·巴尔教授所著的《欧洲比较侵权行为法》（下卷）第 418 页注［93］的一个例子。法国蒙皮利埃法院 1994 年 5 月 9 日也作出一则判决，在该案中，被告将一台游泳池清洁机放了其经营的游泳池旁，从而使顾客绊倒，法院认为，该机器不应放在那个地方，因为那里通常是"放松一下的游泳者"待的地方。法院因此认定被告是该机器的监管者。他认为，这，显然是一个仅借助过错责任即可导致同样结果的案件。（参见王军《侵权法上严格责任的原理和实践》，第 70 页。）

的判决中，作为摩托车同乘者的一青少年将头盔提在手下臂上，钩住了从旁边超车的另一辆摩托车，最高法院因而认定了同乘者的过错，但同时指出，"头盔的行为是不正常的，对事故的发生发挥了作用，因而是损害发生的工具"。即监管者的过失构成了头盔的积极作用。① 法国学者 Denis 对此论述道："物位于它所处的位置、环境上或使用过程中举止正常时就是发挥了消极作用；相反，不正常举动则体现了在导致损害发生上的积极作用。将物的不正常举动等同于监管者的不当行为事情就简单多了。物有不正常举动就表明监管者实施了监管行为。"②

4. 特别法中的危险责任

除《法国民法典》第 1384—1396 条的规定外，法国还制定了大量的特别法来规范危险责任，除前面提及的 1898 年的劳工保险法外，它们还涉及民用航空（Code de l'aviation civile et commerciale 1924）、核能设施（Loi sur la responsibilité civile dans le domaine de l'énegie nucléaire 1965，Loi no. 68—943 du 30 october 1968，它们补充了法国加入的关于核能责任的巴黎公约和布鲁塞尔公约）、水污染（Loi sur la responsibilité et obligation d'assurance des propriétaires des navires pour les dommages résultant de la pollution par les hudrocarbures 1977）、缆车（Loi du 8 août 1941）、机动车辆（Loi du 5 juillet 1985，Loi Bandinter）、人体试验和血液收集（它们分别经由 Act 88—1138 of 20 December 1988 和 Act 93—5 of 4 January 1993 两部法律引入到 Code de la santé publique 中）等。③ 产品责任则经由立法（Loi du 19 mai 1998）纳入到《法国民法典》第 1386 条中（art. 1386 subs. 1/18 CC）。④

5. 对法国危险责任的评价

从上面对法国危险责任的介绍可以看出，法国侵权责任法近 200 年来的演变发展，即是不断朝向"责任严格化"的方向发展。⑤ 虽然法国法在危险责任

---

① 冯·巴尔：《欧洲比较侵权行为法》（下卷），第 408 页及该页注 [41]。

② 转引自《冯·巴尔. 欧洲比较侵权行为法》（下卷），第 415 页。

③ See B. A. Koch and Helmut Koziol eds., *Unification of Tort Law*: *Strict Liability*, Kluwer Law International, 2002, pp. 133—134；Franz Werro and Vernon Valentine Palmer ed., *The Boundaries of Strict Liability in European Tort Law*, p. 30, footnote 96；Azarnia, pp. 481—482, Fn. 60.

④ See B. A. Koch and Helmut Koziol eds., Unification of Tort Law：Strict Liability, pp. 131, 133.

⑤ 陈忠五："新世纪法国侵权责任法的挑战——以交通事故损害赔偿责任的发展为例"，第 117—118 页；应特别注意该文的注 5。"责任严格化≠无过错责任，它仅在描述责任比较容易成立这一现象。即是责任已经严格化到采用'无过错责任'的地步，唯鉴于无过错责任依其责任原因事实形态及免责事由多寡，仍有不同程度之分，其责任严格化程度仍有不同。"

一般理论的发展上不如德国，但法国法院更愿意引入非基于过错的责任。① 法官通过对《法国民法典》法律条文的宽泛解释，不断扩大其使用范围以适应新的情势，并促使法典"自然演变"。而且，这一法官造法的合法性很少受到严格的质疑。② 有学者评价认为，在他们所考察的所有法系中，法国法系可能是法官对严格责任的发展贡献最多的法系。③ 不过，法国学者 Suzanne Galand-Carval 认为，对立法者的作用也不能低估，因为在当今的法国，很多严格责任领域都已经成文化。但他也承认，在严格责任的创设上，立法者并没有发挥和法院一样的决定作用。④

法国的物之监管人责任正是法国法官造法的产物，它实际上是披着成文法外衣的法官法。在法国法院的发展下，它呈现出一般危险责任条款的宽度。对此，法国学者 Suzanne Galand-Carval 认为："法国（适用第 1384 条第 1 款）的经验表明，一般形式的严格责任对受害人是非常有帮助的，因为自 20 世纪初期以来，大多是人身伤害案件都是以该条款为依据加以处理的。不过，我们关于物的行为的严格责任自身也确实存在着不足，但这种不足可以通过危险活动的一般责任很方便地得以弥补。"⑤

不过对物之监管人责任的过度扩展如果没有相配套的措施（如责任保险、社会保障制度）予以辅助，必然会造成责任的泛滥，影响社会经济的运行。法国法院在这一责任中引入过错的观念以及 Banditer 法的制定可以说是一种最好的说明。

（二）欧洲侵权法草案中的危险责任

作为欧洲民法典项目的重要组成部分，欧洲侵权法草案也正在起草过程中。目前有两个研究机构分别提出了自己的欧洲侵权法草案：一个是德国奥斯那布吕克（Osnabrück）大学的 von Bar 教授领导的欧洲民法典研究组，另一个是奥地利维也纳大学的 Koziol 教授等所组成的欧洲侵权法研究组（European Group on Tort Law），该小组依托于维也纳大学的保险法和侵权法研究中心。

---

① van Gerven, Tort Law, p. 551.

② Franz Werro and Vernon Valentine Palmer ed. , *The Boundaries of Strict Liability in European Tort Law*, p. 29.

③ Ibid, p. 30.

④ B. A. Koch and Helmut Koziol eds. , *Unification of Tort Law: Strict Liability*, p. 130.

⑤ Ibid, p. 142. 另参见王军《侵权法上严格责任的原理和实践》，第 302 页。

1. 欧洲民法典研究组的欧洲侵权法草案对危险责任的设计①

欧洲民法典研究组的欧洲侵权法草案采用了一般侵权行为条款，其第 1：101 条规定：

（1）遭受法律上相关损害者享有从故意或过失或以其他方式对损害的发生负有责任的人处回复的权利。

（2）特别规则可以规定损害仅在故意引起的情况下才是法律上相关的。

（3）非因故意或过失引起法律上相关损害者仅在第 3 章规定的情况下才对该法律上相关损害的发生负责。

其中第 3 款规定的就是无过错责任，但它限于第 3 章的规定。第 3 章第 2 节则进一步对无故意或过失情形下的归责（Accountability without Intention or Negligence）作出了规定，具体包括雇主责任和危险责任两种类型。

第 3：201 条规定的是对雇员和代理人引起的损害的归责（Accountability for Damage Caused by Employees and Representatives），即雇主责任。

第 3：202 条以下则规定了危险责任。

第 3：202 条规定的是对因不动产的不安全状况所引起的损害的责任：

独立对不动产进行支配并为自己使用者，考虑到下列因素，在该不动产没有确保位于该不动产内部或邻近的人有权合理期待的安全时，对该不动产的状况所肇致的人身损害及后继的损失、第 2：202 条中的损失以及源自财产损害之损失负有责任：

（a）该不动产的性质；

（b）对该不动产的接触；

（c）避开该状态下的不动产的成本。

第 3：203 条规定了对动物引起的损害的责任：

独立对动物进行支配并为自己使用者对该动物引起的人身损害及后继的损失、第 2：202 条中的损失以及源自财产损害的损失负有责任。

---

① 这里采用的是 2005 年 6 月的版本。

第3：204条规定了对缺陷产品引起的损害的责任：

（1）产品的制造者对该产品缺陷所引起的人身损害及后继的损失、第2：202条中的损失以及"与消费者相关的"财产损害（除了和该产品自身相关的）负有责任。

（2）向共同体输入产品以供销售、出租、租赁或在其营业中进行分配者要承担相应的责任。

（3）产品的供应者在下列情况下也要承担相应的责任：

（a）无法确认产品的制造者；

（b）在进口产品的情形下，该产品未指明进口者的身份（无论制造者的名称是否被指明），除非供应者在合理的时间内通知了受害人制造者或向该供应者提供产品的人的身份。

（4）证明下列情况者不再根据本条对损害的发生承担责任：

（a）他并未将产品投入流通；

（b）引起损害的缺陷在其将产品投入流通时可能并不存在；

（c）他并非为了销售或经济目的的分配而制造产品，而也非在营业过程中制造或销售该产品；

（d）缺陷可归因于产品对公共机构发布的强制性规章的遵从；

（e）他将产品投入流通时的科技水平和技术知识无法发现缺陷存在的；

（f）在零件制造者的情形，该缺陷可归因于：

（i）对该零件所组装入的产品的设计；

（ii）产品制造者所给予的指示。

（5）"制造者"是指：

（a）成型产品或部件的制造者；

（b）提取或获得原材料的人；

（c）通过将其名称、商标或其他显著特征附着于产品而将其表示成制造者的任何人。

（6）"产品"是指动产（即使它被并入另一个动产或不动产之中）或电。

（7）考虑到下列情况，在产品未能提供人们有权期待的安全性时就存在缺陷：

（a）产品的呈现；

（b）可合理期待该产品被投入的用途；

（c）产品被投入流通的时间。

但一项产品并不仅仅因为有更好的产品后来投入流通而成为有缺陷的。

第3：205 条规定了对机动车辆引起的损害的责任：

（1）独立对机动车进行支配并为自己使用者对因使用该机动车而发生的交通事故中产生的人身损害及后继的损失、第2：202 条中的损失以及源自财产损害（除了该机动车及其货物方面的）的损失负有责任。

（2）"机动车"是指任何旨在陆地上行驶并由机械动力推进的交通工具，但不包括在轨道上行进的交通工具及拖车，无论它们是否连接在一起。

第3：206 条规定了对危险物质或排放（Emission）引起的损害的责任：

（1）独立对物质或设施进行支配并为自己使用者，对该物质或该设施的排放引起的人身损害及后继的损失、第2：202 条中的损失、源自财产损害的损失或第2：209 条中的负担负有责任，只要

（a）考虑到该物质或排放的数量和属性，如果没有进行充分的控制，它们很可能会引起这种损害；

（b）该损害源自该危险的实现。

（2）"物质"包括化学物品（无论是固态的、液态的还是或气态的）。微生物被视为物质。

（3）"排放"包括：

（a）物质的释放或逃逸；

（b）电力的传输；

（c）热、光和其他辐射；

（d）噪声和其他振动；

（e）其他对环境的无形影响。

（4）"设施"包括移动设施、在建的或未投入运营的设施。

（5）但是，如果某人：

（a）并非为了营业中的使用而拥有该物质或设施；

（b）证明了对该物质的支配或设施的管理不存在缺陷的，

他就不再根据本条对损害的发生承担责任。

在 2004 年 6 月的版本中，与这一条相应的规定有两条，一条是第 3∶206 条规定的环境责任，一条是第 3∶208 条规定的对危险物品、活动和进程引起的损害的责任，第 3∶208 条在内容上较之 2005 年版本的第 3∶206 条要更为宽泛，它不仅包括了对危险物的责任，而且包括了对危险活动的责任，具有一般危险责任条款的宽度：

第 3∶208 条 对危险物品、活动和进程引起的损害的责任：

（1）危险物品或物质监管者、从事危险活动者以及开启危险进程者对源自该危险实现的法律上相关的损害的发生负有责任。

（2）（a）如果某物不具有该情形下可合理期待的安全性，就是危险的；

（b）如果已知某物质具有对人或物造成特别严重危险的性质，它就是危险的；

（c）如果根据现有知识，不易对某活动或对进程的开启所涉及的风险进行充分的控制的，它们就是危险的。

2005 年版本的第 3∶206 条则仅规定了危险物责任的一般条款，删去了危险活动责任的一般条款。

第 3∶207 条规定了其他对法律上相关损害的发生所承担的责任：

（1）在共同体法或国内法做出规定时，对法律上相关的损害也要负责。

（2）在下述情形，不适用第 1 款来扩展第 3∶103 条—3∶205 条规定的对法律上相关的损害的责任：

（a）应负责的人；

（b）引起损害的人；

（c）引起损害的物，和第 3∶205 条相关的除外；

（d）其他引起损害的情形，和第 3∶204 条（4）（e）相关的除外；

（e）某人负有责任的法律上相关的损害。

从上面对危险责任的规定看，它们都突出强调了"独立支配并为自己而使用"这一要件。第 3∶208 条则对"支配和使用"（Control and Use）作出了界定：

（1）在对不动产、机动车、物质或设施进行支配并为自己使用者抛弃该支配时，直到另一人独立进行支配并为自己使用为止，他仍被视为在继续进行支配并为自己而使用。在合理的范围内，该规则也相应地适用于动物。

（2）对不动产或设施进行支配者，仅在该支配使得赋予其一项防止第3：202条或第3：206条范围内的法律上相关的损害发生的义务为合理时才构成独立支配。

2004年6月的版本就动物责任（第3：204条）、环境责任（第3：206条）、机动车辆责任（第3：207条）、危险物和危险活动责任（第3：208条）则采用了"监管者"的表述，第3：210条相应地对"监管者"的概念作出了界定：

（1）如果某人为了自己目的而使用动物或物并对该动物或物的使用享有决定的权利，他就是监管者，无论他是否是所有权人。

（2）但是，小偷也是监管者（排斥了所有其他人）。

和2005年版本的第3：208条相比，2004年版本的"监管者"概念没有强调"支配"，而是强调了"决定使用"的权利，并且没有加入"合理性"的考量。

2.《欧洲侵权法原则》中的危险责任设计

和前一个专家草案类似，《欧洲侵权法原则》也采用了一般侵权行为条款，[①] 即：

第1：101条　基本规范：

（1）给他人造成的损害由法律上被归责者负赔偿该损害之责任。

（2）损害特别是可以被归责于以下人：

（a）其构成过错的行为引起损害者；

（b）或者从事异常危险活动的行为引起损害者；

（c）或者其附属者在其职责范围内引起损害者。

该条款第2款第2项所规定的即是严格责任（strict liability），在原则中它

---

① 这里参考了于敏教授的译文，载《环球法律评论》2006年第5期。

与基于过错的责任（liability based on fault）、对他人的责任（liability for oth-ers）一起共同作为基本的侵权责任类型，不再属于过错责任的例外。根据起草者的意见，原则中所使用的严格责任并不限于传统的无过错责任的核心领域，即针对涉及生物或无生命物的风险的责任，而是包括了一定的危险的人类活动在内；而且它也超出了现有的绝对责任的范畴，而扩及至一般的无过错责任，因为它提及对被告领域内的一定风险的实现所肇致的损害的赔偿；但严格责任并没有包括所有的无过错责任的情形，尽管某些学说将雇主责任（vicari-ous liability）也称为严格责任，但在原则里，第 6：102 条所规定的对辅助者的责任（liability for auxiliaries）被认为属于一个单独的类型。

该原则于第 5 章规定了严格责任的基本规则。首先第 5：101 条将"异常危险活动"（Abnormally dangerous activities）作为基本的严格责任类型进行了规定：

（1）如某一异常危险活动具有导致损害的特有风险并且实际导致了损害，那么实施这一活动者应对这种损害负严格责任。

（2）某一特定活动在下列情况即为异常危险活动：

（a）即使已经实施该活动所有管理上应尽的注意，仍然会引起可预见的和极高的风险；

（b）并非一些通常的做法。

（3）损害风险的高低视损害的严重性和发生的可能性而定。

（4）本条不得适用于本原则其他条款、国内法或国际条约明确规定了严格责任的活动。

本条实际上规定了欧洲各国最低限度地处于支配地位的严格责任的形态，并以之作为了最低的标准。[1][2] 它在设计上借鉴了美国侵权法第三次重述（对有体损害的责任［基本原则］，2004 年 9 月的版本）（第 519 条以下）和瑞士的责任法草案（第 50 条），但更接近于前者。[3] 特别是从本条的第 2 款中明显

---

[1] Koch, *Strict liability*, in European Group on Tort Law, *Principles of European Tort Law*, *Text and Commentary*, pp. 104, 109.

[2] 在早期的草案中，严格责任被设计成一个略为狭隘的一般条款，它虽没有像法国法中的监管人责任那样广泛，但也覆盖了英国法系已经接受的严格责任的领域。（See Bernhard A. Koch, *The Work of the European Group on Tort Law – The Case of "Strict Liability"* ［Working Paper No: 129 Barcelona, April 2003, www. indret. com］, p. 9.）

[3] Koch, *Strict liability*, in European Group on Tort Law, *Principles of European Tort Law*, *Text and Commentary*, p. 103.

可以看到美国侵权法重述中的异常危险活动之严格责任的影子。

在本条的设计中，所谓的"活动"（activity）不限于是人的危险行为，保有一定的物品也属于活动，但该物品应属于责任人所支配的领域。① 而异常危险活动的判断包括了两项标准，一项是可预见的和极高的风险，这里的危险性是由两项因素（损害的可能程度以及侵害的可能性）的相互作用来界定的弹性标准，② 同时本条也要求即使已经尽到该活动所有管理上应尽的注意仍无法避免该风险，这也使得被告在没有尽到合理的注意时仍可根据过错责任来承担责任；③ 另一项是通常的做法，这一标准直接来自美国侵权法重述。两项标准一起构成了异常危险的判断标准，单独一项不足以构成责任。④ 同时这一条将损害限定于是活动所呈现的特有风险所导致的。承担责任的人是实施活动的人，但不要求他在"亲自实施"的意义上直接而且积极地参与活动。⑤

第5：102条规定了"其他严格责任"：

（1）国内法可以对更多种类的危险活动规定严格责任，即使该活动并非异常危险。

（2）除非国内法另有规定，可将本规定以类推方式适用于其他同类损害风险，从而增加严格责任种类。

这一规定实际上授权各国针对具体情况制定自己的危险责任，并不限于是"异常危险活动"。同时它也允许法官采用类推的方式来发展危险责任，从而和瑞士责任法草案的第50条第2款达成了一致，⑥ 并突破了德国模式的藩篱。

而在该原则第4章第2节关于过错举证责任倒置的规定中我们也可以看到危险责任的身影，⑦ 即第4：202条规定的企业责任，它实际上是扩大的产品

---

① Koch, *Strict liability*, in European Group on Tort Law, *Principles of European Tort Law*, *Text and Commentary*, p. 106.

② Bernhard A. Koch, *The Work of the European Group on Tort Law – The Case of "Strict Liability"*, p. 7.

③ Koch, *Strict liability*, in European Group on Tort Law, *Principles of European Tort Law*, *Text and Commentary*, p. 105.

④ Ibid, pp. 107—108.

⑤ Ibid, p. 108.

⑥ Ibid, p. 111.

⑦ 原则的起草者之一 Koch 教授曾指出，他们使用的严格责任包括所有偏离传统过错责任的责任形态而有着更为广泛的含义，即包括了强化的过错责任和企业责任。（See Koch, *The Work of the European Group on Tort Law – The Case of "Strict Liability"*, p. 9.）

责任类型:

（1）为了经济或职业目的而从事一项持续性经营的人如果使用了辅助者或技术设备，就要对该企业或其产出的缺陷所造成的损害承担责任，除非他证明了他已经尽到了所有合理的注意来预防损害。

（2）"缺陷"是指任何对该企业或者其产品或服务所合理期待的标准的偏离。

原则第7：102条则规定了严格责任的抗辩事由：

（1）如损害是由以下不可预见和不可抗拒的原因引起的，则可减免严格责任：

（a）自然力（不可抗力）；

（b）第三者行为。

（2）严格责任是被减轻还是免除，以及可以减轻到何种程度，一方面取决于外部的影响的重要性，另一方面取决于责任的范围（第3：201条）。

（3）当依据本条（1）（b）项减轻责任时，严格责任与第三者的其他责任依据第9：101条（1）（b）项为连带责任。

第3：201条规定了责任的范围：

当某行为构成本章第1节规定的原因时，损害是否可以以及在何种程度上能够被归责于某人，取决于下列因素：

（a）合理人在行为时对该损害的预见能力，特别要考虑加害行为与其结果在时间或空间上的接近性，或者与这种行为导致的通常结果相比较，该损害的严重性；

（b）受保护利益的性质和价值（第2：102条）；

（c）责任基础（第1：101条）；

（d）生活中通常风险的程度；

（e）被违反的原则的保护目的。

该条所列举的五项因素构成了严格责任减免的衡量标准之一，最重要的仍是损害的严重性和风险的程度。

作为原则在严格责任设计上的理论根据就是 Wilburg 教授提出的动态系统论的观念。原则的起草者之一 Koch 教授表达了下述的认识："危险性不仅在传统的严格责任的核心领域起着重要作用，在过错责任中也是一样。这并不是在这种基本的责任类型之间不存在清楚的界限的唯一理由，而是在实质上确实存在一个连续体：情况越危险，就会产生更多的防止损害发生的注意义务，它们被用于评价所有相关人员的行为。进而言之，许多法域都承认特别危险的情况可能导致过错举证责任的倒置。如果危险的程度更高，作为责任要件的过错就逐渐为其他要素所代替，这界定了狭义上的严格责任领域（例如德国）。但即使在危险责任中，也需要考虑危险性的相应程度，这和抗辩是相关的：如果危险的程度并非特别高（如接近过错责任的灰色领域，例如对家养动物的责任），被告可以通过证明他尽到了所有适当注意的客观标准而免除责任；在该情形中，确立（或否认）责任的理由一方面是客观违法行为，另一方面就是情况的危险性，它代替了过错的主观因素。如果危险更高，被告必须证明他尽到了最大注意因而遵守了更高的客观标准。所涉危险越高，对行为人行为的评价在整体判定中就越减轻分量。在极为危险的情形，只有不可抗力仍保留作为抗辩事由，或者根本不存在抗辩事由。"而"诸如不可抗力这种抗辩事由并不必然排除全部责任，而是可能仅导致减少责任（因此导致对损失的均衡分配）。"特别是在企业的危险性和不可避免的外部影响一起导致损害的情形，应衡量各方当事人领域内风险来分配损失。仅在危险源导致极高的风险时，抗辩事由才无法适用，例如核能责任。[①] 因而，原则的起草者"试图应用动态系统论的方法，并使责任的结果和其基础理由的分量相适应"[②]。

整体上，和前述欧洲民法典研究组的欧洲侵权法草案相比，原则的不同在于：它没有列举具体的危险责任的类型，也不存在一般的危险物责任条款，在一般危险活动责任条款的设计上，原则体现出了更强的弹性和灵活性。

五、对我国大陆危险责任立法的考察和分析

（一）我国民法中无过错责任的基本条款

我国现有的侵权行为法的规范主要规定于《民法通则》中，其一大特色就是没有和合同责任分别规定，而是统合在了民事责任（第 6 章）这一标题之下。《民法通则》第 6 章第 2 节则就具体侵权行为类型进行了规定。

---

① Koch, *The Work of the European Group on Tort Law – The Case of "Strict Liability"*. p. 7—8.

② Ibid, p. 9.

有关侵权行为的一般规定体现为《民法通则》第 106 条，其中第 1 款是对包括合同责任和侵权责任在内的整个民事责任的规定，第 2 款则规定了过错侵权责任，第 3 款是对无过错责任的规定。① 但我国有学者认为第 3 款并未准确地体现出无过错责任原则的真实含义，因为无过错责任原则并不是指没有过错而承担责任的情形，而是指在确立责任时不考虑过错的情形，② 也因而有学者将无过错责任原则称为"不问过失责任原则"或"不问过错责任原则"。③

我国也有学者认为《民法通则》的第 106 条第 2 款和第 132 条一起规定的是公平责任原则，④ 并由此否定无过错责任原则作为一项独立的归责原则。⑤不过，多数学者还是将公平责任原则定位于第 132 条。⑥

在无过错责任的规定上，《民法通则》第 106 条第 3 款未明确其具体构成要件，而是委由法律针对个别情形作出具体规定。有学者即认为，"只有法律对该违法行为特别规定不以过错为发生责任要件时，才能适用无过错责任原则。凡法律无特别规定的民事违法行为，均只能适用过错责任原则。可见，无过错责任原则的适用范围是由法律特别限定的，不允许任意扩大其适用范围"⑦。

从现行法的规定看，我国的无过错责任包括了替代责任和危险责任两种类型。其中的替代责任表现为国家工作人员之人损害责任（《民法通则》第 121 条）、雇主责任（《关于人身损害赔偿案件适用法律若干问题的解释》第 8、9、13 条）和监护人责任（《民法通则》第 133 条）。《民法通则》第 131 条规定："受害人对于损害的发生也有过错的，可以减轻侵害人的民事责任。"但根据最高人民法院《关于审理人身损害赔偿案件适用法律若干问题的解释》

① 魏振瀛主编：《民法》，北京大学出版社和高等教育出版社 2000 年版，第 683 页；张新宝：《中国侵权行为法（第二版）》，中国社会科学出版社 1998 年版，第 55 页；杨立新：《侵权法论》（第二版），第 118 页、132—133 页；马俊驹、余延满：《民法原论》，法律出版社 1998 年版，第 1017 页；郑立、王作堂主编：《民法学（第二版）》，北京大学出版社 1995 年版，第 649 页。

② 杨立新：《侵权法论》（第二版），第 133 页；张新宝：《中国侵权行为法》（第二版），第 55—56 页。

③ 张俊浩主编：《民法学原理》（修订版），中国政法大学出版社 1997 年版，第 823 页；江平主编：《民法学》，中国政法大学出版社 2000 年版，第 748 页。

④ 参见王利明：《侵权行为归责原则研究》，中国政法大学出版社 1992 年版，第 107 页；王利明、杨立新：《侵权行为法》，法律出版社 1996 年版，第 43 页下。

⑤ 同上书，第 92—93 页；同上书，第 335 页。

⑥ 魏振瀛主编：《民法》，第 684 页下；马俊驹、余延满：《民法原论》，第 1017 页；郑立、王作堂主编：《民法学》（第二版），第 650 页；郭明瑞主编：《民法学》，高等教育出版社 2003 年版，第 644 页。

⑦ 梁慧星：《民法》，四川人民出版社 1988 年版，第 410 页。

第 2 条明确规定："适用民法通则第 106 条第 3 款规定确定赔偿义务人的赔偿责任时，受害人有重大过失的，可以减轻赔偿义务人的赔偿责任。"也即在无过错责任的情形，可以适用与有过失规则，但最高法院将之限定与受害人有重大过失的情形。

（二）我国民法中的危险责任类型

我国《民法通则》在危险责任的设计上，较之《德国民法典》做了较大的扩展，并通过特别法进行了补充。

1. 高度危险作业致人损害的责任（《民法通则》第 123 条）

《民法通则》第 123 条规定："从事高空、高压、易燃、易爆、剧毒、放射性、高速运输工具等对周围环境有高度危险的作业造成他人损害的，应当承担民事责任。如果能够证明损害是由受害人故意造成的，不承担民事责任。"该条规定的高度危险作业致人损害，是指作业人的危险作业对他人造成损害，不包括作业人内部工作人员（雇员）因实施高度危险作业而遭受的损害。于后一种情形，应按照工伤事故的规则处理。[①]

对《民法通则》第 123 条规定的高度危险作业责任的性质，通说认为属无过错责任。[②] 但也有学者持保留看法，认为将这一责任都纳入无过失责任的范畴并不妥当。一方面，致人损害的高度危险原因是多样的；另一方面，第123 条中所称的"高速运输工具"在运转中致人损害的情况各不相同；另外，我国有关特别法对铁路、飞机在运输中所造成事故损害，实际上采取了过错推定的做法（《铁路法》第 58 条）。不过，第 123 条的规定中确有属于无过失责任的情况，但应具备如下条件：①从事高度危险作业是合法的、正当的；②在从事高度危险活动中，行为人即使尽到高度注意也不能避免损害的发生；③不适用过错相抵的归责（第 131 条）；④因不可抗力引起损害，不能使行为人免责。[③] 也有学者将之作为严格责任，并认为，高度危险作业赔偿责任处于过错责任和无过错责任两极的中间。[④]

《民法通则》第 123 条仅列举了高空、高压、易燃、易爆、剧毒、放射

---

① 张新宝：《侵权责任法原理》，中国人民大学出版社 2005 年版，第 322、327—328 页；王利明、杨立新：《侵权行为法》，法律出版社 1996 年版，第 281 页。

② 张新宝：《侵权责任法原理》，第 325 页下。

③ 王利明：《侵权行为法研究》（上卷），第 332—334 页。

④ 王利明主编：《民法·侵权行为法》，中国人民大学出版社 1993 年版，第 449 页（由叶林撰写）。该学者并认为，严格责任具有弹性，免责事由起着调节高度危险作业人赔偿责任轻重的作用。这已经表现出了下一部分将要论述的动态系统论的观点。

性、高速运输工具其中危险作业，学者认为这仅是一种不完全性的列举，对于在现实生活中符合"对周围环境具有高度危险"性质的其他作业，法官得解释为此类作业。①

从第123条规定的字面上看，它仅规定了高度危险作业的责任，即高度危险活动的情形，但条文中也提及易燃、易爆、剧毒、放射性物品，事实上使用这些物品而具有高度危险性的活动和这些物品本身具有高度危险性是不可分开的。在前述谈及的民法典草案的规定中，就将高度危险的业务和设备进行了并列。正如前面 von Bar 教授所言，除了某些军事策划或雇主选择一个不称职的雇员的情形外，几乎不可能出现一个人的行为不涉及有体物而被认为是危险行为的情况。无论是作为对物的责任还是作为对危险行为的责任，采用哪一种处理方式，结果都是一样的。因此，用单一制度合并严格监管责任和危险行为的责任看起来是适当的。② 我国学者也认为，拥有或占有、管理某些危险物品如易燃、易爆、剧毒、放射性物品虽然只是一种静态的事实状况，不构成严格意义的"作业"，但这些危险物品致人损害的，所有者、占有者、管理者等也应当依据《民法通则》第123条的规定承担责任。这实际上是对"高度危险作业"做了适当的合理的扩张解释。③ 有学者进一步将危险活动致害的侵权责任分为了危险活动致害责任和危险物的致害责任。④ 因此，这一条款既包括了高度危险活动责任，也包括了高度危险物责任，具有一般危险责任条款的性

---

① 张新宝：《侵权责任法原理》，第322、327页。

② 冯·巴尔：《欧洲比较侵权行为法》（上卷），第172—175页。

③ 张新宝：《侵权责任法原理》，第322—323、344页。不过，张新宝教授同时认为，危险物而致人损害属于物造成的损害，为准侵权行为之一种，危险作业致害损害则属于"行为责任"的范畴，二者有所不同。但二者存在竞合的情况，如运输中的易燃物品造成他人损害，既可以归入物造成的损害，也可以归入危险作业致人损害。这种情况如果适用《民法通则》不会存在问题，因为归责原则和免责事由是相同的。但将来制定民法典时，建议对于这两类（高度危险作业和危险物品）进行分开规定，对这种竞合问题的解决予以明确。

④ 杨立新：《侵权法论》（第二版），人民法院出版社2004年版，第444—445页；王利明主编：《民法·侵权行为法》，中国人民大学出版社1993年版，第442页。在危险活动侵权这一标题下，杨立新教授进一步区分了14种类型，表现为15种侵权行为，其中包括一般危险活动侵权责任，遗失危险物致害，抛弃危险物致害，依法由国家所有的危险物致害，非法占有人管领下的危险物致害，公共场所施工致害，公众集会致人损害，民用核设施致害，民用航天器、航空器致害、铁路事故、高空、高压致害，高度危险物致害，运输中的高度危险物致害，占有高度危险物致害，这些分类实际上存在很多的重复，缺乏统一的标准，有无必要这么详尽的分类，值得怀疑。而且这些责任放在了无过错责任的侵权行为类型的大标题下，但在论述中，杨立新教授又称一些侵权行为类型为过错推定责任，前后存在矛盾之处。不过，从这些分类可以看出，这些侵权行为大多数都和危险物有关联，由此可以看出危险活动和危险物之间的区分并不是非常现实的。

质。① 但我国《民法通则》第 126 条规定了建筑物及其上的搁置物、悬挂物致人损害的责任，采过错推定原则；② 最高人民法院《关于审理人身损害赔偿案件适用法律若干问题的解释》第 16 条对这一责任类型又进行了补充，扩及至构筑物、堆放物品及树木、果实；《民法通则》第 127 条又规定了动物致人损害的无过错责任，这些都应当排除出第 123 条中的危险物的范围。对危险物范围的确定，《安全生产法》第 96 条第 1 款做出了界定："危险物品，是指易燃易爆物品、危险化学品、放射性物品等能够危及人身安全和财产安全的物品。"这实际上和《民法通则》第 123 条列举的内容相仿。对具体的危险物品的内容，可以参照 2005 年颁布实施的《危险货物品名表》（GB 12268—2005）、《危险货物分类和品名编号》（GB 6944—2005）的相关规定。③ 有学者认为，危险物品的保有者对危险物致人损害承担无过错责任，因而危险物品由法律和行政法规专门进行列举性规定，未列举的物品不属于危险物品。对普通物件致人损害一般应适用过错责任原则（过错推定）。④

就高度危险作业，无须要求它是为完成某项既定任务，也不要求它为生产经营活动，只需具有高度危险即可。⑤ 如何认定高度危险？有学者主张，高度危险作业的"高度危险性"表现在加害人从事的这种作业对周围环境可能造成损害具有不可避免性。高度危险或者说可能对周围环境造成损害是不可避免的，即使加害人尽到高度注意亦不能避免，才构成此类侵权责任所要求的"高度危险"。⑥ 有学者提出三项基本特征：①使周围环境的人身安全和财产安全受到威胁：判断这种危险性的有无，是在现有科学技术发展的水平下，有些物品在加以使用、经营的活动过程中表现出不受人的控制或不完全受人控制的有害性，其结果，这些物品也就对周围的人造成了危险；②该活动的危险性变为现实损害的几率很大。可以参考学者曾提出的标准，即如果某人的业务对其邻近的他人要求须比平常更要提高警惕时，那么这种业务就是高度危险；③该种作业只有在采取技术安全的特别方法时才能使用。采取技术安全的特别方法

---

① 采同样见解者如李凤章"危险责任及其立法模式研究"，载江平、杨振山主编《民商法律评论》（第一卷），中国方正出版社 2004 年版，第 299 页。

② 张新宝：《侵权责任法原理》，第 440 页。

③ 这两项标准是为了贯彻实施 2005 年国务院颁布的《危险化学品安全管理条例》，更好地与国际接轨，由国家质量监督检验检疫总局和中华人民共和国国家标准化管理委员会于 2005 年 7 月 27 日发布的（2005 年第 9 号［总第 83 号］公告批准），并于 2005 年 11 月 1 日开始实施。它们代替了之前施行的《危险货物品名表》（GB 12268—1990）和《危险货物分类和品名编号》（GB 6944—1986）。

④ 张新宝：《侵权责任法原理》，第 344 页。

⑤ 刘心稳主编：《中国民法学研究述评》，中国政法大学出版社 1996 年版，第 666 页。

⑥ 张新宝：《侵权责任法原理》，第 328 页。

应当根据具体的作业来确定。① 也有学者主张放弃现有的列举方式，借鉴美国侵权法第二次重述第 520 条的规定，采用多项要素来认定高度危险，这些应予考虑的因素包括：①损害一旦发生其后果的严重性；②损害是否容易发生；③通过免责而实现的社会利益与该活动导致的危险这两种因素的权衡；④损害是否是该活动特有的危险实现的结果。②

在因果关系的认定上，有学者主张，原则上应由受害人证明高度危险作业和损害后果之间的因果关系，但在一定的科技领域，可以适用表见证据和因果关系推定的规则。③ 也有学者主张，应当适用推定因果关系的方法。④

就高度危险作业责任的责任人，《民法通则》第 123 条并未明确指明，解释上应指高度危险作业人，它是指实际控制高度危险作业客体并利用该客体谋取利益的人，可以是高度危险作业的所有人，也可以是高度危险作业的经营者。⑤ 就该责任中可纳入的危险物责任，有学者主张应由危险物品的保有人承担责任，它可能是物的所有人或占有人、管理人，盗窃者也是保有人。⑥ 对合法移转高度危险作业物品或工具的情形，我国学者认为，实际控制并利用该物品或工具作业的人为作业人，如承包人、承租人。这体现了谁经营谁负责的原则。⑦ 在非法占有高度危险作业的客体致人损害时，有学者认为，一般由非法占有人承担责任，但合法占有人无论主观是否具有过错，也应承担责任，因为他作为作业者的地位未改变，还享有作业的权利。他的过错只是确定其份额的一个重要因素，而非他是否承担责任的依据。⑧ 有学者进一步主张，在这种情况下，非法占有人是危险物的直接占有人，对该危险物实行事实的管领关系，应当由他承担侵权责任，同时，在必要的条件下，所有人也应当承担责任。对此，采用以下办法规定侵权责任的承担：首先，被他人非法占有的危险物致人损害的，无论是人身损害还是财产损害，都由该非法占有人承担民事责任。这

---

① 杨立新：《侵权法论》（第二版），人民法院出版社 2004 年版，第 443 页。

② 王军：《侵权法上严格责任的原理与实践》，第 310 页。

③ 王利明、杨立新：《侵权行为法》，法律出版社 1996 年版，第 280 页；杨立新：《侵权法论》（第二版），人民法院出版社 2004 年版，第 444 页。

④ 王利明主编：《民法·侵权行为法》，中国人民大学出版社 1993 年版，第 446 页。

⑤ 同上书，第 450 页；王利明、杨立新：《侵权行为法》，法律出版社 1996 年版，第 281 页。

⑥ 张新宝：《侵权责任法原理》，第 343—345 页。这一观点实际上受到欧洲学者和欧洲各国侵权立法的影响。

⑦ 刘心稳主编：《中国民法学研究述评》，第 667 页；王利明、杨立新：《侵权行为法》，第 281 页。杨立新教授在高度危险物致害责任这一类型中，另主张适用举证责任倒置规则。参见杨立新：《侵权法论》（第二版），第 451 页。

⑧ 刘心稳主编：《中国民法学研究述评》，第 667 页。

是基本规则。其次，该危险物的所有人如果不能证明自己对他人非法取得占有已尽到高度注意义务的，即对危险物的管理存在过失的，应当与危险物的非法占有人承担连带的侵权赔偿责任。[①] 就遗失、抛弃危险物致害，仍应由所有人或原所有人承担责任。[②]

无过错责任并非绝对责任，它存在免责事由的适用。《民法通则》第123条就高度危险作业责任仅规定了一项免责事由，即受害人故意。而在各项特别法中，《海商法》第115条第2款、《国内航空运输旅客身体损害赔偿暂行规定》第5条、《批复》第4项也规定了旅客本人的故意行为可免除承运人的责任。《铁路法》第58条还将受害人自身原因（违章通过平交道口或者人行过道，或者在铁路线路上行走、坐卧造成的人身伤亡，属于受害人自身的原因造成的人身伤亡）造成人身伤亡作为免责事由。[③] 有学者将之理解为受害人故意的情形，并认为对行为后果的故意才是免责条件。[④]

对不可抗力和受害人重大过失的情形，能否免除或减轻高度危险作业人的责任？对于不可抗力，最高人民法院《关于审理触电人身损害赔偿案件若干问题的解释》第3条、《铁路法》第58条、《铁路交通事故应急救援和调查处理条例》第32条（原《铁路旅客运输损害赔偿规定》第4条）、《国内航空运输旅客身体损害赔偿暂行规定》第4条、《批复》第5项（直接列举了不可抗力的表现，包括武装冲突、敌对行动、暴乱或者由于特大自然灾害）等法律、法规明确将之列为免责事由。有学者认为，在高度危险作业致人损害领域，不宜一般地将不可抗力作为免责条件，对已有规定的应视为例外情形，即凡无特

---

① 杨立新：《侵权法论》（第二版），第443页；张新宝：《侵权责任法原理》，第345页；王利明主编：《民法·侵权行为法》，第443页。早先杨立新教授认为，此时仍应由非法占有人承担责任，因为他是高度危险作业的实际操作人，所有人只有在非法占有人无力赔偿时，才承担补充的赔偿责任，因为他也是占有人。王利明、杨立新：《侵权行为法》，第281页。

② 杨立新：《侵权法论》（第二版），第447页。

③ 《海商法》第115条第2款亦同。

④ 王利明、杨立新：《侵权行为法》，第282页。该学者后来又提出高度危险责任的免责事由应统一适用，即，在依法划定的高度危险活动区域或高度危险物存放区域内，高度危险活动人或高度危险物的所有人、占有人或者管理人通过设置明显标志和采取安全措施等方式尽到充分的警示、保护义务的，未经许可进入该区域的、高度危险活动人或高度危险物的所有人、占有人或者管理人对其在该区域内所遭受的损害不承担民事责任。这种免责事由的构成，一是必须是在高度危险活动区或者高度危险物的存放区；二是高度危险活动人或者高度危险物占有人、所有人、管理人已经尽到了相当注意，设置了明显标志和安全措施，尽到了充分的警示、保护义务；三是受害人未经许可进入该区域，造成损害，具备三种条件，应当免除责任。（参见杨立新：《侵权法论》（第二版），第446页）这实际上相当于"自甘冒险"，但就高空、高压作业致害责任、高度危险物致害责任，杨立新教授又认为不可抗力和受害人故意都构成免责事由。（参见前引书，第450页。）

别规定的，均不得以不可抗力作为免责抗辩。① 就受害人的过失，根据《道路交通事故法》第 76 条，在机动车与非机动车驾驶人、行人之间发生交通事故的情形，有证据证明非机动车驾驶人、行人违反道路交通安全法律、法规，机动车驾驶人已经采取必要处置措施的，可以减轻机动车一方的责任，也即采用了与有过失规则。《国内航空运输旅客身体损害赔偿暂行规定》第 5 条也规定，承运人如能证明旅客死亡或受伤是由旅客本人的过失或故意行为造成的，可以减轻或免除其赔偿责任。即在旅客有过失的情况下，可以减轻承运人的赔偿责任，也即适用了与有过失规则。② 有学者对此认为，在适用《民法通则》第 123 条的案件中，除非损害由受害人故意造成，否则，不应再同时适用第 131 条规定的共同过错原则，其理由包括：①国际发展趋势；②承认这一抗辩须考量被告的过错及其与损害之间的因果关系，其结果会是诉讼成本的增加和诉讼期的延长，对受害人的明显不利；③我国目前的人身伤害赔偿金普遍判得较低，我国立法者在制度设计上不应再就保护这些受害者设置进一步的障碍；④在我国，由于《工伤保险条例》和《道路交通安全法》的出台，利用保险机制分散风险在我国已不再是一种理论构想，而是已进入实施阶段。在我国，完全可以针对大多数种类的高度危险活动实施强制性的保险计划，从而使高度危险活动的受害人在获得经济补偿方面拥有财政上的保障。基于这样的前景，我国立法者可以让这些受害人获得补偿的条件变得更宽松些。不过，在总结中，该学者也有所保留，虽然从事高度危险活动的人不能以受害人有共同过错作为使自己免除或减轻责任的理由，但能够证明受害人的过错属于不可原谅的过错，并且是损害发生的唯一诱因，或者，受害人是自愿追求他所遭受的损害的除外。③ 有学者则认为，对此应从三个方面把握：①受害人的过失或重大过失原则上不得作为高度危险作业致人损害的免责条件，但单行法规中有特别规定者除外；②受害人的一般过失在特别情形可作为高度危险作业致人财产损害的免责条件，但不得作为人身伤亡的免责条件；③在特别法规中规定受害人的过失或重大过失作为免除高度危险作业致人损害责任的条件，应当严加限制。但《民法通则》第 131 条规定的与有过失规则可以适用于高度危险作业责任，

---

① 张新宝：《侵权责任法原理》，第 229 页。从历史解释和反对解释的角度也应如此认为，既然《民法通则》第 123 条作出了和民法草案不同的规定，没有将不可抗力作为免责事由，即应认定不可抗力不可作为高度危险作业责任的免责事由。

② 《海商法》第 115 条第 1 款也同样规定，经承运人证明，旅客的人身伤亡或者行李的灭失、损坏，是由于旅客本人的过失或者旅客和承运人的共同过失造成的，可以免除或者相应减轻承运人的赔偿责任。

③ 王军：《侵权法上严格责任的原理与实践》，第 313、323 页。

不过应受到限制：①不适用于受害人为残疾人、70 岁以上的老年人和 10 岁以下的儿童；②不适用于对积极损害的赔偿；③依优势者危险负担原则决定与有过失的基本比例。① 还有学者将与有过失的责任区分为三种类型进行了分析：①对于造成损害的危险，危险活动人或危险物的所有人、占有人或管理人不知且不应知，而受害人明知却未督促其注意的，这也是受害人的过失，应当减轻加害人的民事责任；②受害人的行为对损害的发生具有原因力，也发生过失相抵的后果，因此，对于危险活动或危险物造成的损害，受害人与有原因的，无论其有无过错，应当减轻加害人的赔偿责任；③受害人在损害发生后，怠于避免或减少损害的，就是对损害的扩大具有过失，因此也应当承担责任，实行过失相抵，不得就扩大的损失要求赔偿。② 此外，《铁路法》第 58 条、《民用航空法》第 124 条、《国内航空运输旅客身体损害赔偿暂行规定》第 4 条还将完全由旅客本人的健康状况造成人身伤亡作为免责事由。③ 第三人过错则不能成为高度危险作业人的免责事由，只是作业人可以向之行使追偿权。④

就赔偿问题，在高度危险作业责任下，精神损害赔偿也可以得到赔偿。⑤《海商法》（第 117 条）、最高人民法院《关于审理涉外海上人身伤亡案件损害赔偿的具体规定》（试行）（第 7 条）、《铁路交通事故应急救援和调查处理条例》（第 33 条）⑥ 以及原《铁路旅客运输损害赔偿规定》（第 5 条）、《民用航空法》（第 129 条）、《批复》第 3 项等还规定了最高赔偿责任限额。但这些限额和国际公约以及外国立法例中规定的限额相比，差距非常明显，难以对受害人进行合理补偿。⑦《批复》第 6 项还单独规定了核损害责任的诉讼时效。⑧

除《道路安全法》第 76 条外，《铁路旅客意外伤害强制保险条例》和《民用航空法》（第 105 条规定公共航空运输企业应当投保地面第三人责任险、

---

① 张新宝：《侵权责任法原理》，第 330—331 页。

② 杨立新：《侵权法论》（第二版），第 445 页。

③ 《海商法》第 115 条第 2 款亦同。

④ 刘心稳主编：《中国民法学研究述评》，第 668 页；杨立新：《侵权法论》（第二版），第 445 页。

⑤ 王利明、杨立新：《侵权行为法》，第 280 页。

⑥ 该条将铁路运输企业对每名铁路旅客人身伤亡的赔偿责任限额提高到了人民币 15 万元，对每名铁路旅客自带行李损失的赔偿责任限额也提高到了人民币 2000 元，并允许铁路运输企业与铁路旅客书面约定高于前述规定的赔偿责任限额。

⑦ 参见张新宝《侵权责任法原理》，第 338—340 页。该部分对我国现有的铁路和航空事故中的损害赔偿问题进行分析。另参见王军《侵权法上严格责任的原理和实践》，第 317 页。

⑧ "核事故的受害人，有权在受害人已知或者应知核事故所造成的核损害之日起的三年内，要求有关营运人予以赔偿；但是，这种要求必须在核事故发生之日起的十年内提出，逾期赔偿要求权即告丧失。"

第 166 条规定民用航空器的经营人应当投保地面第三人责任险或者取得相应的责任担保）也设立了强制保险制度。1993 年前，我国还存在飞机旅客意外伤害强制保险（《飞机旅客意外伤害强制保险条例》，1993 年颁布的《国内航空运输旅客身体损害赔偿暂行规定》将之废止，改为自愿保险）。就核损害，尚无法规建立保险机制。不过，1999 年 5 月 11 日，为了增强该责任保险的实力，经中国保险监督管理委员会批准，成立了中国核保险共同体（Chinese Nuclear Insurance Pool，CNIP）。①

2. 道路交通事故责任

就道路交通事故责任，根据《道路交通事故法》第 76 条，在机动车与非机动车驾驶人、行人之间发生交通事故的情形，适用无过错责任原则，但有证据证明非机动车驾驶人、行人违反道路交通安全法律、法规，机动车驾驶人已经采取必要处置措施的，减轻机动车一方的责任，也即采用了衡平的无过错责任原则的形式。若交通事故的损失是由非机动车驾驶人、行人故意造成的，机动车一方不承担责任。这里所说的"机动车"，是指以动力装置驱动或者牵引，上道路行驶的供人员乘用或者用于运送物品以及进行工程专项作业的轮式车辆（第 119 条第 3 项）。所谓的"道路"，是指公路、城市道路和虽在单位管辖范围但允许社会机动车通行的地方，包括广场、公共停车场等用于公众通行的场所（第 119 条第 3 项）。

同时，该法还配套规定了机动车第三者责任强制保险制度和道路交通事故社会救助基金，具体办法由国务院规定（第 17 条）。根据该法，2006 年国务院发布了《机动车第三者责任强制保险条例》。

3. 动物致人损害责任（《民法通则》第 127 条）

对动物致人损害责任的归责原则，国内学者通常认为采用的是无过错责任原则。②

该责任中的动物被限定于饲养的动物，包括一切为人所饲养的家畜、家禽、野兽等动物。③ 有学者对此提出了四项标准：①它为特定的人所有或占有，质言之，它为特定的人所饲养或管理；②饲养或管理者对动物具有适当程度的控制力；③该动物依其自身的特性，有可能对他人的人身或财产造成损害；④该动物为家畜、家禽、宠物或驯养的野兽、爬行类动物。因此，处于野

---

① 蔡先凤："中国核损害责任制度的建构"，载《中国软科学》2006 年第 9 期，第 41 页。

② 王利明、杨立新：《侵权行为法》，第 299 页；张新宝：《中国侵权行为法》（第二版），第 533 页；刘士国：《现代侵权损害赔偿研究》，第 286 页；马俊驹、余延满：《民法原论》，第 1149 页；江平主编：《民法学》，第 766 页。

③ 王利明、杨立新：《侵权行为法》，第 299 页；杨立新：《侵权法论》（第二版），第 458 页。

生状态的虎、豹、狮子、毒蛇等不属于饲养的动物；自然保护区的野兽，虽可能为人们在一定程度上所饲养或管理，但人们对它的控制力较低，而不能认为是"饲养的动物"，但是某些封闭管理而收费的场所里的动物属于"饲养动物"，因为人们对它有较强的控制力；动物园里驯养的猛兽，同时符合上述四个条件，而属于"饲养的动物"；人们家养的牛、马、狗、猫或驯养的野生动物（如猛兽、毒蛇、鳄鱼），同时符合上述四个条件，应认定为"饲养的动物"。那些本身不对他人人身或财产造成可能的危险的动物，如家养的金鱼，则不构成《民法通则》第127条法律意义上的"饲养的动物"。微生物不属于动物，病菌和病毒传播致人损害的，不属于饲养动物致人损害，而属于危险物品致人损害（适用《民法通则》第123条规定的"剧毒"物品致人损害）。①从这一界定看，它基本上和美国侵权法第二次重述中关于动物侵入之外的动物侵害责任的规定达成一致，它既包括了饲养的家畜，也包括了饲养的野生动物，但就饲养的家畜，《民法通则》第127条没有要求责任人知到该动物具有攻击的倾向。

根据《民法通则》第127条，该责任的承担者是动物饲养人或者管理人。对此，有学者认为，这里的动物饲养人是指动物的所有人，而管理人是指实际控制和管束动物的人。②但在饲养人和管理人有雇佣关系的情况下，应由饲养人而不是管理人来承担责任。在动物被非法占有致人损害时责任人的确定问题，有学者认为，此时非法占有人是有过错的第三人，是赔偿义务主体。③有学者则认为，解决这一问题涉及两个方面，一是对占有人的解释，二是对《民法通则》第127条"第三人过错"的理解。按照所有者责任的理论，非法占有人不直接承担赔偿责任，但是可以按照《民法通则》第127条规定的"第三人的过错"处理。在具体的诉讼中，非法占有人应以"第三人"作为诉讼主体参与诉讼。按照保有者责任理论，非法占有人可以被解释为"保有者"，应当直接承担责任。④

对饲养动物脱逃或回复野生状态后致人损害的情形，有学者区别动物类型而异其赔偿义务主体。在驯养的野兽、猛禽以及某些危险性较大的爬行类动物回复野生状态的情况下，对初回野生状态的动物侵害他人的财产或人身的情况，动物的原饲养人或管理人应承担赔偿责任。如果回复野生状态的动物适应

①　张新宝：《侵权责任法原理》，中国人民大学出版社2005年版，第412页。
②　房绍坤："试论动物致人损害的民事责任"，载《中外法学》1992年第6期。
③　王利明、杨立新：《侵权行为法》，第301页。
④　张新宝：《侵权责任法原理》，第417页。

了新的生活，与其群体一样生存栖息，动物的原饲养人或管理人则不再对其所造成的侵害负赔偿责任。[①] 有学者则认为，在驯养的野生动物彻底脱离驯养人，回归自然的，就重新成为了野生的，应按野生动物致人损害的规则处理，对国家保护的动物，由国家承担赔偿责任。[②] 对抛弃、遗失、逃逸的动物致人损害，由原所有人承担责任，除非它们已经为他人占有，或者遗失或逃逸的时间过久。[③]

　　根据《民法通则》第 127 条，责任人享有的免责事由包括受害人的过错、第三人的过错。对这里的第三人过错，有学者认为不属免责事由，而是涉及追偿权的问题。[④] 从 20 世纪 70、80 年代起草的民法草案来看，一草第 464 条和二草第 360 条仅规定了受害人的故意一项免责事由，三草第 484 条增加一款，规定："前款所指损害，如果是第三人的过错造成的，由第三人承担民事责任。"四草与此相同。从后两者的规定看，应理解是将第三人的过错作为了免责事由。我国部分学者也持此见解。[⑤] 就受害人的过错，如果承认受害人任何情况下的过错都可以免责，则不利于保护受害人的利益，而且也使得第 131 条关于与有过失的规定无法适用。有学者主张，仅于受害人因故意或重大过失致使动物伤害自身时，并且受害人的过错为引起损害的全部原因时，才免除动物所有人或管理人的赔偿责任。若非全部原因，仅可减轻责任。[⑥] 也有学者没有区分故意和过失，仅主张，只有在受害人的过错为引起损害的全部或主要原因时，动物的饲养人或管理人才能免责。如果受害人的过错只是引起损害的部分原因或次要原因，则不能免除动物饲养人或管理人的赔偿责任，而应适用过失相抵（contributory negligence）规则。[⑦] 对第 107 条规定的不可抗力能否适用于动物侵权责任，学者意见不一。多数学者否认不可抗力可以作为动物致人损害责任的免责事由，但有学者主张在动物系维持动物饲养人、管理人营业或生计所必需的特定情况下可以以不可抗力作为免责事由。对于如为了营业或生计而饲养或管理某种动物（尤其是猛兽、毒蛇、猛禽以及有可能造成损害的宠

[①] 张新宝：《侵权责任法原理》，第 417 页。

[②] 杨立新：《侵权法论》（第二版），第 461 页。

[③] 张新宝：《侵权责任法原理》，第 417—418 页；杨立新：《侵权法论》（第二版），第 460—461 页。

[④] 郑立、王作堂主编：《民法学》（第二版），第 693 页；魏振瀛主编：《民法》，第 717 页。

[⑤] 张新宝：《侵权责任法原理》，第 419 页；王利明、杨立新：《侵权行为法》，第 301 页。

[⑥] 王利明、杨立新：《侵权行为法》，第 301 页。杨立新教授现主张仅受害人的故意才构成免责事由。参见杨立新《侵权法论》（第二版），第 459 页。）

[⑦] 张新宝：《侵权责任法原理》，第 419 页。

物），纵然是由于不可抗力导致动物致人损害，也不得以不可抗力作为免责事由。[①] 这实际上在一定程度上又区分了家畜和野兽、宠物而异其抗辩事由。

4. 产品责任

我国的产品责任立法分散体现在《民法通则》、《消费者权益保护法》和《产品质量法》中。

（1）《民法通则》第 122 条——产品制造者和销售者承担无过错责任

对《民法通则》第 122 条第 1 句规定的产品制造者和销售者所承担的产品责任的归责原则，我国学者之间也曾发生争议，有学者认为采用的是过错责任原则，[②] 有学者认为采用的是过错推定责任，[③] 但大多数学者认为本条采用了无过错责任原则，特别是梁慧星教授于 1990 年发表长文"论产品制造者、销售者的严格责任"，[④] 从历史解释、体系解释、比较法考察和法律政策分析等角度入手，对我国《民法通则》第 122 条的规定进行了深入分析，认定该条所规定的产品制造者、销售者的责任适用严格责任，即无过错责任原则。

《民法通则》第 122 条第 1 句未区分产品的制造者和销售者，对二者规定了同样的责任。但二者之间是何种关系，《民法通则》的规定并不清楚，最高人民法院《关于贯彻执行〈民法通则〉若干问题的意见（试行）》第 153 条第 1 款则补充规定："消费者、用户因为使用质量不合格的产品造成本人或者第三人人身伤害、财产损失的，受害人可以向产品制造者或者销售者要求赔偿。"即二者是择一的关系。我国有学者认为，在解释上应本着有利于受害人的原则，或任选其一，或二者并列。[⑤] 在二者并列的情况下，是否可认为二者承担连带责任，从保护受害人的角度，应做肯定的回答。[⑥] 对产品制造者和销售者内部的关系，《民法通则》及其司法解释都没有作出明确的回答。

同时，根据该条第 2 句及民通意见第 153 条第 2 款，运输者和仓储者对因产品质量造成的损害也可能会承担责任，但他们仅对制造者或者销售者承担最

①　张新宝：《侵权责任法原理》，第 419 页。

②　佟柔主编：《中华人民共和国民法通则简论》，中国政法大学出版社 1987 年版，第 264 页。

③　刘文琦：《产品责任制度的比较研究》，法律出版社 1997 年版，第 129 页；王利明、杨立新：《侵权行为法》，第 267 页；王利明主编：《民法·侵权行为法》，第 433 页。

④　梁慧星："论产品制造者、销售者的严格责任"，载《民法学说与判例研究》，法律出版社 2003 年版。

⑤　王家福主编：《中国民法学·民法债权》，法律出版社 1991 年版，第 566 页；王利明、杨立新：《侵权行为法》，第 271 页。

⑥　马俊驹、余延满：《民法原论》，第 1130 页；王利明主编：《民法·侵权行为法》，第 425 页。

终的责任，并不直接对消费者承担责任。我国学者认为他们承担的是过错责任。①

对此，我国有学者将四种责任承担者区分为直接责任主体和间接责任主体，产品的制造者和销售者是直接责任主体，而产品的运输者和仓储者是间接责任主体，而且他们承担的责任属于合同法（运输合同、仓储合同）的调整范围。② 不过，该学者在论述产品责任的归责原则时，又认为产品的运输者和仓储者的责任适用过错责任原则，似又认为这种责任应为侵权责任的范畴。③

（2）《产品质量法》的规定——"缺陷"概念的引入

《产品质量法》第 43 条第 1 句规定了产品生产者（应解为同于《民法通则》第 122 条中使用的"制造者"的概念）和销售者对受害人所承担的外部责任："因产品存在缺陷造成人身、他人财产损害的，受害人可以向产品的生产者要求赔偿，也可以向产品的销售者要求赔偿。"这里更加明确了产品生产者和销售者的关系，我国有学者认为还可向二者同时请求赔偿，④ 那么也应当认为他们之间承担的是连带责任。同时，《产品质量法》以"缺陷"代替了《民法通则》第 122 条中的"产品质量不合格"这一表述。对这里所说的缺陷的类型，我国有学者认为，一般可分为设计、制造、指示、开发/发展上的缺陷四种，⑤ 也有学者将之总结为设计、制造、经营/营销上的缺陷三种，⑥ 还有学者认为应包括产品的设计缺陷、制造和装配上的缺陷、原材料缺陷及指示与警告上的缺陷四种。⑦ 而从德国商品制造者责任的发展来看，这些缺陷实际上对应着不同的产品安全义务，它们都体现了交易安全义务的思想，并采用了过错推定责任的形式。在采危险责任的德国《产品责任法》中，不再区分这四种缺陷类型，而以"消费者的合理安全期待"作为判断标准，确立统一的瑕疵概念。⑧ 美国侵权法第三次重述中的产品责任部分虽然仍保留了缺陷的类型，但在判断标准上作了较大的更新。就我国的生产者的产品责任，通说认为

① 张新宝：《中国侵权行为法》（第二版），第 504 页；马俊驹、余延满：《民法原论》，第 1130 页。

② 张新宝：《中国侵权行为法》（第二版），第 484—485 页。

③ 同上书，第 504 页。

④ 同上书，第 485 页。

⑤ 马俊驹、余延满：《民法原论》，第 1128 页；江平主编：《民法学》，第 774—775 页。

⑥ 王利明、杨立新：《侵权行为法》，第 269 页；张新宝：《中国侵权行为法》（第二版），第 493 页。

⑦ 刘士国：《现代侵权损害赔偿研究》，第 235 页。

⑧ 郭丽珍：产品瑕疵与制造人行为之研究——客观典型之产品瑕疵概念与产品安全注意义务，神州图书出版公司 2001 年版，第 129 页下。

采严格责任，因而是否仍应区分这四种缺陷类型，如果保留这些缺陷类型，采用何种判断标准，都值得进一步思考。

该条第 2 句和第 3 句则明确了产品生产者和销售者的内部追偿关系："属于产品的生产者的责任，产品的销售者赔偿的，产品的销售者有权向产品的生产者追偿。属于产品的销售者的责任，产品的生产者赔偿的，产品的生产者有权向产品的销售者追偿。"

其中的第 2 句应和《产品责任法》的第 41 条结合起来理解的产品责任，即因"产品存在缺陷造成人身、缺陷产品以外的其他财产损害的，生产者应承担赔偿责任"。第 3 句则应和第 42 条结合起来理解，也就是产品销售者的产品责任适用过错责任原则：如果由于销售者的过错使产品存在缺陷，造成人身、他人财产损害的，销售者应当承担赔偿责任；结合第 41 条，应当认为，在销售者无过错时而生产者可以指明时，应由生产者承担最终责任，其责任应为无过错责任。而在销售者不能指明缺陷产品的生产者也不能指明缺陷产品的供货者的情形，销售者应当承担最终的赔偿责任，也就是对受害人承担无过错责任。① 这里所说的供货者即中间供货人，我国有学者认为他们和产品的运输者和仓储者一样应承担过错责任。②

虽然《产品质量法》在生产者的产品责任上采用的是无过错责任原则，但该法第 26 条、第 27 条和第 28 条赋予产品生产者的义务仍体现出了交易安全义务（产品安全注意义务）的要求，如第 26 条第（1）项要求：产品质量应当不存在危及人身、财产安全的不合理的危险，有保障人体健康和人身、财产安全的国家标准、行业标准的，应当符合该标准；第 27 条和第 28 条则表现出指示义务的内容。

不过刘士国教授虽然认许二元责任说，但他通过分析《产品质量法》原第 14 条（2000 年修订后为第 26 条）还认为，针对该条第 2 款第（一）项中所说的"不存在危及人身、财产安全的不合理的危险"所承担的责任是无过错责任，针对该项后半段的违反"保障人体健康和人身、财产安全的国家标准、行业标准"所承担的责任是一般过错责任，而针对第（二）项规定的产品不符合"产品应当具备的使用性能"属默示担保责任，也是特殊的过错责任，针对第（三）项的就产品不"符合在产品或者其包装上注明采用的产品标准"或不"符合以产品说明、实物样品等方式表明的质量状况"所承担的责任为"明示担保责任"，也属特殊的过错责任。整体上，上述责任以无过错

---

① 张新宝：《中国侵权行为法》（第二版），第 504 页。
② 同上。

责任为基本责任，过错责任为例外。① 其实《产品质量法》原第 14 条（现第 26 条）并非是产品责任的请求权基础，它只是一项从行政管理的角度作出的规定，违反这些规定的主要承担第 49 条下规定的行政责任，而且第（一）项后半句对遵守质量标准的要求是对前半句"不存在危及人身、财产安全的不合理的危险"的补充，不能割裂开来理解，如果要和产品责任关联，仅这里的第（一）项是和作为产品责任请求权基础的现第 41 条相关，而且该条并未以违反质量标准为前提，德国法上也仅认为这一标准仅具有参考价值，并不能最终决定产品责任的承担。而第（二）、（三）项的规定和产品责任无关，在和民事责任的关联上更多的是体现为合同义务的要求，违反这些义务的要承担合同责任。

根据《产品质量法》第 42 条第 2 款，生产者的免责事由包括：（1）未将产品投入流通的；（2）产品投入流通时，引起损害的缺陷尚不存在的；（3）将产品投入流通时的科学技术水平尚不能发现缺陷的存在的。

（3）《消费者权益保护法》的规定

我国《消费者权益保护法》第 35 条第 2 款规定了产品生产者和销售者对消费者承担的产品责任："消费者或者其他受害人因商品缺陷造成人身、财产损害的，可以向销售者要求赔偿，也可以向生产者要求赔偿。属于生产者责任的，销售者赔偿后，有权向生产者追偿。属于销售者责任的，生产者赔偿后，有权向销售者追偿。"这一规定和《产品责任法》第 43 条是一致的。

整体上我国产品责任在归责原则上实行的是二元制的体制，② 对此可作出如下图示：

5. 环境污染责任

就我国的环境污染责任立法，也散见于《民法通则》、《环境污染防治法》、《水污染防治法》等多部法律中。

（1）《民法通则》第 124 条

对《民法通则》第 124 条规定环境污染责任，我国学者都认为采用的是无过错责任原则。③ 不过该条要求行为人的行为违反国家保护环境防止污染的规定，即提出了违法性的要求。

---

① 刘士国：《现代侵权损害赔偿研究》，第 230 页。

② 刘士国：《现代侵权损害赔偿研究》，第 230—231 页。

③ 郑立、王作堂主编《民法学》（第二版），第 699 页；马俊驹、余延满：《民法原论》，第 1137 页；江平主编：《民法学》，第 763 页；张新宝：《中国侵权行为法》（第二版），第 536 页；王利明、杨立新：《侵权行为法》，第 283—284 页。

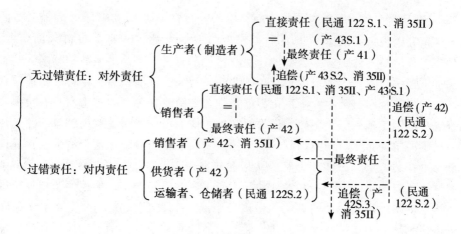

图 2.1　我国产品责任的体系构造

（2）《环境保护法》、《水污染防治法》和《海洋环境保护法》等的规定

除了《民法通则》第 124 条之外，我国还制定了大量的专门环境保护法律、法规。它们都采用了无过错责任原则。同时这些法律法规也没有像《民法通则》第 124 条那样提出违法性的要求。如我国的《环境保护法》第 41 条规定："造成环境污染危害的，有责任排除危害并对直接受到损害的单位和个人赔偿损失。"这种规定在《水污染防治法》中有同样体现，该法第 55 条规定："造成水污染危害的单位，有责任排除危害，并对直接受到损失的单位和个人赔偿损失。"《海洋环境保护法》也于其第 42 条规定："因海洋环境污染受到损害的单位和个人，有权要求造成污染损害的一方赔偿损失。"不过和前两者不同，《海洋环境保护法》中未出现"直接"字样。应当认为，从环境污染责任的理念出发，只要有环境污染损害，无须行为人违反相关法律、法规，都应成立侵权责任。[①] 这些规定里使用的都是"损失"字样，并未排除对纯经济上损失的赔偿。

此外，对放射性物质污染，还存在专门的《放射性污染防治法》（2003 年6 月 28 日，第 59 条）。

（三）对我国危险责任立法的简评

我国民法在危险责任的设计上形式上采用了列举原则。从现有规定上看，我国的危险责任立法缺乏一种统一的责任基础（基于危险实现的理念）贯彻

---

① 张新宝：《中国侵权行为法》（第二版），第 531—532 页；刘士国：《现代侵权损害赔偿研究》，第 208—209 页。

其中，而且立法存在着粗疏的倾向，因而在责任人、构成要件（特别是危险的认定和因果关系认定）以及免责事由的设计上缺乏一种一以贯之的条理。如高度危险如何认定？是否要求违法性要件的存在？因果关系如何判断，是否采推定形式？责任人的范围是否包括非法占有人，此时所有人是否承担连带责任？责任能否转移承担？不可抗力能否作为危险责任的免责事由？与有过失能否统一适用于各种危险责任？诉讼时效是否应有区分？就这些问题目前并无统一确定的结论存在。而我国判例制度的缺失，也使得我们无法看清法院在处理危险责任类型上的态度和思路。从相关研究来看，就《民法通则》第 123 条的适用，我国司法实践的基本现状是：我国法院受长期以来形成的法院仅执行法律不创制法律的观念的影响，将该条中的"高度危险作业"普遍狭义地和机械地解释成了该条所列举的几种活动，而没有从这几种活动类推到其他的性质相同的活动，从而导致了严格责任在我国的适用范围过于狭窄。①

就我国危险责任的赔偿范围，除了产品责任外，没有直接限制对纯粹财产利益的保护。在精神损害赔偿上，也没有区分过错责任和无过错责任，而是统一进行了规制（最高人民法院《关于确定民事侵权精神损害赔偿责任若干问题的解释》）。我国的危险责任立法仅有部分法律、法规规定了责任的最高限额。虽然有这些有利条件，但在我国，人身损害的赔偿额仍无法令人满意。除了机动车交通事故责任、铁路事故外，我国的其他危险责任立法还没有规定第三者责任强制保险，也没有规定救助基金。这在一定程度上会影响到对受害人的救助，也会影响到法院对危险责任的适用。

可以说，虽然我国《民法通则》在类型上较之《德国民法典》已经作了大大地扩展，有些规定甚至曾走在了德国法的前面（如精神损害赔偿的规定），但我国关于危险责任的特别法和德国危险责任的特别立法相比还有着较大的差距，如核子事故责任、矿业责任、基因工程责任等在我国尚失之阙如；即使有特别法规定的危险责任，在构成要件、适用范围、责任的确定和赔偿范围问题上也存在着种种不确定之处，与德国法的精准存在着明显的差距。

不过，《民法通则》第 123 条规定的高度危险作业责任虽然在适用上受到限制，但它具有一般条款的宽度。对一般危险活动责任，它可以提供一种法律上的适用依据；对于危险物责任，我国现行立法仅规定了建筑物致人损害的责任（第 126 条），并且采用了过错推定的责任形式，而对建筑物之外的其他危险物致人损害的责任，根据学者的主张，可纳入高度危险作业责任的范畴中，也即高度危险作业责任即包括了一般危险活动责任，也包括了危险物责任，这

---

① 王军：《侵权法上严格责任的原理与实践》，法律出版社 2006 年版，第 298 页。

在一定程度上可以避免意大利、葡萄牙的双轨制体系带来的弊病。不过，对于不动产和动产异其归责原则是否妥当，不无讨论余地。虽然存在这种向危险责任一般条款发展的可能，但和法国法相比，我国的法院缺乏那种突破的勇气。从比较法例上看，侵权法在一定意义上是一种判例法，它的发展和成熟是靠法官的经验和勇气来实现的，这也需要侵权法理论在背后的支持。从欧洲侵权立法的趋势看，倾向于设计一种动态的体系，以多个因素来确定危险的程度，并由此来衡量危险责任的成立及其抗辩事由，借鉴国外的先进的立法例和成熟的经验，设计一种动态的危险责任体系，是我国危险责任立法的发展目标。

六、危险责任立法的比较分析

通过对德国法、法国法和英美法的考察，可以发现：危险责任在 20 世纪的广泛出现有着必然的背景。这些背景包括：（1）不法行为的责任的理论模式已经达到了极限。违法性（wrongfulness）变得高度的客观化，它依赖于一种抽象的不法概念，并伴随着可责性（culpability）的逐渐消失。但在涉及技术设备（如车辆、工业产品等）的责任的情况下，技术失灵或短暂的人的失误谈不上不法性的认定，由此而造成损害使得即使是强烈客观化的不法性也失去了意义。（2）不法行为的责任在实践中不断地向偏离受害人的方向倾斜，他无法承担证明被告存在不法行为的举证责任，因为相关的事实是由被告控制的。（3）保险的扩张和发展提供了可负担得起的损失分散机制，特别是考虑到责任保险的出现和提供的便利，责任法的目标逐渐从损失移转走向损失分散。[①]

但三种法系在危险责任发展的模式和路径上呈现出不同的样态。德国法侧重通过特别法来发展危险责任，它发展出了诸如交通事故责任、产品责任、矿业责任、核事故责任、环境责任、药品责任等大量的特别危险责任类型，而这些责任都奠定在特别危险实现的基础上，在责任人的确定、因果关系的认定、赔偿范围（规定赔偿限额、纯粹财产损害一般不予赔偿）、抗辩事由、与有过失规则的适用、诉讼时效等问题的设计上都形成了较为一贯的体系。但特别法的规定终究无法满足实践的需要，而德国法院在类推适用既有规定上又持禁止态度，面对风险社会，德国法院只能通过扩张和强化过错责任来实现救济受害人的目的，实现这一目的的工具即交易安全义务。这一义务也被引入到了我国台湾地区的民法中，形成了过错推定的危险责任的一般条款。跟随这一模式的有奥地利、瑞士、希腊、西班牙和斯堪的纳维亚各国，但除希腊外，其他国家

---

① Van Gerven, *Tort Law*, p. 577.

的法院则在类推适用既有危险责任规定的问题上多持肯定态度，只是在程度上有所不同而已。

而在法国法中，也存在大量的法定危险责任，特别是交通事故责任的立法，但更值得注意的是通过物之监管人责任实现的对危险责任的规范，这一责任是法国最高法院通过解释其民法典第 1384 条第 1 款后半段而发展出来的，它具有一般条款的特征，但这一责任在实践中被过度扩张，甚至偏离了危险本来的含义，因而又有向过错责任回归的倾向，特别是体现在对物之积极作用和消极作用的划分以及物之监管人的认定上。在现在进行的欧洲侵权法立法中，von Bar 教授和 Koziol 教授领导的研究组分别提出的欧洲侵权法草案也都采用了一般危险责任条款的立法模式，特别值得注意的是《欧洲侵权法草案》在设计上采用了一种动态系统的设计。

在英国法中，严格责任包括了替代责任和危险活动的责任，就危险活动责任，英国法院认为不必要发展出一般的严格责任的理论，其严格责任形态主要停留在传统的严格责任形态上，特别是 Rylands v. Fletcher 法则所确立的危险物逃逸的责任形态上，但这一法则在当代受到种种限制，被法院认为接近于侵扰责任（nuisance），并引入了可预见性这一和过错接近的要素。除判例法外，英国立法在严格责任方面的介入很少（主要体现为动物责任和产品责任），违反成文法义务这一责任形态则跨越严格责任和过错责任。可以说英国法是危险责任受到最多限制的国家。① 在美国，则借助从英国引入的 Rylands 法则实现了其一般化，这突出体现为第二次侵权法重述中的异常危险活动责任，但判断这一责任的六项要素中体现出了过错的要素，除此之外，美国法在动物责任和产品责任上也适用严格责任。可以说，从分类上，英国法接近于德国法，它们认为危险责任属于例外，必须由立法引入；而美国法和法国法类似，对危险责任的扩张持较为开放的态度，并有着危险责任的一般条款。

不过，三个法系的区别不应夸大。在三个法系中存在着类似的危险责任形态，包括产品责任、航空运输事故责任、核设施事故责任和动物责任等，前三者在欧洲的层面上已经实现了统一。而且这三个法系也分享着一些共同的基本概念。例如，在危险责任的理论层面上，特别危险或风险的创设提供了责任的基础或正当性；② 在危险责任的构成上，三个法系在确定责任的承担者时所使用的概念——保有人或监管者（Keeper, Halter, gardien）也有着类似性，对他们的认定总是取决于对风险源的控制；而且，在三个法系中，危险责任与过

---

① Van Gerven, *Tort Law*, p. 578.

② Ibid, pp. 579—580.

错责任之间的边界有时很模糊，二者之间更多的是程度上的区分，而不是类型上的区分。特别是谈到被告享有的一些抗辩事由时，在大多数危险责任的领域，被告都可以通过证明损害来源于某种"外部原因"（extraneous cause）而得以免责，这实际上涉及证明损害确实是由他无法控制并且无法预见或避免的事件造成的。实际上，在这种情形下，被告必须确认损害的原因，因此"外部原因"的抗辩相当于证明不是被告引起损害的。因此，在危险责任中，被告不能通过证明他实际上已经采取了所有必要的措施仍发生损害而获得免责，他必须证明实际上存在某种造成损害的"外部原因"，否则即相当于主张被告没有为不法行为，因此应免除责任。但在道路交通事故、产品责任等责任类型中，这种区分并不是那么容易的。① 在 Koch 和 Koziol 教授编撰的严格责任的比较法报告中，英国学者认为，严格责任和过错责任只是为了方便分类和阐述而提出的概念，但实质上责任是一个连续体而不是两种类型；荷兰学者也认为，严格责任和过错责任只是理论上的选择，实际上存在着一个连续体；法国学者同样强调，过错的客观化表现为一种解决的方法，它处于纯粹的、主观的过错责任和严格的、基于因果的责任之间，而且严格责任本身也不是一种同质的类型，它包括了非常不同的领域，从纯粹的客观的、几乎是绝对的责任到更为微妙的严格责任，它承认了广泛的抗辩事由；奥地利学者也承认，过错责任和危险责任并不是完全独立的责任类型，它们的纯粹形式只是一个连续链条的两端。② 比较法学者 Reid 在考察了各国的危险活动责任后，也认为，严格责任和过错责任之间的区别不像假定的那样大，因为在实践中，它们中的每一种都会受到修正而呈现出另一种责任的某些方面，因此，两种责任有时会达成同样的结论就不足为奇了。③

就我国现有的危险责任立法而言，《民法通则》中的危险责任类型采用了列举模式，对危险责任的扩展更主要的是通过制定特别法来实现的。但这些责任在设计上没有充分体现出一以贯之的理念，而且在责任构成和适用上尚存在着诸多争议之处，缺乏一种动态性的观念，此外，一些重要的危险责任类型在我国现有立法中也失之阙如。虽然《民法通则》第 123 条确立的高度危险作业责任具有一般危险责任条款的宽度，但《民法通则》第 106 条第 3 款所持的限制态度和法院在实践中的保守使得这一条款在扩张危险责任的作用上无法

---

① Van Gerven, *Tort Law*, pp. 581—582.

② Koch/Koziol, *Unification of Tort Law*: *Strict Liability*, pp. 432—433.

③ Elspeth Reid, *Liability for Dangerous Activities*: A Comparative Analysis, 48 International and Comparative Law Quarterly 731, 752 (1999).

寄予厚望。因此，我国现有的模式整体上类似于德国法，但在对过错责任的突破上我国的法官尚无德国法官的勇气。如何通过动态的归责体系来协调过错责任与危险责任的关系，并在必要的情况下实现危险责任的实际扩张，将是下一部分所要讨论的内容。在未来的侵权行为立法中，应当明确采用一般条款的立法模式，同时运用动态系统的观念设计其构成要素。

参 考 文 献

一、中文著述

1. ［德］克里斯蒂安·冯·巴尔，张新宝，焦美华译：《欧洲比较侵权行为法》（上、下卷），法律出版社 2001 年版。

2. ［德］罗伯特·霍恩、海因·克茨、汉斯·G·莱塞，楚建译，谢怀栻校：《德国民商法导论》，中国大百科全书出版社 1996 年版。

3. ［德］马克西米利安·福克斯，齐晓锟译：《侵权行为法》（2004 年第 5 版），法律出版社 2006 年版。

4. ［德］沃尔夫冈·多伊布勒，朱岩译："德国损害赔偿法的改革"，载南京大学—哥廷根大学中德法学研究所编《中德法学论坛》2002 年第 1 期。

5. ［法］勒内·达维，潘华仿，高鸿钧，贺卫方译：《英国法与法国法———一种实质性比较》，清华大学出版社 2002 年版。

6. ［美］肯尼斯·S. 亚拉伯罕、阿尔伯特·C. 泰特，许传玺，石宏等译：《侵权法重述——纲要》，法律出版社 2006 年版。

7. ［日］山本敬三，解亘译："民法中的动态系统论"，载梁慧星主编《民商法论丛》(23)，香港金桥文化出版（香港）有限公司 2002 年版。

8. ［英］戴维·M·沃克，北京社会与科技发展研究所组织翻译：《牛津法律大辞典》，明日报出版社 1988 年版。

9. 陈聪富："危险责任与过失推定"，载《月旦法学》1999 年。

10. 陈忠五："新世纪法国侵权责任法的挑战——以交通事故损害赔偿责任的发展为例"，载《台大法学论丛》。

11. 陈自强："民法侵权行为法体系之再构成"（上、下），载《台湾本土法学杂志》。

12. 程啸："法国法上无生物责任法则的生成与发展"，载《侵权法评论》2004 年，人民法院出版社 2005 年版。

13. 郭丽珍："产品瑕疵与制造人行为之研究——客观典型之产品瑕疵概念与产品安全注意义务"，载《台湾神州图书出版有限公司》2001 年版。

14. 黄茂荣：《法学方法与现代民法》（第三版），自版发行，1993 年版。

15. 黄上峰："从德国危险责任法制论我国民法第一九一条之三之解释适用"，载《法学丛刊》第 195 期，第 97—118 页。

16. 黄上峰："侵权行为法上危险责任之研究"，台湾政治大学法律研究所硕士论文，1999 年。

17. 黄松有主编：《最高人民法院人身损害赔偿司法解释的理解与适用》，人民法院出版社 2004 年版。

18. 简资修："危险责任之生成与界限——举证责任与过度防制"，载《台北大学法学论丛》第 48 期。

19. 李凤章：《危险责任及其立法模式研究》，载江平、杨振山主编《民商法律评论》（第一卷），中国方正出版社 2004 年版。

20. 梁慧星：《民法学说、判例与立法研究》，中国政法大学出版社 1993 年版。

21. 梁慧星主编：《民商法论丛》（第 1—31 卷），法律出版社/金桥文化出版（香港）有限公司 1994—2004 年版。

22. 梁慧星主编：《中国民法典草案建议稿附理由（侵权行为·继承编）》，法律出版社 2004 年版。

23. 林美惠："侵权行为法上交易安全义务之研究"，台湾大学法律学研究所博士论文，2000 年。

24. 邱聪智："从侵权行为归责原理论危险责任之构成"，台湾大学法律学研究所博士论文，1982 年。

25. 邱聪智：《民法研究》（一）（修订版）. 台北五南图书出版公司 2000 年版。

26. 邱聪智：《民法债编通则》（上），中国人民大学出版社 2003 年版。

27. 史尚宽：《债法总论》，中国政法大学出版社 2000 年版。

28. 苏永钦：《走入新世纪的私法自治》，中国政法大学出版社 2002 年版。

29. 王家福主编：《中国民法学·民法债权》，法律出版社 1991 年版。

二、外国法典

1. 杜景林、卢谌译：《德国民法典》（BGB），中国政法大学出版社 1999 年版。

2. 郑冲、贾红梅译：《德国民法典》（BGB），法律出版社 1999 年版。

3. 黄道秀、李永军、鄢一美译：《俄罗斯联邦民法典》，中国大百科全书出版社 1999 年版。

4. 王卫国主译：《荷兰民法典》（第 3、5、6 编），中国政法大学出版社 2006 年版。

5. 张新宝译：《荷兰侵权法》，载杨立新主编《民商法前沿》（第 1 辑），法律出版社 2003 年版。

6. 刘兴善译：《美国法律整编·侵权行为法》（Restatement of the Law, Second, Torts），"台湾司法院"印行，1986 年版。

7. 于敏译：《欧洲侵权法原则》，载《环球法律评论》2006 年第 5 期。

8. 肖永平、龚乐凡、汪雪飞译：《侵权法重述第三版——产品责任》，法律出版社 2006 年版。

9. 殷生根、王燕译：《瑞士民法典》，中国政法大学出版社 1999 年版。

10. 吴兆祥、石佳友、孙淑妍译：《瑞士债法典》，法律出版社 2002 年版。

11. 《苏俄民法典》，法律出版社 1956 年版。

12. 中国社会科学院法学研究所民法研究室编：《苏俄民法典》，中国社会科学出版社 1980 年版。

13. 费安玲等译：《意大利民法典》，中国政法大学出版社 2004 年版。

14. 陈卫佐：《德国民法典评注》，法律出版社 2004 年版。

三、英文文献

1. Anderson, Jon G., *Comment*, *The Rylands v. Fletcher Doctrine in America*：*Abnormally Dangerous*, *Ultrahazardous*, *or Absolute Nuisance?*, 1978 Ariz. St. L. J. 99 (1978).

2. Azarina, Richard, *Tort Law in France*：*A Cultural and Comparative Overview*. 13 Wis. Int'l L. J. 471 (1994—1995).

3. Bohlen, France H., *The Rule in Rylands v. Fletcher*, 59 U. Pa. L. Rev. 288, 373 (1911).

4. Boston, Gerald W., *Strict Liability for Abnormally Dangerous Activity*：*The Negligence Barrier*. 36 San Diego L. Rev. 597 (1999).

5. Cane, Peter, *Atiyah's Accidents, Compensation and the Law*. 6th. ed., Butterworths, 1999.

6. *Clerk and Lindsell on Torts*. 19th. ed., London：Sweet & Maxwell, 2006.

Dam, C. van, *European Tort Law*. Oxford, New York：Oxford University Press, 2006.

Diamond, John L., Laurence C. Levine & M. Stuart Madden, *Understanding Torts*. Lexis Publishing, 2000.

7. Dobbs, Dan B., *The Law of Torts*. St. Paul, MN：West Group, 2000.

European Group on Tort Law, *Principles of European Tort Law*, Text and Commentary. Springer, 2005.

8. Fleming, John, *The Law of Torts*. 8th. ed., The Law book Company Limited, 1992.

Fletcher, George, *Fairness and Utility in Tort Theory*. 85 Harv. L. Rev. 537 (1972).

9. Garner, Bryan A. (ed.), *Black' s Law Dictionary*. 7th. ed., West Group, 1999.

10. Garner, Bryan A., *A Dictonary of Modern Legal Usage*. Oxford University Press, 1985.

11. Gerven, Walter van, Jeremy Lever and Pierre Larouche (2000), *Tort Law*. Oxford and Portland, Oregon：Hart Publishing, 2000.

12. Glannon, Joseph W., *The Law of Torts, Examples and Explanations*. 2nd. ed., Aspen Law and Business, 2000.

13. King, Joseph H., *A Goal-oriented Approach to Strict Tort Liability for Abnormally Dangerous Activities*. 48 Baylor Law Review 341 (1996).

14. Koch, B. A. and H. Koziol, *Unification of Tort Law*：*Strict Liability*. Kluwer Law Interna-

tional, 2002.

15. Koziol, Helmut and Barbara C. Steininger (eds.), *European Tort Law.* 2001.

16. *Tort and Insurance Law Yearbook.* Wien, New York: Springer, 2002.

17. Koziol, Helmut and Barbara C. Steininger (eds.), *European Tort Law* 2004. Wien, New York: Springer, 2005.

18. Koziol, Helmut and Barbara C. Steininger (eds.), *European Tort Law* 2005. Wien, New York: Springer, 2006.

19. Koziol, Helmut and Barbara C. Steininger (eds.), *European Tort Law* 2002. Wien, New York: Springer, 2003.

20. Kutner, Peter B., *The End of Rylands v. Fletcher?* Cambridge Water Co. v. Eastern Counties Leather Plc., 31 Tort & Ins. L. J. 73 (1995).

21. Lawson, F. H. and B. S. Markesinis, *Tortious Liability for Unintentional Harm in the Common Law and the Civil Law.* vol. I, Cambridge: Cambridge University Press, 1982.

22. Lunney, Mark and Ken Oliphant, *Tort Law, Text and Materials.* Oxford University Press, 2000.

23. Markesinis B. S. and Deakin S. F., *Tort Law.* 4th. ed., New York : Oxford University Press Inc., 1999.

24. Markesinis, B. S. and Hannes Unberath (2002), *The German Law of Torts: A Comparative Treatise.* 4th. ed., Oxford and Portland, Oregon: Hart Publishing, 2002.

25. Mehren, Arthur Tayor von and James Russell Gordley, *The Civil Law System.* 2nd. ed., Boston and Toronto: Little, Brown and Company, 1977.

26. Mullis and Oliphant, *Tort Law.* 2nd. ed., Law Press, 2003.

27. Murphy, John, *The Merits of Rylands v. Fletcher*, 24 Oxford Journal of Legal Studies 643 (2004).

28. Nolan, Virginia E. & Edmund Ursin, *The Revitalization of Hazardous Activity Strict Liability.* 65 N. C. L. Rev. 257 (1987).

29. Palmer, Vernon, *A General Theory of the Inner Structure of Strict Liability: Common Law, Civil Law, and Comparative Law.* 62 Tul. L. Rev. 1303 (1988).

30. Rabin, Robert L., *Some Thoughts on Tthe Ideology of Enterprise Liability.* 55 Maryland Law Review 1190 (1996).

31. Schwartz, Victor E., Kathryn Kelly and David F. *Partlett, Prosser, Wade and Schwartz's Torts.* 10th. ed., Foundation Press, 2000.

32. Shugerman, Jed Handelsman, *The Floodgates of Strict Liability: Bursting Reservoirs and the Adoption of Fletcher v. Rylands in the Gilded Age*, 110 Yale L. J. 333 (2000).

33. Tomlinson, Edward A., *Tort liability in France for the Act of Things: A Study of Judicial Lawmaking.* 48 Louisiana Law Review 1299 (1988).

34. Vetri, Dominick, Lucinda M. Finley, Lawrence C. Levine and Joan E. Vogel, *Tort Law*

and Practice. LexisNexis，2002.

35. Werro，Franz and Palmer，Vernon Valentine，*The Boundaries of Strict Liability in European Tort Law*. Carolina Academic Press，2004.

36. Zweigert，Koetz（1998），*An Introduction to Comparative Law*. trans. by Tony Weir，3rd.，London：Clarendon Press，1998.

四、德文文献

1. Brüggemeier，Gert，*Deliktsrecht*，*Nomos Verlagsgesellschaft*. Baden-Baden，1986.

2. *Creifelds Rechtswoerterbuch*. 12. Aufl.，C. H. Beck ' sche Verlagsbuchhandlung，Muenchen，1994.

3. Deutsch，Erwin，*Das neue System der Gefaehrdungshaftung*：*Gefaehrdungshaftung，erweiterte Gefaehrdungshaftung und Kausal*-Vermutungshaftung. 73ff.

4. Deutsch，Erwin，*Das Recht der Gefaehrdungshaftung*. Jura 1983，617ff.

5. Deutsch，Erwin，*Gefaehrdungshaftung*：*Tatbestand und Schutzbereich*. JuS 1981，317ff.

6. Deutsche，Erwin，*Methode und Konzept der Gefaehrdungshaftung*. VersR 1971，1ff.

7. Deutsche，Ahren，*Deliktsrecht*. 4. Aufl.，Carl Heymanns，2004.

8. *Deutsches Rechtslexikon*. 3. Aufl.，Verlag C. H. Beck München，2001.

9. Fikentscher，Wolfgang，*Schuldrecht*. 8. Aufl.，Walter de Gruyter，Berlin，New York，1992.

10. Fuchs，Maximilian，*Deliktsrecht*. Springer，5. Aufl.，2004.

11. Köbler，Gerhald and Heidrun Pohl，*Deutsch-Deutsches Rechtswoerterbuch*. Verlag C. H. Beck，Muenchen，1991.

12. Kötz，Hein，Wagner，Gerhard，*Deliktsrecht*. 10. Aufl.，Luchterhand，2006.

13. Larenz，Canaris，Lehrbuch des Schuldrechts. Bd. II /2，Besonderer Teil，14. Aufl.，C. H. Beck，München，1994.

14. Medicus，Dieter，*Gefaehrdungdhaftung im Zivilrecht*. Jura 1996，561ff.

15. Koziol，Helmut，*Rechtswidrigkeit，bewegliches System und Rechtsangleichung*. JBl 1998，621.

公司资本制度的信用功能：理论与实证

The Credit Function of Corporation Capital： Theory and Practices

博士后姓名　汤立斌

流　动　站　中国社会科学院法学研究所

研 究 方 向　民商法

博士毕业学校、导师　北京大学　陆正飞

博 士 后 合 作 导 师　陈　甦

研 究 工 作 起 始 时 间　2005 年 9 月

研 究 工 作 期 满 时 间　2007 年 9 月

作 者 简 介

　　汤立斌，1975 年出生于江苏泰县，现供职于湖南省株洲市人民政府。1996 年毕业于南京经济学院统计学专业，随后进入江苏省统计局工作，1998 年考入南京大学法学院攻读法学硕士学位，2001 年考入北京大学光华管理学院攻读管理学博士学位。2004 年从北京大学毕业后进入中国电信集团北京研究院工作，2005 年 10 月进入中国社会科学院法学所民商法博士后流动站从事博士后研究。进入博士阶段以来，主要从事公司治理、上市公司信息披露以及公司法、证券法的经济分析等相关研究，在《会计研究》、《统计研究》、《首都师范大学学报》、《私法》、《南京大学法律评论》等期刊上发表论文多篇。

公司资本制度的信用
功能：理论与实证

汤立斌

内容摘要：公司资本制度是公司法的关键内容之一，公司注册中虚假出资的现实表明，我国严格的公司资本制度没有发挥预期的信用保障制度功能。本文研究发现，资本和资产的公司信用显示功能都只在一定程度上有效，同时具有相当的局限，法定最低注册资本额的信用显示功能一定程度上诱导了虚假注册行为。为此，我们应该充分认识到公司资本制度的实际信用功能和局限，进一步放松资本管制，同时，加强政府资本监管的配套机制建设。

关键词：公司资本制度　信用　经济分析

引言：由《人民日报》的一则新闻说起

《人民日报》2007 年 7 月 10 日第 9 版非常醒目地刊登了一则新闻，标题为《虚假出资成风　威胁市场诚信》，内容如下：

一些公司在设立过程中，通过代理机构垫资达到注册目的。代理机构从中收取巨额佣金，继而迅速抽逃出资。虚假出资的大量存在，商业贿赂现象得以寄生，市场信用存在严重隐患。"如果您需要注册千万元资金的公司，临时又无法筹集大量的货币资金，那么请来我们公司。"这是某公司注册代理事务所在其网站上的宣传，该机构声称专办北京各城区 1000 万元以上的公司登记注册，包括国家工商总局、北京市工商局的公司注册。拨通电话后，一位何先生告诉记者，如果他们垫资 1000 万元人民币的话，收费大约在 10 万元左右，要看具体工商局，朝阳区、海淀区的贵一些，大兴、怀柔的相对便宜一点。

虚假出资现象大量存在：

据了解，目前，在公司注册过程中，虚假出资、抽逃出资等现象大量存在。

为了更多地了解公司注册中虚假出资情况，记者以成立公司的名义，拨通了几家代理机构的电话。某代理机构的杨小姐向记者信誓旦旦地保证："我们做的，你大可以放心。只要你们公司内部不举报，同行对手不投诉，不会出现任何问题。我们公司做了这么多年，从来没有一家公司被查出来。"

那虚假出资在公司财务上又如何处理呢？另外一家代理机构的王总告诉记者，这个很好处理，可以通过公司的财务人员把账平掉，比如说签订一些假合同、弄一些票据，就可以把账搞好，并且，公司成立后在日常经营中资金是经常变动的，做账根本不算个事。

现在，设立公司过程中虚假出资、抽逃出资现象到底情况如何？一位刚刚开公司的朋友告诉记者，他的公司平时主要是搞一些代理、公关业务，根本不需要大的资金支出，但还是通过代理机构垫资注册了 500 万元人民币，"因为这样公司显得资金雄厚，规模大、实力强"。

其中有一家代理机构更是声称，目前 70% 的公司都是这样做出来的，当记者询问 70% 的数据从何而来时，该公司的业务员告诉记者，主要是他们通过平时做的业务进行统计得来的。

虚假出资缺乏有效监管：

一家代理机构的杨小姐告诉记者，现在工商局在注册登记时基本查不出是否虚假出资，即使垫了资金，工商局也很难查出来。为此，记者向北京市丰台区工商局了解了一些情况，注册登记科的一位同志表示，对于公司是否虚假出资、抽逃出资，他们注册登记科在注册时确实很难查出，并且，代理机构通过垫资来注册，然后把这些资金抽走，这也不归他们管，而是由监督科来负责，他们只管注册。

北京市宣武分局注册登记科的人员也向记者证实了这种情况，这位工作人员告诉记者，虚假出资由企业监督部门来查，注册登记科不负责。公司报过来相关材料后，他们进行相应的审核，如果合乎条件，就予以登记。

后来，记者致电北京市工商局 12315 热线，一位同志告诉记者，举报需要具体的证据、对象等资料，如果没有具体的证据，他们也无法受理。如果仅仅知道某个公司可能虚假出资但没有证据，这种情况他们无法受理。

工商局企业监督部门的监管情况又怎样呢？据北京市工商局企业监督处的一位同志介绍，工商局对虚假出资、抽逃出资的监督，主要是通过三方面进行：一是年检，二是日常检查，三是投诉举报，其中主要是根据投诉举报，日常检查涉及的非常少。

国家工商总局企业注册局监督处的人员坦承，在注册时单纯从注册材料上是无法看出是不是虚假出资的，必须有针对性地去查，但这必须有证据证明才可以，该同志还说，对虚假出资平时查处的并不多……①

作为国内最为权威的媒体，《人民日报》如此标题鲜明地大篇报道公司注册虚假出资问题，说明公司注册过程中虚假出资问题已经比较普通，并相当严重。公司作为市场经济的主体，应该合法、平等地参加经营活动，共同遵守市场经营规则。而注册资本不实的市场主体，擅自非法降低准入条件，造成市场主体的不平等和准入标准的严重失衡，破坏了正常的市场经营秩序。企业如果注册资本不实，甚至没有资金和财产，就无法履行企业法人独立承担民事责任的能力，同时，虚假注册资本也扭曲了资本的信用作用，损害了债权人的合法权益。

现代市场经济的本质是交易经济，其运行效率取决于社会中人与人之间的信任度和信用环节。只有当人们重诺守信时，交易才能顺利进行，交易费用才能降低，分工才能深化，市场范围才能扩大。所以说，现代市场经济是信用高度发达的经济。综观发达国家市场体制发展的过程，信用的有序化、制度化对市场经济的发展和完善发展起着重要的作用。作为市场中最为重要的经济主体，公司的信用至关重要。公司资本制度体现了公司时代的市场信用秩律制度的要求，即在公司取代自然人作为独立交易主体时，保证所有主体之间的交易都能够顺利进行。通过立法建立每一个公司的资本信用，是达至安全的交易秩序状态的必要条件。

一、公司资本制度与公司信用

（一）信用的内涵

就一般意义而言，信用有两种含义：一是以诚信任用人，信任使用。《左传·宣公十二年》记载："其君能下人，必能信用其民矣。"二是遵守诺言，

实践成约，从而取得别人的信任。《伦语·学而》写道："与朋友交而不信乎?"① 但是，现代汉语多从经济学上解释"信用"的含义，《中国大百科全书》认为："信用即借贷活动，是以偿还为条件的价值运动特殊形式。在商品交换和货币流通存在的情况下，债权人以有条件让渡形式贷出货币或赊销商品，债务人则按约定的日期偿还借贷或偿还货款，并支付利息。"②

我国法学界对信用的解释更多地倾向于"偿债能力的社会评价"。③ 代表性的观点有：信用是社会上与其经济能力相对应的经济评价。④ 信用应指一般人对于当事人自我表现经济评价的信赖性，即信誉。⑤ 信用是民事主体所具有的经济能力在社会上获得的相应的信赖与评价。⑥ 在英美法国家，信用被称为credit、trust 或 reliance，《牛津法律大辞典》将其解释为："为得到或提供货物或服务后并不立即而是在将来给付报酬的做法。""一方是否通过信贷与另一方做交易，取决于他对债务人的特点、偿债能力和提供的担保的估计。"⑦ 美国《布莱克法律辞典》认为"信用是出借人对他人借钱以分期付款方式购买货物的偿付能力和可靠性的积极判断。"⑧

经济学和法学从不同的方面对信用下定义，都具有一定的合理性。经济学意义上的信用作为特定的经济交易行为，是商品货币发展到一定阶段的产物。在商品经济条件下，信用表现为货币的借贷活动或商品买卖中的迟延支付，债权人贷出货币或赊销商品，债务人则按照约定的期限归还借款或清偿贷款。这种交易建立在信任的基础上，即债权人对于债务人所具有的经济上的能力和道德上的品质有信心之意。信用的主要因素泛指民事主体的一般经济能力，包括经济状态、生产能力、产品质量、履约态度、诚实守信的程度等。换而言之，债务人具有偿还的意志并且有偿还的能力，则本身具有信用，可使债权人对其给付意志和能力予以信任。

基于上述分析，笔者认为信用与赊购、信贷等信用交易相关，是与民事主体的履行义务能力和意愿相对应的社会评价。信用的核心在于信任，可以从以下几个基本特征来掌握信用的概念：①信用主要源于民事主体的履行义务能力

---

① 《辞海》，上海辞书出版社 1979 年版，第 24 页。

② 喻敬明、林钧跃、孙杰：《国家信用管理体系》，社会科学文献出版社 2000 年版，第 1 页。

③ 吴汉东："论信用权"，载《法学》，2001 年第 1 期。

④ 王利明：《民法·侵权行为法》，中国人民大学出版社 1993 年版，第 299 页。

⑤ 张俊浩：《民法学原理》，中国政法大学出版社 1991 年版，第 158 页。

⑥ 杨立新：《人身权法》，中国检察出版社 1996 年版，第 638 页。

⑦ 戴维·W. 沃克：《牛津法律大辞典》，光明出版社 1983 年版，第 225 页。

⑧ *Black's Law Dietionary*，West Publishing CO.，1979，p. 331.

和意愿。债务人的资金实力、兑付能力、商业信誉等特殊经济能力是产生信用的客观基础。但是仅有履行义务的能力而没有履行的意愿，不能说明债务人有信用。债务人的诚实、守信等良好人格品质也是信用不可或缺的基础。②信用表现为对民事主体履行义务情况的社会评价。这种评价不是当事人自身的评价，而是社会的评价。在社会分工日益复杂的现代社会，债权人往往通过第三方（如专业的征信机构）来了解债务人的信用状态。

（二）信用的效率价值属性

1. 信用的公司内部效率价值

远在古罗马法中，信用就是主体人格的重要内容，可以成为权利主体的资格。自由人无力清偿债务，失去了信用而沦为奴隶，不再成为权利主体，也没有了权利能力。在现代社会，民事权利能力不再受财产的限制，但是信用在古罗马法中体现社会身份地位的人格属性没有完全消失。首先，信用仍然体现为一定性质的法律资格。达到一定的信用等级就拥有一定的法律资格；没有信用也就没有或者失去一定的法律资格。如破产就被视为一种无信用的标志；公司制造虚假财务报表，信用卡有不良记录，不仅会损害其信用，而且会导致其相应的法律资格受到限制。其次，信用意味着在市场交易和竞争中所处的社会地位优势。信用高，就居于有利地位；反之，则处于劣势地位。信用不仅具有法律上的人格性，更具有伦理道德上的人格性。① 信用是一个文明社会中作为人必不可少的资格，具有道义上人格的重要因素。

在现代法的框架下，信用更多地表现为一种财产利益。对于民事主体而言，信用往往以财产为基础，财务状态、经济状态成为衡量企业信用等级的主要尺度。信用本身也成为一种无形财产，这是因为：第一，它能够为信用主体带来财产利益。信用直接影响到当事人的特殊经济能力，良好的信用对企业来说意味着能够获得更多的银行贷款，意味着稳定的客户来源。第二，企业商誉中凝结着信用，信用被评估作价后，成为企业无形资产的一部分。信用还可以作为保险的标的进行投保。第三，侵害信用主要承担的是损害赔偿等财产责任，其计算方法一般以受害人在权利受到侵害期间的财产利益损失或以侵权人因侵权获得的财产利益为计算标准。

2. 信用的公司外部效率价值

现代市场经济是信用高度发达的经济，综观发达国家市场体制发展的过程，信用的有序化对市场经济的发展和完善发展起着重要的作用。

---

① 江平、程合红："论信用——从古罗马到现代社会"，载《东吴法学》2000 年。

（1）信用的有序化、制度化是现代市场经济正常运行的必要条件。现代市场经济中各种经济主体之间错综复杂的经济联系全靠信用关系维系，信用是现代市场经济的一个基本要素，信用对现代市场经济的发展具有不可磨灭的作用。就资本运作而言，信用对生产具有促进的功能；就信用创造购买力而言，信用具有启动消费的功能。市场经济越发达就越要求诚实守信，信用是资本，是效率，是整个社会赖以生存和发展的基础。不讲信用，社会就无法维系，没有信用就没有秩序，没有信用就没有交换，没有信用，经济活动就难以健康发展。

（2）建立和完善信用制度有利于提高经济效益，降低交易成本。市场经济活动中，各部门、各企业的生产周期不同，资金周转情况也不同，客观上产生了商品赊购以及借贷的要求。信用关系的扩张是经济运行效率的内在要求，借助信贷网络的作用，经济活动效率才能不断提高，流通费用才能不断减少。但是信用交易也要付出一定的交易费用，如缔约费用、履约费用、违约追究费用等。如果信用实现有序化、制度化，信用的交易费用就会大大低于信用的收益，经济活动的效率就会提高。

（3）信用有序化有利于政府宏观调控目标的实现。现代市场经济是有宏观调控的市场经济。就政府进行宏观经济管理来说，建立信用管理制度非常重要。信用有如整个宏观经济的润滑剂，帮助货币和生产要素在经济体系内流动。如果信用制度健全，信用活动规范有序，政府的宏观经济调控目标也就易于实现；反之则必然会影响政府宏观调控目标的实现。[1]

（三）公司资本制度与信用秩序

一种制度在经济学上的效率有两重理解，一是制度的内部效率，二是制度的外部效率。公司法律的相关制度会影响公司本身运行的效率，同时也会通过公司与其他经济主体的交易，来影响整个经济系统的效率。公司资本制度中蕴涵的效率价值在于，通过对公司与其成员之间、公司与第三人、债权人及其他利益相关者之间利益冲突的均衡调整，可以解决股东有限责任制度与公司独立人格带来的公司与社会的冲突，可以建立一个适合公司生存的社会秩序。

在公司作为独立交易主体的状态下，什么样的交易秩序能够给社会提供安全？从法律调整的角度，是能够保证资本安全流通的秩序。信用是一个由各种制度组成的体系，在市场发展的不同阶段，交易主体、交易手段、交易场所及交易规模的不同，信用体系有着不同的内容。对交易个体与社会之间利益的协

---

① 　陈潜、唐明皓：《信用·法律制度及运行实务》，法律出版社 2005 年版，第 7—8 页。

调平衡，使公司成为与自然人并列的独立交易主体的现象，法学家将公司看做一个法律拟制的权利主体，而经济学家则从效率的角度，去探究公司作为一种制度的经济价值。但法学家和经济学家研究的一个共同点即公司是一个社会关系的集合体。

由于公司法是以符合社会经济发展的要求来塑造公司，并保持其生命的持续，又由于整个公司制度建立在股东有限责任和公司独立人格的基础之上，因此公司法调整的过程必然是个体和社会利益的均衡协调，即股东、公司、第三人（债权人），以及其他利益相关者之间的均衡协调。这也正是公司能够适应市场经济变化、不断克服自身问题而生存并发扬光大的最重要的力量源泉。

如果说公司生存的最基本前提是满足包括其在内的所有参与交易的个体对安全的追求，并由此决定现代公司法必须保证公司在交易中的商业信誉，那么就这一领域内关系的调整而言，资本制度具有至关重要的作用。正如著名法学家 Gower 教授所言：适用于股份有限公司的资本维持原则"最初意在保护债权人，但是，它同时也是被设计用于保护股东，现在的和未来的，反对董事可能偷偷摸摸减少股东作为公司长期投资的股份的价值"[1]。而在今天，资本制度的这一基本作用已经被大大扩展和丰富了：公司财务会计信息的强制公开；对关联交易的控制；公司人格否认原则的适用；公司高级管理人员对公司资本减少的责任，等等。

二、严格资本监管下的公司信用缺失

（一）我国严格的公司资本监管制度

1. 1993 年《公司法》下的严格资本监管

（1）实行最为严格的法定资本制

1993 年《公司法》以社会本位为立法理念，借鉴大陆法系立法经验，确立了当今世界上最为严格的法定资本制，严格遵循公司资本三原则。[2] 资本确定原则。即公司成立时，公司章程中需记载公司资本总额，且需由发起人认足或募足，否则公司不能成立；资本维持原则。即在公司存续过程中，应保持与其注册资本额相当的财产；资本不变原则。1993 年《公司法》明确规定：公司资本一经确立，即不得随意改变，增、减公司资本需要履行严格的法定程

---

[1] L. G. B. Gower, *The Principles of Modern Company Law*, Stevens 1969, p. 10.

[2] 其实各国公司法本身并无明确定义"资本三原则"一词，它乃是学者参酌德国等大陆法系国家公司资本制度所归纳出的。所谓资本三原则，系指资本确定原则、资本维持原则、资本不变原则。

序。其主要目的是为了防止公司资本的任意减少而损害债权人的利益。

（2）确立了法定最低资本限额

1993 年《公司法》第 23 条规定："有限责任公司的注册资本不得少于下列最低数额：①以生产经营为主的公司人民币五十万元；②以商品批发为主的公司人民币五十万元；③以商业零售为主的公司人民币三十万元；④科技开发、咨询、服务性公司人民币十万元；"而第七十八条第二款规定："股份有限公司注册资本的最低限额为人民币一千万元，股份有限公司法定最低注册资本额需高于上述最低限额的由法律、行政法规另行规定。"由此可见，我国《公司法》针对不同行业的公司，规定不同的法定最低资本限额，注册资本低于法定最低资本限额的公司将不允许成立。

2. 2005 年《公司法》下的公司资本监管

2005 年 10 月 27 日十届全国人大第 18 次常委会通过了修订后的公司法（以下简称新《公司法》）。这次公司法的修订内容幅度大。旧公司法总计 230 个条文，新公司法总计 219 个条文，新公司法虽然在条文数量上较旧公司法减少了，但旧公司法中绝大多数条文都经过了修正，大到颠覆性的修改，小到字词用语的改正，完全未经修改的条文已经为数不多。其变化之大，与其说是一次修订，不如说是一次重新制定。很显然，新《公司法》的修订既是对过去十年经济体制改革成就和法律实施效果的进一步确认，同时也是法律顺应经济条件的变化而对资本市场各方参与者利益关系的一次创新布局。

（1）资本三原则仍然得以坚持

公司资本三原则在新《公司法》中仍然得到了充分的体现。就资本确定原则，具体表现为：设立公司必须符合法定资本 3 万元（有限公司）和 500 万元（股份公司）的最低限额；公司的注册资本在公司成立时必须是发行资本（有限公司和发起设立的股份公司）或实缴资本（募集设立的股份公司）；出资必须经法定验资机构验资；股东对非货币形式的出资必须承担出资差额的填补责任，而且设立时的股东或发起人要承担连带责任；"虚报注册资本"、"虚假出资"、"抽逃出资"等行为可以导致民事责任、行政责任和刑事责任。就资本维持原则，新《公司法》明确规定：公司成立后股东不得抽回投资；发起人作为出资的财产价值不得高估；股票的发行价格不得低于股票的票面金额；公司原则上不得收购自己所发行的股票，也不得接受本公司的股票作为抵押权的标的；公司分配当年税后利润前，应当提取利润的 10% 列入公司法定公积金；在弥补亏损之前，公司不得向股东分配股利。资本不变原则是为配合资本维持原则而设立的一项原则。为了体现这一原则，新《公司法》对于公司资本的减少作出了严格的限制：公司需要减少注册资本时，必须编制资产负债表和财产清单；公司减少资本后的注册资本不得低于法定的最低资本限额；公司减少注册资本必须由股东会作出决议；公司减资应当在法定期限内通知债权人并做出公告；债权人在法定期限内有权请求公司清偿债务或者提供相应的担保。

（2）资本监管有所放松

①资本三原则有所松动

在资本维持方面，取消了对公司转投资的限制。我们知道，原《公司法》规定："公司向其他有限责任公司、股份有限公司投资的，除国务院规定的投资公司和控股公司外，所累计投资额不得超过本公司净资产的 50% 。"这一规定在实践中备受批评，批评者认为这一规定是对公司投资权利能力的不合理限制，公司每对外投一块钱，就要另外放一块钱在公司不能动，造成了大量资金的闲置。而事实上公司以借贷等资金进行投资，对于经济发展的利益要远大于其弊端。与出资方式一样，实践中也出现了对转投资"合理但不合法"的突破。新《公司法》第 15 条规定："公司可以向其他企业投资；但是，除法律另有规定外，不得成为对所投资企业的债务承担连带责任的出资人。"据此，公司转投资将不再受到 50% 的限制，公司以借贷及发行债券等方式所筹措的资金转投资被放开；被出资的企业的类型也不再被限定为"公司"，只要不与被投资企业承担连带责任即可。举例来说，合伙企业的投资人是要与合伙企业承担连带责任的，按新《公司法》的规定，公司就不能对合伙企业出资。这样规定的目的是保证公司只对被投资企业在出资额范围内承担有限责任，避免因承担无限连带责任而损害与公司发生关系的其他主体的利益。新《公司法》还规定，公司向其他企业投资，依照公司章程的规定，由董事会或者股东会、股东大会决议；公司章程对投资的数额有限额规定的，不得超过规定的限额。这一规定将设定投资限额和投资决策程序的权利赋予了股东，由股东通过章程来规定。

在资本变动方面，扩大了股份有限公司回购自己股份的情形。新《公司法》包括了四种情形：减少公司注册资本；与持有本公司股份的其他公司合并；将股份奖励给本公司职工；股东因对股东大会作出的公司合并、分立决议持异议而要求公司收购其股份。而旧公司法只能在减资或与持有本公司股票的其他公司合并时收购本公司的股票，新规定包括了实践中已出现的问题，避免了因法律规定滞后而无法操作的情形。

在资本退出方面，完善了股份转让制度。新《公司法》第 72—76 条规定了有限责任公司的股份转让，包括股东向非股东的股权转让，强制执行程序中的股权转让，优先购买权的行使方式，对公司决议持反对意见的股东要求公司回购股份，股东资格的继承等问题。第 142 条规定放宽了对股份有限公司发起人、董事、监事及高级管理人员转让股份的限制，发起人的禁止转让期由原来的三年缩短为新《公司法》规定的一年。新规定取消了对股权转让的限制，简化了股权转让的手续，规定无须签署股东会决议，而以告知和默示同意制度，解决了实践中发生的某些股东通过不参加股东会，不签署股东会决议等方式阻挠其他股东转让股权的情形，确保了资本流动性，保护了股东的依法自由支配股份的权利。

②大幅降低最低注册资本

新《公司法》则大大调低了限额，将有限责任公司法定最低注册资本额统一规定为 3 万元，但一人有限责任公司不得低于 10 万元；股份有限公司法定最低注册资本额也降至 500 万元。

③允许出资分期缴纳

1993 年《公司法》对注册资本的规定是完全的"法定资本"制度，或者称之为"实缴制"，也就是说，公司的注册资本必须在设立时全额实际缴纳。仅有外商投资的公司根据外商投资企业法律可以在登记后分期缴纳。这样的法律制度体现出国家对企业的严格管制，然而却忽视了股东出资行为的自主性。

本次公司法修改，将外商投资企业分期缴纳出资的规定扩大到了所有的公司。对于有限责任公司，注册资本为全体股东认缴的出资额，首次出资额不得低于注册资本的 20%，也不得低于法定的法定最低注册资本额（一般为 3 万元），其余部分由股东在公司成立之日起两年内缴足，其中，投资公司可以在五年内缴足；对于股份有限公司，如果是发起方式设立，注册资本为全体发起人认购的股本总额，全体发起人的首次出资额不得低于注册资本的百分之二十，其余部分由发起人自公司成立之日起两年内缴足，其中，投资公司可以在五年内缴足。

当然，为了充分保障与公司发生关系的其他主体的合法权益，新《公司法》也作出了一些限制，包括："二年"和"五年"内完成出资，营业执照除了载明注册资本，还要载明实收资本，一人有限责任公司和以募集方式设立的股份有限公司仍采取一次性"实缴制"等。

（二）公司资本严格监管的形成原因

在大陆法系国家先后放松对公司设立阶段的严格资本监管，采用折中制的情况下，被认为深受大陆法系影响的我国，在 1993 年公司法的制定及 2005 年的公司法修改中为什么仍然采用了大陆法系国家传统的法定资本制？资本监管的存在及其具体内容取决于公司生存的需求，公司生存的需求又取决于公司自身的状况，因此，对我国公司生存现状的把握是问题的关键。在 1993 年乃至当今的我国，绝大多数的公司由国有企业改造而来，国家持续地在公司中具有控股地位，这是立法者对公司资本监管立法进行政策选择的一个极其重要的因素。

首先，由于我国国有资产管理体制改革的迟滞，国家控股导致了产权方面的问题。在当今的我国市场体制中，由于国家股东并不关心其资产的运营，因此，对于国家控股的公司而言，其相互之间形成的所谓公司与第三人或债权人的关系，仅仅给人一种假象，即在缺乏产权约束的情况下，债权人公司的管理层并不真正关心公司的债权是否能够得到偿还，而处于债务人地位的公司更是很少有可能认真地去履行债务。反映在实践中，国有公司之间不仅债权债务纠纷多，而且当诉诸法院时，由于执行方面的问题，案件处理几乎没有实际意义，司法救济的惩罚和预防作用完全成为摆设。此外，当国有公司作为交易一方时，国有公司行为的非市场化往往成为非国有公司信用问题的诱发因素。

其次，除了产权因素之外，国家对企业的行政控制也是公司行为缺乏市场约束的重要原因。关于这一点有两个最基本的事实可以佐证：一是公司高级管理人员的任命仍然是由政府决定的，而目前政府任命在条件和程序上尚未体现出市场的约束；二是破产制度至今没有真正适用于国有企业，公司的生存或死亡不完全由市场而由政府决定。因此，在国家控股的公司中，无论是在正常经营情况下的股东控制，还是债权人在破产阶段的接管，都不能形成对经营管理人员的硬约束，他们行为的动力在多数情况下仍然是为了取悦于他们的任命者，而这些任命者在目前并不是公司经营风险的承担者。

另外，为什么是早期的法定资本制，而不是授权资本制恰好适应了这一时期我国公司生存的需要，还要归因于另一个非常重要的历史事实，即 20 世纪80 年代末 90 年代初我国政府对公司的清理整顿以及由此导致的法学界和立法部门对公司注册资金问题的讨论。时至今日，笔者仍然清楚地记得，20 世纪80 年代中期我国股份制试点开始后，在"大办公司热"的过程中，由于没有公司法，加之登记机关没有对设立公司做出明确要求，这一时期大量无人员、无资金、无场地的"三无公司"、"皮包公司"充斥市场，急剧上升的经济违法和经济犯罪案件，严重破坏了市场秩序，国家工商行政管理部门即对公司实行清理和整顿，这才引发法学界对公司注册资金（本）问题的讨论。1988 年国务院批准颁布的《企业法人登记管理条例》对企业法人的注册资金及实际缴纳制度作出规定就是讨论的结果。其后，在 1988 年制定、1990 年修订的《企业法人登记管理条例施行细则》中，增加了企业法人设立时注册资金应当达到法定最低限额的要求。

综上所述，我国的大多数公司缺乏遵守市场交易的游戏规则和注重信用的动力，而欲维持处于如此产权关系和市场环境中的公司信用，严格监管是《公司法》在资本立法方面的一个比较好的选择。

（三）严格资本监管的失败

我国《公司法》实行的是最为严格的法定资本制，但债权人的利益并未得到有效保护。我国公司法以社会本位为立法理念，以牺牲效益为代价，借鉴大陆法系立法经验，确立了当今世界上最为严格的法定资本制，严格遵循公司资本三原则。可见，我国公司法试图建立一种事先防范机制，以确保公司资本真实和充实。但是公司一旦成立，公司资本投入运营后，公司实际资产就处于不断变化之中，公司资本难以真实反映公司实有财产状况，故这种事先预防机制在一定程度上难以担当保护债权人利益的重任。

从《公司法》运行的实际来看，债权人利益并未得到切实有效保护，公司设立过程中，股东虚假出资、抽逃出资现象仍然很普遍，验资机构提供虚假验资证明大量存在，公司资本制度陷入一个令人窘迫的境地。是什么原因导致此现象的发生？笔者认为，主要原因集中于以下两点：

1. 严格资本监管本身的缺陷

传统的公司资本三原则假定前提是一定数额的物质资本，是公司赖以生存和发展的前提保障，是公司债权人债权赖以实现的必要期待。但随着时代的变迁，资本三原则赖以生存的环境发生了质的变化，其立论基础正在发生动摇，不仅资本三原则理论本身与现实之间出现了一定程度的脱节，其理论体系之间的不和谐因素也日益增加和显现。

此外，我国公司资本制度过分迷信和依赖于资本的担保功能，公司资本功能定位过高。事实上，以资本为核心所构筑的整个公司信用体系不可能完全胜任对债权人利益和社会交易安全保护的使命。在实际运作过程中，这种严格的公司资本制度不利于公司营运，公司开始运作时将随时根据市场行情调整投资计划、增加投入，法定资本制所规定的修改章程、召开股东会、变更登记等烦琐程序无法适应市场的瞬息变化。因此，唾手可得的商机也可能失之东隅。诸多不足导致债权人利益并没有得到有效的保护，而且该制度也阻碍了公司的发展。

另外，我国 1993 年《公司法》针对不同行业的公司，规定不同的法定最低资本限额。但从我国目前经济发展水平来看，1993 年《公司法》所确立的最低资本额过高。由于我国公司法所确立的最低资本限额不符我国国情，因而该规定在实践过程中带来诸多弊端，并一定程度上诱导了企业的虚假注册行为。

2. 严格资本监管缺乏相关的配套机制

严格资本管制的真正贯彻至少取决于两个方面的条件：首先是法治环境，其次是市场环境，两者相互影响，共同构成资本监管制度实施所必需的基本秩序环境。换言之，如果缺乏实施的基本环境，无论立法者采用多么严厉的制度或措施，所谓严格的监管规范都会流于形式，不仅达不到严格监管的目标，而且还会适得其反。以此考量我国的情况，我们不难发现，由于缺乏基本的法治及市场环境，我国的严格资本监管实际上变得非常宽松。笔者认为，这是导致我国目前资本监管模式失败的一个重要原因。

关于法治环境，至少应当包括两个方面的内容，一是由公开颁布的完善的法律、法规所构成的相对完备的制度体系；二是这些法律、法规能够通过高效率、低成本的执法机构的活动得到实施。2002 年，由伦敦经济学院的许成刚教授和美国哥伦比亚大学法学院的皮斯托教授提出的"不完备法律"的理论，引起了欧美法学界及经济学界的重视。其中的一个观点是：最优的法律，不一定有最优的执法，执法中经常存在的问题是：法律不完备，司法制度不公正，执法成本高。① 笔者认为，这一理论对于理解法律规范执行的效果具有一定的意义。从法律监督的角度，遵守法律监管规范可以建立公司信用的做法，是以当事人不守法将要受到处罚的预期为前提的。因此，如果由于法律不完善或执法不严使得处罚小于违法所得，或违法根本不会受到处罚，那么，在严格监管之下，公司必然会产生通过贿赂登记机关或与会计师事务所合谋进行虚假出资和抽逃出资的冲动。而如前文所述，验资制度不健全，缺乏严密的预防和处罚措施正是我国公司资本制度的一个关键缺陷。

从两大法系在资本监管方面的立法来看，尽管立法传统和习惯不同，但无论是以公司法中强制性规范形式出现的严格监管措施（如大陆法系国家），还是在公司法之外再辅之以独立的监管制度体系（如英美法系国家），追求形成一个完整的监控和防范体系是二者的共性。例如，我们可以在德国公司法中看到与资本实际缴纳配套的审查制及独立审计员制度；而在美国 2002 年的新法案中，我们更是体会到美国的立法机构是如何急迫地对其不完善的公司会计监管制度进行弥补。相比之下，我国的法定最低注册资本额及其实际缴纳制虽堪称世界上最严格的资本监管，但它却远远不是一个完善的制度体系。

以 1993 年《公司法》为例。为保证公司资本真实和充实，《公司法》对

---

① ［美］卡塔琳娜·皮斯托、许成刚："不完备法律"，载《比较》第三期，中信出版社 2002 年版，第 111—135 页。

验资制度也作了相应规定。《公司法》规定，公司成立或增资时股东的出资需经法定验资机构验资，并出具验资证明。此外，《公司法》第 29 条对于资产评估、验资或验资机构提供虚假证明的或因过失提供有重大遗漏的报告的，规定了相应的民事、行政和刑事责任。但在实际操作过程中，验资机构提供虚假验资证明现象时有发生，有些会计事务所等中介组织为了牟取暴利，求得生存与发展，排挤竞争对手，与公司相互串通，出具虚假的验资证明，从而使公司得以设立，使得法律希望通过验资制度确保公司资本真实，进而保护债权人利益的目的落空，债权人的利益遭受严重损害。笔者认为主要原因在于，法律对验资机构的相关规定不够细，公司登记机关、验资机构以及公司之间缺乏相应的制约和监督机制，公司登记机关对于验资机构的验资报告只进行形式审查，《公司法》所确立的一些确保公司资本真实的制度在运作过程中被程式化了。我国的验资机构等中介组织发育不良，信用体制不健全。此外，1993 年《公司法》还缺乏严密的预防和处罚措施。例如，公司设立过程中发起人或股东虚假出资或在公司成立后抽逃出资的，对发起人或股东的责任规定还不够明确，《公司法》对股东与公司之间的交易基本上未作限制性规定，等等。诸多缺陷难以保证公司资本充实，从而也就很难保护债权人的利益和社会交易安全。

至于所谓市场环境，是从经济学角度来解释实施严格的资本监管制度对经济环境的要求。遵守法律可以建立公司信用的做法，必须建立在经营者对市场预期确定的基础之上，即建立资本信誉对企业和经营者有利可图。但我国1993 年以来的情况并非如此。我国公司产权制度的扭曲以及市场竞争的不充分，一方面导致了立法者对资本立法作出严格监管的政策选择，另一方面又使出资人和公司经营管理者缺乏通过守法保持公司资信的动力。在这里，出于同样的原因，出资人和公司经营管理者会产生通过虚假出资或抽逃出资来为自己牟取私利的动力。因此，我国特定产权制度及市场环境之下的公司行为机制与公司资本监管制度体系所要达到的价值目标之间的冲突，合理地解释了我国公司在"严格监管"之下大量存在虚假出资和抽逃出资的矛盾现象。

三、资本、资产与公司信用评价

（一）信用基础的多元化

在社会分工日益复杂的现代社会，债权人往往通过第三方，如专业的征信机构，来了解债务人的信用状态。从企业信用评价体系的研究角度来讲，专业征信机构的有关信用信息及数据包括以下几个方面的内容：

企业的基本信息。企业的基本信息是指用来识别企业一般特征的最基本的信息。主要包括企业的概况、历史背景、资本构成、企业组织结构、法定代表人及主要经营者的个人信用信息、员工的基本情况等。企业的基本信息，是企业信用状况的基础，企业的信用交易量大小直接取决于企业的基本状况；企业经营状况的信用信息。企业经营状况的信用信息，是反映企业经营管理的基本资料，主要包括关联企业的情况、关联交易状况、主要产品信息、购销状况信息等；企业的财务状况信息。企业财务状况信息涉及企业信用的财务资料，主要包括企业的业务往来情况、年度会计财务状况等。对企业财务状况进行分析，可以从中获得企业过去的信用意愿和能力信息，也可以根据多年的信用信息来预测未来的信用能力。特别是对有关财务信息进行结构性分析，可以知道企业的资本结构、资产结构、信用结构分布的合理性及其流动的合理性，对界定信用状况起着基础性的数据支持；企业公共信用信息记录。企业公共信用信息记录，是指由司法机关、仲裁机构、政府部门及相关管理机构掌握并提供的涉及企业社会信誉的信息。主要包括纳税信息、缴纳社会保障费用的信息、行业统计信息、法院裁决和执行信息、嘉奖信息、违规处罚信息等；企业的经营管理制度。企业的经营管理制度，是指企业在生产经营过程中，制定有关生产经营计划、决策机制、内部管理规章制度、内部控制制度和机制的基本规范，是企业有序运行的保障，对企业的信用能力及意愿具有约束力和规范性；企业的信用文化信息。企业的信用文化信息，隐含于企业文化之中，是企业运用信用和控制信用的软机制。良好的、有效的信用文化，有利于企业充分利用信用资源，发展企业并有效控制信用风险；与企业信用相关的其他信息。这些信息主要包括违约记录、无形资产情况、现场调查记录等信用信息。①

通过以上分析，我们不难发现，要准确地评价一个公司的信用，必须要从多个角度综合进行，也就是说，公司信用的基础是多元化的，是多个方面的综合立体体现，任何单方面的评价都不能够完整、准确地评价一个公司的信用状况。

（二）资本、资产与基于偿债能力的公司信用评价

信用交易关系在本质上是一种债权债务关系，它以债权人相信债务人具有偿还能力为基础，同意债务人所做的将来偿还的承诺。也就是说，信用评价是以债权人对债务人的偿债能力评价为基础的。

从信用评价体系来看，公司信用的分析指标中很多和资本、资产基本不相

---

① 陈潜、唐明皓：《信用·法律制度及运行实务》，法律出版社 2005 年版，第 58—59 页。

关，即商业习惯考察公司的信用的范围要远远宽泛于资产和资本，那么资产和资本是如何体现公司的信用的呢？

在信用交易中，债权人非常关注其债权的安全性条款。以贷款为例，这些条款通常有两种类型：一种是以资产公允市场价值抵押资产形式做担保，或者限制那些减少企业价值的商业行为的其他承诺（如对支付股利的限制）；另一种是对偿还本金和支付利息的担保。为了这个目的，债权人很注意债务人的现有资源以及未来现金流量的可靠性、及时性和稳定性。债权人要求企业管理当局对未来的预期应与现有资源，如公司资产和公司资本，具有确切联系，同时有足够能力实现预期。

1. 短期偿债能力分析

短期偿债能力分析的几个关键指标如下：

流动比率。该指标是企业流动资产对于流动负债的比率，反映企业的短期偿债能力，其计算公式为：流动比率 ＝（流动资产/流动负债）×100% 。此指标说明企业的每100元流动负债有多少流动资产作为支付的保障。从保障债权人的利益和保证企业的支付能力来看，此项比率越高越好。[①]

速动比率。该指标是企业速动资产对于流动负债的比率，反映企业的短期清算能力，其计算公式为：速动比率 ＝（速动资产/流动负债）×100% 。速动比率是指企业中几乎立即可以变为现金用以偿付流动负债的那些流动资产。一般包括货币资金、短期投资、应收票据、应收账款、其他应收款等货币性资产；存货、预付账款、待摊费用等非货币性资产一般不应包括在内。[②] 此指标说明企业的每100元流动负债有多少立即可变现的流动资产来偿付，它可以较可靠地反映企业即期支付的能力。该指标是流动比率指标的必要的补充。因为如果流动比率较高，流动资产中可用于立即支付的货币性资产很少，则企业的偿债能力仍然较差。在西方，这个比率一般要求达到100% ，但不同行业也应有不同的衡量标准。

现金比率。该指标是指企业货币资金和短期投资之和与流动负债之比，它是以极端谨慎的态度分析企业的即刻偿债能力，其计算公式为：现金比率 ＝（货币资金＋短期投资）/流动负债。一般地说，现金比率越高，短期债权人

---

① 但如过高则可能是由于存货占用过多、现金保持过量的结果，并不一定合理；从企业理财的观点来看，资金过多地停留在流动资金上会影响企业的获利能力，所以此项比率也不宜过高。在美国，流动比率又称为"二比一比率"，意即维持在200% 左右最为理想，即能保持必要的偿付流动负债的能力，又能使企业流动资金得到充分利用。但这个指标在不同行业、不同时期还应有不同的要求。

② 但在实际工作中，考虑到预付账款、待摊费用为数不多，为了简化计算，亦可略而不计。这样，速动资产就是速动资产扣除存货后的余额。

的债务风险越小，但是，如果这个比率很高，也不一定是好事，可能反映该企业的管理者没有充分发挥现有的现金资源的作用，没有把货币资金投入经营以赚取更多的利润。因此，在分析这个指标时，应充分了解企业的情况，从而作出正确的判断。

2. 长期偿债能力分析

长期偿债能力分析与短期流动性分析截然不同。流动性分析考虑的时间段非常短，我们可以合理精确地预测现金流量。现金流量的长期预测值缺少可警性，因此在分析长期偿债能力时，我们更多地运用概括性的计量手段而不是精确的计量方式。

长期偿债能力分析的几个关键指标如下：

资产负债比率。该指标是指企业负债总额对于企业资产总额的比率，反映企业资金来源的结构，其计算公式为：资产负债率＝（负债总额/资产总额）×100%。该指标又称为负债经营比率。从企业和投资者的角度来看，它反映企业对于负债资金的利用程度。在企业资金利润率高于借款利息的条件下，资产负债率越高，则自有资金利润率也越高，所以企业一般期望有较高的资产负债率。但是从债权人的角度来看，它反映自有债务的安全程度。企业资产负债率越高，则自有资金所占的比重就越低，各项负债自有资金的保证程度就越差，因此，此项比率过高，则意味着负债过多，财务风险较大。

债务权益比率。该指标是指企业负债总额与所有者权益总额之比，其计算公式为：债务权益比率＝（负债总额/所有者权益总额）×100%。债务权益比率可以反映由债权人提供和由投资者提供的资金来源的相对关系，以及企业财务结构的强弱，也可以衡量债权人利益受到投资者资本的保障程度以及企业结算时对债权人利益的保护程度。从长期偿债能力分析的观点来看，债务权益比率越低，说明债权的安全程度越好。

另外，长期偿债能力的另一个关键因素是盈利或盈利能力。以盈利为基础的计量指标是计量财务能力的重要的、可靠的指示器。盈利是支付长期本金利息所需资金的最可靠、最理想的来源。作为计量经营现金流量的工具，盈利是支付利息与其他固定费用的尺度。稳定的收益流是计量企业在现金短缺时贷款能力的重要指标。也是计量公司摆脱财务困境能力的方法。

所以说，不难看出，公司资产和资本都可以从不同的角度，一定程度上体现公司的信用程度，但是都不能够全面地体现公司的信用程度。

（三）资本与公司信用

对于公司信用的研究，国内公司法学者的研究主要集中于公司的资产、资本等基础信息。笔者研究发现，国内公司法学者关于公司信用基础的研究评述尽管很多，但是很少有深入研究公司资产和资本的经济法律属性和含义的，从而一定程度上影响了结论。本文将深入研究公司资产、资本的深刻经济法律含义，并在此基础上研究其所能够提供的公司信用信息含量。

1. 资本

（1）公司资本的界定

资本（capital）一词来源于拉丁语中的"caput"，其本意为首（head）、首要的（principal）。在中世纪之前，一直是指与利息相对应或相区分的本金，仅适用于金钱借贷关系。进入 16 世纪，随着工商企业的发展，"资本"这一概念的内涵不断得到丰富和发展，股本开始逐渐成为"资本"的核心内容。在现代社会，资本这一词语虽然在各种场合被人们频繁使用，但是，它的确切含义是什么，人们并无统一的说法。Gower 教授指出："资本一词含义众多，一种含义不同于另一种含义，即便在同我们密切相关的法律、经济和会计领域，人们也没有就其确切含义有一致的意见，不同的时期，人们使用资本来表达不同的概念，虽然其使用者并非总能承认此种事实。"①

在马克思主义经济学中，"资本"被定义为"带来剩余价值的价值"，体现了"资产阶级剥削无产阶级的关系"。在现代经济学中，"资本"更多地被认为是一种生产要素，这种生产要素与物质再生产过程紧密联系，并且能够带来增值。② 这一概括体现了资本的经济价值。而从企业活动的角度考虑，资本是企业在经济活动中生存和发展的物质基础，一切企业离开资本均无法生存。

在公司法领域，人们在三种意义上使用公司资本这一词语：其一，认为公司资本是指公司的股份资本，是指公司通过发行股份所取得的资金。大多数学者是在此种意义上使用公司资本的。③ 其二，认为公司资本是指公司的股份资本和借贷资本，而不仅仅是指公司的股份资本。④ 其三，认为公司资本除了股份资本、借贷资本以外还包括公司的收益。这是一种最广义的资本理论。在上述三种理论中，第一种理论为大多数学者所主张，他们仅仅将公司资本理解为是股份资本，而将借贷资本排除在公司资本之外。此种理论的优点在于它使公司资本同资本在法律上的含义协调起来，因为，在法律上讲，所谓资本实际上

---

① L. C. B. Gower, *Gower's Principles of Modern Company Law*. Lndon: Stevens & Sons, 1979.

② ［美］保罗·A. 萨缪尔森、威廉·D. 诺德豪斯著，高鸿业译：《经济学》（上册）（第 12 版），中国发展出版社 1992 年版，第 88 页。

③ Thomas W. Dunfee, Frank F. Gibson, John D. Blackbarn Douglas, Whiteman F. William McCarty, Bartley A. Brennan, David Barrett Cohen. *Modern Business Law* . McGraw-Hill, Inc., Third Edition.

④ Henry R. Cheeseman. *Business Law* . New Jersey: Prentice Hall, 1995.

是指某一商事组织的财产价值超过该商事组织所承担的法律责任的那一部分金钱。

（2）公司资本的法律特征

公司资本是股东投资于公司的股份财产的总和。这里所说的股东投资，既指股东于公司设立时已经投入的资产，又指股东负有分期缴纳义务的尚未投入的资产，还指股东投资后财产发生增值并依法转增股份的资产；这里所说的股份，是指构成公司资本的份额；公司资本是股东对公司的永久性投资。公司负债到期必须连本带息偿还，而股东一旦投资于公司成为公司资本，只要公司处于存续状态就不能退股抽回股金；公司资本是成立公司的要素之一。公司作为法人社团，其成立必须满足一定的条件，资本就是其中之一；公司资本是公司法人对外独担债务的财产，或者说是公司债权人利益的财产担保。公司资本构成公司对外交往的信用基础，与公司交易的相对方往往通过公司的资本额判断公司的资信状况。公司如果资不抵债，股东一般不承担大于公司资本的清偿责任。

（3）公司资本的法律形态

公司法上的资本一词，既包括公司已经发行的资本，又包括法律允许公司可以分期筹集的资本，即授权资本。具体来讲，一般有以下几个形态：

授权资本。授权资本是指公司章程记载的授权公司发行的全部资本总额。依英美国家公司法，公司的章程必须记载公司的授权资本额，但在公司设立时，公司的发起人无须将全部授权资本发行完毕，只需部分发行即可，剩余部分授权董事会根据需要分次发行。授权资本的概念只存在于授权资本制之下，在法定资本制下，没有所谓的授权资本，只有发行资本；发行资本。发行资本是指公司已经一次或分次发行并被股东认购的资本总额。在授权资本制下，授权资本可以部分或最终全部成为发行资本，决定资本发行的权利由董事会行使。在法定资本制下，公司的资本即特指公司的发行资本。公司的发行资本构成公司股东对公司债务的担保，即公司股东对公司债务承担有限责任的范围；实缴资本。实缴资本是指股东向公司实际缴纳，即公司实际收到的股东出资额。在授权资本下，发行资本一般要求最低 25% 需为在法定资本下，所有的发行资本在被一次认缴完毕的基础上由股东分次缴清；催缴资本。催缴资本，是指公司股东已认购但未缴纳的那部分出资中公司已经发出催缴通知的资本部分。股东在接到有效通知后，有义务缴纳该部分出资，否则公司有权留置股东预期的红利以冲抵出资额；保留资本。保留资本是指股东认购但未缴纳的那部分出资中公司直至破产清算时仍未向股东催缴的那部分出资。保留资本与催缴资本、实缴资本一样，构成股东对公司债务的担保，三者之和构成发行资本总额。

2. 基于有限责任的公司资本信用及其传递路径

尽管如《人民日报》的新闻所述，虚假出资的状况已经很普遍、很严重，但由于防止虚假出资和抽逃出资并不是资本注册制度存在的理由，因此在逻辑上讲，虚假出资和抽逃出资现象的存在不能成为否定资本对公司信用保障作用的理由，这与我们不能因刑法和犯罪并存而否认刑法本身的存在具有同样的道理。由于具有流动性，因此资本对公司信用的保障作用主要体现为其向交易相对人传递的股东责任限度的信号，即由于股东对公司的义务通过资本数额得到确定，因此在股东不履行义务而公司又负有债务的情况下，法律对股东责任的追究可以使债权人得到保护。因此，笔者认为，对虚假出资或抽逃出资情况下资本与公司信用的关系的研究，其意义不在于否定资本对公司信用保障的作用，而在于它提醒我们，资本数额只是判断公司信用的一个标准。在这个意义上，公司信用的保障确实是一个包括资本制度在内的系统。

在股东有限责任的情况下，注册资本数额作为公司设立时传达给潜在交易相对人和社会的关于公司财产构成方面的重要信息，最重要的意义在于界定股东对公司责任的范围，[①] 这一点至关重要。公司通过法律拟制成为交易主体，一个重要的目的在于不改变交易的基本规则，即一般情况下，公司必须像一个自然人那样对其交易行为产生的后果承担无限责任，在这个意义上，债权人与一个公司交易或是与一个自然人交易，在风险预期上应当是没有区别的。但由于公司控制的存在，相对人对交易风险的预期变得复杂，因此公司资本数额在界定股东对公司的义务和责任方面的作用，会被交易相对人看作公司承担交易风险的最低责任限度，即股东将在其承诺的出资范围内，为其在资本方面的违法行为向债权人承担责任。毫无疑问，这是交易相对人决定是否与公司进行交易的一个非常重要的因素。在这个意义上，笔者认为，在有限责任制度下，由股东出资构成并记载于公司章程的资本数额是交易相对人识别股东责任上限的一个信号。这对交易相对人、特别是对公司债权人具有极其重要的意义。

3. 公司资本信用功能局限

在法定资本制下，各国的立法、司法实践和理论研究都在一定程度上把公司的资本信用作为公司资本制度的核心问题，即强调公司资本作为公司债务的担保意义。但公司章程中规定的和资产负债表上所表示出来的公司资本，在公司的经营过程中可能创造出巨大的利润，也可能造成巨大的亏损，法律上的资

---

① 杨彦如、张曙光："揭穿公司面纱的经济学原理"，载张曙光、邓正来主编《中国社会科学评论》（第一卷），法律出版社 2004 年版。

本维持制度无法阻止现实中经营不善公司的资本金额萎缩，甚至消耗殆尽的情况。因此，法律上的公司资本制度实际上并不能保证一个公司的偿债能力，将其作为公司的信用担保具有很强的局限性。

从经济意义上来讲，公司资产在物质形态上具体表现为现金、银行存款、票据、存货、对外投资、原材料、机器设备、知识产权、建筑物、土地等物，公司资产表现在价值形态上是公司债务与公司资本、资本公积、未分配利润之和，反映在公司的资产负债表上即"资产＝负债＋所有者权益"。从概念的角度来看，一般公司资产的内涵大于公司资本。公司资产除了公司的资本外，还包括公司的负债（如发行公司债券筹集的资金和向银行申请得到的贷款），因此，公司资产概念的外延要比公司资本大。从价值的角度来看，公司资产等于公司资金，在公司盈利或亏损时，公司资产可能大于或小于公司资本。公司资本是公司资产中的自有部分。在通常情况下，公司资产大于公司资本，但当公司经营不善亏损较大时，则公司资产也可能要小于公司资本。公司作为独立的法人主体，是以公司的全部资产为担保对公司的债务负责。因此，公司资产的总额、构成及其变现能力，在公司实务中对公司的运作及债权人有着重要意义。

从法律意义上来讲，公司资本是公司成立时注册登记的数额，并不是公司任何时候都实际拥有的资产数额。公司资产与资本的脱节是公司财产结构的永恒状态。公司的注册资本是一个静态的衡量，而公司的资产则是一个动态的变量。其每时每刻都在发生着程度不同的变化：因公司经营的盈利和财产的增值，公司的资产会大于公司的资本；因公司经营的亏损和财产的贬值，公司的资产会少于公司的资本。而公司赖以对外承担财产责任的恰恰是公司的资产，而不是公司的资本。公司资产的数额才是公司财产责任和清偿能力的范围。以资本为核心所构筑的整个公司信用体系不可能胜任保护债权人利益和社会交易安全的使命。就此而言，由资本所昭示的公司信用多少带有虚拟的成分。资本不过是公司资产演变的一个起点，是一个静止的符号或数字。因此，如果单以资本来昭示信用是对公司信用程度的曲解，无论在资产低于资本还是在资产高于资本的情况下，资本都不能准确地反映公司信用的真实情况，从而会影响、甚至损害当事人的利益。在资产低于资本的情况下，公司处于亏损状态，公司的债务清偿能力低于资本，如以资本判断其信用，必导致对公司信用的高估，债权人信赖于此而达成的交易将自始就承受资不抵债的风险。在资产大于资本的情况下，公司处于盈利状态，公司的债务清偿能力高于资本，如以资本判断其信用，必导致对公司信用的低估，债权人虽获得对其利益的充分保障，但公司的更高信用被掩盖和浪费，实际上使交易能力和商业机会受到了遏制。

（四）资产与公司信用

1. 资产

（1）公司资产的界定

对公司来讲，资产更多的是一个经济范畴，而不是法律范畴。资产是会计要素之一，几乎所有的会计要素都与其直接或间接相关，如资产与收益确定密切相关，所有者权益是资产减负债后的余额等。我国《企业会计准则——基本准则》将资产定义为："资产是企业拥有或者控制的能以货币计量的经济资源，包括各种财产、债权和其他权利"，这一定义，没有真正反映资产的质量特征，忽略了作为企业资产应当具有的最基本的性质，即资产应当是"预期会给企业带来经济利益"。在实务工作中，企业拥有或者控制的资产不能给企业带来未来经济利益，但仍然作为企业的资产在资产负债表上列示，从而造成了企业资产不实的情况。例如，由于技术进步，原有设备已经被淘汰或长期闲置不用，或从国外引进的设备因原材料供应等原因在国内无法使用，无法收回的应收账款、各项资产减值以及开办费等资产项目，这些项目不能给企业带来经济利益，但因其符合资产定义而仍能作为企业的资产，其价值仍反映在会计报表的资产方，造成企业虚增资产、虚增利润，对外提供的财务报告所反映的信息因此也失去其真实性。长期以来，有些企业账面很好看，实际虚资产很多，虚盈实亏很严重；有的企业递延资产挂几个亿；还有些企业所建工程早就报废了，还挂在账上，等等。导致企业会计报表充斥水分，如以前出现的中农信、广国投、海发行事件，就是最好的证明，这都是虚盈实亏、虚增资产、资产不实所造成的恶果。

《企业财务会计报告条例》对资产进行了重新定义，重新定义后的资产为："资产是指过去的交易、事项形成并由企业拥有或者控制的资源，该资源预期会给企业带来经济利益。"这一定义从两个方面对原定义作了修正：一是指出资产是过去交易或事项形成并由企业拥有或者控制的资源，而不是由未来交易或事项形成的资源；二是预期会给企业带来经济利益，如果企业某项财产预期不能给企业带来经济利益，则该财产不能确认为企业的资产。可见，《企业财务会计报告条例》对资产作出了严格界定，强调只有那些确实能够给企业带来经济利益的资源才能够作为资产列入财务会计报告。资产的这一基本特征，在资产定义中是不可或缺的，按照资产这一基本特征判断，不具备可望给企业带来未来经济利益流入的资源，则不能确认为企业的资产。如果资产定义忽略了"预期会给企业带来经济利益"这一基本特征，则这一定义是不完整、不科学的。这就意味着，那些已经没有经济价值、不能给企业带来经济利益的项目不能继续作为资产反映在资产负债表中。

（2）资产的基本特征

资产是由于过去的交易或事项所形成的。也就是说，资产必须是现实的资产，而不能是预期的资产，是企业在过去一个时期里，通过交易或事项所形成的，是过去已经发生的交易或事项所产生的结果。至于未来交易或事项以及未发生的交易或事项可能产生的结果，则不属于现在的资产，不得作为资产确认。例如，企业通过购买、自行建造等方式形成某项设备，或因销售产品而形成一项应收账款，等等，都是企业的资产；但企业预计在未来某个时点将要购买的设备，因其相关的交易或事项尚未发生，就不能作为企业的资产。

资产是企业拥有或者控制的。一般来说，一项资源要作为企业的资产予以确认，应该拥有此项资源的所有权，可以按照自己的意愿使用或处置资产，其他企业或个人未经同意，不能擅自使用本企业的资产。但在某些情况下，对丁一些特殊方式形成的资产，企业虽然对其不拥有所有权，但能够实际控制的，按照实质重于形式的原则，也应当确认为企业的资产，如融资租入固定资产。

资产最重要的特征，是预期会给企业带来经济利益。所谓带来未来经济利益，是指直接或间接地增加流入企业的现金或现金等价物的潜力，这种潜力在某些情况下可以单独产生净现金流入，而某些情况下则须与其他资产结合起来才可能在将来直接或间接地产生净现金流入。可见，某一项目要确认为资产，就必须是符合资产定义，必须能为企业带来未来经济利益。

（3）资产的分类

企业拥有的资产，形态多样，在生产经营活动中的特点也各不相同。为了正确地认识它，需要按照一定的标准对其进行分类。《企业会计制度》规定："在资产负债表上，资产应当按照其流动性进行分类分项列示，包括流动资产、长期投资、固定资产、无形资产及其他资产。"流动资产是指可以在一年或者超过一年的一个营业周期内变现或被耗用的资产，主要包括各种现金、银行存款、短期投资、应收及预付款项、待摊费用、存货等；长期投资是指除短期投资以外的投资，包括持有时间准备：超过一年（不含一年）的各种股权性质的投资、不能变现或不准备随时变现的债券、其他债权投资和其他长期投资；固定资产是指企业使用期限超过一年的房屋、建筑物、机器、机械、运输工具以及其他与生产、经营有关的设备、器具、工具等；无形资产。无形资产是指企业为生产商品或者提供劳务、出租给他人或为管理目的而持有的、没有实物形态的非货币性长期资产；其他资产。

2. 公司资产信用功能局限

公司资本的信用功能有很大的局限，但这并不意味着公司的信用基础就从资本转向资产。一方面，相对于资本来讲，资产的信用显示成本明显过高。首先，资产缺乏法定的信用显示路径。出资人的最大财富数量构成其天然的责任能力上限，这一责任能力上限如果被其他人准确地识别出来，那么责任能力上限一般决定了交易规模的上限。因此每一个当事人会在每一笔交易开始时，考虑自己和他人的责任能力上限，以便确定交易规模和测度风险状况。在市场竞争中，资本、资产数额较高的公司能获得较大规模的交易机会，因此能够获得比资本、资产数额小的公司较大的利润，这一规则固然可以通过交易双方一对一谈判缔结合约的方式得以实现，但问题是，交易对象在选择合作伙伴时，可能并不能完全观察到公司真实的资本、资产规模，因为一方面出资人有可能就资本规模说假话，另一方面参加交易的人可能就资本、资产规模与交易规模是否匹配与合理作出错误的判断，因此为了争取交易的机会，当事人具有选择一个恰当的方式向交易对象发送其资本、资产规模及责任能力信号的积极性，而在所有的发送方式中，考虑到节约成本的必要，登记和公示是最有效率的办法。由于登记和公示是通过法律规则来保障的，因此不仅具有效率，而且比起其他方式更具有公信力。通过资本数额的登记，注册资本规模以及公司作为独立交易主体的财富规模信号被发送出来，用于交易相对人决定交易规模、判断潜在的交易收益。法律对注册资本有明确的登记和公示强制规定，但对资产没有强制要求。所以说，资产更多的是一个经济概念，而不是法律概念。资产要承担债权人的利益保障功能，必须要经过中介的评估，而这种信用显示成本显然过高：小企业承担不起每次交易都要进行资产评估的成本；对于大企业来讲，由于承担交易功能的资产可能只是其资产份额的一部分，所以评估实际效用不高。同时，资产的变动比较频繁，但与注册资本相比，没有一套严格的法律程序，对于交易相对人的利益保障能力更低。

其次，资产的会计确定相对困难，成本高。如前所述，资产最重要的特征是预期会给企业带来经济利益，但恰恰就是在确定是否能够给企业带来经济利益上相对比较困难。预期不能带来经济利益的，就不能确认为企业的资产。某项支出如果具有未来的经济利益的全部或一部分，它就可以作为企业的资产；否则，就只能作为费用或损失。同样，企业已经取得的某项资产，如果其内涵的未来经济利益已经不复存在，就应该将其剔除。例如，待处理财产损益或库存已失效或已毁损的库存，它们已经不能给企业带来未来经济利益因而出现在资产负债表中；一条在技术上已经被淘汰的生产线，尽管在实物形态上仍然存在，但它实际已经不能再用于产品生产，不能为企业带来经济利益。这样的生产线，就不应确认为企业的资产，而应在其失去为企业创造未来经济利益的时候，确认为一项损失。在实际工作中，有的企业将本应列作费用的巨额支出长期作为资产挂账，还有的企业将已失去效益的冷货、陈旧商品或产品仍按其历史成本挂在账上，这些做法一方面夸大了资产，另一方面也虚增了利润，造成会计信息失真。固定资产是企业的一项劳动资料或劳动手段，能够在相当长的生产经营期间，为企业的生产经营提供连续服务、单位价值比较高的资产，包括企业拥有的各种房屋及建筑物、生产经营用的各种机器设备、交通运输设备、工具器具等。这部分资产的特点是，在较长的使用周期内能够保持其原有的实物形态，但其价值则将会由于使用而逐步地减少，即逐渐地从其实物形态中分离出来。要了解资产的真实信息，必须了解真实的财务报表信息，而资产的折旧情况和评估情况等往往与其外在的物的表现相差很多。

另一方面，正如本文所分析的，公司信用的基础是多元化的，从资本角度出发来评价公司信用是片面的，同样，如果从资产角度出发来评价公司信用同样是片面的。以公司资产为公司信用基础和以公司资本作为公司信用基础的缺陷是一样的。公司资本和资产都能够传递公司信用信息，在信用评价越来越专业化的今天，单纯的资本或者资产之上的相关数据所传递的信息都是不完全的。所以说，资本制度的改革，并不是改变公司信用的基础，更多的是基于经济环境和经济政策的要求而发生的相应改革。公司资本和资产都应该是公司信用体系的一个重要组成部分。

四、法定最低注册额与公司信用

（一）西方国家法定最低注册资本额制度功能变迁

一般认为，公司最低注册资本额制度的存在意义有两点，第一点是保护债权人利益，这是因为股东有限责任原则存在着被滥用的可能性。第二点是对公司的规模大小进行区分，并且根据公司规模的不同，给予不同的法律规制。从该制度在许多国家的实践来考察，第二点意义所发挥的实际作用比第一点意义似乎更大。①

1. 美国

美国在 20 世纪 60 年代以前，各州的法律普遍规定公司必须具有一定数额的资金方可开业。如果董事允许公司在不具备法定最低注册资本的情况下开业，该董事就要对此承担个人责任。公司的最低注册资本通常为 1000 美元，

---

① 曹康泰：《新公司法修订研究报告》（上册），中国法制出版社 2006 年版，第 259 页。

也有的州规定为 500 美元等数额，或要求达到授权资本的一定比例。但是，随着时间的推移，最低注册资本不断遭到质疑。美国标准公司法于 1969 年率先删去了关于最低注册资本的规定，目前除少数州外，其余大多数州都取消了公司最低注册资本的规定，原因在于任何关于最低注册资本的规定都可能是武断的，并不能对公司债权人提供有效的保护，而且这些规定没有考虑公司实际经营对资本的特殊需要。根据 1984 年修订的标准公司法，从理论上讲，在美国大多数州，只要有 1 美分的资本，就可以设立一个公司。①

必须说明的是，尽管美国标准公司法和多数州的公司法都取消了最低注册资本的规定，但这并不意味着置债权人利益与公司经营能力于不顾，相反，它通过相对发达的判例规则来确认滥用公司形式的股东、发起人及董事对公司债务承担连带责任。实际判例中，以公司资本与经营规模相适应作为承认公司法人人格和股东有限责任的先决条件，对公司资本和股东义务要求很高，也相当灵活。即在美国公司法实践中，公司债权人的保障机制并没有因为最低注册资本的取消而受到削弱，而最低注册资本正是因为难以实现应有的担保功能，才被淘汰。②

2. 欧盟

在欧盟，公司法定最低注册资本额制度是由 1976 年《欧盟公司法第二号令》所确定的，它是该指令中资本制度的有机组成部分。第二号指令要求各成员国通过法律规定公司在开业前必须拥有最少 2.5 万欧元的资本金，而这些资本应该由能够进行经济评估的财产构成。指令第 7 条则作了特别规定：一项劳务的承诺不能成为资本的组成部分。在公司设立时或批准营业时，认购人必须缴纳至少 1/4 的认购资本。此外，为保障最低资本的充实，第二号指令对现物出资还作出了一些规制措施。在适用范围上，第二号指令只适用于公众商事公司和那些在依其所属国法律向公众发行股份或其他证券的有限责任公司。公司最低资本额不仅仅是公司设立时的资本要求，也是公司存续期间的资本要求。该指令第 34 条规定："认购资本不允许减少到由第 6 条规定的最低资本额以下。"但是，此规则只是禁止名义资本降到最低资本这一门槛之下，并不意味着如果公司净资产减少到此门槛之下时，公司必须进行资本调整或者清算，或进行公司形式的变更。

1999 年欧盟同一市场简化立法委员会对《欧盟公司法第二号指令》进行"松绑、简化"改革，建议减少《欧盟公司法第二号指令》中关于法定资本条

---

① Robert W. Hamilton, *The Law of Corporations*, West Group, 1996, pp. 57—58.

② 赵旭东：《公司资本制度改革研究》，法律出版社 2004 年版，第 64—65 页。

款的沉重负担，指出：法定资本规制安排"过于严格甚至多余的、对现代公司的效率运营，尤其是上市公司的运营，起负面作用"。2002 年欧盟的一个有关公司法制现代化的探讨团体的报告书得出了"最低资本规制的唯一机能仅在于阻止想像个人能够轻易地设立公开的有限责任公司的结论"。但由于没有最低资本制度成为企业活动障碍的证据，因此认为最低资本规制虽然不应该废止，但也不应该增加。当然，有学者明确提出，最低资本制度对债权人而言是一种"高成本却无效"（costly and inefficient）的保护方法，因此认为欧盟应该废除第二号指令，而仿效美国的示范公司法，代之以灵活的契约主义者的规制模式。①

3. 日本

（1）股份有限公司（株式会社）

为了强化股份有限公司的财产基础，保护公司债权人的利益，50 多年前日本就有学者主张商法应导入公司最低资本金制度。但直至 1990 年一直没有规定股份有限公司的最低资本金制度。1981 年日本修改商法时规定，设立公司时同时发行的额面股份的面值以及发行非额面股份的发行价格都不得低于 5 万日元。这样，尽管法律没有规定最低资本金的意图，但是实际上它要求设立股份有限公司的最低资本金为 35 万日元。

1975 年 6 月日本法务省发表了题为"关于公司法修改的问题点"的文件，对是否有必要导入最低资本金制度，将最低资本金定为 5 千万日元是否合适征求意见。随后又在 1984 年 5 月发布的题为"关于大小（公开、非公开）公司区分立法及合并的问题点"的文件里提出将最低资本金定位为 2000 万日元的建议。

1990 年的"修改商法等法律一部分的试案"将股份有限公司的最低资本金规定为 2000 万日元。而后的"修改商法等法律一部分的要纲案"把新设的股份有限公司的最低资本金设定为 2000 万日元，而把现存的公司的最低资本金定为 1000 万日元。但是，日本政府在正式起草法律修改草案时，顾及了中小企业的较强的反对意见，最后把新设公司和现存公司的最低资本金一律定位 1000 万日元。法律修正获国会通过，形成商法第 168 条之 4 所规定的最低资本金的内容。

（2）有限责任公司（有限会社）

日本的有限责任公司法制定于 1938 年。法律制定之初就规定最低资本金为 1 万日元，理由时由于有限责任公司是面向中小企业的公司形态，出资人只

---

① 赵旭东主编：《新公司法制度设计》，法律出版社 2006 年版，第 245 页。

承担有限责任，因此如果不规定最低资本金，很可能导致公司的滥设。而后经过 1951 年的修改，最低资本金改为 15 万元。

1975 年日本法务省发表的题为"关于公司法修改的问题点"的文件中提议提高至 500 万日元。1984 年 5 月发表题为"关于大小（公开，非公开）公司区分立法及合并的问题点"的文件中又提议提高至 1000 万日元。

1990 年的"修改商法等法律一部分的试案"将有限责任公司的最低资本金定为 1000 万日元，随后的"修改商法等法律一部分的要纲案"把新设的有限责任公司的最低资本金设定为 500 万日元，而把现存公司的最低资本金定为 300 万日元，最后，"商法等法律一部分修改草案"一律定为 300 万日元。法律修正案获国会通过，形成了有限责任公司法第 9 条的最低资本金的内容。

综上所述，不难发现，在西方注册资本限额的主要作用，更主要是市场进入的规模限制，而不是所谓的债权人利益保护。显而易见，美国的一元钱公司，单就注册资本额上来看，是无论如何也保护不了债权人的利益的。大陆法系国家公司资本制度改革的历史可以为上述结论作进一步佐证。德国和日本对公司资本制度改革的共同背景是这两个国家都处于二战后的经济恢复时期，放松法律对公司资本实际缴纳的严格要求是其经济发展的客观需要。

（二）我国法定最低注册资本额制度的特质

1. 法定最低注册资本额制度的中外比较

通过比较，我们发现我国法定最低注册资本额制度与西方国家相比一个非常重要的差别是，股份有限公司与有限责任公司注册资本限额的差异非常大，如表 1 所示，我国 1993 年公司法中，股份有限公司的注册资本限额是有限责任公司的 100 倍，而 2005 年公司法修改后，这种差异被扩大到 167 倍。相比而言，除了不限定有限责任公司最低注册资本额的国家外，最高的比值也不过是 25 倍，大部分是在 10 倍以内。一个非常可能的解释就是，在我国，相对有限责任公司来讲，股份有限公司的准入规模要求相对来讲更大。同时，这也从另外一方面佐证了，注册资本限额制度更多的作用，似乎不是保护债权人的利益，而是一种市场准入的规模限制。

表 1　　　　　　我国与西方部分国家公司最低注册资本的比较一览表①

公司类别 国别	有限责任公司	股份有限公司	比值 （股份/有限）
法国	2 万法郎（被 2003 年 8 月 1 日《经济创新法》取消）	10 万法郎（不向公众要求认购股份，发起设立） 50 万法郎（向公众要求认购股份，募集设立）	5 25
德国	2 万马克	10 万马克	5
意大利	2000 万里拉	2 亿里拉	10
奥地利	10 万先令	100 万先令	10
比利时	25 万比利时法郎	125 万比利时法郎	5
瑞士	2 万瑞士法郎	5 万瑞士法郎	2.5
瑞典	无有限公司类型	5 万瑞典克朗或不得少于最高资本额的 1/4	—
卢森堡	10 万卢森堡法郎	100 万卢森堡法郎（控股公司）	10
丹麦	3 万克朗	10 万克朗	3.3
荷兰	3.5 万荷兰盾	3.5 万荷兰盾	1
英国	未作规定	5 万英镑	—
爱尔兰	未作规定	3 万英镑	—
西班牙	50 万比塞塔	1000 万比塞塔	20
葡萄牙	0.5 万欧元	5 万欧元	10
捷克	20 万克朗	200 万克朗	10
波兰	5 万兹罗提	50 万兹罗提	10
欧盟	未作规定	2.5 万欧元	—
日本	300 万日元	1000 万日元	3.3
我国（1993）	10 万人民币	1000 万人民币	100
我国（2005）	3 万人民币	500 万人民币	167

---

① 赵旭东等：《公司资本制度改革研究》，法律出版社 2004 年版，第 63—64 页；中华人民共和国商务部网站 http：//www.mofcom.gov.cn。

2. 我国公司法定最低注册资本额的行业特征

1993 年《公司法》和 2005 年《公司法》中都有对公司注册资本限额的一般规定，但法律和行政法规对有限责任公司注册资本的最低限额有较高规定的，从其规定，即不同的部门法规、规章对不同的企业还有一些特别的规定，从而使得我国公司注册资本限额呈现出了明显的行业特征。不仅行业之间不同公司的注册资本有差异，就是同一个行业内部，不同业务性质的公司注册资本之间的差异也比较明显。

1993 年《公司法》第 23 条规定，有限责任公司的注册资本不得少于下列最低限额：①以生产经营为主的公司人民币 50 万元；②以商品批发为主的公司人民币 50 万元；③以商业零售为主的公司人民币 30 万元；④科技开发、咨询、服务性公司人民币 10 万元。法律和行政法规对有限责任公司注册资本的最低限额有较高规定的，从其规定；2005 年《公司法》第 26 条规定，有限责任公司注册资本的最低限额为 3 万元人民币，法律和行政法规对有限责任公司注册资本的最低限额有较高规定的，从其规定。

《中华人民共和国商业银行法》第 13 条规定，设立商业银行的法定最低注册资本额为 10 亿元人民币，城市合作商业银行的法定最低注册资本额为 1 亿元人民币，农村合作商业银行的法定最低注册资本额为 5000 万元人民币，注册资本应当是实缴资本；《证券法》第 121 条规定，设立综合类证券公司，法定最低注册资本额为人民币 5 亿元，经纪类证券公司法定最低注册资本额为人民币 5000 万元；《保险法》第 73 条规定，设立保险公司，其注册资本的最低限额为人民币 2 亿元，保险公司法定最低注册资本额必须为实缴货币资本；《电信业务经营许可证管理办法》第 5 条规定，申请经营基础电信业务的，在省、自治区、直辖市范围内经营的，其法定最低注册资本额为 2 亿元人民币；在全国或跨省、自治区、直辖市范围内经营的，其法定最低注册资本额为 20 亿元人民币。

（三）法定最低注册资本额制度的效率属性

1. 法定最低注册资本额制度与效率损伤

美国学者巴特勒（N. N. Butler）曾经盛赞有限责任制度，他认为，"有限责任原则是当代最伟大的发明，其产生的意义甚至超过蒸汽机和电的发明"[①]。这是因为有限责任制度能够降低投资的风险，大大刺激了全社会的投资活动，提高了整个经济的效率水平，为资本主义经济的发展立下了汗马功劳。而公司

---

① Tony Orhnialedited：*Limited liability and the corporation*. Croomhelm. London & Camberra. 1982. p. 42.

法定最低注册资本额制度则是在有限责任产生之后，为防止过度的投机活动，为保护债权人的利益而进行的制度调整。但是，这一制度所预设的功能并没有得到实现，反而成为社会正常投资活动的羁绊。因为，很多创业者因不能够满足公司最低资本额的要求，只能望公司制度兴叹，对他们来说，公司制度是成本高昂的制度，是难以消费的奢侈品。因此，公司法定最低注册资本额制度一定程度上抑制了个人资本向社会资本的转化，抑制了投资行为，降低了经济效益水平。

在经济自由化、全球经济一体化的今天，制度竞争成为各国竞争的一个重要领域。某种意义上讲，哪个国家的制度便宜，哪个国家就会更有竞争力。因此，当前对于公司法定最低注册资本额制度的责难是全球性的。根据 2003 年 10 月日本法务省民事局参事官室所作的《关于公司制现代化纲要试案的补充说明》，对公司最低资本额制度进行否定的理由可以概括为：（1）在当前经济形势低迷、就业情况严峻的情况下，最低资本金制度日益成为设立公司的障碍；（2）最低资本金制度不能满足高新技术企业的创立和发展的要求；（3）实务界，除从促进创业的观点出发之外，还从效率型企业集团的形成使分公司化容易进行的观点出发，提出了废除最低资本金制度的愿望。① 因此，早在 2002 年时，日本临时国会通过的中小企业挑战支援法中，通过对新事业创业促进法的修改，设置了商法、有限公司法的法定最低资本金制度的特例。

欧盟一个有关公司法制现代化的探讨团体于 2002 年对于欧盟第二号指令中的最低资本规制做了如下的记载："本团体，得出了最低资本规制的唯一机能在于阻止想像个人能够轻易地设立公开的有限责任公司的结论。本团体，没有得到现行的最低资本发挥着其他任何有用性机能的确信，另一方面，也没有它成为活动障碍的证据。恐怕，为对现行制度加以更有效的改正，在关于最低资本的问题上耗费更多的时间是不明智的，把精力倾注到更加重要的问题上才是明智的。最低资本规制虽然不应该废止，但也不应该增加。"在欧洲各国，从搞活经济，促进创业的观点出发，正在对最低资本规模的重新审视进行讨论。②

2. 我国法定最低注册资本额制度的效率属性

（1）公司内部效率损伤

由于法定最低注册资本额的限制，公司本身所承受的效率损失主要体现在以下两点：第一，公司资本闲置。有的行业需要的初始资本可能很少，对于资

① 于敏译：《日本公司法现代化的发展方向》，社会科学文献出版社 2004 年版，第 96—98 页。
② 赵旭东：《新公司法制度设计》，法律出版社 2006 年版，第 243 页。

本需求很少的行业，最低资本额则人为地为投资者设置了障碍，而且也会造成设立初始资本闲置而降低经济效益。同时，由于机会成本的存在，闲置的资本失去了在市场中寻求增值的机会，从而降低了资本的收益，进一步损失效率。第二，不能及时适应外部经济环境的要求。固定的最低资本数额难以应对一国经济的发展水平和阶段的变化。1993 年的 10 万元钱也许在当初起到了一定的作用，但是随着我国经济水平的发展变化和价格水平的变化，对企业的意义已经相差很远。尤其是面对经济通货膨胀和通货紧缩两种不同的变化，这种意义差距会更大。

（2）公司外部效率损伤

妨碍了社会公平和地区经济的平衡发展。由于最低资本额的限制，全社会所有的人不能够平等地享受有限责任制度的优惠。财产的多寡成为区分能否设立公司的标准。在这样的制度下，穷人们创业变得异常困难，不能够体现自由和平等的经济理念。根据马太效应，由于没有优惠的投资方式，穷人们只能越来越穷，而能够享受有限责任优惠的富人们则可能越来越富有。起点的不公造成更大的结果不公。在我国，由于地区经济发展不平衡，法定最低资本数额过高，一定程度上阻碍了落后地区经济的发展。

阻碍竞争，降低了市场效率。如果《公司法》设定过高的最低资本额，将成为新企业进入的障碍，同时会使在位企业成为垄断者。依据新古典经济学的观点，只有充分竞争的市场才是最有效的市场。垄断者由于能够享有垄断的定价权、自主的产量决定权，从而较容易地实现超额利润，但这是以消费者和社会的损失为代价的。在多重利益损失情况下的受益，则很难说是有效率的。

诱导了虚假注册，损害了债权人利益，扰乱了市场秩序。最低资本制度不能有效地保护债权人的利益，却能够阻碍投资者的投资，对投资者而言这种制度也难谓公正。在经济利益与投资愿望的驱动下，有些投资者为了规避此种较高的进入壁垒，往往采用欺诈性的手段进行公司设立，反而导致了对债权人利益的严重损害。

（四）我国法定最低注册资本额的信用功能局限

1. 法定最低注册资本额的信用保障功能误区

根据公司法理论的传统解释，由于设立阶段的资本监管与公司取得经营资格紧密相连，那么公司就应当拥有一个最低限额的资本数额才能满足债权人对公司信用的要求，这就是注册资本的最低限额与资本实际缴纳制产生和存在的理由。但笔者认为，资本数额与最低注册资本额是两个不同的概念，由于最低注册资本额并无限定股东责任的作用，因此，资本数额和最低注册资本额与公司信用保障之间的关系不可同日而语，换言之，注册资本具有保障公司信用作用的结论并不能合乎逻辑地推导出法定最低注册资本额也具有相同作用的结论。那么应当如何认识和评价法定最低注册资本额在实现资本制度总体价值中的作用？这是问题的关键。

从其可以考证的历史看，《公司法》对最低资本额的规定显示出不确定性：在一个国家的不同时期是否规定、如何规定最低注册资本额并不完全统一，这种情况与《公司法》保护公司信用的理念应当并无太大关系。因为在实践中，不同的公司信用不同，所对应的资本数额也应当不同，这使得将公司资本对公司信用的保障作用通过公司法统一加以量化的做法不具有可操作性。其次，我们看到，在对最低注册资本额作出规定的国家，对数额的规定并没有具体到每一个公司，而几乎全部采用了"一刀切"的方式，上述情况使笔者联想到，对公司最低注册资本额的规定是否与政府市场准入政策有关？即作为对股东设立公司的限制，最低注册资本额将股东履行最低限额的出资义务与股东享受有限责任优惠紧密地联系在一起，其意图可能不在于防止公司因缺乏用于经营的自有资本而对债权人和社会构成损害，而极有可能在于政府根据市场及经济发展的不同情况对股东投资进行宏观控制，而这种限制是严格或是放松完全取决于政府对经济发展情况的判断和选择，具有极大的不确定性。① 最后，在大多数大陆法系国家中，法定最低注册资本额可能具有立法技术上的意义，即当允许公司资本可以分期发行或分期缴纳时，法定最低注册资本额可以阻止具有极低资本额（理论上可以仅有一元钱）的公司的出现，因此法定最低注册资本额实际上就变成了实缴资本的最低限额，但由于此时法定最低注册资本额已经与公司所在行业和经营规模完全脱离，这个数额的象征意义远远超过其实用价值，换言之，法定最低注册资本额的规定已经与公司信用的保障相去甚远。

2. 我国法定最低注册资本额制度功能的沿革

对法定最低注册资本额，虽有学者提出废除法定最低注册资本额（刘俊海：《我国加入世贸组织后公司法的修改前瞻》），但主流的观点是保留并降低其数额（如赵旭东教授主张：降低公司注册资本最低限额，如有限责任公司的注册资本的最低限额为 1 万元，但银行、证券、保险等特殊行业另有规定的

---

① 同样，尽管根据学术界的解释，大陆法系国家公司注册资本的分期缴纳来源于对英美法系国家相关制度的移植和借鉴，但资本分期缴纳在不同法系国家具有不同的目的和含义：在英美法系国家，资本分期缴纳是分期发行及董事会分享资本发行权的附属品；而在大陆法系国家，资本分期缴纳则仅仅是政府贯彻降低公司设立门槛的市场准入政策的一个结果，因此是实行实际缴纳还是分期缴纳，政府的市场准入政策具有决定性的意义。

除外）。① 事实上，我国新《公司法》中，对有限责任公司的法定最低注册资本额已经从 10 万元降低为 3 万元，股份有限公司从 1000 万元降低为 500万元。

　　市场准入是政府对自然人和企业进入市场的管制，在法律层面上主要表现为企业法中对企业设立条件及注册登记管理的规定、投资法中的投资产业指导目录的列举等。尽管注册资本、资本最低限额产生的原因不同，与公司信用的关系也不同，但作为监管的一种类型，由于其实施会直接影响一个国家公司创办的数量，进而会对社会投资产生抑制或鼓励的效果，因此公司法对公司设立阶段资本的监管可以被归入市场准入范畴。这一点决定了资本形成制度的改革的目标，而改革的背景又都与政府在同期实施的经济政策有直接的因果关系。

　　近年来，在我国政府缓解就业压力政策的背景下，较高的法定最低注册资本额及实际缴纳制给公司设立带来的高成本对社会投资产生的抑制作用显得十分突出。学术界相当一部分人认为，我国法定最低注册资本额过高，加大了公司设立成本，抑制了社会投资。但就笔者认为，如果这是一个一般性结论，那么它是没有意义的，因为法定最低注册资本额的高或低是相对的，重要的是参照系的确定。如果股份有限公司定位于大中型企业，那么即使不考虑货币贬值的因素，1000 万元人民币也还达不到这个要求。但对定位于中小企业的有限责任公司，即使考虑到行业划分过于粗放，姑且以 10 万元作为参照，我们也很容易发现，由于我国地区发展不平衡、城乡发展不平衡，不同地区、城市和农村对这个数额是高还是低的回答是完全不同的：经济发达地区或城市的公司创办者会认为这个数额不高，而西部地区，特别是西部农村的公司创办者则认为这个数额较高，另外，即使在同一地区，不同社会群体对这个数额的反映也会不同：对于一个欲通过创办公司实现二次就业的下岗人员，由于其买断工龄所得一般在 2 万—8 万元之间，10 万元用于创办公司就显得成本过高。因此，如果考虑到通过创办公司来缓解就业压力，放宽有限责任公司法定最低注册资本额、并将注册资本改为分期交付就具有合理性。至于政府鼓励高新技术产业（多为中小企业）发展的政策对现行资本制度改革的影响，除了表现为对有限公司法定最低注册资本额及实际缴纳制的放宽之外，还体现在股东出资种类的增加以及无形资产在总资本中所占比例的提高。在这方面，学界已有诸多论著，笔者不赘述。

　　政府经济政策对公司资本制度会产生很大的影响。由于受政府经济政策的影响，法定最低注册资本额在现代变成了一个利弊共存的混合体，一国采用这

---

　　① 张穹：《新公司法修订研究报告》，中国法制出版社 2005 年版，第 150—153 页。

一制度与否，取决于政府在具体经济环境下对这一制度的总体评价及利弊权衡，因此情况一旦变化，改革就会发生。笔者认为，目前我国立法机构主张放宽对公司设立阶段资本监管的主要原因，既不是严格资本管制之下大量存在的抽逃出资与虚假出资，也不涉及法定资本制是否过时，更与注册资本是否对公司信用具有保障作用无关，而是现阶段政府对公司市场准入政策的调整。这一调整的背景，是政府缓解就业压力及促进高新技术产业发展政策下较高的法定最低注册资本额及实际缴纳制给公司设立带来的高成本对社会投资的抑制。

也就是说，法定最低注册资本额制度的功能正在从信用保障功能的误区中走出来，而回复到市场准入限制的角色上来。即尽管公司注册资本可以传递一定的公司信用信息，但是法定最低注册资本额不应该在制度上传递公司信用功能的信息，更不能据此判断对债权人的利益保护程度，而是借以规制各个行业的市场规模，那么对于法定最低资本额制度效率的讨论就转移到其市场规模管制的功能是否具有效率上来。

五、公司资本制度信用功能的经济分析

研究表明，公司资本制度最为重要的价值应该是致力于提高效率，包括公司的内部运营效率及外部市场效率，而通过公司资本制度建立良好的资本信用秩序，则是公司资本制度促进经济效率的一个重要路径。法定最低注册资本额制度是我国法定资本制度的一个重要内容，其效率与公司资本制度的效率直接相关。而如本文前言中所引述《人民日报》的新闻所说，虚假注册问题已经成为人们关注公司资本制度的一个重要视角。如果法定最低注册资本额制度诱发了虚假注册，扰乱了公司信用秩序，则毫无疑问，这项制度是没有效率的。那么既然没有效率，大家为何还要虚假注册呢，而且政府的监管为何又相对比较乏力呢？

（一）研究设计

1. 经济分析的几个理论假定

本文主要从企业、政府和社会三个角度出发来进行企业注册问题的相关经济分析。为了简化研究，本文对法律经济分析在公司法相关问题上研究的理论假定作了如下的简化处理：

①关于行为人的理性假定。本文假定企业会考虑在注册过程中，让自己的成本最小化；而政府的直接考虑也是让自己在监管企业注册行为上所发生的成本最小化，但是从承担社会管理职能的角度来讲，应该考虑如何让社会总成本

最小化。②关于卡尔多与希克斯效应分析。① 本文对卡尔多与希克斯效应的应用是，企业会在自行注册和委托中介机构注册之间进行比较，选择其中一个成本最小的注册方式，并从而会带动政府的相关决策，考虑如何监管。③关于利润最大化假定。对于利润最大化问题，我们用收益基础上的成本最小化来替代。一是笔者在模型的设定和推导过程中，发现用成本最小化来替代更方便阅读和理解，二是在注册时，对企业来讲更多的是成本的直接支付。

另外需要说明的是，本文经济分析模型中的虚假出资指委托中介机构出资，自行注册的虚假出资则不在本文模型的讨论范围之内。

2. 研究变量

本文使用三个成本概念，即企业成本、政府成本和社会总成本。其中社会总成本是企业成本和政府成本的简单加总。企业成本是企业在登记注册过程中所需要支付的相关费用和机会成本。政府成本，是指在监管企业注册过程中所需要支付的成本。对于相应的收益，则以负数来递减相关的成本。这种成本不是会计意义上的成本，而是经济学意义上的成本，即包括会计意义上的成本和费用。

（1）企业成本

企业成本由缴纳给工商部门的登记费用、注册资本的机会成本、委托中介登记所支付的中介费用、虚假注册的受罚成本、登记费用作为开办费进行会计处理引起的纳税减少、注册资本的资本信用收益等组成。

①注册登记费用

企业在注册登记时，需要给工商部门缴纳一定的登记费用。《中华人民共和国公司登记管理条例》第四十六条规定："公司办理设立登记、变更登记，应当按照规定向公司登记机关缴纳登记费。领取《企业法人营业执照》的，设立登记费按注册资本总额的千分之一缴纳；注册资本超过 1000 万元的，超过部分按千分之零点五缴纳；注册资本超过 1 亿元的，超过部分不再缴纳。领取《营业执照》的，设立登记费为 300 元。变更登记事项的，变更登记费为

---

① 希克斯效率在福利经济学中多称为卡尔多希克斯效率（Kaldor‐Hicks：Efficiency）。卡尔多与希克斯在效率判断标准上有共同的认识，只是在受益方对受损方的补偿上存在分歧。卡尔多认为，尽管改变经济政策以后可能使一方得利，另一方受损，但如果通过税收政策或价格政策，使那些得利者补偿受损者而有余，那就不失为正当的经济政策，也就是说，那就增加了社会福利。希克斯指出，补偿可以自然而然进行，而不必由受益者来补偿。希克斯认为在长时期的一系列政策改变之中，政策改变对于收入分配的影响是或然性的，这次使这些人受益，使另一些人受损，下次可能使这些人受损而使另一些人受益，结果相互抵消，而使全社会所有人都受益。参见理查德·A. 波斯纳著，蒋兆康译，林毅夫校：《法律的经济分析》，中国大百科全书出版社 1997 年版，第 102—106 页。

100 元。"登记费用的多少是和注册资本额相关的。为了简化研究，我们假定登记费用和注册资本总额简单正相关，不作 1000 万元以下，1000 万至 1 亿元以及 1 亿元以上几个区段之间的区别。

假定注册资本总额为 x，登记费用比率为 a，则登记费用为 ax，$0 < a < 1$。

②注册资本的机会成本

根据前文关于经济学中成本的分析，要考虑注册资本的机会成本，即如果企业不自己注册，而委托中介注册公司登记注册，则可以将这部分资金用于其他投资获利，如果自行注册，则不会有其他投资获利。并且可以简单地假定，如果经济越活跃，则自行注册的机会成本越高。

假定注册资本总额为 x，经济活跃程度为 m，则机会成本为 mx。

③支付给中介机构的费用

如果委托中介机构注册，则须根据注册资本总额给中介机构支付相关的费用。根据笔者的不完全调查，中介机构一般是收取一揽子的费用，即中介费用中包括了登记费和中介手续费，中介手续费的比例远远高于注册登记费用比率。为了研究方便，本文所研究的中介费用是指除了登记费用以外的中介机构纯收入的费用。

假定注册资本总额为 x，中介手续费率为 b，则中介费用为 bx，并且 b 远大于 a。①

④纳税减少

根据开办费处理的相关规定，用于注册的费用可以作为开办费处理，为了简化研究，不管什么时期调整应纳税所得额，可以一次性考虑减少相应所得税，并与注册资本以税率为系数简单相关。②

假定注册资本总额为 x，税率为 t，则纳税减少为 tx。

⑤资本的信用收益

资本的信用收益即指，如果公司的注册资本增高了，则会通过资本所传递的信用信息，为公司带来更多的商誉，从而带来更多的获利机会，并且简单假定这种资本信用收益，和注册资本总额简单正相关，即注册资本越高，则资本

---

① 由《人民日报》的新闻内容，我们发现中介机构的收费比例为注册资本额的 1%，远大于工商部门收取的登记的比例 0.1%。

② 不仅仅可以通过开办费进行会计处理，实际操作过程中还有很多处理方法。见前引《人民日报》新闻内容：那虚假出资在公司财务上又如何处理呢？另外一家代理机构的王总告诉记者，这个很好处理，可以通过公司的财务人员把账平掉，比如说签订一些假合同、弄一些票据，就可以把账搞好，并且，公司成立后在日常经营中资金是经常变动的，做账根本不算个事。

信用收益也越大。①

假定注册资本总额为 x，资本的信用收益功能为 d，则信用收益为 dx。

⑥受罚成本

《中华人民共和国公司登记管理条例》第五十八条规定，"办理公司登记时虚报注册资本，取得公司登记的，由公司登记机关责令改正，处以虚报注册资本金额百分之五以上百分之十以下的罚款；情节严重的，撤销公司登记，吊销营业执照。构成犯罪的，依法追究刑事责任。"很明显，对企业而言，与注册登记费的比例相比，处罚的比重要高很多，但是真正处罚的实施，与政府查处虚假注册的力度简单正相关，同时，政府承担的处罚成本也与处罚力度简单正相关。

假定注册资本总额为 x，处罚比率为 n，被发现虚假注册的概率为 p，则企业的受罚成本为 npx。n 大于 b，远大于 a。

（2）政府成本

政府成本主要由实施处罚所付出的成本②、处罚收益、税收减少以及注册登记收费等构成。其中税收减少和登记收费我们假定与企业成本中相应的部分相同，需要额外说明的是实施处罚所付出的成本和处罚收益。

处罚收益为 npx，我们假定注册资本总额为 x，fp 为付出的努力，与发现虚假注册的概率正相关，所以政府实施处罚所付出的成本为 fpx − npx。

（3）总成本

我们简单地假定总成本为企业成本与社会成本之和。

（二）公司资本流动与虚假注册

如前文所述，法定最低资本额制度一定程度上诱导了企业的虚假注册行为。而公司之所以选择虚假注册，无疑是受利益驱动，也就是说，至少企业认为虚假注册对企业本身来讲是有效率的，能够降低企业的成本。而这种成本的降低，直接来源于公司用于注册资本的机会成本的降低，即企业可以用本该注册的资金来寻求新的投资机会，减少资本闲置。同时，在自身资金缺乏的情况

---

① 见《人民日报》新闻内容：一位刚刚开公司的朋友告诉记者，他的公司平时主要是搞一些代理、公关业务，根本不需要大的资金支出，但还是通过代理机构垫资注册了 500 万元人民币，"因为这样公司显得资金雄厚，规模大、实力强"。

② 正如前言部分《人民日报》新闻所说的，"国家工商总局企业注册局监督处的人员坦承，在注册时单纯从注册材料上是无法看出是不是虚假出资的，必须有针对性地去查，但这必须有证据证明才可以，该同志还说，对虚假出资平时查处的并不多"。政府要发现虚假注册行为是需要付出一定的成本的。

下，利用虚假注册，可以规避壁垒，进入市场寻求新的投资机会。

由此，我们可以得出研究假设：如果资本流动对企业来讲是有效率的，那么企业会有虚假注册的内在冲动。为此，我们构造了模型1和模型2，在考虑注册资本的机会成本的情况下，相对控制了其他变量来比较研究企业自行注册和委托中介机关注册的效率影响。

1. 经济模型分析

模型1：企业自行注册，且不考虑资本的信用功能收益

假定注册资本额是 x，则

缴纳给工商部门的登记费用为 ax

注册资本的机会成本为 mx

注册费用抵减的税收为（ax）t = atx

（1）如果考虑注册资本机会成本，则

企业成本　C_1（自注）= a（1 – t）x

政府成本　C_2（自注）= atx – ax

总成本　　C（自注）= 企业成本 + 政府成本 = 0

（2）如果不考虑注册资本机会成本，则

企业成本　C1（自注）= a（1 – t）x + mx

政府成本　C2（自注）= atx – ax

总成本　　C（自注）= 企业成本 + 政府成本 = mx

模型2：委托中介机构代为注册，不考虑虚假注册后的资本信用功能收益[①]

假定注册资本额是 x，则

缴纳给工商部门的登记费用为 ax

付给中介机构的费用为 bx

注册费用抵减的税收为（a + b）tx

企业成本　C_1（中介）=（a + b）（1 – t）x

政府成本　C_2（中介）=（a + b）tx – ax

总成本　　C（中介）=（a + b）（1 – t）x +（a + b）tx – ax

　　　　　　　　　 =（a + b）x – ax

　　　　　　　　　 = bx

（1）如果不考虑机会成本，则与企业自行注册相比，结果如下：

企业成本　C_1（自注）= a（1 – t）x

---

① 即中介注册已经比较泛滥，人们对中介机构注册已经失去了资本信用预期。

$$C_1（中介）=(a+b)(1-t)x$$

则 $C_1（中介）-C1（自注）=b(1-t)x>0$

政府成本　$C_2（自注）=atx-ax$

$$C_2（中介）=(a+b)tx-ax$$

则 $C_2（中介）-C_2（自注）=btx>0$

总成本　　$C（自注）=0$

$$C（中介）=bx$$

则 $C（中介）-C（自注）=bx>0$

也就是说，三种成本比较都是中介注册大于自行注册，所以，企业委托中介机构注册的积极性很低，而之所以被迫选择，主要是因为硬的制度刚性要求。即最低注册资本额制度要求引起了注册成本的全面硬上升。

（2）如果考虑了机会成本，则与企业自行注册相比，结果如下：

企业成本　$C_1（自注）=a(1-t)x+mx$

$$C_1（中介）=(a+b)(1-t)x$$

则 $C_1（中介）-C_1（自注）=b(1-t)x-mx$

政府成本　$C_2（自注）=atx-ax$

$$C_2（中介）=(a+b)tx-ax$$

则 $C_2（中介）-C_2（自注）=btx>0$

总成本　　$C（自注）=mx$

$$C（中介）=bx$$

则 $C（中介）-C（自注）=(b-m)x>0$

不难发现，如果考虑了机会成本，则成本的比较变得更加不确定。

比如说，如果 $C_1（中介）-C_1（自注）=b(1-t)x-mx>0$ 时，C_1（中介）$>C_1$（自注），而 C_1（中介）$-C_1$（自注）$=b(1-t)x-mx<0$ 时，C_1（中介）$<C_1$（自注）。即如果经济更加活跃的话，则企业自行注册的成本相对增加，所以更有积极性选择委托中介机构注册；而如果经济不太活跃，则会自行注册。换种说法就是，如果其他条件不变，则经济越活跃，企业委托中介机构虚假注册的积极性就会越高。

总体上来讲，中介注册和自行注册的成本差距在降低，即企业自行注册的积极性在降低。但是，需要注意的是，政府的成本并没有变化，所以对政府的影响几乎没有，即政府不会考虑机会成本的影响（如果政府单从自身利益的角度出发来考虑的话），但是总成本的差距还是在减少，即企业自行注册的积极性在降低。

讨论：

①当 $b(1-t)-m>0$ 时，C_1（中介）$-C_1$（自注）仍然大于0，还是更加愿意自行注册（如果是选择中介，则纯粹是制度要求，但制度成本有所降低）。

当 $b(1-t)-m=0$ 时，C_1（中介）$-C_1$（自注）$=0$，两种注册方式成本无差异。

当 $b(1-t)-m<0$ 时，C_1（中介）$-C_1$（自注）<0，企业则更加愿意委托中介机构注册。

②当 $b-m>0$ 时，C（中介）$-C$（自注）>0，则企业自行注册对社会来讲是好的。

当 $b-m=0$ 时，C（中介）$-C$（自注）$=0$，则企业自行注册与委托中介机构注册对社会来讲没有差异。

当 $b-m<0$ 时，C（中介）$-C$（自注）<0，则企业委托中介机构注册对社会来讲是好的。

③当 $m<b$，但是 $m>b(1-t)$ 时，企业愿意自行注册，但从社会总成本角度出发，中介注册更有利于降低 C，但是这个不合法律制度设计的本意。

当 $m<b(1-t)$ 时，企业愿意自行注册的积极性降低，倾向于委托中介机构注册。同时，$m<b$ 肯定成立，但是从社会总成本角度出发，自行注册是相对优化的选择。

当 $m>b$ 时，肯定 $m>b(1-t)$，C_1（中介）$-C_1$（自注）<0 肯定成立，则企业愿意中介注册。同时 C（中介）$-C$（自注）<0，则从社会角度出发，中介注册是优选。

也就是说，如果 $m>b$（即注册资本机会获利程度大于委托中介机构对其收费程度），则无论对企业，还是从社会总成本的角度来讲，请中介机构注册，都可以降低成本，则会诱导企业虚假注册。

而无论 m 的值如何，只要考虑了 m，则〔C_1（中介）$-C_1$（自注）〕和〔C（中介）$-C$（自注）〕就在〔正数，0，负数〕的区间内变化，并且是 m 越大（即经济越活跃），则〔C_1（中介）$-C_1$（自注）〕和〔C（中介）$-C$（自注）〕>0 的可能性就越小，即自行注册的比较成本会越来越接近或者超过中介注册成本，也就是说，越来越有动机申请中介注册公司。

考虑了 m 的话，则注册资本限额制度诱使公司虚假出资的程度加大，即使不考虑 m，则注册资本制度也诱使公司虚假出资。（因为有些情况下，即使自行注册成本额要求低，但是如果公司发起人的自有资金不足的话，只好委托中介机构注册。）也就是说，只要考虑了机会成本，那么都会有动力去请中介公司虚假注册，但最终是否虚假注册，取决于经济的活跃程度。

2. 制度含义

模型 1 和模型 2 的结果表明：

如果不考虑公司资本的流动效率，则无论是对建立在企业成本上的内部效率，还是对建立在社会总成本上的外部效率来讲，企业自行注册都是有效率的。而之所以最终会选择虚假注册，主要是因为法定最低注册资本额制度的硬约束所引起的市场准入限制，为了满足这样的制度安排，企业最终会选择虚假注册，但虚假注册是没有效率的。也就是说，这种情况下公司资本制度是没有效率的。

如果考虑了公司资本的流动效率，当注册资本机会获利程度大于委托中介机构对其收费程度时，则无论是对建立在企业成本上的内部效率，还是对建立在社会总成本上的外部效率来讲，企业委托中介机构注册都是有效率的，而且是注册资本机会获利程度越高，效率就越大。换种说法，这种情况下，企业自行注册是没有效率的。也就是说，在法定最低注册资本额制度下，企业是有动力虚假注册的，而本文前面的研究表明，虚假注册最终会损害经济效率的。也就是说，这种情况下公司资本制度是没有效率的。

这就同时一定程度上解释了，如果企业考虑了注册资本的流动获利效应后，不仅仅在公司设立中有虚假出资的动力，而且即使是自行注册，注册成功后，仍然有抽逃出资的动力。并且经济越发展，注册资本的流动获利效应会越大，这种抽逃出资的动力就越大，同时提醒我们要注意加强公司资本流转过程中的监管。

（三）公司资本信用预期与虚假注册

前文研究已经表明，资本是公司信用基础之一。但要准确地评价一个公司的信用能力，尤其是基于偿债能力的公司信用能力，公司资本信用能够传递的信息虽然有用，但是有限。如果制度设计中，对于公司资本的信用功能期望过高，毫无疑问会在一定程度上影响人们对公司信用能力的评价。良好的公司信用无论是对公司内部效率，还是对公司外部效率都有正面的影响。如果企业认为公司的资本能够给交易对象传递更多的信用信息，必然会努力提高自己的注册资本，即使难以满足法定最低注册资本额的要求，也会尽量满足法律的这一硬性规定。而如果这种信用信息是虚假的，则必然会扰乱信用秩序，从而损伤信用的效率价值，也必将影响公司资本制度的效率。

由此，我们得出研究假设：如果人们对注册资本的信用功能期望越高，则企业越有动力虚假注册。为此，我们构造了模型 3 和模型 4，比较研究在考虑了公司资本的信用功能以后，企业自行注册与委托中介机构注册的效率影响。

1. 经济模型分析

模型 3：请中介机构注册，并且考虑虚假注册后的资本信用功能收益

假定注册资本额是 x，则

缴纳给工商部门的登记费用为 ax

付给中介机构的费用为 bx

资本信用功能收益为 dx

注册费用抵减的税收为 $(a+b)tx$

企业成本　C_1（中介）$=(a+b)(1-t)x-dx$

政府成本　C_2（中介）$=(a+b)tx-ax$

总成本　　C（中介）$=bx-dx$

（1）如果不考虑机会成本，则与企业自行注册相比，结果如下：

企业成本　C_1（自注）$=a(1-t)x$

　　　　　C_1（中介）$=(a+b)(1-t)x-dx$

则 C_1（中介）$-C_1$（自注）$=b(1-t)x-dx$

政府成本　C_2（自注）$=atx-ax$

　　　　　C_2（中介）$=(a+b)tx-ax$

则 C_2（中介）$-C_2$（自注）$=btx>0$

总成本　　C（自注）$=0$

　　　　　C（中介）$=bx-dx$

则 C（中介）$-$C（自注）$=(b-d)x$

讨论：

①从企业成本的角度考虑

C_1（中介）$-C_1$（自注）$=〔b(1-t)-d〕x$

如果 $b(1-t)-d>0$，中介注册引起企业成本上升，则应选择自行注册。这时，如果选择中介注册，主要是因为制度设计所引起的制度硬约束。即注册资本限额制度引起了注册成本的上升。

如果 $b(1-t)-d<0$，则中介注册时，企业成本下降，有动力委托中介机构注册。

即只要 d 足够大到超过 $b(1-t)$，即资本的信用功能收益足够大，企业都有动力委托中介机构注册。

②从政府成本的角度考虑

政府成本两者的差值仍然绝对大于 0，即对政府来讲，中介注册会引起其成本上升，所以不支持中介注册。

③从社会总成本角度考虑

C（中介）－C（自注）＝（b－d）x

如果 b＞d，则中介注册引起总成本上升。

如果 b＜d，则中介注册引起总成本下降。

即只要 d 足够大，超过 b，对社会来讲，是可以接受中介注册。

当 d＞b 时，d＞b（1－t）肯定成立，中介注册引起企业成本下降。

当 b（1－t）＜d＜b 时，社会总成本上升，但是企业成本下降。

也就是说，d＞b 时，委托中介机构注册对企业和社会来讲，成本都是下降的，即考虑了资本信用功能收益的话，无论对企业还是社会，委托中介机构注册都是优化选择。但这种制度选择明显是不合法的，是制度诱使企业通过违法途径虚假注册。

（2）如果考虑机会成本，则与企业自行注册相比，结果如下：

企业成本　C_1（自注）＝a（1－t）x＋mx

$\qquad C_1$（中介）＝（a＋b）（1－t）x－dx

则 C_1（中介）－C_1（自注）＝b（1－t）x－mx－dx

$\qquad\qquad$＝〔b（1－t）－m－d〕x

政府成本　C_2（自注）＝a（t－1）x

$\qquad C_2$（中介）＝（a＋b）tx－ax

则 C_2（中介）－C_2（自注）＝btx

总成本　C（自注）＝mx

$\qquad$ C（中介）＝bx－dx

则 C（中介）－C（自注）＝（b－d－m）x

讨论：

①从企业成本的角度来考虑

C_1（中介）－C_1（自注）＝〔b（1－t）－m－d〕x

如果 b（1－t）＞m＋d，则中介注册引起企业成本上升，企业有动力选择自行注册。

如果 b（1－t）＜m＋d，则中介注册引起企业成本下降，企业有动力选择中介注册。

即只要资本的信用功能收益 d 大到超过 b（1－t）－m，企业都有动力请中介机构注册，但是，与没有考虑 m 相比，对 d 的要求降低。

②从政府成本的角度来考虑

政府成本两者的差值仍然绝对大于 0，即对政府来讲，中介注册会引起其成本上升，所以不支持中介注册。

③从社会成本的角度来考虑

C（中介）－C（自注）＝（b－d－m）x

如果 d < b－m，则中介注册引起社会总成本上升。

如果 d > b－m，则中介注册引起社会总成本下降，可以接受中介注册。且当 d > b－m，d > b（1－t）－m 时，肯定成立，中介注册引起总成本和企业成本下降。b（1－t）－m < d < b－m 时，社会成本上升，而企业成本下降。

也就是说，只要 d > b－m，无论是从企业成本的角度，还是从社会总成本的角度，中介注册的成本大于企业自行注册的成本的可能性降低，即企业选择中介注册的积极性增强。而且经济越活跃，对 d 的约束要求就越低。经济越活跃，企业就越有动力虚假注册，即虚假注册就越有效率，则注册资本限额制度就越失败。

模型4：自行注册，且考虑资本的信用功能收益

假定注册资本额是 x，则

缴纳给工商部门的登记费用为 ax

注册资本的机会成本为 mx

注册费用抵减的税收为（ax）t＝atx

资本信用功能收益为 dx

如果不考虑机会成本，则：

企业成本　C_1（自注）＝a（1－t）x－dx

政府成本　C_2（自注）＝atx－ax

总成本　C（自注）＝－dx

如果考虑机会成本，则：

企业成本　C_1（自注）＝a（1－t）x－dx＋mx

政府成本　C_2（自注）＝atx－ax

总成本　C（自注）＝mx－dx

（1）将模型4和模型2的各项结果进行比较

①如果不考虑机会成本，则结果如下：

企业成本　C_1（自注）＝a（1－t）x－dx

　　　　　C_1（中介）＝（a＋b）（1－t）x

则 C_1（中介）－C_1（自注）＝b（1－t）x＋dx > 0

政府成本　C_2（自注）＝a（t－1）x

　　　　　C_2（中介）＝（a＋b）tx－ax

则 C_2（中介）－C_2（自注）＝btx > 0

总成本　C（自注）＝－dx

$$C（中介）= bx$$

则 $C（中介）- C（自注）=（b + d）x > 0$

不难发现，三种成本差异都恒大于 0，即中介注册成本大于自行注册成本，这种情况下，如果虚假注册，主要是注册资本限额制度的硬约束所引起。

同时需要注意的是，在情况 4 中，$C_1（中介）- C_1（自注）= b（1 - t）x + dx$，$C（中介）- C（自注）=（b + d）x$，而在情况 2 中，$C_1（中介）- C_1（自注）= b（1 - t）x$，$C（中介）- C（自注）= bx$，很明显，情况 4 中成本差异的绝对数要高于情况 2，就企业成本和社会总成本来讲，中介注册的成本要更加大于自行注册的成本，所以，自行注册的动力增强。

也就是说，如果资本有信用功能的话，则更加应该选择自行注册，而如果选择虚假注册，主要是资本限额制度的硬约束所诱使。

②如果考虑机会成本，则结果如下：

企业成本　$C_1（自注）= a（1 - t）x + mx - dx$

$\qquad\qquad C_1（中介）=（a + b）（1 - t）x$

则 $C_1（中介）- C_1（自注）= b（1 - t）x - mx + dx$

政府成本　$C_2（自注）= a（t - 1）x$

$\qquad\qquad C_2（中介）=（a + b）tx - ax$

则 $C_2（中介）- C_2（自注）= btx > 0$，且不变

总成本　$C（自注）= mx - dx$

$\qquad\qquad C（中介）= bx$

则 $C（中介）- C（自注）=（b + d - m）x$

而就企业和社会来讲，根据前面的讨论方式，不难发现，尽管成本的比较相对来讲更加不确定，但就变化的方向来讲，政府成本不变，中介注册的成本更加容易大于自行注册，所以自行注册的积极性增强，即资本的信用功能会增加自行注册的积极性。所以说，只要自有资金充足，一般选择自行注册。

（2）将模型 4 和模型 3 的各项结果进行比较

①如果不考虑机会成本，则结果如下：

企业成本　$C_1（自注）= a（1 - t）x - dx$

$\qquad\qquad C_1（中介）=（a + b）（1 - t）x - dx$

则 $C_1（中介）- C_1（自注）= b（1 - t）x > 0$

政府成本　$C_2（自注）= a（t - 1）x$

$\qquad\qquad C_2（中介）=（a + b）tx - ax$

则 $C_2（中介）- C_2（自注）= btx > 0$

总成本　$C（自注）= - dx$

$$C（中介）= bx - dx$$

则 C（中介）－ C（自注）= bx > 0

即如果考虑资本的信用功能后，中介注册的成本恒大于自行注册成本，同时，中介注册的成本相对要低，即中介注册的成本更低，所以企业请中介机构注册的动力增强。（具体比较方法同上，这里不再赘述。）

②如果考虑机会成本，则结果如下：

企业成本　　C_1（自注）= a（1 - t）x + mx - dx

$\qquad\qquad C_1$（中介）=（a + b）（1 - t）x - dx

则 C_1（中介）－ C_1（自注）= b（1 - t）x - mx

政府成本　　C_2（自注）= a（t - 1）x

$\qquad\qquad C_2$（中介）=（a + b）tx - ax

则 C_2（中介）－ C_2（自注）= btx > 0，且不变

总成本　　　C（自注）= mx - dx

$\qquad\qquad$ C（中介）= bx - dx

则 C（中介）－ C（自注）= bx - mx

运用以上相同的比较方法，不难发现，成本差的绝对数相对增加，则委托中介注册的动力会相对增强。

2. 制度含义

模型 3 和模型 2 的结果比较表明：如果不考虑企业委托中介机构注册后资本的信用功能，那么无论是从基于企业成本角度的内部效率，还是基于社会总成本的外部效率来讲，企业自行注册与委托中介机构注册相比较，都是更加有效率的，企业会倾向于自行注册。也就是说，如果政府加大对虚假注册公司的打击力度，加强资本监管，降低人们对违规注册的资本信用功能预期，都可以增强企业自行注册的积极性，提高注册行为的效率。

模型 4 和模型 3 的结果比较表明：如果同时考虑企业委托中介机构注册后资本的信用功能，那么无论是从基于企业成本角度的内部效率，还是基于社会总成本的外部效率来讲，与自行注册相比较，企业委托中介机构注册都更加有效率，也就是说，虚假注册相对来讲更加有效率。同时，与不考虑资本信用功能相比较，企业委托中介机构虚假注册的积极性要提高。而虚假注册显然与法定最低注册资本额制度的设计初衷相悖，虚假注册会扰乱市场的信用秩序，从而最终降低公司资本制度的效率。所以说，公司资本制度设计中，越是增强公司资本的信用功能，那么企业越有动力委托中介机构虚假注册，从而降低公司资本制度的效率。

这一研究结论给我们的重要启示就是，放宽对公司资本制度的监管，比如

说降低法定最低注册资本的数额，一定程度上可以降低人们对公司资本信用功能的预期，从而激励企业遵守法律相关规定自行注册，构建公司资本信用信息所传递的良好信用秩序，提高制度的效率。

（四）政府监管与虚假注册

前文在关于我国严格资本监管失败的原因分析中，一个重要的结论就是相关配套机制不完善，而配套机制中，政府的资本监管机制是最为重要的内容。政府的资本监管机制不仅仅包括政府的资本监管执法力度，还包括相关配套制度的建设，比如说验资制度、信息披露制度，等等。在前言所引《人民日报》的新闻中，我们发现政府部门，尤其是工商部门在资本监管方面的乏力，是对虚假注册行为打击不力的重要原因之一，这里的政府监管不力，有两重含义，包括查处力度不够和处罚力度不够。前面四个模型的分析结果表明，如果政府单从自身的角度出发，是否虚假注册对其成本的影响不大，因而监督的积极性不高，或者说对政府来讲，不监督是有效率的选择。但是前面四个模型的分析中，为了更好地研究资本流动效应和资本信用效应，我们相对控制了政府监管过程中的执法成本变量，而如果考虑了政府执法成本变量，必然会对政府的行为产生一定的影响。如果政府监管可以减少企业的虚假注册，显然会有利于公司信用秩序的建立，从而可以提高公司资本制度的效率，即政府监管是一种有效的制度安排。

由此，我们得出研究假设：如果政府监管力度加大，则企业虚假注册的可能性会降低。为此，我们构造了模型 5，增加考虑处罚变量。由于主要是比较政府监管处罚力度对企业注册行为的影响，所以我们相对控制了其他研究变量，只考虑模型 5 和模型 3 的成本差异，讨论比较模型 5 与模型 4 的成本差异和模型 4 与模型 3 的成本差异之间的关系。

1. 经济模型分析

模型 5：委托中介机构注册，并且考虑了注册资本信用功能收益，以及处罚成本

假定注册资本额是 x，则

缴纳给工商部门的登记费用为 ax

付给中介机构的费用为 bx

资本信用功能收益为 dx

注册费用抵减的税收为 (a + b) tx

企业受罚成本为 npx

政府实施处罚成本为 fpx − npx

企业成本 C_1（中介）＝（a＋b）（1－t）x＋npx－dx

政府成本 C_2（中介）＝（a＋b）tx－ax＋fpx－npx

总成本 C（中介）＝bx－dx＋fpx

（1）如果不考虑机会成本，则结果如下：

企业成本 C_1（自注）＝a（1－t）x－dx

C_1（中介）＝（a＋b）（1－t）x＋npx－dx

则 C_1（中介）－C_1（自注）＝b（1－t）x＋npx＞0

政府成本 C_2（自注）＝a（t－1）x

C_2（中介）＝（a＋b）tx－ax＋fpx－npx

则 C_2（中介）－C_2（自注）＝btx＋（f－n）px

总成本 C（自注）＝－dx

C（中介）＝bx－dx＋fpx

则 C（中介）－C（自注）＝bx＋fpx

讨论：

①从企业成本角度来讲

模型 5 中，C_1（中介）－C_1（自注）＝b（1－t）x＋npx＞0，模型 4 中，C_1（中介）－C_1（自注）＝b（1－t）x＞0，不难看出模型 5 中的成本差异要比模型 4 中的成本差异大，即在模型 5 中，企业委托中介机构注册的动力相对降低。

②从政府成本角度来讲

模型 5 中，C（中介）－C（自注）＝bx＋fpx，模型 4 中，C_2（中介）－C_2（自注）＝btx，如果（f－n）＞0，则模型 5 中的成本差异要比模型 4 中的成本差异大，即在模型 5 中，企业委托中介机构注册的效率相对降低，而且是 f（即监督虚假注册所引起政府直接成本增加的程度）越小，n（政府对虚假注册行为的处罚力度）越大，则政府监管的成本越低，则其监管的积极性会增强。

③从社会总成本角度来讲

模型 5 中，C（中介）－C（自注）＝bx＋fpx＞0，模型 4 中，C（中介）－C（自注）＝bx＞0，不难看出模型 5 中的成本差异要比模型 4 中的成本差异大，即在模型 5 中，社会对企业委托中介机构注册的接受程度相对降低。

（2）如果考虑机会成本，则结果如下：

企业成本 C_1（自注）＝a（1－t）x＋mx－dx

C_1（中介）＝（a＋b）（1－t）x＋npx－dx

则 C_1（中介）－C_1（自注）＝b（1－t）x＋npx－mx

政府成本 C_2（自注）＝a（t－1）x

$$C_2（中介）=（a+b）tx - ax + fpx - npx$$

则 $C_2（中介）- C_2（自注）= btx + fpx - npx$

总成本　$C（自注）= mx - dx$

$$C（中介）= bx - dx + fpx$$

则 $C（中介）- C（自注）= bx - mx + fpx$

各种讨论结果与前面一种情况基本相似，这里不再赘述。

2. 制度含义

模型 5 的研究结果表明，如果考虑了政府资本监管的因素，那么无论是从基于企业成本角度的内部效率，还是基于社会总成本的外部效率来讲，企业委托中介机构注册的愿望将会降低，从而有利于资本信用秩序的建立，进而提高资本制度的效率；如果降低政府对于企业注册行为监管的实施成本，同时增加对于虚假注册行为的处罚力度，那么委托中介机构注册对政府来讲就不是一种有效的行为，政府会提高对中介行为打击的积极性；如果增加了对虚假注册行为的处罚力度，同时增加政府的监管力度，那么无论是基于企业成本角度的内部效率，还是基于社会总成本的外部效率，都会有所提高。

这里有一点需要说明的是，我们在模型 5 中是用政府的执法行为来替代政府的监管，而这种替代是不完全的。从制度上来讲，我们可以通过相关制度的设计，来降低政府实施监管的直接实施成本，而同时增强政府对于企业资本的监管力度，即要加强监管相关配套制度的建设。

（五）基于湖南省株洲市公司实际注册资本情况的实证研究

1. 研究样本说明

为了进一步检验前文相关理论研究结论，我们选择湖南省株洲市 2006 年的内资有限责任公司注册资本情况作为研究样本。之所以选择湖南省株洲市 2006 年的公司注册资本情况作为研究对象，主要是基于如下几个方面的考虑：

（1）株洲市具有一定的代表性

株洲市位于湖南省，湖南省的经济发展综合水平在全国位于中等水平，湖南省内公司注册情况，能够一定程度上代表全国的平均水平。如果选择发达地区的，也许对《公司法》设定的最低注册资本额不敏感，而如果选择贫困地区的，也许对《公司法》设定的最低注册资本额过于敏感。株洲市是湖南省公司基础最好的地区，2006 年的 GDP 人均 GDP 和财政收入位居湖南省第一，经济相对比较活跃，公司经济活动也相对较为活跃。

（2）2006 年度是一个较好的研究时点

2006 年 1 月 1 日，按照新《公司法》修改后的《中华人民共和国公司登记管理条例》开始实施，所以选择 2006 年所有已经注册的公司注册资本情况和 2006 年当年新注册公司的注册资本情况进行比较，可以一定程度上反映新公司法实施以后对社会经济的实际作用，同时也可以通过对比分析，来分析注册资本对于公司的实际意义及其变化原因。

另外，我们选择的是内资公司，是因为在湖南省内从公司数量上来讲，还是以内资有限责任公司为主，这样可以进一步控制因为内外资的差异对相关结论的可能影响。

2. 实证研究结果

我们选择株洲市 2006 年内资公司注册资本情况和株洲市 2006 年当年注册内资公司注册资本情况进行对比研究，以期研究法定最低注册资本额制度对于经济的实际影响及其原因。我们选择株洲市工商局 2006 年查处企业违反企业登记管理法规情况，研究政府监管对于注册资本制度的实际影响。

（1）公司实际注册资本情况比较

下表中，表 2 反映的是株洲市 2006 年内资有限责任公司注册资本情况，表 3 反映的是株洲市 2006 年当年注册内资有限责任公司注册资本情况。

①注册资本的行业特征

从实际注册资本情况来看，行业差异比较明显，对于资本投入需求大的行业的公司注册资本相对来讲比较高。从这个角度不难发现，由于行业特征和生产特征对于固定资产投资的需求不同，注册资本体现了行业的差异，公司的实际注册资本一定程度上也是和公司实际生产的需要相对应的。

②实际注册资本额与法定最低额的比较

以株洲市 2006 年内资公司注册资本情况来看，户均注册资本为 496 万元，远远超过有限公司 50 万元的法定最低注册额限定。而且也是远远高于各个行业具体的规定。比如说，对于设立房地产开发企业，《城市房地产开发经营管理条例》第 5 条规定应有 100 万元以上的注册资本。在株洲市设立的房地产开发企业，资质基本上都是最低级别的，但是平均注册资本达到了 844 万元，是法定最低额的 8 倍多；批发零售企业法定最低注册资本额为 50 万元，株洲市 2006 年公司注册资本平均达到 349 万元，接近 7 倍。所以说，法定最低注册资本额与实际注册情况有很大的出入，其实际的行业准入限制作用并没有准确地体现出来。

③ 2006 年前后公司实际注册资本额的变化

2006 年当年注册的内资有限责任公司的户均注册资本为 287 万元，而 2006 年在册的内资有限责任公司的户均注册资本为 496 万元，下降了接近一半左右。不难发现，新的公司法定最低注册资本额标准出台以后，公司的实际注册资本额纷纷下降，说明公司对于注册资本额的实际需求没有原来的那么高。以前实际注册资本额之所以高，而且远远高于法定最低额，更多的原因可能是原来的《公司法》传递了相关的信息，即公司资本可以传递公司信用信息，因而公司纷纷提高注册资本额。尽管会有一定的资本闲置，但他们认为资本信用带来的好处会远远高于闲置成本，最终有的干脆委托中介机构虚假注册以提高注册资本数额，这也从一定程度上解释了为什么会有这么多的虚假出资情况。因而一旦新公司法调低法定注册资本最低额以后，无疑调低了人们对于公司资本信用的预期，所以实际注册资本额随之下降也就不足为怪了。

④新设公司数量的比较

株洲市工商局的相关资料显示，株洲市 2004 年新设内资有限责任公司 137 家，而 2006 年则为 298 家，公司数量翻了一番多，说明注册资本额度的下降，对于活跃经济、提高经济效率是有好处的，也是实际有效的。

表 2　　　　　　　株洲市 2006 年内资有限责任公司注册资本情况

	期末实有户数	注册资本（万元）	户均注册资本（万元）
合　　　计	3099	1536837	495.9138
采矿业	9	18963	2107
制造业	419	598399	1428.16
房地产业	115	97049	843.9043
电力、燃气及水的生产和供应业	46	28566	621
水利、环境和公共设施管理业	27	14867	550.6296
建筑业	193	105840	548.3938
卫生、社会保障和社会福利业	3	1580	526.6667
租赁和商务服务业	176	82801	470.4602
批发和零售业	1432	499263	348.6473
住宿和餐饮业	40	12355	308.875
交通运输、仓储和邮政业	90	23742	263.8
科学研究、技术服务和地质勘察业	44	9143	207.7955
文化、体育和娱乐业	4	530	132.5
信息传输、计算机服务和软件业	139	16339	117.5468
居民服务和其他服务业	54	5035	93.24074
金融业	278	20903	75.19065
农、林、牧、渔业	28	1462	52.21429

表3　　　　　　　　株洲市 2006 年当年注册内资有限责任公司注册资本情况

	期末实有户数	注册资本（万元）	户均注册资本（万元）
合　　　　计	298	85549	287.0772
房地产业	7	4850	692.8571
制造业	36	20950	581.9444
水利、环境和公共设施管理业	2	1000	500
批发和零售业	154	56852	369.1688
建筑业	5	330	66
居民服务和其他服务业	15	822	54.8
租赁和商务服务业	21	464	22.09524
电力、燃气及水的生产和供应业	3	60	20
科学研究、技术服务和地质勘察业	1	20	20
金融业	24	120	5
交通运输、仓储和邮政业	7	31	4.428571
农、林、牧、渔业	19	50	2.631579
采矿业	0	0	0
信息传输、计算机服务和软件业	0	0	0
住宿和餐饮业	0	0	0
卫生、社会保障和社会福利业	0	0	0
文化、体育和娱乐业	0	0	0

（2）政府对公司资本注册的监管情况

如表4株洲市工商局 2006 年查处企业违反企业登记管理法规情况统计表所表明的，工商部门对于虚假注册的查处力度相对来讲比较小。在 2006 年所有查处的违反企业登记管理法规 329 起公司案例中，只有 8 起是与虚假注册相关。而有 294 起是因为不按规定接受年度检验而受查处，有 14 起是公司未按照规定办理有关变更登记的，年检中的查处和变更中的查处，对于工商局来讲，是属于执法成本比较低的。在 2007 年上半年中，株洲市工商局没有一起查处虚假注册的案例。从《人民日报》的新闻我们虽然不能说株洲市有 70%以上的企业在注册时违规，但是比例也要远远高于现实的查处比例。对此，株洲市工商局监管科工作人员的解释是人手比较少，查处虚假注册相对来讲需要大量的人力和物力。尽管从罚没的金额上来看，工商部门本该是有积极性的。2006 年株洲市工商局的相关罚没金额总共 175.4 万元，虚假注册罚没收入就达到 132.6 万元，占据了其中的绝大部分。

　　也就是说，执法成本高是对于虚假注册查处不力的重要原因。结合前文理论模型的合理推导，由于查处发现的概率过低，相关制度对虚假注册行为的威慑不够，所以一定程度上助长了虚假注册行为。

表 4　株洲市工商局 2006 年查处企业违反企业登记管理法规情况统计表（户）

	合计	公司	给予行政处罚但未罚没款	1万以下	1万—10万	10万以上	吊销营业执照	罚没金额（万元）
				按处罚程度分				
小　　计	335	329	275	42	15	3	275	175.4
办理公司登记时虚报注册资本、提交虚假证明文件或采取其他欺诈手段取得公司登记的	8	8	0	1	5	2	0	132.6
公司发起人、股东在公司成立后，抽逃出资的	1	1	0	1	0	0	0	0.5
公司成立后无正当理由超过 6 个月不营业或者开业后自行停业连续 6 个月以上的	0	0	0	0	0	0	0	0
公司未按照规定办理有关变更登记的	14	14	0	13	1	0	0	2.3
公司在分立、合并、减少注册资本或者清算时，不按规定通告或公告债权人的	0	0	0	0	0	0	0	0
清算组织不按规定报送清算报告或清算报告有重大问题的	0	0	0	0	0	0	0	0
公司破产、解散清算后，不申请办理注销登记的	0	0	0	0	0	0	0	0
股份有限公司设立、变更、注销登记后，不按规定发布公告的	0	0	0	0	0	0	0	0
公司不按规定接受年度检验的	300	294	275	18	7	0	275	20.1

续表

	合计	公司	给予行政处罚但未罚没款	1万以下	1万—10万	10万以上	吊销营业执照	罚没金额（万元）
				按处罚程度分				
伪造、涂改、出租、出借、转让或未按规定放置营业执照的	0	0	0	0	0	0	0	0
公司超出核准登记的经营范围从事经营活动的	3	3	0	1	1	1	1	16.7
未依法登记为公司而冒用公司名义的	1	1	0	1	0		0	0.5
其他	8	8	0	7	1		0	2.75

六、结论和制度建议

（一）主要结论

1. 公司资本信用功能的有效性和有限性

公司资本可以传递一定的公司信用信息，但是作用有限。经济理论模型分析表明，公司资本制度的相关严格规定，扩大了资本的信用功能，而由此提高了人们对公司资本信用功能的预期，增强了设立人虚假注册的积极性。可以考虑通过放松对于公司资本的管制，将公司资本的信用功能回归到其应有的水平，并通过对于公司资本注册行为的有力监管，来降低虚假注册的积极性，建立良好的信用秩序，提高公司资本制度的效率。

2. 公司资产信用功能的有效性和有限性

公司资产也可以传递一定的公司信用信息，但是作用同样有限。严格资本管制下的虚假注册泛滥，并不意味着可以用资产信用替代资本信用。资产在传递公司信用信息上的局限也是非常明显的。由于资产更多的是一个经济概念，而不是法律概念，资产要承担债权人的利益保障功能，必须要经过中介的评估，而这种信用显示成本显然过高：小企业承担不起；对于大企业来讲，由于承担交易功能的资产可能只是其资产份额的一部分，所以评估实际效用不高；同时，资产的变动比较频繁，但与注册资本相比，没有一套严格的法律程序，对于交易相对人的利益保障能力更低。所以说，尽管株洲市的经验数据表明，新《公司法》颁布后人们降低了对于公司资本信用功能的预期，有其积极的一面，但是也要正确评估公司资本的信用功能，如果贸然以资产来替代资本的信用功能，将会带来新的公司信用秩序的混乱。

3. 法定最低注册资本额信用功能的有效性和有限性

《公司法》中关于法定最低注册资本额的规定过于严格，一定程度上误导了人们关于法定最低注册资本额功能的预期。国外的相关规定表明，法定最低注册资本额的主要功能是市场准入，而不是债权人的利益保障。株洲市的经验数据表明，公司的实际注册资本远远高于法律的相关规定，公司在注册时已经考虑了实际生产需要和资本注册以后的信用功能，法定注册资本最低额所实际发挥的市场准入规制作用有限。但是，株洲市的经验数据同时还表明，新《公司法》实施以后，人们对于注册资本限额信用功能的预期已经下降，2006年新注册公司的注册资本远远低于包括 2006 年之前的平均水平，并且 2006 年新注册公司的数量成倍增长，经济更加活跃。可以考虑进一步降低法定最低注册资本额，降低人们对于法定最低注册资本额的信用功能的预期，减少虚假注册行为，并促进充分的市场竞争，提高市场经济效率。

（二）制度建议

1. 进一步放松资本管制

无论从公司内部效率，还是外部市场效率的角度来看，放松资本管制都有利于提高公司资本制度的效率。具体到本文的研究视角来看，进一步降低法定最低注册资本额，包括《公司法》中的一般规定和相关的行业规定，可以提高公司资本制度的效率。具体逻辑思路是：降低法定最低注册资本额，减少公司的闲置资本，降低公司虚假注册的内在冲动；不仅公司资本的信用功能有限，法定最低注册资本额实际上也并没有公司债权人利益保障功能，降低法定最低注册资本额可以降低人们对公司资本和法定最低注册资本额的信用功能预期，从而进一步降低公司虚假注册的内在积极性；法定最低注册资本额最主要的实际功能是市场准入的限制，关于株洲市公司注册资本情况的实证研究已经表明，降低法定最低注册资本额后，一方面实际注册资本下降，减少了公司资本闲置成本，另一方面，新注册公司的数量成倍增长，经济活力进一步增强。

2. 加强政府资本监管的配套机制建设

按照一般的逻辑推理，严格资本管制之下大量存在的抽逃出资与虚假出资，可能会对改革思路产生以下两个方面的影响，一是进一步加强管制，即在严格管制产生的原因没有消除的情况下，一旦放松管制，有可能会使中国公司资信在现有状况下进一步恶化，由此会进一步产生对管制的需求；另一种相反的思路是，由于监管会产生腐败，我们也可以选择完全放弃监管，即"像戒除毒瘾一样戒除监管"，给投资人和企业以充分的自由。① 但问题是，到目前为止我们尚未发现有这样的先例（即使是在被我们认为具有最自由的市场经济的美国）。学者们的研究清楚地表明，无论是在法律之内还是在法律之外，监管确实存在，而且在一些情况下还在加强（例如美国 2002 年的新法案）。②

笔者认为，放松资本管制当然一方面可以提高资本制度的效率，但如果缺少有效的资本监管，也很容易产生新的市场信用秩序混乱。作为资本监管的实施主体，政府的行为至关重要。对于政府来讲，笔者认为，最为重要的是要能够充分调动其监管的积极性。本文研究表明，降低政府的监管成本是调动政府资本监管的重要手段。降低政府的监管成本，关键是要有相关的配套机制。我国公司严格资本管制的失败也正是在于缺少相关有效资本监管的配套机制。配套机制的建立和存在是"放松监管"的改革得以进行并具有实施基础的一个关键所在。

由于各国国情的差异，在这个领域并不存在统一模式。笔者认为，就中国的具体情况而言，以下几点值得认真考虑：强化公司董事及高级管理人员对公司虚假出资的责任，加大处罚力度，可以增加虚假注册行为的受罚成本，从而增强监管制度的威慑力；进一步强化资本信息的公开，特别是资本变动的信息公开，在放松设立方面的资本管制后，可以要求非上市公司向管理机关提交必要的财务报告，并创造条件，保证第三人、债权人或评估机构可以以低廉的成本获得这些信息。通过强有力的信息披露，有利于提高对虚假注册行为的发现概率；加快公司信用市场体系建设。通过公司信用体系市场化，一方面可以向外界传递公司信用基础多元化的信号，降低对公司资本信用功能的预期，另一方面，可以通过市场的力量，来实施对公司资本的监管，并可以有效地增加政府监管的信息来源，降低其监管成本。

除上述观点之外，笔者还认为，在中国，放松法律对公司资本的管制而又不威胁债权人、第三人以及社会利益的一个非常重要的方面，是加快国有公司产权改革的步伐，加快公司法实施的制度环境建设，因为只有当维持信誉成为市场主体的利益所在，所有的法律改革才能真正具有实施的基础，改革的目的才能最终得到实现。

---

① 张维迎：《产权、政府与信誉》，生活·读书·新知三联书店 2001 年版，第 96—143 页。
② 高世楫："更自由的市场、更复杂的交易、更严格的规则——安然倒闭引发对市场规则和监管的反思"，载吴敬琏主编《比较》第 1 期，中信出版社 2002 年版，第 93—110 页；［美］卡塔琳娜·皮斯托等：《法律演进与移植效果——六个法律移植国家中公司法发展的经验》，载吴敬琏主编《比较》第 1 期，中信出版社 2002 年版，第 74—94 页。

参考文献

1. ［美］保罗·A. 萨缪尔森、威廉·D. 诺德豪斯著，高鸿业译：《经济学》（上册）（第 12 版），中国发展出版社 1992 年版。

2. 曹康泰：《新公司法修订研究报告》（上册），中国法制出版社 2006 年版。

3. 陈潜、唐明皓：《信用·法律制度及运行实务》，法律出版社 2005 年版。

4. 《辞海》，上海辞书出版社 1979 年版。

5. 戴维·W. 沃克：《牛津法律大辞典》，光明出版社 1983 年版。

6. 高世楫："更自由的市场、更复杂的交易、更严格的规则——安然倒闭引发对市场规则和监管的反思"，载吴敬琏主编《比较》第 1 期，中信出版社 2002 年版。

7. ［美］理查·A. 波斯纳著，蒋兆康译、林毅夫校：《法律的经济分析》，中国大百科全书出版社 1997 年版。

8. ［美］理查德·A. 波斯纳著，苏力译：《法理学问题》，中国政法大学出版社 2002年版。

9. 江平、程合红："论信用——从古罗马到现代社会"，载《东吴法学》2000 年特刊。

10. ［美］卡塔琳娜·皮斯托著，许成刚译：《不完备法律》，载《比较》第 3 期，中信出版社 2002 年版。

11. ［美］卡塔琳娜·皮斯托等："法律演进与移植效果——六个法律移植国家中公司法发展的经验"，载吴敬链主编《比较》第 1 期，中信出版社 2002 年版。

12. 秦佩华："虚假出资成风　威胁市场诚信"，载《人民日报》2007 年 7 月 10 日。

13. 王利明："民法·侵权行为法"，中国人民大学出版社 1993 年版。

14. 吴汉东："论信用权"，载《法学》2001 年第 1 期。

15. 杨立新：《人身权法》，中国检察出版社 1996 年版。

16. 杨彦如、张曙光："揭穿公司面纱的经济学原理"，载张曙光、邓正来主编《中国社会科学评论》（第一卷），法律出版社 2004 年版。

17. 于敏译：《日本公司法现代化的发展方向》，社会科学文献出版社 2004 年版。

18. 喻敬明、林钧跃、孙杰：《国家信用管理体系》，社会科学文献出版社 2000 年版。

19. 张穹：《新公司法修订研究报告》，中国法制出版社 2005 年版。

20. 张维迎：《产权、政府与信誉》，生活·读书·新知三联书店 2001 年版。

21. 张俊浩：《民法学原理》，中国政法大学出版社 1991 年版。

22. 赵旭东：《新公司法制度设计》，法律出版社 2006 年版。

23. 赵旭东：《公司资本制度改革研究》，法律出版社 2004 年版。

24. *Black's Law Dietionary.* West Publishing CO. , 1979.

25. Henry R. Cheeseman, *Business Law* . New Jersey：Prentice Hall, 1995.

26. L. G. B. Gower, *The Principles of Modern Company Law.* Stevens, 1969.

27. Robert W. Hamilton, *The Law of Corporations.* West Group, 1996.

28. Thomas W. Dunfee, Frank F. Gibson, John D. Blackbarn Douglas, Whiteman F. William McCarty, Bartley A. Brennan, David Barrett Cohen. *Modern Business Law.* McGraw-Hill, Inc. , Third Edition.

29. Tony Orhnial edited: *Limited liability and the corporation.* Croomhelm. London&Camberra, 1982.

· 中国社会科学院法学博士后论丛 ·

TRIPS 协定有关地理标志的规定及其国内实施问题研究

A Study on the Provisions of Geographical
Indications under the TRIPS Agreement
and Their Domestic Implications

博士后姓名　董炳和

流　动　站　中国社会科学院法学研究所

研 究 方 向　知识产权法

博士毕业学校、导师　中南财经政法大学　吴汉东教授

博士后合作导师　郑成思　李明德

研究工作起始时间　2005 年 9 月

研究工作期满时间　2007 年 9 月

作 者 简 介

董炳和，1966 年出生，男，山东诸城人，法学博士，现任苏州大学王健法学院教授，主要研究方向为知识产权法。

1989 年 7 月毕业于吉林大学法学院国际法专业，获法学士学位。其后在烟台大学法律系工作十年，1999 年 8 月调入苏州大学法学院。2001 年 9 月—2004 年 6 月，在中南财经政法大学民商法专业（知识产权法方向）师从吴汉东教授攻读博士学位，研究课题为"地理标志知识产权制度研究"。2005 年 10 月—2007 年 10 月在中国社会科学院法学研究所师从郑成思教授、李明德教授，从事博士后研究，研究课题为"地理标志国际保护及 TRIPS 协定相关规定的国内实施问题研究"。

作为项目负责人主持国家社科基金课题一项（"技术创新法律保障问题研究"，2000 年一般项目），作为主要参与者参加国家社科基金项目三项。出版个人学术专著两部，主编、合著及参编多部，主要代表作有《地理标志知识产权制度研究》（个人专著，中国政法大学出版社 2005 年 9 月）、《技术创新法律保障制度研究》（个人专著，知识产权出版社 2006 年 7 月）、《知识产权的国际保护》（合著，知识产权出版社 2006 年 1 月）、《知识产权基本问题研究》（合著，中国人民大学出版社 2005 年 3 月）。获山东省哲学社会科学优秀成果奖三等奖两项，获江苏省哲学社会科学优秀成果奖一等奖一项。

TRIPS 协定有关地理标志的
规定及其国内实施问题研究

董炳和

内容摘要： 自巴黎公约于 1883 年缔结以来，地理标志就一直受到相关国际条约的保护。1986 年开始的关贸总协定乌拉圭回合谈判把"包括原产地名称在内的地理标志"作为其与贸易有关的知识产权问题中一个议题，纳入了谈判范围，并最终取得了妥协性的成果。根据 TRIPS 协定的规定，WTO 各成员都有义务在国内实施 TRIPS 协定的有关要求。

欧盟与美国在地理标志问题上素有分歧，它们分别代表了两种不同的模式：专门立法模式和商标法模式。前者建立了专门的地理标志注册和保护制度，而后者则通过集体商标和证明商标来保护地理标志。在 TRIPS 协定生效之后，欧盟和美国各自的地理标志保护制度并没有发生实质性变化。一些在 TRIPS 协定生效前尚未建立地理标志保护制度的国家也纷纷按照 TRIPS 协定的要求建立起了各自的地理标志保护制度。

本文在研究 TRIPS 协定有关地理标志保护的规定，尤其是欧盟、美国和印度为实施 TRIPS 协定有关要求而采取的国内措施的基础上，对我国现行地理标志保护制度存在的问题进行了分析，并从实施 TRIPS 协定有关要求和满足国内需求两个方面对我国地理标志保护制度的改革与完善提出了建议。

关键词 地理标志　TRIPS 协定　国内实施　专门立法

一、引言

（一）问题的提出

自 1883 年巴黎公约缔结以来，地理标志就已经被纳入了国际知识产权保护的体系之内。由于历史的原因，各国在地理标志保护方面的利益有很大差别，大致上可以划分为两个阵营：以欧洲大陆国家为主的"旧世界"国家，和以美国、澳大利亚及加拿大等主要由外来移民组成的"新世界"国家。旧世界国家拥有较多有重要经济价值的地理标志，而新世界国家不但缺少有价值的地理标志，还经常把旧世界国家的一些地理标志尤其是葡萄酒地理标志作为通常名称或商标。利益的不同不但决定了各国国内地理标志保护制度的形式和内容，而且还对地理标志的国际保护产生了重要影响。有关地理标志保护的国际条约，要么是各国妥协的产物，要么是一些有着共同利益的国家的"俱乐部"。TRIPS 协定有关地理标志的规定就是新旧世界国家之间的一种妥协安排。

TRIPS 协定有关的规定的妥协性为 WTO 各成员实施这些规定的国内制度安排提供很大的灵活性，它们在很大程度可以根据自身的利益来决定实施 TRIPS 协定有关要求的法律形式和保护的具体标准。作为新旧世界代表的美国和欧盟，其国内有关地理标志保护的制度并未因 TRIPS 协定的生效而发生实质性变化。欧盟继续实施其专门立法的模式，而美国则仍然坚持通过集体商标和注册商标保护地理标志的商标法模式。两种模式的冲突导致美国和澳大利亚动用了 WTO 的争端解决机制，但争端的最终结果并未改变欧盟地理标志保护的基本模式。

作为 WTO 的重要成员，中国在加入时就对地理标志保护的问题做出了承诺。中国选择了以修改《商标法》的方式来实施 TRIPS 协定有关地理标志的规定。自 2001 年修改《商标法》以来，以集体商标和证明商标为基本法律手段来保护地理标志的做法，逐步建立并得到了发展。同时，由国家质量监督检验检疫总局建立起的原产地标记产品（地理标志产品）保护制度也在不断发展与完善，由此形成了我国地理标志保护的"双轨制"。部门利益导致了两种制度之间冲突不断，我国的地理标志保护陷入很大的混乱之中。如何改革和完善我国的地理标志保护制度，既满足实施 TRIPS 协定有关规定的需要，又满足我国地理标志保护的国内需求，是一个亟待解决的问题。

（二）术语问题与概念界定

1. 术语问题

术语问题（terminology）是讨论地理标志知识产权保护时无法绕过去的一个首要问题，至少有三个术语是人们经常使用的："地理标志"（geographical indications）、"原产地名称"（appellations of origin）和"货源标志"（indications of source）。这三个术语的含义及其相互之间的关系，随着时间和空间的变化而有所不同。① 这意味着，在讨论地理标志国际保护制度的起源与发展，以及国际保护制度在各相关国家的国内实施问题时，必须对相关术语和概念进行界定，以明确我们所要讨论的对象究竟是什么。

就国际条约而言，最早使用的是"货源标志"这一概念。早在 1883 年巴黎公约的最初文本里，就已经有了保护货源标志的条款，只是还没有使用"货源标志"这个概念。而 1891 年马德里协定本身就是一个专门保护货源标志的国际条约。不过，这两个条约都没有对货源标志进行定义。根据权威的解释，货源标志一般包括用来表明产品或服务来自一个国家或一组国家、地区或地方的所有标志或表达方式。② 比较典型的方式是在产品上载明一个国家的名称或使用"XX 国制造"字样。③

巴黎公约在 1925 年修订时在第 1 条第 2 款中增加了"原产地名称"，但既未对原产地名称进行定义，也未在任何其他条款中特别提及原产地名称的保护。这就使得人们对于"原产地名称"的含义及其与货源标志之间的关系的理解造成了很大困难，尤其是 1925 年巴黎公约修订时至今保护未变的"货源标志或原产地名称"这一表述，④ 更容易使人们对货源标志和原产地名称之间的关系产生误解。

1958 年里斯本协定对原产地名称进行了明确定义。所谓原产地名称，是

---

① 参见拙著《地理标志知识产权制度研究》，中国政法大学出版社 2005 年 9 月版，第 11—65 页。

② ［奥地利］博登浩森著，汤宗舜、段瑞林译：《保护工业产权巴黎公约指南》，中国人民大学出版社 2003 年版，第 12 页。

③ Marcus H. pperger, Introduction to geographical indications and recent developments in the World Intellectual Property Organization, Worldwide Symposium on Geographical Indications, San Francisco, California, July 9 to, 2003, WIPO/GEO/SFO/03/1.

④ 事实上，在 1958 年修订巴黎公约时，国际局就建议使用"和"（and）来替换"或"（or），以清楚地表明它们所指的是两种不同的对象。当时的西德也建议使用"包括原产地名称在内的货源标志"（indications of origin comprising also appellations of origin）的提法，但未因个别成员国的反对而未获成功，致使这一用法持续至今。（参见 Stephen P. Ladas, *Patents, Trademarks, and Related Rights: National and International Protection*, Cambridge, Mass., Harvard University Press, 1975, § 842, 1574—1575 页。）

指一个国家、地区或地方的地理名称，用于指示一项产品来源于该地，其质量或特性完全或主要取决于地理环境，包括自然和人文因素。① 这一定义明确划定了"货源标志"和"原产地名称"这两个概念的界线。

通常认为，TRIPS 协定是第一个使用"地理标志"概念的多边国际条约。TRIPS 协定第 22 条第 1 款将"地理标志"定义为："识别货物原产自一成员方境内或其境内的一个地区或地方的标志，货物的特定质量、声誉或其他特性实质性地取决于其地理原产地。"这一定义显然是以里斯本协定第 2 条第 1 款对"原产地名称"的定义为基础的，② 尽管两者也存在着一些不同之处。一个似乎值得关注的问题是，TRIPS 协定采用了里斯本协定有关"原产地名称"的定义的实质内容，却没有接受"原产地名称"这个概念，而是改为"地理标志"，固然在操作和各成员国内实施层面上有不少方便之处，但是否尚有其他蕴意，尚不清楚。事实上，在乌拉圭回合谈判过程中，欧共体就使用过"包括原产地名称在内的地理标志"这一表述。③

2. 概念的界定

将上述三个术语加以比较，我们不难发现，"货源标志"与巴黎公约有密切联系，在法律制度上是"原产地名称"和"地理标志"这两个概念的源头；而"原产地名称"与"地理标志"两个概念所指向的对象在很多情况下具有实质性类似，只是它们来自于不同的法律体系：前者与里斯本协定有着密切联系，而后者则通常与 TRIPS 协定和 WTO 直接相关。在讨论有关地理标志保护的国际条约时，为了表述上的方便及理解上的统一，谨对上述三个术语作出如下界定：

关于"货源标志"，本报告基本上在巴黎公约第 1 条第 2 款及第 10 条含义下使用，即用以指那些能够起到识别产品地理来源作用的任何标志。从理论上讲，货源标志并不对产品的质量或特性有任何指示或要求，那些与产品质量或特性有关的标志，以及与产品质量和特性无关的标志，都可以作为货源标志。在此意义上，我们可以把所有能够指示产品地理来源的标志都称为货源标志，而把其中那些对产品质量或特性有特别要求的标志看作原产地名称或地理标志，即把"原产地名称"和"地理标志"作为"货源标志"概念的下位概念。这一理解对于那些尚未将"原产地名称"或"地理标志"从"货源标志"概念中区别开来的国家或未通过专门立法保护地理标志或原产地名称的

---

① 里斯本协定第 2 条第 1 款。

② Marcus H. pperger. 前引文。

③ WTO 文件，MTN. GNG/NG11/W/26。

国家，具有重要意义。但在那些已为原产地名称或地理标志建立起保护制度的国家里，货源标志通常被理解为尚未达到或不具有原产地名称或地理标志所要求的质量或特性的标志。

关于"原产地名称"，由于里斯本协定已对其进行了定义，而且其使用的范围也比较有限，尤其是在 TRIPS 协定使用了"地理标志"术语之后，因此，本报告将主要在讨论里斯本协定及其成员国有关法律制度的时候使用"原产地名称"，并在里斯本协定第 2 条第 1 款定义的含义上使用这一术语。

对于"地理标志"，学术界有广义和狭义的理解：广义的"地理标志"包括了巴黎公约中的"货源标志"、里斯本协定的"原产地名称"和 TRIPS 协定的"地理标志"，而狭义的"地理标志"仅指 TRIPS 协定所定义的"地理标志"。有鉴于此，本报告在专门讨论 TRIPS 协定及国内实施时，将使用狭义的"地理标志"概念，即 TRIPS 协定第 22 条第 1 款所定义的"地理标志"；而在其他场合下，则主要使用广义的"地理标志"概念，用以涵盖巴黎公约中的"货源标志"、里斯本协定中的"原产地名称"和 TRIPS 协定中的"地理标志"。需要说明的是，由于广义的"地理标志"和狭义的"地理标志"之间的界线并不是很清楚，因此应结合相关上下文来理解其含义。

二、TRIPS 协定有关规定的谈判历史

（一）乌拉圭回合开始前地理标志国际保护的基本情况

1. 巴黎公约有关货源标志的规定

在知识产权领域里，地理标志的多边保护起源于 1883 年缔结的巴黎公约。在 1883 年之前，没有一个多边条约涉及货源标志的保护问题，只有少数双边条约直接或间接涉及货源标志的保护，① 各国国内立法中也基本上没有以货源标志为保护对象的专门规定，只有少数国家在刑法典及民法典中有一些制止虚假货源标志的规定，如法国、比利时、意大利、德国以及阿根廷、乌拉圭和巴西等国家。② 而且，许多国家尤其是大陆法系国家对外国货源标志的保护以互惠为条件，③ 并且缺少足够的救济手段。④

据介绍，1880 年筹备会议建议的公约草案包含了一项绝对禁止虚假货源

---

① 参见 Stephen P. Ladas，前引书，第 53 页。
② 同上书，第 39 页。
③ 参见 Stephen P. Ladas，前引书，第 40 页。
④ 同上。

标志的条款，但许多国家的代表反对这一规定，[①] 结果是给货源标志的保护附加了一项条件：只有当虚假的货源标志与虚构的或带有欺诈意图而使用的厂商名称一起使用时，才被禁止。[②] 巴黎公约 1883 年文本对货源标志的保护是非常有限的，引起了一些国家的不满，因而在 1886 年罗马修订会议上，法国和英国就提出了修改第 10 条的建议。[③] 这一建议被采纳，写进了修改后的公约文本，并获得大会通过。但遗憾的是，对第 10 条的这次修改虽然获得通过，但 1886 年文本却因没有得到任何一个成员国的批准而未能生效。到 1958 年之前，巴黎公约第 10 条的修改虽然都列在各次修订会议的议程里，但均未成功。直到 1958 年里斯本会议上，国际局提出的修改第 10 条的建议才被各方接受，此后保持未变。

巴黎公约第 10 条主要包含两项内容：一是对虚假货源标志的制止，二是明确了利害关系方的范围。

公约第 10 条第一款规定："前条各款规定应适用于直接或间接使用虚假的货源标志、生产者、制造者或商人标志的情况。"所谓直接的使用虚假的货源标志，是指在标示货物的产地时，将一个虚假的产地通过明示的方式标示为货物的产地，例如，在一种产自中国的产品上标示为 "Made in Japan"，或在产品的标签上将产地标示为 "日本"。所谓间接的使用虚假的货源标志，是指在货物上并没有直接标示出一个虚假的产地名称，但以其他方式向公众或消费者传送了一个不真实的产地信息。例如，对货源进行了虚假宣传之后在交付的货物上没有标明货源。[④] 在某些情况下，在本国生产的货物上使用外国文字甚至会被认定为间接的使用虚假的货源标志。[⑤] 在使用虚假货源标志的情况下，第 9 条规定的各项措施应予适用。

公约第 10 条第二款规定："凡从事此项商品的生产、制造或贸易的生产者、制造者或商人，无论为自然人或法人，其营业所设在被虚假标为货源的地方、该地方所在的地区、或被虚假标明的国家、或者在使用该虚假货源标志的国家者，在任何情况下均应视为利害关系人。"据此规定，被虚假标示为产地的国家、地区或地方的生产者、制造者或商人，以及使用该虚假货源标志的国

---

① 参见 Stephen P. Ladas，前引书，第 1577、1578 页。

② 同上书，第 1578 页。

③ 同上书，第 1583 页。

④ 参见博登浩森著，前引书，第 93 页。

⑤ See Friedrich-Karl Beier, *The Protection of Indications of Geographical Origin in the Federal Republic of Germany*, at Herman Cohen Jehoram（ed），*Protection of Geographic Denominations of Goods and Services*, Sijthoff & Noordhoff, 1980, pp. 28—30.

家的生产者、制造者或商人，都可以作为利害关系人，根据公约第 9 条或第 10 条之三的规定，对使用虚假货源标志的行为进行制止。

2. 巴黎公约的专门协定

根据巴黎公约第 19 条的规定，各成员国在与本公约规定不相抵触的范围内，保留有相互之间分别签订关于保护工业产权的专门协定的权利。这一条规定在公约 1883 年文本中就已经存在了，① 它允许各成员国在巴黎公约的框架内就某些问题或事项签订专门协定。其中，与货源标志有关的专门协定有两个：1891 年制止虚假或欺骗性货源标志马德里协定（1891 年马德里协定）和 1958 年保护原产地名称及其国际注册马德里协定（里斯本协定）。

如前所述，巴黎公约 1883 年文本对货源标志的保护是极为有限的，1886 年修订会议虽然通过了对公约第 10 条的修改，但最终因 1886 年文本未获各成员国批准而告失败。在 1890 年马德里修订会议上，法国和英国不再试图修改巴黎公约第 10 条，而是建议缔结一项保护货源标志的专门协定。尽管与会各国有一些争论，但这个协定最终得以通过，这便是 1891 年马德里协定。② 1891 年马德里协定在 1892 年 7 月 15 日生效后，经过了几次修改，但改动不大。

巴黎公约的另一个专门协定即里斯本协定是在 1958 年里斯本会议上缔结的。根据国际局和葡萄牙的建议，会议对原产地名称的国际注册问题进行了讨论，最终缔结了里斯本协定。巴黎公约在 1925 年修订时增加了有关工业产权保护对象的第一条第二款，将"货源标志或者原产地名称"作为工业产权的保护对象，但公约并没有对原产地名称作出具体规定。在 1958 年里斯本会议召开时，原产地名称已经有了确定的含义，与货源标志有了明显的区别，巴黎公约第 10 条和 1891 年马德里协定对货源标志的保护已不能满足原产地名称保护的现实需要了。因此，有关国家在 1958 年里斯本会议上讨论并通过了里斯本协定。该协定于 1966 年 9 月 25 日生效，在 1967 年斯德哥尔摩会议上对其行政条款进行了修改，以适应世界知识产权组织成立后联盟实际运作的需要。

（二）乌拉圭回合有关地理标志问题的谈判

1. 谈判的基本进程

作为知识产权问题的地理标志，无疑是随着乌拉圭回合谈判而进入 WTO

---

① 博登浩森著，前引书，第 128 页。

② 马德里会议于 1890 年 4 月召开，但会议的最后文件却是在 1891 年 4 月签署的。

多边贸易协定体系的。在筹备发起乌拉圭回合的过程中，美国、欧共体、日本等发达国家极力主张把与贸易有关的知识产权问题（trade-related aspects of intellectual property rights，TRIPS）列入谈判议程，虽然遭到了发展中国家的强烈反对，但 TRIPS 最终还是成为乌拉圭回合三个新议题之一。① 不过，在决定谈判范围的部长宣言中，没有明确知识产权谈判的具体范围。

在乌拉圭回合谈判开始的时候，各方尤其是发展中国家和发达国家在是否应当对知识产权问题进行谈判以及如何谈判等重大问题上有严重分歧，谈判进行得异常艰难。到 1988 年 12 月的蒙特利尔中期评审会议召开时，有关知识产权问题的协定的框架都未确定下来，② 更不用说保护标准问题了。与贸易有关的知识产权问题的框架协议是在 1989 年 4 月达成的，③ 此后谈判才真正进入实质阶段。此后的谈判主要集中在知识产权的范围及利用的标准及其实施措施。④ 有关谈判方开始提出 TRIPS 协定的草案。到 1989 年年底，已有多个谈判方提出了提案。

1990 年 7 月，TRIPS 谈判组主席、瑞典大使 Lar Anell 准备了一个草案文本，后经修改，成为以后谈判的基础。这便是所谓的"主席案文"或"安奈尔文本"。在 1990 年 11 月，TRIPS 谈判形成了三个草案文本。⑤ 1991 年 12 月，时任 GATT 总干事的邓克尔（Arthur Dunkel）提出了一个所有谈判领域的最终文本草案，这便是"邓克尔文本"，其中包括了 TRIPS 协定。就 TRIPS 问题而言，此后基本上没有多大变化，最终通过的 TRIPS 协定与邓克尔文本只有几处小的修改。

2. 争议的主要问题及妥协

在 TRIPS 协定谈判协定中，地理标志是一个非常特殊的问题，其特殊性在于，在这个问题上的分歧主要是发达国家之间的分歧，具体地说，是美国与欧盟之间的分歧。从 TRIPS 协定的谈判历史来看，⑥ 美国和欧盟的立场和目标基本上是一致的，它们联合向发展中国家施加压力。但是，"美国与欧盟之间

---

① 另外两个新议题分别是：服务贸易问题及与贸易有关的投资措施问题。

② Terence P. Stewart（Editor），*The GATT Uruguay Round：A Negotiating History（1986 —1992 ）*，Volume II, Kluwer Law and Taxation Publisher, 1993, at 2268—2269.

③ Ibid. , at, 2269.

④ Ibid. , at, 2269.

⑤ Ibid. , at, 2275.

⑥ 有关 TRIPS 协定的谈判历史，可参见前引书第二卷，第 2241—2313 页，以及该书第四卷（1986—1994），第 463—576 页。

的这一明显的联盟在讨论转向葡萄酒地理标志时，就摇摇欲坠了"①。TRIPS协定地理标志问题的谈判，主要围绕着欧共体、瑞士和美国的三个提案进行。②

欧共体与瑞士的提案比较接近，分歧主要在于欧共体与美国的提案。

早在 1988 年 7 月提交的有关 TRIPS 谈判目标的文件中，欧共体就将地理标志（特别原产地名称）列入了谈判的范围，并提出了五个方面的建议。③ 在欧共体提出的 TRIPS 协定草案中，有关地理标志的规定与上述五个方面的建议基本相同，只是在形式上略有调整，主要内容如下：

一是关于地理标志的定义，④ 几乎与里斯本协定所定义的原产地名称相同。

二是保护的内容，要求禁止任何构成不正当竞争的使用行为，包括在货物的地理来源方面误导公众的使用，有三种情形显然应被认为构成了此种使用：一是在并非来源于所指示的地方的产品上的任何直接或间接使用；二是任何侵占、模仿或暗示，即使标示出了产品的真实来源，以及以翻译或附加"类"、"型"、"式"、"仿"及类似方式使用名称或命名；三是在产品的描述或展示中以任何可能暗示产品与真实产地之外的其他任何地理区域有联系的方式使用。⑤

三是对名称或命名特别是葡萄产品的名称或命名的保护的范围，应以其起源国所授予的保护为准。⑥

四是应采取适当措施防止地理标志演化为通用名称，⑦ 含有虚假地理标志

---

① Leign Ann Lindquist, *CHAMPAGNE or Champagne? An Examination of U. S. Failure to Comply with the Geographical Provisions of the TRIPS Agreement*, 27 Ga. J. Int'l & Comp. L. 309，at 315.

② 欧共体的提案的文件号为 MTN. GNG/NG11/W/68，瑞士提案的文件号为 MTN. GNG/NG11/W/73，美国提案的文件号为 MTN. GNG/NG11/W/70。

③ *Guidelines and Objectives Proposed by the European Community for the Negotiations on Trade Related Aspects of Substantive Standards of Intellectual Property Rights*, MTN. GNG/NG11/26，7 July 1988.

④ 参见欧盟提案 *Draft Agreement on the Trade-Related Aspects of Intellectual Property Rights*, MTN. GNG/NG11/W/69, 20 March, 1998，第 19 条。

⑤ 参见欧盟提案 *Draft Agreement on the Trade-Related Aspects of Intellectual Property Rights*, MTN. GNG/NG11/W/69, 20 March, 1998，第 20 条第（1）款。

⑥ 参见欧盟提案 *Draft Agreement on the Trade-Related Aspects of Intellectual Property Rights*, MTN. GNG/NG11/W/69, 20 March, 1998，第 20 条第（2）款。

⑦ 参见欧盟提案 *Draft Agreement on the Trade-Related Aspects of Intellectual Property Rights*, MTN. GNG/NG11/W/69, 20 March, 1998，第 21 条第（1）款。

的商标不得注册，已经注册的应宣布无效。①

五是应建立受保护名称的国际注册簿。②

而美国对地理标志的建议有两项内容：一是要求各成员应把那些证明地区来源的地理标志作为证明商标或集体商标进行保护；③ 二是对那些非通用的葡萄酒原产地名称应禁止误导公众的使用。④

很显然，欧共体与美国在地理标志问题上的差距是非常大的。欧共体提案禁止的是"不正当竞争"，而美国提案中禁止葡萄酒原产地名称的"误导性使用"；欧共体提案严格定义了不正当竞争，以提供高水平的保护，就连在地理标志上附加诸如"类"或"型"之类的词语也被禁止，而美国草案只对葡萄酒的非通用原产地名称提供保护，而且只有当这种使用"误导公众"时才受保护。⑤

1990 年 12 月的布鲁塞尔草案有关地理标志的规定与欧共体的立场是一致的，承认了地理标志的保护。⑥ 该草案有关地理标志的规定共四条，与最终通过的 TRIPS 协定相比，最大差别体现在有关地理标志的多边通告和注册制度上。该草案的第 27 条所要建立的多边通告与注册制度适用于所有类别的产品，而不像现在的第 23 条第 4 款所规定的葡萄酒地理标志。

在 1991 年 12 月的最后文本草案（邓克尔文本）中，有关地理标志的规定基本上维持了布鲁塞尔草案的规定，当然在内容与形式上都进行了一些补充和修改。

TRIPS 协定谈判历史表明，协定有关地理标志的规定是欧共体与美国互相妥协的结果。

从总体上看，欧共体不但要把地理标志的概念引入到 TRIPS 协定里，而且把地理标志作为完全独立于商标体系之外的一种知识产权，而美国则主张以集体商标和证明商标来保护地理标志，其实质上把地理标志作为一种标示货物地理来源的商标，纳入到现行商标法之中。欧共体主张所有产品而不仅仅是葡

---

① 参见欧盟提案 *Draft Agreement on the Trade-Related Aspects of Intellectual Property Rights*, MTN. GNG/NG11/W/69, 20 March, 1998, 第 21 条第（2）款。

② 参见欧盟提案 *Draft Agreement on the Trade-Related Aspects of Intellectual Property Rights*, MTN. GNG/NG11/W/69, 20 March, 1998, 第 21 款第（3）款。

③ 美国提案 *Draft Agreement on the Trade-Related Aspects of Intellectual Property Rights*, Communication from the United States, MTN. GNG/NG11/W/70, 11 May 1988, 第 18 条。

④ 参见欧盟提案 *Draft Agreement on the Trade-Related Aspects of Intellectual Property Rights*, MTN. GNG/NG11/W/69, 20 March, 1998, 第 19 条。

⑤ Terrence P. Stewart, 2303.

⑥ Terrence P. Stewart, 2304.

萄酒和烈性酒的地理标志都受到高水平的保护，而美国则只同意给予那些尚未成为通用名称的葡萄酒原产地名称给予较低水平的保护。妥协的结果是，美国同意给予葡萄酒和烈酒地理标志以特别保护，但附加了第 24 条的多项例外；欧盟放弃了全面的高水平保护要求，但将地理标志与巴黎公约第 10 条之二联系在一起，并且将多边注册制度的谈判变成了各成员的义务。考虑到这些因素，我们就不难理解为什么在多哈回合中会出现扩大第 23 条保护以适用于所有地理标志的主张。

TRIPS 协定谈判过程有关地理标志的妥协虽然有利于达成各方可接受的方案，但这种妥协也为 TRIPS 协定有关规定的国内实施以及后来的相关谈判留下了许多麻烦。例如，协定第 23 条对葡萄酒和烈性酒地理标志的补充保护实际上造成了不同产品之间的不平等，引起了许多国家的不满，由此引发了要求将第 23 条的补充保护适用于所有产品的要求。同时，由于协定第 23 条第 4 款有关葡萄酒地理标志多边注册与通告制度的谈判的规定在措辞上的模糊，美国对该款作出了不同的解释，从而使多边与通告制度的谈判很难取得进展。

三、TRIPS 协定对地理标志的保护

（一）可适用于地理标志保护的一般规定

根据 TRIPS 协定第 1 条第 2 款对"知识产权"的定义，作为协定第二部分第三节主题的地理标志显然属于协定所要保护的"知识产权"的范畴。因此，除协定第二部分第三节关于地理标志的特别规定以外，协定有关知识产权保护的一般规定也应适用于地理标志。就地理标志保护而言，最主要的是第一部分"总则和基本原则"和第三部分"知识产权的实施"的相关规定。

1. 总则和基本原则

TRIPS 协定的第一部分为"总则和基本原则"，通常认为是可以适用于整个协定的。就地理标志保护而言，协定第一部分有关国民待遇和最惠国待遇的规定以及对巴黎公约的引入具有特别重要的意义。

（1）国民待遇

国民待遇是知识产权国际保护领域中最基本的待遇原则。协定第 3 条第 1 款规定，在知识产权保护方面，在遵守巴黎公约（1967）、伯尔尼公约（1971）、罗马公约或关于集成电路的知识产权条约中各自规定的例外的前提下，每一成员给予其他成员国民的待遇不得低于给予本国国民的待遇。

这里的"知识产权"，根据协定第 1 条第 2 款的规定，是指作为第二部分

第一节至第七节主题的所有类别的知识产权，而第二部分第三节的主题就是地理标志，因此，各成员在地理标志保护方面应实行国民待遇。不过，从 WTO 各成员保护地理标志的实际情况来看，国民待遇所起的作用可能是比较有限的。主要原因在于，对地理标志保护水平较高的国家往往实行比较严格的地理标志命名与管理制度，而外国地理标志很难达到这些制度所设定的标准和要求。例如，在欧盟建立食品和农产品地理标志保护制度之后，至今为止尚无一个外国的地理标志向欧盟委员会提出过申请。

（2）最惠国待遇

TRIPS 协定第 4 条规定："对于知识产权保护，一成员对任何其他国家国民给予的任何利益、优惠、特权或豁免，应立即无条件地给予所有其他成员的国民。"就地理标志保护而言，最惠国待遇可能具有的意义和作用目前还很难评判，因为缺少可供评判用的案件。但从 TRIPS 协定本身来看，最惠国待遇在地理标志保护方面的作用可能与国民待遇一样，没有太多实质性意义。

（3）巴黎公约的引入

协定第 2 条第 1 款规定："就本协定的第二部分、第三部分和第四部分而言，各成员应遵守《巴黎公约》（1967）第 1 条至第 12 条和第 19 条。"这意味着，巴黎公约的相关内容已经成为 TRIPS 协定的内在组成部分，当然也包括有关"货源标志或原产地名称"的全部内容，除了国民待遇外，还包括第 10 条以及第 10 条之二。

尽管巴黎公约并没有使用"地理标志"的概念，但很显然，地理标志属于广义上的货源标志的一种。因此，使用虚假的地理标志的行为同时应构成使用虚假货源标志的行为，应受巴黎公约相关规定的约束。

2. 实施机制

实施机制可以说是 TRIPS 协定有别于 WIPO 所管理的各条约的最主要的地方，也是 TRIPS 协定有效发挥作用的制度保障。就整体而言，协定第三部分有关实施的规定对地理标志是适用的。

3. 其他规定

除上述内容外，协定第五部分、第六部分以及第七部分中的某些条款（例如第 70 条）等都可适用于地理标志保护。限于本文的篇幅，这里就不再详细讨论了。

（二）TRIPS 协定对地理标志的基本保护

1. 保护的对象

TRIPS 协定第二部分第三节所要保护的是地理标志。协定第 22 条第 1 款对地理标志进行了定义："地理标志是指识别货物原产自一成员方境内或其境内的一个地区或地方的标志，货物的特定质量、声誉或其他特性实质性地取决于其地理原产地。"

据此定义，地理标志首先是一种标志。因此，任何能够指向特定国家、地区或地方的标志，只要具备 TRIPS 协定所规定的条件，都有可能成为地理标志，而不仅限于国家、地区或地方的名称。那些由地理名称构成的地理标志被称为直接地理标志，而"未出现特定之地名，但依交易之观点却联想至特定地理区域"的地理标志为间接地理标志①。

地理标志必须具有地理指示作用，能够识别出货物的产地。如果一个标志不具有地理指示的作用，就不是地理标志；如果一个原本具有地理指示作用的名称或地理标志，由于使用而丧失了地理指示作用，也就不再作为地理标志受到保护。例如，"第戎芥末"（Dijon Mustard）之"第戎"，是法国的一个地名，以盛产芥末而闻名于世，但"第戎芥末"现在已不再特指产于第戎的芥末，已丧失了地理指示作用，故不再作为地理标志受到保护。此外，在一些国家里，"香槟"（Champagne）会被作为一种发泡白葡萄酒的名称，而不是特指产自法国香槟地区的发泡白葡萄酒。

除地理指示作用而言，地理标志还必须具有产品的质量指示作用，亦即指示出"货物的特定质量、声誉或其他特性"。因此，只有那些具有"特定质量、声誉或其他特性"的货物的产地的名称或标志，才有可能成为地理标志。地理标志所指示的货物质量与其产地有着密切联系，即这些质量、声誉或其他特性"实质性地取决于其地理原产地"。从法律保护的角度看，地理标志的基本作用既不是指示货物产地，也不是指示货物质量、声誉或其他特性，而是指示货物产地对其质量、声誉或其他特性的决定作用或影响。

除了地理指示作用和质量指示作用以及产品特定质量与其产地之间的特定关系之外，TRIPS 协定第 22 条并未对受保护的地理标志应具备的条件提出其他要求，尤其没有提出注册或登记的要求。

2. 保护的内容

协定第 22 条为地理标志提供了两方面的基本保护：一是禁止使用虚假地理标志，二是禁止将虚假地理标志作为商标注册。

（1）禁止使用虚假地理标志

协定第 22 条第 2 款要求各成员向利害关系方提供法律手段以制止以下两种行为：

---

① 参见方彬彬著《产地标示之保护》，台湾三民书局 1995 年版，第 29 页。

第一种行为是"用任何方式在标示和说明某一货物时指示或暗示该有关货物来源于一个并非真实原产地的地理区域，从而在该货物的地理来源方面误导公众"。从协定第 22 条第 2 款所使用的文字上可以看出，这种被禁止的行为有三个构成要素：一是以任何方式标示或说明了货物的地理来源，二是货物的真实地理来源并不是以任何方式标示或说明的那个地理来源，三是这种标示或说明会使公众误以为该货物来源于其所标示或说明的那个国家、地区或地方。

协定第 22 条第 2 款禁止的另一种行为是那些"构成属巴黎公约（1967）第 10 条之二范围内的不正当竞争行为的任何使用"。从性质上看，使用虚假的地理标志，与使用虚假货源标志相同，违反了诚实的商业道德和商业习惯，属于公约第 10 条之二第 2 款所定义的不正当竞争行为，按公约第 10 条之二第 1 款的规定，各成员国应予制止。这是毫无疑问的。而公约第 10 条之二第 3 款列举了三种"特别应予禁止"的不正当竞争行为，其中第三项是"在经营商业中使用会使公众对商品的性质、制造方法、特征、用途或数量易于产生误解的表示或陈述"。如前所述，巴黎公约的修改历史表明，这一项规定与货源标志是无关的，[①]这里的"特征"并不包括货源标志或地理标志。[②] 有学者把这一规定与巴黎公约第 10 条之二第 3 款联系在一起，[③] 甚至认为协定的这一规定填补了巴黎公约第 10 条之二第 3 款的这一"空白"，[④] 似乎是有道理的。不过，需要强调的是，即使在巴黎公约第 10 条之二第 3 款第三项之下，对货物产地的虚假标示或陈述应是"易于产生误解"的，因而误导测试也是必需的。

（2）禁止将虚假地理标志作为商标注册

除通过虚假地理标志来标示或说明货物的产地，从而在货物的地理来源方面误导公众以外，在实践中使用虚假地理标志的行为还有另外一种，即把虚假的地理标志作为商标注册或使用。如果说在标示或说明货物的产地时使用虚假的地理标志会对公众造成"直接"的误解的话，那么将虚假地理标志作为商标用在货物上则会对公众造成"间接"的误导。因此，这些行为也被 TRIPS 协定所禁止。

协定第 22 条第 3 款规定："如一商标包含的或构成该商标的地理标志中所标明的领土并非货物的来源地，且如果在该成员中在此类货物的商标中使用该

① 参见博登浩森著，前引书，第 98 页。

② 参见 Daniel Gervais, *The TRIPS Agreement: Drafting History and Analysis*, London Sweet & Maxwell, 1998. 第 126 页。

③ 参见 Knaak，第 130 页；孔祥俊著：《WTO 知识产权协定及其国内适用》，法律出版社 2002 年版，第 199 页。

④ 同上。

标志会使公众对其真实原产地产生误解，则该成员在其立法允许的情况下可依职权或在一利害关系方请求下，拒绝该商标注册或宣布注册无效。"

据此规定，那些含有虚假地理标志的商标是不得注册的，即使已经注册也应宣布无效。与协定第22条第2款的规定相同，第3款对含有虚假地理标志的商标的规定也以误导公众为条件。这既与协定第22条其他条款的精神相一致，也与商标法上"混淆可能性"的要求相一致。

需要说明的是，协定第22条第3款只要求驳回那些含有虚假地理标志的商标的注册，或宣布注册无效，但没有规定一个含有地理标志的商标在何种情况下可以注册。① 这个问题看来只能由各成员国内的商标法来规定，不同国家商标法对地名或地理标志的可注册性的规定是不完全相同的。

另外，协定第22条第3款也没有规定是否可以使用含有虚假地理标志的商标。这个问题似乎也只能由各成员国内的商标法来确定，我国商标法就规定了不得使用含有虚假地理标志的商标。②

TRIPS协定禁止将虚假地理标志作为商标注册，实际上使地理标志的保护在效力上优于商标。③ 这一点是要特别注意的。在美国及澳大利亚与欧盟的地理标志争端案中，DSB的最终裁决已充分表明了这一点。

3. 保护的方式

关于各成员国内地理标志保护的法律方式，协定本身并没有提出很明确的要求。笔者认为，应分两种不同情况分别加以处理：

对于第22条第3款关于含有虚假地理标志的商标的规定，很显然，在通常情况下应通过商标法来实施。因此，以商标法来保护地理标志，是符合协定第22条第3款的要求的。不过，在许多国家的商标法上，关于禁止注册含有虚假地理标志的商标的规定往往包含两个不同层面的内容：一是对地名商标的一般性规定，二是针对虚假地理标志的特别规定。无论在哪个层面的规定，都是符合协定第22条第3款的要求的。当然，这并不意味着WTO各成员只能通过商标法来保护地理标志。事实上，商标法在保护地理标志方面的作用是有限的。

对于第22条第2款禁止使用虚假地理标志的规定，协定只要求各成员应提供"法律手段"，而没有具体提及何种手段。这意味着，各成员享有完全的自主权，根据各自国内的立法体制和法律习惯来保护地理标志。在这个问题

---

① 参见 Knaak，前引书，第131页。
② 参见我国商标法第十六条。
③ 参见 Gervais 著，前引书，第127页。

上，笔者认为应注意到协定第 1 条第 1 款"各成员有权在其各自的法律制度和实践中确定实施本协定规定的适当方法"的规定。据此规定，各成员"有权"确定实施协定规定的具体机制，其他成员应承担尊重各成员国内法律制度和传统的义务。在欧盟地理标志案中，美国就曾指责欧盟企图通过互惠安排来迫使其他成员建立起与欧盟类似的地理标志保护制度从而损害了各成员的这项"权利"。这一点对于地理标志的保护尤其有意义。

就国内制度而言，地理标志保护主要有三种所谓的"模式"：专门授权模式、商标模式和反不正当竞争模式。① 除了上述模式外，一些国家还通过诸如食品标签制度来保护地理标志。不同模式之间的差别如此之大，事实上几乎难以协调，因而就有必要允许各成员在这个问题上保持其特色。

4. 保护的受益人

对于保护的受益人，协定第 22 条第 2 款和第 3 款都使用了"利害关系方"一语，但并未明确给予界定。这个问题恐怕还要在各国国内制度中去寻找答案，因为不同保护模式下利害关系方的范围是不同的。

或许会有人认为，协定第 22 条中的"利害关系方"与巴黎公约第 10 条中的"利害关系方"具有相同的含义。笔者认为，尽管 TRIPS 协定第 2 条要求各成员应遵守巴黎公约的有关规定，但是由于巴黎公约第 10 条关于货源标志的保护通常被认为属于反不正当竞争性质，因而巴黎公约第 10 条关于利害关系方的规定未必完全适应 TRIPS 协定第 22 条。

（三）葡萄酒和烈性酒地理标志的特别保护

协定第 23 条是对葡萄酒和烈酒地理标志的"补充"保护（additional protection）。所谓"补充"保护，从第 23 条规定的内容上看，并不是对第 22 条的"补充"，而是在第 22 条之外，为葡萄酒和烈酒地理标志另行规定的一套"特别保护"。这意味着，葡萄酒和烈酒地理标志事实上并不需要寻求协定第 22 条的保护，而是可以直接寻求第 23 条的保护。因此，TRIPS 协定关于地理标志的规定，体现为"双层结构"：一层为保护水平较高的葡萄酒和烈酒地理标志，另一层为保护水平较低的除葡萄酒和烈酒地理标志之外的其他地理标志。这种双层结构导致了葡萄酒和烈酒享有高于其他产品的地理标志保护，从而造成了同一种知识产权因其适用的产品不同而实行"差别待遇"的结果，事实上形成了对其他产品的"歧视"，因而在多哈回合谈判中招致许多成员的反对。

---

① 参见《WIPO 知识产权手册》，第 2 页，第 695 段。

协定第 23 条对葡萄酒和烈酒地理标志的特别保护包括三个方面的内容，在形式上与第 22 条颇为类似：禁止使用虚假的葡萄酒和烈酒地理标志，禁止将虚假的葡萄酒和烈酒地理标志作为商标注册，对同名葡萄酒和烈酒地理标志的规定。此外，第 23 条还规定就葡萄酒地理标志的多边注册与通告制度的问题进行谈判。

1. 特别保护的内容

如前所述，协定第 23 条对葡萄酒和烈酒地理标志的保护，在形式上与第 22 条的基本保护很类似，包括了两个方面的内容：一是禁止使用虚假的葡萄酒和烈酒地理标志，二是禁止将虚假的葡萄酒和烈酒地理标志作为商标注册。但是，仔细比较第 23 条和第 22 条的相关条款，我们不难发现，两者有很大差别。

协定第 23 条第 1 款首先要求，各成员应为利害关系方提供法律手段，以防止将识别葡萄酒的地理标志用于不是产于该地理标志所表明的地方的葡萄酒，或把识别烈酒的地理标志用于不是该地理标志所表明的地方的烈酒，即使对货物的真实原产地已有说明。据此规定，对于虚假的葡萄酒和烈酒地理标志，即使对货物的真实原产地已有说明的情况下，也应予以禁止。这表明，只要葡萄酒或烈酒所使用的地理标志是虚假的，即应予以禁止，而不考虑该虚假的地理标志是否会引起公众误解。因此，葡萄酒和烈酒地理标志保护是不需要经过"误导测试"的。

与第 22 条相比，第 23 条大大提高了保护的水平，不但把那些虚假并且易于产生误导作用的标志列入禁止的范围，而且把那些虚假并不会产生误导作用的标志列入禁止的范围。例如，在美国经常使用在葡萄酒上的一种标志"California Chablis"，其中的"Chablis"本是法国的一个葡萄酒地理标志，而"California"则表明这种葡萄酒是在美国加利福尼亚州生产的。因此，消费者看到那些使用"California Chablis"标志的葡萄酒，就会知道该葡萄酒是在美国加州生产的，而不是在法国或其他地方生产的。在协定第 22 条之下，这种行为显然是不应被禁止的，因为不存在误导公众的可能性。但是，按第 23 条的规定，这种行为是应当被禁止的。不过，由于第 24 条规定的若干例外，这种行为至少在美国仍然是合法的。

除了要求禁止使用虚假但不误导的葡萄酒和烈酒地理标志外，第 23 条还进一步要求，对于那些在使用经过翻译后的地理标志，以及在使用虚假地理标志时伴有"类"、"型"、"式"或"仿"及类似表述，也应被禁止。

与第 22 条第 3 款类似，第 23 条第 2 款也禁止将虚假葡萄酒地理标志或烈酒地理标志在葡萄酒或烈酒上进行注册。作为一种特别保护，对虚假葡萄酒或烈酒地理标志禁止作为商标注册的规定，也不以误导公众为条件。这与第 23 条第 1 款的规定是一脉相承的。

从总体上看，由于不以误导公众作为保护地理标志的条件，因此，第 23 条第 1 款和第 2 款对葡萄酒和烈酒地理标志的保护水平远高于协定第 22 条对其他产品的地理标志的保护水平。

2. 同名葡萄酒地理标志的保护

地名相同的现象，无论在一国范围内还是国际范围内，并不少见。如果某些具有相同名称的地方或地区，都以出产葡萄酒而著名，则就可能出现同名葡萄酒地理标志的情况。也就是说，两个或两个以上的地理存在（地方或地区），都构成了各自生产的葡萄酒的地理标志。例如，西班牙有一个名叫 Rioja 的地方，盛产优质葡萄酒；阿根廷有一个叫 La Rioja 的地方，也以生产葡萄酒而闻名。①

对于同名的葡萄酒地理标志，协定第 23 条第 3 款作了专门规定。"在葡萄酒的地理标志同名的情况下，在遵守第 22 条第 4 款规定的前提下，应对每一种标志予以保护。每一成员应确定相互区分所涉同名标志的可行条件，同时考虑保护公平对待有关生产者且使消费者不致产生误解的需要。"

根据这一规定，同名的葡萄酒地理标志在一定条件下是可以同时获得保护的。这个条件是，这些相同或近似的标志不会产生误导作用，不会被公众误以为是来自另一个或几个同名的地方或地区。如果使用某一地理标志的葡萄酒会被公众误以为是来自另一个同名的地方或地区，就不能作为第 23 条第 3 款规定的同名地理标志受保护。当然，既然是"同名地理标志"，每一个标志都应符合协定第 22 条第 1 款对地理标志的定义，并且都用在葡萄酒上。否则，便不能享有第 23 条第 3 款的保护。

3. 葡萄酒地理标志多边通告与注册制度的谈判

在乌拉圭回合谈判中，欧共体就提议建立地理标志多边注册制度，② 但遭到美国等谈判方的反对。作为妥协，协定第 23 条第 4 款规定："为便利葡萄酒地理标志的保护，应在 TRIPS 理事会内就建立那些在参加该制度的成员中应受保护的葡萄酒地理标志的多边通告和注册制度进行谈判。"

在 WTO 成立之后，TRIPS 理事会根据 TRIPS 协定第 23 条第 4 款的规定开

---

① 据介绍，阿根廷的葡萄酒产业是西班牙殖民者在 16 世纪时开始创立的。

② 参见欧共体提案 "*Guideline and Objectives Proposed by the European Community for the Negotiations on Trade Related Aspects of Substantive Standards of Intellectual Property Rights*"，MTN. GNG/NG11/W/26，7 July 1988.

始进行谈判。但由于各方立场分歧较大，谈判进展不大。分歧的一个重要表现是对协定第 23 条第 4 款的不同理解。关于这方面的详细情况，我们将在第五章中再进行讨论。

（四）国际谈判与例外

1. 国际谈判

TRIPS 协定第 24 条第 1 款规定："各成员同意进行谈判，以加强根据第 23 条对单个地理标志的保护。各成员不得使用以下第 4 款至第 8 款的规定，以拒绝进行谈判或订立双边或多边协定。在此类谈判中，各成员应自愿考虑这些规定继续适用于其使用曾为此类谈判主题的单个地理标志。"

在协定第二部分第三节中，有关谈判的规定实际上有两处：一是协定第 23 条第 4 款对葡萄酒地理标志的多边通告与注册制度的谈判，二是上述第 24 条第 1 款对单个地理标志的保护的谈判。

协定对国际谈判的这一要求，应从四个方面来理解：首先，这种谈判是在第 23 条框架下的谈判，即关于葡萄酒和烈酒地理标志的谈判，而不是关于其他产品的地理标志的谈判。其次，这种谈判是针对单个的葡萄酒和烈酒地理标志的，也就是说，这些谈判应只针对某个特定的葡萄酒和烈酒地理标志，而不是针对全部或某一类地理标志。再次，这种谈判应遵循"自愿"的原则，即各成员并无义务对作为谈判主题的单个地理标志给予保护，除非经过谈判达成了双边或多边协定。最后，也是最重要的一点，协定要求各成员不得以协定第 24 条第 4 款至第 8 款的规定为理由拒绝参加谈判，这就给解决历史问题尤其对于那些在某些成员国已进入公有领域的葡萄酒地理标志的保护问题开启了一道方便之门。

2. TRIPS 理事会的审议

TRIPS 理事会是 WTO 总理事会下的一个专门负责管理 TRIPS 协定的机构。根据 TRIPS 协定第 68 条的规定，TRIPS 理事会的基本职责是监督 TRIPS 协定的运作，尤其是各成员遵守协定项下义务的情况，并为各成员提供机会就与贸易有关的知识产权事项进行磋商。

协定第 24 条第 2 款要求 TRIPS 理事会对本节规定的适用情况进行持续的审议，第一次审议应在 WTO 协定生效后两年之内进行。在 WTO 成立以后的，TRIPS 理事会即按此规定开始进行审议。

3. 现有保护水平的冻结

就整体情况而言，TRIPS 协定对地理标志的保护水平并不算高。尤其是对除葡萄酒和烈酒之外的其他产品的地理标志，其保护水平并不比巴黎公约对货源标志的保护水平高出多少，在个别方面甚至不如马德里协定，更是大大低于里斯本协定的保护水平。

为了防止有些成员尤其是里斯本协定的成员国以及欧盟成员国在 TRIPS 协定生效后降低原有的高水平的地理标志保护，协定第 24 条第 3 款规定，各成员在实施本节规定时不得降低 WTO 协定生效之日前已在该成员中存在的对地理标志的保护。这一条款通常被称为"停止条款"或"冻结条款"。①

实际上，类似协定第 24 条第 3 款的这种规定在知识产权国际条约中并不少见，其目的是使现有的较高的保护水平不至于降低。

4. 保护的例外与限制

与 TRIPS 协定所保护的其他知识产权一样，协定对地理标志的保护也不是绝对的，也有许多例外和限制。其中，协定第 24 条第 4 款至第 6 款属于保护的例外，而第 7 款至第 9 款则属于对地理标志保护的限制。②

（1）在先使用的例外

根据协定第 24 条第 4 款的规定，有两种情况的在先使用是可以继续使用的：一是在 2004 年 4 月 15 日（即 WTO 协定签署之日）之前已连续使用至少十年的，二是在 1994 年 4 月 15 日前已善意使用的。

（2）善意注册或使用的在先商标

作为协定第 22 条第 3 款和第 23 条第 2 款关于商标规定的例外，协定第 24 条第 5 款规定善意的申请、注册或通过善意使用而取得的商标权利不受地理标志保护的影响。根据第 24 条第 5 款的规定，享有这一例外所提供的保护应具备两个条件：

第一，申请、注册或使用必须出于善意。也就是说，恶意申请、恶意注册以及通过恶意使用而取得的商标权利，是不能享有这一例外所提供的保护的。

第二，这些善意的申请、注册或使用应发生在下列两个日期之前：按第六部分确定的这些规定在该成员中适用之日，或该地理标志在其起源国获得保护之日。这里尤其应注意第二个日期，即该地理标志在其起源国获得保护之日。按照通常的理解，在一个地理标志在其起源国获得保护之前提出的商标注册申请或获得了注册，或通过使用而获得的商标权利的情况下，在后的地理标志因与在先的商标发生冲突而不应受到保护。但是，按协定第 24 条第 5 款的规定，这些在后的地理标志仍应受保护，而在先的善意申请、注册或通过善意使用而

---

① 孔祥俊著，前引书，第 197 页。

② 参见 Knaak，前引书，第 135 页。

取得的商标权利同时并存。这实际上确立了地理标志对商标的优先地位。

（3）通用名称与惯用名称

在马德里协定中，货源标志一旦演化为通用名称就不再受保护。虽然巴黎公约没有明确规定这一点，但通常认为也存在同样的规则。TRIPS 协定也不例外，这便是协定第 24 条第 6 款。协定第 24 条第 6 款规定了两种不同情况：一是普通产品地理标志演化为通用名称，二是葡萄产品演化为葡萄品种惯用名称。

对于第一种情况，协定规定："如任何其他成员关于货物或服务的地理标志与一成员以通用语文的惯用术语作为其领土内此类货物或服务的通用名称相同，则本节的任何规定不得要求该成员对其成员的相关标志适用本协定的规定。"这意味着，如果一个来自其他成员的地理标志，在某一成员领土内已被作为相同或类似货物或服务的通用名称，这一标志在该成员内就不能再作为地理标志受到保护。协定在这里并没有规定明确的时间界限，这意味着地理标志的通用化既可以发生在 WTO 协定生效之前，也可以发生在 WTO 协定生效之后。而且，由于 TRIPS 协定并没有像里斯本协定那样规定禁止将地理标志作为通用名称使用，因此，即使一标志在某一成员内最初作为地理标志受保护，但在后来演化为通用名称，也同样不再受保护。

对于第二种情况，协定规定："如任何其他成员用于葡萄产品的地理标志与在 WTO 协定生效之日一成员领域内已存在的葡萄品种的惯用名称相同，则本节的任何规定不得要求该成员对其他成员的相关标志适用本节的规定。"与前一规定相比较，这一规定有两处值得注意的地方：一是这一规定只适用于已经成为葡萄品种的惯用名称的葡萄产品的地理标志，这里的葡萄产品的地理标志包括但不限于葡萄酒和烈酒地理标志；[①] 二是这一规定的适用有时间限制，即在 WTO 协定生效之日前已成为葡萄品种的惯用名称，这似乎可以理解为，在 WTO 协定生效之后，葡萄产品的地理标志就不再允许以演化为葡萄品种的名称而不予保护。这里有一个问题并不是很明确：葡萄品种的惯用名称显然不同于葡萄酒和烈酒的通用名称，因此，如果葡萄产品的地理标志（包括葡萄酒和烈酒地理标志）在 WTO 协定生效之日前已被作为葡萄酒和烈酒的通用名称，是否可适用这一规定而不予保护？抑或适用第 24 条第 6 款的第一句话（即前述有关通用名称的规定）而不予保护？

---

① 国内有些著述把 TRIPS 协定第 24 条第 6 款中的 "products of the vine" 译为 "葡萄酒产品"，是不准确的。这里的 "products of the vine" 应与马德里协定第 4 条中的 "products of the vine" 具有相同含义，泛指一切以葡萄为原料的产品或衍生自葡萄藤的各种产物。

需要注意的是，协定并没有明确规定地理标志是否可以进入公有领域或作为通用名称问题。但从协定第 24 条第 6 款的上述规定来看，协定显然并不禁止地理标志进入公有领域。而且，从上述规定以及协定第 24 条第 9 款的规定来看，认定一地理标志是否已演化为通用名称的权利应属于请求保护的成员，而不是该地理标志的起源国。

（4）针对商标提出请求的期限

协定第 22 条第 3 款和第 23 条第 2 款规定，利害关系方可以请求各成员驳回含有虚假地理标志的商标注册申请，或宣布注册无效。协定第 24 条第 7 款进一步规定了利害关系方提出这一请求的时间限制为五年，起算方法有两种：一是自应被禁止的使用广为人知之日起计算，二是自含有虚假地理标志的商标注册之日起。对于后一种计算方法，协定同时规定了适用的条件：涉案商标的注册日期早于上述应被禁止的使用广为人知的时期，并且该商标在注册日已公布。

不过，根据协定第 24 条第 7 款的规定，上述时间限制仅适用于相关商标的使用或注册不属于恶意使用或注册的情形。也就是说，对于恶意使用和注册，各成员就不应规定提出请求的期限，利害关系人可以在任何时候提出禁止使用或宣告注册无效的请求。

同时，根据协定第 24 条第 7 款的规定，这一时间限制不但适用于宣告商标注册无效的请求，而且适用于禁止使用相关商标的请求。

（5）作为姓名使用

根据协定第 24 条第 8 款的规定，任何人都可以在贸易过程中使用其与受保护的地理标志相同或近似的名称，或其业务前手的名称，但有一个限制条件，即该名称不得以误导公众的方式使用。

（6）起源国不保护的地理标志

对于那些在其起源国不受保护、停止保护或已废止的地理标志，协定第 24 条第 9 款规定，各成员没有义务予以保护。这就使地理标志保护在各成员之间的独立性受到了很大影响，起源国的保护对其他成员的保护产生了重要影响。

需要注意的是，协定在这里只规定了在起源国不受保护的地理标志各成员没有义务予以保护，而没有规定各成员应保护那些在起源国仍受保护的地理标志。这意味着，一个地理标志是否应保护，尤其是是否已演化为通用名称，以及保护的范围和方式，应由请求保护的成员来决定，并不依赖于起源国的保护。

四、TRIPS 协定有关规定的国内实施：以欧盟、美国和印度为例

（一）协定对各成员国内实施方式的要求

TRIPS 协定对各成员在地理标志保护方面国内实施方式的要求，大致上可以从三个层面来理解：

在保护地理标志的法律形式方面，根据协定第 1 条第 1 款的规定，各成员有权在其各自的法律制度和实践中确定实施本协定的适当方法，因此，各成员完全有权自行确定其地理标志保护的法律形式。无论采取专门立法模式，还是商标法模式，或者反不正当竞争法模式，只要能够达到协定所要求的保护水平，都是允许的。同时，协定第 1 条第 1 款的这一规定还意味着，各成员应尊重其他成员在地理标志保护法律形式方面的选择。

在地理标志保护的实现方式方面，协定第 22 条第 2 款和第 23 条第 1 款要求各成员应向利害关系方提供"法律手段"，以防止那些被禁止的使用行为。"提供法律手段以使利害关系方阻止……"（provide the legal means for interested parties to prevent）一语意味着，只要各成员为利害关系方阻止那些被禁止的使用行为提供了适当的法律手段就符合协定的要求，对于包含这些手段的法律的形式（包括专门立法、商标法、反不正当竞争法或其他法律）、这些手段的实现方式（授予权利或通过行政管制）以及制裁的方式（民事责任、行政管理或刑事责任），都没有任何要求，只要达到了协定所规定的保护水平即可。因此，各成员在保护地理标志时，既可以授予利害关系方以专有权（如商标法模式下的集体商标或证明商标），也可以只授予利害关系方以请求权（例如反不正当竞争法模式下的制止反不正当竞争保护），还可以通过政府对生产者、经营者的具体活动进行管制来实现。

由此可见，在 TRIPS 协定框架下，各成员对国内法中如何实施协定有关地理标志保护的规定，享有很大的自主权。

（二）欧盟对 TRIPS 协定有关规定的国内实施

1. TRIPS 协定生效前欧盟地理标志保护的规则

早在 TRIPS 协定生效之前，欧盟（欧共体）就已建立起了比较系统的地理标志保护制度。欧盟地理标志制度主要由两部分构成：横向立法（horizontal legislation) 和纵向立法 (vertical legislation)。① 所谓横向立法，是指那些不区分特定类别的产品而具有普遍适用性的规则，包括有关农产品标签、虚假广告、商标以及农产品与地理标志保护的规则。所谓纵向立法，是指那些专门适用于葡萄酒和烈酒的规则。在 TRIPS 协定生效之前，横向立法中最主要的是1992 年 7 月 14 日颁布的关于农产品和食品地理标志及原产地名称保护的第2081/92 号条例；纵向立法主要有两个，分别是 1987 年 3 月 16 日颁布的有关优质葡萄酒的第 823/87 号条例，1989 年 5 月 29 日颁布的规定酒精饮料的定义、说明以及描述的通用规则的第 1576/89 号条例。

（1）第 2081/92 号条例

欧盟的地理标志保护制度建立在其共同农业政策 (common agricultural policy) 框架之下，因此，第 2081/92 号条例的主要目的是为促进农业生产的多样化，为地理标志产品的生产者提供平等的竞争环境，保护消费者利益。② 条例共 17 条，主要内容包括以下几个方面：

一是受保护的地理标志的范围。条例只适用于除葡萄酒产品和酒精饮料以外的农产品和食品，③ 这些产品的范围分别包含在建立欧共体条约的附录 2④和条例的附录 1 及附录 2 当中。条例将保护对象分为两类：原产地名称 (designations of origin) 和地理标志 (geographical indications)。原产地名称是指一个地区、一个特定地方的名称，在特殊情况下，是指一个国家的名称，用以描述农产品或食品来源于该地区、特定地方或国家，并且质量或特征实质性或完全取决于特定地理环境，包括其固有的自然和人文因素，以及在该特定地理区域内实施的生产、工艺及准备过程。⑤ 地理标志是指一个地区、一个特定地方的名称，在特殊情况下，是指一个国家的名称，用以描述农产品或食品来源于该地区、特定地方或国家，并且该产品具有的特定质量、声誉或其他特征，是由该地理来源及发生在特定地理区域内的生产和/或加工及/或准备决定的。⑥

条例作为欧共体共同农业政策的组成部分，其保护对象主要限于欧共体的原产地名称和地理标志。对于欧共体之外的名称（即第三国名称），条例规

---

① 参见 OECD 农业委员会与贸易委员会联合工作组撰写的报告 "OECD 成员国中的原产地名称与地理标志：经济及法律含义" (COM/AGR/APM/TD/WP (2002) 15/FINAL) 的附录二 "欧盟" 部分。

② 参见王笑冰著《论地理标志的法律保护》，中国人民大学出版社 2006 年版，第 66 页。

③ 第 2081/92 号条例第 1 条第 2 款。

④ 这里指的是 1957 年的建立欧共体条约（罗马条约）的附录 2，经过 1997 年阿姆斯特丹条约的修订，现为罗马条约的附录 1。条例序言第 1 条所提及的条约第 43 条现已修改为第 37 条。

⑤ 第 2081/92 号条例第 2 条第 2 款第（a）项。

⑥ 第 2081/92 号条例第 2 条第 2 款第（b）项。

定，在不损及有关国际协定的情况下，条例可适用于第三国的农产品或食品，但须符合三个条件：第一，该第三国能够提供与第 4 条的保证相同或等同的保证；第二，该第三国具有与第 10 条所规定的检验制度等同的检验制度；第三，该第三国准备为来源于共同体的农产品或食品提供与这些农产品或食品在共同体所受到的保护相等同的保护。① 条例所规定的这三个条件后来被美国和澳大利亚指责为违背了 TRIPS 协定所规定的国民待遇。

二是原产地名称和地理标志的注册。条例实行原产地名称和地理标志的注册制度，只有获准注册的原产地名称和地理标志才受条例的保护。这些获准注册的原产地名称和地理标志分别被称为 PDO（protected designations of origin）和 PGI（protected geographical indications）。条例对注册的申请、审查和核准作出了具体规定。

三是受保护的名称的使用。根据条例的规定，获准注册的原产地名称（即 PDO）和地理标志（即 PGI）及与之相当的传统的国家标志，只能标示在符合条例规定的农产品和食品上。② 因此，只有那些符合条例规定的农产品和食品，才有资格使用 PDO 和 PGI。

四是对 PDO 和 PGI 的保护。条例对获准登记的原产地名称和地理标志规定了高水平的保护。这些保护可归纳为以下三个方面：第一，禁止对受保护的名称的不当使用。第二，禁止将受保护的名称作为通用名称。第三，禁止不当商标的注册。

（2）第 823/87 号条例

1987 年 3 月 16 日制定的第 823/87 号条例是欧共体葡萄酒共同市场组织框架下的一个条例。根据 1987 年有关葡萄酒共同市场组织的第 822/87 号条例的规定，欧共体把葡萄酒分为两类：优质葡萄酒（quality wines）和佐餐葡萄酒（table wines）。佐餐葡萄酒的生产不受任何产量限制，且其生产区域通常并不限定。而特定地区生产优质葡萄酒（quality wines produced in specified region，quality wines psr）的生产要求非常严格，包括生产区域的限定、每公顷产量的高限以及质量控制措施。③ 第 823/87 号条例就是专门针对优质葡萄酒的一个条例，其中涉及了优质葡萄酒的产地名称的使用。

根据条例第 15 条第 4 款的规定，如果一成员国使用了一个特定地区的名称来命名优质葡萄酒，该名称就不被用来命名不在该地区生产的产品。根据条

---

① 第 2081/92 号条例第 12 条第 1 款。

② 第 2081/92 号条例第 8 条。

③ OECD 报告，COM/AGR/APM/TD/WP（2000）15/FINAL，第 92 段。

例第 15 条第 4 款的规定，特定地区的名称可以用来描述或表达除葡萄酒及葡萄汁之外的其他饮料，条件是不存在对此种饮料的性质、产地及来源和成分产生混淆的风险。

（3）第 1576/89 号条例

1989 年 5 月 29 日公布的第 1576/89 号条例是一个专门规定酒精饮料的定义、描述和陈述的一般规则的条例，其中涉及了烈酒地理标志的使用。

根据条例的规定，条例所定义的各类酒精饮料的名称可以附加某些地理标志，只要它们不会误导消费者即可。① 条例进一步规定，条例附录二列明的地理命名可以替代各类酒精饮料的名称，或作为其补充从而形成组合命名。② 如果这些酒精饮料在生产过程中获得其特性和特定质量，而该生产过程在所标示的地理区域进行的，则这些地理命名应保留给该酒精饮料。③

（4）共同体商标条例

就总体而言，欧盟有两套不同的商标体系：一是共同体商标，二是各成员国各自的国内商标。相应地，欧盟的商标法律制度也有两套，共同体商标制度以 1993 年 12 月 20 日发布的第 40/94 号条例为基础，各成员国的商标制度则以各成员国的商标法以及 1988 年 12 月 21 日发布的缩小成员国商标法差距的第一号理事会指令（89/104/EEC，简称"第一号商标指令"）为基础。这两套制度均涉及地理标志的保护，尤其是地理名称及地理标志作为商标注册的问题。受本文目的的限制，在本节中只讨论第 40/94 号商标条例。

第 40/94 号条例是一部完整的商标法，对共同体商标的注册、保护以及行使等事项都作出了明确规定。其中涉及地理标志保护的内容主要有以下几个方面：

第一，不得作为共同商标注册的标志。那些仅由在商业活动中可用来标示商品的种类、质量、数量、用途、价值、原产地、货物的生产或服务提供的时间，以及货物或服务的其他特性的标志，不得注册。④ 同时，在诸如货物或服务的性质、质量或地理来源等方面具有欺骗公众性质的商标，也不得注册。⑤

第二，共同体商标效力的限制。根据共同体商标条例的规定，共同体商标所有人对其商标享有专用权，有权禁止所有第三方未经其同意在贸易过程中在相同或类似商品上使用相同或近似的任何标志。但是，有关品质、质量、数

---

① 第 1576/89 号条例第 5 条第 2 款。

② 第 1576/89 号条例第 5 条第 3 款第（a）项。

③ 第 1576/89 号条例第 5 条第 3 款第（b）项。

④ 共同体商标条例第 7 条第 1 款第（c）项。

⑤ 共同体商标条例第 7 条第 1 款第（g）项。

量、用途、价值、产地名称、生产商品或提供商务的时间的标志，或有关商品或服务的其他特点的标志，商标所有人则无权阻止第三方在贸易过程中使用。① 这意味着，即使那些由地理名称构成的商标获得了注册，其所有人也无权阻止其他人在贸易过程中使用该名称来标示其产品或服务的产地。

第三，共同体集体商标。共同体商标条例允许在贸易中使用表示商品或服务的地理来源的符号或标志注册为共同体集体商标。② 不过，这种集体商标的所有人无权禁止第三方在贸易中使用这种符号或标志，如果它是依照工业或商业事务中诚实原则使用的，特别是这种标志不应援用来反对有权使用地理名称的第三方。③

第四，对第 2081/92 号条例的保护。共同体商标条例第 142 条特别规定，本条例不应影响第 2081/92 号条例，特别是该条例的第 14 条。这意味着，在欧盟的法律体系中，地理标志的保护是优先于商标保护的。

2. TRIPS 协定生效后欧盟对其地理标志保护规则的修改

从前面的介绍可以看出，欧盟在 TRIPS 协定生效前已建立起了比较完整的地理标志保护制度。尽管欧盟相关规则对地理标志的保护水平在整体上要高于 TRIPS 协定所提供的保护水平，但欧盟的地理标志保护制度也存在着一些不符合 TRIPS 协定相关要求的地方。因此，在 TRIPS 协定生效前后，欧盟为实施 TRIPS 协定的相关规定，对其原有的地理标志保护规则进行了适当修改。

（1）第 3290/94 号条例与第 3378/94 号条例

1994 年 12 月 22 日公布的第 3290/94 号条例是欧盟在 WTO 协定生效前为了在农业领域实施乌拉圭回合所达成的协定而制定的一个条例，其中涉及了葡萄酒地理标志的保护。

条例在关于葡萄酒共同市场组织的第 822/87 号条例中增加了一条，即第 72a 条，以实施 TRIPS 协定对葡萄酒地理标志的保护，其中最主要的是新增加的第 72a 条第 1 款。

该款对"地理标志"一词进行了定义：地理标志是指标示一产品来源于作为 WTO 成员的第三国领域，或该领域内的一个地区或地方的标志，该产品的特定质量、声誉或其他特性实质性地取决于该地理来源。很显然，这一定义与 TRIPS 协定第 22 条第 1 款对地理标志的定义没有实质性区别。

该款要求各成员国应采取措施，以保证利害关系人能够按照 TRIPS 协定

① 共同体商标条例第 12 条第（b）项。
② 共同体商标条例第 64 条第 2 款。
③ 共同体商标条例第 64 条第 2 款。

第 23 条和第 24 条的规定阻止在欧共体内在非来源于该地理标志所标示的地方的产品上使用葡萄汁和新鲜葡萄酒产品的地理标志，即使标示出了货物的真实产地，或以翻译或附加诸如 "类"、"型"、"式"、"仿" 或类似表达的方式使用地理标志。

1994 年 12 月 22 日发布的第 3378/94 号条例是一个专门修改第 1576/89 号条例和第 1601/91 号条例（该条例规定了芳构化葡萄酒及相关产品的描述和陈述的一般规则）以实施乌拉圭回合相关协定要求的条例。

条例对第 1576/89 号条例进行了修改，增加了第 11a 条，其内容与前述第 3290/94 号条例所增加的第 822/87 号条例第 72a 条基本一致，除了定义 "地理标志" 外，要求各成员国采取必要措施保护相关地理标志。

条例对第 1601/91 号条例进行了修改，增加了第 10a 条，其内容与对第 1576/89 号条例的修改完全一样。

（2）第 1493/1999 号条例

1999 年 5 月 17 日发布的第 1493/1999 号条例是一个新的有关葡萄酒共同市场组织的条例，是在前述 822/87 号条例的基础上发展起来的。条例第五编第二章对某些产品的描述、命名、陈述及保护进行了规定，其中涉及了葡萄酒地理标志的保护，主要内容包括两个方面：

第一，产品的描述和陈述以及任何形式的广告宣传，必须准确无误，不得引起混淆或产生误导，在提供第 47 条规定的信息时不得使用翻译或同时标示出真实产地或附加诸如 "型"、"式"、"仿"、"牌" 及类似表达。①

第二，该款要求各成员国应采取措施，以保证利害关系人能够按照 TRIPS 协定第 23 条和第 24 条的规定阻止在欧共体内在非来源于该地理标志所标示的地方的产品上使用葡萄汁和新鲜葡萄酒产品的地理标志，即使标示出了货物的真实产地，或以翻译或附加诸如 "类"、"型"、"式"、"仿" 或类似表达的方式使用地理标志。②

（3）对第 2081/92 号条例的修改

与有关葡萄酒和烈性酒地理标志的条例不同，欧盟在 TRIPS 协定生效前后并没有为实施 TRIPS 协定的有关要求而修改其第 2081/92 号条例。在 2003 年 4 月以前，欧盟已对该条例进行了数次修改，但均未明确提及是为了实施 TRIPS 协定的有关要求，而且在修改的内容上也看不出与 TRIPS 协定有关要求的实施有多大联系。与 TRIPS 协定的实施有关的修改发生在 2003 年 4 月，即

---

① 第 1493/1999 号条例第 48 条。
② 第 1493/1999 号条例第 50 条。

第 692/2003 号条例。根据该条例的序言，①为实施 TRIPS 协定有关要求而进行的修改主要涉及异议程序、与受保护的地理标志发生冲突的商标。

此外，这次修改还增加了有关第三国地理标志的注册程序的规定，通常认为这与 TRIPS 协定的实施是有关的。

第一，关于异议程序。

第 2081/92 号条例原先规定的异议程序是由各成员国或在某一成员国有居所或营业所的自然人或法人发起的，没有规定第三国的自然人或法人的异议程序。这意味着，第三国（无论是否为 WTO 成员）的自然人或法人是不享有异议权的。很显然，这与 TRIPS 协定所规定的国民待遇是不相符的。因此，第 692/2003 号条例增加了 WTO 成员的自然人和法人提出异议的规定，这便是 2003 年修改后的第 2081/92 号条例的第 12d 条。

根据该条规定，来自 WTO 成员以及根据第 12 条第 3 款获得承认的第三国的自然人或法人，只要它们享有合法利益，可以对拟议中的注册提出异议。提出异议的时间及相关程序，与第 7 条规定的异议程序基本相同。

第二，关于冲突的商标。

第 692/2003 号条例对与受保护的原产地名称和地理标志发生冲突的商标的修改主要涉及确认应被驳回的商标注册申请的"基准时间"。按照修改前的第 2081/92 号条例第 14 条第 1 款的规定，这一时间是根据条例第 6 条第 2 款规定拟注册的申请公布之日。修改后，这一时间改为向欧洲委员会提出原产地名称或地理标志注册申请之日。这就扩大了应被驳回的商标注册申请的范围，加强了对原产地名称和地理标志的保护。

同时，为了加强对在先商标的保护，修改后的第 14 条第 2 款还将可以继续使用的商标的范围扩大到了那些在规定日期以前已经提出注册申请和通过使用而取得商标的商标，并增加了一个"基准时间"即原产地名称或地理标志在其起源国受保护之日。

第三，关于第三国原产地名称和地理标志的注册。

增加关于第三国原产地名称和地理标志注册程序的规定是第 692/2003 号条例的一项重要内容。在此之前，虽然第 2081/92 号条例第 12 条规定了条例可适用于第三国的农产品和食品，但没有具体规定第三国原产地名称和地理标志的注册程序。第 692/2003 号条例增加了第 12a 条、第 12b 条和第 12c 条，对第三国注册程序给予了明确的规定。

根据第 12a 条的规定，第三国的协会、自然人或法人也可以申请注册原产

----

① 该条例序言第 8 段、第 11 段和第 12 段明确提到了 TRIPS 协定。

地名称和地理标志，但有一个先决条件，即该第三国已由欧洲委员会根据第 12 条第 3 款的规定进行审查并被确认符合对等条件并在其国内法中提供了第 12 条第 1 款所规定的保证。

根据第 12a 条的规定，第三国原产地名称和地理标志的注册申请应向申请保护的名称所在的国家的主管机关提出。[1] 第三国认为申请符合条例所规定的要求的，就将注册申请转交欧洲委员会，并附规定的条件。[2] 这些申请和文件应以一种共同体的官方语文做出，或附一种共同体官方语文的译本。[3]

根据第 12b 条的规定，共同体委员会将在六个月内审查以确定第三国提出的注册请求是否包含了所有必要的内容，并将其结论通知有关国家。对于符合保护条件的名称，共同体委员会将根据第 6 条第 2 款予以公布；对于不符合保护条件的名称，共同体委员会将不予公布。公布之日起 6 个月内任何享有合法利益的自然人或法人都可以提出异议。共同体委员会将审查以确定异议是否成立。这些程序与第 7 条规定的异议程序基本相同。

根据第 12c 条的规定，提出注册申请的团体、自然人或法人，可以请求对已注册的名称的说明进行修改。

（4）第 510/2006 号条例

早在欧盟于 2003 年修改第 2081/92 号条例以实施 TRIPS 协定的有关要求之前，与欧盟在地理标志保护问题素有矛盾的美国就已经对欧盟第 2081/92 号条例表达了不满。1999 年 6 月 1 日，美国针对第 2081/92 号条例在 WTO 争端解决机制的框架内请求与欧盟磋商。这便是美欧之间有关地理标志和商标问题的第 174 号争端案件。2003 年 4 月 14 日第 2081/92 号条例修改后，美国仍然不满意，最终进入了专家组程序。专家组于 2004 年 12 月 21 日提交了其正式报告，该报告于 2005 年 4 月 20 日在争端解决机构（DSB）获得通过。专家组部分支持了美国的主张，认定欧盟第 2081/92 号条例的部分内容违反了 TRIPS 协定。欧盟接受了专家组裁决结果，决定修改第 2081/92 号条例以执行专家组裁决。欧盟最终以一个新条例来取代了第 2081/92 号条例，这便是 2006 年 3 月 20 日发布的第 510/2006 号条例。

对于这一新条例，本文将在有关美欧地理标志争端案的部分中进行详细讨论，在此不再赘述。

---

[1] 第 692/2006 号条例第 12a 条第 1 款。
[2] 第 692/2006 号条例第 12a 条第 2 款。
[3] 第 692/2006 号条例第 12a 条第 3 款。

（5）第 3288/94 号条例

为了使前述第 40/94 号共同体商标条例符合 TRIPS 协定的有关要求，欧盟于 1994 年 12 月 22 日发布了第 3288/94 号条例，对第 40/94 号条例进行了修改。其中，涉及地理标志保护的内容是在共同体商标条例第 7 条第 1 款中增加了新的一项即第（j）项，以加强对葡萄酒和烈酒地理标志的保护。据此规定，如果葡萄酒商标由用以识别葡萄酒的地理标志构成或含有此种标志，或烈酒商标由用以识别烈酒的地理标志构成或含有此种标志，而该葡萄酒或烈酒并非来源于这些地理标志所标示的地区，则不得注册为共同体商标。

（三）美国对 TRIPS 协定有关规定的国内实施

1. TRIPS 协定生效前美国对地理标志的保护

（1）美国法律体系中的地理标志概念与保护地理标志的法律体系

与欧洲大陆国家尤其是以欧盟及其主要成员国为代表的地理标志专门立法保护体系不同，美国的地理标志保护制度则既无专门概念又无专门体系。美国法是由一系列不相干的法律和规章组成的，[①] 美国不但没有一部专门保护地理标志的法律，而且基本上不使用"地理标志"、"原产地名称"或"货源标志"等专门术语；即便使用，其含义也与有关国际条约的定义有很大差别。[②]

严格来说，在美国的法律体系中是没有地理标志的概念的。虽然在一些法律中也会提到地理标志的概念，但在通常情况下并非 TRIPS 协定第 22 条第 1 款所定义的地理标志。因此，在美国，地理标志概念必须结合具体的使用场合才有意义，泛泛地谈论美国法上的货源标志、原产地名称和地理标志在美国基本上是没有意义的。

在制定法方面，商标法是保护地理标志最主要的法律形式。受商标法自身的概念与逻辑的限制，美国商标法上的地理标志已不是一般意义上的地理标志，而是由地理标志构成的商标，即"地理术语商标"（geographic term mark，以下简称"地名商标"）。美国商标法对地理标志的保护可以从两个不同的方面来理解：

一是禁止将地理标志注册为商标。这里有两个不同的概念："地理性描述"标志和"地理性错误描述"标志，前者大致上相当于真实"货源标志"，

---

① Bendekgey and Mead, *International Protection of Appellations of Origin and Other Geographic Indications*, 82 tmr 765, at 767.

② 例如，美国行政规章汇编（CFR）虽使用"原产地名称"（appellation of origin）这一概念，并且进行了所谓的"定义"，但这些定义与里斯本协定下的定义或法国法中的定义几乎毫无相同之处。（参见 27 CFR § 4.24.）

后者则大致上相当于虚假"货源标志",但它们都不完全相同于"货源标志"。最主要的差别在于,美国商标法并不是一般性地禁止这两类标志的注册,而是将它们与使用的货物或服务结合在一起来考虑。这意味着,这些标志的地理指示作用并不仅由标志本身来决定,而是标志与所使用的商品或服务的结合来决定的,换言之,由标志在商品或服务上的使用效果来决定。

二是集体商标和证明商标的例外。作为禁止将地理描述性标志作为商标注册的例外,Lanham 法①第 4 条准许将地理标志注册为集体商标或证明商标。美国法在这里使用了一个"地区性来源标志"这一概念,"地区性"的限定排除了国家名称作为集体商标和证明商标的可能性。因此它可以理解为缩小了范围的货源标志。但是,从对证明商标的一般理解及实际注册情况来看,这里主要强调原产地名称,而非一般意义上的货源标志。

除商标法外,美国的葡萄酒标签制度也是保护地理标志的主要方式。与法国有些类似的是,美国在联邦法和州法两个层次上都有葡萄酒命名的管理规则;与法国不同,美国的命名规则,尤其是联邦层面上的规则,基本特色在于将可以作为葡萄酒命名的地理名称分成三个基本类型:通用名称、准通用名称和非通用名称,并且列出详细的清单。

美国关于葡萄酒标签的制度,是以一种非常特殊的方式对地理标志提供"保护"的——更确切地说,是对在葡萄酒标签上使用地理名称的管理。这一制度与法国的 AOC 制度不同,因此,所用的术语也没有可比性。但总体说来,这些由地理名称构成的标签,都是原产地名称,而非一般意义上的货源标志或地理标志。

概括来说,地理标志概念在美国已被"分解"成若干个相关概念,它们分处于不同的法律体系或同一体系的不同场合,其含义须依具体使用情况而定。

美国的地理标志保护制度非常分散,大致上可分三个层次:普通法;联邦商标法;州法及联邦行政规章。

美国对地理标志保护制度起源于普通法。普通法对地理标志的保护,主要体现在两个方面:第一,任何人不能获得使用地理名称的专有权。② In re Charles S. Loeb Pipes, Inc., 190 USPQ 238, 242 (TTAB 1975) 案明确地表达了这一点,现行商标法禁止将地理描述性标志注册为商标,实际上就是这一普通

① 美国现行商标法是 1946 年通过的,通常称为"Lanham 法"。在美国法典(USC)中,商标法被编在第十五编第二十二章中,Lanham 法第 4 条即 USC 第 1054 条。

② Bendekgey and Mead, 82 tmr 765, at 768.

法原则的体现；第二，地理标志可以作为"财产"，禁止他人"盗用"。在 Pillsbury-Washburn Flour Mills Co. v. Eagle（1898）① 中，法院已阐明了这一点。普通法的这些原则和规则，后来大都转化到联邦商标法中去了。美国普通法的这两项原则，看起来是矛盾的，但有内在的逻辑关联性。包括地理标志在内的商业标志，在未投入实际使用之前，是不可能起到识别产品来源的作用的，因而也就不应作为专属于某个人的"财产"。正是对地名以及其他标志的使用在使用者与商品之间建立起了事实上的联系，从而使地名及其他标志成为使用者的身份标志，也就变成了法律意义上的商标，成为属于使用者"专有"的一种财产。这表明，尽管美国并没有原产地名称的概念，但在将地理名称作为财产的问题上，美国事实上走在了法国的前面。

联邦州商标法是保护美国保护地理标志的主要法律手段，其发展过程将单独介绍。

美国州法及联邦行政规章对地理标志的保护主要涉及某些地理标志尤其是葡萄酒地理标志的使用，最典型的、也是引起争议最大的就是美国的葡萄酒和烈酒标签管理制度。

美国"火器、烟草与食品管理局"（简称 BATF）将葡萄酒地理标志分为三类：通用标志（generic name）、半通用标志（semi-generic name）和非通用标志（non-generic name）。

通用标志是指那些原本具有地理指示作用，但作为某类或某种葡萄酒的名称被使用的标志。② 由于这类地理标志已被认为失去了地理指示作用，因而不能再作为地理标志受到保护，其使用亦不受限制。这类通用名称有：Vermouth 和 Sake。③

半通用标志是指虽然被认为是某类或某种葡萄酒的名称，但仍然有地理指示作用的标志。④ 由于这类地理标志具有指示地理来源的作用，因而其使用受到一定程度的限制，不像通用标志那样可自由使用。根据 BATF 的要求，这类标志在使用时必须标明葡萄酒的真实产地。被列入半通用标志的有：Angelica, Burgundy, Claret, Chablis, Champagne, Chianti, Malaga, Marsala, Madeira, Moselle, Port, Rhine Wine（syn. Hock）, Sauterne, Haut Sauterne, Sherry, Tokay 等。⑤

---

① 86 F. 608（C. A. 7）.

② Leigh Ann Lindquist, at 326.

③ 27 C. F. R. § 4.24（a）（2）.

④ Leigh Ann Lindquist, 同前注.

⑤ 27 C. F. R. § 4.24（b）（2）.

　　非通用名称有两类：一类是被 BATF 官员认定为通用名称和半通用标志之外的其他具有地理指示作用的标志，另一类是具有显著的地理指示作用的标志。① 第一类非通用名称有：American，California，Lake Erie，Napa Valley，New York State，French，以及 Spanish 等，② 另一类非通用名称有：Bordeaux Blanc，Graves，Medoc，Pommard，Rhone，Schloss Johannisberger，以及 Lagrima 等。③

　　在地理标志保护，尤其是葡萄酒和烈酒地理标志的保护方面，美国的标签制度起着独特的作用。一方面，它们基本上都是一些行政规章，但得到国会立法的支持，因而有充足的合法性依据；另一方面，这些规章由行政机关通过特定的程序加以实施，不受司法审查，因而具有很强的政策灵活性。这一制度已招致欧盟国家尤其是法国的强烈批评，但由于其"游离"于知识产权法之外，因而很少受 TRIPS 协定的制约。

　　（2）北美自由贸易协定（NAFTA）生效前美国商标法对地理标志的保护

　　美国在地理标志保护方面采取的是商标法模式，因而商标法自然也就成为美国保护地理标志的最主要的法律手段，也是美国极力向世界"推销"的一种保护模式。如前所述，美国联邦商标法对地理标志的保护起源于普通法，在长期的历史演进过程中形成了自己的特色。这是主张通过商标法保护地理标志的人们不可不注意到的。

　　美国联邦商标法对地理标志的保护，主要体现在三个相关联的方面：一是对地理标志作为商标的一般性禁止，二是允许地理标志作为集体商标或证明商标注册，三是对任何混淆来源的行为进行制裁。这三个方面之间的关系是，对地理标志的禁用是一般原则，由地理标志构成的集体商标和证明商标是该原则的例外，对任何混淆来源的行为的制裁是对集体商标和证明商标的补充。

　　第一，对地名商标的限制。

　　美国商标法最初并无地理标志或原产地名称的概念，它所使用的基本概念是"地理术语"（geographic term）或"地理描述性术语"（geographically descriptive term）。美国商标法对地名商标的限制，经历了由"严"到"松"，又由"松"到"严"的过程。从时间上看，大致上可以分为三个阶段：1946 年商标法之前的严格限制阶段，1946 年商标法到 1993 年"北美自由贸易协定法"（简称 NAFTA 法）法之前的较宽松阶段，1993 年 NAFTA 法之后又逐渐严格的阶段。

---

①　Leigh Ann Lindquist，at 326，327.

②　27 C. F. R. § 4.24 (c) (2).

③　27 C. F. R. § 4.24 (c) (3).

在 1946 年商标法之前，美国商标法对地理术语进行了严格限制。1909 年商标法规定，"纯粹的地理名称或术语"不得作为商标注册。① 美国专利商标局（USPTO）及法院在解释和适用这一规定时，其标准之严格，是今天的人们难以想象的，凡能在地图或地名词典或索引上找得到的地名，往往都被拒绝作为商标注册。②

1909 年商标法的这种严格保护到 1946 年制订商标法时得到了重大改变。与 1909 年商标法相比，1946 年法有两处重要不同：一是将"地理名称或术语"改为"地理性描述"，二是只有当标志用于货物上才是"主要地理性描述"③。这表明，1909 年法的地理名称或术语是从标志的形式上来判断的，即是否作为地理名称本身，1946 年法的地理性描述则是从标志的内容或功能亦即标志所传递的信息来判断的，它是以地理名称的使用而非名称本身为标准的。与"描述性"相对的概念是"非描述性"即"武断"或"臆造"的标志。"如果地理名称没有向消费者传递直接的地理含义，此地理名称的使用即为武断的而非描述性的。也就是说，如果地理名称与产品之间存在着这样的关系，即，地理名称不可能直接向购买者表明，货物来源于作为名称所指向的那个地方，则属于对地理名称的'武断性'使用。在此规则之下，将 Dutch 用于漆被判定为武断性商标使用，因为购买者不可能将漆与荷兰联系在一起。……而将 Dutch 用于奶酪，将是描述性的，在此情况下，购买者将可能将荷兰与奶酪联系在一起，因为荷兰因此种产品而著名。"④

如果一个标志既是地理名称，又具有一般性的其他含义，在 1946 年法下就不会被当然地看作地理名称，首先要看这个标志是否在"描述"地理场所，然后还要看这种描述是不是"主要"。只有经过这些测试之后，才能判断该标志是否属于"主要地理性描述"，要比美国专利商标局在 1909 年法之下的做法复杂得多。在第二点上，由于 1909 年法并没有强调与货物的联系，例如，"Kem"（俄罗斯的一条河名）用于扑克牌，曾被 USPTO 根据 1909 年法驳回，⑤ 理由就是这是俄国的一条河名。⑥ 而在 1946 年法之下，"Kem"用于扑

---

① 美国 1909 年商标法第 5 条。

② Leon H. Amdur, *Trade-mark law and practice*, New York : Boardman, 1948, p. 164.

③ Amdur, p. 166.

④ J. Thomas McCarthy, *United States Law of Geographic Denominations*, in Herman Cohen Jehoram (ed.), *Protection of Geographic Denominations of Goods and Services*, Sijthoff & Noordhoff, 1980, p. 151.

⑤ 29 P. Q. 354, 1938.

⑥ Amdur, p. 165.

克牌并没有任何地理性描述，是可以获得注册的。① 1946 年法修改的结果是，放宽了对地理标志注册为商标的限制。

1946 年商标法"实质上将适用于地理名称保护的普通法规则法典化"。② 它把地理标志的可注册性分为三种不同情况：一是主要是地理性描述的标志，如果获得第二含义，可在主簿上注册；二是主要地理性误描述的标志，如果获得第二含义，亦可在主簿上注册；三是欺骗性标志，在主簿和副簿都不能注册。③ 其适用的结果是，对于一个具体的地理名称商标，首先判断其属于"描述性"还是"武断性"，其标准是是否向购买者传递了直接的或明显的地理含义。如若答案是"是"，则属于上述三种情况之一；若答案是"否"，则属于武断性的，并且不需要第二含义，便可在主簿上注册。单凭外国地理名称这一事实本身，并不能决定一个标志是地理性描述或误描述。④

很显然，1946 年商标法在地理标志与商标的"对抗"中更倾向于商标，地理标志在该法中所获得的保护水平是比较低的。

第二，关于证明商标的规定。

实际上，美国商标法对地理标志的上述保护，在大多数国家商标法中都有类似的规定，只是在范围和程度上有所不同而已。真正算得上"美国特色"的保护制度，则是将地理标志作为集体商标和证明商标予以保护。

在 1946 年商标法下，由地理标志构成的集体商标和证明商标是前述禁止的例外。在乌拉圭回合谈判中，美国关于 TRIPS 的提案⑤提出要以证明商标或集体商标来保护地理标志；在 2003 年 7 月由 WIPO 和 USPTO 共同举办的国际研讨会上，USPTO 的高级顾问 Eleanor Meltzer 女士还在大谈以证明商标和集体商标保护地理标志的种种好处。⑥

通常情况下，商标与证明商标是互相排斥的。如果一个标志事实上已是一个商标，则不能注册为证明商标。⑦ 同时，证明商标的所有人不能自己使用证明商标，因此，如果他已有一个自己使用的商标，与其证明商标相同或类似商标就不能再注册为证明商标。例如，"OJ"作为生长于佛罗里达州的橘子的证明商标的注册被驳回，理由是申请人已将其注册为服务商标，用于推销用佛罗

---

① Amdur, p. 166.

② J. Thomas McCarthy, p. 154.

③ J. Thomas McCarthy, p. 154.

④ J. Thomas McCarthy, p. 155.

⑤ GATT 乌拉圭回合文件，MTN. GNG/NG11/W/70，11 May 1990.

⑥ WIPO 文件，WIPO/GEO/SFO/03/3。

⑦ J. Thomas McCarthy, 175.

里达州橘子制作的橘子汁的服务。① 描述性地理标志注册为证明商标不需要第二含义。②

值得注意的是，由于集体商标和证明商标在绝大多数国家里（包括美国）被规定为注册商标，因此，从理论上讲，未注册为集体商标或证明商标的地理标志事实上是得不到充分保护的。但是，由于美国是一个以商标权使用产生制为主的国家，因此，不论在理论上还是司法实践中，除了那些已注册的集体商标或证明商标之外，还有一种所谓的"未注册证明商标"，最典型的例子是美国商标评审与上诉委员会（TTAB）对 Institut National Des Appellations v. Brown-Forman Corp. 一案的裁决，就是"COGNAC"作为未注册的证明商标加以保护的。③

第三，1946 年商标法第 43 条对地理标志的保护。

商标法第 43 条在美国商标法中处于很特殊的地位，它通常被认为是反不正当竞争的规范，而不仅是保护商标的规范。因此，按此规定，任何可能造成混淆的行为，都将被禁止。这一规定，可以理解为是对地理标志的补充性规定。

（3）NAFTA 法对 1946 年商标法的修改

北美自由贸易协定（NAFTA）于 1992 年 8 月 12 日由美国、加拿大和墨西哥三国签署，并于 1994 年 1 月 1 日生效。NFATA 建立了北美自由贸易区，其内容非常广泛，涉及贸易、投资及知识产权保护，其中的第 1712 条专门规定了对地理标志的保护。

根据 NAFTA 第 1721 条的定义，地理标志是指标示货物原产自一缔约国领域内，或该领域内的一地区或地方，货物的特定质量、声誉或其他特性实质性地取决于其地理来源的任何标志。很显然，这一定义与后来的 TRIPS 协定第 22 条对地理标志定义基本相同。

NAFTA 要求各缔约国保护地理标志，为利害关系方提供法律手段以便制止以误导公众的方式使用虚假的地理标志，以及任何构成巴黎公约第 10 条之二的不正当竞争行为的使用。NAFTA 同时要求，各缔约方应驳回那些含有虚假地理标志的商标的注册或宣布注册无效。就总体而言，NAFTA 对地理标志的保护与 TRIPS 协定第 22 条在很大程度上接近的，但 NAFTA 没有规定对葡萄

---

① 160 USPQ 495, 158.

② 303 F. 2d 494.

③ 参见 Steven A. Bowers, *Location*, *Location*, *Location*: *The Case against Extending Geograhical Indication Protection under the TRIPS Agreement*, 31 AIPLAQJ 129 (2003), pp. 136—137.

酒和烈酒地理标志的附加保护。

为了实施 NAFTA 的要求，美国国会于 1993 年通过了 NAFTA 实施法，该法于 1993 年 12 月 8 日由克林顿总统签署后成为法律（公法第 103—182 号）。NAFTA 实施法第 333 条专门规定了误导性地理标志的不可注册性，对 1946 年商标法第 2 条（15 U. S. C. 1052）和第 23 条（15 U. S. C. 1091）进行了修改，主要内容包括以下几个方面：

第一，禁止将主要是地理描述性的标志作为商标在主簿上注册，但作为集体商标或证明商标的除外。

第二，禁止将主要是欺骗性地理误描述的标志作为商标在主簿上注册，即使通过使用获得了第二含义也不允许注册。但如果这些标志在 1993 年 12 月 8 日前获得了第二含义，可以在主簿进行注册。

第三，禁止将主要是欺骗性地理误描述的标志作为商标在副簿上注册，但如果这些标志在 1993 年 12 月 8 日前已在商业活动中由其所有合法使用，则可以在副簿上注册。

2. 乌拉圭回合协定法对 1946 年商标法的修改

如前所述，就地理标志的一般保护而言，NAFTA 第 1712 条与 TRIPS 协定第 22 条是非常接近的，因此，美国在 1993 年 NAFTA 实施法修改了 1946 年商标法之后，基本上达到了 TRIPS 协定第 22 条的要求。但 NAFTA 第 1712 条没有涉及葡萄酒和烈酒地理标志的附加保护问题，NAFTA 实施法自然也没有规定葡萄酒和烈酒地理标志的附加保护。1994 年 12 月 8 日生效的乌拉圭回合协定法（公法第 103—465 号）有关地理标志保护的规定集中在葡萄酒和烈酒地理标志上。

乌拉圭回合协定法第 522 条对 1946 年商标法第 2 条第（a）款（15 U. S. C. 1052［a］）进行了修改，增加了对葡萄酒和烈酒地理标志的保护。根据修改后的第 1052 条第（a）款规定，用在葡萄酒或烈酒上的地理标志，如果其所标示的是货物产地以外的地方，并且申请人是在 WTO 协定对美国生效之日起一年后才首次使用于葡萄酒或烈酒上，不得在主簿上注册为商标。

（四）印度对 TRIPS 协定有关规定的国内实施

1. TRIPS 协定生效前印度对地理标志的保护

印度是一个文明古国，在地理标志保护方面享有一定的利益，地理标志在印度也受到了一定的法律保护。不过，在 TRIPS 协定对印度生效之前，印度并没有单独的地理标志保护立法，但地理标志在印度是可以受到普通法原则的保护的。① 此外，印度的商标法也能够对地理标志提供一定的保护。

（1）普通法对地理标志的保护

在印度，普通法对地理标志的保护主要是通过假冒诉讼实现的。与普通法系国家的假冒诉讼类似，在印度提起假冒诉讼也需要具备一些基本条件，主要包括：原告对被假冒的标志享有商誉（goodwill），被告盗用了原告的商誉，原告因此而受到了损害。② 调查表明，印度法院支持以假冒诉讼来保护地理标志。③ 假冒诉讼保护地理标志的最主要案例是 Scotch Whisky Association v. Pravara Sakhar Shakar Karkhana Ltd. 案（AIR 1992 Bom. 294）。

在该案中，被告是几种印度威士忌酒的生产者，以 "Drun Beater" 和 "God Tycoon" 等品牌生产销售混合苏格兰威士忌。苏格兰威士忌酒协会提起了假冒诉讼。孟买高等法院认定，被告将其生产的威士忌假冒成苏格兰威士忌，因而发布了临时禁令。④

在另外一个同样由苏格兰威士忌酒协会提出的案件中，孟买高等法院禁止被告将 "SCOT" 一词作为其用在威士忌酒上的 "ROYAL SCOT" 商标的一部分，而此时苏格兰威士忌并未在印度的公开市场上出售。⑤

（2）商标法对地理标志的保护

与大多数国家一样，印度的商标法也对地理标志提供了一定的保护。根据1958 年印度商标法的规定，根据其通常含义作为地理名称的词是不能在 A 簿上注册的。⑥ 此外，从 1958 年商标法对证明商标的定义可知，地理名称也是可以作为证明商标注册的。⑦

2. TRIPS 协定生效后印度对地理标志的保护

在 TRIPS 协定对印度生效前夕，印度制定了一部保护地理标志的新法律，即 1999 年货物地理标志（注册和保护）法（以下简称 1999 年地理

---

① 参见王笑冰著，前引书，第 134 页；Suresh Srivstava, *Geographical Indications and Legal Framework in India*, Economic and Political Weekly, September 20, 2003, at http://www.epw.org.in/epw/uploads/articles/3270.pdf.

② 参见 Suresh Srivstava, 前引文。

③ 参见 Suresh Srivstava, 前引文。

④ 参见 Tehemtan N. Daruwalla, *Perspectives for Geographical Indications*, International Symposium on Geographical Indications jointly organized by the WIPO and the State Administration for Industry and Commerce (SAIC) of the PRC, Beijing, June 26 to 28, 2007.

⑤ 参见 Tehemtan N. Daruwalla, *Perspectives for Geographical Indications*, International Symposium on Geographical Indications jointly organized by the WIPO and the State Administration for Industry and Commerce (SAIC) of the PRC, Beijing, June 26 to 28, 2007.

⑥ 印度 1958 年商标法第 9 条第 1 款第（d）项。

⑦ 印度 1958 年商标法第 2 条第 1 款第（c）项。

标志法），以实施 TRIPS 协定有关地理标志的规定。同时，印度于 1999 年制定了一部新的商标法，取代了 1958 年商标法。其中涉及了地理标志的保护。

（1）1999 年地理标志法

1999 年地理标志法建立了地理标志注册保护制度，其主要内容包括以下几个方面：

第一，注册的条件。在 1999 年地理标志法之下，一个地理标志要想获得注册，必须具备两个条件：一是请求注册的地理标志必须符合该法对地理标志的定义；二是请求注册的地理标志不属于不得注册的标志的范围。

第二，地理标志的注册。地理标志的注册首先要由申请人提出注册申请，申请应向地理标志所在地的地理标志注册局的办事处提交，注册官应对申请进行审查，以决定是否接受申请。如果一个注册申请被接受，注册官就要对申请进行公布。任何人在公布之日起三个月内都可以提出书面异议。如果没有异议或异议不成立，注册官应对地理标志进行注册，并发给注册证书。提出申请的日期被视为注册日期。

第三，授权使用的登记。在印度，已经注册的地理标志需要通过登记才能使用。任何主张其为地理标志所注册的产品的生产者的人，可以书面形式向注册官提出申请将其登记为该地理标志的授权使用者。注册官要进行审查，以确定申请者是否为所注册产品的生产者。

第四，注册有效期及续展。与商标注册类似，印度的地理标志注册是有期限的。这一期限为十年，但可无限次延展。同样地，授权使用者的登记也有期限。这一期限为十年，或自登记到被授权使用的地理标志的注册期限的期间，以先到期者为准。授权使用者登记也可以续展。

第五，地理标志注册的效力。根据 1999 年印度地理标志法的规定，地理标志注册的效力主要表现在以下三个方面：一是任何人均无权提起任何诉讼以制止侵害未注册地理标志的诉讼，或请求获得损害赔偿；二是地理标志的拥有者（注册人）和经登记的授权使用者有权对侵害地理标志的行为获得补救，经登记的授权使用者还享有专有使用权；三是在所有有关地理标志的程序中，注册证书是地理标志有效性的初步证据。

第六，侵害地理标志的行为。根据 1999 年地理标志法的规定，除授权使用者以外，其他人实施了下列行为，均构成对已注册地理标志的侵害：一是在货物的标示或描述中以任何方式使用该地理标志以指示或暗示该货物来源于其真实产地之外的地理区域，以至于在货物的地理来源方面误导他人；二是以构成不正当竞争行为（包括假冒在内）的方式使用任何地理标志；三是使用另一文字虚假地向人们描述货物来源于该已注册地理标志所标示的领域、地区或地方。

第七，对某种货物或某类货物地理标志的附加保护。1999年印度地理标志法并没有直接规定葡萄酒和烈酒地理标志的补充保护。但是，该法第22条第（2）款和第（3）款规定了对某种货物或某类货物地理标志的附加保护，很容易使人联想到对葡萄酒和烈酒地理标志的附加保护。根据第22条第（2）款的规定，印度中央政府如果认为有必要对某种货物或某类货物提供附加保护，可以在政府公报上发表公告，具体列明此种货物或此类货物。对于所列明的需要补充保护的货物，除授权使用者外，其他任何人在并非来源于其所使用的任何其他地理标志所指示的地方的货物上使用了该地理标志，即使标明了货物的真实来源，或已使用该地理标志的翻译或附之以"类"、"型"、"仿"及类似表达，均构成对已注册地理标志的侵害。

第八，与商标的关系。关于地理标志与商标的关系，1999年地理标志保护法主要从三个方面进行了规定：一是禁止将某些与地理标志冲突的标志作为商标注册，二是某些在先注册或使用的商标的保护，三是对商标注册的有效性或商标的使用提出主张的期限。

第九，法律责任。1999年印度地理标志法对侵害地理标志的行为规定了非常严格的法律责任，包括刑事责任和民事责任。

（2）1999年商标法

由于1999年地理标志法已经对地理标志与商标的关系作出了明确规定，因而1999年地理标志法没有再规定那些与地理标志相冲突的商标的可注册性及注册效力的问题。

1999年商标法有关地理标志保护的规定，与1958年商标法相比，并没有多少实质性的变化，故不再赘述。

五、从美欧地理标志争端案看 TRIPS 协定有关规定的国内实施

（一）争端的背景

此次引发美欧争端的是经修改的欧盟第2081/92号条例。不过，条例只是一个导火索而已，争端的真正原因在于美国与欧盟在地理标志保护问题上存在着严重分歧。就地理标志问题而言，美国与欧盟至少有两点非常明显的不同：

其一，无论从国家政权建立的角度还是从西方人开发的角度来看，美国的历史都大大短于欧盟各主要成员国。其结果是，在地理标志的拥有量上，美国

大大少于欧盟各主要成员国。这意味着，美国在地理标志保护方面的利益远不如欧盟。

其二，美国主要是由外来移民构成的国家，而这些移民在历史上则主要来源于欧洲国家。这些来自欧洲国家的早期移民，不但带来了故乡的物产，而且带来了故乡的文化传统。其结果是，欧洲各国的名优产品尤其是葡萄酒、奶酪等食品的产地的名称，在美国有广泛的影响并被大量使用，其中一部分已被作为通用名称或"准通用名称"，还有一些被美国的厂商注册为商标。这意味着，高水平的地理标志保护将对美国产生不利影响。

由于利益的不同，美国与欧盟在地理标志保护问题上存在着严重分歧。在TRIPS 协定的缔结过程中，美国与欧盟的主要分歧表现在三个方面：在保护方式上，欧盟主张以制止不正当竞争的方式保护地理标志，并主张建立国际注册制度；而美国则主张以集体商标和证明商标来保护地理标志，反对建立国际注册制度。在保护内容上，欧盟主张禁止任何构成不正当竞争行为的使用，不以误导公众为构成条件；而美国则坚持以误导公众为构成条件。在保护范围和措施上，欧盟主张应在地理标志原属国所给予保护的范围内给予保护，除主张禁止作为商标注册和使用外，还特别强调防止地理标志演变为通用名称；而美国则强调地理标志保护不应损害第三方的既得利益。

实际上，TRIPS 协定有关地理标志的规定的谈判就是协调美国与欧盟之间分歧的过程。TRIPS 协定的现行规定部分满足了美国的要求，部分满足了欧盟的要求。协定没有限定各成员保护地理标志的方式，但同时要求各成员制止构成巴黎公约第 10 条之二所规定的不正当竞争行为的任何使用；协定将葡萄酒和烈酒地理标志给予了特别保护，不以误导公众为构成条件，而对于其他货物的地理标志，则坚持了误导公众的构成条件；协定规定了地理标志保护的若干例外，对第三方的既得利益提供了一定保护，同时要求各成员有义务参加就个别的葡萄酒和烈酒地理标志单独举行的双边或多边谈判；协定要求就葡萄酒地理标志多边通告和注册制度的建立进行谈判，但没有明确谈判的方式、内容以及将来可能建立的多边通告和注册制度的效力。

由于 TRIPS 协定在地理标志问题上的妥协性，在 TRIPS 协定于 1996 年 1月 1 日对发达国家生效之后，美国和欧盟在地理标志方面的国内或内部法律制度基本上没有改变。美国依然坚持通过商标法保护地理标志的传统做法，而欧盟第 2081/92 号条例依然继续有效。此外，在 TRIPS 理事会有关地理标志问题的谈判以及在 2001 年开始的多哈回合谈判中，美国和欧盟在葡萄酒和烈酒地理标志的多边通告与注册制度以及 TRIPS 协定第 23 条的扩大适用问题上仍然存在着严重分歧。

(二) 争端的程序性进程

1999 年 6 月 1 日，美国根据争端解决谅解 (DUS) 第 4 条和 TRIPS 协定第 64 条的规定，向欧盟提出了磋商的要求。美国声称欧盟第 2081/92 号条例 (经修改) 在地理标志问题上没有提供国民待遇，对与地理标志相同或近似的在先商标没有提供充分保护，与欧盟在 TRIPS 协定下所承担的义务 (包括但未必限于 TRIPS 协定第 3 条、第 16 条、第 24 条、第 63 条和第 65 条) 不符。①

1999 年 7 月 9 日，美国与欧盟举行了第一次磋商。② 在未能达成一致的情况下，美国于 2003 年 4 月 4 日再次向欧盟提出了磋商的请求。根据美国的说法，这次磋商请求只是补充而不是取代 1999 年 6 月 1 日的磋商请求。③ 美国增加了有关 TRIPS 协定第 4 条即最惠国待遇的要求，涉及的 TRIPS 协定条款也新增加了第 2 条、第 4 条和第 22 条。④

在美国提出补充磋商请求之后，阿根廷、澳大利亚、保加利亚、塞浦路斯、捷克共和国、匈牙利、印度、马尔他、墨西哥、新西兰、罗马尼亚、斯洛伐克共和国、斯洛文尼亚、斯里兰卡和土耳其分别提出参加磋商的要求，欧盟表示同意。⑤

由于磋商未能解决争端，美国于 2003 年 8 月 18 日要求 DSB 成立专家组。美国在其成立专家组的请求中对欧盟第 2081/92 号条例提出了七项指控：①未对其他成员的国民和产品提供与其国民和产品相同的待遇；②未将其给予 WTO 其他成员的国民和产品的任何利益、优惠、特权或豁免立即无条件地给予每一 WTO 成员的国民和产品；③减低了对商标的法律保护；④没有为利益方制止误导性使用地理标志提供法律手段；⑤对地理标志的定义不符合 TRIPS 协定对地理标志的定义；⑥缺少足够的透明度；⑦未规定适当的执法程序。⑥

2003 年 10 月 2 日，DSB 决定成立单一专家组审理美国和澳大利亚分别对欧盟提起的两个争端案件。随后，阿根廷、澳大利亚 (在美国提起的案件中)、巴西、加拿大、中国、哥伦比亚、危地马拉、印度、墨西哥、新西兰、挪威、中国台北、土耳其和美国 (在澳大利亚提起的案件中) 要求作为第三

---

① WTO 文件 WT/DS/174/1，IP/D/19。
② WTO 文件 WT/DS/174/Add. 1，IP/D/19/Add. 1，G/L/619。
③ WTO 文件 WT/DS/174/Add. 1，IP/D/19/Add. 1，G/L/619。
④ WTO 文件 WT/DS/174/Add. 1，IP/D/19/Add. 1，G/L/619。
⑤ WTO 文件 WT/DS174/19。
⑥ WTO 文件 WT/DS174/20。

方参加专家组程序。

2004 年 2 月 23 日，总干事指定了专家组组成人员。专家组由三人组成，分别是来自委内瑞拉的 Miguel Rodríguez Mendoza 先生、来自韩国的 Seung Wha Chang 先生和来自中国香港的 Peter Kam-fai Cheung 先生，由 Miguel Rodríguez Mendoza 先生任专家组主席。

经过审理，专家组于 2005 年 3 月 15 日向各成员分发了专家组报告，该报告于 4 月 20 日获得 DSB 通过。

美国的七项指控中有两项得到了专家组的部分支持。关于国民待遇问题，专家组认为，欧盟条例有关欧盟之外的地理标志的规定在四个方面与 TRIPS 协定第 3 条第 1 款不符：一是以对等和互惠为条件，二是要求政府来审查和转递有关申请，三是由政府对有关异议进行核实和转递，四是要求政府在检验机构方面的参与以及提供政府有关声明。① 专家组同时认为，欧盟条例在三个方面（前述一、二、四）与 GATT1994 第 3 条第 4 款不符。② 关于在先商标保护问题，专家组认为，欧盟条例有关地理标志与在先商标共存的规定不符合 TRIPS 协定第 16 条第 1 款。③ 但是，专家组没有得出欧盟在此问题上违反 TRIPS 协定义务的结论。专家组认为，这种共存被 TRIPS 协定第 17 条证明是合法的。④ 美国对欧盟的其他指控均未得到专家组的支持。

DSB 通过专家组报告后，争端双方均未向上诉机构（AB）提起上诉。

2005 年 5 月 19 日欧盟通知 DSB，需要一段合理期间来实施 DSB 建议。6 月 9 日，欧盟、美国和澳大利亚通知 DSB，确定了为期 11 个月零 2 周的合理期间，截止到 2006 年 4 月 3 日。随后，欧盟着手制定新的条例以取代第 2081/92 号条例。该条例于 2006 年 3 月 20 日获得通过，3 月 31 日在欧盟的官方公报上公布实施。

2006 年 4 月 10 日，欧盟向 DSB 提交了其实施 DSB 建议和裁决的报告，称其已在当事方商定的合理期间内完全遵守了 DSB 裁决和建议。⑤

（三）双方争议的主要问题

1. 国民待遇问题

TRIPS 协定将地理标志纳入了知识产权的保护范围。这意味着，除了

---

① 专家组报告，第 8.1 段，WTO 文件 WT/DS174/R。
② 专家组报告，第 8.1 段，WTO 文件 WT/DS174/R。
③ 专家组报告，第 8.1 段，WTO 文件 WT/DS174/R。
④ 专家组报告，第 8.1 段，WTO 文件 WT/DS174/R。
⑤ WTO 文件 WT/DS174/25/Add.3，WT/DS290/23/Add.3。

协定有关地理标志的特别规定（即协定第二部分第三节）外，协定第一部分所规定的"总则和基本原则"也适用于地理标志。事实上，对于列入TRIPS协定保护范围的所有类别的知识产权而言，协定第一部分都是适用的。地理标志问题的特殊性在于，协定第二部分第三节虽然规定了地理标志保护的若干"最低标准"，但这些最低标准很难起到统一各成员有关立法的作用。

一方面，这些标准与TRIPS协定缔约时一些主要成员国内法对地理标志的保护水平相比较，并没有多大的实质性改进，因而无论是欧盟的条例还是美国的有关立法和行政措施，在TRIPS协定生效后仍然能够基本维持不变。

另一方面，对于这些标准的国内实施方式、方法及程序，协定几乎没有提出有实质意义的要求，协定第22条和第23条的有关措辞使各成员享有了极大的自主权来确定本国实施这些"最低标准"的方式和机制，其结果是，各成员在保护地理标志的法律模式、所使用的术语与概念、保护的对象与范围等方面存在着很大差异。

在此情况下，根据TRIPS协定有关规定应受保护的地理标志，在某一成员国内的保护状况将几乎完全取决于该成员国内的相关规定。确保WTO所有成员的地理标志在某一成员国内享受到与该成员国的地理标志相同的待遇，便具有特殊意义。TRIPS协定要求，在知识产权保护方面，"每一成员给予其他成员国民的待遇不得低于给予本国国民的待遇"[1]。可以想象，在地理标志保护问题上，如果没有国民待遇的规定，TRIPS协定第二部分第三节所提供的各项保护，在许多成员中将得不到落实。欧盟条例之所以引起美国、澳大利亚以及其他国家的不满，其中重要的原因之一就是第三国地理标志[2]无法得到与欧盟地理标志相同的待遇。

按欧盟条例的规定，第三国地理标志可以根据第12a条进行申请，但有一个前提条件，即该第三国向欧盟委员会提出请求，对其是否符合条例第12条第1款所规定的条件进行审查，经确认符合后方可适用第12a条。[3] 而条例第12条第1款则要求第三国必须建立相同或等同于欧盟条例所规定的监督、检验等机制，并且准备对欧盟地理标志提供等同于欧盟所规定的保护。很显然，

---

① TRIPS协定第3条第1款。

② 欧盟条例既适用于欧盟各成员国的农产品和食品地理标志，也适用于欧盟之外的任何第三国的农产品和食品地理标志。出于行文的方便，通常将前者称为"欧盟地理标志"，后者称为"第三国地理标志"。

③ 参见欧盟条例第12条第3款。

如果这些要求适用于 WTO 成员的话，欧盟就违反了其根据 WTO 有关协定所承担的国民待遇义务。欧盟在本案中争辩，第 12 条第 1 款所规定的条件不适用于 WTO 各成员，因为该款一开始就有"在不减损国际协定的情况下"的限定。但是，专家组没有接受欧盟的这一辩解。专家组认可了美国的主张，欧盟条例第 12 条第 1 款所规定的条件适用于包括 WTO 成员在内的任何第三国地理标志。专家组得出的结论是，如果第三国（包括 WTO 成员在内）不符合第 12 条第 1 款规定的条件，第三国地理标志就不能根据第 12a 条和第 12b 条的规定在欧盟申请注册。

在此结论的基础上，专家组分别对美国在申请程序、异议程序、检验机构和标签要求四个方面的指控进行了审理。

对于国民待遇问题，专家组的结论是，欧盟条例在以下四个问题上与 TRIPS 协定第 3 条第 1 款不符：①适用于获得地理标志保护的对等和互惠条件，②在申请程序中要求由第三国政府对申请进行审查和转递，③在异议程序中要求第三国政府对异议进行核实和转递，④根据条例第 10 条要求政府在检验机构方面的参与以及根据第 12a 条第 2 款第 b 项要求提供政府有关声明；在以下三个问题上与 GATT1994 第 3 条第 4 款不符：①适用于获得地理标志保护的对等和互惠条件，②在申请程序中要求由第三国政府对申请进行审查和转递，③根据条例第 10 条要求政府在检验机构方面的参与以及根据第 12a 条第 2 款第 b 项要求提供政府有关声明。[①] 美国提出的有关国民待遇的其他指控，则均被驳回。

由于欧盟条例在享受保护的第三国地理标志应具备的条件、申请及相关程序等方面提出了不同于欧盟地理标志的要求，违反了 TRIPS 协定和 GATT1994 所规定的国民待遇，专家组要求欧盟采取措施使其条例符合 TRIPS 协定和 GATT1994 的有关规定。专家组建议欧盟修改条例，使那些条件不适用于其他 WTO 成员地理标志的注册程序。[②]

2. 在先商标问题

欧盟第 2081/92 号条例在处理地理标志与在先商标的关系上采取了"共存"的做法，但这一做法招致了美国的不满。美国认为，允许地理标志与在先商标并存会使商标所有人无法阻止那些与在先商标存在着混淆可能性的地理标志的使用，不符合 TRIPS 协定第 16 条第 1 款的规定。TRIPS 协定第 16 条规定了各成员对商标应授予的权利，其第 1 款规定了注册商

---

①. 专家组报告，第 8.1 段。

② 专家组报告，第 8.5 段。

标的专有权，注册商标所有人有权制止所有第三方未经其许可在贸易过程中相同或类似的商品或服务上使用与其注册商标相同或近似的标志，如果这种使用具有混淆可能性的话。

按照美国的理解，商标所有人根据协定第 16 条第 1 款有权制止使用的标志是指任何标志，包括地理标志，而这里的"所有第三方"包括了那些有权使用已注册地理标志的人。① 因此，美国认为，按照 TRIPS 协定第 16 条第 1 款的规定，在先的商标注册人有权制止那些与其注册商标相同或近似的地理标志在相同或类似商品上使用。由于欧盟条例允许注册地理标志与在先注册商标"共存"，在先商标注册人的这项权利受到了损害，减损了对商标的法律保护。

欧盟则认为其条例没有减损对商标的法律保护。欧盟从四个方面进行了辩解：

欧盟首先指出，美国错误地理解了其条例的有关规定。条例第 14 条第 3 款不允许那些与在先商标存在着混淆可能性的地理标志的注册。欧盟认为，TRIPS 协定第 16 条第 1 款所规定的专有权并不是绝对的，商标所有人无权制止使用一切与其商标相同或近似的标志，只有权制止那些在相同或类似商品上"将导致混淆可能性的使用"。② 根据条例第 14 条第 3 款的规定，那些易与在先商标混淆的地理标志被禁止注册。

其次，欧盟提出，TRIPS 协定第 16 条第 1 款规定的专有权不应减损各成员根据协定第二部分第三节授予地理标志的保护。欧盟认为，在 TRIPS 协定中，地理标志与商标处于相同的水平上，协定没有赋予商标对地理标志享有任何优越地位，协定第二部分第三节并非第 16 条第 1 款的例外，它们之间没有等级关系。③ 欧盟认为，协定第 16 条第 1 款的任何规定都不具有使商标必须优于在后地理标志的效果。④ 欧盟认为，确定地理标志与商标之间界限的不是协定第 16 条第 1 款，而是第 24 条第 5 款。⑤

再次，欧盟主张，协定第 24 条第 3 款要求欧盟维护地理标志与在先商标共存状态。协定第 24 条第 3 款规定，各成员在实施本节规定时，不得减低 WTO 协定生效之日前已在该成员中存在的对地理标志的保护。由于欧盟条例的生效时间早在 WTO 协定生效之日，因此欧盟主张，如果现在要求欧盟允许在先商标所有人防止在后地理标志的使用，将减低对地理标志的保护，使欧盟

---

① 美国第一次书面意见，第 131 段。
② 欧盟第一次书面意见，第 274 段。
③ 欧盟第一次书面意见，第 294 段。
④ 欧盟第一次书面意见，第 297 段。
⑤ 欧盟第一次书面意见，第 298 段。

违反协定第 24 条第 3 款所施加给它的义务。①

最后，欧盟提出，即使上述三方面的理由都不成立，地理标志与在先商标的共存也将被协定第 17 条证明是合法的。TRIPS 协定第 17 条允许各成员在考虑到商标所有人和第三方合法利益的情况下对商标所授予的权利规定有限的例外，该条特别提到了合理使用描述性词语的例外。欧盟认为，条例第 14 条第 2 款是一个"有限例外"，因为它只允许那些位于地理标志所标示的地区内的生产者以及那些符合使用地理标志的相关产品指定及其他要求的生产者使用已作为商标注册的地理名称，而商标所有人仍然享有防止任何其他人使用该名称的专有权利。② 欧盟还特别指出，地理标志是一种描述性词语，为标明货物的真实原产地及与该原产地联系在一起的特性而使用地理标志，当然属于对该描述性词语的合理使用。③ 欧盟同时声称，商标所有人的合法利益已通过几种方式得到了考虑。④

专家组拒绝了欧盟的前三项辩解。专家组首先分析了商标所有人根据TRIPS 协定第 16 条第 1 款的规定是否有权制止将其商标作为地理标志使用。专家组认为，TRIPS 协定第 16 条第 1 款授权的权利适用于在贸易活动中在相同或类似商品上使用相同或近似标志，并没有将地理标志排除在外。⑤ 而第 16 条第 1 款所授权的权利为"专有"（exclusive）权利，按照专家组的解释，"专有"并不仅仅是指这是一项"排除"其他人的权利，而是指这是只能由注册商标所有人享有的权利。⑥ 专家组同时指出，TRIPS 协定第 24 条第 5 款只是规定了地理标志保护的一个例外，⑦ 认为该款包含有防止混淆性使用的权利或对此项权利的限制是不恰当的。⑧ 因此，专家组认为，欧盟条例允许地理标志与在先商标"共存"是限制了商标所有人根据 TRIPS 协定第 16 条第 1 款所享有的权利的可用性，而这一限制并没有得到协定第 24 条第 5 款的授权。⑨

3. 关于地理标志保护的模式问题

美国并没有直接对欧盟所采取的地理标志保护模式提出挑战，而是通过在有关国民待遇的主张中涉及了这一问题。

---

① 欧盟第一次书面意见，第 314 段。
② 欧盟第一次书面意见，第 317 段。
③ 欧盟第一次书面意见，第 318 段。
④ 欧盟第一次书面意见，第 319 段。
⑤ 专家组报告，第 7602 段。
⑥ 专家组报告，第 7603 段。
⑦ 专家组报告，第 7616 段。
⑧ 专家组报告，第 7620 段。
⑨ 专家组报告，第 7626 段。

美国声称，欧盟第 2081/92 号条例有关检验机构的要求迫使 WTO 各成员采取一些特定的规则来实施 TRIPS 协定，违反了协定第 1 条第 1 款。① 美国认为，欧盟不承认可有多种方式来履行 TRIPS 协定有关地理标志的义务，实际上是在告诉美国，美国国民将不能在欧盟注册其美国地理标志，并获得欧盟对这些地理标志的广泛的保护，除非美国采取欧盟认为与其地理标志保护制度相对等的地理标志保护制度。②

欧盟则认为检验机构的要求符合 TRIPS 协定第 1 条第 1 款，因为这一要求只涉及欧盟内的地理标志保护，而不涉及其他成员的保护制度。③

专家组认为，欧盟条例有关检验机构的要求不但要求在欧盟内进行检验，而且也要求在 WTO 其他成员内进行检验。现有证据不能证明这些检验要求涉及 WTO 成员的保护制度，反之只涉及是否与产品说明相符。④ 因此，专家组没有同意美国的主张，认为没有证据用来支持这些要求不符合 TRIPS 协定第 1 条第 1 款第 3 句所授予的自由，从而驳回了美国的这一主张。

（四）争端当事方的反应及欧盟对专家组裁决的执行

1. 当事方的反应

对于专家组的裁决结果，美国、澳大利亚和欧盟均表示接受，不再寻求上诉。

在专家组报告于 2005 年 3 月 15 日公布当天，美国贸易代表（USTR）办公室就发表了新闻公报，称美国"赢得"了该案。⑤ 执行贸易代表 Peter F. Allegeier 赞扬 WTO 专家组的裁决站在美国一边。⑥ 这位执行贸易代表说："我们对这个裁决非常满意。对美国农民和食品加工者来说，这是一个彻底的胜利。……我们相信，根据 WTO 规则，美国农民、牧场主以及其他食品生产者将获得与欧洲的食品生产者等同的机会享有地理标志保护，而欧洲的制度过

---

① 美国第一次书面意见，第 59 段。

② 美国第一次书面意见，第 59 段。

③ 专家组报告，第 7764 段。

④ 专家组报告，第 7768 段。

⑤ "*United State Wins 'Food Name' Case in the WTO Against EU*", at http：//ustr. gov/Document_ Library /Press_ Releases/2005/March/United_ States_ Wins_ Food_ Name_ Case_ in_ WTO_ Against_ EU. html.

⑥ "*United State Wins 'Food Name' Case in the WTO Against EU*", at http：//ustr. gov/Document_ Library /Press_ Releases/2005/March/United_ States_ Wins_ Food_ Name_ Case_ in_ WTO_ Against_ EU. html.

去对我们进行歧视。"① 这位执行贸易代表同时表示，"我们也欢迎专家组所作的裁决，保护地理标志不需要也不应损害商标所有人的权利。这些裁决对美国公司保护其在欧洲的商标的权利是重要的"②。

美国商务部主管知识产权事务的副部长（under secretary）兼美国专利商标局局长 Jon Dudas 盛赞专家组的裁决。③ Dudas 局长称："这是国际知识产权体系的一次重大突破，它为美国食品业国际商务活动提供了便利。"④ Dudas 局长还指出，专家组报告纠正了人们长期以来在地理标志、政府在地理标志保护中的角色以及与地理标志相关的商标的地位等问题上的误解。⑤

在欧盟地理标志争端案中作为欧盟另一个对手的澳大利亚，也在专家组裁决公布后称自己赢得了胜利。澳大利亚副总理、贸易部部长 Mark Vaile 宣布澳大利亚农民和食品生产者已经获得了重大胜利，战胜了欧盟，保护了他们的产品名称。⑥

有趣的是，作为地理标志争端案的被告，欧盟也声称其赢得了这场官司。欧盟贸易专员 Peter Mandelson 在一份声明中称："通过确认地理标志的合法性及既有商标体系的共存，WTO 的这个裁决将保护欧盟确保地理标志的更广泛的承认及保护地区和地方产品的识别标志，这是我们在多哈回合多边贸易谈判中的四个目标之一。"⑦ 欧盟认为，专家组确认了欧盟地理标志保护制度允许地理标志与在先商标在某些情况下共存的规定在 TRIPS 协定之下是完全合法的。⑧

---

① "*United State Wins 'Food Name' Case in the WTO Against EU*", at http：//ustr. gov/Document_ Library /Press_ Releases/2005/March/United_ States_ Wins_ Food_ Name_ Case_ in_ WTO_ Against_ EU. html.

② "*United State Wins 'Food Name' Case in the WTO Against EU*", at http：//ustr. gov/Document_ Library /Press_ Releases/2005/March/United_ States_ Wins_ Food_ Name_ Case_ in_ WTO_ Against_ EU. html.

③ "*Uner Secretary for Intellectual Property Applauds United States Win on Geographical Indications and Trademarks*", at http：//www. uspto. gov/main/homepagenews/bak15mar2005. htm.

④ "*Uner Secretary for Intellectual Property Applauds United States Win on Geographical Indications and Trademarks*", at http：//www. uspto. gov/main/homepagenews/bak15mar2005. htm.

⑤ "*Uner Secretary for Intellectual Property Applauds United States Win on Geographical Indications and Trademarks*", at http：//www. uspto. gov/main/homepagenews/bak15mar2005. htm.

⑥ "*Vaile Welcomes Win in Geographical Indications Dispute*", at http：//www. trademinister. gov. au/releases/2005/mvt019_ 05. html.

⑦ "*Both Sides Claim Victory In Geographic Indications Dispute*", at http：//www. ip-watch. org/weblog/index. php？ p = 30&res = 1440&print = 0.

⑧ "*Both Sides Claim Victory In Geographic Indications Dispute*", at http：//www. ip-watch. org/weblog/index. php？ p = 30&res = 1440&print = 0.

之所以会出现争端双边都宣称自己赢得了胜利的情形，恐怕与各方对专家组裁决的关注点的不同有很大关系。美国和澳大利亚的关注点在于专家组对国民待遇问题的裁决，认定了欧盟条例对美国和澳大利亚的生产者构成了歧视。① 而欧盟所关注的则是，专家组已认定欧盟条例基本上符合 WTO 规则，欧盟强调专家组对商标与地理标志共存的裁决。②

尽管美国宣称自己在这场争端中赢得了胜利，但是，值得注意的是，就在欧盟颁布了新的地理标志条例（第 510/2006 号条例）后不久发表的"2006 年特别 301 条款报告"，美国就因地理标志问题把欧盟列入了观察名单，③ 可见欧盟地理标志案的专家组裁决并没有彻底解决美国与欧盟之间的争端。

2. 欧盟对专家组裁决的执行

在 DSB 通过了专家组报告之后，欧盟表示将按照专家组的建议修改其条例。经双方协商，欧盟应在 2006 年 4 月 3 日前实施专家组的 DSB 的建议和裁决。2006 年 3 月 20 日，欧盟理事会通过了新的条例（第 510/2006 号条例）以取代第 2081/92 号条例。新条例于 2006 年 3 月 31 日在欧盟官方公报上公布后生效实施。新条例对在本案中被美国指控违背国民待遇的有关条款进行了较大改动。

新条款将第 2081/92 号条例有关第三国地理标志保护的第 12 条至第 12d 条等共计 5 条悉数删除。同时，新条例对第三国地理标志的申请及检验机构作出了新的规定。

关于第三国地理标志的申请，新条例规定，申请可以直接向欧洲委员会提交，也可经由该第三国的主管机关提交。④

关于检验机构，新条例分别就共同体内的地理标志和第三国地理标志作了不同规定，并对第三国地理标志给予了更大的灵活性。新条例规定，第三国地理标志的产品在投放市场前，应由该国指定的一个或多个公共部门，或者一个或多个产品检验机构，来验证其是否符合有关的说明。⑤

在通过了新条例之后，欧盟宣称，已经在当事方所同意的合理期间内

① See Michael Handler, "*The WTO Geographical Indications Dispute*", at The Modern Law Review, Volume 69, 2006（citation：(2006) 69 (1) MLR 70—91），p. 77.

② See Michael Handler, "*The WTO Geographical Indications Dispute*", at The Modern Law Review, Volume 69, 2006（citation：(2006) 69 (1) MLR 70—91），p. 77.

③ 详细信息请参见"2006 年特别 301 条款报告"（2006 Special 301 Report），at http：//www. ustr. gov/assets/Document_ Library/Reports_ Publications/2006/2006_ Special_ 301_ Review/asset_ upload_ file324_ 9334. pdf.

④ 第 510/2006 号条例第 5 条第 9 款。

⑤ 第 501/2006 号条例第 11 条第 2 款。

完全履行了 DSB 的裁决和建议。① 但是，美国对欧盟的新条例仍不满意。美国对欧盟新条例对商标所有人的权利的影响表示关切，并对这些影响继续进行评估，美国希望与欧盟在这一问题以及其他知识产权问题上继续进行合作。②

3. 该案对地理标志保护模式的影响

由于地理标志争端案的双方分别代表了两种不同的地理标志保护模式，美国对欧盟第 2081/92 号条例所提出的指控，在很大程度上可以看作是美国对欧盟所代表的专门立法模式的挑战。但该案的最终结果，却意味着美国在这种挑战中基本上处于劣势。

美国在国民待遇问题上的主张得到了专家组的部分支持，欧盟第 2081/92 号条例被专家组认定违反了 TRIPS 协定有关国民待遇的规定，欧盟被迫在新条例中删除了被认定违反国民待遇的有关规定。欧盟新条例至少在表面上表明了欧盟已听从了专家组的建议，第三国（不仅限于 WTO 成员）地理标志在欧盟可以享受到国民待遇。但是，美国是否能够从新条例中获得其希望的利益，却是一个未知数。

问题的关键在于，在以欧盟为代表的专门立法模式之下，地理标志所标示的并不仅仅是产品的地理来源，更主要的是产品的地理来源与其特定的品质、声誉或其他特性之间的内在联系。因此，对使用地理标志的产品的质量监督与管理便成为专门立法模式下地理标志保护制度的核心。尽管在某些情况下对产品的质量监督与管理可以通过某些具有特定资质的私人机构来实施，但在大多数国家里，仍然是由官方机构来实施的。欧盟第 2081/92 号条例引起美国强烈不满的原因之一在于，只有在建立起与欧盟相同或等同的质量监督与控制体系的情况下，美国的地理标志才有可能在欧盟获得保护，而在事实上这是不可能的。新条例虽然不再要求第三国建立起与欧盟相同或等同的质量监督与管制体系，使得所有符合条例的第三国地理标志都可以直接向欧盟委员会提出注册申请。但是，第三国地理标志（尤其是那些不采用专门立法模式的国家的地理标志）能否达到欧盟设定的质量标准及相关控制措施所要求的水平，就不是国民待遇所能解决的问题了。一个可能的结果是，由于欧盟地理标志的命名、使用及管理体系过于复杂，第三国地理标志在享受了国民待遇之后很难甚至根本无法从欧盟地理标志保护制度中受益。这或许是美国在欧盟制定实施新条例

---

① WTO 文件 WT/DS174/25/Add. 3，WT/DS290/23/Add. 3，11 April 2006。

② 2006 Special 301 Report, at http://www. ustr. gov/ assets/Document_ Library/Reports_ Publications/2006/2006_ Special_ 301_ Review/asset_ upload_ file324_ 9334. pdf.

的情况下仍然将其列入特别 301 条款观察名单之中的原因。

因此，美国在国民待遇问题上赢得的胜利，并不具有多少实际意义。而美国在在先商标保护问题上的失败，却在很大程度上使欧盟专门立法模式的合法性得到了专家组的确认。在先商标保护问题的核心是在先注册的商标能否对抗以后获得认定或批准的地理标志。专家组的裁决意味着，在后获得认定或批准的地理标志具有对抗在先注册的商标的效力，至少该地理标志的注册者或拥有者可以合法地使用该地理标志，而不构成对在先注册商标的侵权，事实上降低了在先商标的保护。这是美国难以接受的，因为在欧盟第 2081/92 号条例最初生效之前就已有一些欧洲大陆国家的地理标志在美国被注册为商标。

综上所述，尽管欧盟的一些做法被专家组裁定违反 TRIPS 协定，但从总体上看，地理标志争端案却基本上没有改变地理标志保护的两种模式之间的抗衡。因此，没有任何理由认为该案是商标法模式对专门立法模式的胜利。

六、中国的问题及其解决

（一）中国入世时对地理标志保护问题的承诺及其履行

2001 年 11 月 10 日，中国与 WTO 达成了中国加入 WTO 议定书。根据议定书第一条第二款的规定，中国所加入的 WTO 协定应为经在加入之日前已生效的法律文件所更正、修正或修改的 WTO 协定，本议定书包括工作组报告书第 342 段所指的承诺，应成为 WTO 协定的组成部分。

在入世谈判中，关于地理标志问题，中国代表表示，国家工商行政管理局和国家质量监督检验检疫总局的有关规章对地理标志，包括原产地名称，提供了部分保护，修改后的商标法将对地理标志保护作出专门规定。[①] 中国代表重申，完全遵守 TRIPS 协定关于地理标志的有关规定。[②] 中国对地理标志问题的有关承诺（工作组报告书第 265 段）包含在上述工作组报告书第 342 段当中，因而也就成为中国入世后应履行的义务。

根据中国加入工作组报告书的要求和中国加入 WTO 议定书的规定，中国承诺完全遵守 TRIPS 协定关于地理标志的有关规定。为了做好入世前的准备工作，使我国相关法律符合 WTO 协定的要求，九届人大常委会于 2001 年 10 月 27 日通过了修改商标法的决定。其中，涉及地理标志保护的内容主要有

---

① WTO 中国加入工作组报告书，第 264 段。
② WTO 中国加入工作组报告书，第 265 段。

三项：

一是在商标法第三条中增加了集体商标和证明商标的定义，把集体商标定义为"以团体、协会或者其他组织名义注册，供该组织成员在商事活动中使用，以表明使用者在该组织中的成员资格的标志"，把证明商标定义为"由对某种商品或者服务具有监督能力的组织所控制，而由该组织以外的单位或者个人使用于其商品或者服务，用以证明该商品或者服务的原产地、原料、制造方法、质量或者其他特定品质的标志"。

二是对原商标法第八条有关地名商标的规定进行了修改，规定了地名"作为集体商标或者证明商标的组成部分"的例外，为把地理标志注册为集体商标或证明商标扫清了法律上的障碍。

三是增加商标法第十六条，规定："商标中有商品的地理标志，而该商品并非来源于该标志所标示的地区，误导公众的，不予注册并禁止使用；但是，已经善意取得注册的继续有效。"同时，对地理标志的概念进行了定义。

为了与修改后的商标法相配套，国务院于 2002 年 8 月 3 日发布了商标法实施条例，取代了原先的商标法实施细则。新条例有关地理标志保护的规定主要有以下两项：一是明确了商标法第十六条规定的地理标志可以作为证明商标或集体商标申请注册，① 二是规定了以地理标志作为证明商标或集体商标时对商标使用许可的限制。②

根据商标法实施条例的规定，国家工商行政管理总局于 2003 年 4 月 17 日发布了《集体商标、证明商标注册和管理办法》，对集体商标、证明商标的注册和管理提出了具体要求，并对地理标志作为集体商标、证明商标的申请、使用以及葡萄酒、烈性酒地理标志的使用作出具体规定。

至此，我国在商标法框架内保护地理标志的制度和规则已基本建立起来。

（二）我国实施 TRIPS 协定有关规定的立法模式

在地理标志保护方面，我国目前采取的是"双轨制"：即集体商标和证明商标为基本形式的商标保护和地理标志产品保护。③ 前者受国家商标主管部门

---

① 商标法实施条例第 6 条第 1 款。
② 商标法实施条例第 6 条第 2 款。
③ 1999 年 8 月 17 日，原国家质量技术监督局发布了《原产地域产品保护规定》，建立起了原产地域产品保护制度。2005 年 6 月 7 日，国家质量监督检验检疫总局在先前的《原产地域产品保护规定》的基础上，制定并于 2005 年 7 月 15 日实施了《地理标志产品保护规定》，以地理标志产品保护制度取代了先前的原产地域产品保护制度。

大力支持，后者为国家质量主管部门积极倡导。但是，由于地理标志产品保护的法律依据只是一个部门规章，而商标保护的法律依据却是由全国人大常委会制定的法律，辅之以国务院行政法规和国家工商行政管理总局的部门规章，两者在法律位阶上不可同日而语。同时，两个主管部门对市场活动的影响力和干预能力不完全相同。因此，占主导地位的应当是商标模式，即以集体商标和证明商标作为保护地理标志的基本法律手段的保护模式。

抛开国内关于双轨制的争论不说，在 WTO 框架内，我国的官方立场是把商标法作为我国实施 TRIPS 协定有关地理标志规定的主要法律手段。

在 2002 年 7 月中国代表团根据 TRIPS 协定第 63 条第 2 款①的规定向 TRIPS 理事会通报中国有关知识产权的主要法律、法规时，完全没有提及国家质检总局制定的《原产地域产品保护规定》，在"地理标志"项下只列出了商标法，而且特别指出其第 3 条和第 16 条与地理标志有关。②

在 2002 年 9 月向 TRIPS 理事会提交的一份有关过渡评审问题的文件中，我国代表团向 TRIPS 理事会通报了我国修改著作权法、商标法、专利法以及相关条例、细则时，只提到了商标法修改时增加了对地理标志的保护，并且认为中国已经完全达到了 TRIPS 协定的要求。③

在回答有关成员提出的有关中国实施 TRIPS 协定对地理标志的保护时，中国代表团一再声称，实施 TRIPS 协定所要求的地理标志保护的立法是商标法，另外反不正当竞争法也含有保护地理标志的规定。④

有趣的是，在欧盟的问题清单中，有两个问题直接或间接地提到了国家质检总局所建立的原产地域产品保护制度。第一个问题是："尽管有一个中国法律建立了地理标志保护的特别制度，但地理标志在中国显然也能够通过注册为集体商标或证明商标而间接地受到保护。不过，中国需要为地理标志提供充分的保护，以符合 TRIPS 协定第 3 节。重要的是，中国要界定地理标志保护的范围，并通过统一的注册程序提供适当保护。"⑤ 另一个问题是："请解释外国地

---

① TRIPS 协定第 63 条第 2 款规定："各成员应将第 1 款所指的法律和法规通知 TRIPS 理事会，以便在理事会审议本协定运用情况时提供帮助。……"

② *China*, *Notification of Laws and Regulations Under Article 63.2 of the Agreement*, IP/N/1/CHN/1, 18 July 2002.

③ *Transitional Review Mechansim of China*, *Communication from China*, IP/C/W/382.

④ 参见 *Review of Legislation*, *Responses from China to the questions posed by Autralia*, *the European Communities and their member states*, *Japan and the United States*, IP/C/W/374, 10 September 2002, "澳大利亚"部分第 1 段、"欧共体及其成员国"部分第 22 段、"日本"部分第 13 段、"美国"部分第 11 段。

⑤ *Review of Legislation*, *Questions posed by the European Communities and their member States*, IP/C/W/361, 11 July 2002, 第 22 段。

理标志如何享受 TRIPS 协定第 22 条和第 23 条所规定的保护。我们认为，国家质量监督检验检疫总局（AQSIQ）在中国负责地理标志的注册。你能否为我们提供一个目前中国受保护的所有地理标志的概况？"① 对于第一个问题，中国的回答是："在中国，在全国人大通过的法律和国务院制定的条例的水平上，地理标志主要受商标法和反不正当竞争法的保护。商标法有明确的规定，地理标志应作为集体商标和证明商标受到保护。此外，地理标志也能寻求反不正当竞争法的保护。通过这些法律和条例的规定，中国能够为地理标志提供充分保护，以符合 TRIPS 协定第 3 节的要求。"② 对于第二个问题，中国的回答是："国家工商行政管理总局于 1994 年发布了集体商标和证明商标注册和管理规定，地理标志在此后已在证明商标制度下得到保护。中国在集体商标和证明商标制度下保护地理标志的原则在 2001 年 12 月 1 日修改的商标法及其实施条例中得到了进一步阐述。因此，外国地理标志的所有人可以根据商标法及其实施条例享受到 TRIPS 协定第 22 条和第 23 条所规定的保护。至今已有 57 个注册的地理标志作为证明商标，包括 3 个外国地理标志。"③

2002 年 10 月，欧盟针对上述第一个问题的回答，继续提问："请澄清在中国是否有其他手段可用来有效地保护原产地名称或地理标志（例如，所谓的 GI 法——国家质量监督检验检疫总局在 1999 年 12 月 7 日发布、2000 年 3 月 1 日生效的原产地域产品通用要求 GB 17924—1999）。"④ 中国代表团对此的回答非常明确："在中国现行的法律和法规中，商标法、反不正当竞争法及商标法实施条例为地理标志提供了保护。没有任何其他法律或条例为地理标志提供保护。"⑤

种种迹象表明，在 TRIPS 理事会的范围内，中国代表团似乎完全不认可原产地域产品保护制度。

综上所述，通过集体商标和证明商标保护地理标志，似乎已成为我国地理标志保护的主导模式。

---

① *Review of Legislation，Questions posed by the European Communities and their member States*，IP/C/W/361，11 July 2002，第 27 段。

② 同注 19，"欧共体及其成员国"部分第 22 段。

③ 同前，"欧共体及其成员国"部分第 27 段。

④ *Review of Legislation Follow-up questions by the European Communities and their member States*，Addendum，IP/C/W/361/Add. 1，18 October 2002，第 3 段。

⑤ *Review of Legislation，Responses from China to questions posed by the European Communities and their member States，Japan，Korea and Switzerland*，Addendum，IP/C/W/374/Add. 3，19 May 2003，第 3 段。

（三）目前存在的问题

1. 商标法有关地理标志保护的问题

尽管 2001 年修改后的商标法及相关配套法规加强了对地理标志的保护，但与 TRIPS 协定的要求相比，我们发现仍有以下不符之处：

第一，对葡萄酒和烈酒地理标志的保护力度还未达到 TRIPS 协定第 23 条的要求。葡萄酒和烈酒地理标志在 TRIPS 协定中受到特殊的保护，最主要的表现就是它们不需要经过"误导"测试。我国《商标法》第 16 条第 1 款规定，"商标中有商品的地理标志，而该商品并非来源于该标志所标示的地区，误导公众的，不予注册并禁止使用"。很显然，这一规定是适用于所有商品的，其保护水平与协定第 22 条大致相当，以"误导公众"为条件。而在整个商标法及《商标法实施条例》中，我们都找不到有关葡萄酒和烈酒地理标志的规定。这意味着，葡萄酒和烈酒地理标志，与其他商品的地理标志一样，都适用第 16 条的保护，而不是协定所规定的不需"误导"测试的"补充"保护。①

第二，对虚假地理标志的禁止没有达到协定要求的水平。协定第 22 条和第 23 条对虚假地理标志的禁止，包括两个方面：一是禁止使用，二是禁止作为商标注册。我国《商标法》第 16 条也规定了两个方面的禁止："不予注册并禁止使用"，但与协定的要求相比，仍然是存在一定差别的。一方面，协定所要求的禁止使用，并不限于作为商标使用；另一方面，《商标法》第 16 条规定了禁止使用虚假地理标志，但《商标法》和《商标法实施条例》并没有规定如何禁止使用虚假地理标志。

第三，缺少关于文字真实但产生误导的地理标志的规定。对于文字真实但产生误导作用的地理标志，协定第 22 条第 4 款有明确规定，"上述第 1 款、第 2 款和第 3 款的保护"适用于文字真实但产生误导的地理标志。也就是说，文字真实但产生误导的地理标志也在被禁止使用和作为商标注册之列。而我国

---

① 根据 2003 年 4 月 17 日国家工商行政管理总局发布的《集体商标、证明商标注册和管理办法》第 12 条的规定，"使用他人作为集体商标、证明商标注册的葡萄酒、烈性酒地理标志标示并非来源于该地理标志所标示地区的葡萄酒、烈性酒，即使同时标出了商品的真正来源地，或者使用的是翻译文字，或者伴有诸如某某'种'、某某'型'、某某'式'、某某'类'等表述的，适用商标法第十六条的规定"。这一规定充其量只解决了对已注册为集体商标或证明商标之后的葡萄酒和烈酒地理标志的使用问题，对尚未注册为集体商标或证明商标的葡萄酒和烈酒地理标志显然是不能适用的。更为重要的是，它没有规定那些"非来源于该地理标志所标示地区的葡萄酒、烈性酒，即使同时标出了商品的真正来源地，或者使用的是翻译文字，或者伴有诸如某某'种'、某某'型'、某某'式'、某某'类'等表述的"地理标志是否可作为商标注册的问题。

《商标法》第 16 条则没有对此作出规定。

2. 地理标志产品保护办法存在的问题

现行的《地理标志产品保护规定》是在原《原产地域产品保护规定》的基础上发展而来的，虽然比《原产地域产品保护规定》有所进步，但仍然存在着一些不足之处。与 TRIPS 协定的要求相关比较，最主要的问题在于外国地理标志产品的注册与保护。《地理标志产品保护规定》虽然规定外国地理标志产品的注册与保护，具体办法另行规定，但至今尚未见到这种具体办法。这就可能遇到与欧盟第 2081/92 号条例相同的问题，即国民待遇问题。

（四）我国地理标志保护制度的完善

1. 转换地理标志保护的模式

世界知识产权组织把地理标志保护的做法概括为三类：第一类做法是地理标志的保护不以主管机关对某个特定地理标志作出的保护决定为基础，而直接采用立法性规定或司法机关确定的原则；第二种做法是把地理标志注册为集体商标或证明商标；第三种做法则与第一类相对应，地理标志的保护以主管机关针对某个特定的地理标志作出的保护决定为基础。① 第一类即所谓的反不正当竞争法模式，第二类即所谓的商标法模式，而第三类则是所谓的专门立法模式。单就 TRIPS 协定有关地理标志的规定的国内实施而言，无论欧盟的专门立法模式还是美国的商标法模式，尽管它们都存在一些问题，但经过必要的调整都可以达到 TRIPS 协定的要求。问题的关键不在于模式的优劣，而在哪种模式更符合中国在地理标志保护方面的利益。

我国是一个有着悠久历史和丰富文化的文明古国，有大量值得保护的地理标志。加强地理标志的保护，即使完全不考虑 TRIPS 协定的实施要求，也具有非常重要的现实意义。因此，我们在思想上应该认识到高水平的保护对我国更为有利。这意味着，我国在地理标志保护方面的利益更接近于以欧盟为代表的"旧世界"国家，而不是以美国为代表的"新世界"国家。这是我们在进行制度选择时不可不注意的一个重要问题。

从表面上看，在商标法模式下将地理标志注册为集体商标或证明商标，与在专门立法模式下对地理标志的注册或登记，并无多大区别。但实际上，商标的功能以及商标保护的方式决定了商标法模式是一种相对较低水平的保护模式。

商标法对商标保护的基本方式是防止产生混淆，而判断"混淆"的关键

---

① WTIPO 知识产权手册，第 2695 段。

在于消费者是否有可能被误导。因此，作为商标法的通则，使用"虚假"地理标志是否应被禁止，关键不在于标志本身是否虚假，而在于它是否向消费者传递了"虚假"的产地信息或生产者信息，即是否对消费者产生误导作用。不会对消费者产生误导作用的"虚假"地理标志的注册的使用，通常不会受到商标法的禁止。这主要有三种情况：一是该地理标志所指示的地区在"虚假"标志使用或注册的国家内不为消费者所知悉；二是地理标志经过长期使用变成某种产品的通用名称而失去了其地理指示作用，即"通用化"或"去地理化"；三是以某种明显的方式标示出产品的真实产地，从而不会在产地上误导公众。这三种情况的存在大大降低了地理标志所受到的实际保护水平。

在欧盟的专门立法模式下，受保护的地理标志首先不得作为公产，不能被看作产品的通用名称。同时，受保护的地理标志具有对抗商标的效力，不但可以对抗在后的商标注册和使用，而且可以对抗在先的商标注册和使用。更重要的是，在专门立法模式下，受保护的地理标志不需要经过"误导"测试。因此，欧盟所倡导的专门立法模式下地理标志的保护水平却大大高于商标法模式。

无论对外还是对内，我国需要的应该是一种较高水平的保护，而不是较低水平的保护。因此，商标法模式或以商标法为主导的模式在总体上并不符合中国在地理标志保护方面的利益，我国应当采取以专门立法模式为主导的地理标志保护制度，在现行的地理标志产品保护制度的基础上，提高立法层次，制定专门的地理标志保护法，建立起地理标志注册制度，为地理标志提供更高水平的保护。

当然，这并不意味着我国一定要建立欧盟式的地理标志保护制度，印度的地理标志保护制度也有相当的合理性，可以将两者结合起来，并根据我国地理标志保护的政策目标，建立起适合我国国情的地理标志保护制度。

2. 现有法律资源的整合

根据我国地理标志保护的现状及实际制度需求，笔者认为，完善我国地理标志保护制度应以整合现有法律资源为主要手段，其目标是重新构建一套建立在利益分享基础上的地理标志权利体系。

商标法在保护地理标志方面的作用应当得到承认。同时，地理标志产品保护制度的合理性也应得到一定的承认。有鉴于此，本文认为，重构我国地理标志保护制度的关键在于三个方面：一是要使地理标志权成为真正意义上的私权，一种可以通过民事司法程序获得救济的权利；二是确保地理标志权的集体权利性质，尽可能避免地理标志的"私有化"，使所有地区内的相关生产者不但有获得使用权的可能，而且在因他人的非法使用遭受损害时都有权加以制止；三是切实维护地理标志作为产品质量、声誉或其他特性的标志的地位和功能，加强地理标志使用的管理，防止地理标志演变为商品的通用名称。

基于以上考虑，本文认为，我国的地理标志保护制度应由三个相关的部分构成：一是通过反不正当竞争法为所有 TRIPS 协定含义上的"利益方"提供反不正当竞争保护，使所有利益方都可对使用虚假货源标志、盗用他人地理标志的不正当竞争行为进行制止，并可通过民事诉讼的程序获得救济。这实际上也是实施 TRIPS 协定第 22 条第 2 款第 b 项对制止巴黎公约第十条之二所规定的不正当竞争行为的要求的重要措施。二是通过商标法为对将地理标志作为商标注册提供一般性禁止，同时允许在规定条件下将地理标志作为集体商标和证明商标进行注册。三是建立正式的地理标志保护专门制度，将其作为地理标志保护的基本法律手段，在地理标志保护中起主导作用。

对于地理标志的反不正当竞争保护，主要应通过修改现行反不正当竞争法来实现。在不修改反不正当竞争法的情况下，亦可通过在商标法中参照美国商标法第 43 条第 a 款的模式，增加一个在性质上属于反不正当竞争的条款，对所有混淆商品或服务来源（包括地理来源和生产者来源）的行为予以制止并对受害人提供救济，既可为地理标志提供最基本的保护，也可解决未注册商标保护的实施问题，使商标法成为真正意义上的"商标"法，而不是"注册商标"法。另一个可行的办法是在新制定的地理标志保护法中专门规定反不正当竞争保护。

对于地理标志的商标法保护，应通过修改商标法来实现。为加强地理标志保护，在制定专门的地理标志保护法同时，应对商标法进行修改：第一，对现行商标法第十条进行修改，将禁止作为商标注册和使用的地名的范围扩大到所有地名，而不仅仅是县级以上行政区划的名称。同时，将地名商标与其所使用的商品或服务联系起来，根据不同的识别作用作出不同的禁止性或限制性规定。此外，将受保护的地理标志作为禁止作为商标的标志列入第十条。第二，删除现行商标法第十六条，因为修改后的地名商标禁用规定已包含了对虚假地理标志的禁止性规定，第十六条的存在已无必要。在修改商标法之后，对《商标法实施条例》及《集体商标、证明商标注册和管理办法》中有关地理标志集体商标和证明商标的规定进行修改，使它们对地理标志集体商标和证明商标的规定主要集中在对将地理标志注册为集体商标和证明商标规定必要的条件和限制。

对于地理标志的专门立法保护，应结合我国国情，同时借鉴 TRIPS 协定生效后一些国家的做法，制定专门的地理标志法。该法应包括以下几个方面的内容：

第一，立法目的。地理标志法的直接目的是保护地区内相关生产者对地理标志享有的权利和利益，最终目的是促进相关地区的经济社会发展。

第二，保护对象。一些国家的地理标志法将货源标志和地理标志同时作为保护对象，而且在术语上也差异很大。考虑到货源标志最好还是通过反不正当竞争法和商标法来保护，地理标志法应专门以 TRIPS 协定第 22 条意义上的地理标志为保护对象。在地理标志的定义中，应强调产地的自然因素与人文因素对产品质量、声誉或其他特性的共同作用，将那些单纯由产地的自然因素或人文因素决定的产品的产地标志作为不受地理标志保护的标志。同时，应规定哪些标志不能作为地理标志受保护。

第三，保护的产生。在修改了反不正当竞争法和商标法之后，地理标志法应建立起地理标志注册保护制度，其基本运作方式应以现行的地理标志产品认定为基础，并可适当参照商标注册的基本程序。在注册程序中应强调对产品质量的控制和监督，可通过强制性的国家或地方标准来实施。为了确保与 TRIPS 协定中的国民待遇要求一致，对外国地理标志或外国申请人原则上应适用与国内申请相同的程序。

第四，注册的效力。经核准注册的地理标志，注册人享有专有权。这种专有权的内容与结构，应类似于地理标志证明商标的"专用权"，包括许可权和禁止权两个方面。同时，经核准注册的地理标志不得作为商标或商号使用，也不得作为产品的通用名称使用。

第五，地区内生产者的使用权。地区内的生产者，凡其产品和生产过程符合该地理标志的强制性国家或地方标准的，在按规定的程序提出申请之后，地理标志的注册人应准许其使用。经授权的使用者有权单独以自己的名义对侵权行为提出民事诉讼，并要求相应的赔偿，但该使用权不得许可他人使用，亦不得转让。为防止注册人滥用其专有权，应规定授予使用权的公平、公正的程序，尤其应为提出使用申请的地区内的生产者提供申诉的机会，并为地区内的其他生产者提出异议规定相应的程序。

第六，地理标志权的撤销及无效。地理标志的注册的撤销和无效，可限于以下情形：以欺骗手段获得注册的，产地的地理环境发生重大变化导致产品原有质量不稳定的，为保护环境、动植物及人类健康而需要改变原有的生产方式的，外国的地理标志在其原产国已停止使用或不再受保护的。

第七，地理标志的使用管理。地理标志的使用管理应由其注册人负责，但相关产品的检验或检测应由独立的法定检验机构进行，将使用、管理与检验分立。凡使用者不遵守强制性国家标准，生产过程或产品质量不符合规定标准的，注册人应撤销其使用授权证书，禁止其使用该地理标志。

第八，地理标志权的保护。凡未经注册人许可在相同或类似商品上使用地理标志的，均构成侵权行为，注册人可提起民事诉讼，要求停止使用并赔偿损失；经授权的使用者可以单独或集体提起民事诉讼，要求停止使用并赔偿损失。此外，对于任何有损害地理标志的价值、声誉或导致其"去地理化"或"通用化"之虞的行为，注册人应有权加以制止。

七、结语

在准备加入 WTO 以及履行加入时承诺的过程中，我国的地理标志保护制度逐步建立起来了。尽管 TRIPS 协定对于各成员履行协定有关地理标志的规定的法律形式没有提出任何要求，各成员享有很大的自由选择权，但是，从地理标志的含义及其内在价值以及我国在地理标志保护方面的利益来看，美国所倡导的以集体商标和证明商标为基本法律手段的商标法模式对于我国是不适当的。由于我国商标法与美国商标法存在一些根本性区别，地理标志保护的商标法模式既不能使我国完全达到 TRIPS 协定有关规则所要求的保护水平，在很大程度上也不能满足国内地理标志的现实需求。因此，重构我国地理标志保护制度势在必行。

在重构我国地理标志保护模式的过程中，对其他国家的经验的学习和借鉴是非常必要的。无论是欧盟的专门立法模式、美国所倡导的商标法模式，还是反不正当竞争法模式，以及印度等国家所建立的不同于欧盟的专门立法模式，都有许多值得学习和借鉴的地方。但是，对已有模式的借鉴或外国现有制度的移植，目的是要解决中国的现实问题，必须能够满足我国在地理标志保护方面的内外需求。这是重构我国地理标志制度时必须坚持的基本原则。

参 考 文 献

中文著作

1. ［奥地利］博登浩森著，汤宗舜、段瑞林译：《保护工业产权巴黎公约指南》，中国人民大学出版社 2003 年版。

2. 董炳和：《地理标志知识产权制度研究》，中国政法大学出版社 2005 年版。

3. 方彬彬：《产地标示之保护》，台北三民书局 1995 年版。

4. 国家工商行政管理局商标局：《中华人民共和国商标法律法规汇编》，中国法制出版社 1995 年版。

5. 孔祥俊：《WTO 知识产权协定及其国内适用》，法律出版社 2002 年版。

6. 李明德：《美国知识产权法》，法律出版社 2003 年版。

7. 王笑冰：《论地理标志的法律保护》，中国人民大学出版社 2006 年版。

8. 曾陈明汝：《商标法原理》，中国人民大学出版社 2003 年版。

9. 张玉敏：《中国欧盟知识产权比较研究》，法律出版社 2005 年版。

10. 张旗坤等：《欧盟对外贸易中的知识产权保护》，知识产权出版社 2006 年版。

11. 郑成思：《WTO 知识产权协议逐条讲解》，中国方正出版社 2001 年版。

12. 郑成思：《世界贸易组织与贸易有关的知识产权》，中国人民大学出版社 1996年版。

中文论文及其他文献

1. 蔡宝刚："WTO 的 TRIPS 协议与地理标志的法律保护"，载《学海》2003 年第 2 期。

2. 陈辉、刘瑜："地名商标的'弱保护性'与'合理使用'"，载《中华商标》2003年第 7 期。

3. 李永明："论原产地名称的法律保护"，载《中国法学》1994 年第 3 期。

4. 李宗翰："农产品地理标示相关法律之研究"，台湾大学农艺学研究所硕士论文。

5. 刘春霖："论原产地名称侵权行为的认定"，载《河北法学》1998 年第 6 期。

6. 饶爱民："TRIPS 视野下我国的地理标志保护问题研究"，安徽大学硕士学位论文。

7. 田芙蓉："地理标志与通用名称相互转变条件的比较研究"，载《世界知识产权》2006 年第 1 期。

8. 王笑冰："时间在先，权利在先？——论地理标志与商标的冲突及其解决途径"，载《电子知识产权》2006 年第 1 期。

9. 吴任伟："在 WTO 架构下两岸关于地理标志保护之研究"，（台湾）辅仁大学财经法律研究所硕士论文。

10. 张炳生："TRIPS 与原产地名称的法律保护"，载《浙江学刊》2000 年第 2 期。

11. 张玉敏："我国地理标志法律保护的制度选择"，载《知识产权》2005 年第 1 期。

英文著作

1. Amdur, Leon H. , *Trade-mark law and practice.* New York : Boardman, 1948.

2. Beier, Friedrich-Karl and Schrichker, Gerhard（Eds.）, *From GATT to TRIPS—The Agreement on Trade-Related Aspects of Intellectual Property Rights.* VCH Publishers Inc. , New York, NY, 1996.

3. Gervais, Daniel, *The TRIPS Agreement：Drafting History and Analysis.* London : Sweet & Maxwell, 1998.

4. Jehoram, Herman Cohen（ed.）, *Protection of Geographic Denominations of Goods and Services.* SiJthoff & Noordhoff, 1980.

5. Ladas, Stephen P. , *Patents, Trademarks, and Related Rights：National and International Protection.* Cambridge, Mass. , Harvard University Press, 1975 .

6. Stewart, Terence P. （Ed.）, *The GATT Uruguay Round：A Negotiating History（1986 —*

1992), Volume II, Kluwer Law and Taxation Publisher, 1993.

7. Watal, Jayashree, *Intellectual Property Rights in the WTO and Developing Countries*. Kluwer Law International, 2001, The Hague and Boston.

8. WIPO, *WIPO Intellectual Property Handbook*: *Policy, Law and Use*. WIPO Publication No. 489 (E), WIPO 2001.

9. WIPO, *Implications of the TRIPS Agreement on Treaties Administered by WIPO*, WIPO, 1997.

英文论文及其文献

1. Bendekgey, Lee, and Mead, Caroline H. , *International Protection of Appellations of Origin and Other Geographic Indications*, 82 TMARKR 765 (1992) .

2. Blakeney, Michael, *Geographical Indications and TRIPS*, FRIENDS WORLD COMMITTEE FOR CONSULTATION Quaker United Nations Office – Geneva, Occasional Paper 8. http://www.geneva.quno.info/pdf/OP8%20Blakeney.pdf? PHPSESSID = fda120017820a711730a6b5492c90649.

3. Bowers, Steven A. , *Location, Location, Location*: *The Case against Extending Geographical Indication Protection under the TRIPS Agreement*. 31 AIPLAQJ 129 (2003) .

4. Conrad, Albrecht, *The Protection of Geographical Indications in the TRIPS Agreement*, 86 TMR 11 (1996) .

5. Daruwalla, Tehemtan N. , *Perspectives for Geographical Indications*, *International Symposium on Geographical Indications jointly organized by the WIPO and the State Administration for Industry and Commerce* (SAIC) of the PRC, Beijing, June 26 to 28, 2007.

6. Escudero, Sergio, *International Protection of Geographical Indications and Developing Countries*, "*Trade-Related Agenda, Development and Equity* (T. R. A. D. E.) *Working Papers 10* ", http://www.southcentre.org/publications/geoindication/geoindications.pdf.

7. Farley, Christine Haight, *Conflicts Between U. S. Law and International Treaties Concerning Geographical Indications*, 22 Whittier L. Rev. 73 (2000) .

8. Goebe, Burkhart, *Geographical Indications and Trademarks – The Road from Doha*, 964 Vol. 93 TMR.

9. Goldberg, Stacy D, *Who Will Raise the White Flag? The Battle Between the United States and the European Union over the Protection of Geographical Indications*, 22 U. Pa. J. Int'l Econ. L. 107 (2002) .

10. Handler, Michael, *The WTO Geographical Indications Dispute*, at The Modern Law Review, Volume 69, 2006 (citation: (2006) 69 (1) MLR 70—91) .

11. Heald, Paul J. , *Trademarks and Geographical Indications*: *Exploring the Contours of the TRIPS Agreement*. 29 Vand. J. Transnat'l L. 635 (1996) .

12. H. pperger, Marcus, *Introduction to geographical indications and recent developments in*

the World Intellectual Property Organization, Worldwide Symposium on Geographical Indications, San Francisco, California, July 9 to 11, 2003, WIPO/GEO/SFO/03/1.

13. Lindquist, Leign Ann, *CHAMPAGNE or Champagne? An Examination of U. S. Failure to Comply with the Geographical Provisions of the TRIPS Agreement*, 27 Ga. J. Int'l & Comp. L. 309.

14. Lorvellec, Louis, *Bacchus in the Hinterlands*: *A Study of Denominations of Origin in French and American Wine-labeling Laws*, 58 TMR 145 (1968).

15. *OECD*, *Appellations of Origin and Geographical Indications in OECD Member Countries*: *Economic and Legal Implications*, at http://www. olis. oecd. org/olis/2000doc. nsf/LinkTo/com-agr-apm-td-wp (2000) 15-final.

16. Srivstava, Suresh, *Geographical Indications and Legal Framework in India*. Economic and Political Weekly, September 20, 2003. at http://www. epw. org. in/epw/uploads/articles/3270. pdf.

17. Rangnekar, Dwijen, *Geographical Indications*: *A Review of Proposals at the TRIPS Council*, GI paper. pdf. http://www. ictsd. org/iprsonline/unctadictsd/docs/GI%20paper. pdf.

18. Rangnekar, Dwijen, *Protecting Geographical Indications*: *What developing countries need to do – lessons from the EU experience*, Seminar Presentation at UNU/INTECH, 26 March 2003. at http://www. intech. unu. edu/events/seminar-series/2003 – 2-spknotes. pdf.

19. Rangnekar, Dwijen, *The Socio-Economics of Geographical Indications*: *A Review of Empirical Evidence from Europe*. at http://www. iprsonline. org/unctadictsd/docs/GIS _ Economics _ Oct03. pdf.

WTO 文件

MTN. GNG/NG11/W/26

MTN. GNG/NG11/W/68

MTN. GNG/NG11/W/70

MTN. GNG/NG11/W/73

MTN. GNG/NG11/W/69

WT/MIN (01) /DEC/1

IP/C/8

IP/C/12

IP/C/15

IP/C/19

IP/C/22

IP/C/23

IP/C/27

IP/C/30

IP/C/32

IP/C/38

IP/C/44

IP/N/1/CHN/1

IP/C/W/107

IP/C/W/361

IP/C/W/374

IP/C/W/382

IP/C/W/361/Add. 1

IP/C/W/374/Add. 3

IP/C/W/482

IP/C/M/37/Add. 1

TN/IP/M/3

WT/DS174/25/Add. 3

WT/DS290/23/Add. 3

· 中国社会科学院法学博士后论丛 ·

知识产权领域的反垄断问题

——以美国为主要线索的考察

Antitrust in the Field of Intellectual Property Rights
——Focus on the U. S. Practices

博士后姓名　吴玉岭

流　动　站　中国社会科学院法学研究所

研　究　方　向　经济法学

博士毕业学校、导师　南京大学　严　强

博 士 后 合 作 导 师　王晓晔

研 究 工 作 起 始 时 间　2005 年 9 月

研 究 工 作 期 满 时 间　2007 年 9 月

作 者 简 介

吴玉岭，男，汉族，河南省平舆县人。法学博士、博士后，副教授。南京大学公共政策与公共事务研究所特约研究员，南京邮电大学信息法研究中心兼职教授。现任教于南京工业大学法学院。从教之前，曾在中共江苏省委办公厅、江苏省司法厅工作近十年。2002 年 9 月至 2003 年 9 月，赴美国 IOWA 大学从事反垄断政策（法）研究。发表论文 40 余篇，合著三部，专著二部。代表作有：《美国反垄断法与宪法的冲突和协调》（《经济经纬》2006 年第 6 期），《企业的自由度与政府的干预度》（《行政法学研究》2005 年第 3 期），《扼制市场之恶：美国反垄断政策解读》（南京大学出版社 2007 年版），《契约自由的规制和滥用》（江苏人民出版社 2007 年版）。

知识产权领域的反垄断问题

——以美国为主要线索的考察

吴玉岭

内容摘要：竞争是市场经济的基本规则，知识产权是在一定时空条件下的合法垄断。知识产权制度与反垄断法在目标相近——都指向促进发展、增进效率和提高消费者福利，但手段相异——前者着眼于鼓励创新，后者着力于保护竞争机制。从社会本位的角度，当二者发生冲突时，知识产权应当为反垄断法"让路"。

知识产权本身不构成市场力量，在对知识产权产品进行市场力量评估时，不仅要界定相关的产品市场、地域市场，还须关注技术市场与发明市场。对知识产权领域的单方垄断行为，应审查行为的意图，对其中的试图垄断行为，还要测度其成功的概率。

专利滥用的类型繁多，其范围也比触犯反垄断法要大得多。对进入反垄断法视野的专利滥用行为应当以合理原则进行分析。交叉许可和专利池既有提升竞争的一面，也存在着限制及至窒息竞争的可能。反垄断法要对专利池的范围与价格协商问题作详尽审查。民间标准化组织常常带有着多方面的正的社会效应，但有时也会对竞争产生损害。民间标准化组织在拒绝会员资格及标准认定中都会出现垄断问题，且标准化过程易为利益集团所操纵。知识产权的纵向一体化有助于闭锁市场，会增设准入障碍，提高对手成本，推动上游企业间的共谋等，但它同时还兼有提升竞争、鼓励创新的巨大潜能。对其关闭市场的指控，应审视整个市场提供的交易机会是否受到抑制。

关键词：知识产权 竞争 反垄断法 市场力量

一、导言：知识产权与反垄断法的一般分析

（一）知识产权的特性在于激励权利人

知识的本质是一种无形信息，即经过人脑思维加工的特定的优化信息，具有无形性、传承性、外部性等特性。知识产权是将知识这一无形信息财产化的一种制度安排，是一种有别于物质财产权的市场化的、法定的、开放的产权形式，是为知识生产提供激励的动力引擎。西方文化将保护知识产权的哲学基础界定在四个方面：（1）这项私有财产"混合了"劳动因素；（2）刺激发明；（3）具有人格属性；（4）规则经济体系的基石。可以说，知识产权制度的主要目的是旨在鼓励知识生产，为创新及其传播与商业化提供激励。诚如林肯所言，知识产权"给天才之火添加了利益之油"。而知识的共享性又使得有效规制有形财产的传统法律对之"失灵"。对知识而言，既不存在着过度使用的危险，也缺乏过度分配的风险。知识不会因不同主体共享式使用而减损其价值，恰恰相反，经过这种共享的使用，不同知识的拥有者通过互通有无和互相启发，反而容易碰撞出新的智慧火花，实现知识的增值。如此一来，对知识产权的保护理由就与传统的有形财产的保护理由大相径庭。为知识产权人的发明、创造提供经济激励的功利主义，就成为这项制度的立身之本。从市场竞争、产业秩序的角度看，知识产权又是一种维护产业公平竞争秩序、获取市场竞争优势的法宝。知识产品的市场化的前提正是知识产品市场上的公平竞争秩序，知识产权制度正是维护这种公平竞争秩序的重要手段。故而，知识产权在许许多多的领域，都被视为取得竞争优势、实现"克敌制胜"的法宝，特别是在高科技产业，专利和版权甚至被认为是企业优质资产王冠上的珠宝。这是从企业层面上看，如果放在国家与国际层面上，知识产权的重要性可能更为显著。随着知识经济的迅猛发展、经济全球化进程的加快，知识产权已经成为决定一个国家和地区经济发展的重要因素。

（二）反垄断法的特质在于阻却市场力量

反垄断法通过阻却妨碍自由市场的特定行为——严惩竞争者之间的价格联盟，禁止联合抵制，排斥掠夺性定价，制止市场力量的滥用，控制企业并购和产业集中——保护竞争和竞争过程。从经济学视角，将竞争视为实现经济效益的必要手段。竞争有着诸多的优越性。处于竞争行业的企业，较垄断状态，其产出更多，价格更低，质量更佳。垄断者不仅靠抬高价格从消费者手中攫取钱财，实现有利于己的福利转移，还因其供应低于消费者在竞争性价格下的需求

而导致社会的"净损失"。垄断在减少消费者选择机会的同时，也失去了创新的压力和动力。

（三）知识产权与反垄断法的交汇：目标的同一、手段的差异

1. 总体目标的一致性

知识产权与反垄断法存在着极为复杂的关联。赋予作者与发明人对其作品与专利的排他权，必然限制知识的传播，进而妨碍民众从中受益。从经济视角看，知识产权制度阻碍了对特定作品与发明的自由销售，使知识产权人有可能或有能力将其作品或专利的价格提高到再生产的边际成本之上。而从现实情况看，要激励著作权人、发明人进行创造性活动，法律就必须给予他们这类特权。这也就意味着在知识产权的保护之下，较竞争状态而言，购买作品、专利的人数不仅会减少，他们的支出还会增加。

与此相反的是，市场经济的一个基本原则却假定，不考虑市场失败的因素，充分自由的竞争将最大限度地提高资源的分配效率，最终有益于确保并提升消费者福利。反垄断法作为市场经济的法律基石，通过保护竞争与竞争机制，避免和制止市场上一枝独大、联手操纵等反竞争行为，让每个市场参与者都获得公平公正的交易机会。这样看来，知识产权与自由市场竞争恰好背道而驰。它堵塞了其他市场主体模仿、复制作者与发明人的智力成果，与他们开展竞争的"通途"，而仅仅是让权利人坐享排他权，收取垄断利润，这不仅限制了竞争，还因权利人对智力成果的控制而影响后续产品的开发。如此一来，知识产权不可避免地增加了公众的支出，从而影响到公益。

作为一项公共政策，知识产权制度必然要平衡两种利益：知识产权权利人的所得（以激励其创作、创新）与民众享受这一成果的付出（包括知识产权的传播等成本）。换言之，权利人对知识产权的掌控必须受到时、空的局限。比如，限制知识产权的期间以确保后续发明能自由使用前期成果。这种限制知识产权的功利主义要求或者说是社会需求的根源，在于既要从社会角度保护知识产权权利人及潜在人有足够的动力去想方设法从事创作与创新——这是社会特别是新经济时期经济发展的关键，更要降低知识产权传播的成本，减少民众在享受这些成果时的支出，保障公共利益——使发展的成果不能为少数人所垄断而应惠及广大民众。平衡二者关系自然就成为知识产权与反垄断法冲突的根源，这也就是反垄断法介入知识产权领域的原因所在。反垄断法要调节知识产权与竞争的紧张关系。

但从长期关系来看，知识产权与反垄断法还是有着相同的价值追求的。二者共有的一个中心经济目标是通过以最低成本生产消费者希求的产品，促进社

会财富的最大化。在追求这一目的的过程中，二者在方式、方法上有着严重的对立，但在价值取向上却是始终如一的。反垄断法并不意味着要求竞争无处不在、无时不有。客观地讲，当垄断能够较人为地肢解大公司带来更大的产出，当垄断较竞争更有益于社会总体福利时，它至少对此时的垄断是默许和容忍的。同样，如果专利能达到这一效果，反垄断法为何要杀掉这只会产金蛋的大鹅呢？反垄断法与专利法都以实现生产效率与配置效率的最大化为目标。前者着眼于消费者福利，后者以最少的资源消耗达到既定的产出。二者都力图避免产出限制。而垄断会降低产出，也会以不经济、低效的方式乃至非法的手段进行生产——这可以视作产量限制的变种。反垄断法与专利法都力主产量的扩张而不是萎缩——专利法对时间的限制（即暂时性的垄断）向权利人施加了尽快行使权利的现实压力。竞争也支撑着企业扩大产出。因此，从根本上讲，反垄断法与知识产权法不仅不是矛盾的，还是互补的——共同致力于提升市场的效率，且从长期看，还将竞争注入了创新活动中。美国最高法院曾表示："对公众而言，保护专利权人对其真正有价值的发明的垄断，与保护竞争不被无益的专利所抑制，同等重要。"[①]

2. 方法上的差异性

目标的一致性掩饰不了方法上的差异。普通法传统上将竞争视作实现社会发展的一种常见方式，而将专利等知识产权的垄断看作是一种促进发展的特殊方式。专利对发明的保护一直被当作特例。对商品经济而言，在竞争原则之外，以垄断例外作为补充——对人们的发明赋予排他权。因而，虽然反垄断法与知识产权制度都着眼于促进社会财富的最大化，但二者在朝向这一目标迈进的进程中，时而发生摩擦，碰撞出一些不和谐的火花也在预料之中。反垄断法实现效率最大化的途径是通过制止反竞争行为来阻却垄断，而知识产权即便不是创造一个新的垄断，至少在某种程度上允许甚至于鼓励有条件的垄断，以为创新提供激励。当然，这种创新最终基本上还是有益于社会的。就版权与商标而言，常常不会构成市场力量或产生反竞争行为。在大多数情况下，反垄断法无法调节知识产权案件。但知识产权尤其是专利阻碍竞争、形成垄断的例子还是不胜枚举的。

从美国经验来看，当反垄断法与知识产权法摩擦走火时，法院会起到一个平衡的作用。法院有时限制反垄断法的适用范围。如在评估专利案件的限制产出时，常要考虑到专利的特殊性，认为专利垄断为合法之举，而将之与反垄断法相隔离，以至于许许多多的专利许可案件得到了宽恕。毕竟，反垄断法对产

---

① *United States v. Glaxo Group*, 410 U. S. 52, 58 (1973).

出限制的制裁相当的严厉。但超出知识产权法范畴的反竞争行为，还是要接受反垄断法的审查的。这当然取决于作为政治实体的法院在致力于社会福利最大化进程中，如何考量与平衡二者关系。

虽然知识产权可能产生垄断，但知识产权并不必然（事实上极少）创设垄断。原因在于消费者可以在市场上找到替代的技术或产品。因而，反垄断法不因知识产权的存在，就假定权利人能获取市场力量。反垄断法和知识产权法应被看作是互补的两个法律制度，共同为消费者带来创新与发明：反垄断法保护市场上充满活力的竞争，而知识产权法保护从发明中获取投资回报的权利。二者都激励着对手间的竞争，让获胜者以良好的技术、产品或服务进入市场。

二、知识产权与市场力量的关系

（一）知识产权对界定市场力量的影响

一般而言，市场力量指的是企业可以不顾及消费者的反应，将价格定在边际成本之上，即使是减少产出，竞争对手也无法填补的一种能力。在完全竞争状态下，任何企业都没有这种力量。企业也就不敢轻易将价格提高到边际成本之上，更不会减少产出。那样的话，其他企业就会迅速填补这一空白，无异于"引狼入室"。而随着产品供应的增加，价格也会很快降至竞争性水平。不论是微观经济的收益（如个体消费者的福利），还是整个宏观经济的运行，这种市场竞争的态势都是资源优质高效配置的表现。相比之下，具有市场力量的企业则会将价格抬高到边际成本之上，坐收高额利润。常用的办法就是将市场上商品的总量减少至竞争性水平以下。这样，消费者也就失去了在竞争状态下的选择权且必须接受质差价高的商品或服务。企业拥有市场力量开启了市场失败的大门。

降低市场力量对正常竞争的不利影响，维持经济效益，保护消费者福利，是反垄断法的重要目标。因此，即使是根据合理原则，法院也会审查企业是否有着现实的市场力量或并购后是否有产生反竞争危害的可能。在分析市场力量时，通常会先评估相关产品或地理市场并计算行为人的市场份额。一般认为，企业的市场份额越大，其减少产出后的空白就越难为其竞争对手所填补。但这至少涉及四个方面的因素：①买方寻找替代品的难易及费用；②在主导企业控制的地理区域，买方转向其他区域供应商的难易及费用；③市场准入障碍；④潜在竞争者的反应，即进入该市场经营此商品或服务的费用。知识产权对此类问题明显有着重大影响。比如，专利权的制约使竞争者及潜在竞争者不大可能进入主导企业的经营范围，使其对主导企业的减产、提价心有余而力不足。

商标、版权对消费者的吸引力特别是它们培养出来的消费者忠诚度，使消费者宁愿多支付一些费用也不愿"移情别恋"。这对竞争者特别是新手尤其困难。因此，评估企业的市场力量时必须考虑到企业拥有的知识产权的性质及数量、其他企业对这些知识产权的依赖程度等。但要真正做到这一点并不容易，美国法院历史上就曾多次不公正地假定知识产权是构成市场力量的充分条件。我们可以研发成本的凝结与沉淀特性为例，简要分析一下知识产权对企业市场力量的影响。

　　形式上，市场力量是企业通过将价格提高到竞争水平之上而获益的能力。竞争水平通常被界定为边际成本。[①] 但这样一个测试市场力量的标准对知识产权而言，很难有用武之地，特别是知识产权的构成成本的大部分早已"凝结"并"沉淀"于研发之中，以知识产权"撬开"市场大门乃是此后的一小部分支出。说这些研发成本"凝结"是因为这些资金一旦投入之后，它就与最终产品的数额乃至于是否生产没有关联。说研发成本"沉淀"在于发明人在投资后即使预测到试验失败亦无法抽回。研发可谓投资者最大的资金注入，专利可视为回报——"产出"。但出售发明时的边际成本却被限制在了宣传与教育买方以及谈判磋商、许可协议等方面——而这部分成本比起最初的研发投入显然是"小巫见大巫"。以版权为例，很多年轻人都喜爱电视连续剧《还珠格格》，想得到影片的 VCD。拍摄电影时的花费高达数百万。假如制作一碟 VCD的成本为 2 元，但制片人在出售时却会售以 20 元的高价。这似乎暗示着版权人有着极强的市场力量，将售价定在边际成本的 10 倍，乐呐指数高达 0.9。但这恐怕是由知识产权投资的特性决定的。如果 VCD 的售价定为 2 元，其收入就可能不足以弥补其版权投入。版权人不仅要从电影拷贝、票房收益方面，还要从音像制品的销售方面获利。因此，在通过乐呐指数评估市场力量时，必须将企业的最初投入计算在内。如《还珠格格》是否为一件充分竞争的商品？其收益如何？也只有在放映许可权耗尽与全部影像产品售完后，才见分晓。换言之，成本—价格关系难以对某项专利或版权是否占有市场力量提供有用的证据。某一知识产权是否包含着市场力量，基本上是从可供选择的技术范围来推定的。

---

　　① 经济学中最常用的对市场力量的界定被称为乐呐指数（Lerner Index），即 P-MC/P，其中 P 是企业利润最大化时的价格，MC 是短期边际成本。当企业处于完全竞争状态时，P＝MC，乐呐指数为零。当企业利润最大化时的价格为边际成本的 2 倍时，乐呐指数表现为 1/2。而当企业利润最大化价格是边际成本的 10 倍时，乐呐指数呈现为 9/10。乐呐指数最高不超过 1，即利润最大化价格无限高于边际成本。

（二）知识产权：本身不构成市场力量

1. 知识产权：排他权不等于垄断权

虽然知识产权法并未宣布授予权利人任何垄断权，只是赋予其排除他人生产产品、使用同一表述与相同标志（标记、符号）的权利，但从司法判决来看，法院常将知识产权特别是专利权称作是所有权人的"垄断"。原则上，知识产权与其他财产权并无二致。有形财产的对世权也表现为排除他人的权利。比如，某人在某地拥有一家制衣厂。他就有权排除其他人在他厂子里生产服装（甚至于有权禁止他人进入该厂），唯有他有权使用该厂。可以说他就"垄断"了这家企业。知识产权与有形产权在这方面的排他性是完全一样的。如果某人对某项产品的生产拥有专利权，那么在专利权存续期间，别人就不能"复制"，不得以同样的方式从事生产。当然，也存在着某种对该专利产品的生产不利的情况。比如，"条条大道通罗马"，非专利或其他专利方法同样能生产出该产品，甚至于其他方法生产的产品还不逊色于该专利产品。专利产品并不一定优于传统产品，且价格可能较传统产品的还高。在这种情况下，该专利产品的销路就会受到局限。也就是说，一项专利产品要获得成功，要取得"垄断"，只有该专利的排他权使相关市场失去充分的选择机会且消费者"心甘情愿"地支付垄断价格。版权亦是如此。比如，当前走红的易中天教授的专著《品三国》，尽管有着版权法的支撑，但要在该领域占有市场力量，只有该书的确有值得读者购买的价值（或地方），与其他此类书籍有较大区别，且消费者心甘情愿地"挨宰"。简而言之，产品中包含有知识产权并不会自动赋予产品在市场上的垄断权，甚至于不能保证产品在市场上的成功。许许多多的专利根本没有进入市场，成千上万的著作不要说是再版，连首印的册数都没有售完，最后不得不"打折"、"清仓"处理——虽然它们也同样享受着版权的保护。

知识产权制度的目的之一是人为地制造知识产权产品的短缺，好像允许权利人行使市场力量，将价格设在边际成本之上。有时，知识产权真的能赋予权利人以市场力量，虽然这只是大多数知识产权望其项背的事，但还是引起了人们对知识产权与市场力量的激烈辩论。应当说，即便是企业具有市场力量与反垄断法也不相关，因为反垄断法关注的是与市场力量有关联的行为而非市场力量这一客观事实。只有有着市场力量的企业从事了反竞争行为，才能与反垄断法发生关联。这时，还要评估反竞争行为导致的损害的大小，比较、权衡损害与潜在的效率增加孰轻孰重。从长期看，发明带来的社会进步和对发明动机的保护，为防止知识产权人滥用其权利，保持创新的动态市场，适用反垄断法提供了理由。但知识产权带来的市场力量可能很小或时间很短，抽象、笼统地推定知识产权具有市场力量，而不细究具体市场环境、权利人有无反竞争行为及行为的影响力，是不适宜的，是与知识产权的立法宗旨相悖的。而绝大多数知识产权产品又都有着密切的替代品。正确的理念恐怕还是先假定知识产权不具有反垄断法意义上的市场力量为妥。

2. 知识产权：促进产品差异性

与有形财产权相比，知识产权至少在促进产品差异性方面，要"出色"很多。消费者很难发现在相邻两块土地上播种、生长的麦子会有什么不同，但在同一商场上相邻两个货架上摆放的 Kodak 与 Olympus 两种数码相机，其区别则林林总总——不仅体现在价格方面，在外观、性能、耐用性等方面也是各有特色。双方都拥有各自的多种专利。尽管这些专利并不是天生为它们带来竞争优势，但它们——知识产权却实实在在地促进着同类产品的差异性，进而有力地推动着这些产品去争夺各自的"经济空间"。这样，一方面是大量的替代品在相互竞争，另一方面价格差别仍然能够存在。

产品差异性可使卖方处于与竞争者不同的市场，从而避免了同类或同一产品的"完全竞争"。面对差异化的产品，消费者会产生消费偏好，一些人宁愿多花钱，也要买到自己喜爱的品牌，另一些人则可能相反。其结果是这些差异化产品的利润最大化价格有时会超出边际成本，否则的话，只能按完全竞争市场定价。但仅凭产品差异性还是难以形成实质性市场力量的，产品差异性大量存在。此时，消费者希望替代先前使用的产品的愿望，不可能像产品无差异性时那样容易得到满足。即在差异性产品市场，消费者的替代愿望或替代能力要低得多，也就使得价格有超过成本的上升空间。而如果一项或一系列专利（或其他知识产权），能够实质性减少消费者的购买愿望，或使生产商因知识产权人的要价过高希冀替代该知识产权而又无可奈何时，该知识产权就构成反垄断法意义上的市场力量。1992 年，美国司法部与 FTC 联合颁布的横向合并指南规定：只要控制产品的一家或少数企业，能够致使未来的产品价格明显（5%）而持续地上扬，即可视为具有市场力量。

（三）知识产权产品的市场力量评估

1. 界定相关市场的基本问题

绝大多数进行市场力量评估的反垄断案件，都是通过界定相关市场，计算出行为人的市场份额。即使相关市场外存在着大量非常合适、有效的替代品，但由于替代品无法渗入这一领域，在相关市场内，产品照样可以有利可图地以垄断价格出售。有效的替代品是指这样一类产品，它与被指控产品十分的接近，只要被控产品在价格上明显高出成本，就能为它取代。在反垄断判例法中发展起来的相关市场是由与其他产品同时有着交叉需求弹性和交叉供应弹性供应的一组商品所组成。我国反垄断法规定："本法所称相关市场，是指经营者在一定时期内就特定商品或者服务（以下统称商品）进行竞争的商品范围和地域范围。"相关市场一般有着产品与地域两个维度。在很大程度上，反垄断法中的相关市场是一个政策问题。人们对价格提升到竞争水平以上多大幅度的容忍度的不同，必将影响到自己对相关市场范围的判断。容忍度越低，相关市场的范围就越小。无论是界定相关市场，还是评估市场力量，都是件极其复杂的技术事项。

2. 知识产权产品的产品市场

知识产权产品的相关市场界定，主要取决于产品自身的特点。正是这些产品自身的特性决定了竞争范围亦即是市场范围的大小。拥有专利只是使他人在保护期内难以模仿其产品而已。以药品为例，假使这些药品在知识产权受到严密保护的情况下，可以潜心于产品的生产与促销。但与其疗效相似、药价相近的药品又是何其得多。这些药品的存在会迫使前者的药价不得不随行就市，低下其高昂的专利头颅，向竞争性价格靠拢。许多专利产品常常是对原产品作小小的改进，使之有别于其他产品。同样，竞争者会跟进，也会在其产品上作另一番改动，使之能在消费者看来与前种产品相媲美。但无论如何，就算是大同小异也罢，它们总会有所差异。结果，诸如药品、汽车、真空吸尘器、清洁剂等有着多项专利的产品，总会形成自己的特色，从而使专利产品在产品市场有别于其他（专利）产品。

3. 技术市场与发明市场

（1）技术市场

与知识产权产品的产品市场相比，技术市场是发明行为的过程与产出的市场。"技术市场包含知识产权及其密切的替代品。这里的知识产权是被许可的技术，替代品是指（与被许可的知识产权）极其密切，足以限制相关被许可的知识产权市场力量行使的技术或产品。从知识产权产品运用知识产权（的形式）看，当知识产权分属不同的市场时，执行机构可依靠技术市场去分析许可协议的竞争效果。"① 界定技术市场前，必须首先确定企业（一家或多家）是否可能以超竞争性价格"销售"知识产权许可。例如，有人拥有降低汽车能耗的一项新专利技术，并希望以垄断性价格实施许可，但问题是：（1）该专利是否显著减少汽油的使用，节能降耗；（2）节省油耗的价值与运用该技

---

① DOJ & FTC, *Antitrust Guidelines for the Licensing of Intellectual Property* (Apr. 6, 1995), §3. 2. 2.

术的价格之比，是否足以促使车主认可并接受使用该技术；（3）是否还有其他的降低能耗的方法或技术，能基本达到该专利降耗的水平，在价格上又较占优势。如果出现上述任何一种可能，该专利权人就不可能获取市场力量。如果有着超出知识产权保护期限的现成技术，也能够取得同样的节能效果，由于人们可以无拘无束地使用进入公共领域的技术，该专利不要说是索取垄断性价格，就是价格再低些，恐怕还是无人问津。在同一市场，如果还有着其他与之匹敌的技术，竞争也会迫使该技术的价格降到竞争水平。因为市场力量的有无或大小，实乃取决于具体的环境。

　　一家或多家厂商减少市场供应、提高价格之举会招致竞争对手迅速扩大生产（供应量）。比如，随着人们对生活品质要求的提高，对绿色产品的需求大增。以蚕丝被为例，其厂商主要集中在江浙蚕茧产地一带。如果江苏、浙江的厂商同谋将价格抬高至垄断水平，从理论上讲，此时福建的厂商可以乘机抢占市场。但这里面，闽商面临着蚕茧的存量、厂房、技术人员等方面的制约，要让消费者迅速转向选择闽商的产品，可能还有一个等待的过程。若不考虑其他因素，或者说在相关因素相同的情况下，源于竞争对手扩张的潜能和意图，一家企业的市场力量不同程度地受到遏制。但知识产权由于其可无限复制的独特属性，就不为这些因素所困扰。如果有三种生产果汁的专利分别为三人拥有，其中二人企图联手提高许可的价格，第三人就会立即作出反应，积极与果汁生产商联系，迅速达成实施许可协议。但第三方的这一举措可能也受着其他条件的约束。一是契约能力。它是不是与其他企业签订有独家许可协议而作茧自缚，被迫放弃扩张意图，而只能对这种价格共谋坐观成败，对价格虚高的市场坐视不救。二是虽然第三人有契约能力，可以不受限制地进行技术许可，但技术本身需要在硬件上作较大的投入。这也妨碍被许可人的转向，从而影响第三人专利技术的运用和推广。

　　（2）发明市场

　　技术市场是发明成果的市场，而发明市场则是以发明为导向进行研究与开发的市场。"发明市场包括为特定新的或改进的产品或过程及密切的替代品而进行研究和开发（的市场）。密切的替代品是指明显制约相关研发（市场上）市场力量使用的研发成果、技术与产品，如通过限制假定的垄断者的能力与动机，以阻碍研究与开发进度。执行机构唯有在有着特定资产或特性的特定企业有了从事相关研究与开发的能力时，方能描绘出发明市场（的样子）。"[①]

----

　　① DOJ & FTC, *Antitrust Guidelines for the Licensing of Intellectual Property*（Apr. 6, 1995）. § 3. 2. 2. 3.

要界定相关发明市场，首先必须确定有多少企业从事能够影响下游产品或过程市场的相同或重叠研究。归根结底，就是如果两家企业合并或组成卡特尔，是否会阻碍发明的产出，导致发明的价格走高。比如，两家企业都有为专利目的，研究某一类型计算机技术的实验室及其他专门的技术，但都缺乏其他的资源。此时发明市场只能是为这两家企业所控制的特定研究资产和专门技术。但总的来说，发明市场的界定在原则上与产品市场并无差别。一般情况下，发明市场较传统产品市场限制出、提高价格的概率少，因为发明技能很大程度上是人力资本或熟练雇员的"杰作"，而不像传统产品市场那样靠生产线就能自动生成。

发明市场与产品市场作为两种市场，存在着显著的差异。一般而言，发明行为往往面临着极大的不确定性，发明市场上企业实施的限制竞争行为，即不予发明或延缓发明协议，其结果很难界定。一方面，任何发明都是有风险的，即使是通力协作，也难以保证发明行为顺利进行并取得成效。另一方面，如果这类协议得以有效保持，就不会有发明的产生，其影响也难以评估。如几家汽车巨头约定不予进行低排放量、低效能汽车的技术开发，结果是这类汽车没有面世，它对目前汽车市场的冲击、对石油资源的消耗乃至对环境的影响，都是不易确定的。在倡导绿色消费的今天，人们再回顾 20 世纪 70 年代充电汽车面世后即迅速消失的史实，不难发现以福特为代表的大的汽车公司、大的石油供应商在扼制新型环保汽车发明市场的"赫赫功绩"。

三、知识产权领域的单方垄断行为

（一）相关市场的市场力量

一旦法院认定了行为人活动的相关市场，紧接着便是审查行为人的市场份额，是否达到了垄断的地步。一个纯粹的垄断存在于相关市场中，唯有它这一个卖方，占有相关市场的全部份额，他人无法进入市场与其展开竞争。但即使是非纯粹的垄断者，只有它有足够的力量限制竞争，操纵市场，提高价格，降低供应，也会被认为是垄断，且还可能被科以严刑峻法。这种背景下的企业就被称为具有市场力量。

1. 市场份额的计算

通常情况下，测量市场力量的首要方式是找出行为人的市场份额，也就是行为人的销量占整个市场供应总量的百分比。这里的问题主要有两个，一是以销售收入计算，还是以销售单位计算。从生产者和消费者的角度，用销售多少单位来计量市场份额，更为妥当；二是采用事实上的供应量还是采用供应

（生产）能力。这里的供应（生产）能力应当是现实能力，而不是理论上的或潜能。现实的供应（生产）能力与事实上提供的商品量密切相关，但毕竟是两个概念，故而有些差异。笔者认为，一方面事实上的供应量数据易于找到，供应（生产）能力相对而言还是不太确定；另一方面，事实上的供应量对市场竞争产生着直接的影响，而供应（生产）能力的影响力更多的是指向市场的潜在竞争，故以事实上的供应量作为确定市场份额的依据，更为可取。法院的基本倾向是如果低于50％就不应视作具有市场力量。"从一个只占市场份额25％或50％的企业中，推导出市场力量，是难以想象的。这样的份额不足以在任何时期控制产品的价格。"①

2. 市场力量的其他指标

虽然市场份额对推导市场力量的有无，有着重要的指标意义，但单凭这一点并不能确定行为人的垄断地位。除市场份额以外，尚有其他一些因素左右着行为人是否真正的握有市场力量。

（1）准入障碍与潜在竞争

在分析市场力量时，还应当充分考虑到潜在竞争者在较短时期内进入市场的问题，这被称为准入障碍和潜在竞争。潜在竞争是豁免某些限制竞争协议特别是豁免具有限制竞争影响的企业合并的重要理论依据。在潜在竞争存在的条件下，合并不可能产生或者加强市场力量，取得市场力量的企业也不可能随意滥用这个力量。潜在的市场进入仅当满足了"及时性"、"可能性"和"充分性"三个条件时，方可被视为遏制市场势力的力量。"及时性"是指潜在的竞争者能够及时进入市场，从而可以及时遏制合并企业对产品进行涨价的趋势。此时，当局只是考虑那些在两年内可以对市场产生显著影响的进入。"可能性"是指进入市场的企业可获得适当的销售机会，以企业合并前的价格销售产品可以获利，并且这个价格可以继续维持下去。这样，潜在的进入者才可能进入市场。"充分性"是指进入者要具备足够的生产技术和财力，能充分实现其销售产品的机会。这才能有足够的力量阻止或者抵消合并的反竞争效果。在欧共体竞争法中，潜在竞争的理论主要适用于竞争者之间建立的合营企业。

低的准入门槛，使潜在竞争者虎视眈眈，即使是在相关市场上占有100％的市场份额，也不敢轻易提高价格或减少产出。因为那样无异于"开门揖盗"，向潜在竞争者发出请柬。而新企业的进入，将增加市场的供应量，又会将抬高的价格拉回原处。因而，恰当的市场界定必然要考虑到交叉供应弹性，

① Arthur S. Langenderfer, Inc. V . S. E. Johnson Co. , 917 F. 2d 1413 (6th Cir. 1990), cert. denied, 502 U. S. 899 (1991) .

竞争者不仅要涵盖市场上的现有企业，还要将潜在竞争者作为一个考量。如果在界定市场后，发现行为者的市场份额很高，就要将潜在竞争囊括进去。当然，准入障碍的门槛高低又将在其中发挥关键性作用。但对大多数产业来说，准入障碍都要考虑到更置生产设备、准备相关技术、筹建经销网络、雇用与培训相关人员的经济成本和时间周期。技术越复杂，资本需求越高，准入障碍越难逾越。不仅如此，政策法律障碍也经常困扰着企业进入另一个行业，特别是政府决策对企业在管制产业的进入与退出都有极为重要的影响力。在今天的信息经济背景下，网络化对产业内新面孔的出现，很大程度上持排斥态度，比如，互用性限制严重阻碍了新的软件产品的推广，从而制约了潜在竞争者的入场。由于知识产权赋予权利人排斥竞争者制造、销售这一产品的权利，间接强制竞争者出售高成本的替代品，在某些情况下甚至于完全排除了竞争者出售任何替代品的可能性。可以说，知识产权本身有时就是一个准入障碍，或者强化着、服务于准入障碍，降低甚至于根除了潜在竞争者生产竞争性产品的能力。

（2）与垄断力量相同的市场行为

人们还可以从市场主体的行为中找到它是否具有市场力量的蛛丝马迹。一般认为，如果一企业的行为与具有市场力量的企业的"做派"相同，就可视为抓到了这一企业拥有市场力量的证据。经济学家常常从一些行为中推导出某企业具有市场力量。这些行为主要有：①看行为者剩余需求曲线的变化。如果面对竞争者的进攻，当市场上呈现出需求向下倾斜曲线时，行为人依然如故，我行我素，甚至于还提价、减产，则可直接推断出此时它身处的肯定不是一个完全竞争市场；②企业在价格与边际成本之间保持着持续的不平等状态，或持续获得垄断利润，都表明企业可能具有较强的市场力量。但在评估方式上会出现争议。因为经济学家此时难以测量边际成本，故而常用平均成本来替代。而在评估行为人的利润时，又要求必须仔细区分超竞争利润与普通会计利润；③行为人持续地进行价格歧视。由于价格歧视在竞争性市场无效，此举也就意味着行为人可能具有某些市场力量。一方面，这几种情形都可以与市场份额相印证，同样，也都可能强化行为者的市场力量。

（二）垄断者实施的反竞争行为

1. 通过非法地寻求公权力的干预，排挤其他的竞争者于市场之外

"功夫在诗外"。竞争者抢占或保持垄断地位的一个最佳方式，就是通过诉请公权力的介入，借助立法、执法和司法过程，排挤竞争者，"不战而屈人之兵"，以实现正常经济活动中无法得到的利益。这种方式有时运用得直截了当，而有时则曲径通幽。比如，通过寻租活动，包括向官员行贿，以求出台

"损人利己"的政策（如将这一行业变成管制领域），挤兑他人，独占市场；与执法人员合谋，排斥竞争对手；向行政执法机关故意提供不实信息，要求对竞争对手的产品与服务质量、安全性、经营的合法性等实施检查与监督，干扰、妨碍竞争对手的经营活动，损害其经营环境，使其疲于应付执法机关的"执法检查"，并以此误导消费者；毫无事实根据与法律依据，或者使用"道听途说"的材料，起诉竞争对手，将其拖入诉讼的"泥潭"，甚至于反反复复地向执法机关检举、向法院控告。检举与控告的目的不是为了寻求政府的法律救济，更不是为了"弥补自己的经济损失"，而仅仅希望是浪费竞争对手的钱财，为其增添财政压力，或期望在法院开庭过程中，获取竞争对手的商业秘密，或公开其专利与专有技术，甚至希望借助专利与专有技术的公开，增加对手的银行利息负担。借助公共权力之手限制竞争之举，不仅让竞争者有苦难言——政府行为不受反垄断法的审查，更是一种有效的反竞争工具。对知识产权滥用案件而言，利用政府之手影响竞争过程最常见的方式，就是通过获取和执行知识产权。获取与执行合法的知识产权当然不会产生反竞争问题，即便是这一知识产权赋予行为人以支配地位。但滥用政府过程——无论是非法（如以欺骗的手段）获取，抑或是执行非法的知识产权，都可能会侵蚀反垄断法所要保护的法益。

2. 与其他竞争者采取一致行动，限制竞争

这种协同行为可能发生在处于同一层面的竞争者之间，这时卡特尔就会出来。同时，协同行为还可能让具有市场力量的企业强制其下游购买方或上游供应方，与其建立纵向关系，限制它们与竞争者的交易，强化自己的有利地位。在知识产权语境下，搭售和独家交易成为最常见的两种协同行为。

3. 单方从事掠夺性行为，将其他竞争者挤出市场

垄断者独自实施的对竞争对手不利的行为，一直为反垄断法所关注。竞争优势是市场经济背景下企业绩效的核心，"归根结底产生于企业为客户所能创造的价值：或者在提供同等效益时采取相对的低价格，或者其不同寻常的效益用于补偿溢价而有余。"[①] 一个企业要想获得、保持竞争优势，可以有多种途径，比如，通过成本优势，实行低价策略，强化产品的差异性，采取技术战略，提高产品的质量与售后的服务，或增加对手的经营成本，等等。这些行为合法与否，都要作具体的分析。在低价与掠夺性价格之间有时候很难区分，因为既要保护那些强有力的价格竞争——这永远是市场竞争的核心，也须留意掠夺性价格对竞争对手的伤害——它的低价策略对消费者的长期利益而言，无异

---

① 迈克尔·波特著、陈小悦译：《竞争优势》，华夏出版社 2005 年版，第 14 页。

于饮鸩止渴。微软案中政府指控微软对互联网浏览器实施的掠夺性价格（这里是零价格），无法补偿它研发与生产这一产品的成本，引起了人们的诸多责难。这也暴露出在知识产权案件中，确定竞争性价格并以此推定掠夺性价格实属不易。

4. 以在某一市场上拥有的垄断力量为杠杆，将其非法地延伸至另一市场

在垄断者的所有反竞争行为中，最受争议的恐怕就是杠杆理论了。该理论强调垄断者以在某一市场上的垄断力为杠杆，将对这一市场的垄断扩展至另一个市场。垄断杠杆案例常常发生于搭售之中。传统上，搭售由于既强迫买方购买第二种产品，从而否定了卖方竞争者进入第二种商品市场的机会，又迫使买方放弃自由选择权，而受到责难。支持这一立场的经济理论将分析的着眼点放在了避免垄断力量的集中方面。传统经济理论认为，为了阻止卖方垄断被搭售商品，必须阻止卖方以其对搭售商品的支配力为"杠杆"，进入被搭售商品市场。

5. 兼并与取得

垄断者获取或维持市场力量的最后一种方式，可能就是将竞争者或潜在竞争者全部收编、买下，从而锁定整个市场。"企业发现通过提高产出或进入一个新的市场分配层面，扩展自己的经营，常常是有利可图的。企业扩大经营的一种方式是进入这一市场——如设立新的工厂，构建零售连锁商店。另一种方式就是取得另一家早已在拟进入领域经营的企业。反垄断政策制定者一般对这种通过取得入场的情况，要比重新开始进入这一市场保持更高的警惕。一家企业重新进入某一市场，基本上会增强这一市场的生产能力，结果是可能出现较高的产出和较低的价格的局面。而当一个企业通过取得扩张，增加产出的可能性不大，反倒是会提升垄断、共谋或其他形式的反竞争行为出现的概率。"①由于取得尤其是合并会产生明显的竞争风险，反垄断法应对此保持着密切的关注。

6. 与拒绝使用基础设施相关的问题

前面我们分析了垄断行为，还有一个垄断类型不能涵盖于行为之中。这就是人们常说的基础设施问题。当一个垄断者或接近垄断的经营者控制着被认为是"基础设施"——既不能适度地复制，也没有技术或商业替代性之可能的那种设备，拒绝向现存或潜在的竞争者开放使用时，反垄断法应强制其让竞争者使用这一设施。美国法院常常坚持拥有垄断力量的企业在市场推广活动中有

---

① E. Thomas Sullivan & Herbert Hovenkamp, *Antitrust Law, Policy and Procedure: Cases, Materials, Problems*, LexisNexis (5th Edition, 2003), p. 779.

义务与其弱小的竞争对手进行合作，至少是如果与竞争对手开始交易，就须将这一合作关系保持下去；拒绝继续合作不仅会损害竞争对手的利益，还会降低竞争效率，危及消费者福利。如果垄断者提不出任何合法的理由为中断合作的拒绝交易作辩解，就使得其对竞争对手所造成的损害成为"不必要的"，从而符合排挤竞争行为的构成要件。为避免违反谢尔曼法第二条的有关规定，一个拥有垄断力量的公司在市场推广活动中有必要与其弱小的竞争对手进行合作。这样，如果垄断者或近乎垄断者控制了基础设施（或其他资源），而这些设施或资源又是如此的重要，以至于其他企业如果不使用这些设施或资源就不可能和垄断者或占市场支配地位的企业开展竞争，此时，处于这一情势下的垄断企业就必须以合理且非歧视的条款向竞争者开放，如果不合理地拒绝竞争者进入基础设施或使用这些资源，就会构成垄断行为。诚然，任何企业都有契约自由，一家企业没有义务同另一家企业交易。但这只是独立的经营者的一项应当受到尊重的权利，即它有权选择客户和生意伙伴，有权利拒绝与另一家企业进行交易。这种权利绝不是绝对的。对垄断了基础设施的企业，除非它有正当的商业理由，否则不得拒绝、中断与直接的竞争对手进行合作。不进行如此必要的限制，竞争者的权益就无法得到保障，竞争机制就会被彻底损坏。

　　将基础原则应用于知识产权案件时，问题就显得特别地复杂。一般而言，知识产权人有权单方决定是否使用或许可其权利，强制许可的情况较为罕见，如美国版权法、1996 年的电讯法还为电讯企业增设了互相联络的实质性义务——与竞争者分享本地交换载波。对知识产权人不愿进行许可的行为，给予反垄断制裁，将会危及知识产权的根本原则。美国反垄断法学家之所以对知识产权滥用的态度不如欧盟那么严厉，可能与美国执世界知识产权之牛耳、身为最大的知识产权生产国有关。但美国的法律及其基本的公共政策明显有别于欧洲。王晓晔教授认为："近二十年来，随着电信、电力、天然气、铁路、飞机场等一些与网络或者与基础设施相关的部门逐步开放市场，这些部门占支配地位的企业拒绝竞争者进入网络或者进入基础设施的行为便成为这些部门非常突出的限制竞争问题。这种情况下，各国的电信法、能源法、反垄断法等纷纷引入美国反托拉斯法'基础设施理论'，把不公平的拒绝入网或者拒绝使用基础设施的行为定为滥用市场支配地位的行为。如德国 1998 年第 6 次修订后的《反对限制竞争法》第 19 条第 4 款第 4 项规定，'一个占市场支配地位的企业作一种商品或者服务的供方或者需方，如果拒绝对之支付适当报酬的另一个企业进入其网络或者其他基础设施，而另一个企业出于法律或者事实上的原因，不进入这个网络或者基础设施就不可能在这个占市场支配地位企业的上游或者下游市场与这个占市场支配地位的企业开展竞争，这个行为得被视为滥用市场支配地位；除非这个占市场支配地位的企业能够证明，因经营条件的限制或者出于其他原因，进入网络或者使用基础设施是不可能或者不合理的要求。'"①在世界另一知识产权的创新地的欧盟，人们常常把 Magill 案当作欧洲法院对基础设施原则的判决。虽然法院既没有使用基础设施一词，也没有将其与知识产权案件相联系，但由于它在 IMS Health 案中明确宣布知识产权是进入下游产品市场"不可或缺的"，此后，知识产权被视作一项基础设施也就不难理解了。而欧洲针对知识产权的基础设施原则被广泛解读为是由被欧洲法院采用的"递进式"新产品规则加以预防的。

（三）试图垄断

1. 垄断意图

垄断意图对捣毁竞争、创制垄断意图的有无，是证明试图垄断之举或不成功的垄断行为合法与否的关键。但意图作为行为者的主观内心活动，又是非显性化的。探明试图垄断行为，必然要寻找行为人具有这方面的意图。霍姆斯（大法官）最早对意图作出的界定是："有人建议诉状中被指控的这几个行为是合法的，其意图也没有什么差异。但一旦这些行为组合起来，成为一项单一计划的有机组成部分时，这一计划就使得作为其部分的这些行为非法。谢尔曼法反对州际间限制商业的联合行为，同样也反对这些试图垄断行为。意图基本上是这类联合的本质，也是试图垄断的本质。当行为本身不足以产生法律阻止的结果，如垄断，需要除自然力量以外的进一步的行为，以促使这一结果的发生，这时希望结果发生的意图就是推动这一危险可能性产生的必要因素。当意图和危险可能性的结果同时存在时，如果其他制定法和普通法一样，谢尔曼法就会明确反对这一危险可能性及危害性的结果。""不是每一有着产生非法结果意图的行为都是非法的，或构成（谢尔曼法上的）试图。在刑法中，这种单纯的预备与企图（试图）的区别是很明确的。此案中的预备行为与垄断企图的区别也是很清晰的。"②从掠夺性定价、联合抵制中极易推断出行为者（不论大小）摧毁竞争或实现垄断梦想的意图，一家强大但不太有进取心的企业，只要着手企图建立起市场准入障碍——这一举措有助于推动垄断的到来，就基本上能断定它希望扼制这一领域的竞争。

2. 反竞争行为

从知识产权的角度看，通过获得进行的专利积聚也有着反竞争之虞。专利

---

① 王晓晔：《竞争法学》，社会科学文献出版社 2007 年版，第 314—315 页。

② Swift & Co. V. United States, 196 U. S. 375, 396 (1905).

在垄断者手中的积聚带来了新的"囚徒困境"。一方面,人们都不希望阻碍研究、发展、创新,哪怕其主体是一个真正的垄断者,也不能阻止专利权人将发明出售给垄断者,只要垄断者没有剥夺专利权人获取报酬的权利,没有剥夺公众以最低价格获取最优产品的权利。另一方面,不管垄断者是通过内部研发还是从外部购买,只要他手中聚积的专利越多,对竞争的危害就会越大。垄断者从事发明或收购发明的动机是为外部压力所推动,外部压力越大,其进行技术创新和获得他人专利的冲动越强。在一项有关通用电器的判决中,通用公司作为电灯的市场垄断者,拥有生产钨丝白炽灯的专利。它在许可其他厂商使用这些专利生产电灯时,附加了回授条款,要求被许可人在使用其专利从事的电灯生产过程中,获取的专利技术都必须"交还"通用。美国地区法院认为通用通过获得垄断专利的企图严重限制了被许可人从事研发的积极性,制约了这一行业的技术进步。美国最高法院 1950 年曾宣布:"单纯的专利聚积,不管聚积了多少,都不构成本身违法。"①

3. 反竞争行为成功的概率

缺乏市场力量的企业也可能图谋垄断,而有垄断力量的企业也会图谋维持其垄断地位。试图排他性行为不仅要有这种垄断意图,还要有"将理想变为现实"的物质基础——实质性的市场力量。行为者实现垄断梦想的可能性成功有多大,它离占据主宰地位还有多远,有几成把握,才算是有可能,Swift 案没有一个明确的说法。霍姆斯在判决中只是说,窒息竞争的可能性可以从行为者的邪恶意图者推导出来,他能认识到刑法中的犯罪预备行为与其他行为的区别——如买枪是准备杀人,还是为了自杀。第一步是要有这种意图,然后是为实现这一意图而着手准备,进而实施一系列行为。但从在杀人意图支配下准备凶器到对被害人构成现实威胁,还有一段路要走,中间还存在着许多的不确定性,比如,行为人买的枪支有缺陷、他无法瞄准、枪会误射、子弹会偏离轨道等,行为人实施的诸多冒险行为,究竟会对被害人有多大危害,他"成功"的概率有多大,尚要结合具体情况,作认真的分析。

四、专利滥用的反垄断问题

中国是一个发展中大国,它对知识产权的渴望、尊重与保护,让它在短短二三十年的时间里,走完了西方发达国家几百年保护知识产权的历程。但就在中国全力奉行"鼓励创造"、严厉打击侵权、坚定保护知识产权的同时,也深受以专利为代表的知识产权滥用之害。这既是跨国公司主导合资变局的重要原

① Automatic Radio Mfg. Co. V. Hazeltine Research, Inc. , 339 U. S. 827 (1950) .

因，也是跨国公司掠取最大利润的重要手段，更是跨国公司垄断市场竞争的重要策略。知识产权的滥用达到严重的程度，就会与反垄断法"缠绕"在一起。

（一）专利滥用非法的原因分析

"专利滥用是针对专利侵权指控的一种肯定性答辩。被诉侵权人要证明专利滥用，须展示专利权人不当地扩大了专利许可的物质上或时间上的范围，且有着反竞争后果。"① 由此看来，专利滥用触及两个根本问题，故为法律所不容。一是它将专利权不适当地扩展至合法范围以外；二是这一专利权的行使破坏了竞争。也就是说，专利滥用是专利权不合时宜地被"扩大了"，且"扩大"的结果对竞争产生了不良影响。2004 年的判决——"在专利权得到合理地限制的案件中，专利滥用的辩解从来没有成功过"② ——从反面也证明了这一点。针对专利滥用指控，法院认为要区分三种情况：①一些行为本身合法，不存在任何异议；②另一个极端是，一些行为本身即构成专利滥用。如固定价格、划分市场，不需再对行为的反竞争后果进行评估，径可作出非法的判决；③对其他行为，要审查它对竞争有无负面影响，包括直接的不利影响与潜在的危害，即通过将专利权不适当地扩张至合法范围以外，而扭曲市场。对专利权人超出专利法许可范围并有着反竞争后果的行为，必须根据合理原则予以分析，以决定受诉行为是否对竞争施加了不合理的限制，并考虑各相关因素，包括相关产业的特定信息、限制施予前后的情况对比，以及限制历史、特点及后果。

（二）专利滥用与反垄断法的关系问题

专利滥用非法的根本原因在于它不仅不适当地扩大了专利权属的范围，还威胁到了竞争，这两个方面基本上又是紧密相连的。但通常情况下，由于专利滥用首先表现为权利人不适当地扩展了专利垄断的范畴，非法地延长了专利期限，或捆绑了非专利产品，美国法院从 Motion Picture 案开始，就主张专利制度赋予专利以属于合法的垄断权，但这种垄断是有条件的，专利滥用被视为对专利制度的损害。今天，在波斯纳（Posner）法官的鼓吹下，更多的人从经济立场出发，不计专利权扩展的事实，强调只有在这种权利的延伸损及了竞争才能视为专利滥用，没有经济受损的事实，就不能认定专利被滥用。违法原则本身被窒息了。即使像诸如搭售之类，也要重点审查行为主体在搭售产品上是否具有市场力量。不管是专利人以购买其他物质为条件的专利许可，也还是要求

① Windsurfing Int'l. V. AMF, Inc., 782 F. 2d 995 (Fed. Cir. 1986).

② Monsanto Co. V. McFarling, 363 F. 3d 1336, 1343 (Fed. Cir. 2004).

在专利期满后继续支付专利费，如果没有行为主体市场力量的证据，很难作出专利滥用的结论。且根据 1998 年的一项判决，专利滥用与触犯反垄断法不能画等号，其范围比触犯反垄断法要大得多。专利滥用并不必然进入反垄断法的视野。但专利滥用毕竟客观存在的反垄断法可能还是为专利滥用理论提供了一个有益的补充。M3 Systems 案将专利滥用与错误地行使专利权予以区分，开启了探索这一问题的新路子。

制止专利滥用与反垄断法有着复杂的关系，专利权滥用行为与反垄断法规制的行为有很多是相同的，二者目的也相似。虽然专利滥用的标准较垄断的标准要低，构成专利滥用并不一定达到垄断的程度，但反垄断政策对专利滥用还是有着指导意义。提起反垄断诉讼必须证明，其所控行为已经或可能产生损害竞争的后果，但提出专利滥用抗辩时，则无须此类证据。违反反垄断法的行为一般足以构成专利滥用，但专利滥用并不一定会违反反垄断法。另外，与违反反垄断法的行为不同，专利权滥用可以得到矫正。

（三）专利滥用的典型类型

1. 搭售

搭售可能是专利领域中最典型的违法垄断形式，是技术进步和市场竞争的一大障碍。它是指"卖方以买方同时购买另一种不同（被搭售）商品，或至少同意不从其他供应商那里购买另一种商品为条件，出售某一商品的协议"①。

（1）搭售非专利产品

传统意义上的搭售是在某一产品市场有着市场力量的卖方，强制希望购买此产品的买方必须同时购进不同市场的另一产品。搬到专利舞台，这一经典做法就是，专利权人对被许可人或专利产品的买方，附加了必须购买另外一个独立于专利之外的非专利产品，作为进行交易的先决条件。根据美国最高法院的判决，符合下列四项条件时，搭售非法：①不同的产品或服务；②强制联结；③供应方在搭售产品市场拥有市场力量；④搭售对被搭产品市场产生反竞争后果；⑤对被搭售产品市场的商业影响是实质性的。从理论上讲，要证明专利滥用，最好还是要查明这一市场的具体状况，搭售策略在这一市场上的经济可行性。今天要认定专利滥用，则应当具备专利权人在搭售产品市场所有市场力量，与事实上或至少严重威胁被搭售产品市场的竞争两个方面因素。

（2）一揽子许可

在知识产权许可过程中，搭售可以表现为以购买某一产品或接受某

---

① Eastman Kodak Co. V. Image Technical Services, Inc., 504 U. S. 451, 461 (1992).

类服务，作为获取许可的前提条件，也可能表现为被许可人在签订许可协议、取得其所需要的知识产权时，必须额外接受另外一种（或多种）知识产权。这就是知识产权的一揽子许可。复制到专利许可领域，可以说被搭售产品不仅可以是有形产品，也可能是另一种或多种专利。当以专利作为搭售条件时，就构成专利的一揽子许可协议。也就是说，将两个以上的专利捆绑，打包许可，收取一个固定的专利使用费，而不计每个专利的使用情况。理论上看，技术市场的滥用与产品市场的滥用应当一视同仁。强制性一揽子许可可能本身违法，如果某一企业在搭售技术市场具有市场力量，它强迫被许可人同时接受另一种专利技术并对这一技术市场造成明显的不利影响，无疑构成专利滥用。但如果是许可协议双方自愿达成的互惠式一揽子许可安排，则不一定违法。且从现实经济生活来看，即便是一揽子许可本身违法、构成滥用，也很难追究其责任，原因在于不仅此类行为的反竞争后果难以确定，同时它还有一些似是而非的所谓竞争的激励因素。比如，微软案中一审法院否决了所谓的"技术性搭售"，但上诉法院却提出了"融合产品"的概念。更多的人对新经济背景下，搭售包括一揽子许可知之不多、不深，不敢轻易下结论。

（3）为抗制共同侵权进行搭售

在运用专利技术或制造专利设备时，有一些配件虽非专利，但却是必不可少的，而离开了这一专利又毫无用途。1952 年专利法出台前，许多专利滥用之诉指控专利权人滥用专利，捆绑这些配件，构成犯罪。也有专利权人起诉与之竞争的制造商在加工这些配件过程中存在共同侵权。当时，美国最高法院曾多次宣布，专利权人试图控制配件这类与专利发明"相伴终身"的非专利产品的销售，是滥用专利的犯罪行径。在 Mercoid 案中，Mercoid 生产的燃烧加煤机开关，只有用于专利权人的家用加热系统才有商业意义。专利权人诉称 Mercoid 的行为是共同侵权之举。法院的推论是，由于这一配件本身是非专利产品，专利权人无权对它施加控制力。美国 1952 年修订的专利法作为对这一判决的反动，限制了专利滥用理论在共同侵权领域的使用，一定程度上抑制（至少是平衡）了专利滥用理论的迅猛势头。作为对共同侵权的补充，第 271 条第（d）款明显向专利权人倾斜。它规定："专利权人在其他情况下有对于受侵害或同谋侵害请求补救的权利，不能因有下列一项或一项以上的行为而被剥夺这种请求补救的权利，或者被认为有滥用或不法扩大其专利权的罪责：①从某种行为中获得收入，而该行为如由他人不经其同意而实施，将构成对专利的同谋侵害；②签发许可证授权他人实施某些行为，而该行为如由他人不经其同意而实施则将构成对其专利的共同侵害；③企图实施其专利权以对抗侵害或同谋侵害。"①

2. 超出专利期限

超出专利期限收取使用费，乃是一种反竞争之举。如果一项专利能为权利人在相关市场带来经济力量，那么，一个长时期的许可协议就可能有效地锁定被许可人，使其在专利期满后继续向权利人"掏腰包"。这无疑会增强专利权人的经济地位，特别是在该产业受规模经济的影响较大或产业存在着实质性的准入障碍，致使新的竞争者难以及时、有效地入场，提供这种过期的专利产品。这一行为与要求被许可人对出售的全部产品支付专利费，而不计是否使用了专利技术的许可协议极为相似。这不可避免地增加了被许可人的生产成本，减弱了其竞争优势，也殃及到消费者福利，使他们不得不为过期专利买单。

3. 专利回授要求

专利回授是专利权人在授权时，附加给被许可人的一种条件。它要求被许可人将在运用许可人的专利技术过程中，所作的任何"改进性专利"或产生的其他新技术，都必须通告并让前者或前者指定的其他企业享有，而受让方还往往无须给予补偿或承担互惠义务。Dratler 认为："当许可人和被许可人都使用许可技术时，许可人有必要跟上被许可人改进技术的步伐以保证商业利益。例如，被许可人可能在许可技术上作出某些改进，使得原先的许可版本过时。如果许可人对被许可人的改进没有任何权利，即使他仍然根据许可获得使用费，但最终会被挤出产品或服务市场。为了避免这种情况的发生，许可协议通常会要求被许可人应通告许可人所做的任何改进，并授予许可人在这些改进上的一定的权利。"② 这样，从许可人的角度，回授有时可能是出于担忧未来会受到新的改进技术的挤压，有其正当性的一面。但这一分享被许可人改进成果的回授，实质上是对专利技术改进权利的限制。它不仅反映出了专利许可双方在知识产权实力方面的不均衡、不平等，还可能让许可人坐享其成，维护、加强其在该项技术上的支配地位（直到许可或法律保护到期为止），从而不利于技术创新。在技术许可时强加的回授条款，时常构成专利滥用，其对被许可人创新激励的潜在限制，常常引起反垄断法的关注。根据对新技术回馈时有无独占性的要求，回授分为三种：①独占性回授，被许可人将新技术全部回馈许可人，自己亦一无所有，不得有任何保留；②排他性回授，被许可人将改进性专

① 迈克尔 V·米勒著、孟庆法编译：《国外专利诉讼》，成都科技大学出版社 1987 年版，第137 页。

② Jay Dratler, Jr. 著、王春燕等译：《知识产权许可》（下），清华大学出版社 2003 年版，第661 页。

利回馈给许可人，但也保留了自己使用新技术的权利；③开放式回授，即许可人、取得改进性技术专利的被许可人及其他被许可人都可以使用这一新技术。其中，第一种情况由于它剥夺了作为新兴技术实质发明或改进技术的被许可人运用自身发明的权利，很大程度上窒息了被许可人创新的热情，其性质极为严重。第二种情况下，改进技术本身也可以看作是原始技术投资的某种回报，应当根据具体案件，适用合理原则进行分析此时的回授是否可能产生反竞争性后果，重点是审查许可人在原有技术或创新活动市场上是否拥有市场支配力，以及回授条款是否会降低被许可人投资于后续改进技术的积极性。第三种情况自然不会引起反竞争问题，这不仅在于它保留了被许可人对改进性技术的权利，较少或基本上没有抑制被许可人的创新需求，还在于它保持了市场的开放，允许他人利用这一技术创新，有利于鼓励和促进新技术的推广和传播，使双方当事人更愿意共担投资风险。从这个意义上讲，开放式回授更像是从属许可，原专利权人为保持行业的标准化，将这些新技术从属于原专利许可给其被许可人。

4. 对使用领域的许可限制

许多专利权人在许可协议中附加有对使用领域的许可限制条款。在这种限制中，专利权人不是授权被许可人充分使用专利发明，而只赋予在一定范围内行使专利权。如果这种限制针对或涉及被许可人生产、销售专利产品的数额，其反竞争性是不言而喻的。如果限制的是被许可人行使专利的市场范围，比如，要求被许可人只能用此技术生产某类产品，或是将专利的运用限制于某一地理空间（即地理限制），也会引起反垄断问题。简而言之，对专利使用领域的限制就是专利权人通过控制被许可人参与的产品市场或地域市场，来限制许可产品的范围，它使得许可人能在一个领域保持垄断地位的同时，还能继续在另一个领域获取专利使用费。但专利许可中对使用领域的限制还是有其提升竞争功能的。首先，只向高价值附加值的生产者许可符合专利法的政策精神。其次，阻止只向高附加值的专利许可，可能导致使用费的全面上扬。再次，限制使用领域的正当性有时还体现于激励被许可人投资，专心从事被许可领域的经营。专利许可对使用领域的限制在医药行业，就是专利权人只许可将制药技术使用于治疗某一种疾病，而不得用作他途。

5. 歧视性使用费

一些专利许可常用来推行价格歧视。搭售就具有这种作用。它通过测量被许可人使用专利产品的次数或频率，可让专利权人对被许可人进行区分，并决定对不同被许可人实施差别价格。打印机配售墨水盒、复印机搭配纸张等被视为这方面的典型。价格歧视的经济影响较为复杂。一般认为，在价格统一时，垄断者的产出必然会下降。而如果垄断者采取价格歧视的方式，基本上可看作是一种有益之举，因为它会从扩大销量的目的出发，针对不同的消费群选择差异化的价格分类，从而有利于向竞争水平靠拢。此时，垄断者对一部分人索取高价，对另一部分人则以低价"引诱"。价格歧视既可用作支撑掠夺行为或增加竞争者成本，也会为阻止套利的花费徒增社会净损失。专利使用许可中的价格歧视如同一般的价格歧视一样，主要目的也在于提高专利权人的利润。其是否合法，特别是它通过合同安排明显影响到专利相关产品市场时，需要仔细审查。专利权人是否握有市场力量，对许可协议中的价格歧视条款的合法性起着重要作用。此时，专利权人合同利益的"边界"应当受到反垄断法的关注，以防止专利权人不正当的扩延权利而扭曲竞争。虽然目前对专利产品的价格歧视在多大程度上可以接受尚存争议，范围并不明晰，但波斯纳（Posner）的名言——"反垄断法不禁止专利所有人使用价格歧视以从专利中最大化其收益"，[①] 还是不应当作过于广泛的解读。搭售也时常用于价格歧视，但当专利权人手握市场力量时，进行的搭售却是不可接受的。美国最高法院就曾多次反对在专利耗尽后仍然以专利进行价格歧视，特别是禁止专利权人在产品首卖后仍然进行地域限制。虽然法院没有直接禁止价格歧视（如对不同购买人实行不同的价格），但价格歧视如服务于干预第二个市场（诸如搭售等）时，则是不可接受的。

五、交叉许可和专利池的反垄断问题

（一）交叉许可与专利池的概念及相互关系

交叉许可与专利池是知识产权许可协议中进行横向限制的重要方式。交叉许可是指双方当事人相互许可对方使用自己知识产权的行为；专利池则是指两个以上当事人将其某一领域内的知识产权集中在一起，相互予以许可，并许可第三人使用的行为。"专利池是多名专利权人之间就合并其专利、放弃其对专利的独占权达成协议，以便他们或他人能获得这些专利的使用许可。许多专利池都设有一个管理机构，来协调这些专利的共同许可问题，但也有些专利池只涉及两家企业的交叉许可问题。"[②] 交叉许可这一概念并非限定在两项专利的交换，其外延涵盖了两项专利以上的许可交换。专利池是交叉许可的知识产权

---

① USM Corp. V. SPS Technologies. , Inc. , 694 F. 2d 505, 512（7th Cir. 1982）.

② Roger B. Andewelt, *Analysis of Patent Pools Under the Antitrust Laws*, 53 ANTITRUST L. J. 611, 611（1984）.

的聚合，知识产权在其中被专利权人直接转让许可或交由中介许可。在交由中介许可的情况下，其常态是设立一个专门管理专利池的机构。Andewelt 提出，专利池的本质在于专利所有人之间，相互同意放弃各自的排他性专利权。当两个或更多的专利所有人决定将自己的专利权拿出来，以便由新实体统一支配时，专利池就出现了。也就是说，当两家或两家以上的公司控制着生产特定产品所必需的专利，且至少一家现存或潜在的生产商自己未拥有这些专利时，专利池就成为一个自然而然的选择。如同交叉许可，专利池也是相互交换专利权。但交叉许可一词常指双方交换许可，而专利池涉及的主体人数更多，其中的关系更加复杂，还往往包括对专利权人以外的其他人的授权。但从司法的角度，专利池并没有一个准确的界定。美国最高法院曾声明，它在使用专利池时是并没有把它当作一个专门术语："专利池不是一个精确的概念，这一表达是用来表述一个以上的专利权人对行使多项专利权的关联关系。""这些专利权人创设的这一组织是被称作卡特尔、国际卡特尔、专利池，还是'技术或商业性公司'，都无关紧要。关键在于它是否为限制商业的联合和共谋，且是不合理的限制。"① 这里，我们在对交叉许可与专利池作竞争评估时，基本上把它们视为一体。

（二）执行机构近期对交叉许可与专利池的态度

知识产权许可在促进科技转化、加速新兴技术技能推广、普及的同时，不可避免地会包含着某些限制竞争的因素，比如，纵向限制乃至横向限制，而交换进行知识产权授权与其他类型的知识产权许可安排并无明显的内在差异。分析横向固定价格条款的原则，同样适用于交叉许可和专利池。执行机构在执法实践中逐渐形成了对知识产权的交叉许可与专利池的基本立场和处理原则。通过对知识产权交叉许可与专利池后果的分析，执行机构发现此类行为大多能发挥一些有益的社会经济功能，如便利互补性和关联性技术的结合、促进新技术的扩展和传播、降低交易成本、减少或避免侵权诉讼，等等。当然也有少部分妨碍竞争的情况，主要表现为：①利用交叉许可与专利池纯粹是为了瓜分市场或集体定价，这构成本身违法行为；协调当事人之间的定价行为或限制产量的，亦属违法；②处于横向关系中的当事人，如果他们之间在没有协议的情况下会成为竞争者或很可能成为潜在竞争者，而且他们之间的交叉许可或专利池又不能带来某种明显的社会经济效益的，执法机关通常将予以追查；③两个或两个以上当事人联合拥有市场支配力，而且将持有竞争性技术的厂商排除在交

---

① United States V. Line Material Co., 333 U.S. 287, 313 n.24 (1948).

叉许可或专利池许可之外，使其无法在相关市场上进行有效竞争活动的，执法机关将认真审查这种许可的排他性是否在经济和技术上确属必要且有益，并比较其所带来的利益是否大于其对竞争造成的损害，决定是否予以追究；④如果专利池的许可条件不适当地降低了厂商人事技术创新的积极性，如要求参加者以较低价格将现有和未来开发技术均交专利池统一经营的，执法机关也可能予以干预。这里，我们以近期发生于美国二机构的三件较有影响的事件，来简单探讨一下反垄断执行机构对专利池的态度。前两件是美国司法部以回复商业信函的形式，在应企业要求提出建议的同时，也展现出了它对这类行为的未来立场。由于两案相似，我们仅探讨其中的一案。后一件是美国 FTC 的一次执法行为，最后它与被告达成了和解，解散了两被告设立的专利池。

1. MPEG-2 和 DVD 播放器专利池

美国司法部曾就有关 DVD 技术的专利池，以商业信函的形式作过两次回复。第一个专利池是由美国八家电子公司和哥伦比亚大学提议的。这个有关移动图像专家组（MPEG-2）的专利池涉及的是视频数据的压缩储藏标准。视频压缩是一种用于 DVD 生产的技术，它将视频图像传输到互联网并能节省数据储藏与传输的空间。这些专利池成员共同设立了一家名为 MPEG LA 的有限公司，将它们各自拥有的相关专利汇聚一处，统一由该公司管理，并授权它以各专利权人都同意的使用费价格进行一揽子的非独占性许可。而各公司也都保留了在专利池以外，独自许可他人使用专利的权利。在决定何种专利应当交付专利池、专利池应当接收哪些专利时，各公司共同组成了"MPEG-2 知识产权工作组"，由工作组聘请专家独立审查哪些专利与该专利池目的相关。该专家共评估了 800 项左右的专利，最终评定出 27 项所谓的"实质性专利"，即 MPEG-2 生产所不可替代的技术，组成专利池。专利池协议同时规定了专利池的开放性，由专家评估和决定现有及未来专利是否为"实质性"的，如果专家判定某一专利不再具有"实质性"，则应从专利池中剔除。第二个专利池是由 Philips、Sony 和 Pioneer 提议的，其目的是紧盯DVD 及 DVD 播放器的标准。

美国司法部赞同两个专利池的原因在于它发现二者都明显具有提升竞争的正面功能，特别是两个专利池包含的专利都是互补性的。我们以 MPEG-2 为例，简要地概括一下美国司法部支持这两个专利池的理由。这些支持理由主要表现为六个方面。首先，专利池内只存在着互补性的专利，每个专利都被认为是执行 MPEG-2 标准的实质性专利，不存在着竞争性专利的情况。专利池协议对实质性专利的界定也特别严格，值得提倡。它对实质性专利的要求是：①专利池中的每项技术都是独一无二、不可替代的；②专利池中的专利全部是对生产 MPEG-2 有用的。专利权人不得将竞争性技术投入专利池，只能汇集每个技术的互补性因素。其次，许可应是非独占性的。专利池中的每个专利依然由其专利权人保留进行单个许可的权利。这样，专利池就不会成为强制被许可人接受他们不希望得到的多重—揽子许可的机制。多重许可、一揽子许可时常被称作搭售，而搭售在一定环境下会损害竞争而为反垄断法所关注。其三，专利池聘请独立的专家选择哪些专利是实质性的，可以入选专利池。这样，专利池就避免了包含或过分囊括竞争性、替代性专利的问题。专利池作为这些实质性专利的联合许可人，它是一个不拥有自身知识产权的单独实体，由它来支付专家费用。另外，由于成员间对专利费收益的分配取决于各成员贡献出来的实质性专利的数量，专利费结构又为成员排除他人的非实质性专利，提供了强有力的激励因素。其四，专利池承诺让每个希望得到许可者，都能有机会以相同的条款和条件使用专利。平等使用的承诺也将消除专利池成员与其他被许可人之间任何潜在的不平等。第五，准许专利池成员在专利池以外，进行新的专利技术研发，与专利池设定的播放器标准进行竞争，以争高低。这就意味着专利池协议不存在着限制许可人开发可替代性技术的因素。如此一来，专利池也就不会抑制发明创新。最后，专利池有着明显的效率因素。它节省了被许可人生产 MPEG-2 时，不得不与各专利权分别谈判的时间和费用。从促进 MPEG-2 产品生产的角度，可以预见专利池有着提升竞争的功效。

2. VISX 专利池

第三个专利池是 VISX。其基本案情是：在美国，只有 VISX 和 Summit Technology 两家公司的角膜光学切除术（PRK）设备，即激光透视技术设备，获得了联邦药品局（FDA）的批准，可运用于外科手术。这种技术是运用激光对角膜再成形，让许多人摆脱了眼镜或隐形眼镜。于是，这两家企业将绝大多数的 PRK 专利技术组成一个名为 Pillar Point Partnership 的专利池。这个专利池其实是一个空壳机构。它的功能体现在首先汇集这些专利，然后再将这些组合起来的专利反过来全部只许可给两个专利权人使用。这两家企业以这些技术生产激光医疗设备，并把设备出售或出租给眼科医生，并转许可医生开展 PRK 医疗。专利池在授权两家企业时，要求二者必须保证医生实施外科手术过程中每使用一次激光设备，都须向专利池交纳 250 美元的专利使用费。两家企业再根据它们转许可的次数分享使用费。这实际也就确保了两家企业每次都获得 250 美元的收益。这样，它们也就没有动力去降低使用费。

1998 年 3 月，美国 FTC 指控这一专利池安排是一种赤裸裸的固定价格机制。表现在：①如果二者不设立此专利池，它们就是外科设备市场上进行技术许可的竞争对手，就会执行竞争性收费而不是每次 250 美元的高价。专利池协议根除了 Summit 与 VISX 之间围绕着制造 PRK 设备、专利许可与手术相关的技术许可等方面正在进行的竞争。②专利池协议的排他性，完全堵塞了第三者使用 PRK 专利的路子。两家企业中没有任何一家同意将 PRK 技术许可他人使用。③每次 250 美元的许可费作为消费者支付的最低价，表明使用费条款明显提高了消费的价格，是对消费者福利的侵蚀和剥夺。1998 年 8 月，FTC 与该专利池达成双方同意的判决。VISX 与 Summit 愿意终止高额收费，并解散专利池。作为对价，FTC 同意撤诉，不再追究专利池从事的垄断行为。

3. 从合理原则看 MPEG-2 与 VISX 的区别

比较 MPEG-2 与 VISX 两个专利池的差异，可以探寻二执行机构在适用合理原则时，是如何平衡专利池提升竞争的福利与反竞争后果的。首先，MPEG-2 专利池将专利局限于只有对生产 MPEG-2 有用的专利范围以内。相反，在 VISX 案中，如果没有专利池协议的话，VISX 与 Summit 将会就 PRK 设备的生产、出售或出租、相关技术的许可等，展开一场场角逐，或降低专利使用费的价格，或以后续发明挑战、超越对方的专利，以期获取市场优势。其次，两专利池在排他性方面表现各异。MPEG-2 专利池覆盖的专利可以为包括专利池成员在内的任何希望使用的人所运用，而 VISX 专利池却禁止 Summit 和 VISX 中的任何一方实行单方许可。第三，无论是 VISX 还是 Summit 都有权单独否决专利池对他人的许可。这种单方否决权保证了 PRK 技术不会落入第三方手中，为第三方所使用，也就保证了 Summit 和 VISX 两公司对 PRK 设备的完全垄断。与此相反，MPEG-2 特别设计一种机制，便于专利池就其涵盖的专利以非歧视条件向其他生产商实施许可。简而言之，MPEG-2 专利池的出现推动着新产品的诞生，而 VISX 专利池更多的是增强了 Summit 与 VISX 两家公司控制市场价格的力量。

（三）对交叉许可与专利池的竞争评估

1. 专利池提升竞争效益的评估

（1）清除障碍因素

从专利池的角度，我们可将专利大体上分为三类：阻碍性专利、竞争性专利和互补性专利。阻碍性专利通常是指一产品在至少侵犯一方一项专利的同时，也至少侵犯另一方至少一项专利。常见的例子是该产品涉及生产此产品必需的基本发明与另一项改进性发明。两种专利就是互为阻碍性专利。互补性专利是指专利必须联合起来一同使用，方能生产某一产品或达到某一目标，或一专利技术的使用会刺激另一专利的使用，或扩大另一专利的市场需求的情况。"像微软，之所以取得主导地位，原因在于开发了产业普遍接受的标准，并且与销售互补产品的企业（英特尔）建立了战略伙伴关系。"① 而其实，计算机方面的专利与软件的依赖性更大，只不过一方是专利，另一方是版权。当不同的专利生产出来的产品具有替代关系时，它们呈现出来的就是竞争性专利关系。一般而言，对阻碍性专利和互补性专利的交叉许可与专利池安排，会有助于提升竞争。当专利持有人拥有相当多相关专利技术时，推动竞争的可能性会更明显。他们要求组成专利池的愿望也会更强烈。

（2）整合互补性专利

专利池既会包含某些"互补性专利"，也可能涵盖某些可以互相替代的"竞争性专利"。从覆盖着的"互补性专利"看，专利池可以发挥着提高经济效益的潜在功能。当生产某一产品的实质性、互补性专利为数家企业分别拥有时，每家企业都从主观上会产生阻碍他人发展新技术、制造新产品的动机，乃至这方面的战略意图。从这一角度看，专利池对于保留发明动机、清除创新障碍有着正面意义。从交叉许可看，这一正面意义更加清晰——当两个专利权人彼此需要对方的专利，才能从事新产品的生产，且唯独他们才具有生产这一新产品的现实能力时，交叉许可能够有效地促使双方共享技术，并导致了新产品的诞生。这种交叉许可又会因互免使用费而优于单方许可——它在推动两家企业同时进入该产品市场的同时，并未提高产品的边际成本。而如果非专利权人也有条件（能力）生产这一产品时，专利池许可第三方使用这些专利进行生产，其经济意义会更大。且因专利池形成后的信息汇集功能，使得被许可人生产的边际成本下降，最终将降低了产品的售价。事实上，如果没有专利池或交叉许可，这类新产品可能根本就不会产生，或即使产生，价格也会保持在比较高的价位。竞争者之间整合阻碍性专利组成专利池，对运用新技术"经常是必需的"，而交换专利权与分配使用费对于解决阻碍性专利引起的专利诉讼（或诉讼威胁）、解决权利要求的冲突和促进技术进步是有益的。如果所有的生产厂商都能以合理性的使用费获得专利池技术的使用许可，"这样的交换就会提升竞争而不是限制竞争"②。专利池"通过整合互补性技术，减少交易成本，清除（技术）障碍，避免高昂的侵权诉讼（成本）"而产生经济效益。合并互补性知识产权，特别是含有阻碍他人使用因素的知识产权，然后将之共同许可给希望使用这些知识产权的厂商，是扩大知识产权应用和提升竞争的一种有效率的方式。专利越是互补性的，专利池提升社会福利的功能就发挥得愈加淋漓尽致。与包含替代性技术的专利池相比，包含着互补性技术的专利池或交

---

① 戈登·沃克著、刘刚译：《现代竞争战略》，中国人民大学出版社 2006 年版，第 3 页。

② Standard Oil Co. V. United States, 283 U. S. 163, 171 (1931).

叉许可更能"经受住"反垄断的严密审查。

(3) 避免诉讼

今天,在知识产权的重要性与日俱增的大背景下,与知识产权有关的诉讼亦水涨船高。一件产品的制作可能涉及的专利林林总总,其中还暗含着诸多的专利,一不小心就可能"触雷"而遭侵权之诉。借助交叉许可与专利池,减少诉讼,有助于经济领域的和谐共生,乃是一种有益之举。早在 1974 年美国法院就认识到了这一点,认为通过专利池协议,既推动了多项专利在合理条款下的许可,促进了技术进步,也解决了各专利权人在许可费方面的争执,降低了诉讼的风险,节约了经济发展的成本。1977 年,美国一地区法院也认可了交叉许可对专利权人的和解以及减少诉讼的积极意义,并称被告间的交叉许可协议有着保护各自专利的合法商业目的,拒绝了原告的反垄断请求。但专利池或交叉许可的专利,如果其专利要求本来为相互阻碍性的,则其反竞争的一面可能较为突出。执行机构对此问题也较为谨慎。1995 年指南在 §5.5 中,对竞争者之间设定的专利池与交叉许可,则会严密审查,以鉴别与评判其在降低竞争与提高效率方面的功过得失。

(4) 降低交易成本

专利池也是克服反公有悲剧的重要之举,尤其是它能够卓有成效地解决高交易成本。各专利权人及使用者之间就技术合同反复进行的磋商,抬高了交易成本,是促使权利人将其专利放置一处,从而形成专利池的一个重要原因。交叉许可与专利池在克服反公有悲剧方面的积极作用,表现在它们通常有助于减少参与各方交易成本的积极功能,提醒执法者在对之分析时持谨慎态度,而不能随意贴上阻碍性专利或互补性专利的标签。这类标签自身存在着诸多问题。这类标签的使用,常会不正确地暗示人们,要将专利池视作一个个的巨无霸,而其实,它们中的每个专利都有其自身的要求,专利池与其中的单个专利在权利要求上并不完全一致。以著作权集体管理为例,虽然版权法授权版权人有着从公开表演作品中获益的排他性权利,但对权利人而言,要他们与每个使用者逐一谈判、发放许可,再进行监督,查寻非法使用人,几乎是不可能的事。而著作权的集体管理为这一问题提供了解决之道,充分地促进了竞争。"著作权集体管理为众多的作者和版权使用者提供了一种可接受市场交易机制,在降低版权交易和版权侵权监督成本,促进版权权利人的利益充分迅捷地实现方面具有不可替代的优越性。"[1]

---

[1]　郑友德、欧广远:"著作权集体管理与反垄断法:美国的经验与启示",载王晓晔主编《经济全球化下竞争法的发展》,社会科学文献出版社 2005 年版,第 56 页。

2. 对交叉许可与专利池反竞争后果的评估

(1) 专利池成为权利人获取市场力量的源泉

专利池有时通过控制生产某一产品所必需的技术即所谓实质性专利，而获得市场力量。这是反垄断法关注专利池的一个重要原因。专利池获取市场力量的方式主要有三种：一是汇集互补性专利。如果汇集互补性专利的专利池没有竞争对手的话——不存在着可替代性技术或可替代性技术的成本过于昂贵，它就能行使市场力量；二是将可替代性专利汇入专利池。如同生产竞争性产品的多家公司合并成为一家垄断企业，从而获得市场力量一样，专利池也可以通过汇集替代性专利而控制市场。通过掌控替代性技术，专利池就能将专利使用费提高到竞争水平以上，而且，如果下游市场上的替代性产品短缺的话，专利池还能够提高这些技术生产的产品的价格；三是通过产业标准化，锁定专利使用者。产业标准化的确定，某种程度上会"授予"专利池以市场力量。原因在于标准未确立之前，生产者对专利技术的需求可能是有弹性的、有选择的，而标准确立后，生产者就不得不依附于这些专利，它对某些专利的需求变成刚性的、无可选择的，否则就会因无法提供合乎标准的产品而被阻挡在市场之外。

(2) 减少专利池成员间的竞争

专利池作为专利权人之间达成的直接减少相互竞争或间接降低竞争度的协议，其限制竞争的作用极为明显：一方面，竞争性专利的所有人设立专利池，不仅能够限制专利池成员间的竞争，还能通过商定一个垄断性的专利使用费或协商同意不向其他竞争者实施专利许可，从而共谋限制这一技术市场及其后续产品市场的竞争；另一方面，专利池还可能牵涉到权利人与潜在的被许可人图谋压制知识产权产品的竞争，并直接干预产品价格。

专利池可能是专利权人为影响下游产品的价格而达成的协议，以固定价格、产出限制、地区限制和分配消费群等。专利池不仅会消除替代性专利之间的竞争，还可能被运用专利进行产品生产的厂商用来共谋限制下游产品的竞争。同样，替代性专利的所有人也以提高使用费为目的组建专利池。专利池可能被替代性专利的所有人当作共谋的掩饰。"交叉许可和专利池协议在某些情况下有着反竞争的效果。比如，专利池协议中的集体定价或限制产出……如果没有整合参与者的经济行为以提高效率的功效，将被视为非法之举。"① 有时，专利池甚至可能带来减弱竞争动机的副产品。专利池协议对成员须许可各自当前及未来技术的约定，有可能挫伤成员继续从事创新、发明的内在驱动。这一

---

① DOJ & FTC, *Antitrust Guidelines for the Licensing of Intellectual Property* (Apr. 6, 1995), § 5.5, at 28.

要求不仅可能构成一个减缓新技术开发的共谋协议，还会引发一些专利池成员搭另一些成员未来发明努力便车的问题。比如，一些向成员免收许可费的专利池协议，要求成员将未来改进性技术或新专利也纳入专利池，进行零使用费许可，必然会动摇专利池成员后续研发的热情。

（3）排斥竞争

专利权人组建专利池时，也会想方设法阻止竞争对手获取这些专利。常用的方式就是在签署专利池协议时，就加入"专利许可要得到全体或多少比例专利池成员的同意"之类的条款，从而在许可时剔除掉真正有竞争力的企业或潜在的竞争对手。这类条款有时会触及反垄断法，特别是当专利池囊括了生产某一产品的"实质性"专利而取得市场力量时更是如此。控制专利池的下游竞争者也有着限制他人进入同一市场的内在冲动，主导性企业与其他一些专利权人成立专利池，并拒绝对手使用这些技术的情况屡见不鲜。美国法院一直担心这一市场力量可能会通过拒绝竞争性厂商使用所需技术或提高对手的成本，被用来关闭下游市场的竞争。

（4）以搭售实质性或非实质专利，排斥对手的技术

专利池对下游生产商的授权表现为一揽子许可。这常被人指责为以实质性专利捆绑非实质性专利，从而构成非法搭售。美国最高法院在 1969 年宣布，使用"专利杠杆"以扩展专利垄断权属非法行为。最近发生的 ITC 案中，Philips 与 Sony、Ricoh、Taiyo Yuden 组成一个专利池，并以其对实质性专利（即生产 CD 所必需的技术）的控制力为杠杆，在专利池中加入非实质性专利，并强迫被许可人全盘接受。这种一揽子许可协议因添加了非实质性技术而对市场竞争产生了负面影响。

六、民间标准化组织中知识产权和反垄断法的冲突与协调

中国有句古话，"不以规矩，不能成方圆"。它反映了标准化的概念由来已久。在今天的知识经济大背景下，人们越来越认识到制定全行业范围的标准，使相关产品相互兼容，可形成一种所谓的"竞争福利"。于是，一些竞争者纷纷放弃了 20 世纪 70—80 年代，类似于 Betamax 和 VHS 录像机那种靠价格战等方式，消极等待消费者被动选择标准的做法，改变为积极联合其他同仁，在标准化组织或同业公会中选择全行业的新的技术标准。从总体上看，标准化在降低成本、扩大信息流通、促进产品兼容和提高规模经济等方面，有着积极的功效。但由于标准化人为地影响和改变市场结构，让某些企业游离于市场竞争的压力之外，它对竞争的潜在威胁不容忽视。反垄断法必然要对标准化组织（包括成员及组织雇员）的行为保持高度警惕。

（一）民间标准化组织引起的正、负竞争效果

1. 标准化组织的正社会效应

一是标准化对不同企业生产、销售的产品采取一个标准，使之相互兼容，有助于刺激这一标准化产品的竞争活力，特别是强化其价格方面的竞争，扩大该产品的使用范围。在某些领域，对标准化的需求非常强烈，如果没有标准化，就不可能出现有效地竞争，美国高科技园区发展模式硅谷的成功与128公路的失败就说明了这一点。硅谷企业对标准化的追求及内在的合作文化，使其产品能迅速为社会接受。标准化能有效防止和化解贸易壁垒，促进技术合作。标准化程度越高，产品成本越低。

二是民间标准化组织通过收集产品安全、服务、性能等方面的信息，确定的标准有利于保持产品与服务的技术价值，提高产品与服务质量，便于企业实施相应的管理和监控。面对厂商，消费者在购买商品、接受服务时处于信息劣势，得不到相关的资讯是一种常态，特别是所购物品为"体验品"之时，而标准化能有效地解决因买卖双方信息不对称而可能导致市场萎缩的问题，具有明显的促进经济发展的功能。

三是标准化能够改进产品、过程和服务的适用性，还推动着整个产业链的快速、健康发展。以手机的标准化为例，它有利于应用软件为提供商提供更多、更丰富的应用软件，用户可以更加充分、便捷地使用运营商的服务，对双方都是一件好事。手机在发展到了智能手机阶段之后，已经产生了类似PC机的逻辑结构：一方面硬件平台之上，有操作系统，操作系统之上是应用。如果手机的应用业务也都实现标准化的话，它就能与计算机进行更好的联通，对未来人们的生活将带来巨大的便利。而且，正是PC与高清晰度电视的标准化，才让比尔·盖茨2007年1月27日在世界经济论坛年会上喊出"互联网五年内'颠覆'电视"的豪言壮语。另一方面，标准化意味着产品同质化，意味着价格战，这是高利润的最大敌人。

2. 标准化组织对竞争的损害

从反垄断法的视角看，一般认为标准化组织很难与反竞争行为脱离干系。因为大多数的标准化组织是由竞争对手组成的，是他们进行产品信息交流的平台，并经常就未来产品的生产等进行协调——实质上往往是共谋。标准化组织因其反竞争行为，进入反垄断法的视野，大致有三种情况：一是标准化组织可能推动共谋。确有一些标准化组织完全就是竞争者为进行价格和产出限制目的而创立的，有些标准化组织即便是合法成立的，但它的确又主要是作为为竞争对手提供收集与交流信息的平台出现的，便于竞争者之间从事非法的共谋。法

院在审理时还发现，一些标准化组织对某些产品的标准化认定，有助于维持产品的统一定价，异化了竞争者监督对手的价格与产品供应，防止对手经营时偏离卡特尔的决定；二是标准化组织可能强制对产品与服务施加某些限制，最终抬升了价格。可以说，某些民间标准化组织成立的目的就在于此；三是标准化组织可能不必要地限制产品的多样性，减少了消费者的选择机会。产品的标准化有些是必需的，也些则是不必要的。对多数产业而言，竞争能带来差异性的产品，会增加选择机会等消费者福利。世界应当是多元和丰富多彩的，不应是一元、单调的。至少在一些行业，标准化并不能带来多少显著的社会效应，反而因有效地排斥产品的多样性而限制了价格竞争。

（二）民间标准化组织拒绝会员资格的反垄断问题

民间标准化组织是否具有开放性，与其有无反竞争性密切相关。如果民间标准化组织是开放性的，它就能广泛地利用业内人士特定的专业知识更好地实现促进经济发展的公益目的，并最小化政府的监管。这时，它就可能有助于保证和保持产品质量及其安全性能、技术标准的协同、设计的兼容性等。而且，民间标准化组织还较政府制定标准、进行监管灵活便捷，成本低廉。但由于民间标准化组织的实质是通过行业组织和贸易联盟将"竞争者"组织到一起，因而存在着诸多反竞争问题。虽然其目的在于为产品设计、安全标准等达成共识，但也为企业进行价格、产量、市场划分、资本投资等其他方面的战略问题提供了良好的讨论环境，特别是在标准化组织为一小部分竞争者所把持的情况下，其进行价格合作的可能性就会大增，在提供的服务性质和范围方面就可能达成不利于消费者的联合，市场准入就会受到联合的阻碍，且会减少产品及其生产过程中的创新。

这样看来，如果标准化组织设定的标准既对非会员产生了排挤作用，又使会员们拥有长期的市场力量，且这一组织只向行业中的部分企业开放，此时拒绝行业内企业的会员资格申请等就会引起反垄断问题。甚至于名义上是开放的民间标准化组织，如果实际上其参与决策（如投票）等权力掌握在一部分成员手中，也同样会带来这样的问题。反垄断法对待民间标准化组织排斥行业内成员的加盟有两种办法：一是标准化组织的这一闭关政策会被当作横向的群体性联合抵制或拒绝与竞争对手交易。但反垄断法对这一闭关政策的禁止力度有多大尚不清楚。在 Indiana Federation of Dentists 案中，美国最高法院同样锁定了联合抵制者是否占据市场主导地位，依然运用合理原则，快速审查了牙医们拒绝向保险公司提交信息的协议。此案之所以被判违法，根本原因在于牙医们无法证明他们的行为具有提升竞争的正当性。二是反垄断法将民间标准化组织视作"基础设施"，而要求其必须以合理与非歧视的条款向他人提供接入服务。在 Terminal Railroad Ass'n of St. Louis 案中，美国最高法院要求圣路易斯枢纽铁路公司等 38 个被告，必须以非歧视性条款向竞争者开放其共同拥有的一座横跨密西西比河铁路桥及一些终端设备。法院认为使用这些设施是开展业务，进行竞争的必要的前提条件，被告们联合一致拒绝其他经营者以合理条款，使用这些基础设施，是不能容忍的。美国第七巡回法院还运用基础设施原则作出了一个举世闻名的判决，强制垄断地方电话的公司以相同的条款，对全部长途电话运营商实行互联互通。

标准化组织有时会被外力逼着实行"对外开放"。1996 年美国 FTC 在《展望 21 世纪：高新技术和全球化市场中的竞争政策》的政策声明中，肯定了在某些情况下，民间标准化组织必须开放成员资格。在标准化组织涉及竞争者的排除行为或成员公司寻求获取控制市场标准时，反垄断法不能无动于衷。但在评估标准化组织反竞争的排挤对手行为时，还要兼顾到行为有无合理性的一面，特别要关注到排除对手是否为避免搭便车之需，以及对手没有达到标准的技术要求等。如果标准化组织对成员资格的限制纯粹是从参与者的数量或规模等出发，则此标准化组织很可能是一个卡特尔，特别在网络市场，参与者数量越多，越有利于社会福利的实现。简而言之，标准化组织在下列几种情况下，应当强制其执行"门户开放政策"：①标准化组织为竞争者之间的联合，而没有纵向关系的会员。此时标准化组织采取了排斥竞争对手的行为；②由于标准化成员联合起来具有市场力量，成员资格赋予每个参与者市场优势；③这种竞争优势通过加入标准化组织以外的其他方式（如标准化组织公布的标准等），无法获取；④排除竞争者参与标准化组织没有充分的合法商业理由。从避免反垄断法纠纷的角度，标准化组织对所有的希望加入者，只要符合其规定的入会条件，都持欢迎态度，是可行的。而对那些不涉及设定或认可标准，而只希望推动商业交易的组织（如前面提及的西北公司）来说，离反垄断法的触角就较远。但像西北公司这样的传统采购组织，如果拥有明显的市场力量的话，将其放置到具有网络效应的市场，其拒绝购买某些产品或拒绝向某些企业出售产品，就可能引起反垄断法的关注。也就是说，在新兴产业，哪怕是采购组织，若要想远离反垄断法的干预，较为保险的办法之一就是尽可能地实行开放政策，对标准化组织更是如此。

（三）民间标准化组织对标准认定中的反垄断问题：以拒绝认定标准为例

1. 标准化提议被拒方与标准化组织内拒绝方的关系探讨

标准化提议遭到拒绝的一方，与标准化组织内反对提议的成员之间经常会有着横向或纵向的关系。这里的横向、纵向关系的区分与垄断协议对二者的区分持相同的标准。比如，德州仪器公司提出一个芯片尺寸封装（CSP）的技术标准，此时美国芯片制造商英特尔公司、AMD、中国台湾的台积电、日本的Elpida Memory、韩国的Hynix等这些标准化组织的成员就与之是横向关系。而如果德州仪器公司向由购买而非生产CSP的计算机生产商组成的标准化组织提出同样的请求，此时它与后者的关系就是纵向的，而非竞争性的横向关系。而有着横向关系的竞争者或潜在竞争者推动否决提议时最为卖力。因而，区分标准提议者与反对者的关系对审查标准化行为对竞争的损害非常重要。标准化组织中与提议者有着横向关系的企业及其代理人，有着强大的内驱力去否决提议，而不计提议的技术价值。如ASME案中，美国机械工程师学会这一庞大的标准化组织的一名官员是一家企业的代表，他以该标准化组织的名义写信去损害其公司的竞争对手。美国法院认为他此举着眼于其雇主（公司）利益，却违反了反垄断法。而如果标准化组织内的成员与标准提议者处于纵向关系时，它们即使否决提议，也不太具有反竞争动机。因为拒绝这一提议与其对产品或服务的需求、成本、质量等关系较远，而且，即使是一个垄断者，它也总是希望其上、下游市场都处于充分的竞争之中，这最有利于实现其利益的最大化。在Boating Industry Ass'n案中，原告Moore是拖船潜水尾灯的生产商，其关于潜水尾灯标准的提议被拖船生产商组织所否决。第七巡回法院认为同业公会中的会员资格不足以构成限制贸易的充分证据，因为会员与原告是纵向关系——前者是后者产品的买方，因而没有动机去实施反竞争行为。也就是说，当反对提议的标准化组织成员与提议者是纵向关系时，很难探知到前者不顾技术价值、否定后者提议的动机何在。由此看来，如果标准化提议遭拒绝方与标准化组织内反对认可此标准者不是横向竞争关系，前者因提议被拒绝而提起的反垄断诉讼就不大可能胜诉。反垄断法不会为标准化组织损害或威胁竞争的非理性或错误的决定，提供救济。从结构上看，如果双方不是处于同一市场上的竞争者，反垄断法贸然介入标准化组织的内部决策，随之而来的大量案件不仅会让法院难以承受（这是法官们所不愿看到的），更可能产生妨碍经济发展的后果。

2. 市场力量与拒绝后果的关系探析

标准化组织或其成员联合起来，是否具有支配性市场力量，是度量其拒绝标准化提议后果的一个尺度。市场力量是决定标准化组织否决提议标准能否构成反竞争行为的一个必要条件。如果不具备这个条件，标准化组织在这一市场中的地位不高、成员的市场份额很少，其拒绝与否都不会对市场、对竞争秩序有多大的影响，反垄断法对此不应关注。而即便是标准化组织成员联合起来占据着市场主导地位，标准化组织否决一项标准化提议的决定也不大可能会冲击竞争秩序，除非这一提议的标准本身对市场而言是非常重要的。

"民事侵权可以建立于非法目的或反竞争后果的证据之上。"① 纵使标准化提议者与标准化组织内的反对者同处一个市场，拒绝提议的行为也只有在对竞争造成明显不利影响时，才能启动反垄断程序。在 Intel Corp. 案中，MultiVideo Labs 就因没能证明 Intel 否决其认证提议并不能带来提高价格、减少供应或降低质量的市场影响，而被判败诉。而要证明否决标准化提议对市场有着事实上或法律上的严重负面影响，最有力的证据就是标准化组织制定的标准具有强制性。如果标准化组织制定或认可的标准能够为法律所采用，或为市场所广泛接受，与其标准相异者将被有效地与市场隔绝，该标准化组织拒绝标准化提议的行为对提议企业的杀伤力就显得异常大，拒绝的反竞争后果就十分明显。如 Peoples Gas 案中，美国煤气协会及其成员达成的拒绝向未经其认证的燃气器具用户售气的协议，对燃气器具市场的竞争具有显著的不利影响。同样，联合管道案中的美国国家消防协会拒绝原告生产的质优价廉的聚氯乙烯电管，而批准了钢管用于建筑之中。绝大多数的地方议会或政府都是例行公事式地采用该协会制定的标准，不获该协会认可，聚氯乙烯电管就无法进入市场。由于该协会排除了技术进步与发明，致使聚氯乙烯电管无法面世，扼制了市场竞争，因而，拒绝这一标准化提议就具有反竞争属性。相反，根据波斯纳法官的观点，如果标准化组织必须在几个标准中间选择一个的话，排除哪一个都不意味着危害竞争，因为这本来就是用一个垄断替代另一个垄断。

虽然并非所有的标准都能获得市场力量，但选择某一标准（特别是排他性的选择）可能影响到标准制定者对市场的控制力。选择一种标准，对其所有人而言，是保护或加强其市场地位，对拒绝者则是削弱其市场影响力。这也正是竞争者希冀标准化组织选中自己的标准，不遗余力地反对对手提议标准的根源所在。标准的选择只有在其伤害到竞争，即二者有因果关系时才可能"扣动"反垄断法执法的扳机。同时，还要探寻知识产权在竞争市场中扮演的角色。由于像专利和版权赋予其所有权人排他性生产、出售的权利，如果专利或版权被标准化组织纳入到一项协议或产品之中，成为一个产品标准，就等于赋予了知识产权人排他性使用这一标准的权利。权利人可以许可他人使用这一标准，也可以不许可，尤其是当对方是其直接的竞争对手时，被知识产权所控制的产品标准的排他性更强。不仅这一产品市场会为标准所制约，标准还会为

① United States V. United States Gypsum Co. , 438 U. S. 422（1978）.

知识产权人所在的企业所控制。此时，竞争将受到选用的标准是否公开的严重影响。也就是说，不仅标准化组织在选择标准时，要公开透明，在选定标准后的实施阶段，也要公平公正地向他人开放。标准所有人应当同意无歧视地、以合理价格向所有愿意使用这一标准者实施许可。这当然不是说拒绝一个标准提议就是包含着反竞争问题，但选择的标准覆盖着什么样的知识产权，则会对竞争有着各自不同的影响。

3. 意图问题

探明行为人设定标准时的意图有助于了解它对影响竞争的后果持什么样的态度。如果确立的标准对竞争有不利的影响，意图还能用来解释这种后果究竟是标准化组织时常会无意间犯的一个错误决定或是好心办坏事，还是标准化组织或其成员有意而为之。一般来说，如果标准制定过程中，标准化组织既能够摆脱成员的压力，也不为第三方的意志所左右，不折不扣地独立决策，就不会涉及反垄断问题。如果标准化组织是合法的，其根据正常规则，不具限制竞争意图地作出技术性决定，拒绝了某一标准提议，不会产生反竞争的不利后果，也就不可能构成违法。

判定标准化组织有无反竞争意图将是很困难的一件事。但这可以从审查标准化组织成员在投票及其他与制定标准相关的活动中，是否有着反竞争动机，作出推定。这又要进一步去追寻这些成员都是哪些企业，他们与被拒绝提议者是什么关系。直接的竞争对手如果能从拒绝提议的标准而可能获益的话，它们就会有着拒绝的动机。如果提议者与反对者双方是横向关系，且拒绝也显示出不利的市场后果时，基本上可以推断出反竞争意图的存在。当标准化组织中的某些成员的确有着反竞争意图，下一步就要追问这些成员的意图是否内化或转化为组织的意志。这又要接着探寻这些怀着不正当动机和意图的成员，在标准化组织中的能力有多大，在标准化组织作出拒绝提议决定时，他们扮演着什么样的角色，发挥着什么样的影响力。由于 OSF 成员在 Addamax 的标准化提议中所涉及的技术方面也有较大的投资，美国法院拒绝了 Addamax 针对 OSF 的简易判决请求。此时，法院倾向于将标准化组织的责任转嫁到极力反对、主导或操纵拒绝提议议题的成员。

意图也可能在推断反竞争行为的事实特征与后果方面扮演着重要角色。"许多判决依据被告的意图决定行为的合法与非法，根据'目的和后果'测试确定责任的有无。把意图视作考量行为是否具有限制贸易实际后果的因素。"[①]意图总体上还是犯罪构成的一个不可或缺的要素，但仅凭这一点并不能够推断

---

① Milton Handler, *Antitrust*, 78 Columbia LR 1363, 1402 (1978).

行为人违法。第五巡回法院的判决就表明："虽然意图的证据可能帮助法院检验被告行为对市场的影响，但根据合理原则，单靠一个坏的意图不足以构成违法。"①

4. 标准的价值探寻

无论拒绝还是认可一个标准，其行为是否具有反竞争性，一个关键因素就在于这一标准从技术角度是否具有价值意义。技术价值的有无及程度高低对产品质量、对经济发展、对消费者福利都呈正相关。而只有没有多少技术价值或者说低技术价格的标准代替高技术价值的标准，才可能带来反竞争后果。当反垄断原告能够证明标准化组织选择某一标准或拒绝某一标准时，怀有反竞争目的，且这一抉择导致相关市场的竞争程度减弱，这一标准的决定过程就不大可能太在乎技术价值。而如果标准化组织或被告能证明它们选取的标准在技术上较拒绝的标准提议，更有优势，更能促进消费者福利的增长，则从反面认证了这一标准化过程不含反竞争因素。笔者认为，即使是采纳某一标准的确会强化相关市场内处于主导或垄断地位的企业的市场力量，但只要这一标准更具技术优势，有利于技术进步，能使主导或垄断企业为社会提供更质优价廉的产品，消费者购买此商品支付的对价更低，反垄断法就不应当为被拒绝的标准提供救济。在被拒绝者提出标准化组织或其成员拒绝行为有着反竞争意图和反竞争的市场后果时，被采用的标准在技术价值上优于被拒绝的标准的举证责任应当转移至被告。美国法院目前的做法仍然是将举证责任交由原告承担。笔者不赞同这一做法，因为标准化组织或反对提议的成员当然清楚所待定标准比起否决的提议在技术价值上孰优孰劣，它们本来就有责任说清它们确定标准、拒绝提议的缘由。对原告而言，无论它是被否决的标准提议者，还是第三人，都不大可能获得多少这方面的资讯，不太可能了解所确立的标准在技术价值上到底是高于还是低于拒绝的候选标准，又高多少或低多少。我国的反垄断立法与司法应当比较好地解决这一问题。

七、知识产权纵向一体化行为中的主要反垄断问题

纵向一体化也称纵向联合或纵向整合，是指对货物从原材料、加工、销售直至最终消费者的生产与流通过程中的两个及两个以上环节的拥有或控制。它包括纵向合并与纵向协议两种形式。发生于上、下游企业间的纵向一体化，最常见的形式还是契约式的安排，真正的并购方式还是比较少见的——但它对竞争的损害也是最严重的。从纵向协议看，主要表现为一家企业就应用于其商业

① Northwest Power Prods. V. Omark Indus. , 576 F. 2d 83, 90 (5th Cir. 1978) .

过程中的另一家企业的一些原材料、配件以及知识产权等，达成相对长期的安排。从知识产权许可的角度，反垄断法对一个纯粹的契约式纵向一体化的关注主要集中于以下四个方面。

（一）提高对手成本与增设准入障碍

纵向一体化能够有效地提高竞争者的经营成本，如通过排除交易、合并、歧视性待遇等方式，使对手无法与其他竞争者平等地得到足够的原材料、要求只能从某一经销渠道进货、无法实现规模经济等，来达到扼制竞争、关闭市场的反竞争目的。

扼制竞争、关闭市场的结果可以由多种纵向一体化行为实现，而纵向合并对促进这一结果的发生又最有效、最彻底。比如，一家有线电视台对一家制作有线电视节目的文化公司的收购，就会导致在其节目中，只播放刚被电视台兼并而成为电视台一个创作部门的艺术家们的作品，拒绝购买、使用以前的合作单位的节目。这一因纵向合并而带来的排除交易，不仅可能让其他文化单位因无法出售（出租）自己的作品而不能开工或充分开工，更不要奢望实现自己理想的所谓规模经济了。即使电视台不是全部拒绝交易，而只是宣布准备限制交易的数量，也会让创作单位不寒而栗。事实上，即使是一个市场占有率相对较低的纵向合并，也会引发这些后果。

（二）闭锁市场

前几年闹得沸沸扬扬的美国政府诉微软案，今天仍以相同的案由摆置于欧盟面前，而且还附带上了微软刚刚推出的新版操作系统 Vista。其实，一系列的微软案一直在提醒世人这样一个问题：在知识经济背景下，特别是对信息产业，一个占据市场主导地位的企业关闭市场，拒绝可能是竞争对手的下游企业的市场准入，公共权力该如何反应？微软在视窗操作系统拥有垄断力量，而离开视窗操作系统的支持，互联网浏览器、文字处理软件及其他应用软件就无法从互联网获取数据，浏览器就失去了用武之地。如同传统产业一个拥有基础设施的企业拒绝竞争对手使用这一基础设施会扼制市场的竞争，在高新技术产业，一支独大的企业巨头也能通过纵向限制，使对手远离其所必需的"输入"资源或分销渠道。这实际上是微软以拒绝许可为手段，扼制了竞争，关闭了市场。我们假设微软有以下三种选择：①开发自己的浏览器，将它与视窗操作系统打包销售；②收购一家在生产浏览器方面有着版权和专利的厂家，同①一样将它与视窗操作系统打包销售；③从一家浏览器厂商处获得许可，并保证将其浏览器与自己未来的视窗操作系统捆绑销售，不允许其他浏览器运行于视窗操作系统。

一般而言，垄断企业能够依托杠杆作用，获取分销链中单个环节的全部垄断利润。今天，人们更多的注意力集中在了对潜在竞争者、对产品未来发展以及社会福利的损失方面。像微软将视窗操作系统与浏览器捆绑销售，一方面降低了他人进入这一市场的热情，减弱了开发浏览器的动机；另一方面，也延迟了新的操作系统的面世。第一种情况之所以发生，在于搭售行为压缩了被搭售产品（我们这里仍以浏览器为例）的市场空间，使生产浏览器获利的机会大为减少，最终殃及开发浏览器产品的信心与动力。第二种情况之所以发生，在于浏览器最初就依赖于视窗系统。而浏览器要有新的发展，就必须至少包含许多操作系统的功能，让顾客接受它。它要成为具有市场力量的企业（如微软）操作系统的替代物而不是补充物。市场主导企业的搭售策略势必阻止浏览器的竞争和发展机会。

（三）知识产权独家许可对市场的关闭作用

知识产权许可协议中如加入排他性条款，可能会与排除交易、搭售乃至合并等限制竞争行为殊途同归。如果市场主导性企业在接受某一专利许可时，要求权利人只能向其实施独家许可，也就意味着排除了其他竞争对手获取授权的可能，竞争对手由于缺乏这类先进技术，就无法进入同一市场进行竞争，或者由于技术落后，产品或服务质量与主导企业相比，就只能处于劣势。

独家交易协议对有着网络效应的行业，其扼制竞争的效果更甚。假如开发一个与微软不同的操作系统需要投资 1 亿元，其合理的竞争性价格为每台电脑应支付 1000 元，那么需要 100 万台计算机使用这一系统。而如果微软作为具有市场力量的操作系统生产商，与计算机制造商合并或签署长期的协作协议，要求计算机制造商只能安装它的操作系统，拒绝其他软件。再假设微软的纵向一体化导致剩余的计算机操作系统市场不到 100 万台，则安装使用新的操作系统的成本肯定会抬高。这对新操作系统进入计算机市场是极其不利的。其开发商就会发现要在这一领域站稳脚跟是非常不易的。尤其是对新经济行业而言，网络效应十分的明显，路径依赖、用户锁定使消费者一旦选定某一产品后，很难再有选择替代产品的余地。这当然有助于已有企业利用市场优势地位抢占某一产品市场或服务市场，便于在技术领域形成瓶颈垄断。当然，要顺利实现关闭市场的目的，行为人必须居于市场支配地位。知识产权人也是理性人，也在追求着利益的最大化，他总是希望将知识产权许可给尽可能多的人。只许可给一人，就可能受制于这个人，其产出就会受到影响，许可费也就随之下降。

（四）推动上游企业的共谋

纵向整合明显有助于上游企业间的共谋。它表现于两个方面：一是纵向一体化使得价格公开透明，至少便于对手通过其他数据进行推算和证实；二是纵向一体化也降低了消费者在不同卖方间的比较、谈判、讨价还价的能力，以投票式的"要挟"完全失效。比如，经过多年的竞争洗礼，中国空调市场上只幸存海尔、海信、华凌、格力等为数不多的几大空调厂商，而它们又面对着一批像苏宁、国美、五星等精于谈判的大买主。每种空调售予每个经销商的价格都是分别谈判来的，这些都是商业秘密，他人无法窥视得到，只是在寡占的市场结构中，通过博弈论，它们会推算他人成交的价格与条件等。买卖双方都处于少数寡头企业的情景下，会有助于寡头间的共谋、协调行为以及通过高准入壁垒限制竞争对手进入市场的寡占行为，从而削弱了市场的竞争性，产生超额利润，导致不良的市场绩效，造成资源配置的非效率或者社会福利的净损失。但要它们真正建立与维持价格共谋也都很困难。一家企业也可以长时间暗中降价而不为他人发现，但如果此时的空调生产商并购了他们的销售商（或与他们签订长期独家经销协议），生产商对销售一竿子插到底，空调零售的价格就会一目了然，其他的经销商要想隐瞒降低、打折就不那么容易了。对经销阶段的控制有助于生产商之间的沟通与交流，便于他们"团结"起来，共同采取协同行动，防止、制止、阻止精明的买方多方打听，货比三家，从中渔利的可能。经销商的要挟被生产商的纵向整合解除了。这种纵向整合至少有合并、搭售、排除交易三种方式：①合并。即取得已被"俘虏"的经销商的资产；②搭售。即经销商为换取使用生产商的商品和品牌，承诺只出售（出售）生产商的商品；③排除交易。即供应者与经销方签订长期排他性交易协议，后者保证其零售连锁店只从前者处进货也只销售前者的商品，或前者只向后者供货。这样，每个经销商与特定供应方建立起永久至少是长期的关系，并为这一关系有效地锁定、套牢。虽然人们对以知识产权进行的纵向一体化，在推动上游企业共谋方面的研究尚且不多、不深，但基于传统产业内纵向一体化大大异化了上游企业之间开展共谋的教训，对这一问题还是不可掉以轻心的。

结语：构建我国规制知识产权滥用的反垄断制度

今天，我国在保护知识产权方面既存在着不足，更存在着知识产权的滥用问题。作为"世界工厂"和知识产权最大的进口国、知识产权最主要的"躯干国"，我国长期以来深受知识产权出口国、"头脑国"的欺压，一直饱受知识产权滥用之害。很多情况下，我们不得不违心地过分保护人家的知识产权，为他人作嫁衣。随着经济全球化的日益加剧和快速推进，特别是我国加入WTO 以后全方位进入国际经济体系，越来越多的跨国公司将我国作为激烈角逐的经济战场。大型跨国公司来华投资已经成为我国吸引外资的主要渠道，据统计，世界 500 强企业中已有 400 余家到华投资设厂。在此过程中，跨国公司逐渐在我国的一些行业占据了优势竞争地位，甚至是支配性市场地位，获取了市场力量，乃至垄断地位。一些巨型企业凭借其技术优势肆意实施垄断行为，妨碍或损害了竞争，影响了我国的市场结构，甚至人为地构筑了行业准入障碍。同时，涉外知识产权争议频起，不仅涉及领域广泛——从打火机到剃须刀，从摩托车到汽车，从彩电到 DVD，从数码相机到电信设备，且对这些行业内企业的生存与发展也都带来了巨大的压力和威胁。知识产权头脑国及其企业正在利用和滥用知识产权霸权，打压我国企业，遏制我国企业的进一步壮大，形成足以挑战其优势地位的竞争力，企图将它们扼杀于摇篮之中。中国企业和消费者面临外资企业技术优势的严酷盘剥。这也凸显了我国建立规制知识产权滥用的反垄断制度体系的必要性和紧迫性。令人可喜的是，刚刚通过的反垄断法，在第 55 条初步建立起了我国以反垄断法规制知识产权滥用的制度框架。该条规定：“经营者依照有关知识产权的法律、行政法规规定行使知识产权的行为，不适用本法；但是，经营者滥用知识产权，排除、限制竞争的行为，适用本法。”

法条一方面肯定了知识产权在有限时空垄断的合法性，明确了按照法律、行政法规规定行使知识产权，不适用反垄断法。另一方面，又将经营者滥用知识产权，排除、限制竞争的行为，纳入反垄断法的调整范围。换言之，我国的反垄断法既设置了知识产权正当行使应当进行反垄断豁免的制度，同时，又对滥用知识产权进行的反竞争行为、垄断行为，加以必要的约束。这实际上明晰了反垄断法对待知识产权的原则立场：知识产权同其他任何有形或无形财产权利一样，既不应当受到反垄断法的优惠而免于审查，也不受到歧视或怀疑，而是一视同仁地适用统一的法律标准。它以立法的形式，表达了我国在处置知识产权与反垄断法复杂关系时的基本政策，平衡了保护知识产权与维护市场竞争之间的矛盾和冲突，在尊重与维护知识产权的同时，也兼顾到了我国作为后起国家的现实，切实防范知识产权的滥用，以及由此可能对我国自由公正竞争秩序的冲击和经济发展的不利影响。

第 55 条与美国 1995 年的《知识产权许可的反垄断指南》，在基本政策精神上大致相同。但我们的第 55 条毕竟大为简略，只是建立起了规制知识产权滥用的反垄断初步框架，尚不具体，缺乏操作性。从实现实质公平和社会整体效率出发，更重要的则是尽快或者说要加速整个制度体系建设的步伐，使之尽可能地完备化。科学界定对知识产权合理保护的维度，反对知识产权的滥用，协调知识产权尤其是新科技与反垄断法的关系，平衡知识产权"头脑国"与"躯干国"的矛盾，特别是在努力保护知识产权的同时，又尽可能地保障我国作为知识产权"躯干国"的利益，降低国外知识产权对本国经济安全的冲击与负面影响，已经成为我国下一步反垄断法制建设的一个焦点和难点。经济与科技实力都不如美国的另两大经济体——日本与欧盟，以反垄断法规制知识产权滥用的态度也发生了逆转，二者皆以经济效益为政策指导，来平衡知识产权与反垄断法的关系。前者根据 20 世纪 90 年代以来经济全球化和日本国内放松经济管制的最新进展，于 1999 年发布了《专利和技术秘密许可协议中反垄断法指导方针》。后者也鉴于其在研发与创新的整体实力及在出口等方面的竞争力远逊于美国，改变了长期以来对知识产权严格管制的传统，于 1996 年颁布了《技术转让规章》、1999 年出台《纵向协议成批豁免条例》、2000 年制定《专业化协议成批豁免条例》、《研究与开发协议成批豁免条例》、2002 年通过《汽车领域的纵向协议成批豁免条例》、2004 年又实施了《技术转让协议成批豁免条例》等一系列旨在放松反垄断规制知识产权滥用的规则。我国与这些科技创新的主体国家不同，我们将长期处于落后于人的发展阶段。这就需要我们以市场竞争合理配置市场资源，维护自由、公平、公正的竞争秩序，提高国内企业的竞争力特别是国际竞争力，确保国家经济安全和整体国家利益为根本指针，偏重于扼制知识产权的滥用，构建和完善灵活、实用的反垄断法规制知识产权滥用的制度体系，细化技术动态市场下的滥用标准，充分展现反垄断法公共政策的属性，让其能以"柔软的身姿"随着我国和世界经济环境的变化，有足够大的回旋空间，适时变换执法的方向与力度，有选择、有侧重地恰当处置各类反竞争行为，最大限度地服务于经济发展和对外经济斗争，而不至于束缚自己的手脚。当前，应当尽快研究制定有关知识产权领域的反垄断指南，梳理具体的滥用行为，确立达到限制竞争与垄断程度的标准，完善民事、行政与刑事三方面的责任，并解决诉讼程序上的一些问题。从实体法的角度，我们可以不假定知识产权等同于市场力量，但知识产权的确能够产生市场力量。对于以知识产权为依托进行的垄断或试图垄断行为，专利等知识产权的滥用，交叉许可、专利池、标准化及纵向一体化过程中的反竞争问题，在合理原则的分析基础上，针对各自表现和特点，制定出一系列有针对性的规则。这方面，美国的行政指南及司法判决为我们提供了许多可资借鉴的经验与教训。笔者期望这一研究能够丰富我国知识产权与反垄断法的理论成果，能为未来构建我国规制知识产权滥用的反垄断制度，增一块砖，添一块瓦。

参 考 文 献

一、中文著作及译著

1. 王晓晔：《欧共体竞争》，中国法制出版社 2001 年版。

2. 王先林：《知识产权与反垄断法：知识产权滥用的反垄断问题研究》，法律出版社 2001 年版。

3. 王晓晔：《经济全球化下竞争法的发展》，社会科学文献出版社 2005 年版。

4. 王晓晔：《竞争法学》，社会科学文献出版社 2006 年版。

5. 徐士英等：《竞争法新论》，北京大学出版社 2006 年版。

6. 盛杰民：《经济法研究》（五），北京大学出版社 2007 年版。

7. 国家工商行政管理总局公平交易局、中国社会科学院国际法学研究中心：《反垄断典型案例及中国反垄断执法调查》，法律出版社 2007 年版。

8. 吴玉岭：《契约自由的滥用：美国反托拉斯法中的垄断协议》，江苏人民出版社 2007 年版。

9. Jay Dratler, Jr. 著、王春燕等译：《知识产权许可》（上、下），清华大学出版社 2003 年版。

10. 理查德·A. 波斯纳著、孙秋宁译：《反托拉斯法》（第二版），中国政法大学出版社 2003 年版。

二、英文

1. DOJ, *Antitrust Enforcement Guidelines for International Operations*. Nov. 10, 1988.

2. DOJ & FTC, *Antitrust Guidelines for the Licensing of Intellectual Property*. Apr. 6, 1995.

3. FTC, *Anticipating the 21st Century：Competition Policy in the New High Tech*, *Global Marketplace*. May, 1996.

4. Richard A. Posner, *Antitrust in the New Economy*. 68 *Antitrust* L. J. 925, 2001.

5. Josh Lerner, Jean Tirole, *Efficient Patent Pools*. *Working Paper Series*, September 25, 2002.

6. Mark R. Patterson, *Inventions, Industry Standards, and Intellectual Property*. *Berkeley Technology Law Journal*, Vol. 17, 2002.

7. E. Thomas Sullivan & Herbert Hovenkamp, *Antitrust Law, Policy and Procedure：Cases, Materials, Problems*. LexisNexis, 5th Edition. 2003.

8. FTC, *To Promote Innovation：The Proper Balance of Competition and Patent Law and Policy*, Oct. 2003.

9. Jay Pil Choi, *Tying and Innovation：A Dynamic Analysis of Tying Arrangements*. *Economic Journal* Vol. 114, Jan. 2004.

10. Josh Lerner & Jean Tirole, *Efficient Patent Pools.* 94 *American Economic Review*, 691, 2004.

11. Daniel G. Swanson & William J. Baumol, *Reasonable and Nondiscriminatory (RAND) Royalties, Standards Selection, and Control of Market Power.* 73 *ANTITRUST* L. J. 1 2005.

12. Herbert Hovenkamp, Mark D. Janis, Mark A. Lemley, *IP and Antitrust: An Analysis of Antitrust Principles Applied to Intellectual Property Law.* 2 Vol. set, Aspen Publishers, 2006 Supplement.

13. AMC, *Report and Recommendations.* Apr. 2007.

14. DOJ & FTC, *Antitrust Enforcement and Intellectual Property Rights: Promoting Innovation and Competition.* April, 2007.

· 中国社会科学院法学博士后论丛 ·

国际航空旅客运输责任制度的演进与发展

Evolution and Development of the Liability System of International Passenger's Air Transportation

博士后姓名　王　瀚

流　动　站　中国社会科学院法学研究所

研 究 方 向　国际法学

博士毕业学校、导师　武汉大学　韩德培

博 士 后 合 作 导 师　陶正华　沈　涓

研 究 工 作 起 始 时 间　2003 年 8 月

研 究 工 作 期 满 时 间　2006 年 10 月

作 者 简 介

王瀚，男，1963 年 7 月 13 日生，祖籍河南。1998 年毕业于武汉大学比较国际私法专业，获法学博士学位；2003 年 8 月进入中国社会科学院法学研究所博士后流动站从事国际航空私法研究，2006 年 10 月出站。现任西北政法大学党委委员、副校长、教授、国际法专业硕士研究生导师组组长，并兼任中国国际私法学会副会长、中国国际法学会常务理事、中国法学会国际经济法学研究会常务理事、中国法学会仲裁法学研究会常务理事、吉林大学兼职教授、博士生导师、韩国济州大学兼职教授、中国国际经济贸易仲裁委员会仲裁员、陕西省人民政府法律顾问、西安市人民政府法律顾问、《中国国际私法与比较法年刊》编委等职。已独著《华沙国际航空运输责任体制法律问题研究》、《国际私法之程序法比较研究》、《国际航空运输责任法研究》，主编或参编国际法著作八部，在《中国法学》《现代法学》《法律科学》等刊物发表论文 40 余篇；主持和承担国家社会科学基金项目两项、省部级科研项目五项；学术成果先后获 2000 年司法部优秀法学研究成果三等奖，陕西省哲学社会科学优秀成果一、三等奖，西安市社会科学优秀成果一、二等奖，陕西省高校优秀人文社会科学成果二、三等奖等；并先后荣获陕西省劳动模范，陕西省师德标兵，陕西省高校优秀青年教师，陕西省杰出青年法学家，中国法学会第二、第三届全国杰出中青年法学家提名奖等荣誉称号。

国际航空旅客运输责任
制度的演进与发展

王 瀚

内容摘要：1999 年《统一国际航空运输某些规则的蒙特利尔公约》（简称 1999 年《蒙特利尔公约》）是国际航空运输领域华沙责任体制一体化和现代化改革的重要成果，是对华沙责任体制的继承和发展，华沙责任体制中许多有关国际航空运输责任的规则和规范被该公约合理地保留和接受下来。1999 年《蒙特利尔公约》已经于 2003 年 11 月 4 日起在国际航空运输领域生效适用，它将对调整和规范当代国际航空运输关系发挥十分重要的作用。但是，由于目前该公约在适用范围上尚未涵盖华沙责任体制的全部缔约国，在国际航空运输领域事实上已经形成了华沙责任体制和 1999 年《蒙特利尔公约》规则一并运行和适用的过渡状态。本文旨在运用比较分析和法理研究的方法，全面系统地考察和探讨华沙责任体制和国际航空运输责任新规则发展、演变和形成的历史进程以及影响国际航空运输责任统一法运行和适用的各种因素和法律条件，揭示当代国际航空运输责任法律制度发展变化的基本规律，详细地阐述国际航空运输责任规则的立法渊源、法律含义和适用方法，为我国执行和适用国际航空运输责任法规则提供理论依据。

关键词：国际航空运输责任 华沙责任体制 蒙特利尔公约规则 国际航空私法 国际航空运输

国际航空旅客运输在整个现代国际民用航空中占据十分重要的地位。与海上运输相比，国际航空运输主要以客运为主，这归因于航空运输有着海上运输无可比拟的快速、高效、舒适等特点，更能适应现代社会生活的节奏。目前，全世界经营定期航班的航空公司运载了 9 亿多人次旅客，飞行了大约 80 亿公里，国际航线网络遍及全世界。① 但是，在国际航空旅客运输繁荣发展的同时，因航空事故导致旅客死亡、受伤或其他身体伤害的事件也时有发生。据统计，仅 1990 年世界上就发生了 41 起空难事故，死亡人数 1017 人（不含受伤旅客），② 由此产生了承运人对旅客的损害赔偿责任问题。在华沙公约中规定旅客损害赔偿的主要是第 17 条。此外，承运人的责任构成还受第 20 条和第 21 条的制约，它以公约第 17 条为基干形成了国际航空旅客运输（简称国际航空客运）的推定责任制度，成为华沙责任体制最为重要的组成部分。其中，公约第 17 条规定："凡旅客因死亡、受伤或受到任何其他身体上的伤害而遭受的损害，如果造成这种损害的事故发生在航空器上、或者登机或下机过程的任何一个阶段中，承运人应负责任。"第 20 条规定："凡承运人证明他和他的代理人为了避免损害，已经采取了一切必要措施，或者不可能采取此种措施时，承运人不负责任。"第 21 条规定："如果承运人证明损害是因受害人自己过失引起或促成者，法院可依其本国法律规定免除或减轻承运人的责任。"根据上述条款的规定，凡因航空事故造成的旅客伤亡或身体上的其他伤害，只要承运人能够证明自己没有过失或者此种损害归因于不可抗力或非他所能控制的原因时，则可免除或减轻其责任。

第二次世界大战以后，华沙责任体制历经多次修订，使原先的推定责任制度发生了许多实质性的改变。在华沙体制演变和发展进程中，1955年《海牙议定书》和 1966 年《蒙特利尔协议》均已生效。其中《海牙议定书》大幅度地提高了对旅客的赔偿限额，但未对华沙推定责任制度作出实际修订。《蒙特利尔协议》则对进出或经停美国的国际航班运输，废除了《华沙公约》的第 20 条规定，从而将华沙推定责任制度改变为完全责任制度，相应地扩大了公约第 17 条的责任范围。进入 20 世纪 70 年代，1971 年的《危地马拉议定书》又对第 17 条进行了重大修订，把该条原来案文修订成"承运人要对旅客死亡或人身伤害所蒙受的损害负责，但仅限于该种条件下，即造成旅客死亡或人身伤害的事件发生在航空器上，或者登机或下机的任何一个阶段。凡纯属由旅客健康状况引起的死亡或伤害，承运人不负责任"。虽然《危地马拉议定书》因多种原因至今尚未生效，但是国际航空运输责任向严格责任制度发展已经成为国际航空运输责任法的一种不可逆转的发展趋势。特别是进入 20 世纪 90 年代以来，通过国际合作制定新的国际航空运输责任公约，以便有效地统一华沙公约体系内不

① 昌桦：《国际民航组织》，中国民用航空局国际司编，1996 年，第 1 页。
② 郭增麟：《世界空难探秘》，中国民航出版社 1994 年版，第 36 页。

相协调的修订华沙公约的各项议定书规则，实现国际航空运输责任规则的真正统一，结束航空运输责任制度和责任规则上的混乱状态已成为国际社会的普遍呼声。在这方面，作为华沙体制一体化和现代化改革成果的标志性产物——1999 年蒙特利尔公约第 21 条在国际航空旅客运输责任方面确立了一种全新的责任制度——"双梯度赔偿责任"制度，将航空承运人的赔偿责任限额与航空承运人责任构成巧妙地联系在一起，以 10 万特别提款权赔偿限额为界限，在 10 万特别提款权以下对航空承运人实行严格责任制度，承运人不得免除或者限制其责任；在 10 万特别提款权以上，吸收《华沙公约》的责任规则，对航空承运人仍实行推定过错责任制度，只要承运人能够证明损失不是由于承运人或者其受雇人、代理人的过失或者其他不当作为、不作为造成的，或者损失是由于第三人的过失或者其他不当作为、不作为造成的，承运人可以不承担责任。双梯度责任制度是发达国家与发展中国家之间在国际航空运输责任规则的实践中长期斗争和妥协的产物，既满足了主张高赔偿限额国家的要求和期望，也照顾到了主张低赔偿限额的发展中国家的愿望，灵活巧妙地平衡和调和了航空大国和航空业后起国家在航空承运人限制责任制度上存在的利益冲突和立场分歧。尤其是在 10 万特别提款权以上的赔偿诉讼中对承运人实行无限制责任，原告的诉讼请求权实际上不受具体的赔偿限额的限制，给各国航空运输诉讼索赔留下了自由伸张的空间，在很大程度上可以避免航空大国为突破赔偿限额的限制而挣脱和背离统一实体规则约束的情势发生，这对稳定国际航空运输责任规则的一体化实施，强化统一私法规则的约束效力和维护国际航空运输的法律秩序发挥了其特有的作用。所以说，双梯度赔偿责任制度是华沙体制一体化和现代化改革的最重要成就，也是当代国际航空运输责任法中一个极富特色的法律制度。

但是应当看到，1999 年《蒙特利尔公约》创设的新国际航空运输责任规则是对华沙体制国际航空运输责任制度的继承和发展，除去《蒙特利尔公约》新创设的统一法规则和责任制度以外，华沙体制中多数法律规则和责任制度被吸纳和保留在了《蒙特利尔公约》之中。截至目前，1999 年《蒙特利尔公约》尚不足 100 个缔约国，仍有不少华沙体制的国家在今后一个时期暂时不愿意接受国际航空运输责任新体制的约束，《蒙特利尔公约》的新责任规则只能在其缔约国之间的航空运输中适用，该公约尚不能完全替代原有的华沙体制的法律规则，在今后一段时间里，华沙公约体系的国际航空运输规则仍将会延续适用，这样一来，在国际航空运输责任规则的适用问题上就很现实地形成华沙体制与 1999 年《蒙特利尔公约》新体制一并运行的特殊情况。当然，这仅仅是《蒙特利尔公约》新国际航空运输责任规则运行和实施的一种过渡状态。

　　纵观华沙责任体制发展和演变的历程，实践中所涉及的有关旅客赔偿责任制度主要涉及以下几个主要问题：

　　一、航空"事故"的构成及其与损害之间的因果关系；

　　二、可予赔偿损失的范围以及"精神伤害"的赔偿责任问题；

　　三、承运人的责任期间——"登机或下机过程"的法律含义；

　　四、因劫机引起的民事损害赔偿责任问题；

　　五、国际航空旅客运输中的航班延误责任制度；

　　六、国际航空旅客运输双梯度赔偿责任制度。

　　本文以华沙规则和《蒙特利尔公约》为根据，结合有关国家法院的判例实践，对这六个方面的问题进行比较研究。

一、航空事故的构成与举证责任

（一）航空事故概述

　　航空事故（Aircraft Accident）或称"航空失事"，泛指在一切航空活动中，因航空器的操作或飞行引起的意外损失或灾祸。由于航空事故通常都与航空器的飞行有关，人们又习惯称之为"空难事故"，以区别于陆地或海上运输引起的交通事故。

　　航空事故同人类的航空飞行是相伴随的，自从人类发明了航空器，航空事故也就随之而来了。尽管现代航空科技已十分发达，飞机的安全性能以及人们避免和处置航空危险的能力和经验都已非往昔可比，但威胁航空安全的各种潜在因素却依然存在，它们常常会导致空难惨剧的发生。在国际航空旅客运输责任事故中，旅客或者货物的托运人的损失能否构成航空承运人的赔偿责任以及国际航空运输责任规则是否得以适用直接牵涉该种损失是否为航空运输中发生的"事故"所引起的。因此，在解决航空旅客运输索赔案件中，航空事故是一个具有法律意义的概念。

　　关于航空事故的定义，在不同的航空法领域有着不尽一致的表述方法。

　　1944年《芝加哥国际民用航空公约》第26条规定："一个缔约国的航空机如在另一个缔约国的领土内失事，导致死亡或严重伤害或表明航空机或航行措施有重大缺陷时，失事所在地国应该在该国法律许可范围内，依照国际民航组织可能建议的程序，着手调查失事情况。"

　　以上只是国际民航组织从航空事故的调查和援救角度下的一个笼统的定

义。《国际民用航空公约附件 13》将航空事故列为"遇险、紧急着陆或其他事故"三种情况。① 各国之间的双边民航协定也沿用了这个概念。例如，英国同前苏联的民用航空协定第 10 条规定：

> （1）当缔约一方指定航空公司的一架航空器在缔约对方领土内迫降或发生其他事故，事件发生所在地缔约方航空当局，应立即将事件的细节和情况通知对方航空当局，并且给予机组和旅客必要的协助。
>
> （2）如果迫降或其他事故造成人员死亡或严重伤害，或对航空器造成重大损坏，事故发生地的缔约方的航空当局应予必要调查和保护……

根据上述规定来看，航空事故是指因航空器迫降引起的人员伤亡、航空器的重大损坏以及其他事故。

我国台湾省的民用航空法则从航空运输角度给航空事故下了一个比较明确的定义。该法第 2 条第（15）款规定："航空失事，指自任何人员为飞行目的登上航空器时起，至所有人员离开该航空器时止，因航空器之操作发生之事故，直接对他人或航空器上之人造成死亡或伤害，或使航空器遭受实质上的损坏。"该法中"死亡"是指因该次航空器失事而致伤害在 7 日以内死亡者。所称"伤害"是指：

> 一、失事后七日内需要住院治疗四十八小时以上者。
> 二、骨折，但不包括手指足趾及鼻等之单纯性骨折。
> 三、撕裂伤导致严重的出血或神经、肌肉、筋腱之损害。
> 四、任何内脏器官之伤害。
> 五、二或三级灼伤或全身皮肤有 5% 以上之灼伤。

所称"航空器实质损坏，指航空器之损坏或结构失效，影响航空器之结构强度性能或飞行特性而需重大修理或换件者"。②

应当注意的是，我国八届人大第十六次常务委员会议于 1995 年 10 月 30 日通过了《中华人民共和国民用航空法》③，该法使用的是"航空事件"（Air-

---

① ［英］郑斌、徐克继：《国际航空运输法》，中国民航出版社 1996 年版，第 249 页。

② 同上。

③ 我国民航部门在实际业务上现仍使用"航空事故"的称谓，并且按照航空器上的人员伤亡情况和航空器的损坏程度，将航空事故分为三类，依次是：特别重大事故；重大事故；一般事故。

craft event），替代了以往习惯上的"航空事故"的称谓①。我国《民用航空法》第 124 条规定："因发生在民用航空器上或者在旅客上、下民用航空器过程中的事件，造成旅客人身伤亡的，承运人应当承担责任；但是，旅客的人身伤亡完全是由于旅客本人的健康造成的，承运人不承担责任。"

上述规定中的"事件"一词，是指发生在民用航空器上或者发生在旅客上、下民用航空器过程中，因航空器的操作或者航空运输引起的旅客人身伤亡的任何事情。其范围要比一般意义上的航空事故更为广泛，除包括航空事故（如飞机坠毁、碰撞等）以外，还包括航空运输过程中发生的尚未构成航空事故的航空事件（incident），如空中颠簸等。此外，在民用航空器上或者在旅客上、下民用航空器的过程中发生的与航空运输风险有关的事件，以及因承运的受雇人或代理人的不当行为引起的旅客伤害也都包括在"航空事件"范围之内。② 可见，我国航空法规定的"航空事件"一词，同一般意义上的航空事故有所区别，其涉及的范围比航空事故更为宽泛。

（二）华沙规则实践中的航空事故定义

在执行《华沙公约》第 17 条规定时，"事故"一词是一个相当关键的术语，各国法院历来都非常重视对这一术语的解释。从责任构成来看，如果造成旅客伤亡的原因不构成"事故"，那么承运人将不承担任何赔偿责任。然而，《华沙公约》却未给"事故"作出任何技术性的解释，在实践中，"事故"的内涵主要是通过一些法院的判例阐释出来的。

美国法院是最先对航空"事故"作出定义或解释的。在早期的"查特诉荷兰航空公司"案（Chutter V. K. L. M. Royal Dutch Airlines），原告登机后，又返身回到机舱门口向女儿告别，此时恰值舷梯正在被移走，她在匆忙中未加注意，结果从飞机上跌下致伤。法院判决称，这构成第 17 条规定的"事故"。③而在"麦克唐娜诉加拿大航空公司"案（MacDonald V. Air Canada），一位老年妇女下机后在机场候机大厅等待女儿领取行李时，不慎摔倒跌伤。她控告承运人说，是其雇员运送行李时将她撞倒的。法院判称，她的致伤原因不明，没有任何理由说明她的摔伤是因事故引起的。④ 真正对"事故"的概念作出规范性表述的是 20 世纪 70 年代两起因飞机机舱内增压或减压，旅客耳朵失听引起

① 我国民用航空法已于 1996 年 3 月 1 日起生效实施。
② 曹三明：《民用航空法释义》，辽宁教育出版社 1996 年版，第 277—280 页。
③ 132F. Supp. 611，4Avi. 17，733（S. D. N. Y. 1955）.
④ 439F. 2d1402，11Avi. 18，029（lstcir. 1971）.

的损害赔偿案件。

案例一："德马林斯诉荷兰皇家航空公司"案（DeMarrines V. K. L. M Royal Dutch Airlines）。

在该案中费城律师德马林斯乘坐荷航客机到欧洲旅行，当飞机升高而机舱增压时，他的耳朵受伤，丧失了部分听力。法院判称，这是第 17 条规定的"事故"造成的。法院对事故作出了如下定义："事故是一种未料到的，不按事物常规发生的事件或突发性的外部事实情况。凡属于在飞机上正常情况下发生的事情，都不是事故。"①因此，要想把飞机上发生的事情当作事故，它就必须是异常的，出乎意外的。②此后，这一"事故"定义成为美国法院处理同类案件的根据。

案例二："沃肖诉环球航空公司"案（Warshaw V. T. W. A）。

在该案中，原告沃肖搭乘环球航空公司班机从费城到伦敦，当飞机在伦敦希思罗机场降落时，因机舱减压致使其耳疾复发造成失聪。法院裁决称："凡完全由旅客健康状况引起的或与飞行无关的事件，都不构成事故。"该法院还指出："当机组人员以通常谨慎方式变更机舱压力时，由此种正常的、预期的和必要的变更作业所引起的损害，不在对该案有效的、经《蒙特利尔协议》修订的华沙公约规定的'事故'之内。"据此法院判原告败诉。③

根据上述两个案例的判决，我们可以把"事故"的要件归纳如下：

（1）事故必须是意外的、非常规的事件；

（2）事故非由旅客健康或归咎于旅客本人的其他原因所致；

（3）事故必须与航空运输有关，是由航空运输的固有风险所引起的。

（三）因劫机引起的民事责任对"事故"概念的影响

此方面的一个著名判例是"赫塞尔诉瑞士航空公司"案（Hussrel V. Swiss Air Transport）。

原告赫塞尔夫人于 1970 年 9 月 6 日搭乘瑞士航空公司从苏黎世到纽约的航班，飞机起飞后不久，被劫机者胁持到约旦首都安曼附近的沙漠地带。接着又被转移到安曼市区扣押了四天。在该案中，被告提出赫塞尔因劫机所受惊吓而蒙受的损失不是公约第 17 条意义的"事故"引起的。其理由是，劫机与航

---

　　①　US District Court, *Easte rn District of Pennsylvania*, June 28, 1977; 14 Avi 18, 212.

　　②　I. H. Ph. Deideriks – Vevschoor, *An Introduction to Air Law*, 1997. 6thed. p. 74.

　　③　Warsh aw V. Trans World Airlines, Inc. US District Court, Eastern District of Pennsylvania, December 15, 1977; 14Avi. 18, 297.

空固有风险无关，不属于航空"事故"。而原告为索取更高赔偿，也提出她在安曼市内遭受的损害不是"发生在航空器"上的，不是由"事故"引起的，公约不能适用。据此，她主张适用纽约州法，要求无限额赔偿。① 主审法官泰勒认为，"劫机属于事故范围内的事件，这通过解释公约第 17 条可以得出此种结论，并且，与 1966 年《蒙特利尔协议》也是相符合的，因劫机蒙受损害的无辜者应当受到补偿"。泰勒还提出，如果承运人对劫机引起的损害不承担责任，则有悖于华沙责任限制规则的目的，也不符合蒙特利尔协议的宗旨。② 此后，"赫塞尔"案的判决理由在另两起发生在机场的恐怖事件或劫机案中得到援用。即"克利斯托诉英国海外航空公司"案（Krystal V. British Overseas Airways Corp. ）③和"代伊诉泛美航空公司"案（Day V. Trans World Airlines, Inc）④。

通过上述几个判例，"事故"的要件已被引入因劫机（Hijacking）和恐怖主义（Terrorism）活动引起的损害赔偿案件。⑤ 并且，从"赫塞尔"案判决来看，"事故"的要件已发生了如下变化：

其一，"事故"的范围已被扩大，凡在劫机过程中发生的损害都被认为是飞机上"事故"所致的损害，即使旅客遭受的人身伤害是在飞机或机场以外发生的，仍被视为发生在航空器上；

其二，劫机被认为属于航空事故范围内的事件，也就是说，因劫机引起的损害被视为航空活动的固有风险损失。⑥

可见，因劫机引起的旅客损害赔偿案件，已使前述"德马林斯"案和"沃肖"案判决所确定的事故要件发生了重大改变。但也有一些判例反对将机场内发生的恐怖主义事件当作"事故"，并主张承运人对此造成的后果不承担责任。例如，在"马丁内兹·赫南德诉法航公司"案（Martinez Hernandez V. Air France），法院的判决指出："偶然发生在机场的恐怖袭击事件，是人们日常生活中存在的风险，它不单纯是因航空运输带来的风险。"⑦

我国学者一般也倾向于将"劫机"或"恐怖主义"事件从航空"事故"

---

① 12Avi. 17, 627（S. D. N. Y. 1972），aff'd. 485F. 2d1240（2d Cir. 1973）.

② See Georgette Miller, *Liability in International Air Transport*, 1977, pp. 110—111.

③ 14 Avi. 17, 128（C. D. Cal, 1975）.

④ 13Avi. 18, 144（2d, Cir, 1975）.

⑤ Georgette Miller, *Liability in International Air Transport*. 1977, p. 110.

⑥ See 13. Avi. 18, 144（2d. Cir. 1975）.

⑦ 14Avi. 17, 421（Ist. Cir. 1976）；Georgette Miller, *Liability in International Air Transport*, 1977, p. 111.

中剔除出去，认为承运人对劫机所致损害不负责任。其立论的基点是：从事故与损害的因果关系来说，"承运人只对与飞行有关的事件造成的旅客人身伤亡承担责任。如果承运人证明造成旅客人身伤亡的事件与飞行无关，即与航空运输操作或航空运输服务无关，承运人就不承担责任。而劫机和破坏民用航空器的活动都被认为是与航空运输操作无关的事件"。[①] 很显然，上述观点反对将劫机所致损害当作"航空运输固有风险"引起的损害。

（四）航空"事故"的举证责任

在华沙责任体制下，"事故"的证明责任可来源于两个方面：

其一，是针对承运人的。如果承运人能够证明旅客的人身伤亡或其他损害，不是因公约第17条意义的事故引起的，他可以免除责任。这是因为，公约规定的推定责任属于"可反驳"的责任推定，承运人有权利对"事故"的存在提出反证。从这个意义上来说，承运人对"事故"的反证，主要起免责的作用。

其二，是针对原告或受害人的。按照"谁请求谁举证"的民事诉讼原则，原告必须证明"事故"的存在及其与损害之间的因果关系。这种举证责任的着眼点在于证明责任的成立，它与承运人要求免责举证的性质是根本不同的，两者之间有明确的区分。尽管在推定责任下，受害人无须证明承运人的过失，此项证明责任已转移给承运人承担，但是对发生损害的事实及其与损害之间的因果关系仍须由受害人负举证责任。

例如，在前述"麦克唐娜诉加航公司"案，美国第一巡回上诉法院就强调了此种举证责任的作用。法院在判决中指出："原告有责任证明发生了一次事故。"法院认为："原告曾提出，她跌倒时附近有一堆行李。而陪审团则认为行李造成她跌倒，这只是一种推测"，"说她摔倒是由于某种内在原因，和说她摔倒是一次事故，似乎同样有理。"[②] 据此，法院判决原告败诉。

又如，我国公民卢风珍在美国控告中国国际航空公司案，也说明了证明事故与损害之间存在因果关系的必要性。该案大致情况是：1990年3月20日，中国公民卢风珍在美国旧金山购买了中国国际航空公司从旧金山飞往北京航班的机票。当飞机抵达北京后，原告正在走下飞机时，不慎跌倒摔伤。原告为了获得高额赔偿，以承运人存在故意性疏忽为由，在美国纽约东区地方法院起诉中国国际航空公司。她提出，事故是由于被告在北京的疏忽造成的，主要是：

---

① 曹三明：《民用航空法释义》，辽宁教育出版社1996年版，第280页。
② 龚柏华：《美中经贸法律纠纷案例评析》，中国政法大学出版社1996年版，第218—222页。

（1）旅客下飞机时，飞机出口与过道间留有空隙；（2）承运人没有控制集中在飞机出口的人群。此案最终被美国法院依据"不方便管辖"规则驳回。须指出的是，就国外法院实践来看，"事故"是否存在，及其与损害之间是否存在因果关系，往往是处理航空损害赔偿案件的关键因素，经常成为当事人之间争论的焦点问题。正像弗鲁恩德所说："谈到事故的构成，如果伤害不是完全由内在原因引起的，承运人不承担责任。"① 就"事故"与"损害"之间的因果关系来说，美国法院一般都认为："公约第17条要求原告确证，事故是造成损害的近因，这是判定航空公司责任的一个条件。"②

二、国际航空旅客运输中可赔偿性损害的理论与实践
—— 《华沙公约》第17条"其他人身伤害"的范围问题

长期以来，可赔偿性损害（compensable damages）一直被视作《华沙公约》的一个次要性问题，只为少数几个航空法判例所提及。这主要归因于华沙限制责任制度严格地限定了损害赔偿的范围，以至于很少使华沙案件适用赔偿或部分赔偿的规则，只是在相当罕见的无限制责任案件，才会遇到此种问题。

但是，在最近几十年里情况发生了根本变化。

20世纪70年代以来，国际上接连发生了多起因劫机或恐怖活动引起的民事赔偿案件，比较著名的有伯纳特诉环球航空公司案（Burnnett V. Trans World Airlines, Inc.）、"赫塞尔诉瑞士航空公司"案（Husserl V. Swiss Air Transport Co.）、"赫曼诉环球航空公司"案（Herman V. Trans World Airlines, Inc）、"罗丝曼诉环球航空公司"案（Rossman V. Trans World Airlines, Inc.）、"代伊诉环球航空公司"案（Day V. Trans World Airlines, Inc.）以及"伊文吉里诺斯诉环球航空公司"案（Evetngelinos V. Trans World Airlines, Inc.）。在上述案件中，原告大多是犹太妇女或儿童，并且其身体一般都未受到创伤，只是在劫机过程中受到惊吓或恐惧，导致神经质、脾气暴躁、失眠梦魇等"精神创伤"。受害者一般都要求承运人对此种精神伤害支付赔偿。由于公约第17条没有对"其他身体上的伤害"的范围作出明确限定，此类精神损害可否给予赔偿就经常成为法院颇感棘手和困惑的问题，也正因为如此，在航空私法领域涌现出了新的损害赔偿类型，并引发了各国法院对《华沙公约》第17条中"其他身体上的伤害"是否包括由劫机所致精神损害问题的争论。问题的核心

① Kahn - Freund, *The Law of Carr iage*, p. 719.
② See Molitch V. The Boeing Company, Avil5. 17, 241.

在于如何理解和适用《华沙公约》第 17 条的规定。在法律传统上，以法国为代表的大陆法系国家一般都肯定精神损害赔偿的民事责任。① 然而，英美普通法系国家却一向不肯定精神损害赔偿责任的独立存在，单纯的精神损害不被赔偿是一般被承认和接受的。② 因此，劫机引起的精神损害的可赔偿性，主要是普通法传统的国家争论的问题。就美国而言，经法院处理的数起劫机损害赔偿案件，对精神伤害的可赔偿性问题已演化出两种不同实践。一种是恪守传统规则，否定精神损害的存在；另一种则承认并给予精神损害以赔偿。但是持肯定态度的法院在对精神损害是否包括在"其他人身伤害"问题上，又对公约第 17 条的范围存在两种不同解释。其一是从宽解释，认为精神伤害包括在公约第 17 条"其他人身伤害"之内，不论精神伤害是否与人身伤害有关，均可给予赔偿。前述"赫塞尔诉瑞士航空公司"案持此立场；其次是严格解释，认为单独的精神伤害不给予赔偿。前述"罗斯曼诉环球航空公司"案持此观点。本节试图在考察和比较大陆法系和普通法系国家关于可赔偿性损害的理论和实践基础上，结合若干有关航空法判例，阐释和分析不同法律传统的国家，在解释和适用《华沙公约》第 17 条实践上的各种观点和实际做法，以给我们全面了解华沙规则的实际运用，提供参考或借鉴的素材。

（一）两大法系关于可赔性损害的理论与实践

可赔偿性损害（Compensable Damages），又称"损害的可赔偿性"③，泛指一切受法律承认并可以通过诉讼程序给予赔偿救济的损害。一般情况下，法院只对可赔偿性损害予以确认和采取法律上的强制执行措施，而受害人也只能就可赔偿性损害请求法律的保护和诉讼救济。民法上的损害，大体可分为财产损害和人身损害两类。财产损害是指可用货币单位计量的合法物质利益的损失，如财物毁损灭失，因经营受妨害而引起的可得收入的丧失，因身体受伤害而引起的医疗费开支和误工损失等。财产损害包括直接损失和间接损失两种形态。前者指既得利益的丧失，即现有财产的减损；后者指可得利益的丧失，即未来财产的减损。人身伤害是指侵害生命、身体、人格等所引起的非物质利益的损失，如精神痛苦、名誉玷污、特定人身关系或社会地位的损害等。大陆法系和普通法系在财产损害的可赔偿性上不存在太大的差异。但是，精神损害是否具

---

① 罗伯特·霍恩等著，楚健译：《德国民商法导论》，中国大百科全书出版社 1996 年版，第 172 页。

② See Georgett Miller, *Liability in International Air Transport*, 1977, pp. 112—113.

③ 王家福：《民法债权》，法律出版社 1991 年版，第 546 页。

有可赔偿性？精神损害可否包括在人身损害的范围之内？两大法系的立法与实践都存在着差异。

法国法律并不排除对任何特定的部分损失予以赔偿，包括因家庭成员的非正常死亡造成的精神创伤或因身体蒙受伤害而导致的肉体疼痛和精神上的痛苦。[①] 但是这种损害必须是明确的和直接的（certain and direct）。即损失必须可以估计和算定，而且必须是事故的直接结果。[②] 按照一般原则，法国法律对所有形式的损害都给予赔偿。这种法律规则早在《华沙公约》案文的酝酿和创制时期就已存在。

法国法律存在物质损害（Dommage Materiel）和精神损害（Dommage Moral）的区分，但是这种划分的根据并非是损害的可赔偿性，而是基于法学研究和教学目的作出的分类。[③] 法国法中的物质损害是指原告所蒙受的任何形式的经济损失，包括薪金损失、医疗费的支出和丧葬费用的耗费，还包括原告任何可预期获得的利益损失。但因故意行为或违反合同所致的损失不在此内。精神损失则是指经济损失之外的任何形式的其他损失，如侵犯隐私权（breach of the right to privacy）、事故死难者的肉体痛苦以及死难者家属遭受的精神打击或创伤等。

法国法上的肉体损害（Dommage Corporel），是一个具有特定法律含义的概念，它由物质损害和精神损害构成，有时作为一个一般概念用来描述或概括各种形式的损害。但是肉体损害并不是依附于特定法律规则的自成一类的损害。[④] 其范围包括由人身伤害造成的各种形式的损害，如医疗费用、薪金损失、肉体疼痛以及永久性伤痕造成的损失等。概括地说，肉体损害包括一切可赔偿的与人身伤害有关的物质损失和精神伤害。[⑤]

正相反，普通法国家则对可赔偿性损害的类型作出限定，并非一切形式的损害都可获得赔偿。凡属可赔偿性损害均与注意义务（duty of care）相联系，或以注意义务的存在或不存在来作出表述。由于过错责任是普通法的传统，而注意义务是过失侵权责任构成的基本要件，是否尽到注意义务与被告应否对其过失承担责任存在着内在的联系。因此，凡因被告未尽注意义务所致的损害，一般都属于可赔偿性损害。这一规则表达了普通法上可赔偿性损害的司法政策。[⑥] 在英美法系中，注意义务的重心是要确定行为人应予注意的程度，通常

---

① Georgette Miller, *Liability in International Air Transport*, 1977, p. 112.

② I. H. Ph. Diederiks – Verschoor, *An Introduction to Air Law*, 1997, 6thed. p. 79.

③ Carbonnier, Droit Civil. Vol. 4. p. 326.

④ Ibid.

⑤ Georgette Miller, *Liability in International Air Transport*. 1977. p. 113.

⑥ Fleming, Torts. p. 134.

采用"一般理智之人"作为衡量标准。美国法官罗森伯里（Rosenberry）对此标准进行了十分透彻的解释："任何无致人损害故意的人，在他作为一个一般理智之人应当合理地预见其行为可能给他人利益带来不合理的损害危险的情况下，实施该行为或者未采取应有的预防措施，即为有过失。在决定一个人的行为是否会使他人利益遭到不合理的危险时，这个人被要求对周围情况给予一般理智之人所应当给予的重视，并具有一般理智之人所具有的认识，而且采用那些有相当理智的人在相同或类似情况下所采用的判断和决定。"① 总体来说，行为人的应有谨慎（due diligence）和勤勉，要视具体情况而定。注意的程度应当与行为人的经验和技能及其行为的危害后果相适应。一般来说，发生损害的危险性越大，则要求的谨慎和注意就越高。从事需要特别技能和知识的活动者，须按具有特别知识或技能的人所应有的谨慎和勤勉来要求；缺乏必要的技能或知识而从事此项活动本身就是一种过错，除非其行为是在紧急情况下所为或者具有其他情有可原之事由。

从英美侵权法的上述规则中，我们已经知道可赔偿性损害首先要受到注意义务的限定。应予强调的是，在普通法中，包括精神压抑（mental distress）在内的各种精神损害曾被长期排除在可予赔偿的"损害"之外，其原因是：

首先，精神损害属于"无形的损害"，此种赔偿请求易于被虚构或假造。按照普通法传统，只有当精神抑郁与肉体的伤害直接联系在一起，或者当精神损害是被肉体上的伤害引起时，法院才勉强允许给予精神损害赔偿。因此，单纯的精神伤害不能作为赔偿的条件。②

其次，精神损害造成的损失难以被估量和算定，其赔偿额无法有一个固定的计算标准，给司法实务造成不便。

但是，将身体创伤作为精神损害赔偿的象征性条件的传统有被逐步抛弃的趋向。例如，英国 1901 年的"杜里尤诉怀特"案（Dulieu V. White）最早表明了这种变化。③ 而加拿大和澳大利亚则受"维多利亚铁路委员诉库塔斯"案（Victorian Railways Commissioners V. Coultas）影响，只对由身体伤害引起的精神创伤给予赔偿。④ 不过澳大利亚有少数几个州允许给予精神创伤法定赔偿⑤。在美国，以身体创伤作为精神损害赔偿的基础和条件，一直被作为主流思想而被延续。但是在 1961 年的"巴特拉诉纽约州"案（Battala V. State of New

---

① See Osborne V. montgomery, 203 Wis, 233, 234 N. W. 372 (1931).

② Georgette Miller, *Liability in International Air Transport.* 1977. p. 113.

③ (1901) 2 K. B . 669（K. B. 1901）.

④ (1888) 13. A. C. 222（P. C. 1888）.

⑤ Fleming, Torts, p. 150, n4.

York），纽约法院判定，精神痛苦可单独获得赔偿。该法院在判决中对传统规则作出了以下评述："显而易见，以身体创伤当作精神损害赔偿的要件已遭到英国法院的强烈批评，而且也受到许多美国判例的抵制和反对，许多原来采纳这一规则的州，都已放弃了该项规则。"①

总的来说，在大陆法系国家获得精神赔偿要比普通法系国家更容易。但是，精神损害赔偿的观念已被逐渐引入普通法系国家，使得传统的规则受到了某种侵蚀。就目前普通法系国家的现状来说，在事故案件中，对死难者给予的赔偿包括金钱损失（Pecuniary loss）和非金钱损失（non-Pecuniary loss）。金钱损失包括一切因事故引起的花费和营业收入的减少或丧失。非金钱损失则包括归因于身体伤害而蒙受的肉体疼痛、精神创伤等②。不过，在多数情况下，单纯精神损害的赔偿仍然受到限制。在非正常死亡案件中，赔偿范围只限于请求人合理期望的金钱利益损失。如果死者是一个"养家糊口者"（breadwinner），则对受其抚养的人给予赔偿；反之，赔偿的范围要受到限制。

（二）航空事故中的精神损害赔偿责任

对一般性航空事故引起的精神损害的赔偿，各国法院的实践和法律观点都有所不同，现分述如下：

1. 法国的基本立场

法国法院在处理航空事故案件时，并不存在如何决定哪种类型的损失可以赔偿的问题。法院一般都认为，《华沙公约》第 17 条规定的"其他人身伤害"包括因航空事故引起的精神损害在内。只要该种损失是明确的和直接的，法院可以判定赔偿③。

2. 美国法院的实践和观点

关于精神损害的赔偿，美国法院的实践历来都不统一，概括起来，主要有以下几种做法：

（1）少数法院的判例认为，《华沙公约》第 17 条也适用于精神损害赔偿，但对该条规定的含义有从宽和从严两种不同的解释。

案例一："卡里士诉环球航空公司"案（Kalish V. Trans World Air lines, Inc.）。这是一个从宽解释的案例。按照美国法院的传统观点，只有身体伤害直接引起的精神损害可予以赔偿。在该案中，飞机因发动机起火后而被迫紧急

① Battala V. State of New York，10N. Y，2d237（N. Y. ct. App. 1961）.
② See Georgette Miller，*Liability in International Air Transport*，1977. p. 115.
③ Ibid.

降落，惊慌失措的旅客竞相跳出机舱，一位旅客被推倒在地，紧接着又被众人踩踏而受到情绪和精神上的痛苦（emotional or mental anguish）。纽约州法院判决道，按照华沙公约，原告可以要求赔偿，她在此种情况下所遭受的情绪上的打击，相当于她遭受的肉体创伤，应该将此创伤看作她又另外受到了身体上的实际伤害①。

案例二：　"贝克诉荷兰皇家航空公司和里兹旅行社"案（Beck. et al V. KLM Royal Dutch Airlines and Ritz Travel）。

该案反映的是严格解释，即单纯的精神伤害不予赔偿。在该案中，一位匈牙利籍旅客在阿姆斯特丹赴布达佩斯途中，因飞机出现机械故障迫降于布拉格机场，在此地停留了六至八小时。该旅客因惧怕和惊恐而遭受到心理创伤（psychic trauma）。纽约法院判决称，"这并未构成华沙公约第17条意义上的人体伤害"（bodily injury）②。

（2）也有一些法院的判例以华沙公约不创设诉因为由否定精神损害的可赔偿性。

在早期判例实践中，美国法院曾主张华沙公约不创设非正常死亡的诉因，而只是部分地调整已存在的诉因（existing cause of action），以此否定精神损害的存在。③ 但此种观点自1978年的"本杰明诉英国欧洲航公司"案（Benjamins V. British European Airways）以后，多数州已开始放弃这种陈旧的观念④。

（3）有些判例认为公约第17条不适用于精神损害的赔偿，主张依靠国内法救济作为对公约适用的补充。

例如，在"克姆劳斯诉法航公司"案中，原告要求承运人对其女儿在空难中丧生给其造成的心灵创伤给予赔偿。法院的观点是，"公约并未对非正常死亡案件造成精神损害规定赔偿，原告的请求只能适用通常的侵权行为地法（Lex loci deliciti）来决定，如果事故发生地法律允许给予此种损害赔偿，那么原则上应予以赔偿。"⑤

应当指出，在过去一段时间里，美国法院实践的一个突出特点是，依照法律选择规则确定的法律去决定损害的可赔偿性问题，其立论的根据是，《华沙

---

① New York Civil Court (Queens County), January 19, 1977; 14AVi 17, 936.

② New York Suppreme Court, C ounty of Dutchess, November 2, 1977; 14AVi. 18, 210; also see I. H. Ph. Diederiks-Verschoor, *An Introduction to Air Law*, 1997. 6thed. p. 80.

③ See Leroy V. Sabena, 1965U. S. AV. Rep. 129 (2d cir, 1965).

④ U. S. Court of Appeals (2nd Cir), March 6, 1978; 14AVi. 18, 370.

⑤ Komlos V. Air France, 3AVi. 17, 969 (S. D. N. Y. 1952), rev'd. 4AVi. 17, 281 (2ndcir 1953).

公约》并不解决可赔偿性损害问题①。目前，这种观点在美国还占有优势，即使是 20 世纪 70 年代出现了多起因劫机引起的精神损害赔偿案件，仍未改变这种看法。但是自美国纽约法院判决"巴布科克诉杰克逊"案以来，侵权行为地法规则受到多数州的批评，认为支配可赔偿性损害的法律依事故发生地这种偶然性因素来确定，是不适当的。目前，这一问题已倾向由与事故或当事人有最密切联系地的法律决定。②

3. 加拿大法院的实践

加拿大法院的做法与美国法院的实践类似。在"瑟普南特诉加航公司"案中（Surprenant V. Air Canada），原告的女儿在空难中丧生，她要求加航就其失去女儿遭受的精神伤害给予赔偿。原告请求赔偿的损害包括：（1）女儿死亡给她造成心灵创伤的损失；（2）其他感情上遭受痛苦的损失。但法院拒绝了原告的请求理由，认为这并不构成一个诉讼对象（object of action）。但是迪辛斯（Deschêns）法官则强调，公约对此问题未作规定，第 17 条中的"损害"一词必须依据受理案件的法院地法作出解释。法院最终拒绝了原告的请求，根据是，这种损失具有主观性（subjective nature），也难以为法律所承认的任何标准来衡量。③

4. 英国法院的实践

英国法院在实践中倾向于对精神损害给予赔偿。在英国的"Preston V. Hunting Air Transport"案，法院依据《华沙公约》第 17 条拒绝了被告提出的只有金钱损失才可以赔偿的理由。法院提出，公约第 17 条并不只是适用于金钱损失，它还包括"损害"。该案法院根据未成年原告因其母亲在事故中丧生判给他一笔赔偿费。法院的判决指出：原告正处在受照料的年龄，而这一权利却因其母亲非正常死亡而被剥夺了。④ 该案虽然没有明确肯定对精神损害给予赔偿，但从法院拒绝被告的理由中并不难看出，法院对"非金钱损失"的赔偿是予以肯定的。

（三）因空劫机带来的航空私法问题

1. 关于公约第 17 条中"其他人身伤害"的立法溯源及其解释问题

1925 年，在巴黎举行的第一次国际航空私法会议上，巴黎委员会在拟订

---

① Georgette Miller, *Liability in International Air Transport*, 1977. p. 116.

② Georgette Miller, *Liability in International Air Transport*, 1977. p. 117.

③ (1973) Recueils de Jurisprudeuce, Québec 107 (ct. App. Montreal, 1972).

④ See Conférence Internationale (Paris, 1925), Report of the second Committee, p. 60.

一项统一的航空运输责任公约草案时使用了一个简短的条文来概括承运人的责任："承运人对乘客、货物和行李运输中的损失负责。"① 很显然，这是一个含义广泛的条款，它涵盖了承运人对旅客、行李和货物运输期间的各种类型的责任，并允许给予旅客蒙受的精神损害赔偿。② 但是，该条由后来的航空法专家国际技术委员会（CITEJA）作出了实质性的修改，将一个单一的责任条款分成了三项，即旅客运输责任条款、行李运输责任条款和货物运输责任条款。此外，还对各种形式的航空运输增加了一个延误责任条款。1929 年在华沙举行的第二次国际航空私法会议通过《华沙公约》时，曾就航空旅客运输责任作出过讨论，公约案文第 17 条将其表述为 "凡旅客因死亡、受伤或受到任何其他人身伤害而蒙受损失，如果造成这类损失的事故发生在航空器上，或者登机或下机过程的任何 一个阶段中，承运人应负责任"。法文本为该公约的正式文本，在表述条文中 "其他人身伤害" 时，正式文本使用了法语中 "Lésion Cororelle" 一词，其语意是 "肉体上的伤害"。而《华沙公约》的两个英译本，即载入英国 1932 年《航空运输法》的公约英译本和为美国国会通过的公约英译本使用 "bodily injry"（身体上的伤害），来表达法文本中 "Lèsion Corporelle" 的词义。③ 从公约第 17 条案文来看，承运人对旅客承担的赔偿责任限于 "死亡、受伤或任何其他人身伤害" 三种形态。其中，"死亡" 和 "受伤" 是两个单独的损害形式。但是，在 "受伤" 之后使用的 "其他人身伤害" 显然不是 "受伤" 一词所表达的 "身体遭受创伤" 的语意，那么它是否意味着指旅客遭受的 "精神损害" 呢？华沙会议却对 "Lèsion Corportlle" 一词所指的语意和范围未作讨论。出席 1929 年华沙会议的德国代表，著名航空法学者里斯（R ee se）在将同一词语译成德文时，表述成 "任何对健康的伤害"。这种译法也为奥地利和瑞士等国所采纳。④ 从《华沙公约》创制的历史反映出，公约第 17 条对于可赔偿性损害的类型并未作出明确的限定，尤其是华沙会议对于 "Lèsion Corporelle" 这一关键词汇的语意未作明确的表述和解释。这样一来，各国在执行公约第 17 条的实践中就出现了对 "任何其他身体伤害" 应否包括 "精神损害" 问题的争论，实际上是如何理解公约法文本中 "Lèsion Corporelle" 一词的语意和范围问题。对这一问题的不同回答将可能产生适用什么法律来解决航空运输中旅客蒙受的 "精神损害" 的赔偿问题。如果认为

---

① See Conférence Internationale（Paris, 1925），Report of the second Committee，p. 60.

② Georgette Miller，*Liability in International Air Transport*. 1977. p. 124.

③ See Georgette Miller，*Liability in International Air Transport*. 1977. pp. 117—118 .

④ 赵维田："国际航空承运人对旅客伤亡的责任范围"，载《中国国际法年刊》，1984 年，第 141 页。

公约中"任何其他人身伤害"包括精神损害在内，显然要适用公约的统一责任规则决定承运人对精神损害赔偿的构成要件、责任限制及责任免除等相关问题；如果认为公约第 17 条排除精神损害的赔偿，则意味着承运人对旅客遭受精神损害的赔偿责任要通过各国国内法来决定，《华沙公约》的统一规则将不被适用，由此将导致法律冲突问题。由于公约正式文本对"Lésion Corpor elle"的含义未予明确，各国在将法文本译成本国文字时使用的表述方法并不统一，在解释和适用公约第 17 条时出现了不同的做法。

首先，在法国法院看来，精神伤害是否包括在"肉体伤害"里面，公约并没给予明确规定。公约的立法者不曾想到在发生精神伤害的同时，也发生了身体上伤害的情况。[①] 即使在法国法律中，身体上的伤害同精神伤害并未被明确区分开。按照法国法律的传统，无论是身体伤害还是精神伤害都同样可以获得赔偿。对此，米勒（Georgerre Miller）教授曾明确指出："在法国法中，肉体上的损害，包括身体上、精神上和心理上的损害以及任何直接由身体伤害引起的金钱损失（pecuniary loss）在内都可给予赔偿。"[②] 因此，法国法院在实践中的观点是，公约第 17 条并未将精神损害的赔偿排除在外。

其次，就德国的观点来看，公约案文中的"任何其他人身伤害"，可作"任何对健康的侵害"理解。仅就字义来理解，它"更有可能包括精神创伤"[③]。从本质上而言，德国的观点与法国的实际做法并无二致，都倾向于将"精神损害"包括在"任何其他人身伤害"之内。

再次，美国文本使用了"bodily injury"（身体上的伤害）一词来表达公约正式文本中的"lesion Corporelle"（肉体上的伤害）一词的含义。但是"bodily injury"是否包括"精神损害"在内，美国法院的解释和实践并不一致。主要有两派意见。一种意见认为"身体上的伤害"包括精神伤害在内。其立论的根据是，如果身体上的伤害仅指肉体创伤，用"受伤"一词就够了，无须另加此词。公约案文既然未明确排除精神创伤，只能解释作暗示有包含精神创伤的意思。另一种意见则持反对观点，认为公约第 17 条之所以加上"任何其他人身伤害"不过是强调包括一切种类的肉体创伤而已。可见，美国在公约第 17 条规定的解释问题上，存在两种截然相反的观点。不过，前一种观点更接近法国法上"肉体上的损害"一词的含义。

---

① Georgette Miller, *Liability in International Air Transport*. 1977. p. 120.

② Georgette Miller, *Liability in International Air Transport*. 1977. p. 123.

③ 赵维田："国际航空承运人对旅客伤亡的责任范围"，载《中国国法年刊》，1984 年，第 141 页。

顺便提出，1971 年的《危地马拉议定书》在修订《华沙公约》时，用
"人身伤害"（personal injury）代替了公约英文译本第 17 条中的"身体上的伤
害"（bodily injury）一词。这主要是 1970 年国际民航组织在拟定议定书时，
为克服英文本中"bodily injury"含义的狭隘性，以使公约的正式法文本有一
个更好的英文本而考虑的。那么这种修订有何效果呢？国际民航组织法律委员
会未作出任何说明和评价。① 至于"人身伤害"的具体含义，米勒教授分析指
出：无论怎样说，公约原来案文中的"肉体上的伤害"可否正确的译为"身
体上的伤害"，合理的解释只能是，"肉体上的伤害"与《危地马拉议定书》
中的"人身伤害"都是含义相当的词汇。②

不过，1971 年的《危地马拉议定书》至今尚未生效，两大法系国家关于
公约第 17 条理解上的差异远未因此消除。目前的现状是现行公约的法文本仍
在使用"肉体上的伤害"的表述方法，大陆法系国家在实践中很少存在对公
约第 17 条解释上的争议。关于单纯的精神损害的可赔偿性问题，直到目前也
只有美国提出这一问题。需要指出的是，在 20 世纪 70 年代之前美国法院也很
少有过此种争论，而随着 70 年代初期在美国发生的几起劫机事件引起的航空
损害赔偿案，才使得公约第 17 条的适用和解释成为美国司法界关注的热点
问题。

2. 因劫机引起的损害赔偿责任

在《华沙公约》的创制阶段国际上尚未发生过劫机事件，因此公约的制
定者虽然希望创造一种能够包括所有航空旅行灾难的责任规则体制，但当时还
不可能考虑到劫机带来的风险责任问题。然而，70 年代以来发生了多起劫机
和恐怖主义活动对旅客生命安全造成损害的事件，使早期人们不曾料想的许多
航空风险不约而至，使承运人的责任状况和航空运输的风险范围被逐步地扩大
了。正如美国法官考夫曼所说："自 1929 年以来，航空风险已经以《华沙公
约》制定者们所始料不及的方式大大地变化了。航空旅行灾难，一度只限于
空难，现在不幸地要包括雅典袭击这类恐怖行为在内。该次事件生动地说明了
这新的风险常常要扩散到航空站大厅内。"③ 仅就 1970 年 9 月 6 日的一天
内，发生了四架分别从欧洲与以色列飞纽约客机被劫持的事件，④ 由此在美国

---

① ICAO legal Committee（Montreul 1970），Doc，8878－LC162，p. 370（Lc/Working Draft No. 145—
18）.

② Georgette Miller, *Liability in International Air Transport*, 1977. p. 123.

③ 转引自赵维田："国际航空承运人对旅客伤亡的责任范围"，载《中国国际法年刊》，1984 年，
第 131 页。

④ 同上书，第 140—141 页。

引出了几起著名的航空损害赔偿案件，即前文所述的"赫塞尔诉瑞航案"、
"赫曼诉环球航空公司"案、"罗丝曼诉环球航空公司"案和"伯纳特诉环球
航空公司"案。由于劫机事件频频发生，迫使人们重新审视华沙责任体制的
实践效用。不少学者中肯地提出："应当使《华沙公约》成为包括所有航空风
险的责任体制。"① 那么因劫机引起的民事损害赔偿案件究竟给航空私法带来
了哪些新的问题呢？就美国法院的实践来看主要涉及以下两个方面：

其一，因劫机造成的损害发生在机场或飞机之外时，承运人应否承担民事
责任；

其二，因劫机造成的单纯精神损害，应否包含在公约第 17 条规定的责任
范围之内。

就美国法院处理此类案件的司法实务来看，这两个问题往往交织在一起，
难以明确区分。为阐述方便起见，现分述如下：

（1）因劫机引起的民事责任期限问题

《华沙公约》第 17 条在规定承运人对旅客的民事责任时，除将其承担责任
的损害后果限定为旅客死亡、受伤或其他人身伤害三种形态以外，并对承运人
的责任期间也作了限定，即承运人只对旅客在航空器上或登机或下机过程中因
事故引起的损害负责。但是由美国法院处理的几起因劫机造成人身伤害的案件
都遇到了一个共同的问题，即受害人所要求给予赔偿的损害都是在机场或飞机
之外发生的，承运人是否对此损害负责呢？这是华沙规则适用中的一个新问题。

在"赫曼诉环球航空公司"案中，原告乘坐的飞机被劫持，飞机被迫改
变航向在约旦境内的沙漠地带迫降，并在此停留了一个星期。原告要求环球航
空公司对其在这一星期内遭受的惊吓和因恐惧引起的精神抑郁给予赔偿。如果
按照公约第 17 条严格解释，原告要求赔偿的精神损害显然不是指"发生在航
空器上"的损害。纽约最高法院分析到，原告的请求与第 17 条是符合的，因
为原告的损害是在登上飞机并在飞机航行中引起的，当时劫机事件已经发生。
原告随后被拘禁在沙漠的一周里，实际他仍在飞机上，而劫机也同时在进行
中。据此，法院判决说，原告遭受的损害发生在"飞机上"，应由承运人
负责。②

另一起类似的案例是我们已经提到过的"赫塞尔诉瑞士航空公司"案。
在该案中，一架飞机因被劫持而改变了正常的航向，降落在距离安曼不远的一
个沙漠机场上。原告在被劫持的飞机上逗留了 24 小时以后，被带往安曼市区

---

① See Georgette Miller, *Liability in International Air Transport*, 1997. p. 133.

② 12 Avi. 17, 304 (N. Y. Sup. ct. 1972).

的一家旅馆扣押了四天。原告要求承运人对其在安曼遭受的损害给予赔偿。如果对公约第 17 条采取严格的字面解释（Literal Construction），发生在安曼旅馆的损害显然不属于公约第 17 条规定的损害范围。那么，该损害应否被视为是在公约第 17 条规定的期限内发生的呢？纽约南区法院作出了对后来产生颇大影响的结论。该法院指出："在航空器上是指包括在始发地登上飞机到抵达预定目的地下机之间的所有期间。"① 法院还强调指出，许多公约的起草者都设想过承运人应对飞机自起飞到抵达目的地期间的全部损害承担责任。原告所说的损害应被视为是"在航空器上发生的"。②

比较上述两案的判决要点可以看出，美国法院对因劫机引起的民事责任案件，已完全不再囿于对公约第 17 条中"在航空器上"的字面理解，而是通过法院判例对承运人的责任期间作出扩大解释，使"在航空器上"这一条文规定的责任期间有了另外的含义，即在劫机过程中发生的损害不论该损害是否实际在航空器上发生，一概被推定为是"在航空器上"发生的，以此将华沙规则适用于因劫机引起的赔偿责任，这种实践在以往是从未有过的。

（2）因劫机引起的单纯精神损害可否给予赔偿问题

涉及这一问题的案例主要是"伯纳特诉环球航空公司"案③、"罗丝曼诉环球航空公司"案④和"赫塞尔诉瑞士航空公司"案⑤。这三起案例的共同之处是，原告在劫机中未受任何身体伤害（physically harmed），但他们都因劫机或惧怕自己受到生命威胁而受到惊吓，要求被告对其精神创伤给予赔偿。

前已述及，在单纯的精神损害可否赔偿问题上，美国法院的实践一向都不统一。在上述三案的处理上，美国法院对公约第 17 条作出的具体解释和适用的方法也很不一致。鉴于这个问题的复杂性，本文宜作单独讨论。此处只提及美国法院在处理上述三案时涉及的两个共同的技术性问题的实际做法。

其一，公约两种文本的准据问题

上述三案均涉及的是以法文本作为解释公约第 17 条中"任何其他人身伤害"的根据，还是以英文本为解释根据的问题。前已述及，《华沙公约》的正式文本为法文本，该文本使用的"lesi on corporelle"（肉体上的伤害）的词

① Georgette Miller. *Liability in International Air Transport*, 1977. p. 132.

② See 13 Avi. 17, 603（S. D. N. Y. 1975）.

③ 12 Avi. 18, 405（D. New Mexico, 1973）.

④ 13 Avi. 17, 231（N. Y. Ct. App. 1974）.

⑤ 13 Avi. 17, 603（S. D. N. Y. 1975）.

语，在美国文本中被译作"bodily injury"（身体上的伤害）。这两个词汇的含义存在差异。虽然公约原来案文并未对"lésion corporelle"的词意作任何统一的技术性解释，但是按照法国法律的观点，"肉体上的损害"有着比较广泛的含义，其范围包括身体上、精神上和心理上的损害以及任何直接由身体伤害引起的金钱损失。① 按此理解，应当把精神损害包括在公约第 17 条的"其他任何人身伤害"的范围之内。但美国文本中的"身体上的伤害"，当然并不包括精神损害在内，其具体含义在美国法院有从宽和从严两种解释方法。对"bodily injury"作从宽解释，其语义比较接近法语文本中"lè si on corporelle"的含义，但两者的确切意思并非一致。由此在美国法院出现了究竟以哪一种公约文本作为解释根据的问题。争论的焦点是如何理解和认识法文本中"lèsion corproelle"（肉体上的损害）的含义，具体来说，就是公约第 17 条规则是否适用于精神损害赔偿。

在前述"伯纳特"案，新墨西哥州法院主张以公约的法文本解释第 17 条的含义。其理由是：①法语是公约的正式语文；②美国应当遵守和保留正式的法语文本；③此外可以使用华沙会议代表所共同使用的另一种语言作为解释公约的辅助语言。② 而在"罗丝曼"案，纽约上诉法院却拒绝将法语作为解释公约的唯一语言，而是主张以法国法律作为解释公约的根据。该法院提出"法国法律的语言必须在精确的法文本的英文译本的限度内才能予以考虑"。应予强调的是，以"法语"解释公约第 17 条的规则，还是以"法国法律"来作为解释公约的依据，其效果可能是不一致的。如果按照法国法律去解释"lèsion corp orelle"的含义，恐怕应当将精神损害包括在第 17 条的范围之内了。不过，该法院最终还是按照美国法律的传统来看待精神损害的可赔偿性问题，认为单独的精神损害不能给予赔偿。

另外，"赫塞尔"案涉及的公约解释问题更具有典型意义。因为纽约南区法院起初赞同适用法国法律的解释，③ 以后又改变了这种观点。该法院提出："缔约各国应当遵守公约的法文本，因为各国都是该公约文本的签字国，但这并不意味着公约涉及的术语用法国法律来解释或者赋予法国法律的含义就具有约束力……只有公约起草人使用的共同语言才能表达他们对公约的共同理解。"④ 但此意见遭到联邦法院的反对。主审该案的泰勒法官认为："既然公约

---

① Georgette Miller, *Liability in International Air Transport*, 1997. p. 123.

② See Georgette Miller, *Liability in International Air Transport*, 1977. p. 118 .

③ See 12 Avi. 17，637（S. D. N. Y. 1972）.

④ Georgette Miller, *Liability in International Air Transport*, 1977. p. 119.

采用了法国法律的概念，适用法国法解释公约才能更为贴切地理解公约案文的技术含义，这样才能更准确地判断公约起草者的立法意图。"①

从上述案件的情况来看，美国法院还是倾向于依据法国法律对公约条款作出解释，但因受美国法律传统的影响，美国法院在处理个案时却又存在不同的实际做法。

其二，诉因与当地法救济

美国法院在分析精神损害的可赔偿性时，往往引入"诉因"的概念，并与当地法的适用联系在一起。分析起来，主要是一些法院认为《华沙公约》第17条规则不适用于精神损害的赔偿，原告的此种请求只能由当地法决定可否给予诉讼救济。在这方面，美国法院的实际做法不甚一致。有些法院依据于法院地法决定精神损害的可赔偿性，也有一些法院依据其冲突规则确定适用于损害的法律。② 就美国一些州的法院实践来看，有些案件适用了传统的事故发生地法律。例如，美国最高法院在"里查德诉美国"案（Richard V. United States）中强调，法院必须适用侵权行为地的法律——多数情况下是飞机坠毁地的法律来决定损害的可赔偿性问题。③ 这一规则也为"东方航空公司诉统一信托公司"案（Eastern Airlines, Inc. V. Union Trust Company）所采纳。但现在的倾向则是采用最密切联系原则，自1963年美国纽约州法院在"巴布克科诉杰克逊"案（Babkock V. Jackson）确立这一规则以后，最密切联系原则也在航空事故案件中被适用。④

至于诉因对精神损害可赔偿性的影响，美国纽约南区法院对"赫塞尔"案的观点是，"因精神和心灵的创伤引起的损害，其可赔偿性问题应当通过适用能够提供诉因的实体法来获得解决，因为公约在是否存在诉因方面是模棱两可的，它只对准据法规定的具有诉因的案件进行了限定和提供了条件"。⑤ 美国航空法学者卢文弗尔德（Andreas F. Lowenfeld）也持此种观点。⑥ 这就是所谓"《华沙公约》不创设独立诉因说"，其核心是认为航空事故引起的民事责任诉讼是由侵权行为引起的而不是合同引起的，而

---

① 13 Avi. 17, 235. (S. D. N. Y. 1975).

② Georgette Miller, *Liability in International Air Transport*, 1997. p. 122.

③ Micheal Bogdan, *Aircraft Accident in the Conflict of Laws*', in Recueil Des Cours, 1988. Vol. I. p. 119.

④ Micheal Bogdan, *Aircraft Accident in the Conflict of Law's*, in Recueil Des Cours, 1988. Vol. I. p. 117.

⑤ 13 Avi. 17, 611 (S. D. N. Y. 1975).

⑥ Andreas F. Lowenfeld, 'Hijacking, Warsaw, and the Problems of Psychic Trauma,' (1973). J. In't Land comp. p. 345.

《华沙公约》只是规定了推定责任，而并没有创设诉因。华沙规则只是加给诉因一些条件，诉因要由不法行为地法来创设。也就是说，由谁行使诉权，亲属之间怎样分配赔偿金等问题，都要由侵权行为地的法律决定。①不过这种观点自 1978 年的 "本杰明诉英国欧洲航空公司" 案以后被各州法院逐渐放弃，② 现今美国法院已很少再用 "诉因" 规则来说明和解释精神损害的可赔偿性问题。

（四）美国法院解释和适用《华沙公约》第 17 条的判例实践

美国法院对公约第 17 条中 "任何其他身体伤害" 作出详尽解释的案例，是前述 "赫塞尔" 案、"伯纳特" 案和 "罗丝曼" 案。通过上述三案的判决，美国法院对公约第 17 条确立了从宽和从窄两种解释方法，并在精神损害的可赔偿性问题上演化出截然相反的两种判例实践。这些解释的方法和法院的观点，对国际航空旅客运输责任规则产生了很大影响，尤其是给公约第 17 条的执行提供了许多司法实务上的方法和经验。国外许多航空私法著作大多都对上述判例规则进行深入的阐述和分析，此方面较具代表性的是著名航空私法专家米勒教授所著的《国际航空运输责任》一书所作的有关分析。③

1. 从宽解释——"赫塞尔诉瑞士航空公司" 案判例

单纯的精神损害可否赔偿？纽约南区法院在审理 "赫塞尔" 案时给予了明确的肯定回答。该法院认为，"单独的精神损害（mental injury alone）可以获得赔偿。因为这种损害已被包括在身体上的伤害（bodily injury）的范围之内了"④。该法院宣称："公约第 17 条案文的文义并没有给精神伤害本身的赔偿问题提供任何可资判断的真正线索（any real clue）⑤。但是，华沙公约的目的是给调整航空承运人责任提供一套完整和统一的法律规则，因此公约所列举的伤害类型应包括各种形式和种类的伤害。精神上和心灵上的创伤都应该被包括在内，所以应当对公约第 17 条的含义作更为广泛的理解。"⑥ 该案主审法官泰勒（Taler）直截了当地说："对单独的精神伤害应当给予赔偿。在我看来，

---

① See Komlos V. Air France, 3 Avi. 17, 969 (S. D. N. Y. 1952).

② US Court of Appeals (2nd Cir), March 6, 1978, 14 Avi. 18, 370.

③ See Georgette Miller, *Liability in International Air Transport*, 1997. Chapter VI. Sec 2. 'Compensable Damages', from 111 to 131.

④ Georgette Miller, *Liability in International Air Transport*. 1977. p. 120.

⑤ 13 Avi. 17, 608 – 17, 609 (S. D. N. Y. 1975).

⑥ See Georgette Miller, *Liability in International Air Transport*, 1977. p. 131.

另作主张不仅会在证据问题上引起混乱，而且也会使华沙体制在实现其宗旨的有效性上受到限制。"① 纽约南区法院为支持上述论点还引入了"诉因"分析。该法院认为，可赔偿的损害问题应当通过适用能够提供诉因的实体法来获得解决，该案适用的实体法是纽约州法，该法律对精神伤害和心灵创伤都规定了诉因。②

从上述观点可以反映出，在"赫塞尔"案中法院对公约第17条采取了从宽解释，以使单独的精神伤害包括在该条规定的"任何其他人身伤害"的范围里面，目的是实现华沙规则的统一适用。尽管该法院采用"诉因说"，并以纽约州法的实体规则支持其从宽解释的理由，但不能否认，从宽解释第17条规定的实质是扩大其适用范围，其效果表现在使华沙统一规则同样适用于航空旅客运输中产生的单独精神损害的赔偿，以排除此种损害适用当地法救济的可能性。

2. 严格解释——伯纳特和罗丝曼诉环球航空公司案判例

与"赫尔塞"案判例正相反，美国法院在"伯纳特"案和"罗丝曼"案对公约第17条案文中的"任何其他身体伤害"采取了严格解释。这两起案件判决的明显特征是，它们都受美国法律传统规则的影响，即以"单纯的精神伤害不予赔偿"的观念作为分析和判定原告诉讼请求的逻辑起点。但是传统规则并不完全排除精神伤害的可赔偿性，只是强调这种可赔偿性必须建立在精神损害与身体伤害之间存在内在联系的基础之上。为此，纽约上诉法院在审理"罗丝曼"案时指出："我们可以得出这样的结论，即公约第17条规定的损害必须是可以看得见的对身体造成的客观性伤害。"③ 据此，法院判决称："只有因身体的伤害直接引起的精神痛苦才能获得赔偿。"④ 新墨西哥州地区法院在审理"伯纳特"案时对"赫尔曼"案判决的理由作了进一步阐述："显然，由身体上的伤害直接引起的精神痛苦（mental anguish）是身体伤害事件的持续性损害（damage sustained in the event of bodily injury）。根据普遍承认的法律原则，在发生身体上的伤害的同时所直接产生的精神痛苦是允许给予赔偿的，由身体上的伤害直接导致的情感上的苦恼（emotional dismess）也可以获得赔偿。所以，只要原告可以证明其感情上的苦恼是由劫机造成的身体上的伤害直接引

---

① 引自赵维田："国际航空承运人对旅客伤亡的责任范围"，载《中国国际法年刊》，1985 年，第 144 页。

② See 13 Avi. 17，611（S. D. N. Y 1975）.

③ See Georgette Miller, *Liability in International Air Transport*, 1997. p. 121.

④ 13 Avi. 17，231（N. Y. Ct. App. 1974）.

起的，即可以获得赔偿。"① 可以说，上述判决对公约第 17 条进行严格解释作了比较清楚的表述，实际上明确了精神损害赔偿的基本要件：

其一，在任何情况下，单纯的精神伤害不予赔偿；

其二，可予赔偿的精神伤害必须与身体上的伤害之间存在内在联系，它必须是通过身体上的伤害表现出来的，或者它本身是由身体上的伤害直接引起的；

其三，原告必须负责举证，以证明精神伤害同因劫机引起的身体上的伤害之间存在因果关系。

对上述可予赔偿的精神伤害的要件，审理"罗丝曼"案的纽约上诉法院的法官拉宾（C. E. Robbins）曾作出过十分清楚而又详尽的阐述。他指出："要给予赔偿的伤害必须是'身体上的'，但在原因（事故）与结果（身体上的伤害）之间的因果联系，可以通过'精神上'的中介。一旦责任对象（身体上的伤害）被确认，那么由'身体上的伤害'所引起的损害，包括精神上的病痛，都应给予赔偿。"拉宾强调："我们是经过廓清第 17 条的文字措辞才得出这个结论的，这些措辞，就其本来含义来说，对于原告单凭精神创伤甚至引起身体伤害的那种精神创伤，公约是不支持赔偿的"，"总之，对于原告的可以摸得着的客观身体伤害，包括由劫机精神创伤引起的身体伤害，以及由该身体伤害引起的损害，被告是有责任的；但是对于精神创伤本身，或者说无身体表现或行为表现的精神创伤，被告是没有责任的。"②

值得考虑的是，在华沙案件中，如果按照上述严格解释很可能出现这样一种结局：旅客因劫机或飞行事故事实上造成了精神伤害，但没有身体受到伤害的外观特征，或原告无法提供精神伤害是由身体伤害引起的证据，都可能会被当作"单纯的精神伤害"而被排除在公约适用范围之外，而不能获得华沙统一规则的任何救济。此种情况下，原告可否获得当地法的救济呢？著名航空法学者米勒教授认为，此种境况是因公约第 17 条没有对可赔偿性损害问题作出调整或限定而产生的。她精辟地指出："（公约）第 17 条没有对因身体伤害导致的精神伤害的赔偿作出限制的事实，并不意味着对精神伤害的全部请求必须由每一法院适用公约获得满足。每一个法院都可以对受公约支配的案件的可赔偿性损害作出自己的评价。有一些法院会适用法院地法或法院地的法律选择规

---

① See Burnett V. *Tran s World Airlines*, Inc, 12Avi. 18, 409（D. New Mex. 1974）.

② 转引自赵维田："国际航空承运人对旅客伤亡的责任范围"，载《中国国际法年刊》，1984 年，第 142—143 页。

则所援引的法律去决定是否给予赔偿。"① 她还认为："可赔偿的损害不受公约调整。对此问题公约已获得了几种补充方式。有些法院依据法院地法来解决此类问题，还有一些法院通过冲突规则确定适用于损害的法律。"② 从米勒教授的评论和分析中可以看出，公约第 17 条排除对单纯的精神伤害的赔偿，在此种情况下受害者可以通过国内法寻求救济的合法途径，这样一来，势必又引起新的法律冲突问题。

3. 简短的结论

单独的精神伤害可否予以赔偿，美国上述判例给予了不同结论。"罗丝曼"案对"身体上的伤害"采用了严格解释，以阻止对单独的精神伤害给予赔偿。而"赫塞尔"案则采用了从宽解释，无论精神伤害是否与身体上的伤害有关，都可给予赔偿。美国法院在此问题上的分歧主要导源于对公约正式文本中"肉体上的伤害"的不同解释。在"伯纳特"案，美国法院对这一术语采用了严格解释，认为单独的精神伤害不应给予赔偿，因为"身体上的伤害"似乎已排除"精神伤害"了。

由于《华沙公约》本身并未对精神伤害的赔偿作出明确的规定，在实践中对公约第 17 条是作严格解释，还是从宽解释，直接涉及单独的精神损害可否予以赔偿的问题。

值得注意的是，直到目前为止对单独的精神损害可否赔偿，也只有美国法院存在这一争论。在过去的实践中，大陆法系国家未曾出现过此种争论。以法国为例，在传统上无论是物质损害还是精神损害均可给予赔偿，只要损害是明确的（即可以算定和估计）和直接的（即与事故之间存在因果联系），均可由承运人负责赔偿。就此来说，单独的精神伤害可否赔偿，对大陆法系国家来说并不是一件多么复杂和特殊的问题。近年来，美国法院已经注意到对公约第 17 条采用不同的解释方法给华沙规则的统一执行带来的严重后果，试图寻求某种协调或一致的步骤借以消除此方面实践所存在的冲突和分歧。例如，1975 年美国加利福尼亚中心区法院在判决"克里斯托尔诉英国航空公司"案时（Krystal V. British Overseas Airways Corporation），该法院强调了 1966 年《蒙特利尔协议》将原公约英文本中的"bodily injury"（身体上的伤害）改译为"personal injury"（人身的伤害），"有澄清可赔偿的伤害种类的意图"，并据此得出结论说："如果联系《蒙特利尔协议》在对旅客通知中所作修改来看，必

---

① Georgette Miller, *Liability in International Air Transport*. 1977. p. 122.

② Ibid.

须将第 17 条理解为包括精神伤害在内。"① 不过,这只是美国法院为了取得一致结果而表达的一种愿望罢了!如果不对公约第 17 条的规定作出修订,以明确可赔偿损害的具体类型和范围,美国法院在此问题上的分歧仍然不会消除。应予说明的是,笔者倒是赞同对第 17 条采取从宽解释的做法。理由是:

首先,将精神伤害包括在第 17 条规定的"其他任何身体伤害"之内,可以扩展华沙统一规则的适用范围,以此消除把该问题交由国内法解决可能产生的法律冲突,这对推动航空私法的统一无疑是有价值的;

其次,《华沙公约》毕竟是在 20 世纪初期创制的国际私法规则,当时还不可能预见到劫机等因素带来的航空风险,但是作为一个国际上普遍性的统一航空私法体系,华沙体制应尽可能包括一切航空风险引起的伤害种类,只有这样才符合现代国际民航发展的实践需要。尤其是,自 20 世纪 50 年代以来,华沙体制呈现出保护旅客权益为重心的明显发展趋势,各国法律也都纷纷强调对消费者利益的保护,在现代法制发展的今天,就更没有理由将旅客精神损害的赔偿排斥在华沙责任体制之外了。因为通过统一规则给旅客生命健康以切实保护,要比依据当地法救济所面临的种种立法差异而使受害者权益的保护处在不确定的境况要好得多。更重要的是,采用统一的责任限制解决精神损害赔偿问题,对限制原告通过选择法院而索取巨额赔偿,从而实现对承运人的保护,也是十分有益的。

三、国际航空旅客运输的责任期间

《华沙公约》第 17 条不仅规定了承运人对旅客的责任范围,而且还对承运人的责任期间也作出了限定。该条将旅客运输的责任期间表述为:"在航空器上、或者登机或下机过程中的任何一个阶段。"从责任构成上来说,责任期间限定了承运人的责任范围,承运人只对发生在责任期间以内的事故引起的旅客伤亡或任何其他身体上的伤害造成的损失负责,凡超出责任期间的损失一概不由承运人承担责任。因此,责任期间是航空承运人责任构成上的一个十分重要的法定要件。然而,公约第 17 条只是对承运人的责任期间作了概括性表述,承运人的责任期间从何时起算,到何时为止,公约本身并没有给予明确的判定标准。尤其是,"登机或下机过程中的任何一个阶段"是一个具有相当伸缩性的条文表述。作为事实问题,各国法院在执行公约第 17 条规定的实践中,按照具体案件的不同情况,对承运人的责任期间作出了解释,并通过法院判决形成了确定承运人责任期间的各种标准,使《华沙公约》关于责任期间的概括

---

① 　403 F. Supp. 1322, 14 Avi. 17, 128 (C. D. Cat. 1975).

性规定有了比较确定的内容。归纳起来，为各国法院判例所援用的确定标准主要有"场位标准"和"三重标准"（或称"代伊模式"）两种方式。本节通过有关判例详尽阐述这两种责任期间确定标准的成因、内容及其适用的方法，剖析各种方法产生的理论根据，并比较和分析不同标准在实践中产生的实际效果。

（一）立法溯源

在《华沙公约》案文的拟定和创制中，责任期间曾是被讨论最多的问题之一。1929 年华沙会议讨论的公约草案曾把旅客、行李和货物运输的责任期间合并在一起，表述为"从旅客、货物与行李进入始发地飞机场时刻起，到它们离开抵达地飞机场时刻止"①。这个表述方法被称作为"门至门"标准，主要是模仿 1924 年《海牙规则》的责任期间拟定的。② 但是，该条案文却遭到多数代表反对。理由是，《海牙规则》对责任期间的表述只适用于海上货物运输的情况，而《华沙规则》则包括旅客运输。而旅客与货物属于不同的运送客体，应制定出不同的运输规则。各国代表普遍感到，门至门标准虽然界限清楚，但范围太宽。③ 法国代表里波特（Georges Ripert）提出，货物运输的期间可以承运人照管货物时起算，而旅客却是可以独自行事的人。④ 他强调应分别规定旅客和货物的运输期间。这一建议被多数与会国代表所赞同。但是如何决定旅客运输的责任期限，各国意见的分歧很大。航空法专家国际技术委员会（CITEJA）提出的公约草案规定，承运人只对运输期间发生的损害负责，运输期间排除机场范围之外的期间以及与航空运输无关的各种情况。一些国家代表进一步提出："承运人在出现飞机迫降时可停止承担责任，特别是在机场之外以及旅客离开飞机时，责任即应终止。"⑤ 至于责任期限的具体范围和起、至时间，各国代表产生了激烈的争论，形成了两种不同意见。

一种意见以英国代表阿尔弗雷德·丹尼斯为代表（Alfred Dennis），他提出对承运人的责任期限应当规定出明确的界限标准。丹尼斯主张应当参考

---

① Robert C. Horner, *Second International Conference on Private Aeronautical Law Minutes*, Warsaw 1929. pp. 251—252.

② 1924 年关于统一提单的若干法律规则的国际公约（简称 1924 年《海牙规则》）1 条（5）款规定，承运人对所运货物的责任期限，是从货物装到船上时起，至货物从船上卸下时止。

③ See Robert C. Horner, *Second International Conference on Private Aeronautical Law Minutes*, Warsaw 1929, pp. 21—72.

④ 赵维田："国际航空承运人对旅客伤亡的责任范围"，载《中国国际法年刊》，1984 年，第 126 页。

⑤ See II Conférence Internationale, pp. 47.（British dele gate），49（Hungarian delegate）.

《海牙规则》关于承运人责任期限的规定，实行"门至门"的责任期限。因为"这是一个实体规则问题，意味着运输合同从何时起开始履行，到何时止履行完毕"①。但各国代表提出的具体方案差异很大，有的主张责任期限应以旅客从进入起飞地机场开始至旅客离开目的地机场时结束；另一种方案主张"从旅客进入起飞地机场的候机楼开始，到离开目的地机场候机楼为止"；而巴西代表彼坎哈（Pecanha）甚至提出，承运人的责任期限应以旅客实际进出飞机为准。但这一标准却无法涵盖旅客在登机时发生在舷梯上的损害情况，而舷梯却不属于飞机的一部分。由此反映出，各国对责任期限的宽窄范围意见不同，很难统一。

　　另一种意见以法国代表里波特为代表，反对给责任期间规定明确的确定标准，认为在表述责任期限时，最好有一个一般模式，以适应和概括旅客登机的各种不同情况，旅客的具体行为是否属于登机是一个事实问题，应留给法院根据个案情况去决定。② 为此，他提出了"在运输过程中"这个一般性的表达方式。

　　经过讨论和比较，公约起草委员会在参照里波特提案的基础上，重新拟定了公约案文，将承运人对旅客的责任期限表述为"登机或下机过程中的任何一个阶段"。而正是这样一个"一般模式"，却给后来各国法院按照不同案情留下了予以具体解释的余地，以至于在实践中形成了各种不同的确定标准。

（二）发生在飞机上或登机或下机时的损害责任问题

1. 若干法院的判例分析

　　公约第 17 条中的"在飞机上"所表达是一个空间性的时间概念。一般而言，从旅客实际进入机舱口到走出机舱口的整个期间，均被认为是"在飞机上"，这一概念很少在实践中发生争议。在通常情况下，当旅客实际上已在飞机上，或者正进入飞机或正从飞机上下来时发生的事故，毫无疑问属于公约第 17 条规定的范围之内，这两个环节也无疑属于上、下飞机的组成部分。③ 例如，在"斯卡夫诉环球航空公司"案（Scarf V. Trans World Airlines, Inc.），原告正在登上被告航空公司的飞机，恰在

---

① See Robert C. Horner, *Second International Conference on Private International Minutes*, Warsaw 1929, pp. 67—68.

② 赵维田："国际航空承运人对旅客伤亡的责任范围"，载《中国国际法年刊》，1984 年，第 127 页。

③ See Le Gall－Kerjean C. Pichon, D. S. 1973, J63, note P. Chauveau (Cass, Cv, zme. 4 June 1973).

此时另一架为同一被告经营的飞机紧挨着该架飞机不远处驶来，这架飞机的螺旋桨吹出的强气流正好吹在原告登机的舷梯上，结果使原告在舷梯跌倒受了伤。纽约南区法院判决称，原告要求赔偿的损害发生在公约第 17 条规定的期限之内。①

而在前述"赫曼诉环球航空公司"案，原告是一架被劫持飞机上的旅客，该架飞机被迫改变航向在约旦境内的沙漠迫降，并在那里停留了一星期。原告要求赔偿她在这一周内的精神创伤。美国纽约最高法院认为，该损害发生在公约第 17 条规定的期间内，因为劫机是飞行中发生的，原告在飞机上就已受到该种损害，原告要求赔偿的损害只是在飞机上已经发生损害的延续。而在随后停留在沙漠的一周里，原告实际上仍待在飞机里，而此时劫机活动还在进行。又譬如，在前已述及的"赫塞尔诉瑞士航空公司"案，瑞航飞机遭劫持而被迫改变正常航线（normal route），降落在约旦首都安曼附近的一个沙漠机场。原告被拘禁在飞机上 24 小时以后，被带往安曼市区的一家旅馆又被扣押了四天，原告向纽约南区法院起诉，要求瑞航对其在安曼遭受的精神创伤给予赔偿，并称她所要求赔偿的损害不在公约第 17 条规定之内，要求按照纽约州法给予无限额赔偿。如果对第 17 条采用严格的文义解释（literal Construction），那么发生在阿曼旅馆的损害显然是在公约范围之外的损害，因为该损害既不是在飞机上发生的，也不是在登机或下机过程中（during any of the operations of embarking or disembarking）发生的。但纽约南区法院却作出对后来产生颇大影响的判决，该判决申明："公约的起草者毫无疑问已经设想到了，在飞机上的时间包括所有从起飞地登机开始，到预定目的地（a scheduled destination）下机为止的整个期间。"据此，该法院判决道，"造成原告所称伤害的、发生在离开苏黎世到返回苏黎世期间的所有事件，都应被视为曾发生在航空器上"②。

比较而言，前一案例反映的是正在登机时发生的损害，似乎此种情形的责任期间从旅客踏上飞机的舷梯时起算。"斯卡夫"案判例曾为后来的许多类似案例所引用，在航空法上一般都承认，当旅客踏上飞机的舷梯时起，承运人即开始履行运输责任。国外已有几个较有名的判例确认，在飞机舷梯上发生的损

---

① 4 Avi. 17, 795（S. D. N. Y. 1955），4 Avi 17, 828（S. D. N. Y. 19595），aff'd. 4 Avi 18, 076（2 d cir. 1956）.

② See 13 Avi. 17, 607（S. D. N. Y. 1975）；Georgette Miller, *Liability in International Air Transpoart*, 1977. p. 132.

害属于公约第 17 条范围之内。而对后两起判例，如从严格的文义解释，原告诉称的损害并不在第 17 条规定的范围之内。但该两案法院都强调引起损害的事故（即劫机）是在飞机上发生的，① 此时原告蒙受的精神创伤已经发生，原告所指的损害不过是已在飞机上发生的损害的延续，由此可说"劫机过程中所有活动都属飞机上的事故"②。从这一点理解，该两案原告诉称的损害被视为是在飞机上发生的事故所引起的，属于公约第 17 条规定的范围。可见，由于个案的具体情况不同，须针对发生旅客死亡、受伤或任何其他身体伤害的事故情况，来具体判定某一损害是否发生在承运人的责任期间。公约第 17 条正是基于航空旅客运输的复杂性，而不可能拟定出概括各种情况的标准责任期间，采用了一个富有伸缩余地的表述方式。因此，航空旅客运输中的责任期间规则主要是依靠各国法院执行《华沙公约》实践中的判例发展起来的。

此处特别应当提及荷兰著名航空法学家迪德里克斯·佛斯修尔（Diederiks-Verschoor）博士对此问题的分析和看法。她认为，责任期限属于承运人责任构成的一个主要因素，然而《华沙公约》却未作清楚的表述。那么，在此情况下怎样衡量和判定承运人的责任期限呢？她强调，承运人的照管是一个决定因素。③ 即承运人的责任始于旅客进入承运人雇员的照料范围，止于旅客进入目的地候机楼内。④ 为印证上述观点，佛斯修尔教授在其《航空法导论》一书中举出三个著名判例予以说明。⑤

案例一：在该案中，因为大雾，被告航空公司的班机延误。当后来发出航班要起飞的通知以后，原告同其他旅客一起为登机而从候机楼的楼梯上仓促下来，不慎跌倒摔伤。原告带伤登上了被告的飞机。法院判称，当航空公司通告旅客登机时，它就开始全面负起照料旅客的责任，被告应对原告所称的损害赔偿。⑥

---

① 美国纽约南区法院关于"赫塞尔诉瑞士航空公司"案判决将发生在飞机上的劫机行为称作"事件"，实际上已把劫机看成公约第 17 条规定的"事故"，只不过是采用了"事件"的称谓。此种情况在"赫曼诉环球航空公司"案、"罗斯曼诉环球航空公司"案和"伯纳特诉环球航空公司"案判决中均有反映。

② 赵维田："国际航空承运人对旅客伤亡的责任范围"，载《中国国际法年刊》，1984 年，第 139 页。

③ 1924 年《海牙规则》关于海上货物运输责任期间的规定，强调了承运人照料货物的决定性因素按其 1 条（5）款规定，承运人对运输货物的责任期限，是从货物装上船上时起，至货物从船上卸下为止。而在这期间，货物完全处在承运人的控制和掌管之下。

④ I·H. Ph. Diederiks – Verschoor, *An Introduction to Air Law*, 1997, 6thed. p. 74.

⑤ Ibid., p. 75.

⑥ Kammergericht（Federal Republic of Germany），March 11, 1961；(1962) ZL p. 78.

案例二："英特航空公司诉萨格"案（Air Inter V. Sage et al.）

在该案中，一位旅客在验票口处，尚未走进登机的过桥长廊时，因踩上前面另一位旅客掉在地上的酒瓶洒出的酒液而滑倒摔伤。①

就上述情况，佛斯修尔分析道：承运人不应对原告的跌倒摔伤负责，因为候机楼是公共场所，不属于承运人管理和照料的地带。因此，不能把航空运输准备阶段（the preparatory state of air transport）当作承运人责任已经开始。②

案例三，"康瑟茨·佐维诉巴黎机场"案（Consorts Zaoui V. Aéroport de Paris）

在该案中，原告踩在候机楼电梯时受伤，他向承运人提出索赔。法国最高法院判决称，发生事故时原告正处在供各个航空公司公用的候机楼内，此时被告航空公司的雇员尚无开始其照料旅客的职责。③

上述三个案例所涉及损害事实的发生地点是一致的，即都发生在机场的候机楼内。为什么法院判决的结果却不一致呢？关键因素在于法院怎样认定承运人何时开始履行照料旅客的责任。第一个判例似乎说明，当承运人发出登机通知并引导旅客登机时，其责任也随即开始，自此后发生的损害被认为属于公约第17条范围之内。而后面两个判例似乎表明，候机楼属于公共场所，不属于承运人履行照管职责的范围。由此看来，承运人的责任期间应自何时起算，并无固定标准可循，完全属于由法院判定的事实问题。不过，通过考察上述判例可以看出，下列因素对判断责任期限会产生很大影响：

（1）空间因素。即引起旅客死亡、受伤或身体上的伤害的事故是否发生在飞机上；以及旅客是否正处在登机区域，即从候机楼至飞机的地段（包括停机坪、飞机运行区等运输区域）；

（2）时间因素。即事故是否发生在登机或下机时。就上述判例来看，在旅客登机时发生在飞机舷梯上的损害事故，属于公约第17条规定范围之内；

（3）承运人的照管因素。事故是否在旅客办理完登记的最后一道手续，在承运人招呼下开始登机时发生的，这是确定"登机或下机过程"的关键因素。只要承运人已开始引导和照管旅客登机，其责任即已开始，至于事故发生在登机的过桥长廊，还是在候机楼通往过桥长廊的途中，则无关紧要。

总之，承运人的责任期间应当与航空运输的风险相联系。一般来说，旅客处在承运人照管的整个期间，也是其履行运输责任的期间，具体的起止时间，

---

① See Courd Appel de Lyon（France），February 10，1976；（1976）RFDA 266，*Schoner's Case Law digest Air Law*，Vol. 2（1977），p. 229.

② I. H. Ph. Diederiks – Verschoor，*An Introduction to Air Law*，1997，6thed. p. 75.

③ Coarde Cassation（Irech. Civ），May 18，1976；（1976）REDA 266.

应结合上述三个要素作出判断。

2.《华沙公约》第 20 条（1）款的反驳推定

在 1929 年华沙公议期间，与会代表曾提出，当飞机出现迫降或旅客离开飞机时，承运人可停止承担责任。① 这隐含性地说明，承运人可以在运输停止时终止其责任。然而这种观点并没有明确地包含在公约最后草案的第 17 条中。不过承运人只对与航空运输有关的损害承担责任的推定却被保留了下来。以后公约采纳了第 17 条的一般责任制度，同时以公约第 20 条（1）款规定了承运人的一项免责条件，即只要承运人证明他或他的代理人采取了一切避免损害的必要措施，或者不可能采取此种措施，承运人不负责任。这一规则构成承运人责任制度的重要内容，它对公约第 17 条规则的适用具有制约作用。航空法专家国际技术委员会在对该条作出说明时指出，如果承运人能够证明损害归咎于第三者过错，或归咎机场当局或另一使用机场设施的承运人的过错，他可以免除自己的责任。② 据此看来，公约第 20 条（1）款具有双重目的：

（1）反驳责任推定

即只要承运人能够证明他或他的代理人为避免损失采取了一切必要措施或不可能采取此种措施，他可免除责任。

（2）反驳运输推定

更确切地说是反驳运输期间的责任推定，即只要承运人能够证明造成损害的事故是在公约第 17 条规定期间之外发生的，承运人可不负责任。③

但实际上，这两种反驳推定的法律根据并不一致。"反驳责任推定"（rebutting the presu mption of liability）源于公约第 20 条（1）款的法定免责规定，而反驳运输推定（rebuting the presumption of Carriage）则是公约第 17 条本身所暗含的一种规则，它在限定承运人责任范围的同时，也就给予了承运人可拒绝承担第 17 条范围之外的损害责任的权利。将这两者区别开是十分必要的。因为就适用《蒙特利尔协议》的航空运输来说，作为协议方的航空承运人已放弃援用公约第 20 条（1）款的责任抗辩，此种情况下承运人可以用来反驳推定的手段只剩下反驳运输推定这一种。即承运人可以通过证明损害并不存在于公约第 17 条范围之内而主张免责抗辩，换句话说，承运人可以通过证明损害的发生与航空运输无关，而拒绝承担责任。但是在实践中要证明航空运输与损害之间的关系却是相当困难的。正如"赫塞尔"案主审法官泰勒所说："要证

①　See IIéme Conférence Internationale, p. 47.

②　See Georgette Miller, *Liabi lity in International Air Transport*, 1977. p. 133.

③　See IIéme Conférence Internationale, p. 53.

明原告的哪一部分损害是由航空事故直接引起的；哪一部分损害是以事故为近因（Proximate Cause）的事件引起的，以及哪一部分损害是因承运人的过失或违约引起的，都是相当困难的。"①

（三）关于解释和适用"登机或下机过程中任何一个阶段"的判例实践

在《华沙公约》中，第17条规定的"登机或下机过程中的任何一个阶段"是一个相当模糊的用语，该条原本是用来限定承运人责任期间的，但却未给责任期间的判定提供任何具体的起止标准。究竟什么是"登机"，什么是"下机"，什么又是"登机或下机中的任何一个阶段"？常常是各国法院执行华沙规则实践中不能回避的棘手问题。一些国家的法院在审理华沙案件时，为了明确"登机或下机过程"的含义提出了各种不同的判定标准，以便从不同角度来概括和揭示公约第17条规定的责任范围。其中，为美国法院判例所确认的"场所标准"和"三重标准"规则较具影响，它们反映出解释《华沙公约》第17条规定的两种不同的方法。除此之外，一些航空法学者还从学术的角度提出了解释"登机"和"下机"的建议。比较著名的是荷兰学者戈德休斯提出的两种解释方案：（1）从宽解释，即登机从离开候机厅开始，穿经停机坪到达飞机；下机从旅客进入目的地候机厅为止；（2）从窄解释，即登机与下机只包括实际进出飞机。② 这些法院的判例标准和学者的建议虽在确定责任期间问题上的着眼点不同，但它反映出人们为此问题的解决所作的努力。

1. 美国法院的司法实践

（1）"场所标准"规则（Location Test）

"场所标准"，所表达的基本含义是，以旅客受到伤害当时所在的位置地点作为标准来划分或确定登机或下机的过程，以此明确旅客所受的伤害是否在公约第17条规定的责任期间发生的。按照此种标准，如果发生旅客受到伤害的事故时，该旅客正处在航空运输固有风险发生的地方，那么就属于承运人的责任范围以内，公约第17条就被适用，承运人必须对此损害负责；反之，如果致使旅客受到伤害的地方，并不存在航空运输固有风险，那么，此种损害即不属于承运人责任的范围之内，承运人对此损害可不予负责。可见，按照此种标准，损害发生时受害旅客所处位置成为决定承运人责任的决定性因素（de-

---

① 13 Avi. 17, 607 (S. D. N. Y. 1975); also see Georgette Miller, *Liability in International Air Transport*, 1977. p. 134.

② 转引自赵维田："国际航空承运人对旅客伤亡的责任范围"，载《中国国际法年刊》，1984年，第127页。

cisive factor）。① 此方面经常为美国法院援引的一个著名判例是 1971 年的"麦克唐娜诉加拿大航空公司"案。在该案中，麦克唐娜太太乘加航公司班机从欧洲抵达美国波士顿后，在机场候机大厅的领取行李区等待其女儿领取行李时，跌倒摔伤。她诉称是加航的雇员在运送行李时将她撞倒的。美国第一巡回上诉法院判称，"原告并未处在发生航空风险的地段，无论旅客借助何种机械工具，下机的过程自旅客从飞机上下来并进入目的地航空站的建筑内的安全地点时终止"②。显然，该案判决把机场候机大厅从存在航空风险的地点中排除了出去。此后，"麦克唐娜"案判决所依据的"场所标准"在"毛格尼诉法航公司"案（Maugnie V. Compagnie Nationale Air France）③ 和"科林诉荷兰皇家航空公司"案④（Klein V. K L M Royal Dutch Airlines）中被援用。按照上述判例，凡旅客在目的地机场走下飞机进入候机厅的安全地带时，承运人的责任期间就终止了。实际上"麦克唐娜"案判决所确认的"场所标准"是对"下机"过程的界定，但它仅适用于在目的地机场的候机厅发生事故的场合。

　　场所标准是借助于"航空运输固有风险"这一要素来分析和判断事故是否发生在运输责任期间的，它强调承运人只对由航空运输风险直接引起的损害负责。至于"航空运输固有风险"（inherent risks to air carriage）的含义，法国最高法院曾在 1966 年的"梅希尔诉法航公司"案（Maché C. Air France）判决中作出过说明。该法院提出，"只有实际驾驶航空器产生的危险，才属于航空运输固有风险，并且它必须存在于商业性的航空运输当中。"⑤

　　追溯"场所标准"的历史渊源，它是以"航空固有风险论"作为其存在和实践的理论根据的。美国著名法官塞茨（Seitz）阐释了这一理论的基本要点。他指出，《华沙公约》是在人类航空处在幼年时代创制的，其指导思想在于"保护幼弱的航空企业，使之免遭航空固有风险巨额赔偿的潜在损害的打击"。因此，应当将航空承运人责任限定在"航空固有风险"这一基础之上。承运人只能对"航空固有风险"引起的损害负责。就旅客损害赔偿责任来说，"旅客所在的位置，对他所遭受的风险，关系甚大。旅客距离飞机邻近区越

①　Georgette Miller, *Liability in International Air Transport*. 1977. p. 134.

②　11. Avi. 18, 029（1st cir. 1971）; also see Georgette Miller, *Liability in International Air Transport*, 1977. p. 135.

③　549 F. 2d 1256, 14 Avi. 17, 534（9th cir. 1955）.

④　360 N. Y. S. 2d 60（N. Y. sup. ct. App Div. 1974）.

⑤　(1963) 26R. G. A. 275（C. A. Pan's, 18 June 1963）, Cassion,（1966）29R. G. A. E. 32（Cass-civ. 1re, 18 Januay 1966）, on remand,（1967）30 R. G. A. E. 289（C. A. Rouen, 12 April 1967）, aff'd.（1970）32R. G. A. E. 300（Cass. Civ. 1r, 3 June 1970）.

远，伴随航空旅行的固有风险对他造成损害的可能性就越小"，"决定旅客所受伤害是否发生在登机过程中的关键所在，就是看旅客所受伤害是否发生在航空特有的风险区域。"① 以上仅仅是塞茨论证"航空固有风险"的几个基本观点。20 世纪 70 年代初期，美国法院接连审理了几起发生机场的恐怖分子袭击事件所引发的旅客损害赔偿案件。较著名的有 1973 年的袭击希腊雅典机场的"代伊"案、"伊文吉里诺斯诉环球航空公司"案以及 1972 年发生于以色列洛德国际机场的"赫南德兹诉法国航空公司"案。美国法院审理上述三起航空案件时，多数法官主张将航空港内发生的恐怖袭击事件当作导致旅客伤亡的"航空固有风险"，借此扩大承运人责任的范围。塞茨法官在审理"伊文吉里诺斯"案时提出了反对意见，并进一步阐述了"航空固有风险"的理论。他以《华沙公约》所实施和执行的保护航空承运人的政策作分析和论证该理论的起点。他强调指出，只要考察公约创制的历史就会发现，"公约起草者的观念是普遍一致的，即严重的风险（grave risks）必须是航空运输所固有的。《蒙特利尔协议》并未触及公约第 17 条和《华沙公约》原来案文的基本政策，即承运人只对特定航空活动的风险所引起的旅客伤亡的损害承担有限责任"②。据此，该案首席法官塞茨（chief Judge Seitz）提出："场位标准是完全适合这一目的的最好标准（the best test），即旅客所受伤害必须是航空运输固有风险所致，而场位（location）恰好与旅客所遭受的风险（损失）之间存在重要的联系（significant impact）。"③

应当说塞茨的论点只是反映了《华沙公约》在创制初期的指导思想。自1929 年《华沙公约》制定以来，航空风险已经远远超过了公约制定当时起草者们预料的范围，在此后的半个多世纪里，因航空事故引起的损害类型及其各种影响因素也出现了很大变化，继续固守传统的观念似乎已同现代国际民航的实践不太合拍。正是基于此，一些反对塞茨观点的法官讥讽说，如果在今天继续坚持产生于航空童稚时代的航空固有风险论，那么"势必会把《华沙公约》冻结在 1929 年的铸模里"④。进入 70 年代，美国司法界已普遍表示出对传统的"航空固有风险论"的不满情绪，一些对华沙规则抱有抵触态度的法官竭

① 转引自赵维田："国际航空承运人对旅客伤亡的责任范围"，载《中国国际法年刊》，1984 年，第 133 页。

② 14 Avi. 17, 615 (3rd cir. 1976).

③ 14 Avi. 17, 615–617, 616 (3rd cir, 1976); Georgette Miller, *Liability in International Air Transport*, 1977, p. 136.

④ 赵维田："国际航空承运人对旅客伤亡的责任范围"，载《中国国际法年刊》，1984 年，第 131 页。

力主张按照现代民航实践的现状，扩大航空风险的范围，借以加重承运人的责任负担。70 年代发生的数起袭击机场的恐怖事件为此提供了可资利用的契机，为了解决这类新出现的航空责任案件，美国法院又创造出了新的判例标准——"三重标准"规则。

（2）"三重标准"规则（Tripartite Test）

"三重标准"又称"代伊标准"（Day-Evangelinos Test）① 或"代伊模式"②。作为解释"登机过程中的任何一个阶段"的司法根据，它是由美国法院审理两起 70 年代初期发生在机场的恐怖袭击活动引起的航空损害赔偿案件发展起来的新的判例标准。这两起案件分别是 1973 年 8 月袭击雅典国际机场的"代伊诉环球航空公司"案③ 和发生在 1976 年的"伊文吉里诺斯诉环球航空公司"案④。这两起案件的情况类似，都是在登机前当旅客列队办理自带行李票（hand baggage check，或称"手提行李票"）和在希腊警察引导下进行身体安检（Physical Search）时，在希腊机场发生恐怖袭击事件引起的案件。与前述"麦克唐娜"案判决采用的"场所标准"不同，审理这两个案件的法院并没有只单纯考虑旅客是否处在机场内的安全地带的情况，⑤ 而是强调受害旅客蒙受损害时的活动性质和事故发生当时航空承运人对旅客实施控制的程度这两个因素。⑥ 在"伊文吉里诺斯"案，美国第三巡回上诉法院将新的标准表述为："按照我们的观点，第 17 条规定的责任问题应受三个相关因素的限定：事故发生的场所；受害者的活动性质和事故发生时处在登机过程中任何阶段的旅客受被告控制的程度和状态。"⑦ 该案法院进一步分析道，这三个标准是完全适合于"伊文吉里诺斯"案的情况的，因为案情的证据显示，在发生袭击时，原告正在进行登机前的最后一道必要手续，即承运人已经通知登机并引导旅客在门前列队形成了一个群体（group），此时航空承运人已开始履行航空运输合同的义务，并且开始承担起对旅客给予保护的责任。⑧ 从上述的论断中不

---

① See Georgette Miller, *Liability in International Air Transport*, 1977. pp. 135—136.

② 赵维田："国际航空承运人对旅客伤亡的责任范围"，载《中国国际法年刊》，1984 年，第 128 页。

③ 13 Avi. 17, 647（S. D. N. Y. 1975），aff'd, 13 Avi. 18, 144（2d cir, 1975），Certdenied, 45 U. S. L. W. 3280（U. S. Sup. ct 1976）.

④ 14 Avi. 17, 101（3rd cir. 1976），On rehearing, 14 Avi. 17, 612（3rd cir., 1977）.

⑤ "代伊"案为美国二巡回上诉法院审理；"伊文吉里诺斯"案，为美国三巡回上诉法院所审理。

⑥ Georgette Miller, *Liability in International Air Transport*, 1977. p. 135.

⑦ 14 Avi. 17, 613（3rd cir. 1977）；also See Georgette Miller, *Liability in International Air Transport*, 1977. p. 135.

⑧ 12 Avi. 17, 614（3rd cir. 1977）.

难发现，原来的"场所标准"已不再是确定损害发生时旅客是否处在"登机过程"的绝对根据；相反，它已降次到了辅助的地位。在"三重标准"看来，事故发生时旅客的活动性质和其当时为承运人控制的程度是决定损害是否发生在"登机过程"中的关键因素。就旅客的活动性质来说，事故发生时，旅客是否正在进行"登机准备"（Travaux Préparatoires）是一个必须要考虑的事实要素。"伊文"案判决对此描述到："在袭击发生时，原告们实际上已做完了所有为登机先决条件的活动，并列队（line up）于第四号出口门前，准备登机……"① 再就旅客当时所受控制来看，其登机的活动是否处在承运人的控制之下，更是至关重要的。对此，"伊文"案判决强调了"控制"要素在"三重标准"中的地位和决定性作用。该判决陈述道，"（该案）旅客在承运人的引导下，集中在指定给环球航班专用的地理区域，相当于已和环球881航班联结成一个群体……而球环公司承担了对这个群体的控制"，因此，"合理的结论应该是：环球公司已开始履行其作为承运人在运输合同中的义务；环球公司从宣布航班起飞的时刻并控制旅客群体时，已承担了保护旅客的责任。此时，实际上'登机阶段'已经开始"②。

"三重标准"的目的在于从不同角度来证明，事故发生时旅客正处在"登机的过程中"，并借此将承运人的责任纳入《华沙公约》第17条的规定范围，由承运人承担对旅客的赔偿责任。比较而言，它与"场所标准"对公约第17条所作的解释必然会产生两种不同的结果。从实质上来说，"场所标准"更贴近于公约第17条拟定时的航空实践的状况与立法本意，从公约立法的历史来看，公约案文在拟定或创制的时代尚无袭击机场致旅客伤亡的事件发生，此时的立法者不可能预料到发生在今天的航空旅行的危险因素。因此，"场所标准"的倡导者塞茨法官竭力主张从《华沙公约》的立法历史去寻找支持其立论的根据，以对公约第17条作出更符合原来立法本意的解释。毋庸置疑，"场所标准"是对公约第17条中"登机过程"的严格解释，而这个标准的核心在于强调航空运输固有风险与旅客所受损害之间的内在联系，从表面上看来，"场位标准"似乎在说明发生事故时旅客是否处在受航空风险影响的"场所"，进而判定其所受损害是否发生在"登机的过程"。然而，考察这一标准的历史渊源就可以发现，它实际上否定承运人对因发生在机场的恐怖事件引起的旅客伤亡损失负责，因为按照其理论基础——"航空运输固有风险论"的

---

① 14 Avi. 17, 615（3rd cir, 1977）；赵维田："国际航空承运人对旅客伤亡的责任范围"，载《中国国际法年刊》，1984年，第130页。

② 同上。

观点，恐怖袭击是与航空运输完全不相干的两回事，由此引起的旅客伤亡损失当然不属于因航空事故本身引起的损害，显然要从公约第 17 条中剔除出去。正像塞茨所说："恐怖分子在航空站内的袭击，与他们向餐馆、银行或其他公共场所投掷手榴弹，并没有什么不同。"① 因此，倘若按照"场所标准"去衡量，前述"代伊"案和"伊文"案所指的旅客伤亡损失就自然不应当由承运人负责。正相反，"三重标准"对公约第 17 条的责任范围作了扩大解释，将"场所标准"看来根本不属于航空运输固有风险引起的损失，通过对"登机过程"的任意解释，把恐怖袭击导致旅客伤亡的损害硬是与公约第 17 条规则联系起来，施加给承运人承担。就目前现状来观察，"三重标准"已在美国取得了优势，并为美国司法界所普遍推崇，甚至被奉为权威来引用，而对此标准大加褒扬和青睐的航空法学者也不乏其人。就美国法院 20 世纪 60 年代以来对待华沙规则的一贯立场来看，"三重标准"迎合了美国司法当局竭力突破华沙责任限制，扩大承运人责任范围的实践需要，就此来说，"三重标准"在今后美国的航空法实践中仍会有很大市场。

那么如何看待美国法院实践中的上述两种做法呢？我们认为，这实际上是一个如何看待或评价华沙体制的问题。华沙体制是为国际社会的成员共同协商而形成的一个调整航空运输民事责任的国际规则，对其任何规则的解释都不能背离《华沙公约》的立法目的和宗旨。即不能抛开这一规则的国际法性质，完全从本国国内法的利益出发，作出偏袒一方利益的解释，倘若如此，必将会破坏华沙体制所构建的承运人与航空运输使用人（旅客和托运人）之间的利益平衡。只有这样，才能维护国际航空私法的正常秩序，推进国际民航实践的平衡发展。正像美国法官华莱士指出的那样，"《华沙公约》是一把双刃剑：其责任基础是严格的；同时其赔偿额又是受到限制的"②。然而，美国法院所奉行的"三重标准"规则却与《华沙公约》的这一宗旨相去甚远了！

（3）"三重标准"的理论根据

从美国法院的实践反映出，"三重标准"是作为"场所标准"的对立物出现的。美国第二巡回上诉法院在审理"代伊"案时就已注意到，前述"麦克唐娜"案采用的"场所标准"不能被适用。因为"麦克唐娜"案所反映的情况是旅客已经下机，并远离了航空固有风险而到达了安全地带。而"代伊"

① 赵维田："国际航空承运人对旅客伤亡的责任范围"，载《中国国际法年刊》，1984 年，第 134 页。

② 引自赵维田："国际航空承运人对旅客伤亡的责任范围"，载《中国国际法年刊》，1984 年，第 134 页。

案则是在旅客正在登机时发生了恐怖袭击事件引起的，两案的具体情况大不一样。审理"代伊"案的法官布伦特（Brient）强调了两者的区分，认为适用于下机旅客的"场所标准"，并不能用来说明准备登机的旅客遭受伤害的事故情况。① 据此，该法院采用"三重标准"来分析承运人的责任情况。为了论证"三重标准"的合理性，"代伊"案首席法官考夫曼（Kaufman）提出了种种理由，为法院确立新的司法标准提供理论依据。归纳起来，美国法院支持"三重标准"的理论观点可概括为以下两个方面：

其一，"费用分摊"论（cost allocation）

在该案中，考夫曼将美国现代侵权行为法的"费用分摊"论引入航空赔偿案件，以此为"三重标准"的可适用性提供理论支点。考夫曼指出："承运人应对所有航空风险承担责任，因为他处在分散所有旅客在事件中遭受损失的最佳位置。如果对公约第 17 条作出从宽解释，就有助于刺激航空承运人增加防止恐怖活动的安全措施，并给予受到恐怖活动袭击的旅客提供公约的保护。而假如受害旅客不能从《蒙特利尔协议》获取利益，其获得赔偿的请求将面临重重困难。"②

考夫曼的上述论断实际上包含三个基本要点：

第一，承运人具有分摊赔偿损失费用的能力，可以承受恐怖袭击这类事件所造成的损失。也就是说，承运人可以通过提高客票的价格将赔偿损失的费用转嫁给国际航班的旅客身上。

第二，通过加重承运人的责任，可促使承运人谨慎从事，采取杜绝或处置恐怖事件的安全防范措施。

第三，如果对《华沙公约》从宽解释，将恐怖袭击事件给旅客造成的损害纳入到第 17 条的责任范围，就可以给受害旅客提供华沙责任的保护伞，这样原告就可不必再花费巨额费用到国外寻求地方法的救济，免除了受害人诉讼求偿的烦累。

但上述论点遭到"伊文"案法官塞茨和科芬的强烈反对。他们认为，采用"费用分摊"的理论会给遭受恐怖袭击的受害者造成不公平的结果。因为在恐怖分子袭击航空站时，受伤害者中有旅客，也有非旅客，适用"费用分摊"势必给受害旅客以承运人承担严格责任的救济，而将非旅客的受害者留给了当地法。在无法判明事故是否发生在上下飞机的过程中时，应对旅客和非

---

① 13 Avi. 17，647（S. D. N. Y，1975）at p. 17. 651.

② See Day V. Trans World Airlines, Inc. 13 Avi. 18，144（2d cir. 1975）at pp. 18，146 – 18，147；Georgette Miller, *Liability in International Air Transport*. 1977，p. 138.

旅客一视同仁，将他们一律留给当地法救济更为合理。①

除此之外，考夫曼的论点还有其他不合理之处。

首先，考夫曼所说承运人可以通过分摊费用来转嫁损失，据此作为加重和扩展承运人责任的理由，这与当前国际民航的现状不相符合。当今国际范围内的航空营运竞争异常激烈，在此种现状下，让各个航空公司仅为应付偶然发生的恐怖袭击事件造成的损失而在日常航运中提高票价，分摊事后的赔偿费用，既不现实，也不可能做到。尤其是，在国际民航中，航路、运力和票价都属于国际航空公法所规范的对象，往往通过各国之间的双边民航协定加以固定和约束，绝对不是由航空公司随意加以变更和调整的。

其次，考夫曼以为通过扩大解释公约第17条规定，迫使承运人承担恐怖袭击事件给旅客造成的损失，就可以达到促使承运人提高或加强机场的安全防范措施，这一点也是不足取的。从目前各国的现状来看，机场属于公共设施，同一国际航空港可以向各国航空公司开放，完全由航空公司对发生于航空港建筑内的恐怖袭击事件造成的损失负责，显然不大合适。这一方面混淆了责任的性质，因为按照各国民航法规定，机场的安全保卫措施是由政府主管部门负责的。如果让承运人对发生在机场内的恐怖袭击事件所造成的后果负责，不仅会把依据运输合同产生的一般民事责任变成了国家责任，也混淆了两类不同性质的责任。此外，即使由承运人承担责任，也会出现如何确定和分担责任的复杂问题，因为使用同一航空港的承运人可能来自于各个不同国家，怎样划清责任，如何处理赔偿并非简单之事。另一方面，发生在机场内的恐怖袭击事件事实上也不可能划归为"航空运输的固有风险"，因为它并不是航空运输本身所产生的问题，即它与飞机的操作、驾驶和航空营运并无必然联系。从性质上来说，它是外来的，而不是航空运输本身所独有的风险，让航空承运人对此造成的损失负责，也显然与国际航空责任立法的宗旨相悖。

其二，"航空运输固有风险扩张"论

"三重标准"并不反对航空运输"固有风险"的说法，甚至还强调航空运输风险对划定承运人责任所起的作用。但它所强调的"航空运输风险"与构成"场所标准"理论基础的航空运输固有风险的原来本意是有很大不同的。因为"三重标准"的支持者已将"场所标准"看来根本不属于航空固有风险的恐怖袭击事件，粉饰为"航空运输的固有风险"了。按照考夫曼的观点，恐怖分子袭击航空站属于"现代航空的固有风险"，或者换句话说，袭击航空

---

① 赵维田："国际航空承运人对旅客伤亡的责任范围"，载《中国国际法年刊》，1984年，第134页。

港的恐怖事件是随着现代民航实践形成的新的航空运输风险因素。这些论点鲜明地反映在"代伊"案的判决中。考夫曼指出："《华沙公约》的制定者们希望创造出一种能够包括所有航空旅行灾难的责任规则体制"，"自 1929 年以来，航空风险已经以《华沙公约》制定者们所预料不到的方式大大变化了。航空旅行灾难一度只限于空难，现在不幸地要包括雅典袭击这类恐怖行为在内。该次事件生动地说明了，这种新的风险常常要扩散到航空站大厅内。"①

很显然，考夫曼对"航空运输固有风险"作了人为的扩大解释，牵强附会地将航空港内发生的恐怖袭击事件同航空运输联系在一起，为"三重标准"的适用张目。

2. 法国法院的司法实践

法国法院在传统上主张对公约第 17 条采用严格解释，并且在确定"登机或下机过程"这一问题上，注重航空运输固有风险和承运人的控制或照料这两个要素的分析和适用。此方面一个典型的判例是"马谢尔诉法航公司"案（Maché C. Air France）。在该案中，原告下机后在两名空中乘务员的引导下，打算经过停机坪走向候机楼的入口处。恰逢原来供旅客使用的路段进行修维工程，乘务员引导旅客绕道而行，结果原告在绕道时踏上一块水泥石板，不慎掉入地下管道而受了重伤。法院判称，公约仅适用于会遭受航空风险的区域位置，而原告受伤的地方并不存在航空风险，因此不属于公约第 17 条规定的承运人的责任范围。② 显然，该案判决采用了"场位标准"排除了承运人的责任。法国最高法院曾针对"马谢尔"案解释了"航空运输固有风险"的含义。即"只有实际驾驶航空器产生的危险，才属于航空运输固有的风险。并且，它须存在于商业性的航空运输当中"③。

此后，"马谢尔"案判例标准经常在类似的航空赔偿案件中被援用。但法院一般只在目的地机场建筑物之外发生事故的场合才援引该案确定的规则。而对发生在航空港建筑物内的事故则采用控制标准。典型的判例是前面已提到过的"佐维诉巴黎机场"案。在该案中，原告因踩在候机楼电梯而致伤。美国

---

① 赵维田："国际航空承运人对旅客伤亡的责任范围"，载《中国国际法年刊》，1984 年，第 131 页。

② （1963）26 R. G. A. 275（C. A. Paris, 18 June 1963），Cassation,（1966）29 R. G. A. E. 32（Cass Civ, 1 re, 18 January 1966），on remand,（1967）30 R. G. A. E. 289（C. A. Rouen, 12 April 1967），a ff'd.（1970）33 R. G. AE 300（Cass. Civ. I re, 3 June 1970）.

③ See Georgette Miller, *Liability in International Air Tanspot*, 1977. p. 139.

最高法院判称，事故是在供各个承运人共同使用的候机楼内发生的，承运人的雇员并没有实际照管和控制旅客。①

从上述判例来看，法国法院一般将目的地机场建筑物内的安全地带排除在发生航空固有风险的范围之外。另外，法国法院实践中的一个突出特点是，比较注重运用或参照内陆运输责任的法律规则来处理航空运输领域的问题。②

四、国际航空旅客运输航班延误责任制度

1929 年《华沙公约》及历次修订的议定书而形成的华沙体系对航班延误问题只是在第 19 条规定了承运人应该对航班延误给旅客或货物托运人造成的损失负责，但对于怎样界定延误以及如何确定承运人的责任却留给国内法去解决。各国在实践中，一般把运输合同当作格式合同作出不利于承运人的解释，同时随着航空事业的发展出现了保护弱者的倾向，从而使承运人承担更严厉的责任。特别是对于公约第 20 条和第 25 条两个责任条款的解释更是如此，一定情况下，在航班延误时会从宽解释使承运人承担突破限额的责任和承担。

在航空运输实践中，航班延误是航空运输中时常发生的现象，给旅客带来诸多不便，甚至严重损失，因此旅客或托运人对此问题投诉甚多。在 2004 年 7 月初，仅东方航空公司在上海一地四天就发生四起因延误问题引起的占机事件，其中 7 月 8 日就发生两起。③ 司法实践中，法院的判决有时也使得当事人难以接受，例如，2000 年 12 月辽宁省中级人民法院审理的"辽宁公民出国服务公司诉中国民航快递有限公司沈阳分公司案"④ 中法院对原告因延误问题引起的损失只判决被告赔偿 100 元（应为人民币 10 元，法院承认有误）。这样的判决赔偿数额与原告因运输延误引起的 17 人不能出境的损失是远远无法比拟的。由于中国是 1929 年《华沙公约》⑤ 及 1955 年《海牙议定书》⑥ 的缔约国，我国法院必须适用这些公约处理国际航空运输延误时的争议问题。而没有一个公约对延误给予界定，给法院在适用《华沙公约》时带来了难题。同时，关于延误的责任确定以及具体的赔偿问题，是国际航空运输实践中悬而未决的

---

① See I · H. Ph. Diederiks – Verschoor, *An Introduction to Air Law*, 1997, 6thed. p. 75.

② Georgette Miller, *Liability in International Air Transport*, 1977. p. 142.

③ 《南方周末报》2004 年 6 月 24 日。

④ 董念清：《国际航空法判例与学理研究》，群众出版社 2001 年版，第 213 页。

⑤ 全称为《统一国际航空运输某些规则的公约》，1929 年 10 月 12 日订于华沙，1933 年 2 月 13 日生效，我国于 1958 年 7 月 20 日交存加入书，同年 10 月 18 日对我国生效。

⑥ 全称为《修改 1929 年 10 月 12 日在华沙签订的统一国际航空运输某些规则的公约的议定书》，1955 年 9 月 28 日订于华沙，1963 年 8 月 1 日生效，我国于 1975 年 8 月 20 日交存加入书，同年 11 月 18 日对我国生效。

问题，不仅《华沙公约》没有对此作进一步的说明，而且各国国内法也往往回避这个难题，最终留给了各个航空公司进行处理。① 因此，只能从各国的立法和判例中追寻各国的做法，在我国这个问题也是十分模糊的，不但我国1995 年的《民用航空法》在第 126 条仅仅规定承运人对延误负责，没有清楚表明什么是延误和担负什么样的责任，而且在中国民航总局发布的与运输有关的规则中也没有进一步界定，反而对乘客或托运人规定了更多的义务和更模糊了自己的责任。航空公司制定的运输规则也往往是一种格式条款，很多情况下这种"霸王条款"对乘客或托运人是不公平的。进一步讲，这样过多的保护民用航空企业，也必然一方面使承运人在现代国际航空运输业的竞争日益激烈的情况下不利于提高竞争力，另一方面也难以平衡承运人和乘客或托运人之间的利益。再者，随着国际航空运输事业的发展，现代国际航空运输法的价值取向应该从 1929 年《华沙公约》时期的保护民航事业，保护承运人的利益，转变为保护航空运输中的客户的利益。这是不可逆转的发展趋势，也是各国实践中已经在不断实践的方向。② 因此，在航空运输中对于运输合同的法律性质，承运人的法定免责条款，承运人的责任限额例外条款，及赔偿范围等进行重新审视，无论对于学理研究，司法实践还是对于航空运输中承运人的实际操作都是十分必要的。

（一）航空运输合同的法律性质及航班"延误"含义

1. 航空运输合同的法律性质的理论分析

对于运输合同的法律性质，学者有不同的表述：①运输合同一般为格式合同，合同条款一般是由承运人一方事先拟定好的格式条款。③ ②运送合同多是标准合同。合同的主要条款和主要内容，交通运输法规均已作了详细规定；合同形式也采用统一的标准格式，当事人均须严格遵守，不得另行议定，任意更改。④ ③从合同法的角度去分类，客票属于"附和合同"⑤，无论表述如何，运输合同作为格式合同具有以下特征：第一，合同的要约具有广泛性，持久性和细节性，可以重复持久的使用。第二，合同条款的不可协商性。对于乘客或托运人只能全部接受或全部不接受，无与之就合同的个别条款进行协商的余地，即所谓"要么接受，要么走开（take it or leave it）"。第三，合同双方经

---

① 唐明毅、陈宇：《国际航空私法》，法律出版社 2004 年版，第 250 页。

② 同上书，第 31 页。

③ 魏振瀛：《民法》，北京大学出版社、高等教育出版社 2000 年版，第 517 页。

④ 寇志新：《民法学》，陕西人民出版社 1998 年版，第 814 页。

⑤ 王瀚：《华沙国际航空运输责任体制法律问题研究》，陕西人民出版社 1998 年版，第 246 页。

济地位或法律地位的不平等性。乘客或托运人总是处于弱者的地位。

　　1955 年《海牙议定书》第 3 条第 2 款规定："客票是航空运输合同订立和航空运输合同条件的初步证据。"航空客票具有格式合同的全部特征，它并非由双方当事人预先商定，而是由承运人单方事先拟定出合同条款，即"共同条件"或"标准条件"，由旅客或托运人作出选择，旅客或托运人要么接受航空运输这种方式，他必须服从承运人的运输合同条件。否则，就得采用其他运输方式。

　　正是由于客票具有格式合同的性质，缺乏对乘客或托运人作为合同一方当事人对合同条款的协商机会，背离了合同法中的契约自由原则，从而使承运人难免借助其经济实力和技术优势迫使另一方当事人接受其不公正的合同条款。所以必须对这种合同严格解释，以平衡双方当事人的利益。

　　在大陆法系的德国，对于这种格式合同，联邦最高法院在《德国民法典》第 138 条以外适用第 242 条（诚实信用原则）以及第 315 条（给付由一方当事人决定时的公平原则）对于格式合同给予严格控制。相同的内容，在由双方当事人协商缔结的契约中可能被认为是有效的，而在格式合同中可能被认定为无效。对于格式合同条款法院一般以一般契约的理论或任意性法规上所预期的正义公平来判断。根据《德国民法典》第 157 条的规定："契约的解释遵循诚实和信用原则，并考虑交易的习惯。"这样就扩大了法官对格式合同判断时应该考虑的因素，成为司法规制格式合同的有力武器。[①]

　　在英美法系，由于其判例法的特征和衡平法的固有传统，对于法官而言，运用手中的自由裁量权否定格式合同中的不公平条款要比大陆法系更加得心应手。英国对于不公平条款一直持积极态度，在司法上所使用的规制格式合同的不公平条款的普通法原理有："严格解释理论"，"不利解释理论"，"重大违约理论"，"系列交易理论"，"事先通知理论"，"合理性理论"以及"不正当竞争理论"。[②] 另外，默示条款制度也是掌握在法官手中的有力武器。默示条款制度是指合同本身虽然没有规定，但发生纠纷时法院确认的合同中应当包括的条款。这种默示条款可以根据不同的标准分为三类：一是事实上的默示条款，法院会站在一个公平的合理的第三人的角度去推定当事人的意思的方式替当事人补充进去未在合同中规定的条款，这种补充进去的条款是事实上的默示条款。[③] 二是习惯上的默示条款，这是根据习惯形成的具有行业规则的特性的条

---

① 江平：《民法学》，中国政法大学出版社 2000 年版，第 612 页。
② 付静坤：《二十一世纪契约法》，法律出版社 1997 年版，第 132 页。
③ 苏号朋：《论英国法中的合同默示条款制度》，载《民商法学》1996 年第，第 95 页。

款。三是法定的默示条款，它的效力是排除当事人的约定。

在航空运输中，乘客购买机票总会选择具体某一时刻的航班的票，期待承运人能按机票上的时刻履行运输合同。所以，从具有最一般的理性的普通人的心理来讲，他是针对航班时刻表上的时间来签订运输合同的。因此，从合同的默示条款来看，航班时刻表应当是运输合同的一部分。反过来看，如果航班时刻表不是航空运输合同的一部分，也就等于承认承运人的运输行为不受时间限制，这样无异于会使承运人任意践踏乘客的利益。总之，从一般合同法原理上看，航班时刻表一般应是运输合同的一部分。

2. 国际航空运输中航班"延误"的含义

最早规定航班延误问题的是 1929 年《华沙公约》第 19 条。该条规定："承运人对旅客，行李或货物在航空运输中由于延误造成的损失应当承担责任。"但是它规定得过于简单和笼统，不但没有规定延误的构成要素，也没有规定承运人应该对延误承担什么样的责任。从 1955 年的《海牙议定书》到 1971 年的《危地马拉议定书》及至 1975 年《蒙特利尔第四号议定书》，再到 1999 年新通过的《统一国际航空运输某些规则的公约》①，这些国际公约都没有对"延误"作出明确的界定。

其实，在 1996 年，为了实现华沙体制的现代化和一体化，国际民用航空组织法律委员会的执行主席就指定毛里求斯的庞罗沙密作为报告人，就"华沙体制的现代化和一体化"进行研究。在 1997 年 4 月 28 日在加拿大蒙特利尔举行的国际民航组织第 30 次会议上，会议对报告人庞罗沙密提出的延误定义进行了讨论。在此基础上，起草小组有关延误的定义（但仍留待外交会议最后决定）成为公约草案的第 18 条第 2 款。起草小组提出的定义是："在本公约中，延误是指综合所有有关情况，在可向一个勤勉的承运人合理期望的时间内，未将旅客运送到其直接目的地点或者最终目的地点，或者未将行李或者货物在其直接目的地点或者最终目的地点交付。"在当时的会议上，就是否对延误进行定义，意见并不一致。以美国等为代表的发达国家主张不对延误进行定义，理由是这些国家已经通过判例对延误作出了界定；而另一些国家则持相反意见，主张对延误进行定义，从而有利于界定延误的范围。虽然上述延误的定义写进本次会议通过的公约草案中，但最终在外交会议上被删除了，只保留了原草案第 18 条第 1 款的规定，也就是正式文本的第 19 条。②

---

① 该公约已于 2005 年 7 月 31 日起对我国生效。

② http://www.carnoc.com/cgi - bin/news/news.cgi? job = shownews&listxwno = 2004，06，24115119.

而国际航空运输协会在《客票——合同条件》（1972 年第 275b 号决议）第 9 条和《航空货运单——合同条件》（1979 年第 600b 号决议）均规定承运人承诺尽力以合理的快速运载旅客与行李或货物，班期表上的时刻并非合同的组成部分。虽然它被各国航空公司普遍采纳并有它合理存在的基础，由于国际航空协会的这类"共同条件"是有争议的，这类合同条件的运用也是有限度的，在某种情况下构成一种间接免责条款时依《华沙公约》第 23 条的规定就会无效。

由于没有一个条约对延误给予界定，所以至于怎样的情况才叫"延误"，要由受理地法院解决。① 大陆法系和普通法系都有各自的做法：

在大陆法系的法院通常认为，承运人在履行航空运输义务的时候，如果他所花费的时间与通常所需的时间相比延误的时间足够长（substantially longer），并且大大超过了旅客和托运人可能期待的通过航空运输所需要的时间，在这种情况下承运人要承担责任。② 在 "Nowell V. Quantas" 案③ 中，货物被按时运到目的地，但不能从海关转移到收货人手中，因为承运人在运输途中丢失了相关的海关凭证。货物一个月后递到了收货人手中，这时这批货物的转售合同（resale contract）已经被解除了。法院坚持用第 19 条，因为货物运到目的地之后，事实本身就可以证明延误的成立——这批货物不能从海关取走，而构成延误事件。

在普通法系国家，除前述的默示条款以外，在衡量承运人履行其义务的合理时间诸多因素中，有一个因素是十分重要的，即航空运输的主要优势，正是这种主要优势导致以之代替更为廉价的地面运输形式，这种主要优势就是速度。④ 高额的费用和承运人不能在短时间内运送并且不需承担责任这两者之间似乎是不平衡的。英美和法国法院在审视具体案件情况后，确都裁决过一些不合理延误的著名案件。例如，在 1977 年还有一个类似货运案件，由于音响设备与乐器未能如期运抵，影响了原告的巡回演出（"联合运输体诉汉莎航空公司"案 ［ ］）。在普通法系的圭亚那法院判处的"巴特诉大不列颠西印度航空公司"案（ ）中，原告行李包中有一张他购买的伦敦足球赛的彩券，如中彩可获两万英镑，结果原告飞抵伦敦，而行李却被被告航空公司遗留在圭亚那机场未起运。等行李运到时，时机已过，无法中彩，原告提出索赔。被告辩

---

① 赵维田：《国际航空法》，社会科学文献出版社 2000 年版，第 353 页。

② Ets Peronny V. Ste Ethiopian Airline（1975）RDFA 395 CCA Paris, 30 May 1975.

③ （1990）22 Avi18，072/.

④ Panalpina V. Densil Underwear ［1981］1 Lloyd's Rep 187 at p. 190.

护说，它没有在某天送到行李的法律义务。圭亚那法院在判决中反驳说："但这并不表明，也不能表明允许承运人随便在哪天送到。考虑具体事情的全部情况，承运人必须在合理时间内完成，这是一个必然有的暗示。"

通过对上述大陆法系和普通法系的比较可以看出，在这两个系统下承运人要为不合理的延误承担责任，而合理的延误不需承担责任。因此航空运输时间的"合理"或"不合理"决定承运人是否对延误承担责任，而延误本身是指旅客或托运人选择空运这种快速运输方式所合理期待的期限。① 进言之，因为乘客或托运人所期待的期限大多在航班时刻表中暗示，所以可以这样推理：除旅客或托运人向承运人明示可以随意进行运输外，他所选择的航班时刻就是他所合理期待的运输时间。总之对于航空运输合同这种格式合同，航空运输中的"延误"可以表述为：除旅客或托运人明示承运人可以在任意时间范围内自由运送旅客或货物外，承运人没有按照航班时刻表准时完成运输行为的事实就表明此次运输行为就构成延误，但是，承运人能证明他的运输行为是合理的除外。

合理是指合乎情理、公理、道理。坚持合理性原则就要符合社会现实和社会公理。法律解释必须解决现实问题，根据现实需要提出解决办法。人们在交往过程中，既产生现实的问题，又形成解决这些问题的各种方法，人们普遍接受的符合社会习惯与道德的方法就是社会公理。法律解释符合社会现实的需要和社会公理的要求，才会具有针对性和说服力。②

在航空运输延误时，可以从以下几个方面考虑延误是否合理：①是否发生不可抗力。各国一般把不可抗力作为免责的条件（详细解释见第二问题的第二部分）。②当事人，特别是承运人，是否有过错及其大小。对于承运人的过错，一般用格式合同中含有的不利于承运人的解释原则从宽解释，从而使承运人承担更高的责任。③乘客或托运人的期望程度。在旅客运输中，承运人可以用快慢不同等级的航班运输不同紧急程度的乘客，所以对于有紧急事由的乘客应优先安排，否则就是不合理。④是否有第三人的干扰。如果因第三人引起延误，责任义务主体发生转移。承运人只能对无法难以控制的干扰排除不合理性，但不能排除赔偿责任。

（二）国际航空运输中航班延误的成因分析

航空运输是一个高风险的活动，经常面临复杂的情势，所以造成航班延误

---

① 赵维田：《国际航空法》，社会科学文献出版社 2000 年版，第 349 页。
② 张文显：《法理学》，北京大学出版社、高等教育出版社 1999 年版，第 329 页。

的原因是多种多样的。不过经常出现的无非以下几种：

1. 运输合同当事人的原因

（1）航空运输中承运人的原因

根据德里昂的概括延误的原因属于承运人的有：①在旅客运输方面：没有预订座位或一个座位订给两个人，飞机推迟起飞，航班停飞，通知起飞时间不准，在旅客下机地点未作降停，偏航以及增加了经停地点。②在行李或货物运输方面：没有按约定保留舱位，装货舱位不够，未将行李或货物装上飞机，将货物或行李误装入别的飞机，偏航，没有卸下货物或行李，没有随同携带交货所需要的票据。①

另外，运力调配、飞机故障、机务维护、机场关闭、地面通信导航、商务、机组等原因，根据 1938 年《布鲁塞尔救助公约》② 以及 1944 年《芝加哥公约》之规定的救助行为，运行的飞机可以在认为可行的情况下采取援助措施也有可能延误飞行。

（2）旅客或托运人方面的原因

属于旅客方面的原因主要有：乘客办完乘机手续后到附近购物、用餐、打电话，不注意听广播通知，从而不能按时登机；有的乘客违反规定携带超大行李上机等，都有可能造成航班延误。

属于托运人方面的原因主要有：托运人未能及时完成托运手续或手续不全，托运的货物包装不善，货物存在固有缺点，性质缺陷等。到目的港之后，货物的标志不清或不当也是导致承运人不能及时把货交给收货人的原因之一。

2. 非因当事人的原因：不可抗力

（1）各国民事法律对不可抗力的规定及其构成条件

根据我国《合同法》第 171 条对不可抗力下的定义是指不能预见，不能避免，并且不能克服的客观情况。这一点与我国 1986 年《民法通则》第 153 条的规定是一致的。

对于不可抗力的名称各国表述不同：在我国以及东欧国家称为不可抗力，在大陆法系国家称为情势变迁（clausula rebussic），而在英美法系国家称为合同落空（Frustration of Contract）。

一般认为，情势变迁原则起源于十二三世纪注释法学派的著作《优帝法

---

① 迪德里克斯－弗斯霍尔著、赵维田译：《航空法简介》，中国对外翻译出版公司出版 1987 年版，第 93 页；转引自 H. 德里昂《国际航空法的责任限制》，1954 年英文版，第 181 页。

② 全称为《统一有关海上救助飞机或以飞机救助的若干规则的公约》，1938 年订于布鲁塞尔，目前尚未生效。

学注释》。其中有一条法律原则：假定每一合同都包含一个默示条款，即缔约时作为合同的客观基础应继续存在，一旦这一基础不复存在，应允许变更或解除合同。后来这一原则被自然法学派发挥得淋漓尽致。虽然历史上间或损益，但因其价值理念的光辉，终被大陆法系和英美法系所接受，成为平衡意思自治与社会公平的手段。

在大陆法系，《法国民法典》第 1148 条规定：如债务人系由于不可抗力或事变而不履行其给付或作为义务，或违反约定从事禁止的行为时，不发生损害赔偿责任。前《德意志民主共和国民法典》第 78 条第 1 款规定：凡是在契约订立后情况发生根本变化，以致按照社会发展的现有水平以及订约各方的关系，要求其中的一方执行契约不再合乎情况时，法院可应一方的请求变更或解除合同。

在英美法系称为合同落空，合同落空原则以合同默示条件为基础，意指在合同订立后不是由合同双方当事人的过失致使订立合同的商业目的受到挫折，这时对未履行的合同义务可以免除。这一原则最早由英国布莱克伯恩（Blackburn）法官在 1863 年"泰勒诉考德威尔"案中确定的。《美国合同法重述》第 288 条将合同落空定义为："凡以任何一方应取得的某种预定目的或效力的假设的可能性作为双方当事人订立合同的基础时，如果这种目标或效力已经落空或肯定落空，则对于这种落空的合同没有过失或受落空损害的一方，得解除其履行合同的责任，除非发现当事人另有相反的意思。"

从以上的大陆法系和普通法系的规定可以看出：尽管不可抗力是一项合同法原则，但是关于不可抗力的内容和适用范围各国的规定又有不同，一般情况而言，不可抗力来自两个方面：自然条件和社会条件，前者如：旱灾、地震、飓风等；后者包括：战争、暴动、罢工、政府禁令等：

具体来说，构成不可抗力的事故应当具有以下四个条件：①

第一，该事故是在合同订立之后发生的。在订立合同时，当事人就知道或应当知道意外事故的存在，这种意外事故不能构成和作为不可抗力免除当事人的责任。

第二，事故是在订立合同时双方都不能预见的。通常认为，货币贬值、价格涨落是普通的商业风险，作为商人，这是应该能预见的职业常识。逆风对于租船契约不属于不可抗力。尽管不可预见，但这是订约人在订约时应该设想到肯定会发生的。

第三，事故不是由任何一方疏忽或过失引起的，这是援引不可抗力作为免

---

① 王传丽：《国际贸易法》，中国政法大学出版社 2003 年版，第 113 页。

责条款的重要前提：双方对意外事故的发生都没有过错。至于由一方过失引起的意外事故造成合同无法履行，则视同一方违约，应当承担违约的赔偿责任。

第四，事故的发生是不可避免的，而且是人力所不可抗拒、不可控制的。例如，地震、海啸，无论怎样防范，也是不可避免的，而且是不可抗拒的。

据此，凡是同时具备以上四个条件的事故，无论是自然原因引起的事故还是社会原因引起的事故，都应该被认为是不可抗力的事故。

（2）造成航空运输航班延误时的不可抗力

在合同履行时发生不可抗力当事人是可以免责的。我国《合同法》第114条规定：因不可抗力不能履行合同的，可以根据不可抗力的影响部分或全部的免除责任，但法律另有规定的除外。当事人迟延履行后发生的不可抗力，不能免除责任。《法国民法典》第1148条和第1183条规定：如债务人系由于不可抗力或事变不履行给付或作为义务，不发生损害赔偿责任，债的关系归于消灭，并使事物恢复至订立合同以前的状态。《德国民法典》第346条规定：在合同解除时，各方当事人互负返还其受领的给付义务。如已给付之物无法恢复原状，则应补偿其代价。《美国统一商法典》第2—613条规定：当备妥待交的货物在当事人没有过失的情况下遭到灭失时，合同可以解除。如果发生不可抗力的一方已经给付，该方有权要求对方返还其给付之全部。

《华沙公约》第20条第1款的表述暗示了遇有不可抗力（大陆法系的概念）或意外风险（普通法系的概念）时免除承运人的责任的意思。"不可能采取此种措施"的用语中暗示尤为明显。一般法院常解释为"承运人无力控制"的情况。[1]

至于达到何种条件才能构成"不可抗力"或"上帝行为"，各国法院自然要依本国法律系统。因此根据社会和航空运输业的发展重新审视航空运输中的"不可抗力"，在解决航空运输延误问题时具有十分重要的意义。以下仅仅对航空运输延误时发生的极易发生歧义的几种情况是否为不可抗力以及怎样才是不可抗力给予讨论：

第一，自然原因引起的不可抗力。

在航空运输过程中，由于飞机的飞行安全极易受到天气等自然因素的影响，如大雾、雷雨、风暴、跑道积雪、结冰、低云、低能见度等危及飞行安全的恶劣天气都有可能对飞机结构、通信导航设备以及飞机安全起降构成直接威

---

[1]　赵维田：《国际航空法》，社会科学文献出版社2000年版，第265页。

胁。航空法专家吴建端博士认为航空公司的第一要务是安全，其次才是效率。① 但是随着航空运输业竞争的激烈程度不断加强，这样和航空运输业开始初期的保护民航事业一样的理念同时常常被承运人所恶意利用。在本来是十分常见的天气情况时，承运人也常常利用安全因素的虚假面孔来推迟或取消航班。这样严重影响或侵犯了乘客或承运人的利益。如果反过来看，在现代交通运输中，无论是公路、铁路、水陆还是空运，没有一个是完全安全的。在运输安全的因素上只有一个安全系数大小的问题。再加上航空运输合同又是一个格式合同，其中缺乏乘客或托运人的意思表示，所以把航空运输中可免责的不可抗力限定在一定范围内，是现代航空运输事业中平衡双方当事人的利益所必需的。

因此，在由于自然原因引起的航班延误时，只有雷电、飓风等极其意外的天灾才可能构成不可抗力。一般的天气情况属于承运人营运中的商业风险，属于其承担责任的范围。

这里需要注意的几点事项是：①不可抗力的发生必须是双方当事人不能预见的，如果一方当事人能预见到事故的发生，不发生不可抗力的免责作用。比如：在寒冷的冬季发生严厉的冰冻是一般人能预见的，再加上现代气象预报技术十分发达，在预报的时间范围内，在这个时候由于飞机的跑道结冰可能影响飞机起飞，无论对于承运人还是对方当事人都承担一个航班延误的风险，从而排除不可抗力。②事故的发生是不可避免的，也是无法控制的．由于现代科学技术的发展而能解决的一些特殊情况不是不可抗力。比如，机场跑道积雪而地面十分滑的情况可以使用一种化学制剂来防滑，这种情况下能解决的一些问题不是无法控制的情况。③不可抗力的事故是具有一般常识的人所能理解的足以影响飞行安全的事件。在一般天气情况下，如果承运人为了安全起见而延误起飞，他必须承担赔偿责任，因为这是他的营运商业风险。

第二，社会原因引起的不可抗力。

一般而言，社会原因引起的不可抗力的主要情况有以下几种：

①战争。指由于不管公开宣战与否，一国对另一国诉诸武力的行为；

②政府。君主、当权者或人民的扣押，管制或依法扣押。指政府出于政治目的与保护公共利益对飞机进行的扣押，但不包括由于私人之间的债务纠纷债权人向法院提出申请扣押令而发生的扣押。

③罢工。指不论由于何种原因引起的局部或全面罢工、关厂、停工或限制工作。但如果是由于承运人的过失，如克扣航空人员的薪金，而引起的不是不

---

① http://travel.sohu.com/2004/07/09/18/article220921825.shtml.

可抗力。同时，如果承运人明知目的港罢工而仍然签订运输合同也不能免责。例如，在1972年法国"拉默诉法航"案中，法航明知目的地机场发生罢工，却仍然与原告订立运输合同，因而造成延误。法院认为应赔偿原告的损失。

④暴动和骚乱。是承运人所不能预料的事件。与罢工一样，如果是承运人引起的也不能认定为不可抗力。

⑤空中管制。指空中流量控制、重要飞行、科学实验、上级发出的禁航令，等等。但是由于航空运输部门内部的通知或航空公司的内部的上下级之间的管理关系而发出的禁航命令，航空公司不能免责。

除上述几种原因之外，还有一个具有争议的原因就是对于"劫机问题"是否认定为不可抗力。以下给予简要的讨论：

劫持飞机曾对航空保险以及与航空有联系的其他方面带来强烈的冲击．这种风险是无法按正常情况来估计的。① 实践中法院也对此有不同的判例：

例如，纽约最高法院在审理的"赫曼诉环球航空公司"案②中肯定了对原告的赔偿责任。法院分析到：原告的请求与公约第17条相符，事故发生在原告登上飞机并在飞行中，其所遭受的发生在"飞机上"损害应由承运人负责。而1970年纽约南区法院审理的"赫塞尔"案的判决否定了应给予赔偿。③ 主审此案的泰勒法官说："原告不该提出这种索赔，因为那样她必须确证诉因中的过失因素与违约事实。这就是说不再能适用《华沙公约》的推定责任（原则）。"

虽然上述案例对劫机事件的判决结果不一样，但是有一点是相同的，即乘客遭受的损害发生在飞机飞行中。究竟劫机事件是否是不可抗力，1978年的"哈代德诉法航"④ 案具有十分重要的说服力：该案是因恐怖分子将法航从特拉维夫到巴黎的航班劫持到乌干达的恩德培机场引起的民事诉讼案。初审的巴黎法院驳回被告援引《华沙公约》第20条免责的事由。巴黎上诉法院推翻了原判，指出该几名恐怖分子登机是法航所无力控制的，法航无权，即未获任何授权，可以在外国机场控制旅客登机，也未获得机上配备安全保卫队员的许可。上诉的判决结果是："法航已证明他不可能采取一切必要措施以避免损害。"

---

① 迪德里克斯－弗斯霍尔著、赵维田译：《航空法简介》，中国对外翻译出版公司1987年版，第188页。

② 赵维田：《国际航空承运人对旅客伤亡的责任范围》，载《中国国际法年刊》，1984年，第139页。

③ 王瀚：《华沙国际航空运输责任体制法律问题研究》，陕西人民出版社1998年版，第328页。

④ Haddad C Air France，载《法国航空法杂志》，1979年，第327页。

从这个案例中可以看出，航空公司可以因为劫机事件而免责，但必须有一个条件，即它不可能采取一切必要措施。如果航空公司存在过失，如安全检查不严格或疏于安全检查而致使劫机分子登机，它将不能援引公约第 20 条的免责事项而免责。

（三）航班延误与损害责任形态

乘客或托运人订立航空运输合同的目的之一就是为了迅速及时地完成运输任务。因此，由于承运人的不履行或不当履行运输合同必然会给对方带来程度不等的损害。在航班延误的情况下，乘客或托运人的损害主要有以下几种：

1. 对货物运输方面的损失

（1）物质上的损害

由于托运人运输的货物在航空运输中大多是一些鲜活物品，如果航班延误则极易会使货物糜烂，变质或价值减损等，这些都是物质方面的损失。例如，1974 年的"热奥菲西基诉伊朗航空公司"案①中，法院认为：被告知道货物是易腐食品，而且从巴黎来到德黑兰有几条直达或间接运抵的航班可以选择，却延误 17 天之久，显然未谨慎处理，给原告造成货物的经济损失。另外货物的质量减损也是物质损害的形态之一，例如，在"黑菲尔诉荷兰皇家航空公司"案②中，原告委托荷兰皇家航空公司运载活水貂，由于运输上的延误使得动物已经半死不活，从而使水貂在被运到目的地之后的价值降低。瑞典和美国也有类似的案例。

（2）市价损失（Loss of Market Value）

如果承运人迟延交货，恰好所运货物的市场价格相对于正常运抵时的价格下降，无疑货主会遭受到金钱上的损失。比如，托运人托运去向另一个国家的货物是有关圣诞节商品的货物，在承运人晚于 12 月 25 日到达目的地把货物交给收货人的情况下，哪怕只是晚很短的时间，这种市价的损失也是很大的。

（3）货物价款的利息损失

如果承运人能把货物及时运到目的地，货主可以及时把货物卖出去而得到货款，其价款的利息作为法定孳息当然归其所有。反之，在航班延误的情况下，因为货主不能及时收到货物而不得不推迟把货卖出去，这样本来可以得到的利益却因延误无法实现。

---

① 赵维田：《国际航空法》，社会科学文献出版社 2000 年版，第 352 页。

② 迪德里克斯－弗斯霍尔著、赵维田译：《航空法简介》，中国对外翻译出版公司 1987 年版，第 95 页。

2. 对旅客运输方面的损失

（1）因不得不支出必要的花费而形成的经济上的损失

在航班延误的情况下由于飞机没有起飞或在飞行途中作不必要的停留，乘客不得不因生活的必要作开支而引起的经济损失，如就餐、打电话等。这些开支在航班正常的情况下是不会发生的。

（2）精神损失

航班延误时，给乘客带来的损害的另一个方面就是精神痛苦，这是乘客作为活生生的人与货物不同的一点。特别是在乘客与第三方有约的情况下，航班延误给旅客带来得痛苦会更大。

3. 对旅客或货物都有可能发生的损害

（1）停工损失

对于货运来说，如果要运输的某一设备或物品是开工厂所必需的，那么在发生的延误的情况下将引起工厂的停工。因为在航空运输时候需要托运的货物往往是十分急用的，如果承运人不能及时完成运输行为，常常给对方当事人带来不利的影响。

对于客运来说，如果旅客不能被及时运往目的地，在目的地的企业也会因为缺少人员而停工。特别是在我们这个十分发达的信息社会里，即使延误很短的时间，由于新的信息技术未能实现也会给企业带来严重的损失，甚至影响企业的生命。

（2）由于延误造成乘客或货主不能履行与第三方签订的合同的损失及给其带来商业信誉的影响

这个方面的损失在国际航空旅客或货物运输中显现出来的问题特别突出，也是乘客或托运人最为担心的一种情况，也往往是使乘客或货主损失最大甚至无法估量的一种情况。在司法实践中这种情况常常引起的争议也最大。在现代信息发达的社会里，当乘客或托运人利用现代科技手段在航空运输途中，甚至在起运港签订航空运输合同前，就有可能与第三方签订商业合同，而这些合同的履行时间往往是以合理的预期或约定为基础的，一旦航班延误，乘客或托运人往往被置于相当困难的境地，他可能要支付违约金或是被解除合同，从而丧失赢利机会。同时，还会可能给他带来商业信誉的影响。

如，1958 年法国"罗伯特—霍丁诉巴西航空公司"案①中航空公司没有正当理由取消航班，耽误了原告演出的时机而带来巨大损失。1977 年法国"联合航空运输公司诉汉莎航空公司"案中原告的视听设备和乐器被延误而

---

① Robert－Houdin V. La Panairdo Brazil，载《法国航空法杂志》，1961 年，第 285 页。

影响演出。① 1955 年瑞士"昂热利诉瑞士航空公司"案②中三位设计师的城市设计模型没有及时运到而失去价值，并给设计师所在公司带来名誉损害。

从以上案例可以看出，最容易引起乘客或托运人义愤的是因航空运输延误而带来的不能履行与第三方签订的合同带来的损失，有时这是一个无法估量的损失。这也是航班延误带来问题的焦点所在。

（四）格式合同的有效原则及其在航班延误中的适用

1. 格式合同的有效原则

大陆法系的一般法和特别法规则，英美普通法以及我国新的《合同法》对格式合同条款都进行了规制。这些规制原则主要有：

（1）合理、适当提示原则

合理、适当提示原则是指格式合同的使用者应以合理适当的方式将格式合同的全部条款提请对方注意。

我国《合同法》第 39 条规定："采用格式合同条款订立的合同的，提供格式条款的一方应当采取合理的方式提请对方注意免除或限制其责任条款，按对方的要求对该条款给予说明。"即格式合同条款的使用人应该以明示的方式提请相对人注意格式合同条款，并使其能够以合理的方式了解合同条款的内容。

这些规则为世界绝大多数国家的立法和判例所确认。如，德国《标准合同条款法》第 2 条规定："于下列情况，标准合同条款始成于契约的一部分：①条款的利用者于缔结契约时明示其条款，或由于缔约方式而使明示有困难时将标准合同条款悬挂于缔约场所能清晰可见之处并指明之；②使相对人在可期望的程度内能明了其内容，以及相对人对其效力同意者。"

在英美普通法中，如果免责条款在一份由一方当事人交给另一方文件中被列出或指示，或者在合同缔结时展示出来，则只有当在对免责的存在向受其影响的当事人以合适的方式提请注意时它才构成合同的一部分。英美普通法在认定提请注意是否为合理方面已经形成一些较为完备的规则，对我国司法实践具有较大的参考意义. 其主要参考因素有：①文件的性质；②提请注意的方式；③清晰明白的程度；④提请注意的时间；⑤提请注意的程度。③

---

① 迪德里克斯－弗斯霍尔著、赵维田译：《航空法简介》，中国对外翻译出版公司 1987 年版，第 92 页；原载《法国航空法杂志》，1977 年，第 181 页。

② 迪德里克斯－弗斯霍尔著、赵维田译：《航空法简介》，中国对外翻译出版公司 1987 年版，第 93 页。

③ 江平：《民法学》，中国政法大学出版社 2000 年版，第 622 页。

（2）条款内容合理原则

条款内容合理原则是对格式合同条款进行衡量的一个弹性条款，一般指民法的诚实信用原则和公平原则，等等。

我国《合同法》第39条第1款规定："采用格式合同条款订立合同的，提供格式条款的一方应遵循公平原则确定当事人之间的权利和义务。"第125条规定：当事人对合同条款有争议的，应该按照订立合同的目的，交易习惯以及诚实信用原则确立条款的内容。也就是说，格式条款违背诚实信用而给予相对人不利益的时候不发生合同法的效力。

根据英国《不公平合同条款法》第11条的规定，所谓免责条款符合合理性条件的要求是指根据缔约时当事人的意图中已经考虑到的情况来看该条款是公平合理的。

英国《不公平合同条款法》的附件2总结判例法规则，确定当事人约定或援引免责条款是否合理时应当考虑以下因素：第一，须考虑双方在协商定价中的相对地位和权利，特别是考虑消费者在缔约时是否有选择的余地；第二，消费者在同意订立免责条款时是否受到劝诱，或者消费者是否有机会与他人订立不附加此类条款的合同；第三，消费者是否熟悉此类条款；第四，在违约人援引免责条款或责任限制条款而受害人求偿不符合合同条款的要求的情况下，则要考虑假定受害人完全按免责条款去做，在合同履行期内是否合理，是否可行。①

德国《标准合同条款法》第3条规定："标准合同的条款依客观情况，尤其是由于契约的外观，衡量是否异乎寻常以致相对人必然不考虑接受者，不能成为契约的一部分。"

德国判定格式合同条款是否为"不寻常条款"通常取决于两个因素：第一，该条款脱离该法律行为所属法律典型的程度；第二，格式合同的使用人提请相对人注意格式合同内容的方法。②

（3）严格解释原则

严格解释原则，又称为不利解释原则，即如果某项条款存在两种或两种以上解释，法院将作出对格式合同的使用者最不利的解释。

我国《合同法》第41条规定："对格式合同条款发生争议的，应当按照通常理解予以解释；对格式合同有两种或两种以上解释的，应当作出不利于提供格式条款一方的解释；格式条款和非格式条款不一致的，应当采用非格式

---

① 转引自董安生等编译《英国商法》，法律出版社1991年版，第59页。

② 梁慧星：《民商论丛》（第二卷），法律出版社1994年版，第498页。

条款。"

对于这一点，无论大陆法系国家还是英美普通法系国家均是承认的。例如，德国《标准合同条款法》第 5 条规定："标准合同的内容有异议时，由条款利用者承受其不利益。"英国判例法也确认，只有在免责条款的用语绝对准确肯定并且不发生歧义的情况下才裁定其有效。如果含糊不清时将作对格式合同的使用者不利的解释，甚至否定它的效力。①

2. 格式合同的有效原则在航班延误问题中的适用

从上面对格式合同的解释原则的分析可以看出，各国一般对格式合同的利用者的权利给予限制，在对格式合同条款发生争议时作出不利于格式合同条款利用者的解释。航空运输合同作为一种格式合同当然也不例外，仍应该适用这些原则。因此，在对《华沙公约》的解释，特别是对《华沙公约》第 20 条和第 25 条的解释，应该作出不利于承运人的解释。虽然各国在坚持对格式合同的严格解释原则的情况下，对《华沙公约》的解释宽严不一，但是随着航空事业的发展，有一个逐步向更严格的解释方向发展的趋势。以下主要对《华沙公约》第 20 条和第 25 条的在航班延误时的解释给予讨论。

（1）对于《华沙公约》第 20 条的解释原则

《华沙公约》第 20 条第 1 款规定："如果承运人证明他和他的代理人采取了一切避免损害的必要措施，或者他和他的代理人不能采取这种措施，承运人不负责。"

从《华沙公约》的立法历史去考察，早在 1925 年第一次国际航空私法会议上，报告人曾使用"合理与正当措施"（reasonable and normal necessary）和"应有谨慎"（due diligence）这两个词，这两个词来自普通法的合理照料（reasonable care）。但是在第二次航空法会议上占上风的大陆法系参照铁路运输的《伯尔尼公约》，在三读公约时将合理改为必要，但所表达的仍是"应有谨慎"的原则。普通法系与大陆法系各国法院在运用这一条时在从宽与从严的解释上不尽相同。

美国法院对该条解释最严，从而承运人引用该条免责的可能性很小。法院一般地把"一切必要措施"解释成"一切可能措施"。只要在力所能及的范围有一件预防的事情未做到就不得解脱责任。例如，在"Rugani V. Royal Dutch Airlines"案中纽约埃得莱威尔德机场的荷兰皇家航空公司仓库里一批储存待运的贵重皮毛被盗。法院判称："虽然那里有警卫值班，但没有携带武器。结

---

① 转引自董安生等编译《英国商法》，法律出版社 1991 年版，第 69 页。

果警卫由于缺乏防御武力抢劫的武器而未能保护这些货物，所以不能免责。"①

普通法系其他国家一般都引用英国法院早期"格里因诉帝国航空公司"案的先例，按照"合理照料"标准办事，该案发生在1936年，因为飞机低于塔台的高度飞行而与塔台相撞而坠毁。法院说：他应当知道他是在空中管制塔台附近飞行的，事实上承运人没有按照要求采取必要和合理的注意。

法国法院的一些判例强调，承运人免责就必须采取一切"正常的"或"合理的"措施。特别著名的一个案例是1968年的"英特航空公司诉西蒙（Air Inter C. Simon）"案，该案中驾驶员接到指令，要求其在恶劣气候中停留在现有的位置，让其他的一架航空器能够降落。此后不久，由于气候的恶劣，驾驶员无法控制航空器而坠机。法院认为他并没有采取一切必要措施，因为驾驶员原来应该将航空器驾驶到远离恶劣气候的其他地方，或者在附近别的机场降落。驾驶员不应该接受航空交管员的建议。②

从以上各国的实践可以看出，对于承运人在飞行过程中很大程度上缺乏像海运中1924年《海牙规则》那样可因为航行过失而免责。虽然各国对"一切必要措施"的解释有宽有严，但有两条是共识③：

①承运人不仅要在飞行前确保适航，检查好机器，配备好机组人员，而且还要对航行中出现的各种情况迅速作出反应，采取相应行为。

②当飞机失事原因不明时，不得援引免责条款，因为只有原因被查清后才能对承运人的行为作出判断。

（2）对于《华沙公约》第25条的解释原则

《华沙公约》第25条第1款规定："如果损失是由于承运人的有意不良行为造成的或者是由于承运人的过错造成的，而根据受理法院地的法律这种过错被认为相当于有意的不良行为，承运人无权援用本公约关于免除或限制承运人责任的规定。"

其中的关键词语也是最易引起争议的词语是"有意不良行为"。在航空法专家国际技术委员会（CITEJA）1928年的草案中用的词是法语dol，这个词在德国及北欧诸国则解释为"严重过失"，而在普通法系解释为"willful misconduct"。

"dol"在法国法中的一般含义是指故意地造成损害的不合法、不道德的行为，但也含有"故意不履行合同义务或职责的行为，即使该不履行并未

---

①　王瀚：《华沙国际航空运输责任体制法律问题研究》，陕西人民出版社1998年版，第225页。

②　唐明毅、陈宇：《国际航空私法》，法律出版社2004年版，第230页。

③　赵维田：《国际航空法》，社会科学文献出版社2000年版，第264页。

表现为有意伤害他方"。问题还在于 dol 也常用来指那种影响合同效力的欺诈行为，即当事人一方用欺诈手段使对方订立合同的行为。① 德国法中与 dol 比较接近的概念是"严重过失"。按德国民事诉讼法，不许对人的精神状态作出推定，而在航空法有时很难对这种精神状态提出证据。有句罗马格言说："严重过失被视为相当于故意造成损害的不法行为"，然而这种"严重过失"不含有任何行为人的精神状态因素。这一点是与法语中的 dol 相矛盾的。"willful misconduct"是普通法中与 dol 比较接近的概念。根据英国出席华沙会议的首席代表丹尼斯的定义："它不仅指故意的行为而且指不在乎地不顾后果的行为。"

虽然上述各国的解释不一致，但有一点是共同的：用具有正常识别能力的人的标准去判断，只要承运人存在有不可原谅的过失或故意，承运人的责任就不受公约的限制。特别是在美国，法院在适用《华沙公约》第 25 条时，除早期的有些案例对有意或不顾后果的不良行为的标准较认真外，有越来越向从宽解释的倾向，这与许多美国法院、陪审团不满《华沙公约》的责任限制制度和同情原告的情绪有重要的关系。

例如，1949 年的"American Airlines V. Ulen"案中，尤伦（Ulen）夫妇乘坐的从华盛顿到墨西哥航班，于起飞后不久撞到附近格莱德山失事。经查明，该航空公司的航班飞行计划本身违反了民航条例关于最高障碍物为中心五英里方圆内飞行高度要超过该障碍物 1000 英尺的规定，将跨越最高障碍物的飞行高度确定在 1000 英尺以下，最终导致了飞机撞到山头的后果。尽管被告一再辩称："不知道格莱德山的准确高度"，但上诉法院仍认为这已构成有意或不顾后果的不良行为。

另一例是在"Berner V. British Commonwealth Pacific Airline Ltd."案中，飞行员在指定的水平面以下飞行，法院认为承运人的行为已构成有意或不计后果的不良行为。

在"Butler V. Aeromexico"案中，因为机组人员将航空器的一个可以探测恶劣气候条件的雷达拆卸下来而被认定存在有意或不计后果的不良行为②。

以上案例也表明，在适用《华沙公约》第 25 条中也不存在承运人在飞行中由于航行过失而免责，这一点在海上运输的 1924 年《海牙规则》中是完全可以免责的。随着航空事业的发展，在保护乘客的利益的呼声越来越高的情况

---

① Translated by Robert C. Horner. & Dider Legrez. *Second International Conference on Private Aeronautic Law*. Fred B. Rothman & Co. 1975. p. 286.

② 唐明毅、陈宇：《国际航空私法》，法律出版社 2004 年版，第 190 页。

下，对于"有意或不计后果的不良行为"的认定就更宽了。这是因为从历史的观点看，《华沙公约》在很大程度上不是受《海牙规则》的影响，而是受关于铁路运输的《伯尔尼公约》的影响，《海牙公约》的规则在很大程度上不同于《华沙公约》，《海牙规则》允许当事人去限制或排除承运人的责任或扩大承运人的责任，通常所使用的方法就是不出具提单。而在航空运输中，实际剥夺了承运人利用《华沙公约》排除或限制他的责任的权利。①

（五）航班延误损害赔偿责任的范围

关于延误的责任确定以及具体的赔偿问题，是国际航空运输实践中悬而未决的问题，不仅《华沙公约》没有对此作进一步的说明，而且各国国内法也往往回避这个难题，最终留给了各个航空公司进行处理。

1929 年《华沙公约》第 19 条只是规定："旅客或货物在国际航空运输中因延误而造成的损失，承运人应当承担责任。"这样的一个宽泛的规定留下了很大的活动空间。

在航班延误时，在确定承运人有赔偿责任之后，另一个关键问题就是关于赔偿范围的确定。从当事人损失的类型上看，可以把损失划分为直接损失和间接损失。这是从损害与违约行为之间的直接或间接因果关系来划分的。如果损害是由于违约行为引起并没有介入到其他因素，则这种损害为直接损害；如果损害并不是因为违约行为直接引起而介入到其他因素，则为间接损失。在航班延误引起的损失中，如果是直接损失，承运人就必须赔偿。但对于间接损失，怎样赔偿以及在多大范围内赔偿就难以解决了。

世界上大多数国家都明文规定，损害赔偿的范围包括间接损失。如，我国 1986 年《民法通则》第 112 条第 1 款规定："当事人一方违反合同的赔偿责任，应当相当于另一方因此所受到的损失。"可以看出，我国赔偿损失的范围既包括直接损失也包括间接损失。《美国统一商法典》第 1149 条规定：在损害赔偿中，除直接损失外，还包括附带损失和间接损失（Incidental and Consequential Damages），通过损害赔偿使受害方"处于如合同已履行的同样境况"。《法国民法典》也规定，损害赔偿的范围一般应包括因不履行合同义务而使对方"所遭受的现实的损失和所失可获得的利益"。

航班延误在很大程度上是一种间接损害，在赔偿范围上，在确定承运人责任时应遵循以下原则：

---

① Air Charter and the Warsaw Convention. KURTGRONFORS, Almqvist and wikell, Stockholm, 1956. p. 19.

1. 可以取得原则

迟延损失作为一种可得利益损失，指债权人本应取得的利益由于债务人违约而没有取得。

我国《合同法》第113条规定："当事人一方不履行合同义务或履行合同义务不符合约定，给对方造成损失的，损失赔偿额应相当于因违约所造成的损失，包括合同履行后可以获得的利益。"

《德国民法典》第252条规定："依事物的通常过程，或已经进行的设备、准备或其他特别情形，可得预期的利益视为所失利益。"其中所谓"依通常过程"可得预期的利益，是指如果债务人全面履行了合同义务，依照事物自然的正常发展过程，债权人必然会得到的利益。所谓依特别情况可得预期的利益，是指按照事物通常的发展未能取得的利益，但由于存在着其他的特别条件而可能取得的利益，常常用来指债权人已经有了与违约合同相关的计划，设备或准备。①

比如：承运人按时交付货物，货主将之及时出售，其价款利息必然成为货主的收益。反过来讲，这些利息的损失，是承运人违约所产生的，合乎事物正常进程的必然结果，债务人应当赔偿。这一点早在1877年关于海运迟延交付的"Parana"案中就已经确定下来。

上述我国《民法通则》中规定的可得利益是指合同在适当履行以后可以实现和取得的财产利益。它具有以下几个特点：①未来性；②期待性；③现实性。可得利益的损失是因违约行为的发生而导致的当事人在合同得到正当履行的情况下可以获得的利益的损失，可得利益的损失虽然不是实际的财产损失，但如果没有违约行为发生的话，当事人能够获得该利益。所以从这个意义上说，可得利益与实际损失没有太大的差异。如果受害人能够举证证明其所遭受的可得利益的损失是因违约行为造成的，则违约方应当赔偿这些损失。②

海运中有一个案例具有特别的说服力。即，在"Simpson. V. L&N. W. Ry"案中，被告承运一批货物样品去赶 Newcastle 展销会，由于交货迟延，没有赶上这次演出。同时由于样品未到，使得本来可能在展销会上销售的商品，也没有销售出去。法院判决承运人负责赔偿本可因销售而获得的利润损失，以及时间上的损失。因为送样品的目的已经告知承运人。③

---

① 宋春风："论海上运输中的迟延交货损失"，载《中国海商法年刊》，1992年，第142页。

② 魏振瀛：《民法》，北京大学出版社、高等教育出版社2000年版，第436页。

③ 宋春风："论海上运输中的迟延交货损失"，载《中国海商法年刊》，1992年，第142页。

在可得利益损失的计算方面，大致可以采用以下方法：①对比法，又称差别法，即通过比照受害人相同条件下所获取的利益来确定应赔偿的可得利益的损失。这种方法通常适用于那些能够获得比较稳定的财产收益的情况。②估算法，在法院或仲裁机关难以确定损失数额或难以准确地确定可得利益的损失数额时，可以根据案件的具体情况责令违约方支付一个大致相当的赔偿数额。在某些情况下，也可以受害人请求赔偿的数额为基础，根据公平原则确定应予赔偿的数额。③约定法，法院或仲裁机关可以根据当事人事先约定的可得利益的数额计算可得利益损失的方法来确定赔偿范围。

2. 合理预见原则

合理预见原则是指违约方承担的间接损害赔偿责任的范围不得超过其在订立合同时所能预见或应当预见的损失原则。

我国《合同法》第 113 条第 1 款规定："当事人一方不履行合同义务或履行合同义务不符合约定，给对方造成损失的，损失赔偿额应相当于因违约所造成的损失，包括合同履行后可以获得的利益。但不得超过违反合同一方订立合同时预见到或者应当预见到的因违反合同可能造成的损失。"立法上确立合理预见规则的目的是为了鼓舞交易，防止利用合同使交易当事人陷于不合理的被动地位，承受不可预期的突然变故或不利后果。

《法国民法典》第 1150 条规定："如果债务人的不履行并非由于债务人欺诈时，债务人仅就订立合同时所预见的或可能预见的损害或利益负赔偿责任。"

法国法这一原则影响了英国判例，并反映在 1854 年的"哈德利诉巴森得尔（Hadley V. Baxendle）"一案中。在 1949 年英国上诉法院在维多利洗衣店诉纽曼工业公司一案中又进一步确认和发展了这一原则，即受害方仅有权取得在合同缔结时就已经预见或可以预见的违约损失，而且这一损失事实上已经发生了。[①]

《美国统一商法典》第 2715 条也确认了这一原则，即这种损失应是在合同缔结时就有理由预知的。

《联合国国际货物买卖合同公约》第 74 条也规定：损害赔偿不得超过违反一方在订立合同时，依照当时已经知道或理应知道的事实和情况，对违反合同预料或理应预料的可能损失。

有几个问题应当注意的是：①可预见的对象。英国法要求违约方预见到损

---

① 徐炳：《买卖法》，经济日报出版社 1991 年版，第 324 页。

失的类型或种类，①无须预见到损失的程度和数额。与之类似，《国际商事合同通则》认为：可预见性与损失的性质或类型有关，与损失的程度无关，除非这种程度使损失转化为另一不同种类的损害。②可预见主体。我国《合同法》明确规定，预见的主体应当是"违反合同一方"。当前，世界多数国家的立法与学说都认为预见的主体应当是违反合同的一方而非双方。③可预见的时间。存在着"合同缔结时说"和"债务不履行时说"两种观点。我国《合同法》采用前一种观点。

如何确定合理预见的标准是掌握合理预见原则的关键所在。笔者认为，合理预见包括已经预见到和应当预见到两种情况，其标准是一个正常理智的第三人处于违约方的情况下所能合理做到的预见。

3. 减轻损失和共同过失原则

当受害人因航班延误而受到损害时，承运人可以通过证明受害人对引起航班延误的事件存在过失或航班延误后没有及时地减轻或消除因航班延误带来的损害存在过失，而减轻或免除赔偿责任。具体赔偿数额要根据受害人的过失程度和个案进行确定。

（1）减轻损失原则

我国《合同法》第 119 条第 1 款规定："当事人一方违约后，对方应采取适当措施防止损失扩大，没有采取适当措施致使损失扩大的，不得就扩大部分的损失要求赔偿。"《德国民法典》第 254 条以及我国《民法通则》第 114 条也有类似的规定。

法律对受害人课以采取适当措施减轻损失的义务的目的是为了增进社会的整体利益，同时促进人与人之间的协作，尽管这样会给受害人带来某些不便。需要注意的是，对于受害人的过失，要从受害人的主观上而非客观效果上来判断受害人采取的措施是否适当，只要受害人在采取措施时在主观上已经尽心尽力即属已足。②

例如，在航空货运中，在由于运输迟延而致货物逾期到达目的港时，收货人知悉后仍应及时提货，否则超过合理期限的那部分仓储费及海关滞押金等损失承运人不负责。再如，承运人航班迟延适逢市价，收货人仍应要以抵达时的正常市价出售，而不能低于当时当地的正常价格或绝大多数同类货价抛售，否则，抛售的低价与正常市价之间的差额应与货主负责。

---

① 崔建远：《合同法》，法律出版社 1998 年版，第 257 页。

② 张明远、傅廷忠："论国际海运货物迟延交付损失索赔的有关要素"，载《中国海商法年刊》，1994 年，第 120 页。

（2）共同过失原则

1929 年《华沙公约》第 21 条规定："承运人证明损失是由于受害人的过失造成或促成的，法院可以按照它的法律规定，全部或部分免除承运人的责任。"

我国《民法通则》第 131 条规定："受害人对于损害的发生也有过错的，可以减轻侵害人的民事责任。"英国 1945 年的法律改革方案（the Law Reform Act 1945），即共同过失法案，以及美国《侵权法重述》第 463 条和第 467 条的表述虽然不同，但有一点是共同的，即对于受害人的过失导致的损害，责任人的责任是可以减免的。

如，在"AG World Exports V. Arrow Air Inc"案中①，一批猪从佛罗里达送往委内瑞拉，托运人由于过失没有向承运人提供地面的气候状况，一些猪在到达目的地时因高温死亡。如果承运人在运输途中一直开窗，并且在装载的过程中一直用风扇，也向原告推荐一套地面气候系统，承运人在这种情况下可以完全免责。

航空运输过程中，航班延误问题是一个十分普遍的现象。根据我国民航总局的报告，2004 年前五个月的各航空公司航班延误率为 22.1%，② 同时它也表明在我国航班延误现象是十分严重的。这一点，常常引起乘客或托运人的极其不满，根据中国消费者协会投诉与法律事务部的统计，在 2002 年 206 起和 2003 年的 219 起对民航的投诉中，有 2/3 是因为延误而投诉的。③ 这也足以表明航班延误问题的严重性。

各国的司法实践表明，对运输合同当作格式合同从宽解释，从而作出不利于承运人的解释，即使发生因航行过失或因管理航空器引起的损失承运人也要承担责任，并且，在一定情况下通过从宽解释《华沙公约》第 25 条，使承运人承担突破公约的限额的责任，甚至是间接损失的赔偿责任。

从我国民航总局的运输规则与其对航空公司的关于"延误补偿"的指导意见可以看出，我国官方对航空运输企业的主要态度是为了实现保护民航企业的目的，而对对方当事人的保护远远不够。这样，一方面与国际社会的实践产生了较大的差距，因为过多的保护使中国民航企业的竞争力很差；另一方面，在已经从工业时代进入到信息时代的今天，提高对乘客或托运人的保护也是历史发展的必然趋势。因为随着现代航空技术的发展，航运业不再是以前人们所

---

① 22 Avi Cas 18，221.

② http：//biz. 163. com/40628/4/0PVI0U4800020QF7. html.

③ http：//news. eastday. com/eastday/news/news/node4944/node23263/userobject1ai322115. html.

想象的那种神秘冒险，许多情况现在是可以控制的，特别是随着国际交往的不断发展，及时履行运输合同显得较为重要了。

如果使承运人承担更高的赔偿责任也会对我国产生重要影响：①承运人对于名目繁多的赔偿，在一段时间内会感到无所适从；②由于我国不是判例国家，没有所谓的"Leading Cause"，因此，在衡量所谓"勤勉的承运人"、"合理的时间要求"以及对公约第20条和第25条的解释上，司法或仲裁机构又必然产生分歧；③迟延履行的损失属于经济损失的性质，但有时主要是间接损失，而在法律上没有明确规定间接损失的赔偿范围，因此对这一点法律有必要进一步明确；④如果赔偿间接损失也就意味着承运人风险的增加，对此有些国家的保险公司已经有航班延误险，但我国目前还没有，虽然这是正在讨论的热门话题，但到实施还有一段时间。

综上可以看出，要求承运人承担超过公约限额的更高的赔偿责任有其历史进步性和历史必然性，也有对我国司法和航运业的不利性，为了解决这一难题，首先，法院可以在个案中对《华沙公约》第25条严格解释，使部分承运人承担更高的赔偿责任；其次，民航主管部门要逐渐减少对航空企业的保护，使其在商业营运中自由竞争，提高竞争能力；再次，保险部门在保险领域可以增加航班延误险的险种，从而弥补承运人的损失。这样承运人会更加注重对方当事人的利益。总之，严格解释《华沙公约》和运输合同从而使承运人承担比目前更高的赔偿责任，是我国民航运输业发展的方向，也是与国际接轨和保护弱者利益的必然要求。

五、国际航空旅客运输责任制度的新发展
——1999年《蒙特利尔公约》、"双梯度责任制度"述评

（一）"双梯度责任制度"的来源及其结构分析

在国际航空旅客运输责任体制中，"双梯度责任制度"是华沙体制改革中最富有特色的一个创新，是长期以来发达国家与发展中国家在国际航空运输责任体制上存在利益冲突和矛盾调和的产物。这一构想最初来源于航空法学家们的设计。为了协调发达国家和发展中国家在航空运输责任限制上的立场分歧，积极吸纳华沙体制运行半个多世纪以来历次修订文件所取得的进步成果，1987年著名航空法学家郑斌和皮特·马丁在葡萄牙举行的第四届劳埃德国际航空法研讨会上倡导并草拟了《阿尔沃国际航空运输公约草案》，该公约草案在国际航空旅客运输责任方面首次提出了在航空旅客运输中实行"双梯度责任制度"的构想。即航空旅客运输人身伤亡的赔偿责任依照原告索赔请求的限度实行不

同的归责原则，以 10 万特别提款权为限，凡是原告的索赔请求在 10 万特别提款权以下的，对承运人实行严格责任（或者称绝对责任），原告的赔偿请求超过 10 万特别提款权的，承运人不受责任限制的保护，但是在责任构成上对承运人实行推定过错的责任原则。这一设想极具创意，其一，它直接触及了华沙航空责任体制的两大核心问题——限制责任制度和推定过错责任制度，反映了长期以来国际社会改革华沙体制，加重承运人责任和提高赔偿责任限额的呼声，也吸取了《华沙公约》历次修订文件取得的进步成果。在国际航空运输责任制度的构成上同时容纳了限制责任（10 万特别提款权）和无限制责任（10 万特别提款权以上的责任没有固定界限），严格责任（10 万特别提款权以下）和推定过错责任（10 万特别提款权以上），在结构上是限制责任和无限制责任，严格责任与推定过错责任的二元结合体。[①]

其二，它概括了华沙国际航空运输责任体制上发达国家与发展中国家的不同要求，平衡了两者的利益冲突。发展中国家一般要求对承运人实行严格责任和适度的赔偿责任限制，而发达国家则主张对承运人实行无限制责任（或高赔偿责任限额）和推定过错责任。任何一方的要求完全得到满足对另一方就可能是不公平的，达成妥协性的一致协议就可能成为泡影。双梯度责任将发达国家和发展中国家的各自不同的要求容为一体，灵活巧妙地调和了两者之间的立场分歧，在责任制度的二元体结构中达成共识、寻求妥协，满足了双方对责任制度的选择，这不失为一种国际法律规则创制的成功经验。多年来发达国家与发展中国家在国际航空运输责任领域的责任限制和归责原则问题上一直争论不休，双梯度责任制度包容和涵盖了两者的愿望和要求，其中第一梯度责任反映了发展中国家的要求，第二梯度责任考虑了发达国家的愿望，这对结束无休止的争论，及早达成共识，推动统一的国际航空运输责任新制度的建立无疑是切实和可行的。

其三，双梯度责任制度积极吸收了华沙体制改革的进步成果，顺应了当代国际航空运输责任立法的发展趋势，为国际航空运输复归到统一的责任规则体系从而为稳定国际航空运输责任制度的有效运行提供了现实和可行的制度设计。在双梯度责任框架内，限制责任采用 10 万特别提款权的最高界限实际上是反映了华沙体制历次修订文件不断提高赔偿限额的发展趋势和吸取1971 年《危地马拉议定书》和 1975 年《蒙特利尔第四号议定书》采用严格责任的做法。华沙体制运行了 70 余年，涌现出八个《华沙公约》体系的法律文件，其内部文件的不协调、规则的不统一极大地影响了华沙规则的稳定

---

① 唐明毅等：《国际航空私法》，法律出版社 2004 年版，第 130—136 页。

和有效执行，造成这种结果的很大一个原因就是各国对华沙责任限额的不满和冲击。由于固定的责任限额不能按照经济发展的变化做出适时的调整，无法满足发达国家对航空承运人不断高涨的赔偿要求，不可避免地会与各国的国内立法的发展发生碰撞，使经济发达国家可能出现或采取背离限制责任的单边行动，其结果会造成国际航空运输责任规则运行的不稳定，《华沙公约》不断进行修订和变动就很能说明这个问题。双梯度责任制度在结构上对第二梯度仅仅规定了 10 万特别提款权的下限，10 万特别提款权以上实际上实行的是无限制责任，与之相对应的是继续采用华沙体制的推定过错责任。从理论上估计，第二梯度责任可以涵盖任何情况下的赔偿限额要求，因此，为突破责任限额，寻求高额赔偿而背离统一责任规则约束的可能性将大大减少，无疑，双梯度责任结构为稳定国际航空运输责任规则的统一实施提供了可靠的法律条件。

1992 年日本发生了历史上最大的空难事故，航空承运人如何向罹难者亲属支付赔偿金受到社会关注。鉴于《阿尔沃国际航空运输公约草案》已经提出在国际航空运输中推行提高赔偿限额的"双梯度责任"制度，日本航空企业积极采纳这一做法，修改航空运输条件，通过缔结特殊运输合同同意放弃适用《华沙公约》和《海牙议定书》规定的赔偿责任限额和推定过错责任原则，在 10 万特别提款权以下对航空承运人实行严格责任制度，在 10 万特别提款权以上采用无限制责任，但仍然适用推定过错责任原则。

到了 1995 年，国际航空运输协会在吉隆坡召开承运人责任会议，通过了《吉隆坡协议》（即 IIA 协议），该协议在取消华沙限额和确定航空承运人严格责任的同时，采纳"双梯度责任"制度。根据《吉隆坡协议》的规定，在航空旅客运输中航空承运人责任不受具体限额的限制，其责任范围依照旅客住所地法律来确定。事实上《吉隆坡协议》采纳了无限制责任，和双梯度责任制度结构中第二梯度责任一样，这一梯度责任主要是满足于发达国家的需要。《吉隆坡协议》已经生效，目前已有近 130 个航空公司参加了《吉隆坡协议》，我国三大航空企业国航、南航和东航都参加了该协议。《吉隆坡协议》在航空运输实践中率先采用了"双梯度责任制度"，在国际航空运输市场发挥了重要的影响力，在 1999 年《蒙特利尔公约》通过之前，国际上约有 80% 以上的国际航空旅客运输接受"双梯度责任"的调整。从国际法角度来说，尽管《吉隆坡协议》仅仅是航空企业为突破华沙责任制度约束形成的内部协议安排，并不具有法律上的强制执行效力，但是其规则经过航空承运人的接受并通过与乘客达成特殊协议以后就在航空承运人与旅客之间产生合同上的法律效力，仍然能够起到取代《华沙公约》责任制度的效果。这种实践愈加普遍，双梯度责任制度普遍适用性就愈加得到强化和各国事实上的认同和接受，也就愈加对华沙责任制度的存在构成巨大威胁。

鉴于双梯度责任制度事实上已经在国际航空旅客运输中被普遍运用和采纳，国际民航组织在草拟公约条款时有意在国际航空旅客运输责任制度上采用"双梯度赔偿责任制度"，以替代《华沙公约》的有关旅客运输责任规则。1997 年 4 月 28 日，国际民航组织法律委员会在加拿大蒙特利尔召开第 30 次会议，与会国家中多数代表赞成公约在国际航空旅客运输责任中引入"双梯度责任"，这次会议通过了《蒙特利尔公约草案》。1999 年 5 月国际民航组织在加拿大蒙特利尔召开外交会议正式通过了《蒙特利尔公约》。根据《蒙特利尔公约》规定，公约自第 30 个国家批准时生效。2003 年 11 月 3 日美国作为第 30 个批准国批准了《蒙特利尔公约》，自此一项新的国际航空运输责任法公约在国际航空运输领域开始发挥调整作用，航空旅客运输中的"双梯度责任制度"也被正式确立为当代国际航空运输责任法的重要法律制度。

与航空法学家最初的设计一样，1999 年《蒙特利尔公约》完全接受了"双梯度责任制度"的做法，在旅客航空运输中根据赔偿限额的限度同时采用严格责任和推定过错责任的二元责任制度，在现代航空运输活动中凸显了损害赔偿责任归责的客观性和责任的严格化特征。

1999 年《蒙特利尔公约》第 21 条对航空旅客运输中旅客死亡或者伤害的赔偿规定：

一、对于根据第 17 条第 1 款所产生的每名旅客不超过 10 万特别提款权的损害赔偿，承运人不得免除或者限制其责任。

二、对于根据第 17 条第 1 款所产生的损害赔偿，每名旅客超过 10 万特别提款权的部分，承运人证明有下列情形的，不应当承担责任：

（一）损失不是由承运人或者其受雇人、代理人的过失或者其他不当作为、不作为造成的；

（二）损失完全是由第三人的过失或者其他不当作为、不作为造成的。

从上述规定可以看出，1999 年《蒙特利尔公约》几乎是完全采纳了《阿尔沃国际航空运输公约草案》关于"双梯度责任"的做法。

（二）1999 年《蒙特利尔公约》"双梯度责任制度"对《华沙公约》

航空旅客运输责任规则的新发展

1999 年《蒙特利尔公约》确立了"双梯度责任制度"的法律地位，它对华沙体制航空客运规则的突破主要是在航空旅客责任制度上同时采纳了严格责任的归责原则和无限制责任制度，在华沙体制主导国际航空运输责任的时代这两个责任制度从来没有在国际法上被确立下来，因此，"双梯度责任制度"的确立和实践在当代国际航空运输责任法中是具有划时代意义的统一法成果。与华沙体制相比较，1999 年《蒙特利尔公约》规定的"双梯度责任制度"同时容纳了严格责任原则和无限制责任，是这两种责任制度的"混合体"，在华沙体制两大核心问题上实现了突破。

（1）《蒙特利尔公约》只是在国际航空旅客运输中采行"双梯度责任制度"，此项责任制度并不适用于航空行李和航空货物运输。在航空旅客运输方面，公约也只是有条件地采用严格责任的制度，即在航空旅客运输的赔偿请求不超过 10 万特别提款权以内实行严格责任制，在此限额下大大加重了承运人的责任，在责任构成上承运人对旅客伤亡的赔偿不再以过错为要件，而是以其行为与损害事实之间的因果关系为要件，这已区别于《华沙公约》所采用的推定过错原则。而且根据公约的规定，按照严格责任制度的要求，在 10 万特别提款权以下，承运人丧失任何援引"采取一切必要措施"或"不可能采取一切必要措施"的免责抗辩事由，这样一来，实际上已经排除了承运人依据不可抗力或意外风险免除责任的可能，使旅客运输索赔的可靠性有了更为牢靠的法律保证。它表明，航空旅客运输责任制度的立法重心在于及时合理地补偿受害人遭受的损失，而不是惩罚航空承运人的过错。这使得旅客和货物托运人免受举证之累、减少索赔诉讼、避免诉讼拖延有了保证。《蒙特利尔公约》在承运人免责事项上仅仅保留了"受害人过错"一项，即公约第 20 条规定："如经承运人证明，损失是由于旅客本人的过失或者其他不当作为、不作为造成或促成的同样应当根据造成或者促成此种损失的过失或者其他不当作为、不作为的程度，相应地全部或者部分免除承运人的责任。"就此来看，在"双梯度责任制度"下，严格责任也不是绝对的，公约仍然留给了承运人基于旅客过错的免责抗辩，这使得"双梯度责任"下的严格责任有别于现代侵权法中的绝对责任制度。

（2）与华沙体制的推定责任相比，《蒙特利尔公约》采用严格责任强化了承运人承担责任的条件。一方面，在推定责任制度下某些不能归因于承运人的意外事件造成的旅客伤亡或行李和货物的灭失、损坏，承运人仍然可以要求免责，而在严格责任制度下，意外事件不能导致承运人责任的免除；另一方面，在推定过错责任制度下，因不可抗力造成的旅客死亡或行李和货物的灭失或损坏，承运人可以根据不可抗力主张免责，而在严格责任条件下，不可抗力不能构成承运人免责的事由。

（3）还应当指出，《蒙特利尔公约》在第二梯度责任中采用"无限额赔偿"也不是绝对的。仅仅是在 10 万特别提款权以上，对承运人提出的赔偿请求并没有固定限额的限制，承运人在此状态下不能受到限制责任的保护，但是承运人承担责任的具体范围要依赖于旅客或托运人遭受的实际损失而定，只是其实际赔付的赔偿金在法律上没有固定上限的限制。根据现代赔偿责任法的理论，在无限制责任下，航空承运人按照恢复原状的原则对航空旅客或托运人承担实际损失的赔偿。一般而言，旅客伤亡赔偿限度的计算以旅客若干年收入的总和为基础。另外，即使是实行限制责任，赔偿限额也不意味着承运人自动按照这个限额数对受害人进行赔付，而只是说该限额构成受害人索偿和提出请求的最高限度，在此限度内受害人所获得的赔偿仍然要与其所遭受的实际损失相当。

1999 年《蒙特利尔公约》在国际航空旅客运输中确立"双梯度责任制度"，在责任构成上对承运人实行严格责任原则，考察国际航空运输业的发展现状和国际航空运输责任法的发展趋势，严格责任在航空旅客运输中的引入有其合理性和必然性。

（1）在现代国际航空旅客运输中引入"严格责任制度"是和航空科技的迅猛发展和航空运输技术的不断提高紧密地联系在一起的。在航空运输发展的早期，人们预见和防范意外风险的能力还很有限，航空运输业还处在一种幼稚的形成和发展时期，此时航空运输作为一个新兴的事业还需要给予特殊的保护，在这种状态下迫使航空承运人承担其所不能预见和避免的意外风险导致损失的责任显然是不适当的，也是不现实的。经过半个多世纪的发展，航空运输业已经成为一个成熟和发达的行业，航空科技日新月异，航空运输的条件不断得到改善，航空承运人预见和控制风险的能力已今非昔比，航空运输中的风险已经基本能够防范和预见，在现今航空运输也不再是一个高风险的行业，客观上航空承运人已经具备了承担严格责任的条件。

（2）1999 年《蒙特利尔公约》在航空旅客运输中确立的严格责任制度也是华沙责任体制不断发展和演进的自然结果。在《华沙公约》运行的 70 余年里要求把严格责任制度引入国际航空运输责任体制一直是大多数国家的愿望和呼声，成为华沙体制改革不可回避而又必须解决的问题。1966 年美国率先采取单边行动，其所推行和实施的《蒙特利尔协议》除了将进出和经停美国的国际航班的赔偿限额提高到 7.5 万美元（含诉讼费用）或 5.8 万美元以外，并规定承运人必须接受严格责任制度。此后，修订《华沙公约》的 1971 年《危地马拉议定书》又进一步将航空旅客运输的赔偿限额提高到了 150 万金法郎（折合 10 万美元），并建立了严格责任制度。在此基础上，1975 年《蒙特利尔第四号议定书》又把严格责任制度引入到航空货物运输，将承运人对货物损失的推定过错责任制度修改为严格责任制度。尽管上述 1971 年《危地马拉议定书》和 1975 年《蒙特利尔第四号议定书》并未生效，但是在当代国际航空运输领域引入严格责任制度已经是一种不可逆转的发展趋势。

（3）在国际航空旅客运输中采用严格责任制度也是平衡航空运输承运人和旅客利益的结果。前已述及，在华沙体制演进的发展历程中，围绕航空运输的归责原则和赔偿责任限制始终交织着发达国家与发展中国家、大陆法系与英美法系、航空运输承运人与航空运输使用人（旅客和货物托运人）三种矛盾的冲突和斗争，在航空运输承运人与乘客和托运人的立场分歧上，航空运输受害人往往要求承运人承担严格责任和支付高额的赔偿金甚或是承担无限制责任，而承运人则强调限制责任的保护和保留必要的免责事由。当两种利益冲突和立场分歧相对立的情况下，作为一种妥协和平衡的考量，在国际航空运输责任制度中纳入严格责任制度，同时继续保留必要限度的限制责任就是一种现实和灵活的选择。

（4）1999 年《蒙特利尔公约》确立了严格责任制度的法律地位，但是在当前的国际航空运输法律体制中严格责任制度尚存在着固有的局限性，即它仍然受制于限制责任的影响和约束，其适用的普遍性是有限的。在"双梯度责任制度"下，严格责任制仅仅适用于 10 万特别提款权以内的赔偿请求，在 10 特别提款权以上仍继续保留推定过错的责任制度，所以，双梯度责任制度实行的至多是一种"有限度"的严格责任，也就是说严格责任制度与限制责任制度并存构成《蒙特利尔公约》"双梯度责任制度"的基本结构和本质特征。

（5）在国际航空旅客运输中纳入严格责任制度将给受害人的权益保护提供更为充实和可靠的保证。首先《蒙特利尔公约》在严格责任条件下仅仅保留给予承运人"受害人过错"唯一一项免责的抗辩理由，不可抗力和意外事件均不构成承运人免除责任的根据，承运人不承担责任的情况会极少发生。其次，严格责任也使受害人免受举证之累，有利明确责任和减少诉讼，应当说是国际航空运输责任法进步的表现。再次，从诉讼目的来看，受害人提出航空索赔诉讼当然要考虑获得充分的赔偿和胜诉的可能性，这两个因素往往是原告对诉讼做出选择的根据。在第一梯度责任，也即在 10 万特别提款权以下承运人承担严格责任，除非因受害人自己的过失造成的损失，承运人必须承担赔偿责任，通常受害人获得赔偿是完全能够保障的。而在第二梯度责任，也即在 10 万特别提款权以上实行推定过错责任制度，由于举证责任倒置，除非承运人能够证明损失其对受害人遭受的损失没有过错，承运人也必须承担赔偿责任，对受害人而言提出超过 10 万特别提款权的赔偿请求应当也是便利可行的，这势必会刺激受害人寻求高额索赔。

总体来看，1999 年《蒙特利尔公约》规定的"双梯度责任制度"在责任限制方面涵盖了限制责任和无限制责任两种情况，在责任构成或者说在承运人责任的归责原则方面同时包容了严格责任制度和推定过错责任制度，是这两类责任制度的二元体结构。这种新型的责任制度必将会在当今的国际航空运输领域中发挥重要的影响和作用。

（三）关于 1999 年《蒙特利尔公约》的限额复审制度

《蒙特利尔公约》规定的第二梯度责任实际上是无限制责任，客观上不存在有关国家基于加重承运人责任的考虑突破责任限额的问题，但这并不表明在第一梯度责任即 10 万特别提款权以内不存在有关国家摆脱或突破限额的可能性，从华沙体制屡遭修改和不断变化的历史经验来看，这实际上是一个涉及国际航空运输责任法律体制能否稳定和有效实施的问题。由于固定的赔偿限额不可避免地要受到通货膨胀和经济发展等因素的影响，经济发达国家持续高涨的民权意识和法律改革也必将会触动国际法律秩序下的责任限制制度，在法律上固定的责任限额制度是很脆弱的。因此，对第一梯度责任限额进行必要和适当的调整对于稳定统一的航空法律制度是有益的。正是基于这种考虑，1999 年《蒙特利尔公约》在规定"双梯度责任"的同时确定了对责任限额进行复审的制度。根据公约的规定，公约的保存人每五年对责任限额进行一次复审，复审时应当参照与上一次修订以来或者就第一次而言公约生效之日以来累计的通货膨胀相应的通货膨胀因素。复审结果表明通货膨胀因素已经超过 10%，公约保存人应当把责任限额的修订通知给当事国。按照公约规定，用以确定通货膨胀因素的通货膨胀率应当是构成特别提款权的货币的发行国消费品价格指数年涨跌比率的加权平均数。修订应该在通知当事国六个月后生效，在修订通知当事国之后的三个月内，多数当事国登记其反对意见的，修订不得生效，公约保存人应当将此事提交当事国会议。

国际航空法理论把这一规定称作是"双梯度责任制度"的一项"调节机制"或"伸缩条款"。对责任限额实行适当的调节和更新对于维系国际统一法制度是十分必要的。国际民航组织在草拟《蒙特利尔公约》时正是考虑到华沙责任限额存在的固有缺陷，为适应全球经济的不断发展和金融货币秩序的时常变动，给"双梯度责任制度"提供一个自我调节的手段，以防止各国为了突破限额而采取背离国际航空运输统一责任体制的单边行动。无疑，责任限额的复审制度对稳定国际航空运输责任新体制的有效运行，增强《蒙特利尔公约》的生命力有着积极的意义。

（四）"双梯度责任制度"对我国国内航空旅客运输责任制度带来的影响

我国 1995 年的《民用航空法》是新中国成立以来调整和规范民用航空活动和民用航空运输关系的第一部民航基本法，该法制定时主要参照了 1929 年《华沙公约》以及修订《华沙公约》的 1955 年《海牙议定书》、1971 年《危地马拉议定书》1961 年《瓜达拉哈拉公约》和 1975 年《蒙特利尔第四号议定书》关于航空运输承运人责任的有关规定，可以说我国 1995 年《民用航空法》全面采纳了华沙体制的航空运输责任制度。我国民航法实施以来，我国政府一直关注华沙体制一体化和现代化的改革，并积极参与 1999 年《蒙特利尔公约》的谈判、草拟和缔约工作。《蒙特利尔公约》通过后，为适应全球经济的发展和国内民航法治改革，我国全国人民代表大会常务委员会适时批准了 1999 年《蒙特利尔公约》，2005 年 7 月 31 日该公约开始对我国生效。自此，《蒙特利尔公约》的"双梯度责任制度"将在涉及我国的国际航空旅客运输中适用。华沙责任体制发展中一个非常重要的特点就是国际航空运输责任立法以及国际航空运输统一法规则往往对国内航空运输产生影响，也常常成为国内航空立法创制和修改的立法蓝本。① 因此，双梯度责任制度也必将对我国的国内航空旅客运输和民航法修订产生重要的影响。

按照我国民航法的规定，目前我国在航空旅客运输责任方面实行"双轨制"，即在国际航空旅客运输和国内航空旅客运输中并行了两套责任制度。在国内航空旅客运输中，对旅客人身伤亡赔偿实行严格责任，对航班延误实行推定过错责任。在赔偿责任限额方面分别对国内航空运输与国际航空运输规定了不同的赔偿限额，国内航空运输责任限额为 7 万元人民币，国际航空运输责任限额为 1.66 万特别提款权。限于立法当时的条件，我国民航法规定的航空旅客责任制度主要是与华沙体制基本规则接轨。1999 年《蒙特利尔公约》对我国生效后，我国现行的航空旅客责任制度与公约实行的"双梯度责任制度"之间不可避免地产生了不协调、不一致，及时修改我国民用航空法，加快我国民航法治与国际航空运输责任法治接轨的步伐已经成为我国航空法理论界和民

---

① 王瀚：《华沙国际航空运输责任体制法律问题研究》，陕西人民出版社 1998 年版，第 26 页。

航实务部门共同关注的问题。

我国对国内航空旅客运输赔偿责任限额曾经有 1989 年和 1993 年两个规定。根据我国 1995 年《民用航空法》第 128 条第 1 款规定："国内航空运输承运人的赔偿责任限额由国务院民用航空主管部门制定，报国务院批准后公布执行。"早在 1989 年 1 月 3 日国务院就发布了《国内航空运输旅客身体损害赔偿暂行规定》，该暂行规定对航空旅客损害确定的赔偿限额为 2 万元人民币。1993 年 11 月 29 日，国务院做出修订《国内航空运输旅客身体损害赔偿暂行规定》的决定，将国内航空旅客运输损害赔偿的限额提高到 7 万元人民币。此后至 2005 年 10 多年来在国内航班旅客运输中对旅客身体损害的赔偿一直沿用 7 万元基数，此间经历了我国《民航法》的颁布实施和 1999 年《蒙特利尔公约》新国际航空运输责任制度对我国生效等重大事件，很显然，我国 1993 年的赔偿责任标准无论与国际航空运输责任体制还是和国内的经济发展速度以及人民收入水平都不相称。根据国际民航组织的一项调查统计，世界上绝大多数国家（包括发展中国家）对国内航空旅客运输的赔偿限额都在 2 万美元以上，已经达到原来《华沙公约》规定的限额水平，并逐步与现行国际航空运输责任制度的限额靠拢。① 这样看来我国对国内航空旅客运输的责任限额与各国国内航空运输责任限制制度的普遍实践存在很大差距，实际上这并不利于国内航空运输的发展及其与其他运输方式的竞争。因此，为适应我国经济发展的水平和国际航空运输责任新体制在我国的适用，加快我国国内航空旅客运输责任立法的步伐，尽快与国际社会大多数国家的国内航班旅客身体损害责任限额相接近，就有必要重新修订 1993 年我国国内航空旅客运输赔偿责任限额。正是这一形势所迫，2006 年 1 月 29 日国务院批准发布了《国内航空运输承运人赔偿责任限额规定》，该规定自 2006 年 3 月 28 日起施行。该规定共六条，对 1993 年国内航空旅客运输身体损害赔偿限额做出了很大修订，其基本内容包括：

（一）航空承运人赔偿责任限制：
根据国内航空运输受害人遭受的实际损失，损害赔偿的责任限额为：
1. 每名旅客的赔偿责任限额为 40 万元人民币；
2. 每名旅客随身携带物品的赔偿责任限额为 3000 元人民币；
3. 对旅客托运的行李和对运输的货物的赔偿责任的限额为每公斤 100

---

① 唐明毅："新国际航空旅客运输责任制度及其影响"，载《政治与法律》2003 年第 2 期，第 73 页。

元人民币。

（二）赔偿责任限额的调整

关于国内航空运输赔偿责任限额的调整由国务院民航主管部门制定，报国务院批准后公布执行。

（三）旅客自行保险与承运人承担的责任

旅客自行向保险公司投保航空旅客人身意外保险时，此项保险金额的给付不免除或者减少承运人应当承担的赔偿责任。

与1993年我国实行的国内航空旅客运输赔偿责任限制的规定相比较，该规定有了很大的发展和变化。主要体现在：其一，该规定扩大了国内航空运输责任限制制度的适用范围。1989年《国内航空运输旅客身体损害赔偿暂行规定》和1993年国务院的修改决定虽然都对国内航空运输作了赔偿责任限额的规定，但仅限于航空旅客运输的损害赔偿，对旅客随身携带物品、行李、货物运输的赔偿未作赔偿限额的规定。2006年的新规定将国内航空运输的赔偿责任限制制度从航空旅客运输扩大到了行李和货物运输，对旅客、物品、行李和货物分别规定了不同的赔偿限额。其二，适应国际航空运输责任法的新发展，较大幅度地提高了航空旅客运输的赔偿限额。新《规定》将旅客赔偿责任限额从1993年实行的7万元人民币提高到了40万元人民币，大大缩小了同其他国家国内航空旅客运输的赔偿限额的差距，加重了国内航空运输承运人的责任，给旅客获得充分赔偿提供了依据。其三，借鉴1999年《蒙特利尔公约》的限额复审制度，在国内航空运输赔偿责任限额制度上引入限额调整机制。前已述及，固定的赔偿责任限额常常不能及时反映不断变化发展的经济增长水平和旅客的生活及收入水平，这势必影响到对航空旅客运输赔偿责任的公平、公正以及航空运输责任规则的稳定执行。新《规定》积极借鉴国际航空运输责任体制的立法经验，纳入限额调整机制十分必要，对稳定新《规定》的执行是非常重要的。其四，加重航空运输承运人责任，强化对航空运输消费者保护。新《规定》除了将航空旅客运输的赔偿责任限额从1993年的7万元人民币提高到40万元人民币，还规定凡属于旅客自行投保人身意外保险的，旅客获得的保险赔偿不免除航空承运人应当承担的赔偿责任。这种做法符合国际上绝大多数国家的航空运输责任法的实践，也为旅客获得充分、有效的赔偿和通过航空保险机制适当分散航空运输的风险提供了基础和条件。

参考文献

一、中文类参考文献

1. 赵维田：《国际航空法》，社会科学文献出版社 2000 年版。

2. 刘伟民：《航空法教程》，法律出版社 1996 年版。

3. 王瀚：《华沙国际航空运输责任体制法律问题研究》，陕西人民出版社 1998 年版。

4. 贺万忠：《国际货物多式运输法律问题研究》，法律出版社 2002 年版。

5. 唐明毅、陈宇：《国际航空私法》，法律出版社 2004 年版。

6. 唐明毅主编：《现代国际航空运输法》，法律出版社 1999 年版。

7. 孟于群、陈震英：《国际货运代理法律及案例评析》，对外经济贸易大学出版社 2000 年版。

8. 孟于群主编：《中国外运法律论文集》，中国商务出版社 2004 年版。

9. 杨占林主编：《国际物流法律操作实务》，中国商务出版社 2004 年版。

10. 吴建端：《航空法学》，中国民航出版社 2005 年版。

11. 张长青、郑翔：《运输合同法》，清华大学出版社 2005 年版。

12. 孟于群：《货运代理与物流法律及案例析》，中国商务出版社 2005 年版。

13. 刘文兴、刘新华：《中国运输法律实务》，人民交通出版社 1996 年版。

14. 盛勇强主编：《国际航空货运纠纷法律适用与案例精析》，法律出版社 2004 年版。

15. 刘承汉：《陆空运输法概要》，台湾三民书局 1978 年版。

16. 董念清：《航空法判例与学理研究》，群众出版社 2001 年版。

17. 蒋正雄：《国际货物运输法》，人民交通出版社 1991 年版。

18. 曹三明、夏兴华：《民用航空法释义》，辽宁教育出版社 1996 年版。

19. 中国航空法学研究会：《国际航空法华沙体制文件汇编》，中国法制出版社 2000 年版。

20. 刘伟民主编：《国际航空法条约汇编》，中国民航出版社 1999 年版。

21. 王乃天主编：《当代中国的民航事业》，中国社会科学出版社 1989 年版。

22. 中国民航总局体改法规司：《美国航空政策的回顾与展望》，1995 年印行。

23. 王守潜：《国际航空运送与责任赔偿的问题》，台湾水牛出版社 1980 年版。

24. 赵维田：《论三个反劫机公约》，群众出版社 1985 年版。

25. 刘功仕：《航空运输理论与实践》，中国民航出版社 1995 年版。

26. 虞康：《飞机租赁》，中国民航出版社 1995 年版。

27. 中国对外贸易运输公司：《国际货物运输法规选编》，同济大学出版社 1992 年版。

28. 徐振翼：《航空法知识》，法律出版社 1985 年版。

29. 郑兴元：《WTO 与航空运输业的开放》，经济管理出版社 2000 年版。

30. 徐克继摘译：《肖克罗斯和博蒙特：航空法》，法律出版社 1987 年版。

31. ［英］郑斌著、徐克继译：《国际航空运输法》，中国民航出版社 1996 年版。

32. ［荷兰］C. M. 雷伊南著、谭世球译：《外层空间的利用与国际法》，上海翻译出版公司 1985 年版。

33. ［荷兰］迪德里克斯 – 弗斯霍尔著、赵维田译：《航空法简介》，法律出版社 1987 年版。

34. 赵维田："国际航空运输责任规则的发展与现状"，载《法学研究》1984 年第 4 期。

35. 赵维田："国际航空承运人对旅客伤亡的责任范围"，载《中国国际法年刊》1984 年卷。

36. 赵维田：《论国际航空运输的客票规则》，载《中国法学》1984 年第 4 期。

37. 赵维田："航空法上的'有意或不顾后果的不良行为'"，载《中国国际法年刊》1985 年卷。

38. 刘伟民："论国际航空运输的责任制度"，载《中国国际法年刊》1983 年卷。

39. 宋亦松："试论创立中国的航空法"，载《政治与法律》1995 年第 2 期。

40. 吴正与："修改我国航空事故赔偿制度的建议"，载《中国法学》1989 年第 3 期。

41. 王荧光："国际货运代理的法律地位"，载《经济与法》1990 年第 10 期。

42. 盛建平："国际航空货物运输中的法律问题"，载《政治与法律》1987 年第 5 期、

43. 董宏、柳芳："浅析国际定期航班运输合同的特征"，载《法学评论》1997 年第 6 期。

44. 茂名："浅析国内航空运输旅客身体损害赔偿暂行规定"，载《法学》1990 年第 1 期。

45. 沈晓鸣："民航华沙体制的不足及其改进"，载《法学》1990 年第 1 期。

46. 刘铁铮："航空运送人对旅客损害赔偿责任之研究"，载刘铁铮主编《国际私法论丛》，台湾政治大学法律系印行。

47. 吴建端："谈航空货物运输损失赔偿"，载《政治与法律》1996 年第 3 期。

48. 郭志国、刘国智："民用航空活动中承运人的损害赔偿责任"，载《中国律师》1996 年第 3 期。

49. 张宪初："从国际公约看国际航空运输承运人对旅客的责任"，载《政法论坛》1985 年第 1 期。

50. 江欣："'11·21'包头空难赔偿依据的探讨"，载《中国律师》2005 年第 5 期。

51. 何祥菊："国际航空法中的旅客精神损害赔偿问题"，载《华东政法学院学报》2004 年第 5 期。

52. 李伟芳："航空承运人航班延误的法律分析"，载《政治与法律》2004 年第 6 期。

53. 林曦："航班延误之法律责任探略"，载《福建论坛》2004 年第 4 期。

54. 唐明毅："新国际航空旅客运输责任制度及其影响"，载《政治与法律》2003 年第 2 期。

55. 高万泉、丁小燕："国际航空旅客运输损害赔偿的法律适用"，载《法学》2002 年第 6 期。

56. 黄力华："从 9·11 恐怖袭击事件看航空旅客运输承运人责任"，载《法学》2002 年第 10 期。

57. 洪莉萍："试析统一国际航空运输某些规则的公约在我国的适用"，载《政治与法律》2006 年第 1 期。

58. 穆书芹："浅谈航空承运人航运延误之法律责任"，载《武汉科技大学学报》2002 年第 4 卷第 2 期。

59. 杨惠、吴桐水："关于国内客运航班延误的几个法律问题"，载《河北法学》2005 年第 23 卷第 8 期。

60. 贺富永："论航空运输延误及其法律责任"，载《南京航天航空大学学报（社会科学版）》2004 年第 6 卷第 1 期。

61. 郝秀辉："中国入世后民航法制建设面临的机遇与挑战"，载《中国民航学院学报》2001 年第 19 卷第 5 期。

62. 吴伶俐："论航空承运人的法律责任"，载《兰州交通大学学报（社会科学版）》2005 年第 24 卷第 5 期。

63. 贺元骅："论奥运会与我国国际航空客货运法律制度完善"，载《西南民族大学学报（人文社科版）》2004 年第 2 期。

64. 黄力华："国家航空器法律问题研究"，载《现代法学》2000 年第 6 期。

65. 吴惠祥："国际飞机租赁的法律探究"，载《中国民航学院学报》2000 年第 6 期。

66. 郝秀辉："航空器权利研究"，载《中国民航学院学报》2005 年第 1 期。

67. 袁侃："浅析蒙特利尔公约对我国航空保险的影响"，载《上海保险》2005 年第 10 期。

68. 贺员骅、许凌洁、魏中许："完善我国航空旅客人身损害赔偿机制的构想"，载《社会科学研究》2005 年第 6 期。

69. 刁伟民："修订民航法的几点建议"，载《中国民用航空》2005 年第 2 期。

70. 董念清："1999 年蒙特利尔公约对中国的影响"，载《中国民用航空》2004 年第 1 期。

71. 解兴权："国际航空运输责任规则和责任制读的现代化"，载《中国民用航空》2005 年第 3 期。

72. 王瀚："华沙—海牙国际航空运输责任体制的发展现状与前瞻"，载《中国法治探索》，陕西人民出版社 1999 年 11 月版。

73. 王瀚："国际航空运输客票罚则研究"，载《法律科学》1999 年增刊。

74. 王瀚、孙玉超："航空运输承运人责任制度的发展与创新"，载《上海政法学院学报》2006 年第 1 期。

75. 王瀚、孙玉超："全面审视 1999 年蒙特利尔公约"，载《西南法学评论》第 3 卷，吉林人民出版社 2005 年 12 月版。

76. 王瀚、孙玉超："航空器上法律事实与行为法律适用问题比较研究"，载《河北法学》2006 年第 2 期。

77. 王瀚、孙玉超："国际航空运输领域侵权行为法律适用问题比较研究"，载《河南省政法干部管理学院学报》2006 年第 1 期。

78. 王瀚、孙玉超："中国航空法学面临的问题"，载《社会科学报》2006 年 5 月 18 日第 5 版。

79. 王瀚、孙玉超："乘客与航空公司谁更需要保护?"，载《人民法院报》2006 年 2 月 7 日《正义周刊》第 286 期 B4 版。

80. 王瀚、孙玉超："国际航空领域若干法律适用问题比较研究"，载《西北法学评论》第 1 卷，陕西人民出版社 2006 年 7 月版。

二、外文部分

1. Malcolm Clarke, *Contracts of Carriage by Air*, London 2002.

2. Karl-Heinz Bockstiegel, *Perspcttives of Air Law*, *Space Law*, *and International Business Law for the Next Century*, 1995.

3. H. A. Wassenbergh, *Public International Air Tranportation Law in a New Era*, Kluwer-Deventer-zhe Netherland, 1975.

4. Jan Theunis, *International Carriage of Goods by Road*, Lloyd′s of London Press Ltd, 1987.

5. P. P. C. Haanappel, *The Law and Policy of Air Space and Outer Space*: *A Comparative Approach*, Kluwer Law International, 2003.

6. I. H. Ph. Diederiks-Verschoor, *An Introduction to Air Law*, Kluwer Law International, 1997.

7. I. H. Ph. Diederiks-Verschoor, *An Introduction to Space Law*, Kluwer Law International, 1999.

8. Georgette Miller, *Liability in International Air Transport*, 1977.

9. Bin Cheng, *The Law of International Air Transport*, Second, 1977.

10. Chritan P. Verwer, *Liability for Damage to Luggage in International Air Transport*, 1987.

11. R. H. Mankiewicz, *The Liability Regime of the Internation Air Carrier*, 1981.

12. H. Drion, *Limitition of Liability in International Air Law*, 1954.

13. Commercial Clearing House, *Aviation Cases*, from 1945 to 1990.

14. Stuart M. Speiser and Charles F. Kranse: *Aviation Tort Law*, Vol. 1. 1979.

15. Stuart M. Speiser and Charles F. Kranse: *Aviation Tort Law*, Vol. 2. 1979.

16. Stuart M. Speiser and Charles F. Kranse: *Aviation Tort Law*, Vol. 3, 1979.

17. Avtar Singh, *Law of Carriage*, 1993.

18. Ludovico M. Bentivoglio, *Conflict Problems in Air Law*, in *Recueil Des*

Cours, 1966. Vol. 3.

19. O. N. Sadikov, *Conflict of Laws in International Transport Law*, in *Recueil Des Cours* 1985, Vol. 1.

20. Micheal Bogdan, *Aircraft Accidents in the Conflict of Laws*, in *Recueil Des Cours*, 1981, Vol. 1.

21. Harvey M. Crush, *Aviation Liability Law*, in *International Business Lawyer*, 1982, Vol. 2.

22. J. Sundberg, *Air Chater*, Stockholm, 1961.

23. Blackshaw, *Aviation Law and Regulation*, 1992.

24. Robert P. Boyle, *The Warsaw Convention-Post*, *Present and Future*, *Eassys in Air Law*, Martinus Nijhoff Publishers, 1982.

25. Martin, 50 *years of The Warsaw Convention*: *A Pratical Mans Cuide*, 1979/4Annuals ASL223.

26. Ludwig Weber & Arie Jakob, *Reforming the Warsaw System*, *Air & Space Law*, VolXXL, Number 4/5 1996.

27. Caplan, *The Warsaw Convention Revtalised*, 1966 *Journal of Business Law* 335.

28. Mercer The Montreal Protocols and the Japannese Initiative, *Can the Warsaw System Survive? Air & Space Law*, Vol. XIX, 1994.

29. Bin Cheng, *Air Carriers Liability for passenger Injury or Death*: The *Japanese Initiative and Response to the Resent EC Consultation Paper*, [1993] 18 A & SL109.

30. I. H. Ph. Diederiks-Vschoor, *The Liability for Delay in Air Transport*, *Air & Space Law*, Vol. XXVI/6, Nov, 2001.

31. Judith R. Karp, *Mile High Assaults*: *Air Carrier Liability Under the Warsaw Convention*, *Journal of Air and Commerce*, 66, 2001.

32. Andrew J. Harakas, *Interpretation the Warsaw Convention*: *Zicherman v. Korean Air Lines*, *Annals of Air and Space Law*, Vol. XXI-II, 1996.

33. FitzCerald, *The Guatemala City Protocol to Amend the Warsaw Convention*, [1971] 9 *Canadian Yearbook of Internation Law*, 217.

34. Sozer, *Consolidation of The Warsaw /Hague System*, [1979] 25 *McGill Law Journal* 217.

35. Mankiewicz, *The Judicial of Uniform Private Law Conventions-The Warsaw Conventions Days in Court*, [1972] ICLQ 718.

36. Mark Franklin, *Code -Sharing and Passenger Liability*, *Air & Space Law*, Vol. XXIV, 1999.

37. Brian S. Tataum, *Exclusivity of the Warsaw Convention Cause of Action*: the U. S. Supreme Court Removes Some of the Expansive Views Foundations in Zicherman v. Korean Air Lines Co. Ltd. GA. J. Int'L & Comp. L. Vol. 26: 537, 1997.

38. Andrew J. Harakas, *Punitive Damage s Under the Warsaw Convention After Zicherman*,

Annals of Air and Space Law, Vol. XXII-I, 1997.

39. M. Veronica Pastor, *Absolute Liability Under Article* 17 *of the Warsaw Convention*: *Where it Stop?* Geo. Wash. J. Int' I L. & Econ, Vol. 26, 1993.

40. J. E. Landry, *Yes or No on the Guatemala Protocol-Pro*, ［1975］10Forum727.

41. P. P. Heler, *The Warsaw Convention and the* "*Two-Tier*" *Gold Market*, ［1973］J. World Tr L. 126.